JN331274

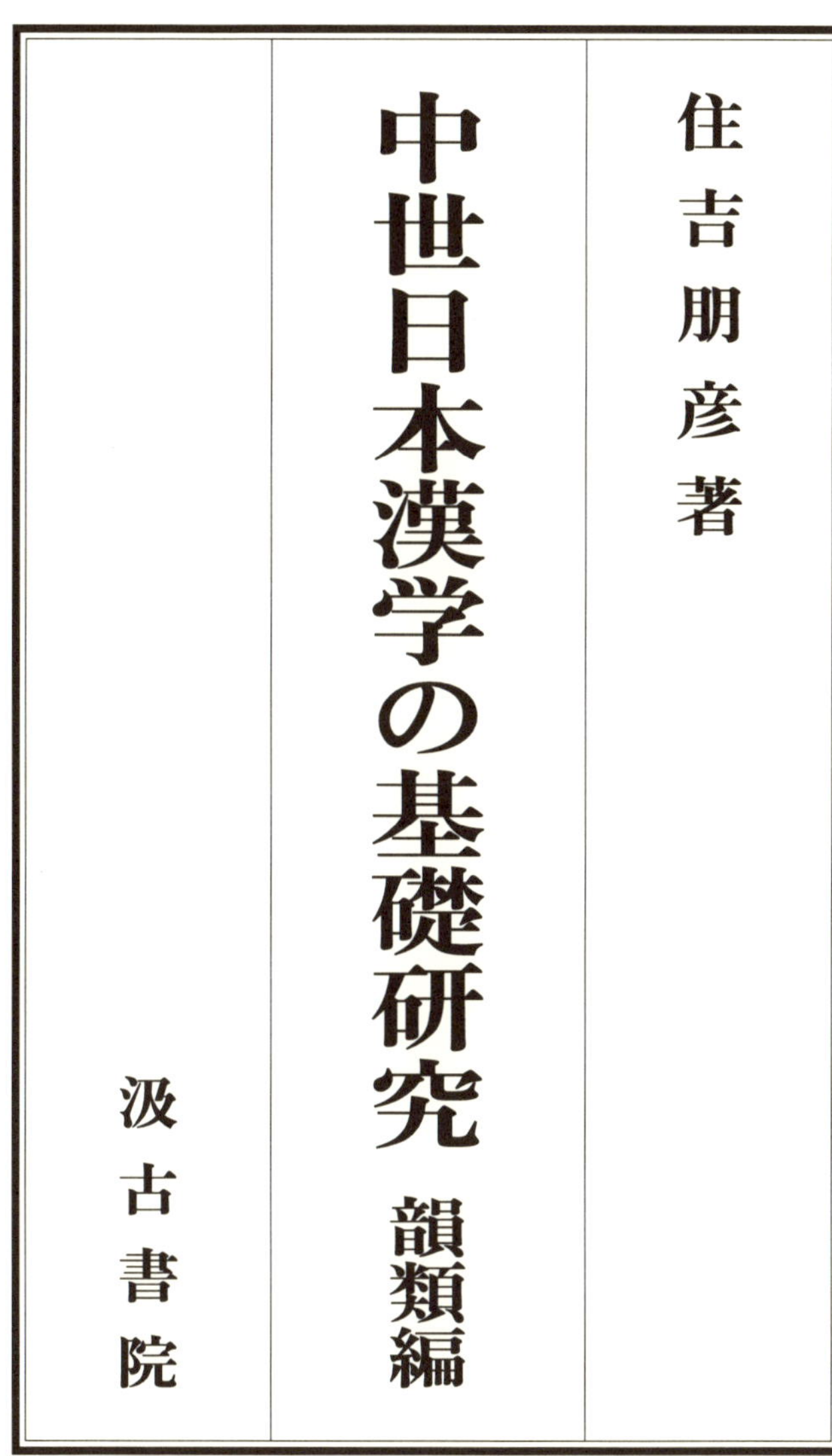

住吉朋彦 著

中世日本漢学の基礎研究　韻類編

汲古書院

序

私が住吉朋彦氏と初めて出会ったのはたしか一九八八年九月、彼が慶応義塾大学文学部国文学専攻の二年生、私が慶応の非常勤講師の時ではなかったかと思う。それ以来の長い付き合いだが、研究上の親密度を深めたのは彼が宮内庁書陵部に入って五年目の一九九七年、二人で『日本漢学研究』という同人誌を始めてからである。住吉氏がその記念すべき第一号に寄せたのが「〔元〕刊本系『古今韻会挙要』伝本解題」と題する論文である。これは彼の韻類書研究の出発点とでも言うべきものであって、たんなる漢籍の調査報告ではなく、日本漢学史を視野に収めた極めてスケールの大きな書誌学的論文だった。これを読んだ時の驚きを私は今でも鮮明に記憶している。あれから十五年、住吉氏の研究がここに見事に結実したことは、身近に接してきた者としてまことに慶賀の意に堪えないのである。

本書は二〇一〇年十月に慶応義塾大学から博士（文学）の学位を授与された論文「中世日本漢学の基礎研究——韻類書を中心とする——」を根幹としている。論文審査に当たった者の立場から、本書の内容について少しばかり触れておきたい。

本書は中国で成立した韻類書で日本の中世に広く流布した『古今韻会挙要』、『韻府群玉』、『氏族大全』

の三書を取り上げ、その現存諸本を網羅的に調査し、版本学的方法を以てその本文系統と諸本の展開とを明らかにし、さらに三書の日本に於ける受容の実態を探って、日本漢学史の中に位置づけたものである。ここに言う韻類書とは韻書の性格と類書のそれとを併せ持った書籍の謂いで、著者による造語である。韻類書は本来漢語を母語とする者にとって便宜のある書であり、和音・和訓を以て漢語を受容した日本人にこれに親しむ素地があったとは思われない。それにも拘わらず、韻類書が日本の中世にこれほどまでに受容されたのは一体何故か。本書はこの素朴な疑問に端を発するものであったように思われるが、その解明には厖大な数の韻類書伝本の書誌学的調査を必要とした。その網羅的とも言える伝本調査で明らかになった事柄は極めて多いが、特に次の三点を大きな研究成果として挙げることができる。

第一に、本書に取り上げた三書について、その伝本の複雑な継承関係を明らかにした点である。漢籍が流通した地域は中国を中心としてその周辺の朝鮮・日本など東アジア全域に及ぶものであったが、これまでの漢籍伝本研究では、調査を一地域（一国内）に限定して行なうことを常とし、それ以外の地域に存在する伝本については悉皆調査が困難であることから、「未見」として調査から除外する慣例があった。それを住吉氏は中国、韓国は言うに及ばず、さらに近代以降の伝本の移動も視野に入れ、欧米にまで調査の足を延ばして精査を行なった。住吉氏が調査し得た伝本は現存本の殆ど全てであると言っても言い過ぎではない。伝本の継承関係を解明したことの中で特に注目すべきは、日本の五山版の底本を特定したこと、その五山版が単なる中国刊本の覆刻ではなく、出版に際して行なわれた本文校訂に中世漢学の成果が用いられたことを立証したことである。このような五山版が独自に有する文化史的価値はこれまで殆ど見過ごされてきたものであり、住吉氏の長きに亙る伝本の博捜と、伝本間の本文異同に対する周到で緻密な考察とによって初めて明らかにすることのできた大きな成果である。

第二に、伝本の継承関係を明らかにする過程で、幾つかの重大な新知見を提示した点である。例えば、『古今韻会挙要』の明前期刊本が何れの元刊本を底本として覆刻されたものであるのか。先行研究では現存する元刊本とは別の元刊本（別版）の存在を想定する説が有力であったが、それを住吉氏は『韻府群玉』の陰時夫の序文を詳細に検討することによって、明前期刊本の底本は現存元刊本の未修訂段階のものであったことを明らかにしたのである。これは『古今韻会挙要』の伝本研究を大きく進展させる発見であった。もう一例挙げれば、『韻府群玉』の増続会通本は朝鮮・日本にのみ流布し、中国には流通した痕跡の見出されない特異な伝本である。それを住吉氏は諸史料を駆使して、朝鮮の中宗に仕えた李希輔（一四七三―一五四八）による編纂である蓋然性が高いことを提示した。これは極めて興味深い推論であり、朝鮮版研究に対しても一石を投じた大きな成果である。

第三に、中世日本の知識人が韻類書を本格的な読書の対象とし、知識の網羅性を重視した所に当時の漢学の特質があることを明示した点である。これは、韻類書に見られる網羅的知識を積極的に受容する中世漢学の方法が、読書の対象を前もって選別する古代漢学の方法とは決定的に異なることを見抜いた卓見であり、今後の中世漢学研究に有益な視座を与えたものであると言えよう。

以上、本書の内容を私なりに咀嚼してみたが、見所はこれに尽きるものではない。私のこの拙い序文が本書の魅力を半減させるのではないかと懼れつつ、筆を擱くことにしたい。

二〇一一年十二月十八日

慶応義塾大学文学部教授　佐藤　道生

中世日本漢学の基礎研究　韻類編　目次

中世日本漢学の基礎研究　韻類編

序説一　日本漢学史における五山版

本書は、中世日本漢学の基礎過程の一端を明らかにするために構想された。始めに研究の枠組みを確かめ、序説を述べて問題の所在を明らかにしてから、本論を展開する手順としたい。

本書の研究対象は、日本漢学と呼ばれる事象の一斑である。漢学という語には、これまでにも様〻の意味が附与されている。例えば、宋元明に行われた理学と、清朝考証学とを区別するために、後者を指して用いられ、また近代の日本で、近世の儒教的価値観に基づいて行われ、明治以降にも継承された、伝統的中国文化研究の意に用いられる等、相互に重ならない点も多いが、本書においては、広く漢文化を手本とする学びの全般を指して用いることとする。また日本漢学と特定する場合は、日本語の使用を機軸とする、日本語社会の成員が行った漢学の意に用いる。また中世とは、日本史の時間的区分としての中世の意であるが、本書では文化史的年代観に重きを置いて、概そ古典文化の回顧と研究が勃興した院政期、西暦の十二世紀頃を上限とし、また出版の改革によって学問の担い手が拡大する直前の室町末期、十六世紀頃を下限とするが、もとより厳密な措定ではなく、論説に沿って本書における認識を次第に明確化して行きたい。

内海を隔て大陸と向かい合う日本列島では、上古より漢文化の照明を受け、長くその影響下に歩を進めて来たから、日本漢学は、日本文化形成の重要な過程の一と見ることができる。また中世前後の社会情況を考えると、漢文化の伝播は、船舶の往還を制約とし、人と物とを媒介とする。伝播の繊細さ、精確さと言う意味では、留学者や来朝者等の、人を介した認識の直接性に特有の価値があったが、時と場所とを選ばずに伝え続ける点では、物品、殊に書物伝来の意味は大きい。つまり中世の前後における漢文化の影響は、中国の書物の将来、収蔵、複製、翻訳等を含む、広い意味での漢籍の伝来によって方向付けられたと見られよう。そこで本書の序説においては、専ら先行の研究に依拠しながら、漢籍の伝来を視座として日本漢学史を大観し、その基礎的な課題として、中世の漢籍受容に関する問いを措定したい。

なおここで、本書中に「漢籍」と、また「日本漢籍」と称する場合について附言して置きたい。漢籍とは一般に、漢語によって書かれた古典的著作を指すと解して大過ないであろうが、漢語以外の言語を母語とする者の著した漢字文献の扱いには曖昧さが遺る。その著者が、中国大陸に身を置き、高いレヴェルで漢語を身に付けている場合もあれば、日本列島のような海外にあり、書物を介して漢語を習得した場合もあって、どこまでを漢籍と称するか、様〻な画定が可能であろう。この点について本書では、直接に中国社会での受容を前提として書かれた著作のみを漢籍と称することにする。広義の訳書については、「漢訳仏典」等と称してこれを含めない。

また日本漢籍とは、狭義には、日本語を母語とする者の主導によって複製された漢籍を指すが、日本人による正格の漢文著作や漢籍の編注書まで含めることもある。一方、海外の複製であっても、長く日本に伝来した漢籍には日本文化との関わりが濃厚であり、狭義の日本漢籍と類縁性がある。そこで本書では、漢籍の定義に合せ、日本人の著作は除くことにするが、問題の把握を有効にする意味で、日本に伝来した漢籍をみな日本漢籍と称し、一緒に取扱うことにする。但し「伝来」とは、百年を超えるような、相応に長い時間を考えている。また除外した漢籍の編注書は、習慣に従い「準漢籍」と呼称する。

さて、漢籍の受容と言っても甚だ広いので、まず序説一として、日本の出版と漢学史との関わりを見る。本書では特に中世の事象を扱うため、その期に勃興していた寺院出版と漢学との関係の如何が、自ずから問題となるけれども、中世は、日本で初めて漢籍の出版が行われた年代でもあり、そこには必ずや両者の深い関わりが伏在していよう。そこで本説では、多くの漢籍を実現した禅林周辺の出版、いわゆる「五山版」を焦点として漢学史の展望を試みる。(1)

文中「五山版」と称する場合の言及範囲について、南北朝時代に定立された官寺制度としての狭義の「五山」や、その周辺での版刻が確認される場合のみに限定せず、宋元明版に従う版本の、様式上の特徴を一応の目安とし、年代上も五山確立以前に溯って用いた。(2)ただ本来、様式と同程度に、本文系統の如何が重大な関わりを持つが、現在までその闡明が不十分であるため、正しく反映できないことを憾みとする。この問題はあまりに専門的であるため、概説のためには一度棚上げとしたい。また「五山版」の語の用法に戻れば、ここではやはり様式を参考としながら、当該分野の代表的な先行研究である、川瀬一馬氏『五山版の研究』（一九七〇、日本古書籍商協会）に従い、些か広く用いる措置とした。

一　中世以前の日本漢学

1　遣唐留学生の功績

西暦の六世紀以前より、主に百済を通じ朝鮮半島や中国南朝の文化に親しんだ倭の知識層は、王権の地歩を固める過程で西方の学術を採用し、渡来人の力を得て文字を読み解き、これを内化し始めた。そして七世紀以降になると、隋唐や新羅との交渉が漢文化将来の契機を成す、新たな段階に立至り、その主役を演じたのは、遣隋使、遣唐使に随行する学生や学問僧達であった。(3) 彼等は主体的に漢学を移植し、鈔本を舶載して学問の基礎と為し、八世紀初めに令制が定まるに及び、儒教の経伝や『文選』と、数術、方技の書を課本とする官学の枠組みを築いた。

そして吉備真備のように、官学の出身者が遣唐留学生となって、さらなる研修と典籍蒐集の努力を重ね、帰国後に諸制度を改革、殊に史書による涵養を重視して、官学中に「紀伝科」を打立てた。(4) 留学生等の功績は、今日も尚、吉光片羽の如き唐鈔本や、そこから写された旧鈔本の伝来と、九世紀末、藤原佐世の編集した『日本国見在書目録』収載の四十家一千五百餘種の書目によって、その大要を窺うことができる。(5) また一方、漢訳仏典の伝来は早く、六世紀半ば、百済の聖明王が、欽明朝の倭に仏像や経論を送った頃より信仰が深められ、聖徳太子の大乗経典講学や、その他、一切経の伝来、書写の事蹟も確認される。真備に同行した玄昉は、玄奘新訳の経論を含んだ『開元釈教録』に基づく一切経五千餘巻をもたらし、宮廷周辺の信仰や、奈良諸大寺の教学を興した。

2　訓点の伝播と博士家の証本

八世紀も後葉に当たる奈良末平安初、写経の行間に、漢文の訓法を示す符号、訓点が出現する。訓点の表記法は、南都教学中に培われたらしく、当初は部分的な備忘に過ぎなかったが、ヲコト点や仮名を用いた表記法が確立すると、既成の訓法を記述できることとなり、学問伝承の方法として採用された。(6) 九世紀、平安初に最澄、空海が唐代の天台宗や密教を伝え、新京周辺に宗門の拠点を設けると、続く入唐八家により密教経典や新作の論疏が将来され、(7) 平安新仏教の原資となった。ただこの際、漢文を解きほぐし、日本語として理解する訓法の表記については、旧京起源の訓点が改編襲用され、九世紀中には官学の儒者にも伝播して、[8]日本漢籍の著しい特徴を成すに至った。

平安前期の大学寮では、時務の策問に応じ、文学を兼修する紀伝道が脚光を浴び、貴族の子弟を集めて繁栄を極め、明経道以下の他学科を凌駕した。十世紀成立の『延喜式』の規定によると、その専門とする課本は「三史」（『史記』『漢書』『後漢書』）『文選』であり、紀伝道の盛容は、承和年間（八三四—四八）の文章院の設立によっても知られる。[9]またこれを計らった菅原清公は、後に右大臣道真を生む菅家三代の祖となり、以後、文章院や博士の私邸を舞台とする学問の相承を契機とし、氏族や家柄に沿った世襲が常態となる。菅家はもと土師宿禰と称し、桓武朝にその姓を賜ったが、同族にして別姓を得た大江（もと大枝）氏も、音人以来、その世系に博士学官を輩出し、[10]また平安中期以降は、摂関体制の下、貴族中に最大の勢力を誇った藤原氏のうち、式家、南家、北家日野流から数多くの儒者を生んだ。さらに明経道にも、特定氏族の擡頭が起こり、平安中期に中原家、清原家が有力となって、両家による学官の寡占が行われた。折しも訓点の導入によって、前代以来蓄積された旧鈔の巻軸に、訓点注説を加えた家学の「証本」が造られた他、寛平六年（八九四）の遣唐使杜絶によって、漢籍の意図的将来が行われなくなり、[11]新たな学説を導入する機会が失われると、博士家の学者たちは、講説の鼎新を図らず、自家に伝承される本文、注説を守り、貴顕に披瀝することを職掌に据えた。

博士家証本の造られた範囲は、官学中の課本である「五経」『論語』『孝経』と「三史」『文選』を中心とするが、[12]紀伝道の儒者が宮廷に活躍し、皇族への漢籍進講が職掌となった関係から、これに適する『群書治要』『貞観政要』『帝範』『臣軌』もその対象となった。また平安中期の儒者大江匡衡は、江家の棟梁として侍講に立った履歴を誇り、自作中に講書を列挙し、経史の他に『老子』『文選』『文集』を挙げる等、[13]『老子』『荘子』や『三略』『六韜』等の兵書、承和年間（八三四—四八）に到来、流行した新文学の『白氏文集』も、時人の好尚に従って講学に供され、幾分かその幅を広げた。[14] これらの書目に対する博士家の講説は、各家の証本に訓点、注説として蓄積され、機に応じて披露された。こうして朝儀への参入、公家社会での求めに応じ、家学の充実が図られたものの、その書目はおおよそ右に固定され、世襲と共に刷新の機が失われていった。

博士家に用いられた平安鎌倉時代書写加点の旧鈔本は、九条家本、金沢文庫本等を中心に、各家訓法の伝流と相互の干渉を示しつつ、上述の経緯を概ね支証しているが、中世に特有の現象として、次の二点を指摘したい。まずその本文や注説が、新渡「摺本」との校合注記を受け、傍書された異文は、転写を重ねるうちに本行に吸収されて、部分的には唐鈔本の純粋性を失ったことが注意される。[15] さらに、鎌倉以降の訓点本には、史書を除いては明経家、殊に清原家の訓点本が多く見られる。これは平安末の鴻儒清原頼業が、政務経営の変革を求める時勢に応じて朝廷に用いられ、その注説を再編大成して、家学の更新を図ったことをきっかけに、平安の盛期には劣勢であった明経道を復興したことが原因であり、[16] これより清原家は、中世以降の博士家を代表する一門として命脈を継いだ。なお右の二点は、宋版本将来の問題とも関わるため、下段に再説したい。

3　宋版本の将来

唐代の末葉、中国大陸沿海部を拠点とする通商が盛んになると、唐や新羅の商船が日本にも来航し、貨物や情報の交流に寄与して、官家による遣使杜絶の一因を成したが、平安新仏教の発展を志す留学僧達は、外国商船への便乗という方法で入唐を重ねた。[17] そうした入唐八家の一人、貞観七年（八六五）に帰国した東寺の僧宗叡の将来書目中に、「西川印子唐韻一部五巻、同印子玉篇一部三十巻」の文字を存する。[18] この著録は、唐代蜀刻本の到来を伝える史料と見なされており、日本人が中国の版本に接したことを示す、最も早い証跡の一である。また寛和二年（九八六、宋雍熙三年）、予ねて入宋していた僧奝然が、大蔵経を含む多くの経典類を携え帰国したが、これは当時の記録や伝写本の存在から、いわゆる蜀版大蔵経、「開宝蔵」の将来であったと認められる。[19] この蔵経は藤原道長の手に帰した後、焼失したが、同時に将来した宋雍熙二年刊本『金剛般若波羅蜜経』（清涼寺蔵）が発見されている。[20] ここに取り上げた奝然による宋版経将来の事蹟は、平安中期、西暦一〇〇〇年前後に至り、日本の言語文化が中国の版本と濃密な接触を開始したことを告げている。当時の廷臣の記録を見ると、高級貴族の周辺に宋商が出入りし、「摺本」の『文集』『文選』、「唐模本」の『広韻』『玉篇』が唐物として流通したことも判明し、[21] この頃、仏典にも宋商所持の版本を以て校合した記録が知られる。[22] 平安後期の鴻儒として知られる大江匡房も、既に宋版本を用いて文章を成した可能性が指摘されている。[23]

平安末ともなれば、政権の動揺を受けて朝儀の再興を図った藤原頼長は、宋版の注疏を用いて経学の研修に努め、宋人の商客に大量の経書を発注しているが、これも版本による入手が予期される。[24] 同じ頃、藤原通憲の蔵書目録と伝える書には、摺本と明記された条目を存する上、[25] 彼が「摺本之釋文」を収蔵し校合に供した旨を記す、博士家証本の識語も見出される。[26] 頼長や通憲等、この期の革新的知識人は、宋版の入手活用を模索実行したのであり、両者に仕えた清原頼業が、家本の校合に版本を用い始めたのは当然であり、これ以後、平安末鎌倉以降の漢籍旧鈔本には、しばしば版本の影響が見られる。但しそれが、博士家流の学問を脱しない点も、当該証本類の体現する所で、版本の受容は本文の校合と疏義の参照に限られ、学問の基礎を置き換え、新たな分野を切り開くような刷新が行われたとは言えない。ただこの期に頼業や頼長、通憲等が行った版本の参考は、傍記や欄外抄録とその転写を経て、本行の文字や訓法に吸収され、旧鈔本による日本漢学の一面を規定していった。

平安末以降の仏教界を特色付けるのは、宋版大蔵経の将来である。[27] 奝然の将来によって都人を驚喜させた宋版大蔵経は、その後も邦人の篤く求める所となり、福州の東禅寺、開元寺で版行された崇寧蔵、毘盧蔵等の福州版を中心に、神護寺、醍醐寺、高山寺、高野山、東寺といった、入宋僧と商船の便宜を得た大刹が、勧進によってこれを将来安置し、円覚蔵、磧砂蔵等の他蔵の舶載と相俟ち、中世教学の堅固な基礎を形成していった。中でも、高山寺における宋版本の収蔵は、大蔵経に限らず、華厳教学関係の経注を中心として数多く遺存し、中世前期の寺院における宋版将来の実相を今日に示している。[28]

また平安時代の最末期、西国を経由する日宋貿易を配下に収めた平清盛が、『太平御覧』の版本を入手し内裏に贈っていることは[29]、博多を拠点とする海商の往来が版本の受容を促した、中世前期の情況を予兆している。そして『太平御覧』と言えば、日本では別に、本書の宋版二部の伝来が知られる。一本は金沢文庫から江戸幕府に伝わったもの、もう一本は東福寺に伝わったもの、両者は同版で、慶元五年（一一九九）跋を有する蜀刻本、共に中世前期の宋版舶載を今日に伝える象徴的収蔵である。金沢北条氏の蔵書を収めた金沢文庫は、博士家を通じて蒐集された旧鈔本に加え、幕府や関係寺院の依頼を受けた商船の貨物に接し得て、前代にない豊かな宋版の収蔵、版本による蔵書の構築を実現した。一方の東福寺の収蔵は、開山円爾の将来書を中核とする。円爾は、博多に居留した宋商謝国明の助力を得て入宋、浙江周辺で修道し、徑山の無準師範に嗣法して、仁治二年（一二四一）に帰国、九条道家の帰依を受け、後の五山の一、東福寺の開山となる。円爾の摂受した南宋時代の禅宗は、当地の士大夫の教養に準じていたため、彼は学問と普及に備えるための、多くの典籍を持ち帰った。この円爾将来書の大要は、南北朝時代に編まれた『普門院経論章疏語録儒書等目録』や、現存本によって知ることができ、こちらはより純粋に宋版本による蔵書であった。[30]

4　中世の版刻

宋版の流通と歩を合わせるかのように、平安中期以降、日本における版本の彫印が本格的に開始された。[31]早くも寛弘六年（一〇〇九）宮中で中宮彰子の安産を祈願し「千部法華經」を「摺初」めたという記録があり、[32]十一世紀以降、皇族や摂関家周辺の仏事法会の具足に、「摺寫」「摸寫」の仏経が供せられたこと、『本朝続文粋』や大江匡房の『江都督納言願文集』に散見され、[33]その書目は大抵『法華経』と、その開結二経か、『阿弥陀経』『般若心経』等であって、この期の製造と思われる版経も僅かに残存する。[34]ただその受容の在り方は、仏説の理解というより、写経を複製する行為に意義を認めるという程であったかも知れない。こうした仏典の刊行は、中世前期、畿内の大寺院でさらに発展するが、その先駆となったのは、興福寺の出版活動である。

興福寺の出版物は「春日版」と呼ばれるが、春日版にも十一世紀の遺品があり、寛治二年（一〇八八）刊行の『成唯識論』が知られる他、平安末までに同論の章疏等を版刻した。これらは、当寺の学僧等が宗門依拠の論書を出版した点で注意され、本文を学ぶために為された出版の嚆矢として、その意義が大きい。同寺の開版は鎌倉時代に一層盛んで、大規模の組織的刊刻が認められ、[35]濃墨、和様の文字を特色とする尤品を今日に遺している。中でも貞応嘉禄年間（一二二二―七）に『大般若経』六百巻を刊行したことは、日本印刷史を画する大出版として特筆される。

春日版によって端緒の開かれた宗門による版刻活動は、鎌倉時代に至り、畿内一円に展開する。京都では、浄土宗がいちはやく関係書の出版に取組み、依拠経典の『無量寿経』『観無量寿経』『阿弥陀経』や、浄土教の著作、源空の遺著等を整備流布する活動が行われた。現存最古例は源信の『往生要集』で、建保四年（一二一六）の刊本がある。これは仏教漢文ながら、日本人著作の版本として最も古い。[36]平安末に興った版本の伝播力を見て、新教団の宣揚に用いた点に特色が認められ、元亨元年（一三二一）には『黒谷上人語灯録』を刊行、仮名交じり文出版の嚆矢ともなった。なお、広くこの時期の版本は、唐の携帯用冊子の形に通ずる、両面刷りの粘葉装を用いた。

京都の泉涌寺を再興した俊芿は、在宋十三年に渉り、禅、律、天台宗を学んだが、特に律宗の体得に力を注ぎ、建暦元年（一二一一）の帰国後、泉涌寺において宋風の律学を振興した。彼はまた宋版本の将来に意を用い、最新の教学導入に配慮した。俊芿の活動は弟子に引継がれ、奈良における律学勃興の源となった他、鎌倉中期に至り、独特の開刻事業となって顕れる。その初見は寛元四年（一二四六）道玄が刊行した『仏制比丘六物図』である。底本は宋版本に由来し、文字にも謹直な版刻様式を受け継いだことは、旧来の和版と異なっている。泉涌寺版の刊行が、日本における中国版覆刻の先駆けとなった点は重要で、奈良や鎌倉の律学寺院で刊行された版本に、その影響が顕れている。

南都六宗と呼ばれ、教学を維持してきた奈良の諸大寺では、鎌倉中期、春日版の跡を追って版刻を行う者が立続けに現れた。まず法隆寺では、南都仏教の象徴となった、聖徳太子への信仰を背景とする出版が行われ、宝治元年（一二四七）頃、太子作とされる『法華義疏』等が開版された。次いで建長年間（一二四九—五六）、東大寺で隋の吉蔵、我が空海の著作や諸経を開版した聖守の活動が知られ、密教と教学を習合する立場から出版が行われた。また南都北嶺の三論宗徒に施財を集めた素慶の活動は、一寺に限らない勧進に特徴があり、永仁元至三年（一二九三—五）吉蔵の『法華義疏』を刊行することに成功した。これらの開刻は、鎌倉後期に至り、南都仏教や宗門という枠組みを後ろ盾に、広く勧進を行い版本を弘布する、教学的活動としての出版が成立したことを伝えている。また素慶が、後に鎌倉に下って『大般若経』の出版を試みていることは、そうした取組みの、さらなる伝播を意味している。

これに時を同じくし、真言密教の聖地高野山でも出版が開始され、その版本を「高野版」と称する。建長五年（一二五三）金剛峰寺の僧快賢が刻した『三教指帰』を始め、空海の著作や、『大日経疏』等の密教経典が刊行された。その多くは快賢の主宰、鎌倉幕府の要人で高野山の外護者となった安達泰盛の施財に係る。また平安以来の強勢を誇る比叡山では、長く主体的出版の跡を見なかったが、この期に延暦寺の僧承詮の計画によって「法華三大部」及び注疏の刊刻が行われた。これは弘安二至永仁四年（一二七九—九六）の十八年をかけ、六種百五十巻に渉る大きな事業となり、俗人や宋人を含む多数の結縁者が版下に筆を執った。

同じく鎌倉中期、開版に力を注いだ僧に、西大寺の叡尊がある。叡尊は南都教学中に真言律宗という独特の立場を築き、民衆への授戒を通じて支持を集め、その名望は鎌倉の北条氏や皇室にも及んだ。叡尊が出版に手を染めたのは晩年のことで、律部の教学書と、建治二年（一二七六）に自著『梵網経古迹記輔行文集』を完成、弘安元年（一二七八）までにこれを刊行した。その様式は、他の奈良版と大差はないが、字様は幾分か秀勁であり、泉涌寺版における宋風の影響を容れたと見られている。

畿内の開版に附すべきは、南都の教学と出版活動が、関東に移植されたことであり、これは弘長二年（一二六二）叡尊が関東に布教を行い、その勢力が根を下ろしたことと関係する。まず鎌倉極楽寺には忍性、金沢称名寺には審海と、叡尊流の真言律僧が住持した。また称名寺第三世の湛睿が南都へ留学し、華厳宗の教学が称名寺に興った。この両寺には出版の慣習が移され、鎌倉後期に律学書や『華厳経』の注書が開版された。これら関東の出版は、多く宋版本や高麗版続蔵経を基にしたと見られ、写本の代用を離れ、将来版本翻刻の行われたことが注目される。

これまでに述べた事柄を整理すると、平安前期以前の、遣唐使等の努力によって確立された、唐鈔本を基礎とする日本漢学は、巻子本による漢籍仏典の受容を土台とし、大学寮や南都北嶺の寺院に興った訓法と講説を、巻中に附加した。その結果、平安中期以降、博士家や諸寺院の門流に、特定の典籍を対象とする訓法の伝承を通じ、典籍毎に定まった独自の講説を、師資相承する形勢となった。この頃、新たに宋版本の到来という情況を生じ、次第に広く浸潤を蒙ったが、その影響として、一には、博士家周辺の家学更新という枠組みの下、新渡の異本や注説として用いられ、従来の写本同様、証本の校合や増修に供されたことが挙げられる。この動きは中世漢学の一特色として、後世まで継続深化され、旧鈔本中に吸収された。またもう一つには、版本製作の模倣が行われ、当初は写経の代替としての摺経の流行を見たが、鎌倉期に至り、奈良諸大寺の一円的復興を背景に、版刻を契機として、学統中における本文の共有が起こった他、東西に木版印刷の技術を醸成し、宋版や高麗版をも複製する様相となった。

中世前期におけるこうした情況の下、新たに五山禅林の活動が勃興したのであり、その学問は、版本の使用に機軸を移したこと、教学の範疇を脱する広がりを持ったことに新しさが認められ、それ以降の日本の言語文化に、大きな影響をもたらす働きがあった。

二　五山版の誕生

1　五山禅林の勃興

日本への禅宗の伝来は、宗門を開く端緒とはならなかった個々の接触を別にすると、鎌倉時代初期の入宋僧による移植が画期を成し、栄西が臨済宗黄龍派を、道元が曹洞宗を伝えたとされる。(37)栄西は京東山に建仁寺を開いて道場と為し、関東にも門生を派遣してその支持を広げた。鎌倉幕府の権輿を握った北条氏一門は、この新規外来の宗派に親しんで外護を加えたから、臨済宗は次第に隆盛に向かい、さらに、同宗破庵派の無準師範の教えを受けて帰国、東福寺を開いた円爾等の伝法が続き、南宋時代の禅宗諸派との関係を深めていった。禅宗では、師資相承の人間関係から成る法系を重視し、修道を共にする僧衆を親族にも擬して結束を固め、高麗や日本の留学者も隔てなく加えて脱俗の社会を築いたために、日本の禅僧は、日本社会への帰属に加え、中国江南の禅林を中心とする系脈に加わり、二重の関係を結ぶ形をとった。

このため、彼我の関係を便りとして俗界を越え、寛元四年（一二四六）商船に乗り自ら来航した蘭渓道隆のような来朝僧も現れ、また幕府の計画に応じ、大休正念、兀庵普寧や無学祖元等、高僧の招聘が実現されたから、彼等を迎えた禅院では、時に漢語を交え、中国風を追う生活が営まれた。もともと禅宗では、教理の探究よりも、集団生活中での了悟を眼目としたから、修行の過程そのものの内に、悟りを促す工夫が凝らされ、そこには南宋風の習慣と、趣味や教養が息付いていた。但し、留学者を多く出したと言っても、日本の禅林における漢文の解読は、訓点語への翻訳を借りる場合が大勢を占め、その意味では上代以来の訓法が通底し、基層を成したことも看過できない。

禅宗の中でも臨済義玄の流れを汲み、宋代の円悟克勤や大慧宗杲の影響を蒙った江南の諸派では、看話禅と称し、日用の話頭や説法、問答の間に、言葉の暗示的使用や様〻の奇策を含む、寺院内外の言語生活を悟りの契機としたから、そうした工夫を文字に書き留め、保存、参照する習慣を生じた。古人悟入の逸話に評を加えたり、悟りの境地を詩に託して表明したりする行為がそれで、士大夫との交流によって培われた文雅の習慣が色を添え、法系を重視する傾向が支えとなり、老師の言動を伝える記録や編集が行われた。

宋元時代、中国の禅宗は帝室と官僚に支持を得て、臨安（杭州）や慶元方面に、五山と称する官営の寺院を設けたが、南宋時代の江南は経済発展の時節に当たり、都市生活に繁華を加えていたから、五山における文雅の洗練が進み、大慧派のように文学に傾倒を示す門派も出て、語録や文集が盛んに作られるようになった。これらの作品は、同門者や近親の他派、帰依者の間に味読され、宗教生活を振興、潤色する材料として求められたが、そうした傾向と、地元の浙江方面に育った版刻の技術とが相俟ち、活発な禅籍の出版が興った。従って、日本に中国風の禅院生活が再現され、武家によって公許された官寺を築くに当たり、禅籍出版の習慣もまた移植せずには措かず、鎌倉後期、他宗派に亙して出版が行われたのは、当然の帰結であった。こうして宋元版の様式を模倣し、日本の禅林、特に五山を頂点とする臨済宗および関係諸派周辺で刊行された版本を、広く五山版と称する。

2 五山版開刻の始め

五山版の刊行は、当初、鎌倉と京都に相次いで興った。鎌倉では、金沢北条氏の顕時が禅宗に親しんで、宋版本の『伝心法要』に学び、施財摸刻して、その広伝を図った。時に弘安六年（一二八三）、来朝僧の大休正念が顕時の諮問に応じ、跋を認めている。さらに、同十年には『伝法正宗記』『禅門宝訓集』と、やはり宋版を覆刻して、宗門の要領をまとめた書物を刊行した。この出版には、『華厳経』の開刻を行った相模霊山寺の僧侶が刊記に名を留め、禅宗の出版といえども、在来の版刻情況の上に根付いたことが窺われる。

一方、京都では、正応元年（一二八八）東福寺の周辺で、円爾の門弟等がまとまった出版事業を開始した。その書目は『応庵和尚語録』『密庵和尚語録』『虎丘隆和尚語録』『破菴語録』の四種と、翌年には『雪竇明覚大師語録』の版刻に及んでいる。前四作の語者は、臨済宗虎丘派から破菴派の法系を結ぶように、虎丘紹隆—応菴曇華—密菴咸傑—破菴祖先と連なり、破菴からさらに無準師範—円爾と連なる次第であって、円爾を祖とする聖一派の、中国における淵叢を知らしめる内容である。刊記がなく確定できないが、同時期の、同版式による無準の『仏鑑禅師語録』も伝来する。これらの版本は、宋版浙本に特有の欧陽詢風の字様を持ち、(38) 言外にその来源を伝える他、『雪竇録』には「四明徐汝舟刊」の原刊者名を存し、その版本が浙江方面に由来することを証しており、将来の宋本に基づく開版と推量される。鎌倉での当初の出版が、俗人教化のための入門書を選んでいるのに対し、東福寺のそれは、自派の宣揚を目指した専門的なもので、両者の内容に相違はあるが、禅宗の伝来以降、力を蓄えた末に、版刻に積極的な宗派の性格を、東西に顕したのである。

これ以後、禅林では、宋元の版本を覆刻し、日本の禅林に普及するという基調に立ち、宋元版さながらの純中国式の出版が展開される。中国の禅籍は、形式上、仏経よりも俗書に通じ、折本ではなく、片面刷り内向き半折の紙葉を束ねた、胡蝶装と呼ばれる冊子であったから、(39)五山版もこれに倣い、巻子装や、唐代の冊子に由来する粘葉装等、写本の装訂を用いてきた従来の日本の版本に比べ、一段の新味を加えている。この形式により、鎌倉では、弘安の版刻と相前後して、宋人の筆書かと疑われる『兀庵和尚語録』や『蘭谿和尚語録』等、来朝僧の語録が相次いで上梓され、同門の老師や法友の手になる序跋が摸刻されて、彼我の紐帯を強めながら、その最盛期に赴く。

宗門による教学書の出版は、日本でも相応の歴史があるし、宋版本の覆刻についても、律宗、真言律宗等に先蹤があった。禅宗の出版は、これらの出版情況を基層とし、むしろ一歩遅れる形で登場したが、その中国風の相貌のみでなく、先行する諸版にはない新しい性格をもっていた。即ち禅宗では、門徒が一寺院に止まらず良師を求め諸方に歴参するため、出身にこだわらず参扣者に門戸を開く習慣があったから、法系を軸としつつも様〻の人間関係が交錯する、擬似的な「公」の世界が現出し、そこでの出版は恰も後世の「公刊」の意義を帯びたのである。また、中国の禅林に行われる言語生活への共感が、紐帯に加わるための条件として求められたから、書物への必要も自ら広かった。さらに、教団の在り方として官家の庇護を頼んでいたから、教養ある士人との交渉も視野に収められた。その結果、禅林の拡大と共に出版の範囲を広げ、鎌倉の末、既に『寒山詩』や『冷斎夜話』といった、内容上、純粋な禅籍とはいえず、外典に連なる書物が版刻される。この傾向は次の時代に連続し、仏典の刊刻に止まっていた日本の出版に、一つの転機をもたらすことになった。

ここで初期五山版の特色を捉え直して見ると、中国江南に中心を持つ禅宗社会に帰属しながら、日本の政権に庇護を求めた禅林の二重性が、その背景にあった。仏教社会はもともと僧伽の発展であり、世俗を脱し教法に基づく連合を築いて来たから、日本の僧侶にも国家を越えて活動する伝統がある。従って前代以来、留学僧の事蹟も著しく、また源信のように、留学僧に託して『往生要集』以下の自著を送り、中国仏教界にその真価を問う行為も見られたが、律宗や禅宗では、教学よりも共同生活中の修道によって解悟を目指すため、人と人との直接交流が不可欠であり、関係の緊密さが一段と強かった。そして十三世紀ともなると、海商を主体とする環東シナ海地域の航路が安定を増し、元寇や宋朝の滅亡という、地域を取り巻く政治的変化、軍事的緊張によって動揺しながらも、宋元の対外貿易保護の姿勢に支えられ、交流の道が絶たれることはなかったから、この期に発展した日本の禅宗は、中国風の宗教、言語生活をそのまま移植する機会に恵まれた。禅籍の著述編集や出版等の行為も、その一環として移されたのであり、例えば『蘭谿和尚語録』の開版に当たり、態〻その素稿を四明浄慈寺の虚堂智愚等に送り、批校と題跋を得ているのは、尊宿に威を藉りたのではあるけれども、禅宗社会の習慣を履行したまでとも言える(40)。こうした出版行為は、来朝僧だけではなく、日本出身の禅者の場合にも同様に模倣された。つまり五山版の特色は、単に本文の複製を行ったのみではなく、禅院における出版という社会的活動の扶植、行為の模倣を図った点に見出される。版本の画定には中国流の手続きを踏み、書物の様式や姿においても、浙江周辺の宋版本の写しでなくてはならず、このことは必ずしも、底本の有無に関わらなかった。そして新しく宋風を装った禅林と、日本の政治権力との関係が、次第に密接となる過程で、禅院やその版刻への施財を契機に帰依を促すことが行われ、印本を発刊してこれを可視化した。その結果生じた版本は、内実では国家を超える禅宗社会の流儀に添い、その資材は、直接間接に日本の庇護者にこれを求めるという、中世禅林の性格を映して造られた。このことは、南北朝以降に展開する盛期の五山版をも規定し、外護者にも共有されるべき、脱日本的な文雅を内に含んで行われた。

三　五山版の隆昌

1　臨川寺版、天龍寺版

元弘三年（一三三三）鎌倉幕府が滅んで庇護者の一方を失った日本の禅林は、挫折を味わうかに思われたが、来朝僧の無学祖元に発する仏光派から出て声望の高かった夢窓疎石が、幕府を倒した後醍醐天皇と、のちにその権輿を奪った足利尊氏、直義兄弟の支持を得て、国教化にも比すべき大きな躍進を遂げたために、出版の方面でも、次の南北朝時代に隆昌を極めることとなった。鎌倉末以来、語録や基本的な禅籍の出版が相次いでいたが、暦応康永の間（一三三八—四五）にもいっそう盛んで、特に注意されるのは、康永元年（一三四二）頃、夢窓が、足利直義の諮問に答えて禅理を説いた『夢中問答集』や、聖一派の虎関師錬が、宋元の文学僧の疏榜を集成した『禅儀外文集』を開版したことである。前者は俗人向けに、日本語の本文を漢字片仮名交じりで記したもの、仮名交じり文の開版としては、浄土教版による法然の『黒谷上人語灯録』に次ぐ。後者は、学問を専門とする禅僧向けであるが、今日の見方では、日本人編集の、いわゆる「準漢籍」に当たっており、禅林文学の焦点の一が、疏や榜といった装飾的な四六駢儷文の製作にあったことを示す。

後醍醐天皇に招かれ、関東から上洛した夢窓は、臨川寺を得て自派の拠点としたが、天皇が足利尊氏に逐われて歿すると、今度は足利氏の任用に応じ、臨川寺に隣接して、後醍醐天皇の菩提を弔うための官寺、天龍寺を開かせた。

この天龍寺において、開山塔を守る雲居菴に居住し、同寺を経営した春屋妙葩は、初代僧録となって官刹を掌り、幕府外交の書記を代行する一方、次々と開版事業を行って版本の普及に貢献した。春屋は夢窓の高弟であるが、これより先、南禅寺において来朝元僧の竺仙梵僊の教えを受け、竺仙の開版事業に携わっている。元代の禅林で繁栄したのは臨済宗松源派であったが、竺仙は、松源派を領導した金陵保寧寺の古林清茂の直弟であり、日本の招請を受けて来朝する明極楚俊や、日本人の在元僧にも請われ、古林の宗風を日本に扶植する目的で、鎌倉末の元徳元年（一三二九）に来日した。竺仙は、鎌倉にあっては北条氏や足利氏、京都にあっては後醍醐天皇の庇護を受け、康永年間（一三四二―五）居処南禅寺において『古林和尚語録』の増補、『古林和尚偈頌拾遺』の編集と、両者の刊行を主宰した。その出版は、上皇や公家を始め、僧俗高下の多数の人員を巻き込み、それ自体に宗派宣揚の意義をもつ大規模の勧進によって行われたが、これを助けて出版事業の重要性を認識したのが、上記の春屋であった。[41]

この頃、臨川寺にも出版の事蹟が認められるが、天龍寺雲居菴ではいっそう盛んで、貞和五年（一三四九）『雪峰東山和尚語録』『同外集』を開刻したのを始め、確認されるだけで、十数年間に二十種近い書目を上梓している。このうち、夢窓の歿後には『夢窓語録』と、その師高峰顕日の『仏国国師語録』を刊行し、続いて、高峰の師の無学祖元に連なる虎丘、破庵派の諸語録を刊行し、既にある東福寺版を、軒並み覆刻した。これには、日本の禅林の主流を浮かび上がらせる目的と同時に、円爾下の聖一派の功績を踏まえつつ、無学下に出る夢窓派の手によって再確認するという、絶妙の意図が表現されている。また貞治六年（一三六七）臨川寺開刻の『禅林類聚』は元版の覆刻で、底本は元代における禅林の出版事業を知る上で有用の版本であるが、これを日本で覆刊した東岡希杲は、南禅寺における竺仙の事業に参加した経験をもち、本書の出版についても、それに匹敵する大規模の勧進が行われた。そしてこの版では、「壱貫文、太虚和尚」以下、助力者の名と施財の額面を、版本の餘白を埋め尽くすように列記して、その全てを明示した。なおこれらの出版は、版式字様の面でも変化を来し、東福寺版の覆刻を除いては宋版浙本の形を離れ、元代の官刻本を風靡した趙孟頫流の書、いわゆる趙松雪体を採用している。このように、嵯峨の地に隣接する臨川寺と天龍寺で行われた出版事業は、日本中世の出版史上に、空前の規模と広がりを示すものであった。

2 文集の開版と来朝刻工

天龍寺の出版活動について注意すべきは、延文三、六年（一三五八、六一）に元の范梈の『詩法源流』と『范徳機詩集』を、貞治二年（一三六三）に虞集の『新編翰林珠玉』を取上げ、まったく俗人の製作した文学書、純粋な意味での外典を刊行していることであり(42)、年代不明ながら同時期に、掲傒斯の『掲曼碩詩集』、薩都剌の『新芳薩天錫雑詩妙選藁』や、元一代の総集『皇元風雅』前後集も開刻されている。これは、禅林における文学趣味の発露として、日本の出版活動が、漢籍外典の領域に踏み込んだことを意味し、その初めから、元末に活躍した宮廷詩人の文集を取上げた。范、虞、薩の三名は共に至元九年（一二七二）生、掲氏は翌々年の出生で、薩氏の歿年は不明ながら、他は十四世紀半までに卒しているから、南北朝時代の五山僧にとってほぼ当代の文学と考えてよく(43)、外典出版の動機が、体系的な漢籍の紹介や流通等ではないことをよく示している。

もともと南宋時代の禅宗では、臨済宗黄龍派や大慧派のように、儀式文の修飾や禅的境界の詩的表出という立場から一歩踏み込んで、俗家と変わらない文学への傾倒の中に、悟入の機会を見出そうという宗派も現れ、元代に主流となった松源派の、古林清茂の会下では、文筆の対象を宗教的内容のみに抑制すべきとし、それだけにいっそう高踏的な文学活動が行われた。中巌円月や雪村友梅、龍山徳見等の留学僧は、こうした傾向に浸されて帰国したから、元代の文学趣味が伝えられ、いわゆる「五山文学」が育まれたのであり、例えば、龍山に教えを受けた義堂周信が、宋元の偈頌を集め分類し、『重刊貞和類聚祖苑聯芳集（貞和集）』を編んだのも、そうした時流の顕れであろう。ただ宋元の禅僧が、俗家の作品や詩法の研究につき、その便宜に事欠かなかったのに対し、日本の事情を見ると、そのような書物が流通する社会情況にはなかったため、ついに五山僧自らがこれを肩代わりして、元人の作詩指南書や、文集の出版に手を染めたのである。こうした活動は追い追い、詩文の背後にある古典の世界にも及んでいく。

またこの時代に、中国の刻工が集団で来航した記録と、実際、その名を刷り出した版本が残されている。義堂周信の『空華日用工夫略集（日工集）』応安三年（一三七〇）九月条に「唐人刮字工陳孟才、陳伯寿二人來、福州南臺橋人也。丁未年七月到岸。大元失國、今皇帝改國爲大明」という記事が見える。[44] 丁未とは貞治六年（一三六七）を指し、この年に日本に着き応安三年までに鎌倉に下って、義堂に見えたものであろう。一三六七年と言えば元の最末期にあたり、既に集慶（南京）を占めた朱元璋の南征軍が進発、平江（蘇州）に拠った張士誠は滅ぼされ、慶元（寧波）以南の浙西沿岸を制した方国珍も年末までに降伏、翌年には明の建国、洪武元年を迎え、正月には、福建に拠る陳友定も征せられようという時節であるから、この間の争乱を避けて来航したと見られるかも知れない。

『日工集』に言う「刮字」とは、板木の彫刻を指すと思われるが、[45] 実際、応安七年刊行の『北磵詩集』『北磵文集』の印面に刻された工名に「孟才」「寿」と見えるのを始め、応安年間（一三六八—七五）以降、五山版の紙葉に中国人らしき工名が現れる。その主要な者は孟才、伯寿の他、陳孟栄、兪良甫、「彦明」「長有」等も挙げられ、前に述べた臨川寺版『禅林類聚』の補刻記に「孟栄刊施」と見え、陳孟栄、兪良甫の両名は、しばしば自ら施主となり出版を行っている。このうちの兪氏は、至徳元年（一三八四）に『伝法正宗記』を刊行し、木記に「福建道興路莆田県仁徳里住人兪良甫、於嵯峨寓居、憑自己財物、置板流行」と、その出身地と居住地を明記している。[46] このうち、彼が当時、版刻の中心地であった福建の出身であること、但し書肆の集まる内陸の建安ではなく、沿海部の莆田出身であることは注意される。『日工集』に見える陳孟才、陳伯寿の出身地は福州であったから、これらは福建沿海部刻工集団の来航であったと総括されよう。なお元末明初の一時期、日中間の往来に、浙江方面の戦乱を避け、福州と肥後高瀬を結ぶ南島方面の航路が利用されたという指摘があり(47)、刻工等の出身地は、この事象との関連を思わせる。また嵯峨に寓居するとの記事は、応安以降、彼等が、天龍寺や臨川寺を中心とする嵯峨の地で行われた、五山版刊行の事業に加わったことを示している。そして、この来朝刻工の活動が、南北朝後半における、五山版の最盛期を特色付ける。

恐らく彼等は、禅林の指導下に組み込まれ、在来の寺院出版に準ずる体制をとったのであろうが、五山僧自身のもっていた俗家流の文学趣味を増幅する形で、元来手がけてきた漢籍外典の版刻を行い、彼等の名を刻んで、『杜工部詩』『唐柳先生文集』『昌黎先生集』『東坡先生詩』等の古典的詩文集や、『蒙求』『千字文』『胡曽詩』（いわゆる「三註」）等の附注の幼学書、『大広益会玉篇』『韻府群玉』などの字書、類書が刊行された。また嘉慶二年（一三八八）、義堂が自ら跋を附して『貞和集』を絶海中津に託する際、もともと童蒙のために編集し公にするつもりのなかった著作を出版する理由につき、「嗜利之徒」が未定稿をもって勝手に刊行したのを正すためと述べており、これより先、来朝刻工が未定の『新撰貞和集』を発刊していることと併せ考えると(48)、彼等は日本の禅林の需要に合わせて出版を行った上、一定の独立性をもち、商業的立場からも出版を行ったものと思われ、法系や禅林内部の関係を背景とする出版とは、一線を画する刻書が展開された。

そのような前提からこの時代の版本を見れば、前述のように趙松雪体が流行する中、いくつかの版刻は、柳公権体を用いた宋元間建安坊刻本の様式に基づいている。もとよりこれは底本の様式に従ったまでで、建本は江南一帯にも流通していたため、そこから直に地域的関係を導き出すことはできないが、鎌倉末までの五山版は専ら浙本の反映であったから、この間の変化は、海域交流の動向や、来朝刻工の参与に関連していよう。さらに来朝者の版刻は、中国風の版式字様を備えながら、印面に素人の稚拙さとは異なる雑駁さを呈し、本文においても未訂の字格を多く留める等の特徴が見出される。こうした情況を総合してみると、この時期、来朝刻工の活動により、日本に半商業的出版が現われ、漢籍外典の流通に、格段の広がりをもたらしたと言える。彼等の刊出した版本は現在まで潰えず、近世へと向かう礎を成しているし、また漢籍流布の功績に止まらず、彼等のもたらした商業的版本の広通という経験は、後世の日本語文化の一端を開いたと考えることができる。

3　中世後期の外典流通

南北朝以降の、漢籍外典流通の概況を述べると、(49) 五山版の行われたことは右の通りであるが、その書目は、室町末までに七十八種に上った。(50) これを四部分類に就いて見れば、経部十四種、史部六種、子部十三種、集部四十五種となり、集部に半数近くが集中し、五山僧の興味の動向を示している。集部に次いでは、小学類を含む経書が続き、古典としての儒教経典も、関心の対象となったことがわかる。これら五山版漢籍の底本は、集部や小学類では大抵元明の版本であるが、一方『尚書』『論語』については、古代以来の旧鈔本が用いられ、『春秋経伝集解』『音注孟子』は、一時代前に行われた宋版本を基にしており、経書では保守的な傾向を示している。(51)

ただ南北朝の数十年間にわたり、五山版の一面を規定した上記の実情も、室町時代前期には終息に向かい、一時期を画するのみの現象に終わった模様である。これは刻工集団の世代が遷り、その職制がかき消え、日本社会に融け込んでしまったためと見られようか。また洪武四年（一三七一）、沿海部の旧勢力や倭寇と一般人民との連繋を警戒して海禁が実施され、明の対外交流が朝貢のみに限られて以来、日本国王の朝貢使に随行する他に渡海の機が奪われてしまうと、前代の活潑な往来が国家間の統制下に置かれ、禅僧の役割も、外交使節としての入朝と、貿易のための折衝に変化した[52]。従って寧波を起点とする北京への往復を含め、前後一年足らずの旅行が入明者の中国体験となり、儒教に立脚した明朝下の禅林の不振も関係し、長期の滞在者も少なくなると、かつて彼我一体であった禅宗社会は、国境により分節される。そして禅林が、国内的存在として平衡の状態に達すると、その振興普及の一端を担ってきた新規の出版行為にも歯止めが掛かったようである。しかし重印や覆刻、伝本の相承が後世に引継がれた結果、室町期にも五山版によって多数の書籍が行われた。これにより、儒仏道の三教を並べ、比較して理知的に分析するような近世的思考が育ち、新しい文化情況の到来が促されたことは確かであろう。

ただ日明貿易によって、書籍そのものの舶載は継続され、例えば経書についても、元明刊行の「四書」朱熹新注とその末疏類が日本にも流通し、これらの新注書はむしろ、通俗的な宋元明版によって行われたし[53]、『事文類聚』『事林広記』『新増説文韻府群玉』『翰墨全書』等、元明間に印出され、日本でも需要の大きい類書については、元明版自体がよく浸透しているから、室町期の漢学を窺う上では、その点にも注意が必要である。版本到来の後、諸版の伝写本も広がっているが、そうした本文と五山版との相補関係の把握も、日本漢学研究上の一の課題であろう。

さらに博士家の証本類も、前代以来護持されていたことが現存本に明らかで、中世の博士家を代表する清原家でも、宣賢の手鈔した室町写本『毛詩鄭箋』（静嘉堂文庫蔵）に見られる如く、巻軸の姿を保つ証本の再生が続けられた。なお博士家では、中世前期、既に版本の吸収を試みていたが、南北朝室町初に及び、主として版本によって行われた新たな学術に対する採否の決断を迫られ、明経道では朱熹新注、紀伝道では韓柳以下の古文隆盛に逢い、北山時代の文化情況下に、清原良賢、東坊城秀長等がそれを採用した。但し採用と言っても、累世の注説に加味折衷し、重代の駢文にその語句が鏤められる程度で、新注や古文自体を中心とする家学は生じなかった模様である。そして室町期には、禅林と公家の結び付きが強まったことから、武家や一般の公家を仲介として、博士家と禅林の互恵が常態となる。南北朝期、二条良基の周辺における文談や和漢聯句[54]、下って清原業忠と瑞渓周鳳の交渉、三条西実隆周辺の清原宣賢と月舟寿桂の接触等はその好例であり、五山僧は博士家の特殊な訓法をも学び取り、禅林に培われた解義、文脈に従う随時可変的な訓読語中に緩やかに同化した。このように融合された訓法は、公家や新興知識人に向けて広がっていく。一旦は政治的、文化的な規格の外に出た禅林の学問が、日本漢学の一流として収束、定位したのである。

四　中世後期の地方版

1　「正平版論語」と堺版

鎌倉末から南北朝以前、漢籍の受容は極めて保守的に行われたが、この情況を切り開いたのは、正平十九年（一三六四）堺の道祐居士が開刻し、室町時代にかけて行われた版本の『論語集解』、いわゆる「正平版論語」である[55]。日本における『論語』の受容は上代に溯り、学令には後漢の鄭玄、魏の何晏の注を用いることとされ、『日本国見在書目録』には、鄭何両注の他、梁の皇侃、褚仲都、唐の陸善経等、六朝唐代の注疏が行われたことがわかる。また中世には、宋の邢昺や朱熹の注釈も行われた。しかし文献の記録や伝本の情況を総合すると、中世以前に行われた注疏は、何晏『集解』と皇侃『義疏』の両書であり、特に『集解』がその根幹であった。なお「正平版」とは通常、四の版種を重印した五つの伝本群を指していう[56]。正平十九年の初刻本は完全には伝わらず、ふつうにはその覆刻本をもって知られている。その跋には「堺浦道祐居士重新命工鏤梓。正平甲辰五月吉日謹誌」とあり、刊年が知られるけれども、道祐居士の伝は未詳、堺浦とは、和泉国大鳥郡の堺南荘にあった中世の港町である。この正平版の本文は、上代以来学ばれてきた博士家伝来の本文であり、明経道の学問を保持した清原家の証本に近い。

堺では南北朝以降、領主の細川氏が日明貿易に利を占め、文明元年（一四六九）から、その発着地ともなり繁栄した。またそうした殷賑を背景として学藝の高まりを示し、室町末に行われた市民自治の気風と相俟って、いくつかの独自の出版事業が行われた。その嚆矢は、上記の「正平版論語」であるが、その覆刻残存の板木も、江戸時代には、京都五山の一角を成す相国寺に伝わり、堺南荘は相国寺崇寿院を領主としたから、やはり堺で覆刻されたと想像される。次いで商家の阿佐井野氏に数種の開版、印行があり、(57)室町後期に医術を学んだ阿佐井野宗瑞が、大永八年（一五二八）明版の『医書大全』を覆刻した。もとの明版は成化三年（一四六七）建安の書肆熊氏種徳堂の刊行であり、月舟寿桂の跋を伴う。新渡明版の覆刻という意味では五山版に倣うが、実用書というべき医書の刊行については先駆けであり、恐らくは貿易港堺の、地の利を生かした出版でもあろう。阿佐井野氏はまた、明応三年（一四九四）相国寺の刊行した『三体詩』の板木を入手、その経緯を追刻して重印し、さらに天文二年（一五三三）には、先行する堺版の焼失を惜しみ、再び清原家に本文を求め、清原宣賢の跋を附して、集解刪注本の『論語』を刊行した。これを世に「天文版論語」と称する。これら阿佐井野氏の出版は、新興知識人の立場から、伝統的な博士家の学問と、後出の五山の学問をも受け容れ、実用への配慮を加味した新しい出版のあり方を先取りしている。

堺に出入した新興知識人といえば、室町後期に宣賢や月舟の注説を録し、大量の「抄物」を遺した奈良の林宗二も著名である。宗二は、その祖浄因が、観応元年（一三五〇）帰国の龍山徳見に侍して来航したとの家伝を持ち、禅院の学問に親昵したが、必ずしもそれに拘らず、舶載の版本を土台に、博士家の訓点を移写する等、旧鈔本時代の学問にも関心を注いだ。新旧の伝統的学問を分け隔てなく受け容れる態度は、阿佐井野氏の版刻に相似し、版本の流通と参照が、学問の前提に置かれていることも、両者に共通する。こうした気風を継ぎ、堺では、天正年間（一五七三—

し、既に営利的出版を行って、いちはやく近世の開始を告げている。

九二）に「経師屋」を名乗る石部了冊が出て、陰刻の書法『四体千文書法』や、日本語表記辞典の『節用集』を刊行

2　その他の地方版

室町時代以降の日本社会では、全国に守護大名が割拠して、一定の自治を行った関係から、学藝文化に関心をもつ大名により、学問の媒介者たる禅僧の活動を庇護する形で、地方独特の版刻が行われた。その典型は、周防国山口に居を構えた大内氏の出版であり、大内盛見が山口に国清寺を作って蔵書を蓄え、応永十七年（一四一〇）に『蔵乗法数』を刊行したのが初見である。その後、大内家中では、明応年間（一四九二—一五〇一）に虎関師錬の編集した韻書『聚分韻略』改編本や、前述の「正平版論語」を覆刊するなどした。大内氏は博多の地を抑えて後期日明貿易を壟断し、日本国王を称して朝鮮との貿易に手を染め、財産と書物を蓄積したから、その餘沢として、これらの版本が生まれたと見られる。

一方、薩摩の島津氏領内では、早く文明十三年（一四八一）に『聚分韻略』の改編本が版刻された他、『大学章句』が刊行されたといわれ、薩摩に住院した桂庵玄樹が延徳四年（一四九二）に覆刻した版本のみを、僅かに伝えている。南九州はその西海側に対中航路の寄港地を擁し、南北朝時代から海商や禅僧の逗留する者多く、舶載書の受容も頻繁であったと推されるが、文明、延徳の『大学章句』出版は、日本における朱熹新注書開刻の始めとされる他、玄樹の法系に、既に明版を基礎とする学僧文之玄昌を出し、江戸前期に『大魁四書集註』『周易伝義』等、文之点の経書が幅広く流行して、その活動が近世儒学の前提となった。

右の他、室町期には『碧巖録』と『聚分韻略』の地方版を数多く存する。また、守護大名の権威が奪われた戦国の

世となっても、やはり出版を手がけた地方の領主がある。例えば越前の朝倉氏、駿河の今川氏等がそれで、ともに領内文化の振興を図り、朝倉氏城下の一乗谷では、天文五年（一五三六）に医書『八十一難経』を、今川氏の駿府では、同二十三年に史書『歴代序略』を刊行した。ともに新渡の明版を覆刻し、五山版の欠を埋めたものである。こうした中世後期の地方の版刻は、純粋な意味での五山版とは同一視できないが、対外関係を含む社会情勢下に禅林の勢力が浸透し、直接間接に学藝を領導した結果の事象で、類縁性が強い。これを五山版の地方的展開と見ることも可能ではあるが、共〻に、版本に立脚する日本語文化の礎を成したと見れば十分であろう。

五山版は、禅林という枠組みの内ではあるが、一応、宗教や信仰とは切り離し、学問それ自体に意義を見出した上での出版であったという所に、特色がある。その背後には、禅林の思想や文学趣味と社交、権力に従う外交や様〻の書記行為、また宋元明の商業出版の影響や、その担い手であった中国人刻工の来日参加など、種々の要因が考えられるけれども、より大きな情況を考えると、やはり前代からの寺院出版の盛行により、教理教学を刻んだ文字が版本に格納されて普及し、より多くの人〻の眼前に置かれ、単に識字という意味ではなく、冷静な考慮の対象となってきた経験が、広い意味でその支えとなったのではないか。自ら欲するところの文字を、一人一人が手自ら写し取るのではなく、社会的要請のもと、他者の手工によって造られ提供された版本が、日本語文化の基礎となりつつある、そうした変遷の一階梯として、五山版の時代を顧みることができる。

殊に、五山版を生んだ中世後期の日本漢学の情況は、特定書目の中に沈潜し、只管に本文の解読を目指して、詳細な訓法を遺漏なく伝えてきた博士家流の学問に対し、書物の縦覧互照を常套とし、過剰とも思える注説の集約を通じ、その重層や不協和を乗り越え、本文の背後に真理や事実を見通そうとする、新しい学問が展開された。例えば、日本で早くから学ばれてきた『史記』と『漢書』について、竺雲等連、桃源瑞仙、月舟寿桂等、室町期の五山僧が、書目ごとに訓法を伝承する博士家の学説を批判し、その重複部分について両者を合揉する立場をとったこと等は象徴的である。[58] これを書物中心に見れば、旧鈔本を主とし、一異本、一新注として版本の文字を組み入れようとした中世前期の動向に対し、鎌倉末以降、中世後期の禅林では、舶載の版本とその覆製を集積して蔵書を築き、これを基礎とする版本中心の学問が興ったと考えられる。従って南北朝を中心とする五山版の開刻と流通は、その有力な一過程として捉え直すことができよう。

ただ室町期に、対外交流の基礎条件が転換し、禅林の活動が日本国内に局在するようになると、その学問注釈は自己目的化を来し、学問自体が一部五山僧の関心を占める倒錯を生じた。その結果として、版本の行間や餘白を埋め尽くし、料紙を補い冊子を分かち、紙面を拡大して夥しい数の文字が遺されたが、その様子は溢れんばかりの奔流を思わせる。このために、総集や類書の編集等、整理集約の努力も各所に試みられ、[59] 学問の領袖が渇望されたものの、大局的視点に立つと、こうした事象は、近世の学問を産み出すための偉大な混乱であったとも見られる。そして、文学書の注解に傾倒、還俗して漂泊の道を選んだ万里集九、漢籍外典の仮名交じりの注釈に執着を示した林宗二、「三註、四書、六經、列莊老、史記、文選」のみの講学を旧規とした足利学校の衆徒等、禅林の周辺に滲み出た新興の漢学者達を先駆とし、遂に五山禅林の内部から、藤原惺窩、林羅山等の儒者を輩出するに至る。この過程に、五山版を始めとする版本の流通が不可欠であったことは言うまでもなく、儒者の自立と出版書肆の簇生という転機を待って、漢語による密度の高い思索と、その幅広い享受者を生んだ、近世の文運隆盛を導くのである。

（1） 本稿の全般に渉り、川瀬一馬氏『五山版の研究』（一九七〇、日本古書籍商協会）、溯って木宮泰彦氏『日本古印刷文化史』（一九三二、冨山房）、『日華文化交流史』（一九五五、同）、また阿部隆一氏「五山版から江戸の版本へ」（「ビブリア」第七十九号、一九八二、『阿部隆一遺稿集』第三巻〈一九八五、汲古書院〉再録）を参考とする。

（2）広く知られるように、日本の五山は、禅寺建立のたびに更新され、相国寺編入に伴う変更を加えた、至徳三年（一三八六）の形が最終となる。この点等、今枝愛真氏『中世禅宗史の研究』（一九七〇、東京大学出版会）参照。従ってそれ以前の版本について、制度の変動を踏まえ五山版、非五山版を区別してもあまり意味がなく、ましてや十刹、諸山といった、変更の著しかった官寺との関係の如何は、逐一明らかにし難い。一方、敢えて官刹に列しない寺院、禅宗以外の教義を兼修する寺院にも、禅寺官刹に同質の出版を行った場合があるから、これら官寺制度との関係をもとに定義を行っても、版本の整理にはあまり役立たない。やはり書物自体の特色、殊に版本の様式と本文系統に、その規矩を求めるべきではなかろうか。

（3）本節以下、石田茂作氏『写経よりみたる奈良朝仏教の研究』（東洋文庫、一九三〇）、桃裕行氏『上代学制の研究』（一九四七、目黒書店、『桃裕行著作集』第一巻〈一九九四、思文閣出版〉再録修訂）、森克己氏『日宋文化交流の諸問題』（一九五〇、刀江書院、『森克己著作選集』第四巻〈一九七五、国書刊行会〉増補再録）、『続日宋貿易の研究』（同第二巻、『新編森克己著作集』第二巻、〈二〇〇九、勉誠出版〉再録）等、東野治之氏『正倉院文書と木簡の研究』（一九七七、塙書房）、『遣唐使と正倉院』（一九九二、岩波書店）等、神田喜一郎氏『扶桑学志』（『神田喜一郎全集』第八巻、一九八七、同朋舎）、大阪市立美術館編『唐鈔本』（一九八一）、阿部隆一氏「本邦伝存漢籍古写本類所在略目録」（『阿部隆一遺稿集』第一巻〈一九九三、汲古書院〉）、大庭脩氏『古代中世における日中関係史の研究』（一九九六、同朋舎出版）、山内晋次氏『奈良平安期の東アジア』（二〇〇三、吉川弘文館）等を参照した。

（4）真備の功績につき、太田晶二郎氏「吉備真備の漢籍将来」（「かがみ」第一号、一九五九、『太田晶二郎著作集』第一冊〈一九九一、吉川弘文館〉再録）、「吉備大臣入唐絵詞を読んで」（「日本歴史」第二百八号、一九六五、同前）。宮田俊彦氏『吉備真備』（一九六一、吉川弘文館）。

（5）『日本国見在書目録』につき、太田晶二郎氏「〔日本国見在書目録　解題〕」（『群書解題』第二十、一九六一、続群書類従完成会、『太田晶二郎著作集』第四冊〈一九九二、吉川弘文館〉命名再録）。

（6）以下、築島裕氏『平安時代の漢文訓読語につきての研究』（一九六三、東京大学出版会）、『平安時代訓点本論考』（一九八

六・九六、汲古書院）等、小林芳規氏『平安鎌倉時代に於ける漢籍訓読の国語史的研究』（一九六七、東京大学出版会）等。

（7）天台宗の最澄、円仁、円珍、真言宗の空海、常暁、円行、恵運、宗叡の八名を指し、各員の将来書目を存する。

（8）天長九年（八三二）明経家苅田根継の加点本が侍講に用いられ（金沢文庫本『春秋経伝集解』巻二十五識語）、藤原頼長披見の紀伝家藤原佐世撰『古今集註孝経』（散佚）は、寛平六年（八九四）の加点と伝える（『台記』康治二年〈一一四三〉五月十四日条）。そして実際、寛平九年以降の宇多天皇筆に係る『周易抄』（東山御文庫蔵）は、延暦寺や仁和寺に伝わるヲコト点を用い、唐鈔本『漢書注』楊雄伝（個人蔵）には、天暦二年（九四八）の藤原良佐の加点が見られ、後者は既に、俗家特有の点法を用いる。

（9）紀伝道は、奈良時代に置かれた文章生に、中国の正史を兼修させたことから名付けられ、その寄宿寮を設けて「文章院」と呼んだ。この科は近代に文章道とも呼ばれたが、当時は一に紀伝道と称していた。注（3）桃氏著書。

（10）所功氏「平安時代の菅家と江家」（『皇学館大学紀要』第十三号、一九七五）。

（11）坂本太郎氏『菅原道真』（一九六二、吉川弘文館）、佐伯有清氏『最後の遣唐使』（一九七八、講談社）、注（3）東野氏著書等。

（12）菅家の儒者の侍講の例を纏めた『菅儒侍読臣年譜』に拠ると、菅原清公が、弘仁十年（八一九）嵯峨天皇に『文選』を、承和二年（八三五）仁明天皇に『後漢書』を授けて以来、御書始の儀の『史記』五帝本紀や『御注孝経』を主要な課本として、講書が続けられた。

（13）大曾根章介氏「大江匡衡」（『漢文学研究』第十号、一九六二、『大曾根章介日本漢文学論集』第二巻〈一九九八、汲古書院〉再録）、後藤昭雄氏『大江匡衡』（二〇〇六、吉川弘文館）。

（14）太田晶二郎氏「白氏詩文の渡来について」（『国文学解釈と鑑賞』第二十一巻第六号、一九五六、『太田晶二郎著作集』第一冊〈一九九一、吉川弘文館〉再録）、小島憲之氏「「白詩」以前」（『国語国文』第三十巻第四号、一九六一）、大曾根章介氏「王朝漢文学の諸問題」（『国文学解釈と鑑賞』第二十八巻第一号、一九六三、『大曾根章介日本漢文学論集』第一巻〈一九九八、汲古書院〉再録）。太田次男、小林芳規両氏『神田本白氏文集の研究』（一九八二、勉誠社）、太田次男氏『〈旧鈔本

を中心とする〉白氏文集本文の研究』（一九九七、勉誠社）等。

（15）阿部隆一氏「古文孝経旧鈔本の研究（資料篇）」（「斯道文庫論集」第六輯、一九六八）、注（14）太田氏著書、山城喜憲氏『河上公章句『老子道徳経』の研究』（二〇〇六、汲古書院）等。

（16）大曾根章介氏「中世漢文学の諸相」（「国文学」第二十巻第七号、一九七五、『大曾根章介日本漢文学論集』第一巻〈一九九八、汲古書院〉）。また近時、鎌倉期の経学の範囲をよく伝える、経伝注疏および老荘書の解題目録『全経大意』が紹介された。後藤昭雄氏「『全経大意』について」（科学研究費補助金・基盤研究（B）『真言密教寺院に伝わる典籍の学際的調査・研究――金剛寺本を中心に――研究成果中間報告書』、二〇〇九）、「『全経大意』と藤原頼長の学問」（「成城国文学論集」第三十三輯、二〇一〇）。

（17）以下、足利衍述氏『鎌倉室町時代之儒教』（一九三二、日本古典全集刊行会）、森克己氏『日宋貿易の研究』（一九四八、国立書院、『森克己著作選集』第一巻〈一九七五、国書刊行会〉新訂、『新編森克己著作集』第一巻〈二〇〇八、勉誠出版〉再録）、関靖氏『金沢文庫の研究』（一九五一、講談社）、『金沢文庫本の研究』（一九八一、青裳堂書店）、芳賀幸四郎氏『中世禅林の学問および文学に関する研究』（一九五六、日本学術振興会）、和島芳男氏『日本宋学史の研究』（一九六二、吉川弘文館、一九八二増補）、阿部隆一氏『阿部隆一遺稿集』第一巻・宋元版篇（一九九三、汲古書院）、椎名宏雄氏『宋元版禅籍の研究』（一九九三、大東出版社）、竺沙雅章氏『宋元仏教文化史研究』（二〇〇〇、汲古書院）等。

（18）宗叡編『新書写請来法門等目録』。トーマス・フランシス・カーター氏原作『中国の印刷術』（一九二五、コランビア大学出版、ルーサー・キャリントン・グッドリッジ氏修訂〈一九五五、ロナルド出版社〉、藪内清・石橋正子両氏「東洋文庫」三一五・六〈一九七七、平凡社〉邦訳）指摘。

（19）『小右記』寛和三年（九八七）二月十一日、『参天台五臺山記』延久五年（一〇七三）条。

（20）淮南東路高郵軍の呉守真が施財刊行。奝然が将来し清涼寺の本尊とした釈迦如来像の胎内から、版刻の仏画数枚と共に発見された。

（21）『御堂関白記』寛弘七年（一〇一〇）十一月二十八日、『小右記』長元二年（一〇二九）四月四日条。

（22）例えば寛治五年（一〇九一）校本『熾盛光仏頂大威徳鎮災大吉祥陀羅尼経』（大東急記念文庫蔵）は、宋商季居簡所持の「模本」を以て校合され、平安末の真言宗関係の編集とされる広本『類聚名義抄』残本（書陵部蔵）には宋摺本『法華経奥注音釈』の引文が見出され、鎌倉時代ともなれば、諸寺社における宋版一切経、『大般若経』の将来や奉納が流行して、福州東禅寺版、同開元寺版を中心とする蔵経の伝来も少なくない。

（23）佐藤道生氏「『本朝続文粋』と白詩——白詩受容史上の大江匡房」（『白居易研究講座』第三巻、一九九三、勉誠社、『平安後期日本漢文学の研究』〈二〇〇三、笠間書院〉再録）。

（24）『台記』康治元年（一一四二）二月七日、同二年十一月三日、久安二年（一一四六）三月一日、『宇槐記抄』仁平元年（一一五一）九月二十四日条等。拙稿「藤原頼長の学問と蔵書」（佐藤道生氏編『〈平成21年度 極東証券寄附講座 文献学の世界〉名だたる蔵書家、隠れた蔵書家』〈二〇一〇、慶應義塾大学出版会〉参照。

（25）『通憲入道書目録』の「〔詩〕（許）義音辨五帖」条。

（26）神宮徴古館収蔵の鎌倉写本『尚書』孔氏伝巻十三末、清原長隆転写の原識語。宋版『経典釈文』を指すか。但し注（25）目録に同書を載せない。続く鎌倉期に同書が参考されたことは、その他の博士家証本類や、注（16）解題目録にも見える。

（27）神護寺、高山寺について、大塚紀弘氏「高山寺の明恵集団と宋人」（『東京大学史料編纂所紀要』第二十号、二〇一〇）、醍醐寺について山本信吉氏『古典籍が語る——書物の文化史——』（二〇〇四、八木書店）、小林芳規氏「東アジアの角筆文献——その交流の軌跡を辿る——」（『和漢比較文学』第三十八号、二〇〇七）等参照。

（28）科学研究費補助金・基盤研究（S）『寺院経蔵の構成と伝承に関する実証的研究——高山寺の場合を例として——』（石塚晴通氏研究代表、二〇〇七）報告書、注（27）大塚氏論文参照。

（29）『山槐記』治承三年（一一七九）二月十三日条。この時の天皇は高倉帝、清盛を外祖父とする幼年の皇太子、後の安徳天皇の即位を翌年に控える。

（30）入宋僧による宋版外典の将来につき、建暦元年（一二一一）に帰国した律僧、泉涌寺俊芿の先蹤があり、その伝に「儒道書籍二百五十六巻、雑書四百六十三巻」（『泉涌寺不可棄法師伝』）と数える。また『普門院経論章疏語録儒書等目録』については、今枝愛真氏「『普門院蔵書目録』と『元亨釈書』最古の写本――大道一以の筆蹟をめぐって――」(『田山方南先生華甲記念論文集』〈一九六三、田山方南先生華甲記念会〉)参照。

(31) 以下、大屋徳城氏『寧楽刊経史』(一九二三、内外出版)、藤堂祐範氏『浄土教版の研究』(一九三〇、大東出版社)、吉沢義則氏『日本古刊書目』(一九三一、帝都出版社)、水原尭栄氏『高野板之研究』(一九三二、森江書店)、熊倉政男氏『金沢文庫書誌の研究』(「金沢文庫研究紀要」第一号、一九六一)、『奈良六大寺大観』(一九六八―七〇、岩波書店)、納富常天氏『金沢文庫資料の研究』(一九八二、法蔵館)、『歴史資料　高野版板木調査報告書』(一九九八)等。

(32) 『御堂関白記』同年十二月十四日条。

(33) 『本朝続文粋』巻十三・藤原明衡「実成卿為家督追善願文」(長久四年〈一〇四三〉)、同・藤原有信「東宮四十九日願文」(応徳二年〈一〇八五〉)、『江都督納言願文集』「為阿姉尼作善願文」(長治二年〈一一〇五〉)等。これらの「摸寫」「摺寫」が実行されたかどうかは、また別問題であるけれども、少なくとも、そうした供養に関する実例を踏まえての措辞であろう。

(34) 例えば平安刊本『妙法蓮華経』巻二(個人蔵、重要文化財)は、承暦四年(一〇八〇)移点の書入れがあり、それ以前の刊行と認められる。

(35) 鎌倉前期の興福寺僧弘睿は、建暦三年(一二一三)の『瑜伽師地論』一百巻を皮切りに、数多くの経論を刊行した。その刊記を見ると、彼は命を受けて事業を監督する立場にあり、広く勧進を行って資財を集め、ある程度、専門的組織的に行ったものと見え、春日版の盛行と大規模化の一面を窺わせる。

(36) 同書の室町刊本には「永元」四年の原刊記を存し、これが承元四年(一二一〇)の誤刻であれば、建保刊本に先立つ可能性がある。

(37) 以下、玉村竹二氏『五山文学』(一九五五、至文堂)、『日本禅宗史論集』(一九七六―八一、思文閣出版)等、村井章介氏『アジアの中の中世日本』(一九八八、校倉書房)、『東アジア往還――漢詩と外交』(一九九五、朝日新聞社)等、葉貫磨哉氏『中世禅林成立史の研究』(一九九三、吉川弘文館)、西尾賢隆氏『中世の日中交流と禅宗』(一九九九、吉川弘文館)、野口善敬氏『元代禅宗史研究』(二〇〇五、禅文化研究所)、榎本渉氏『東アジア海域と日中交流――九〜一四世紀』(二〇〇七、吉川弘文館）等。

（38）以下、宋元版の字様については、米山寅太郎氏『図説中国印刷史』（二〇〇五、汲古書院）の説を標準とした。また東福寺収蔵の宋刊本『仏鑑禅師語録』の如き実例を念頭に置いている。

（39）五山版の伝本は大抵袋綴の綫装に改められているが、東北大学附属図書館収蔵の『景徳伝灯録』、慶應義塾図書館蔵、鎌倉末刊本『叢林公論』等はその原姿を窺わせる。

（40）佐藤秀孝氏「虚堂智愚と蘭渓道隆——とくに直翁智侃と『蘭谿和尚語録』の校訂をめぐって」（『禅文化研究所紀要』第二十四号、一九九八）。

（41）開山には夢窓自らが収まり、その生前から寿塔を設けたのである。

（42）『新編翰林珠玉』が春屋の刊に係ることは、川瀬一馬氏による推定。注（1）川瀬氏著書。

（43）五山僧による元人文集の受容については、神田喜一郎氏「日本の漢文学」（『墨林間話』、一九七七、岩波書店、『神田喜一郎全集』第九巻〈一九八四、同朋舎〉再録）、「五山の文藝」（『扶桑学志』、同第八巻、一九八七、同朋舎）。

（44）福建省の山中から福州にかけて流れる河川に「南臺江」があるから、両名はその沿岸の出身者であろう。

（45）後出注（48）朝倉氏論文にはこの「刮字」の語を、一度刻された板木の挖改のように解しておられるが、「刮摩」は工人の彫玉する意であるから（『周礼』考工記注）、ここでは広く彫板の義に解したい。

（46）嘉慶元年（一三八七）刊本『新刊五百家注音弁唐柳先生集』の木記も同様。但し島田翰の『古文旧書考』に「李善注文選」の旧刊本を挙げ、同様の刊記を録するのは疑わしい。

（47）注（37）榎本氏著書。

（48）『貞和集』自跋。朝倉尚氏に「五山版『新撰貞和分類古今尊宿偈頌集』『重刊貞和類聚祖苑聯芳集』の刊行をめぐって——義堂周信の存在証明——」（『国語と国文学』第七十四巻第六号、二〇〇五）がある。

（49）以下、小葉田淳氏『中世日支通行貿易史の研究』（一九四一、刀江書院）、芳賀幸四郎氏『東山文化の研究』（一九四五、河出書房）、田中健夫氏『倭寇と勘合貿易』（一九六一、至文堂）、『中世対外関係史』（一九七五、東京大学出版会）等、佐久間重男氏『日明関係史の研究』（一九九二、吉川弘文館）、伊藤幸司氏『中世日本の外交と禅宗』（二〇〇二、吉川弘文館）、今泉淑夫氏『日本中世禅籍の研究』（二〇〇四、吉川弘文館）等、橋本雄氏『中世日本の国際関係──東アジア通交圏と偽使問題──』（二〇〇五、吉川弘文館）。

(50) 注（1）川瀬氏著書に従った。

(51) 『音注孟子』について、高橋智氏「五山版趙注孟子校記」（「斯道文庫論集」第二十九輯、一九九四）。

(52) 明洪武五年（一三七二）帝は勅使として仲猷祖闡、無逸克勤を日本に差し向け、在明中であった日本僧の椿庭海寿と権中中巽を、通事として同行させたことが、五山僧の外交に携わる契機となり、日本僧渡航者の性格を変えた由、注（37）葉貫氏著書に指摘がある。

(53) 阿部隆一氏「日本国見在宋元版本志経部」（「斯道文庫論集」第十八輯、一九八二、注〈17〉著書再録）。

(54) 小川剛生氏『二条良基研究』（二〇〇五、笠間書院）。

(55) 以下、高橋智氏『室町時代古鈔本『論語集解』の研究』（二〇〇八、汲古書院）に拠る。

(56) 正平の初刻本に対し、これを覆刻した双跋本、単跋本と、双跋本を覆刻した明応本の四版があり、単跋本には、のちに跋を取り去った、後印の無跋本がある。

(57) 久保尾俊郎氏「阿佐井野氏について」（「早稲田大学図書館紀要」第四十九号、二〇〇二）他、同誌掲載論文。

(58) 今泉淑夫氏『桃源瑞仙年譜』（一九九三、春秋社）。月舟寿桂に至っては、三注本の『史記』を底本に、胡三省注の『資治通鑑』をも併せ見る観点に立つ。上杉家旧蔵の黄善夫本『史記』書入を参照。

(59) 安田章氏『中世辞書論考』（一九八三、清文堂出版）、朝倉尚氏「禅林における「詩の総集」について──受容の実態と編纂意図」（『古典学の現在』Ⅳ、二〇〇二）、木村晟氏『中世辞書の基礎的研究』（二〇〇二、汲古書院）、堀川貴司氏「『新選集』『新編集』『錦繡段』」（『詩のかたち・詩のこころ──中世日本漢文学研究──』、二〇〇六、若草書房）、拙稿「韻類書の効用──禅林類書試論──」（「室町時代研究」第三号、二〇一二刊行予定）。

序説二　日本漢学史における辞書、類書

序説一のように、五山版の興隆を焦点として日本漢学の歴史を顧みると、版本に基づく学問の普及が、その変化を促したことに気付く。しかし、さらに詳しく漢学の情況を知るためには、漢籍受容の初歩となるべき、漢語理解の様相にも意を注ぐ必要がある。そして、渡来人やその子弟を除き、日本語を母語として行われる漢学の実情を考えた場合、長期の留学や来航者への随侍の他には、専ら読書の蓄積によってのみ理解を進め得る条件下に置かれ、古来借用され定着している漢語以外に口語の参照を行えない分、文字を徴表として音義を明らかにした、漢語辞書への依存が強かったものと予見される。そこで本説では、日本漢学史の脈絡中で、漢語辞書の受容と再成が如何に為されたかを顧み、漢学全般との関係を検討して、中世後期における韻類書の盛行に説き及びたい(1)。

なお序説二では、特定の本文を限らずに漢語を集め、組織的に排列し注説を加えた書物を指して「辞書」と言う。日本で編集され、漢語に日本語を対照させた書物も多いが、これをも含めて総称する。またこうした辞書には、組織構成のため漢字の形音義それぞれに着目した各種の編集が行われ、「字書」「韻書」「義書」等と分称される。ここでも必要に応じこれらの語を用いるが、形音義の各要素は相互に関連する上、構成法が複合する場合もあるから、専ら上位の分節を考えて呼び分けることにする。また意義分類等の編集を加え、百科全般の記事を総覧するための書物を「類書」と称する。類書中には、辞書の組織を用い、熟語や成句、関連の故事や詩文を集めた書物もあるが、その中

でも韻部に従って構成された書物は、実用において韻書との関わりが深い。そこでこれらを一括して「韻類書」と総称する。

一　中世以前の受容と再成

1　上代の識字と学制

六世紀以前の日本漢学の情況について、渡来人の力を得て漢字漢文の解読が行われ、既に音訓の理解を前提とする書記が為されたことは、「稲荷山古墳出土鉄剣銘」「江田船山古墳出土鉄刀銘」等の金石文によって知られ、七世紀以降、聖徳太子の作と伝える「十七条憲法」等、『日本書紀』に録する飛鳥時代の撰文は、帰化人や日本人による漢文使用の水準を、ある程度伝えている。また全国から出土する七世紀の木簡には、都鄙の官衙を中心とする識字の広がりが示され、「北大津遺跡出土木簡」や「飛鳥池出土木簡」には、七、八世紀の交、真仮名を用い、特定の漢字に和訓や和音を附した痕跡が残されている(2)。ただ当面課題とする辞書、類書との関わりについては、いずれもその存在を間接的に思わせるのみで、具体的に論ずるための徴証に欠けている。そして『日本書紀』巻二十九・天武天皇下に、同十一年(六八三)三月丙午、境部石積等に命じて「新字一部四十四巻」を造らしめたという記事が見え、後世の著録や伝承、遣唐留学生であった石積の事蹟を勘案し、漢字の意義や用法を集めた書物であろうと様〻に推量されているが、今日その佚文を、一字も得ないことは惜しまれる(3)。

降って、西暦の八世紀に作られた『古事記』巻中に載録し、上代における漢学の始まりを述べた、百済の博士和邇の説話中に、『論語』と『千字文』の将来を記してあるのは、両書が『古事記』撰述の頃によく学ばれていたことを踏まえ、時を溯って氏族伝承の素材に採用したものと解されるが、実際、七世紀以降の木簡や正倉院文書には、『論語』『千字文』と『文選』による習字の跡が見出され、これらの書が識字のために用いられたことと知られる。(4)

梁の周興嗣が作った『千字文』は、或いは、魏の鍾繇の文を晋の王羲之が写したが半ば湮滅したものを、その書字を集め、周氏が行文や脚韻を整え再編したとも伝える（上野本『注千字文』李暹序）(5)。同書は、必ずしも辞書とは言えないけれども、漢語の理解に関わる点は、辞書と同様である。また『千字文』は、書法として重視された上、天象から人事に及ぶ意義も巧みに広がり、整った韻文としても暗誦に適していたことから、北朝に行われた『急就篇』を抑え、識字書の代表として隋唐に流通した。漢の史游が作った『急就篇』も、義書の機能を兼ねた韻文で、字数は概そ『千字文』に倍するが、南北の統一後は、大王の書を伝えるとする『千字文』にその地位を譲った。上代の日本の漢学者は、隋唐の流行を受けて後者を採用したと思われ、上記の徴証の他、天平勝宝八年（七五六）聖武天皇の遺品を東大寺に献じた『国家珍宝帳』の「書法」中に、王書搨本の「真草千字文一巻」を録し、王羲之の末裔である隋僧智永が写して日本に伝わった真草『千字文』はその面目を伝え、共〻に当時の好尚を教えている。もちろん将来の搨書を目にし得たのは内廷の周辺に限られようが、本書を手本にした習書が識字の初歩を成し、早く六世紀に作られ増補された李暹の『注千字文』が参考とされて、その理解を助けた。さらに奈良末平安初ともなると、訓点や仮名表記の方法が考案され、同書の旧鈔本や『千字文音決』に見られる如く、和音、和訓を併記して(6)、時に「文選読み」を加える習慣となったが(7)、これらは、字音や字義が日本語環境へと移植された様子の一端を示していよう。

ただ『千字文』の暗記のみでは漢籍の解読に不十分で、さらに識字拡大の図られる必要があるけれども、『千字文』と並んで挙げられた『論語』も、初学者の習字、暗誦の教科書であったことは同様である。これに次ぎ、やや高度な識字については、大学の課本を定めた「令」の制度を参考としたい。[8]『令義解』学令の条文には大学の課程を示し「凡學生、先讀經文通熟、然後講義」と言う。この条文自体は唐制の模倣であるが、『令集解』は「古記」を引いて施注し、経文を読むとは音読の意であること、また次いで『文選』『爾雅』を音読することが示され、儒教を宗とする大学の課本は、経書と『文選』『爾雅』であったことがわかる。特に後二者の使用は日本独自の事柄に属し、『令義解』選叙令と考課令に官員の登庸について定め、「進士」科には時務策二条と、『文選』上帙および『爾雅』の暗誦を試みることに対応している。[9]『爾雅』は小学の祖と称すべく、経文中の字義を集約した書物であるから、その学習は儒教精神の補翼とも見られるが、『文選』上帙を試みることは、百家全書のように事物を述べ尽くす賦の用字に依り、漢字の音義に広く通じることを目的にしたと解される。[10]こうした『文選』の受容は、平城京に遺棄された木簡に、同書の辞句を見ることとも揆を一にする。つまり『文選』の賦と『爾雅』は、いずれも一定の規模で文字を集めた本文として、音義の学習に宛てられたものと解される。このように八世紀の官学では、『文選』と共に、字義に基づく編集の辞書である『爾雅』が暗誦され、学力の源泉となった。隋唐に活躍した学者曹憲には『文選音義』『爾雅音義』の著作があり、唐初に重んじられていたから、本邦の学制も七世紀以来の彼方の伝統に則るものと推される。これらの課本の音読にどのような音韻が用いられたか、知るに由ないが、経書については学令規定の注、[11]『文選』には李善注や『文選音義』が参考とされ、渡来人や帰化人を任用した「音博士」の指導に従ったようである。[12]

2　字書、韻書の到来

上代に用いられた辞書として第一に挙げるべき書物は、梁の顧野王撰述の『玉篇』であり、その証跡として、〔唐〕写本の残巻数軸を伝えること、文献中にその佚文を残していることが指摘される。[13]『玉篇』は、梁の武帝の大同九年

（五四三）に作られた字書で、字書の祖とされる『説文解字』の部首分類を引継いで編集された。ただ篆書を対象とし、漢字の構成や本義を明した『説文』とは異なり、梁代までの文字や文字学の変化を受けて、隷書から生じた楷体を取上げ、部首分類に意義に基づく排列を施した上、反切による音注を附し、転義を含む多様な訓詁と、経史子集に及ぶその典拠と用例を加えて、幅広く解説した。反切の附加は、六朝時代の音韻研究と韻書の成立を反映し、義書的排列や記事の増補は、同時期の類書の編集に親しい。なお反切と異訓の増加は、散佚した晋の呂忱編集の字書『字林』に先蹤があった。

原本系統の『玉篇』は、当初写本によって流布したものの、版刻による増刪本が出て、ほとんど湮滅してしまった。元来の面目は、日本や敦煌に伝存した（唐）写本残巻類によって知られるが、これらの残巻は、附注の形式等からなお数種に分かれ、梁唐間に増修のあったことも知られる。(14) 日本上代所用の辞書が今日に伝存する例は、識字書や後述の経義書を除けばこの『玉篇』のみであり、(15) その盛行の様が窺われる。本書が日本において、字書の祖『説文』や、唐代に文字の典範とされた『字林』よりも重んじられた理由は、緇素の邦人注釈書類に見える引文の在り方に示されており、大抵は文字の訓詁を得るために参照されたと思しい。またそうした情況から推して、「玉篇」の書目や「野王案」等の徴証を含まなくても、諸書を連引する注解の多くは、該書に基づくものとされる。(16) さらに上代の漢語文献を読み解くと、主題となる文字を鍵とし、『玉篇』の当該項目に示された典拠を踏まえ、その用例に沿って字句の綴合された節も見受けられる。隋唐文化の摂取に追われた上代の知識人にとり、特に必要とされた辞書は、文字の構成や語の本質よりも、解釈と述作とを助ける浩瀚な本文を持った、『玉篇』の如き辞書であった。この『玉篇』将来の上限がいつに溯るか明らかではないが、天平十年（七三八）頃に成立したとされ『令集解』に引かれる令の注書「古記」や、これに次ぐ「令釈」は、『玉篇』に拠ったことがわかる。(17)

『玉篇』の前に成立した字書『説文』『字林』や、隋の韻書『切韻』については、やはり奈良時代後期以前に将来されていたことがわかり、『日本後紀』桓武天皇延暦十九年（八〇〇）十月十五日条[18]に載る伊与部家守の卒伝に、宝亀六年（七七五）の遣唐使に加わった家守が「五經大義幷切韻、説文、字體（林）」を習って帰日したとする記事が、その証跡となる。[19]ただこれを初伝と断定することはできず、例えば『切韻』は『玉篇』とともに、上述の令注「古記」「令釈」に引かれ、宝亀四年に興福寺の信叡が作った『成唯識論了義灯抄』にも引用される。その他、『日本国見在書目録』によって平安時代前期までに将来された字書を見ると、『字書』二十巻、李少通の『今字辨疑』三巻、『異形同字』一巻、『同音異訓』一巻、梁の阮孝緒の『文字集略』六巻等も挙げられるが、[20]その影響において『玉篇』に如くものはなかったようである。

後世、文筆のために必要とされた韻書は、魏の李登の『声類』や、これに倣った晋の呂静の『韻集』を先駆けとし、六朝時代、文学の発達と音韻の学の興隆によって数多く編まれたが、日本漢学に直接の影響を及ぼしたものは、隋の仁寿元年（六〇一）、六朝の諸編を集成して作られた陸法言の『切韻』である。[21]但しその後、七至九世紀の間、唐土においては本書の増修が進められ、後の『大宋重修広韻』成立に向け、諸家の改編本が百出したから、日本でも様〻の「切韻」が並び行われた。今、韻目の増修についてのみ触れても、陸氏『切韻』百九十三韻から唐中宗朝（六八三―七一〇）の王仁昫『刊謬補缺切韻』百九十五韻、天宝十載（七五一）孫愐自序『唐韻』二百五韻と、一直線ではないが次第に歩を進め、宋大中祥符元年（一〇〇八）の『広韻』二百六韻へと収斂したのである。[22]さらに諸家「切韻」（以下このように総称）の残巻や引文を比較すれば、各字分属の変更、字目の増加や注釈の補足は夥しかったから、[23]日本における受容の姿も複雑である。

「切韻」の日本への伝来は奈良時代以前に溯るが、本書元来の機能に照らせば、その影響の著しい点は、詩文製作に際する韻律の画定であろう。日本における詩作は、文献に拠る限り天智天皇の近江朝（六六八―七一）を上限とするが、総集『懐風藻』に見える奈良以前の詩は、その韻律が今体詩に照らし不徹底な点がある。[24]ただ押韻については規定が守られ、韻書による点検を求める素地は既に築かれていた。そして大略八世紀には、「切韻」他、韻書の受容が始まっていたと推されるが、事の性質上、具体的に依拠を指摘することは難しい。ただ『見在書目録』小学家に、韻書と見られる書目として、『韻集』五巻、『韻林』二十八巻、『桂苑叢珠』十巻、又同抄十巻、『韻林』二巻、『韻篇』二巻、『四声韻音』一巻、又四巻、『四声指帰』一巻、『韻詮』十巻、又十二巻を挙げる上、「切韻五巻」の書目巻数を繰返し、陸法言、王仁煦、釈弘演（これのみ十巻）、麻杲、孫愐、孫佃、長孫納言、祝尚丘、王仁蒴、裴務斉、陳道固、□澈、盧自始、蔣魴、郭知玄、韓知十の十六家と、また『唐韻正義』五巻と録するのを見、平安時代以降の日本撰述書中に諸家の「切韻」佚文を収めることを知れば、[25]九世紀以前における同類書の受容も、判明する以上に盛んであった様が想像される。また平安時代の受容例を見ると、「切韻」を引載する書の多くが辞書、注釈書に当たり、特に後者においては訓義を中心に録する場合が目に付く。これは「切韻」自体が、訓の乏しい陸氏『切韻』の原形から、比較的充実した『広韻』へと記事を増し、韻引きの辞書に近付いていったことと関係があり、一方、日本での受容という条件を考えると、漢語の音韻に対する関心は、限定的であったと言えるかも知れない。ただ、注釈書には仏書の音義類も数多く、経典の朗誦を常套とする釈家の引文には、音節の細情に渉る興味の在り方も看取することができる。

3　類書の発達と受容

上代の漢学、特に詩文の綴集に関連して筆を及ぼさなければならないのは、類書の受容という問題である。[26]中国の類書は、南北朝時代、紙本墨書の巻軸上に行われた抄撮の学を背景に、皇帝の読書を契機として成立したと考えられ、一般に、『隋書』経籍志に見える魏の『皇覧』百二十巻が、その祖と見られている。隋志には未だ類書の部類が成立していないため、子部「雑家」類の収録であり、その内容は佚文によって垣間見られるに過ぎないから、後世の類書に繋がる編集であったという確実な証跡は得られないが、新旧『唐書』はこれを類書と録している。同様に梁の『華林遍略』六百二十巻、北斉の『修文殿御覧』三百六十巻等も、初期の類書と目され、殊に後者は後の『太平御覧』一千巻の藍本となったことが論証された(27)。隋朝の秘書郎であった虞世南が編集した『北堂書鈔』百六十巻は、そうした伝統を受けた類書のうち、伝存最古の書であるが、現存本は明代の増刪を蒙っている。これに対し唐初の武徳七年（六二四）欧陽詢等が高祖の勅に応じて編集した『藝文類聚』一百巻は、宋以前の古形をよく留めている。両者の編集を見ると、『北堂書鈔』は、経史より摘句し諸事を集めた点に特色があり、『藝文類聚』は、類事の他、分類項目に関連した詩文を集め、総集の機能をも合流させた点に新味がある。後者の分類は『御覧』に同じく、天部、地部、人部より鳥獣、草木に及び、災異部に至る編集であり、『爾雅』以来の義書の分類を拡張、整理したと見られる。こうした類書の分類と内容は、並行する辞書の注釈にも影響を及ぼした。続く唐代は類書の興隆期で、事文に加え要語を標出附注した『初学記』『白氏六帖』等が作られ流行した。要語の採用は潤筆に備えるためと見られるが、ここに類書が一種の語彙集を内包し、実際上、辞書と併用される一面を胚胎した。こうした趨勢に基づいて、後晋の『旧唐書』経籍志には「類事」類、北宋の『崇文書目』や『新唐書』経籍志には「類書」類の一家が、遂に画定されたのである。

一般に、古籍中における類書受容の証跡は、孫引きの常套等により必ずしも明らかではないが、日本上代の情況については、この困難な課題に取組んだ先行の研究がある(28)。これに拠れば、八世紀初めに朝廷の史官によって編集され、養老四年（七二〇）に完成された『日本書紀』の行文は、『藝文類聚』を用いて潤飾されたという(29)。実際、日本の漢詩文につき字句の典拠を求めていくと、類書中に引書の束を見出すことがあり、後世の注釈書や辞書中には、打付けにその書目を載せることもある。そのように、文献や記録中に顕れた類書としては、『華林遍略』『修文殿御覧』『典言』『藝文類聚』『初学記』『琱玉集』『類林』『白氏六帖』『翰苑』等の諸書が挙げられる。(30)これには類書間の引文や、先行注釈書の踏襲に拠る場合が含まれるから、どの書目がいつ頃から用いられたと決めるのは難しいが、『典言』は奈良時代の文献にその名を止め、『翰苑』『琱玉集』には〔奈良〕写本の残巻を伝存して、その参照が上代に溯ることを証する。また『見在書目録』には「雑家」中に類書の名が含まれるが、新旧唐志に類書とされるものは、上記の他に『類苑』百二十巻を挙げ得るに過ぎない。これらの類書は、一般の辞書に比べ遙かに浩瀚で、その鈔本を蔵する者は限られたであろうが、専門の漢学者に頻りと用いられ、訓義の抽出や故事の参考、典籍の注釈や文章の製作と、影響の幅は非常に広かった。字書や韻書にしても、字体の構造や音節の細情など、言語の一斑としての詞の本質を追究するよりも、多くはその応用の具体相を追い、一応の意義を抑えるために繙かれ、その際には類書の使用と目的が異ならず、揆を一にしていた。

4　博士家の小学

西暦の九世紀、平安時代前期ともなると、明経道と紀伝道に分科した大学の学問は、『文選』『爾雅』を用いた識字と経学を基礎としつつも、それぞれ専門的に研究する課本を定めて、その注解に力を注ぎ、校合を加え訓点を施し、注記を載せた証本を核心とする博士家の家学を成立させた（序説一・第一節）。その過程においても、文字の音義が関心に上ったことは当然であるが、こうした博士家の小学は、経史に対する注釈書、音義書に従うことが、その第一義であった。従って、書物の受容という意味では、辞書、類書を用いる場合と異なるが、日本漢学の基礎過程として附説したい。

学令では、経書の範疇と、拠るべき注解を定めているが、具体的には『周易』に漢の鄭玄、魏の王弼注、『尚書』に漢の孔安国伝、鄭玄注、「三礼」と『毛詩』に漢の鄭玄注、『春秋左氏伝』に漢の服虔、晋の杜預注、『孝経』に孔安国伝、鄭玄注、『論語』に鄭玄、魏の何晏注を用いるべき旨、規定がある。(31) 但しこれらは唐令に従う形で、(32) 元来は南北朝の学問の併記であろうけれども、北朝に行われた『周易』『尚書』『孝経』『論語』の鄭玄注、『左伝』の服虔注は、日本では単行本文伝来の証跡が確認されず、その全てが用いられたとは思われない。しかしその他、南朝系統の注が本邦経学の基礎を成すこと、伝来の旧鈔本中に赫然と窺われる。これに加え、上代以来の経学を支えたのは、六朝から隋唐に行われた講経疏義類である。まず、唐初にそれ以前の疏義を集成し、後世の規範となった孔穎達の『五経正義』について、日本には各種の単疏旧鈔本が伝来し、いずれも残巻ながら、『周易正義』の〔鎌倉〕写本、『毛詩正義』の〔唐〕写本、『礼記正義』の〔平安〕写本、『春秋正義』の〔江戸〕転写本を存する。これらの伝承は唐鈔本に接属し、その将来は上代に溯る可能性がある。(33) これに関連して、礼学は朝廷において特に重視され、唐の賈公彦の撰した『周礼疏』の〔室町〕写本、『儀礼疏』の〔平安末〕写本をも伝えるが、賈氏を代表とする初唐「三礼」の学は、天平七年（七三五）に帰国し『唐〈永徽〉礼』百三十巻、『楽書要録』十巻等を将来、東宮（後の孝謙／称徳天皇）に『礼記』『漢書』を講じて朝廷の礼容を改めたという、吉備真備以来の伝統があり、溯って正倉院文書中には、天平二年（七三〇）七月四日付「写書雑用帳」に梁の崔霊恩の『三礼儀宗』の書目を留め、また天平宝字四年（七六〇）に歿した光明皇后所用の印記をもつ、梁の皇侃の『礼記子本疏義』残巻を伝存することは、早くから礼学の尊ばれたことを証する。さらに、こうした六朝の経学を字義注釈の面で大成した著作に、陳の陸徳明の『経典釈文』があるが、これも上代の学者に用いられたことは、やはり正倉院文書中の、天平二十年六月十日付「写章疏目録」にその名が見え、『周易』の部分について〔奈良〕写本の残巻を伝えることからも、明らかである。上記の実情は例の『見在書目録』

に遺漏なく反映され、「易家」三十三種百七十七巻、「尚書家」十五種百十三巻、「詩家」十五種百六十六巻、「禮家」四十六種千百九巻、「樂家」二十三種二百七巻、「春秋家」三十五種三百七十四巻、「孝經家」二十種四十五巻、「論語家」十三種百巻、『爾雅』以下総義類二十二種百九十巻を録しており、漢唐間の注疏と音義に基づく学問が展開された。

右の如く、日本上代の経学は、唐初に集成された南朝系統の注疏を重んじ、特に『経典釈文』を拠り所とした。この立場は平安時代の明経家に引継がれ、経書旧鈔本の行間や欄外、紙背には、しばしばこの『釈文』の音義が引載され、一般の辞書よりも優勢である。ただ『釈文』は、儒経と老荘の文字につき、字体の異同を検し、訓を附し、反切や直音等、諸家の音注を集めることで、経文の意義を明らかにする書物であり、本来は、読者の認識における音と義との対応が前提となって、その効用が発揮される。しかし、日本の漢学者が前提とする和音は、七世紀以前江東に行われた雅音を含む、何層かの音を次第に受け容れ、後世にいわゆる「呉音」として、日本語中に次第に受け止めたものであり、八世紀を中心とする遣唐使の時代には、新たに唐代の秦音を導入し、さらなる重層化を行った。その結果、平安時代の官学中では、秦音系の「漢音」の使用を準則としたが[34]、一方、『釈文』の反映する音韻は、江南における雅音を中心に、諸家の音を集成したものであって、日本の呉音と共通する因子を含んではいたが[35]、後世の漢音を標準とするその受け容れには不整合を伴っていた。さらに平安時代を通じ、母音体系の収斂を始めとする日本語の音韻の変化には著しいものがあり、撥音や拗音の発達等、漢語に歩み寄った側面もあるが、全体にはその音韻から乖離する方向に進んでいく。そうした概況の中、明経家による『釈文』音義の受容は、声調の移植という局面に、一つの焦点が当てられた。即ち『釈文』の音注から四声の別を判じ、音読すべき文字に声点として注記する行為が、訓点資料中に認められる[36]。こうした現象は、明経家における経文の読誦と関係があり、上代以来の暗誦による受容の習慣が、訓読の普及した後にも継続していたことを思わせる。しかし、漢語の声調を移すといっても、日本語の声調に合わせて変換されたと見られ、ここでも音義の役割が十分果されたとは言い難い。むしろこれらの注記は、ある経文を読誦する際の特殊な注意点として、元来の発音や意義とは離れ、形式的な秘説に固定化していった。つまり字音の面では形骸化の様相を呈しつつ、経文理解のために『釈文』が重視されたが、その背景には、経書の細密な取扱いに関心を集約した博士家の学風があり、そこには小学の発展的側面を用いず、経義の支証に徹する保守的な傾向が指摘される。

次に、奈良時代に史と文を専門として分科した紀伝家について見ると、課本とする『史記』『漢書』『後漢書』や『文選』を、注釈書や音義書をもって解読した様子が、文献に窺われる。[37] 即ち、正倉院文書の天平三年（七三一）八月十日頃「皇后宮職移」に『文選』『同音義』『漢書』の書目が見え、また平城京遺址出土木簡に唐の李善注本『文選』の残片が見出され、さらに宋の裴駰の『史記集解』〔奈良末平安初〕写本残巻、唐の顔師古の『漢書注』〔唐〕写本残巻、同〔奈良末平安初〕写本残巻等を伝存するのも、その証跡であろう。『見在書目録』「正史家」を見ると、上記の他、梁の鄭誕生の『史記音義』三巻、唐の劉伯荘の『同』二十巻、唐の司馬貞の『史記索隠』三十巻、強蒙の『史記新論』五巻等、隋の蕭該の『漢書音義』十二巻、隋の包愷の『漢書音』十二巻、陳の姚察の『漢書訓纂』三十巻、欠名撰『漢書音義』三巻、唐の顔師古の『同』十三巻、唐の顧胤の『漢書古今集義』二十巻等、唐李賢注『後漢書』百三十巻を録し、同「総集家」には『文選』の注書を列記して、李善注の他、唐の公孫羅の『文選鈔』六十九巻、欠名『同』三十巻、李善『文選音義』十巻、公孫羅『文選音決』十巻、釈道淹の『文選音義』十巻、唐の曹憲の『同』十三巻等に及ぶから、次第にこれらを参照し課本の注解に努めたことと推量され、現に残存する平安時代の紀伝家の証本を見れば、僅かな餘白に、諸家注説の断章や音義を鏤め、解義や読誦の根拠としていることは、明経家と同様である。また直接辞書を用いて音訓を確かめる行為は比較的に稀で、一部に同文を載せる『史記』『漢書』『文選』の互注も見られるが、やはり書目ごとの注書に従うことの方が大勢を占め、書目を離れ、事柄を整合的に把握する観点には乏しかったようである。ただ紀伝家は、明経家と異なり、『日本書紀』に続く「六国史」の編修や、公私に渉る文章の制作をも家業としたため、辞句案出の必要が高く、字書や韻書と、類書に基づく撰文の機会が多かった。こうした要求は、上述の辞書、類書の受容を経て、邦人の手によるその再編成へと展開する。

5　邦人による辞書、類書の編集

今日に全存する平安時代以前成立の辞書は、源順作の『和名類聚抄』、空海の『篆隷万象名義』、昌住の『新撰字鏡』、撰者不明の『類聚名義抄』等、ごく僅かに過ぎない[38]。ただ『和名抄』『名義抄』や、他書の引く様〻の引文には、散佚した辞書の性格を伝える点もある。これらは、中国人の作った辞書の使用や、経史の解読とは別の意味で、漢語と取組んだ日本人の学問の様子を垣間見せている。例えば『和名抄』に引く『楊氏漢語抄』は、『和名抄』序文により養老年間（七一七―二四）に作られ、「十部」に分類された編書と知られる。その引文を見ると、漢語の熟字に対して、音義や真仮名の和訓を附した内容である。この書の撰者は、奈良時代前期の官人で「養老律令」を編集した楊胡真身に比定される。楊胡氏は陽侯とも記し、隋の煬帝の後裔と称する氏族であり、真身は天平二年（七三〇）、訳官の不足を補おうとした太政官奏により、漢語の教授を命じられているから（『続日本紀』巻十）、本書の編者に相応しい。またやはり『和名抄』の引文により、楊氏とは別撰の『漢語抄』を存したことも知られ、奈良時代に「漢語抄」類と言うべき辞書の出現したことが推測される。ここに、六世紀以前から培われてきた和訓（和名）を集め、排列する行為が確認され、和訓を介した漢語理解の一般化が認められる。また「漢語抄」類の組織は意義分類によったと推定され、後世の邦人編集の辞書が、多くは義書の体裁であることを予兆している。

端的に和訓のみを附すことは、日本人にとって最も簡便な義書の様式であったが、中国の大規模な類書が受容されたことも、前節に述べた如くである。そしてこれを模し日本人の手によって編まれたのが、天長八年（八三一）に滋野貞主等が淳和天皇の勅を奉じて作った、『秘府略』一千巻である。(39) 現存二巻に過ぎないが、中国の王朝に倣った浩瀚の編集で、実際には小学書類と、『修文殿御覧』の如き先行書や、『藝文類聚』『初学記』『翰苑』等の唐代の類書を基にした再編に係る。本書は、文章博士であった貞主他、官学の代表者による合作で、嵯峨朝以来の高潮にあった宮廷の漢風を象徴する。これは、日本における義書再成の最も著しい結実ではあるが、当時その博大な知識をよく活用し得ていたかどうかは、自ずから別の問題であろう。さて一方、「漢語抄」類の注釈は、やがて源順の『和名抄』十或二十巻によって取捨集成された。同書は承平年間（九三一—八）撰述の意義分類の辞書で、自序には『白氏六帖』に学んだことが見える。本文は天地、人倫から亀貝部に至り、標出の語は単字熟字を交え、それぞれ漢文の音義と和音、和訓を附した構成である。撰者の順は、必ずしも専門の儒者ではなく、勤子内親王の命に応じて作られた本書は、かえって順一人の博識をそのまま伝え、一般には意義による分類と、和訓による理解が好まれたことを示している。

これに先立ち、紀伝家の棟梁、菅原是善によって韻書の集成が為されたことは注意される。(40) 元慶四年（八八〇）に歿した是善の卒伝に、『東宮切韻』二十巻の著作を録し（『三代実録』）、実際に本書の佚文が多く知られている。その執筆を、是善の男、道真が助けたという伝えもある（類聚本『江談抄』巻五）。本書は、個別に伝来した「切韻」十四家の注釈を纏めた音義の集成で、『見在書目録』に見える隋唐の諸家を大略網羅した格好である。その組織は、音節中の声調韻母に基づき、踏韻のための識別を基準とするが、本書に用いられた韻目は判然としない。部分的に判明する標出の韻目には「陽唐」「先仙韻云」等とあり、「切韻」の韻目順序に従い、後に『広韻』に明記された合用百十三部の規定に基づいて分章された如くである。また本書は「切韻」十四家に基づくから、毎字の注釈を見ると、音注は諸家の重複を省略し、佚文に見る限り間〻反切を欠くのに対して、諸家によって増加された多くの義注が集められ、分章と注記によって文字の音を整理表現した韻書元来の姿からは遠く、分韻は大まかで訓詁に明るい。ちょうど字書における『玉篇』の如き内容を呈し、義書的内容の韻書と見なされる。なお『東宮切韻』は、中世に成った『和漢年号字抄』や『改元部類』等、年号勘申のための編書に引用されて伝わり、受容の一端を示しているが、編集当時に想定された用途はまた別にあり、韻目合用が事実とすれば、やはり韻文策定のための使用が、その目的と推される。(41)また『本朝文粋』巻七に、長徳三年(九九七)の大江匡衡と紀斉名の奏状を収め、文章生任用の試詩をめぐる論難を載せているが、その主題は詩病、韻律上の禁忌に関する事柄であり、これについて匡衡が、麻杲『切韻』を引いて論証としているのを見ても、ただに詩作の参考というのではなく、その評定等、制度的運用の支えとしても「切韻」への需めがあり、ここに本書が、菅家の棟梁によって編集された意義を認めることができる。

大同元年(八〇六)に入唐帰国した空海は、密教関係以外にも様〻な文学書や外典をもたらし、さらに『文鏡秘府論』を著して、唐代までに詩文の洗練に伴い発達した、漢語の音韻に関する知識をも集成した。一方、日本での実用に照らして辞書の編集を手掛け、天長七年(八三〇)以降成立の『篆隷万象名義』の作を遺している。同書はおおそ『玉篇』の抄録と言うべき書物で、(42)当時の『玉篇』常用の事実が示されている。また『万象名義』は、原拠にない篆文を冠したところに特色があるけれども、これは別に斉の蕭子政の『古今篆疑文体』等、字様書を参考とし、書字への興味を盛り込んだ措置であろう。(43)空海は、漢字の形音義それぞれについて含蓄を蔵したと見るべきであるが、併せて、字書のもつ部首分類の組織が、日本人にも咀嚼されつつあり、殊に釈家に好まれたことを伝える。そうした実例の一が、昌住による『新撰字鏡』の編集である。同書は昌泰年間(八九八—九〇一)の成立、元来仏経の理解のための辞書であり、唐の玄応の『一切経音義』を基に、『玉篇』と『切韻』の注を補い、和訓を附して部首立てに再編した書物である。但し部首の数は百六十と少なく、『玉篇』五百四十二部には従わないが、これは部首の少ない唐代字様書の影響と想像されている。[44] また依拠の『切韻』は陸氏原本ではなく、唐儀鳳二年（六七七）成立の長孫訥言増修本であるという。[45] いずれにせよ、『新撰字鏡』の構成と内容は、日本における小学の展開を象徴し、篇韻両書の記事を基に、実用的編集を目指す傾向が看取される。

釈家においても、俗家の訓法に学んで典籍の解読に及んだことは、院政期に成立した『類聚名義抄』に明らかである。[46] 『名義抄』には残簡のみの原本と、全存する後の改編本とがあり、後者は前者の抄録として別の傾向をもつ。ここでは原本を中心に取扱うが、本書は部首分類の下、正俗字体を整理標出し、単字熟字を対象として、漢文注による音義と和音、和訓を附する体裁の、総合的な辞書である。その主要な出典は、慈恩大師基の『法華音訓』以下、釈家の音義書を始め、『和名類聚抄』『篆隷万象名義』『東宮切韻』等の邦人編集辞書を多く参照する上、『玉篇』以下の小学書はもとより、経史と『文選』『文集』等、訓読資料から熟字を抽出し、附訓の例を集めてある。『名義抄』において注目すべき点は、豊富な佚文の引載序列や、歌頌を前提とした部首立て等、辞書史上に特殊な事実もさることながら、博士家の証本に下された音読法や、平安初以来の師説を含む和訓が流れ込んでいることにあり、典籍ごとに解義と読誦を加えてきた博士家の小学が、釈家編集の手を経て一堂に会し、「漢語抄」以来、一般に用いられてきた「和名」との対応が、普く字毎に図られたのである。従って、本書の改編本が編まれた際、出典を明示した漢文注による訓詁用例の多くが捨てられ、単字の音義と和訓が採用されて、中世辞書の様相を色濃く顕していることは当然であった。

以上、平安以前の辞書再成の様を一覧すると、修史と作文を目的とした紀伝家における類書や韻書の集成的再編集に、舶載書に基づく漢学全盛期の、知識の厚さを看取することができる。一方、釈家による経典の研究は、字書の充実と総合化を実現していった。しかし全体を貫く傾向として、上代の「漢語抄」の伝統を顕した『和名抄』のような、意義分類と和訓の附記という形に、日本人の需めが示されている。即ち定まった形として提示される漢字を、音の変換とその記憶によって日本語の脈絡中に導き入れ、意義を咀嚼し表出の手立てとする行為の諸段階を、『玉篇』や「切韻」を中心とする小学書を用いて効率的に行い、意義を中心とした辞書を再成して、漢字を日本語として活用するための道をより広い層に開いたと言えよう。

二　中世前期の受容と再成

1　宋版本辞書の舶載

これも序説一に述べた如く、平安時代後期以降に、宋版本の本格的な舶載が始まっているが、辞書、類書の受容についても、版本との接触が新たな局面を開いていく。[47]抑も辞書は版刻との関わりが深く、中国でも早く版本による普及が起こった分野の一であり、唐中和三年（八八三）、蜀において雑占の書とともに「字書小学」の版本が売られていたとの記録があるし（『旧五代史』所引「柳氏家訓序」）、敦煌出土の「切韻」類版本の残簡は、五代頃の刊行と見なされている。そして日本における版本将来の最初期、貞観七年（八六五）の宗叡の請来目録に『唐韻』『玉篇』の名が見えており、降って長元二年（一〇二九）四月四日の藤原実資の日乗には、『広韻』『玉篇』の知見を録している。[48]版本の内容は特定できないが、年代と書目から見て、前者の『唐韻』は、唐天宝十載（七五一）頃までに次第に成立した孫愐『唐韻』か、それに類する『切韻』の改修本であろう。これに併せ考えると、『玉篇』とは、上元元年（七六〇）に孫強の改修した『玉篇』であろうか。[49]また後者の『広韻』とは、宋大中祥符元年（一〇〇八）陳彭年等重修の『大宋重修広韻』を指そう（「宋韻」とも）。さらに類推を重ねると、『玉篇』とは、同じく陳氏等の重修を経た『大広益会玉篇』（以下該本を「玉篇」と簡称）であろうか。藤原通憲の蔵書目録と伝える『通憲入道書目録』（以下「通憲目録」と簡称）に、『唐韻』『広益玉篇』『東宮切韻』等の他に「宋韻一部五帖」とあるのは、刊写の別を記さないが、『広韻』の新渡版本の可能性がある。[50]『広韻』の版本には、次に触れる真福寺本の他、西夏の遺跡から発見された北宋版の残本も知られ、官韻としての流布が確認されている。

篇韻の版本による受容は、鎌倉時代以降にさらに広がったと思しく、早くも平安末鎌倉初に活躍した清原頼業は、自らの加点本に『広韻』を援用しており、やはり版本による注記かと疑われる。[51]また版本自体に即して見ると、例えば『広韻』の宋版には真福寺蔵〔北宋末〕刊本があり、南宋初、浙江公使庫の〔宋孝宗朝（一一六二—八九）〕刊本を覆刊した〔宋寧宗朝（一一九四—一二二四）〕刊本を四部伝来する他、宋元版の伝来は枚挙に暇がない。また『玉篇』には浙江公使庫〔宋寧宗朝〕刊本を、真福寺、金沢文庫、宮内庁書陵部に各一部を伝え、その他にも宋元版が散見される。金沢文庫本では、宋宝元二年（一〇三九）に成った『集韻』の淳熙十四年（一一八七）金州刊本を全存するが、ただ『集韻』編集の副産物とされる『類篇』については、中世以前に受容の痕跡がない。

2　『礼部韻略』の成立

宋代の辞書の展開は出版を前提とし、官民に多くの編修と版刻が繰返された。[52]宋初官修の目標は「切韻」の大成で、大中祥符元年（一〇〇八）の『広韻』成立に至るが、その前年の景徳四年、先に戚倫等によって原『広韻』の常用の略本『韻略』が作られた。その後、『広韻』の末裔には、さらに前記の『集韻』が作られる。『集韻』は丁度等により、仁宗の勅を奉じて編集され、宝元二年（一〇三九）の完成、『広韻』の韻目に従いながら、合用百十三部の許容範囲を広げて百八部に合わせ、韻目の排列や小韻の順序も少しく変更した上、文献を渉猟して文字と注解を増益し、『広韻』に倍する巨編となった。ただ本書の分韻は、既存の組織を保存する行き方で、唐宋間の音韻の変化は、これを破る形で進んでいたから、当時の口頭音との乖離を改める根本的な解決とはならず、便宜的方策の域を出なかった。本書では一部『広韻』の反切も改めているが、これは体系の異なる音を混在させたとされる。一方で、貢挙の運営と官韻の頒布に関連して、より簡略な「礼部韻略」類が屢〻刊行された。丁度等が勅に応じ『礼部韻略』を上進したのは景祐四年（一〇三七）、この年に編集の始まった『集韻』と並行して作られた。今、その原本は伝わらないが、元祐五年（一〇九〇）に孫諤が上請し、文字を増補添入した形の〔北宋末〕刊本によって推し測ることができ[53]、科挙場屋のために、『集韻』の字種と注解を簡略化した内容と見られる。後出の版本に見る限り、前韻に合用の韻目を改行せずに繰入れて、百八部の組織を印象付ける。本書には諱字の条制も附し、礼部発行の権威の下に行われ、本書によって応挙の詩賦が綴られ、制度としての実効性を伴ったため、宋代には広く通行して改刻が重なった。

　上記の官韻は、元祐五年（一〇九〇）以降にも度〻その増補が申請許可され、次第に字数を加えていったが、南宋時代になると、民間にもこの「礼部韻略」に基づく増補本が顕れた。前記の元祐の改修以後に出で、旧形をよく保ちながら、圏発によって多音字の互註を施し、毎字の釈文を増補した『附釈文互註礼部韻略』も稀に伝わるが、最もよく行われたものは、紹興三十二年（一一六二）に毛晃が完成し、嗣子毛居正が増益した『増修互註礼部韻略』（以下「増韻」と簡称。「毛韻」とも）である。『増韻』は、韻目においては旧来の組織に拠るが、附釈文本は簡単な釈義と一、二の典拠を添えるのみであったのに対し、各韻目下の収録字と注解を大幅に増修したもので、さらに、『集韻』に従う場合が多かった反切についても、宋代の口頭音に合わせて一部改訂した。宋代には、書物を繙く目的の一が科挙登第となっていたから、実際の標準音との齟齬はともかく、官韻に通ずることがまず求められたが、規定の「礼部韻略」は簡明に過ぎ、必ずしも常用には適さなかったため、制度と実用を相兼ねた、本書のような増補本が流行した。

宋代の辞書の日本への流布については、中世前期に「礼部韻略」類の到来が認められる。早く『宇槐記抄』仁平三年（一一五三）五月二十六日条に、紀伝道の儒者藤原孝範が、藤原頼長の許に『東宮切韻』『礼部韻略』『玉篇』を持ち来たった由を記しており、[54]『礼部韻略』の具体相は知られないが、年代から見て孫諤の増補以後、『増韻』の成立以前の本文であったと思しい。さらに『通憲目録』第百十六櫃に、唐人の文集とともに「礼部韻一帖」とあるのも、同類であろう。[55]また伝本上は、元祐当時の姿を示す唯一の証跡でもある前述の〔北宋末〕刊本が、有欠ながら真福寺に伝来し、その将来時期は審かでないが、篇韻の北宋末南宋初刊本の伝来と併せ考えると、鎌倉時代以前の転収が見込まれる。また仁治二年（一二四一）に帰国した禅僧円爾の将来書を中核とする『普門院経論章疏語録儒書等目録』（以下「普門院目録」と簡称）にも、「校正韻略」「韻略」が登載され、宋代官韻の浸潤を思わせる。ただこの両種が、『広韻』に並行する景徳の『韻略』か、『集韻』に伴う歴代官修の「礼部韻略」か、将又民間増修の本文であるのか、分明ではない。

『普門院目録』には、右の「韻略」を含め、千字文号「結」「為」函に辞書を著録し、「結、説文十二冊／又一部十二冊〈闕第六七〉∥爾雅兼義三冊／為、〈大字〉玉篇〈五冊〉／〈大字〉廣韻〈五冊〉／玉篇三冊　〈玉篇四冊〉／廣韻五冊〈廣韻四冊〉／校正韻略二冊∥韻關二冊／韻畧二冊」とある。これを見ると、「韻關」は不明であるが、他に義書として『爾雅兼義』（『爾雅注疏』[56]）、字書には『説文解字』二部と『玉篇』二部、韻書では『広韻』二部と『韻略』二種という構成である。円爾の蔵書が版本将来について一時期を画することは、序説一に述べた通りで、小学類については符合する実際の伝本を見ないが、このような集約的収蔵は、やはり版本によるものと想像される。篇韻二種の一方に

「大字」と注するのは、南宋初に行われた前述の浙刊十行本と、宋末に出る建刊十一、二行本とを区別するものであろうか。[57]いずれにせよ、後述する中世後期の情況を見ると、禅僧による版本将来が、日本漢学中の辞書の受容についても、明らかな刻印を遺しており、円爾の将来書目は、その先駆としても注意すべきで、辞書の根源に立ちながら日本の古代には直接的受容の乏しかった漢代の『爾雅』や『説文』から、宋代拠用の「韻略」類に至るまで、かつてない厚みを備えていた。但しなお『増韻』の受容は、明確に顕れていない。

3　類書版本の到来

宋初に編集された所謂「四大類書」のうち、総合的な性質を備えたものは李昉等の作った『太平御覧』一千巻である。その内容は唐代以前の『修文殿御覧』や『藝文類聚』『文思博要』を襲用し、唐代の記事も増補しつつ、近代の政事記録や詩文は省く構成であり、政事には『冊府元亀』、詩文には『文苑英華』、また伝奇小説には『太平広記』と、他の三大類書との分担関係に起因する特徴がある。『太平御覧』がいつ版刻に附されたか、知るに由ないが、同時に編集された『太平広記』はすぐ鏤版されているから、完成から間もなく刊行されたと思しい。ただ現存最古の版本は慶元五年（一一九九）跋刊本に過ぎず、同跋にはなお先に「建寧刊本」を存したことが見える。しかし北宋代から本書頒布のことは文献に顕れ、日本では、序説一・第一節第3段に触れたように、高倉天皇の後宮に息女を入れ外戚となった平清盛が、治承三年（一一七九）に『太平御覧』二百六十帖の摺本を入手、即位直前の安徳天皇に贈ったこと（『山槐記』同年二月十三日条）が見えるから、この頃以降には版本の実在とその将来が認められる。[58]ただ『通憲目録』第二十九至三十櫃に「御覧」存十四帙百二十六巻と録するのは、第十帙に巻百二十一とあるのを考慮しても、『修文殿御覧』である可能性を拭えない。鎌倉時代には、宝治元年（一二四七）廷臣の葉室定嗣が藤原長倫より『太平御覧』

の贈与を受ける（『葉黄記』同年九月二十日条）等、公家中での普及を思わせ、剰え花山院師継は、文応元年（一二六〇）宋客からの本書の入手を記して「直銭三十貫」との対価を止め、清盛以来輸入が相継ぎ、数十部にも及んでいたとの風評を伝えている（『妙槐記』同年四月二十二日条）。

右の他にも、平安末以来、邦人編成の類書や古典注釈書類に、『初学記』や『白氏六帖』の使用頻度が増したのは、写本に加え版本の流入が始まったことと関係があり、前二者に南宋前期刊行の金沢文庫本を伝えることは、その証跡であろう。宋初の呉淑の『事類賦』にも引用の例があるけれども、同書には版本の伝来がない。なお金沢文庫には、上記の『太平御覧』宋慶元五年（一一九九）跋刊本と、欠名編集の『錦繡万花谷』（宋理宗朝（一二二四—六四））刊本をも収蔵した。後者は既に南宋の作で、刊行は宋末に近付いているが、日本でもいち早くこれを入手した。宋代の類書では、他に真福寺に蔵する熟字の集録『新雕双金』の伝来も指摘される。例の『普門院目録』では「霜」函に『白氏六帖』八冊と、「剣」「号」函に『太平御覧』一部を載せて、後者は東福寺に現存し、金沢文庫本に同版と認められる。金沢文庫や東福寺普門院の蔵書は、閲読者の限られた特殊の収蔵ではあるが、その他の類書宋版本も、普及の確認される『太平御覧』を逐って次第に行われ、学問注釈を幅広く充実させていく素地を成したものと推量される。

4　邦人による辞書、類書の編集

平安前期に全盛を極めた紀伝道の儒者が、摂関期以降、かつての栄光を失い家業の継承に活路を見出そうとしたことは、この期の学者の言動や、残存する各家証本類にもよく顕れていたが、文筆の業が全く衰えてしまったかと言えば、そうとばかりは言えず、経史の注説を護持する一方、漢学の新しい局面も開かれていく。院政期に興った新傾向の一は、古典注釈活動の勃興で、漢文学に限って見ても、大江匡房や藤原基俊が『和漢朗詠集』の研究を行い、藤原敦光が『三教指帰』の注釈を作り、鎌倉時代にかけては公家社会周辺の釈家も参入して、『性霊集』や「李嶠百詠」「新楽府」の解義も繰返された。こうした注釈のうちに、前節に述べた辞書、類書受容の痕跡も数多く拾遺されたのである。これらは古典文化の捉え直しという、大掛かりな運動の一翼であったと言えようが、その波及として、古典に関心を抱く漢学者と、漢文著作の理解者を増大させた。こうした背景のもと、院政期から鎌倉時代にかけて、啓蒙的、実用的書物の編集が盛行する。

右の脈絡中に生じた辞書と言えば、第一に『類聚名義抄』の改編本が挙げられる。この本は、編者と成立年次も不明であるが、概そ鎌倉初の真言僧の手に成るものとされている(63)。原本は平安末に緇素の漢文訓読例を集め、整理附注した内容であったが、改編本はその趣を異にし、熟字と出典の標示をほとんど取り去って、単字を対象とし、特定の文脈を捨象して音義を附する形であり、殊に和訓の一覧を主眼に置いた。これは学術的な用例集成から、定型の和訓の意義表示に頼って、漢字を型通りに理解するための書物とされたことを意味しよう。ここに『玉篇』に発する日本の部首引字書は、一の帰結に達した。鎌倉期に発達した『字鏡』や、部首下に「天象」以下の意義分類を標立した『字鏡集』類は、その変奏であり、この様式は室町期の『和玉篇』等、古典的漢和字典の系譜に連なっている。また同時期に成立し生長しつつあった『色葉字類抄』類は、逆に和訓から漢字を得る表記字書であるが、ここではイロハ分けに意義分類を従えた構成を用い、日本語を漢字で書くという要請が広がったことを教える。中世の日本の字書は、漢学の裾野の広さを示す書物となった。

菅原是善の『東宮切韻』によって集成された「切韻」の組織と注解は、分韻に通じた儒者の見識を支えたが、字韻をめぐる知識の維持について、前代以来、様々な小編を生んでいる(64)。原本『名義抄』に引く佚文のみが知られ、平安後期の儒者藤原季綱の名を冠する『季綱切韻』は、切韻に直音注と和訓を加えた内容と知られ、和訓には出典を伴う。

他にも「小切韻」と称する書物がいくつか行われ、やはり和訓を加えた例がある。『本朝書籍目録』に平安末鎌倉初の儒者藤原孝範の撰とされる『孝韻』も同様か。これらは佚文や書目のみで組織は知られないが、概そ韻書における一般への普及を示し、簡易に赴く姿を呈する。また韻書とは言えないが、これに関連して三善為康の[65]『童蒙頌韻』を挙げたい。本書は天仁二年（一一〇九）少壮の貴紳藤原忠通のために作られた小品で、平声の韻字を「東風凍融」の如き四言句に仕立て、訓読を施したもので、暗誦用に組成されている。このような試みは源為憲の作った幼学書『口遊』（天禄元年〈九七〇〉成）にも見え、作文や韻書受容については、韻字暗誦により基礎が築かれたことと推される。なお為康の分韻の全容は、彼の『掌中歴』詞章歴（『二中歴』切韻歴所引）に見られるが、『切韻』百九十三韻に一韻（入声曷）を増し、これを百十七部に合用する『広韻』以前の方式で、日本ではこの形が中世前期まで通行した。

他にこの期の特色として、文筆のための小規模な類書編集の流行が指摘される。早く院政期に現れたものは、撰者不明の『幼学指南鈔』[66]で、『藝文類聚』と『初学記』『事類賦』を基に逸事を抄録し、原拠の分類を遺しつつ、さらに要語、要句の標出を施した内容である。同書は、浩瀚に向かった前代の『秘府略』とは異なり、凝縮の傾向を示している。また平安写本とされる天理図書館収蔵の『韻字集（仮称）』残本は、韻目下に「天象」以下の意義分類を加えた編集で、字ごとに和訓、和音と、稀に漢文の注を附した後、当該字を下位に用いる熟語を列し（以下「韻藻」と称する）、間々出典や注記を加えてある。分韻は『切韻』を基とし、その合用に従って分章を施した。本文中には『広韻』の引用が見えるものの、その組織は『広韻』以前の方式を逐う。本書は、形式の上から見れば韻書とも言えるが、その範囲は平声に止まる上、辞書としての内容は圧縮され、語彙集の様相が色濃い。後世に「韻集」「略韻」と呼ばれた韻類書の祖型である。

降って、平安末鎌倉前期の鴻儒菅原為長は、純粋な意義分類体をもって『管蠡抄』『文鳳抄』の類書を編んでいる。

『管蠡抄』は、「帝道」以下の部門を設け、中国古典中より要句を摘出、列載したものである。大抵は人倫に係る言辞を集め、道理を説くよりも教訓の提示に傾き、通読して涵養を得るというよりも、学ぶべき金句を検出する用途に適する。教訓書には、遠く吉備真備の『私教類聚』や、源為憲の『世諺問答』、撰者不明の『仲文章』等に先蹤があり、同時代には数種の金句集を見ることができるけれども、本書はその中でも摘要の態度を持し、後世までよく行われた。他方『文鳳抄』は、「天象」以下の細分された門類に従い、熟字を集め羅列した体裁である。これらは、詩中で主題の意義を表出し、対偶を成すべき語句を標示したもので、間〻出典の書目や、典拠となる本文をも附載した。これは、平安時代に成立した句題詩の案出に応じた内容であり、(67)当代の作文の流儀に絞って適応した点が特色である。また本書の末尾に「略韻」として平声字を取上げ、韻の合用に従う分章下に、当該字目と和訓和音を挙げ、間〻韻藻を附してある(以下この種の字彙を「略韻」と総称)。これは上述の『韻字集』を圧縮したような内容であるが、こちらは韻内の構成が散漫で、出典も省かれる。さらに本書は「同訓平他字」「随訓異声字」等(68)の字彙を附し、作文に益する点のみを存している。為長と同年代に藤原南家の棟梁であった孝範にも、先に触れた『孝韻』の他、ちょうど為長の両編に対応する『明文抄』『擲金抄』があって、小異はあるが大同の結構であり、共〻に、専門の儒者がこの種の編集に手を染めたことを示す。(69)これらはみな筆翰の要に応じた実用書であって、そこには、公家社会において形式化、一般化した、日本漢学の情況が映し出されている。

この時代の末に、日本の辞書の展開を画する韻書が作られた。入宋僧円爾の東福寺に出で、来朝僧一山一寧に就き、学匠として東西に名を顕した虎関師錬の作、『聚分韻略』の書がそれである。(70)本書は『広韻』合用百十三部によって分章し、その下位に「乾坤」以下十二門の意義分類を施して、毎字に簡単な義注を附した内容である。本書の成立は、嘉元四年(一三〇六)の自序、翌年の一山の跋を見れば、その頃と知られる。本書は、五山僧の編集という点で、新しい性格の著作という印象を得るが、前代以来の日本漢学の脈絡を受けた一面もある。まず韻書に意義分類を重ねた組織は、日本人にとって便宜ある、詞の意義を重視した構成であり、実際、平安末の『韻字集』の例もある。(71)そして分韻や注記の基礎ともなった『広韻』は、既に十一世紀以来の受容の痕跡があり、大まかに言ってその節略本である本書は、受容の成熟した後に編集されたと言ってよい。ただ『広韻』を始めとする編集資料は、東福寺普門院蔵書の如き版本によるものと考えられ、『韻字集』では『広韻』を附加的に用いたのと異なり、本書ではこれに、その骨格を得ている。また『広韻』の合用に基づく分章は「韻略」類と並行し、現存本の百八部には及ばないものの、宋代の傾向と類同する。抑ゝ本書の名目は「韻略」を共有し、部分的には『増韻』の注文に一致を見ることも指摘されている。(72)つまり本書は、宋版本の韻書を集約的に用い「聚分」して成ったと思われ、五山禅僧によって開かれた、版本に立脚する学問から生まれた辞書と見られる。そして、本書自体が五山版として刊行され、小学の普及にかつてない広がりを示したことは、日本の漢学史に画期を成したと評すべきであろう。

三　中世後期における辞書、類書の流伝

1　宋元明版による辞書の将来

宋代の辞書の出版は多岐に渉り、経書に列する『爾雅』の注疏には単刊や合刻が行われ、五代の校刊本に由来する官版が流通して、日本でも南北朝時代に覆刻された。また五代宋初に、徐鉉、徐鍇の兄弟によって校注の為された『説文』は、原編の他に、韻編された『説文解字韻譜』の形でも行われた。その他、等韻学の発達に伴う韻学の書物

も版行されたが、日本漢学との関わりという点では、やはり篇韻の影響には及ばない。篇韻の出版は、南宋以降も活潑に行われているけれども、今日に伝わる版本を見ると、その大半は節略された本文を有っている。

日本に伝来したその例を挙げると、[73]『玉篇』には昌平黌旧蔵の〔宋末元初〕〔建〕刊十一行本が残欠ながら伝来し、本文こそ前述の浙江公使庫刊十行本に比べ大差はないが、行数を増して字様にも円柔の気味を加え、横列を揃えた排字の款式を備えて、建安坊刻の様式を顕している。また妙覚寺日典旧蔵の元泰定二年（一三二五）円沙書院刊十二行本になると、やはり建刻の様式をもつ細字本である上、本文自体も刪節を加えた略本である。この泰定刊本の系統には他に、元至正二十六年（一三六六）南山書院刊本、明永楽十四年（一四一六）与畊書堂刊本、明宣徳六年（一四三一）清江書堂刊本、〔明初〕（乙卯）刊本等、粗略な覆刻本が多く、別に元至正十六年（一三五六）翠巌精舎刊十三行の細字本もある。これらの元明間の略本からは、日本や朝鮮の翻版も産み出された。

一方の『広韻』は、木村蒹葭堂旧蔵の〔宋乾道五年（一一六九）〕建寧黄三八郎書舗刊『鉅宋広韻』及びその覆版や、昌平黌旧蔵の〔元〕刊『明本正誤足註広韻』等はまだ本来の面目を保っていたが、宋末元初の交に出た十一、二行の建本類は、排字巾箱本に当たり、字種も注文も著しい節略を蒙っている。そして元泰定二年円沙書院刊十二行本の系統に出る元至正二十六年南山書院刊本、〔明初〕（乙卯）刊本、明宣徳六年清江書堂刊本、同十年（一四三五）梅隠精舎刊本、明成化十四至十五年（一四七八―九）南山精舎刊本や、元至順元年（一三三〇）敏徳書堂刊十三行本に出る元元統三年（一三三五）日新書堂刊本、〔元〕余氏勤徳書堂刊本、元至正十六年翠巌精舎刊本以下も、全て同断である。また『玉篇』の泰定刊本に「廣韻玉篇指南」の附録が置かれることから見ても、元明坊刻本の多くは篇韻一具の刊行と見られ、実際、円沙書院刊本、南山書院刊本、翠巌精舎刊本、清江書堂刊本では、同年、同行款の版刻が確認される。南北朝以降の日本漢学は、この種の簡便かつ営利的な篇韻の翻版によって規定された。

韻書においては、『広韻』に拮抗して「礼部韻略」の改修本もよく行われている。そのほとんどは所謂『増韻』で、宋版の伝存は知られず、元至正四年（一三四四）建安余氏勤徳堂刊本以降、少なくとも六版種が確認され、元末建刊本が集中的に遺存する。その理由は、後述のような元朝の科挙復興に関わるであろうけれども、日本の受容者が『増韻』を好んだ原因には、分韻分章の比較的単純なこと、従前の韻書に比し文字の注解が懇切で、意義や用例に詳しいこと等も指摘される。

以上のような、日本に伝存する辞書の宋元明版は、その書入や鈐印から、大概は中世後期の将来と推され、南北朝時代を中心に、博多や高瀬等の西国より解纜して中国南方の慶元（寧波）や福州に至り、浙江周辺の禅院に遊んで帰国した入元、入明僧や、彼等を運んで往来した商船の貨物としてもたらされたと見られる。その伝本の実際を窺えば、五山禅僧の手により、例えば『増韻』欄上の餘白に『玉篇』『広韻』の字目注記を加える等して、[74]相互に参照する態勢を取っていた。

靖康の変（一一二六）以降、中国大陸の北方を占めた金の治下においても、様ゝの辞書が行われた。[75]金代の辞書は、日本との直接の関係ではその影響に乏しいが、南宋滅亡後の情況について、一の淵源を成すことから、先行研究に従ってここにその一斑を述べたい。大定二十八年（一一八八）成立の字書『群籍玉篇』は、金朝に通行した部首内画引きの組織を有ち、[76]先行する辞書の集成を試みた。また泰和八年（一二〇八）韓道昭等によって編刊された字書『五音篇海』と韻書『五音集韻』は、唐宋以来の篇韻一具の発想を引継ぎ、前者は、釈家の手に成る遼代の字書『龍龕手鑑』[77]が、部首を符号と見、意義ではなく声調の順に再編したのに学んで、部首を三十六字母と声調の順に排列し、部内画引きの方法をも加え、実用性を強めた。後者は『広韻』に基づき、『集韻』や『玉篇』を用いて増補を加え、小韻の排列については、宋代に発達した等韻学の知識を容れ、声母を分析整理した三十六字母の順に従わしめて、韻母の等位をも注記した。

さらに、正大六年（一二二九）までに成った王文郁の『新刊韻略』は、『広韻』に基づいて合併を加えた百六韻の組織を体現し、劉淵の『壬子新刊礼部韻略』（一二五二成、散佚）も、僅かに異なる百七韻の分章を行った[78]。前者は、南宋の「礼部韻略」増修本よりもさらに歩を進め、韻目の序数や行款の上でも合併した形式を強く打ち出した他、毎字に韻藻を附する特色も添えた。これら金代「韻略」類の組織は、山西の平陽に刊出されて「平水韻」と呼ばれ、大元の一統以後には全国的に襲用された。南宋の版図でも早く『草書礼部韻註』はこれにより、元の延祐元年（一三一四）に成った陰時遇等の『韻府群玉』や、撰者不詳の『文場備用礼部韻註』にその採用が見られる他、元大徳元年（一二九七）に成った熊忠の『古今韻会挙要』は、『壬子韻略』の百七韻を踏襲し、平水韻はこれら韻類書の流布により定着していった。金代の韻書の版本は、日本にはほとんど齎されなかったようであるが、そこから派生した、『古今韻会挙要』（以下「韻会」と簡称）、『韻府群玉』（以下「韻府」と簡称）等、元代成立の韻類書が夥しく到来して、日本漢学に大きな影響を及ぼした。

2　元明版による韻類書の将来

宋金に続く元朝では、延祐元年（一三一四）科挙の旧規を復興し、江南の漢族知識人に対する差別的待遇を緩め、伝統的学問に照らした官員の採用を始めたが、建安における篇韻の節略本、『増韻』や『韻会』『韻府』の相次ぐ版行は、その影響の一斑と捉えることができる。宋末の徳祐二年（一二七六）に臨安が陥落、元朝の支配が確立されると、科挙が行われなくなり挙業も逼塞していたが、江南の出版界では、この機に息を吹き返し、書院や家塾の成員を編者に仕立て、様ゝの著作を世に送った。そして、ちょうどこの期に日本の五山僧が、両度の元寇や倭寇等の、日元間の

摩擦による断絶をも乗り越え、踵を接して彼の地に渡り、帰国時にこれらの辞書を夥しく船載したのである。(79)

日本では「韻会」と称し、専ら『古今韻会挙要』三十巻を指す。同書は、宋末の士人黄公紹が、元至元二十九年（一二九二）頃までに編集した『古今韻会』（散佚）を、門人の熊忠が、その浩瀚に過ぎることを避け、字種を選び整えた韻書であり、(80)南北朝初に元版の到来が認められる。本書は『礼部韻略』の増修諸本を受け、劉淵『韻略』百七韻に則り、小韻を声母の分析に基づいて排列、制度的音韻の下に実際の標準音との異同をも注記した点に特色があり、従来の辞書の注説を集成した上、四部に渉り唐宋に及ぶ、広範な典拠用例を類聚した韻引きの類書と言われる。また、韻書の組織を利用して編集された類書は、元明の間に頗る流行した。『韻府群玉』は、そうした韻類書の代表的な書物であり、元の陰時遇、幼達の兄弟の編集に係る。(81)王文郁の『新刊韻略』と同じく百六韻、後に言う平水韻を用いた分韻であるが、『新刊韻略』にも見られた韻藻の部を大きく広げ、典拠用例を附注して、二十巻の書物とした。韻藻の部は作文に適して特色があり、後世の目録には子部類書類として遇され、摘錦の属を打立てた。元版に元統二年（一三三四）梅渓書院刊本があり、諸本の根源を成す。元末には増補改編も行われ、日本にはやはり、南北朝に伝来した。

その他、五山禅僧等の漢学に対する欲求は、広く彼土の事物に及んで、宋末以来行われた大部の類書や編書をもたらす者があり、宋の祝穆の『事文類聚』、『方輿勝覧』、陳元靚の『事林広記』、元の劉応李編、或いは詹友諒改編の『翰墨全書』、欠名者編集の『氏族大全』等が、比較的広く行われた。今その版本について贅言はしないが、室町期までは概そ元明刊本によって流布している。前代以来の『太平御覧』も引続き行われたが、編集や標目等の工夫を凝らした、新渡通俗の版本の方が好まれた。その中で、『方輿勝覧』や『氏族大全』は、それぞれ地名と人名に特化した内容であって、総合的類書とは同じくないが、五山僧の学問中においては、地名、人名を鍵として、故事を確かめ麗句に託する臺帳の役割を負う。殊に『氏族大全』（具名「新編排韻増広事類氏族大全」、以下「排韻」と簡称）十集は、姓氏を韻によって類別、同姓者を主体とする故事と韻藻を列し、韻引の事典として広く用いられた。本書には元末明初に五種の版本が作られ、そのうち少なくとも三種が、中世の日本にもたらされている。こうして見ると、元代に作られ流行した韻類書が、日本でもよく受容されたと知られるが、このことは、禅林における書物の複製、五山版刊行の事実によっても確かめることができる。

3　禅林における辞書、類書の複製

禅林の学問が、版本の累積と博覧に基礎を置いて、前代までとその傾向を異にし、学問の一過程として出版そのものを行ったことについては、序説一の第二節以下に記した通りであるが、辞書、類書の刊行についても例外ではなく、むしろその主要な書目となった[82]。まず、最も広い普及を示したのは虎関師錬の『聚分韻略』であり、南北朝から室町末までの間に二十版種を擁し、文明十三年（一四八一）刊行の薩摩版以下、室町後期には美濃、周防、日向、駿河における版刻が認められ、地理的にも異例の広がりを示している（序説一・第四節第2段）。またこのうち文明の薩摩版を始め、室町後期の版本十種は、声調間の相配を利用し、同種韻母の平、上、去声字を一覧できるように改編した、いわゆる「三重韻」の本文を有つ。本書の受容に関して、和音を傍記した多くの伝本が報告されているが、特に巻首の韻目に音仮名を附して通誦し、或いは本書を丸ごと暗記した事例も見出されるという[83]。こうした現象は、院政期の『童蒙頌韻』にも見られたように、韻目を頭に入れ、辞書、類書としての韻書の使用に赴いた、との想像を促す。本書の普及を見ると、中世後期の小学において、漢語の音韻に関する理解の基盤を成したのは、本書の『広韻』合用百十三部の組織であったと思われるが、これを受け容れることで、『広韻』に連なる制度的音韻への参加者にとって便

宜のある、韻類書の参照にも道が開かれた。

右の基盤的現象に加え、彼の地に編まれた辞書、類書も、五山版としていくつか覆刻されており、まず字書として、南北朝期に『玉篇』が刊行された[84]。この版本は、元明に行われた略本の系統で、具体的には泰定二年（一三二五）円沙書院刊本を覆刻し、版心に貞治六年（一三六七）来朝の刻工陳孟栄等の名が見える（序説一・第三節第2段）。さらに韻書として、同時期には『増韻』が版刻されている。その底本は、刊記もなく直接には判然としない上[85]、元末には本書の覆刻が度重なっており、相互関係が必ずしも明らかではないが、その覆刻の時期は、現存本に応永六年（一三九九）の識語を有することから、それ以前、やはり南北朝の開刻が見込まれる[86]。これらの『玉篇』と『増韻』の五山版は、ともに何段階にも渉って修刻が加えられ、数多く印刷されたことが、後印本の様子に顕れている。また、篇韻と並称される場合の『広韻』ではなく『増韻』が覆刻されたのは、前節にも触れたように、分章の単純さと、意義注解と用例の豊富さが好まれたからではないか。このことは、同じ傾向をさらに推し進めた、元初成立の『韻会』が引続き覆刻されていることにも窺える。

南北朝に行われた『韻会』は、日本では応永五年（一三九八）に覆刻され、室町期以降は一層広く行われた。本書については第一章に詳説するが、日本で本書が好まれたのは、恐らくは韻部受容の動向と共に、注記の豊富な点が注意を引いたからで、実際、禅林の字義注釈には本書が多用され、その流通が、以下の同工の書の盛行と一連の現象であることが想到される。これに先立ち、韻類書の『韻府』も、南北朝に来朝刻工の手によって版刻され、室町期以降の受容の痕跡は、枚挙に暇がない程である。本書版本の流布については、第二章に詳説する。また明徳四年（一三九三）以前に『排韻』が版刻され、これも補修を加えて長く行われた。本書は総合的な類書ではないが、五山禅僧が、故事や機縁を織り込んだ麗句の賞玩、作製に拘泥したために、本書は簡便な故事事典として好まれた。本書については、第三章に詳説。これらの韻類書三種は、五山版を伴い、禅林周辺に広く流布したことが明らかで、その伝本には、辞書の使用を踏まえた、漢学の応用的側面を窺うことができる。

4 禅林における辞書の増修と再編

中世前期の作文の助けとして編み出された、一般向けの簡便な「略韻」は、既に和訓、和音や韻藻を主たる内容として写し継がれ、類書や指南書の附録、また『平他字類抄』のような雑然とした編集物にも形を変え、博士家の周辺に行われていたが、このような情況は、鎌倉初南北朝の『聚分韻略』の登場によって大きく様変わりする。(87)これまでの「略韻」が、最小限必要な知識を簡約することで生き延びてきたのに対し、『聚分韻略』は、元〻全韻の例字を備え印刷してあるから、和音、和訓をこれに配当し書入れてしまえば、従来の「略韻」よりも詳しく実用的な参考書を得ることができる。そして室町期の禅林では、南北朝に陸続と舶載された版本を受容して、これに詳しい読解と書入れを施し、禅林特有の集約的な学問を発達させたが、満紙にひしめく細字は、拡張された紙面を埋め尽くすと、個別の注書や雑纂を形成し、遂には固有の類書をも作り出した。ここに禅林では、学者個々人が専用の類書を作り、不時の求めに備える情況が生まれた。

これらは大抵韻分けの編集で、具体的には『聚分韻略』の分類を基礎とし、『韻会』『韻府』『排韻』等の韻類書から音義、熟字や故事を集積、その他、読書の及ぶ範囲から要句を取り込んで、一家の編著を形成していった。参考とされる文献はほとんど元明の版本か五山版であり、集約的編著からさらなる集約を加え、錦嚢として秘蔵した。その早い例としては、室町中期に成った国会図書館蔵本『略韻』が挙げられる。本書は『聚分韻略』のうち、文明十三年（一四八一）に版刻された「三重韻」の平声部分に基づき、『韻会』や『韻府』、特に後者の韻藻に拠った熟字の増補が知られる。また同じ頃に成った『海蔵略韻』は、ほとんど同工の書物でさらに大部なもの、『太平御覧』『太平広記』『事文類聚』『事林広記』等の総合的類書も活用されているといい、『聚分韻略』の撰者虎関師錬の末裔で東福寺海蔵院居住の禅僧の作かと想像されている。さらに室町後期、同じ東福寺善慧軒の彭叔守仙が編集し天文二十年（一五五一）に成った『増禅林集句韻』は、平仄全韻を収めた大本三十六冊の大作に生長している。その他、英甫永雄や、古澗慈稽の作った『略韻』等、室町末から近世初にかけ、学匠個人の作った「略韻」類が、間ゝ遺存している。

こうした室町期の「略韻」類は、『聚分韻略』の上に、韻類書の語彙を摘録した構造を有ち、聯句等の文事のために作成されたと考えられているが、禅院公用の四六文や法語等、麗句の彫琢にも応用されたであろうし、古典の注釈にも資する点があったに違いない。これを学問史的脈絡から見ると、南北朝以来、禅林を主として収蔵されてきた版本の集約的利用と言う、学問事象の顕在化した書物と見るべきであり、室町後期には、版本に眼を通すに従って要語を摘録しただけの雑纂や、案出された辞句を、句形によって排列し活用に備えた、実践的句帳類等、辞書、類書とは言えないような書物も作られ、そうした編纂物まで加えれば、これらはみな、ひたすらな集約を行ってきた禅林の学問が、爛熟し行き着いた姿と見ることができる。以上は、序説一の末節に述べた、五山の編集行為に関する見解を、韻類書を機軸として再説したものである。

右のように、日本漢学史における辞書、類書の受容を回顧して来ると、平安末鎌倉期から到来した版本の浸潤が中世を画することは、前説に同様であるが、さらに南北朝に行われた元代韻類書の将来と複製が、知識の集約を一層推し進め、中世後期に大成される類書や抄物、詩文を構成する辞句の分厚い蓄積を産み出したと考えることができる。『聚分韻略』の普及を基礎に、『玉篇』『広韻』と『増韻』を手引きとした中世後期の漢学は、前期から進行して南北朝に飛躍した版本の将来と再成、またその集積という情況を背景とするものであった。そして、版本の主たる受容者であった五山禅僧が、その作文や注釈として独自の果実を成すまでには、さらなる本文の集約を必要とした。この重要な過程を実現したものは、本書で課題とする、元代成立の韻類書の受容である。

ただ韻類書の受容と言っても、韻書本来の機能、即ち、文字として徴表される漢語の音を、分類と注記によって示していく、根幹の内容について深い理解や働きかけがあったとは認められない。これは、漢語を母語としない日本の漢学者の立場からする当然の帰結ではあり、合用諸韻の区別や韻内諸音の微細な差異等、音韻そのものに関する詳しい洞察は看取されない(88)。このことは、字書の使用について、字書本来の、字形の構造や成り立ちを考究する側面が乏しいこととも、揆を一にするであろう。しかし、『広韻』合用韻乃至平水韻の丸呑みという形でこそあれ、陸続と刊行された韻類書を用いるため、その組織に通暁し使いこなしたらしい点は、大陸渡航者の領導した漢語の詳しい理解、漢学の興隆を示す事象と認められる。

これを要するに、日本における韻書の使用とは、中国における同様の現象よりも一層純粋な意味で、制度としての分韻への参加であったと見ることができる。そして結局は、文字の意義を求め、字句の用法と、これに纏わる故事を知るための方策を得るために、韻類書の重用へと傾いていった。元代の中国においてもそうした傾向が強かったことは、その編集と出版の盛行に顕れているが、日本におけるその使用とは、分韻を鍵とする検索の便宜を得ることが中心であって、やはりその偏向が極端な形で働き、中世後期に独特の集約的学問を成立させた。

以上のように、先行の研究に依拠して日本の漢学史を大観してくると、中世に起こった韻類書の受容は、中世後期の学問を成立させて重要な過程となったばかりでなく、その営みが内包した矛盾の果に、詞の背後に道理を求めた、近世の学問へと反転する遠因をも成したのではないか、と予見される。そこで本書では、このような仮設を確かなものとするために、韻類書の受容を対象として検討を加える。そして、これを捉え得る方法は、版本の成立と派生の姿を明確にして、その伝播の様相を観察する、版本学の方法を措いて他にはない。次節以下を三章に分け、それぞれ『古今韻会挙要』『韻府群玉』『氏族大全』の三種の韻類書を取上げて版本研究を加え、日本におけるその受容が、如何なる派生を起こしたのかを跡付けて行きたい。

（1）序説二の全体に渉り、岡井慎吾氏『日本漢字学史』（一九三四、明治書院）、川瀬一馬氏『古辞書の研究』（一九五五、大日本雄弁会講談社、一九八六増訂〈雄松堂出版〉）、藤堂明保氏『中国語音韻論』（一九五七、江南書院）、福田襄之介氏『中国字書史の研究』（一九七九、明治書院）、小川環樹氏「中国の字書」（『日本語の世界』3『中国の漢字』、一九八一、中央公論社、『小川環樹著作集』第一巻〈一九九七、筑摩書房〉再録）、頼惟勤氏『中国古典論集』（『頼惟勤著作集Ⅱ』、一九八九、汲古書院）、『中国古典を読むために　中国語学史講義』（水谷誠氏編、一九九六、大修館書店）等、西崎亨氏編『日本古辞書を学ぶ人のために』（一九九五、世界思想社）、大島正二氏『中国言語学史』（一九九七、汲古書院、一九九八増訂）、花登正宏氏「収録字の配列方法より考察する中国辞書史の構想」（『東北大学中国語学文学論集』第十三号、二〇〇八）を参照した。

（2）犬飼隆氏『木簡による日本語書記史』（二〇〇五、笠間書院）、吉岡眞之氏「古代の辞書」（『列島の古代史　ひと・もの・こと　6　言語と文字』、二〇〇六、岩波書店）。

（3）注（1）岡井氏、川瀬氏著書、小島憲之氏「文字の揺れ――飛鳥朝「新字」の周辺――」（『文学』第四十七巻第五号、一九七九）。

（4）東野治之氏『正倉院文書と木簡の研究』（一九七七、塙書房）。

（5）本節以下、尾形裕康氏『〈我国における〉千字文の教育史的研究』（一九六六、校倉書房）、小川環樹、木田章義両氏『注解千字文』（一九八四、岩波書店）、神田喜一郎氏『扶桑学志』（『神田喜一郎全集』第八巻、一九八七、同朋舎）、黒田彰、後藤昭雄、東野治之、三木雅博四氏『上野本注千字文注解』（一九八九、和泉書院）。

（6）本論では、日本語の話者によって行われた漢語の音訓について、中国でのそれと区別するために「和音」「和訓」と称し区別した。「和音」の語は、『類聚名義抄』に見られる如く、平安時代以前から長く行われた伝統的漢字音を指して用いられたが、本論においてはその限りでなく、広く日本語の音韻に移された漢字音を指し、いわゆる「漢音」「唐音」等も含む意に用いる。

（7）『千字文』の「文選読み」については、注（4）小川、木田両氏著書並に、同書の文庫版『千字文』（一九九七、岩波書店）木田氏附記参照。

（8）以下、仁井田陞氏『唐令拾遺』（一九三三、東京大学出版会）、桃裕行氏『上代学制の研究』（一九四七、目黒書店、『桃裕行著作集』第一巻〈一九九四、思文閣出版〉再録修訂）。

（9）唐制の進士科は、時務策五条の他に、経文の暗記を試みる規定である。

（10）「文選上帙」とは、「正倉院文書」天平三年（七三一）八月十日頃「皇后宮職移」に見える「文選上帙九巻」の書き上げからも、無注三十巻本の三分の一程を意味し、賦の九巻の全部を含むかと目される。

（11）本節第4段参照。

（12）『続日本紀』宝亀八年（七七八）条に、天平七年（七三五）十八、九歳で、遣唐使に従い帰朝した唐人の袁晋卿が、日本で『文選』『爾雅』の音を学び、大学の音博士となり、清村宿禰姓を賜った記事を載せる。これを見ると、奈良時代の大学では、唐人の発音を重んじていたことがわかる。

（13）以下、岡井慎吾氏『玉篇の研究』（東洋文庫、一九三三）、上田正氏「玉篇残巻論考」（『神戸女学院大学論集』第十七巻第一号、一九七〇）、「玉篇逸文論考」（『訓点語と訓点資料』第七十三号、一九八五）、小島憲之氏「上代に於ける学問の一面——原本系『玉篇』の周辺」（『文学』第三十九巻第十二号、一九七一）、『国風暗黒時代の文学』（一九六八—八五、塙書房）等、木田章義氏「顧野王『玉篇』とその周辺」（『中国語史の資料と方法』〈一九九四、京都大学人文科学研究所〉）、「『玉篇』とその周辺」（『訓点語と訓点資料』記念特輯号、一九九八）。

(14) 注(13)岡井氏著書、貞苅伊徳氏「玉篇と篆隷万象名義について」(『国語学』第三十一号、一九五七)、注(13)上田氏「残巻」論文。

(15) 著名な杏雨書屋蔵・唐鈔本『説文』木部の伝来は近代に係り、近世以前の漢学とは直接の関わりがない。なお拙稿「日本漢籍の来源」(『義塾図書館を読む～和・漢・洋の貴重書から～』展示図録〈慶應義塾図書館、二〇〇七〉)に、中古以前に輸入された唐写本として『説文』を挙げたのは、この点の誤認による。記して削除訂正したい。

(16) 注(13)小島氏論文等。

(17) 林紀昭氏「『令集解』所引反切攷」(『古代国家の形成と展開』〈一九七六、吉川弘文館〉)、東野治之氏『遣唐使と正倉院』(一九九二、岩波書店)。

(18) 『類聚国史』『日本紀略』に載せる逸文。「訳注日本史料」収録の『日本後紀』(二〇〇三、集英社)に拠った。

(19) 平子鐸嶺氏『仏教芸術の研究』(一九一四、金港堂書籍)、注(5)神田氏著書、注(17)東野氏著書。

(20) 『見在書目録』小学家著録書のうち、『隋書』経籍志、新旧『唐書』藝文志にも録し、字書の排列に当たるもののみを例示した。以下、『見在書目録』については同様の挙例とする。

(21) 以下、上田正氏「切韻伝本論考」(『神田博士還暦記念書誌学論集』〈同記念会、一九五七〉)、「陸法言切韻拾逸」(『東方学』第三十六集、一九六八)、『切韻逸文の研究』(一九八四、汲古書院)等、河野六郎氏「広韻という韻書」(『石田博士頌寿記念東洋史論叢』〈一九七〇〉、『河野六郎著作集』第二巻〈一九七九、平凡社〉採録)、頼惟勤氏「『切韻』について」(『宇野哲人先生白寿祝賀記念東洋学論叢』〈同記念会、一九七四〉、『中国音韻論集　頼惟勤著作集Ⅰ』〈一九八九、汲古書院〉に再録)、坂井健一氏『魏晋南北朝字音研究』(一九七五、汲古書院)、高田時雄氏「敦煌韻書の発見とその意義」(同氏編『草創期の敦煌学』〈二〇〇二、知泉書館〉)。

(22) こうした韻目の変更は、認識の編み目を細かくし、一書内の整理を進めて部を分けた場合がほとんどで(音韻の細かな相異が、一韻中に伏在したり、独立して一韻を成し、顕在化したりする内容)、必ずしも音韻の変化を反映するものではないが、基本的に口頭の発話から隔絶された周辺の受容者にとっては、規範として働いた可能性がある。また全般には、小韻の分属等、実際の音韻の変化に基づく変更も含まれる。

(23) 注(21)上田氏著作に詳しい。また『王韻』の注釈増修が『玉篇』による旨、古屋昭弘氏「王仁昫切韻と顧野王玉篇」(「東洋学報」第六十五巻第三・四合併号、一九八四)。

(24) 岡田正之氏『日本漢文学史』(一九二九、共立社、一九五四〈吉川弘文館〉増訂)。

(25) 注(21)上田氏著作。

(26) 以下、小島憲之氏『上代日本文学と中国文学』(一九六二―五、塙書房)、栃尾武氏「類書の研究序説(一至三)」(「成城国文学論集」第十至十二号、一九七八至八〇)。

(27) 森鹿三氏「修文殿御覧について」(「東方学報」第三十六冊、一九六四)。勝村哲也氏「『修文殿御覧』新考」(『森鹿三博士頌寿記念論文集』〈一九七七、同朋舎出版〉)。

(28) 注(26)小島氏著書。

(29) この点につき清水茂氏の批判(「日本漢文学史研究の二、三の問題」〈「文学」第三十三巻第十号、一九六五〉)がある。ただ同氏も小島氏の立論全てを否定し去っているのではない。

(30) 『華林遍略』は『後二条師通記』永長元年(一〇九六)三月七日条に引文が見える。『典言』は、北斉時代編集の教訓的編類書で、唐代に通行し、西域と日本に残存した。東野治之氏「『典言』の成立と日本古代におけるその受容―附、本邦古文献所引『典言』佚文―」(「大阪大学教養部研究集録」第三十四輯、一九八五、注〈17〉著書再録)。『琱玉集』『類林』は、事の趣によって部類された叢伝であり、史伝の書と見ることもできようが、故実の部類と見れば、類書と見なすことができる。なお後世雑家と分類され、意義内容による分類が立てられていない『群書治要』や『蒙求』等の書目は挙げなかった。

(31) 以下、内野熊一郎氏「日本古代(上古より平安初期)経書学の研究」(「東京教育大学文学部紀要」第一号、一九五五)。

(32) 唐令では加えて『春秋公羊伝』に漢の何休注、『春秋穀梁伝』に晋の范甯注、『老子』に漢の河上公注を用いるべきことが定められている。春秋三伝の学は、宝亀六年(七七五)の遣唐使、伊与部家守の帰朝後に大学に導入された。官学における『老子』の採用は、李氏唐朝の新儀である。仁井田陞氏『唐令拾遺』(東方文化学院、一九三三)参照。

(33) 従来から、和銅五年（七一二）に撰進された『古事記』の上表文に、永徽四年（六五三）に長孫無忌が記した「進五経正義表」の影響が見られることが指摘されている。

(34) 『日本紀略』巻九上所引『日本後紀』巻一逸文に見える延暦十一年（七九二）閏十一月の勅に「明經之徒、不事習音、發聲誦讀、既致訛謬。熟習漢音」とある等。

(35) 有坂秀世氏「隋代の支那方言」（「方言」第六巻第一号、一九三六、『国語音韻史の研究』〈一九四四、明世堂書店、一九六一、三省堂新訂増補〉に再録）、藤堂明保氏「呉音と漢音」（「日本中国学会報」第十一号、一九五九、『藤堂明保中国語学論集』〈一九八七、汲古書院〉再録）、河野六郎氏「日本呉音に就いて」（「言語学論叢」最終号、一九七六、『河野六郎著作集』第二巻〈一九七九、平凡社〉に再録）、注（21）坂井氏著書。

(36) 沼本克明氏『平安鎌倉時代に於る日本漢字音に就ての研究』（一九八二、武蔵野書院）、石塚晴通氏「岩崎本古文尚書・毛詩の訓点」（「東洋文庫書報」第十五号、一九八三）、原卓志氏「古文尚書平安中期点における朱声点・点発について」（「広島大学文学部紀要」第四十六巻、一九八七）、「毛詩唐風平安中期点における経典釈文の利用――声点・点発を通して――」（「国文学攷」第百十四号、一九八七）。

(37) 以下、松本光隆氏「漢書楊雄伝天暦二年点における訓読の方法」（「国語学」第百二十八集、一九八二）、「文選の訓読における注釈書の利用について」（『鎌倉時代語研究』第八集、一九八五）（共に『平安鎌倉時代漢文訓読語史料論』〈二〇〇七、汲古書院〉再録）、小助川貞次氏「文選テキストとして見た上野本漢書楊雄伝天暦二年点」（「訓点語と訓点資料」第九十四輯、一九九四）、「上野本漢書楊雄伝天暦二年点における典拠の問題について」（同記念特輯、一九九八）等。

(38) 本説では仏経の音義書、本草書や歌学書等、目的の限られた編書は扱わない。

(39) 以下、飯田瑞穂氏「『秘府略』に関する考察」（『中央大学九十周年記念論文集』一九七五）、「『秘府略』の錯謬について――附、『秘府略』引用書名等索引」（「中央大学文学部紀要」第七十六号、一九七五）（共に『飯田瑞穂著作集』第三巻〈二〇〇〇、吉川弘文館〉再録）。

(40) 以下、岡田希雄氏「東宮切韻攷」（「立命館文学」第二巻第五号、一九三五）、「東宮切韻佚文攷」（同第二巻第十一号、一九三五)、「和漢年号字抄と東宮切韻」(『立命館三十五周年記念論集 文学篇』〈一九三五、立命館出版部〉)、上田正氏「東宮切韻論考」(『国語学』第百二十四集、一九五六)、注(13)木田氏九八年論文等。

(41) 韻目合用の例は、院政期に、三善為康が作文の手引きとして編んだ『童蒙頌韻』や『掌中歴』「詞章歴」(『二中歴』「切韻歴」所引)にも見られる。

(42) 『玉篇』と『万象名義』の関係は複雑で、前者に梁代以来の増修本の雁行があり、後者には一書中に、空海正撰と続撰との別がある。両件の重層により、空海に注説の附加や修訂の挙があったとされたこともあるが、注(14)貞苅氏論文、注(13)上田氏「逸文」論文により、ほぼ『玉篇』の略本と見られることが証された。

(43) 空海が諸体を交えて揮毫したと思われる「大和州益田池碑銘並序」等に、書家としての広い見識が活かされている。

(44) 『新撰字鏡』の部首立てにつき、注(1)西崎氏編書中、山田健三氏「奈良・平安時代の辞書」に記述がある。

(45) 上田正氏「新撰字鏡の切韻部分について」(『国語学』第百二十七集、一九八一)。

(46) 岡田希雄氏『類聚名義抄の研究』(一九四四、一条書房)、吉田金彦氏「図書寮本類聚名義抄出典攷(上至下二)」(『訓点語と訓点資料』第二、三、五輯、一九五四至五)、築島裕氏『平安時代の漢文訓読語につきての研究』(一九六三、東京大学出版会)、宮澤俊雅氏「図書寮本類聚名義抄と法華音訓」(『辞書・音義 北大国語学講座二十周年記念論輯』、一九八八、汲古書院)、「図書寮本類聚名義抄の注文の配列について」(『小林芳規博士退官記念国語学論集』、一九九二、汲古書院)等。

(47) 以下、関靖氏『金沢文庫本の研究』(一九八一、青裳堂書店)、阿部隆一氏『阿部隆一遺稿集』第一巻・宋元版篇(一九九三、汲古書院)。

(48) 序説一・第一節第3段参照。

(49) 『大広益会玉篇』成立以前、日本の『和名抄』『大般若経字抄』に引かれた「広益玉篇」が、上元本に当たるという論証がある。注(13)木田氏九八年論文。

(50) 『通憲目録』伏見宮本この部分欠、「群書類従」本に拠る。

(51) 金沢文庫旧蔵『群書治要』〔鎌倉〕写本等。注(37)松本氏「漢書」論文指摘。頼業については、本書序説一・第一節第

3段。

(52) 以下、辻本春彦氏「増修互註礼部韻略の反切について」(「大阪外国語大学 評林」X、一九七二)、松尾良樹氏『天理図書館善本叢書〈漢籍之部〉増修互註礼部韻略』解説(一九八二、八木書店)、寧忌浮氏『古今韻会挙要及相関韻書』(一九九七、中華書局)、水谷誠氏『『集韻』系韻書の研究』(二〇〇四、白帝社)。

(53) この〔北宋末〕刊本には、真福寺蔵有欠本が唯一の伝存例である。注(52)水谷氏著書は、後述の附釈文本に見える「元祐新制」の牌記が真福寺本の本文に見えないことから、元祐五年の改訂以前の本と見なしている。一方、真福寺本を著録した阿部隆一氏「日本国見在宋元版本志経部」(「斯道文庫論集」第十八輯、一九八二、注〈47〉著書再録)によると、該本に「元祐庚午(五年)礼部続降韻略条制」を附するといい、同論はこれを元祐五年刊官本もしくはその覆刻本とする。今原本に拠って確認することを得ないが、便宜後者の説に拠った。

(54) 注(2)吉岡氏論文。

(55)『通憲目録』伏見宮本この部分欠、「群書類従」本に拠る。

(56) 晋郭璞注、宋邢昺疏の『爾雅注疏』〔元〕刊本の序後首題等にかく題する。本目録は宋版注疏合刻本の伝来を示す早期の資料でもある。

(57) 浙本は匡郭二一×一五糎程で半張十行、建本は種々あって一定しないが、匡郭一八×一二糎前後で半張十一、二行の款式、後者は毎行の字目の高さを合わせて、内容は節略した場合が多い。

(58) 和田英松『国史説苑』(一九三九、明治書院)、森克己氏『日宋文化交流の諸問題』(一九五〇、刀江書院、『森克己著作選集』第四巻〈一九七五、国書刊行会〉増補再録)。

(59) 類書については後述。注書は、院政期の古典研究勃興を契機として現れた『和漢朗詠集』、『三教指帰』の注等を念頭に置いている。

(60) 本間洋一氏「『事類賦』と平安末期邦人編類書」(「和漢比較文学」第三号、一九八七、『王朝漢文学表現論考』〈二〇〇二、和泉書院〉再録)。

（61）芳村弘道氏「本邦伝来の宋版『錦繡万花谷』」（『学林』第二十四号、一九九六、『唐代の詩人と文献研究』〈二〇〇七、朋友書店〉増訂再録）の論証に拠る。

（62）以下、山崎誠氏『中世学問史の基底と展開』（一九九三、和泉書院）、本間洋一氏『王朝漢文学表現論考』（二〇〇一、和泉書院）、佐藤道生氏『平安後期日本漢文学の研究』（二〇〇三、笠間書院）。

（63）注（46）岡田氏著書、望月郁子氏『類聚名義抄の文献学的研究』（一九九二、笠間書院）等。『名義抄』の原本から改編本への変更は、単純な節略とは言えないとされる。ここでは大まかな傾向について触れた。

（64）以下、有坂秀世氏「唐音を辨ずる詞と韻目を諳誦する詞」（『国語研究』第八巻、一九四〇、『国語音韻史の研究』〈一九四四、明世堂書店、一九六一、三省堂新訂増補〉に再録）、注（21）上田氏論文、著書等、吉田金彦氏「天理本「韻字集」と「詩苑韻集」」（『国語と国文学』第三十八巻第二号、一九六一）、「平安韻字集の原型とその伝承」（『ビブリア』第十九号、同）、大友信一氏「「童蒙頌韻」の諸本とその覚え書き」（『岡山大学教育学部 研究集録』第四十一号、一九七五）、「「平安韻字集」考」（同第四十三号、同）等、山崎誠氏「「平安韻字集」小識」（『国文学研究資料館紀要』第十八号、一九九二）。

（65）三善為康は、地方豪族出身ながら算道三善家の養子となり、紀伝道を兼修した。及第は成らなかったが、その過程で『朝野群載』等の編著を産み出した。

（66）山崎誠氏「幼学指南鈔小考」（和漢比較文学会編『和漢比較文学研究の構想』〈一九八六、汲古書院〉、注〈62〉著書に再録）、注（60）本間氏論文、築島裕氏『〈大東急記念文庫〉善本叢刊〈中古中世篇〉類書Ⅰ』解題（二〇〇五、汲古書院）。

（67）句題詩は、今体詩の頷聯、頸聯を、題目の意を取って、その文字を用いず対偶に仕立てる、破題の詠法に眼目がある。間ゝ関連の故事に拠ることも期待され、これを明示的に踏まえる修辞が好まれた。

（68）「同訓平他字」は、和訓から平仄両方の該当漢字を検出する字彙、「随訓異声字」は、平仄により和訓の異なる例を集めた字彙である。

（69）佐藤道生氏『真福寺善本影印叢書 第十一巻 擲金抄』解題（一九九八、臨川書店、注〈62〉同氏著書に再録）。

（70）以下、奥村三雄氏『聚分韻略』（一九七三、風間書房）、安田章氏『中世辞書論考』（一九八三、清文堂出版）、木村晟氏

『中世辞書の基礎的研究』（二〇〇二、汲古書院）。

(71) さらに、『韻字集』や『文鳳抄』巻尾に影響を受けたとされる『平他字類抄』や、類義的字書に日本語の音韻イロハ分類を被せた『色葉字類抄』等、鎌倉時代に行われた辞書にも類似性がある。

(72) 注（1）川瀬氏著書、注（70）木村氏著書。ただ本書の骨格について、『広韻』に並行する景徳『韻略』の関与した可能性を指摘したい。『聚分韻略』は『広韻』系の合用百十三部で、「韻略」の語を共有しながら、『集韻』系「礼部韻略」の合用百八部を用いていない。景徳『韻略』は今日その実態を窺うことが叶わないが、『広韻』の合用百十三部と「韻略」の名を、本書と共有するものと推定される。景徳『韻略』の日本将来についても明徴はないが、『普門院目録』登載の両種等には、その可能性があろう。

(73) 以下、阿部隆一氏『中国訪書志』（一九七六、汲古書院、一九八三増訂）、注（47）阿部氏著書、朴現圭、朴貞玉両氏『広韻版本考』（一九八六、学海出版社）。

(74) 米国議会図書館蔵〔元末〕刊本の実情に拠る。

(75) 以下、大岩本幸次氏『金代字書の研究』（二〇〇七、東北大学出版会）。

(76) これ以前、大定四年（一一六四）に成立し、後に散佚した王太の『増広類玉篇海』は、下位分類に画引きを用いた辞書の先駆けという（『群籍玉篇』附載「大定甲申重修増広類玉篇海序」）。大岩本幸次氏「『群籍玉篇』に窺える「増広類玉篇海」及び「広集韻」について」（「人文研究」第五十三巻第四分冊、二〇〇一、注〈75〉著書再録）。

(77) もと「龍龕手鏡」、いま宋諱を受けて以降の通称を用いる。

(78) 高田時雄氏「莫高窟北区石窟発現《排字韻》箚記」（『敦煌学』第二十五輯、二〇〇四）。両者韻目の相異は、拯韻を迥韻に合するか否かに依る。

(79) 宮紀子氏『モンゴル時代の出版文化』（二〇〇六、名古屋大学出版会）、榎本渉氏『東アジア海域と日中交流——九～一四世紀』（二〇〇七、吉川弘文館）。

(80) 以下、花登正宏氏『古今韻会挙要研究——中国近世音韻史の一側面——』（一九九七、汲古書院）。

(81) 以下、柳田征司氏「『玉塵』の原典『韻府群玉』について」（山田忠雄氏編『國語史學の爲に』、一九八六、笠間書院、『〈室町時代語資料としての〉抄物の研究』〈一九九八、武蔵野書院〉追補再録）。

(82) 以下、木宮泰彦氏『日本古印刷文化史』（一九三二、冨山房）、芳賀幸四郎氏『東山文化の研究』（一九四五、河出書房）、『中世禅林の学問及び文学に関する研究』（一九五六、日本学術振興会）、川瀬一馬氏『五山版の研究』（一九七〇、日本古書籍商協会）。

(83) 注（64）有坂氏論文、注（70）奥村氏著書、今泉淑夫氏『禅僧たちの室町時代　中世禅林ものがたり』（二〇一〇、吉川弘文館）。

(84) 川瀬一馬氏「大広益会玉篇の古版本」（「書誌学」第一巻第三、四号、一九三三、『日本書誌学之研究』〈一九四三、大日本雄弁会講談社〉再録）、注（13）岡井氏著書。

(85) 巻一末尾に牌記の告文のみを去った辺欄を存する。

(86) 応安二年（一三六九）三条公忠がに建仁寺僧から「毛晃韻」を入手し（『後愚昧記』同年二月八日条）、同四年に近衛道嗣が「礼部韻」の「小本」を所持、崇光院の御覧に供している（『後深心院関白記』同年六月二十一日条）のは、南北朝期の『増韻』版刻との関連を思わせる。前件は、小川剛生氏「『韻鏡』の悪戯――受容史の一断面」（「アジア遊学」第百二十二号「日本と《宋元》の邂逅――中世に押し寄せた新潮流」、二〇〇九、勉成出版）指摘。

(87) 以下、上田万年、橋本進吉両氏「古本節用集の研究」（一九一六、「東京帝国大学紀要」第二号）、大友信一氏「「聚分韻略」と「海蔵略韻」」（「岡山大学法文学部学術紀要」第三十八号、一九七八）、注（70）安田氏、木村氏著書、柳田征司氏「抄物目録稿（原典国書　錦繍段抄他）」（「抄物の研究」第十九号、二〇一一）の「付、特定の原典を持たない一種の抄物／(6)辞書・辞典――韻書」。

(88) 漢語の音韻に関する省察について、中世以前の日本では、例外的に真言宗の悉曇学にその例がある。ただ本書では禅林の学問に焦点を置いた結果、この分野に触れることができなかった。ここでは馬渕和夫氏『日本韻学史の研究 Ⅰ』（一九六二、日本学術振興会）を挙げるに止めたい。

第一章　『古今韻会挙要』版本考

序説に概観したように、本邦中世期の漢学は、彼土より陸続と将来される典籍によって存立の条件を強く規定されており、当該時期における漢学の推移を見る上で、その基礎を為す漢籍の将来、受容について知ることは、欠くことのできない要件と思われる。しかしながら一般に、ある時期における典籍受容の具体相を知悉することは極めて難しく、個々の事例に関する専論も多くは行われていない現状にある。本邦中世期を対象とした先行の研究を見ると、これまでにも歴史学、書誌学の方法によって挙げられた成果があり、或いは書目や記録の繊条を渉猟し、或いは伝存する諸本への取材に力を尽くすといった方法で、光の当てられてきた経過がある。本書もこれらの業績に大きく依拠するものであるが、先学の、巨視的なるが故に遺漏せる問題点も猶見出すことができる。そこで本書では個々の典籍についてこれを拾遺し、日本漢学研究に資するための再考を試みることとしたい。

広く漢学といっても、その学究の対象は多様であるが、何れの場合も漢字、漢語の解釈を前提とする。ことに漢語を母語とせざる我が国の場合、解釈の端緒を如何なる辞書に求めるかが、学問の進捗そのものを左右する要因となろう。その辺りの事情を中世期について見ると、種々の字書、韻書が数多く行われたことは、諸史料、諸伝本によって知られるが、中でも有力、且つ広く用いられたものを求める時、日本独自の刊本を有する幾つかの典籍を挙げることが可能であろう。日本における出版事業は長く釈家による内典の刊刻を主としてきたが、中世期に至り、禅林を中心として広く外典の開版が為されるようになった。その中で、文字によって部類され単字義を掲出する字書、韻書の類を挙げれば、『大広益会玉篇』『増修互註礼部韻略』『古今韻会挙要』『韻府群玉』等がこれに当たる（序説二・第三節第3段）。開版の容易でない当時にあって既に刊行の実現を見たことからも、当時相当の需要が前提にあったものと見なされ、実際これらの字書が盛行したことは諸史料に徴しても明らかである。このうち後三者は字韻によって配列された韻書の類に属し、作文の参考書として捉えられることが一般的であるが、後述のように字義注釈の所拠とされる例もあり、学問と作文の双方向に利用されて、両者の結節を為した書として注目される。ことに元代の撰述に係る『韻会』は、先行の字書、韻書に依拠しながら注釈、用例の充実が図られた点に特徴があり、本書から窺い得る学問世界は、相当に広範なものと認めることができる。こうした本書の性格に鑑みれば、その受容に関する知見は、本邦における漢学の在り方を考究する上で恰好の材料を与えるものと思われる。本章において、まず『韻会』を対象とする所以である。[1]

『古今韻会挙要』は、現存本の首に附された熊忠の序に拠れば、宋末の進士、黄公紹の原撰に係る。黄公紹は福建路邵武の人、宋咸淳元年（一二六五）の進士（『(嘉靖)邵武府志』巻八）。字直翁、また在軒と号す。宋亡びて仕えず、邵武中の樵渓に隠居し斎仏を事とした。別集『在軒集』を存する（『元詩選』二集甲集）。生歿年は不明、『在軒集』中「樵川新駅記」に至元二十三年（一二八六、丙戌）の年記がある。明代の書目では、『国史経籍志』以下、黄氏を『韻会挙要』の撰者と為すが、熊忠の序に

> 同郡在軒先生黄公〈公紹〉慨然欲正千有餘年韻書之失、始秤字書作古今韻會（中略）僕辱館公門、獨先快覩、且日竊承緒論。惜其編帙浩瀚、四方學士不能偏覽、隱屏以來。因取禮部韻畧、増毛劉二韻及經傳當收未載之字、別爲韻會擧要一編。

とある如く、黄氏の撰述は原『古今韻会』に係り、現存の『韻会』とは別の一書と見える。本序に拠れば『韻会』は、

熊忠が黄氏『古今韻会』から毛晃等撰『増修互註礼部韻略』や劉淵撰『壬子新刊礼部韻略』の収録字と「經傳當収未載之字」を選び「舉要」したものと知られる。既に『欽定四庫全書総目』に指摘があるように、現存本の凡例に「禮部韻畧本以資聲律、便檢閲。今以韻會補収闕遺、增添注釋」とあり、増修された『礼部韻略』の字注に『古今韻会』の注を加えていったのが実情と見られる。何れにせよ、実際に熊氏『韻会』の本文を見ると、『増韻』等と比べても毎字下の注釈事項、用例は格段に豊富となっており、或いはこのことは黄氏『古今韻会』の段階で既に用意されていたと見るべきかも知れないが、現存する熊氏『韻会』の最大の特色は、この注釈記事の潤沢な点に見出される。なお黄氏『古今韻会』と熊氏『韻会』の関係については、花登正宏氏に詳細な言及がある(2)。黄氏『古今韻会』は、同書より摘略した熊氏『韻会』の流布によって亡佚したものであろう(3)。現存する『韻会』首に劉辰翁の序を冠するが、文中蘇軾が蘇轍の『潁浜先生道徳経解』を評した「奇特」の詞に寄せて「彼解老不至、是吾於在軒黄〈公紹〉韻會三叫奇特云」とあり、劉序は黄氏撰述の『古今韻会』に寄せるものと知られる。同序には「江閩相絶、望全書如不得見、不知刻成能寄之何日」ともあり、黄氏『古今韻会』が未刻であったことを伝えている。劉氏字は会孟、須谿と号す。吉州廬陵の人。宋末の進士、宋亡びて出仕せず。元大徳元年（一二九七、丁酉）歿、享年六十六。劉序末に「壬辰」と署するのは至元二十九年（一二九二）に比定される。この黄氏『古今韻会』を挙要した熊忠の伝は未詳であるが、『韻会』の題署により、字子中、黄氏と同じく邵武の人と知られる。また本書の首に附された熊忠自序の末に「丁酉」と署するのは、劉序の年記から推して元大徳元年（一二九七）と見られ、これが『韻会』の成立年次とされる。そして本書の初刊本は、この後、恐らくは陰時遇『韻府群玉』自序に言及される延祐元年（一三一四）頃迄に版刻されたものと見られる。

　韻書としての『古今韻会挙要』について、簡略に触れて置きたい(4)。『韻会』は基本的な分章として『壬子新刊礼部韻略』の百七韻に準拠する。その内実は旧『広韻』二百六韻を下敷きに、類似の韻目を合用し、便宜接収したものである。よって『韻会』分韻の内部には、旧韻に従う分節が保存されている。また声母について、七音（七種の声母に、角、徴、宮、商、羽、半徴商、半商徴の音名に宛てたもの）と清濁を結合させた表記を有ち、旧韻内部の小韻を、この順序によって排列した点に特徴がある。また伝統的な分韻と実際の音との差異について、既に合併された韻目をも越えて通用する字音がある等の齟齬を生じていたが、当該字の注釈中に、実際には合致する他字との通用という形で示してある。これら『韻会』の字音注記は当時の標準音に基づき、形式上は百七韻、実質二百六韻に分かってあるが、伏在する字音表記は、音韻の変化を体系的に反映したものとされる。『韻会』は、伝統的な韻書の形式を守りながら、実際の標準音を表記する工夫を凝らしたことで、従来の韻書にはない特色を示している。本書の音韻史上の位置付けは著者の能くする所ではないが、坂井健一氏[5]、花登正宏氏[6]の研究に従えば、『韻会』は中国近世音の特徴が顕れた早い時期の資料とされ、近年の花登氏の論考[7]に拠れば、『韻会』に顕れた音韻体系は、南宋期臨安の官話を反映するものとされる。また藤堂明保氏[8]に拠れば、『韻会』の表記する字音は、日本漢字音の中でも唐宋音に近似するものとされ、禅林における儀制文の宣読を始め、音韻史の面からも注目される点があろう。

日本における『韻会』の刊刻は応永五年（一三九八）に成るが、同版は一見して〔元〕刊本に拠る覆刻と知られ、その意味では他の所謂「五山版」と変わる所がない。現在知られている『韻会』の〔元〕刊本は一種に止まり、これを応永五年刊本の底本に宛てることにも問題はない。しかしながら現存の〔元〕刊本を見ると、その修刻印行の様相は多岐に渉り、この応永刊本が、厳密に言って如何なる〔元〕刊本に基づき、如何なる本文を有するものか、という問題は、多くの「五山版」と同様に、未だ明らかにされていない状態にある。このことは漢学史の上からも大きな不足であるし、日本における宋元刊本の模倣としての「五山版」全般に関わる問題をも含んでいる。また応永の刊刻を見るに当たっては、必ずやその前史の存し、その受容にも相当の拡がりのあったことが予見されよう。これらの諸問題を補うためには、より浩瀚にして精密な史料の蒐集と伝本の検討が必要とされるが、史料の蒐集に関しては、茫洋たる中世の学問世界の拡がりを考えると、その完璧を期することは難しく、先学の指摘に学びながら新たに加え得る事例を記して措く外はない。本書中での言及も固よりこの範囲を出るものではないが、一方伝本からの検討について、現存諸本に関する従来の記述を見ると、川瀬一馬氏『五山版の研究』（一九七〇、日本古書籍商協会）、阿部隆一氏『中国訪書志』（一九七六、汲古書院、一九八三増訂）、同「日本国見在宋元版志経部」（『斯道文庫論集』第十八輯、一九八二、『阿部隆一遺稿集』第一巻〈一九九三、汲古書院〉再録）等の著録を始め、個々の蔵書に即した目録、解題中にも言及される所であり、後に触れるこれらの著録が、個々に充実したものであることには、贅言を要しない。ただ本書の観点からすると、それぞれ宋元版、五山版といった分野に従い、或いは蔵書の相貌を全うする意味で網羅的ではあるが、同款の覆刻本、若しくは底本を含めての比較検討に密ではない、という憾みを遺している。そこで本書ではこの方面からの検討に手掛りを求め、〔元〕刊本と、これに直接依拠したと見られる覆刻諸本をも対象に含めた伝本の整理を試みることとしたい。

始めに取上げる版種を列挙して、その全体像を示し、版本それぞれの記述を加えていくこととしたい。

〔元〕刊〔後修〕本
又〔二〕修〔三〕修〔四〕修
〔明前期〕刊〔後修〕本
又〔二〕修〔三〕修
明嘉靖十五年（一五三六）序刊　同十七年修本

清光緒九年（一八八三）刊〔揚州〕淮南書局）本
日本応永五年（一三九八）刊（釈聖寿）本
朝鮮明宣徳九年（一四三四）跋刊（慶州 密陽）本
又 一修 二修 三修
〔朝鮮中期〕刊本
日本〔近世初〕古活字刊本（甲）
同 〔近世初〕古活字刊本（乙）
同 〔江戸初〕古活字刊本（丙）
同 〔江戸前期〕刊本
明嘉靖六年（一五二七）刊（鄭氏宗文堂）本

本編以下の記述には伝本解題の体裁を以てするが、まず版種の別によって分類し、当該の版種に共通の事項を前掲した。その際に、依拠の版種と同様の事項については記述を省略した。また版種間の依拠関係については大概を述べる。版式等は本文のそれを標準として、他の部分には異なる事項のみを記した。各伝本固有の事項をその後に列し、同版種の中では摺りの先後によって整序した。また修刻を有するものは、小括してその首に標示した。補刻と異版種補配の判別については、同然本の存否を基としたが、その他の状況に即いて推断を下した場合もある。補配を有する伝本の取扱いについてはやや複雑となるので、以下に少しく附言して置きたい。韻類書の伝本には、補配によって全巻を具えた場合がことに多く、数種の混配と見るべきものがあり、また一版種でも補配と見るべきものがあり、その混配の比率も、異版数冊を合したものから、僅か数張を雑えたものまであって、一定していない。同類書本文の性質を考えれば当然の現象ではあるが、版種を以て分類を加える上からは、やはり相応の規矩を要するであろう。そこで本書では、補配の各部分を版種毎に分ち、それぞれを同版種の伝本の下に一括した。補配の全容とその伝本全体に関わる事項については最も分量の多い版種の項に記し、その他の項では冊数を前掲せず、それぞれの版種に別れた各部分が、本来所在を同じくし他版種の項にも分記のあることを標出して、互見を請うこととした。また一巻に満たない分量の補配である場合は、補鈔の部分と同様に、形態等の記事中に略説して煩を避けることとしたい。その他、特記の必要を認めない点については適宜省略に委せてある。

古今韻會舉要三十巻　禮部韻略七音三十六母通攷一巻

宋黄公紹原撰　元熊忠舉要

〔元〕刊〔後修〕

先ず劉辰翁序（八張）を冠す。首より本文を存し、末に「壬辰／十月望日盧陵劉／辰翁序」と署す。署名ののち双辺「須谿」「會／孟（陰刻）」、双辺「吉劉／辰翁」の印記を摸刻する。毎半張五行、行字数不等。行体写刻。中縫部「韻序」と題す。

本序は黄公紹撰述の原『古今韻会』に附されたもの。劉氏、字は会孟、須谿と号す。吉州盧陵の人。宋末の進士、宋亡びて出仕せず。元大徳元年（一二九七）歿、寿六十六歳。序の「壬辰」は元至元二十九年（一二九二）に当たる。

次で熊忠自序（第九至十四張）。首より一格を低し本文。末に「歳／丁酉日長至武昜熊忠」と署す。版式同前。中縫部は「序」と題す。

熊忠自序の末に双辺牌記「寀昨承　先師架閣黄公在軒先生委／刊古今韻會舉要凡三十巻古今字畫／音義瞭然在目誠千百年間未睹之秘／也今繡諸梓三復讎校並無譌誤愿與／天下士大夫共之但是編係私著之文／與書肆所刊見成文籍不同竊恐嗜利／之徒改換名目節畧翻刊纖毫争差致／誤學者已經　所屬陳告乞行禁約外／収書君子伏幸／藻鑑　後　學陳　寀　謹白」あり。「架閣黄公在軒先生」は原撰者黄公紹を言う。[9] これに従えば本版を刊刻した陳寀は黄公紹の門人で、本書の刊刻を委嘱されたと解されるが、熊氏の挙要せる本書を黄氏の撰であるかに記す等、そのままに信ずるにはなお疑問が残る。但し〔元〕刊本系の諸本は全てこの牌記を存し、当初から附刻されていたことは認められ、本版の刊刻に陳氏の関わったことは明らかである。またこの牌記は本版開刻時における校正の精確を謳い、翻刻本文の後世を誤る恐れを説いて「嗜利之徒」に対する警告とするが、これらは本版の価値を保護する目的から掲げたものであろう。

次で凡例（七張）。首に「古今韻會舉要凡例（跨行）／（以下低七格）昭　武　黄　公紹　直翁　編輯／昭　武　熊　忠　子中　舉要」と題し、次行「韻例（音例・字例・義例）」と標し、また次行より低二格の一つ書で本文。毎半張十行、行十九字。中縫部「韻例」と題す。

次で通攷（二二張）。首に「禮部韻略七音三十六母通攷（跨行）」と題し、次行低一格墨囲陰刻で「蒙古字韻音同」と標し、注記二行を隔し本文。先ず四声の別、韻字の序を掲げ、以下『壬子新刊礼部韻略』の百七韻によって分韻される。第三行より表。双行で声母（字母韻）、韻母を示す文字を、直下に単行で該当音の文字を示し（韻母のみ陰刻）これを声母の順に従って挙す。毎半張十一行、行二十字。中縫部「韻母」と題す。[10]

巻首題「古今韻會擧要巻之一（至三十）」、次行より本文。毎声の首のみ第二行に一格を低して「平聲上（平聲下・上聲・去聲・入聲）」と標し、本文の前に韻目、出典及び文字数の注記を存す。また巻一首のみ各項目の次行より双行で例言を差夾む。本文は先ず低小字五格で「一〈東獨用〉」等と序数韻目等を注す。次行先ず「〇（公）」等と大字で標し（圏点と括弧は同音字の首のみ）直下より小字双行で音、義注（反切以下音注は同音字の首のみ）、用例、当該字の別韻等を示す。引書名は墨囲し、案語等は陰刻にて標す。毎韻改行。

巻之一（三二張）上平　一東至　三江
巻之二（五〇張）　四支至　五微
巻之三（三八張）　六魚至　七虞
巻之四（四〇張）　八齊至　十一真
巻之五（三六張）　十二文至　十五山
巻之六（三六張）下平　一先至　二蕭
巻之七（三三張）　三肴至　六麻
巻之八（四六張）　七陽至　八庚
巻之九（四〇張）　九青至　十一尤
巻之十（二四張）　十二侵至　十五咸
巻之十一（三四張）上声　一董至　四紙
巻之十二（三三張）　五尾至　八薺
巻之十三（二七張）　九蟹至　十五潸

巻之十四（二五張）　十六銑至　十九皓
巻之十五（二六張）　二十哿至二十三梗
巻之十六（二七張）　二十四迥至　三十豏
巻之十七（三一張）去声　一送至　四寘
巻之十八（二二張）　五未至　七遇
巻之十九（二三張）　八霽至　九泰
巻之二十（二五張）　十卦至　十二震
巻之二十一（二一張）　十三問至　十六諫
巻之二十二（二八張）　十七霰至　二十號
巻之二十三（二六張）　二十一箇至二十四敬
巻之二十四（二八張）　二十五徑至　三十陷
巻之二十五（三三張）入声　一屋至　三覺
巻之二十六（二八張）　四質至　六月

巻之二十七（二九張）　七曷至　九屑
巻之二十八（三六張）　十藥至　十一陌
巻之二十九（二一張）　十二錫至　十三職
巻之三十　（二二張）　十四緝至　十七洽

左右双辺（一九・四×一二・三糎）有界、毎半張八行、行小字二十三字（巻一のみ二十二字）。版心、線黒口、双黒魚尾（対向）、上象鼻に稀に大小字数を刻す。中縫部「韻幾巻（フ）」と題し、張数を刻す。下象鼻には稀に「木」「末」の文字（工名か）を刻す。

巻尾題「古今韻會舉要巻之幾」「二巻終（墨囲陰刻）」「〇韻會舉要巻之十四」「〇古今韻會巻之十七」等（図版一―一）。

〈上海図書館　善七七七六七八―七〇六〉　二十冊

明沈周旧蔵、清王兆瑚跋

後補深緑色蝋箋金切箔散表紙（二三・七×一五・一糎）左肩に方形陰刻「定陽／□氏／家蔵」朱印記を存す。襯紙改装。包角あり。毎冊前後に副葉を後補す。巻七首一張半を欠き、原刻部の版式を摸した罫紙を差夾む。

巻尾に王兆瑚跋「此書爲先侍御皐公所伝侍御又得／之石田山人流伝已久宜加珍惜〈丙辰元旦／兆瑚蔵〉」あり。「石田山人」は、明の書画家、沈周の号。沈周、字は啓南。江蘇長洲の人。詩書を能くし、尤も画に工、有竹居に退隠して図書、鼎彝を蓄えた。正徳四年（一五〇九）八十三歳で卒す（『明史』沈周伝）。

巻首、巻尾等に方形陰刻「右□軍／会稽内／史孫蔵」朱印記、単辺方形陽刻「圯黄／公」朱印記、方形陰刻「一乗」朱印記、単辺方形陽刻「沈氏／蔵書／画印」（沈周所用か）朱印記、同「憂／父」朱印記、方形陰刻「王兆／瑚字／□甫」朱印記、同「其永／宝用」朱印記、単辺円形陽刻「有竹荘」朱印記（沈周所用）を存す。

書中間ゝ墨筆にて標字乃至標字上「〇」格に標点を加え、本文には傍点を加う。版面磨滅部鈔補。

〈北京大学図書館　□四三五六〉　九冊

欠首　巻一至二　清李盛鐸旧蔵

後補栗皮表紙（二四・八×一四・九糎）首冊打付に韻目朱書、第二冊右肩より墨書目録題簽を貼附、第四冊左肩に題簽を貼布するもほとんど剥落、第七冊、左肩題簽を貼布し「古今韻會」と書す。裏打改装、天地截断。前後副葉。第一冊に二巻、第六冊に四巻を収める他は、毎冊三巻。巻五第二十九張後半至三十五張前半、巻二十四末尾近世期鈔配。

稀に朱竪傍句点、傍圏、間〻別朱字目標点書入、毎葉欄上又別手韻目墨書。巻五、三十尾に「青蓮崖闍識」墨書あり。巻六首に単辺方形陽刻有界「東海／養仁」朱印記、毎冊首に方形陰刻「無／傳」朱印記、第二冊首に単辺方形陽刻「□□軒／臧書」朱印記、同「麐嘉／閣印」、第九冊首に方形陰刻「李印／盛鐸」、大尾に単辺方形陽刻「李印／傳模」朱印記（以上三顆、李盛鐸所用）を存す。

　該本につき『木犀軒蔵書題記』に著録がある。

〈国立公文書館内閣文庫　別四九・八〉　二十冊

　建仁寺嘉隠軒　林羅山旧蔵

後補縹色雷文繋空押艶出表紙（二二・五×一四・三糎）左肩双辺（一七・四×二・七糎）刷り枠題簽を貼布し「韻會一　上平　東　冬　江」等と書す。第二冊のみ書背側下部へ打付に「別」と朱書す。毎冊右肩に単辺方形陽刻「昌平坂／學問所」墨印記を存す。四周に焦痕あり。天地截断、裏打修補。第二冊のみ前後に副葉を後補す。また巻十四第十九、二十張を錯綴す。前掲本に比して少しく板木の磨滅が進み、巻十五第五張前半の上端部等に欠損を示している。

通攷、巻一首に香炉形陽刻「劉／氏」朱印記、単辺方形陽刻「玄壹／道人」朱印記、通攷首のみに同「漢／輔」朱印記、毎冊首に方形陰刻「嘉隱」朱印記（建仁寺大統院内嘉隠軒所用）、巻一首に双辺方形陰陽刻「江雲渭樹」朱印記、毎冊尾に双辺方形陽刻「羅／山」朱印記（以上二顆、林羅山所用）、第一冊首に単辺方形陽刻「林氏傳家圖書」朱印記（林榴岡所用）、毎冊首に単辺方形陽刻「林氏／蔵書」朱印記、毎冊尾に表紙と同印記を存する。

　建仁寺大統院内の嘉隠軒は、もと足利義満の庶兄たる柏庭清祖の住処であるが、柏庭末流の心田清播等やはり「嘉隱」と称することがあるので、当該の「嘉隱」の章は、柏庭が用いたものか明らかでない。林羅山は若年時、建仁寺大統院の古澗慈稽に学んでいるから、本書はこうした契機によって嘉隠軒から林家に出で、さらには昌平黌に移されたものと見られる。

上掲の三本は現存する〔元〕刊本中最も早い段階での印行に係る。三者共精善なる印面を呈し、その先後はいずれとも定め難い。しかしながら両者の印面を具に閲すれば、この段階ですでに挖改の痕跡を存することが看取される。これらは匡郭に渉って数格乃至数行の切り接ぎを加えた箇所と、本文の一部を改変して挙字の増補を図ったと思しき箇所に大別される。前者は巻九第十一張前半、巻二十第五張等の場合に著しいが、その原因については分明でない。後者は前後十二箇所に及び、配字の不自然さ、本文の不分明さからも改変の可能性が想到されるが、このことは同款の別版と対照すれば一層明瞭で、現存最早印本も、本文の上では後修本に位するのではないか、との推測を生ぜしめる。具体的な記述と考証については〔明前期〕刊本、日本応永五年刊本（共に〔元〕刊本と同款）の項に譲る。

又　〔二〕修

著者の見出した所では巻二十四第五至六張等は補刻に係り、第五張前半「鮑」字注文中、前掲本「李」に作る文字を墨釘と為す。版面の状態は前掲本に比べても格段に劣るものではないから、後修時からさ程時を隔てない時点での印行と思われる。只一本の伝存ではあるが、覆刻本との関係を見る上でも、ここでは第〔二〕修に懸けることとする。

〈静嘉堂文庫　一〇一・三二〉　十六冊

色川三中旧蔵

後補栗皮表紙（二四・八×一六・三糎）。裏打修補。また巻二第十三、十四張を相互に錯綴す。屢〻鈔補の葉を差夾む。巻六第一、二十一張、巻十二第三十一張等の手と、やや時期の下れる巻五第三十一張、巻六第九張、巻九第二十六張、巻十二第九張等の手が見出される。また朱筆により合傍圏点、欄外校注、磨滅部鈔補を加えるが、これにも両手が認められる。毎冊

首に単辺方形陽刻「色川／弍中／蔵書」朱印記、双辺方形陽刻「光／林」朱印記、牌中方形模糊朱印記を存す。

又〔三〕修

前掲本の補刻箇所に加え、巻二十一第二十一張前半の上端部にも欠損を生ずる他、巻一第一至二張、巻六第十三至十四張、巻二十二第二十張、巻二十五第二至七張等は全張を補刻する。巻一第一張例言中においては原「凡字爲末者」とある箇所を、誤って「兄字爲末者」に作る。また前掲〔二〕修本の補刻箇所についても、さらに挖改を加えた箇所があり、巻二十四第五張前半「鮰」字注文中、前掲〔二〕修本に墨釘と為す文字を誤って「而」に作る。注は『漢書』司馬相如伝所引「上林賦」中「鮰鰽漸離」の句と、これに対する顔師古注所引の李奇注を引載するもので、前掲〔後修〕本はこの箇所磨滅によって判然としないが、「李」と判読し得る。李奇は顔師古の「前漢書叙例」中諸家注釈を列挙する中に「李奇、南陽人」とあり、南陽は魏の故地、配列からして後漢末から魏初の人か(11)。

〈上海図書館　善八〇〇七四四—六七〉　二十三冊

明袁褧旧蔵　清乾隆六十年銭大昕　民国四年袁克文跋

後補藍色表紙（二六・七×一六・二糎）。金鑲玉装。虫、破損修補。毎冊前後副葉。巻七、九は錯綴が甚しい。

巻尾に銭大昕跋「又□承六俊之家風儲書数万巻□自校／勘靡間晨夕一日詣書肆□是偏□□袁／氏尚之及玉韻斎圖書等印識是先生□／物爰購而藏諸三硯斎乙卯七月書以和／予因爲題識俾世々子姓什襲守之竹／汀居士銭大昕（方形陰刻「銭印／大昕」、単辺方形陽刻「銭／竹汀」朱印記）」、袁克文跋「玉韻斎印当在序前已遭剝蝕無／迹象可尋惟袁尚之印猶在一先韻首／（低六格）乙卯十月寒雲（方形陰刻「宝／己」、単辺方形陽刻「袁二」朱印記）」あり。

上記の外、巻首に単辺方形陽刻「□□／□海」朱印記、同「袁氏／尚之」朱印記（袁褧所用）を存す。書中朱傍点を、墨校注、界線磨滅部鈔補を加う。

「又愷」「三硯斎」は清の蔵書家、袁廷檮の字、号。袁廷檮、字は又愷、寿階。江蘇省呉県の人、監生。経学を能くし、銭大昕、王昶、王鳴盛、江声、段玉裁等と交わった。その書室を三研（硯）斎と号す。三研は何れも袁廷檮の祖に当たる袁褧、袠等の旧物で、のち嘉慶二年（一七九七）二研を加えて別業に五研（硯）楼を築き、宋槧元刻を収めてその富を誇った。「六俊」とは袁氏の祖で明代に文人として盛名を得た袁表、褧、褒、袠（以上兄弟）、衮、裘（以上表等の伯父の子）等を云い、王世貞「袁魯望（袠）墓誌銘」にすでに「汝南六俊」として見える。「袁氏尚之」「玉韻斎」は明の袁褧の称。袁褧、字は尚之。玉韻斎、石磬斎、石謝湖草堂、嘉趣堂等と号す。江蘇呉県の人。袁廷檮の祖。書画を能くして六俊の一に数えられ、嘉靖間の六臣注『文選』等の刊刻でも知られる。「竹汀居士銭大昕」「銭大昕印」「銭竹汀」は清の漢学者、銭大昕の称。銭大昕、字は暁徴。竹汀、潜研堂と号す。江蘇省嘉定の人。雍正六年（一七二八）生。乾隆十九年（一七五四）の進士。その学識については贅言を要しないであろう。銭は嘉慶九年（一八〇四）に歿するので「乙卯」の識語は乾隆六十年（一七九五）に懸けられる。銭の語は、破損によって読みづらい箇所もあるが、略〻次のように解される。即ち、銭大昕は書肆において本書を見出し、印識より袁褧の旧物であることを知る。銭はこれを購い、袁の裔に当たり学問上親交のあった袁廷檮に贈り、これに際して題識を加えたものである。

「寒雲」「袁二」は清末民国初の蔵書家、袁克文の称。袁克文、字は豹、豹岑、抱存。寒雲、亀庵等と号す。河南省項城県の人。光緒十六年（一八九〇）朝鮮に生。袁世凱の二男。清朝、袁世凱政権下で官務につき『清史稿』編纂に関わった。文物の蒐集を好み自収本の提要等を撰す。袁世凱歿後は上海で新聞誌上に活計を得、民国二十年（一九三一）に歿す。「乙卯」は民国四年（一九一五）に懸けられ、すでに「玉韻斎」の印識を失っていたことを伝えている。当該印は、静嘉堂文庫蔵〔宋〕刊『傷寒総病論』の巻首に単辺方形陽刻「玉韻斎圖書印」朱印記を、同「袁氏／尚之」記と共に存し、同趣のものかと推される。

〈京都市・鎌倉敬三氏〉

存首　巻一至五　二十五至三十　二冊

永正十七年（一五二〇）識語

後補淡茶色表紙（第一冊欠）（二四・五×一五・五糎）左肩打付に「入声／古今韻會舉要〈自二十五／至三十〉」と書し、中央に貼紙して「屋沃」等と韻字を書す。天地截断。

該本は巻一首、巻二十五第二至七張に補刻を有することから、第〔三〕修以下に係る。第〔四〕修本の補刻箇所を欠くが、次掲本に比べて刷りが良く、孛朮魯翀、余謙両序を欠くことから、一先ず〔三〕修本として掲げて措く。

凡例首に単辺円形陽刻「□／□」（郎邪歟）記、第二冊尾に方形陰刻「景／素」朱印記、第二冊首に方形陰刻「稟／印」朱印記、単辺方形陽刻「有／実」朱印記、方形陰刻「大内／後裔」朱印記、単辺方形中円形陽刻不明朱印記を存する。書中室町期の朱筆にて竪句点、傍圏、欄上補注を加え、劉序の末に「以玉渚自句之本亦句写庚辰正月廿一」の識語を有する。又別筆〔室町〕朱墨欄上校注、さらに又別筆〔室町〕墨筆にて欄上韻目標注書入あり。

「景／素」は相国寺興禅院の景素□隣の印章と見られる。景素は臨済宗鹿王門流を汲み、法を相国寺第八十四世の瀑巌等紳に嗣ぐ。天文五年（一五三六）までに相国寺の西堂衆に列し、同七年には瀑巌の広徳軒を領し興禅院主を兼ねる。同じ時期、同院内の興雲軒に玉渚□珖があり、朱筆加点識語は景素の手により、語中の「玉渚」は□珖を、また「庚辰」は永正十七年（一五二〇）を指すかと推される。

又〔四〕修

前掲本の補刻箇所に加え、巻十五第五張前半上端部、巻二十一第二十一張前半上端部等の欠損部分をも補刻し、その際、巻十五第五張前半上端部で後修本に「葰〈葰人縣名前地／理志屬太原／在上黨／〇今增〉」とあるを「〈上略〉〈今上黨／毛韻增〉」に（『広韻』に「在上黨」とあり、上党は地名）、巻二十一第二十一張前半上端部で後修本に「〇晏〈中略〉柔爾雅〈中略〉／柔也〉」とあるを「〇晏〈中略〉又爾雅〈中略〉／柔也〉」に誤る。漫患甚だしく〔三〕修本と比しても刷りは格段に劣る。

〔四〕修本以下は熊忠自序に次で孛朮魯翀、余謙両序（三張）を附刻する。孛朮魯序、首より低一格で「序韻會舉要書考」と題し、諱字前改行一格擡頭で本文。「文宗皇帝御奎章閣得昭武黄氏韻會舉要寫本至順二年春／勑應奉翰林文字臣余謙校正明年／夏／上進／賜旌其功余氏今提學江浙以書見／質始知其刋正補削根據不苟序曰（中略）余氏以文臣奉／詔正誤令續也來提舉謀鋟其書義／舉也學者得此明其心目仁澤也／噫此編號舉要耳其傳可盡傳／虖因是一均可通其余均虖刻本／快覩蓋有待焉元統乙亥冬翰林／侍講學士前中奉大夫江浙等處／行中書省參知政事孛朮魯翀序」とあり、また第三張首より低一格で「時至順二年二月己未臣欽／承／帝命點校葛元鼎所書韻會以／進越明年四月丁卯乃遂訖工／獻納上徹／聖鑒／龍賚下班曷勝感怍念惟韻版／文字乖誤頗繁茲既考徵就／易輯具成編尚獲與學書者／咸被于天下同文之休斯願翰林　國　史臣余謙拜手稽手謹書」とある。毎半張七行、行十二字（図版一―二）。

〈宮内庁書陵部　四〇一・三四〉　二十冊

佐伯藩主毛利高標旧蔵

後補淡茶色表紙（二四・三×一五・〇糎）左肩双辺刷り枠題簽を貼布し「古今韻會（隔四格）」（第一冊のみ「共二十本」と書す）幾」と書さる。裏打改装。毎冊前副葉を後補す。第一冊首に単辺方形陽刻「佐伯侯毛利／高標字培松／藏書畫之印」朱印記を存す。書中茶筆にて竪傍点、傍圏を、朱別筆にて竪点、傍圏を加う。

〈大東急記念文庫　一二一・一二・一三〉　十五冊

文禄五年（一五九六）識語

後補渋引包背表紙（二四・四×一五・九糎）左肩題簽を貼布し「韻會上平　一之二」等と書す。裏打修補。毎冊前副葉を後補す。

劉辰翁序、熊忠自序、凡例、通攷を欠く。屢〻鈔補の紙葉を差夾む。巻二第三十九張、巻三第三十七張、巻四第二十九至三十三張、巻五第三十二至三十五張、巻六第三十一至三十四張、巻十一第三十三張、巻二十五第三十一至三十二張、巻二十八第二十一、三十一至三十六張の計二十五張は室町末近世初の鈔補に係り、巻四第三十四至三十九張、巻六第三十五張、巻八第二十、

三十五、三十九至四十五張、巻九第三十一、三十五至三十九張、巻十第十三、十五、十七張、巻十一第二十六、二十八、三十張、巻十二第三十一至三十二張、巻十三第二十五至二十六張、巻十五第十四張、巻二十二第二十五至二十七張、巻二十六第二十一至二十七張、巻二十七第十九至二十張、第二十六至二十八張の計四十八張は、やや下れる近世期の鈔補に係る。

墨筆にて欄上校注、磨滅部鈔補（別筆、稀に朱筆を交う）を加え、また朱筆にて竪傍句点を施す。墨筆注記のうち巻十三第二十三張、巻二十三第一張の如く、欄上に小郭を設け「改未／作末」「恐遇／作過」等と注記せるは、後述する日本応永五年刊本の眉上注記を移写したものと見られる。巻尾副葉「右韻會雖破損之舊本也愚意年來所望之／間令買得之成裏打於毎紙而落帳五十九／枚以善本書加之猶滅字等悉補之仍爲全／部矣／　文禄五年丙申中呂五日南都笠坊宗信（花押）」の識語を加え、鈔補等を施した際の事情を伝えるが、紙数は現状に合致しない。恐らく当該の識語は室町末近世初の鈔補に対応し、一部は後に再補されたものであろう。

〈大東急記念文庫　一二・七・二一五九のうち〉

存首一張　巻二十五至三十

巻一至二十四配朝鮮明宣徳九年跋刊本

五巻を存す（十二冊のうち二冊）。首の劉辰翁序第一張、第十一、二冊が元刻に係る。装訂等全体に渉る事項については、後掲朝鮮刊本の項を参照されたい。巻二十五第二至五張の補刻部分を含むことから〔四〕修本と見なしたが、刷りは前掲大東急記念文庫蔵十五冊本よりも良い。巻二十六第十二張を欠き、巻二十八第十九張は前半葉を欠く。また巻二十六尾と巻二十七首各一張の序を誤る等、錯綴が多い。

第一、十一、二冊首及び巻十二首に単辺方形陽刻「吟風／弄月」朱印記を存す。巻十二は朝鮮版に拠るが、料紙の一部を切除して同印の鈐された竹紙を填め込んであり、やはり〔元〕刊本に鈐されていたものと推される。

「吟風／弄月」印の使用者は不明であるが、宮内庁書陵部蔵宋紹興十一年刊『金園集』（四〇三・四九、佐伯毛利家旧蔵、「芳春常住」墨書（大徳寺か））、同〔南北朝期〕刊『古尊宿語要』（五五六・一〇七、妙覚寺日典旧蔵）、同〔元末明初〕刊『王荊文公詩』（四〇四・四六、佐伯毛利家旧蔵）に同趣の印記が見出され、何れも本邦在来の典籍と思しく、本書元刻部分も同様とすれば、本書の補配は日本で為されたものとも見られる。

〈早稲田大学図書館　ホ四・三五〉　十六冊

巻一至二配〔明前期〕刊本

後補香色表紙（二五・六×一五・九糎）右肩打付に「韻會舉要」と書す。金鑲玉装。包角あり。毎冊前後宣紙副葉。首巻中通攷のみを巻尾に存す。巻三第九張、巻八第九至十張、巻九第三十四張、巻十二第六張、巻十三第二十六張、巻二十六第十九張は鈔補に係る。稀に朱筆にて傍点、傍圏、傍線を加え、稀に墨筆にて欄上に補注を施す。巻二十五首に単辺方形陽刻「無錫□／晁□文／蔵図書」朱印記他、同趣の不明印二顆影、毎冊首に単辺方形陽刻「支那／銭恂／所有」朱印記を存す。本書は目録上「明刊」とされるが、巻三以下は〔元〕刊竹紙印本と認められ、補刻の状況は〔四〕修の段階に当たる。

〈北京・中国国家図書館　八六三（MF）(12)〉　三十一冊

清孔昭煥　黄文暘　秦恩復　楊以増旧蔵

表紙不明。劉序、熊序、凡例、孛朮魯余序を存し本文。毎冊一巻。末尾に通攷一冊を附す。首に方形陰刻「承澤／堂」印記、例首に単辺方形陽刻「秋平／居士」、巻六首に方形陰刻「甘泉黄／文暘字／秋平臧／書画印」（以上二顆、黄文暘所用）、単辺方形陽刻「衍聖／公私印」（孔昭煥所用）、例首に方形陰刻「秦伯／敦父」、同「臣／恩復」、例尾に単辺方形陽刻「石研齋／秦氏印」印記（以上三顆、秦恩復所用）、熊序首に同「聊攝楊／氏宋存書／室珍臧」印記（楊以増所用）、例首に同「楊紹和／藏書」印記を存す。

『海源閣書目』等録。また『楹書隅録』初編巻一に「元本古今韻會舉要三十卷三十二冊」として収録する。

〔四〕修本以下の有する孛朮魯翀、余謙両序の記述に拠れば、本版は、至順二至三年（一三三一―二）余氏が葛元鼎書写に係る奎章閣本を基に校正した本文を、元統三年（一三三五）江浙等処において梓に刻んだものとされる。しかし〔三〕修本以前の段階には両序を附刻する伝存例を得ず、その字様を看るに、横一画が右上方から入り、鋭角に折り返して右遷する版下の筆蹟が、〔三〕修本補刻部の字様に近似することを考慮する必要があろう。阿部隆一氏「日本国見在宋元版志経部」の同版に関する著録を見ると、氏は「この元統三年（後至元元年）江浙等処刊本と確認し得る本は未だ発見されず、実際上梓されたか否かも詳かでない。書肆が妄に刊刻することを禁ずる旨を陳告せる黄氏門人陳宲の牌記を有する本版が元統三年江浙等処刊本そのものか、或は後に陳宲が翻刻せる坊刻本なのか明かでない。恐は後者と思われるが、後考を期したい」と記して、本版が両序に述べる如き官刻本とは見られないことを洞察されている。確かに陳氏牌記は「宲昨承先師架閣黄公在軒先生委刊古今韻會舉要凡三十巻」と、また「今繡諸梓三復讎校、並無譌誤」と述べており、孛朮魯翀、余謙両序の述べる所とは本文の由来を異にしている。陳氏牌記の当否は別として、両序の内容が本版の成立とは直接に繋がらないことが思われる。但し阿部氏は本版がはじめから両序を存することに関しては疑義を抱いておられない。しかしその内容を考慮し、現存〔元〕刊本中における両序の附刻状況を見ると、後世の修刻に際して混用されたものではないか、との疑いを生ずる。いずれにせよ、両序が本版と如何なる関係を有するかについては、〔元〕刊本の検討のみからは定見を得ないものと思われ、〔明前期〕刊本、日本応永五年刊本に関する検討を経た後に再考を試みることとしたい。

以上の外にも〔元〕刊本と思しき未見の伝本がある。これらはいくかの著録によってその存在が知られるが、現在まで原本の調査を果していないので、以下に列挙して、個々の著録の要点のみを示して置くこととする。

〈天一閣文物保管所〉　九冊　〔元〕刊
　元刻本
存巻一至十、十四至三十（駱兆平氏『新編天一閣書目』）。

早印美麗で、所所朱筆句点勾点朱引が附されている。「真乗院」等の印あり（『〈国立故宮博物院〉善本旧籍総目』、阿部隆一氏「〈中華民国国立〉故宮博物院楊氏観海堂善本解題」）。

〈台北・故宮博物院楊氏観海堂旧蔵書〉　三十一冊

〈台北・国家図書館〉　十六冊
〔元〕刊
元統乙亥（三年）冬孛朮魯翀序の「序韻會挙要書考」及び余謙の序がある（中略）所々朱筆句点圏点が附されている。「興聖寺〈公／用〉」「秋月春風楼／磯氏印」「延古堂李氏蔵書」（陰刻蟠竜式印）あり。日本よりの逆輸入本（阿部隆一氏「〈中華民国国立〉中央図書館蔵宋金元版解題」）。

以上の内、楊守敬の旧蔵書については、マイクロフィルムに拠って点検したところ、〔元〕刊〔四〕修本の特徴を有する。

同　〔明前期〕刊〔後修〕覆〔元〕刊本

版式、字様から推して、前掲〔元〕刊本の覆刻と見て誤りないであろう。首に劉辰翁序、熊忠自序、孛朮魯翀、余謙両序、凡例、通攷を冠す。巻首題「古今韻會擧要巻之一（至三十）」（第一、三、五、八、十一、十四、十七、二十一、二十五、二十八巻のみ題下に「(甲)（至(癸)）」と標す）。款式等〔元〕刊本に同じ。巻二十三について、尾題が第二十七張に及んでいるが、これは前掲〔元〕刊〔後修〕本にすでに省かれていた。左右双辺（一九・一×一二・四糎）。版心、中黒口。稀に下象鼻に「能」「良」等と工名を陰刻す。但し首に冠する諸序の版式は四周双辺、版心粗黒口。

本版は間ゝ誤って元刻と著録されることがあるが、本版の字様は〔元〕刊本のそれを摸するも、〔元〕刊本と比較すれば、やや柔弱な円体を示しており、その刊刻は明前期に下る。只〔元〕刊諸本と本版の字様を具に比べると、特に〔元〕刊本の補刻箇所について見れば、現存〔元〕刊本中でも早印に属するものからの反映を見出すことができる。

本文についても巻一第一張例言中に〔三〕修本以下「兒字爲末者」と誤る箇所を「凡字爲末者」に作ることは、〔二〕修本以前の本文に合致し、巻二十四第五張前半「鮔」字注文中では「李奇曰」に作り、〔元〕刊〔後修〕本以前の本文を具えている。但し孛朮魯翀、余謙両序においては〔元〕刊本の字様との間に懸隔を存する。

また成稿以前に実見した十一本は補刻の張を多く含み、何れも二種以上の字様が見出される。十一本に共通する様式のものとして、凡例第五至七張、通攷第五至六張、巻三第二十一至二十二張、巻十六第一至二張、巻十七第十八張、巻二十二第一至二、七至十一、十五至十六、十九、二十四至二十六張、巻二十三第五張、巻二十八第三十二至三張等に見られる、四周双辺版心粗黒口で、粗雑な楷体の版下書をそのまま摸刻したかの如き字様の張子が識別される。現在までこの種の補刻を有たない伝存例を実見しておらず、これらはすでに後修に係るものと推定される。

さらに後述の内閣文庫蔵本について見ると、凡例第三至四張、巻一第十七至十八張、巻二第十三至十四張、巻三第二十一至二十二張、巻三第二十八張、巻五第十一至十二、三十一至三十二張、巻六第二十五、二十八至二十九張、巻八第十一至十四張、巻九第五至六、十三至十四張、巻十三第十九至二十張、巻十七第二十七至二十八張、巻十八第三至四張、巻二十第三、十八至十九張、巻二十二第六、十二、二十、二十二張、巻二十三第二十一至二十二張、巻二十五第十七至十八、三十三張、巻二十六第十二至十三張、巻二十七第四至五張、巻二十八第九至十、十七、二十張、巻二十九第三至四、十四至十五張、巻三十第十一至十四、十九至二十張等を欠くが、これらは連続する二張を単位とすることが多く、後述の静嘉堂文庫蔵本の補刻状況から見て、版木そのものの破損或は欠脱と見られる（図版一―三）。

本文の問題に関し、〔元〕刊〔後修〕本の項において改修増字の可能性を指摘した箇所につき、本版と〔元〕刊本の本文を比較すると、前後十二箇所に渉って異同が見出される。次にこれ等の箇所を列挙して元、明両刻本の本文を対照する。

A、巻一第七張前半第三行（図版一―一c、一―三c）

（元）潼〈（上略）潼川府本唐梓潼郡又關／名通典云本名衝關言河衝／激華山之東後因潼水名關〉橦〈木名花可爲／布又冬韻〉

（明）潼〈（上略）潼川府本唐梓潼郡今關／名通典云本名衝關言河自龍門南向而流衝／激華山之東後因關西一里有潼水遂以名關〉

B、巻一第九張後半第六行

（元）蘴〈（上略）爾雅須葑蓯陸璣云蕪／菁郭璞曰菘菜陸／云一名須一名葑〉麷〈熬麥周禮／其實麷蕡〉

（明）蘴〈（上略）爾雅須葑蓯陸璣云蕪／菁郭璞曰菘菜陸佃云蔓菁似菘／而小有臺一名葑一名須又冬韻〉

C、巻一第十一張後半末行、第十二張前半首行（図版一―一d、一―三d）

（元）聰〈説文察也从耳怱聲增韻能聽耳力／也一曰耳病晉殷仲堪患耳聰聞床〉驄〈馬青／白色〉璁／〈石之似／玉者〉䡯〈載囚／車〉

（明）聰〈説文察也从耳怱聲增韻能聽耳力也書洪範聽曰／聰一曰耳病晉殷仲堪患耳聰聞床下蟻動謂之牛／鬭通作怱漢書郊／祀志怱明上達〉

D、巻一第二十二張後半第五行

（元）蚣〈虫名蚣蝑又／本韻蜙字注〉舩〈舉角／也〉

（明）蚣〈虫名蚣蝑又見本韻蜙／字注○平水韻增　〉

E、巻一第二十三張後半第五行

（元）鱅〈（上略）説文鰫魚名似鰱又鱅魚名似毚牛音本皆／音容後人以鱅爲鱅鰱／字不復用鰫字又音慵〉鏞〈器／病〉

（明）鱅〈（上略）説文鰫魚名似鰱又鱅魚名似毚牛音本皆／音容後人以鱅爲鱅鰱字而鰫／字不復用鰫字又音慵取嬾義也〉

F、巻二第二張後半第七行

（元）踦〈説文一足也从／足奇聲廣雅脛／也廣韻脚跛也方言梁楚之間物／體之不具者謂之踦又紙韻内〉蟛〈長足蟲／蜘蛛也〉

（明）踦〈説文一足也从／足奇聲廣雅脛／也廣韻脚跛也方言梁楚之間物體不具者謂／之踦雍梁之間畧支體不具者謂之踦又紙韻〉

G、巻四第六張後半第六行

（元）澌〈説文散聲也（中略）周禮内饔鳥皫色而／沙鳴注沙／澌破也〉嘶〈馬／鳴〉

（明）澌〈説文散聲也（中略）周禮内饔鳥皫色而／沙鳴注沙澌也／聲破也毛氏韻增〉

H、巻四第三十五張後半末行

（元）伸〈説文屈伸也（中略）經典或作信説文徐曰／假借也易屈信相感左傳善者信矣通作申莊子／翼奉傳欠申動於貌毛氏曰古惟申字後加立人〉紳〈大／帶也〉

（明）伸〈説文屈伸也（中略）經典或作信説文徐曰／假借也易屈信相感左傳善者信矣通作申莊子熊經鳥申／翼奉傳欠申動於貌毛氏曰古惟申字後加立人以別之〉

I、巻六第五張後半第七行

〔元〕蔫　嫣〈長／貌〉

〔明〕蔫〈蔫也又／願韻〉

J、巻七第三十張前半首行

〔元〕葩〈披巴切宮次清音説文華也／□集韻或作增韻作芭非〉䶕〈浮／梁〉

〔明〕葩〈披巴切宮次清音説文華也从艸皅／聲集韻或作增韻作芭非是〉

K、巻十三第十一行前半第四行

〔元〕箘〈箘注／筍也〉蜠〈貝大／而險者蜠〉

〔明〕箘〈之箘注筍也𣪚／陽詩菌筍比羔羊〉

L、巻十四第十行前半首行

〔元〕僤〈行動貌漢相如賦／象輿婉僤於西清〉墠〈除地祭／曰墠〉

〔明〕僤〈行動貌漢相如賦象輿婉僤於／西清又寒旱韻○毛氏韻增〉

総じて言えば「橦」「艷」「驄」「璁」「轗」「舩」「𢈢」「蹄」「嘶」「紳」「嫣」「䶕」「蜠」「僤」十四字の注は〔元〕刊本のみに見え、何れも簡単な義注のみを記して音注、用例、字形に関する注記を欠く。またこれ等の字の直前に当たる「潼」「豊」「聰」「蚣」「鏞」「踦」「澌」「伸」「蔫」「葩」「箘」「僤」の注文には異同を存し、〔元〕刊本の記事は次掲の字注の分量に応じて〔明前期〕刊本よりも少ない。これ等の異同を元、明両刻本に渉って比較してみたい。

Cの場合について見ると、〔元〕刊本には

聰、説文、察也。从耳悤聲。增韻、能聽耳力也。一曰耳病。晉、殷仲堪、患耳聰聞床。

とあり、『説文』『増韻』に載する義注を引き、さらに「一曰耳病」として別義を引証する。「晉、殷仲堪」以下は『晋書』殷仲堪伝に見える。この箇所は〔明前期〕刊本には

聰、説文、察也。从耳悤聲。增韻、能聽耳力也。書、洪範、聽曰聰。一曰耳病。晉、殷仲堪、患耳聰、聞床下蟻動、謂之牛鬭。通作悤。漢書、郊祀志、悤明上達。

と見え、〔元〕刊本に見えない『尚書』洪範篇の用例を載する他、「悤」字との字通を示す『漢書』郊祀志の引文をも有する。加えて『晋書』の引文も前後全きを得る。『晋書』当該箇所には

仲堪父嘗患耳聰。聞牀下蟻動、謂之牛鬭。

とあり、この例は『広韻』『集韻』等先行の韻書にも録するが、「仲堪父」(『韻会』は「父」字を欠く)の「牀下蟻動」を「牛鬭」と聞き為す病は、〔元〕刊本の形からは読み取り得ず、〔明前期〕刊本の形が本来のものと認められる。内容からも〔元〕刊本の注は不十分と断ぜられよう。前述せる印面の状況に鑑み、〔元〕刊本は本来の「聰」字注を挖改節略して「驄」「璁」「轗」字、注を増修したものと見られる。またGの場合について見ると、〔元〕刊本には

澌、説文、散聲也(中略)周禮、内饔、鳥皫色而沙鳴。注、沙澌。破也。

とあり、『周礼』天官、内饔の経文「鳥皫色而沙鳴、貍」に対する鄭玄注「沙、澌也」の解を引くが、「破也」の語との関係は明白でない。〔明前期〕刊本では

澌、説文、散聲也(中略)周禮、内饔、鳥皫色而沙鳴。注、沙澌也。聲破也。毛氏韻增。

と見え、『韻会』の注は『増韻』に

聲破。與嘶同。周禮、内饔注、沙、澌也。音、嘶。又水索也。盡也。又二韻。重增。

とある注に拠ることがわかる。「澌」字は破声を意味するが、〔元〕刊本では「声」字を欠いて字義の理解を難しくし、〔明前期〕『増韻』に拠って加えた文字である標示を欠いている。この場合も〔元〕刊本の本文は節略の結果であり、〔明前期〕刊本の形が元来のものと見られる。またHでは、〔元〕刊本に

> 伸、說文、屈伸也（中略）經典或作信。說文、徐曰、假借也。易、屈信相感。左傳、善者信矣。通作申。莊子、翼奉傳、欠申動於貌。毛氏曰、古惟申字、後加立人。

とあり、まず『周易』繋辞伝下、『左伝』隠公六年の引文を存する。両条における『経典釈文』の注記を見ると、何れも「信」字に対して「本又作伸、同。音申」「如字。一音申」とある。「欠申」の義については『漢書』翼奉伝の引文を存するが、同趣の引用は『莊子』中には見出されない。これを〔明前期〕刊本で見ると

> 伸、說文、屈伸也（中略）經典或作信。說文、徐曰、假借也。易、屈信相感。左傳、善者信矣。通作申。莊子、熊經鳥申。翼奉傳、欠申動於貌。毛氏曰、古惟申字、後加立人、以別之。

とあり、「莊子」の注語はもと『莊子』刻意篇の引文に冠せられたものと知られる。『増韻』「申」字下に

> 升人切。伸也。重也。容也。明也。闡也（中略）又欠申。翼奉傳、欠申動於貌。後漢馮衍論、屈申無常。古唯申字、後加立人、以別之。从臼从上、當作□。亦作申。又震韻。莊子、熊經鳥申。有兩音。

とあり、『韻会』の引証はこれに拠るが、〔元〕刊本では『莊子』刻意篇の引文を節略するため、混乱を来している。また〔元〕刊本は『増韻』引文の末「以別之」三字をも欠いている。

以上の如く〔明前期〕刊本は、版式、字様等から〔元〕刊本の覆刻と見られるが、現存の〔元〕刊本とは異同を存する。異同箇所の本文は、典拠、行文等に照らして〔明前期〕刊本の方が本来の形を有するとも見え、〔元〕刊本はその後の挖改増字の痕跡を止めるものと見なされる。従って〔明前期〕刊本は現存しない〔元〕刊末修本の覆刻で

あり、現存する〔元〕刊本は、磨滅部分の補刻以外に収録字の増補を施した後修本に当たるものと推される。この推測は〔明前期〕刊本の字様が現存〔元〕刊本中でも早印本のそれに近似することと揆を一にしている。この点に関係して『韻府群玉』の首に冠する陰時夫（名時遇、号勁弦）自序に、参考すべき記述が見出される。同序中に

近世黄氏所編韻會、雖不詳於紀事、然非包羅今古者、不及此。而猶遺騘璁緫断等字。況時遇襪線其才、甕天其見、寧無遺珠之嘆、其間雌霓繆呼、金根妄改。亦或不既與人爲善者、遺則續之、誤則正之、以便初學幸甚。

とあり「黄氏所編韻會」に言及して「騘」「璁」「緫」「断」以下の文字を欠く旨を指摘する。陰氏指摘の四字は何れも『韻会』現存〔元〕刊本所載の増字中に含まれる。同序は恐らく初度開版時に附されたもので、年記を欠くが、共編者の陰中夫（復春）自序は延祐元年（一三一四）と署し、少くとも現存最古版の行われた元統二年（一三三四）を溯る。陰氏の言う「黄氏所編韻會」は黄公紹原撰『古今韻会』を指すとも解されるが、同書は劉辰翁序に「江閩相絶、望全書如不得見。不知刻成能寄之何日」と、また熊忠自序に「惜其編帙浩瀚、四方學士不能偏覽、隱屏以來」とその稀覯を称し、現行の『韻会』は凡例の首に「昭　武　黄　公紹　直翁　編輯」と署するので、未刻の黄氏原撰本よりも『韻会挙要』を踏まえる可能性が高い。そこで陰氏の言は、現存する〔元〕刊本『韻会挙要』は元統二年以前に刊行され、初印時には〔明前期〕刊本と同様の形で流布していた、との推測を傍証する。[13] 翻版に伴う誤刻は予想されるものの、この〔明前期〕刊本の存在に依り、反って〔元〕刊未修本の形が推知されることは貴重すべきであろう。

ところが右の推測と、〔元〕刊〔四〕修本等に附刻される孛朮魯翀、余謙両序の記載との間に矛盾がある。両序の告げる、江浙等処における『韻会』の開版は元統三年（一三三五）に係り、『韻府』陰序よりも後の年記を有するからである。すでに述べたように孛朮魯翀、余謙両序は元来〔元〕刊本には附刻されていなかったのでは、との疑いがあるので、この矛盾も両序の流用に係ることを露呈するものと見たいが、〔明前期〕刊本にも両序の附刻されている点

にはなお疑問が残る。そこで〔明前期〕刊本の版式に着目すると、基本的に左右双辺、版心中黒口で一定しているにも関わらず、序においてのみ四周双辺、版心粗黒口の形を採ることは、何等か成版の事情を異にすることが予見される（図版一—三a）。諸序の版式は内閣文庫蔵本以下に見られる補刻部分のそれに一致し、ことに孛朮魯翀、余謙両序においては〔元〕刊本の字様と懸隔のあることを勘案すれば、これらを本文部分の底本に欠き、恐らくは〔元〕刊〔四〕修本に拠って補ったものと考えることができる。この仮定を認めるならば、やはり〔明前期〕刊本は、現存しない〔元〕刊未修本に拠り、孛朮魯翀、余謙両序は元来別本に係るものと見なされる。

〈国立公文書館内閣文庫楓山官庫蔵書　経四四・一七〉　十冊

後補柴色表紙（二六・八×一五・一糎）左肩黄檗色題簽を貼布し「古今韻會　甲(至癸)」と書す。本文白紙。版面半ばにして料紙を継ぐ箇所がかなりある。虫損修補。孛朮魯翀、余謙両序を劉序、熊序の前に存す。前掲箇所に加えて通攷第十五至十六張、巻五第二十二張、巻六第三十張、巻八第五張、巻二十二第六、十二、二十、二十二張、巻二十三第二十三張、巻二十六第二十八張、巻二十七第一張等をも欠く。

毎冊首に単辺方形陽刻「秘閣／圖書／之章」朱印記を存す。

〈北京・中国国家図書館　三三九五〉　二十冊

清劉惺棠　翟鏞旧蔵

新補香色表紙（二三・三×一五・四糎）。襯紙改装、巻五第三張白棉紙。前副二、後副一葉。首冊前副葉間に「古今韻會〔　〕〈一／函〉」と墨書、題目下に単辺方形陰刻「傳經堂」朱印を鈐せる香色地旧題簽を差夾む。孛朮魯余序、劉序、熊序、凡例、通攷を存し（以上一冊）本文。第一至十冊は毎冊一巻、第十一至二十冊は毎冊二巻。劉序第四張、巻四第十五張、巻十一第二十八、三十張、巻二十三第二十一至二十二、巻三十第十一至十二張鈔配。

首並に乙至癸編首に方形陰刻「玉泉／家藏」、単辺方形陽刻「彭氏／仲子」、例首に単辺方形陽刻「玉泉」、第三冊尾に「玉／泉」朱印記、毎巻首に方形陰刻「含青樓／藏書記」朱印記、首尾に同「傳經堂／鑒藏」、同「傳經／堂印」、例首尾、巻一首

尾、大尾に同「曾在東山／劉惺棠処」（以上三顆、劉惺棠所用）、『鉄琴銅剣楼蔵書目録』巻七に録する「元刊本」は、或いは首尾に同「鐵琴銅／劍樓」朱印記（翟鏞所用）を存す。　この本か。

又〔二〕修

この段階の印本には二種の補刻が認められる。内閣文庫蔵本にも存した四周双辺の補刻は、前掲箇所の外に巻十四第二十四至二十五張、巻二十二第五至六、十二、二十、二十二至二十三張、巻二十八第二十張でも新たに見出される。これに加えて凡例第三、四張以下に見られる、左右双辺、版心中黒口で、横一画の押さえに所謂「鱗」を存し全体に左傾した嘉靖頃の字様を示す一類が認められる。これらは、版木の欠脱として示した内閣文庫蔵本欠張箇所のほとんどに補われる外、巻一第三至四、十七張、巻四第二張、巻十四第十六至十七張、巻二十三第十七至十八張にも見出される。後述静嘉堂文庫蔵本の欠張をも勘案すれば、内閣文庫蔵本よりもさらに版木の欠脱を増した段階が想定され、同本との間にもう一次の印行を存する可能性がある。

〈静嘉堂文庫陸氏皕宋楼蔵書　一・五四〉　二十四冊
清郁松年旧蔵
後補淡黄色蠟箋金砂子散表紙（二六・五×一六・一糎）書脳側下方に冊数を朱書す。本文厚手白紙。虫損修補。毎冊前後、宣紙副葉。通攷を本文の後に存す。巻一第十八張、巻五第三十一張、巻六第二十九張、巻八第十四、四十三至四十四張、巻九第三、十三至十四、三十張、巻二十一第九張、巻二十二第一張、巻二十三第五至六、九張、巻二十四第三張、巻二十六第七張、巻三十第二張を欠き、多く鈔補を加えてある。凡例首に方形陰刻「郁印／松年」朱印記、単辺方形陽刻「泰／

峰」記、凡例、第十七至二十三冊首に方形陰刻「臣陸／樹声」、第二、十六冊首に同「歸安陸／樹聲所／見金石／書畫記」、第二十四冊尾に同「歸安陸／樹聲叔／桐父印」朱印記を存す。

〈早稲田大学図書館　ホ四・三五のうち〉

存首　巻一至（二）

二巻を存す（十二冊のうち二冊）。通攷は欠くが、元刻部分の大破せる第二十二張のみは折り畳み差夾んである。本文白紙。また巻二は全張が鈔補に係る。第二冊は全て巻二に当てられ、これは〔元〕刊本に拠るものとも、本版に拠るものともつかないが、便宜的に本項で扱い、員数の合うよう配慮した。なお本書は〔二〕修本以降の様式で、巻一第十六、十八、二十一張にも補刻を存するが、巻首のみの零本で全体の状況が不明なため、一先ず〔二〕修の項に懸けることとしたい。全体に渉る事項は〔元〕刊〔四〕修本の項参照。

〈東京都立中央図書館諸橋文庫　八二三・MW・二二〉　十一冊

後補香色表紙（二六・〇×一六・八糎）。改糸、本文白紙。虫損修補。孛朮魯余序、劉序、熊序、凡例、通攷を一冊とし、第二冊より本文。第二、三、六冊を各二巻、第七至九冊を各四巻とする他は、毎冊三巻。

朱傍点、傍圏、別朱合竪句点、欄外補注（篆文を伴う説文、片仮名交り）、又別墨欄外補注書入を存す。首に単辺方形陽刻「寸即□書樓／圖書記」朱印記あり。

〈北京大学図書館　NC5150.5/4882〉　十冊

清陳承裘旧蔵　朱檉之識語

後補香色表紙（二六・五×一五・三糎）。本文白紙。劉序、熊序、孛朮魯余序、凡例、通攷を存し本文。第一、二冊に各二巻、第七、八冊に四巻を配する他は、毎冊三巻。巻三十第二十三張欠。

例首に単辺方形陽刻「王增／之印」、単辺方形陰刻「西／霞」朱印記、毎冊首に単辺方形陽刻「三山陳氏居／敬堂圖書」朱印記（陳承裘所用）、首、通攷首に方形陰刻「朱印／檉之」、熊序首に単辺方形陽刻「永清朱檉之字淹頌／號九丹玖聃一號琴／客又號臯亭行四居／仁和里叢碧簃所蓄／經籍金石書畫印信」、孛朮魯余序首に単辺方形陽刻「玖聃弎／十年精／力所聚」、通攷首に「玖聃／秘笈」朱印記、首冊前表紙打付に「此元刊明印間有明補闕／陳氏舊藏壬子夏初購／松戸叟玖聃記」と書す。通攷首に単辺方形陽刻「燕京大／學圖／書館」朱印記あり。

〈浙江図書館　八八六〉　合十六冊
清蔣光焴旧蔵

新補香色表紙（二七・〇×一五・七糎）。改糸。虫損修補、本文白紙。見返し、副葉宣紙。劉序、熊序、凡例、通攷を存し本文。第一至三、六冊に各一巻、第十二、十六冊に各三巻を配する他は、毎冊二巻。巻三十第十八至二十二張欠。巻首匡郭一九・一×一二・三糎。

例首に単辺方形陽刻「鹽官蔣／氏衍芬／艸堂三世／臧書印」、方形陰刻「臣光／焴印」、単辺方形陽刻「寅／昉」朱印記（以上三顆、蔣光焴所用）を存す。

〈上海図書館　善七七三六四七―六二〉　十六冊
有配

後補香色表紙（二七・八×一七・七糎）。改糸。本文白紙。副葉宣紙。劉序、熊序、孛朮魯余序、凡例、通攷を存し本文。第一至二、四、六冊に各一巻、第十五至十六冊に各三巻を配する他は、毎冊二巻。巻三第七張、巻六第二十二張、巻八第十八張、巻十一第十張、巻十四第十五張、巻二十二第十五、二十五張、巻二十三第十七張、巻二十七第二十四張には同版別伝の竹紙印本を以て配す、襯紙改装。巻三第二十六張、巻六第二十九至三十張、巻二十二第二十二張、巻二十八第十張鈔配。巻首匡郭一九・一×一二・二糎。

稀に朱校改書入を存す。

〈浙江図書館　八八五〉　十冊
清蔣光焴旧蔵

新補香色表紙（三〇・一×一七・五糎）。巻三、巻十一中に同版の双辺「古今韻會［　］」刷り題簽を差夾む。改糸。破損修補、本文白紙。見返し宣紙。劉序、熊序、孛朮魯余序、凡例、通攷を存し本文。第一至二冊に各二巻、第七至八冊に各四巻を配する他は、毎冊三巻。巻首匡郭一九・一×一二・二糎。

孛朮魯余序首に単辺方形陽刻「陸沆／私印」「字曰／靖伯」朱印記、例首に単辺方形陽刻「鹽官蔣／氏衍芬／艸堂三世／臧書印」、方形陰刻「臣光／焴印」朱印記（以上三顆、蔣光焴所用）を存し、第三顆を刪去す。

〈中央研究院歴史語言研究所傅斯年図書館　425.5/461.1〉十六冊
巻十三至三十配同版本　民国十四年鄧邦述識語

首尾冊のみ新補香色表紙（二五・六×一五・六糎）次で後補黄色漉目銀切箔散艶出表紙。本文白紙。一部襯紙改装。前副二、後副一葉。劉序、熊序、凡例、孛朮魯余序、通攷を存し本文。第一、十五冊に各一巻を配する他は、毎冊二巻。巻二第十一至十二張、巻九第六張、第十一巻第十、三十二張鈔配。巻十一第三十一、三十二張間に紙箋を差夾み「此葉元本缺甚多亦有調誤處此本轉勝於元本」と朱書、巻一至十二の版本磨滅部に朱筆鈔補を加う。例首に方形陰刻「蒙泉／精舎」朱印記、毎冊首に「羣碧／樓」、首冊前副第一葉に単辺方形陽刻「羣碧廔（楷書）」、同「元刻本（楷書）」朱印記を存し（以上三顆、鄧邦述所用）、同第二葉に「古今韻會舉要前得殘本十餘帙頃来呉中／又購得殘帙數巻乃得首尾完具韻會為黄／在軒所著而熊忠病其浩瀚始為舉要世所傳／本極稀■〈墨滅「黄氏原編之若何浩瀚因遂不復／可見」〉目序有陳宲木記云昨承先師架閣／黄公在軒委刋云ゝ是初刋本即舉要所謂／古今韻會之原著遂不可得見矣著作／家務為浩博出成而不能付刋寖至湮滅者∥何限吾遂雖痛熊氏之獨擅然韻會之／名藉之以傳未可謂非幸也乙丑二月正闇（行書）」題識、署名左傍に単辺方形陽刻「正闇／學人」朱印記。「正闇」は鄧氏の号、「乙丑」は民国十四年（一九二五）に当たる。

右の鄧氏題識は『群碧楼善本書録』巻二に「古今韻會舉要三十巻〈十六冊／元黄公紹編熊忠舉要／元刻本〉」等と標記して載録、若干の改訂が施されている。

又　〔三〕修

巻一第一至三、巻二第一至十五張以下、匡郭単辺で粗黒口の版心を有する精刻の補修を多く交う。

〈復旦大学図書館　七六二〉　二冊

存首　巻一至二　五　十二　二十一至二十三

後補藍色表紙（二七・二×一六・五糎）。本文白紙。破損修補。前後副葉。劉辰翁序首三張を欠く他、残巻も屢ゝ首尾を欠く。墨筆にて磨滅部に鈔補を加え、朱筆にて句点を付す。また紅筆にて標句点を加え、巻二十首に「宣統／三年／八月初／二十日」と署す。通攷の首に方形陰刻陽刻「王」「問」朱印を連鈐す。

同　明嘉靖十五年（一五三六）序刊　同十七年修　覆〔明前期〕刊本

本版は〔明前期〕刊本の比較的忠実な覆刻本で、近年は影印本によって行われている、実質上の流布本でもある。[14]ただ前掲の諸本や、後述の日本、朝鮮刊本に比較しても、本文に劣った箇所が目立ち、翻版の重複による問題が多い。本版には中国大陸在来の伝本が多く、著者は今日まで網羅的伝本調査を行っておらず、その一端に触れ得たのみである。そこで遺憾ながら、本書ではその梗概を記すのみに止め、本文の問題点についてのみ、後掲の日本古活字刊本との関わりにおいて述べる措置とする。この点については、古活字本の章段を参照されたい。

先ず張鯤序（六張）。首題「（以下低二格諱字擡頭）刻古今韻會叙／初愚谷李子謂子鯤曰（中略）乃者鎮江之板／殘虧書幾淪没不傳也嗟夫／子鯤曰然鯤有嘉本藏之久／矣盍刻諸時則十有四年冬〃愚谷李子提學江西廼請之／撫臺嶼湖秦中丞廵臺容峯／陳侍御僉曰可焉于是鳩工／重刻其明年春三月甲子梓／人告成事當是時愚谷李子／則又司業南雍行矣子鯤適〃帶理學政因覽而歎曰（中略）／嘉靖十五年歳次丙申夏四／月乙酉崧少山人張鯤序」、六行十三字。

これに拠れば本版は、嘉靖十四年（一五三五）から翌年にかけて江西道の督学であった李舜臣（字愚谷）が、学官の張鯤と諮り、張氏蔵本を以て官刻したものということになる。本版の版式字様等を閲すると、大略この間の刊行と認められることから、この張序の年記を刊年として標出した。なお篇中「鎮江之板」と称するものが、前版〔明前期〕刊本を指すかどうか、徴証を欠く。また知見本には張序に先立ち、次の一篇が附刻されている。

劉辰翁序（四張）。首より本文「（上略）壬辰十月望日盧陵劉辰／翁序（隷書）」、六行十六字。末尾に低三格に単辺無界牌記「韻會舉要一編考據最精其劉辰翁首序／大極明切予守鎮江旹嘗見丹陽孫氏家／板中間漫滅者俱令翻補今承乏江右臬／司載見茲刋但缺前序因梓補亡匪曰存／舊抑以表見須谿手筆云耳／嘉靖戊戌孟烌朔旦西京劉儲秀謹跋(隷書)」。

これは本版刊行の二年後、江西に赴任した劉儲秀が、本版に原作『古今韻会』に附された劉辰翁序が欠けていたことを憾みとし、嘗て見た丹陽の孫氏家蔵本に拠り補刻したことを告げる。左の知見本の全てにこの劉序を存することから、併せてこれも標出した。

以下、凡例と通攷を存すること、前版に同じ。

左右双辺（二〇・六×一三・七糎）。版心、白口、上辺題「古今韻會巻之幾」、単線黒魚尾、重界下張数。その他、版式同前。

〈浙江図書館　八八七〉　合十二冊

新補藍色金砂子散表紙（二七・四×一六・七糎）。改糸。虫損修補。本文白紙。見返し、副葉宣紙。劉序、張序、凡例、通攷を存し本文に入る。第一冊に一巻、第二至五冊に各二巻、第六至十二冊に各三巻を収む。

例首に単辺方形陽刻「韓江汪／氏家藏」、巻首に方形陰刻「汪鏞／頌堂」朱印記を存す。

〈中国科学院図書館　経九三三・三一七のうち〉

巻一を存す（二十冊のうち一冊）。書型二七・五×一六・三糎。本文白紙。比較的早印本。巻首に単辺方形陽刻「畏天畏人／心法積書／積徳名家(隷書)」朱印記、同「□自□李猶／龍元徳氏／海岳山房／藏書記」朱印記、同「虞山沈／氏希任／齋劫餘」朱印記、同「黄琴／六讀／書記」朱印記あり。全体に関する事項は後掲。

〈天津図書館　S〇六三二〉　十六冊

新補藍色表紙（二九・五×一八・〇糎）。改糸、金鑲玉装、原紙高約二六・四糎、破損修補。前後見返し、副葉宣紙。劉序、張序、凡例、通攷の順に列し本文に入る。巻十四第三至四張、巻十七第十五至十六、二十二張鈔補。

間〻朱筆を以て標傍圏、傍点、傍線、欄上校改、校注書入。例首に方形陰刻「邵瑛／私印」、単辺方形陽刻「又字／瑤圃」朱印記、例首並に巻首に同「徐維則／讀書記」朱印記、毎冊尾に同「會稽徐氏／籀學齋／臧書印」朱印記を存す。

〈浙江図書館　八八八〉　九冊

欠巻一至二

新補藍色表紙（二八・四×一七・一糎）。巻三中に淡青紙印、単辺「古今韻會［　］〈乙〉」刷り題簽を差夾む。改糸。破損修補。本文白紙。見返し、副葉宣紙。第一冊に二巻、第二至五、八至九冊に各三巻、第六至七冊に各四巻を配す。

毎冊首に単辺方形陽刻「湖東／道印」朱印記を存す。

〈天津図書館　S〇六三〇〉　十冊

新補香色艶出表紙（二七・六×一六・五糎）。凡例、通攷間に淡青紙印、単辺「［　］今韻會［　］」刷り題簽を差夾む。改糸。本文白紙、破損修補。見返し宣紙。張序、劉序、凡例、通攷と綴し本文。第一至二冊に各二巻、第七至八冊に各四巻を配する他は毎冊三巻。巻首匡郭二〇・四×一三・八糎。

第十冊首に単辺方形陽刻「藤華／老屋」朱印記を存す。

〈遼寧省図書館　経部小学類〉　十冊

淡茶色漉目表紙（二八・二×一七・〇糎）、旧装左肩打付に「古今韻會〈巻数／声目〉」と、右肩より韻目墨書。本文白紙。劉序、張序、凡例、通攷を存し本文。分冊同前。

第三冊首に方形陰刻「千炑／里人」朱印記、巻二首並に第二以下毎冊首に単辺方形陽刻「東北圖／書館所／藏善本」朱印記あり。

〈University of Chicago, East Asian Library　T5126/2353〉　十冊

後補香色艶出表紙（二七・八×一七・二糎）左肩に単辺刷り題簽「古今韻會」を貼附す。本文白紙。張序、劉序、凡例、通攷を存し本文。分冊同前。後印本。

首に単辺方形陽刻「王印／懿榮」朱印記を存す。

〈中国科学院図書館　経九三三・三二七〉　二十冊

巻一配同版早印本

新補藍色表紙（二六・九×一六・四糎）或いは後補香色表紙。襯紙改装。改糸。前副葉宣紙。張序、劉序、凡例、通攷を存し

本文に入る。巻二至九冊を各一巻とする他は、毎冊二巻。通攷序此本皆闕當鈔補」細字墨書、巻中にも同墨紙箋あり。乙至辛、第十七張、巻四第四十張、巻二十五第一張鈔補。癸編首に方形陰刻「□□／□子」、単辺方形陰刻「周蓮」、巻二朱鈔補、行間補注書入。首に紙箋を差夾み「案韻會元本前有廬陵劉辰翁／武陽熊忠二序文宗至順二年又敕／應奉翰林文字余(マヽ)謙校正有翰林侍／講學士前江浙等處行中書省參知／政事孛朮魯翀十七尾に前記及び同「玉丹齋」朱印記、首並に毎巻首に方形陰刻「馮雄／印信」、単辺方形陽刻「南通馮氏景／岫樓臧書」、例首に同「馮雄／之印」、方形陰刻「彊／齋」朱印記を存す。

同　清光緒九年（一八八三）刊（〔揚州〕淮南書局）翻〔明前期〕刊本

この版本は、やはり前掲諸版と同款式ながら、字様を方正と改めた翻版であり、その本文は、底本についてよく校讐を加えたものである。やはり近年に影印があり、流布の本ともなっている。これも伝本調査が十分ではないが、偶ゝ目に触れた数本に従い、以下に概要を記し、後の精考に備えたい。

先ず扉（一張）、その前半に単辺有界「／韻會舉要（篆書大字）／」牌記、後半中央に「光緒九年十月／淮南書局重刊（楷書）」牌記を存す。首に劉辰翁序、熊忠序（末張に陳宲牌記）、孛朮魯翀、余謙序、凡例、通攷を存すること、底本に同じ。体式同前。
左右双辺（一九・五×一二・一糎）有界、毎半張八行、毎行二十二字、方匠体。版心、小黒口、双線黒魚尾（対向）間題「韻幾巻」、下方張数。上象鼻に大小字数、下象鼻に「萬松／嚴有」等工名を存す。尾題同首。尾に張行孚跋（四張）、首題「重栞古今韻會舉要跋／（中略）光緒紀元歳在上章執徐洪琴西先生都轉兩淮／愛素好古喜刻小學諸書時莫仲武司馬提調淮南書局／事亟以栞刻古今韻會擧要請都轉允之因立徵元元統／本命手民寫栞凡程式一仍其舊復屬局中總校劉君書∥雲分校劉君瑢趙君熙和郭君夔張君嘉祿朱君桂成／君瀴溥李君汝麟鄺君業源等互相讎校以防舛謬命高／君行篤謹其出納而於書中所引經傳異文雖有譌誤不／敢擅易蓋其愼也越明年洪琴西都轉因事去位孫穀亭／先生都轉兩淮益瘉雍容儒雅畱心文教申命局中諸君／詳加讎校不懈益虔至今年冬十有一月書遂刻竣是書／也〈行孚〉蒙洪孫兩都轉委任微有分校之勞莫仲武司馬／以〈行孚〉粗識此書大略再三屬〈行孚〉以鄙見所及者楬于／卷末爰不辭溝瞀謹識其梗槩如此光緒九年歳在昭陽／協洽畢辜之月安吉張行孚跋」、十二行二十二字。

光緒中の上章執徐は六年（庚辰、一八八〇）。洪汝奎、字は琴西、蓮舫と号す。湖北漢陽の人。道光四年（一八二四）生、両淮塩運使に任ず。光緒十二年歿。莫繩孫、字は仲武、省教と号す。貴州独山の人。友芝二男。道光二十四年生、光緒五年より両淮塩運使の営む淮南書局提調事務となって版刻を総管、十一年に至る。民国八年（一九一九）以降歿。孫穀亭については、未詳。張行孚、字は子中、乳伯と号す。浙江安吉の人。同治九年（一八七〇）挙人。文字の学に通じ、光緒間に『説文解字』の研究書数種を著した。

張跋に拠ると、この出版は光緒六年（一八八〇）頃、両淮塩運使洪汝奎の下、前年から淮南書局の事務を総管していた莫繩孫によって計画され、劉書雲以下の局員が協力して校合を施し、翌年からは交替した塩運使孫穀亭の指示の下、さらに詳校を加え、光緒九年の十一月に至って竣工したというのである。ただこの跋の他、版刻を主導した莫氏の私信が遺されており、光緒九年五月の黎庶昌宛の書簡では、『韻会』版刻の経費が十分ではないことを記し、同七月の莫庭芝宛の書簡に拠ると、当時の書局は薪水の支給にも事欠く情況で、ようやく出版に漕ぎ着けたのが内情であるらしい[15]。

さて、従来この版本は、首に元統三年（一三三五）と署する孛朮魯翀序を附し、張跋にも「元元統本」を徴したとあることから、元統本の原貌を存するものと見られているが、本文を比較すると、ほぼ〔明前期〕刊本に準じており、その意味で〔元〕刊〔後修〕本よりも旧形を示すとは言い得るものの、底本を超えて直接に元統の江浙等処刊本の古体を止めるというわけではないようである。ただ張跋に校讐の方針を述べて「於書中所引經傳異文、雖有譌誤、不敢擅易。蓋其愼也」とする如く、嘉靖十五年序刊本に比べても、より一層底本に忠実であり、その点はいわゆる書局本の水準を抜いている。

なお版刻を主導した莫繩孫は、光緒七年の書簡に「初印元刊本」を得られず校正が困難であると述べているが(16)、先の〔明前期〕刊本に関する『鉄琴銅剣楼蔵書目録』や『群碧楼善本書録』のように、当時、刊記のない覆元版については、幅広く元版と認めることが一般であって、特に異とするには当たらず、初印本の入手に難渋する様子は、後修本の多い〔明前期〕刊本の伝存情況とも合致する。むしろ次節に録するように、光緒八年以前に本書の五山版を入手した楊守敬が、「今世傳韻會皆明繙本、向聞長沙袁漱六蔵有元本、未之見也。己卯春、姚彦侍以明本重寫擬刻之、以未得元本互校中止。近聞揚州書局已刻此書、未知據」と附跋して、元本の稀覯を述べている中(17)、揚州では〔明前期〕刊本を以って元統本と称したと見たい。

〈東京大学東洋文化研究所　経部小学類・韻書七〉　十冊

朱印　民国徐則恂旧蔵

新補藍色表紙（二八・五×一八・〇糎）右肩に東方文化学院東京研究所蔵書票を貼附す。牌記のある扉の後半葉を刪去。劉序、熊序、孛朮魯余序、凡例、通攷を存し本文。第一、二冊に各二巻、第七、八冊に各四巻を収める他は、毎冊三巻。尾に張跋あり。

扉に単辺方形陽刻「仁和孫／氏壽松／堂藏書」朱印記、毎冊首に方形陰刻「徐則／恂印」朱印記、首、例首、第二以下毎冊首に方形陰刻「投戈／講埶／息馬／論道」朱印記、毎冊首に単辺方形陽刻「東方文化／學院東京／研究所／圖書之印」朱印記を存す。

〈東京大学東洋文化研究所大木文庫　経部小学類三六〉　十冊
香色表紙（二八・二×一七・九糎）首冊のみ右下方綫外に「黄」と朱書す。扉、首巻前本に同じ。本文分冊前本に同じ。尾に張

跋あり。

〈東京大学東洋文化研究所倉石文庫　一〇五四五〉　十冊
香色表紙（二八・五×一八・二糎）。虫損修補。扉、後半葉刪去。首巻前本に同じ。本文分冊前本に同じ。尾に張跋あり。

又　後印

以下の伝本は、光緒十二年（一八八六）以降に印刷されたことが明らかであるが、広く諸本にそのような徴証があるのか、偶発的にそれを証し得るものか、詳らかでない。暫時後印本と処遇し、後考に俟ちたい。

〈東京都立中央図書館市村文庫　八二一・ＩＷ・三〇〉　十冊
香色表紙（二七・九×一七・五糎）左肩打付に「韻會〈幾〉」と、右肩より声韻目、巻数を書す。扉あり、首に孛朮魯余序、次で程桓生序（後述）、また劉序、熊序、凡例、通攷を存し本文。第一冊に一巻、第二冊に二巻、第六至八冊を各四巻とする他は、毎冊三巻。

該本の孛朮魯余序に次で、程桓生序（二張）を差夾む。首より本文「昔歳甲申張君巳堂筦鹺此間時淮南書局刊／刻説文解字韻會舉要各書告成爰取獨山莫／氏所蔵明本陸宣公奏議郎註十五巻制誥十／巻付局重雕甫即事而張君督糧北上余權斯／篆適吾郷萬秋圃〈葉菘〉提調書局乃属其日集／局中諸友讎斠授梓以終其事〻蕆請序於余（中略）時∥光緒十二年八月朔古歙程桓生序（楷書）」次行下「程／桓生」「尚齋臧／書記」印記摸刻。

甲申は光緒十年（一八八四）。張富年、巳堂と号す。この年

江蘇督糧道、また按察使に昇る。万葉菘は未詳。程桓生、尚斎と号す。安徽歙県の人。光緒二十三年歿。

これを見ると、光緒十年に塩運使であった張富年の下、『説文解字』『古今韻会挙要』の刊成に続き、淮南書局では提調事務の莫繩孫の蔵する宋郎曄撰『註陸宣公奏議』十五巻『同制誥』十巻を重刻したが、張氏は督糧道に昇り、また北上不在、莫氏も十二年二月には書局より離任し洋行(18)、万葉菘がその後を嗣いで局員を督励、刊行に及んだという顚末を、程桓生が記している。本篇は一読して、『韻会』ではなく『註陸宣公奏議』の序と見られるが、同書の淮南書局刊本は、光緒十一年に一旦刊行、踵を接して十二年には修刻本が行われている(19)。件の序がその版の附載であるのかどうか明徴を見ず、当該の本に差夾まれた原因も明らかでないが、九年刊行の『韻会』序と見ることは躊躇われるので、疑いを存しておく。

同　日本應永五年（一三九八）刊（釋聖壽）覆〔元〕刊〔後修〕本

版式、字様から推して、前掲〔元〕刊本の覆刻と見て誤りないであろう。首に劉辰翁序、熊忠自序、凡例、通攷を存し、孛朮魯翀、余謙序を欠く。巻一第一張「凡字爲末者」、巻十五第五張前半上端部「在上黨（中略）／〇今増」、巻二十一第二十一張前半上端部「又爾雅（中略）／柔也二」、巻二十四第五張「■奇曰」に作る。巻首匡郭（一九・四×一二・三糎）。伝本によっては料紙書脳側の餘白に隣接する匡郭の両端が刷り出されており、三張掛けの版木に依るものと推される。間〻匡郭を挖改して「或本」等と異文注記を附刻する。これらの注記については本文系統と関連して後段に詳説する。版心も原刻の様式を写すが、熊序第十四張の下象鼻に「幹縁了孝（陰刻）」と、通攷第二十二張の同じく下象鼻に「幹縁正忻（陰刻）」と独自の施財刊記を存す。また巻二十一尾題の後、未刻部分に白文で「石見四丁修」と、また版心下象鼻では巻二十一第八張に「五フ七至（陰刻）」と、同第九、十張、巻二十七第二張に「七至（陰刻）」と、巻二十一第十一張に「七□（郎歟）」と刻す。

刊記は既述の他、巻尾より二行を隔して花口魚尾下に「應永五歳姑洗日〈幹縁藤氏権僧都聖壽／重刊釋氏周〉（隷書）」の語を刻する。この「聖壽」は川瀬一馬氏によって総持寺第五世通幻寂霊門下の量外聖寿に比定されている。[20] 量外は藤氏の出身で、応永前後に活動の跡を止める（『日本洞上聯灯録』三）が、木宮泰彦氏の如く、刊語中「権僧都」の官位を以て署することから禅林の外の開版とする説がある。[21] 応永五年前後の量外の事跡を見ると、明徳二年（一三九一）五月に師通幻の寂に遭い、その喪儀に侍者として列していることが知られる（『総持第五世通幻和尚喪記』）。それまでの十二年間は一貫して通幻の座下にあったものとされ、通幻は晩年越前国龍泉寺に住したから、量外もこれに従って龍泉寺にあったと見られる。量外は応永十年（一四〇三）に至りこの龍泉寺に出世している（『日本洞上聯灯録』）。通幻寂後、龍泉寺出世までの事跡は不明とせざるを得ないが、この間も継続して龍泉寺に住したと考えることも可能である。しかし本版の様式は〔元〕刊本の摸刻であることから所謂「五山版」の属と見なすことができるが、こうした開版事業が、通玄の門下においても為されたという事例は他に知る所がない。これ等の条件から見て、僧官を冠した署名を有する本刊語を附刻した「聖寿」を、量外聖寿に宛てることにはなお躊躇せざるを得ない。本版が如何なる場において刊刻されたものか、という問題は本書にとっても重大な要件と思われるが、現段階ではやはり不明として後考に俟つこととしたい（図版一―四）。

前述のように、本版は間ゝ匡郭及び本行に挖改を施し、二十二箇所に渉って「或本」等とする異文注記を存するが、これは本版独自の特色であり、本版の本文を位置付ける上でも重要な内容を示しているので、これ等をその位置と共に列挙して置く。

イ、巻一第七張前半第三至五行上（A）（図版一―四b）

〈或／本〉橦／〈木名花／可爲布／又冬韻〉

ロ、巻一第十一張後半左下、第十二張前半右上（C）（図版一―四c）

〈或／本〉驄〈馬青／白色〉璁〈石之似／玉者〉轗〈載囚車〉

ハ、巻一第二十二張後半第五行上（D）

〈或／本〉舩／〈舉角／也〉

ニ、巻一第二十三張後半第五行上（E）

〈或／本〉癰〈器／病〉

ホ、巻二第二張後半第七至八行上（F）

〈或／本〉蟜〈長足蟲／蜘蛛也〉

ヘ、巻二第四十八張後半第二行上

〈改尾／作末〉

ト、巻四第六張後半第六行上（G）

〈或／本〉嘶〈馬／鳴〉

チ、巻四第三十五張後半左下（H）

〈或／本〉紳〈大／帶也〉

リ、巻六第五張後半第七行上（I）

〈或／本〉嫣〈長／貌〉

ヌ、巻七第十三張後半第四行上

〈改功／作巧〉

ル、巻七第十九張前半第七行上

〈改爻／作支〉

ヲ、巻七第三十張前半右上（J）

〈或／本〉舥〈浮／梁〉

ワ、巻八第八張前半第七行至後半第二行

〈喪広毛府／三韻平〉〈去二韻／押之今／作養韻／恐是漾／韻歟〉

カ、巻九第十一張前半第二行上

〈改車／作東〉

ヨ、巻十三第十一行前半第四至六行上（K）

〈或／本〉／蜠〈貝大／而険／者蜠〉

タ、巻十三第二十三張後半第二行上〉

〈改末／作末〉

レ、巻十四第十行前半右上（L）

墠〈除地祭／曰墠〉

ソ、巻二十三第一張後半第二行上

〈恐遇／作過〉

ツ、巻二十五第二張前半第五、六行上

〈穀押／去声／厚恐／作候〉

ネ、巻二十五第三十三張第四、五行上

〈韓愈／本傾／作欣〉

ナ、巻三十第六張後半第八行上

〈合當／作緝〉

ラ、巻三十第二十一張前半第七、八行上

貶〈廣／韻／从目从貝／恐非歟〉

このうち「或本」として標示される異文注記について、その直下、或は隣接する箇所の本行の本文を、前掲〔元〕刊〔後修〕本と校合すると、どの箇所でも例外なく異同が見出され、（A）（C）等と注記したように、ほとんど〔明前期〕刊本との異同箇所に同じい。そして重複の箇所につき本文を比べると、日本応永五年刊本は本行を〔明前期〕刊本と同じに作り、「或本」注記は〔元〕刊〔後修〕本以降の本文に合致することが看取される。但し〔元〕刊〔後修〕本と〔明前期〕刊本との異同箇所（B）、「蘴」「麷」字について、応永刊本は欄外の注記を設けず、本行では〔元〕刊〔後修〕本に同じ本文を取っている。またそれ以外の箇所については、〔元〕刊〔後修〕本、〔明前期〕刊本共、本文に異同はなく、これらは応永刊本独自の注記と見られる。ワの例、下平声「陽與唐通」韻下の「喪」字注の末「又養韻」に作ることに対する注記であるが、『韻会』自体、上声「養與蕩通」韻ではなく去声「漾與宕通」韻下に掲出し、応永刊本の注記の如くであるが、注記が『広韻』『増韻』『韻府』に拠って判断を下していることは、当代の韻書の受容を考える上で興味深い。またネの例では、韓愈と孟郊による「納涼聯句」中の「酒醪欣(傾)共歓」の句について、原拠との校勘を試みていること、注意すべきであろう。

本版の底本について推定するに、本行は〔明前期〕刊本と同様に〔元〕刊未修本に、或は〔明前期〕刊本そのものに拠るかとも見られるが、その場合、本版が（B）の箇所についてのみ〔元〕刊〔後修〕本と同じに作ることは疑問である。また後掲高野山宝寿院蔵本等の後印本の（チ）巻四第三十五張後半左下「紳」字項を見ると、本行部分が欄外注もろともに欠脱を示しており、[22]その他（イ）巻一第七張前半第三至五行上「潼」字注文以下、諸本版面に歪みを生じている様子が見え、これらを勘案すれば、本版の底本は〔元〕刊〔後修〕以降の本文で、印行時までに同未修本系統の本文を以て校訂、挖改し、（B）についてはこれを漏らしたものと思われる。さらに巻二十四第五張前半「鮔」字注文中、同〔二〕修本と同様に「■奇曰」と墨釘に作ることは、このことを傍証している。但し同箇所について墨釘以外の字様を検討すると「亘」「絙」字等、むしろ補刻以前の〔後修〕本に似ることには注意を要する。〔元〕刊〔二〕修本が当該文字を墨釘としたのは補刻時の底本がその部分に磨滅、或は破損を有していたからであろうが、現存の〔後修〕本にもそのような徴証が認められ、応永刊本はこれを底本とし、〔元〕刊〔二〕修本の補刻よりも忠実に底本の字様を写したものと推測される。同張第六行右第五字を見ると、〔元〕刊〔後修〕本は「亘」字に作る所、同〔二〕修本は誤って「宜」字に作る。この箇所、応永刊本は正しく「亘」字に作り、やはり〔元〕刊〔後修〕本からの反映を示している。一方〔明前期〕刊本の同箇所に、墨釘等の故障はなく正文を保っているから、やはりその底本の状態から応永刊本の様相は生まれなかったであろう。これ等の点から、本版の底本を〔元〕刊〔後修〕本と推定する。また本版の校訂が〔元〕刊未修本に拠るか、同本を覆刻した〔明前期〕刊本に拠るかの問題については明徴を見ないが、新渡の〔明前期〕刊本に拠ると見れば、同本の開版が本版刊刻の応永五年（一三九八）以前に溯り得るかが問題となろう。本邦応永五年は明の太祖朝、洪武三十年に当たるが、現存する〔明前期〕刊本を見る限り明初の風格を有するものではなく、洪武間の開刻を想定することは難しい。従って日本応永五年刊本の対校本文は〔明前期〕刊本が底本とした本文と見なされ、日本応永五年刊本もまた〔元〕刊未修本の存在を裏付ける。

〈大東急記念文庫　二二二・上・六五〉　二十四冊

淡茶色艶出表紙（二七・一×一七・一糎）左肩後補の題簽を貼布し「韻會〈上平二〉〈支之微〉」等と書す。また題簽下に打付に「全廿四策（冊）」と書す。

書中間〻朱筆にて合傍竪句点、行間異文注記を加え、又別の墨筆にて欄上に校注を施す。後表紙見返に後世の貼紙あり。「聖壽」を量外聖寿に宛て、『日本洞上聯灯録』中の同人に関する記事を抄出す。

〈東洋文庫蔵　二一・B-c・三〉　十冊

欠首　江月宗玩　稲田福堂旧蔵

新補丹色表紙（二四・六×一六・八糎）左肩題簽を貼布し「韻會　上平　一」等と書す。天地截断、眉上に注記あらばこれを残し、餘紙を内側に折込である。虫損修補。第三冊等扉あり。

首巻を欠く。

朱筆にて竪句点、傍圏、傍線を加え、欄上に〔近世初〕の朱墨両筆にて注記を施す。欄上に又別筆の墨注もあり。毎冊首に「全部十冊（印）」の墨識あり。また巻尾に「韻會十冊愚行脚以後付與于大龍座元／（低十二格）玄密（花押）」の識語をも存す。毎冊首墨識下に方牌中円形陽刻「宗／玩」朱印記（江月宗玩所用）、毎冊首に単辺方形陽刻「江風山／月荘」、毎冊尾に同「福堂」朱印記（稲田福堂所用）、同「雲邨文庫」朱印記（和田維四郎所用）を存す。

〈市立米沢図書館　米澤善本・一六〉　十一冊

南化玄興旧蔵

後補柴色卍繋草花文空押艶出表紙（二五・七×一六・五糎）左肩題簽を貼布し「古今韻會〈幾之幾〉」と書す。天地截断。虫

損修補或は裏打修補。第六冊見返中央に旧題簽を貼布し「韻會〈自堂至濳／（隔三格）上聲〉（印）」と書す。巻二十三第十三張は近世期の鈔補に係る。

朱筆にて合傍句点、傍圏を加え、墨筆にて欄外に校補注を施す。旧題簽に楼形朱印記（南化玄興所用）、通攷、巻一及び偶数巻尾に香炉形陽刻「慧／柱」朱印記、劉序尾及び毎冊首（第九冊を除く）円形朱囲陰刻「監／翁」朱印記、毎冊首に単辺方形陽刻「麻谷蔵書」記を存す。

〈北京大学図書館　D五〇五三〉　十五冊

林読耕斎　清楊守敬　李盛鐸旧蔵

光緒八年（一八八二）楊氏跋

新補藍色表紙（二七・〇×一七・二糎）。淡青包角。副葉宣紙。劉序、熊序、凡例、通攷を存し本文。第一、五冊に各一巻、第十至十一冊に各三巻を収める他は、毎冊二巻。巻八第三張を巻七第三十二、三十三張間に、また巻十九第十七、十九、十八、二十二、二十一、二十、二十三張と錯綴。巻尾の刊記を删去。縹色また代赭色不審紙。首に双辺方形陽刻「讀耕齋／之家藏」朱印記（林読耕斎所用）、尾冊見返し「今世傳韻會皆明繙本向聞長沙袁漱六蔵／有元本未之見也己卯之春姚彦侍以明本重／寫擬刻之以未得元本互校中止近聞揚州／書局已刻此書未知所據日本此本為元刊／明初印本無一翻補刊殊爲貴未及／合明本及揚州本一板之壬午三月守敬記」墨書、直下に方形陰刻「楊印／守敬」朱印記を存す。壬午は光緒八年（一八八二）、「揚州書局」の刊刻とは、光緒九年淮南書局刊行の挙を指していよう。(23) また末尾に単辺方形陽刻「星吾海／外訪得／秘笈」朱印記（楊守敬所用）、首に同「麐嘉／館印」朱印記（李盛鐸所用）を存す。

楊守敬は該本を元版と解したが、覆元五山版の刊記を去った形である。なお楊氏の跋は『日本訪書志』に録していない。

〈Yale University Beinecke Memorial Library　YAJ/11a3〉　一冊

存巻八至十　林鳳潭　小島宝素旧蔵

〈近畿大学中央図書館　〇二一三二一〉　一冊

存巻二十五至二十七　同

後補渋引雷文繋蓮華文空押艶出表紙（二三・九×一五・六糎）右肩より打付に韻目を列記す。右肩双辺刷り枠題簽を新補し、直下に「五」と朱書。背面古活字版の暦。近大本はほぼ同大の新補丹雷文繋蓮華唐草文空押艶出表紙、前見返し背面に単辺円形陽刻「㋓越前屋（越後／新發田）（楷書）」墨印記を存す。毎冊三巻。巻八首匡郭一九・二×一二・二糎。

巻八に〔室町末近世初〕朱竪句点、同墨返点、連合符、音訓送り仮名、欄上貼紙校注書入。巻十尾に別手墨筆にて大尾刊記摸写。毎冊尾に方形陰刻「□／林」朱印記、毎冊首に双辺菱形陽刻「林／悳」朱印記（林鳳潭所用）、単辺方形陽刻「小嶋氏／圖書記」朱印記（小島宝素所用）、近大本のみ首に双辺方形陽刻「爯魚庵藏書（楷書）」朱印記を存す。

〈広島市立中央図書館浅野文庫　四五〉　十冊

後補香色表紙（二四・七×一六・一糎）左肩打付に「韻會〈幾之幾〉」と、右肩より「平声上／（以下低一格）東　支／冬　微／江」等と書す。裏打乃至虫、破損修補。天地截断。書入はほとんどなく、二箇所で欄上に校注を存するのみ。

序、凡例、通攷、毎巻首に単辺方形陽刻「松／巖」朱印記、毎冊首に同「浅野圖／書館藏／書之印」、同「貴重圖書」、毎冊第八葉に小判形陽刻「浅野圖書／館藏書之印」朱印記を存す。

〈宮城県図書館　一〇三六二〉　十六冊

仙台藩主伊達家旧蔵

後補渋表紙（二六・七×一七・六糎）中央下方に打付に「上（中・下）幾　何韻」「何聲幾」等と書す。稀に裏打修補。第十一至十二冊中に「古今韻會舉要巻之三四」等と書す旧題簽を差夾む。巻三第二張を欠く。

稀に朱茶両筆にて竪傍句点を加う。序のみ縹色不審紙。毎冊首に単辺方形陽刻「通／見」朱印記、同「伊達伯／觀瀾閣／圖書印」朱印記を存す。

〈天理大学附属天理図書館　八二一・イ・三三〉　一冊

存首巻　フランク・ホーレー旧蔵

後補淡茶色雷文繋空押艶出表紙（二五・五×一六・三糎）左肩打付に「□今韻會〈序／目録〉」と、右下に「共十三冊」と書す。虫損修補。朱筆にて竪句点を加う。首に単辺方形陽刻「□（德歟）」朱印記、同「寶玲文庫」朱印記（フランク・ホーレー所用）を存す。

〈龍谷大学大宮図書館　〇二一・三八・一六〉　十六冊

西本願寺旧蔵

後補丹表紙（二五・七×一六・四糎）左肩題簽を貼布し「韻會〈上平〉一二」等と書す。第十六冊のみ裏打修補。

版心上朱筆にて標柱を加う。毎冊首に単辺楕円形陽刻「寫字臺／之臧書」朱印記を存す。

〈高野山宝寿院　外典部第廿六函〉　　十一冊

欠巻第一至二

表紙欠。第二、三、四冊書脳部天地に柴色の紙片を残存す。虫損破損甚し。本紙（二四・五×一五・一糎）。後印に属し、巻四第三十五張尾「紳」字以下、欄外注諸共に欠脱す。巻八第一張は巻五尾に粘り着く。巻八第四十六張、巻十三第二十六至七張、巻十四第一張、巻十六第二十七張、巻二十一第一張、巻二十七第二十九張、巻三十第二十一至二張を欠く。

版心朱筆にて標柱を、稀に本文にも標点、傍圏、校注を加う。

以上の他、川瀬一馬氏『五山版の研究』に拠れば、陽明文庫蔵本、安田文庫旧蔵本も同版に係るものとされるが、現在両本の所在は不明、調査を果していない。

同　朝鮮明宣徳九年（一四三四）跋刊（慶州 密陽）覆〔元〕刊〔四〕修本

版式、字様、本文から推して、前掲〔元〕刊〔四〕修本の覆刻と見て誤りないであろう。首に劉辰翁序、熊忠自序、孛朮魯翀、余謙両序、凡例、通攷を冠す。

本文は〔元〕刊〔後修〕本以降の増字挖改を踏襲し、日本応永五年刊本の如き欄外異文注記等は存しない[24]。通攷首張の陰刻標記「蒙古字韻同」を「拠古字韻同」と誤刻す。また〔元〕刊〔四〕修本の誤刻を踏襲し、巻十五第五張前半上端部を「〈今上黨／□韻増〉」に、巻二十一第二十一張前半上端部を「〇晏（中略）／〈柔爾雅（中略）／柔也〉」に、巻二十四第五張前半「鮔」字注文を「而奇曰」に作る。但し巻一第一張「凡字爲末者」に作るのは〔元〕刊〔二〕修以前本に合致するが、この箇所は巻首でもあり、刊刻時に訂したと思われる。

巻首匡郭一九・二×一二・三糎。間々版心に文字あり、通攷第二十一張、巻二第八、九張下象鼻に「大丘志修」と、巻五第九張下象鼻に「志修」と、巻一第三張に「義淡(左右反転)」と、巻一第四張、巻二第三十六張、巻五第八張、巻八第四張、巻十第十六張中縫部に「義(陰刻左右反転)」と、巻二第三十五張、巻八第三張中縫部に「淡(陰刻左右反転)」と、巻十二第二十四張中逢部に「元恵」と刻す。巻二十六尾題「二十六巻」に作る。また後掲の岩瀬文庫蔵本には末尾に別張で列銜及び跋文が附刻される。

列銜(一張)、首第二行より低六格で本文「遂贇等一百九人/(以下毎行漸次擡頭)記官仁悟　方敬　文郁　李珚　鄭許/呉敬立　鄭錦　朴義　金九思　鄭仁達/前署丞李從生　學生金厚　金順敬/敬敦　志明　僧義淡　戒衍　洪恵/信寶　智演　禪師信海　性敏　正心/海峰　鏡清　洪隠　元恵　志守　海心/(以下単擡)刻手大禪師洪照　敬倫　宗月　寶尚　洪恵/都色前(戸長歟)□□崔沂　朴遵　記官朴秀　朴生∥成均生員張　自淵　朴　宗根/(又擡一格)監督前承仕郎義興儒學教導崔沼/(又擡一格)奉訓郎密陽都護府儒學教授官孫　美玉/(以下毎行漸次擡頭)中直大夫慶州府儒學教授官崔　汭/承議郎慶州府判官兼勸農兵馬團練判官李　好/差使員奉直郎知清道郡事兼勸農兵馬團練判官朱　邵/中直大夫密陽都護府使兼勸農兵馬團練使任　從善/(又擡二格)嘉善大夫慶州尹兼勸農兵馬節制使金　乙辛/都　事　通　善　郎　工　曹　正　郎　朴根/(不低格)觀察黜陟使通政大夫兵曹左參議寶文閣直提學辛　引孫」とあり、毎半張十行、行字数不等、中縫部「韻跋」と題し張数を欠く。

辛引孫跋(一張)、首より低二格で本文「韻書之來尚矣而諸家詳畧各異先儒/在軒黄先生〈公紹〉始稡諸書作韻會古/今書字之音義倫類無不備載真所謂/浩乎山海之藏也實韻書之大全而學/者之指南也我/(単擡)朝右文興學凡経史子集遺文秘書無不/刊行而唯此書未見鋟梓誠可嘆也壬/子冬臣承乏監司之任慨然有意板刊/而訪之道内無有藏者癸丑秋具辭以/(以下三行双擡)聞特蒙∥允許仍/賜経筵所藏二部以為刊本其所以/(単擡)崇重儒學之意至矣盡矣臣即分付于慶/州密陽閲五

月而訖工務欲廣布以恵／無窮庶幾仰裨／（擡単）盛朝興文之化之萬一云宣徳九年甲寅／五月　日慶尚道観察黜陟使通政大夫兵曹左參議寶文閣直提學臣辛〈引孫〉／拜手稽首敬跋」とあり、版式同前、但し毎行十七字、版心線黒魚尾、張数あり。辛引孫、字は祚胤。霊山の人。明永楽六年（一四〇八、太宗朝）の進士と伝える（『国朝榜目』）。本跋には「在軒黄先生〈公紹〉始稡諸書作韻會」とのみあり、一読、黄氏原撰の『古今韻会』に寄せるものとも見られるが、文中「真所謂浩乎山海之藏也」等と『韻会』熊忠自序を踏まえることから、やはりここは熊氏『韻会挙要』に懸けて不審はない。

これらに拠れば、本版は明宣徳九年（一四三四）朝鮮慶州密陽の刊刻となる。無論、本版を宣徳九年刊本の翻版と見なすことも可能であろうが、現在までその徴証を得ないことから、一先ず本版を宣徳の刊行に懸けて置くこととする（図版一―五）。

朝鮮の世宗朝では、経筵の蔵書を基に、各道の資力を以てその覆刻を行わせる政策が見られ、ここも慶尚道に赴いた辛引孫が王命に応じたものであろう。この点については第二章第一節、『韻府』朝鮮明正徳二年跋刊本の項に再説したい（二三二頁）。

〈大東急記念文庫　一二・六・二一五七〉　十冊
　渋江抽斎　稲田福堂旧蔵
後補丁子染雷文繋草花文空押艶出表紙（二二・四×一五・一糎）左肩打付に「古今韻日（首冊のみ）　幾」と、右肩に韻字を書す。朱筆にて竪、傍点、音仮名、注記を加える。毎冊首に単辺方形

陽刻「鄭氏」朱印記、方形陰刻「子文」朱印記、単辺方形陽刻「弘前毉官澀／江氏藏書記」朱印記（渋江抽斎所用）、同「有馬氏／溯源堂／圖書記」朱印記、同「江風山／月莊」、同「稲田／福堂／圖書」朱印記（以上二顆、稲田福堂所用）を存す。

渋江抽斎は二稿本『経籍訪古志』経部下に、別紙を以て本書の項を補い、元刊本を掲げた後に「又有朝鮮國刊本。取原元板」

と注記している。(25)

〈西尾市岩瀬文庫　六八・八七〉　九冊

後補栗皮表紙（二四・〇×一五・八糎）間ゝ破損修補、裏打。本文料紙漉き目天地、印面途中にて上下に継ぐ箇所多し。首冊のみ前副葉一紙（和紙、裏打紙に同じ）を後補す。

巻首匡郭一九・〇×一二・三糎と、やや収縮を示す。本文の後に別張にて前述の列銜、辛引孫跋を存す。朱筆にて標竪返点、音訓送り仮名を加え、毎巻首版心上に標柱或は巻序数を注記し、欄上校補注を施す。磨滅部鈔補。毎冊首に単辺方形陽刻「□／山／文庫」朱印記を存す。

〈北京・中国国家図書館　七三三二九〉　二十四冊

巻十九至二十一配同版後印本

朝鮮尹剛光　民国羅振玉　張元済旧蔵

新補柴色艶出表紙（二七・二×一六・九糎）。本文料紙唐本様。襯紙改装。前後副葉宣紙。劉序、熊序、孛朮魯余序、凡例、通攷を存し本文。毎冊一、二巻。巻首匡郭一八・九×一二・三糎。無跋。

毎冊首に単辺方形陽刻「竜城／尹氏」「剛光／景仁」朱印記、例首に楕円形陰刻不明朱印記、毎冊首に単辺方形陽刻「観文堂」朱印記、首に単辺楕円形陽刻「（双龍間）宸翰樓」、巻首に方形陰刻「羅振／玉印」朱印記、首に単辺方形陽刻「涵芬樓」「海鹽／張元濟／經收」、尾に方形陰刻「涵芬／樓臧」朱印記を存す。巻一第十九・二十張間に「圭齋文／集〈明刊〉／　六本〈元〉」墨書、方形陰刻「連理紫／薇室」朱印記を存する紙箋を差夾む。

該本を『涵芬楼燼餘書録』経部に「明覆元本」として収録する。

〈名古屋市立鶴舞中央図書館　河コ・三〉　十二冊

河村秀穎旧蔵

後補淡茶色表紙（二五・四×一五・八糎）左肩打付に「舉要〈幾之幾〉」と、右肩より韻目を書す。改糸。本文厚手白楮紙。見返し新補。劉序、熊序、孛朮魯余序、凡例、通攷を存し本文。第一冊に一巻、第二至五冊に各二巻、第六至十二冊に各三巻を配す。巻五第三十五張、巻七第十三至十四張、巻八第一至二張、巻九第七至八張、巻十第三至四、十八張、巻十三第十六張、巻十七第十一至十二張、巻二十二第六至七張、巻二十三第四至五張鈔配。巻二十三第三、二張錯綴。巻首匡郭一八・八×一二・三糎。無跋。

朱標点、墨鈔補、欄外補注書入。毎冊首に単辺方形陽刻「河邨／家藏」朱印記を存す。尾冊後見返しに「此書河村秀頴遺書／大正九年整装」墨書。

〈誠庵古書博物館　一―三〇九（九五三）〉　二冊

存巻十至十二　十七至二十　朝鮮金熙敬旧蔵

丁子染雷文繋蓮華文空押艶出表紙（二七・〇×一六・〇糎）左肩打付に「韻會巻幾之幾」と、右肩より声韻目を列す。右下方別筆にて「共十」と書す。前冊三巻、後冊四巻。巻十一首匡郭一八・三×一二・三糎。

毎韻首並に毎葉後半欄上に韻目を墨書す。稀に別手藍墨にて欄上補注書入、第二冊見返し万暦己丑（十七年、一五八九）また壬辰の詩文、末に「東岡先生之従孫進士璪技涙書」と署す。毎冊首に単辺方形陽刻「四美／亭侶」「李憑／甫卿」墨印記、毎冊尾に同「晩翠／軒章」「甫城／後人」墨印記、毎冊首尾に「南閔□／居安東」「金／熙／敬」首朱尾墨印記、毎冊尾に単辺円形陰陽刻「聞／詔」、単辺円形中単辺方形陽刻「金璪／□温」、鼎形中方形陰刻不明墨印記を存す。

〈誠庵古書博物館　一―三二〇（九五二）〉　一冊

存巻二十八至三十

丁子染雷文繋蓮華文空押艶出表紙（二四・〇×一五・六糎）左肩打付に「韻會〈□十〉」と、右肩より声韻目を列す。巻二十八首匡郭一八・〇×一二・二糎。無跋。

毎巻首に単辺紡錘形陽刻「李□□」朱印記を存す。

以下の数本は、修刻の有無に正確を期し難い。そこで便宜この位置に掛け、後考に待ちたい。

〈誠庵古書博物館　一―三二一（二〇七八）〉　一冊

存巻二十二至二十四

丁子染艶出表紙（二三・二×一五・六糎）左方洋紙箋を新補し「古今韻會舉要」と書す。巻二十二首匡郭一八・四×一二・七糎。首のみ墨傍点書入。

〈誠庵古書博物館　一―三二二（九五一）〉　三冊

存巻一至二　十八至二十一　二十五至二十七

茶色艶出表紙（二二・五×一五・六糎）過半は剥落、首冊右方より打付に「巻之一」と書す。破損修補。見返しに「韻會共十一」と書す。劉序、熊序、孛朮魯翀序、通攷、凡例を存し本文。上冊に二巻、中冊に四巻、下冊に三冊を収む。巻首匡郭一八・

八×一二・三糎。巻二第十四張鈔配、巻二、二十七尾欠。毎葉前半欄上に韻目、行間諺文音注、補注墨書書入、破損部鈔補。巻首並に毎冊首に方形陰刻「主松月」墨印記を存す。

〈大韓民国国立中央図書館　貴一四二／朝古四一・一一二〉九冊
　朝鮮総督府図書館旧蔵

当館新補黄色雷文繋蓮華文空押艶出表紙（二二・七×一六・七糎）、次で焦茶色雷文繋菊花文空押艶出表紙、第四至五冊黄檗染表紙。左肩打付に「韻會　幾之幾」「幾」と、右肩より韻目を書す。裏打改装、原紙高約二三・四糎。首冊見返し副葉に詩草。劉序、熊序、孛朮魯余序、凡例、通攷を存し本文。第一冊に一巻、第四冊に二巻、第六、八冊に各四巻を配する他、毎冊三巻。巻首匡郭一八・九×一二・四糎。無跋。第一至二冊尾「主永李家蔵書」墨識。毎冊首に単辺方形陽刻「□谷／閑人」、方形陰刻「永陽／李春」朱印記、単辺方形陽刻「朝鮮總督／府圖書館／藏書之印」朱印記を存す。

〈北京・中国国家図書館　七三三九のうち〉
　巻一至十八　二十二至三十配同版早印本
　民国羅振玉　張元済旧蔵

巻十九至二十一を存す（二十四冊のうち二冊）。襯紙改装、原紙高約一七・〇糎。前冊二巻、後冊一巻。巻十九首に単辺方形陽刻「鼎壽／福書／南氏印」朱印記を存す。該本の全体に関する事項は前掲。

又　一修　明嘉靖十四年（一五三五）印（外校館）

巻首匡郭一八・八×一二・二糎の版で、前掲本に比してかなりの収縮を示すが、同版と認められる。[26] 巻一第六張、巻七第十三、四張、巻十第三、四、十八張、巻十三第十六張、第十四張第二十一、二張、巻十七第十一、二張、巻二十七第十張は補刻に係り、概ね四周双辺、版心線黒魚尾の版式を有す。

〈大東急記念文庫　一二・七・二二五九〉　十二冊

存巻一至二十四

後補小豆色菱花唐草文空押表紙（二四・三×一五・六糎）左肩刷り枠題簽を貼布し「朝鮮版古今韻會擧要　幾」と書す。虫損修補。毎冊前後副葉、詩草大書す。首巻のうち、余謙序を欠く。巻三第十四張を巻二に、巻六第十七張を巻一に錯綴。劉序第一張、巻二十五至三十を欠き、前掲〔元〕刊〔四〕修本を以て補配す。その他にも巻二第十四張、巻三第七、八張、巻四第三十四、五張、巻十一第十二張を欠く。

巻八首に「水城金□」と、巻十二尾に「嘉靖己未印於外校館於洪陽」(27)と、巻二十尾に「水原金氏家藏」と墨識を存す。第一、十一至十二冊首及び巻十二首に単辺方形陽刻「吟風／弄月」記を存するが、いずれも〔元〕刊本に鈐されたものと判断される。前掲〔元〕刊〔四〕修本の項参照。

〈東洋文庫　Ⅶ・一・二九〉　十二冊

南禅寺大寧院　林泰輔旧蔵

後補丁子染艶出表紙（二五・七×一六・七糎）左肩打付に「韻會　幾」と書し、右肩より韻目を、また線装内下方に「共十二」と書す。虫損修補。毎冊前後に副葉を後補す。前掲嘉靖十四年印本より少しく後印に係る。巻一第二十七張前半書脳部に「尚立（陰刻左右反転）」と、巻二第二十張後半書脳部に「丁枢（同）」と、巻八第八張前半書脳部に「□友相（同）」と刷り出されているが、初刻時より存するものか、不明。巻九第二十五張、巻十第二十三張、巻十六第三十張を欠き、鈔補を加えてある。

毎冊首に双辺小判形陽刻「大寧院」朱印記（南禅寺大寧院所用）、単辺方形陽刻「北総林氏蔵」朱印記（林泰輔所用）、毎冊尾に鍾形陽刻「得閑堂」墨印記を存す。第五冊後副葉に書込あり。

又　二修

巻首匡郭一八・七×一二・二糎。後修本の補刻箇所に加えて、巻二第十六、七、二十七、八張にも四周双辺（竪一九・五糎前後）線黒魚尾精刻の補修を施してある。目睹した伝本は後掲早稲田大学図書館蔵の一本のみであるが、補刻の様式が異なり、後述の日光山輪王寺天海蔵蔵本も同様の修刻を有するので、二修に懸ける。

〈早稲田大学図書館　ホ四・一四九七〉　十冊

木村素石　大野洒竹旧蔵

丁子染草花文空押艶出表紙（二七・〇×一六・五糎）左肩打付に「韻會〈幾之幾〉」と、右肩より韻目を書す。首巻中通弦、凡例の順に綴す。稀に朱筆にて竪句点、標柱を加う。毎冊首に鼎形陽刻「追／遠／堂」朱印記、単辺方形陽刻「子／敬」朱印記、方形陰刻「于水／艸堂／之印」朱印記、単辺方形陽刻「苕香／山房／之印」、同「素石／園印」朱印記（以上三顆、木村素石所用）、同「楽浪書斎」記、同「洒竹文庫(楷行)」朱印記（大野洒竹所用）、毎冊尾に同「念／回／蔵書」朱印記を存す。

又　三修

遞修本までの補刻に加え、巻一第一至三張等に補刻を存する。

〈日光山輪王寺天海蔵　一七二三〉　十二冊

朝鮮李廷馣旧蔵

丁子染雷文繋草花文空押艶出表紙（二七・〇×一七・〇糎）左肩打付に「韻會〈幾之幾〉」と、右肩より何声韻目を書し、中央に別筆で「八十二」と書す。巻十三第六張を欠く。

毎冊首に単辺方形陽刻「李廷馣／仲薫」朱印記を存す。

李廷馣、字は仲薫。朝鮮、慶州の人。四留と号す。明嘉靖二十年（一五四一、中宗朝）生。同四十年に登第して中宗、宣祖朝に出仕した。東莱府使として日本使節に応対した官歴を有ち、文禄の役に際しては延安の戦を主導、黒田長政の軍に対峙して防戦を遂げ、勲功を挙げた。万暦二十八年（一六〇〇、宣祖朝）卒す。該書の、恐らくは十六世紀後半の修印に係ることを証している。

この他、台北の故宮博物院に蔵する小島宝素、楊守敬等の旧蔵書は[28]、マイクロフィルムに拠って点検すると、同版後修本に当たるものと知られる。また大韓民国国立博物館に蔵する宋成文氏寄贈の本版の早印本を観覧したが、精査を果していない。

同〔朝鮮中期〕刊　翻朝鮮明宣徳九年跋刊本

本版は前記朝鮮版に交替して現れた版本で、跋に見る如く壬辰丁酉の倭乱（文禄慶長の役、一五九二、七）によって欠亡した本書の伝本を補うため、新たに刊刻されたものと言う。版は大型化しているが、その本文は前期朝鮮版を踏襲した。

先ず劉序（四張）、次で熊序（第五至七張）、次で孛朮魯余序（二張）、凡例（八張）を存することは同前であるが、次で韻母目録（四張）を配し、通攷（三〇張）を置く。巻首題「古今韻會擧要巻之一（至三十）／　平聲上」、注と小目あり、行を接し「（低五格）一〈東獨用〉」、また有注、接行にて本文に入る。体式同前。四周双辺（二四・二×一六・九糎）有界、毎半張八行、行小二十二、三字。版心、中黒口（接内周）双花口魚尾（対向）間に「韻幾巻」と題す。尾題同首。

本文後に李植跋（一張）、首より本文「古今字書至韻會大備（中略）兵火以来此書公私蔵本幾／泯幸於校局有板本而亦多缺亡余取玉／堂舊本比校補苴鋟梓完帙切冀國内諸／薦紳先生有志於斯文者傳印備覧則其／有補於六藝之學當不淺鮮故畧識顛末／以引之徳水後學李植謹跋(楷書)」。毎半張七行、行十六字。

この版本を、東洋文庫、東京大学文学部言語学科小倉文庫、京都大学附属図書館谷村文庫、中華民国国立中央図書館にも蔵し(29)、亜細亜文化社（韓国）刊行の影印本も同版。谷村文庫本は李植の跋文を附刻し、左承旨尹絳に対する内賜記をも有する。跋を記した李植は明万暦十二年（一五八四、宣祖朝）生、同三十七年（一六〇九、光海君朝）登科、清順治四年（一六四七、仁祖朝）歿で、内賜を得た尹絳は明万暦二十五年（一五九七、宣祖朝）生、明天啓四年（一六二四、仁祖朝）登科、清康熙六年（一六六七、顕宗朝）歿であるから、凡そ十七世紀前半、仁祖朝前後の刊行と見られる(30)。

本版について本格的な調査を実施しておらず、ここで詳述することは差控えたい。接し得た伝本についてのみ以下に列して、参考に供する（図版一―六）。

〈ソウル大学校奎章閣　中一六一四〉　十三冊

朝鮮総督府　京城帝国大学旧蔵

後補丁子染卍繋文空押艶出表紙（三五・一×二二・四糎）左肩打付に「古今韻會擧要〈幾〉」と、右下方綫外に「共十三」と書す。本文厚手楮紙。見返し新補、劉序、熊序、孛朮魯余序、凡例、通攷を存し本文に入る。第一冊に一巻、第八、十至十二冊に各三巻を収める他、毎冊二巻。匡郭二四・一×一六・九糎。有跋。

毎冊首に単辺方形陽刻「朝鮮総／督府圖／書之印(楷書)」朱印記、見返しに同「京城帝／國大學／圖書章」（大）、毎巻首に同（小）

朱印記を存す。

〈ソウル大学校奎章閣　中一八一〇〉　一冊

存巻十三至十五

朝鮮承政院　朝鮮総督府　京城帝国大学旧蔵

黄檗染卍繋蓮華文空押艶出表紙（三三・二×二一・〇糎）左肩打付に「古今韻會〈七〉」と、右肩より別筆にて声韻目を列記、右下方綫外に「共十二」と書す。巻十三首匡郭二三・九×一七・二糎。

首に単辺方形陽刻「承政院」朱印記、同「朝鮮総／督府圖／書

之印」朱印記、見返しに同「京城帝／國大學／圖書章」（大）、首に同（小）朱印記を存す。

〈ソウル大学校奎章閣　中一八七四〉　十二冊

朝鮮侍講院　大韓帝国　朝鮮総督府　京城帝国大学旧蔵

後補黄檗染卍繋文空押艶出表紙（三三・七×二一・四糎）左肩打付に「古今韻會舉要〈綫〉」と、右下方綫外に「共十二」と書す。見返し新補、劉序、熊序、孛朮魯余序、凡例、韻母目録、通攷を存し本文。第一冊に一巻、第二至五冊に各二巻を収める他、毎冊三巻。匡郭二四・一×一六・九糎。有跋。

毎冊首に単辺方形陽刻「侍講院」（太）暗朱、同（細）朱印記、同「帝室／圖書／之章」朱印記（大韓帝国所用）、同「朝鮮総／督府圖／書之印」朱印記、見返しに同「京城帝／國大學／圖書章」朱印記を存す。

〈誠庵古書博物館　一―三二三（一一九八）〉　一冊

存巻一至二

丁子染雷文繋蓮華文空押艶出表紙（三四・九×二一・五糎）左肩打付に「韻會第二」と、右肩より声韻目を列記す。

首のみ字目に墨圏を加う。首に単辺方形陽刻「鄭錫／僑／希□」朱印記を存す。

〈大連図書館　経一〇・二（善本甲）〉　十二冊

朝鮮李夏坤　南満洲鉄道社図書館旧蔵

黄檗染雷文繋蓮華唐草文空押艶出表紙（三二・二×二一・二糎）左肩打付に「韻會〈綫〉」と、右肩より声韻目、右下方綫外に「共十二」と書す。本文料紙巻中横接、背面に有印の公文書を存す。劉序、熊序、孛朮魯余序、凡例、通攷を存し、韻母目録を欠いて本文。第一冊に一巻、第二至五冊に各二巻を収める他、毎冊三巻。匡郭二四・〇×一六・八糎。有跋。

毎冊首に方形陰刻「月城／之李」、単辺方形陽刻「夏／坤」朱印記、毎冊前見返しに同「（横書）清水商會（楷書）」紫印記、毎冊首に同「南滿洲鐵／道株式會／社圖書印（隷書）」朱印記、昭和二年三月十四日の同社受入印記、同「旅大市圖／書館所／藏善本」朱印記を存す。

『古今韻会挙要』の古活字本には、従来から三種が知られ、(31)現在まで著者の追跡は必ずしも十分ではないが、その限りにおいても三種の伝来が認められた。それぞれ刊行の年次や実行者の名が知られないため、先行研究では版式の相異に注目した呼び分けを行っているが、ここでもまず、その呼称を踏襲したい。これらの古活字本は、植字を全く異にする別版の関係ではあるが、款式を同じくする等、形式上の一致点が指摘され、本文上にも深い関係がある。

本書の古活字本をめぐっては、次の三の問題が提起される。まず三種相互にどのような関係を有するか、また古活字本の本文は、先行する版本のうち、どの本を来源としているか、さらに後出の版本とはどのような関係を有するか、以上の三点である。これを要するに、古活字本を本書の版本系統中にどのように位置付けられるか、という問題に収斂しよう。問題の対象となる事実を、時間の経過の上で見ると、先行の版本から古活字本を生じ、古活字本に三種の異本を生じ、古活字本の刊行を踏まえて後出の版本が作られたという順序になるが、ここではまず、古活字本三種を検討して相互関係を整理してから其の来源を考え、次で後出の版本について記述し、古活字本との関係を考えるという手順をとりたい。

古今韻會擧要三十巻

日本〔近世初〕刊（古活字）　有界第二種本

本書の古活字本は、前版の覆刻が基調であった元明版、五山版、朝鮮版とは、少しくその様相を異にし、序例と巻一については、旧来の款式とも異なっている。ただ三種ある古活字本相互には、款式が変わらないから、便宜上先行の研究に従って、界線の有無を徴表として二分し、さらに二種ある有界本を第一、二種と呼び分ける措置とする。ここではまず有界本、次いで無界本の順に記して行くが、行論の都合上、有界本では第二種本を先に掲げた。先ず張鯤序（四張）、首題以下低一格「刻古今韻會叙／（中略）嘉靖十五年歳次丙申夏／四月乙酉崧少山人張鯤序」（前記明嘉靖十五年序刊本に同文）、八行十二字、版心題「韻會序」。次で凡例（四張）、首題「古今韻會舉要凡例（大字）／（以下低小九格）昭　武　黄　公紹　直翁　編輯／昭　武　熊　忠　子中　舉要」、体式諸本に同じ、但し毎半張十五或十四行、版心題「韻會例」。巻首題「古今韻會舉要巻之一（至三十）（大字）／　平聲上」、改行低小三格注、また改行し低四格以下の小目等あり、さらに行を接し「（低五格）一〈東獨用〉」、また有注、接行にて本文に入る。体式同前。四周双辺（二一・五×一五・一糎）有界、毎半張八行、行小二十三字。版心、粗黒口（接内周）双花口魚尾（対向）間題「韻會幾」、張数。尾題同首（図版一―七）。

本文の構成については前本に変わりないが、首の「禮部韻略七音三十六母通攷」や、張序以外の旧序を欠き、このことは、古活字本三種に共通の特徴である。該本の本文の細情については、三種を挙げた後に併せて述べたい。以下、知見の伝本を掲出する。

〈名古屋市蓬左文庫　一〇一・四三〉　十五冊

徳川義直旧蔵

後補淡茶色漉目艶出表紙（二七・六×一九・六糎）左肩に題簽を貼布し「古今韻會〈幾之幾〉」と書す。尾冊のみ新補黄檗染表紙。改糸。虫損修補、間ゝ襯紙改装。尾冊のみ裏打修補。張序、凡例を存し本文。毎冊二巻。巻六第三十六張（尾）を巻十六後に錯綴す。毎冊首に単辺方形陽刻「御／本」朱印記（徳川義直所用）あり。

〈名古屋市蓬左文庫　一一〇・二七〉　十五冊

徳川義直　名古屋藩徳川家旧蔵
後補黄檗染表紙（二七・四×一九・五糎）左肩に題簽を貼布し「古今韻會〈幾　幾〉」と書す。改糸。虫損修補、一部裏打修補。
張序、凡例を存し本文。毎冊二巻。
奇数巻尾版心上に朱柱、稀に欄上墨校改書入あり。淡茶色、縹色不審紙。毎冊首に単辺円形陽刻「御／本」朱印記（同前）、首に同「尾陽／文庫」朱印記（名古屋藩所用）を存す。

〈大東急記念文庫　三五・九・一五〉　十五冊
但馬大明寺旧蔵　宝永二年（一七〇五）活翁恵快識語
新補紫色艶出表紙（二八・三×一九・九糎）左肩香色題簽を貼布し「古今韻會［　］幾」と書す。張序、凡例を存し本文。毎冊二巻。
稀に朱合竪傍句点、傍圏書入。尾冊後見返しに「古今韻會全部者江雲先師／之遺書也小子祖忠寄附之／雲頂山大明禪寺常住者也／寶永二乙酉夷則八日／現住大明嗣法小師活翁恵快誌」墨識。巻二第三、四張間等に片仮名交じりにて『虚堂録』の辞句を注解した紙箋を差夾む。

〈尊経閣文庫〉　十五冊
稲田福堂旧蔵
茶色漉目菱花牡丹花文空押艶出表紙（二八・〇×一九・九糎）左肩題簽を貼布し「韻會〈何聲　幾幾〉」と書す。押し八双あり。
張序、凡例を存し本文。毎冊二巻。
極稀に欄上墨校注あり。毎冊首に単辺方形陽刻「稲田／福堂／圖書」「江風山／月莊」朱印記を存す。

〈お茶の水図書館成簣堂文庫〉　十五冊
甲斐恵林寺旧蔵
淡茶色雷文繋雨龍文空押艶出表紙（二七・六×一九・四糎）、右肩より打付に〈近世初〉筆にて声韻目を書す。左辺別筆にて「古今韻會舉要」と書す。中央下方又別筆にて「調」と白書す。
五針眼、改糸。本文楮打紙。張序、凡例を存し本文。毎冊二巻。
毎冊首に単辺亜形陽刻「恵林什書／門外不出（楷書）」朱印記、単辺方形陽刻「（毎字有界）徳富氏／圖書記（同）」朱印記を存す。書帙題簽蘇峰筆にて「古今韻會〈十五冊／蘇峰秘笈〉」と書す。[32]

〈北京大学図書館　□四七一七〉　九冊
欠巻十一至十三　大悲願寺旧蔵
後補淡茶色表紙（二七・一×一八・五糎）左肩打付に「古今韻

會〈平〉」等と墨書、右肩打付に別筆にて「陽」と朱書、左下方又別筆にて「歳」と白書す。張序を欠き、凡例を存し本文。第一、二、九冊を各二巻、第六、七冊を各四巻とする他は毎冊三巻。

平声のみ間〻〔江戸初〕朱竪句点、韻目首張標柱、同墨返点、連合符、音訓送り仮名（ソ式）書入、欄上校改。毎冊首に単辺円形陽刻「海譽大僧正／御牌所書籍」（右）不許／（左）出門」朱印記（大悲願寺所用）を存す。

該本について、同種の小汀利得氏旧蔵本に慶長十五年（一六一〇）の識語を存する由[33]、追認することを得ないが、これを是とすれば概その刊行時期を知ることができ、その様式とも矛盾しない。

同　日本〔近世初〕刊（古活字）有界第一種本

形式上、前本との判別がつき難いけれども、匡郭外周がやや細く、やや大振りの活字を交える。但し使用頻度の低い文字には、前掲第二種本と同じ活字を用いた例があり、異植字本の性格を含んだ別種印本である[34]。その他、張序の首題を低格せず、巻首小目を低小五格と、前本より一格低く作る等の相異がある。巻首匡郭二一・八×一五・一糎。なお該本では、巻六第十張の版心の張数を「八」に作るため、綴合を誤った例がある（図版一—八）。

〈お茶の水図書館成簣堂文庫　九冊本のうち〉

存巻一至三　巻四至二十六配同刊本　欠巻二十七至三十

三巻を存す（九冊のうち一冊）。旧表紙を欠く。首尾各一張欠。張序、凡例を存し本文。巻首一張有界第二種本と同刊。

〔江戸初〕朱標傍圏、竪句点、同墨返点、連合符、音訓送仮名、欄上行間校注、校改書入、「ソ」式を交え、次掲東洋文庫本に略同じ。その他、全体に渉る事項は後掲。

　該本は巻首一張のみ前掲第二種本と同刊、この紙葉、前後に比べ少し堅いが、書入は同手、汚損、虫損の様子も元来一具と見て支障がなく、原装者により有界両種の印紙が混用された証跡と見られる。両者は一部活字の共有のみでなく、刊者を同じくする可能性がある。(35)

〈東洋文庫　三・A-c・二〉　十冊

丹表紙（二八・二×二〇・五糎）右肩より打付に〔江戸初〕筆にて声目、右下方に冊数、中央に韻目を、首冊のみ声目下に「共拾巻」と書す。第五至六、八至十冊の韻目は別筆。本文楮打紙。虫損修補。張序を欠き凡例を存し本文。第一、四冊に各二巻、第七至八冊に各四巻を収める他は、毎冊三巻。

平声のみ〔江戸初〕朱筆にて標傍圏、竪句点、欄上校改、校注、墨返点、連合符、音訓送り仮名書入、鈔補を施す。毎冊前見返しに単辺円形陽刻巻雲中「大心／寶臧」墨印記、毎冊首に単辺円形陽刻「大／心」小朱印記を存す。

　該本の訓点書入は全編に及ばないが、送り仮名に「ソ」を混用する点に特徴がある。このことは、整版附訓本について述べる節に再び触れたい。

〈京都府立総合図書館　特〇五〇・三二〉　十冊

丹表紙（二六・六×一八・七糎）左肩打付に「韻會」と書す。中央打付に「洪」と書す。押し八双あり。前後副葉。張序、凡例を存し本文に入る。第一、三冊に各二巻、第七至八冊に各四巻を収める他は、毎冊三巻。巻六第十（「八」）張を同第七、八張間に綴じ、巻十第八、七張と倒錯す。巻首匡郭二一・七×一五・一糎。

平声のみ〔近世初〕の朱筆にて合竪句点、傍圏、稀に返点、送り仮名、極稀に同墨欄外校注、別手墨筆にて返点、連合符、音訓送り仮名、校注を加う。

〈宮内庁書陵部　五五六・九〉　十五冊

栗皮表紙（二八・二×一九・八糎）左肩打付に「盈」と朱書す。虫損修補。張序、凡例を存し本文。毎冊二巻。巻首匡郭二一・七×一五・一糎。

〈静嘉堂文庫陸氏守先閣蔵書　二〇・四〇〉　十五冊

新補淡縹色布目艶出表紙（二四・二×一六・六糎）。四周截断、虫損修補。張序、凡例を存し本文。毎冊二巻。巻首匡郭二一・七×一五・〇糎。

墨筆にて後出〔江戸前期〕刊行の整版本の訓点を移録し、欄上に校注を加う。朱筆にて毎韻首張版心に標識を施し、本文稀に句点。毎冊首並に巻二十六、二十八、三十首に単辺方形陽刻「宇治／文庫」朱印記、毎冊首並に首冊前表紙中央に双辺方形陽刻「歸安陸氏守先／閣書籍稟請／奏定立案歸公／不得盗賣盗買」朱印記を存す。

〈お茶の水図書館成簣堂文庫〉　九冊

巻一至三配同刊本　欠巻二十七至三十

新補淡茶色艶出表紙（二八・五×一九・八糎）次で栗皮表紙、左肩に題簽を貼布し（或いは剥落）〔江戸初〕筆にて「古今韻會〈幾之／幾〉」と、右肩より方簽を貼布し声韻目を書す。題簽剥落痕等打付に別手にて「列」と朱書す。書背「共十」と墨書。見返し、副葉新補。本文楮打紙。毎冊三巻。但し巻二十六第四張以下を欠く。

〔江戸初〕朱竪句点、傍圏、同墨返点、連合符、音訓送り仮名、欄外校注、校改書入あり（上声以下は稀）。配本を除く毎冊首に双辺方形陽刻「一湖水（楷書）」墨印記、毎冊首に単辺同「（毎字有界）徳富氏／圖書記（同）」朱印記を存す。第四冊の剥離せる後見返し背面に〔蘇峰〕筆にて明治四十二年（一九〇九）感得識語あり。[35]

〈慶應義塾大学附属研究所斯道文庫　〇九一・ト三一・三〉　九冊

欠巻二十八至三十　岡本閻魔庵旧蔵

栗皮表紙、或は新補茶色表紙（二八・三×一九・九糎）左肩打付に「古今韻會〈声目〉幾」と書す。張序、凡例を存し本文。毎冊三巻。

〔江戸前期〕朱標竪傍句点、同墨返点、連合符、音訓送り仮名（ソ式を交う）、行間校注、欄外校改書入、〔江戸前期〕別手墨筆欄外校改、補注書入。首尾に閻魔像右肩「横濱（隷書）」下辺「岡／本／画（楷書）」、毎冊首に双辺方形陽刻「岡本藏書記（行書）」墨印記、単辺方形陽刻「閻魔庵／圖書部（隷書）」、尾に同「岡本藏書（隷書）」朱印記、同「尾張古瀬氏／通過之書」朱印記を存す。

同　日本〔江戸初〕刊（古活字）無界本

これもほぼ同版式であるが、界線を欠くので判別は易い。また張序首題は低格せず、本文は低小一格とす。巻首小目低五格以下。巻首匡郭二一・四×一五・六糎（図版一—九）。

〈香川大学附属図書館神原文庫　八二二・一〉　十五冊

栗皮表紙（二八・八×二一・一糎）左肩打付に「古今韻會〈幾之幾〉」と、右肩より声韻目を白書す。押し八双あり。裏打改装。第三、十冊のみ原装（二八・五×二〇・五糎）、書背「共十五冊」等、小口書あり。張序、凡例を存し本文。毎冊二巻。首冊旧前見返し背面に双辺円形陽刻不明墨印記二顆、首冊尾に双辺円形陽刻不明墨印記、毎冊尾に瓢形陽刻「松・江／山」、単辺方形陽刻「案／眞」、香炉形陽刻「南／海」朱印記、毎冊首に単辺刀銭形陽刻「晉」墨印記、不明朱印記、これに重ね単辺方形陽刻「洛住判／事神原／甚臧本」朱、毎冊首並に第一、十五冊尾に同「神原家圖書記（楷書）」墨印記あり。

〈神宮文庫　四・五三二一〉　十冊

栗皮表紙（二八・六×二〇・一糎）左肩打付に「古今韻會［　］幾幾」と書す。右肩より打付に韻目を書す。首冊のみ中央下方に打付に「通計拾冊」と朱書す。尾冊のみ右肩に「七拾七」と朱書す。押し八双。張序、凡例を存し本文。第一、三冊に各二巻、第七、八冊に各四巻を収める他は毎冊三巻。巻二十四第十九張を欠き、本書応永五年刊本の当該一葉を以て補配、左辺外に「会去声侵（廿四巻）匀十九丁落紙以補之」墨識を存す。毎冊首に方形陰刻「月之／桂印」墨印記、双辺方形陽刻「林崎文庫（隷書）」、単辺同「林崎／文庫」朱印記、毎冊後見返しに同「天明四年甲辰八月吉旦奉納／皇太神宮林崎文庫以期不朽／京都勤思堂村井古巖敬義拜（楷書）」朱印記あり。

〈諫早市立諫早図書館　経一〇六〉　十四冊

欠巻十一至十二　諫早家旧蔵

栗皮表紙（二八・五×二〇・五糎）。巻中に「古今韻會」墨書題簽を差夾む。首冊前見返しの下小口より附箋し「古今韻会挙要／（低三格）十四冊〈壱冊欠〉」と書す。張序、凡例を存し本文。毎冊二巻。

毎冊尾に単辺方形陽刻「正玄／之印」朱印記、前表紙中央に単辺円形陽刻「諫早家」、毎冊首に方形陰刻「諫早氏／臧書記」、単辺方形陽刻「諫早／文庫」朱印記を存す。

〈北京・中国国家図書館　三〇八三〉　十五冊

清楊守敬　民国松坡図書館旧蔵

後補墨染表紙（二七・三×一八・九糎）。本文楮打紙。前後副葉。張序を欠き、凡例を存し本文。毎冊二巻。

韻目首張版心上に朱柱書入。第二、三、十五冊首辺外に「西教寺竹丸」墨識、直下墨滅。首に方形陰刻「飛青／閣臧／書印」、単辺方形陽刻「星吾海／外訪得／秘笈」朱印記（以上二顆、楊守敬所用）、方形陰刻「朱師／轍觀」朱印記、毎冊首に単辺方形陽刻「松坡圖書館臧」朱印記を存す。

〈大韓民国国立中央図書館　貴三〇九／古五・一五・五〇〉

朝鮮総督府図書館旧蔵　十五冊

後補黄檗染表紙（二八・一×一九・九糎）左肩打付に「韻會［　］平一」等と書す。右肩「署」と白書。改糸。本文楮打紙。張序、凡例を存し本文。毎冊二巻。

淡紅、縹色不審紙。例首に「唯阿」朱識。首尾に双辺方形陽刻「□／寶」墨印記、尾、印記上に「國寶寺」墨識。毎冊首に「朝鮮總督／府圖書館／臧書之印」朱印記を存す。

〈東北大学附属図書館狩野文庫　第四門・九九四三〉　五冊

杉原心斎旧蔵

淡茶色漉目艶出表紙（二八・一×二〇・六糎）左肩に双辺「古今韻會〈幾至／幾〉」刷り題簽を貼附し、巻数下に声目を朱書す。改糸。書背「共五巻」と墨書。張序、凡例を存し本文。第一、二冊に各五巻、第三、五冊に各六巻、第四冊に八巻を配す。毎韻首張版心題下に朱標点、欄上韻目。首のみ朱竪句点。大尾に薄葉を補い朱墨にて「黄氏〈公紹〉古今韻會／明志三十巻／存」等と書す。毎冊首に単辺方形陽刻「文水／圖書」朱印記、毎巻首或尾に同「綠靜堂／圖書章」朱印記（杉原心斎所用）を存す。

〈東京大学総合図書館　A〇〇・六三〇五〉　五冊　後補雲母引素表紙（二七・五×一九・七糎）左肩双辺刷り枠題簽を貼布し「古今韻會擧要〈声目〉」と書す。張序、凡例を存し本文。第一、二冊に各五巻、第三、五冊に各六巻、第四冊に八巻を配す。

以上三種の古活字本について、本文を比較して整理を試みたい。但し今、序例並に巻一、巻十一のみの校勘によって述べなければならないことを遺憾とする。また煩雑を避け、その中でも一東韻を中心に挙例したい。

まず本文の異同を検すると、版式に沿って有界本と無界本とに大別される。例えば声目「平聲上」注、巻一第一張前半第四行右（以下「一―一前四右」のように記す）に、有界本「凡字爲末」の上二字を無界本に「兄字」に作り、「攻」一―三後六左、有界本「攴普卜切」を無界本「普十」に、「桐」一―五後四左、有界本「可爲棺槨」を無界本「棺揶」に、「童」一―六前六左、有界本「言童子未有室家者也」を無界本「室家」に、「蒙」一―七後三左、有界本「徐曰即女蘿」を無界本「郎女蘿」に、「濛」一―八前二右、有界本「説文微雨」を無界本「微雨」に、「夎」一―十前一右、有界本「从夂兇聲、又斂其手足也」の「又」を無界本「夂」に、「悤」一―十一後二右、有界本「从广怱聲」を無界本「怱聲」に、「夆」一―十三前一右、有界本「一生九十子」を無界本「九十九子」に、「瓏」一―十五前四右、有界本「太玄曰亡彼珍瓏」を無界本「玲瓏」に、「攏」一―十五後五左、有界本「此一韻分爲二韻者也」を無界本「公爲二韻」に作って対立する。これらは「攻」「童」「濛」「夎」「夆」「瓏」の例では無界本が正しいのに対し、「平聲上」「桐」「蒙」「悤」「攏」の例では有界本が正しく、正誤相半ばする。無界本の正しいと思われる箇所は、大概元明の諸本に同じく、その中では〔元〕刊〔後修〕本の形に一致する点が多い。これのみでは有界本が無界本に拠るものか、無界本が有界本に出るのか判然としないが、「夆」の異同では字数の異なる所、行二十三字の款式を、無界本では行二十四字に改め正している形であり、また元明諸本に比較すると、「瓏」の如きは、諸本いずれも誤っているのに、無界本のみが正しい形で、同本に意改のあることも窺われる。これらを勘案すると、無界本は有界本に出、その誤りを改正した本文と見ることができる。このことは、有界本が恐らくは慶長以前に行われ、無界本より版式字様の少しく優れている点とも矛盾しない。なお無界本の改正は、主として〔元〕刊〔後修〕本系統に基づいて行われたと思しいが、いずれの版本に拠るかは定め難い。

次に有界本中の第一、二種両本の関係を見ると、「公」一―二前二左に、二種本「陸徳明釋文」を一種本に「陸後明」に作り、「功」一―三後六右、二種本「毛詩六月以奏膚公注功也」を一種本「注□也」に、「桐」一―五後五左、二種本「又刺桐花出泉州」を一種本「刺桐花」に、同七右同字注、二種本「如岡桐乃今壓油者」を一種本「罔桐」に、「僮」一―六後一左、二種本「辛辠也」を一種本「辛辠也」に、「瞳」同六左、二種本「項藉傳贊」を一種本「項籍」に、「蓬」一―七前五右、二種本「从艸逢聲」を一種本「逢聲」に、「蒙」同後四右、二種本「序卦昧也」を一種本「昧也」に、「豐」一―九前七右、二種本「又州名古太原郡」を一種本「占太原郡」に、「總」一―十一前二左、二種本「總與緵作一字益誤矣」を一種本「盆誤矣」に、「叢」一―十二前二右、二種本「(漢)東方朔傳薆珍怪亦作虆」を一種本「東方勝」に、「衷」同後三右、二種本「左傳衷其袒服」を一種本「相服」に、「蘢」一―十四後五左、二種本「(爾雅)翼一名龍」を一種本「(爾雅翼)」に、「宮」一―十六後一左、二種本「又姓」を一種本「入姓」に、「菘」一―十七前四左、二種本「詳見本韻蓸字注」を一種本「詩見」に作って対立するが、相異の原因は、ほとんどの場合が一種本の誤植であり、二種本には正文を得ている。僅かに「蘢」の例は一種本が正しいが、二種本の誤りは元明諸本に通じている。これも一種本から二種本が出て改正したのか、二種本から一種本が作られ誤植を犯したのか判定し難い。ただ先に提示した、無界本に対する有界本の誤りは、全て一、二種に共通しており例外がないから、両件を考え合わせると、二種本独自の誤文はほとんど検出されない現象が指摘される。そして、もし一種本から二種本が出たのだとすると、二種本は一種本の誤りを訂し、未訂の文字も遺したが、自ら誤りを加えることは全くなかったということになる。しかし、誤謬を避けがたい活字本の常態からすると、ある一本に誤植を全然累加しないということはほとんど考えられないので、ここでは、従来の称号と逆の順序とはなるが、二種本から一種本が出たと認めるのが妥当と思われる。なお参考として附記すれば、有界第二種本が、張序題目、巻首小目の款式に元明諸本の原態を保っている点は、本文校勘上の推定とも矛盾しない。

さらに両者と無界本との関係を考えると、右の十五例のうち十三例は二種本の形に同じく、「豊」「菘」の二例は一種本に共通する。これは、無界本が二種本に拠ったとすると、後者の例外を生じた理由を説明できないから、一種本に依拠し他本を以て改めたが、徹底するを得なかったと考える他ない。また、これも参考するのみに止めたいが、款式上の微細な特徴、活字の字様を見ると、無界本は有界第一種本に近似しているから、校勘の結果と整合性がある。そして上記のように、有界第二種本から第一種の派生したことを前提とすれば、有界本両種の後に無界本を生じたと見るべきであり、総じて有界第二種本、同第一種本、無界本の順に生起したと見られる。そこで以下には、この順序に従って甲、乙、丙と呼び換え、混乱を避けることにしたい。

〔近世初〕刊（古活字）　有界第二種本：甲種
〔近世初〕刊（古活字）　有界第一種本：乙種　翻甲種本
〔江戸初〕刊（古活字）　無界本　　　：丙種　翻乙種本

さらに古活字本の底本の問題について考えたいが、上記に従い、直接には元明諸本と古活字甲種本との関係を論ずることとする。(36) まず古活字本には嘉靖十五年の張鯤の序を存することから、明嘉靖十五年（一五三六）序刊本に基づくことが看取される。しかし古活字本の内実を見ると、ただ嘉靖刊本に拠ったとばかりは見られない点も見出される。特に、嘉靖刊本は〔明前期〕刊本を継承するため、〔元〕刊〔後修〕本に増補された「橦」「麷」「驄」「璁」「䡯」「舩」「庯」「𧋘」「嘶」「紳」「嫣」「舥」「蜠」「墠」の文字を持たないが、古活字本にはこれを存し、嘉靖刊本のみからは生じ得ない本文を含んでいる。一方、これらの増字直前に当たる「潼」「蘴」「聰」「蜙」「鯆」「踦」「澌」「伸」「蔫」「葩」「箘」「僤」字注には、増字のない〔明前期〕刊本や嘉靖刊本では刪改を蒙る前の全形を保つが、古活字本も「潼」「聰」についてのみ全形を存し、その点は嘉靖刊本に通ずる。しかし「蘴」「蜙」「鯆」以下では刪改後の形を取っており、〔元〕刊〔後修〕本系の形と〔明前期〕刊本系の形とが、相半ばする格好である。また、前者を元に後者を折衷したと思われる日本の応永五年（一三九八）刊本は、本行ではなく欄外に増字を置いて両存、しかし「蘴」「麷」字には刪改後の形を本行に取る。従って応永刊本は、「潼」「橦」「蘴」「麷」「聰」「驄」「璁」「䡯」については古活字本の形を生む母胎となり得るが、古活字本は「蜙」「舩」「鯆」「庯」以下につき刪改前の全形を含まない点で、これに同じくない。結局、増字の処置をめぐる古活字本の特徴は、増補前後の両系統を併せた形でありながら、他に同形の本を持たず、明確な底本を求めることができない。(37)

次に増字以外の本文を検討するが、前段を踏まえ、〔元〕刊〔後修〕本に対する嘉靖十五年序刊本の異同箇所について、古活字甲種本の本文を見ていくこととしたい。凡例中の「韻例」一前十一、〔元〕刊本「二百四十四字」を嘉靖刊本「二百二十四字」に作るが、古活字本は後者に同じ、「字例」四前五、元本「丏作𢇍」嘉本「丏作多」、古本後者に同じ、同四前八、元本「丰字」嘉本「主字」、古本後者に同じ、「義例」四前十四、元本「字書」嘉本「字者」、古本後者に同じと、凡例においては嘉靖刊本の誤字が古活字本に踏襲されている。この傾向は巻一「一東」韻に入っても見出され、「攻」一—三後六左、元本「攴普十切」を嘉本「普卜」に、「桐」一—五後四左、元本「可爲棺揶」を嘉本「棺梛」に作る例等は、やはり嘉靖刊本の形が古活字本に受け継がれている。しかし巻一からは、そのように一方的な関係にはなく、次のような異同も見られる。「公」一—三前七左、元本「惟許慎説文爲文字之宗」を嘉本「惟許慎説又爲文字之宗」に、「通」一—四後五左、元本「三角三鼓而昏明畢」を嘉本「一角」に、「同」一—五前四左、元本「祭以酌酒」を嘉本「酌洒」に、「豐」一—九後二左、元本「在咸陽東北過上林苑」を嘉本「上林宛」に、「鐩」一—十後四左、元本「而把玉瓌」を嘉本「玉壞」に、「紅」一—十四前三右、元本「帛赤白色」を嘉本「吊赤白色」に、「宮」一—十六後一左、元本「一曰犗刑」を嘉本「犗形」に、「嵩」一—十六後八左、元本「或謂崇嵩者亦誤」を嘉本「宗嵩」に、作るが、古活字本はみな元本の形に従っている。これらは両者を校合した結果に違いないであろうが、嘉靖刊本系統の本文を基にして〔元〕刊〔後修〕本系統の本文を用い校合したのか、その逆であるのか、凡例と巻一の傾向が異なるし、正誤にも相互関係があって、両者の関係ははっきりとしない。嘉靖刊本を底本にしたと仮定すると、本文の細密な箇所について校合し誤りを正したのに、〔明前期〕刊本の特色であり元本に優れる刪改以前の注記について、「豐」「蚣」「鱅」以下には除き去ってしまった理由が了解できない。総じて元本系統に拠り嘉靖刊本で校合したと見る方が矛盾は少ないが、一貫した傾向を見出し難いため、どちらを主とするかの判断は保留したい。

なお元本系統ではどの本文に拠ったのかという問題について、増字の特色については応永五年刊本の状態が最も近いが、基本の図式が明確でないから、これ以上論ずることはできない。いずれにせよ、嘉靖十五年の序文を以て依拠本を定めることはできず、〔元〕刊〔後修〕本系統との折衷に拠る、という認識を本研究の結論とする。抑もこうした本文の揺れは、活字本には屢〻見られる現象であって、校合を重ねて細動する点に、整版本とは異なる特色を看取することができる。本書に限らず、古活字本による本文形成を経た所に、中世から近世へと至る、日本漢学の重要な一過程を存するのではないだろうか。

同　闕名點

日本〔江戸前期〕刊　覆古活字刊丙種本

本版は古活字本に基づく整版附訓本で、その版式字様と本文の大略は、右の古活字丙種（無界）本に同じく、行款の乱れもそのままに踏襲した版本であり、これに返点、連合符、音訓送り仮名を加えた覆刻したのが、本版の実情である[38]。

題簽は双辺「古今韻會［　］」、また声韻目と巻数を刻した目録題簽を存す。四周双辺（二〇・六×一五・四糎）無界、毎半張八行、行二十三字。巻六首のみ有界。版心、中黒口（図版一―十）。

本版の刊行時期と刊者について、版式字様が〔江戸前期〕の様式を示していることは掲出の如くであるが、知見の版本の中にはこれを具体的に示す徴証がない。そこで出版書林の書籍目録類に眼を向けると、すでに寛文六年（一六六六）頃刊行の『〈和漢〉書籍目録』字書類に「十五冊・古今韻會」と見える他、同十年の『〈増補〉書籍目録』では同条に「明　紹直翁　集編」と注記を附す[39]。本書和刻本には今のところ本版ただ一種が知られるのみであり、同趣資料の登録には出版予告に過ぎない場合もあるが、ここでは一応、版本の実態を反映する点も見られることから、本版の刊行時期は概そ寛文初年以前と推測することが許されよう。また刊者について注目すべきは元禄九年（一六九六）や正徳五年（一七一五）の『書籍目録大全』に「〈十五／村上〉・古今韻會〈明紹／直翁〉十五匁」と見えることで、江戸前中期には村上氏の蔵版であったことが知られる。

右に関連して思い合わされることは、京の村上勘兵衛が明の方日昇の『古今韻会挙要小補』を刊行していることであり、同本には年記があって、正保五年（一六四八）の出版とも知られる。[40]『韻会』と『韻会小補』は、寛文六年頃『〈和漢〉書籍目録』以来、歴代書籍目録には常に並列され、同十年目録からは「同字引」をも伴って行われた。この「字引」も、村上氏の版行である。そこで『韻会』も、正保頃の勘兵衛の出版ではなかったかと推測されるのであるが、残念ながらこの問題には、それ以上の具体的徴証を得られない。

ただ本版の附訓につき、やや特殊の送り仮名を擁していることが指摘されるが、このことは右の推定の材料となる可能性がある。以下に読み下しの形でその一例を挙げる（音読符を-、訓読符を=と標記し、句読は私案により補った）。

○風、方馮ノ切。次宮清音。説文ニ、八-風=也。蟲ニ凡ノ聲ヲ从フ。風=動テ蟲=生ス。故ニ蟲ハ八日ニシテ（而）=化ス（中略）。八-風ハ、東ハ明-庶、東-南ハ清-明、南ハ景、西南ハ涼、西ハ閶-闔、西-北ハ不-周、北ハ廣-莫、東-北ハ條ソ（中略）樂記ニ、風ヲ移、俗ヲ易。注ニ、風ハ（謂）、水-土ノ（之）風氣、舒-疾剛柔ソ。又化也。陸佃カ云、萬-物風ヲ以テ動キ風ヲ以テ化ス。今鷺ノ（之）雌-雄卵ヲ受、是=亦風=從ソ（下略）。

右の附訓は、所謂念押しの助詞「ソ」の多用に特徴が見られる。この形は室町時代以降に行われた仮名の「抄物」の形に相似るが、江戸時代の版本にこのように用いられた例は稀である。ただ本書の古活字本のうち乙種の東洋文庫蔵本に、類似の訓法を見ることができる。該当の部分を次に掲げる。

○風、方馮切。次宮清音。説文、八-風ソ（也）。蟲ニ从フ凡ノ聲。風=動クトキンハ蟲=生ス。故ニ蟲ハ八日ニシテ（而）化-スルソ（中略）。八-風ハ、東ハ明-庶、東-南ハ清-明、南ハ景、西-南ハ涼、西ハ閶-闔、西-北ハ不周、北ハ廣-莫、東-北ハ條ソ（中略）樂記ニ、風（ヲ）移、俗（ヲ）易ト云。注ニ、風トハ（謂）、水-土ノ（之）風-氣、舒-疾剛-柔ソ。又化也。陸佃云、萬-物ハ風（ヲ）以（テ）動キ風ヲ以テ化ス。今鷺ノ（之）雌雄卵ヲ受、是=亦風ニ=從フソ（下略）。

両者を比較すると、必ずしも同文とは言えず異なる点も多い。しかし「ソ」を多用して累進する形は、同系の訓法と大観されよう。室町期以来、日本の禅林では『韻会』をよく用い、平声を中心に、学問や作文の準備として予め訓読を加えていた痕跡も見出されたが、これらの訓法はそうした習慣に基づくものであり、東洋文庫蔵本には目移りによって附訓を欠いた行が見られる等、訓点が移写されてきたことも示されている。本書古活字本の書入や整版の附訓は、その当事者を明らかにし得ないけれども、江戸初期に古活字本の流布を通じ、訓点の流通と整版への定着が図られたことを、本書訓点の様相が物語っている。迂遠となったが、こうした「ソ」式の訓点を、本書の他に、『韻会小補』の正保五年刊本にも見出すことができるのである。元来、明万暦三十四年（一六〇六）刊行の版本によって普及した同書に中世の訓法は関係せず、その附訓に「ソ」式を用いるのは、『韻会』和刻本の訓法に影響を受けているからではないか。そのように考えると、『韻会小補』の正保刊本と『韻会』和刻本の出版には緊密な関係があったと推測される。

本版の本文は、すでに指摘があるように[41]、古活字本に全同というわけではない。しかしその基調を見ると、元明諸本に対しては古活字本と大同であって、その覆刻の範疇を出ない。また古活字本の中では、一貫して無界丙種本に一致する点が多く、先に古活字有界本と無界本の異同を示した文字についても、ほとんど後者に均しい。但し声目「平聲上」注、一―一前四右、有界本「凡字爲末」の上二字を無界本に「兄字」に作る点のみは前者に同じく、後者の誤りを受け継がない。その他、本版が丙種本に合致しない点を見ると、「桐」一―五後五左、丙種本「又刺桐花出泉州」を本版「刺桐花」に、「童」一―六前八右、丙種本「禮記檀弓重汪踦」を本版「重注踦」に、「颪」一―八後七右、丙種本「爾雅東谷颪西秦颪」を本版「西奏颪」に、「楓」一―九前五左、丙種本「楓人脂可爲香」を本版「楓木脂」に、「縷」一―十前七左、丙種本「二月禄十縷布二匹」を本版「二四」に、「中」一―十二前七右、丙種本「立圓圏以盛筭者」の「立」右傍行間に、本版には「投壺」と、「畚」一―十二後六右、丙種本「説文蝗也本作畚」を本版「木作畚」に、「洪」一―十三後六右、丙種本「胡公功」を本版「胡公切」に、「蒴」一―十六後六右、丙種本「説文本作蘸」を本版「木作蘸」に作る等、字形の類似による単純な誤刻が多く見出される。

しかし「楓」のように、諸本に比べても本版のみが正しい例や、「中」のように、独自に注記を加え本文を補っている例なども看取され、六―五後では「嫣〈長／貌〉」欄上に小郭を設け、直前の「蔫」注「〈餲也又／願韻〉」を補っている。これは〔元〕刊〔後修〕本において、「嫣」字増入のために「蔫」字注を節略、古活字諸本でもこれを放置していたものを、〔明前期〕刊本、明嘉靖十五年序刊本、日本応永五年刊本のいずれかに基づいて原に復したのであり、本版に独自の校改と言える。総じて本版は、古活字丙種本に拠って僅かに補正を加えつつ、一方で相応に、覆刻に伴う誤文を増した本文と見ることができる。

〈名古屋市蓬左文庫　中・一五〇〉　十五冊

中村習斎旧蔵

栗皮表紙（二七・七×一八・五糎）左肩に刷り題簽、右肩より目録題簽を貼附す。五針眼、改糸。前見返しに貼紙して韻目表を書す。張序、凡例を存し本文。毎冊二巻。欄上行間に朱墨校改、校補注書入、胡粉に重書し附訓改正す。縹色不審紙。毎冊前見返しに「惠海」墨識、後見返しに「大□下六」墨識、第十三冊後見返しに「而照(押花)」墨識あり。毎冊首に単辺方形陽刻「祖先親愛書至子／孫愛護嚴禁典賣(隷書)」、同「尾張中／村圖書」朱印記（二顆、中村習斎所用）を存す。

〈慶應義塾大学附属研究所斯道文庫　八一三・ト六〉　合八冊

高野山微雲院　同清浄心院旧蔵

後補艶出素表紙（二七・八×一八・六糎）左肩打付に「古今韻會　幾幾」と書し、首のみ右肩に「廿五　共八巻」と書す。背面「華嚴一乗教分記別解（題柱）」和刻本反古。下小口「（毎字改行）韻會幾之幾」表紙別手墨書、第二以下毎冊二層。張序、凡例を存し本文。第一冊に二巻を収める他、毎冊四巻（毎旧冊二巻）。欄上墨補注書入。旧第十冊（巻二十）尾に「微雲院常住物」墨識。毎旧冊尾に単辺方形陽刻「南山／北坊」朱印記（高野山清浄心院所用）を存す。

〈東京大学総合図書館　D四〇・四三〇〉　合三冊

大木喬任　南葵文庫旧蔵

新補洋装、旧五冊、縹色艶出表紙（二七・五×一八・三糎）左肩打付に「古今韻會　幾」墨書。首旧二冊のみ題下に別手「上（下）」朱書。首冊のみ中央上辺より紙箋を貼附し「／古今韻會擧要」とペン書す。右下方、南葵文庫蔵書票貼附。押し八双あり。虫損修補。張序、凡例を存し本文。旧第一冊至二冊に各五巻、第三、五冊に六巻、第四冊に八巻を配す。

毎韻首欄上に韻目、同版心上に標柱墨書、首のみ同用、他声相配注記。稀に茶筆欄上補注、朱行間音訓仮名、傍点、傍圏書入。毎冊首に方形陰刻不明朱印記、重ねて単辺方形陽刻「其次齋／大木臧／書之印」朱印記（大木喬任所用）、毎冊並に巻首に「南葵／文庫」朱印記あり。

〈上海図書館　長六七七九七〇―八四〉　十五冊

莫祥芝　莫棠旧蔵

新補藍色表紙（二六・三×一九・二糎）、次で栗皮表紙（宣紙にて保護）、左肩に刷り題簽、目録題簽を貼附す。題簽題目下に冊数を書す。宣紙副葉新補。張序、凡例を存し本文。毎冊二巻。

稀に墨句圏、附訓改正、欄上補注、朱竪句点書入を存す。毎冊首に単辺方形陽刻「獨山莫／祥芝圖／書記」、同「善／徵」、方形陰刻「莫印／祥芝」（以上三顆、莫祥芝所用）朱印記、巻首に単辺方形陽刻「莫棠字／楚生印」、同「獨山莫／氏銅井文／房之印」朱印記（以上二顆、莫棠所用）あり。

又　後印

以下の本では刷り題簽が別版となっている。やはり双辺中に「古今韻會［　］」とあってよく似るが、版を異にし、毎冊に同一版に拠る刷り題簽を貼附する。なお目録題簽は、前記諸本と同版である。

〈名古屋市蓬左文庫　三五・三〉　十五冊

尾崎良知旧蔵

栗皮表紙（二六・八×一八・〇糎）左肩に刷り題簽、右肩より目録題簽を貼附す。五針眼、改糸。張序、凡例を存し本文。毎冊二巻。

行間に朱校改、韻目首張版心上に朱圏、首のみ墨訓仮名書入あり。毎冊首右下方に双辺方形陽刻有界「玄晧／日養」墨印記、例首並に第二以下毎冊首に単辺方形陽刻「茂松／清泉／館記」朱印記、毎冊首に同「尾崎氏／藏書記（隷書）」朱印記（尾崎良知所用）を存す。

〈慶應義塾図書館　一七四・三一・一〉　十五冊

栗皮表紙（二八・〇×二〇・〇糎）左肩に刷り題簽、右肩より目録題簽を貼附す。五針眼、改糸。張序、凡例を存し本文。毎冊二巻。

第二、五冊尾、第三、四、六冊首に「専称寺」等、第七冊尾に「専称寺當有十五求之」と墨書。

古今韻會擧要（題簽增補韻會）三十卷　禮部韻略七音三十六母通攷一卷

明王謙夫增（攷）蔡善才校

明嘉靖六年（一五二七）刊（鄭氏宗文堂）

前記諸版の他、底本を〔明前期〕刊本に拠りながら款式を変え、若干の増補を施した一本がある。(42)

刷り題簽、双辺「増補韻會［　］」。

先ず張星序（二張）、首題「重刊古今韻會引／（以下低一格）（中略）顧〻其舊本嘗增損於同郡熊子中／氏類多散逸觀者病焉頃建陽／千兵王君謙夫購得是本又增／以我／（単擡）朝洪武正韻經史海篇韻府羣玉／拜禮部韻諸書集爲一帙過予／出而示之且曰將付於書林宗／文堂梓行願一言以弁諸首（中略）然則王君重梓之〻利不亦博哉而可嘉尚也乎用／是書而歸之且以識歳月云／嘉靖丁亥孟秋朔旦／（以下単擡）賜進士翰林／國史撿討官桂林張星　書」次行下「張氏／世家」「翰林／風月」印記摸刻、毎半張八行、行十三字、版心題「序」、尾題「　序〈畢〉」。

王謙夫については未詳。張星、字は子揚、桂浜と号す。広西桂林の人。正徳十二年（一五一七）進士及第。翰林院庶吉士に選ばれ、翰林院編修より両京の国子監の司業を歴任し、南京太常寺少卿に及んだ。宗文堂については、版種書誌の末尾に総述する。嘉靖丁亥は六年（一五二七）。

次で孛朮魯翀・余謙序（第三至四張）、「　序韻會擧要書考／（中略）元統乙亥冬／翰林侍講學士前中奉大夫江浙等處行中書省參知／政事孛朮魯翀序〻（中略）翰林／國史〈臣〉余〈謙〉拜手稽首謹書」、毎半張十行、行二十二字、版心同前。

次で劉辰翁・熊忠序（第五至七張）、首題「韻會序／（以下低一格）（中略）壬辰十月望日廬陵／劉辰翁序〻（中略）歳丁酉日長至武昜／熊忠」、版式同前。

熊序末より二行を隔し七格を低して墨囲陰刻「書林鄭氏宗文堂新刊」牌記を存す。

次で凡例（第八至十一張）、首題「古今韻會擧要凡例（大字跨行）／（以下低小十一格）昭　武　黄　公紹　直翁　編輯／昭　武　熊忠　子中　擧要」、毎半張十四行、行二十八字格、版心題「凡例」、尾題「古今韻會擧要凡例〈畢〉（大字跨行）」。

凡例尾題前、本文末より隔一行、低小三格にて双辺有界「宲昨承　先師架閣黄公在軒先生委刊古／今韻會擧要凡三十卷（中略）後學陳宲　謹白／皇明嘉靖丁亥之冬　書林鄭氏　重刊」牌記。

次で通攷（第十二至三十二張）、首題「禮部韻畧七音三十六母通攷」、本文末より二行を隔し低九格界線下に「九峯後學蔡善才　校謄」、毎半張十一行、行二十二字、版心題「韻母」、尾題「古今韻會擧要三十六母通攷〈終〉」。

巻首題「古今韻會擧要巻之一　㊙甲／　平聲上（有注）」以下、体式前本に同じ。また甲より癸に至る分節は〔明前期〕刊本に同じ。但しこの本、毎韻の末行下に「增補韻府（双辺墨囲）」と標し、直下より文字を拾遺し訓詁用例を附す（小字双行）。

巻之一（二六張）上平　一東至　三江
巻之二（四二張）四支至　五微
巻之三（三二張）六魚至　七虞
巻之四（三四張）八齊至　十一真
巻之五（三〇張）十二文至　十五山
巻之六（三〇張）下平　一先至　二蕭
巻之七（二八張）三肴至　六麻
巻之八（三九張）七陽至　八庚
巻之九（三三張）九青至　十一尤
巻之十（二〇張）十二侵至　十五咸
巻之十一（二八張）上声　一董至　四紙
巻之十二（二八張）五尾至　八薺
巻之十三（二三張）九蟹至　十五潸
巻之十四（二一張）十六銑至　十九晧
巻之十五（二二張）二十哿至二十三梗
巻之十六（二三張）二十四迥至　三十豏

巻之十七（二六張）去声　一送至　四寘
巻之十八（一九張）　五未至　七遇
巻之十九（一九張）　八霽至　九泰
巻之二十（二一張）　十卦至　十二震
巻之二十一（一七張）　十三問至　十六諌
巻之二十二（二四張）　十七霰至　二十號
巻之二十三（二二張）　二十一箇至二十四敬
巻之二十四（二四張）　二十五徑至　三十陷
巻之二十五（二八張）入声　一屋至　三覺
巻之二十六（二三張）　四質至　六月
巻之二十七（二四張）　七曷至　九屑
巻之二十八（三〇張）　十藥至　十一陌
巻之二十九（一八張）　十二錫至　十三職
巻之三十　（一八張）　十四緝至　十七洽

四周双辺（一九・四×一二・六糎）有界、毎半張十行、行二十二字、版心、粗黒口、双線黒魚尾（不対向）、上辺題「古今韻會」、上尾下題「（韻會）幾巻」、下尾下張数。尾題同首、大尾題「古今韻會舉要巻之三十〈畢〉」。巻二十四尾題前に双辺「書林鄭氏宗文堂新刋」蓮牌木記、巻三十尾題前に双辺有界「嘉靖丁亥年書林／鄭氏宗文堂新刋」牌記あり（図版一―十一）。

張序や前附の熊序末、凡例末の牌記、一本の版式字様と併せ考えるに、この本は建陽の鄭氏宗文堂の刊行と見られる。宗文堂は、元至順三年（一三三二）より明万暦三十九年（一六一一）に至る間の、数多の版刻によって知られる出版書肆であるが、(43) この年代の刊者の名を審らかにしない。

該版の本文を見ると、巻一、三、五、八、十一、十四、十七、二十一、二十五、二十八首題下に、甲より癸に至る分冊の標識を持つ特徴からも、前掲〔明前期〕刊本に依拠するものと予見されるが、既述の「潼」「蘴」「聰」以下、〔元〕刊後修本に節略の見られる諸字について、当初の全文を備える一方、「橦」「麷」「驄」「璁」「轗」以下、〔元〕刊〔後修〕本に増補の字は収録せず、これらの点からも〔明前期〕刊本に拠ることが明らかである。その上で、巻一を対象とし、同系の諸本と比較した結果、既述の嘉靖十五年刊本や、清光緒九年刊本等とは異文を共有せず、直接〔明前期〕刊本に依拠して、しばしばその過誤を免れない形と判定された。もはや挙例は省略としたいが、単純な字形の誤りが多く、辞書に特有の難字を写し誤り、不完全な字形のまま放置している場合が目につく他、款式の都合に依るものか、「艭」の注と、続く「艘」の標字を略し、「艭」字下に「艘」の注を附する例等は、些か粗雑と見ざるを得ない。

一方、該本には、ほぼ毎韻の末に「増補韻府」と称する増修があり、『韻会』未収の字を他書により補っている。このことは一見、張序に「頃建陽千兵王君謙夫、購得是本、又増以我朝洪武正韻、経史海篇、韻府羣玉、拜禮部韻諸書、集爲一帙」と言っていることと揆を一にするように思われるが、平声の全例を検討した結果、この「増補」は、ほとんど『新増説文韻府群玉』一書に拠っており、他字との同用、通用等を附記した若干の補足はあるものの、『韻府』に対する『韻会』の不足を網羅したとは言えず、当該の摘録にも規矩は認められないから、序に述べるような十全の増修であったとは言えない。しかしその限り、やはり王氏による増編があったとすべきであり、この期の坊刻の韻書や類書が、他書との関連に於いて変形を呈しつつ、版刻を継いだ事情の一端を示すものと解されよう。なお上平声三江韻の末に「鬃」字を補っている点からすると、参考とされた版本は、本書第二章第二節に解題する『韻府』の弘治刊本と推される。

該本は右のように、〔明前期〕刊本に基づきながら、王謙夫が主に『新増説文韻府群玉』に拠って、若干字を増補した本文であるが、建陽の書肆鄭氏宗文堂が版刻し、底本と同じ組織を保ちつつ半張の行数を増し、張数では大略一、二割を削減した版本である。この形は特異であって前後に同様の版本が見出されないばかりか、この版種の伝本も、以下に二本を目睹したのみであって、比較的微弱であった。

〈北京大学図書館　□414.16・4482〉　合六冊

清張敦仁旧蔵

新補藍色表紙（二五・一×一五・五糎）。改糸。素絹包角、襯紙改装。前後副二葉。張序、孛朮魯余序、劉熊序、凡例、通攷を存し本文。第一冊は首巻と巻一、第二至五冊は毎冊二巻、以下は毎冊三巻とす。

極稀に朱校改、句界書入あり。首に単辺方形陽刻「張敦仁／讀過」、同「陽城張氏省／訓堂經籍記」朱印記（張敦仁所用）、巻四、九、十六、二十四尾に同「六埶／之一」朱印記を存す。

張敦仁、字は古餘、省訓堂と号す。河南陽城の人。清乾隆十九年（一七五四）生、四十三年の進士で、漢学者、蔵書家。道光十四年（一八三四）歿。

〈名古屋大学附属図書館　A・X—D・七〉　十四冊

島原藩主高力隆長旧蔵

新補淡縹色布目表紙（二五・五×一六・一糎）左肩刷り題簽を貼附、右肩方簽を貼布し「雲」と墨書。改糸。裏打改装、書脳部は匡郭外の原紙を刪去し襯紙を施す。前後副葉。首に張序、孛朮魯余序、劉熊序（末尾の牌記刪去）、凡例、通攷を存し本文。第一冊に首巻と巻一、第十一、十四冊に各三巻を収める他は、毎冊二巻。巻八第三十二、三十八張、巻九第六張、巻十六第二十一張鈔補。

間々朱の字目傍点、句点、極稀に別手句点、返点、送り仮名、行間補注書入、巻八第三十三丁前半欄上に「欠一葉廿二」朱識。毎声の首に単辺方形陽刻「閔氏□／□□印」朱印記、毎冊首尾に双辺円形陰刻「喜心」、双辺方形陽刻「高平／隆長」朱印記（以上二顆、高力隆長所用）を存す。

高力隆長は、島原藩主高力忠房の男。慶長十年（一六〇五）生、明暦二年（一六五六）家督を嗣ぎ藩主となるが、寛文八年（一六六八）暴政を問われ改易、陸奥仙台に遷され、延宝四年（一六七六）配所に歿した。

以上の如き諸本の伝存状況を勘案し、今一度『韻会』諸本の展開について整理を加えて置きたい。現存〔元〕刊本の修刻過程における問題は、次の二点に存する。即ち、現存諸本に共通して現れている増字挖改を有たない未修本の存否と、孛朮魯翀、余謙両序の該版に対する関係についてである。すでに述べたように、本書では伝存しない未修本の印行を想定し、孛朮魯翀、余謙両序は補修時の流用に係るものと見なした。但し未修本に拠るはずの〔明前期〕刊本に両序を存する齟齬については版式、字様の状況のみを根拠として説明を加えている。これら本書の前提事項についても先ず一考の餘地があろう。

現存〔元〕刊本中に一の未修本も伝存しない実情に鑑みれば、元来無修の印本などは存在せず、初印時から挖改が施されたものと見るのが妥当とも考え得る。しかしながらこの場合、〔元〕刊本と本文に異同を存する日本応永五年刊本本行と〔明前期〕刊本は、校勘と版式の比較による結論から、現存〔元〕刊本以前の形を有し、同本と行款を同じくする別の一本に拠るものと見なさなければならない。元代における本書の刊刻は、現存版以外では孛朮魯翀、余謙両序の伝える江浙等処刊本が知られるのみであるが、同本に拠るとしても、両序に先立つ『韻府』陰時遇自序の言及によって、また別の一本を想定しなければならないことになる。従って現存〔元〕刊本と版を同じくする未修本の想定を退けても、全く伝存しない別版を案出しなければならず、現存〔元〕刊本中比較的早印のものでも初印とは見なせないこと、同本と〔明前期〕刊本の版式字様が酷似すること等を考え合わせれば、その蓋然性は極めて低いと看なければならない。本書で未修の印本を、今日までに佚したものと想定する理由はこの点にある。

その上で孛朮魯翀、余謙両序の附刻について考えるに、現存〔元〕刊本の陳宲牌記と矛盾する両序が、同版の原刻時から存するものと看れば、同版は江浙等処刊本に依拠する翻版と見なされるが、やはり陰氏序の存在を勘案すると、それ以前にも別の一本を想定する必要がある。また両序が原存したとすれば、現存諸本は偶ゝこれを欠脱し、日本応永五年刊本の如き、はじめ〔元〕刊〔後修〕本に拠り、同版未修本、或いは〔明前期〕刊本を以て校訂した本文は、偶〻両序を欠く伝本に拠ったか、両序についてのみ覆刻を為さなかったものと看なければならないが、この想定は蓋然性の低いものであろう。これに対して両序は〔四〕修時の流用に係ると看れば、現存諸本や日本応永五年刊本における欠は当然であり、江浙等処刊本の存在自体を前提とする必要がなくなる。従って〔明前期〕刊本が両序を存することは、前述の如く〔元〕刊〔四〕修本に拠る附刻と解して置くのが妥当と思われる。

右の仮定を是とすれば〔元〕刊本系『韻会』諸版の展開は以下のようになろう。熊忠自序の元大徳元年（一二九七）以後に開刻された〔元〕刊本は、当初『韻府』の序にあるように「驄」「璁」「紳」「斷」字を欠いていたが、増字改修が施されて十四字が加えられた。その後も数次の補修が加えられ、同版は明代に至るまでその命脈を保つこととなる。また後代の補修時には孛朮魯翀、余謙両序の附刻されることがあった。明代には〔元〕刊未修本を底本とする覆刻も為されたが、その際〔四〕修本によって孛朮魯翀、余謙両序も加えられた。一方日本では応永五年（一三九八）に至り、釈聖寿等によって〔元〕刊〔後修〕本を底本とする覆刻が為されたが、成版の後に未修本との校合が行われ、異同箇所については未修本の形に挖改し、後修本の増字分は欄上に附刻する形が採られた。また朝鮮でも、世宗朝の明宣徳九年（一四三四）、慶尚道において辛引孫等により経筵所蔵の〔元〕刊〔四〕修本を底本とする覆刻が為され、同版は数次の補修を加えながら十六世紀に至るまで用いられた。『韻会』はこれ等諸版の盛行に支えられ、十四世紀以降の東アジアにおいて非常な流布を示し、当該時期の漢学に大きな影響を与えることとなった。

十六世紀以降になると、右の諸版にはそれぞれ後継の翻版が産み出された。まず中国では、明嘉靖六年（一五二七）建陽の鄭氏宗文堂が「増補韻会」と題する版刻を行った。この版、形式上は増補本系統ということになるが、事実上は〔明前期〕刊本に基づき、張数を節した翻版である。一方、嘉靖十五年頃、江西道において〔明前期〕刊本を基に、比較的忠実な覆刻が行われ、同版湮滅の飢えを癒した。ただ出版の興隆した明末清初には版刻が知られず、清光緒九年（一八八三）淮南書局刊本までの空白を生じた。やはり〔明前期〕刊本を翻刻した光緒刊本では、莫縄孫の主導によって詳校が加えられ、嘉靖の両版より底本に忠実である。また朝鮮では、恐らくは壬辰丁酉の倭乱（文禄慶長の役）をきっかけとして版本の交替が起こり、旧版の伝本が多く失われたことを背景に、仁祖朝（一六二三―四九）前後に翻版を生じ、分化を進めた。そして同じ頃、日本の近世初に行われた版本は、〔元〕刊本および応永刊本を中核として、朝鮮版をも加え浸潤を深くしたが、その豊かな土壌から古活字版を、古活字版から整版附訓本を産み出し、最も複雑に展開した。本章では同系統の版本についても縷述してきたが、その大勢は次のように整理される。

『韻会』の古活字本は、〔元〕刊〔後修〕本系統の本文と、明嘉靖十五年序刊本とを習合することで形成され、慶長以前に古活字甲種本として刊行された。本書はこの時期にも需要が広く、すぐに再刊の機運を生じ、僅かに款式を異にする乙種本が再成された。ただこの本は校合が十分でなく、文字を誤る所が多かった。そこで同じ款式ながら、界線を取り去った丙種本が再成されたが、これには校訂を施し正文を回復した点と、新たに誤植を犯した点が見出された。近世に流布した整版附訓本は、この古活字丙種本を底本として覆刊され、訛謬と補訂とを加え、古活字本を臺本として移写流通していた本書の訓法を採用附刻し、正保五年（一六四八）刊行の『韻会小補』と共に行われた。

総説に見る如く、日本における『韻会』の受容は鎌倉末南北朝に始まり、室町期に盛行するのであったが、伝本の書入や収蔵の様子に、南北朝にまで溯る徴証を得ることはなかった。しかし〔元〕刊本には室町期の収蔵が明らかで、建仁寺や相国寺等の五山禅林における愛用の様が看取され、その書入は朱点朱引を基調とするが、平声の全てに渉る場合があって、韻書でありながら日常の読書の対象となっていたことも知られる。さらに欄上の韻目標記は朝鮮本にも例の多いことながら、版心の標柱や標圏と共に、不時の需めに応ずるための周到な準備の一環であったと思われる。十六世紀ともなれば、感得点校の識語を副える者があり、〔元〕刊本と共に行われた応永刊本にも、室町末近世初前後と思われる伝播受容の痕跡が著しく、五山を出て、新たに擡頭した林下や、林羅山を筆頭とする儒者や士人に及んでいく。これに対し〔明前期〕刊本には中世以前の受容例が見出されず、応永刊本による流布と相補的な関係を示す。また朝鮮宣徳刊本については、天海辺りまでしか溯り得ない模様であり、「兵火以來、此書公私蔵本幾泯」と李植に嘆かせたように、それ以前の朝鮮での通行と対照を成す。

さて本書は江戸初まで解読の対象とされ、逐行的訓読を伴った場合を見受けるが、南北朝室町期と比較すれば、近世のそれは散発的であり、活用の程度に変化の様子も見られる。一方、近世の収蔵は必ずしも禅宗寺院を主とせず、大名の収集を通じた各藩や、釈家一般における参照が認められ、拡散の様相を示してもいる。また日本における韻書受容の全般と関連し、本書にはその可能性が内蔵されていたにも関わらず、制度的音韻への参加の範囲を超えて、近世漢語の音韻の細情について参考とする受容が行われた跡は見受けられない。室町期の趨勢は、典拠の集成として本書の記事が活用され、漢学の諸局面にその使用が組み込まれていたが、そうした学問的習慣も、江戸前期を境として次第に薄れていったと見られよう。

最後に版本学上の問題的を述べて、この章を閉じたい。今日の段階では、既知の伝本に拠る限り、初度開刻時の『韻会』の本文を目の当たりにすることはできない。現存本の範囲でこれを推し測れば、元代の刊刻に係る版本の存在は唯一種しか見出されず、この外の開版は確認できない。従って本書で〔元〕刊本と称する一類の伝本が、初度開刻時のものであった可能性もある。しかしながら、現存本が皆後修以降の本文に当たることはすでに述べた通りで、このことから、『韻会』の原姿を窺うについて現存〔元〕刊本に絶対の信を置くことはできないのである。ただこの〔元〕刊本に拠る直接の覆刻諸本に検討の範囲を拡げれば、〔元〕刊〔後修〕本の挖改に対応した異同を示す翻版が存する。本書に言う〔明前期〕刊本がそれである。また日本応永五年刊本の校訂もこの異同に関わるものであった。本書の範囲で『韻会』の当初の本文を求める場合、〔元〕刊〔後修〕本に拠りながら、〔明前期〕刊本、日本応永五年刊本との異同を絶えず考慮に加えておくことが最善の方策と思われる。

日本応永五年（一三九八）刊本の性質は、また別の意義を有するものと考えられる。従来いわゆる五山版の開刻は、宋元禅林の直接的な模倣の一環として印刷史上に現れた文化現象の一とされる。こうした見解は、鎌倉期以降の禅林周辺での出版事業の把握について、一定の意義を有するものと見なされよう。その様式や本文の上から見ても、宋元版の覆刻を宗とする出版が多く行われていたことは動かないからである。しかしながら、この覆刻という営為について深く吟味される機会は、あまり多くなかったように思われる。『韻会』の場合は、厳密な意味で五山禅林における出版と断定することができないが、宋元版の覆刻に依る、宋元の禅林で行われた禅籍乃至外典の出版という意味では、これを一連のものと見ることができるであろう。その開刻に際して、当時将来されていた〔元〕刊〔後修〕本を以て底本としたが、印行の前に〔元〕刊未修本との校合を行い、底本で増字のために節略されていた箇所につき、これを挖改して元来の形を伝える未修本の本文を採り、増字の項は欄上に移すという複雑な成版過程を踏んで、その本文に拘泥する姿勢を示している。いわゆる五山版においては、こうした版木の操作によって底本の本文を改編する場合が間〻見受けられる。これ等の事例に拠れば、恐らく五山版における覆刻とは無反省な模倣を意味するのではなく、模倣自体が一定の学問的な自覚の上で為されていたものと見なし得る。今『韻会』の場合のみを以て全体を云々することは差し控えなければならないが、五山版の有する本文、また五山版における覆刻の性質について、漢籍将来史、学問史の展開と密接に関わらせ、日本漢学研究の問題として問い直す必要がある。そして、その後に続く古活字版は、それ以前の本文を坩堝にのように融合し、一層複雑に揺れ動く様を呈して、近世の流布本を生んでいった。このことは本書に限らず、五山版と同様に、日本漢学の一面を規定しているように思われる。

（1）本章の全般に渉って、花登正宏氏『古今韻会挙要研究――中国近世音韻史の一側面』（一九九七、汲古書院）を参照した。
（2）花登氏「古今韻会と古今韻会挙要」（「人文研究　大阪市立大学文学部」第三十九巻第三分冊、一九八七、注〈1〉同氏著書再録、以下＊）。
（3）十五世紀の朝鮮で『古今韻会』の受容が認められる、とする説がある。花登氏「四声通訓所引古今韻会考」（「東北大学研究年報」第四十号、一九九一＊）。
（4）竺家寧氏『古今韻会挙要的語音系統』（一九八六、学生書局）、寧忌浮氏『古今韻会挙要及相関韻書』（一九九七、中華書局）、注（1）花登氏著書。
（5）坂井健一氏「古今韻会挙要における口蓋化について」（「中国文化研究会会報」第一期第一誌、一九五〇）、「古今韻会挙要における二等韻化に就て」（同第二期第一誌、一九五〇）、「古今韻会挙要の特色について」（「竹田博士還暦記念中国文化研究会論文集」同第二期第四誌、一九五二）。
（6）花登氏「古今韻会挙要考――古今韻会挙要における三等重紐諸韻――」（「日本中国学会報」第二十九集、一九七七＊）、「古今韻会挙要考――韻類について――」（「山形大学紀要（人文科学）」第九巻第一号、一九七六＊）、「『古今韻会挙要』反切考――とくに反切上字について――」（「東方学」第五十八輯、一九七九＊）、「古今韻会挙要所引説文解字考――とくに巻二十五について――」（「人文研究　大阪市立大学文学部」第三十八巻第四分冊、一九八六＊）等。
（7）花登氏「古今韻会挙要の依拠した音系について」（『社会と文化における中心と辺境』〈一九九五、東北大学文学部〉＊）、『『古今韻会挙要』の反映する音の特色とその依拠した体系」（「文化」第五十九巻第三至四号、一九九六＊）。
（8）藤堂明保氏「漢字概説」（『岩波講座　日本語』第八巻、一九七七）。
（9）「架閣」は官名であろう。注（1）花登氏著書。『（光緒）重纂邵武府志』巻二十一「人物／文苑／邵武縣／宋」に見える黄公紹の伝に「咸淳元年進士、仕爲架閣官」と、『同』巻二十九「藝文／邵武縣／宋」に「韻會舉要〈咸淳進士仕架閣／官黄公紹撰〉」とある。また楊陰冲氏「《古今韻会》作者黄公紹生平考略」（「中国典籍与文化」第六十九期、二〇〇九）。

(10)「禮部韻略七音三十六母通攷」については花登氏「《礼部韻略七音三十六母通攷》声母攷」（『伊地智善継・辻本晴彦両教授退官記念中国語学・文学論集』〈一九八三、伊地智・辻本両教授退官記念論集刊行会〉＊）、「《礼部韻略七音三十六母通攷》韻母攷」（「音韻学研究」第二輯、一九八六＊）を参照。

(11)『文選』に引く郭璞注も李奇の言を載するが、賦本文が異なっている。なお李奇は、王鳴盛の『十七史商榷』巻七「漢書叙例」に、西晋の晋灼の注にその説を引くというから、晋灼以前の人と見られる。吉川忠夫氏「顔師古の『漢書』注」（「東方学報」第五十一冊、一九七九、『六朝精神史研究』〈一九八四、同朋舎出版〉再録）参照。

(12)以下、マイクロフィルムによってしか検し得なかった伝本についても、全編を点検したものについて取上げ、このように注記する。

(13)〔元〕刊本『韻会』の増字はこの『韻府』の指摘に拠るとも見られるが、同書に先立つ元至大元年（一三〇八）の年記を有する序を存し『韻会』の影響下に成立した『蒙古字韻』（『韻会』凡例に見える『蒙古字韻』とは別の一書）には「驄」「璁」等の字が見える。『蒙古字韻』の伝本は大英博物館に蔵する乾隆年間の鈔本が唯一のものであり（尾崎雄二郎氏「大英博物館本蒙古字韻札記」（「人文」第八号、一九六二、のち『中国語音韻史の研究』〈一九八〇、創文社〉再録）参照）問題が遺るが、一方で『韻府』成立以前に増字改修が為されていたことも考えられる。以上、花登氏の御教示に依る。

(14)該版については、寧忌浮氏解題の影印『古今韻会挙要』（一九九八、中華書局）が、吉林省社会科学院図書館収蔵の同版後修本を用いており、その全貌を見ることができる。

(15)張剣氏『莫友芝年譜長編』（二〇〇八、中華書局）附録の「莫繩孫年譜簡編」に拠る。

(16)注(15)張氏著書に拠る。

(17)北京大学図書館蔵本の項に全文を録する。なお楊氏も当初はこの五山版を元刊明初印と誤認しているが、前記の如く後には遂に、日本から〔元〕刊〔四〕修本を入手した。

(18)莫氏は李鴻章等の推挙を得て、光緒十二年（一八八六）二月十二日、英露に赴く劉瑞芬に随行出発した。これも注(15)張氏著書に拠る。

(19) 山城喜憲氏「陸宣公奏議諸本略解」(『斯道文庫論集』第十七輯、一九八一)参照。

(20) 川瀬一馬氏『五山版の研究』(一九七〇、日本古書籍商協会)、大東急記念文庫蔵本書入にも同様の注記がある。

(21) 木宮泰彦氏『日本古印刷文化史』(一九三二、冨山房)

(22) 台北故宮博物院蔵本も同様と聞く。中村一紀氏の御教示に依る。

(23) 同本に附す張行孚「重刊古今韻會舉要跋」に拠ると、該版は「元統本」に拠ると称するが、他にその伝来を聞かず、光緒刊本の本文自体は、本書に言う〔明前期〕刊本に拠っている。前節参照。

(24) 阿部隆一氏「〈中華民国国立〉故宮博物院楊氏観海堂善本解題」(『斯道文庫論集』第九輯、一九七一、のち『中国訪書志』〈一九七六、汲古書院、一九八三増訂〉再録)に解題を存する。

(25) 長澤規矩也氏「「経籍訪古志」考」(『図書館雑誌』第百九十二号、一九三五、『長澤規矩也著作集』第二巻〈一九八二、汲古書院〉再録)に拠る。渋江氏は続けて「又有旧板本。即翻刻朝鮮本者。末記云、応永五歳姑洗日藤氏権僧都聖寿重刊。又有活字刊本、整版本。並原于応永本」と為すが、本書の見解とは異なる。尚『訪古志』著録の元刊本については「首有劉辰翁熊忠二序、又有陳宲繡梓木記(「識語」と傍記)、又有元統乙亥孛朮(二字右傍より補入)魯翀序。又有至順三年余謙識語。次有凡例、次有礼部韻略七音三十六母通攷」とある(三稿本以降も大略同)が、現存の伝本とは同定できない。二稿本の題下に別筆で「宝素堂本」とある注記を信ずれば小島尚質(宝素)旧蔵書と見られるが、その伝存を聞かない。

(26) 藤本幸夫氏「大東急記念文庫蔵朝鮮本について」(『かがみ』第二十一至二十二号、一九七七―八)に、後掲する大東急記念文庫蔵十二冊本を前掲十冊本と別版と為すが、私に対査を加えたところ、確かにその印面の状態には懸隔があるが、版式字様を逐一比べて行くと、やはりこれ等は同版と認められる。藤本氏は別版とする根拠として、巻首匡郭の内径が異なること、巻二十六の尾題が十冊本に「二十六巻」と、十二冊本に「古今韻會挙要巻之二十六」と作ることを指摘しておられるが、この十二冊本の巻二十六は〔元〕刊〔四〕修本に依る補配部分に当たり、十二冊本とほぼ同じ匡郭内径、印面を有する東洋文庫蔵本等ではやはり「二十六巻」に作っている。また匡郭内径の差については、両者の印行年次に百年近い隔たりがあり、その中間段階として岩瀬文庫蔵本を置いてみると、経年による版木の収縮の範囲と考えられ、両者を同版と見なすことを妨げないと思われる。

(27)「外校館」は未詳。後出の仁宗朝刊本に附刻される李植跋に「兵火以来此書公私蔵本幾泯。幸於校局有板本、而亦多欠亡」とある。或はこの校書局を指すか。

(28)阿部隆一氏「〈中華民国国立〉故宮博物院楊氏観海堂善本解題」(『斯道文庫論集』第九輯、一九七一、『中国訪書志』〈一九七六、汲古書院、一九八三増訂〉再録)に解題を存する。解題中「前掲の朝鮮刊本(朝鮮明宣徳九年跋刊本、著者注)とこの旧刊本(日本応永五年刊本、同)とには、眉上或は欄外に校異を枠組を以て標記する所がある。旧刊本の方がその数が多く、その数廿一、そのうち九ヶ所は朝鮮本は旧刊本の校異の通りに作られてあって、校異の標記はない。朝鮮本の校異のあるのは三ヶ所で、それも旧刊本と共通している。従って旧刊本にある他の九ヶ所の校異は朝鮮本になく、本文は両者等しい。この校異は重刊の際になされたのか、或は底本がすでにそうなっていたのか、筆者は元刊諸本の内容を精査していないので後考を俟つ」とあり、著者の調査は元来この提撕に依る。但し朝鮮刊本の欄外注記については、楊守敬旧蔵書を始め、管見の限りそうした実態は認められない。

(29)東洋文庫蔵本以外の所在は藤本幸夫氏の御教示に依って知り得た。以下、同版に関する知見は同氏の提撕に依る所が大きい。

(30)小倉進平氏『〈増訂補注〉朝鮮語学史』(一九六四、刀江書院)四八五頁に同様の指摘がある。小倉氏の指摘については花登氏の御教示に依って知り得た。

(31)川瀬一馬氏『古活字版之研究』(一九三七、日本古書籍商協会、一九六七増補)。

(32)川瀬氏『新修成簣堂文庫善本書目』(一九九二)。

(33)注(31)川瀬氏著書の初版では、小汀氏蔵本を有界第一種に掛けておられるが、同書の図版によって比べると有界第二種本と同じ、川瀬氏の判定も増訂時には第二種に改められている。

(34)注(32)川瀬氏書目に、該本の成簣堂文庫蔵九冊本を、有界第二種、同蔵十五冊本の異植字版とする。ただ、一部に同種活字を襲用することは本文の通りであるが、活字の高低肥痩に個別の特色も見受けられるから、全て同種活字による印本の意で異植字と断ずることは保留したい。
(35)　注（32）川瀬氏書目指摘。
(36)　この点については注（24）阿部氏著書、注（1）花登氏著書に、明嘉靖十五年（一五三六）序刊本に基づくことが説かれており、諸目録の中にもそのように提示する場合がある。該本には嘉靖の序を冠するから当然の処置とも見えるが、本書では校勘の結果に基づき、そのように単純に論ずることはできないと考え、この章節を設けた。
(37)　現存諸本中に明確な底本を求め得ない場合、伝存しない本の重刊である可能性を認め、それ以上の詮索を要しないという考え方もあり得るかと思われるが、当該の本文が現存本の要素のみから説明可能な形である場合には、なお考究の餘地を残しているように感ずる。伝本渉猟に意を尽くすという前提に立って、なお一歩を進めたい。
(38)　杉浦豊治氏『蓬左文庫典籍叢録　駿河御譲本』（一九七五、一宮市人文科学研究会）、注（1）花登氏著書。両氏とも古活字本と整版本が単純に結びつけられないことを説かれ、特に花登氏は別途祖本の存在に触れておられる。両本の異同を問題にされたことは優れた見識と評価される。ただ前述のように、他本に対しては同系と見られる古活字本間の異同にも、相当に甚しいものがあり、後述の如く、整版覆刻といっても異同のあることは、当然に予見される。その異同が系統を破るものであるかどうかは、本文全体の検討に拠らなければならない。
(39)　この注記は一応、凡例首の「昭　武　黄　公紹　直翁　編輯」の文字を読み誤ったものと理解する。
(40)　本書については、花登正宏氏「『古今韻会挙要小補』の刊行について」（「集刊東洋学」第八十八号、二〇〇二）、「『古今韻会挙要小補』について」（「東北大学中国語学文学論集」第十号、二〇〇五）を参照。
(41)　注（38）杉浦、花登両氏著書。
(42)　該版及び、後述の名古屋大学附属図書館蔵本の所在は、花登正宏氏の提撕によって知り得た。
(43)　謝水順、李珽両氏『福建古代刻書』（一九九七、福建人民出版社）。

第二章　第一節

『韻府群玉』版本考——原本系統

宋末元初の交、陰幼達、時遇の兄弟によって編纂された類書『韻府群玉』は、十四世紀以降の漢語世界に非常な勢いで流行し、東アジアにおける学藝の展開に広範な影響を与えることとなった。中世後期の日本における流布も非常に甚しく、第一章に取上げた『韻会』に優るとも劣らない。そこで第二章では、本邦におけるその伝播の状況を、版本学の立場から明らかにし、日本に行われた韻類書の実態と、その役割に関する知見を広げて行きたい。以下本章では、前提すべきいくつかの事柄に触れて置くこととする。

本書の内容を見ると、群書中より要処を摘出して分類排列したもので、四部分類の法にいわゆる類書の属に当たっている。ただ本書の場合、採録の記事中よりさらに要語を標出、要語中の末脚の文字に従って綴合した上、その文字の注釈を冠し、これらを字韻の序に基づいて排列するという結構で、一書の体裁としては韻書の形式を逐うものとなっている。いわば、索引に便宜のある韻書の器に類書の該博を盛ったもので、韻書にして類書を兼ねた造作と言える。

本書の成立に至るまでの間、宋代を通じて様〻の韻書や類書が行われ、その中ではすでに種々の編纂方法が試みられているが、本書でも、その序文や凡例における言及によって、宋末元初に成った韻書『古今韻会挙要』(1)と類書『古今合璧事類備要』(2)に、直接の範を得ていたことがわかる。前者は、単字のみの掲出ながら、記事の充実を図って類書の機能を取入れた韻書で、後者は、要語の標出を眼目とする意味分類の類書になる。また本書の分韻について、金の王文郁の『新刊韻略』や、南宋の『草書礼部韻註』に見える百六韻、いわゆる平水韻を採用したことは、元初の動向を物語っている。殊に前者は、毎項当該の文字を下位に措く熟字を集めているが、本書の内容は、こうした韻書の韻藻の部分を拡大した形とも見える。しかし本書は、先行する同工の書に倣う一方、韻藻の下に典拠故事を附属、類書としての内容を兼ねた新機軸を創案し、詩文製作のための語彙集として、実用性の伸長に画期を成したことが認められよう。元来、韻書や類書の編纂は、詩文製作の用に供するため、という動機に出る部分が大きく、韻書の点検は詩賦の調製に欠くことができないし、類書は、本来は読書による涵養を補うべき書物であろうけれども、その宋代に通行のものは、詩文製作に際する故事検出の用途に傾斜した編集と認められる。結局の所、受容者の主たる要求は作文能力の支援にあり、科挙登第による立身を理想とした、詩文製作に習熟するための用を含んでいることは言うまでもないであろう。従って、類書を繰って故事を裁量し、韻書を繙いて格律を確かめる、といった手間をさえ省き、韻書、類書の効用を一挙にして両得しようという『韻府』の新案が、こうした要求に投じて大いに流行した実情も、容易に諒解することができる。また本書の編者である陰氏兄弟自身、この種の情況に直接身を置く立場にあった節も、その伝に窺われる。

陰氏兄弟の名号や事蹟等については、これまでに多少の混乱を生じてきた経過があるので、本書でも一通りの整理を加えて置くこととしたい。現行の『韻府』諸版の首には、均しく六篇の序題が附刻されている。この中の後三篇はいずれも本文低一格の体式で、陰氏姓の題署を有する。その一は首に「陰竹埜序」と、末尾に「大德丁未春前進士竹埜倦翁八十四歳書于聚德樓」と署し、その二は首に「陰復春自序」と、末尾に「延祐改元甲寅秋郷試後五日幼達書」と署し、その三は首に「陰勁弦自序」と、末尾に「時遇謹白」と署する。このうち首に「自序」とある二、三の者は、本書の編者と考えられる。また巻首の第二、三行には「晩學 陰 時夫 勁弦 編輯／新呉 陰 中夫 復春 編注」の題署を有する。これらを総合すると、本書は陰勁弦─時遇（序の三）─時夫の編輯、陰復春─幼達（序の二）─中夫の編注に係るものと目される。それぞれ序末の署名である幼達、時遇が諱と思われるけれども、巻首にはこれを用いていないので不審が残る。また序と巻首とでは両名の掲出順が入れ替わっており、序の一を含めた三者の関係も明らかでないが、この点は序文の記述を参照することで少しく判明する。即ち、序の一に「一日登書樓、見季子棐几萬籤、問之。曰、幸父兄與歳月、暇得恣獵羣籍、遇欣然與意會處筆之、將繫於韻、摘其異而會諸同也（中略）爰授以凡例、俾勉爲之、垂三十載告成」と、二に「予季以事繫韻、多所摘奇、豈能判然無疑者（中略）愚故隨字註釋、以備觀鑒」と、三に「是編敬遵先子凡例、刻意纂集」とあり、三の者が本書の編纂主体で、三の者は一の者の季子に当たり、二の者は本書に註釈を加えた人物で、且つ三の者の兄に相当する。つまり二の幼達─復春（─中夫）と三の時遇─勁弦（─時夫）は兄と弟で、一の竹埜─倦翁の子に当たる。抑も本書の編纂を始めたのは弟の時遇の方で、これを見た父竹埜は、授けるに凡例を以てし、三十年に及ぶ歳月を経て大徳十一年（一三〇七）の春に完成、延祐元年（一三一四）八月までに、兄の幼達も注解を加える所があった、というのである。これに拠れば、巻首の題署に長幼の順に従わないのは、編纂に関わった度合いの軽重によったためと考えられる。この点について『南廱志経籍考』韻書類に本書を挙げて「元延祐閒陰時夫及弟中夫撰是書」と称し、銭大昕の『補元史藝文志』経部小学類に「陰時夫韻府羣玉二十卷〈字勁弦、奉新人。弟中夫復春編注〉」と述べ、また『四庫提要』子部類書類に「宋陰時夫撰、其弟中夫註。按黄虞稷千頃堂書目云、陰幼遇、一作陰時遇、字時夫（中略）其兄中夫、名幼達。据此則時夫乃幼遇之字而中夫又時夫之兄。與世所傳不同、當必有據。然舊刻皆題其字、未詳何義也」と著録しているのも恐らくは誤りで、楊守敬の『日本訪書志』小学類に本書を挙げて

千頃堂書目云（中略、『提要』に同じ）。今以此書（著者注、楊氏所掲の一本を指す[3]）證之、中夫爲時夫之兄、見於自序、

與黃氏所說合。不知提要何緣以中夫爲時夫之弟。豈以標題時夫居中夫之前乎。又足見所見本無陰氏昆弟二序也（中略）今序與標題參互攷之、陰竹野未詳其名。陰時夫爲竹野之季子、名幼達、字時夫、以字行、遂別字勁弦。陰中夫爲時夫之兄、名勁達、字中夫、以字行、又別字復春。其書爲時夫所作、其注爲中夫所作、故標題弟居兄前。然一稱後學、一稱中呉、爲不典矣。[4]

と駁しているのが肯綮に中っていよう。また陰氏父子兄弟の名号については、序や巻首からのみでは明らかにならない。通常は巻首の題署に拠り、宋濂の「韻府羣玉後題」（『宋学士文集』巻三十八）に「右韻府羣玉一書、元延祐間新呉二陰兄弟之所集也。二陰、一、名時夫、字勁弦。一、名中夫、字復春」とするのを始め、歴朝の目録にも時夫、中夫を名と考えるのが一般的である。これに対して『千頃堂書目』子部類書類の如く

陰幼遇韻府羣玉二十巻〈一作陰時遇。字時夫、奉新人、數世同居。登宋寶祐九經科、入元不仕。兄中夫幼達注釋。宋濂云、幼遇名時夫、字勁弦、中夫字復春。未知孰是。〉

等と、幼遇または時遇を名とし、時夫を名と見る説を併記する立場の者もあった。このうち幼遇、幼達を名とする説は、恐らく明代に行われた通説を参考したもので、例えば『万姓統譜』巻六十五に

陰幼遇〈奉新人。五世同居、家數百口。讀書績學、八歳中九經科。著韻府瓊玉（マヽ）、行世。〉

とある記事や、『（万暦）新修南昌府志』巻十七、選挙志、童科の項に

陰幼遇〈寶祐元年七歳中九經科。應夢之子。有傳。〉

陰幼選〈景定二年七歳中九經科。應夢之子。〉

陰幼迪〈景定四年中九經科。應夢之子。「倶奉新人」〉

とあり、同じく巻十八、人物志の元人の項に

陰幼遇、奉新人。五世同居、家數百口。讀書講學、八歲中九經科。著韻府羣玉、行世。

とある記事や、『江西通志』巻六十七、人物志、南昌の宋人の項に

陰幼遇、字時夫。奉新人。家數百口、五世同居。登寶祐九經科、入元不仕。父鄉貢士應夢授以凡例、幼遇著韻府羣玉若干卷。兄中夫幼達復爲注釋若干卷、傳于世。應夢號竹埜。幼達號復春。幼遇號勁弦〈人物志〉。

とある記事等に拠っていよう。これらの伝に拠れば、陰氏兄弟の父、竹埜は名を応夢と称し、他に幼選、幼迪の兄弟があったことも知られる。陰応夢については、同じく『南昌府志』と『江西通志』に、宋淳祐九年（一二四九）郷試及第のことが見える。また『南昌府志』に列せられた他の兄弟達の名を見ると、『天禄琳琅書目後編』に「或初名時遇、後改幼遇、従兄弟行也」と記して『千頃堂書目』の説に左袒しているように、元来は幼達、幼遇（時遇）が兄弟の名で、中夫、時夫は字であったように思われる。ただ前掲『南昌府志』選挙志の記載を見ると、また一の疑問が浮上する。先に触れた、元大徳十一年の応夢（竹埜）の序に、その三十年ほど前の時点の時遇（勁弦）を指して「季子」と言い、元延祐元年（一三一四）の幼達（復春）の自序にも「予季」と呼んでいるのに、さらにその下に幼選と幼迪があったことになるからである。幼迪の生年は明らかでないが、幼選は宋景定二年（一二六一）に七歳というのだから、宋宝祐三年（一二五五）の生まれで、元大徳十一年（一三〇七）には無論のこと、本書の編纂が始まった宋末の景炎二年、即ち元至元十四年（一二七七）頃にはすでに在世していたこととなろう。

近年、この間の事情を明快に物語る資料の存在が報告されているので、これを紹介したい。当該の資料とは、謝先模氏「《韻府群玉》編纂者陰幼遇父子兄弟数事辨証」（『古籍整理与研究』第七期、一九九二年、中華書局）中に所引の『陰氏家譜』と称する文献で、陰氏の故地、江西省奉新にて発見せられた由である。この『家譜』は、問題の陰氏父子についても詳細にその伝を記していたもので、謝氏引用の限りにおいては次のような記述を存する（原簡体字）。

〔應夢〕章之子、字謙甫、號竹野、又號倦翁、諡文靜。生于宋寧宗嘉定甲申三月初一（中略）登理宗淳祐郷舉、庚戌進士、方逢辰榜。娶靖安朱氏、生六子、幼邁、幼選、幼迪、幼達、幼适、幼遇。而幼邁、幼選登寶祐九經童科進士。幼迪登景定童科進士。謝事歸家、乃自局洲従居定興。四子中夫幼達、幼子時夫幼遇、有事韻府一書、中夫編注、時夫編輯。公見之喜、授以凡例、命卒業。中夫兄弟乃居聚德樓、三十年書始成、分二十卷、名之曰韻府羣玉。公爲之序、以行世、時年八十四歳矣。公卒于元延祐甲寅二月初三卯時、葬靖安盆田都龍頸里白香山飛天蜈蚣形。

〔幼達〕應夢四子、字中夫、號復春、行端七。生于宋景定庚申十二月初九酉時。性好著述、與弟時夫纂修韻府羣玉。書成、自序卷首、至今海内奉爲著蔡焉。歿于元至治辛酉十一月十一日巳時、葬李家山。

〔幼遇〕應夢幼子、字時夫、又名時遇、號勁弦、行端十。生于宋景定甲子七月初四日。淹貫諸史、博極羣書。與兄中夫編集韻府羣玉二十卷、用功三十年而後書成。翰林滕玉霄、承旨趙文敏公、江村姚雲皆有序題。歿于元至順辛未二月二十日、葬三十三都上磉冷家邊。

これらの伝によると、やはり幼達と幼遇（時遇）は兄と弟で、応夢の第四、六子（季子）に当たり、母は朱姓になる。また幼選、幼迪は幼達よりも出生が早く、その上にさらに幼邁なる者があり、幼達、幼遇（時遇）の間にも幼适なる者があった。上の三子は宋末に童科及第を遂げているが、下の三子にはそうした伝を欠き、幼達、幼遇は専らその著述の功について記されている。宋代の童科は、十歳前後までの神童の声誉ある者を召して、六経および『孝経』『論語』『孟子』を誦せしめ、能誦の者に官職を授けたもので、早い時期には天子親ら試み、その任用等に常格はなかったが、嘉定十四年（一二二一）の寧宗の詔には、毎年三月、国子監に試み、中書省に覆試を行って三名を取ることとある（『宋史』選挙志、『文献通考』選挙考）。しかし次の理宗は後にこの科を罷め、諸郡より能文の者を推挙させるに止めたらしく（『宋史』同）、陰氏兄弟の中でも理宗朝の景定四年（一二六三）及第の幼選を最後として、この時四歳の四子幼達以下にそうした記述の見えないのは、こうした事情によるものであろう。この『家譜』の記事は、その他の点でも『韻府』附刻の序や前節紹介の諸資料に合致する内容で、新たに三者の生歿年等の知見も得られる。また前節の末に疑問とした点は、『南昌府志』等が、長子幼邁登科の事蹟と幼遇の伝を混同していると考えれば、全て符契を合するもののようである。当該の文献について、著者は謝氏報告以外の知見を持ち合せていないので、成書の事情や現行の形態等を含め理解を欠く点も多いが、その記事内容が諸般の経緯に照応することからすると、『家譜』の記載は概ね信ずべきもののように思われる。

さて『陰氏家譜』の記事を考慮に加えると、陰氏父子兄弟による本書編纂までの周辺情況は、概そ次のようなものであろう。陰氏は元来、江南西路の奉新の地を本貫とした。南宋の世、寧宗朝の末に当たる嘉定十七年（一二二四）この氏族に嫡子として出生した陰応夢は、理宗朝に変わって淳祐九年（一二四九）の郷試に二十六歳で及第、翌年の会試に中り進士に挙げられた。これに先立ち、奉新に隣接する靖安の朱氏を娶り、淳祐七年には長子幼邁を儲けていた。進士及第後も次子幼選、三子幼迪を儲け、この三名には周到なる幼時教育が課せられたものらしく、理宗朝の末、景定年間（一二六〇―四）までに、三名相次いで童科に挙げられた。しかしこの頃すでに、北方の金を破滅に追いやった蒙古の兵馬は、江南を窺って諸方面より迫りつつある情況で、開慶元年（一二五九）には忽必烈の軍勢が河南方面から淮水を渡って南進し、陰氏の故地、奉新にも程近い鄂州において宋将賈似道との会戦に及んでいた。その後の宋朝は、忽必烈の北帰に伴う一時的な講和を恃み、宰相に進んだ賈似道の執柄の下でその延命に汲々とする衰勢にあり、一方の忽必烈は汗位に推戴されて国号を大元と改め、国内を固めた後に江南をも版図に収めるべく、着々と計略を運びつつあった。この間、陰氏父子兄弟がどのような挙動を取ったものか知るに由ないが、景定元年（一二六〇）幼迪の下に四子幼達、続いて五子幼适、同五年には六子幼遇（時遇）が儲けられ、すでに童科の試に応ずる機会は得られないこととなったが、兄達と同様に厳重の教育が施されたかと推察される。しかし度宗朝（一二六四―七四）の間、長江中流域における宋軍の抗戦は、次第にその潰走の歩を速めて、咸淳十年（一二七四）には揚州まで退却、江南の諸城市や江西一帯は元室を奉ずる伯顔等の軍門に降った。度宗の崩ずるや、幼少の帝、恭宗を擁する臨安の宗室も元軍に重圍され、徳祐二年（一二七六）遂に伯顔の入城を許し、幼帝以下北方の大都に連行されて、宋朝は事実上の滅亡に立至った。また幼帝の同胞を奉じて福建方面に逃れた遺臣達も数年のうちに掃討され、或いは南海に身を投じ、或いは元朝に帰服する等して、早くもその命脈を絶った。陰氏末弟の幼遇が、父応夢に凡例を得て編纂の事業に着手した宋景炎二年、即ち元至元十四年（一二七七）頃とは、この両朝交替の期に当たっている。

陰氏父子兄弟は、元の世となっては官途に就かなかったようであるが、詳細はわからない。しかし、その序文の記す所に従えば、この間における『韻府』編纂、上梓の経緯とは、大略次のようなものであろう。陰氏の末弟、幼遇（時遇）の編纂事業は、その十四歳の頃に始まって三十年の長きに渉ったといい、幼遇四十四歳、父応夢八十四歳に当たる大徳十一年（一三〇七）に一応の完成を遂げた。前述の通り、応夢の序に「垂三十載告成」というのは、江南においては元初より三十年というのに等しい。本書はこの際に「韻府群玉」と名付けられているが、幼遇は父よりさらなる精善を求められ、なお本文の校讎を継続する。ただ同時に、兄幼達によって標出文字の註釈を加えることも行われており、また本書に寄せられた滕賓、姚雲、趙孟頫の序題を見るに、姚雲の序末に「至大庚戌（三年、一三一〇）臈江村姚雲」と署する他、滕賓は「翰林滕賓序」と記すが、滕氏は至大年間（一三〇八―一一）に翰林学士、趙孟頫題は「翰林承旨趙子昂題」と標するが、趙氏は至大四年に仁宗朝の翰林学士承旨に昇っているから、この時期に、校讎や註釈と並行して序題執筆の依頼も行われたことが知られる。いずれも元初に声誉の高かった文臣の作を揃えたものと見做されよう。これを要するに、大徳十一年の一応の完成以来、上梓開版を念頭に置いて種々の作業が進められたのであり、大徳十一年の時点での応夢の序に、本書を見たある客人の上梓の請に対して「予益難之(中略)於後進或有毫髮助、瑾瑜之瑕可匿也」と、一旦はこれを拒む意向を述べ、殊に本文の厳正に拘泥する姿勢を見せているのは、開版への用意を強調した表現とも思われる。そうして兄幼達が註釈の完成を告げるのは、ようやく延祐元年(一三一四)の八月ということになるが、本書の編纂に規矩を垂れた厳父応夢は、すでにこの年の二月三日に卒してしまい、遂にその完成を見ることなく終わっている。一方の幼遇(時遇)による校讎の完了と全書の開版も、その自序に「書成而失怙、痛哉」とあるように、応夢歿後のこととわかる。時遇はさらに「謹奉遺訓、質正於儒林巨擘、爰鋟諸梓、用廣其傳。惟冀先志云爾。不然安敢犯不韙之戒切」と記し、遺訓、先志を奉じて敢えて梓に刻むのだとして応夢の序と照応を示し、兼ねてその本文の完備を謳っている。

陰幼達の自序に見える延祐元年の年次は、父応夢の歿年に当たるのと同時に、今一つの重大な意味を含んでいよう。即ち、元初より朝廷における官人の登庸は、全面的にその種族や血縁によって制限を受ける形で行われてきたが、江南を中心とする漢人社会には、科挙による登庸の復活を望む声が高かった。そうした要求に応えて、科挙の実施を奉請する上奏も再三為されてはいたが、実際の挙行に及ぶことはなかった。しかし仁宗の皇慶二年(一三一三)十一月に至り、前月の中書省の上奏に応じて詔が発せられ、遂に科挙の開催が採択された(『元史』選挙志)。この詔によれば、翌皇慶三年の八月に全国で郷試を行い、次年の二月、京師において会試を催し、さらに覆試を行った後に士を挙げようというのである。同時に示された程式の詳細を見ると、蒙古人、色目人を優遇して漢人には不平等のものであったが、士大夫としての立身を待ち望んできた多くの者にとっては、やはり福音と受け止められたようである。そして翌年には実際に郷試が挙行されたのであるが、その期日は、年初の改元を経た延祐元年(一三一四)八月二十日からのことであり、幼達の自序に「延祐改元甲寅秋、郷試後五日、幼達書」と特記するのはこの時点に他ならない。陰氏の如く学問による立身を事とする氏族にとっては、雌伏を餘儀なくされてきた元初以来の宿願達成の時ということにもなろう。この意味を汲んでこそ、父応夢の序に「方今聖朝寛厚、吾道崇道之士、將由科目舉正、覃思稽古之日爾」等とある述懐との照応関係も理解され、韻書にして類書を兼ねる『韻府』の開版が決断された背景を看得することができる。本書の初度開版の時点については、年記を欠く時遇の自序に見えるのみで確実なことはわからないが、本書の内容と時宜に鑑みて、厳父応夢の歿後六箇月餘り、元朝初の郷試が挙行された直後に当たる幼達自序の年記から、大きく遅れるものではなかったと考えたい。

但し現行の『韻府』諸版が、陰氏開版当時の形でないことは、諸版の均しく備える「增修韻府羣玉凡例」によって明らかである。この「凡例」は十三条から成るが、先ず「增修」と冠称し、九条を列挙した後に「已上凡例九條並依元本所書。今增修大意續見于下」の語を差夾み、さらに四条を補って「元本」に対する「今本」の変更を明記したもので、「今本」の施した変更とは、一、元本では標出の文字に反切がなく、その排列に混乱もあったが、今本では礼部韻に従って整序の上、同音字の首に反切を挿入し、圏発を加えてその箇所を明示したこと。二、元本の標出字は礼部韻に比べると欠くものもあったが、今本ではこれを補ったこと。三、元本では同韻の熟語を掲出した後に「拾遺」として別に語彙を補ってあるが、今本ではこれらを綴合して一類としたこと。四、今本では「卦名」「人名」など特殊の語彙については黒牌を挿入して標示したこと、の四点である。これらの中の一、二は本文の増修を意味しているし、三、四は主として体式、標示の変更や工夫に係る。この「今本」に追加の四条が実情を伝えているかどうか、本書の原姿を眼前にし得ない現状から推し量るのは難しく、本文の体式等に関しては現行古版の情況に照らしても矛盾しないが、宋版以来の韻書、類書の常例を踏襲するものであるから特に異とするには足らない。ただ二の標出字の増修について、現行本文中に屢〻単字標出および二、三字の双行注しか有たない文字があって、これらは陰氏成書の経緯に悖るが、『増修互註礼部韻略』に照らせば大方その節略と見えることからすると、二の増修は確かに後に施されたと見られる。また現行諸版中では最古と思われる元元統二年（一三三四）の刊刻が、延祐元年から二十年を隔てた陰時遇歿後のことであり、その版式字様が建安坊刻のそれと通ずるものであることを勘案すると、やはり改編のあったことは明らかであるように思われる(5)。

本章では、前提の諸件を結ぶに当たって次の二点に着目して置きたい。一には、やはりその後の『韻府』の盛行について、韻書に類書を合するという陰氏創案の卓抜さが、延祐の科挙復興という時宜に適って、非常なる原動力を産み出したのだという点を挙げたい。一般に図書の流行をもたらす原因が、成立を含む開版の前史に内在しているのは自明のことと思われようが、その前史の周辺に眼を向ければ、より直接的には、先行する図書の流通を基盤とした学問的情況に圍繞されているのであり、成書開版という到達を繰返しながら、内実はそれらが複雑に連環していく処に図書の生命が胚胎していると思われるからである。またさらにその周辺を考えれば、種々の社会情況が取巻いて図書の成立を規定しており、逆に言えば、開版後の流布の可能性まで含めた意味での図書の本質とは、当初からその社会性に根ざしているものと確認されよう。当該の『韻府』の例では、そうした側面が顕著に露呈しており、『韻会』や『古今合璧事類備要』を始め、宋末における韻書、類書の刊刻がその範型となり、元初における不遇の情況下に伏流して、科挙復興後の開版に結実したことが、東アジアを席捲する本書の流通を準備したということになろう。また一には、現行の『韻府』諸版が、原撰時、或は初度開版時とは異なる、改編本の形によって通行していることにも留意したい。これまでに述べてきた本書の編纂と初度開版が、如何に時流に投じた事業であったとしても、現状からすれば、その当時の版本はほとんど駆逐され、特定の出版事業の中で特定の様式を与えられた版種のみが命脈を保っているのであって、その強弱は必ずしも先行の本文との親疎に合致していない。特定の開版が図書の流通に決定的な影響を与え得るというのも、これまた自明のようではあるが、図書の原態を探る運動が甚だ活発であるのに比して、その流通の全像を究明することには意の注がれない傾きがあるようにも思われる。殊に『韻府』の場合は、その原態ということになれば現行本の凡例によって推量するしかないが、後代の諸本を一瞥しても、増修の凡例を有する改編本が盛んに流通したのと雁行して、さらに『説文解字』を割入した『新増説文韻府群玉』が用いられ、これに直音注を加えた『新増直音説文韻府群玉』も行われ(6)、一方で本書の続編を称する『類聚古今韻府続編』が作られ、正続を合した『増続会通韻府群玉』も編まれるといった情況で、個々の改編本にも複数の版種があって、それぞれに固有の様式を具えていることが知られる。本書編纂の経緯と現存の情況を勘案すると、このように多くの版種が派生する現象は、本書成立後あまり時を隔てない段階から起こってきた本質的な問題と見るべきで、本書の流通について検討を加えようとする場合には、編著者よりも出版者の側に、積極的な意図のあったことを考慮すべきであろう。改編諸版の本文は必ずしも精善とは言えず、通俗的で安直な出版と見られるものも少なくない。しかし諸版の軽重については、流布伝来の現状に即して、その画期となる開版の営為を検討することから量られるべきで、前段までのように、現行諸版に共通の要件や、周辺諸資料中の記事を点綴するのみでは、その全容を逸することとなろう。

本編以下、本邦所伝の『韻府』諸本を中心に、版種によって分類を施し、知見の限りにおいて、その現状を記述して行きたい。伝本の取材については、遺漏も多いが、国内に収蔵され、原本の参看が可能であったものと、海外では偶ゝ訪れることのできた機関収蔵のものに止まる。

すでに、本書に先立つ同趣の研究として、柳田征司氏の「『玉塵』の原典『韻府群玉』について」（山田忠雄氏編『國語史學の爲に』〈一九八六、笠間書院〉、『〈室町時代語資料としての〉抄物の研究』〈一九九八、武蔵野書院〉追補再録）がある。同稿は、惟高妙安の手になる『韻府』の抄物、『玉塵』の研究を課題とされ、直接には『玉塵』の基づける本文を究明するために、『韻府』の諸本に詳細な検討を加えられたものである。また、柳田氏御自身も述べて居られるように、本邦における『韻府』の流通を知ることは、『玉塵』を考察する前提となるばかりでなく、本邦中世期の学藝一般にも強い関わりを有つ。柳田氏はこのことを踏まえられ、行論の過程で種々の本文に注意を傾けて居られる。具体的には、国内に伝存する諸本に即いて網羅的な調査を施し、個々の伝本の形態や来歴にも意を用いて居られ、その記述は周到を極める。またその対象も新増説文本以下の諸本に及ぶ広範のものである。着眼の点から言っても、版種の弁別を基として、版種間の本文の関係に考察を進めて居られるため、実に本章の如きは、屋下に屋を重ねる徒労の観を免れない。本書の意図する所は、中世期の日本漢学について、その拠って立つ基盤を明らかにしようという点にあるけれども、全般に渉って柳田氏の論考に負う所が大きく、本章の敢えて紙幅を占める所以は、版本学的観察による若干の補正に過ぎないことを、先ず明記して置かなければならない。

さて『韻府』の諸本は、大きく見て三系統、本文款式によって判別すれば、さらに十属に分類することができる。次にその名目を掲げよう。括弧内は、巻首半張の行字数である。

一　原本
　　原本之属　（十行小二十九字）
　　洪武韻本之属　（十行小二十九字）
二　新増説文本

新増説文本之属　（十一行小二十九字）

新増直音説文本之属　（十一行小二十九字）

新増説文王元貞校本之属　（十一行二十二字）

増刪本之属　（九行十八字）

摘要本之属　（九行十六字）

三　続編本

続編本之属　（十一行小二十九字）

増続会通本之属　（十行十八字）

増続会通改編本之属　（九行十七字）

本書版本の考察はあまりにも長大となるため、便宜、右の三系統に従って三節に分けた。本節はその第一として、原本系統の諸本考察に宛てる。同系統には現在まで二属八版種を見出しており、これも次に列記して、全体を表示する。

○原本之属

元元統二年（一三三四）刊（梅渓書院）本

又　一修　二修　三修　四修

元至正二十八年（一三六八）刊（東山秀岩書堂）本

又　〔明〕修（清江書堂）
明嘉靖三十一年（一五五二）序刊本
〔明〕刊本
日本〔南北朝〕刊本
又〔後修〕
朝鮮明正統二年（一四三七）跋刊（江陵 原州）本
又　後修
〔朝鮮前期〕刊本

○洪武韻本之属
〔明洪武八年（一三七五）序〕刊（〔南監〕）本
又　〔明〕修

本節では右の諸版に係る伝本を整理記述、その本文間の関係を考察し、原本之属より派生した新増説文本の成立についても附説したい。

○原本之属

韻府羣玉二十巻

元陰時夫（時遇）編　陰中夫（幼達）注

元元統二年（一三三四）刊（梅溪書院）

先ず序題六篇（六張）。首題「韻府羣玉序」、次行低二格にて「翰林　滕玉霄序」等と小題を標し、次行より本文。一篇を了り行を接して次篇。後三篇低一格、諱字改行一格擡頭。先ず「翰林　滕玉霄序」に「自乾坤文而成八卦（中略）吾友陰／君昆仲爲韻府羣玉以事繫韻以韻摘事／經史子傳蒐獵靡遺是又能以有窮之韻／而寄無窮之事亦大奇矣（中略）陰君二妙博洽而文其所著述／不獨此翰林滕〈賓〉序」とあり。

滕賓、又名斌、字玉霄。黄岡の人。至大年間（一三〇八―一一）翰林学士。後に家を棄て天台山に道士となった。

次で「姚江村序」に「四聲韻出而小學湮矣（中略）今　陰氏兄弟〃研精鉤玄掇韻繫事（中略）至大／庚戌臈江村姚雲」とあり。

至大庚戌は三年（一三一〇）に当たる。姚雲、又名雲文。字聖端。又字若川。江村と号す。高安の人。宋咸淳四年（一二六八）の進士。官職は工刑部架閣等を経て撫建両路儒学提挙に至る。

次で「翰林承旨趙子昂題」に「上涉羣經下苞諸子賢於回溪史韻多矣／呉興趙〈孟頫〉題」とあり。

趙孟頫、宋宝祐二年（一二五四）生。字子昂。松雪と号す。湖州の人。宋朝の宗室に出、宋亡びて元に仕え、至元二十三年（一二八六）兵部郎中となり、集賢直学士、江浙儒学提挙等を経て、至大三年（一三一〇）翰林侍読。仁宗朝

（至大四至延祐七年、一三一一―一三二〇）に集賢侍講、翰林学士承旨に進む。延祐六年（一三一九）官を辞し、至治二年（一三二二）に六十九歳で卒す。魏国公に追封、謚を文敏と称す。書画を善くし元初に文名が高かった。史韻とは宋銭諷撰『回渓先生史韻』を指していよう。(7)

次で「陰竹埜序」に「韻摭事衆矣同乎纂於史宗於詩（中略）一日登書樓見季子棐几萬籖間／之曰幸父兄與歳月暇得恣獵羣籍遇〃欣然與意會處筆之將繫於韻摘其異／而會諸同也（中略）爰授以／凡例俾勉爲之垂三十載告成予方披／閲間有客過竹所見而奬許之過情請／名曰韻府羣玉（中略）客又曰文／公器也私諸已孰若公諸人秘論衡以／爲異者未廣也請綉諸梓予益難之（中略）於後進或有毫／髮助瑾瑜之瑕可匿也（中略）客曰唯大德丁未／春前進士竹埜倦翁八十四歳書于聚／德樓」とあり。大徳丁未は十一年（一三〇七）。陰竹埜（応夢）については前段に詳説した。

次で「陰復春自序」に「鄢子藉稻博古者猶莫誌於瑯琊（中略）故凡事必類則易見義必釋則易／知也予季以事繫韻多所摘奇豈皆能／判然無疑者疑而不釋是猶擿埴／冥行而已（中略）方今文體尚／古吾黨之士獨不願熏香班馬與愚故／隨字註釋以備觀鑒庶乎索韻而得事／考釋而無疑其亦有小補云延祐改元／甲寅秋郷試後五日〈幼達〉書」とあり（前段参照）。

次で「陰勁弦自序」に「是編敬遵　先子凡例刻意纂集幸績／于成繼得二三同志者相與讎校其是／否而損益之書成而失怙痛哉謹奉遺／訓質正於儒林巨擘爰鋟諸梓用廣其／傳惟冀先志云尓不然安敢犯不韙之／戒切惟近世黃氏所編韻會雖不詳於／紀事然非包羅今古者不及此而猶遺／騘璁紳斷等字況時遇襪線其才甕天／其見寧無遺珠之嘆其間雌霓繆呼金／根妄改亦或不既與人爲善者遺則續／之誤則正之以便初學幸甚〈時遇〉謹白」とあり。前節参照。韻会云々とは、宋黄公紹原撰の『韻会』に「騘」「璁」等の文字を欠いているとの指摘で、現存の〔元〕刊本も当初そのような本文であったことが知られる（第一章一〇九頁）。毎行十六字。版心、中縫部「匀玉序」と題す。

次で凡例（二張）、首題「增修韻府羣玉凡例」、次行より一つ書下に低二格（第二行以下に渉らば低三格）にて本文。九条。行を接し低五格にて「已上凡例九條並依元本所書今增修大意／續見于下」の語あり。また接行で四条。前段参照。最末に「又其次活套卦名／等共十五類各用黒牌表而出之其目如左」とあり、次行（次半張）の首に「　韻下類目」と標し、次行より「一（墨囲陰刻）音切」等と低一、五、九格にて列す。毎行二十二字格（類目は十五字格）。版心、中縫部「匀玉凡例」と、尾「增修韻府羣玉凡例〈畢〉」と題す。

次で事目（第三張）、首題「韻府羣玉該載事目」、次行より「天文」等と低二、八格に列す。毎行約十五字格、注小字約二十字格。版心、中縫部同前、尾、末行下方に「事目終（墨囲陰刻）」と題す。

次で目録（四張）、首題「韻府羣玉目録」、次行花口魚尾圏発下に低一格にて「上平聲」等と標し、次行「一巻（墨囲陰刻）」等とある黒牌下より低二、七格に「一東〈獨用〉」等と韻目を列す。毎巻改行。毎行約十二字格、注小字双行、行約二十四字格。版心、中縫部「匀玉目」と、尾「韻府羣玉目録」と題す。

目録尾題前、第四張後半の第三至八行に、双辺無界「元統甲戌春／梅溪書院刊（楷書）」牌記あり。元統甲戌は二年（一三三四）。梅溪書院は、他に元大徳十一年（一三〇七）歟刊『千金翼方』後序後の木記に「大徳丁未良月／梅溪書院刻梓」と、元泰定元年（一三二四）歟刊『類編標註文公先生經濟文衡』総目後の木記に「泰定甲子春刊於梅溪書院」と（『天禄琳琅書目』）、元泰定四年（一三二七）刊『書〈集伝纂疏〉』序後に「泰定丁卯陽月／梅溪書院新刊」と、元後至元五年（一三三九）跋刊歟『皇元風雅』目録後の墨図記に「梅溪書院」と（『鉄琴銅剣楼蔵書目録』）、明洪武二十一年（一三八八）歟刊『資治通鑑綱目集覧』序後の牌記に「洪武戊辰孟夏梅溪書院重刊」と（王重民『中国善本書提要』）、明洪武二十五年刊『新編纂図増類群書類要事林広記』目録後の牌記に「洪武壬申仲春／梅溪書院重刊」と（慶應義塾図書館蔵本）あることが知られ、首尾の『千金翼方』と『資治通鑑綱目集覧』『事林広記』とでは年次が懸け離れているようにも思われるが、その他は大略本版と同年代に属する。書影を確認し得たいくつかの版種は建安坊刻のものと思われるが、確証は得られない。『書〈集伝纂疏〉』等も版式字様に通ずる所があり、その前附の泰定四年陳櫟自序中には「今謀板行幸遇古邢張子禹命工刊刻與四方學者共之」の語がある。これらが同属であれば、その姓は陳氏ということになろう。(8)

巻首「韻府羣玉巻之一（至二十）（隔三格）上平聲（至入聲）（墨囲陰刻）／（以下低六格）晩學陰〈時夫〉勁弦 編輯／新呉 陰〈中夫〉復春 編註」と題し（第二、三行首巻のみ）次行低二格で「一東〈獨用〉」等と韻目を標し、次行より本文。先ず単字（同音字の首は墨囲）、大字単行（小四字格）、直下より注、小字双行（同音字の首は「何某切」と反切）、出典注記を墨囲して示し用例、当該の文字は「｜」符を以て代え、屢々「詳何」と互注標示、圏発にて分節す。次で韻藻、中字単行（小二字格）、直下より注、体式同前、但し出典注記後掲、語彙釈道に渉らば圏発にて分節す。次で特殊語彙（卦名、人名等）、単行の黒牌中に類目を標し（墨囲陽刻）、直下より注、体式同前、但し当該の人名は陰刻。了りて直下より次字。字音毎に圏発にて分つ。毎韻改行。

巻之一（二八張）上平 一東至 三江
巻之二（五一張） 四支至 六魚
巻之三（五七張） 七虞至 十灰
巻之四（六六張） 十一真至 十五刪
巻之五（六六張）下平 一先至 五歌
巻之六（五三張） 六麻至 七陽
巻之七（五〇張） 八庚至 十蒸
巻之八（五二張） 十一尤至 十五咸

巻之九（四九張）上声 一董至 六語
巻之十（四九張） 七麌至 十四旱
巻之十一（四八張） 十五潸至二十二養
巻之十二（四三張） 二十三梗至二十九豏
巻之十三（五八張）去声 一送至 七遇
巻之十四（三九張） 八霽至 十二震
巻之十五（五三張） 十三問至二十一箇
巻之十六（四八張） 二十三禡至 三十陷

巻之十七（三七張）入声　一屋至　三覚　　巻之十九（四三張）　十薬至　十一陌
巻之十八（四八張）　四質至　九屑　　巻之二十（四二張）　十二錫至　十七洽

四周双辺（二一・一×一二・四糎）有界、毎半張十行、行大十四字半格、小二十九字。版心、小黒口（接外周）双黒魚尾（不対向）、中縫部題「匀玉幾」、下尾下張数。

巻尾題「韻府羣玉巻之幾（隔三格）何聲（墨囲陰刻）」。

知見の範囲では最古の版刻と目されるが、前章に述べたように初度開刻時のものとは思われず、その本文にも墨釘や誤刻が散見され、巻六、十四尾題下の声目を欠いたり、去声十五翰韻の標題下の注に「與翰同用」としたり(9)、去声二十二禡韻の標題を「二十三」とする等、形式上の不備も目に着く。また従来、後出の翻版と識別するため、略字を用いず正字を配するかに著録されているが、巻首を除けば略字も相当に多い（図版二―一―一）。

〈東北大学附属図書館狩野文庫（別置）阿七・六二〉　二十冊

巻十五鈔補、配〔明洪武八年序〕刊本

後補栗皮表紙（二五・四×一五・五糎）或いは新補素表紙、左肩に題簽を新補し、或いは打付に「韻府群玉　幾」と書す。裏打改装、原紙高約二四・四糎。見返し右肩より韻目を注記す。

毎冊一巻。

巻十五第一至九張は鈔補に係る。第九張前半第九行にて途絶。但し本文としては去声十四願韻までを完存して、次葉以下の本文に連なる。次の翰韻を巻首として分巻の異なる別版を補配し、そのために生じた欠を補うもの。その底本は元統二年刊本と思われる。単辺有界、版心相当部分は前後接属せず、下方に張数。

〔室町〕の朱筆を以て圏竪傍句訓点、行間に校注、補注、欄上に標柱を加え、墨筆を以て磨滅部鈔補を加える。又やや後の筆と思われる朱墨を以て天地欄外に標字、補注や種々の符号（卍⊗等）を加える。第五冊首に単辺方形陽刻「〔臨〕済宗」朱印記、鼎形中単辺方形陽刻「州／天」朱印記、双辺方形陽刻「元／益」朱印記を存し、巻十二第十七張前半書脳部に単辺亀甲形陽刻不明朱印記を半存するが、いずれも使用者を審かにしない。

〈北京・中国国家図書館　七八九四（ＭＦ）〉　二十冊

伊沢蘭軒　清徐乃昌旧蔵

表紙法量、染色等不明。襯紙改装。毎巻一冊。同版の東北大学附属図書館狩野文庫蔵本には劣ろうが、市立米沢図書館本よりはやや早印か。

欄外に墨書校字注あり。首に単辺方形陽刻「伊澤氏／酌源堂／圖書記」印記（伊沢蘭軒所用）、其の他四種不明印記、凡例首に単辺方形陽刻「積學齋」印記、事目首に同「南陵／徐氏」印記、目録首に同「南陵徐乃昌／校勘經籍記」印記、巻六首に同「積學齋徐乃昌臧書」印記（以上四顆、徐乃昌所用）、目録尾に同「六合徐氏／孫麒珍臧／書畫印」印記、巻首に同「東華／劉占洪／字□山臧／書之印」印記、巻一尾に無辺方形陰刻「孫麒□氏／傳□□得」印記、巻二首に単辺方形陽刻「劉占洪／鑒堂」印記、巻五尾に方形陰刻「劉印／占洪」印記を存す。

徐乃昌旧蔵の本書元刻本に上海図書館現蔵の又一本を存するが、こちらは元統二年梅渓書院の牌記を有するものの巻首別版で、本版二修以降の印行である。

〈お茶の水図書館成簣堂文庫〉　十冊

巻七至八　十一至十二配〔朝鮮前期〕刊本

板坂卜斎　曲直瀬家旧蔵　大正七年徳富蘇峰識語

後補淡茶色唐草文空押艶出朝鮮表紙（二三・六×一四・六糎）左肩打付に本邦〔近世初〕筆にて「韻府群玉〈幾之幾〉」と書し、右肩より打付に同筆にて声韻目を列す。右下方単辺方形陽刻「宮原木／石所藏（楷書）」朱印記を存す。裏貼に朝鮮木活字印本「通鑑綱目纂要（柱題）」を用う。見返し新補。本文料紙間ゝ添色、天地截断、破損修補、一部裏打改装。首目完整。巻一第二十七張至巻二第八張欠。巻六第三、二張錯綴。また巻七至八、十一至十二の全張、巻九第一張と巻十第四十九張（第五冊の首尾）、巻二十第四十張をも欠き、これらの箇所には〔朝鮮前期〕刊本を配する。巻首匡郭二〇・九×一二・九糎、現存する同版本の多くに見られる補刻もこの本には見られない。早印本。

序のみ〔近世初〕朱筆にて竪句点、同墨返点、音訓送り仮名書入、巻首に別手の朱筆にて字目標圏、語目合点、本文傍点、墨筆にて欄上補注書入。目録末に刊年（元統二年）を刻した木牌中の右辺に「元順宗即位二年在位三十五年為明所滅今歳安／（下辺、以下毎字改行）永四年凡四百三十七年」の墨識を存す。毎冊尾に単辺方形陽刻「東萊／鄭氏」朱印記、毎冊首に単辺爵形陽刻

「愚／邨」朱印記、単辺方形陽刻「正建／珍臧」、同「懐僊／後人」朱印記、同「鋳塾臧」朱印記、毎冊首尾に単辺方形陽刻「淺艸文庫（楷書）」朱印記（板坂卜斎所用）、首に同「□／齋」朱印記（右字消印）、毎冊首に双辺方形陽刻「養安院蔵書（楷書）」朱印記（曲直瀬家所用）(10)、巻首に表紙同印記、毎冊前見返し下方に単双辺方形陰陽刻「徳富氏／弥蔵記」、毎冊尾に単辺方形陽刻「蘇峰／審定」朱印記を存す。

書帙に、上書「元板朝鮮經由／韵府群玉十冊」、大正七年二月二十四日蘇峰製作の封書一通が副えられ、「是書傳説加藤肥州朝鮮戦利品／也未詳其眞否如何然有東莱鄭／氏印記且其標皮概皆朝鮮古活／字刷行其為朝鮮伝来物明／矣予藏韵府群玉元板二部∥韓板五山板各二部而今復際池田生／華沽所以之者何也以有淺艸文庫／及養安院印記耳淺艸文庫印／記尤可寶重者以其舊淺艸文／庫而不新淺艸文庫也肥(マヽ)字畫大∥即是也痩字畫小者梨堂相公／所書所謂新淺艸文庫也／（以下低二格）大正七稔二月念四於青山書／堂　蘇峯學人」とあって、加藤清正将来の伝説にこそ疑いを存しているが、鄭氏印記や表紙等の徴証を挙げて、朝鮮朝の旧蔵を経由した点を特記する。蘇峰自身の関心はむしろト斎所用の「淺艸文庫」印にあったようであるが(11)、この本は、すでに報告した東北大学附属図書館蔵狩野文庫本、北京図書館蔵本と並んで本書の初形に最も近い伝本の一であるから、本書版刻史の上からも見るべきものがある。また朝鮮朝前期における本版流布の一斑を示しているし、日本では、その版刻の年代と照応して南北朝室町以来の伝承が多い同版本中にあり、近世初以降に受容の始まった伝本の例として特色がある。朝鮮伝来、日本襲蔵の唐本(12)。

〈北京・中国国家図書館　一八六三五（ＭＦ）のうち〉

巻六配新増説文元至正十六年刊本　乾隆御覧之宝

巻十五は当該の版（二冊のうち一冊）。前後見返しに単辺方形陽刻「五福／五代／堂寶」「八徴／耄念／之寶」「太上／皇帝／之寶」朱印記を存す。

〈市立米沢図書館　米澤善本六三〉　十冊

後補渋引表紙（二四・七×一五・七糎）左肩より打付に「韻府群玉［　］幾」と書す。右肩より紙箋を貼布し後筆にて韻目を書す。裏打改装。天地截断。毎冊二巻。首目完整。巻首匡高二〇・八糎、前掲東北大学蔵本に比べても相当の後印本で、左右の匡郭附近は判読の難しい文字がある。

〔室町〕の朱筆を以て竪傍句点、傍圏、返点、音訓送り仮名、欄上に校字注記（第二冊以降は稀）、標柱を加える。又墨筆を以て欄上に補注を加えた箇所が僅かにあり、ソ式の仮名注を雑える。

第一冊首及び巻二以降の毎巻首に単辺方形陽刻「洪／山」朱印記を存し、巻一及び第二冊以下毎冊首に「妙心寺内兀生寺／（低四格）極上座」の墨識を存し、署名に重ね鼎形陽刻不明朱印記を存す。[13]

又　一修

巻一全張、巻二第一至十八、二十一至五十一張、巻三第一至五十六張、巻四全張、巻五全張、巻六第一至五十二張、巻七全張、巻八全張、巻九全張、巻十第一至二十、二十三至二十四、二十九至三十、三十三至三十四張、巻十一第十三至十四、二十、二十五至二十六、三十六至三十七、四十一至四十二張、巻十二第一至四、七至八、十二至十四、十七至二十、二十五至二十六、三十七至三十九、「四乙」張、巻十三第一至二、五至六、十五至十六、二十一至二十二、二十五至二十八、三十三至四十六、四十九至五十二張、巻十四第三十六至三十七張、巻十五第一至二、七至十、二十一至二十二、二十五至四十六、四十九至五十三張、巻十六第一至十四張、巻十七第一至二十、二十八至三十一張、巻十八第一至十四、十七至四十、四十三至四十八、巻十九全張、巻二十第一至十四、二十一至二十二、三十七至四十一張は補刻に係る。これを要するに、前半では原刻部分がほとんど数張に止まるのに対し、後半ではややその数を増す。首目十三張は原刻。

四周双辺（二一・〇×一二・五糎）。巻首匡郭の大きさはほぼ原刻に等しいが、その字様においては、筆画の入りや撥ねが少しく強調されている。その他、基本的に原刻の版式を逐うものであるが、原刻に比して略字の採用が増え、原刻にない墨釘を多く存する。後修本に残る原刻部分ではかなり磨滅が進んでいるので、その判読の難しさが墨釘を生じた一因であろうか（後段参照）（図版二―一―二）。

〈國學院大學図書館　貴・八四八・八五七〉　十冊

権中中巽　桑名藩主松平定信旧蔵

後補小豆色艶出表紙（二二・七×一四・七糎）。天地截断。裏打改装。事目を欠き、序、目録、凡例の順に綴す。毎冊二巻。原刻部分はかなりの後印で、巻十六第二十九至三十張等は殊に漫患著しい。巻四第五十五、五十四張、巻十二第四十二、「四乙」張は錯綴、巻十六第三十七至三十八張、巻十八第四十八張、巻二十第十一至十二張は〔室町〕の鈔補に係り、巻十一第三十九張を欠く。

〔室町〕の朱筆を以て標竪句点を、稀に訓点、送り仮名、校注を加え、極稀に墨筆を以て欄上校補注を加う。第五冊首と第十冊尾に方形陰刻「権中／之印」朱印記、第五、九冊を除く毎冊首に同「釋氏／中巽」朱印記（権中中巽所用）、毎冊首に同不明朱印記、重鈐して単辺方形陽刻「象／先」朱印記、また同「久遠院」朱印記、双辺方形陽刻「樂亭文庫」朱印記（松平定信所用）、単辺方形陽刻「立教館／圖書印」朱印記、単辺円形陽刻「桑名」朱印記を存す（桑名藩校所用）。

権中は臨済宗夢窓派の僧で、青山慈永に嗣ぎ、夢窓―青山―権中の法系。応安元年、即ち洪武元年（一三六八）に絶海中津等と入明、宋濂に派祖夢窓疎石の塔銘執筆を委嘱するなどして帰朝。官寺に出世せず建仁寺大統院に住した(14)。

〈韓国学中央研究院蔵書閣　C三・三二一〉　十一冊

巻四配元至正二十八年刊本

巻八配新増説文元至正十六年刊本

猪野中行　大野洒竹　李王家旧蔵

後補茶色雷文繋雨龍文空押艶出表紙（二五・八×一六・三糎）左肩打付に後筆にて「韻府〈幾幾〉」と書し、右肩より声韻目を列す。左下方打付に別筆にて「共二十」と、右下方又別筆にて冊数（第四冊以降、現状より一を減ず）を書す。押し八双あり。五針眼、裏打改装。前副葉、同後半の首に韻目を書す。序、目録、凡例を存し、事目を欠く。第二冊に巻三、第三冊に巻四の各一巻を収める他は毎冊二巻。巻四に同行款の元至正二十八年刊本を配す。また巻八（第五冊の後半）には毎半張十一行の元至正十六年刊新増説文本を配す。その他、同版後修の諸本には原板を残して磨滅の甚しい箇所に、屢〻至正二十八年刊本を配する。巻十第四十三張、巻十六第四十八張（尾）、巻二十第十一至十二、二十三至三十二張鈔配。巻十六第十二、二十至十三、二十一張と錯綴。巻首匡郭二一・〇×一二・五糎、別版の補配が多いために修刻の次数を明らかにし難いが、二修次に補刻されている巻十第二十七至二十八張等が原刻のままであることから、一修次の補刻本と位置付けた。

全体に〔室町〕朱竪句点、傍圏、傍線、返点、送り仮名、校改、毎韻首張版心上に標柱書入、同墨鈔補、欄上校注書入（巻四別手、巻八同）。毎冊首に方形陰刻「猪野氏／圖書記」朱印記（猪野中行所用）、同「魚躍館文庫」朱印記、単辺方形陽刻「洒竹文庫（行書）」朱印記、首に単辺方形陽刻「李王家／圖書之／章」朱印記を存す。

元版三種の混配本。書入や鈐印から見て、室町期以降、近世を通じ近代まで日本に伝存した本と思われる。一九一〇年に設置された李王職図書室による、翌一一年以降の収集書で、[15]該本に見える「洒竹文庫」印は大正二年（一九一三）洒竹歿後の鈐と言うから、それ以後の売却か。「昭和十年（一九三五）十月一日」現在の蔵書を記した『李王家蔵書閣古図書目録』著録。

日本伝来、韓国収蔵の唐本。

又　二修

後掲の伝本は、後修本の補刻に加え、巻十第二十七至二十八張、巻十一第十一至十二、二十九至三十張、巻十二第四十二至四十三張も補刻に係る。

また後掲の黒龍江省図書館蔵本には、次の封面を有する。毎局双辺二層「（上層）（毎字改行）梅　溪　書　院・（下層）（左右花口魚尾間陰刻）（毎字改行）新　刊・韻府羣玉（楷書大字）」（有界）（右辺）〈瑞陽陰君編輯是書以事繫韻世間之書蒐獵靡遺／宇宙之事該載悉備不特使人易於押韻又且使於〉・（左辺）〈撿事欲觀某事則求某字韻得之盖韻書而兼類書／也元本世多未見今復銓次加善敬刻與四方共之〉（楷行）一」牌記。

右の告文中、「瑞陽陰君編輯」「韻書而類書」等の措辞は、実は本節末尾の附説に述べた、元至正十六年（一三五六）刊行とされる本書の新増説文本を見て、その劉氏日新堂の刊記を踏まえたものであり、「元本世多未見」の句も、新増本との関係に従っている。これも附説するように、至正刊本は、本版一修と並行して生じた版本と見られるため、当該の封面告文は、本版成立当初、未修本の印行時には附され得なかった内容であり、後修本にのみ附されたものと推定される。しかし、封面を伴うのは黒龍江省図書館本ただ一本であることから、後修のどの段階に附されたのか未詳、暫時同本の該当する二修時に掛けて提示した。その限り、この段階では版木がなお梅渓書院にあるものと確認される。

〈黒龍江省図書館　C一八九五〇—六九〉　二十冊

狩谷棭斎　清川玄道　森枳園　清孫点旧蔵

清光緒十六年（一八九〇）黎庶昌識語

新補藍色表紙（二五・三×一五・一糎）。裏打改装。改糸。前後副葉宣紙。封面あり、竹紙印。首に序、凡例、事目、目録を存し、事目は近世期邦人の鈔補。毎冊一巻。巻二第二十七張、

徐乃昌の旧獲書では、北京の中国国家図書館にも同版無修の伝本を存する。北京の本は伊沢蘭軒の旧蔵書でもあり、共に近世以前に、一旦は日本に将来された書物である。

〈上海図書館　七七三二四七—六六〉　二十冊

訓点書入本　清徐乃昌旧蔵

後補淡茶色気泡文表紙（二六・四×一六・八糎）、包角。金鑲玉装。首に序、凡例、事目、目録を存するが、事目は近世期邦人の鈔補に係る。毎巻一冊。巻首匡郭二一・一×一二・五糎（補刻）。

本邦〔室町〕の朱墨を以て竪句点、返点、連合符、音訓送り仮名を加う。巻十三首に方形陰刻「南／谷」朱印記を存す。又首に鈐して単辺方形陽刻「積學齋徐乃昌臧書」朱印記、目録首に同じく「南陵徐乃昌／校勘經籍記」朱印記を存す。

巻十六第三十七至三十八張、巻二十第十一至十二張も同じく鈔補に係る。

室町末近世初と思しい朱筆に竪句点（仄声には稀）、室町期の墨筆にて毎韻首張版心上に韻目標注書入。毎冊首に双辺方形陽刻「玉／峯」朱印記、単辺方形陽刻「湯島狩／谷氏求古樓／圖書記」朱印記（狩谷棭斎所用）、同（隅切）「森氏開萬／冊府之記（楷書）」朱印記（森枳園所用）、同「清川氏／圖書記」朱印記（清川玄道所用）、巻首に方形陰刻「博／風齋」朱印記、第三、十七冊首に単辺方形陰刻「宋／母」、第三冊首、第四至十二冊尾に同陽刻「□華堂」、第四冊首、第五、七、十四冊首に方形陰刻「伍瑩／之印」、第六、十五、十八冊首に単辺方形陽刻「梅」、第八、十二冊首に方形陰刻「蔗／龕」、第九至十、十三、十六、十九冊首に「宋民」朱印記を存す。大尾題後に一格を低し「此書為日本友人森枳園所藏聞枳／園將歿之前悉取善本分散故舊／今為君異所得雖止此韵府一種確／為元板初刻亦足珍也／光緒庚寅十月黎庶昌識于日本使署」墨識、末行に方形陰刻「黎庶／昌印」朱印記を存す。

『経籍訪古志』巻三に棭斎「求古樓藏」の一本を著録し、その二稿本を見ると、森枳園は自ら「余亦藏此本」と書入ている。また君異とは、清国日本公使随員の孫点の字。彼は在日中、東京の文人と社交があり、枳園とも交わって書縁を得た。枳園の歿したのは明治十八年（一八八五）、その後、明治二十四年すなわち光緒十七年、孫点も休暇を取って帰国の途次、海上に身を投げて生涯を閉じた。公使の黎庶昌に識語を得たのはその前年、光緒庚寅は十六年（一八九〇）のことであった[16]。

又　三修

二修本の補刻に加え、巻十第二十一至二十二、四十九張、巻十一第一至四、四十五至四十八張、巻十二第三十一至三十二張、巻十三第十七至十八、二十三至二十四、二十九至三十、五十三至五十六張も補刻に係る。刷りは前記二修本とも遜色がなく、これらはほとんど時を隔てずに補われたものかと思われる。

〈大東急記念文庫　二二一・二二・一九〉　二十冊

稲田福堂旧蔵

新補藍色表紙（二三・五×一五・一糎）。裏打改装。天地截断。首目完整。毎冊一巻。巻十一第三十五張、巻十四第三至四張、巻十五第四十八張、巻十六第二十三至二十五、三十七至三十八張に後掲日本〔南北朝〕刊本、いわゆる五山版を用いた補配がある。これらは通行の五山版と同版のものであるが、他の足本には見られない特色もある（後段参照）。

巻十第三十六張、巻十八第三張は、近世期の鈔補に係る。〔室町〕の朱筆を以て竪句点、傍圏を加え、同筆の朱墨を以て訓点、音訓送り仮名、欄上字義、校字注記、磨滅部鈔補を加える。補配部分にも朱を加えてあるが、これらは別手に出る。首と下平声以下毎声の首に単辺方形陽刻「長松館圖書約／三章毋借之／為人毋還之過／期毋缺之不補」朱印記、同「江風山／月荘」朱印記（稲田福堂所用）、同「桓氏家臧」朱印記を存す[17]。

〈京都府立総合資料館　特〇五〇・一九のうち〉

首目　巻一至二　四　六至九　十一至十七　二十

配元至正二十八年刊本

巻三、五、十、十八至十九は当該の版（二十冊のうち五冊）。詳細後掲。

〈布施美術館　一三三八、C〇五〇・一八のうち〉

欠巻十五至十六

巻一至十二　十七至十八配〔明洪武八年序〕刊本

巻十三至十四は当該の版（九冊のうち一冊）。巻十三第一張を欠く。なおこの版の巻十三至十四は去声一送韻から十二震韻まで（平水韻）を収め、〔明洪武八年序〕刊本巻十三至十四も一送韻から八震韻まで（洪武韻）を収める筈であるが、細説すれば洪武韻の八震韻は平水韻の十二震韻と十三問韻を合したものであり、少なくとも巻十五までは本版を以て宛てなければ問韻を欠くこととなってしまう。従って合理的に考えるならば、現在欠けている巻十五は（恐らく巻十六も）当該の版であったかと予測されるが審かでない。詳細後掲。

又　四修

新たに巻二第十九至二十張、巻三第五十七張（尾）、巻六第五十三張、巻十三第十一至十二張（現存巻一至八、十三至十八、二十のみ）を補刻した。これにより、少なくとも本文の第一至八巻については、全ての張子が新板に入換ったことになる。但し序、凡例、事目、目録の首目十三張については依然として原板を用いる。巻九至十二、十九については伝本を見ないので、暫く措きたい。

〈お茶の水図書館成簣堂文庫〉

存巻一至八　東昌寺旧蔵　十冊

後補茶色表紙（二六・一×一八・八糎）左肩打付に本邦近世期の筆にて韻目を書し、第一至二冊のみ右方に「致」と大書す。毎冊中央下方に「共十」と書す。本文、原紙葉の印面匡郭外を刪去し（原紙半葉二一・二×一三・二糎）半折表紙大の台紙（楮紙）中央に貼附する。前後副葉、台紙同料。序、凡例、事目、目録を存す（目録第三至四張鈔補）。分冊は巻立でなく声韻に拠り、毎冊三韻。巻首匡郭二〇・九×一二・六糎、該本には前述のように補刻を重ね、元統版中の最後印本に当たっている。

全張本邦〔近世初〕の朱筆にて竪傍句点、傍圏、稀に返点書入、同朱墨鈔補。毎葉四周台紙有欄（半葉二十行）、欄上同墨字目標注（跨行）、標字下に同朱墨補注を加う。本文の毎韻末行後、原紙截断、台紙同料の副葉十数枚を差夾み、近世初を始めとする数筆を以て同韻字の補注と用例を列し（乾坤以下の意義分類）、さらに紙葉を改め「釈排」また「氏族」と標目して、標目書中同韻の記事を抄録する。首に徳富蘇峰の筆にて「明治四十年九月念三　蘇峰学人／（低四格）於仙台東昌寺獲焉」の識語があり、毎冊首に単辺方形陽刻「蘇／峯」、同「天下之公／寶須愛護（楷書）」、単双辺方形陰陽刻「徳富氏／珎蔵記（楷書）」朱印記を存す。[12]

該本の現状について挙要したが、全体に、韻書の版本を基礎として、さらに該博で実用的な形に改編した伝本と言える。存巻が平声に止まるのは、作文の実際に照らしてのことであり、原料紙印面に刀を入れ、原編に手を加えて韻数に従わしめ、全張に朱を施し、標注補注を加えて不時の参照に備える他、「略韻」系の韻類書や『釈門排韻』[18]『排韻』等の編書をも割綴して韻目の下に附属する。平声のみを取る編集態度には、聯句を含む韻文製作に資する意図が明らかであるけれども、僧俗の名号や行跡を増広するについては、四六を含む禅林法語類の製作を視野に入れた総合的編集と見たい。従来禅林においては『聚分韻略』を基に『韻府群玉』等の類書を以て増広し、略韻系統の数多の韻書を産んで来たのであったが、ここではかえって『韻府群玉』を主とする点に特色がある。近世初の本書受容の在り方を端的に示した注目すべき伝本である。該本を伝えた東昌寺は仙台市青葉区に現存し、東福円爾の直弟、山叟慧雲を開山とする伊達家菩提寺、該本が近世以前にその什物であったかどうか不明であるが、受容改編の場を考えると、あり得べきことのように思われる。本版無修本に副えられた蘇峰の封書（一九八頁）に「元板二部」と記すうちの一部であろう。

〈国立国会図書館　WA三五・二五のうち〉

巻一至二　四至十三　十九配新増説文元至正十六年刊本

巻三配元至正二十八年刊本

応永十三年（一四〇六）天龍寺三関寮周明識語

巻十四至十八、二十は当該の版（十冊のうち半、二、半冊の都合三冊分）。巻十七第十五至三十一張を巻十八の第三十九、四十張間に措く錯綴がある。

稀に〔室町〕朱筆を以て竪傍句点、傍圏、磨滅部鈔補、同墨筆を以て欄上補注書入を存す。また巻十四尾「天龍三関寮公用／　應永丙戌周明置之」、巻十八尾「天竜三関寮公用　應永十三年閏六月廿九日周明置之」、巻二十尾「天龍三関寮公用／應永十三年龍集丙戌閏六月廿九日周明置之」の墨識あり。

三関寮は京天龍寺内に設けられた公寮で、書記職の僧が使用した。応永十三年（一四〇六）閏六月二十九日に周明と称する者が天龍寺三関寮にこれを施入したというのであろうが、その何者であるかを審かにしない。周の字は臨済宗夢窓派の系字として知られる。他冊にこの識語はないから、後に補配されたものとわかる。

元統二年刊本では、『中国古籍善本書目』子部類書類に、なお重慶市図書館の収蔵を登録する。

同　元至正二十八年（一三六八）刊（東山秀岩書堂）翻元元統二年刊一修本

前掲元統二年刊本と同行款の翻版で、目録末の木記は双辺無界「戊申春東山／秀岩書堂刊」に変更されている。秀岩書堂は、元至正二十六年刊『増修互註礼部韻略』巻一尾題前の木記に「太歳丙午仲夏／秀岩書堂重刊」と、元至正二十六年刊『詩詞賦通用対類賽大成』巻一首書牌に「陳氏秀岩書堂重刊」、目録末書牌に「至正庚子菖節陳氏秀岩書堂梓行」、巻二十末牌記に「歳次丙午菊節秀岩書堂新刊」（『美国哈仏大学哈仏燕京図書館中文善本書志』）とあり、至正末年の刊刻が知られ、戊申は元至正二十八年（一三六八）即ち明洪武元年に相当と思われる(19)。また『対類賽大成』の書牌に拠れば、姓は陳氏と判明する。本文は元統二年刊後修本に拠ったと見られ、広い意味では覆刻と見做してよいが、依拠本に比しても略字の採用が多く、新たに誤刻の箇所を増す等、小異もある（後段参照）。四周双辺（二一・一×一二・六糎）、間ゝ左右双辺も雑う。その他、版式も依拠本に同じ。但し巻一第二張、巻十八第三十二張等は張付の下にも魚尾を存する。また巻十の尾題を「韻府巻之十」に作る（図版二―一―四）。

〈京都大学人文科学研究所松本文庫　子XI二・一〉　二十冊

巻十五配日本（南北朝）刊本

後補渋引包背表紙（二四・四×一六・二糎）左肩打付に「韻府〈声目／巻数〉」と、右肩より韻目を書す。別筆にて「韵府群玉集〈声目／巻数〉」と書せる題簽を補った冊もある。第十八冊の前表紙は又後補で、左肩打付に「玉扁」等と、右肩より韻目を書す。背面は外郎の効能書を摺れる反故紙。第八、十五冊を除く毎冊後表紙の中央に打付に「共二十冊之内／加納全久院／（低三格）常住」と大書す（打付の外題と同筆か）。破損多く、稀に修補を施す。毎冊一巻。版面の四隅、特に左下方等は屢ゝ墨付が悪く磨滅したように見えるけれども、早印に属する。
極稀に墨筆を以て欄上に校字注記を加える。

〈日光山輪王寺天海蔵　一七三六〉　二十冊

後補渋引包背表紙（二四・八×一四・七糎）左肩打付に「韻府」と書し、右肩より打付に別筆で韻目を書し、中央下方打付に又別筆で「八十三」と書す。毎冊剥離せる見返しの前半葉に又又別筆で「雲興菴書院公用」と書す。目録第一至三張、事目第三張、目録第四張の順に錯綴す。毎冊一巻。

朱筆を以て竪傍句点、傍線、欄上標柱を加え、巻三第二十二張前半には〔室町〕の朱墨を以て欄上補注書入を存す。但し上声以下は稀。(20)

〈杵築市立図書館梅園文庫　B・四八三、四八四のうち(21)〉

欠巻三至四　巻五至八　十一至二十配日本〔南北朝〕刊本
本　巻九至十配同版後印本

巻一至二は当該の版（もと一冊、合五冊中半冊）。詳細後掲。

〈南京図書館　K五〇三四（MF）のうち〉

巻一　五至十二　十七　十九至二十配新増説文〔明〕刊本
明文彭　彭年旧蔵　清丁丙題識

巻二至四、十三至六、十八を存す（二十冊のうち八冊）。表紙無文。首冊前表紙見返しに貼紙二葉、清丁丙による「（単擡）韻府羣玉二十巻〈元刊本〉　文三橋藏書／晩學陰時夫勁弦編輯新呉陰中夫復春編註／前有翰林滕賓序云陰君昆仲為韵府羣玉以事繫韵以韵摘事經史子傳蒐／獵靡遺是能以有窮之韵而寄無窮之事亦大奇矣又至大庚戌江村姚雲序又／翰林承旨趙子昂題云上渉羣經下苞諸子賢於回溪史韵多矣又大徳丁未陰／竹埜倦翁序云一日登書樓見季子棐几萬籤問之曰幸父兄与歳月暇得恣獵羣籍遇欣／然与意会處筆之將繫於韵摘其異而会諸同也爰授以凡例俾勉為之垂三十載告成又延祐甲寅陰／復春自序云予季以事繫韵多所摘奇豈能判然無疑愚故随筆注釋以備観鑒又陰勁／弦自序云是編遵先子凡例刻意纂集書成而失怙痛哉陰氏父子兄弟著書本末見在序／中千頃堂書目云時夫奉新人数世同居登寶祐九經科入元不仕詩韵以此最古巻二三四∥十一十二十三十四十五十六十八毎半葉十行々廿九字是初刻其巻一五六七八九十十七十九二十毎半葉／十一行亦廿九字則多新増説文四字蓋以續刻配齊真可称羣玉合璧矣有文彭／之印文寿承印三橋居士文氏震孟諸印」の題記を存す。これを『善本書室蔵書志』巻二十、子部十収載の同文に比校すると、『蔵書志』は、貼紙第一葉第二行の「註」を「注」に、第九行

「見」を「具」に、第二葉第一行「行々廿」を「行行二十」に作り、末尾に「彭長洲人徵明子官國子監助教善刻印書畫」の語を補っている。首に序、事類総目、凡例、目録を存す。元来は木牌告文を存し、巻首直前に位置するはずの凡例末張後半は、該本では印出されていない。毎冊一巻。

巻首に単辺方形陽刻「文壽／承氏」、方形陰刻「三橋／居士」、同「文彭／之印」、巻尾に同「壽／承氏」、巻三尾に同「文震／孟氏」、同「震／孟」印記（以上、文彭所用）、序首に単辺方形陽刻「彭」「年」印記（彭年所用）、方形陰刻「嘉恵／堂丁／氏臧」、単辺方形陽刻「八千巻樓」印記（以上、丁丙所用）、同「江蘇第一／圖書館／善本書／之印記」印記を存す。

〈上海図書館　八一四六九七―七一八〉　二十二冊

巻一至三　十七至二十　清康熙二十八至九年鈔補（許濬

巻十三至十六配新増説文明弘治六至七年刊本

後補藍色表紙（二七・二×一五・九糎）、淡青包角。天地截断、金鑲玉装（鈔補乙を除く）。見返し、前副葉子後補。巻四至五を各二冊とする他は毎巻一冊。巻六第三十七、三十八張欠、巻七第十、九張錯綴。

序（鈔補乙）、目録（同、末葉「元統甲戌春／梅溪書院刊」牌記摸写）（ここまで六張）、又序（鈔補甲〔清許濬〕、「陰復春自序」以下、題下に単辺方形陽刻「半憂居士／藏書之印」朱印記（イ）あり）、事目（乙）、凡例（同、ここまで二張）、題記（甲、一張）。首低二格題「補鈔題語」、同行下に単辺方形陽刻「中弌子」（ロ）、同「高陽博／明氏珍／藏圖書」（ハ）朱印記を存し、次行より本文「辛卯冬有童子以廢書相售束而庋之今秋遇從檢閲中有韻府六帙覩／其字畫遒潔為前元之板所缺者一東至十灰暨入聲一韻因不憚晨窗夜／火手録成集而或則誚曰茲書窮捜彙刮誠博雅君子之所需然坊臚／戸設非若孔墻汲家難搆之奇何足費暮年之筆札勤老眼之糢糊／而矻々於可已之勞乎余應之曰唯々否々延祐迄今以年考之四百有餘滄／桑陵谷鼎社幾遷而其殘編猶然不朽毀良非易矣一旦将覆瓿是供／心焉忍乎繕而藏之一以全先代之遺文一以留今時之舊物不亦可乎於戯非／獨完吾輩惜書之一念并欲以告後之閲是書者其亦加之珍護／也哉旹康熙二十九年歳次庚午莫釐許濬謹識於石筍里之寓〃樓」とあり、末行下に方形陰刻「石筍／里／寓公」（ニ）、単辺方形陽刻「許濬／致遠」（ホ）朱印記を存す。巻首題「韻府群玉巻之一〔　〕莫釐山人許濬致遠氏抄」、銜名に重ね方形陰刻「呉興／許氏」（ヘ）、単辺方形陽刻「讀画／齋臧」（ト）、同行に単辺方形陽刻「鏡澂／欣賞」（チ）、方形陰刻「厚基／之印」（リ）、単辺方形陽刻「餘園／山人／玩

賞」（ヌ）朱印記を存す。巻一至三、十七至二十はこの許濬の鈔補に係る。本文は新増説文本で、無辺無界、毎半葉十行、行三十字。巻三首題下「康熙己巳年陽月莫釐山人許濬致遠氏抄」識語、巻十七尾末行下「〈時康熙二十八年陽月二十四日抄於石笋里／寓樓懦庵許濬其年週甲有二歳〉」識語、直下に方形陽刻「致／遠」（ル）朱印記、巻十九首題下「東洞庭山人許濬致遠氏鈔補」識語、大尾末行下に「〈康熙二十九年三月十六日燈下／録畢時年六十有三歳〉」識語、直下に方形陰刻「臣濬」（ヲ）朱印記を存す。稀に欄上墨補注（許氏筆跡）、本文朱圏、傍点を加う。毎巻首前記イロハヘトチリヌ朱印記を存す。

〈京都府立総合資料館　特〇五〇・一九〉　二十冊

巻三　五　十　十八至十九配元元統二年刊三修本

首目、巻一至二、四、六至九、十一至十七、二十は当該の版で、巻五も第三十張までは本版と思われる。後補香色表紙（二三・六×一五・一糎）左肩より打付に「韻府［　］幾」と書す。第十一冊旧題簽。首二葉のみ襯紙。天地截断。毎冊一巻。巻一第十三、十二張錯綴。

朱筆を以て合竪句点、傍圏、返点、送り仮名を加え、欄上に貼紙して、或いは打付に墨筆を以て標字注記を加える。毎冊首に単辺円形朱印記を存するも印文刪去さる。(22)

〈金沢市立玉川図書館大島文庫　特一〇八・一〇〉　十三冊

存巻二至三　六至七　十至十二　十四　十六至二十

〈韓国学中央研究院蔵書閣　C三・三一一のうち〉

存巻四　巻一至三　五至七　九至二十配元元統二年刊一修本　巻八配新増説文元至正十六年刊本

猪野中行　大野洒竹　李王家旧蔵

蔵書閣本存一冊。後補栗皮表紙（二四・七×一五・三糎）右肩より打付に巻数と韻目を書す。或いは貼紙して別筆で書するもあり。押し八双あり。巻七冊表紙背面に書状断簡。裏打改装。毎冊一巻。巻七第二十二、二十一張錯綴。巻十二第四十三張（尾）欠。蔵書閣本改装。

朱筆を以て竪傍句点、傍圏、音訓送り仮名、連合符、校注、磨滅部鈔補を加え、墨筆を以て欄上に磨滅部、破損部鈔補を加える。但し上声以下は極稀。毎巻首に方形陰刻「景睦／之室」朱印記、単辺方形陽刻「千／英」朱印記、同「祐／俊」朱印記を、双辺方形陽刻「内隱」朱印記、大島文庫本のみ単辺方形陽刻「得所託／傳於久」朱印記（大島家所用）を存す。(23)

〈国立国会図書館　WA三五・二五のうち〉

巻一至二　四至十三　十九配新増説文元至正十六年刊本

巻十四至十八　二十配元元統二年刊四修本

巻三は当該の版（十冊のうち半冊）。〔室町〕の朱筆を以て竪句点、磨滅部鈔補、欄上補注、校注、又別手の朱墨を以て破損部磨滅部鈔補書入を存す。尾に方形陰刻不明朱印記を存す。

〈龍谷大学大宮図書館　〇二一・四二一・二〇のうち〉

巻一至十　十三至二十配新増説文元至正十六年刊本

題簽〔利峰〕東鋭筆

巻十一至十二は当該の版（二十冊のうち二冊）。首に単辺円形陰刻「監／翁」朱印記を存す。詳細は第二章第二節参照。

〈台北・故宮博物院楊氏観海堂蔵書〉　十冊

新補藍色表紙（二三・八×一五・四糎）淡青包角、一部虫損修補。扉に楊氏影像。序、凡例、事目、目録を存するが、目録の第三至四張は鈔補に係り、目録末の木記をも鈔補す。毎冊二巻。巻一第二十三至二十四張を欠き罫紙に近世期鈔補。巻首匡郭二〇・九×一二・六糎、刷りは中程度に当たる。

平声のみ〔室町〕朱筆合竪傍句点、傍圏、序のみ同墨返点、連合符、音訓送り仮名及び同朱墨貼紙補注書入、朱点朱引精密。また全編に夥しく〔近世〕の墨筆にて行間音注補注、同夾紙補注を加う（去声以下疎）。浅葱色不審紙。毎冊尾題下に又別筆にて「桂芳」墨識あり。首に単辺方形陽刻「寶秀／園圖／書記」、同「正／莚」朱印記、方形陰刻「宜都／楊氏藏／書記」、同「飛青／閣藏／書印」、単辺方形陽刻「星吾海／外訪得／秘笈」、方形陰刻「楊印／守敬」朱印記（以上四顆、楊守敬所用）を存す。

楊氏『日本訪書志』巻四、小学の部に「韻府羣玉二十篇〈元槧本〉」以下に掲出の題識は「次目錄、缺二葉鈔補」等とあることから該本について記したものと思われるが、今題識を佚す。(24)

〈天理大学附属天理図書館　九二一・〇七―イ二〉　二十冊

伊沢蘭軒　多紀元堅　内藤湖南旧蔵

後補栗皮表紙（二五・〇×一六・〇糎）左下方打付に冊数を朱書す。裏打改装。天地截断。毎冊一巻。この段階の印本では巻首匡高二〇・八五糎と収縮を示す。

巻二第一至七張近世期鈔補、首「新増説文韻府羣玉巻之二」と題す。巻三第二十、五十四張、巻八第二十九張、巻十六第四十八張新写を以て補う。朱筆を以て竪句点、傍圏、傍線、欄上校

注、標柱を加え、墨筆を以て返点、送り仮名、磨滅部鈔補を加える。別手近世期朱墨の欄上注記も混ず。毎冊首に単辺方形陽刻「伊澤氏／酌源堂／圖書記」朱印記（伊沢蘭軒所用）、同「三杰齊／圖書」朱印記（多紀元堅所用）、同「炳卿珍藏舊／槧古鈔之記」朱印記を存し、首に同「元／本」朱印記（共に内藤湖南所用）を存す。(25)

〈台北・故宮博物院楊氏観海堂蔵書〉

巻十九至二十配日本〔南北朝〕刊本　十冊

浅野楳堂旧蔵　清楊守敬題識

新補藍色表紙（二三・九×一五・三糎）香色包角。扉に楊氏影像。毎冊前副葉、楊筆にて韻目を列記す。序、事目、目録、凡例の順に綴し、目録の第三至四張を欠く。毎冊二巻。巻十一第一至三、十七至十八張、巻十二第三十九至四十三張を欠き〔室町末近世初〕の筆にて鈔補。匡郭二〇・八×一二・六糎、刷りは前掲同蔵本と同程度。

序のみ〔室町〕の朱筆にて竪句点を加う。毎巻首右辺外「桂谷寺常住」墨識あり。毎巻首題下別筆「屹布衲」墨識および宝文様陰刻「永／屹」朱印記を存す（閩山永屹歟）。凡例末に単辺方形陽刻「彤函／翠蘊」、第九冊尾に同「湫芳閣／鑑藏印」、毎巻首題下に同「淺野源氏／五萬卷樓／圖書之記」朱印記（以上三顆、浅野楳堂所用）を存す。首冊副葉に楊守敬の筆にて「此書与流俗甚有出入与／四庫著録本亦不相應余別有跋／詳若之（隔三格）守敬記（行書）」題識あり、首および目首に単辺方形陽刻「星吾海／外訪得／秘笈」、首に方形陰刻「楊印／守敬」、目首に同「宜都／楊氏藏／書記」朱印記（以上三顆、楊守敬所用）を存す。

題識中「別有跋」の語は前本に附された『日本訪書志』収録の題識を指すと思われる。前掲同蔵本参照。(24)

〈静嘉堂文庫陸氏守先閣蔵書　一九・五四〉　十冊

後補白色表紙（二三・七×一五・四糎）右下方綫外打付に「幾」と冊数を書し、首冊のみその上に「共十本」と書す。一部裏打改装。天地截断。後補前副葉（二枚）あり。毎冊二巻。目録第三至四張は鈔補に係り、牌記を欠く。また巻二十第四十二張（尾）は後半葉を存せず、尾題を欠く。

極稀に墨筆を以て傍圏、傍線、磨滅部鈔補を加え、巻二十のみ朱筆書入を雑う。第一冊首、巻一首に単辺方形陽刻「樂安／臧記」朱印記、毎冊首に双辺同「　歸安陸氏守先閣書籍稟請／奏定立案歸公不得盜賣盜買」朱印記（共に陸心源所用）を存す。(26)

〈杵築市立図書館梅園文庫 B・四八三、四八四のうち〉(21)

欠巻三至四 巻一至二配元至正二十八年刊早印本

巻五至八 十一至二十配日本〔南北朝〕刊本

巻九至十は当該の版（もと一冊、合五冊のうち半冊）。巻一至二の同版部分に比して刷りが劣り、書入がなく、紙質も異なっている。詳細後掲。

〈Harvard-Yenching Library T9305/7323b（MF）〉 六冊

欠巻九至十二 十五至十八 木曽長福寺旧蔵

表紙無文、首目完整。毎冊二巻。巻十九第十三張鈔配。刷りは中程度。平声のみ竪句点、傍圏、欄上〔室町〕校注、別手補注書入。第三冊後表紙背面に「長福寺」、第六冊後副一葉「〈龍山〉長福寺」識。毎冊表紙右下方に単辺方形陽刻「恵／心」印記、首に方形陰刻「釋」、単辺円形陽刻「源山」、同「長／福」印記（木曽龍源山長福寺所用歟）を存す。表紙に現蔵者による一九五九年十月九日の受入印がある。(27)

又 〔明〕増修（清江書堂）

巻一のみ新増説文本に改めた補刻本。但し序目等は原刻、目録末張の木記「戊申春東山／秀岩書堂刊」を印刷しない場合がある。補刻部、巻首題「新增説文韻府羣玉巻之一 上平聲（墨囲陰刻）／（以下低六格）晩 學 陰 時夫 勁弦 編輯／新呉 陰 中夫 復春 編註」。四周双辺（二〇・九×一二・五糎）有界、毎半張十行、行二十九字。版心、小黒口（接外周）双線黒魚尾（不対向）、上尾下題「匀玉一フ」、下尾下張数。巻尾題「新增説文韻府羣玉巻之一 上平聲（墨囲陰刻）」。件の補刻は、その字様と、後掲の静嘉堂文庫蔵本の封面により、概そ明前期、清江書堂の所為に係るものと見る。

巻一を新増説文本に改めているのは、元末以来の新増説文本の流行と、これに起因する原本の後退に連動する事柄であろう。新増説文本は元至正十六年刊本以下、清代に至るまで半面十一行の本文で行われており、当該の補刻が半面十行とするのは特異で、これは元来の原本の行款に倣ったと思われる（図版二―一―五）。

〈静嘉堂文庫　一〇二・一七〉　十冊

後補茶色表紙（二三・九×一四・九糎）右肩より打付に韻目を書す。襯紙改装。書扉の位置に封面「（上層、毎字改行）清江書堂・（中央上段黒牌、同）增入韻會説文（陰刻）∥（中央）韻府羣玉（大書）∥（右）是書以事繫韻上渉羣經下包諸子不持易／於押韻抑且便於檢事欲観某事即某韻（左）得之［（十格破損）］增注許愼説／文使［（十一格破損）］而行之（有界行書）」牌記あり。目録第四張後半第三行牌記右辺を残して刷らず、料紙は切らないが多少破損している。毎冊二巻。巻十四第十六張を欠き、匡郭、版心、界線のみを墨書した罫紙を補ってある。

朱筆にて合点、傍圏、欄上校字注記を加える。また巻一首等、墨筆を以て界線を補う。毎巻首に単辺方形陽刻「宗／薛」墨印記、毎冊首に単辺方形陽刻「讀杜／艸堂」朱印記（寺田望南所用）、首冊前表紙見返しに方形陰刻「伏櫪／館臧」朱印記を存す。(26)

清江書堂には、明宣徳六年（一四三一）刊行の『広韻』以下、明代前中期を通じ嘉靖年間の後葉に至るまでの種々の版刻が知られ、明弘治十年（一四九七）刊本『増修附註資治通鑑節要続編大全』目録末木記「皇明弘治丁巳仲夏楊氏清江書堂重刊」（王重民氏『中国善本書提要』に拠る）等より、姓は楊氏と判ぜられ、建陽の書肆と見なされている（『中国版刻総録』『明代版刻総録』『福建古代刻書』『明代版刻図釈』『全明分省分県刻書考』等）。

〈名古屋大学附属図書館　八二一・一・I〉　二十冊

明万暦四十四年鈔補（呉如琳）　明毛晋旧蔵

後補香色表紙（二五・二×一五・二糎）。襯紙改装。破損修補。天地截断。前後副葉各一枚。序、目録の順に綴して、凡例、事目を欠き本文。毎冊一巻。静嘉堂本よりも少しく後印。巻四首の二十四張は明正統二年刊行の新増説文本（半面十一行、後出）による補配に係り、その後にもとの元至正二十八年刊原本（半面十行）第二十七張以下を存する。新増説文本の巻四第二十四張は上平声十三元韻の首に至る内容で、原本の第二十七張も元韻の首に当たっているから、字種の上では不足がない。この補配部は料紙に補色が加えられ、原存部との調和が図られている。巻五第一至六張前半（下平声一先韻首）、巻八第五十一至五十

二張（尾）（下平声十五咸韻尾）、巻九第一張前半（上声一董韻首）、巻二十第四十張後半至第四十一張（尾）（入声十七洽韻尾）は鈔補に係り、同筆にて巻八尾「萬暦丙辰（四十四年、一六一六）冬孟望日呉栗如録」、巻二十尾「凡失去一先韻五葉半十五咸韵葉半一董韻／半葉十七洽韻葉半開岐丈失此書命余録／以補其缺遂足成之／（以下低三格）萬暦丙辰易月晦日延陵呉如琳書／於長春館（行書）」墨識、次行下単辺方形陽刻「曾爲古／平壽郭／中堂臧」、方形陰刻「郭申堂／庚寅年／收書印」朱印記を存す。巻十一首前半葉も鈔補によるが別手に係る。巻五第四十一、四十張、巻六第四十五、四十四張、巻十二第四十二、四、四十三張、巻十四第三十八、三十七張錯綴。本文中、墨破損部鈔補、欄上校注、朱句点、傍線、磨滅部鈔補、校注、藍標圏、竪句点、磨滅部鈔補、校注、黄句圏を加う。巻四首補配部は欄上墨補注（別手）あり。序首に単辺方形陽刻「毛晉／之印」、同「毛氏／子晉」、単辺紡錘形陽刻「元本」、目録首に単辺方形陽刻「汲古／主人」、同「汲古得／脩綆」、巻首に同「毛」「晉」朱印記（明毛晉所用）を存す。(28)

〈台北・国家図書館　三〇九・〇七九三六のうち〉

巻三至四　九至二十配新増説文明天順六年刊本
巻五配八配新増説文元至正十六年刊本

三種混配。該版には巻一至二を存す（二十冊のうち二冊）。序を欠き、凡例、事目、目録の順に綴して（目録末木記を刷らず）本文に入る。毎冊一巻。巻五第一張も本版に係る。匡郭二一・二×一二・五糎（補刻）。

首に単辺方形陽刻「海豊呉氏家／臧書画之章」、事目首に同「津門王鳳／岡風篁／館所臧印」、目録首に同「賜研齊」朱印記を存す。その他、全本に渉る事項は、次節、天順刊本の項参照。

この他、国内では黒羽雲巌寺に同版本を存する由であるが未見。また松田福一郎氏『古鈔旧槧録』に旧叡山真如蔵の同版本書影を存する。海外では北京・首都図書館にも巻首同版本を存する（『中国古籍善本書目』『首都図書館館蔵珍品図録』）。以上、本版には二十例近い伝存があり、その多くが日本伝来のものらしく思われる点は注意されてよい。

また未確認の伝本で『説文』の増入がない原形かと思われる伝本に、『藝風蔵書続記』巻五に所載の「元刊本」、『中国古籍善本書目』所載の四川師範学院図書館、鄭州市図書館、天津師範大学図書館所蔵「元刻本」、同じく湖北省図書館所蔵の「明初刻本」等を挙げることができる。この内『藝風蔵書続記』には「姚雲序、至大庚戌〈此板挖去／至大二字〉」と見えるが、類本に接することができない。

同　明嘉靖三十一年（一五五二）序刊　覆明正統二年（一四三七）印本

元統二年刊本以来同行款の原本系統の翻版で、元至正二十八年秀岩書堂刊本系統の覆刻である。(29)首、原序ののち荆聚重刊序（一張）、首低一格題「重刊韻府羣玉引」、次行より本文「予以謭薄承乏内監躬被／皇上右文之化（中略）而於諸家韻書盖嘗究心求其全備／無出瑞陽陰氏韻府羣玉之右者予／珍愛之顧其傳世既久間有殘缺兼／字多訛謬懼誤後學亟欲重刻以闡／其懿廼過秘書河間李君正卿氏圖∥焉既嘉予志校讎惟敏爰考六經載／稽羣籍求出處之真審音聲之的於／是缺者補之訛者正之而俾是書復／為完美不惟四方初學有所資益其／於廟堂之上黌序之間學士大夫製／作倡和之際未必無萬一之助也於／其告成廼書此以引其端觀者其鑒／予之衷而毋以為僣乎／嘉靖壬子仲冬朔旦春山荆〈聚〉書」とあり。毎半張九行、行十五字。中縫部題「匀玉引」。凡例末「韻下類目」中「十七」黒牌墨囲せず。目録末張の後半のみは十一行で、その第二至九行間に単辺有界八行で無文の木牌がある。

四周双辺（二〇・四×一二・五糎）。版心、中黒口（間〻粗黒口）（接内周）双黒魚尾（不対向）、中縫部題「匀玉幾」、下尾下張数。字様、底本に基づくが元刻諸版に比べるとやや筆画が鋭く直線的である。

巻一末張前半の末行下方に声目のみを標し、同後半の末行に「韻府羣玉一巻〈終〉」と題す。前稿中に挙げた原本系統の諸版では、前半張末行の声目上方に題記がある。又巻十尾「韻府巻之十」と題し、其の後三行分は未刻。巻一尾題前（後半張）に双辺有界木記「正統丁巳仲秋／安定書堂新刊（楷書）」を存す（図版二―一―六）。

本版は、巻一末の牌記に従えば明正統二年（一四三七）安定書堂刊本という著録になるが、その字様は元版以来の様式を残しつつも元版覆刻のそれで、多くの本に附印する刔氏重刊の序と矛盾しない。従って正統の牌記は底本の残映と思われるが、その在り方自体は少しく不自然である。本版の本文は元至正二十八年版に出たと見られるが、原十行本系の款式では、目録末張の後半に牌記を置き、また本版で牌記を置いている巻一尾には、末張前半の末行に「韻府羣玉巻之一」の尾題があり、同行下方に「上平聲」の声目を存し、この位置には牌記を設けないのが通例である。然るにこの版の底本では、目録末張には辺欄のみの木牌を存し、巻一尾では、前半張には尾題を欠いて下方の声目のみを存し、他版には刻文のない後半張に木記を置いて、後半張の末行に改めて尾題を配する。尾題等の変更は、餘白のない巻一末に牌記を補うための措置として理解できる。しかしこの牌記の内容は、後述する新増説文本の一種で「（七行略）／正統丁巳孟春梁氏安定堂謹白」の告文を有する明版の牌記と近似している（第二章第二節・三〇六頁）。梁氏安定堂の告文は、原本に同じく目録の末に置かれ、「毎字音切之下續增許氏説文」の文言を含み、木牌中に八行（無界）に刻されているのだが、本版ではその位置に辺欄のみの八行の木牌があり、加えて木牌のある半張のみは全体にも十一行とされていて、これは広く新増説文本の用いた款式と同様である。この情況は、一旦は新増説文本の告文を配したものの、後に取り去った如くであり、こうした情況を勘案すると、本版の牌記は梁氏安定堂との接触によって附加されたものかと臆測される。態〻かかる操作を加えた本版底本の開版者が、正統二年に新増説文本を刊刻したばかりである当の安定堂自身であったとは思われない。

本版の刊者について、刔序を見ると、刔氏と版刻を図った李正卿は、共に内廷の関係者である。一方、明末劉若愚の『内板経書紀略』には「韻府羣玉〈十本／一千四十葉〉」と著録し、本版との関係を思わせるが、本版の張数は元統版以来の九百八十張である。他版を見渡しても『紀略』の張数に合致する版本を見出し得ないため、単なる算え違いである可能性もあるが、本書を内板、いわゆる司礼監刊本と見ることは暫く留保したい(30)。

〈北京・中国国家図書館　三三一一〉　二十冊

清季振宜　高士奇　蔣廷錫旧蔵

後補淡黄色金砂子散表紙（二九・〇×一六・八）左肩打付に「韻府羣玉〈幾本〉」と書す。改糸、淡青包角。襯紙改装。前後副二葉。荊序欠。毎冊一巻。巻一尾の牌記を去って、紙葉を補う。また巻十二第二十三張は鈔補に係る。

首、巻首、巻二尾に単辺方形陽刻「季滄葦／臧書印」朱印記（季振宜所用）、巻二尾に同「高士奇／圖書記」朱印記、首、巻二尾、巻十一首に方形陰刻「蔣印／廷錫」朱印記を存する、清初名家の旧蔵書である。

季振宜、字は詵兮、滄葦と号す。江蘇泰興の人。明崇禎三年（一六三〇）生、順治四年（一六四七）進士。清初の大蔵書家。高士奇、字澹人、江村と号す。浙江銭塘の人。順治二年生、内廷に供奉して康熙間に学官を歴任した。康熙四十三年（一七〇四）歿。蔣廷錫、字は揚孫、西谷と号す。江蘇常熟の人。康熙八年生、同四十二年進士及第。雍正十年（一七三二）歿。

〈北京大学図書館　NC9298・7323.47〉　二十冊

新補藍色表紙（二八・二×一六・三糎）。破損修補。毎冊一巻。朱筆を以て句点を施す。

白棉紙印

〈蘇州図書館　〇九〇・三・四五〇〉　二十冊

後補香色表紙（二七・八×一六・三糎）。巻一第四、五張間に双辺「韻府羣玉〈隠／下平聲〉」黄紙刷り題簽を差夾む。改糸、本文白棉紙。破損修補。見返し宣紙、首のみ副葉。序、凡例、事目、目録に次で本文。毎冊一巻。巻首匡郭二〇・三×一二・五糎。巻一尾の牌記を刷らず。

稀に朱句点、間ゝ墨欄上補批注、標圏、本文校改書入あり。首に単辺方形陽刻「蕪南／文管會／珎臧」朱印記、同「江蘇省立第／二圖書館藏」朱印記を存す。

〈高麗大学校中央図書館石洲文庫　貴中一六〉　十六冊

欠巻五　十五至十六　二十　巻六鈔補

後補丁子染卍繋蓮華文空押艶出表紙（二六・八×一五・五糎）左肩打付に「韻府羣玉牋」と書す。右肩より打付に別筆にて韻目を列記す。裏打改装。本文白紙。序、荊序、凡例、事目、目録の順に綴し、目録末に存する無文有界の木牌は後半が刪去されている。毎巻一冊。巻一第七、八張、巻三第一至三張、巻六全張、巻八第十五、五十二張、巻十九第一、三至五張は鈔補に係り、巻九第四十九張（尾）を欠き、巻十三第九、八張を錯綴す。巻首匡郭二〇・三×一二・四糎。

欄上墨字目標注、本文字目朱囲、藍墨傍点書入。第一、二巻後に紙葉を改め鈔補、首に「韻府羣玉増續　青田　包瑜　希賢　續編」と題し、次行小字三字格を低して「一東」等と韻目を標し、次行より本文。注小字双行。一東韻は「(東)」と字目を示し、直下「賦河東」の語目および注より始めている。これが増続会通本を成さしめた明包瑜撰述の単行本文であるのか、既成の増続会通本よりの抽出であるのか、なお不明である。方形陰刻「完／文」、単辺方形陽刻「柳／申／源」朱印記。首に単辺方形陽刻「石洲文庫」墨印記を存す。

〈上海図書館　八四二一六三—二〇二〉　四十冊

白紙印　民国劉承幹旧蔵

後補浅葱色艶出表紙（二五・五×一六・二糎）、浅葱色包角。襯紙改装。白紙印、虫損修補。序、凡例、事目、目録の順に綴す。毎巻二冊。巻一尾牌記部分に料紙刪去痕がある。

首尾冊首に単辺方形陽刻「呉興劉氏嘉／業堂臧書記」朱印記（劉承幹所用）を存す。

〈台北・国家図書館　三〇九・〇七九三八〉　四十二冊

巻三　十六配同版本　清怡僖親王弘暁旧蔵

後補香色表紙（二五・七×一六・一糎）右肩綫外打付に冊数を書す。襯紙改装。前後副葉。序、事目、目録を存し荊序、凡例を欠く。巻四、巻五に三冊を配する他、毎巻二冊。本来正統二年の原木記のある巻一尾の半張を刪去す。標記の他、巻十三首、巻二十尾にも別本を配す。匡郭二〇・三×一二・六糎。

間々墨傍句圏、稀に朱竪句点書入。首および事目首に単辺方形陽刻「明善堂／珍藏書／畫印記」、首に方形陰刻「明善堂／覧書／画印記」、巻首に単辺方形陽刻「安樂堂／藏書記」朱印記

〈怡僖親王弘曉所用〉、首に方形陰刻「三槐／世家」朱印記、巻十三首に同「白雲堆／裡人家」朱印記を存す。

〈中央研究院歴史語言研究所傅斯年図書館　043.441〉　十冊

白紙印

当館新補香色表紙（二八・一×一六・三糎）次で後補淡青絹表紙、左肩青絹地双辺刷り題簽「韻府羣玉〈丙／下平聲〉」等貼附（首冊以下剝落多し）、右肩より同工目録簽を貼布し双辺中に声韻目を書す。本文白紙印。裏打改装。前後副葉。荊序を欠き、序、凡例、事目、目録の順に綴し本文。毎冊二巻。巻一第二十八張欠。巻首匡郭二〇・二×一二・六糎、後印本。

〈台北・国家図書館　三〇九・〇七九三八のうち〉

巻一至二　四至十二　十四至二十配同版本

存巻三、十六（各前半、四二冊のうち二冊）。汚損。朱傍圏書入。毎巻首に単辺方形陽刻不明朱印記、重鈐して同「欽／遠」朱印記を存す。詳細前掲。

〈吉林省図書館　子二六・〇〇七一のうち〉

巻一至四　六至二十配明天順六年刊新増説文本

民国王体仁旧蔵

存巻五（二冊）。金鑲玉装、原紙高約二五・三糎、白紙。巻五首匡郭二〇・八×一二・六糎。

朱竪傍句点、墨傍圏書入。全体に関する事項は、次節配本の項に掲出。

右の他、劉承幹『嘉業堂善本書影』の目録に「韻府羣玉二十巻〈元刊本〉」と著し、同巻四（子部）に掲載の巻首一葉は本版と同種であるが、前掲の上海図書館本とは別の伝本である。『嘉業堂蔵書志』巻三（子部類書類）には

韻府羣玉二十巻〈明翻元刻本〉

題晩學陰時夫勁弦編輯、新呉陰中夫復春編注。首有翰林滕賓序、江村姚雲序、趙孟頫題語、陰竹埜序、勁弦、復春自序。又該載事目。是書有元元統梅溪書院刊本、極精、目録後有牌子。此本目錄後有牌子邊闌而無字、疑爲明翻元統本。

と記すが（繆荃孫稿）、上図本を指すか『書影』本を指すか不明ながら、「此本目錄後有牌子邊闌而無字」と言うのは、本版の著しい特徴である。また現在『湖南省古籍善本書目』等、中国各地図書館の書目類に「明嘉靖三十一年荊聚刻本」等と著録の諸本も同版か。前出柳田氏著書中に「正統二年版」として紹

介の亀井孝氏旧蔵本も、巻一末の牌記、一部引用の本文等からは本版の如くに思われる(31)。但しその他には、日本における流布に乏しい。

同　〔明〕刊　覆明嘉靖三十一年序刊本

前掲の嘉靖刊本と同行款の翻版で、巻首題下の声目の標示を墨囲しない点に特色があり、また版心にも特徴がある。底本にあった目録末の木牌辺欄や巻一尾の木記はない。

原序に次で〔荊聚〕重刊序（一張）を存す。底本と同様ながら、署名の末行を欠く。

四周双辺（二二・七×一三・五糎）。版心、粗黒口（接内周）双線黒魚尾（対向）間題「韻府羣玉幾」、張数（図版二——一—七）。

〈東京大学総合図書館　D四〇・六七四〉　十冊

新補群青色表紙（三一・三×一七・二糎）次で後補淡青牡丹花文打出絹表紙を存し、左肩同絹地に双辺「韻府羣玉〈甲（至癸）／声目〉」刷り題簽、右肩より同工「声目／（以下低一格）一東　二冬／（韻目、下略）」刷り題簽を貼附す。本文白棉紙。原序、目録を存し、〔荊〕序、凡例、事目を欠く。毎冊二巻。極稀に墨筆を以て校注書入あり。毎巻尾に単辺方形陽刻「子／長」朱印記を存す。

〈中国科学院図書館　子九六〇・七八六五〉　十冊

後補香色表紙（二九・二×一六・五糎）。本文白棉紙。見返し、前後副葉宣紙。原序、〔荊〕序、凡例、事目、目録を存し本文。毎冊二巻。稀に夾紙して補注墨書。首に竹紙四張を補い「欽定四庫全書總目巻一百三十五〈子部類書類一〉／韻府羣玉二十巻〈兵部侍郎紀昀家藏本〉」以下、解題抄録。右の第二葉に方形陰刻「伯辛／經眼」、第四葉及び原序の首に同「臣安瀾謹臧」朱印記を存す。

同　日本〔南北朝〕刊　覆元元統二年刊本

前掲元統二年刊本と同行款の翻版で、原木記を存し、字体も大略元統本に合致するが、曖昧な字体を採用している箇所も多い。また本版独自の墨釘を相当数有しており、元統刊後修本や至正刊本の場合と同様、底本に判然としない文字のあったことも窺われる。その他、底本と小異がある（後段参照）。

四周双辺（二〇・八×一二・四糎）屢ゝ左右双辺もあり、双辺見当の幅で未刻の匡郭も雑える。間ゝ匡郭左下方の欄外に刻工名を存し、巻一第三至四張、巻二第一至八、三十七至四十張、巻三第五至十二、四十九至五十二張、巻四第一至三、十七至二十、五十三至五十六張、巻五第一至八、二十一至二十八張、巻六第五至十二張に「明（草体無郭）」と、巻二第十三至十六張、巻三第二十九至三十二張、巻四第十三至十六、六十一至六十四張、巻五第十三至十六張、巻六第一至二張には「長有（小郭中）」と見える。「明」は彦明の略記と思われ、共に南北朝期に来朝した刻工として知られるが、(32)姓氏を明らかにしない。恐らくは貞治六年（一三六七）七月に、元末の争乱を避け福建方面から渡来して、嵯峨近辺に寓居した刻工等と一団の者と思われる。(33)彦明は応安三年（一三七〇）刊『月江和尚語録』、同四年刊（陳孟栄）『宗鏡録』、永和二年（一三七六）刊『集千家註分類杜工部詩』（長有も）での彫版が知られ、長有は貞治六年刊『禅林類聚』補刻、永徳二年（一三八二）刊『仏海禅師語録』にもその名を刻しているから、本版も概そこの頃、南北朝末年までの開版と見て誤りないであろう。また刻工名の出現分布を見ると、大略四張を単位として交替するかに見える。巻七以降に工名の見えないことは、その原因を測りかねるが、第十至十八巻等は刻工の伎倆が他に劣っているように見え、良工を前後に配したものかと疑われる。その他、版式は底本に従うが、凡例の張数を序より通算して第七、八とし、事目の張数を第一とする点は底本と異なる。また後半の巻では首尾題下の声目黒牌を墨囲しないことが多い（図版二一―八）。

〈東洋文庫　二・B-C・二〉　二十冊

稲田福堂旧蔵

新補淡茶色表紙（二七・〇×一七・三糎）左肩双辺刷り枠題簽を貼布して「韻府羣玉　幾」と書す。裏打改装。五針眼。現状には事目、序、凡例、目録の順に配す。毎冊一巻。知見の完本中では最早印と目される。刷り方も比較的丁寧で、尾題後の未刻部分にも墨付がある。

巻二欄上に〔室町〕の墨筆で標字注記あり。また全巻に〔室町末〕朱筆にて合竪傍句点、傍圏、稀に音訓送り仮名、欄外校注を加え、同筆と思われる朱墨を以て要語の標出を加える。序首に「寄附　福聚禅寺（隔三格）徳雲主席堂」墨識あり、毎冊尾に単辺方牌中円形陽刻「虎／堂」墨印記を存し、序首と第二冊以降毎冊首に単辺方形陽刻「明／東」朱印記、同「江風山／月荘」朱印記（稲田福堂所用）を存す(34)。

〈近畿大学中央図書館〉　十冊

高木利太　横山重旧蔵

後補古丹表紙（二四・八×一六・二糎）右肩より打付に〔室町〕の筆にて韻目を列す。左肩厚手斐紙題簽を貼布し別筆にて「韻府羣玉　〈声目／上（下）〉」と書す。本文の一部に原紙匡郭外を刪去し表紙大に裏打する紙葉がある。首冊のみ前副葉。序、凡例、事目、目録を存し本文に入る。毎冊二巻。匡郭二〇・八×一二・四糎、本版現存本中最も早印の部類。

間〻〔室町〕朱標傍圏、竪傍句点、稀に返点、連合符、送り仮名、同朱墨欄上校補注、〔近世初〕墨欄上字目標注並に同朱合点、又後墨にて増続韻府との校注書入。第七冊尾に宝珠形陽刻不明朱印記、毎冊首に双辺方形陽刻「高木文庫（楷書）」朱印記（高木利太所用）、毎冊前副葉、或いは前後見返しに単辺方形陽刻「アカキ」、双辺同「横山家蔵（楷書）」朱印記（横山重所用）を存す(35)。

〈大東急記念文庫　二二一・二九・三二〉　十冊

永享二年（一四三〇）〔敬叟〕彦軾識語　増島蘭園旧蔵

後補渋引表紙（二二・八×一五・一糎）左肩打付に「韻府群玉〈幾之／幾〉」と、同筆で右肩打付に声目を書す。中央に韻目を列記するもあり。〔天地截断〕。毎冊二巻。僅かながら前掲東洋文庫蔵本より後印と思われる。

朱堅傍句点、傍圏、磨滅部鈔補を加え、朱墨欄上校注を加う。巻尾に「永享二年閏十一月　日　彦軾置之」墨識あり。彦軾は年代から見て相国寺雲頂院の敬叟彦軾であろう。敬叟は臨済宗一山派の僧で太清宗渭の嗣。永享初年に天龍寺に出世した（第八十四世）。該本の永享二年（一四三〇）の年記は、本版の早い段階での伝播を示していよう。毎冊首に単辺方形陽刻「増島氏／圖書記」朱印記（増島蘭園所用）を存す(36)。

〈堺市立中央図書館　〇三六一・一〉　十冊

欠巻十一　巻十二配同版後印本　鹿苑寺旧蔵

後補渋引漉目表紙（二四・三×一五・四糎）左肩打付に「韻府群玉［　］〈幾之幾〉」と、右肩より打付に同筆で声韻目を書す。天地截断。本文料紙は薄手の楮打紙で、同版本中に例を見ない。冠水。虫損甚し。比較的早印の部類で、大東急記念文庫蔵本と同程度の刷り。

ほぼ全張に渉り〔室町歟〕朱堅傍句点、傍圏、稀に欄上校注書入あり、巻十九にて途絶。極稀に同墨筆を以て料紙破損部鈔補、欄上補注書入あり。毎冊首に単辺方形陽刻「鹿苑寺」朱印記、同「荒陵／山房」朱印記、方形陰刻「荒陵／清秘」朱印記、毎冊前表紙に単辺方形陽刻「坊郡□現過眼」並に寺院図様朱印記、同題下に単辺小判形陽刻「奥」朱印記、同見返しに単辺方形陽刻「東門／守入」朱印記を存す。

〈お茶の水図書館成簣堂文庫〉　二十冊

常陸常光寺旧蔵

後補淡香色表紙（二六・二×一六・九糎）左肩題簽を貼布し近世の筆にて「韻府群玉〈声目〉幾（墨囲）」と書し、右下方に方簽を貼布し同筆にて韻目（墨囲）を列記す。左下方打付に別筆にて「寒函」と朱書す。首冊のみ右下方打付に蘇峰筆にて「　共二十冊／珍書可愛惜」と書し、中央に単辺方形陽刻「徳／富」朱印記を存す。背面江戸中期寺方文書、延宝九年（一六八一）の「常陸国笠間領山内古町村常光寺」の文言を判読する（古町村は現笠間市石井）。改糸、天地截断。毎冊前後副一葉、首冊前副葉に〔江戸前期〕筆にて『詩学大成』の曲水の箇所を手録す。序、凡例、事目、目録の順に綴す。毎冊一巻。巻首匡郭二〇・八×一二・三糎、早印本。

間々〔江戸前期〕朱筆にて合竪句点、傍圏、同朱墨返点、音訓送り仮名、欄上補注書入（上声以下は稀）。香色不審紙。毎冊首に方形陰刻「不二栴檀林」朱印記、尾に双辺円形陽刻「貴」、方形陰刻「修竹／吾廬」、同「白沙／翠竹」、単辺円形陽刻「道」朱印記を存す。また首冊前見返し「此書元板元統二年梅溪書院刊行／本翻刻也所謂足利板中最古之一也／其為罕覯之珎藉(マヽ)可以知也／　明治卅九年十一月廿二日於老龍庵／(低八格)蘇峰学人識之」、同後副葉「予前藏朝鮮覆刻梅溪／書院本可併観／　大正丙辰八月念一　猪誌／(低三格)於湘南老龍庵」等と毎冊に蘇峰の識語を存し、毎冊首に双辺方形陽刻「徳富氏(楷書)」、同「成簣堂(楷書)」、単辺方形陽刻「天下之公／寶須愛護(楷書)」朱印記を存す。[12]

〈神宮文庫　三・二二四三〉　十冊

後補古丹表紙（二七・五×一六・五糎）左肩題簽を貼布して〔室町末近世初歟〕筆にて「韵府〈何聲之上(下)〉」と書し、右肩より同筆で打付に韻目を書す。第一、四冊の題簽は又後補で、旧題簽は本文に夾まれている。押し八双あり。天地截断せざるか。首目完整。毎冊二巻。

ほぼ全張に渉り〔室町〕朱竪傍句点、傍圏、稀に訓点、磨滅部鈔補を加え、同墨筆を以て欄上校注を加う。これらは共に表紙題署と別筆。毎冊尾に双辺方形陽刻「林崎文庫」朱印記（内宮・荒木田氏所用）を存す。[37]

〈秋田県立図書館　一九・一〉　二十冊

新補香色「秋田圖書館藏」艶出表紙（二四・二×一五・九糎）左肩双辺刷り枠題簽を貼布し「韻府群玉［　］幾」と書し、中央にも方簽を貼布し同筆にて韻目を書す。これらは旧簽を流用したものと思われる。裏打改装。天地截断。包角。首目完整。毎冊一巻。巻八第三十一、三十張を錯綴す。

本品の刷りは比較的早く、神宮文庫蔵本と同程度である。

〔室町〕朱竪傍句点、傍圏、校注（巻五以降は稀）、稀に〔室町歟〕墨筆にて補注、また別手朱墨を以て欄上標注書入あり。首に方簽を貼布し「經籍訪古志云」以下の引文を墨書す。毎冊首に単辺方形陽刻「學校」朱印記を存し、これに無辺陽刻「明治三十［六］年［四］月［十五］日購入」朱印を重鈐（［　］内墨書）す。[38]

〈名古屋市蓬左文庫　一〇一・四六〉　十冊
名古屋藩主徳川義直旧蔵
後補淡茶色表紙（二三・六×一五・四糎）左肩打付に「韻府羣玉幾」と書す。厚手裏打改装。天地截断。毎冊二巻。巻十六第十九張を第十三、十四張間に錯綴。
極稀に朱筆を以て句点、校字注記を加う。毎冊尾に「十冊之内　自牧（花押）」墨識あり。毎冊首に単辺方形陽刻「御／本」朱印記（徳川義直所用）を存す。(39)

〈杵築市立図書館梅園文庫　B・四八三、四八四〉　合五冊
欠巻三至四　巻一至二配元至正二十八年刊早印本
巻九至十配元至正二十八年刊後印本　釈日典旧蔵
後補淡茶色表紙（二三・〇×一四・九糎）左肩打付に「韻府幾幾何聲」と書し、別筆で右肩打付に韻目を朱書す（欠くもあり）。破損修補。天地截断。もと毎冊二巻、合して毎冊四巻。
補配部分を除き、〔近世初歟〕朱竪句点、傍圏、返点、音訓送り仮名、磨滅部、墨釘鈔補を加えるが、上声以下は稀。補配部分を除く毎奇数巻首に無辺陽刻「（毎字改行）妙覺寺常住日典（楷書）」朱印記、毎冊前表紙及び毎奇数冊首に単辺方形陽刻「荒木／明藏／書印」朱印記を存す。(40)

〈宮城県図書館　三〇四五六〉　二十冊
仙台藩主伊達家旧蔵
後補渋引表紙（二五・〇×一六・三糎）左肩題簽を貼布して「韻府　〈幾　韻目／声目〉」と書す。天地截断。毎冊一巻。巻九第四十四、四十三張錯綴。欄上に墨書して前後を正す。
上平声のみ朱筆を以て竪句点、傍圏、欄上校注を加え、僅かに墨筆の欄上音注あり。毎冊首に単辺方形陽刻「伊達伯／觀瀾閣／圖書印」朱印記あり。

〈東北大学附属図書館狩野文庫（別置）　阿一五・九六〉　十冊
山本頤菴　小川守中旧蔵
後補香色布目菊菱花文空押艶出表紙（二三・五×一四・九糎）左肩打付に「韻府羣玉幾之幾」と、同筆で右肩打付に声目を書す。虫損修補改装。天地截断。紫色包角。毎冊二巻。巻五第十二、十一張錯綴。該本では、前掲本までに比べ、磨滅の進行が若干認められる。
朱合竪句点、行間注記、欄上標柱を加え、僅かに朱墨欄外補注を存す。首に方形陰刻不明朱印記、単辺方形陽刻「東／□」朱印記、同「尾藩小川／進徳斎記」朱印記（小川守中所用）、事目首に双辺円形陽刻「雲／山」朱印記、毎冊首に単辺方形陽刻

「爲可堂／臧書記」朱印記（山本頤菴所用）、毎巻首に単辺紡錘形陽刻「雄翶」朱印記を存す。

〈熊本県立図書館　八二一・一・イ〉　十五冊

欠巻二至六〔雲巣〕洞仙　木下韡村旧蔵

後補丹表紙（二六・五×一六・〇糎）左肩淡茶色題簽を貼布し近世初の筆にて「韻府〈幾〉」と書し、右肩より打付に同筆にて韻目を列す。改糸、裏打改装、天地截断。序、凡例、事目、目録の順に綴す。毎冊一巻。巻首匡郭二〇・七×一二・三糎。〔室町末〕朱合竪句点、傍圏、補注（本文中「詩篇」につき「毛幾」と原拠『毛詩』の巻数を注するもの多し）、同墨欄上校注、同朱墨貼紙補注（引「排韻」「互注」「坡詩」「韻会」「蒙求」「義楚六帖」等）書入、わずかにやや早期の補注、校注を交う。稀に書入同筆〔室町末〕鈔補、別手（墨筆にて鈔補。毎韻首版心上に淡縹色貼紙標識。毎冊尾に書入別手「洞仙」、大尾に〔室町末〕の筆にて「江州蒲生郡一華院／越州逆乱之時求旃云々」、その首行下に「守玉」墨識、単辺方形陽刻「守玉」朱印重鈐。毎冊首に方形陰刻「韡村／臧書」、単辺方形陽刻「似星堂木下／文庫之章」朱印記（木下韡村所用）を存す。

右の識語「江州蒲生郡」云々について、近江国蒲生郡所在の一華院の什物であることを記したのか、或いは一華院と称する者の所為（蒲生郡はその者の本貫か起居の塔頭か）を記したのか、解釈に迷う。「越州逆乱」と言うのも、どの事件を指すのか不明で、精核な事情は判然としない。ただ室町の後葉に一華と称して著名の者に、建仁寺に一華軒を開き一華和尚と呼ばれた月舟寿桂と、その後嗣、継天寿戩とがある。月舟は近江の出身で幼時は蒲生郡に過ごし、同国楞厳寺の正中祥瑞に参じて、臨済宗幻住派の法系を嗣ぎ、兼ねて曹洞宗宏智派の密参を受けた。宏智派と言えば、東明慧日、別源円旨以来五山派に浸透した一派であるが、室町後期には特に越前朝倉氏の外護を得て、また京師には建仁寺洞春庵に拠地を築いてこの間に隆昌した(41)。月舟も密参を通じて宏智派の成員に数えられ、日頃は建仁寺に籍を置きながら、越前弘祥寺（十刹）等、朝倉氏外護の寺院にも住持した。この期の宏智派の者は、建仁寺と越前を往来するのが常態で、その途次の近江出身者も多かったから、蒲生郡、一華院と言うと、室町後期の宏智派の活動に関係している可能性が高く、学藝に関心の高かったこの派の特性を考えると、該本の書入に照らしても肯ける点がある。そこで該本に「洞仙」と記すのを見ると、これは室町後期の宏智派の一員で『釈門排韻』の編者功甫洞丹に嗣法した雲巣洞仙の諱であろうと思われる。洞仙もまた建仁寺に居住し、享禄五年（一五三二）に越前弘祥寺に住持し、天文十二年（一五四三）に建仁寺住持の公帖を得た（第二百八十四世）。また「守玉」も禅僧の諱とすると、「守」を系字に用いるのは臨済宗聖一派栗棘門派、東福寺不二庵居住の一流であり、室町の末に石田守玉と称する者がある。印影「韡村」は、朱子学者で幕末熊本藩校時習館訓導の木下韡村を指す由、韡村には安井息軒撰述の墓碑銘が備わる。(42)

〈書肆某〉　十冊

三井高堅旧蔵

後補渋引表紙（二七・五×一五・五糎）左肩題簽剝落痕、毎冊見返しに旧題簽「韻府羣玉〈幾之幾〉」を差夾み、剝落痕に金泥別筆にて「幾幾」と書す。見返し新補。首目完整。毎冊二巻。稀に朱堅句点書入。毎冊尾、見返しに掛け単辺方形陽刻「應山珍藏」朱印記、首尾に同「聽氷壬／戊巳後所集舊／槧古鈔」、毎冊首に同「高安後／人士子／壬戌巳／後所集」、同「三井家聽氷閣」、首尾冊後見返しに単辺楕円形陽刻小「大正十二年」、単辺方形陽刻「癸亥／所得」朱印記（以上、三井高堅所用）を存す。

〈東洋文庫　二・B-C・一〉　二十冊

巻四配新増説文王元貞校明万暦十八年序刊三修本(43)

稲田福堂旧蔵

新補藍色表紙（二六・九×一七・五糎）左肩に題簽を貼布して「韻府羣玉〈五山版〉巻幾」と書す。五針眼。本文料紙やや厚手、毎冊首尾裏打。後補前副葉（一枚）あり。毎冊一巻。磨滅がさらに進行し、巻十九第二十七至二十八張等に甚しい。

〔室町末〕朱堅傍句点、傍圏を加え（別手もあり）、同墨返点、音訓送り仮名を加え（朱も雑う）、同朱墨を以て欄上に校注（「唐本」との本文異同、「瓢本」との加点異同）補注を加う。(44)

毎冊首に、単辺方形陽刻「□得菴」朱印記に重ねて双辺方形陽刻「寶福寺」朱印記（墨滅）を存し、また単辺方形陽刻「堀氏藏書之印」朱印記、毎冊首尾に同「江風山／月莊」、同「福堂」朱印記（以上二顆、稲田福堂所用）、毎冊尾に同「雲邨文庫」朱印記（和田維四郎所用）を存す。

〈台北・故宮博物院楊氏観海堂蔵書〉

巻一至十八配元至正二十八年刊本　浅野楳堂旧蔵

巻十九至二十を存す（十冊のうち一冊）。上辺補紙、原紙高二二・四糎。縹色不審紙貼附。末尾に方形陰刻「義／之」、単辺

方形陽刻「大／路」朱印記、毎巻首題下に同「浅野源氏／五萬巻樓／圖書之記」朱印記（浅野楳堂所用）を存す。詳細前掲。

〈京都大学附属図書館　一〇―〇一・イ三のうち〉

巻一　三至二十配明万暦十八年序刊二修本

巻二は当該の版（十冊のうち半冊）。朱竪句点、返点、音訓送り仮名、磨滅部鈔補書入を存す（他冊と同筆）。

〈西尾市岩瀬文庫　九一・二三八〉　二十冊

巻三至四配〔朝鮮前期〕刊本

安永六年（一七七七）識語　岡本閻魔庵旧蔵

後補渋引包背表紙（二五・三×一五・八糎）左肩打付に「韵府〈声目〉」と書し、中央打付に韻目を書す。裏打改装。天地截断。序六張を降順に錯綴。毎冊一巻。尾に修補識語「上平四巻　下平四巻　上聲四巻　去聲四巻　入聲四巻／　都合二十巻安永六丁酉林鐘下浣／〈但青韵二枚尤韻一枚紙数不足白紙納之以待抄寫〉宗孚修補焉」あり。

〔室町末〕墨筆を以て返点、音訓送り仮名、欄上補注（後筆もあり）、朱竪句点を加え、茶筆を以て傍点を附す。毎奇数冊首に鼎形陽刻「水／雲」朱印記、毎冊首に単辺方形陽刻「圓成寺什物」朱印記、同「閻魔庵／圖書部」朱印記、同「岡本藏書」朱印記、毎冊尾に双辺方形陽刻「岡本藏書記」墨印記、尾に無辺陽刻「(閻魔図)岡／本／画」墨印記（以上四顆、岡本閻魔庵所用）を存す。

〈京都大学人文科学研究所松本文庫　子・XI二・一のうち〉

巻一至十四　十六至二十配元至正二十八年刊本

巻十五を存す（二十冊のうち一冊）。天地截断。〔室町〕墨欄上校補注を加う。詳細前掲。

〈堺市立中央図書館　〇三六一・一のうち〉

欠巻十一　巻一至十　十三至二十配同版早印本

鹿苑寺旧蔵

巻十二のみ同版後印本による（十冊のうち一冊）。当該巻の印面は他巻に遅れる他、当該冊のみ薄手の料紙を用いない。但し表紙、書入、朱印記共他冊に共通であることから、この補配が行われたのは相応に早い時期のことであるらしい。詳細前掲。

又　後修

巻十九第二十七至二十八張に補刻がある。前掲本中比較的後印のものでは当該の箇所の磨滅が甚しかった。

〈天理大学附属天理図書館　八二一・イ三一・一〉　十冊

小津桂窓旧蔵

後補淡縹色表紙（二六・五×一六・四糎）左肩打付に「韻府羣玉」と書し、首冊のみ右肩に別筆で「月百八〈全十〉」と墨書し双辺方形陽刻「西荘文庫」朱印記を存する蔵書票（小津桂窓所用）を貼布す。裏打改装。〔天地截断〕。裏打紙は原紙より天地数糎ずつ大きく、表紙も合せて折込み部を出してある。第一冊後表紙見返しに又別筆の〔室町〕の朱墨で『論語』公冶長『正義』の注語を記した小簽が貼布されている。毎冊二巻。該本では、原刻部分も、前掲本と比べ版の状態が格段に劣る。

〔室町〕墨欄上に標注を加え（平声のみ）、〔室町〕別朱竪傍句点、傍圏（後筆もあり）、欄上校注、磨滅部鈔補（墨もあり）、故事標出（上声以下）を存す。毎冊首双辺方牌中円形陰陽刻「茂／松」墨印記、毎冊首尾単辺方形陽刻「不審」朱印記、毎冊尾双辺楕円形陽刻「桂窗」朱印記あり。[45]

〈天理大学附属天理図書館　八二一・イ四五〉　一冊

存巻十一　フランク・ホーレー旧蔵

後補縹色雷文繋文空押艶出表紙（二五・八×一六・九糎）。裏打改装。天地截断。該本は補刻の箇所を存しないが、現存部分の刷りは直前の一本と同程度か、やや劣っているので〔後修〕の項に掲げた。

朱竪傍句点、傍圏、欄上校注を加え、稀に墨欄外補注を存す。首に双辺方形陽刻「澁谷藏書記」朱印記、単辺方形陽刻「寶玲文庫」墨印記、尾に単辺円形陽刻不明墨印記、双辺方形陽刻「□／山」墨印記あり。[45]

この他、同版とされるもので披見していない伝本に、安田文庫旧蔵本、三井家旧蔵（三のうち二）本（以上、川瀬一馬氏『五山版の研究』著録）、亀井孝氏旧蔵本があり、安田文庫旧蔵本は、『善本影譜』甲戌第六輯に拠れば、大内氏、南葵文庫旧蔵、比較的早印で大東急記念文庫蔵本と同程度の刷りと思われる。また昭和十五年（一九四〇）十二月の『新興古書展目録』及び『弘文荘待賈古書目』第十五、十八号に本版巻八と思われる零本と、同第二十八至四十五号に本版第五、六巻と思われる零本が登載されている。

同　朝鮮明正統二年（一四三七）跋刊（江陵　原州）覆元元統二年刊本

前掲元統二年刊本と同行款の翻版で、原木記を存し、字体も大略元統本に合致する。しかし僅かに本版独自の墨釘を有し、一方で底本の墨釘の多くが姿を消している点に特色があり、その他、本文には底本と小異がある（後段参照）。四周双辺（二〇・二×一二・四糎）。版心、中黒口（接内周）。三（巻一首二張のみ四）黒魚尾（最下のものは欠く張も多い）（首のみ上下線黒魚尾）第二（首二張のみ第三）魚尾下張数。その他、版式は底本と同様であるが、事目の張数を第一とし、原木記を有界とする点は底本と異なる。

巻後別版に南秀文跋（一張）、首より低二格、諱字改行双擡で本文「元朝瑞陽陰氏蒐獵典策剔抉精奇以事／繫韻以韻摘事部帙雖簡而苞羅萬巻使／觀者如登崑崙而璆琳瑯玕惟其所取真／可謂羣玉之府也況我東方載籍不夥得／閲此編其為有益詎可量已宣徳乙卯秋／江原道監司臣柳季聞拜辭之日／上諭之曰羣玉為書其於文士所裨實多予欲／刋布卿其不煩民以圖之越明年春募游／手備材以／聞爰∥命集賢殿出經莚所藏善本二部參校送之於／是始鋟于梓用廣其傳於戲我／殿下留神經傳無書不刋而又拳拳於是編使／儒者皆獲至寶其廣惠後學於無窮也至／矣盡矣正統二年丁巳六月日朝奉大夫／集

賢殿應教知製　教経莚撿討官兼春／秋館記注官〈臣〉南〈秀文〉拜手稽首敬跋(楷書)」、毎半張十行、行十八字格。この文章は『東文選』巻百三にも南氏「韻府群玉跋」として収められる。跋後一行を隔し低九格で「江陵原州分刊」と刻す。

南跋中、乙卯は明宣徳十年、即ち朝鮮世宗朝十七年（一四三五）。柳季聞、字叔行。本貫、黄海道文化。高麗禑王九年（一三八三）生。朝鮮太宗朝八年（明永楽六年、一四〇八）文科及第。太宗、世宗朝に諸官を経歴し、世宗十七年に前官を辞して江原道都観察使の任に遷る際、世宗より件の版刻を命ぜられた。都観察使は、監司とも称し、道庁に在って一道を管掌する要職である。同十九年、漢城府尹に遷る。同二十七年（明正統十年、一四四五）歿。また明朝の正統二年は、世宗十九年（一四三七）に当たる。柳氏は前年の春より準備を始め、集賢殿より「經莚所藏善本二部」を以て校合された本文の送附を得、これを底本として版刻を督し、その事業の正統二年六月前後に成ったものであろう。南秀文、字景質、又景素、敬斎と号す。本貫、慶尚道固城。太宗八年（一四〇八）生。世宗八年（一四二六）生員より文科及第、集賢殿副校理を経て、同十八年（一四三六）四月の文科重試に状元及第、直ちに集賢殿応教となり、翌年に本跋を記した。のち集賢殿直提学に至り、同二十五年（明正統八年、一四四三）歿。跋後刊記中、江陵、原州は共に江原道内の郡名で、柳氏管轄下の両郡に本版の刊刻を分掌したと解される。これが如何なる分掌であったものか不明であるが、この点については『世宗実録』十年（一四二八）正月廿六日己酉条に見える、左掲の記事が参考となろう(46)。

禮曹啓、江原道監司報、四書大全已分三處刊板、各構樓閣、分類藏置、毋使亂秩。如或刓闕、隨卽改刊。守令交代之時、明載解由、在前册板。亦依此例、其藏書閣營造、聽自願僧徒、功訖賞職。請依所報、並諭他道、依此施行。従之。

これに拠れば、江原道では『四書大全』を三処に分刊し、各処に楼閣を設けて板木を分蔵し、官衙の管理下にその保全に勤めた、というのである。この例を直ちに本版に当嵌めることはできないが、或いは、集賢殿より得た本文を江陵と原州とに分かち、監司の指示の下に両処に刊刻して、そのまま板木を置いたと見るべきではなかろうか。なお実情は不明であるが、本書では一先ず刊記を重んじ、前掲の様に著した。

さて本版の刊刻につき右の様に考えると、他にも同様の経緯によって刊刻された版本を存することが思い合される。日本の愛知県西尾市岩瀬文庫に蔵する朝鮮明宣徳九年跋刊（慶州密陽）本『古今韻会挙要』巻後の別張に、明宣徳九年、即ち世宗十六年（一四三四）に記された跋と列銜とを刻してある。『韻会』の朝鮮刊本については、第一章に詳述したが（一三一頁）、次にその跋文の要処を再示したい。

韻書之來尚矣。而諸家詳略各異（中略）我朝右文興學、凡経史子集、遺文秘書、無不刊行。而唯此書未見鋟梓、誠可嘆也。壬子冬、臣承乏監司之任、慨然有意板刊。而訪之道内、無有藏者。癸丑秋、具辭以聞、特蒙允許。仍賜経筵所藏二部、以為刊本。其所以崇重儒学之意、至矣盡矣。臣即分付于慶州密陽、閲五月而訖工務、欲廣布以惠無窮。庶幾仰裨盛朝興文之化之萬一云。

宣徳九年甲寅五月　日　慶尚道觀察黜陟使通政大夫兵曹左參議寶文閣直提學臣辛引孫拝手稽首敬跋。

これに拠れば、同版は壬子、即ち世宗十四年（一四三二）に、新たに慶尚道の監司に任ぜられた辛引孫によって版刻が図られ、先ずは道内に底本を求めたが得られず、翌年に世宗の允許を得て「経筵所藏二部」を賜り、これを以て慶州・密陽の両郡に分かち刻せしめ、同十六年の刊行に至った、というのである。

この例を以て当該の版刻と引較べると、諸道の監司が、その在任中に道内の刻手、資材を用いて未刊の書の版刻を図ったという点で、両者は揆を一にしている。よく注意すると『韻会』の場合は辛氏自らの意に発し、跋も自ら記しているのに対して、『韻府』の場合は、柳氏が世宗の意を体して事に臨み、完成の後には集賢殿学士の南氏に跋を得ている（跋は中央の側から書かれている）など、相違する点も認められる。しかし最終的には経筵所蔵の伝本を校合して用いていること、また実際の刊刻については道内の官衙に分附していることなどは、両者に符契を合しており、柳氏の『韻府』版刻の命を得たのが、辛氏の発案による『韻会』刊行の翌年であることを考え合せると、『韻府』の版刻を命じた世宗には、辛氏による『韻会』刊行の事業が、近い実例として想起されていた可能性がある。これを是とすれば、両例は一連の事業として解されるのであり、延いては世宗朝における版刻について、一の典型を提示しているものとも見なされよう。広く知られている様に、世宗は中央の集賢殿学士等を動員して庚子字、甲寅字以下の鑄造を命じ、経筵所蔵の書を基礎とする活字印刷事業を推し進めたが、一方では同じ経筵本を用いて、諸道、諸郡に分散する形での冊板の普及をも図ったのである。(48) こうした情況に鑑みる時、両者は単に諸道の版刻としてのみ遇すべきものではなく、中央の主導に基づく大規模な出版事業の一環として成された冊板と解され、現存の諸伝本はその実例として位置付けられることとなろう（図版二―一―九）。

〈お茶の水図書館成簣堂文庫〉　二十冊

後補茶色艶出表紙（二三・七×一四・九糎）左肩題簽を貼布し〔江戸初〕筆にて「〈何／声〉韻府羣玉　〈幾〉」と書し、右方にまた方簽を附して同筆にて韻目序数を列記す。下辺に方簽を新補して単辺方形陽刻縦横有界「徳富氏／圖書記〈楷書〉」朱印記を存す。背面朝鮮写本『漢書』地理志、また〔江戸初〕朱墨『錦繍段抄』見ゆ。第十四冊後表紙背面、「剛」「轍」等聯句折紙。天地截断。首冊の剥離せる見返し葉前半左肩に朝鮮筆にて「羣玉」と大書す。書込あり。同後半（見返し）単辺方形陽刻「蘇峰／審定」朱印記を存す。首目完整。毎冊一巻。巻首匡郭二〇・三×一二・五糎。

毎葉欄上中央に朝鮮墨筆にて声目（後半葉）、韻目（前半葉）、稀に字目標柱、補注書入、大尾「韻府羣玉巻之二十」大書。また全張〔江戸初〕朱標圏、合竪傍句点、傍圏、稀に返点、音訓送り仮名、欄上行間校注書入、鈔補（巻十一以降は疎）。毎冊首尾に単辺方形陰刻「遠城／褒絢」、同陽刻同文、同陰刻「仲／素」朱印記を存す。書帙に大正四年の蘇峰識語あり。(12)

〈延世大学校中央図書館　貴五一五〉　（九）冊

（欠巻七至八）　有跋本

丁子染艶出表紙（二六・九×一六・五糎）左肩打付に「玉府〈第幾〉」と書し、右肩より韻目を列す。天地截断。目録首二張欠。毎冊二巻。巻首匡郭二〇・二×一二・三糎。早印本。巻後に南跋を存す。欄上墨韻目注記、稀に細字補注あり。

この本、首尾二冊の外は破損のため閲覧停止中にて、中間の冊を目睹していない。員数、欠巻は『延世大学校中央図書館古書目録』第二輯の著録に従って記した。

〈近畿大学中央図書館〉　分二十冊

有跋本

丁子染艶出表紙（二三・九×一四・二糎）毎奇数冊左肩打付に朝鮮筆にて「韻府羣玉」と、右肩より声韻目を書す。毎冊後表紙、後補黄檗染卍繋蓮華唐草文空押艶出表紙、無文。四針眼、改糸。書背中段に「廿本」と、毎冊の小口に韻目を書す。天地截断、虫破損修補。本文料紙、間々添料を加え竹紙の如き褐色を呈す。見返し新補、第八冊前見返し背面に「一伊賀米拾八俵也／（低三格）内大豆壱俵也」墨書を認む。序、凡例、事目、目録を存し本文。毎冊一巻。巻首匡郭二〇・二×一二・五糎、早印本。末尾に南秀文跋一張を附刻す。

朝鮮時代の朱筆を以て韻目標圏、字目聯珠標圏、傍圏、熟字鈎点書入、毎韻首行欄上に別手墨韻目標注を存するも、ほとんど删去せらる。毎奇数冊首に単辺方形陽刻「陰城／朴氏」朱印記、毎偶数冊尾に同「崇／善」「超」朱印記、毎冊首に同「観主廬」朱印記、双辺方形陽刻「澁谷藏書記」朱印記を存す。

表紙と鈐印の情況を勘案すると、朝鮮朝伝来の旧時には十冊であったものを、後に二十冊に改装し、旧後表紙を偶数冊前方に用いて、現在の後表紙を補ったと思われる。南跋を附刻する伝本は同版中にも稀である。該本の書影は昭和五十一年（一九七六）の古典籍下見展観入札会目録に掲載されている。

〈誠庵古書博物館　三―一〇三九（一九六五）のうち〉

巻十一至十四配〔朝鮮前期〕刊本　有跋本

巻十九至二十を存す（三冊のうち一冊）。巻二十第四、十三至五、十四張と錯綴。この間、欄上に「錯簡」と墨書し張数を標記す。なお別版補配部とも共通する別手墨韻目標注を存するが、この注者は錯簡を考慮しない。巻二十首匡郭一九・七×一二・六糎。早印本。有跋。

冊首欄外に「□□亭」墨識あり、擦消。冊首尾、巻二十第二十二張に単辺方形陽刻「可／矯」朱印記を存す。詳細後掲。

〈布施美術館　一一四三〉　十冊

巻一至二配〔朝鮮前期〕刊早印本

巻十三至十四配〔朝鮮前期〕刊後印本　朝鮮経筵旧蔵

後補渋引表紙（二五・七×一五・六糎）左肩打付に「韻府群玉」と、右肩より打付に同筆にて声目（朱）、韻目（墨）を書す。首冊前表紙に元刻本とする審定を記録した大正十五年の墨書方簽を貼附す。序、目録、事目、凡例の順に綴し本文。毎冊二巻。朱筆を以て竪句点、校注及び磨滅部鈔補書入。第三、五、九至十冊首に単辺方形陽刻「經／筵」朱印記（朝鮮朝所用）、毎冊首尾に同「天野氏」朱印記を存す。布施巻太郎氏（明治）四十五年購入。(47)

〈東京大学東洋文化研究所　別置・甲三五〉　十冊

巻三至四配〔朝鮮前期〕刊本

巻十九至二十配同版後印本

新補藍色表紙（二五・二×一六・一糎）。五針眼。本文は楮紙であるが、補配部分を除き、竹紙の色調を意識した加工が施されている。毎冊二巻。朱合点あり。

〈尊経閣文庫〉　合六冊

巻九至十二配〔朝鮮前期〕刊本

朝鮮権擘　徳富蘇峰旧蔵

後補淡渋引表紙（二七・〇×一六・〇糎）左下方或いは右肩打付に声目を、同筆にて首尾冊に「巻首〔巻末〈尾〉〕」と書し、上声以下、別手にて韻目を書す。改糸。小口書、四巻を一冊に合す。虫損修補。本文竹紙調。序、凡例、事目、目録を存し本文。第三至四冊を各二巻とする他、毎冊四巻。巻首匡郭一九・九×一二・五糎。

毎韻首張版心上に朱標柱。稀に欄上墨補注（片仮名交り）、字目標注書入。縹色不審紙。配本を除く毎巻首に単辺方形陽刻「永嘉／儒學／世家」、同毎冊首に同「權／擘」、同毎冊尾に同「權氏／正卿」朱印記（以上三顆、権擘所用）、毎冊後見返しに単辺円形陽刻「尾崎」淡墨印記、事目並に毎冊首に方形陰刻「島田翰／讀書記」朱印記、巻二首に「島田翰珎蔵」、尾「是書往歳予所獲巻首捺　先大夫図書章者記不忘其原／也癸卯二月島田翰識於大嵜山水緑處郁荘二十五歳」墨識あり。毎奇数冊首並に偶数冊尾に単辺方形陽刻「徳富／猪弌郎／之章」、毎偶数冊首に「穌峯／珍臧」朱印記を存す。

権擘、字は正卿。朝鮮慶尚道安東の人。高麗より続く名家の嗣、朝鮮太宗十六年（一四一六）生。文宗即位年（一四五〇）乙科及第、顕官の道を歩み世祖朝の右賛政に至る。同十一年（一四六五）歿。また島田翰識語中の「癸卯」は明治三十六年（一九〇三）に当たる。(49)

〈誠庵古書博物館　三―一〇四〇（一九六二）〉　五冊

存巻七至八　十一至十六　十九至二十

丁子染表紙（二七・五×一五・五糎）。左肩打付に「韻府羣玉幾」と書し、右肩より韻目列記、右下方「共十」と書す（書入別筆）。首冊のみ見返しを後補して右辺に「韻府羣玉」と書す（又別筆）。毎冊二巻。巻十五第一至十張を欠く。巻七首匡郭二〇・二×一二・五糎。

毎冊尾「竹溪安氏後人家蔵」墨識、間ゝ詩草。欄上、墨韻目注記、同別手（識語と同か）語目注記。本文、墨語目傍点、極稀に朱藍を雑う。巻十九首題下並に同欄外朱印記を存し墨滅す。

〈誠庵古書博物館　三―一〇四二（一九六四）〉　四冊

存巻五至八

後補丁子染雷文繋菱花文空押艶出表紙（二四・四×一五・五糎）。左肩打付に「韻玉〈幾〉」と書し、右肩より韻目を列す。裏打改装。見返し欠。前後に書扉。前、左肩「韻府」と、後、中央「韵府羣玉」と、右下方「堂中寶蔵」墨書、左方単辺方形陽刻不明古文墨印三顆連鈐。毎冊一巻。本紙背面、有印公文書。巻七首鈔補。巻八尾欠、罫のみ鈔補。巻五首匡郭（二一・二×一二・二糎）。

欄上墨韻目標注を加う（改装後）。

〈誠庵古書博物館　三―一〇五一（二五七四）〉　一冊

存巻三至四

丁子染表紙（二五・四×一五・八糎）。左肩題簽剥落痕に打付に「韻府羣玉三」と書す。後表紙見返し「冊主安東千一澄」「韻府羣玉巻之四／冊／上平聲」「丙寅重初／買」「冊主瀬陽千氏玄［　］／癸亥重陽初三日成」識語。巻三第一至四張前半欠。（毎冊二巻）。巻四尾欠。巻四首匡郭二〇・三×一二・四糎。

欄上墨字目標注、本文傍点を加う。

〈高麗大学校中央図書館薪庵文庫　貴二〇Aのうち〉

巻七至八　十一至十四配同版本

巻九至十を存す（四冊のうち一冊）。焦茶色雷文繋蓮華唐草文空押艶出表紙（二六・〇×一六・七糎）。墨書、不明。巻九

第一張欠。〔毎冊二巻〕。補配別装、後掲。
毎張欄上、墨韻目、字目（首のみ）標注。本文、朱字目、語目傍点を加う。

〈高麗大学校中央図書館薪庵文庫　貴二〇Aのうち〉
　巻七至十二配同版本
巻十三至十四を存す（四冊のうち一冊）。渋引表紙（二五・七×一六・八糎）。左肩小簽を貼布して「韻玉〈去／聲〉」と書す。〔毎冊二巻〕。補配別装、別掲。
毎張欄上、墨韻目標注。本文、朱字目、傍点を加う。

〈誠庵古書博物館　三―一〇四四（九六一）〉　六冊
　欠巻五至十　十三至十四
茶色雷文繋菊花唐草文空押艶出表紙（二五・〇×一五・八糎）。左肩打付に「韻府羣玉〈幾之幾〉」（第三冊）。第一至二冊、新補素表紙。見返し、第一冊後、左肩「韻府群玉」左傍「敬謨堂」、第二冊後、題詩右肩「聴天窩」、同左傍「李（花押）」、第五冊後「冊主永陽李氏家蔵／聴天窩所藏」、第六冊後、左肩「韻府群玉入聲」左傍「聴天窩」、目欠、目録末張後半木記部分（補刻別版）のみを存す。巻三第一至六張欠。毎冊二巻。巻首匡郭二〇・〇×一二・四糎。後印本。
第三冊首欄外「聴天窩」、第六冊尾「李（花押）」墨識。第三―六冊首に単辺方形陽刻「□□／閑人」、方形陰刻「永陽／李春」朱印記を存す。巻十八に元本『説苑』残簡を挿む。
　該本の如く、本版後印本には序目を補刻した伝本があり、後掲の布施美術館蔵本（一一二二）も同様である。

〈誠庵古書博物館　三―一〇四一（一九六六）〉　七冊
　欠巻一至二　九至十二　十五至十六
丁子染艶出表紙（二七・七×一六・九糎）。左肩打付に「韻府羣玉〈幾〉」と、右肩より韻目を書す。見返し、第一冊前、敬謨堂詩文稿。後、李龍鉉詩文稿。第四冊前「韻府羣玉敬謨堂蔵／遺之後昆圓唯永終」、後「永陽李龍鉉徳普」、第七冊前「此冊共十巻即　先業藏之／物也中間借於人補五八三編／公然見先貸恨當如何哉歳／壬申秋改粧而藏之慎勿／借毀而保守焉」識語。後、題詩、右傍「永川李氏家蔵」細書識語。毎冊二巻。巻七第四十張、第三十六、三十七張間に錯綴。巻三首匡郭二〇・二×一二・五糎。後印本。
欄上、朱字目標注。本文、朱墨傍点。墨傍点、磨滅部鈔補（藍筆を雑う）。又欄上墨（別手）韻目標注。毎冊首尾欄外「汾湖敬謨堂」「敬謨堂」等識語。第四、六、七冊首尾欄外「王上點李(花押)」等識語（別筆）。第四冊尾に単辺方形陽刻不明墨印二顆連鈐、第五、七冊尾に単辺方形陽刻「永陽／李氏」「章漢／道淵」朱印記を存す。

〈誠庵古書博物館　三—一〇四五（九五〇）〉　一冊

存巻一至二

新補素表紙（二五・四×一六・三糎）。序首二張欠。序、目録、凡例、事目の順に綴す（補刻）。巻二第五十一張（尾）欠。〔毎冊二巻〕。巻首匡郭二〇・一×一二・五糎。

欄上墨韻目標注、本文傍点、傍線を加う。本文中三箇所に単辺方形陽刻不明朱印記を存す。

〈延世大学校中央図書館　貴五一六のうち〉

巻九至十配同版後印本

巻十七至十八を存す（二冊のうち一冊）。後補藤色雷文繋蓮華文空押艶出表紙（二六・五×一六・七糎）。左肩打付に「韻府羣玉九」等と書し、右肩より韻目を列記す。〔毎冊二巻〕。補配別装、後掲。巻十七首匡郭一九・三×一二・四糎。

毎張前半、欄上墨韻目注記、本文間ゝ傍点、傍線を加う。

〈高麗大学校中央図書館薪庵文庫　貴二〇Aのうち〉

巻七至十　十三至十四配同版本

巻十一至十二を存す（四冊のうち一冊）。素表紙（二六・二×一六・一糎）。左肩打付に「韻府羣［　］(破損)」と、右肩「辛丑窉月」と書す。〔毎冊二巻〕。補配別装、別掲。

〈延世大学校中央図書館　貴五一六〉　二冊

存巻九至十　十七至十八　巻十七至十八配同版本

黄檗染卍繋蓮華文空押表紙（二六・二×一五・九糎）（後表紙、後補同工艶出）。巻九第一至四張欠。巻十第四十五張以下欠。〔毎冊二巻〕。補配別装、前掲。巻十首匡郭一八・五×一二・五糎。後印本。

毎韻首、欄上墨韻序数標注、韻目標注。本文、稀に墨傍点。

〈大韓民国国立中央図書館　貴五八〇〉　二冊

存巻九至十　十五至十六

巻九至十配（朝鮮前期）刊本

後補黄檗染卍繋文空押表紙（二五・〇×一六・二糎）。右肩打付に「韻府羣玉　巻十五」と書す。紅糸綴。見返し新補。前後副葉、同。毎冊二巻。補配別装、後掲。巻十五首匡郭一九・四

×一二・四糎。後印本。
毎張前半欄上、墨韻目標注。本文、墨傍点、稀に重書校改。首尾に単辺方形陽刻「漢忠／□□」朱印記を存す。

〈高麗大学校中央図書館薪庵文庫　貴二〇A〉　四冊
存巻七至十四　巻九至十四配同版本
素表紙（二六・四×一六・〇糎）。左肩打付に「韻府羣玉」と書す。巻七第一張欠。巻八第三十八、二十八張を相互に錯綴す。毎冊二巻。補配別装、前掲。巻八首匡郭二〇・〇×一二・五糎。後印本。
墨欄上韻目標注を加う。

〈韓国学中央研究院蔵書閣　A一〇C・九〉　一冊
存巻十二
新補素包背表紙（二五・六×一六・五糎）中央打付に「韻府群玉」と大書す。改糸、五針眼。巻十二首十一張欠。
毎半葉欄上墨韻目標注（横転）、間ゝ別手字目標注、本文語目傍点書入。首に方形陰刻「安印／春根」朱印記を存す。

〈韓国学中央研究院蔵書閣　A一〇C・一三〉　四冊
存巻十一至十八
後補丁子染雷文繋蓮華唐草文空押艶出表紙（二五・〇×一六・〇糎）左肩打付に「韻府羣玉〈己（至壬）〉」と書し、右肩より韻目を列記す。四針眼。毎冊二巻。後印本。
毎韻首欄上貼紙、墨韻目標注、稀に補注、本文稀に傍点書入。
毎冊首に方形陰刻「安印／春根」朱印記を存す。

〈宮内庁書陵部　五五六・一五のうち〉
巻一至十　十三至二十配〔朝鮮前期〕刊本
巻十一至十二は当該の版（十冊のうち一冊）。紙質も他の巻と同様の粗楮紙であるが、漉目の寸法など、僅かな相違が認められる。詳細後掲。

〈布施美術館　一一二一〉　一冊
存巻一至二　尾張定光寺旧蔵　要門宗左手沢
後補渋引漉目艶出朝鮮表紙（二四・六×一六・〇糎）左肩打付に「韻府　〈共十　日〉」と書し、右肩より打付に同筆で声韻目を書す。天地截断。前表紙内側に朝鮮人の手跡あり。見返し大亜字牌中「應夢山（隷書）」と刻す。この部分、牌外にも板木の地が見えるので印章の如きものではないが、見返し部の紙質は本文よりやや粗で後に補ったものと見え、封面の如く元来一具のものではない。尾張定光寺所用。今、さらに朱筆を以て「消却」と重書されている。朝鮮人の手と思われる墨筆を以て、欄上に標字注書入あり。首に単辺方形陽刻「要／門」朱印記（要門宗左所用）を存す。

〈東京大学東洋文化研究所　別置・甲三五のうち〉

巻一至二　五至十八配同版早印本

巻三至四配〔朝鮮前期〕刊本

巻十九至二十を存す（十冊のうち一冊）。本文白楮紙。欄上に韻目を墨書、これは邦人の手と思われる。冊首に鼎形陽刻「観／静庵／夫」朱印記を存す。詳細前掲。

〈中国科学院図書館　子九六〇・〇一〇〉　一冊

存巻十三至十四

新補藍色表紙（二八・三×一七・三糎）。改糸、裏打修補。見返し、前後副葉宣紙。巻十三首匡郭二〇・二×一二・五糎。墨筆にて標傍点、傍線、毎張前半欄上韻目補注書入。首に方形陰刻不明朱印記を存す。

後掲の伝本には巻十九第三十至三十三張に補刻と思わしき箇所があるので、便宜別掲した。なおこれまでに掲出した後印諸伝本にも補刻本が含まれていたかも知れないが、巻十九を存しないために不明とせざるを得なかった。

又　後修

〈The Library of Congress　C236/Y58.1〉　十冊

朝鮮鄭賜　日本増上寺慧照院旧蔵

新補香色表紙（二四・一×一五・〇糎）、次で後補茶色七宝繋文空押艶出表紙、左肩双辺刷り枠題簽を貼布し「韻府羣玉巻之幾之幾」と書す。右肩双辺二層「門外／／不出（隷書）・三縁山／慧照院／常住物（楷書）」蔵書票貼附、その上層部空行に「恃（隷書）」

と印せる菱形紙小簽重貼。第五、八、十冊後に丁子染雷文繋蓮華文空押艶出朝鮮表紙を存す。天地截断。虫損修補。首目完整（目録および附載の牌記は補刻）。毎冊二巻。首のみ欄上邦人墨字目標注書入、鈔補。稀に朱校改。茶、縹色不審紙。毎冊首尾に単辺方形陽刻「東萊／鄭賜」墨印記、第九冊首に同「雪城／朴印」、同「有容／汝受」朱印記、毎冊尾に鼎形陽刻「菊／齋」朱印記、毎冊首に双辺方形陽刻二層「緑／山・慧照院／常住物（楷書）」朱印記（増上寺慧照院所用）を存す。

　鄭賜、慶尚道東萊府の人。亀齢男。朝鮮太宗至文宗朝に在世し、世宗二年（一四二〇）生員より丙科及第、藝文館直提学を経て慶尚道晋州郡守に至る。文宗二年（一四五二）に五十四歳で卒す。鄭氏の蔵書印により、本版の補刻は正統二年から十六年以内のことと判明する。

〈高麗大学校中央図書館薪庵文庫　貴二〇A〉　七冊

　欠巻九至十　十三至十四　十七至十八

丁子染雷文繋蓮華文空押艶出表紙（二五・七×一五・六糎）。左肩打付に「群玉〈第幾〉」と書し、右肩より声韻目を列記す（第一冊前表紙剝落、素紙。左肩に「韻府羣王」と、右肩より「辛丑三月」と書す）。天地截断。第三冊後見返し右肩より「辛未正月　日／壬申八月　日」識語。序、事目、凡例、目録の順に綴す。毎冊二巻。巻首匡郭一九・九×一二・四糎。極後印本。毎張欄上、墨韻目標注、別墨字目標注。本文、墨字目傍点、磨滅部鈔補を加う。

　その他、国内では神宮文庫（旧花園文庫）に一本を擁するが、未整理本につき閲覧が叶わなかった。長澤規矩也氏『神宮文庫漢籍善本解題』及び沈隅俊氏『日本訪書志』掲載の書影と、両書並びに柳田氏著録に拠れば、岡本閻魔庵旧蔵、前掲東大本より早印である。また『大垣善本解題』（『大垣市立図書館漢籍目録』四八頁）に「三國志六十五巻〈朝鮮活字印本〉」（妙心寺蟠桃院旧蔵）の著録があって、同解題中に明嘉靖六、七年（一五二七、八）頃の朝鮮人手抄と共に「易朱子圖説、古今韻會擧要、韻府羣玉などの印刷反古」の言及を存し、附載の図版に拠れば『韻府』分の一葉は本版に係る。

同　〔朝鮮前期〕刊　覆朝鮮明正統二年刊本

元統二年刊本に拠った前掲朝鮮明正統二年刊本と同行款の翻版で、元統刊本の原木記を存し、字体も大略底本に合致する。但し本版では挖改によって文字を変えている例が目立つ（後段参照）。四周双辺（一九・八×一二・五糎）。版心、中黒口で底本よりさらに幅広く、稀に花口魚尾の張もある。巻二第五十張には上象鼻に「匀玉二フ」と陰刻す。その他、版式は底本に同じ。但し原木記無界、巻二首題下声目墨囲せず。在外伝本の目録情報を加えても序跋の附刻は聞かず、開版の経緯等を示す内部徴証は全く得られないが、版式、字様は相応の古色を示し、底本からそう隔らない時期の刊刻を思わせる（図版二―一―十）。

〈大韓民国国立中央図書館　貴一三四、朝四一―一〇七〉　十冊

巻五至六配同版後印本　朝鮮総督府図書館旧蔵

当館新補黄色雷文繋蓮華文空押艶出表紙（二八・一×一八・一糎）、次で丁子染艶出表紙、左肩打付に「韻府羣玉〈幾之／幾〉」と書し、右肩より韻目を列す。当館裏打改装、原紙高二七・五糎。序、目録、事目、凡例の順に綴す。毎冊二巻。巻首匡郭一九・八×一二・六糎。極早印本。

巻十二第二十三張鈔補。毎張前半欄上、墨韻目標注、補注もあり。本文、墨傍圏点、破損部鈔補。第一冊前見返し「此冊詩■(庚)■(申)五月日買得」、同冊後見返し「聾齋蔵■■■」墨識、本文末葉後に一葉を補い前半に「此冊即我生庭由来舊仲而年／来為家計所迫遽入於他人篋／中故以其價還覔以為體先意／垂後昆之資幸須勿毀而永作／傳兮寶藏云爾／(低六格)庚申夏書聾翁」墨識、同首行右傍「聾齋蔵」墨識。毎冊首に単辺方形陽刻「朝鮮總督／府圖書館／臧書之印」朱印記を存す。

〈北京・中国国家図書館　一〇一四七〉　二十冊

林羅山旧蔵

新補香色表紙（二六・三×一六・三糎）。天地截断。虫損修補。新補見返し及び前副葉三枚。次で古素紙書扉、右肩より邦人の手跡にて韻目を列挙す。羅山には非ざるか。序第一張欄上に「前」と、同第二張欄上に「後」と墨書（本来錯綴で改装時に改めたものか）。首目には序、目録、事目、凡例の順に綴じて本文。毎冊二巻。他本に徴してこの形が原装と思われる。極早印で、同版本中でも最も刷りの良い部類に含まれよう。

朱筆にて合竪句点、傍圏、返点、欄上標韻、墨筆にて傍線、又別手墨筆を以て標字注記書入。巻二第三十一張にも近世期邦人と思われる別手朱墨にて補注書入を存す。序第二張首（改装前は全部の首か）に双辺方形陰陽刻「江雲渭樹」朱印記（林羅山所用）、書扉韻目下方に方形陰刻「松隠／堂」、単辺方形陽刻「松原／文庫」、方形陰刻「朝生子□」朱印記、序首に単辺方形陽刻「南宮邢氏／珍臧善本」、同「邢印／生龜」朱印記あり。

〈韓国学中央研究院蔵書閣　A一〇C・一三A五〉　一冊

存巻九至十

後補丁子染艶出表紙（二六・五×一七・二糎）左肩打付に「韻府羣玉〈幾之幾〉」と書し、右肩より韻目を列す。五針眼。見返し詩草。本文料紙、印面内横接。早印本。

朱墨語目傍点、稀に欄上墨補注書入。首に方形不明朱印記、双辺円形陰刻不明墨印記二顆を重鈐し、重ねて「李氏家寶」墨書。

〈韓国学中央研究院蔵書閣　A一〇C・一三A七〉　一冊

存巻十三至十四

後補丁子染艶出表紙（二六・五×一六・四糎）左肩打付に「君玉」と書し、右肩より同細筆にて韻目を列す。五針眼。前後見返し詩草。早印本。

欄上墨字目標注、本文傍点、傍線書入。首に方形陰刻「尹印／錫昌」朱印記を存す。

〈陽明文庫　イ三〇〉　十冊

淡茶色雷文繋蓮華唐草文空押艶出朝鮮表紙（二七・七×一七・〇糎）左肩打付に「韻府羣玉」と書し、右肩より打付に韻目を書す。下小口、声韻目、冊数、また綫外に「玉」と書す。五針眼。天地截断せざるか。首目には序、目録、事目、凡例の順に綴じて本文。毎冊二巻。比較的刷りの良いの部類で、前掲本に次ぐ。

毎冊首単辺方形陽刻「近衛藏」朱印記を存す。

間〻料紙の表裏に李朝官署大方朱印記の一部を存し、また背面には進士の名と世系を細書した文書を多く用いてある。二、三の例を示せば「進士　崔□　本□□／父振威将軍前行忠□衛司憲兼宣傳官　汝漑／祖禦侮将軍行馬□水軍僉節制使睿／曽祖通訓大夫行司憲府監察　文孫／外祖通訓大夫行法□□監許雲本琴川」（巻三第五十七張）、「進士趙怡　本淳昌／父勵節校尉大成／祖通訓大夫行泰仁縣監　淑瓘／曽祖朝散大夫行尚瑞院副直長　穏／外祖忠義衛禦侮将軍行忠佐衛副護軍馬世駿　本長興」（巻十九第二十六張）等である。このうちの進士崔氏某とは、『国朝榜目』に拠れば、汝漑の子で宣祖朝に進士及第した濂、洙、沂の兄弟のいずれかと思われる。

また当該伝本の巻一第十四、十五張間に唐本の韻書残片四半葉を差夾んであるが、これは『韻会』〔元〕刊本の巻三十第二十一張前半の上半に相当する。

〈大東急記念文庫　一二・一二・一二一五七〉　十一冊

後補丁子染雷文繋蓮華文空押艶出表紙（二六・七×一六・〇糎）左肩、首冊のみ双辺刷り枠題簽を貼布して邦人の筆で「群玉韻府　全十一」と、第二冊以降は朝鮮人の筆で打付に「韻府羣玉巻之何聲」と署し、同筆で右肩打付に韻目を書せる冊もあり。また裏打の箇所あり。首目には序、目録、事目、凡例の順に綴じ、巻三至四を各一冊とする他は毎冊二巻。知見の中では比較的早印に属する。

間〻墨筆を以て傍点を加え、巻三首には瓢箪形陰陽刻不明朱印記を存す。[50]

〈お茶の水図書館成簣堂文庫蔵本のうち〉

巻一至六　九至十　十三至二十配元元統二年刊本

板坂卜斎　曲直瀬家旧蔵

巻七至八、十一至十二を存す（十冊のうち二冊）。詳細前掲。この本版補配部分の料紙は竹紙かと疑われる材質で、本版の諸伝本にはその類を見ない。紙質の詳細はわからないが、製紙後の摩擦や添料の塗布とは見られないので、他巻との調和を図るために特殊の印本を用いたと思われる。

〈誠庵古書博物館　三—一〇三九（一九六五）〉　三冊

存巻十一至十四　十九至二十

巻十九至二十配朝鮮明正統二年跋刊有跋本

丁子染蓮華文空押艶出表紙（二八・六×一六・九糎）。左肩打付に「韻府羣玉　〈幾之幾〉」と書し、右肩より声韻目を列す。見返し詩草（第三冊は欠く）。毎冊二巻。巻十一首匡郭一八・

八×一二・四糎。早印本。

欄上墨韻目注記。僅かに細筆校注もあり。

〈延世大学校中央図書館　貴五一八〉　一冊

存巻十七至十八

丁子染雷文繋蓮華文空押艶出表紙（二八・七×一七・〇糎）。左肩打付に「韻［（破損）］玉〈十七之八〉」と書し、右肩より声韻目を列す。天地截断せざるか。見返し詩草。〔毎冊二巻〕。巻十七首匡郭一九・三×一二・六糎。早印本。

毎張後半欄上、墨韻目標注。末尾左方欄外「主稼皐成（花押）」墨識、直下にも識語あれども墨滅せらる。


〈高麗大学校中央図書館石洲文庫　貴二〇〉　二冊

存巻九至十　十五至十六　巻九至十配同版後印本

丁子染雷文繋蓮華文空押艶出表紙（二六・七×一五・三糎）。左肩打付に「韻府羣玉〈幾〉」と書し、右肩より韻目を列す。補配別装、後掲。前副葉一枚。巻十五第一張欠。巻十六首匡郭一九・八×一二・四糎。

毎張欄上、墨字目標注、稀に補注。本文、韻目朱標圏、字目朱囲、墨傍点。末尾不明墨識。前副葉前半方形陽刻「完／文」、単辺方形陽刻「柳／申／源」朱印記。首に単辺方形陽刻「石洲文庫」墨印記を存す。

〈延世大学校中央図書館　貴五一七〉　一冊

存巻一至二

後補黄檗染表紙（二四・六×一六・一糎）。左肩打付に「韻府羣玉」と書す。もと五針眼を三針眼に改装。見返し、墨書「周氏論稿。餘白に藍書にて瓢形「白南」、単辺方形陽刻「權／相／堯」「舜／承／氏」朱印記摸写、「白南蔵」識。序（首二張欠）、目録、凡例、事目の順に綴す。〔毎冊二巻〕。巻首匡郭一九・七×一二・四糎。

首のみ墨傍点、補注書入、藍筆を雑う。

〈延世大学校中央図書館　貴―一一／三〉　二十冊

朝鮮趙穆旧蔵

丁子染艶出表紙（二四・六×一五・六糎）。左肩打付に「韻府羣玉〈幾之幾〉」と書し、右肩より韻目を列す。毎冊、前見返し左下方「共二十」墨書。序、事目、凡例、目録の順に綴す。毎冊一巻。巻首匡郭一九・六×一二・四糎。

毎半張欄上、墨韻目標注。本文稀に墨傍点、磨滅部鈔補。第十

七冊後見返し「乙酉春印于漢中」墨識語並に単辺円形中方形陽刻「月川／書堂」朱鈐印（趙穆所用）、第二十冊後見返し「乙酉春印于漢中／是年夏裝于陶山／（低四格）東皐識」墨識語並に同前朱鈐印、毎冊前見返し同前朱印記、毎冊首尾に単辺方形陽刻「東皐／散人」朱印記を存す。このうち「月川」「東皐（皋）」は朝鮮宣祖朝の儒者趙穆の号、「陶山」は趙穆の書院号で、「乙酉」は宣祖十八年（一五八五）に当たる。『延世大学校中央図書館古書目録』第二輯所収「貴重図書書架目録」参照。巻六第二張に方形陰刻「李印／奕中」朱印記を存す。

趙穆、字士敬、月川、又東皋と号す。本貫、江原道横城。中宗十九年（一五二四）生。李滉（退溪）門下。明宗七年（一五五二）生員試に中るも専ら師門に学び、学問によって挙を経ず薦を得て任官。慶尚道礼安の地に陶山書院を設けた。『困知雑録』『月川集』の著作がある。宣祖三十九年（一六〇六）歿。

〈高麗大学校中央図書館石洲文庫　貴二〇のうち〉

巻十五至十六配同版早印本

巻九至十を存す（二冊のうち一冊）。淡茶色朝鮮表紙（二六・四×一五・八糎）。左肩打付に「韻府羣玉」と書し、右肩より韻目を列す。補配別装、前掲。巻九首匡郭一九・六×一二・三糎。

毎韻首並に毎張前半欄上、墨韻目標注。本文、墨傍点。

〈大韓民国国立中央図書館　貴一三四、朝四一―一〇七のうち〉

巻一至四　七至二十配同版早印本

巻五至六を存す（十冊のうち一冊）。原紙高約二六・四糎、印面内横接。

巻六第四十五至五十三張鈔補。欄上墨韻目標注、本文鈔補。藍筆を雑う。詳細前掲。

〈大韓民国国立中央図書館　貴五八〇のうち〉

巻十五至十六配朝鮮明正統二年跋刊本

巻九至十を存す（二冊のうち一冊）。新補黄檗染卍繫文空押表紙（二四・七×一六・三糎）。左肩打付に「韻府群玉　巻九、十」と書す。一部破損修補。見返し新補。補配別装、前掲。巻九首匡郭一九・六×一二・五糎。

毎張前半欄上韻目標注。尾に双辺方形陽刻「綾城」、双辺方形陰刻「後學／□軒」墨印記を存す。

〈布施美術館　一一四三のうち〉

巻三至十二　十五至二十配朝鮮明正統二年跋刊本

巻十三至十四配〔朝鮮前期〕刊後印本

巻一至二のみ当該版の早印本による（十冊のうち一冊）。本文厚手楮紙。欄上墨標柱、字目標注書入。巻首に方形陰刻不明朱印記を存す。本冊には「經／筵」朱印記なし。詳細前掲。

〈宮内庁書陵部　五五六・一五〉　十冊

巻十一至十二配朝鮮明正統二年跋刊本　大沢君山旧蔵

後補浅葱色表紙（二二・七×一四・九糎）左肩打付に「群玉〈声目〉」と書し、同筆で右肩より打付に韻目を書す。右下方綫外に冊数もあり。本文やや厚手の粗楮紙、印面中に上下に貼り継いだ箇所が多い。虫損修補。天地截断。首目には序、目録、凡例、事目の順に綴す。毎冊二巻。該本では板木の収縮が認められ、巻首匡高一九・五糎を計測する。

朱筆を以て標竪句点、欄上標柱を加え、墨筆を以て欄上字目標注を加える。但し上声以下は稀。毎冊尾に鼎形陽刻「雪／山」朱印記、双辺方形陽刻「喚／瑞」朱印記、首に単辺方形陽刻「大澤／君山」、方形陰刻「猶興／之印」、巻一首に同「閲畊／窠」、単辺方形陽刻「君／山」、第一冊後表紙見返し裏に単辺方形陰刻「對東／山房」朱印記（以上五顆、大沢猶興所用）を存す。(51)

〈国立公文書館内閣文庫昌平黌蔵書　三三六・三二〉　十冊

後補縹色雷文繋蓮華文空押艶出表紙（二四・三×一五・七糎）左肩題簽剥落痕あり、打付に「韻府羣玉　〈幾〉」と書し、別筆で右肩より打付に巻、韻目を朱書す。背面は租税石高を墨書して方形大朱印記を有する〔朝鮮〕文書を用いる。第一冊前表紙には明治初年の大火の痕が著しい。本文料紙、上下接合（同前）。首目には序、目録、凡例、事目の順に綴す（同前）。毎冊二巻。匡高は前掲書陵部本にほぼ同じであるが、少しく後印に係る。欄上に朱筆を以て標柱を備え、本文には朱茶両筆の標点を存す。毎冊前表紙と冊尾に単辺方形陽刻「昌平坂／學問所」墨印記、毎冊尾に無辺陽刻「文化戊辰」朱印記、毎冊首に単辺方形陽刻「大學校／圖書／之印」朱印記、双辺方形陽刻「淺草文庫（楷書）」朱印記、単辺方形陽刻「日本／政府／圖書」朱印記あり。(52)

〈東京大学東洋文化研究所　別置・甲三五のうち〉

巻一至二　五至十八配朝鮮明正統二年跋刊本

巻十九至二十配同後修本

巻三至四を存す（十冊のうち一冊）。詳細前掲。

〈布施美術館　一一四三のうち〉
　巻三至十二　十五至二十配朝鮮明正統二年跋刊本
　巻一至二配〔朝鮮前期〕刊早印本
巻十三至十四のみ該版の後印本による（十冊のうち一冊）。この冊には厚手の料紙を用いず、印面中に接続の紙葉がある。本冊にも「經／筵」朱印記なし。巻十四第八、三十七張の欄上に銅活字試印。その反故を料紙に用いたと解され、内府での印行を思わせる。詳細前掲。

〈尊経閣文庫本のうち〉
　巻一至八　十三至二十配朝鮮明正統二年跋刊本
　徳富蘇峰旧蔵
巻九至十二を存す（合六冊のうち二冊）。本文白楮紙。毎冊尾に双辺方形陽刻「性應寺」墨印記を存す。詳細前掲。

　また朝鮮刊行の版本には、他に昭和二十五年三月の『東京古典会目録』三六二に「韻府群玉〈第三巻迄、高麗版／元、元統二年刊〉」と見えるが、これも版の異同は不明である。

　これまでに実査し得た本版諸伝本に関する知見のうち、本版の刊刻自体に関わる事項は、延世大学校中央図書館所蔵の趙穆旧蔵本〈貴—一—一／三〉二十冊に見出される趙氏識語である。即ち趙氏による「乙酉春印于漢中」の言及は、当該伝本印出の時期と場所とを限定している。本版は、朝鮮明正統二年（一四三七）跋刊（江陵　原州）本の覆刻であるから、同版刊刻以降の成立に係ることは自明である。また本版刊刻の時期について、陽明文庫蔵本紙背官文書に見える「進士　崔□／父（中略）汝漑」「進士　趙怡」の文言から、崔洙、趙怡の両名が小科及第した宣祖六年（一五七三）以降、両名の大科及第した同十五年（一五八二）までに成立した文書を料紙に用いたと知られ[53]、同本は宣祖六年以降、反故の保存期間を勘案すると、恐らくそれ程には降らない時期の印行と推され、また本版の刊刻はその時点よりも前と判ぜられる。また布施美術館蔵本本版補配部の紙背に、甲寅字体銅活字の試印の跡が見られることから、中央官署での印出が想定され、その刊刻自体も内府での所為であることが示唆されている。こうした条件の下に、当該延世大学校蔵本の、趙穆による「乙酉春印于漢中」の識語を見ると、趙氏の生歿から考えて「乙酉」は宣祖十八年（一五八五）に比定され、漢城府中に印出したということであるから、少なくとも刊刻の時期を宣祖十八年以前と見、その板木は漢城に置かれたと見ることができる。

以上、原本七種の版本を総覧した。続いて本文異同を手掛かりとし、版本相互の関係を確かめて行きたいが、編集を異にする洪武韻本一種も、本文上は密接な関係を有するため、これをも記述した後、纏めて考察を加えたい。

○洪武韻本之属

韻府羣玉十八巻

明闕名改編

〔明洪武八年（一三七五）序〕刊（〔南監〕）

巻首「韻府羣玉巻之幾」と題し、声目は欠く（巻八のみ墨囲陰刻にて存す）。本版は、原十行本の款式によりながら、行を前後に動かして洪武韻の順に改編し、切り接ぎ部では本文に加減を施して、辻褄を合せてある。また韻目を百六韻から七十六韻に合併した関係から、巻数を十八巻に減じてある。従って、原本と体式、行字数を同じくしながら、毎巻の張数や行款を異にしている。以下に大まかな結構を示す。

巻之一（二六張）平声　一東　　　　巻之二（四二張）　二支至　三齊

巻之三（六七張） 四魚至 七灰
巻之四 ＊1 八真至 十刪
巻之五（七二張） 十一先至 十四歌
巻之六 ＊2 十五麻至 十七陽
巻之七（四九張） 十八庚
巻之八（五三張） 十九尤至二十二塩
巻之九（五二張）上声 一董至 四語
巻之十（四五張） 五姥至 八軫
巻之十一（五四張） 九旱至 十七養
巻之十二（四二張） 十八梗至二十二豏
〔巻之十三 ＊3 去声 一送至 〕
〔巻之十四 ＊4 至 八震〕
巻之十五（四九張） 九翰至 十四箇
〔巻之十六 ＊5 十五禡至二十二艶〕
巻之十七 ＊6 入声 一屋至 五屑
巻之十八（第一至七十五、七十六之七十七、七十八至九十三張、足） 六薬至 十葉

＊1、知見本第六十張以下欠。＊2、第五十一張以下欠。＊3、当該巻補配。＊4、同。巻十五は東北大学蔵本に拠る。＊5、当該巻欠。＊6、第八十張以下欠。

四周双辺（二〇・四×一二・四糎）（巻二首）行字数同前。版心、小黒口（接外周）双黒魚尾（不対向）間題「韻府羣玉巻幾」、下象鼻に刻工名。黄明然、＊○江子名（明）、范純三、劉子、連実、□季、＊江清、＊范太、＊○徐子中、＊虞保山、游伯成、＊魏九、張伯善、余寿山、＊郭名丸、＊○張名遠（達勲）、陳乙（一）、連均徳、羅如章、＊付善可、呉十六、＊虞友信、＊陳徳全、章靖、＊○范双平、虞十五、＊○虞孟和、＊呉子正、＊○劉伯安、劉子龍、＊王允元、＊王五、＊蔡八、○連彦博、＊志賢、羅京、○魏伯美、楊建安、黄念声、蔡名（明）安、黄□実、○羅六、丘子、黄思名（民）、黄彦深（申）、余道遠、＊劉景汶、＊○劉宣、劉子長、劉乙、余伯全、張十、劉六、張実、江和（禾）、魏起、虞原善、余勤、羅四、○陳士通、虞京七、章□、魏啓、黄太、章四、樂□章、＊姜原初を存す。また後述の長澤規矩也氏の著

録に拠れば、さらに＊○熊汝敬の名を存するという。このうち＊符を冠した者は明洪武八年刊『洪武正韻』の刻工と共通し、[54]○符を冠した者は明初覆元刻本『南史』『北史』『遼史』『金史』のいずれか（多くは複数）と共通する。[55]また洪武間刻本『大明清類天文分野之書』に陳士通、陳徳全、范双平、付善可、江和、江子名、姜原初、熊汝敬、余寿山、虞孟和、張名遠の十一名が見え（王重民『中国善本書提要』）、洪武十九年刊『欧陽文忠公集』にも魏伯美、劉宣、連彦博、熊汝敬、徐子中、張名遠の六名が見え（島田翰『古文旧書考』）、明初刊『文粋』に劉宣、熊汝敬、陳士通、徐子中の四名が見え（『旧書考』）、明初刊『三蘇先生文粋』に江子名、劉伯安、熊汝敬、張名遠の四名が見え（『善本書提要』）、明初刊『古史』に江子名、劉宣、劉伯安の三名が見える（『文禄堂訪書記』）。これは総じて、本版が洪武間前後に福州方面の刻工を動員して開刻された南京国子監関係の版刻に係ることを証している。但し知見の伝本に、長澤氏が完本についてその附刻を著し『宋学士文集』巻三十八にも見える、宋濂の洪武八年に記した「韻府群玉後題」を欠いていることは、なお惜しまれる（図版二―一―十一）。

本版は旧来の『韻府』（百六韻）の本文はそのままに、『洪武正韻』の韻目（七十六韻）に従って改編したものである。改編は韻目のみでなく、個々の文字に至るまで『洪武正韻』の配列に並び変えている。本文はそのままといっても、反切等の音注は『洪武正韻』に合せて変えられている。また本版は、前掲本と同様の半張十行小二十九字の本文を、直に切継ぎして整序したために、数行を前後に移動して、先掲箇所の末行にその首行を合せ、接合の行で字格の重複する場合は前後に節略を加え、字格に間隙の生ずる場合は、直前の注に増補を加えて辻褄を合せてある。例えば元統刊本に

（上略）閈〈里／閈〉釬〈臂鎧又ー金／銀令相着〉○（炭）
〈他旦切（月令）季秋伐薪爲ー／○竇廣国家貧作ー後封侯〉」

（四十行中略） 憚〈（中略）（晋史）蔡克性公亮為邦族所 」

｜／〉〇（幹）〈古案切能事也（下略）〉

とある所を（「」は改行符）本版には「釬」の次に、「炭」から「憚」の四十行を後掲して「幹」以下の行を直に接合し

（上略）閈〈里／閈〉釬〈臂鐙又｜金鉄藥可｜金／銀令

相着一曰矛鐏 〉緩而釬〈莊子有｜｜／｜急也 」

｜／〉〇（幹）〈古汗切能事也（下略）〉

としたために、「釬」字同行下の、もと「炭」字注のあった隙間に「釬」字注を増補して埋め、『莊子』を引いて「緩而釬」の韻藻を新たに掲出している（この引文は『洪武正韻』同字注に見える）。そして次行より「幹」字注に移るが（反切は『洪武正韻』に合せてある）、その上の「｜／」は元来「憚」字注の末尾であり、改編時に刪去を怠ったものであろう。結果として、接合部分の小異を除き、ある文字の出現する行は変化するが、行内での格位は前掲本に変わらないこととなっている。また本版では韻目は減っているが、韻の変わり目に空行を差夾み、半張を改める等の措置が取られている。

本版の成立については宋濂の「韻府群玉後題」に詳しいので次に引いて置こう。なお長澤規矩也氏所見の完本（後述）にはこれを附刻するもののようであるが、ここは『宋学士文集』巻三十八に拠る。

右韻府羣玉一書、元延祐閒新呉二陰兄弟之所集也。二陰、一名時夫、字勁弦。一名中夫、字復春。博學而多聞、乃因宋儒王百祿所增書林事類韻會、錢諷史韻等書、會稡而附益之。誠有便於檢閲、板行于世蓋已久矣。入我聖朝、近臣奉勑編洪武正韻。舊韻音聲有失者改之、分合不當者更之、定爲七十六韻。今重刻是書、一依新定次序、而字下所繫諸事、並從陰氏之舊。因書其故、以告來學者。洪武八年夏五月既望、翰林侍講學士金華宋 記

文中「宋儒王百祿所增書林事類韻會」とは『重添校正蜀本書林事類韻會』一百巻を指していよう。(56)「錢諷史韻」は前出。これに拠れば、陰氏の著作をそのまま洪武韻に改編した由で、本版の情況に合致する。本版については『南廱志経籍考』巻下にも

　韻府羣玉十八巻〈完計一千零十五面。元延祐間陰時夫及弟中夫撰是書、一遵聖祖命編洪武正韻次序、而字所繫諸事則仍陰氏兄弟之舊、洪武八年重刻、有宋濂記。正德丁卯重加修補繕刻、有祭酒濟南王敕識。〉

とあり、宋跋の版は南監に置かれたものであったことが確認される。(57)『南廱志』に「正德丁卯重加修補繕刻」等とある点は他に所見を得ないが、後述のように、本版には現に明代修刻の伝本を存する。

本版の日本への伝来に関して、義堂周信の『空華日用工夫集』康暦三年（一三八一）十一月二日条に「同太清赴二條准后之招（中略）和漢聯句、始用今大明撰洪武正韻羣玉爲韻、遇第一東字」とあり、また恐らくこのことを指して、瑞渓周鳳の『臥雲日件録』文安五年（一四四八）五月五日条に「大外記來訪、予曰、昔時二條攝政與義堂和尚和漢、和亦用韻、時洪武韻府初來、特用此也。外記（中略）因曰、吾朝用漢土書、必有朝廷施行之命、如孟子則未施行之書也、攝政公用洪武韻府、擬施行也」とあり、(58)これら「洪武正韻羣玉」即ち「洪武韻府」とは、『洪武正韻』ではなく洪武改編本の『韻府』を指すかと疑われ、前後六年の間における本版の伝播を示すものと思われる。(59)

〈東北大学附属図書館蔵狩野文庫（別置）　阿七・六二のうち〉
　巻一至十四　十六至二十配元元統二年刊本
巻十五を存す（二十冊のうち一冊）。詳細前掲。(60)

〈布施美術館　一三三八、C〇五〇・一八〉　九冊
　欠巻十五至十六　巻十三至十四配元元統二年刊二修本
後補素表紙（二四・二×一四・七糎）左肩打付に「韻府羣玉〈幾〉」と書す。第一、九冊のみ右傍に後筆で「元槧本」等と、

また第九冊の右肩より打付に同手にて、近時の審定記録を存す。剥離した第一冊前表紙見返し前半に又別手にて「韻府羣玉〈幾〉」と書す。第一冊に巻一から巻三第三十八張まで、第二冊に巻三第四十三張から巻四までを収める他は、毎冊二巻。序目及び巻一第一至二十一張、巻三第三十九至四十二張、巻四第六十張以下、巻五第一至十四張、巻六第五十張以下、巻十一第一張、巻十七第八十張以下を欠く。東北大学蔵本よりも少しく後印か。装訂や伝来を加味しても、本帙と東北大学蔵の巻十五が、本来遼冊ということはなさそうである。

毎冊首に紡錘形陰刻「太華山／房珍藏」朱印記（高橋太華所用）を存す。

該本は現在〈一三三八〉八冊（巻一至十四）と〈C〇五〇・一八〉一冊（巻十七至十八）の二部別帙中に保管されているが、本来は一具の伝本である。

又 〔明〕修

本版には後代の補刻本を存する。後掲上海図書館蔵本を見るに、巻四第七至八張、巻七第十九至二十、二十五至二十六張、巻八第五、十一至十二、四十三張、巻九第一至二、三十三張、巻十第一、二十一、四十四張は補刻に係り、この中の数張の中縫部下象鼻に「徐珩」の工名が見出される。『南廱志経籍考』巻下に本版を著録して「正徳丁卯重加修補繕刻、有祭酒濟南王敕識」と記しており、正徳丁卯は二年（一五〇七）に該当するが、この時の補刻であった可能性がある。

〈上海図書館　長五九八四一—三〉　三冊

存巻三至四　八至十　白棉紙印

表紙欠（二九・八×一六・五糎）。本文白棉紙。本文共紙の前副葉子一張を存す。毎冊二巻。巻三首、巻四、八巻尾欠。欄上に墨筆の補注を施す。
この他、昭和十五年十二月の『新興古書展目録』一三四四に「韻府群玉〈明洪武八年刊　十冊〉」と見えるのは本版かと推され、「薄井恭一君が近獲の明洪武刊本韻府羣玉」を披見された長澤規矩也氏は、目録の末に洪武八年の宋濂の記を存するものとし、巻数を十八巻と記しておられる（注〈51〉長澤氏論文）。

以下、版本学的な観察に基づいて諸版の関係を考えると、大筋では版種解説中に標記したような依拠関係が認められる。今、参考のために改めて図示すれば、左の如くになろう。

元元統二年刊本
↓日本〔南北朝〕刊本
↓〔明洪武八年序〕刊本
↓朝鮮明正統二年跋刊本
　↓〔朝鮮前期〕刊本
又　後修本
↓元至正二十八年刊本
　↓明嘉靖三十一年序刊本　↓〔明〕刊本

こうした関係については、事新しく揚言するまでもなく、これまで個々の伝本の著録中にも想定されてきているし、本節の首に紹介した柳田氏論考中には、諸版の解題と一部本文の校合を試みられ、総合的な諸版の関係を明示されている。従来一説に〔南北朝〕刊本を朝鮮版に基づくものと見る立場もあったが、(61)柳田氏は明確にこれを退けられ、また元統二年刊本の補刻や朝鮮版両種を弁別され、それらの依拠関係を右の図と同様に整理されている点、全く疑いを容れず、鉄案といってよい。しかしながら、こうした諸版の依拠関係とは飽くまでも大筋を言うのであって、覆刻とされる版種でも底本に従わない特点を有することは、むしろ版本の常態のようにさえ思われる。僅かな相違に意を留めていけば、当該の『韻府』諸版の場合も、決してその例外とはならないであろう。版本の消長自体を究明の対象とする立場からは、なお微細な点に目を凝らして、その意義を考えていく必要があるように思われる。本書ではそうした関心から、諸版の関係について些かの補考を試みたい。

元来『韻府』は、主として商業出版の中でその諸版を派生させてきた書物であるため、全般に本文の吟味よりも開版の効率を優先させている傾きがあって、現行諸版の祖となった元統刊本と言えども、厳正の本文を有しているわけではない。諸版本の印面をたどっていく時、そうした内実は、具体的にはいくつかの誤字や墨釘の発見によって窺われることとなる。この中、墨釘の異同は殊に重要かと思われる。通常、墨釘を存することは、本文の不備を際立たせ、再版者に何等かの処遇を求めたものと予測されるからである。本章で対象とする『韻府』の諸版を一瞥すると、この墨釘を少なからず存し、また版種によってその処遇を異にする場合を認めることができる。そこで本書では、当面この墨釘や誤字の処遇に注目し、諸版の特質を考える端緒としたい。

元統版後修部分には、原刻の墨釘をほとんどそのまま踏襲しているといってよく、僅かに巻三第十二張（以下「三—十二」の如く表記）、十三—二十一の二箇所で独自の文字を有するに止まる。三—十二「倫膚」注「少牢饋食、饔ーー

〈■〉、丨、擇／也。丨、脇革肉也。擇取美者」の本文は『儀礼』少牢饋食の経注で、経に「饔人倫膚」と、その鄭注に「倫、擇也。膚、脇革肉也。擇之取美者」とあるのを節略したものと思われる。確かに元統本にはこの中の「人」の文字を欠くのであるが、同後修本の如く「少牢饋饔丨丨人丨擇／也丨脇革肉也擇取美者」とこれを補うのは誤りで、原刻本では文字の大きさも通常の双行注のそれであるから、後修本の形では経注の区別がつかなくなる。原刻本の墨釘がやや小さいことからも、ここは出典の『儀礼』を示す略号を補うべきで、「人」の文字は元来略されていたと見るべきであろうか。十三―二十一「明主棄」注「孟浩然對■宗誦詩、不才丨丨丨、帝／曰、朕未嘗棄卿、奈何誣我、因放還山」は『新唐書』孟浩然伝等に見える本文で、孟浩然に対する帝は玄宗であるけれども、後修本の如くこれを「明宗」に作るのは、玄宗を明皇と呼ぶ如く、宋諱を避けた結果とも思われる。いずれにせよ、元統版後修本は元統版原刻本に依拠しつつ、僅かに本文を補ったものと見られる。しかし原刻本に誤刻の箇所を見ると、四―五十五「盡道休官」注「僧霊徹答常丹、相逢丨丨丨丨去林／下何曾見一人〈雲溪友乂〉」中の「常丹」は人名で、『雲渓友議』巻中には「韋丹」に作り、七―一「踐更」注「古者工卒无／堂人迭為之／一月一更曰卒更（中略）〈漢昭紀／注〉」中の「工卒」「堂人」は、『漢書』昭帝紀に「正卒」「常人」に作る等、原刻本の誤りであることは明らかであるのに、後修本にもこれらの文字を逐っている。元統版後修部分は基本的に、同原刻本に拠りつつ独自に墨釘を増した本文である。

至正刊本では、やはり元統版原刻本の墨釘を踏襲するのであるが、三―十二、十一―四十四、十三―二十一、十五―四十二の四箇所で元統本にない文字を補い、このうちの三―十二、十三―二十一は元統版後修本の形に同じで、後修本を介した依拠を思わせる。但しなお十五―四十二「状元忠孝」注「宋■宗祝曰、願得／忠孝丨丨。遂得／鄭獬」の「■宗」に「徳宗」と補う如く、元統版原刻本、後修本の墨釘に従わない文字もある。この箇所は『塵史』巻中「場屋」に「神文重於選士。皇祐五年、廷試既考定、前一日取首巻焚香祝曰、願得忠孝状元。洎昌名乃鄭獬也。故鄭謝啓曰、何以副上心忠孝之求」と見え、本来「神文」皇帝は「仁」宗と補うべきであろう。(62) この文字は元統版後修本になく、至正本で独自に補った結果のように見える。また元統版後修本の墨釘に対する処遇を見ると、諸版の中、至正本のみには三―十二、五―四十七、十六―九の三箇所で後修本の墨釘を踏襲しているが、その他の箇所では至正本にも文字を存している点、一考を要するであろう。しかし二―二「枝」字「茘枝」注に「〈張九齢賦〉紫紋紺理、黛葉沸枝」として張九齢「茘枝賦」の語を挙げて「紺枝」を「沸枝」に誤る等、元統版後修本の誤字につき、至正本のみがこれを踏襲している点から見て、至正本が元統版後修本に拠っていることがわかる。

嘉靖刊本には略字多く、正俗字体の採択を見て行くと、元統版補刻本に拠りながら略字を多く用いて開刻した至正刊本のそれに、ほとんど合致していることがわかる。字体のみならず、例えば七―三「大横」の語に対する「漢文紀、代王卜之、兆得ㅣㅣ。占曰、ㅣㅣ庚々、予爲天王。〈庚々、横皃〉」注中「皃」字を、至正本には「皃」と誤る処、当該の版にも「皃」に誤り、十―三十五「詩遒緊」の被注語中「遒」字を、至正本には「道」と誤る処、当該の版にも「道」に誤り、巻十尾題を至正本には只「韻府巻之十」に作る処、当該の版にも同様に作る等、至正本独自の特徴を本版にも踏襲している。このことは元統版補刻本から至正本に踏襲された点についても同様で、一例を以て証すれば、二―二「枝」字「草木」項の「茘枝」の語に関する「張九齢賦、紫紋紺理、黛葉紺枝」注中「紺」字を、元統版補刻本および至正本には「沸」に誤る処、当該の版にも「沸」に誤っている。本版の至正二十八年刊本に拠ることは明らかである。

一方、日本〔南北朝〕刊本ではほとんど元統版原刻本の墨釘を踏襲し、三―十二、十一―四十四にも、至正本のようには文字を補わず、墨釘のままとなっている。元統版原刻本に最も近い本文とする見解は、その大概において当たっていよう。但しこの〔南北朝〕刊本にして、十三―二十一、十五―四十二では原刻本にない文字を補っていて、これらが至正本と同じ形を採っていることは注意される。しかしまた元統版原刻本に誤刻の文字については、ほぼそのままに継承している点から、やはり基本的に本版は元統版原刻本に拠ると見てよい。

朝鮮明正統二年跋刊本では元統版原刻本墨釘のほとんど全てに文字を補っており、多くは文字間の互見を示す「詳何」等の注記であるが、二—三十九「紅裳人魚」注「又謝仲■見／婦人出没波中腰已／下皆魚也〈稽神録〉」の墨釘を「謝仲玉」とするように、出典に立戻って補ったかの如き文字もある。また巻十五を見る限り、朝鮮明正統二年跋刊本に校改の文字が、全て新増説文本または洪武本に合致することは注意される。しかし元統版原刻本に誤刻の文字について見ると、墨釘の場合とは異なり、ほぼそのままに継承している。〈朝鮮前期〉刊本はこうした朝鮮明正統二年跋刊本の情況をよく踏襲したもので、同本への依拠を顕著に示す。また二—十一「赤螭」注「■■｜／｜〈子虚〉」の墨釘を「蛟龍」と改める他、十三—五十、十六—二十八等〈朝鮮前期〉刊本独自に文字を補った箇所もあり、同版では元統版原刻本の墨釘が全く姿を消している。なおこの二—十一の本文は『文選』に見えるが、「子虚賦」ではなく、同じ司馬相如の作で次掲の「上林賦」にある。

〈洪武八年序〉刊本は洪武韻本の属で、原本に比べて相当の改編が加わっているものの、本版は韻目を併合して単字の帰属音とその掲出順、反切注記を変更し、移動部分の前後の注に加減を加えた他は、原本の記事内容をそのまま用いたものであるから、原本に類する一版として位置付けることが可能であり、その底本は元元統二年刊本と思われる。本版に先行し得る版種としては他にも元統版補刻本、元至正二十八年刊本を存するが、これら両種に誤刻を犯していても本版には継承する例がなく、もとの元統版と同じ文字に作っていることから、元統版を底本と認めることができる。例えば七—二十二「佳城」注「夏侯嬰死送葬、至東都門外駟馬不行、跼地悲鳴。即掘馬蹄下、得石郭銘。云、｜｜鬱々、三千年見白日、于嗟、滕公居此室。乃葬焉。謂之馬冢。博物志」とある中の「銘」の字を、元統版補刻本および至正版には「路」に誤るが、元統版および本版には正しく「銘」に作る。他にも同様の例は多い。また元統版の誤刻についてもこれを継承している。例えば元統版で、七―一「踐更」注に「古者、工卒无堂人迭為之、一月一更曰卒更（中略）漢昭紀注」とある中の「工」の文字は、『漢書』昭帝紀注に照らせば「正」の誤りであるが、これを本版にも「工」に誤っている。こうした点から見て、本版は基本的に言って元統版に従うものである。但し、同じ記事中の「堂」の文字は正しくは「常」である処、本版には元統版の「堂」を校改して「常」に作っている。

以上、諸版における元統版原刻本の墨釘、誤字に対する処遇を概観すると、前掲の基本的な依拠関係に適合する例の多い一方、単純には割り切れない文字もあって、諸版独自の改訂を存する他、諸版の間になお複雑な依拠関係を存することが予見されよう。

諸版の中、至正本のみには元統版後修本の墨釘を踏襲している点、一部には至正本に文字を存している点、一考を要するであろう。例えば、十一―三「式道」注「｜｜掌徼巡京師、更名執金吾〈注〉／｜｜持麾至宮門、々乃開〈漢百官志〉」中の、元統版原刻本に「金吾〈注〉」「〈官志〉」と作る部分を、元統版後修本には墨釘に作る。これに対する至正本採用の文字は全て元統版原刻本に合致しており、同様の例が多い。これらを見ると、至正本は元統版後修本に拠って開刻したのであったが、その墨釘については原刻に拠って改めたのだと考えられる。従って、原刻本以来の墨釘や補刻の及んでいない箇所では原刻の墨釘を踏襲していて、両本の誤字についてはこれをほとんど改めていない。なお両本を存しながら何故後修本に拠ったのかという疑問は残り、至正本の刊刻時に参照し得た原刻本は相当の後印本で、現実的な選択として筆法の鮮明な後修本を採用したものかと想像するけれども、確実なことは不明としなければならない。しかし、これも恣意に渉るが、至正本の印面を見ると、元統版後修本に墨釘に作る箇所では多く行款に歪みを生じているように見え、こうした現象も参考すれば、やはり至正本は、先ず元統版後修本に拠って彫版され、その墨釘の箇所は元統版原刻本に拠って挖改したものと考えたい。なお至正本には独自の墨釘と誤字を存するが、その多くは「詳何」の互見注記や出典注記の直後、即ち奇数に終わった双行注の文字の後に存する空格の位置に当たる。従って本文としては意味がなく、また継承関係もないので、これらは単純な彫り残しと見てよいように思う。また他版には文字の存する三例も他版においては異同がなく、諸版の関係に原因するような普遍的な問題を徴するものではない。誤字の方は、至正本に孤立する本文が多く、その内実は、いずれも字形の相似に由来する単純な誤りと考えてよい。但し十―三十一「渇呑海」注「一回酒｜思｜｜、幾／度詩狂欲上天〈瀫湖〉」中の「瀫湖」を「瀫胡」と誤る例等は〔南北朝〕刊本にも同じ文字を存しており、底本の状態を反映する偶発的な現象と考えることもできようが、特に〔南北朝〕刊本の場合、前述のように元統本墨釘に対する処遇についても同様の例を存することがあり、なお注意される。

〔明洪武八年序〕刊本にも、他版に拠る校改も認められるので記したい。本版は元統版原刻本に拠るのであったが、元統版の二―三十九「紅裳人魚」注「又謝仲■見婦人出没波中、腰已下皆魚也。稽神録」中の墨釘を、本版には「玉」に作り、また同じく七―三「三彭」注中「殺三虫即｜｜。柳。｜｜者彭質、彭■、彭居」中の墨釘を「矯」に、十五―五十三「牛酒　」注中「肯教｜｜｜、詩腸■■■言。杜甫」中の墨釘を「此詩」に作っている。こうした校改の当否は別としても、元統版後修本、至正刊本はいずれも元統版の墨釘を踏襲するのに対し、本版には文字が宛てられている。これらは、本版に先行する原本諸版には見えないのであるが、実は半面十一行の新増説文本〔初刻の元至正十六年刊本は本版に先行〕に即て当該の箇所を検して行くと、本版同様の文字が宛られているのを見出すことができる。また例えば元統版後修本十五―三十「見蔑面」注に「子産始知然明曰、它日吾｜｜之｜而已、今吾見其心也。襄廿■」

とあり、これは本来『左伝』襄公二十五年十二月の記事で、墨釘は「五」と改正すべき所、本版には「年」と誤っている点さえも、新増説文本の当該箇所に合致している。但しこのような新増説文本との合致は、ほぼ底本墨釘の場合にのみ認められるようである。本版は原十行本でしかも大幅な改編を伴い、他方の新増説文本は増修十一行であるから、両者の行款には懸隔がある。しかし本節に示した校改の来源はこの新増説文本以外には認め難いのであって、字目標記を介して両者の校讎に及んだものであろう。切り接ぎして洪武韻に改編する前の段階で校合したと考えれば、それ程の難事業ではない。原本系統の翻版においても、文字校改のレヴェルでは新増説文本の影響を見逃すことができないのである。

新増説文本との校合ということでは、至正刊本に拠ったと見られる嘉靖刊本にも、その可能性が認められる。若干の例を挙げれば、本版の底本である至正刊本の、二—三十九「紅裳人魚」注「又謝仲■見婦人出没波中、腰已下皆魚也。〈稽神録〉」中の墨釘は、至正本の底本である元統版後修本以来のものであり、嘉靖本にはこれを「玉」に校改しているが、その来源は新増説文本か、同系本の影響を被った〈明洪武八年序〉刊本のいずれかと思われる。又七—三「三彭」注「殺三虫即｜｜。柳。｜｜者彭質、彭■、彭居」中の墨釘も、その由来は同様であるが、嘉靖本には「矯」に校改し、やはり新増説文本か洪武本に拠ったと思われる。こうした校改は数多く、これらの例のみからは、本版の拠った校合本文が洪武本であった可能性も残るが、例えば二—十一「赤螭」注「■■｜｜。子虚」中の墨釘を〈明洪武八年序〉刊本は「蛟龍」と改めているのに、本版には新増説文本と同様に「〇〇」の符号を以て対処していること、また本版における牌記の在り方〈前節参照〉等を勘案すると、まずこれらは、直接もとの新増説文本に拠ったものと見てよい。なお元統本および底本の八—十八「鉤軜」注「雲木叫｜｜。林通」中「通」の誤字を[63]、本版には「逋」に改正してあるが、これは新増説文本には「通」のまま、洪武本では「逋」と校改してあり、洪武本に拠るかとも見えるが、全体の傾向と見るには及ばず、この程度は本版独自にも改正し得たものと思われる。但し、本版本文については精査に及んでいないために、新増説文本系統中の如何なる本文を用いたかは確定できず、牌記の内容からは、元至正十六年劉氏日新堂刊本ではなく、後続の翻版である明正統二年梁氏安定堂刊本との関わりが想定されるものの、本文上はこれを証することができない。

〔南北朝〕刊本にも独自の墨釘と誤字を存するが、墨釘について見ると、諸版の文字に比べても全く孤立したもので、その数も非常に多い。他版との継承関係を有たない点では前掲の至正本の場合と同じであるが、これらが皆、直接文意に関わる有意の文字である点は異なっている。四―四十六前後、六―四十六後十行、六―四十六至四十七等の箇所に集中して顕れていることは、伝来情況を含めた底本の不全を思わせるが、六―四十六後十行、十三―二十五等は、元統版原刻本のみに拠ったと思われる同後修本にも誤刻を犯しており、また後者には朝鮮明正統二年跋刊本以下にも問題を生じていて、元統原刻版自体に支障のあった場合も含まれていたように思われる。いずれにしても、墨釘を生じた原因は一様でないが、〔南北朝〕刊本の場合、開刻時の校正が十全に行われたとは見なし難い。

こうした〔南北朝〕刊本の性格を見るべき一資料を存するので少しく言及したい。前段にも触れた、大東急記念文庫に蔵する元元統二年刊三修本（二二・二二・一九、二十冊）中の十一―三十五、十二―二十九、十四―三至四、十五―四十八、十六―二十三至二十五、三十七至三十八に存し、版種としては〔南北朝〕刊本によっている補配部分は、前章に挙げた東洋文庫蔵本以下諸伝本の当該部分と同版であるにも拘わらず、その中の十一―三十五、十二―二十九、十四―三至四には、他の伝本に見られない墨釘を存している。逆に言えば、これらは大東急本補配部分に刷られた版を挖改して後に、東洋文庫蔵本以下の伝本が刷られたとしか考えられない性質のものである。これら補配の数葉に関して今一つ注目すべきは、大東急本の他の部分とは異なる筆跡の朱の書入があって、墨釘を始めとするいくつかの文字について欄外や行間に校字注記を存する点で、その性格は次の三に分かれるようである。即ち一、墨釘に宛てるべき文字を注記するもの。二、既存の文字に異なる字体を注記するもの。三、字画等、既存の文字の不全を補うもの。今、試みに十一―三十五後半を例として挙げれば、以下のようになる。

(一の例) 第一行右「■功」に「詳」(欄上)と朱書
同　「詳■」に「竈」(版心)
二 左「詳■」に「鰕」?(行脚)
五 右「見■」に「牘」(欄上)
八 右「宋季■」に「|」(欄上)
同 左「■■」に「買隣」(欄上)
同　「詳■」に「隣」(直下)
十 右「■然」に「偃」(書脳)
同 左「■之」に「賈」(書脳)
同　「為■」に「襯」?(書脳)

(二の例) 第三行右「雅」「雅」に「雅」(欄上)と朱書
四　「春」に「春」?(行脚)
五 右「犢」に「牘」(欄上)
七 左「鮮」に「解」(行脚)

(三の例) 第三行左「受」の「又」に朱書補筆

四　右「餉」の「口」

同　左「五」「宝」「毎」「語」の横画

これらの書入の対象となった文字について同版の他の伝本と比べてみると、二、三の例には何等相違がないのに対し、一の例には全て朱書の通りに改刻されている。この零葉に関して、次の二通りの見方ができるように思われる。一、この零葉は極早印のもので、未刻部分を後修本によって朱書補入したものである。一、この零葉は本版の校正刷りの一部である。前者を採れば、他の伝本は皆後修以降の伝本ということになる。これらは如何にも断片的な材料であり、諸伝本への取材も十分とは言えないのであるが、本書では、以下の理由から敢えて後者の説を採りたい。イ、現在まで墨釘未刻の印本を見出し得ないこと。ロ、当該の部分から注記を施した欄外へ向けて大胆な指示符号を引いている点、通常の書入とは異なること。ハ、二や三の例は通常の校字注記と異なり、特に三の例などは十分判読できる文字にも補筆を加えていること。ニ、僅かに筆画を補った文字を存する行の行頭に、標点を朱書する場合のあること。ホ、僅かな零葉から見ても墨釘による本文の不備があまりに多いこと。こうした特色は校正刷りと考えれば腑に落ちるもののように思われる。二、三の例について、指示の通りには改修が行われていないことでは疑問の餘地も残るが、校合者の意図は別にして、実際の改刻作業では墨釘を改めるに止まり、字体の異同に関する修刻までには及ばなかったと考えるべきではなかろうか。

右の資料が校正刷りであるか否かに拘わらず、諸版の関係を考える上ではなお注目すべき点がある。十一―三十五後半の第一行「■功」は後に「詳功」と改刻されているが、元統本にはこれを「計功」に作り、本文の『晏子春秋』内篇諫下「因請公使人少餽之曰、三子何不計功而食桃」や互見注記のある本書「古治殺黿」の項を見ても、ここは「計」が正しい。また同第十行「■之」は後に「貫之」と改刻されているが、元統本には「貴之」に作り、本文の

『新唐書』高倹伝「帝曰、我於崔盧李鄭無嫌（中略）不肖子偃然自高、販鬻松檟、不解人閒何爲貴之」に照らしても、ここは「貴」が正しい。しかるに、これらの文字を至正本にはそれぞれ「詳」「買」に作っていて、元統本の覆刻である〔南北朝〕刊本においても、その修刻時には至正本の影響を容れている点が指摘される。当該の箇所について元統刊未修後印本を見ると、やはり〔南北朝〕刊本校正刷り（或いは極早印本）に墨釘の箇所は、相当に磨滅が進んでいて不分明であり、始めに刊刻した際には未刻のまま残され、後に至正本を参看して文字を補ったものであろう。前節までに至正本と〔南北朝〕刊本に一致の認められたのも、恐らく同様の経緯によるのではないかと推測され、実際の所、元統刊未修後印本で磨滅の箇所について元統刊本と〔南北朝〕刊本を比較していくと、時として元統本に異なり至正本に合する箇所を見出すことができるのである。例えば巻十五第十四張前半、去声十五翰韻の「難」字注に『礼記』曲礼上篇の文を引いて、元統版には「臨丨／无苟免」に作るが、後印本にはこの中の「苟」字を破損しており、これを承けて至正本には「兮」に誤刻し（この張、元統版には補刻なし）、〔南北朝〕刊本も至正本に倣うが如きは、同様に理解すべきであろう。また翻って考えると、こうした校合、改刻の施される段階は、本格的な印行の前と見るのが妥当ではないだろうか。右の推量に拠って、本書では暫く以下のように解して置く。日本〔南北朝〕刊本は、状態の良くない元統版原刻本を以て覆刻を企て、一度は底本のまま梓に上せた後、底本に不分明で彫版できなかった文字については、至正本を以て校合改刻し文字を補ったが、結局は不徹底のまま印行に附された、と見られる。記して批正を仰ぎたい。

次に朝鮮明正統二年跋刊本について見て行こう。当該版の底本は諸般の事情から、主には元元統二年刊本であると見て誤りない。しかし本版に特異な点として、元統版には墨釘で正字を得ない箇所の多くに、然るべき文字を以て本文の補われていることが挙げられる。例えば二―三十九「紅裳人魚」注中「又謝仲■見婦人出没波中、腰已下皆魚也。

稽神録」の「■」を、当該の版には「玉」に作る。また七―三「三彭」注中「殺三虫即｜｜（柳）。｜｜者彭質、彭■、彭居」の「■」を、当該の版には「矯」に作る。また十五―五十三「牛酒涴」注中「肯教｜｜｜、詩腸■■■言。杜甫」を、当該の版には「此 詩 」に作る。これらの墨釘校改は、先述の〔洪武八年序〕刊本の場合と同様で、洪武本の当該箇所は、悉く新増説文本によって校改されたものである。現状からすれば本版は新増説文本乃至はその影響を蒙った〔洪武八年序〕刊本に拠って校改したと見て差し支えないことになる。また消極的な理由ではあるが、二―十一「赤螭」注「■■｜｜。子虛」の箇所を、〔明洪武八年序〕刊本には「蛟龍」に校改していたのに、本版では墨釘のままとして改正されていない点などを見ると、この箇所を「○○」として校改していない新増説文本の方によったとも見られる。また本版に附刻の南秀文跋の首に「元朝瑞陽陰氏」云々と書き起こしていることも一の証左で、本書の編者陰氏兄弟の本貫地を「瑞陽」とすることは、〔明洪武八年序〕刊本を含め本版に先立つ原本諸版の本文には見られないことであり、新増説文本目録末の告文にのみ「瑞陽陰君所編韻府羣玉」と書き起こされている（附説参照）ことは、本版が〔明洪武八年序〕刊本ではなく、新増説文本によって校改されたものである可能性を示唆していよう。

以上より、この版の本文についてその要点を示せば、一、本版の本文は基本的に元元統二年刊本に拠るものである。二、元統版の本文に墨釘の認められる場合、新増説文本（またはその影響下にある〔明洪武八年序〕刊本）によって校改し、初度の版刻以前にほぼこれらを除き去っている。元統版磨滅の際にも同様の場合がある。三、元統本の本文に誤りある場合については、特に校改が施されていない、というものであった。南秀文跋中、本文の採択や処遇に関わる点を想起すると、「爰命集賢殿、出經莚所藏善本二部、參校送之」との記文がある。このことは、底本の墨釘を校合によって除いている点に対応し、また本版の校正が版刻後の挖改に依らないことも、江原道では集賢殿での校合をそのまま受け容れたものと解すれば、二に照らして順当である。三についてはどうであろうか。このことは、集賢殿での校合がどの程度の精度を伴ったかという点に係り、その実情は不明である。しかし跋に拠る限り、完成まで一年餘に過ぎなかった所要時間を考えると、ことさら問題とすべきものとは思われない。この様に考えると、本版本文の情況は、中央の主導により地方の資材を以て刊刻したと思われる、出版の事情を裏付けているものと判ぜられる。

次で〔朝鮮前期〕刊本について記す。本版の底本は朝鮮明正統二年跋刊本であって、前節に見た正統跋刊本の元統版墨釘部校改の文字は、全て本版にも継承されている。本版に特異な点としては、先ず正統跋刊本に僅かに校改されなかった元統版墨釘部について、新たに校改の加えられた点を挙げることができる。前出二―十一「赤螭」注中「■■ー。子虚」の墨釘を、当該の版には「蛟龍」に作る。この箇所は元元統二年刊本以下、正統跋刊本を含む原十行本と、十一行の新増説文本には墨釘を改正せず、唯一〔明洪武八年序〕刊本では「蛟龍」に作っている。これは正統跋刊本に漏れた墨釘の校改を〔朝鮮前期〕刊本では〔明洪武八年序〕刊本によって行ったものと見られよう。また元統版の誤刻部分を校改した場合を挙げる。九―三十一「羌博士」注中「北斉李業興師深遵明、鮮于霊復曰、久逐ーー何所得乎。北史」に「深遵明」「鮮于霊復」とある文字を、当該の版には「徐遵明」「鮮于霊馥」に作る。元元統二年刊本以下、正統跋刊本を含め「深」「復」の誤りを踏襲し、新増説文本にも同様であるのに対して、〔明洪武八年序〕刊本には正しく「徐」「馥」に作っている。これら元統版誤刻部分の校改は正統跋刊本には見られず、〔朝鮮前期〕刊本が〔明洪武八年序〕刊本に拠って校改したもののように思われる。あるいは〔朝鮮前期〕刊本は原拠に従って校改したものとも思われようが、例えば前出の、七―一「践更」注「古者、工卒无堂人迭為之、一月一更曰卒更（中略）漢昭紀注」に「工卒无堂人」とあるのは、〔明洪武八年序〕刊本にはこの中の「工（正の誤り）」字は改めず「堂（常の誤り）」字のみを改めて「工卒无常人」に作り、〔朝鮮前期〕刊本もこれに同じく「工卒无常人」に作っていることからすると、やはり〔朝鮮前期〕刊本は〔明洪武八年序〕刊本に従って校改したものの如くである。また五―六十

「孰何」注「衛綰等不｜｜綰□」とある末尾の空格に、本版には「傳」と補われているが、これは『漢書』衛綰伝に「及景帝立、歳餘、不孰何綰」とある（『史記』同「不誰呵綰」）のに拠り、本書の節略によって意の通じ難い所、最末の「綰」字を出典注記に取って「不孰何。綰傳」と見たものであろうが、これまた〔明洪武八年序〕刊本のみ「不｜｜〔綰傳〕」とした意改に基づくものであろう。また挙例は省略したいが、〔朝鮮前期〕刊本挖改部分の検討から導かれる特色として看取される諸点、即ちイ、底本の略体字もしくは音通による代用字を、正体の文字に改めていること、ロ、標字代用の「｜」符や空格を、本書の体例に従って適当な文字に改めていること、ハ、諸版に存する不正の文字を正字に改めていることは、基本的に〔明洪武八年序〕刊本との校合に拠って改刻されたものである。ただその大半は洪武本の影響を容れたと見られるものの、若干ではあるが、本版に独自の校改と見られる点もある。例えば十五―二十四「赤縣」注中「中国名｜｜神州。史、孟子列傳」とある処、本版に「孟子」の文字を「鄒衍」と挖改していることは〔明洪武八年序〕刊本や諸版にも見えない。また十五―三十一「擧扇」注中「肖子顕爲吏書、見九流不与交言、但｜｜一揮而已。衣冠切恨之。挙書」とある処（この中の「吏書」は「尚書」の、「挙書」は「梁書」の誤刻であろう）、本版には「肖」字を「蕭」の正体に改めているが、これも諸版に例がない。これらは恐らく本版校正者の独自の判断に拠るものであろうが、校改の態度そのものは〔明洪武八年序〕刊本のそれを敷衍し補う底のものである。ただ一方で極少数、元統版および底本の誤字や略字について、〔明洪武八年序〕刊本ではすでに改正されているのに、当該〔朝鮮前期〕刊本では底本を踏襲し改正されていない場合も存する。これらは校讎の不徹底による瑕瑾と見られようか。

以上より、本版本文の特色は次の様なものである。一、本版本文は基本的に朝鮮明正統二年跋刊本のそれを踏襲している。二、本版には一旦整版の後、〔明洪武八年序〕刊本に従う挖改が加えられている。三、本版にはまた全般に、整版者独自の判断に基づく校改、ことに略体字を正体に改める作業が施されている。これらの諸点に、本版印行の情況を勘案すると、底本である正統跋刊本の訂正とさらなる普及の図られた点に、本版刊刻の意義を見出すことが可能である。さらに、正統版の刊刻が世宗の命に基づいて江原道に附託されたものであったのに対し、本版の板木が内府の儲となっている点を想起すると、本版における周到な本文の校改は、その料に採られた洪武版が明朝南監の儲であった様に、中央学官の見識として示されたものではなかったか、と考えられる。

以上、墨釘の処遇を中心として諸版の依拠関係に補考を加えてきたが、これらを総合して再説すれば、次の如くであろう。現行本の嚆矢となった元元統二年刊本は、当初から誤字や墨釘を含む形で印行されたが、後には板木の磨滅に伴って大規模な補刻を加えることとなった。この後修本は、僅かに原刻の遺漏を補う点もあったが、略字を多く採用し、また却って誤字や墨釘を増すことの夥しいものとなった。元統二年刊後修本を基に翻刻した元至正二十八年刊本は、底本の墨釘については元統版原刻本に参じて補うものであったが、誤字については底本を踏襲する場合が多く、新たに文字の誤りを犯す点も多かった。少し遅れて日本で開版された〔南北朝〕刊本は、元統版原刻本を底本として覆刻した翻版であったが、所用の伝本に問題があったためか、翻刻できない文字が墨釘として多く残り、また字画不明の文字も多かった。一部は至正本に拠って補う箇所もあったが、その校正は不徹底なものに終わっている。〔明洪武八年序〕刊本は、元元統二年刊（一部補刻か）本を底本とし、一部の底本不明の箇所は新増説文元至正十六年刊本の文字を容れ、一方で底本を越えて正文に復するよう積極的に文字の改正を施しながら、全体に洪武韻への改編を加えて刊刻したものである。また明嘉靖三十一年序刊本は元至正二十八年刊本を底本とし、新増説文本系統の影響を容れているが、これは〔明洪武八年序〕刊本等の別版を介するものではなかったと思われる。朝鮮明正統二年跋刊本は、同じく元元統二年刊（一部補刻か）本を底本とし、ほぼ底本の文字を踏襲しながら、底本墨釘の箇所については大略を新増説文本（或いはその影響を容れた〔明洪武八年序〕刊本）によって校改、刊刻した。続く〔朝鮮前期〕刊本は、正統跋刊本を底本とし、〔明洪武八年序〕刊本によって校改を加え、しかも底本では比較的目に着きやすい墨釘等の部分に止まっていたものを、本版には広く全面に校改を行き渡らせ、また〔明洪武八年序〕刊本の態度を敷衍し独自に本文を改正した上で、刊刻されたものである。

本書の開版について概略を言えば、一版を基として諸方面に再版を繰返したに過ぎないのであるが、諸版影響し合い、複雑な干渉を起こしつつ展開する過程では、一方において諸版に特有の実情を体現するものであったことは、なお看過できない側面を含んでいよう。上記の結論は、次のように図示される。

元元統二年刊本

↓日本〔南北朝〕刊本

（→元至正二十八年刊本）

〈又　一修を存するか〉

↓〔明洪武八年序〕刊本

（→新増説文本）

↓朝鮮明正統二年跋刊本

（→新増説文本〈或は〔明洪武八年序〕刊本〉）

↓〔朝鮮前期〕刊本

（→〔明洪武八年序〕刊本）

又　一修本

↓元至正二十八年刊本
↓明嘉靖三十一年序刊本 ↓〔明〕刊本
（→新増説文本）

附　新増説文本の成立について

諸版本間の干渉という意味からすると、上述した明嘉靖三十一年序刊本、また〔明洪武八年序〕刊本と、恐らくは朝鮮明正統二年跋刊本、さらに後二者を通じて〔朝鮮前期〕刊本に、款式の異なる新増説文本の影響が認められる点は重要である。ただ行論の都合上、本節に至るまで新増説文本の特徴について詳しく論じていない。これは当初、原本とは行款が異なり、その本文にも増修のある新増説文本については、章段を分かって論ずべきと思われたからである。しかし調査を進めるうち、前節に記した如く、先ず諸版本における校合の実態を通して、原本系統の諸版にも新増説文本からの影響のあったことが知られ、その記述には新増説文本の本文とその来源に関する解説を前提すべきであった点に気付かされた。さらにはまた、新増説文本の嚆矢と見られる元至正十六年刊本の開刻と、原十行本の元元統二年版とに、本質的な関係のある事実も判明した。このことからすると、原本と新増説文本は、当初予見したように截然と一線を画するものではなく、両者は版刻の上から見ても、連続性の高いものと考えられる。そこで、相前後して恐縮であるけれども、新増説文本系統諸本の具体的な伝本解題は後段に譲り、本段では新増説文本の始発について記し、一応の結びとする。

イ、『説文解字』の増入

新増説文本の系統の中では、元至正十六年（一三五六）に劉氏日新堂から刊刻された版本が先行のものである。その開版の経緯については、現存元刻本目録末の牌記告文に示されているから、まずこれを引用したい。

瑞陽陰君所編韻府羣玉、以事繫韻、以韻摘事、乃韻書而兼類書也。檢閲便益、觀者無不稱善。本堂今將元本重加校正、每字音切之下續增許氏説文以明之、間有事未備者以補之。韻書之編誠為盡美矣。敬刻梓行、嘉與四方學者共之。至正丙申莫春劉氏日新堂謹白。

これに拠れば、劉氏日新堂は本書を刊刻するに当たり、原本に校正を加え、字毎に反切に続けて許慎の『説文解字』（以下「説文」と略称）を増入し、また記事の不足があれば独自にこれを補ったというのであり、本文を見ると、告文にある通り『説文』等の増入を伴っている。新増説文本とは、このように単字注の首（同音字の始めであれば反切の後）に『説文』の記事等を増入した一類の本文を言うのである。本文の款式について見れば、同系本の毎行の字数は原本に同じく小二十九字を数えるが、半張毎の行数を見ると、みな『説文』増入分に対応して一行を増し、半面に十一行を具えている。しかし増入された注の字数は正しく一行分（双行小字で五八字分）に相当するとは限らないから、結果として巻毎の張数はもとの原十行本とは微増もしくは微減を示し、巻の途中では、増入前の行款と若干の懸隔を生じている。

ただ、前引の告文には全ての文字について『説文』を増入したように記してあるが、実際にはその全てに附されているわけではなく[64]、文字により『説文』を加えたり加えなかったりしているのは、如何なる基準でその採否を定めているのか、甚だ明瞭を欠いている。実際上、本書におけるこうした『説文』増入の規矩については、その他にも種々の問題を含んでいる。例えば、引用される『説文』の記事の分量も多寡一様でなく、極めて簡潔な補注の数字を引くのみかと思えば、文字によっては、被注字の篆体の標示から附帯の「徐注」に至るまでの詳細な引用を伴う場合があって、その採択に何等かの準則が認められるかと言うと、これも一見すると不明の如くである。しかしこれらの問題の多くは『説文』の本文やその他の文字学的な趣旨に基づくものではなく、版刻の実情に淵源する現象と見なくてはならないようである。というのも、これらの増入は直接『説文』に取材したものでなく、ほとんど全て〔元〕刊〔後修〕本『古今韻会挙要』中の『説文』引用部分に依って補われており、しかもある種の分業の形で一斉に増補されたものと判ぜられるからである（図版一―一c、二―一―一c、二―二―一c）。

右の点、本書には先ず一例を以て証したい。『韻府』巻一・上平声一東韻中に「潼」字の項を存し、原本にはただ「水名」と注するのみである。しかし新増説文本に即てこれを見れば、その注は次のように増益されている。

説文、水出廣漢梓―北界。（著者改行、以下同）

水經注、今華州華陰縣、南入墊江。又州名。潼川府、本唐梓―郡。又関名。

通典、本名衝関。言、州衝激華山之東、後因―水遂名関。

該本には『説文』に続いて『水経注』および『通典』を引くが、この中の『通典』引用部は、その巻百七十三・州郡部三「華蔭」注に「本名衝關。河自龍門南流、衝激華山之東、故以爲名」とあるのを節略したものと思われる。該本「州衝激」の「州」は、「河」の誤刻であろう。また「龍門」云々の語は該本には見えない。ところが〔元〕刊〔後修〕本の『韻会』巻一の一東韻の記事を見ると「潼」字について

説文、水出廣漢梓潼北界。从水童聲。

水經注、今華州華陰縣、南入墊江。又州名。潼川府、本唐梓潼郡。又關名。

通典云、本名衝關。言、河衝激華山之東、後因潼水名關。

と注して『説文』『水経注』『通典』を引き、『通典』の記事も節略されていて大略該本に同じである。さらに、この箇所の『通典』引用部を『韻会』〔明前期〕刊本および日本応永五年刊本に即て見ると（図版一―三c、一―四b）

通典云、本名衝關。言、河自龍門南向而流、衝激華山之東、後因關西一里有潼水、遂以名關。

の注を存し、〔元〕刊〔後修〕本に見えない記事を含んでいる。これは、〔元〕刊本後修時に「潼」字注の後に「橦」字を増益し、版面に刀を入れて「橦〈木名花可為／布又冬韻　〉」の文字を加え、その小字七格分を捻出する必要から「潼」字注の末脚を節略したこと（但し〔元〕刊未修本は未見）に起因する相違で、その〔明前期〕刊本は〔元〕刊未修の版本に基づく覆刻に係り、日本応永五年刊本は、一旦は〔元〕刊〔後修〕本に基づいて刊刻した上、同未修本に基づいて校讎改刻に及んだ結果である(65)。こうした『韻会』改刻の経緯に鑑みると、新増説文本の『韻府』が『韻会』に挖改された節略後の本文に合致することは、『説文』を続増したという新増説文本の『韻府』が、実は〔元〕刊〔後修〕本の『韻会』の引用に依って増入したことを証していよう。この前後を見ても、新増説文本に「曈」「侗」「瞳」「朣」「絧」「罿」「艟」「穜」「潼」「衕」「犝」「撞」と続くうちの「穜」「潼」「犝」「撞」のみに『説文』を増入して「曈」「侗」「瞳」「朣」「絧」「罿」「艟」「衕」に欠いていることは、当該字の『説文』の録否ではなく、『韻会』への引用の有無に従うもので（もとの『説文』に見えないのは「曈」「朣」「絧」「艟」のみ）、部首配列の『説文』に注を求めるより、本書と同様に韻書の結構を具えた『韻会』を参照するという、現実的方法による増益であった。

従って本書に『説文』を加えるかどうかの採否は、専ら『韻会』当該字注に『説文』が引かれるかどうかに懸かっているし、『説文』引用の多寡は『韻会』の引用量や分業のための記事の調節と関係していて、担当部分の記事に不足があれば、『韻会』から引く『説文』や『広韻』『増韻』、時に『水経注』『通典』等の如き『韻会』所引の書を加えて注釈の記事を増やし、分担された他の部分と間隙を生じないように巧まれているのである。(66) このために、原本の行款と新増説文本のそれとを比べると、巻中であっても行頭で一致している場合が屢ミ見受けられる。こうした版刻の実情からすると、新増説文本における増修とは、極めて効率的に、短時日のうちに為され、原本『韻府』に『韻会』の字注を恣意的に増補した、速成の改編と推断せざるを得ない。また上記のような版本の性質と連動してさらに指摘されることは、本書巻十の途中から巻十五の途中に至る部分には、抑もこの『説文』の増入を全く欠いている点である。

ロ、原本との接属

本書原本の巻十は上声の七麌韻から十四旱韻までの文字を収めるが、これは新増説文本にも同様である。(67) また新増説文本では、当該の巻についても『説文』中の記事を増入している。但し巻首「麌」にはこれを加えず次の「俣」から増入して、以下も全ての文字に渉っているわけではないが、その採否が『韻会』に依っていることは他の巻に同様である。ところが当該の巻十では、七麌韻中の「覩」を最後に、次の「堵」以下には『説文』の増入が全く見られなくなる。「堵」の後も「古」字等、もとの『韻会』には『説文』の引用があるので、増入の来源に照らしてもこのことは不審である。そしてこの後は当該巻の末尾まで同然で、さらには続く巻十一から巻十四の間にもやはり増入が見られず、巻十五・去声十七霰韻中の「殿」に至るまで、この本文には『説文』が引かれていない。「殿」には『韻会』にも『説文』を引かないが、その前「電」は、『韻会』には『説文』を引く文字である。しかし「殿」に続く「甸」から再び『説文』が増入されるようになり、これ以降はまた『韻会』引用の有無に依って捃摭されているのが実情である。

右のような、新増説文本における『説文』増入の本文上の問題は、至正十六年の刊記を有する元刻本の、款式上の変化とも重大な関わりがある。同版諸本の行款は毎半張十一行、行小二十九字であるが、これはイに述べた通り、原本の字数はそのままに、本文の増加に対応して半張に一行を増益した結果である。本来、単純に増修を加えていくためならば、何も行数を増してもとの張数に近付けなくともよいわけであるが、本版刊刻の実情に鑑みる時、原本との対応関係を目途に分業を行う場合にはその必要があったものと見られ、本版の措置にも一定の合理性が認められよう。しかし本版には、巻十第十五張から巻十五第二十四張に至るまでの間に一行の増加が認められず、この部分は半張毎に十行のままで、その箇所は、本文の上で『説文』の増入が認められなくなる箇所と合致している[68]。具体的には、巻十、七襍韻「覩」の後に第十五張に移って次の「堵」を掲出し、ここから半張に十行となって『説文』が引かれなくなり、巻十五、去声十七霰韻「電」「殿」の後に第二十四張を終わって次の「甸」を掲出、この第二十五張以降は半張十一行に復し、『説文』の増入も再開されているのである。また本版では毎巻の首尾に「新増説文韻府羣玉巻之幾」と題するが、巻十尾題から巻十五の首題までには、ただ「韻府羣玉巻之幾」と標示していることも、そうした内実に符契を合していよう。

ところでこの款式等の変化に注意を加え、目録上に、巻十から巻十五までは他版の補配と標記する場合も見受けられるが、これは特定の伝本に偶〻起こっている変化ではなく、諸本を通じて認められる現象であり、それと揆を一にして、板木レヴェルの変化としてもその痕跡を現している。抑も新増説文本中に『説文』を増入しない巻十第十五張から巻十五第二十四張間の行款は、実は純粋な原本のそれと完全に一致しており、張付さえも同一である。考えてみればこのことは甚しく不審で、巻十の始めから本文を増益してきたのであるから、いくら一行を増して対応したと言っても、第十五張の首で過不足なくもとの行款に復することは、餘りにも出来過ぎていよう。そう考えて仔細に検証すると、その直前の所で調整とも見るべき操作の施されていることが看取される。先ず、第十一番目の張付に「十一之十二」、第十二番目には「十三」として、本文の実質よりも張付を先行させていることが見出される。新増説文本では本文を増したにも拘わらず、毎半張に一行を増したために増修分が吸収され、原十行本に比べて、この箇所の前後までに約一張分を減じていたのである。そのまま進行したとすれば、もとは「十五」と張付けされていた「堵」以下の本文を有する部分が第十四番目に相当して張付がずれてしまうので、この操作が加えられたものと思われる。しかし張付を一張分跳躍させても、本文上にはかえって、若干の不足を生じてしまう。そこで本版には、この後「十一之十二」から「十四」張の間に、行数の不等を勘案しながら『説文』の増補を加減し、「十五」の首に行款の合致するよう巧みに調節を施したのである。このことは、分業のために屢〻行頭の文字を合せてある増修の在り方と同質であり、そうした顧慮の上に、同版の中で新増説文本からもとの原本へと、一見無理なく接属させたというのが本版の実情である。

ハ、元統版諸本との関係

それにしても、本版では一体何故に、この巻十途中から巻十五途中までの間に『説文』を増入しなかったのであろうか。単純に増入作業の煩を避けて、中程の巻には省力したと考えるべきであろうか。しかし張付に手を加えてまで原本との接属を図ったのであるから、そこに何等かの必然があった可能性も否定できない。そこで次に、新増説文本から連続するこの原形十行の部分に目を転じて行きたい。先ず当該版本中の原形の部分と、純粋な原本諸版とを比較していくと、当然ながら、これらは基本的には別版と判ぜられる。その本文系統について略説すれば、元元統二年刊本を底本として、底本に墨釘の文字については独自に文字を補ったもので、僅かに底本の誤刻を改正した箇所もあった。但し巻十五など一部に、元統版補刻本墨釘の校改と見なければならない箇所もある。その底本は前述〔明洪武八年序〕刊本や朝鮮明正統二年跋刊本と同様のものであったと考えたい。こうした本文の情況は、実は原形十行の部分だけでなく、『説文』等を補った箇所を除いて考えれば、全巻を通じて認めることができる。このことから、本版における本文、款式の変化は、途中に別系統の本文を取り合せ接ぎ足したために起こったことではなく、専ら『説文』等の増入を加える措置を中断したことに基づく現象と確認することができる。つまり本版は、原形の元統版を底本とする翻版で、巻首より『説文』を増入して行ったが、途中にはこれを省した本文と認められる。

そして本版中この原形十行の部分をさらに注視していくと、驚くべきことに、僅かではあるがこの間の数張は、他の部分では底本である所の元統版そのものと、全くの同版関係である事実が見出される〔図版二―一―三、二―二―一―f〕。無論これも特定の伝本に見られる現象ではなく、諸本を通じて認められる事柄である。この点を基に考えると、実のところ本版は、一種の元統版補刻本と位置付けることが可能なのである。しかしながらそうなると、前節までに解題したように、原本の中にも元統版に大量の補刻を加えた諸伝本を存することが確認されるから、そうした諸本と本版との関係の如何が問われることとなろう。両種伝本に即て元統版原刻部分の板木の状態を比較してみると、一見して、原形の補刻本よりも当該新増説文本中の原刻部分の方が著しい磨滅を呈し、印出の順では原形本の方が先行するもののように思われる。このことからすると本版は、従前の元統版補刻本の延長上に位置付けられるものであろうか。通常の補刻は、原版の摩耗や破損に従って痛みの甚しい箇所を中心に新版を配して行き、これが数段階に渉って加えられたとすると、印出の時点が降るに従って補刻の張数を増して、後修本、逓修本等と弁別される体のものであろう。この場合、前回に補刻の版は次の補刻印出以降にも保存されていくのが一般と思われる。しかし本書における原形の補刻本と本版との関係はそのようなものでなく、両者共に元統版原刻の部分を含んでいるにも拘わらず、補刻新雕の部分については全くの別版を配し、原刻部分の残存情況も一方的に減じて行く形ではないなど、両者の関係は実に複雑な様相を示している。

元統版一修本、同二修本と元至正十六年刊本の元統版原刻部の残存情況を比較してみると、至正刊本に元統版原刻部を存するのは極少数で、十—四十九、十一—十一至十二、二十九至三十、十二—四十二至四十三、十四—三十七の、都合八張に止まる。そしてこの原刻部の出現分布のみを取出して言えば、元統版二修本、至正刊本の原刻部は、十四—三十七を唯一の例外として、元統版一修本のそれにほぼ包含される関係にあり、その一方で元統版二修本と至正刊本は全く原刻部を共有しない。本書ではこの現象を次のように解する。元統版の一修本が印行されてから二修本が印行されるまでの間に、一修本中に残されていた原刻部を、二修本と至正刊本とで分け合ったのである。このことは恐らく次のように換言されよう。即ち、梅渓書院は原刻本を補刻後修した後に、極一部の残存原刻部を日新堂に譲渡したのであり(69)、それによる欠落部分をさらに補刻したため、二修本の状態を生じたのである。もしこれを是とすれば、至正刊本に原刻の箇所では必ず二修本は必ず元統版二修次補刻部となっていることが納得されよう。ただ二修本に補刻である場合に必ず至正刊本が原刻となっているわけではなく、至正刊本独自の補刻部となっている場合も多く見られるが、これは、一部の原版を継承した日新堂においても、原版をそのまま使用した場合と、新たに補刻した場合とがあったからだと思われる。元統版にも三修以降の伝本を存し、板木が別れた後にもさらなる補刻が企てられている。こうした事情は、元統版二修次以降の新たな補刻が、全巻を通じても巻十至十五以外には全く見られず、他の巻では原刻版か一修次の版をそのまま使用していることからも確かめられよう。唯一問題となるのは十四—三十七の場合であるが、この張では補刻後にも原版を存していたのだと解されるのではなかろうか。上記を是とすれば、元統版に第二次の補刻を生じた理由は、日新堂への一部板木の移譲にあり、この経緯から、通常元至正十六年日新堂刊本と目されている当該の版本は、元統版を中心に記すと、全巻十行の二修本と並行の関係にある、元統版別修本と考えることができる。そうした観点から、この版本を原十行本の諸版中に位置付けるなら、前段の後に示した関係模式図の末尾に附して、次のように補うべきであろう。

又　二修本（全巻十行・本文無修）
　別修本＝元至正十六年刊本（新増説文本）
又　三修本（全巻十行・本文無修）

いわゆる元至正十六年刊本中に、僅かに元統版の原刻部を存する理由、すなわちそれらの数張が日新堂に移された事情については、依然として明瞭でない。ただ当該版本には大部分について補刻を実行していることからすれば、やはりこの原刻部を使用して印行する必然があったと見るべきではなかろうか。現存版本の記述を離れて想像を加えることが許されるなら、そこには然るべき版権の移譲に類する経緯が伏在しているのではないかと思われるが、現在までこの点を明らかにすることができない。しかし従来別系統と思われた本文が、版刻の上では連続する実情に立つものであったことは、十分考慮に加えて置くべきであろう。当面、元統版原刻部の存在を起点として当該版本の略説を試みれば、巻十至十五中の一部の元統版を保有した日新堂では、その数張を活かす形での元統版の補刻改修を企てたが、それは既成の本文に『説文解字』の記事を加えて「新増説文」と銘打つ新案を伴い、また若干の校改を施したものであった。しかしその増修の手続きは学問的厳正に立つものでなく、分業のために半面十一行とした上、『韻会』の注から『説文』等の引用を孫引きする体の、速成の増修であった。この措置は巻一から巻十の途中、また巻十五の途中から巻二十の末尾までの部分には均質に施された。しかし原版を活かすために、巻十の途中から巧みに増修を調節してもとの款式に合せ、その第十五張からはもとの行款に完全に一致させて原刻部分に接属させ、巻十五第二十四張までは半面十行の款式を有することとし、その結果として半面十一行本中に十行の数巻を雑えた現存本の姿を生じたものであろう。また至正十六年（一三五六）と思われる本版の成立時点を元統版補刻本との先後関係の中に置くと、元統版の一修はそれ以前、同じく二修はほぼ同時期かそれ以降と判明して、元統版がおよそ元末明初までその生命を保ったということも知られる。これは、元統版補刻本の直接の翻版である元至正二十八年（即ち明洪武元年）刊本の登場とほぼ交替する格好で、その板木自体は命脈を終えたのだと解することができる。その他、こうした成版事情を有する元至正十六年刊本は、元来近親関係にある原本諸版の成立についても、校讎改正という形でその本文形成に参与した。具体的には〔明洪武八年序〕刊本や明嘉靖三十一年序刊本、朝鮮刊刻の諸版本の本文校改に際して、この新増説文本が直接間接の影響を及ぼし、原本の展開についても新増説文本の成立と流布が欠かせない要件となったものである。

元統二年の梅渓書院の版刻に淵源する『韻府』諸版は、元明を通じ、日本や朝鮮を含む諸地域に行われ、諸版間相互の干渉を起こし、また独自の校讎や改編を加えながら、複雑に展開していった。その背景となった版刻の実情や出版書肆の活動について窺い知ることは、直接に示唆する資料の乏しい、如何にも条件の限られた難題ではある。しかし当時、学問情況の根底を形成していたのは、これら諸版本の成立と流布であって、現実にそうした版刻の営為や学問の痕跡が、版本自体に刻み付けられ、証言を伝えている場合も数多い。やはり今日に遺された諸伝本の印面や紙葉、また相互の異同の検証によってその大概を思量することにも、なお一定の可能性を遺しているように思われる。本書ではそうした観点から考証を重ねてきたが、その過程で、当の元統版補刻印行の途上に、新増説文本の産み出されたことを明らかにした。同本の始発となる至正十六年の日新堂の版刻は、単に別版の開刻というよりも手の込んだ補刻と称すべき性質のものであったが、現実にはその流行が原本諸版にも作用したし、何よりも原本に代わって世上に受け容れられ、次第にその地位を奪う結果を招いた点で甚だ意義が大きかった。そして、その交替の経過に『韻会』の関与したことは、この期の版刻の実情を如何にもよく象徴する事柄である。元来『韻府』は、少なくともその市場においては、直前の時期に盛行を示していた『韻会』を強く意識して登場した。編者の陰時遇自身、本書序文に態々『韻会』の不備を挙げて本書の完備を謳い、その新案を誇ったものでもある。勿論『韻会』の刊刻者も無策であったわけではなく、再三に渉る修刻と印出によって、明代に至るまで一版の命脈を保ち長らえたのであったが、後発の『韻府』の盛行振りは、その版種や伝本の多さから見ても、遂に『韻会』を凌駕したと言ってよい。しかし因果は巡ると言うべきか、原本『韻府』の板木を一部移譲した日新堂で開刻を企てた「新増説文」本とは、後来の批判に耐えて文字を増入した『韻会』後修本に依ってさらにその注を増益したものであり、この新出本『韻府』の登場によって、原本の流行は下火となり、その地位を譲って市場から後退する結末となったのである。かかる版刻の連鎖は、旺盛な営利出版の産物ではあるが、独り中国の現実であったばかりでなく、その間断なく力強い波動は、遠く海外にも及んで朝鮮や日本の学藝を規定し、その展開にも与って大いに力があったと見なければならない。

（1）第一章を参照。宋黄公紹原撰、元熊忠挙要の韻書。三十巻。『韻府』陰時遇自序中に言及がある。本章本段、元元統二年刊本解題の項参照。

（2）宋謝維新編の類書。前集六十九巻、後集八十一巻、続集五十六巻、別集九十六巻、外集六十六巻。本書凡例中に言及がある。本章本段、元元統二年刊本解題の項参照。

（3）本段、元至正二十八年刊本伝本解題、故宮博物院蔵本の項参照。
（4）光緒二十三年（一八九七）刊本に拠る。この本では「幼遇」を「勁遇」または「幼達」に、「幼達」を「勁達」に、「新呉」を「中呉」に誤っている。
（5）柳田征司氏「『玉塵』の原典『韻府群玉』について」（山田忠雄氏編『國語史學の爲に』、一九八六、笠間書院、『〈室町時代語資料としての〉抄物の研究』〈一九九八、武蔵野書院〉追補再録）に同様の指摘がある。また同論に拠れば、惟高妙安による『韻府』の抄物『玉塵』中にも「古板」として未修本への言及を存するという（但し、凡例に導かれての言で、具体的な伝本を前提とするものではない）。
（6）『新増説文韻府群玉』には元至正十六年劉氏日新堂刊本以下を存する。『新増直音説文韻府群玉』には〔明初〕刊黒口本以下を存する。
（7）宋銭諷撰『回渓先生史韻』四十九巻は、史書中より摘句分韻した類書式の史書。四庫全書未収。北京大学図書館に宋刻残本を存する他、影宋鈔本等を現存する。
（8）宮紀子氏『モンゴル時代の出版文化』（二〇〇六、名古屋大学出版会）第Ⅱ部第八章。
（9）「與換同用」が正しい。
（10）なお「養安院蔵書」印は通常曲直瀬正琳の所用と伝えるが、この場合は「淺艸文庫」印に比べても後人の所鈐であること、川瀬一馬氏『新修成簣堂文庫善本書目』に指摘があり、著者もそのように判断した。
（11）蘇峰識語に、新浅草文庫印について「梨堂相公所書」云々と言うのは、明治初年開設の官立浅草文庫蔵書印（双辺方形陽刻「淺草文庫（楷書）」）の字本が梨堂三条実美の揮毫に係るという話に基づく。小野則秋氏『日本の蔵書印』（一九五四、藝文社）。
（12）『新修成簣堂文庫善本書目』。
（13）『米沢善本の研究と解題』「米沢善本解題」。
（14）該本について、昭和十五年度『新興古書会即売展略目』誠心堂書店の二四、昭和四十七年十二月の三都古典連合会『古典籍下見展観大入札会目録』一四四三、昭和五十年十一月の東京古典会『同』一一〇四に書影を存して、注（5）柳田氏論考にも言及があり、その所在に関しては同再録時補注を参照し得た。

(15)『藏書閣의歴史와資料的特性』（一九九六、韓国精神文化研究院）第一篇、千恵鳳氏「蔵書閣의歴史」。

(16) 孫点については陳捷氏『明治前期日中学術交流の研究』（二〇〇三、汲古書院）参照。黎跋の解読についても、陳氏に指教を得た。

(17)『大東急記念文庫貴重書解題　第一巻　総説・漢籍』。

(18)『釈門排韻』は、建仁寺両足院第百六十二番函に写本七冊を現蔵、成簣堂文庫にも古写本を存する。曹洞宗宏智派別源下の功甫洞丹の編集と伝える。

(19) 元至正二十八年（一三六八）即ち明洪武元年の正月に改元、福建の陳友定も征せられたから、『金沢市立玉川図書館近世史料館蔵漢籍目録』井上進氏善本解題にも指摘がある通り、本版を明洪武元年刊本と称することももちろん可能である。ただ本書では、暫時旧慣に従った。

(20)『日光山「天海蔵」主要古書解題』。

(21)『杵築藩関係古文書調査報告書』には「韻府群玉〈二〇巻（欠巻一至四）（元）陰時夫撰／清刊本〉八　B483」「韻府郡玉〈二〇巻（存巻一・二）（元）陰時夫編　（元）陰中夫註／和本（京都秀吉書堂）〉一　B484」とするが、装訂、表紙、小口書等検討の結果、両本は一具のものと判明する。

(22)『京都府立総合資料館貴重書目録』。注（5）柳田氏論考にも著録するが（再録時の追補）、元統版補配のことは見えない。

(23) 磯部彰氏「加陽所見宋元版・旧鈔本・古活字本提要――金沢市立図書館所蔵本および石川県立郷土資料館蔵本について――」（「富山大学人文学部紀要」第九号、一九八八）に紹介があり、注（5）柳田氏論考にも著録するが（再録時の追補）、共に至正版とはしていない。また注（19）井上氏解題。

(24) 阿部隆一氏「〈中華民国国立〉故宮博物院楊氏観海堂善本解題」（「斯道文庫論集」第九輯、一九七一、『中国訪書志』〈一九七六、汲古書院、一九八三増訂〉再録）。

(25)『天理図書館稀書目録 和漢書之部 第二』。
(26)『静嘉堂文庫宋元版図録』。
(27)『美国哈仏大学哈仏燕京図書館中文善本書志』。
(28)該本の所在について、井上進氏に教示を得た。
(29)本版について、拙稿「『韻府群玉』版本考(二)」(「斯道文庫論集」第三十六輯、二〇〇二)以下には、嘉靖の刔序を後世の附印と見て「〔明前期〕刊」或いは「〔明〕刊」と著録したが、刔序の内容は疑いを容れないこと、同附序に先立つ早印本を見ないこと等から、字様の特色は底本のそれを引継ぐものと見て、嘉靖の刊行と判断を変え、訂正する。
(30)この『内板経書紀略』の著録について、大木康氏の提撕を得た。
(31)該本について、平成二十二年度東京古典会下見入札会において電覧、同版に係ることを確認した。やはり白紙印本、同会目録カラー図版参照。
(32)川瀬一馬氏『五山版の研究』(一九七〇、日本古書籍商協会)一四二頁以下参照。
(33)義堂周信の『空華日用工夫略集』応安三年(一三七〇)九月二十二日条に記録がある。本書序説一・第三節第2段参照。
(34)『岩崎文庫貴重書誌解題 I』参照。
(35)中田祝夫氏編『玉塵抄(10)〔抄物大系別刊〕』(一九七二、勉誠社)に該本巻首の書影を掲載する。
(36)注(17)解題参照。注(32)川瀬氏著書には前出の東洋文庫蔵(三・B-C・二)本と、この大東急記念文庫蔵本を初印とする。
(37)長澤規矩也氏『神宮文庫漢籍善本展覧会陳列書解説抄』(一九七二)並びに『神宮文庫漢籍善本解題』。
(38)『秋田県立秋田図書館所蔵資料(貴重書)解題』。
(39)杉浦豊治氏「駿河御譲本補注」(『蓬左文庫典籍叢録 駿河御譲本』)等。
(40)日典旧蔵書については神田喜一郎氏「妙覚寺常住日典」(『東洋学文献叢説』〈一九四七、高桐書院〉、『神田喜一郎全集』第三巻〈一九八四、同朋舎出版〉再録)に詳しいが、本書には言及がない。

(41) 今枝愛真氏『中世禅宗史』第五章「曹洞宗宏智派の展開と朝倉氏」(一九七〇、東京大学出版会)。

(42) 該本の所在について鈴木元氏の指教を得、同氏の提撕により「熊本県立大学国文研究」第四十八号に掲載の米谷隆史氏「〈資料紹介〉熊本県立図書館蔵『韻府群玉』について」(附図版、二〇〇三)を参照することができた。

(43) 注(34)解題参照。本書補配部分について、注(5)柳田氏論考の注(30)には、明万暦十八年序刊本のように著録するが、これは明末の翻版と思われる。

(44) この「瓢」につき、瓢庵彭叔守仙を指すであろうこと、注(5)柳田氏論考の注(15)に指摘がある。「瓢謂」の言は、龍門文庫に蔵する彭叔筆の『江湖風月集抄』にも見え、大倉集古館収蔵の新増説文〔明正統二年〕刊本にも「瓢本」と校合書入の例がある。本章第二節、当該伝本の項。

(45)『天理図書館稀書目録　和漢書之部　第三』。

(46) 末松保和氏「攷事撮要とその冊板目録」(『青丘学報』第二、一九六六、『朝鮮史と史料　末松保和朝鮮史著作集6』〈一九九七、吉川弘文館〉再録)に指摘がある。

(47) 本版の印行について、当初、布施美術館蔵本巻十四の料紙に銅活字試印反故を用いた例を基に内府での印行を推測したが(「『韻府群玉』版本考(二)」〈「斯道文庫論集」第三十六輯、二〇〇二〉)、当該の巻は〔朝鮮前期〕刊本による補配部分に当たるので、これを本版に懸けたのは失考である。記して訂正したい。

(48) この点につき目録学、歴史学上の言及があり、例えば『世宗実録』や『攷事撮要』収録の「冊板目録」に基づいて、地方官庁の造板、蔵板の事情が説かれている(注〈43〉末松氏論文等)。本書ではこうした知見と、実際の伝本に基づく知見との整合する点の記述に、一の意義を見出している。

(49) 日本伝来の権擥旧蔵書は他に、静嘉堂文庫と東京都立中央図書館に分蔵する『新編事文類聚翰墨全書』明正統十一年(一四四六)刊本が知られる。拙稿「『翰墨全書』版本考」(「斯道文庫論集」第四十二輯、二〇〇八)。

(50) 注(17)解題および藤本幸夫氏「大東急記念文庫蔵朝鮮本について(下)」(「かがみ」第二十二号、一九七八)。

(51)『図書寮漢籍善本書目』。

(52) 沈暻俊氏『日本訪書志』および『海外典籍文化財調査目録 日本 国立公文書館 内閣文庫 韓国本目録』。
(53) 両名の応挙について、注(47)拙稿には小科、大科の判別を能くしない点があったので補正した。この点に関して、延世大学校中央図書館の金永元氏に指教を得た。
(54) 長澤規矩也氏「明初刊本五種」(『積翠先生華甲壽記念論集』〈同記念会、一九四二〉、『長澤規矩也著作集』第三巻〈一九八三、汲古書院〉再録)、李国慶氏編『明代刊工姓名索引』(一九九八、上海古籍出版社)。
(55) 尾崎康氏『正史宋元版の研究』(一九八九、汲古書院)。
(56) 『直斎書録解題』巻十四等に「書林韻會一百巻 無名氏蜀書坊所刻。規模韻類題選而加詳焉」と、『宋史』藝文志に「書林事類一百巻」等とあるのも本書を指すと思われる。また現在も北京図書館に「重添校正蜀本書林事類韻會一百巻〈宋刻本嚴可均跋 二十二冊(下略)〉」(存二七巻)の伝来を見る。
(57) 『増訂四庫簡明目録標注』における本版の著録はこの『南廱志経籍考』に拠っていよう。また『晁氏宝文堂書目』にも本書「監刻」本を著録し、『古今書刻』上編、南京国子監の項にも本書を登載している。
(58) このうち『日件録』の「洪武韻府」に関して、太田晶二郎氏「漢籍の「施行」」(『日本学士院紀要』第七巻第三号、一九五一、『太田晶二郎著作集』第一冊〈一九九一、吉川弘文館〉再録)と注(5)柳田氏論考追補8に言及があり、太田氏は『洪武正韻』の誤りと見、柳田氏は本版を指した可能性を示唆されている。また小川剛生氏『二条良基研究』(二〇〇五、笠間書院)。
(59) 例えばこの間の帰朝者に、明の太祖に謁して洪武十一年、即ち本邦永和四年(一三七八)に帰還した絶海中津、汝霖妙佐等がある。
(60) 注(5)柳田氏論考にも東北大学蔵本について解題を存し、本版と明初刊『北史』との刻工名共有のことが見える。
(61) 注(32)川瀬氏著書、新旧『成簣堂善本書目』等。すでに長澤規矩也氏によって疑問が呈されていた(注〈34〉両解題参照)。
(62) 但し『古今合璧事類備要』巻三十七「科舉、狀元」には「願得忠孝」の語を標して同じく『塵史』を引くが、こちらは

「神宗」に作っている。

(63) この句、詩題未詳。欧陽修の『帰田録』下に「處士林逋居於杭州西湖之孤山。逋工筆畫、善爲詩。如『草泥行郭索、雲木叫鉤輈』頗爲士大夫所稱」と見える。

(64) 抑も本書の反切注記は、小韻の首字にしか示されていないのであるから、告文の「毎字音切之下」というのは実情に合わない。

(65) 本書第一章一二七頁。

(66) その際『韻会』は勿論、他の韻書の名も「又」「一曰」等と隠蔽されている。本書本文中にこれらの書名が現れているのは、増入部分ではなく、原本に始めから引用された場合に限られる。

(67) 新増説文本の巻数と分韻、文字の掲出順は、原本のそれと全く同じである。

(68) 注(5)柳田氏著書指摘。

(69) 元統版が二修時にも梅渓書院に維持されていたこと、黒龍江省図書館蔵本の封面に見える。

第二章　第二節

『韻府群玉』版本考——新増説文本系統

在来の『韻府群玉』の単字注に『説文解字』等の注を増入した、いわゆる新増説文本は、後述の元至正十六年（一三五六）刊本を初刻とする。この際に加えられた増入の行為について、前節の末に詳述したが（二七三頁以下）、その梗概は左の如くである。[1]

元至正十六年刊刻の『新増説文韻府群玉』には、目録の末に劉氏日新堂の木記告文があり「毎字音切之下、續増許氏説文」のことが謳われている。実際に本文を閲すると、確かに巻一の上平声一東韻「東」字注以下、原本には見られない「説文」と標示の注が補われている。原本にも文字によっては『説文解字』の注を用いてあったが、この版では全体に渉ってより多くの文字に、この増入が認められる。しかし増入の実態について仔細に検討してみると、二つの点で異和の感を生ずる。即ち第一に、『説文』増入の字種の採択に規矩を有たず、増入記事の分量の多寡も一様でないこと、第二に、巻十の途中から巻十五の途中まで、約五巻分については、この『説文』の増入が全く見られないこと、の二点である。

右の第一の点は、実はこの増入が先行する韻書『古今韻会挙要』に拠っていることを知ると了解される。両書の比較から、本書における『説文』増入の有無やその分量の多寡は、『韻会』における採否に従っていることがわかる。また第二の点は、当該の巻十第十五張から巻十五第二十四張の間は、半面十一行の他の部分に対して半面十行の款式で、原本諸版のそれと全く同様であり、さらにこの間の数張は、原本諸版の嚆矢と見なされる元元統二年梅渓書院刊刻本と同じ板木を用いたものと知られ、むしろこの原板を組み込むために、その前後には『説文』の増入を避けて款式の整合を図っていたとわかる。

つまり当該の至正十六年刊本とは、元統版の含有を基にして考えれば、恐らくは版権上の制約から元統版の使用を前提とし、これへの接合を考慮しつつ新機軸を打出して、『韻会』を用い本文に『説文』等の増入を加え、大幅な補刻を施した印本と解される。

このように考えると『韻府』における『説文』の増入は、至正十六年の劉氏日新堂の協力者によって為されたと認められる。またこの至正十六年刊本とは、版本学上は元統版の補刻本の一種であるとも見なしうるのであったが、原板の保存はごく少数に止まっており、恐らくは便宜上の措置であること、のちに至正版を元にした翻版が数多く現れて影響の大きいこと、通常は大概に拠って至正開刻と考えられていることなどから、本書でも「元至正十六年刊」と処遇していくこととする。但し同じように元統版に大量の補刻（原本のまま）を加えた後修諸本と、この至正の新増補刻本とは、元統版から分岐した並行関係の上に位置付けなければならないし、当初『説文』の増入が不完全であったことは、新増説文本の展開に一定の影響を及ぼしている。

以上の前提の上に、版刻印行の種別に従って、諸本の解題を加えて行きたい。新増説文本の系統は、至正刊本を直接に受けたものと、種々改訂を施したものとに分かれ、後者を四分して五属二十八版種を数えることができる。このうち多数を占めるのは、明末から清代に繁栄した王元貞校刻本の属で、本文上はもとの新増説文本を直接に受けるが、版式字様を鼎新し、知見十五版種の一大勢力を築いているため、独立の一属を設定した。その他、明代に直音注を附した一属四版種と、清代に刪定を加えた二属三版種とがある。雁行するこれらの版種を属毎に列記すれば、以下のようである。

○新増説文本之属

元至正十六年（一三五六）刊（劉氏日新堂）本

〔明正統二年（一四三七）〕刊（梁氏安定堂）本

明天順六年（一四六二）刊（葉氏南山書堂）本

〔明前期〕刊本

明弘治六至七年（一四九三—四）刊（劉氏日新書堂）本

明弘治七年刊（劉氏安正書堂）本

又 嘉靖三年（一五二四）修

○新増直音説文本之属

〔明初〕刊（劉氏日□書堂）本

〔明〕刊黒口本

〔明〕刊白口本

〔明末〕刊本

○新増説文王元貞校本之属

明万暦十八年（一五九〇）序刊（秣陵王元貞）本

又 一修 二修 三修 四修（清白堂） 五修

〔明末〕刊本之一

〔明末〕刊本之二

又　後印（文枢堂呉桂宇）

清康熙五十五年（一七一六）刊（文盛堂　天徳堂）本

〔清初〕刊（萃華堂）本

清乾隆二十三年（一七五八）刊（芸経堂）本

又　後印（菁華堂）　道光十一年印（集古堂）

清乾隆二十四年（一七五九）刊（敦化堂）本

清乾隆二十七年（一七六二）刊（三畏堂）本

〔清〕刊（文秀堂）本

〔清〕刊（大文堂）本

又　後印（崇文堂）

〔清〕刊（文光堂）本

〔清〕刊（聚錦堂）本

〔清〕刊（元亨堂）本

〔清〕刊（謙益堂）本

〔清〕刊（資善堂）本

○増刪本之属

清康熙十九年（一六八〇）序刊本
清康熙二十六年（一六八七）序刊（豫章四友堂）本

○摘要本之属

清乾隆七年（一七四二）序刊（明善堂）　拠増删本

本段では、上記のそれぞれにつき、前段と同じ体裁にて解題を進めるが、版種も多いので、本系統の展開中、最大の画期を成した王元貞校本の登場を以て前後に分かち、小括を加える形としたい。

○新増説文本之属

新増説文韻府羣玉二十卷

元闕名増
元至正十六年（一三五六）刊（劉氏日新堂）

先ず序題六篇（五張）、首題「韻府羣玉序」、次行三格を低して「翰林　滕玉霄序」等と篇目を標し、次行より本文。滕序に次で「姚江村序」「翰林承旨趙子昂題」「陰竹埜序」「陰復春自序」「陰勁弦自序」を存す。毎篇改行、後三篇低一格、諱字擡頭。本文は原本の元元統二年刊本以下に同じ。毎行十八字、中縫部「匀玉序」と題す。

次で目録（三張）。首題「韻府羣玉目録」、次行花口魚尾圏発下に一格を低して声目を標し、次行巻数を標し（墨囲陰刻）、同行下より低三、十格の二段に「一東〈獨用〉」等の韻序数および韻目を列挙す。毎巻改行。毎行十八字格、中縫部題「匀玉目」、尾題「韻府羣玉目録」。

次で総目（一張）、首題「韻府羣玉事類總目」、次行一格を低して「韻下事目」と標し、次行より低二、五、八、十一、十四格の五段に「天文」「地理」以下の事目を列す。次行（次頁）低一格にて「韻下類目」と標し、次行より低二、六、十、十四格の四段に「音切」「散事、新増（墨囲陰刻）〈許氏説文／徐氏音義〉」以下の類目を列し、附目あらば直下に「附（墨囲陰刻）」と標し双行にて注す。版式同前、但し尾題「韻府羣玉事類總目〈畢〉」。

次で凡例（二張）、首題「韻府羣玉凡例」、次行より一ツ書下低二格、第二行以下に渉らば低三格にて本文。先ず九条、前後接行低五格にて注記、又四条を存す。本文は原本に同じ。毎行二十一字格、中縫部符号、尾題「韻府羣玉凡例〈畢〉」。

右の凡例第二張後半の第二至九行間に双辺無界「瑞陽陰君所編韻府羣玉以事繫／韻以韻摘事乃韻書而兼類書也／撿閲便益觀者無不稱善本堂今／將元本重加校正毎字音切之下／續增許氏說文以明之間有事未／備者以補之韻書之編誠為盡美／矣敬刻梓行嘉與四方學者共之／至正丙申莫春劉氏日新堂謹白（書行）」牌記を存す。「至正丙申」は十六年（一三五六）。「劉氏日新堂」は、至正年間前後に活動した建安書林劉錦文（字叔聞）の営んだ書舗であろう。(2) 判明する書目を見る限り、経籍新注末疏類、韻書、類書などの科挙対策書の版刻が主で、行体の告文類附刻に特徴がある。

なおこれらの首目綴合の順序は伝本によって一定せず、総目を前掲する伝本もある。元統版以下原本の首目との相違点は、牌記の他は主として款式、張数、張付等の相違に止まるが、凡例の首題に「增修」の文字を冠せず、また原本では凡例の後に置かれた「韻下事目」を「韻下類目」の前に合し（両本共に凡例の末に「事目」の接属を示唆する「其目如左」の語あり）、原本の「該載事目」を「事類總目」と改題する変更があった。
巻首題「新増説文韻府羣玉巻之一（至二十）　上平聲（至入聲）（墨囲陰刻）／（以下低六格）〈晩　學〉陰　〈時夫〉　勁弦　編輯／〈新　呉〉陰　〈中夫〉　復春　編註」（第二、三行首巻のみ）（巻十一至十六首題「韻府羣玉巻之幾」）、次行低二格で「一東〈獨用〉」等と韻目を標し、次行より本文。先ず字目（大字）（同音字の首は墨囲）直下より字注（小字双行）（同音字首は反切あり）（字注の首に「説文（陰刻）」以下の引文を置く場合が多い）（当該の文字「｜」号、分節圏発隔）（出典注記墨囲、引文の前）、次で韻藻（中字単行）、直下より語注（小字双行）（体式字注に同じ、但し出典注記引文後）、道釈に渉らば圏発を以て隔し、事目標識（中字単行、黒牌中墨囲陽刻）を差夾む（「人名」下注中人名陰刻）。毎韻改行。以下本文の大概を掲出する。巻序、声韻の分属は原本に同じである。

巻之一（二九張）上平　一東至　三江
巻之二（四九張）　四支至　六魚
巻之三（五三張）　七虞至　十灰
巻之四（六〇張）　十一真至　十五刪
巻之五（六一張）下平　一先至　五歌
巻之六（四九張）　六麻至　七陽
巻之七（四七張）　八庚至　十蒸
巻之八（四八張）　十一尤至　十五咸
巻之九（四五張）上声　一董至　六語
巻之十（第一至「十一之十二」至四十九張）　七麌至　十四旱

巻之十一（四八張）　十五潸至二十二養
巻之十二（四三張）　二十三梗至二十九豏
巻之十三（五八張）去声　一送至　七遇
巻之十四（三九張）　八霽至　十二震
巻之十五（五一張）　十三問至二十一箇
巻之十六（四四張）　二十三禡至　三十陥
巻之十七（三四張）入声　一屋至　三覚
巻之十八（四四張）　四質至　九屑
巻之十九（四〇張）　十薬至　十一陌
巻之二十（三九張）　十二錫至　十七洽

四周双辺（二一・四×一三・三糎）有界、毎半張十一行（巻十第十五至巻十五第二十四張十行）、行小二十九字。版心、小黒口（接外周）双線黒魚尾（不対向）、上尾下題「匀玉幾」、下尾下張数。巻尾題「新增説文韻府羣玉巻之幾　声目（墨囲陰刻）」（巻十至十五尾題「韻府羣玉巻之幾」）、巻一尾題前に木牌様の墨釘を存す（図版二―二―一）。

前述の如く、本版中、巻十第十五張より巻十五第二十四張までは元統版に基づく補刻で、この中の巻十第四十九張（尾）、巻十一第十一至十二、二十九至三十張、巻十二第四十二至四十三張（尾）、第十四至三十七張の、都合八張は元統版そのものである。それ以外の箇所は、元統版原形本を基にして「説文」以下の字注を増入し、半面を十一行と改めた本文である。但し翻刻時の訛誤や墨釘等の小異もあり、また成版後の校正によって挖改を施した文字が多い。

〈国立国会図書館　WA三五・一五〉　十冊

巻三配元至正二十八年刊原本

巻十四至十八　二十配元元統二年刊四修原本

新補香色覆表紙（二六・〇×一六・九糎）、次で新補淡茶色表紙、中央に「東京圖書館」蔵書票貼附。康熙綴、裏打改装（原紙約二四・一×一五・〇糎、天地截断、破損修補）。序（第三張鈔補）、目録、総目、凡例の順に綴し本文。毎冊二巻。巻一第一張鈔補、巻十一第十九、二十八至三十七、二十至二十七、三十八張と錯綴す。

〔室町〕朱竪傍句点、磨滅部鈔補、稀に返点、音訓送り仮名、墨欄上校注書入。

なお二〇一一年十月現在、該本牌記および巻二首の書影を、国会図書館のウェブサイト内「国立国会図書館のデジタル化資料」にて閲覧できる（http://dl.ndl.go.jp/#classic/）。

〈京都大学附属図書館谷村文庫　四―八七・イ二〉　二十冊

巻六配同版後印本

後補縹色艶出表紙（二四・八×一五・五糎）右肩より打付に韻目、同下方に声目を書し、中央に「宙」と大書、別筆の朱を以て右肩打付に声目、中央下方に「二ノ三」と書す。左肩題簽を貼布し後筆にて「新増説文韻府群玉〈幾〉」と、中央打付の韻目に重ね目録題簽を貼布し声韻目を列記す。後表紙中央に又別筆にて「二十冊之内」と書す。総目、序、目録、凡例の順に綴し（目録首に谷村一太郎氏手書切紙を差夾む。補配後印本の項参照）本文。毎冊一巻。巻二第三十一張、巻四第四十二張鈔補、巻十三第四十一張欠、巻十五第六、八、十三張を欠き補紙（界線鈔補、第十三張の首六行のみ本文も鈔補）。補配別装、後掲。間〻〔室町〕朱竪傍句点（上声以下は稀）書入、墨磨滅部、破損部鈔補。

こちらも二〇一二年現在、全編の画像を京都大学図書館のウェブサイト内「京都大学電子図書館　貴重資料画像」にて閲覧できる。（http://edb.kulib.kyoto-u.ac.jp/exhibit/）

〈遼寧省図書館　〇一〇〇三〉　五冊

存巻一至五　巻二至五配明刊本

清揆叙　清室旧蔵

後補淡紅絹表紙（二三・三×一六・〇糎）左肩黄絹題簽を貼布し「元板韻府羣玉［　］」と書す。改糸、淡黄包角。襯紙改装。前後副葉襯紙。序、目録、総目、凡例（首張前半に覆元明版を補う）を存し本文。毎冊一巻。間〻欄上墨標圏、巻中朱標句点、傍線、校改書入あり。毎冊首尾に方形陰刻「謙牧／堂藏／書記」、単辺方形陽刻「兼牧／堂書／畫記」朱印記（以上揆叙所用）、又方形陰刻「天禄／繼鑑」、単辺楕円形陽刻「乾隆／御覽／之寶」朱印記、凡例尾並に巻首に方形陰刻「天臞／老人」朱印記、巻首に単辺方形陽刻「生香／樂意」、不明（二顆）朱印記、巻三第四十七張巻中に方形陰刻「□軒主人」朱印記、第五冊首に同「［　］(子孫)／保之」朱印記、前後副葉に単辺方形陽刻「五福／五代／堂寶」「八徵／耄念／之寶」「太上／皇帝／之寶」朱印記、第二至五冊首に同「東北圖／書館所／藏善本」朱印記を存す。

『天禄琳琅書目後編』巻十、元版子部に「韻府羣玉〈四函／二十冊〉」と標し、解題の後に

「生香／樂意」〈朱文／巻一〉、「子孫／保之」〈白文　巻五巻九／巻十三　巻十七〉、「謙牧／堂藏／書記」〈白文／毎册首〉、「謙牧／堂書／畫記」〈朱文／毎册末〉、「天明／夕人」〈白文／巻首／巻二〉。

と印記の著録があり、大略該本に類同する。巻二至五は、明前期の翻版を以て補配するが、版種を審らかにしない。

〈北京・中国国家図書館（MF）一八六二五〉　二冊

存巻六　十五　巻十五配元元統二年刊原本
明謝肇淛　周亮工　清揆叙　清室旧蔵

漉目表紙、左肩題簽を貼布し「元版韻府羣玉［ ］〈第／幾／冊〉」と書す。毎冊一巻。

首に単辺方形陽刻「謝在杭／臧書印」印記（謝肇淛所用）、同「周元亮家臧書」印記（周亮工所用）、首に方形陰刻「謙牧／堂藏／書記」、尾に単辺方形陽刻「兼牧／堂書／畫記」朱印記（以上揆叙所用）、又首に方形陰刻「天禄／繼鑑」、単辺楕円形陽刻「乾隆／御覧／之寶」朱印記、

『天禄琳琅書目後編』巻十、元版子部の、前件とは別条に

韻府羣玉〈二函／二十冊〉

同上係一版摹印

謝肇淛、字在杭、長樂人。萬歷壬辰進士。官布政使。周亮工見前。餘無考。

「謝在／杭藏／書記」〈朱文／毎册首〉、「周元亮家藏書」〈朱文／毎册首〉、「沙門／用平」〈白文／巻首／巻五〉、「釋氏／道衡」〈白文／巻四〉、「還／菴」〈白文／巻四〉、「謙牧／堂藏／書記」〈白文／毎册首〉、「謙牧／堂書／畫記」〈朱文／毎册首〉、闕補巻十二〈末〉

の著録があり、旧印記は本書とほぼ同一の様相を呈している。

なお本条「同上係一版摹印」は前項に著録の「韻府羣玉〈四函／二十册〉」より係るが、この条の著録は明らかに本版、即ち新増説文至正十六年刊本に関するものである。

〈書肆某〉　十冊

木曽長福寺　三井高堅旧蔵

後補淡茶色艶出表紙（二四・五×一五・四糎）右肩打付に金泥にて冊数を書す。一部裏打、破損修補。尾冊後表紙に金泥にて「大正十三年三月得」と書す。首目完整。毎冊二巻。巻十六第三十二張欠。比較的早印。

序に（室町末）朱標圏、竪句点、同墨返点、音訓送り仮名、同朱墨欄上補注、本文欄上標注、校（用「排韻」）補注書入、鈔補、稀に朱標圏、竪句点書入。第六、九巻尾に方形陰刻「月／堂」朱印記、巻十一首に単辺円形陽刻「源山」、同「長／福」墨印記（長福寺所用、第二章第一節、元至正二十八年刊 Harvard-Yenching Library 蔵本の項参照）、毎冊首に単辺方形陽刻「聽冰壬／戊巳後所集舊／槧古鈔」、同「三井家鑒藏」、首に同「聽／冰」朱印記を存す。

〈お茶の水図書館成簣堂文庫〉　十冊

後補黄檗染艶出表紙（二五・四×一五・八糎）左肩題簽を貼布し「韻府〈声目〉〈幾〉」と書す。右肩方簽を貼布し別筆にて声韻目を列す。改糸、裏打改装。見返し新補。凡例、総目、目録を存し、序を欠く。毎冊二巻。巻六第四十五、四十九至四十六張と錯綴。匡郭二一・二×一三・二糎。

〔室町末〕朱竪傍句点、傍圏書入（巻六至七なし）。毎冊首尾に方形陰刻「墨池／吾墨池」、同「島田翰／讀書記」朱印記、首に単辺方形陽刻大「德富／猪弌郎／之章」、方形陰刻中陽刻「蘇峰文庫」、毎冊尾に方形陰刻「穌峰／清賞」朱印記を存す。

〈大谷大学図書館悠然楼文庫　外丙・八二〉　十冊

後補茶色艶出表紙（二四・八×一五・五糎）右肩より打付に韻目を書し、左肩題簽剥離痕、打付に別筆にて「韻府［　］〈声目〉幾」と書し、方形陰刻「伊東／祐暘」朱印記、見返し中央に単辺方形陽刻「賛岐大西見山／舊藏書」朱印記（大西行礼所用）を存す。凡例、総目、序、目録の順に綴し本文。毎冊二巻。

〔室町〕朱合竪句点、傍圏（上声以下稀）、磨滅部、墨釘鈔補、同朱墨校（用「排匀」）補注、墨釘鈔補を加う（平声のみ）。尾冊の首に鼎形陽刻不明朱印記を存す。

〈布施美術館　一一二三〉　一冊

存巻七

新補黄檗染表紙（二三・三×一六・一糎）。襯紙改装。前後副葉各二枚、前副葉第二紙後半「昭和三十七年三月／川瀬博士曰／元時代刊」等墨書。第一至二十四、四十五至四十六張欠。全張匡郭に鈔補を施す。

〈東京大学東洋文化研究所大木文庫　経部小学類二九〉　一冊

存巻八

後補藍色表紙（二六・六×一六・六糎）、襯紙改装、原紙高約二三・一糎。前後に宣紙副葉を後補す。首二十四張を欠く。首尾に単辺方形陽刻「呉氏宜壽／堂所臧」朱印記を存す。

〈韓国学中央研究院蔵書閣　C三・三一一のうち〉

巻一至三　五至七　九至二十配元元統二年刊一修原本

巻四配元至正二十八年刊原本

猪野中行　大野洒竹　李王家旧蔵

巻八を存す（十一冊のうち一冊）。詳細前掲。

〈上海図書館　七六五七七二―九一〉　二十冊

巻一配〔明正統二年〕梁氏安定堂刊本

民国于右任旧蔵

新補藍色艶出表紙（二八・三×一八・〇糎）。変形康熙綴、金鑲玉装、原紙高約二三・〇糎。本文料紙古色添加、匡郭補筆。序、凡例、目録、総目の順に綴するが、序のみ本版、後三者は正統版と見られる。毎冊一巻。巻十五第十八、二十張、巻十六第一張鈔補。巻十七第三十三張欠。巻十五第四張を同第二十四、二十五張間に、また巻十七第二十三、二十二張錯綴。

首に単辺方形陽刻「鴻」「選」、同「之氏家／藏書章」朱印記を存し、また同「右任／之友」、毎巻首に同「于」、第十二、十九、二十巻首に同「右任／珍臧」、方形陰刻「右任」、第十三至十八巻首に同「半／哭半笑／廔主」朱印記を存す。

この伝本、従来「元大徳刻本」と称される。大徳本については『四庫提要』本書条に「此本爲大徳中刊板、猶時夫原書也」と記し、孫星衍『廉石居蔵書記』巻上の本書の条に「此本元大徳間刊版」と録し、また莫友芝『郘亭知見伝本書目』に「元大徳刊黒口本、毎頁二十二行、行小字二十九字」と、同傅増湘訂補に「元大徳本、十一行、雙行二十九字、細黒口、四周雙闌」と、『増訂四庫簡明目録標注』の邵章続録に「元大徳刊黒口本、半葉十一行、行小字二十九字」と録してあるが、『提要』の記事につき楊守敬『日本訪書志』巻四・小学に

韻府羣玉二十篇〈元槧本〉（中略）

按提要錄此書云、是書大徳開刊本。今攷、時夫之父陰竹野序爲大徳丁未、陰復春序爲延祐甲寅、陰勁弦序雖不書年月、而言其書成時其父已沒、是大徳開此書尚未成、安得有刊本。則所云大徳本者、意斷之説也。

と駁するのが当たっていて、大徳には原本の成立すら見ていなかったと思われる。また第二章第一節の附説及び本節の考証より、新増説文本の成立は至正十六年刊刻時とわかることから、新増説文本が大徳に刊行されたと見ることはできない。恐らくは、当該の伝本では牌記告文を刪去し、また巻首に正統版を以て配し至正版とは別種と見えることから〈後出〔明正統二年〕刊本の項参照〉、陰竹埜序の「大徳」を取って、諸目登載の「大徳刻本」に充てられたと思われる。

朝鮮総督府図書館旧蔵　十冊

〈大韓民国国立中央図書館　貴三三三〉

当館新補黄色雷文繋蓮華文空押表紙（二四・六×一六・五糎）、次で後補渋引漉目表紙、左肩題簽剥落痕、打付に韻声目を書す。当館裏打改装、原紙高約二四・〇糎。天地截断、破損修補。見

返しに総目末張後半貼附、序、目録、凡例と綴し本文。毎冊二巻。巻七第二十五、三十五張〔室町〕邦人鈔補。巻十二第四十三張（尾）欠。巻十七第三十一張至巻十八第十五張間錯綴甚し。稀に〔室町〕早期細筆朱墨校注を存し、全帙（鈔補部も）〔室町〕朱竪傍句点、傍圏、磨滅部鈔補、同朱墨鈔補、校補注、同墨欄上字目標注（支、陽韻のみ）、返点、連合符、音訓送り仮名（序のみ）書入。毎冊首に単辺方形陽刻「朝鮮總督／府圖書館／臧書之印」朱印記を存す。

なお当該の伝本につき、朝鮮総督府図書館開催の創立二十周年記念特別展覧会（一九四三）陳列図書目録に解題（青木修三氏）がある(3)。

〈東京大学史料編纂所　〇一三九・四〉　二十冊

新補茶色表紙（二三・八×一六・〇糎）左肩双辺淡墨刷り題簽を貼布し「新増説文韻府羣玉　〈幾〉」と書す。次で後補渋引表紙、左肩香色艶出題簽に「説文韵府〈幾〉」と書し（旧表紙打付書か）、右肩より打付に別筆にて韻目を列記す。押し八双あり。天地截断、裏打改装。序、総目、凡例、目録の順に綴し本文。毎冊一巻。巻七第三十五至三十六張、巻八第二十一至二十二張、巻十八第十九張鈔補。なおこの巻七第三十五至三十六張と巻八第二十一至二十二張を、後印本には均しく欠いている。巻一尾本文後の木牌様墨釘上に後補表紙韻目同筆にて「至正丙申莫春／日新書堂新刋」と書す。稀に〔室町末〕細筆返点、音訓送り仮名、また別手（鈔補部同）朱竪傍句点、傍圏、極稀に返点、同朱墨磨滅部、墨釘重書鈔補、校注（稠密、但し上声以下は疎に遷る）書入。縹色不審紙。巻二、十六、二十尾に方形陰刻「國／賢」朱印記を存す(4)。

〈天理大学附属天理図書館　八二一・イ四七〉　二冊

存巻七　九

新補藍色表紙（二六・六×一六・五糎）。金鑲玉装、原紙高約二一・九糎。前後副葉、見返し、襯紙と同料。巻七第二十五至四十七張（尾）、巻九第一至二十三張欠。全張界線鈔補。首に方形陰刻「毋印／守正」朱印記を存す(5)。

〈東京大学総合図書館　A〇〇・五八三六〉　九冊

巻九至十配明万暦十八年序刊三修王元貞校本

欠巻十一至十二

後補渋引表紙（二四・六×一五・五糎）右肩より打付に〔室町〕墨筆にて韻目を書し、左下方打付に〔室町〕朱筆にて「雲」と書す。左肩題簽を貼布し後墨筆にて「韻府〈声目〉幾之幾」と書す（首冊、題簽剝離痕、打付に又別筆にて「韻府〈上平〉」と書す）。序（第一至三張）、総目、又序（第四至五張）、目録、凡例の順に綴し本文。毎冊二巻。巻七第三十五至三十六張欠、巻八第二十一至二十二張配同版早印本（匡郭外を刪去して和紙裏打）。巻一第十一、十張錯綴。

〔室町〕朱竪句点、傍圏、欄外補注、同朱墨磨滅部鈔補を加う。

〈台北・故宮博物院楊氏観海堂蔵書〉　十冊

後補渋引表紙（二三・一×一四・九糎）左肩打付に「羣玉韻府〈幾〉」と書し、右肩より韻目を書す。左下方打付に別筆にて声目冊数を書し、右下方打付に又別筆にて「絶十」と書す。改糸、天地截断。扉に楊守敬影像。序、目録、凡例、総目の順に綴し本文。毎冊二巻。匡郭二一・一×一三・二糎。

欄上に〔室町末〕墨字目標注（半截）、〔近世初〕朱筆本文標竪句点、傍線、標傍圏（第二冊以降疎）、欄上字目標注（現紙内）書入、又後墨筆にて胡粉校改、磨滅部鈔補。毎冊首尾に方形陰刻「止」朱印記、首及び毎冊首に方形陰刻「飛青／閣臧／書印」、序末に同「宜都／楊氏臧／書記」、単辺方形陽刻「星吾海／外訪得／秘笈」朱印記（以上楊守敬所用）を存す。『留真譜』初編巻三・経部所拠本か。(6)

〈台北・国家図書館　三〇九・〇七九三六のうち〉

巻一至二配元至正二十八年刊〔明〕増修本

巻三至四　九至二十配新増説文明天順六年刊本

巻五至八を存す（二十冊のうち四冊）。毎冊一巻。巻五第一至二張を欠き、第一張には元至正二十八年刊本を以て配し、第二張には鈔補を加う。

巻五首に単辺方形陽刻「仲／遠」、方形陰刻「王穆／之印」、単辺方形陽刻「王氏」、方形陰刻「□□／鯉印」、円形陰刻「水／竹居」、同方形「黄生／之印」朱印記を存す。全本に渉る事項は天順刊本の項に後掲。

〈天理大学附属天理図書館　八二一・イ九一〉　二冊

存巻一至四

後補渋引表紙（二四・四×一五・九糎）左肩題簽剝離痕下打付に「幾幾／共拾冊」と書し、右肩より打付に別筆にて韻目を列す。裏打改装。総目、序、目録、凡例の順に綴し本文。毎冊二巻。巻三第四十九張、巻四第二十三張鈔補。

朱竪句点、傍圏、墨返点、音訓送り仮名、欄上補注、磨滅部鈔

補（序の他は稀）を加う。毎冊首に単辺方形陽刻「渡邊氏／祖先之／遺書」朱印記を存す(7)。

〈龍谷大学大宮図書館 〇二一・四二一・二〇〉 二十冊

巻十一至十二配元至正二十八年刊原本

題簽〔利峰〕東鋭筆 西本願寺旧蔵

後補丹表紙（二五・二×一六・五糎）左肩題簽を貼布し〔利峰東鋭〕筆にて「群玉府〈韻目〉」と書し、下方に双辺方形陽刻「東／鋭」朱印記を存す。押し八双あり。裏打改装（原紙約二三・四×一五・二糎、天地截断）。前後副葉。序、凡例、総目、目録の順に綴し本文。毎冊一巻。巻七第三十五至三十六張、巻八第二十一至二十二張近世初期鈔補、巻十五第五十張欠、補紙（匡郭界線版心のみ鈔補）。首半張の匡郭は二一・二×一三・二糎大に収縮している(8)。

間々〔室町〕朱合竪傍句点、傍線（上声以下稀）、同朱墨欄外補注（後筆も交う）、稀に墨磨滅部鈔補を加う。毎冊前副葉に単辺楕円形陽刻「寫字臺／之臓書」朱印記を存す。

外題染筆の利峰東鋭は、林宗二孫、宗杜男。片雲子と号す。永禄四年（一五六一）生。出家して建仁寺両足院に住居し、宗二男で臨済宗黄龍派の梅仙東通に嗣法した。慶長十五年（一六一〇）建仁寺第二百九十七世、同十八年南禅寺住持、元和元年（一六一五）碩学料（初度）受領、寛永二十年（一六四三）歿(9)。

〈京都大学附属図書館谷村文庫 四―八七・イ二のうち〉

巻一至五 七至二十配同版早印本 伝釈照什旧蔵

巻六を存す（二十冊のうち一冊）。後補縹色艶出表紙（二三・六×一四・九糎）左肩題簽剝落痕、打付に「韻府〈自五至六〉」と書す。右肩目録題簽剝落痕。料紙傷み。補配別装、前掲。朱竪傍点、校注、墨磨滅部鈔補、欄上標注書入。首に方形陰刻「南／谷」朱印記を存す）。詳細前掲。

該本首冊目録首に、右掲「南／谷」印の大通寺書僧南谷上人照什に係る旨を誌したと思われる、谷村一太郎氏手書の切紙を差夾んである。今その事実を追認できないが、暫時伝称として標記した。なお同様の朱印記は上海図書館蔵徐乃昌旧獲元元統二年刊二修原本巻十三首にも見える。

以上の他、四川師範大学図書館に同版残本を存し（『中国古籍善本書目』等）、『善本書所見録』巻三・子部にも同版本と思しき伝本を著録する。

本版の伝存情況について附言すると、本版は元刻を示す牌記を有することから諸家の珍蔵を得、書目等に徴することも容易であることを勘案しなければならないが、次掲以下の明刻諸版に比べても却って伝存の豊富なことは注意される。こうした現象は、当初本版の新機軸が時流に投じ大いに用いられたことに原因すると思われ、本版開刻に遅れて刊行された原本に属する至正二十八年秀岩書堂刊本においても、明代に下る後印本では、巻一についてのみ新増説文本を採用補刻していること（第二章第一節二一三頁）を考え合わせると、本版開刻以降、元末明初における新増説文本流行の様が推知される。また韓国、台湾の伝本を含め、多くは旧時の日本伝来本であることが目を引く。本邦における伝来情況の詳細については、具体的な旧蔵者や書入に関する徴証を欠くので明確ではないが、朱点、朱引の類を見ると、主として室町の後葉から近世初期にかけて、頻繁に繙かれ利用に供された様子が窺われる。また原本系統の諸本には南北朝室町初以来の受容が確認されるのに対し、本版の受容は、やや遅れて最盛を迎えたかに思われる。

同〔明正統二年（一四三七）〕刊（梁氏安定堂）覆元至正十六年劉氏日新堂刊本

前掲至正十六年刊本と同行款の翻版で、首目も同様であり目録末の木記までも同文であるが、その末行のみ「［正統丁巳］孟春梁氏安定堂謹白」（［ ］内知見本鈔補）と改めてある。「正統丁巳」は二年（一四三七）、「梁氏安定堂」には、本書の他に版刻の事業を聞かず、前稿に掲出した本書明嘉靖三十一年（一五五二）序刊原本の巻一後に双辺有界牌記「正統丁巳仲秋／安定書堂新刊」を見るが（第二章第一節二一七頁）、前段にも記したように、その底本は本版との接触を前提とする如くであり、これをも正統二年の安定堂開版と見ることは、なお躊躇される。一方、新増説文本に属する本版は、至正十六年刊本をほぼそのままに、梁氏安定堂で覆刻したと見て不審がない。ただその年次について、唯一牌記を存する後掲の策彦周良旧蔵本も、年記のみは破損し鈔補とされている。しかし本版を重刊した後出の明弘治刊本（二種）では、その底本を「正統間梁氏安定堂」刊本と明記し、本版は正統二年頃の版式字様とも相応するので、『経籍訪古志』や未見の台湾国防研究院図書館蔵本の著録を参考に、暫時これを刊年とした。

その底本の至正版と見られる点は、本版の巻十第二十九張後半第十一行（本来「十賄〈與海同用〉」韻目）の無文であるのが、至正版後印本板木欠損に起因するであろうこと、巻十九第三十四張後半第四、五行間双行注下方に「楚王好■ー」「中ー一■詳」「越羅■錦」「杜注■」と隣接して墨釘の現れるのが、至正版板木破損に起因するであろうことなどからも明らかである。また至正刊本では第十巻の途中から巻十五の途中に至るまでの間に『説文』の増入を欠くのであったが、本版にはその点も継承されており、その直前に「十一之二」を置く第十巻の張付の様子も底本に同じである。

四周双辺（二〇・八×一三・三糎）有界、毎半張十一行、行小二十九字。版心、線黒口（接外周）双線黒魚尾（不対向）、上尾下題「匀玉幾」、下尾下張数。底本に比べ、横画の打込みに豫動の現れる、明前期の字様を示している（図版二―二―二）。

〈大倉集古館　特種製紙株式会社寄託書〉　二十冊

策彦周良　九条家旧蔵

後補慳貪箱入り。後補古渋引表紙（二五・三×一六・一糎）左肩題簽を貼布し周良筆にて「韻府」と書し双辺鼎形陽刻「策／彦」朱印記を存す。右肩より目録題簽を貼布し韻目を、首冊のみ左下方打付に「計廿冊」と書す。押し八双あり。裏打改装。見返し新補。序、凡例（牌記あり、但し年記破損鈔補）、目録、総目を存し本文。毎冊一巻。巻八第四十八張欠。

〔周良歟〕朱合傍竪点、傍線、傍圏、同朱墨欄上標注書入、首のみ〔室町末近世初〕朱返点、連合符、音訓送り仮名、行間欄

上同朱墨校補注（用「倭本」「瓢本」「泰本」）書入あり。第十一至十二冊首尾に〔周良〕自筆「謙齋（花押）」等墨識。巻首並に毎冊首尾に双辺方形陽刻「策／彦」朱印記を存す。箱蓋表面に外題別筆にて「韻府［　］二十冊」と、背面に又別筆にて「九條公爵舊藏／明治癸巳孟夏聴雨清玩」墨識、小箋を貼布し単辺方形陰刻「聴雨／清玩」朱印を鈐す。

天龍寺妙智院の策彦周良は、室町後期を代表する文筆僧の一人、謙斎と号す。文亀元年（一五〇一）生、天文八至十年（一五三九—四一）、同十六至十九年の再度入明、該本を得るに便宜が多かった。書入の「瓢本」は、彭叔守仙との関係か。[10]

〈大阪府立大学図書館　八二一・I三〉　十九冊

欠巻一　伝藤原惺窩旧蔵

後補素表紙（二四・一×一五・四糎）左肩打付に「韻府　〈上平〉二」等と書し、右肩より打付に同筆にて韻目を列記し、右下方打付に同筆にて「共廿」と書す。題下に双辺方形陽刻「九／天」墨印記を存す。古裏打修補、天地截断、虫損甚し。見返し中央に単辺方形陽刻琵琶図並「瀧村記念文庫」蔵書票貼附。毎冊一巻。

稀に〔室町〕朱竪傍句点、傍線、同墨欄上補注書入。毎冊首尾に単辺方形陽刻「北肉／山人」朱印記（藤原惺窩所用号・款印と同文なるも、同種印未確認）を存す。尾冊後表紙見返しに浅葱色の簽紙を貼布し近筆にて「惺窩先生藏書／巻末有北肉山人之／小印章」と書し、打付に「明治十四年七月海舟先生恵與セラル先生ノ／鑑定ニヨレハ表紙ノ文字惺窩先生の真筆ナル／ベシト云フ（隔十四格）瀧郁鶴雄」と書す。

〈上海図書館　七六五七七二—九一のうち〉

巻二至二十配元至正十六年刊本

清翁綬祺　民国于右任旧蔵

巻一を存す（二十冊のうち一冊）。金鑲玉装（原紙高約二四・四糎）。凡例、目録、総目も当該の版。凡例第二、一張と綴し、第二張後半の木記を刪去、巻一尾本文後の木記も刪去する。巻首に単辺方形陰刻「翁／綬祺」、単辺方形陽刻「印若／審臧」朱印記（翁綬祺、字印若）を存す。詳細前掲。

〈北京・中国国家図書館　一八四〇八（MF）のうち〉

巻六至二十配明弘治七年刊本

清曾釗　温澍樑旧蔵

巻一至五を存す（二十冊のうち五冊）。序（首半葉欠、界線のみ鈔補)、凡例(末尾の木記を刪去し匡郭のみ鈔補)、目録、総目を存し本文。毎冊一巻。目首に単辺方形陽刻「子敏」、不明、方形陰刻「朝滏／生」「曾釗／之印」、巻首に単辺方形陽刻「面城／樓藏／書印」印記、例首に「瀬緑／樓藏／書印」、方形陰陽刻「温印／澍樑」、目首に単辺方形陽刻「嶺南／温氏／珍臧」、巻首に同「瀬緑／樓臧／書印」、巻一尾に「順徳温君／勒所臧金石／書画之印」印記を存す。全体に関する事項は後掲。

この他、台湾『国防研究院善本書目』子部類書類に登載の「新増説文韻府羣玉〈存〉三巻一函三冊〈元陰時夫編　陰中夫註　明正統丁巳(二年)梁氏安定書堂刊本　存巻一至三〉」一本も同版の可能性がある。また『経籍訪古志』巻三・子部類書類に

> 新増説文韻府羣玉二十巻〈明正統丁巳刊本　寶素堂藏〉
> 毎巻題目冠新増説文四字、毎字据説文禮部韻添入音義、更増注事件。凡例後述増修大意、且有識語云、瑞陽陰君所編韻府羣玉、以事繫韻、以韻摘事、乃韻書而兼類書也、檢閲便益、觀者無不稱善、本堂今將元本重加校正、每字音切之下續增許氏説文以明之、閒有事未備者以補之、韻書之編誠爲盡美矣、敬刻梓行、嘉與四方學者共之、正統丁巳孟春梁氏安定堂謹白。

と、小島宝素の儲蔵に係る同題同刊記本を著録している。

同　明天順六年(一四六二)刊(葉氏南山書堂)覆元至正十六年劉氏日新堂刊本

これも前掲至正十六年刊本と同行款の翻版で、首目も同様、但し序尾題「韻府羣玉序〈畢〉」。目録末の木記も同文で、末行のみ「天順壬午孟冬葉氏南山堂謹白」と改めてある。「天順壬午」は六年(一四六二)。元明の間に「南山」と号する書肆は、元至正二十六年(一三六六)に『大広益会玉篇』『広韻』を合刊した南山書院(篇首「玉篇廣韻指南」後「至正丙午良月／南山書院新栞」、韻首序後「至正丙午菊節／南山書院刊行」牌記)と、明成化間に『広韻』(附「玉篇廣韻指

南」）を刊行した南山精舎（序後並指南後「成化戊戌（十四年、一四七八）葉氏南山精舎新刊」牌記、巻末「成化己亥（十五年）復詳校正」記、王重民氏『美国国会図書館蔵中国善本書目』に拠る）とを知るが、前者は概そ一百年を隔て別舗かと、後者は年代も近く姓氏を同じくし同舗かと疑われる。巻十途中より巻十五途中の間に『説文』を補わない点も底本に同じ。但し巻十の張付に「十一之二」を用いないため、一張を減じて「四十八」に終わる。

四周双辺（二一・二×一三・二糎）有界、毎半張十一行、行小二十九字。版心、小黒口（接外周）、双線黒魚尾（不対向）、上尾下題「匀玉幾フ」、下尾下張付。巻一第二十二張左肩に天地双辺「第一冊」の耳格がある。また巻一尾に双辺有界両行「天順壬午孟冬／南山書堂新刊」、巻六尾に墨囲単行「書林葉氏南山堂新刊」、巻七尾に双辺有界両行「天順壬午年孟冬／葉氏南山堂重刊」、第二十巻尾に同「天順壬午孟冬／南山書堂新刊」の牌記を存する（図版二―一―三）。

〈上海図書館　七七二九一八―三七〉　二十冊　巻一至二配元至正二十八年刊（明）増修本

巻五至八配元至正十六年刊本　明銭穀旧蔵

後補浅葱色金銀砂子散表紙（二五・四×一六・二糎）。襯紙改装、浅葱色包角。序、凡例を欠き、総目、目録の順に綴し本文。毎冊一巻。巻一第二十張欠。巻二十第十三張鈔補。第一、六、七、二十巻尾の牌記は全て刪去されている。破損部、匡郭に墨鈔補。首、毎巻首に単辺方形陽刻「子／晉」「汲古／閣」朱印記（明毛晋所用か、真偽不明）、目録首、毎巻首に単辺方形陽刻「陳氏／［　］／臧書」朱印記を存す。

新補藍色表紙（二六・七×一六・七糎）金鑲玉装、素絹包角。首目にも元至正二十八年刊本を配し、巻三至四、九至二十の十四冊が本版に当たる。毎冊一巻。朱筆校改あり。巻一、十三首に方形陰刻「言／宮」、毎冊首に単辺方形陽刻「葩盟／昕藏」、巻四尾に方形陰刻「原／昇」、巻四、十六尾に単辺方形陽刻「中呉錢氏／收藏印」朱印記（銭穀所用）を存す。

〈台北・国家図書館　三〇九・〇七九三六〉　二十冊

〈台北・国家図書館　三〇九・〇七九三七〉　五冊

清王昶旧蔵

後補香色表紙（二六・三×一五・二糎）。改糸、（天地截断）。序、目録、総目、凡例の順に綴し本文。毎冊四巻。巻十二首六張を欠く。匡郭二一・二×一三・二糎。巻一、七、二十尾木記部の原紙を破り去るが、巻六尾のみこれを存する。

間ゝ墨筆にて句圏書入。首に単辺方形陽刻「松陵／史蓉／莊臧」朱印記、同「莚圃／所臧」朱印記（張乃熊所用）、毎冊首に方形陰刻「石林」朱印記、巻一、二十尾刊記刪去部補紙上に同「青浦／王昶字／曰徳甫」、単辺方形陽刻「一字述／菴別號／蘭泉」朱印記（以上二顆、王昶所用）を存す。

〈南京図書館（MF）　K三／〇・一〇五六〉　二十冊

清丁丙題識

無文表紙。前副葉子に貼紙して丁丙「（単擡）新増説文韻府羣玉二十巻〈明天順刊本〉／前有滕賓姚霄趙孟頫陰竹埜陰復春陰勁絃（マヽ）諸序凡例九條後又増四條後有木記云瑞陽陰君所／編韻府羣玉以事繋韻以韻摘事乃韻書而兼類書者也檢閱便益觀者無不称善本堂今将元本重加／校正毎字音切之下續増許氏説文以明之間有事未備者以補之韵書之編誠為尽美矣敬刻梓行嘉／與四方学者共之天順壬午孟冬葉氏南山堂謹白按木記之語仍本之元刻僅易年號而已」題語を存す。丁氏『善本書室蔵書志』巻二十の当該箇所に比べると、『蔵書志』には標題の次行に「晩學陰時夫勁絃編輯新呉陰中夫復春編注」の一行を補い、貼紙第四行の「敬刻」を「敬刊」に変えている。序、目録、総目、凡例の順に綴し本文。毎冊一巻。巻二十第三十五張後半以下欠。

首に単辺方形陽刻「宋／嘉」印記、方形陰刻「嘉惠／堂丁氏臧／書之記」、同「四庫著録」印記（丁丙所用）、単辺方形陽刻「江蘇第一／圖書館／善本書／之印記」印記を存す。

なお該本を実見された高橋智氏に拠れば、他に「光緒癸巳泉唐嘉惠堂丁氏所得」印記を存する由。

〈吉林省図書館　子二六・〇〇七一〉　十二冊

巻五配〔明嘉靖三十一年序〕刊原本

清季振宜　孫星衍　民国王体仁旧蔵

新補藍色表紙（二八・六×一七・五糎）。淡青包角。金鑲玉装、原紙高約二五・一糎。前後副葉宣紙。序、目録を存し本文。第三至五冊に各一巻を配する他は毎冊二巻。巻一、六、七、二十尾の牌記刪去。

間ゝ朱筆にて竪句点を書入るも擦消し。首に単辺方形陽刻「季

印／振宜」「滄／葦」朱印記（以上二顆、季振宜所用）、首、目首、巻首に方形陰刻「孫印／星衍」、巻首に同「孫氏／伯淵」朱印記（以上二顆、孫星衍所用）、首に単辺方形陰刻「綬珊六十／以後所／得書画」、同「九峰舊廬珎／臧書画之記」、第二以下毎冊首に同「杭州王氏九峰／舊廬臧／書之章」朱印記（以上三顆、王体仁所用）朱印記を存す。

季振宜は既出（三一八頁）、孫星衍、字は淵如、伯淵と号す。江蘇陽湖の人。清乾隆十八年（一七五三）生、嘉慶二十三年（一八一八）歿。孫氏『平津館鑑蔵書籍記』巻一「元版」の項に「新増説文韻府羣玉二十巻」を録し、「收藏有季振宜印朱文方印、滄葦朱文方印」と録するのはこの本か。王体仁、字は綬珊。浙江紹興の人。清同治十二年（一八七三）生、民国二十七年（一九三八）歿。

〈天理大学附属天理図書館　八二一・イ四三〉　十冊

小津桂窓旧蔵

後補香色艶出表紙（二五・七×一五・九糎）中央に方簽を貼布し韻目を書す。首冊のみ右肩に小簽を重貼して「月百四十八〈全十〉」と書し、直下に双辺方形陽刻「西荘文庫」朱印記を存す（小津桂窓）。裏打改装。序、凡例、総目、目録の順に綴し本文。

〔室町〕朱墨竪句点、校注書入。毎冊首に双辺円形陽刻「常／樂」朱印記（小津桂窓所用）を存す。[5]

〈天理大学附属天理図書館　八二一・イ一三〉　十冊

巻十三至十六配明弘治六至七年刊本

後補丹表紙（二六・七×一七・七糎）左肩題簽を貼布し〔江戸初〕筆にて「説文韻府〈声目〉」と書し、右肩より打付に同筆にて韻目を列記す。天地と左辺とに双辺の押し界あり。裏打改装、天地截断。序、目録、総目、凡例の順に綴し本文。毎冊二巻。第二冊尾「首板（花押）」墨識。〔室町末〕（改装前）朱字目傍点、傍圏、竪句点、版心上標柱、墨欄上補注、字目標注、近世期（改装後）朱竪句点、磨滅部鈔補、墨欄上補注書入。毎冊首に単辺円形陽刻不明、単辺方形陽刻文昌神図様朱印記を存す。[5]

右の他、中共中央党校図書館、安徽師範大学図書館と（以上『中国古籍善本書目』登載）、台湾国防研究院にも同版本を存する模様。また『経籍訪古志』二次稿本の子部類書類「韻府羣玉二十巻〈元槧本　求古樓藏〉」条の欄上に森枳園筆にて「余亦藏此本、清川吉人愷舊物也。後贈與其後人菖軒（以上元元統二年

梅渓書院刊原本に係る)。又有明天順年間覆刻此本者。於書肆雁金屋青山堂見之。時慶應三丁卯四月下旬」の書入あり（第二章第一節二〇三頁参照）。

同　〔明前期〕刊　覆〔明正統二年〕梁氏安定堂刊本

本版は、現在まで後掲の南京図書館蔵残本の他に所見を得ないもので、マイクロフィルムによる該本電覧の結果、新増説文本中の、中間の巻に『説文』の増入を欠く至正版の系統に出、墨釘継承等の点から正統版によるものと判ぜられたが、諸事不明のままである。首目は拠本に同様、本属諸版には凡例の後に牌記を置くが、該本ではその箇所が刪去されている模様であり、要領を得なかった。本文の体式も拠本に同様である。

四周双辺、毎半張十一行、行小二十九字。版心、中黒口（接外周）、字様より概そ明前期の刊刻と判じ、便宜この箇所に掲出した。詳細は後考を俟ちたい。

〈南京図書館（MF）　K五〇三四〉　二十冊
　巻二至四　十三至六　十八至二十配元至正二十八年刊原本
　　明文彭　彭年旧蔵　清丁丙題識

表紙無文。首冊前表紙見返しに貼紙二葉、清の丁丙による「韻府羣玉二十巻〈元刊本〉　文三橋藏書／晩學陰時夫勁弦編輯新呉陰中夫復春編註／前有翰林滕賓序云陰君昆仲為韵府羣玉以事繫韵以韵摘事經史子傳蒐／獵靡遺是能以有窮之韵而寄無窮之事亦大奇矣又至大庚戌江村姚雲序又／翰林承旨趙子昂題云上渉羣經下苞諸子賢於回溪史韻多矣又大徳丁未陰／竹埜倦翁序云一日登書樓見季子棐几萬籤問之曰幸父兄與歳月暇得恣獵羣籍遇欣／然

与意会處筆之將繫於韵摘其異而会諸同也爰授以凡例俾勉為之垂三十載告成又延祐甲寅陰／復春自序云予季以事繫韵多所摘奇豈能判然無疑愚故隨筆注釋以備観鑒又陰勁／弦自序云是編遵先子凡例刻意纂集書成而失怙痛哉陰氏父子兄弟著書本末見在序／中千頃堂書目云時夫奉新人数世同居登寶祐九經科入元不仕詩韻以此最古巻二三四／十一十二十三十四十五十六十八毎半葉十行々廿九字是初刻其巻一五六七八九十十七十九二十毎半葉／十一行行亦廿九字則多新増説文四字蓋以續刻配齊真可稱羣玉合璧矣有文彭／之印文寿承印三橋居士文氏震孟諸印」の題跋を存す。これを『善本書室蔵書志』巻二十、子部十収載の同文に比校すると、『蔵書志』は、貼紙第一葉第二行の「註」を「注」に、第九行「見」を「具」に、第二葉第一行「行々廿」を「行行二十」に作り、末尾に「彭長洲人徵明子官國子監助教善刻印書畫」の語を補っている。跋文中に「巻二、三、四、十一、十二、十三、十四、十五、十六、十八毎半葉十行々廿九字、是初刻、其巻一、五、六、七、八、九、十、十七、十九、二十毎半葉十一行行亦廿九字、則多新増説文四字、蓋以續刻配齊、真可稱羣玉合璧矣」と言うのは、該本の補配を指摘するものであるが、行款と書題とによって識別したために、新増説文本でも当初は半面十行で巻首に「新増説文」の文字を冠しなかった巻十一、十二についても「初刻」を称している。首に序、総目、凡例、目録を存す。元来は木牌告文を存し、巻首直前に位置するはずの凡例末張後半は、該本では印出されていない。毎冊一巻。

巻首に単辺方形陽刻「文壽／承氏」、方形陰刻「三橋／居士」、同「文彭／之印」、巻尾に同「壽／承氏」印記（以上、文彭所用）、序首に単辺方形陽刻「彭」「年」印記（彭年所用）、同「嘉恵／堂丁／氏臧」、同「八千巻樓」印記（以上、丁丙所用）、同「江蘇第一／圖書館／善本書／之印記」印記を存す。

同　明闕名補

明弘治六至七年（一四九三—四）刊（劉氏日新書堂）拠（明正統二年）梁氏安定堂刊本

世上に明弘治六年刻本とも著録の版種で、前掲〔正統二年〕安定堂刊本の翻版である。首目底本同様、但し凡例の末に「一元本上聲七麌韻内堵字起至去聲十七霰字韻／止並闕説文今悉増入」の一条を増益し、凡例後の牌記は双辺有界、低一格諱字擡頭にて「是書元大徳丁未瑞陽陰先生所編板／行久矣至於／皇明正統間梁氏安定堂重刊於各字下／續増許氏説文雖加詳明然中間未免／□□闕畧觀者不能無憾本堂三復加／校考至□聲七麌韻内堵字韻起至去／聲十七霰字□□□二千三百有奇並／闕説文今悉増入幸得其全收書君子／但将原書對校瞭然悉備揔龜於斯不／煩考之他韻敬梓以行嘉與四方共之／弘治甲寅孟夏劉氏日新書堂　謹識」と改めてある。翻字中□格は所見本料紙破損の箇所で、後述する翻版牌記より、第四行「然中間未免／差舛闕畧」、第五行「上聲七麌韻」、第六行「至去／聲十七霰字韻止凡二千三百有奇」の文字と推される。「弘治甲寅」は七年（一四九四）。「劉氏日新書堂」は、前述の元末の建安書肆劉錦文の後裔とされる。日新書堂による明代の刻書は宣徳より嘉靖に至り、概そ弘治、正徳の間に活発である。(11) この牌記と新増の凡例末条とを併せ読むと、元の本は上声七麌韻の「堵」字より去声十七霰韻までの間に『説文』の記事を欠き、本版ではこれを悉く補ったというのであるが、上声七麌韻「堵」字は第十巻第十五張の首、去声十七霰韻「霰」字は巻十五第二十四張首にあり、至正十六年刊本以来、この間を半面十行の原本のままとして『説文』を補わなかった点に対応し、本版の本文を閲すると、実際この間に『説文』の増入を施していることが確認される。つまり「新増説文」の措置は、元至正十六年刊本に始まり、本版において全巻に行き届いたと言える。(12) なお、本版牌記中「是書元大徳丁未瑞陽陰先生所編、板行久矣。至於皇明正統間梁氏安定堂重刊、於各字下續増許氏説文」の語は、原序中の陰竹埜「大徳丁未」序（成稿以前）と、至正版劉氏日新堂牌記の鋪名のみを改めた正統版牌記とに拠っている。本書原本の完成開刻は陰竹埜の歿後にあり、また『説文』増入は至正版開刻時の所ため、本版牌記の言は当たらないが、本版開刻の正統版に拠れることを示し、かつ至正版を刊刻した「劉氏日新堂」の事業と本版の刊刻とは断絶のあったことを示唆する。その他、巻一尾「槩」字増補。新たに増修を加えた巻の概要は以下の通り。

巻之十（四六張）　上声　七麌至十四旱　　巻之十三（五五張）去声　一送至　七遇
巻之十一（四六張）　十五潸至二十二養　　巻之十四（三七張）　八霽至　十二震
巻之十二（四一張）　二十三梗至二十九豏　　巻之十五（五〇張）　十三問至二十一箇

四周双辺（二〇・四×一三・三糎）有界、毎半張十一行、行小二十九字。版心、中黒口（接外周）双線黒魚尾（不対向）、上尾下題「匀玉幾フ」、下尾下張数。巻尾題底本同様、但し巻六尾題「新増説文韻府■玉巻之六」と墨釘を含む。巻一尾に双辺有界両行「弘治癸丑孟冬／日新書堂重刋」、巻六尾に天地双辺単行「劉氏日新書堂重刋」、巻二十尾に祥雲中「福」字下童形神捧持蓮花中双辺単行「弘治癸丑劉氏重刋」牌記を存する。これらの牌記を採れば明弘治六年（癸丑）刊刻ということになる（図版二―二―四）。

〈京都大学附属図書館　四―〇六・イ三〉　　十冊

天正十三年（一五八五）識語

後補縹色艶出表紙（二五・〇×一四・六糎）左肩題簽を貼布し「韻府羣玉〈幾幾〉」と書す。首冊のみ左下方に打付に「共十」と書す。一部裏打修補、天地截断。序、総目、目録、凡例の順に綴し本文。毎冊二巻。巻十九第十一至十二張を同第二十六、二十七張間に錯綴、同第十九至二十張欠。第一冊尾「天正十三年［　］三外臣三木」墨識、同朱竪句点、同朱墨校注、鈔補を加う、但し巻八にて途絶。毎冊首に単辺方形陽刻「百々氏／臧書」朱印記、奇数冊首に双辺円形陽刻「節／竜」、双辺方形中無辺円形陰刻不明朱印記を存す。

天正十三年は西暦の一五八五年で、本版牌記より一百年弱を隔て、本邦への近世初期までの伝来を示す。

〈上海図書館　八一四六九七―七一八のうち〉

巻一至三　十七至二十清康熙二十八至九年鈔補（許濬）

巻四至十二配元至正二十八年刊原本

存巻十三至十六巻（二十二冊のうち四冊）。巻十三首に方形陰刻「大學士／圖書印」朱印記を存す。詳細前節。

〈天理大学附属天理図書館 八二一・イ二三のうち〉

卷一至十二 十七至二十配明天順六年刊本

卷十三至十六を存す（十冊のうち二冊）。卷十三第一張、卷十六第四十一至二張用王元貞校本鈔補、卷十六第四十三至四張を欠き、明万暦十八年序刊王元貞校本の当該部分（卷十六第五十四至七張）を補配、卷十五第四十七張欠。卷十四尾六張を次冊の首に置くなど第八冊首に錯綴甚し。その他、詳細前掲。

右の他、北京師範大学図書館、北京市文物局、華東師範大学図書館（『中国古籍善本書目』）にも同版本を存する由である。

同 明弘治七年（一四九四）刊（劉氏安正書堂） 覆明弘治六至七年刊本

世上に明弘治七年刻本と著録の版種であるが、前掲日新書堂刊本との関係を考えると些かの疑問を生ずる。首目は底本同様、但し後印本は目録第二行、声目「上平聲」下隔一格にて「新増一東宗風戎四韻并新序首八十板」の語を追刻する。底本の増益した凡例末の一条を継承、牌記は「是書元大徳丁未瑞陽陰先生所編板／行久矣至於／皇明正統間梁氏安定堂重刋於各字下／續増許氏説文雖加詳明然中間未免／差舛闕畧觀者不能無憾本堂三復加／校考至上聲七麌韻内堵字韻起至去／聲十七霰字韻止凡二千三百有奇並／闕説文今悉增入幸得其全收書君子／但将原書對校瞭然悉備揔龜於斯不／煩考之他韻敬梓以行嘉與四方共之／弘治甲寅孟夏劉氏安正書堂 謹識」にて、ほぼ底本に同じ、末行の舗名のみを改む。本文、底本同様、全巻に『説文』を増入する。微細な点について見ても、卷六第十二張前半第二行左「蛙」字注中「蟾蜍（中略）世傳三足者妄也」の「傳」、次行「蝌料形圓而有尾（下略）」の「蝌」、卷七第一張前半第七行左「賡」字注中「説文ー本古／文續字」の「續」他、日新書堂刊本に磨滅の著しい文字を、本版には墨釘に作る等の継承関係が認められる。

四周双辺（二一・〇×一三・二糎）有界、毎半張十一行、行小二十九字。版心、中黒口（接外周）、双線黒魚尾（不対向）、上尾下題「匀玉幾フ」、下尾下張数。巻一尾に双辺有界両行「弘治甲寅孟冬／安正書堂重刋」、巻三尾に「劉氏安正堂」、巻六尾に同「弘治甲寅孟夏之吉／劉氏安正書堂重刋」、巻十八尾に同「弘治甲寅劉氏／重増校正刋行」、第二十巻尾に祥雲中「福」字下童形神捧持蓮花中双辺単行「［弘治甲寅］劉氏重刋（上四字左傾）」の牌記を存する。

ただ本版開刻の時点を牌記のままに受取れるかどうか、若干の疑問がある。先ず凡例後の長文の牌記は日新書堂刊本のそれを用い、本版では舗名のみを改めたのであったから、「弘治甲寅」は底本の記文を継承するものとも解される。また巻一、六、二十尾の牌記には干支、書堂名の部分に挖改の痕跡があって（巻十八尾は日新書堂刊本に牌記がない）、弘治甲寅（七年）が正しく本版開刻の時点を示すものではない可能性もある。しかしそのように告文牌記を有する版本として、ここでも便宜「明弘治七年刊」と記した（図版二―二―五）。

〈Harvard-Yenching Library　T9305/7323〉　二十冊

後補墨染表紙（二六・四×一四・九糎）、室町期荘園文書（「八坂重光逐電」等の文字見ゆ）を用う。第十冊前表紙左肩に題簽を貼布し〔室町〕筆にて「説文群玉府〈上聲〉」と書す（第十四冊同様の題簽剥離、存）。序、目録（声目下追刻なし）、総目、凡例の順に綴す。毎冊一巻。巻九第二十七張鈔補。早印本。

序に〔室町末近世初〕墨返点、音訓送り仮名、本文同朱竪句点（巻三以降は疎に遷る）、傍圏、間〻返点、音訓送り仮名、同朱墨欄外校注、極稀に補注書入。毎冊首に単辺方形陽刻「容安」朱印記を存す。現蔵者による一九五一年五月十一日の受入印がある。

〈The Library of Congress　V/C236/y58.2のうち〉
巻三至二十配同版明嘉靖三年修本

巻一至二を存す（十冊のうち一冊）。金鑲玉装、原紙高約二四・五糎。目録（声目下追刻なし）、総目、凡例を存し本文。巻一末尾牌記刪去。巻首匡郭二一・〇×一三・一糎。朱句点、欄上韻字標注書入を存す。詳細後掲(13)。

〈北京・中国国家図書館　一二三九九〉　二十冊
清揆叙　清室旧蔵

清室所用帙中(14)、後補黄染絹表紙（二六・三×一五・七糎）左肩同工絹地双辺刷り枠題簽を貼布し「元板韻府群玉」と書す。序、目録、総目の順に綴し、凡例を欠き本文。毎冊一巻。巻尾の牌記部分は悉く刪去されている（巻二十尾の童神像は残存）。首に方形陰刻「謙牧／堂藏／書記」、尾に単辺円形陽刻「兼牧／堂書／画記」朱印記（以上揆叙所用）、また首に方形陰刻「天禄／繼鑑」、単辺楕円形陽刻「乾隆／御覧／之寶」、尾に単辺円形陽刻「天禄／琳琅」、見返しに単辺方形陽刻「五福／五代／堂寶」、同「八徵／耄念／之寶」、同「太上／皇帝／之寶」朱印記（乾隆帝所用）を存す。

該本は『天禄琳琅書目後編』巻十、元版子部（劉氏日新堂牌記新増説文本下）に著録する

韻府羣玉〈四函／二十册〉
篇目同上。惟目錄首有增刻一東宗風戎四韻並新序首八十版十六字。末有仙童捧雲拱福畫像、當係坊間、即元版重修本。
「謙牧／堂藏／書記」〈白文／毎册首〉、「謙牧／堂書／畫記」〈朱文／毎册末〉

韻府羣玉〈四函／二十册〉
同上係一版摹印。
「謙牧／堂藏／書記」〈白文／毎册首〉、「謙牧／堂書／畫記」〈朱文／毎册末〉

のいずれかであろうと思われる。

〈早稲田大学図書館　ホ四・一九三二〉　合五冊

後補素漉目表紙（二五・八×一四・五糎）左肩打付に「韻府群玉〈幾幾／幾幾〉」と書し、右肩より打付に同筆にて、声目下に韻目を列して、行字間に巻韻序数を追記す。天地截断。五針眼。小口段差により、旧装毎巻一冊と判ぜられる。序、総目、目録（声目下追刻あり）、凡例を存す。毎冊四巻。

巻内間〻朱竪句点書入、欄上〔江戸初〕（表紙書目韻目同）墨校補注書入、鈔補、稀に後筆により朱字目標圏、墨欄上字目標

注書入。

〈上海図書館　長六一三五九〉　一冊

存巻八至九

後補淡茶色表紙（二六・一×一五・五糎）。〔毎巻二冊〕。

該本は当館普通古籍カード中に「明刻本」として登載のもの、電覧のうちに本版と認定した。

〈天理大学附属天理図書館　九二一・〇七・イ一五〉　十冊

後補香色雷文繋蓮華文空押艶出朝鮮表紙（二六・二×一四・九糎）左肩打付に「韻府羣玉」と書し、その下に韻目を列す。押し八双あり。一部裏打修補。見返し新補和紙。序、総目、目録、凡例の順に綴し本文。毎冊二巻。巻三第二十八張を欠き同第二十九張を重綴、巻五第三十八、三十七張錯綴、巻十三第三張欠、巻十五第四、五張重綴、巻十九第三十張を欠き同第三十一張重綴。

〔近世初〕朱竪傍句点、稀に送り仮名、同墨標字注、同朱墨校注書入、但し上声以下は標字を欠き、朱点も疎に遷る(7)。

〈佐賀大学附属図書館小城鍋島文庫　OKSH・二五〉　六冊

存巻一　七至八　十一至十三　小城藩校興譲館旧蔵

後補渋引表紙（二四・〇×一四・三糎）左肩題簽剝落痕、首冊のみ題簽の下半を存し「［　］〈二〉」墨書。序、目録の順に綴し、総目、凡例を欠き本文。毎冊一巻。巻七第七至八張、巻十一第三十四張欠、巻十三第二十三、二十二張錯綴。

第一、六冊首に方形陰刻「鳳池鄭／澄私印」朱印記、毎冊首に単辺円形陽刻「荻府／學校」朱印記（小城藩校興譲館所用）、毎冊尾に方形陰刻不明朱印記を存す。

〈北京・中国国家図書館　一八四〇八（MF）〉　二十冊

巻一至五配〔明正統二年〕刊本　清温澍樑旧蔵

無文表紙。前副葉。毎冊一巻。末尾童形神図を存し、捧持する蓮牌木記を刪去す。

巻七尾題左傍に「其抄不可勝言也」と書す。欄上標点書入。副葉に単辺方形陽刻「今人不見古時月今月曾經照古人」「半潭／烋水／一房山」「酒熟／華開／二月峕」「棟／臣」「漱緑／樓印」「□性／男子」印記（温澍樑所用）を存す。

又　嘉靖三年（一五二四）修

巻二十末尾の張子を彫り替え、旧版同様の牌記ながら、告文を「嘉靖甲申劉氏重刊」と変えた。その他にも補刻が多いが、現在のところ、その張数を確言することができない。記して後考に俟ちたい。

〈The Library of Congress　V/C236/y58.2〉　十冊
白紙印　首目　巻一至二配同版早印本
新補香色表紙（二六・四×一六・二糎）。改糸。破損修補。本文白紙。前副葉新補。毎冊二巻。巻五第十九至二十八張と同第九至十八張とを相互に錯綴す。巻十四第三十七張（尾）、巻十五第一張欠。巻七第二十六、二十七張間に詩箋を差夾む。

以上の他、甘粛省図書館・安徽師範大学図書館・福建師範大学図書館・鄭州市図書館・鄭州大学図書館（『中国古籍善本書目』）、また『晁氏宝文堂書目』巻中、類書の部に「韻府羣玉〈元刻一部　監刻一部／弘治刻一部〉」と著録する弘治刻本とは、前掲弘治版両種のいずれかであろうと思われる。

総じて本属の概要を記すと、『韻府群玉』開刻の嚆矢たる元元統二年刊本を印行した梅渓書院から一部板木の譲渡を受けた劉氏日新堂では、原板を活かしつつも、単純に翻刻するのではなく、原本の字注に『説文』の記事を増入して新たな本文を構成し、『新増説文韻府群玉』を成立させた。この新増説文本は元末明初の交より盛行し、次第に原本をも凌駕する趨勢となって、南監において原本を洪武韻に改編した〔明洪武八年序〕刊本開刻の際に、本版が校合に用いられ、当初は原本に拠っていた秀岩書堂版の継承者も、首巻を新増説文本に彫り換えて印行するなど、相応の需要を喚起した。その影響は海外にも及び、日本で室町期以降に盛んに用いられたことは諸伝本の書入に著しく、朝鮮での受容は伝本に見出し得なかったが、朝鮮明正統二年跋刊原本の校合に用いられたことが判明するから、十五世紀前半の段階で朝鮮朝周辺にも一定の流通があったと認められる。

この至正版の盛行は、早くも明前期のうちに複数の翻版を生じている。直接至正版に拠ったと思われる版本には両種あり、一は〔正統二年〕梁氏安定堂刊本、一は天順六年葉氏南山書堂刊本である。これらは本文に積極的な改正を伴うものでなく、単に牌記のみを改めて顧みず、ある程度の転訛を免れない底の覆刻であった。現存の伝本から当時の印行の様子を推量することには慎重でなければならないが、やはり至正版の盛行に比べると低調と見ざるを得ず、本文の性質に照らしても、版刻印行の軽易を徴する事柄と解すべきであろう。しかしその影響という点では、正統版が明嘉靖三十一年序刊本の校合に採られ、また天順版と共に本邦室町期の学事に関与する所があった。そして正統版を拠本とする、さらなる翻版も生まれている。

正統版からは二種の版本を分出したが、その一は〔明前期〕刊本、また一は弘治六至七年日新書堂刊本であった。前者については伝存に乏しく前後の影響関係を測り難い。後者については、至正版以来の『説文』増入の欠を補い完成した点に本文上の重要な進展が見られ、またその故に、新たな版刻を呼び起こした点でも意義が大きかった。但しより広範な伝播に関しては、時期を接して開刻された安正書堂による翻版も与って力があり、安正書堂刊本自体、朝鮮と近世初以降の日本でも用いられる所であった。しかし度重なる翻刻の結果、すでに本文の転訛は覆い難いものとなり、元至正十六年の日新堂刊本に始まった新増説文本の翻刻は、その本文の完成と共に一段落を迎え、別本の派生を招くこととなった。明代中葉に現れた新増直音説文本は、『説文』増入を徹底したこの弘治版に基づいて、転訛した本文の修繕よりもさらなる増修に趨り、一方、万暦年間に出た新増説文王元貞校本は、むしろ本文の改正に意を用い、元の至正版に拠ったのである。

以上の関係を図示すれば、左のようになろう。

（原本）

←元元統二年刊後修原本

（新増説文本）

元至正十六年刊本　↓（新増説文王元貞校本）

↓〔明正統二年〕刊本

↓〔明前期〕刊本

↓明弘治六至七年日新書堂刊本

↓明弘治七年安正書堂刊本　↓（新増直音説文本）

↓明天順六年刊本

○新増直音説文本之属

新増直音説文本（以下「直音本」と簡称）とは、新増説文本に直音注を加えた種類の本文であるが、新添の直音注（「東〈音冬〉」等）は一括前掲とし、もとの新増説文本自体はそのまま全収されたものであるから、本文上は新増説文本の亜流と考えることができる。この直音本は明代の中葉から版刻に顕われ、現存の伝本から都合四版を知見することができた。

新増直音說文韻府羣玉二十巻

〔明〕闕名音

〔明初〕刊（劉氏日□書堂）〔後修〕據明弘治七年刊本

この版種は、現在まで伝本を一点しか得ないために、版本の要件について確定できない点がある。暫く伝本の状態を記して後考を俟ちたい。版本に関する記述は、後出の〔明〕刊黒口本との相違を記すに止める。

序欠。先ず総目（一張）。次で目録（第二至四張）、上平声目下注記欠。凡例欠。

巻首題「新増直音說文韻府羣玉巻之一（隔二格）上平声（墨囲陰刻）／（以下低八格）晩學　陰　時夫　勁弦　編輯／新呉　陰　中夫　復春　編註」等区々。

巻之一（三〇張）　巻之七（乙・一―四十七張）
巻之二（乙・二・一―五十張）　巻之八（乙・一―三十四・又卅四―四十八張）
巻之三（乙・又一―廿八・又廿八―五十三張）　巻之九（乙―六・又六―四十五張）
巻之四（六〇張）　巻之十（四八張）
巻之五（乙・一―二十二・又廿二―六十張）　巻之十一（四八張）
巻之六（一―十四・十三・又十五・十五―四十九張）　巻之十二（四二張）

巻之十三（五七張）
巻之十四（乙・二・二─十七・又十七─三十七張）
巻之十五（一─八・八又─五十張）
巻之十六（一─十・又九・又十─四十四張）
巻之十七（乙・又一─三十四張）
巻之十八（乙─十七・十七─四十五張）
巻之十九（乙・又一─四十張）
巻之二十（一─九・九─四十張）

四周双辺（二〇・七×一二・九糎）有界、毎半張十一行、行小二十九字。版心、粗黒口（接外周）双線黒魚尾（不対向）、上尾下標「幾フ」、下尾下張数。本文中に間〻明初原刻と思われる張子（巻二第五至八、十三至十六、二十五至二十六以下）を存するが、巻首以下大半の張子は明中葉頃の補刻と思われる。対査を経ないが、暫時修刻と推定する。巻尾題「新増直音説文韻府群玉巻之幾」等区々。巻六尾に双辺有界「劉氏日□書堂刊／[　]」牌記あり。巻二十尾に三層の八卦・霊獣負書・霊亀負書図を刻す。

本版の特色は、同属他版に比較しても、張付の操作が著しい点にある。これらは全て張付「乙」「又幾」として加えられた増修に起因しているが、これらの部分は、他版には欠く場合と、他版にもあるが他版では張数を通してある場合との両様あり、本文上の変更としては、どちらも直音注を増入したのである。例えば巻五・下平声一先韻の首に、本版では「乙」として直音注を備えているが、〔明〕刊黒口本等では直音注を欠き、また同巻・二蕭韻の首では、諸版とも第二十二張後半から次張の前半までの一張分に二蕭・三肴韻分の直音注を補ってあるが、本版では増入分を「又廿二」として処置し、〔明〕刊黒口本等では「二十三」以下巻尾まで数を加える形で処理したのである。本版の状態は恐らく本属の古形を示しており、本属本文が、当初は旧来の新増説文本に増修を加える形で成立したことを窺わせる。なお巻一、十至十三の如く張数の重複がない巻は、本文に直音注の増入はあるが、他版のように張付は一通としたのである。ただ本版の伝本が補刻（推定）本であるために、他版との関係を確定することができなかった。

〈台北・故宮博物院楊氏観海堂蔵書〉　八冊

後補香色表紙（二五・五×一四・八糎）右肩より打付に近世期邦人の筆にて声韻目を書す。五針眼、天地截断。前後副葉。序欠。平声は毎冊二巻、仄声は毎冊三巻。邦人の朱筆にて標鈎、傍句点、傍圏、傍線、校改、鈔補書入、下平声以下は疎に遷る。首に方形陰刻「飛青／閣臧／書印」朱印記（楊守敬所用）、巻首に同「朱師／轍観」朱印記を存す。

同　〔明〕刊　覆〔明初〕刊本

先ず序題六篇（五張）、首題「韻府羣玉序」、次行低三格で「翰林　滕玉霄序」等の篇目を標し、次行より本文。滕序に次で「姚江村序」「翰林承旨趙子昂題」「陰竹埜序」「陰復春自序」「陰勁弦自序」を存す。毎篇改行、後三篇低一格、諱字擡頭。本文は原本の元元統二年刊本以下に同じ。毎行十八字、中縫部「序」と題す。次で総目（一張）、首題「韻府羣玉事類總目」、次行一格を低して「韻下事目」と標し、次行より低二、五、八、十一、十四格の五段に「天文」「地理」以下の事目を列す。次行一格を低して「韻下類目」と標し、次行より低二、六、十、十四格の四段に「音切」「散事」以下の類目を列し、附目あらば直下に「附（陰刻、不墨囲）」と標し双行にて注す。毎半張十行（拠本十一行）、毎行十八字格、中縫部題「匀」、尾題「韻府羣玉事類總目〈畢〉」。次で目録（三張）、首題「韻府羣玉目録」、次行花口魚尾圏発下に一格を低して声目を標し、拠本に同じく、声目「上平聲」下隔一格にて「新増一東宗風戎四韻并新序首八十板」の語を存する。次行巻数を標し（墨囲陰刻）、同行下より低三、十格の二段に「一東〈獨用〉」等の韻序数及び韻目を列挙す。毎巻改行。行款同前、中縫部「目」、尾題「韻府羣玉目録」。

これらの首目は、総目行数の他は新増説文本にほぼ同じで、中縫部標題等の微細な相違に止まるが、原本から引継がれてきた凡例を、この属には欠いている。

巻首題「新増直音説文韻府羣玉巻之一（至二十）上平声（墨囲陰刻）／（以下低八格）晩學 陰 時夫 勁弦 編輯／新呉 陰 中夫 復春 編註」（第二、三行首巻のみ）（用字区々、巻二首題「説文韻府二巻」、巻三至四、七首題「新増説文韻府群玉幾巻」等、巻五、八首題「新増説文韻府幾巻」、巻十二、十七首題「新増海篇直音韻府羣玉幾巻」等、巻十九首「新増直音韻府群玉巻之十九」、巻十四首は先「乙」張を置き「新増直音説文韻府羣玉巻之十四」と題して同巻内の直音注を配し、次「一」張首また「新増説文韻府羣玉巻之十四」と題し本文）、次行低二格にて「一東〈獨用〉」等と韻目を標し、次行より低一格にて「新増（黒牌中墨囲陽刻）」と標し、同行下隔一格「東（墨囲）〈音／冬〉凍〈露／皃〉蝀」以下直音注（同韻内の文字を列挙し、同音の首字を墨囲して「音何」の直音注を附し、以下同音の字目を列挙、まま簡単な補注を差夾む）（この直音注は、下平声二蕭、三肴韻のように、纏めて掲出される場合がある）（上平声四支、七虞、十一真至十五刪、下平声一先、八庚至十五咸、去声十四願至二十一箇、三十陥、入声一尾至二沃、十藥至十三職、十五合至十七洽韻には直音注を冠しない）。次行より本文。本文の体式は前掲の新増説文本に同じである（巻四、七至八、十九内の各韻は直音注を附さないので、もとの新増説文本と全くの同内容、同行款である。また巻六、二十では直音注を含むものの、途中の本文を節略し、最終的な張数は同じになっている）。以下本文の大概を掲出する。巻序、声韻の分属は原本以来同様である。左記のうち巻十三「又十」張は知見本に欠くが、第十、十一張間の本文の接属しない上、後掲の翻版には「又十」を存するので、原存と推定する。

巻之一（三〇張）上平 一東至 三江
巻之二（五〇張） 四支至 六魚
巻之三（五四張） 七虞至 十灰
巻之四（六〇張） 十一真至 十五刪
巻之五（六二張）下平 一先至 五歌
巻之六（四九張） 六麻 七陽

巻之七（四七張）　八庚至　十蒸
巻之八（四八張）　十一尤至　十五咸
巻之九（四六張）上声　一董至　六語
巻之十（四八張）　七麌至　十四旱
巻之十一（四八張）　十五潸至二十二養
巻之十二（四二張）　二十三梗至二十九豏
巻之十三（一至十・〔又十〕・十一・又十一・十二至五十六張）去声　一送至　七遇

巻之十四（乙・一至三十八張）　八霽至　十二震
巻之十五（五〇張）　十三問至二十一箇
巻之十六（四六張）　二十三禡至　三十陥
巻之十七（三四張）入声　一屋至　三覚
巻之十八（四六張）　四質至　九屑
巻之十九（四〇張）　十薬至　十一陌
巻之二十（三九張）　十二錫至　十七洽

単辺（或いは四周双辺）（二一・一×一二・八糎）有界、毎半張十一行、行小二十九字。版心、粗黒口、双線黒魚尾（不対向）、上尾下題「匀玉幾フ」、下尾下張数。巻尾題「〔新増〕直音説文韻府群玉巻之二〈終〉」「新増説文韻府羣玉巻之四」「新増直音韻府群玉八巻」等区々。巻二十尾に祥雲中「福」字下童形神図様の牌記を存するようであるが、知見の伝本には全像を得なかった（図版二―二―六）。

本版の増修について附言すると、音注の増修を書題に謳うものでありながら、その様子には必ずしも内容上の要求に従うものではないと見られる点がある。巻一を例に取れば、上平声一東韻の首、本文の前に加えられた直音注は都合十一行に及び、この行数が底本以来の半張の行数に等しいことから、以下の本文は底本の第一張前半を同後半に、底本第一張の後半を第二張の前半にそのまま配するという具合に、半面を後へ送るのみとして彫版を容易ならしめている。また巻十四では、本文の前に一張（張付「乙」）を増益して、去声八霽、九泰韻の直音注を纏めて掲出し（不全）、次の「一」張より底本の行款のままに覆刻、続く十卦、十一隊、十二震韻の直音注も纏めて掲出し、ここでも増益分はちょうど一張に当たる二十二行で、次張以降の行款は底本のままに保たれている。直音注の中にしばしば双行補注の差夾まれるのは、こうした行数調整のためであり、少なくとも増修の多寡に関して言えば、内容上の要求よりも版刻の便宜に即して加減を施したものである。このことは本版および同系諸版の性質をよく示す事柄と考えられる。

〈宮内庁書陵部　五五六・一〇〉　十冊

後補丹表紙（二四・三×一四・五糎）左肩題簽を貼布し「説文韵府［　］幾幾」と書し、右肩より打付に別筆にて韻目を列記す。虫損修補。見返し新補。第十冊後見返し「明治四十一年十二月修補／（低七格）圖書寮」識語。序、総目、目録の順に綴し本文。毎冊二巻。巻二十第三十九張（大尾）欠。

朱竪返句点、傍圏、欄上標注、同墨磨滅部鈔補、同朱墨欄上校注書入。毎冊首に単辺方形陽刻「宵絢／齋／主人」朱印記を存す。(15)

〈北京・中国国家図書館　〇五二二三〉　十冊

清朱鴻緒　楊以増　楊紹和旧蔵

後補香色表紙（二四・三×一四・九糎）右肩綫外冊数朱書。前後副葉。序（第一張鈔補）、総目、目録の順に綴し本文。毎冊二巻。巻一第三十張以下補紙。巻十四第「乙」、一張錯綴。大尾童形神牌記刪去、補紙。

朱標句点、標傍圏、欄外校補注、曲截、同墨欄外補注、本文校改、稀に傍点、標圏書入。毎巻首尾に方形陰刻「周在／鎬印」朱印記、巻首に方形陰刻「朱鴻／緒印」、単辺方形陽刻「乙未／進士」朱印記（前者は毎巻首）、首冊前副葉前半に同「海源閣」、首に方形陰刻「宋存／書室」朱印記（以上二顆、楊以増所用）、単辺方形陽刻「彦合／珎玩」、単辺方形陽陰刻「臣紹／和印」朱印記（以上楊紹和所用）、序尾に同「松雪齋」朱印記、総目首、巻八、十、十一尾に同「安／亭」、巻五、八、十一、十三、十五、十九尾に方形陰刻「呆／心」朱印記を存す。

朱鴻緒、浙江海塩の人、清乾隆四十年乙未（一七七五）進士。楊氏『宋存書室宋元秘本書目』子部に「元本韻府羣玉二十巻十冊」と、『海源閣蔵書目』子部・元本に「韻府羣玉二十巻十冊」と、『海源閣宋元秘本書目』巻三・子部・元本に「元本韻府羣玉二十巻十冊」と、『海源閣書目』子部類書類に「明本韻府羣

玉二十巻十册」とある。『北京図書館古籍珍本叢刊76』に該本の影印を収める。

右の他、華南師範大学図書館・重慶市図書館（以上『中国古籍善本書目』）所蔵の伝本も同版か。また孫星衍の『平津館鑑蔵書籍記』巻一・元版の部に

新增直音説文韻府羣玉廿卷、題晩學陰時夫勁弦編輯、新呉陰中夫復春編注。前有滕玉霄、姚雲、趙孟頫、陰竹埜、陰勁弦序、倶與前元版相同。此卽陰氏韻府羣玉與元板無異。惟每韻之前新增音釋、未知何人所加。目錄上平聲下注云、新增一東宗風戎四韻并新序首八十板。當是重刊人所記。卷後有嘉祐乙丑劉氏重刊木長印、作人抱式、祐字微有挖痕、是書賈作僞以充宋槧、不知撰書人之在元時也。黒口板、每葉廿二行、行小字廿九字。

と著録の本は、他の直音本諸版が白口であることから、前版か、本版に該当する可能性がある。

同　〔明〕刊〔明修〕白口本　覆〔明〕刊黒口本

前掲〔明〕刊本と同行款の翻版で、首目も同様であるが、本版では序、総目、目録とも無界である。巻首書題同様、但し題下声目（墨囲陽刻）小三字格を隔つ。

巻一首（補刻）単辺（一九・七×一二・七糎）有界、毎半張十一行、行小二十九字。版心、白口、単線黒魚尾下題「匀玉幾フ」、下方張数。巻六首（原刻）単辺（或いは四周双辺）（二〇・一×一三・〇糎）。一本のみの知見であるが、字様や版面磨滅の様子から、序第五張、巻一第一至十二、十七至二十二、二十九至三十張（尾）、巻二第一至八、三十三至三十四、三十七至三十八張、巻三第一至二、九至十、十五至十六、十九至二十、二十五至二十六、二十九至三十二、四十一至四十四、五十一至五十二張、巻四第一至二、五至六、十一至十二、二十七至二十八張、巻五第一至四、二十

九至三十、五十一至五十二張、巻六第三十九至四十、四十七至四十八張、巻七第十三至十四、巻九第十一至十二、二十九、四十五張、巻十二第三十九至四十張、巻十三第四十三至四十六張、巻十四第五至六張、巻十七第十五至十六張、巻十八第十五至十六張、巻十九第一至二、十一至十二、三十三至三十四張は補刻と見える。また後掲知見本には巻尾を欠き、牌記の有無は不明である。

〈上海図書館　二五六四九―六八〉　二十冊

清黄丕烈　鄧邦述旧蔵

後補藍色金銀砂子散表紙（二四・二×一五・五糎）左肩香色地題簽を貼布し「元槧韵府羣玉［　］〈幾冊〉」と書し、右肩より打付に別筆にて「潘景鄭（承弼）先生恵贈　卅六年二月廿三日」と朱書す。題簽上、単辺楕円形陽刻「金粟山／藏經紙」朱印記あり。淡青包角。襯紙改装。序、目録、総目の順に綴し本文。毎冊一巻。巻十三「又十」張欠（原欠の可能性もある）。首に方形陰刻「浣／竹居」朱印記、首及び毎巻首に無辺冠帽持杖人図像朱印記、単辺方形陽刻「無近／名闇」朱印記、総目首に同「沕／明」、同「別號／素玄」、方形陰刻「何可／一曰無／近君」朱印記、巻首に単辺方形陽刻「龍／樹堂」朱印記、同「士礼居臧」朱印記（黄丕烈所用）、毎冊尾及び第二十冊前副葉子に同「羣碧廔」、同副葉に同「元刻本」朱印記（鄧邦述所用）を存す。

なお該本は黄氏、鄧氏の書目題跋類に見えず、潘氏『著硯楼書跋』に著録の「元刻韻府羣玉」は別種新増説文本で、該本と思しき著録は見えない。

同　〔明末〕刊　覆〔明〕刊黒口本

前掲〔明〕刊黒口本の翻版で、首目底本同様、但し目録声目上の魚尾は線黒魚尾とされている。本文も底本に同様であるが、字体の節略は一層甚しい。また巻十四首の「乙」張、即ち去声八霽、九泰韻の直音注を収める一張を、本版には欠いている。

単辺（二一・四×一二・九糎）有界、毎半張十一行、行小二十九字。版心、白口（黒口を雑う）双線黒魚尾（不対向）、上尾下題「匀玉幾フ」、下尾下張数。巻十二第八張中縫部に「陳禮刊」と工名を刻す(16)。尾題「新刊韻府羣玉巻之一」等。巻二十尾に祥雲中「福」字下童形神捧持蓮花牌を存するが、知見本はいずれも、牌記と思われる箇所の板を削り、また料紙を刪去し、或いはその部分を欠いている（図版二―二―七）。

〈京都大学文学研究科図書館　中哲文・C・XVIb・七―一〉二十冊

後補淡茶色表紙（二六・三×一六・一糎）。襯紙改装。前副葉後補。序、総目、目録の順に綴し本文。序第一張前半、巻六第九至十張、巻十一第十五至十六張鈔補、巻十二第三十四、三十三張錯綴、巻二十第三十二張重綴。巻二十尾牌記刪去。毎冊首に方形陰刻「長井／後人」、単辺方形陽刻「雁／門」朱印記、巻八、十六、二十首に単辺楕円形陽刻「樵水漁山」、同前副葉子に方形陰刻「琴書／半榻」朱印記を存す。

〈吉林省図書館　子二六・〇〇七一〉　四十冊

清怡僖親王弘暁旧蔵

後補香色艶出表紙（二八・二×一七・〇糎）、或いは鉄媒染表紙、目首に黄色地双辺書き題簽「韻府羣玉〈声目〈巻幾〉〉」を貼附す。康熙綴、淡青包角。金鑲玉装、原紙高約二五・九糎。序、総目、目録を存し本文。毎二冊一巻。大尾童形神牌記刪去。首に方形陰刻「明善堂／覧書／画印記」、単辺方形陽刻「安樂堂／藏書記」朱印記（怡僖親王弘暁所用）を存す。

〈高麗大学校中央図書館　A一二・B一〇〉　十冊

朝鮮姜栢年旧蔵　白紙印

後補黄檗染雷文繋蓮華唐草文空押艶出表紙（二六・三×一六・一糎）左肩打付に「韻玉〈第幾〉」と、右肩より打付に声韻目を、右下方線外「承十」と書す。本文白紙。序、総目、目録の順に綴し本文。毎冊二巻。巻十三「又十」張欠。巻二十尾牌記挖去。

巻首匡郭二一・〇×一二・八糎にて、収縮を示す。

毎冊首に単辺方形陽陰刻「晉山姜／柏年叔／久之章」朱印記を存する他、毎冊首尾に全南谷城郡栗軒丁日宇氏「黙容室藏」等の鈐印多し。

姜栢年、字叔久、雪峰、又閑渓と号す。本貫、慶尚道晋州。朝鮮宣祖三十六年（一六〇三）生。仁祖五年（一六二七）乙科及第。歴朝に重用され粛宗朝に左賛政に至る。文事をよくし『雪峰集』『閑渓漫録』を撰す。粛宗七年（一六八一）歿。文貞と諡す。以て本版の十七世紀以前の開刻、伝播を証す。

〈国立公文書館内閣文庫釈迦文院蔵書　三六六・一三〉　二十冊

白紙印

後補香色漉目表紙（二六・一×一五・五糎）右肩より打付に声韻目を書す。尾冊のみ右肩に「韻府群玉」と墨書せる柴色地題簽様紙片を貼附す。改装。本文白紙。序、総目、目録の順に綴し本文。毎冊一巻。巻十三「又十」「又十一」張欠。巻二十尾牌記挖去。

〈延世大学校中央図書館　貴五二〇〉　二冊

存巻三至六　巻五至六配新増説文〔明末〕刊本之二

白紙印

後補丁子染艶出表紙（二七・三×一六・七糎）左肩打付に「韻府羣玉〈雅〉」と書し、右肩より打付に韻目を列す。本文白紙。毎冊二巻。巻三首、巻四尾数張欠。補配別装、後節参照。毎張前半欄上墨韻目標注、本文字目傍点書入。(17)

〈韓国学中央研究院蔵書閣　A一〇C・七〉　九冊

存巻一至三　九　十三　十五至十八　白紙印

後補淡丁子染雷文繫蓮華文空押艶出表紙（二五・四×一五・六糎）左肩打付に「群玉幾」と、右肩より声韻目を、右下方「共二十」と書す。五針眼。本文白紙。序、総目、目録を存す。毎冊一巻。匡郭二一・〇×一二・八糎、後印本。毎韻首に欄上墨韻目標注、本文語目傍点書入。毎冊首に単辺方形陽刻「安春根／臧書記」朱印記を存す。

上記の他、四川大学図書館、湖南省図書館に同属の明刻本を存する由であるが、本属中のいずれかの版に当たるものか、或は別版に拠るものか不明である。

本属は、全巻に渉る『説文』の増入を加えた新増説文明弘治七年刊本を底本として、さらなる増注を試みたものではあるが、もとの弘治版が翻版の重層によって本文の訛謬が深刻になっていたものを、その点には手を付けずに増注のみを謳い、それも毎韻の首に僅かに新注を掲して、その他は底本を包摂する形で安易に翻刻した粗雑の本文である。第一に、全く増注の加えられない韻すら多数あり、また増入したとしても韻首の数行であって、基本的には翻刻の便宜に根差した編集である。また底本にほとんど校正を加えなかったことは、却って本属の本文上の価値を減じており、このことは明刊黒口本を継承した両版についても同断である。従って、新増説文本の翻版が種々行われた上に、さらに屋を重ねた観のある本属派生の意義は、主として本書版刻の商業的展開の上にあると見てよいが、本属より新たな版刻を派生していない点や、本属諸版本の伝存の情況を見ると、本属の新たな増注が、新たな需要を喚起することはなかった模様である。

本属内の版本系統は、知見の四版に拠る限り、〔明初〕刊本より〔明〕刊黒口本が、同本からその他の両種が出ていると見て支障ない。一応図示すれば、左の如くであろう。

（新増説文本）
←明弘治七年安正書堂刊本
（新増直音説文本）
〔明初〕刊黒口本
→〔明〕刊黒口本
→〔明〕刊白口本

↓〔明末〕刊白口本

最後に、これらの新増説文本および直音本が、元明間に陸続と諸版を生じながら、朝鮮、日本には翻版を生まなかった理由に触れたい。先ずこれらの諸版本が、朝鮮、日本に伝播しなかったわけではないという点は、伝存の情況からも明らかであり、新増説文本の嚆矢たる元至正十六年刊本が室町期の日本に広く受容れられた様子はことに顕著であった。そのような前提に立つと、翻版を生じなかった点について、大略二つの理由を考えることができるように思う。一つには、すでに元元統二年刊本他の原本諸版が行われ、その中には日本〔南北朝〕刊本および朝鮮版両種を含んでいて、本書全体としては両朝に一定量の供給があった、という点に意味があろう。つまり、確かに新増説文本では、一書にして『説文』の字注をも参照し得る新機軸を以て世に投じたのではあったが、本書の受容に関して、詩文制作時の語彙の補完に重きを置く場合には、その方面の増修の行われなかった新版に、自ら翻刻を成すほどの需要を見なかったということではなかろうか。語彙の方面のみを以て考えると、新増説文本や直音本も原本と変わりがなく、本文の転訛という意味ではむしろ原本に劣っている。このような点に、それほど版刻の容易でなかった朝鮮や日本において、敢えて翻刻の底本には採られない理由があったかと推される。このことは、正に語彙の増修を目指した包瑜の続編本が出ると、これを併せた増続会通本を生じて、朝鮮、日本に盛んに刊行された事実と対照すべきであろう。また一つには、将来伝本の量的な増加という情況も考えるべきであろうかと思う。こうした点の実証は難しいが、原則として、元明刻本の流通が十分の需要を満たしていれば、わざわざその翻版を刻するには至らない道理であろう。特に本邦室町期の新増説文本利用の跡と、その翻版のないこととは、そのように解してはじめて、同時に理解できることのように思われる。この点は、新増説文本について王元貞が校正を加え、これ以後、伝本の供給に格段の増加を見た後においても、やはり朝鮮、日本にはその翻版を見なかった、ということと併せて考えるべきであろう。この種の事象は複合的な原因を有つであろうが、本書には先ず上記の二点を指摘して、問題の提起としたい。

上記を以て、王元貞校刻以前の新増説文本と、その亜流たる新増直音説文本の解題を終わり小括とする。次節以下には、王元貞の校刻を以て画期とする新増説文本のさらなる展開について記したい。

○新増説文王元貞校本之属

本節に取上げる新増説文王元貞校本は、版種、伝本の数から言って諸本のうちに最大の種属である。解説の手順は、はじめに該本の校者王元貞の伝を考察し、次で王元貞関与の版刻につき概観した後、当該『新増説文韻府群玉』の版本を解説する。解説はこれまでと同様、先ず版種ごとに書目（全て「同」）と注記事項を標示し、版本の特徴を記した後、該当の諸伝本を列挙する。修刻や印行上の変化については、解説の途中、標注と共に節を設け、その前後を分かつ理由を説明した。本属に該当の版は全て明清版になるが、明代諸版、清代諸版の後に、それぞれの流布の情況をまとめた。ただ本属の場合はその伝流が頗る広く、流通の全像を記すには至らなかった。

本属の解題に当たって、先ず校者である王元貞と、その版刻の全般について考察する。王は南京上元の人、明朝万暦年間の前半頃に在世した。出自や事蹟の詳細についてはよく判明しないが、その版刻によって著名の者である。ことに本書の王元貞校本は、後節に伝本の逐一について報告するが、その流通の広さにおいて、これまでに解説した諸本とは明らかに一線を画する。従って本属の理解には、王元貞の版刻が何故に広く行われたのか、という点の理解が欠かせない。そこで先ず王元貞が、どのような立場から、どのような版刻を行ったのかを考え、本属の展開を把握する前提としたい。

王元貞の伝を文献に尋ねると、方志の中に若干の言及を見ることができる。私に尋ね得たものは後世の伝録であり、一斑を窺わせるに過ぎないが、その事蹟を考える端緒として掲げる。やや纏まった伝としては、清光緒年間に陳作霖の撰述した『金陵通伝』に、巻十八（第八十四冊）李登伝に附して次のような小伝を載せる。

王元貞、字孟起。亦上元人。曾祖博。祖世英、字廷傑。與弟世芳、世萱皆有名。父繼文、字純父、一字南淮。孝友誠信、遠方爭欲識其面。兄元中、早卒。元貞撫其子玉京、如己出。歳祲民疫、道殣相望。元貞捐千金計振濟瘞埋。呉人朱慶餘遊南都疾没、遺孤二。元貞歸其喪而卹其子。又修建文廟、欲爲國家得偉人。家秦淮上、構閣名臥癡。有桂園在迴光寺前。嘗與姚汝循、陳宏世、柳應芳、程漢（注略）及顧體菴、張白門、王元崑等結詩社其中。著有桂園社草、臥癡閣集。(18)

この伝に拠ると、王元貞は南直隷応天府の上元県の人で、博、世英、継文と続く家に生まれ、兄に元中があって早くに卒したことが知られる。祖父世英と、同世代の世芳、世萱はみな有名と言うが、伝の詳細はわからない。父継文には孝友誠信の世評があったと言う。元貞自身についても、兄元中の遺児を撫育し、疫病の流行に際しては私財を投じ路辺の死者の埋葬に努め、南京に客死した朱慶餘の遺児をも救い、国家のために人材を得ようと文廟を建てたと言い、専ら義行の者として伝えられる。またその住居は秦淮河に面して臥癡と号する楼閣を構え、回光寺の門前にも桂園と称する別業を有したと言うから、都会に繁華な生活を送り、相当に富裕の者であったかと推される。その他、姚汝循（嘉靖三十五年〈一五五六〉進士）等と詩社を結び『桂園社草』『臥癡閣集』を成したと言うから、士人を含む文雅の交わりを主催したことも窺われる。

右のうち、父継文の世評については他に伝承があり、もう少し詳しく知ることができる。即ち『(道光)上元県志』巻十九、人物志、義行の編に

王繼文、素行忠信不欺。有洪姓者、貸其銀五百金、已償矣。後以疾暴卒。其弟與子不知也。仍懇緩期。繼文曰、還我久矣。洪之族皆感其德。所交游稱貸甚多、前後不下萬餘金。其不能償者、悉取券焚之。嘗市絲武林、邑人聚觀。繼文問故。皆曰、聞君忠信人、願識其面耳。

と伝えている。急死した洪氏某の借金について遺族を偽らなかったという話はともかく、万に餘る貸与の金をものとせず、返せぬ者があれば証券を焼いて棒引きにしたというから、王の家は相当に富裕であり、屢〻金銭の融通に携わっていたことが知られる。また武林(杭州)にまで忠信の名声が伝わったと言うが、当地に赴いて糸の売買を行っていたことも注意され、これらを専業として行ったのかどうか実情はよくわからないが、大略を言えば商品経済と金融に関わって成功した家であったかと思われる。このことは前伝に元貞が秦淮上に住居したと言う点にも符節を合していよう。

王元貞の交友について、前掲『金陵通伝』には姚汝循等との結社のことが見えたが、同じ趣にてやや簡略の伝を『同治上江江寧両県志』巻二十四の耆旧録に載せ、ここでは同社の成員として他に「張都閫鯨川」の名を挙げる。また『通伝』の扱いは李登伝の附録であったが、その李伝の中に

又與姚汝循起白社、經社、遊社、長干社。(19) 同社耆舊四十人、可知者王元坤、陳所聞、王文耀、叢文蔚、王元貞等輩。

として王元貞の名が挙がっている。李登、字士龍。上元の人。南京国子監に入学して督学御史の耿定向に見出され、

隆慶元年（一五六七）の選貢に河南新野県令を授けられた。不順により江西崇仁県学教諭に改められ、後に官を去って学問に専心、自ら講堂を開いて四方の学士を迎えたと言う。小学に通じ『摭古遺文』『声類』等の著作がある他、『(万暦)上元県志』を纂修している。李は諸〻の社交を結んでいるが、王元貞と姚汝循等の交友は、もとは李の社中に淵源があったと思われる。また王の社中にも文雅の交わりが行われ、詩作に興じたと思しいが、前述の『桂園社草』『臥癡閣集』は伝わらず、王の別集も伝存を聞かない。ただ『千頃堂書目』巻二十六、別集、万暦間の諸家の著作を列する所に

王元王孟起正續詩〈上元人〉

と見えるのは、名の「貞」字を欠くが、恐らく王元貞の集を挙げたものと思われ、『(康熙)江寧府志』巻三十四、摭佚、湮滅した前輩著述を列挙する所に

王太學元貞〈孟起集〉

と見えている。ここに「王太學」と称していることから考えると、王は南監に籍を置いたと思われ、李登等との交友は、太学諸生としての縁故に基づくと思われる。恐らく両人は同学の者であり、同門には、後に状元及第を果たす焦竑があった。

焦竑、字弱侯。江寧の人。南監に入り諸生として名を得、嘉靖四十三年（一五六四）郷試及第、挙人となったが会試には落第して還り、督学耿定向に従って崇正書院に学ぶ。二十五年を経て、万暦十七年（一五八九）の殿試に状元及第、翰林院修撰を授けられる。王元貞は、諸生としてこれらの学士と交わっていた。ただ王自身には郷挙以上に及第の跡がなく、長く諸生のままであった模様である。

王元貞の伝につきもう一点、万暦初年当時に文壇の領袖であった王世貞との間に縁故を結んでいたことが知られる。

両者の関係については『弇州山人続稿』巻五十四に収める「王孟起詩序」によって少しく窺われる。詩序は、晋の南渡以来、南京における文事を概説して明代に至るが、次にはその後半を掲げる。

> 蓋至明而　高帝定鼎、爲天地樞、九州八荒之精靈所輻輳。於是乎、山川之雄麗漸化爲人傑、而薦紳先生則大司冦顧華玉、司僕王欽佩、陳魯南、太常許仲貽、僉臬陳羽伯、今大名守姚　輩。山林之儁乃復有金元玉、徐子仁、盛仲交輩、大較不能與諸公當、而今王孟起最後出。其地在仕隱之閒、其文亦以時法參奪之、不能遽脱其習、以追角乎弘嘉之盛。少而爲詩、晩益篤好之。今其合者置之錢劉之側、不至夔圃之見汰降、而就景傅事香山之叟。吾故知其把臂入林也（中略）孟起與余同姓、其命名也蓋合、得余名與字之一、非偶然者。故因詹吏部東圖之請而序之。

この詩序が王元貞の呈詩によって書かれたことは、中略後「孟起與余同姓、其命名也蓋合、得余名與字之一、非偶然者」の一節によって明らかである。つまりこの部分は、王孟起が同姓の者で、その命名に、自らの名（世貞）と字（元美）との、それぞれ一字を含むことを記したものである。この詩序で王世貞は、明代南京の出身で詩名のあった者を列し、先ず「薦紳先生」として顧璘（字華玉、弘治九年進士）、王韋（字欽佩）、陳沂（字魯南）、許穀（字仲貽）、陳鳳（字羽伯）、姚汝循（字叙卿、嘉靖三十五年〈一五五六〉進士）の名を挙げ、次で「山林之儁」として金琮（字子玉）、徐霖（字子仁）、盛時泰（字仲交）の名を挙げ、その末尾に王元貞を配した。列挙された者は皆、弘治から嘉靖間の者であるが、姚汝循、盛時泰は序者と同時代に掛かる者であり、姚は大名知府に至った後に嘉州知州に謫せられ、晩年を秦淮上に送った人、すでに見た通り、李登、王元貞と同社の者でもあった。盛は貢生として世を渡り、詩と書画とを善くして、万暦元年、蘇州小祇園に王世貞に謁し、自作「両都賦」を呈して王の嘆賞を得たことが知られる。両者の交流は『弇州山人四部稿』中にも著しい。詩序中、王元貞は、この盛時泰等「山林之儁」に連なる者と目されており、「其地在仕隱之間」と言うのは、諸生のまま文雅を事とする境界を指した言葉と思われる。王世貞の詩評は盛唐を規矩とし、王元貞の作を「銭劉之側」「傅事香山之叟」と譬えたのは、銭起、劉長卿または白居易の如き、中唐の品と言うのであるが、「把臂入林」の語には共感の意も読み取れる。いずれにせよ、文雅を以て王世貞の知遇を得ていることは、自らも詩社を催した前伝の記述と合致しているし、諸生としての交友の延長上に有力な士人とも縁故を結ぶという格好で、事蹟の一端が示されている。

この詩序の末尾には、詹吏部東図の請いに因って序を製した旨を記し、王元貞呈詩の仲介者が詹景鳳であったことを伝えている。詹景鳳、字は東図。南直隷徽州府休寧の人。隆慶元年（一五六七）郷試及第、江西南豊県学の教諭となり、上京して南京翰林院孔目、同吏部司務に陞り、四川保寧府学教授に謫せられ、また広西平楽府判に陞って、疾により卒した。風流の人として名を止め、文藻の他、書画を善くした。概ね地方の学官や南廷の下級官として過ごし、その間に王元貞と王世貞を仲介する者となった。王元貞と詹景鳳の交友に如何なる契機があったのか明らかではないが、詹の南京在任中に雅交のあったものかと推測される。挙人であり官人であった詹は、一方の王が、諸生であり大家の出身であったとすれば、その雅交においては相拮抗する者であったと見られようか。

以上の言及をまとめると、王元貞は南京の富家に生まれ、南監に入学した。それまでには一定の教養を身に付けたと推され、南監では李登等との交友を得た。その後、自身挙に中ることはなかったが、李登の結社に加わり姚汝循等の士人と交わった。また王の家は父祖の代から名を知られる大家であったが、その家財を背景に、義行の者として声誉を得る一方、雅交も昂じ、自邸に詩社を主催することがあった。また学籍を起点に交友を広げ、その範囲は有力の士人にも及んでいたことが知られる。嘗て王元貞の詩社の集や、当人の別集も編まれたと思しいが、現在は伝わらない。しかし、王元貞の名を今日に止めているのは、家名、学歴、義行や士人等との文雅の交わり以上に、この間に手がけた版刻の故である。

王元貞は、万暦十五年から二十五年までの十一年間（一五八七—九七）に、いくつかの出版に関与したことが知られている。次にその刻書を列挙して見よう。

①藝文類聚一百巻
唐欧陽詢奉勅編　明王元貞校
明万暦十五年序刊（王元貞）

②焦氏類林八巻
明焦竑編　王元貞校
明万暦十五年序刊（王元貞）

③老子翼三巻　荘子翼十巻
明焦竑撰　王元貞校
明万暦十六年序刊（王元貞）

④新増説文韻府群玉二十巻
元陰時夫編　陰中夫注　欠名増　明王元貞校
明万暦十八年序刊

⑤王氏画苑十巻　画苑補益四巻
王氏書苑十巻　王氏書苑補益十二巻

明王世貞編　朱衣等校　（補）明詹景鳳　王元貞編校
明万暦十八年刊（王氏淮南書院）（補）同十九年序刊
⑥詹氏性理小弁六十四巻
明詹景鳳撰　王元貞校
明万暦二十四年序刊
⑦館閣類録二十二巻
明呂本編　呂元　王元貞校
明万暦二十五年序刊（王元貞）

こうして見ると、十一年間と言っても初めの五年に五度の版刻が集中する。書目においては同時代の著作が中心で、全体に編著が多い。王元貞はその全てに校者として関与し、④⑥の他は、刊行の主導者としてもその名が挙げられる。⑤のみは刊記を存し、王氏淮南書院の名を標するが、後述のように、その主体もまた王元貞であることは、他の徴証から明らかである。これらの版刻において、王は具体的にどのような役目を負ったであろうか。次に①至⑦に附された刊序を列して、その挙動に触れる所を紹介し、併せて版刻の概要を述べたい。

①藝文類聚
万暦十五年　湯聘尹「重刊藝文類聚序」
②焦氏類林
a（不記年）　李　登「刻焦氏類林引」

b　万暦十五年　王元貞「焦氏類林序」

③老子翼・荘子翼

a　万暦十六年　王元貞「老子翼序」

b　同　　　　　同　　「荘子翼叙」

④新増説文韻府群玉

万暦十八年　陳文燭「韻府羣玉序」

⑤王氏画苑・同補益・王氏書苑・同補益

a　（不記年）　王世貞「重刻古畫苑選小序」

b　万暦十八年　詹景鳳「畫苑補益題詞」

c　万暦十九年　陳文燭「王氏續畫苑叙」

d　（不記年）　王世貞「古法書苑小序」

e　万暦十九年　詹景鳳「書苑補益題辭」

⑥詹氏性理小弁

万暦二十四年　王元貞「詹銓部小辨叙」

⑦館閣類録

万暦二十五年　王元貞「館閣類錄小引」

①『藝文類聚』に附する湯聘尹刊序は、万暦丁亥（十五年）の刊刻を明記するが、年記については作為も疑われる。

その王元貞に関係する箇所は左の通りである。

王子孟起嫺於文詞、閎覽博觀、篤信好古、鋭情詳核、命匠精攻（中略）是率更有大造於後學、而孟起又羽翼夫率更也。顧不偉哉。且天水胡公以嘉靖丁亥而始於蘇苑、今白下王氏以萬暦丁亥而告成於秦淮。甲子一周、是書大顯、孰謂非斯文之幸耶。於是有感。

湯聘尹、字国衡、号覚軒。蘇州府長洲の人。嘉靖七年（一五二八）生。隆慶二年（一五六八）進士、江西進賢知県選吏科給事中より福建左参議に遷り、江西吉水県丞に謫せられ、上京して南京吏部郎中に陞り、広西副使に終わった。万暦十九年歿。湯と王元貞の関係についいては不明であるが、刊序末尾の署名「賜進士第奉議大夫南京刑部湖廣司郎中前吏戸禮工科左右給事中侍經筵官福建布政使司左參議長洲湯聘尹叙」より南京刑部在任中の委嘱とわかる。

序中「天水胡公」云々とは、嘉靖六年丁亥（一五二七）に浙江布政司左参政の胡纘宗が本書の版刻を企てたことを指し、胡氏の事業に支障を来したため、蘇州府長洲の陸采が引継ぎ、翌年に刊行した事実を言う。『藝文類聚』には、正徳嘉靖の間にいく度かの刊刻印行があり、無錫の華氏蘭雪堂銅活字刊本、建陽の鄭氏宗文堂刊本、平陽府刊本等を伝えるが、胡陸の蘇州版もその間の版刻である。当該の万暦版は、王元貞が率更（原編者欧陽詢の官名）を羽翼し蘇州版を重刻したと言うのであるが、白下の王が秦淮に完成したと記すことから、南京での版刻に意があったかと推される。王元貞その人に関する記述は類型的な麗句に止まるが、「王子孟起嫺於文詞、閎覽博觀、篤信好古」とは、王が文詞に親しみ古典に通ずる者であったことを記し、王の伝にも符を合する。また版刻に当たっては「鋭情詳核、命匠精攻」と、校正や彫板に精核を期する立場にあったと知られる。

版本自体に目を向けると、首に前引の刊序、また原序、胡氏旧序、目録を置き、巻首題「藝文類聚巻第幾／（以下低四格）唐太子率更令弘文館學士歐陽詢撰／明　秣　陵　王元貞校」。版式、左右双辺十行二十字、方匠体、白口単魚尾、旧序末行の下辺に「金陵徐智督刋（書楷）」の記を有する。王元貞の関与した版刻には屢〻同様の刋記を附刻するが、序の内容を考え合せると、これは「匠」即ち刋工の名であり、棟梁の立場から督刋と記したものと解される。[20]

②『焦氏類林』には編者焦竑の題辞があり、万暦八年（一五八〇）から二年程の間、編者が読書に際して意に会う処を手録し、併せて自身の所懐を副え篋中に貯えたものを、李登が『世説新語』の類目に従って編集し（焦の所懐は別出して『焦氏筆乗』を編み）、万暦十三年までに成った書物だと記す。[21] 万暦十五年序刋本に附された李登刋序aを見ると

成秩時以余同版一印行之、未廣也。茲王孟起氏、博雅嗜古、爰壽諸梓、以廣其傳、復徵引其端。

とあって、李が一度版に附したものを、王が重刻して広通を図ったのだと言う。さらに王元貞刋序bには

其編目則取于新語、而言自庖羲曁勝國。然書約言該、無庸考索、而百氏蓺文可一披閲閒得之、古人嘉處似無遺矣（中略）余〈不佞〉踵李士龍之剞劂用而益鋟之、以廣其傳云。

と述べて、やはり重刻のことに触れる一方、『焦氏類林』の記事が上古より前朝に及び、書物は簡約ながら言句は該博で、考索に庸なき旨を称して一書の功用を謳っている。ここでも王が実質上の刋者であることは明らかであるし、編著の採用を柱とする王氏版刻一般の姿勢を示していよう。

焦竑、李登と王元貞とは、前に見た通り、南監の諸生として縁故があった。焦竑は万暦十七年（一五八九）の殿試に進士第一を賜ったと言うから、本序の書かれた万暦十五年にはすでに挙人として声望があり、このことは王の版刻の意に含まれていたと思われる。王は翌年、続け様に③『老子翼』『荘子翼』を刋行し、aの刋序に「吾友焦弱侯氏深嗜其言而洞析微旨」と記して、知己である焦の著作を取上げ、工匠に命じて上梓する意を述べている。なお『荘子翼』には、首に「王元貞校刻」と署する巻もある。これら焦氏著作②③についても、版本の様式においては全く①に

異ならない。この後一年を置き、万暦十八年夏に当該④『新増説文韻府群玉』刊行の運びとなる。また同年に並行して、王世貞編集の大部な『王氏画苑』等を刻していることは、王元貞が本格的に版刻に従事するようになった情況を窺わせる。

⑤『王氏画苑』『王氏書苑』は、王世貞序ａｄに拠ると、かつて一度版に附したものを新たに重刻したのだとわかる。その詳しい事情はａに

余鎮鄖時、嘗欲薈蕞書畫二家言、各勒成一書。書苑已就、多至八十餘卷、欲梓之而物力與時倶不繼、其畫苑尚未成。乃稍裒其古雅鮮行世者各十餘種、分刻之襄南二郡。郡地僻不能傳之。上都又會聞襄本已蕩於江。友人王光祿孟起有志慕古、余搜篋中僅得畫苑授之、俾翻梓以傳。光祿請余題首。

と述べてあるが、銭大昕『弇州山人年譜』等に拠ると、王世貞は万暦二年（一五七四）から四年の間に、右副都御史として湖広の鄖陽府に赴任したと言うから、「鎮鄖時」とはその時を指す。世貞はこの間に『画苑』『書苑』を編集し、それぞれ十餘種を選んで「襄南二郡」に分刻したという。鄖陽赴任中における世貞の所轄は「湖廣之荊州、襄陽、鄖陽、河南之南陽、陝西之漢中、凡五府」（『年譜』注）であり、「襄南二郡」とは、襄陽、南陽の二府を指す。ただこの版本は、内陸の官刻本であった関係からか、広範には流通しなかった様子で、剰え襄陽府に置かれた版は洪水によって湮滅したらしい。そこで交友のあった王元貞が申し出、王世貞の所持していた本に拠って『画苑』を重刻すると言うのである。[22]一方『書苑』についても、ｄに「後又購得書家數卷、光祿君復請梓」とあることから、やはり王世貞所持の本を基とし、王元貞によって重刻されたとわかる。これら刊序ａｄの書かれた時期は、同刻の『画苑補益』に附する「王弇山公得畫家諸十六種、而名之畫苑、屬吾友王光祿孟起刻之」以下の詹景鳳刊序ｂの後に「萬曆十八年中秋後五日」と記すことから、その前後と知られる。なお王世貞は万暦十八年の十二月に歿してしまうので、重刻本の完

成を見ることができたのかどうかわからない。いずれにせよ、ここでも王元貞は、知遇を得ていた王世貞の編著を請い、広く流通していなかった初刻本を重刻する形で開版を行っており、その経緯は『焦氏類林』の場合と同様である。

⑤に附刻される『画苑補益』『書苑補益』は、原本にはなく、王元貞の重刻の際に追編された。件の補益について、詹景鳳序eに次のように述べてある。

> 王弇山公得五種以爲書苑、與畫苑同刻於楚之鄖陽、無何板爲洪水漂去。王孟起重刻而謀諸予。因各以所得續爲後編、而更題曰金陵王氏書畫苑補益。畫苑徂冬已刻矣。此則書苑、視畫苑補益滋廣（中略）欲校刻而傳諸久遠、力未能也。孟起一旦盡屬梓人、夫非二家之大幸歟。弇山公學空市肆、捜奇無遺、乃不盡其十之五。而使孟起與予得補益之、豈亦有不偶然者歟。孟起校勘古書殊多、種々近代希有。予幸託交、而盡獲觀覽焉。固知孟起爲同學用意洪矣。

この序は万暦十九年（一五九一）閏三月一日の署名であるが、『画苑』についてはすでに「徂冬」即ち十八年の冬までに刊刻されていたようである。しかし両『補益』については、その成書が翌春にずれこむうち、主編者の王世貞が歿してしまったことになる。この間の事情は、十九年の冬頃『画苑補益』に陳文燭刊序cを追刻し、「大司寇王元美先生有古畫英選、王光祿孟起梓爲成書。元美謂余不可無言。會元美卒、孟起爲畫苑續集、再請余序」と述べていることからもわかる。またeに拠れば、補益の事業は詹景鳳、王元貞の手に成り、その校勘は王元貞の蔵書を以て行われ、詹氏も関与したということになる。本版の巻首にも「皇明（新安詹景鳳／秣陵王元貞）仝校」と署し、両者の同編同校というのが実際のようである。王元貞の、古書の蔵儲に富むことが謳われ、編校に益のあった点が強調されている。前節に王世貞の詩序に見たように、王元貞は詹景鳳を仲介として王世貞に呈詩し関係を生じたのであったが、そうした縁故の延長上に、本版刊刻の機縁があったことは間違いなく、これに、別途王世貞と親密であった陳文燭も関与していることは、当該の④『新増説文韻府群玉』の版刻に陳序を得た事情を説明している。

これら⑤の版本自体に目を向けると、『画苑』は首に王世貞重刻序、同原序と目録を存して本文に入り、目録首題「王氏畫苑巻之一目録／(低九格)皇明 (朱 衣／姚汝循) 同校」、左右双辺十行二十字、方匠体、白口単魚尾、本文の末に行を接し低三格にて「萬暦庚寅歳夏五月王氏淮南書院重刊」の記がある他、王世貞原序の最末行下方に「金陵徐智督刊(楷書)」、目録尾題前行の下辺に二格を擡し「金陵徐智督刊」、歴代名畫記目録末の尾題前行下辺に二格を擡し「秣陵〈陳邦泰寫／徐智督刻〉」の記を存する。版刻の様式は王元貞の校刊本中に一定のものであり、やはり王元貞の命を受けた刊工の徐智と、書工の陳邦泰とが実際の版刻に携わったと思われる。『画苑補益』以下も、版刻の様式においては同断である。この版で王元貞は自ら「淮南書院」と銘するが、父継文の伝に「一字南淮」とあったことが想起され、元貞の代にも秦淮上に住居したことに拠ると思われる。また書院の語は、士人学者の家塾を典型とする学藝の淵藪を意味し、前代から坊間の営利出版者に僭称されてもいるが、万暦に先立つ嘉靖年間における家刻本盛行の情況を考えれば、この場合、王は学界の公益を目的とする出版者を自認したと見るべきであろう。

右の⑤について、王元貞その人に関する事柄を指摘すると、王世貞序ａｄと陳文燭序ｃに、王元貞を指して「王光祿」と記していることが挙げられ、万暦十八年以前に南京の光禄寺に官職を得たものと思われる。王元貞の伝に見たように、王自身は科挙に中らず諸生の立場にあったが、その家は父祖の代までに家名を揚げ、当該の序ｅにも詹景鳳が「在昔東晉王氏以書法稱雄萬古、而繪事兼之。維時亦在金陵孟起、居仍舊巷、風流不愧家聲」と述べている。また士人に及ぶ王の交友の範囲や、推測された家の富裕を考え合せると、縁故を以て名誉の官職を得たものと解したい。この点は⑦の節を参照されたい。

⑥『詹氏性理小弁』には、王元貞の刊序の他に詹景鳳の自序が備わり、万暦十八年（一五九〇）十一月に一旦成書

したと知られる。しかし王の序に拠ると、版刻が成されたのは同二十四年と、六年近くも後のことである。すぐに刊行されなかった一の理由は、刊序に「夫南省貞石朱司諫公已爲銓部訂正而嘆之矣」とある如く、朱司諫公、即ち南京都察院の給事中であった朱維藩の訂正を経ているからであり、巻首には「詹氏性理小辨／（以下低八格）新安詹景鳳東圖父著／淮陰朱維藩价卿父　訂／秣陵王元貞孟起父　校」と題署する。版式、左右双辺十行二十字、方匠体、白口単魚尾と、一連の様式に拠る。この版本の場合、序を含め刊者を明らかにする要件を欠くものの、朱維藩が本文の訂正を行ったとすれば、巻首に校者として見える王の役割は、稿本を梓に附する際の整理保繕と解され、先に見た詹との関係を勘案すると、これも版刻の主導者として関わったと見て正鵠を失わないであろう。

⑦『館閣類録』は、首に編者の武英殿大学士知制誥呂本の原序があり、明初より翰林院に蓄積された論対を集め、分類編集して成書した旨を述べ、末行に隆慶己巳（三年、一五六九）と記す。次で王元貞の刊序があり

　相國先朝文正也。已獲執鞭矣。藉嗣君交游末、光讀其手澤、謬託〈貞〉校梓以永其傳。〈貞〉亦與有屬名之幸、故道其所自如此云。

　萬曆丁酉菊月白下王元貞謹識。

とある。これに拠れば、王は編者の嗣呂元と交友があり、その委託により、手沢の稿本[23]を用いて校梓に当たったという。版本の実際は、呂王両序と総目の後、巻首に「館閣類録巻之幾／（低二格）少傅兼太子太傅禮部尚書武英殿大學士〈臣〉呂本編輯／（以下低十二格）禮部祠祭清吏司郎中〈臣〉呂元校録／光　禄　寺　署丞　〈臣〉王元貞同校（校梓）」、第二行以下或いは「（以下低十格）會稽郡呂本汝立甫編輯／（更低三格）男呂元調甫校録／秣　陵王元貞孟起甫仝校」と署し、呂本序の末行には「金陵徐智督刋（楷書）」の記があって、版式字様も同前である。また⑤の『画苑』『書苑』や⑥の場合と同様に、編者の嗣で稿本を有する呂元が基本的な校録を行い、王は同校と言っても、校梓とも言い換えているように、専ら版刻時の本文

の管理に当たったと解される。

さて⑦で王は「光禄寺署丞臣王元貞」と署しており、⑤ａｃｄに「王光祿」と記したのはこの官職に拠ったのだとわかる。ただ王自身は、刊序を含め、他にこの官名を署しておらず、⑦にも巻首のみ、呂本、元の署名に倣ったためにこう署したと思わしく、あまり積極的な使用とは見られない。これが王世貞の言う「山林之雋」としての矜持のためか、職務の実態を欠いたためかわからないが、或はその両方を相兼ねていたかと目される。

以上、①至⑦の諸版を検討してみると、これらは王元貞の関与、版刻の様式という二点において、一貫するものと認めることができる。今これらを総称して王元貞校刊本（王本と簡称）と呼ぶ。ここで言う校刊の意はやや広く、書目と底本の選定、本文の適正化、工人への委託等の諸件を含み、もう一点、版本のうちに書舗の関与を示す要件が認められないことから、整版後の版木の管理についても王が行ったと見られる。当面問題にしている④『新増説文韻府群玉』や、⑥『誊氏性理小弁』においては、直接に刊者を示す明徴を欠くのであるが、これらは本質的な相違と言うより序の行文等の問題と思われ、後章に挙げる④陳文燭序に「孟起愛而傳焉、有功於斯文矣」と記すのは、版刻の主催者が王であることを明瞭に示しているし、⑥の場合も同様と推量された。題署に「校」と記す中には、校刊と称すべき諸件が含まれていたと見られよう。

そうした観点に立ち、王の伝をも勘案しながら王本刊刻の推移について略説すると、王元貞は南京秦淮の大家に生まれ南監に籍を置き、挙人とはならなかったが好古の意を帯し、万暦十五年（一五八七）頃、南京に版刻を欠く『藝文類聚』を重刊する事業に手を染めた。王はこの時、底本を選び本文を整えて、書舗を介さず自ら注文して工人徐智等に刊刻させる方式を取り、長洲出身で南京刑部に在任の士人湯聘尹の序を得た。版刻の手法は以後も同様で、巻首に「王元貞校」と署することを定式とする。王は翌年、上元出身で同学の李登との縁故から、やはり同郷、同学の挙人で、状元及第を目前にしていた焦竑の編著『焦氏類林』を重刻し、その翌年、続け様に焦の著作『老子翼』『荘子翼』を新刊した。この頃までに、旧知の官人で南京吏部司務の職に在った詹景鳳の仲介により、雅交を以て王世貞の周辺に出入したが、版刻の方面では万暦十八年に『新増説文韻府群玉』を刊行し、やはり王世貞の周辺にあった士人陳文燭の序を得た。この前後、王本の刊刻は最も活発な時期を迎え、二三の書を同時に校刊したと思われる。万暦十八年から十九年にかけて、王世貞の旧編『王氏画苑』『書苑』を重刻し、詹景鳳と共に同『補益』を新編、同刻したが、この時は特に刊記を儲け、住居に因んで「王氏淮南書院」と銘した。これは王本中最大規模の版刻であったが、その中心にあった王世貞は、事業の完成を待たずして万暦十八年の末月に歿する。王元貞はこの五年間、矢継ぎ早に版刻を繰返したが、恰も王世貞の死と揆を同じくし、版刻の事業も沈静化した。万暦二十四年に、訂正を待っていた詹景鳳の著作『詹氏性理小弁』を刊行し、翌年、やはり交友関係のあった呂元の父、呂本の編著『館閣類録』を刊行したのを最後に、その跡を絶ってしまう。

王元貞校刊本は、出版の形式上、家刻本を逐うものと思われ、王一個人の事業という意味では私刻と称すべき版刻であるが、嘉靖年間に盛行した典型的な家刻本に比較すると、異なる点も認められる。いわゆる家刻本は、伝本が稀で斯学に益ある著作について、然るべき善本に基づき、厳重の校讎を施した上で学界および後世に提供する、という建前で刊行されるものと思うが、書目と底本について、家刻本が古典または準古典的性格の著作を主とし、多くは家蔵の善本を用い、また善本の入手を契機として行われたのに対し、王本においては、今人の著作や実用上に功能を発揮する編著を選び、稀書善本と言うより、すでに刊刻されながら広通していない著作を、重刻の形で取上げている。編著の実用性とは、諸生たる王の立場からは当然ながら、科挙対策に有用との意である。ただ真に通俗的な受験参考書とは一線を画し、士人の挿架にも堪える著作を選んでいる点に眼目がある。また版本の広通という点について、これは文字通りの広域的流通という意味よりも、さらに限定して考えることができそうであり、例えば『藝文類聚』は、嘉靖までに蘇州他の各地で版刻が行われていたが、王本では、南京での刊行に意味を見出していたと解される。翻って考えると、今人の著作と言っても、著者は南京の出身または南廷在任の者に限られ、序の委嘱を含め、地縁的関係による出版の色彩が濃い。これを要するに、善本の提供という理念よりも、南京の士人社会周辺における縁故と需要とを踏まえた版刻と言うべきであろう。また本文については、あらためて校勘を施した上でなければ軽々に論ずることはできないが、数年のうちに版刻を重ねる行き方は、その校正が厳重とは言い難いものであることを示唆し、版刻の実際に即した適正化の域に止まるものであったと目される。この点に関しては、『新増説文韻府群玉』について後説したい。

加えて、版刻の主催者である王の立場自体が、前代の家刻本のそれとは異なっていた。いわゆる家刻本は、家塾の主催者が指導し、塾生、塾賓や同学の者が協力して一箇の版刻を成す方式を典型とする。その場合、版刻の主導者は家塾の主、即ち士人や学者ということになるが、これに対し王は、大家に出生し蔵書に恵まれ、監生として一定の学識を身に付けたと思われるものの、士人官僚として世に出た者ではなく、狭義の学藝において一家を成したとも見なし難い。王本、王詩の序者の言に沿えば、文詞を習いとし、詩歌の暇に校讎を為す好古の者であり、仕隠の間に生きる文雅の人であった。また実際に、呈詩を以て文壇の領袖に親しみ、その書画論の珍書を集めた編著を以て、版刻の主要な題目とした。ある時期からは官職を帯びつつ、自ら社を結んで詩作に興じた様子がその伝に窺われる。当時は士大夫自身、山人を称して雅味に耽ったのであるが、そうした嗜好を本旨として士人の周辺に寄り添う者が、恐らくは活計の意を含みつつ手を染めたという所に、前代の版刻とは異なる点がある。総じて王元貞校刊本とは、形式上は家刻本を逐うものでありながら、南京における文雅の交友を背景に、商業色を増して成立した版刻であったとしなければならない。本書では家刻本を典型化したために、その実情や変質について考慮に欠ける面もあろうかと思う。また翻って、書舗を主体とし実用娯楽の提供を本旨とする坊刻の実情を考え合わせると、件の王本は、そうした通俗日用の書を中心とする粗雑の版本とも懸け離れているのであり、家刻本から変質して、両者の中間、やや保守的な位置に成立した版刻と捉えれば、大略当たっていようと思われる。このことは、諸生のまま文雅と義行の生活を送り、山林の儁として振舞いながら、士人社会に関わって官職をさえ帯びた、王元貞自身の行跡ともよく符節を合している。そして王の版刻を右のように捉えると、明末への連絡を成すことも注意される。王元貞は生涯の一時期に手を染めたのみで、版刻を専業としたようには思われないが、万暦の後半から明末にかけて登場した、士人とも商賈とも異なる自覚的出版者に繋がっていると思われ、その先蹤を成したと位置付けることができよう(24)。

以下は伝本に即し、本書王元貞校本の展開を記述する。

新増説文韻府羣玉二十巻

明王元貞校

明萬曆十八年（一五九〇）序刊（秣陵王元貞）　翻元至正十六年刊本

本版は元至正十六年に劉氏日新堂が新増刊刻した『新増説文韻府群玉』の重刻で、新たに王元貞が校正した本文を有し、版本の様式から判断して、右に概説した王元貞校刊本と一連の版刻と見なされる。次にその様態を記し、その本文について附言したい。

先ず陳文燭序（四張）、首題「韻府羣玉序」、次行より本文「元人陰氏兄弟著韻府羣玉京師／舊有梓本歳久板漶漫難讀學士／病焉吾友王孟起秣陵人也家蔵／墳典于書無所不窺學富半豹目／無全牛詩歌之暇校而新之洗魚／魯金根之繆音釋既明剞劂尤精〃蓺林争傳幾于紙貴請余引其端／余謂（中略）孟起／愛而傳焉有功于斯文矣彼序亦／云抱璞者質諸卞和王子豈其人／乎因題數語附它山之石云爾／萬暦庚寅夏日五嶽山人沔陽陳／文燭玉叔撰（楷書）」。次行（第四張首）下方（跨三行）単辺方形陽刻「陳玉／叔氏」、同「五岳／山人」印記摸刻。早印本に実際の印影を存する例がある。毎半張七行、行十三字、版心題「序」。末張前半末行の下辺に「金陵徐智督刊（楷書）」記あり。

右の「京師舊有梓本」云々とは、〔明洪武八年（一三七五）序南監〕刊本を指すであろう。同本には正徳二年（一五〇七）補刻の記録があり、補刻本の伝存もある（上海図書館蔵、実際に原刻の張子は漶漫甚しい。第二章第一節二五〇頁以下）から、後世まで印行されたとわかる。南京における『韻府群玉』の版刻が、国初の南監本のみに止まり、他に版本を欠いていることを指摘した（そのことを意識して版刻が成された）と見られる。また王元貞について「家蔵墳典、于書無所不窺」と言うのは、誇張が含まれるにしても、他書の序文にも同様の措辞が見られることからすると、何らかの実態があるものと思しい。「彼序」云々とは、陰竹埜（名応夢、編者の父）原序に、客の上梓を勧める言に応じて「必以質諸當世司文衡者、是猶抱璞而質諸卞和也、和謂之可則可」と述べたことに拠り、ここは王子が卞和の役目と評する。万暦庚寅は十八年（一五九〇）。

陳文燭、字玉叔。沔陽（現湖北省）の人。嘉靖乙丑（四十四年、一五六五）進士、南京大理評事に除し、同寺副、寺正を歴、出て淮安知府となり、遷って四川提学副使、漕儲参政、福建按察使右布政使、江西左布政使を歴任、応天府尹に陞り、南京大理寺卿に終わった。知府の時『淮安府志』を纂修し、『二酉園文集』等の著作がある。王世貞と親交があり、両者の別集中に詩や尺牘応酬の事例が散見される。同時期に王元貞が主導して、王世貞の著作の補編『画苑補益』『王氏書苑補益』が編校刊刻され、これにも陳文燭の序を得ていることからすると、やはり王世貞周辺の交友関係から委嘱されたと推される。[25]

次で原序六篇（四張）、首題「韻府羣玉序」、次行低三格標「翰林　　滕玉霄序」等篇目、次行より本文。滕序に次で「姚江村序」「翰林承旨趙子昂題」「陰竹埜序」「陰復春自序」「陰勁弦自序」を存す。毎篇改行（陰氏序三篇も不低格）。本文は大略原本の元元統二年刊本以下に同じ、底本に従って陰竹埜序「惟士難士、惟讀書難讀」の上句「惟士難士」を脱し、[26]陰復春自序「正由時出奇字有以襯複之」の「複」を「復」に作る他、[27]陰復春自序「猶莫誌於瑯琊」の「誌」を「詰」に作る。また首の滕玉霄序「使事非奇則可以言韻府」の「可」を「何」と挖改す。字体は独自に改める所が多い。版心題「序」、尾題「韻府羣玉序〈畢〉」。

次で凡例（第五至六張）、首題「韻府羣玉凡例」、次行より一ッ書下低二格本文。先ず九条、前後接行低三格にて注記、又五条を存す。本文は底本に同じく、原本に比べると第二条「今並附益之」の「並」字脱、間注「續見于下」の「下」を「后」に作り、「禮韻」の語を「禮部韻」に作り、[28]最末に「一元本上聲七麌韻内堵字起至去聲十七霰字韻止／並闕說文今悉增入」の条を備える。版心題「凡例」。末張前半の末行下辺より擡二格「金陵徐智督刻」記。尾題「韻府羣玉凡例〈畢〉」。

次で目録（第七至九張）、首題「韻府羣玉目録」、次行低二格声目、次行低一格標「第幾巻」、同行下より低五、十三格の二段に「一東〈獨用〉」等の韻序数及び韻目を列挙す。毎巻改行。去声二十五徑韻注に「證燈同用」と、入声七曷韻注「未同用」と誤刻。版心題「目録」、尾題「韻府羣玉目録〈畢〉」。

次で総目（第十張）、首題「韻府羣玉事類總目」、次行低一格標「韻下事目」、次行より低二、六、十、十四、十八格の五段に「天文」「地理」以下の事目を列す。次行（次頁）低一格標「韻下類目」、次行より低二、七、十二、十七格の四段に「音切」「散事」以下の類目を列し、附目あらば直下に「附（双辺墨囲）」と標し小字双行にて注す。版心題「目録」、尾題「韻府羣玉事類總目〈畢〉」。

これら首目について、その内容において新規のものは、陳文燭序と、同序および凡例末の刊記に止まる。但し旧来の序目に関しては本文と同じ款式字様を与え、第一至十の張数を附して整序し、用字についても、字体を改正した。

巻首題「新增說文韻府羣玉巻之一（至二十）（隔七格）上平聲（墨囲双辺陽刻）／（以下低八格）晩學　陰　時夫　勁弦　編輯／新　呉　陰中夫　復春　編註／秣陵　王　元貞　孟起　校正」、次行低二格標「一東〈獨用〉」等韻目、次行より本文。先ず字目（大字）（同音字の首は墨囲）直下より字注（小字双行）（同音字首は反切あり）（字注の首に「說文（墨囲）」以下の引文を置く場合が多い）（当該の文字「|」号、分節圏発隔）（出典注記墨囲、引文の前）、次で韻藻（大字単行）、直下より注（小字双行）（体式字注に同じ、但し出典注記引文後）、道釈に渉らば圏発を以て隔し、事目標識（大字単行墨囲）を差夾む。毎韻改行。以下本文の大概を掲出する。巻次、声韻の分属は原本、新增說文前掲本に同じである。

巻之一（三六張）上平　一東至　三江
巻之二（六三張）　四支至　六魚
巻之三（六八張）　七虞至　十灰
巻之四（七八張）　十一真至　十五刪
巻之五（七八張）下平　一先至　五歌
巻之六（六四張）　六麻至　七陽
巻之七（六〇張）　八庚至　十蒸
巻之八（六二張）　十一尤至　十五咸

巻之九（五八張）上声　一董至　六語
巻之十（五七張）　七麌至　十四旱
巻之十一（五六張）　十五潸至二十二養
巻之十二（五〇張）　二十三梗至二十九豏
巻之十三（六八張）去声　一送至　七遇
巻之十四（四五張）　八霽至　十二震
巻之十五（六二張）　十三問至二十一箇
巻之十六（五七張）　二十三禡至　三十陥

巻之十七（四四張）入声　一屋至　三覚　　巻之十九（五二張）　十薬至　十一陌
巻之十八（五六張）　　　四質至　九屑　　巻之二十（五〇張）　十二錫至　十七洽

左右双辺（二一・四×一三・四糎）有界、毎半張十一行、行二十二字、方匠体。版心、白口、上辺題「韻府羣玉」、単線黒魚尾下標「巻之幾」、張数。

巻尾題「新増説文韻府羣玉巻之幾」或「韻府羣玉巻之一」「新増説文韻府羣玉大全巻之十四」等（図版二―二―八）。

本文について附言すると、該本は『韻府群玉』の中でも新増説文本に当たり、新増説文本の中では、元至正十六年劉氏日新堂刊本に基づいている。新増説文本には、明代を通じいく度かの翻刻もあるが、その間、本文上の最も大きな変更は、当初巻十途中から巻十五の途中における『説文』の増入を欠いていたが、弘治六至七年刊本の版刻時に再び増入を加えたことである。この点、王本ではどうかと言えば、巻十から巻十五に至る『説文』増入の欠は、当初のまま踏襲されている。至正版の他、中間の巻に『説文』の増入を欠く本としては、至正版の覆刻である（明正統二年）梁氏安定堂刊本と、明天順六年葉氏南山書堂刊本もあるが、これらの版は、至正版の本文上の故障（版面の欠損等）を墨釘として放置しているのに、そうした箇所でも王本には悉く正文を得ているから、覆版に拠ったとは見なされない。それでは、至正版に墨釘の箇所ではどうかと言えば、例えば至正版巻七第二十九張後半「寧丁」注中「丁當也ー以身■之」の墨釘に、王本では「當」（第三十七張後半）と正字を配するが、巻八第三十八張前半「弁」注中「「爾雅注」前ー後ー■甲也」には「里」（第四十九張前半）と誤文を配し、また巻十八第三十三張後半「結」注「「前李尋傳」智者ー舌／■」には「■」（第四十三張前半）と墨釘を遺し、後から削って空格（正）とする等、至正版を基にして校改した跡が見える。この校改が如何なる方法に拠って成されたか俄に断じ難いが、一の手掛かりが首の凡例中にある。至正版の凡例には計十三条を存するのに対し、途中に『説文』を再増した弘治版では、凡例の末尾に一条を附して「一、元本上聲七麌韻内堵字起至去聲十七霰字韻止並闕説文。今悉増入」と明記し、計十四条とした。王本の場合、弘治再増本に拠らないから、それを反映する例言も必要としないが、この後附の第十四条を、王本にも存する。そして、当時この一条は弘治版に拠らなければ補い得ないのであるから、本文においても弘治版を参観した可能性が高い。そう考えて本文を検すると、巻一の末尾に、弘治版において補われた「鬃」字の項を王本にも存し、弘治版に拠る校改が加えられたことを証している。(29) なお弘治版には弘治六至七年日新書堂刊本と、これを覆刻した弘治七年安正書堂刊本とがあるけれども(凡例同文)、王本においてどちらが参照されたのかは判じ難い。その他、王本は、注文の末尾に附して他韻の互注を指示する「詳何」の語を、全てではないが屢〻省略している。また字体について、王本には正体を以て統一する意識が働いており、底本を改めて一の字体に収斂させている(「耶」を「邪」に改める等)。種々総合すると、王本とは、元至正十六年刊本を基に、明弘治刊本を参照して校改し、細注の節略と字体の改正とを加えた本文と言える。同じ新増説文本と言っても、明代の前半に行われた翻刻の諸本とは一線を画するもので、底本の故障を廃し、款式字体を一新した、新校本である。新増説文本の延長上に増注を進めた新増直音説文本と比較すれば、直音本が翻刻による本文の劣化を放置して安易な増注に向かったのに対し、王本は至正版に回帰して本文を整備する態度を採ったのであり、本書の版刻史に大きな転換を齎したものである。これは明代中後期の家刻本の態度を本書に適用した結果と言える。しかし王元貞の校刊においては、真に原本を採用することはなかったし、厳重の校正を加えて誤文を正した精校の本とも言い難く、校本の体裁を取ってはいるが、実質において不徹底な面が見られる。こうした本文の実情は、先に述べた版刻の在り方と対応関係にあるものと見たい。

王元貞校刊の『新増説文韻府群玉』が、実際どのように行われたかについては、以下に示す伝本の解説に委ねたいが、驚くほど多数の伝本を存すること、修刻印行についても多様であること、さらに夥しい翻版を生じていること等の諸点は、いずれも著しく、中国では明末より清にかけて、本邦においては近世以降、また朝鮮朝の後葉にも、甚だ広く流通したことを前言する。そうした点から見ると、これまで考察してきた王元貞の版刻は、実に時流に適うものであったと言わなければならない。

〈上海図書館　T二八六五二七—四六〉　二十冊
　合衆図書館旧蔵
後補香色表紙（二七・四×一七・二糎）右肩より打付に巻数、韻目を列記す。天地截断。首目完整。毎冊一巻。
朱傍点、版心墨字目標注、欄上墨補注書入。毎巻首に単辺方形陰刻「樸學／齋啓」朱印記（清葉樹廉か）、方形陰刻「璇卿／子」朱印記（奇数巻のみ）、単辺方形陽刻「合衆圖書／館臧書印」朱印記を存す。

〈国立公文書館内閣文庫　三六六・二六〉　二十冊
　白紙印　〔顕州〕宗密旧蔵
後補丹雷文繋牡丹唐草文空押艶出表紙（二五・五×一五・八糎）左肩柴色題簽を貼布し「説文韻府〈幾声目〉」と書す。右肩より打付に別筆にて韻目を列す。右下方綫外打付に又別筆にて「共廿」と書す。虫損修補、〔天地截断〕。白紙。原序、凡例、目録、総目を存し、陳序を欠く。毎冊一巻。巻八第四、六十一至六十二張（尾）、巻十四第四十五張〔江戸前期〕鈔補（後掲「大／通」朱印記あり）、巻九第三十、二十九、二十八張錯綴。
原序のみ〔江戸初〕朱竪傍句点、同墨返点、連合符、音訓送り仮名、本文に同朱墨欄上校注、別手朱墨重書校改、稀に同墨欄上補注、同朱竪傍句点、傍圏書入。毎冊首尾に単辺円形中双辺方形陽刻「大／通」、毎冊首に蒲団形陰刻「宗／密」朱印記（以上、〔顕州〕宗密所用）、双辺方形陽刻「農商／務省／圖書」朱印記を存する。
　顕州宗密は、江戸前期の臨済宗大応派関山下東海門派の僧で、碧翁愚完の法嗣、妙心寺大通院に住し、後に妙心寺第百九十三世となった。

〈成均館大学校尊経閣　C一五・四八〉　十冊

刊序有印　朝鮮金履万旧蔵

後補丁子染花卉文空押艶出表紙（二五・八×一六・五糎）左肩打付に「韻府群玉〈甲(至癸)〉」と、首冊のみ右下方に同筆にて「共十」と書し、右肩より別筆にて韻目を列記す。天地截断。陳序末尾摸刻「五岳／山人」印影左傍に、同形同文の朱印記を存す。首目完整。毎冊二巻。巻四第十四、十六張鈔補、巻四第三十六後半至七十八張（尾）、巻五第一張後半至第三張後半別手別紙鈔補。

首のみ欄上朱韻目標注、平声本文朱傍点、巻十四のみ欄上墨韻目標注、校注書入。毎冊首に方形陰刻「東／匡」朱印記、鼎形雷文下陽刻「宣／城」、方形陰刻「金印／履萬」朱、単辺方形陽刻「仲／綏」暗朱印記、巻八尾に方形陰刻「需／従」朱印記を存す。

金履万、字仲綏、号鶴皐。慶尚道醴泉郡の人。朝鮮粛宗至英祖朝に在世し、粛宗三十九年（一七一三）司馬の榜に中り、次で文科及第、累進して僉知中枢府事に至り、英祖三十四年（一七五八）に七十六歳で歿した。

〈南京図書館　一一三二六一〉　十冊

清丁丙旧蔵

後補香色表紙（二五・八×一六・七糎）右肩に「子」「類書類」朱印記を存す。虫損、破損修補。首目完整。毎冊二巻。巻六第六十四張（尾）欠。

稀に墨校改、朱標圏、補注書入。巻十六尾題下に「完」と墨書す。首に単辺方形陽刻「八千巻／樓臧／書之記」、方形陰刻「四庫著録」朱印記（清丁丙所用）、毎冊首に単辺方形陽刻「江蘇省立／第一圖書／館藏書」朱印記を存す。

〈国立国会図書館　別五・八・一・五〉　合五冊

松岡藩旧蔵　中山信徴手沢

新補淡茶色覆表紙（二七・〇×一六・二糎）左肩双辺刷り枠題簽を貼布し「韻府群玉　幾幾」と書す。旧十冊、後補香色艶出表紙、右肩打付に「廿九ノ一　共十本」と書し、東京図書館蔵書票貼附。康熙綴。破損修補。原序、凡例、目録、総目を存し、陳序を欠く。毎冊二巻。

版心墨韻目標注、稀に朱傍点、傍圏書入、鈔補。毎旧冊首に単辺円形陽刻「之／黄愼／印」朱印記、単辺方形陽刻「松岡藩／藏書印」、同「中山／藏書」朱印記、同「明治九年文部省交付」、双辺円形陽刻「TOKIO LIBRARY／(毎字改行)東京書籍館(下略)」

朱印記を存す。

〈Yale University, Sterling Library　Fv5115・+7373〉　十冊
　横山由清旧蔵

後補淡茶色表紙（二九・二×一七・六糎）左肩刷り枠題簽を貼布し「韻府羣玉［　］〈幾〉」と書す（書目は首、第六冊のみ）。首冊のみ前副一葉、陳序、原序、凡例、目録を存し総目を欠く。毎冊二巻。

毎韻首中縫部朱標柱、稀に朱竪句点書入。毎冊首に単辺方形陽刻「月の屋(行書)」（横山由清所用）、同「樂只館」朱印記、同「灌園／圖書」、方牌中単辺方形陽刻花月図下「憲」朱印記、双辺方形陽刻「［　］文庫(楷書)」朱印記（上半欠）、単辺方形陽刻「三好／臧書」朱印記を存す。

〈東京都立中央図書館　和・一八四・一〉　十冊

新補淡茶色漉目表紙（二七・二×一七・二糎）左肩双辺刷り枠題簽を貼布し「韻府羣玉〈幾巻幾巻／(低三格)何聲〉」と書す。天地截断、但し欄上に旧書入を存する箇所のみ墨付の截断を避けて旧紙高二七・六糎を残し、前後に剪込みを入れ、上小口にて折り返す。虫損修補。首目完整。毎冊二巻。巻二十第十四、十三張錯綴。

稀に〔江戸初〕朱竪句点、同朱墨欄上補注、校注書入、巻首のみ後朱字目合点、事目標圏書入、毎韻首張版心に標柱、序のみ傍圏書入、全編に夥しく褐色貼紙または胡粉上墨校改、鈔補、稀に欄外校注書入、目録首に字韻片仮名注（東韻に「オウ コウ ソウ トウ ノウ ホウ モウ ロウ ヨウ ヲ」等）書入。毎冊首、単辺方形陽刻朱印記刪去。

〈諫早市立諫早図書館　子六六〉　五冊
　存巻五至七　九至十二、十七至十八　諫早家旧蔵

表紙欠（二八・八×一七・四糎）。第二冊巻七、小口書下半欠。毎冊二巻。巻六第六十三至六十四張（尾）、巻七第五十三至六十張（尾）、巻十第五十六至五十七張（尾）、巻十一第一至二張、巻十一第五十六張（尾）、巻十二第四十六至五十張（尾）、巻十七第一張欠。

毎冊首に方形陰刻「諫早氏／臧書記」朱印記を存す。

〈大垣市立図書館〉　十冊
　大垣藩校致道館旧蔵

新補淡茶色表紙（二七・八×一七・五糎）包角、次で後補丹表

紙、左肩打付に〔江戸前期〕筆にて「韻府〈幾之幾〉」と書し、右肩より打付に同筆にて声目、巻数、韻目を列記す。旧表紙裏貼近世期仮名書状。裏打改装。前副一葉。原序、陳序、凡例、目録、総目の順に綴す。毎冊二巻。巻十第五十五張欠、補紙。朱合竪点、墨標柱、校注書入、磨滅部鈔補。稀に淡縹色不審紙。巻三第五十張前半に双辺方形陽刻不明墨印記、毎冊表紙中央方簽貼布、単辺方形陽刻「大垣／郷校／之印」朱印記を存す。

〈東北大学附属図書館漱石文庫　漱・Ⅶ・一四八四〉　十冊

夏目漱石旧蔵

後補渋引表紙（二七・六×一七・一糎）左肩打付に「韻府〈声目　冊序〉」と書し、朱筆にて声韻目を重書す。首目完整。毎冊二巻。巻四第五十四、五十三張、巻十七第四十二、四十一張錯、巻二十第二十張重綴。朱標圏、稀に校注書入、墨磨滅部鈔補、版心韻目標注書入。毎冊首に単辺方形陽刻「漾虚／碧堂／圖書」、同「漱石」朱印記（以上二顆、夏目漱石所用）を存す（第十冊は欠く）。

〈東京大学総合図書館森文庫　D四〇・六八〉　合三冊

森槐南旧蔵

新補洋装、旧十冊、後補淡茶色表紙（二六・八×一六・〇糎）左肩打付に「羣玉韻府　〈韻目〉(書行)」と書し、直下に単辺方形陽刻小「森氏圖／書之記」朱印記（森槐南所用）を存す。〔天地截断〕。見返し新補。首目完整。毎冊二巻。巻十六第五張重綴。墨標柱、欄上韻目字目（巻十五以下は稀）標補注、句点書入。毎巻首に双辺方形陽刻「龍／雲」朱印記、毎冊首に単辺方形陽刻「森氏圖／書之記」、同「槐南／詩料」朱印記を存す。

〈中国科学院図書館　二九〇三五七—六六〉　十冊

後補香色表紙（二八・四×一七・六糎）。浅葱色包角。改糸、破損修補。前副葉宣紙。陳序、原序、凡例、目録、総目を存し本文。毎冊二巻。巻八第六十二張鈔補。毎張版心巻数下に韻目を墨書。欄上書入、刪去補紙。首に単辺方形陽刻「貴陽趙氏／壽堂軒臧」朱印記、同「□蒼收／臧善本」朱印記、首、巻首に方形陰刻「條畬／臧書／之印」朱印記を存し、首に紅印「(毎字改行)剡溪袁氏藏書」蔵書票を差夾む。

〈慶應義塾大学附属研究所斯道文庫　〇二一・ト一六〉　十冊

後補淡茶色艶出表紙（二七・〇×一六・七糎）左肩打付に「韻

府群玉〈巻幾之幾〉」と書し、右肩より同筆にて韻目を列す。韻目下に後手朱筆にて韻序数追記。改糸改装。天地截断。首目完整。毎冊二巻。巻六第三、六十四張（尾）鈔補。

序例に〔江戸前期〕墨返点、連合符、音訓送り仮名、欄上校注書入。その他全巻に間ゝ別朱竪句点、傍圏、傍線、返点、音訓送り仮名、同墨補注書入。毎韻首又別朱（表紙韻序数同筆）標柱書入。縹色不審紙。別墨鈔補。帙に方形陰刻「襄／陽」朱印記を存す。

〈Harvard-Yenching Library　T9305/7323.1〉　十冊

内田遠湖旧蔵

後補淡縹色表紙（二七・一×一六・三糎）左肩打付に「韻府羣玉［　］〈幾幾〉」と書す。右肩より打付に別手朱筆にて韻目を列す。首目完整。毎冊二巻。巻十三第六十八、六十七張錯綴。

〔江戸前期〕朱竪句点、欄外校注、韻目首版心上標柱、同墨欄上字目標注書入（上声以下は稀）、縹色不審紙。毎冊首に「大宗請入石峰常住」墨識あり、方形陰刻「大観／輝竺」朱印記、単辺方形陽刻「遠湖／圖書」朱印記（内田遠湖所用）を存す。一九五五年九月二十七日付当館受入印を認む。

〈国立公文書館内閣文庫　三六六・二二〉　二十冊

後補黄檗染卍繋雨龍文空押艶出表紙（二六・二×一七・四糎）左肩題簽を貼布し墨書辺欄中「韻府羣玉〈韻目〉」と書す。裏打改装。首目完整。毎冊一巻。巻二十第四張欠、補紙。

朱韻目標圏、字目合点、毎韻首版心上標柱書入、黄檗染附箋同朱校注。毎冊首に「元老院／圖書記」朱印記を存す。本冊中、双辺「白氏文集〈五十九　六十　六十一〉(隷書)」、双辺「諸子彙函」刷り題簽を差夾む。

〈宮内庁書陵部　二一四・一五六のうち〉

巻一至十四配〔明末〕刊本之二　徳山藩毛利家旧蔵

巻十五至二十を存す（十冊のうち三冊）。配本同装、但し書脳に残餘の針眼二孔を認め、書型僅かに大。毎冊首に方形陰刻「悳藩／臧書」、巻十九首に双辺方形陽刻有界「明治二十九年改濟／〈徳／山〉・毛利家藏書／第［五百五］番・共［十］冊」朱印記（［　］内墨書）を存す。この本、二修次補刻部分に原刻を保つので一修次以前の印本であることが明らかであるが、前半を欠くために無修か一修かを弁ずることができない。比較的早印本であるので、便宜無修本の末尾に掲出した。詳細後掲。

又　一修

巻七第五十一至五十二張、巻八第五至六（この板、版心巻数上下未刻）、九至十張に補刻がある。これらの張子は原刻の磨滅を反映して、四周に墨釘を存する。なおこの前後の印本では巻首匡郭二一・三×一三・四糎を計測する。

〈国立公文書館内閣文庫楓山官庫蔵書　子一二〇・一〉　二十冊

香色表紙（二六・九×一六・五糎）左肩黄檗染題簽を貼布し「韻府羣玉　〈幾〉」と書す。右下方綫外打付に冊数を記す。首冊のみ左下方打付に別筆にて「共二十冊」と書す。見返し後補。首目完整。毎冊一巻。

〈千葉県立佐倉高等学校鹿山文庫〉　十冊

渋井太室　佐倉藩校成徳書院旧蔵　配本人見卜幽軒旧蔵

後補渋引漉目表紙（二五・八×一六・六糎）左肩打付に「韻府羣玉　幾」と書す。康熙綴。天地截断。破損修補。毎冊前副一葉。首目完整。毎冊二巻。巻十一第五十五至五十六張（尾）と巻十二第一張を欠き、同版本（紙高二五・五糎）を配す。また巻十三第二十三至二十五張欠。稀に朱標圏、傍句点書入、墨鈔補、欄上補注（二手）書入。淡茶色、縹色不審紙。毎冊首に方形陰刻「太書／室臧」朱印記（渋井太室所用）、単辺方形陽刻「佐倉／文庫」朱印記（佐倉藩校成徳書院所用）、巻十二首（補配）に単辺方形陽刻「柏原／道生」朱印記（人見卜幽軒所用）を存す。

〈宮内庁書陵部　一一七・九〇〉　十二冊

後補香色表紙（二七・八×一七・二糎）左肩打付に「韻府羣玉〈幾之／幾〉」と書し、右肩より同筆にて韻声目を列記す。右下方打付に別筆にて「蓮華寺」と書し、刀削或は墨滅す。五針眼。陳序、原序、凡例、総目を存し、目録を欠く。巻三至四、九、十八を各一冊とする他は毎冊二巻。巻二十第十八、十七張錯綴。朱竪返句点、音訓送り仮名書入。墨句点、傍圏書入、鈔補。欄

上別墨校注書入。淡紅色不審紙。第十冊（巻十七）尾に戯詩「捐貲儲書手自挍　希聖希賢立功効　子孫讀此知遺教　鬻及借人倶不孝　弼叟誌」墨書。

〈東京大学総合図書館青洲文庫　D四〇・五八〉　合五冊

渡辺青洲旧蔵

新補洋装、旧十冊、後補黄檗染雷文繋蓮華唐草文空押朝鮮表紙（二六・二×一六・三糎）左肩打付に「新増説文韻府〈声目〉(草書)」と書し、右肩より同筆にて韻目を列す。押し八双あり。見返新補。首目完整。毎旧冊二巻。巻十一第五十五至五十六張（尾）、巻十二第一張欠、補紙（匡郭版心摸写）。

〔江戸前期〕朱竪傍返句点、傍圏、音訓送り仮名、同朱墨校注、補注書入、鈔補。毎冊首に単辺方形陽刻不明朱印記、同「正光菴」朱印記、双辺方形陽刻「青洲文庫」朱印記（渡辺青洲所用）。

〈堺市立中央図書館　〇三八一・一八〉　十冊

後補淡茶色布目花菱繋文空押艶出表紙（二六・二×一六・二糎）左肩題簽を貼布し声目を書す。右肩より打付に別筆にて巻数、韻目を列す。題簽声目下に又別筆にて韻目を書す。表紙背面雲母引。浅葱色包角。破損修補。前副葉。陳序、原序、凡例、目録、総目の順に綴し本文。毎冊二巻。巻三第二十一張を同第三十六、三十七張間に、巻三第六十八張（尾）を巻四第二、三張間に錯綴す。匡郭二一・二×一三・四糎。

間ミ朱竪傍句点、傍圏、鈔補、毎韻首版心上標柱、稀に返点、訓仮名、同墨欄上字目標補（「瑛案」等）注、鈔補、稀に行間音訓仮名、別墨貼紙補注書入。前見返しに単辺方形陽刻「爾雅堂／臧書記」、毎冊首に方形陰刻「綠竹堂」、単辺方形陽刻「壽山獺祭窩(楷書)」、毎冊尾に単辺小判形陽刻「盤蝸寮」、円形陰刻「養／源」朱印記を存す。

又　二修

一修次の補刻に加え、巻三第四十三至四十四張、巻八第三至四張、巻八第二十一至二十二張と、巻十三第七張より巻十五第四十四張に及ぶ、ほぼ三巻分を新たに補刻した。一修次に補刻された巻八第五至六張版心の未刻部分も新刻し体裁を整えてある。その本文は原刻本に準拠するが、拠本に故障ある箇所では、正文を得る努力が払われたとは見なし難い。例えば無修の後印本を見ると、巻三第四十三張後半から次張前半にかけて中央に著しい板の欠損が見出される。その箇所について欠損を含む本文と補刻の文字を摘記すると（［ ］内欠損）、「放麑」注に原刻「孟孫獵得麑、使奏西巴持［歸］。其母隨之而啼、西巴｜之。孟孫大怒逐之。居二月復召、［爲］子（中略）（韓子）」を補刻では「歸」「其」に作り、標目「［墨猨］猊」を「黒猨猊」に作り、「猊」字下人名注「［鉏］｜［触］槐」を「王」「｜」に作り、「掣鯢」注「未｜鯨［｜］碧海中［（杜）］」を「奔」「□」に作る等、意を通じないままに仮の文字を補っている。またその他にも墨釘として放置したり（巻八第二十一至二十二張ではそれぞれ小二十字格前後の墨釘がある）、誤字を以て宛てる場合が目に着くから、これら補刻の本文について原刻本と同様に取扱うことは難しいであろう。

〈名古屋市立鶴舞中央図書館河村文庫 河イ・三〉 十冊

河村益根旧蔵

後補淡墨染表紙（二五・七×一六・〇糎）首冊のみ左肩打付に「韻府羣玉 ［ ］〈一二／一東〉至〈 ／六魚〉」と朱書す。第一至四冊（平声）のみ右肩より打付に別筆にて韻目を朱書す。毎冊左肩打付に又別手墨筆にて「韻府群玉」と大書す。其の下に又別筆にて「幾ノ幾」と書す。首二冊のみ右下方又別手朱筆にて冊数を記す。末冊後表紙のみ縹色、別伝本からの流用。裏打改装。首目完整。第八冊に巻十五至十七、第十冊に巻二十を配する他は毎冊二巻。巻十二第二十三、二十二張錯綴。

〈上越市立高田図書館修道館文庫 三〇・四・一〇〉 十冊

高田藩主榊原忠次 高田藩校修道館旧蔵

後補香色艶出表紙（二六・五×一六・四糎）左肩打付に近世期邦人の筆にて「韻府〈自幾至幾／何聲〉」と書す。中央に単辺方形陽刻「脩道／館印」朱印記を存す。改装。虫損、破損修補。首目完整。毎冊二巻。巻一第二十四張を巻二第二十四、二十五張間に錯綴。

毎冊尾に双辺方形陽刻「吏部大卿忠次」、単辺円形陽刻「文／庫」朱印記（榊原忠次所用）、毎冊首に単辺方形陽刻瑞龍文様「高田」、同「脩道／館印」朱印記を存す。

朱竪句点、校補注書入、別朱標圏、欄上標注、毎韻首版心上標柱書入、同墨鈔補。素不審紙。毎冊尾に方形陰刻「玄／晃」、同「祐／雪」朱印記、巻六第五十張後半欄上に「上／埜」、方形陰刻「藤印／益根」朱印記（河村益根所用）を存す。

〈大阪天満宮御文庫　子一二〉　十二冊

近藤南洲旧蔵

後補黄檗染艶出表紙（二六・二×一五・八糎）左肩打付に「韻府羣玉〈幾〉」と書し、中央に同筆にて韻目を記す。右肩打付に別筆にて声韻目を列す。陳序、原序、目録、総目を存し、凡例を欠く。巻三至五、八に各一冊を宛てる他は毎冊二巻。巻三第六十張、巻十四第十六張は本邦近世期鈔補。巻三第五十六、五十五張、巻十第三十六、三十五張錯綴。

朱竪句点、傍圏書入。毎冊尾に「雄心院什物」の墨識（重書、不分明）あり。毎冊首に単辺方形陽刻「淺野氏／圖書記」朱印記、同「螢／雪軒／珍臧」、同「猶興書／院圖書」朱印記（近藤南洲所用）を存す。

〈京都大学附属図書館　四―〇六・イ五〉　十冊

香色表紙（二五・〇×一六・一糎）、右肩より打付に韻目を列す。左肩双辺刷り枠題簽を新補し別筆にて「韻府群玉　苐幾冊」と書す。首目完整。毎冊二巻。

朱合点、毎韻首に標柱書入。毎冊首に方形陰刻「海／横」朱印記を存す。

〈京都大学附属図書館　一〇―〇一・イ三〉　十冊

巻二配〔日本南北朝〕刊原本

後補香色卍繋唐草文空押艶出表紙（二五・三×一五・三糎）左肩打付に「韻府〈声目〉〈巻幾／幾〉」と書し、右肩より同筆にて韻目を列す。中央に刷り枠題簽を新補し別筆にて「岩垣氏遺著〈及〉舊藏書〈第一〇帙〉第幾冊」と書す。毎冊前副一葉。首目完整。毎冊二巻。

朱竪返句点、音訓送り仮名書入、鈔補。稀に墨補注書入。縹色不審紙。毎冊首に単辺方形陽刻「茅／原」朱印記を存す。

〈上海図書館　五七三四八五―九四〉　十冊

香色表紙（二六・九×一六・八糎）左肩題簽剝落痕、右肩より打付に巻数、韻目を列記す。首冊のみ右肩綫外に同筆にて「都二十策合疊為十冊」墨識あり、左肩に単辺方形陽刻「得／□」朱印記を存す。首目完整。毎冊二巻。巻二十第四十六張以下欠。

朱圏句点書入。首に「新日吉藏」墨識、単辺方形陽刻「新日／吉藏」朱印記を存す。

〈復旦大学図書館　六一二五九二〉
　清呉引孫旧蔵

十冊

香色表紙（二五・四×一六・一糎）。破損修補。前副一葉。首目完整。毎冊二巻。首に「揚州呉氏／有福讀／書堂藏書」朱印記（清呉引孫所用）他一顆を存す。

又　三修

一、二修次の補刻に加え、巻八第七至八張、巻二十第七張をも補刻し、巻八では第三至十張を通じて補刻となった。三修次においても、拠本の故障を空格のまま放置する箇所がある。この段階の印本には巻首匡郭二一・一×一三・四糎、版面の磨滅が甚しく、ほとんど解読のできない張子がある。紙料等を勘案すると、この段階ではすでに清代の印行であろうと思われる。

〈Princeton University, East Asian Library
　Gest Collection　T9304/7365〉

十冊

新補藍色表紙（二五・三×一五・七糎）。五針眼、改糸。破損修補。原序、凡例、目録、総目を存し陳序を欠く。毎冊二巻。巻二十第五十張（大尾）鈔補。

原序のみ朱墨句点、また欄上貼紙墨韻目標注、欄上墨字目標注、本文字目朱囲、墨傍圏書入、鈔補。原序「至大庚戌」欄上「距／大正元年／六百〇三年（ママ）」等の墨識あり。毎冊首に方形陰刻「紫／崖」朱印記、首に単辺方形陽刻小不明朱印記（墨滅）、単辺方形陽刻「白雲紅／樹樓／藏書」朱印記を存す。

〈久留米市立中央図書館　漢・子・二四〉　十六冊

杉原心斎旧蔵

新補渋引刷目包背表紙（二六・二×一六・七糎）右肩打付に「韻府羣玉　巻幾・幾」とペン書、右肩三原文庫蔵書票を貼附す。次で後補渋引木目表紙、左肩打付に「韻府羣玉　幾」と、右肩より声韻目を書す。三原良太郎氏寄贈蔵書票貼附。原序（首第一張鈔補、有印記）、凡例、目録、総目を存し陳序を欠く。第一、十二、十四、十六冊に各二巻を配する他、毎冊一巻。巻二十第四十九至五十張（大尾）を欠く。

稀に朱竪句点書入。毎冊首に方形陰刻「心齋」墨印記（杉原心斎所用）を存す。

〈慶應義塾図書館　二八・四三〉　十冊

第一至四冊（平声）新補淡藍色表紙（二六・八×一六・四糎）、第五至十冊（仄声）後補香色艶出表紙、右肩より打付に韻目を列し、全冊左肩に（仄冊には韻目に重ね）題簽を貼布し別筆にて「説文韻府羣玉〈声目〉　幾」と書す。五針眼、改糸。破損修補、一部裏打修補。原序（首三張本邦近世期鈔補、第三、二張の張数錯）、凡例を存し陳序、目録、総目を欠く。毎冊二巻。巻五第一至二張それぞれ前半鈔補。巻十六第五十七張（尾）欠。

〔江戸前期〕朱合竪返句点、傍圏、音訓送り仮名書入、鈔補、同朱墨欄外補注書入、別朱墨欄外校注、欄上並貼紙補注、版心字目標注書入（上平声七虞韻まで稠密）、又別墨欄上字目標注、本文傍句点書入。第一冊尾、第四至十冊首に単辺方形陽刻「煥／卿」朱印記、第四冊首に同「同不害正／異不傷□」朱印記、毎冊首に「佐々木氏／藏書印」朱印記（佐々木哲太郎所用、同氏寄贈の書）を存す。

〈東洋文庫　二・B-C・一のうち〉

巻一至三　五至二十配日本〔南北朝〕刊原本

〈東京大学総合図書館　A〇〇・五八三六のうち〉

巻一至八　十三至二十配元至正十六年刊本

欠巻十一至十二

巻四（東洋文庫蔵本二十冊のうち一冊）、巻九至十を存す（東京大学蔵本九冊のうち一冊）。後補淡茶色表紙（二四・〇×一四・九糎）左肩双辺刷り枠題簽を貼布し「韻府羣玉　五」と書し、右肩より打付に別筆にて声韻目を列す。〔天地截断〕（巻四の冊は東洋文庫本の他冊と同装）。

稀に欄上墨校注、朱竪句点、傍圏書入。第四、巻十尾「見木公一統貫叟」墨識。詳細は第二章第一節、本節前段当該項に前掲。

これは僚冊が別れ、それぞれ補配に用いられたもの。[30]残本のため修刻の箇所を検証し得ないが、前記慶應義塾図書館蔵本より後印と見えるので、便宜三修本の末尾に掲出した。

又　四修（清白堂）

三修次までの補刻に加え、陳序第一至三、巻三第四十七至四十八張、巻四第三十五至三十六張、五十三至五十四、五十七至五十八、六十五至六十六、七十七至七十八張（尾）、巻五第六十七至六十八張、巻七第十五至十六、四十九至五十、五十三至五十六張、巻八第一至二、十一至二十、二十三至三十四、三十九至四十六、五十五至五十六張、巻九第十五至十八張、巻十第九至十、十八至十九、四十三至四十四張、巻十一第二十三至二十四張、巻十三第五至六張、巻十六第十一至十二張、巻十八第二十五至二十六、三十三至三十四張、巻二十第三十七至三十八張を新刻した。封面、双辺有界「王孟起先生較正／韻府羣玉（大書）／（低六格）清白堂梓行」。

〈The Library of Congress　C236/Y58〉　合五冊

南禅寺天授菴旧蔵

後補香色表紙（二四・九×一五・六糎）左肩打付に「韵府群玉」と書す。右肩より打付に韻目を朱書（仄声別筆墨書）す。旧十冊（下小口）。天地截断。封面白紙印、左肩に単辺楕円形陽刻「梅軒」、右下方に単辺方形陽刻「清白／堂」朱印記を存す。首尾完整。毎旧冊二巻。毎韻首欄上に朱韻目標注（平声のみ）、本文合竪傍句点、傍圏書入、稀に墨鈔補、欄上補注書入。縹色、淡茶色不審紙。尾冊後見返し「明治二十八年七月於因州鳥取市求之／（低十三格）峴南」墨識（竹内峴南、「因伯時報」主筆）。毎旧冊首に双辺方形陽刻「天授菴（楷書）」朱印記（南禅寺天授菴所用）、単辺円形陽刻小

「小原」朱印記、毎新冊首に石形陽刻「峴南／窩」朱印記（竹　内峴南所用）を存す。

又　五修

さらに陳序第四張、巻一第一至四、七至十、巻二第一至二張、巻五第一至二張、巻七第十九至二十、三十一至三十二、五十一至五十二、五十九至六十張、巻九第一至四張、巻十二第一至四張、巻十三第三至四張、巻十八第五十二至五十四張等を新たに補刻した。但し左記の該当唯一本に損傷があり、全張を閲し得ていない。

〈黒龍江省図書館　C〇九四一五―三四〉　二十冊　二張欠、陳序、原序、凡例、目録、総目を存し本文。毎冊一巻。
新補淡茶色漉目表紙（二五・〇×一五・〇糎）。破損修補。首　墨筆にて欄上字目標注、標圏書入あり。

右の他、北京師範大学、中華人民大学図書館、華東師範大学図書館、陝西省図書館、甘粛省図書館、蘭州大学図書館、青海省民族学院図書館、天一閣文物保管所、餘姚黎州文献館、安徽省図書館、安徽省徽州地区博物館、江西大学図書館、廈門市図書館、福建師範大学図書館、湖北省博物館、重慶市図書館、四川師範学院図書館、西南民族学院図書館、貴州省図書館、香港・中文大学図書館に同版本を存すると聞くが未見、書目なき文庫にも収蔵があろうかと思われるが調査を尽していない[31]。未見の伝本については修刻の次数を知らず、左記の覆版に該当する可能性を含め、逐一確認を得る必要がある。本邦伝存本に限っても公共図書館の他に、私家蔵本、古書肆在庫本なども多くあろうかと思われ、実際に見聞を得た伝本もあるが、版本の解題を変更すべき点は見出していないのでここには報告しなかった。

しかし要するに、本版の流通は極めて広く、上記も一斑を窺ったに過ぎない。

未見本を残すけれども、上記によって日本における本版受容の大概を見ると、本版の開刻は陳序に拠って明万暦十八年（一五九〇）前後と見られ、これは日本の天正十八年に相当する。さすがに慶長以前に受容の明徴は見ないが、東京大学総合図書館青洲文庫蔵本は朝鮮旧装、江戸前期書入本にてその可能性を存する。また書入の情況から、早く江戸初より将来、繙読の事実があり（内閣文庫蔵顕州宗密旧蔵本、都立中央図書館蔵本、佐倉高校蔵本配人見卜幽軒旧蔵本等）、江戸前期には一層広く行われた。修刻の次数、伝本の多さ、後印本の版の傷み等から考えて、本版は明清の交を跨ぎ長く印行されたと判断されるが、その力強い波動が江戸前期の学界に及んだということであろう。江戸前期以前の書入に関して、室町期禅僧の稠密な書入に比較すると、本版ではやや疎に遷ったかと思われるが、しかし同年代に行われた寛永二年刊古活字の増続会通本に比較すると、まだ相当に詳細な実用の跡を見出すことができる。古活字本の受容情況については章段を改めなければならないが、年代的には共通しつつ、書入の粗密に差のあることを考えると、それぞれ版本の受容者に相違のあったことが推量される。識語蔵印より窺われる本版受容者の名を通覧すると、諸藩、諸寺院への伝播、地理的にも広い流通を示しており、旧蔵者が必ずしも大藩、大寺に限らないことは、唐本には類例が少ないと言ってよいほどであり、本版の浸透の深さを物語っている。諸藩について、水戸支藩の松岡藩（中山二万五千石、外様）、大垣藩（戸田十万石）、佐倉藩（堀田十一万石）、高田藩（榊原十五万石）等、譜代の藩に所有が多い。個人の所有としては、顕州宗密、人見卜幽軒（慶長四至寛文十年）、榊原忠次（慶長十至寛文五年）が早く、さらに江戸後期までには、儒者文人の蔵書中に本版が加えられ、河村益根、横山由清等の和学者の手にも渡り、降って明治にはまだ本版を用いる者が多かった。さて朝鮮朝における本版の受容について、朝鮮旧蔵と確信された伝本は成均館尊経閣蔵本、東京大学蔵二修本の二例のみであり、日本における広通と対照を成している。その理由は明らかでないが、伝本上顕著な現象と思われるので、本版覆刻の諸本を挙げた後に再説を試みたい。

同　〔明末〕刊　覆明萬暦十八年序刊本　其之一

前掲明万暦十八年（一五九〇）序刊本と同行款の翻版で、版式、字様の他、細かい点に至るまで底本に酷似の版。首目同様、陳序末、凡例末の刊記もそのままに刻する。巻首匡郭二一・二×一三・六糎と、底本よりも僅かに短い(32)。両版種判別のために底本との細かい相違を挙げると、巻首題下の声目「上平聲」牌記が、万暦版は左右双辺であったのに、この版では単辺。同牌、亀甲状に四隅に未刻部分を残すが、この版では左上方、右下方のそれを欠く。また版心張数下、万暦版は巻一第一至四張以下に屢〻横界を欠くが、この版では欠かない（この点は次掲の別版も同じ）。また巻二第四張前半、巻四第五張後半、巻五第六十張、巻十三第三十五張後半、巻十八第五十一張後半に、底本にはない墨釘がある。しかし上記の点は、墨付きの良否等によっては判別が難しい。

〈上海図書館　八五三七一九—五一〉　三十二冊　一、二、十二、十四、十七至二十各一冊、その他毎巻二冊。

白棉紙印　清阮元　朱学勤旧蔵

新補藍色表紙（二七・三×一七・五糎）。本文白棉紙印、襯紙改装。前後副葉。陳序首二張に別版を配す。以下首目完整。巻首に単辺方形陽刻「阮元／伯元／父印」朱印記、同「張氏／秘玩」朱印記、同「結弌／廬臧／書印」朱印記（朱学勤所用）、単辺紡錘形陽刻「頡頏廔」朱印記を存す。

〈上海図書館　〇一七七五—八二〉　八冊

香色表紙（二七・三×一七・二糎）。虫損修補。首葉前半脱、以下首目完整。毎冊三巻、但し巻四至九は毎冊二巻。欄上朱字目標注、本文傍点、傍圏、墨傍圏書入。原序首に方形陰刻「烏程虞／氏夢坡／室所臧」朱印記、巻首に単辺方形陽刻「吉羊／之止」朱印記を存す。

〈南京図書館　一一九一七〇〉　十冊

香色表紙（二七・二×一六・九糎）左肩打付に「韵府羣玉〈巻幾　巻幾〉」と書し、右肩より同筆にて韻目を列す。首目完整。毎冊二巻。巻十七第五、四張錯綴。大尾半葉鈔補。稀に墨傍圏書入、校改。

〈浙江図書館　五四八〉　十冊

新補香色表紙（二六・一×一七・一糎）。改糸。破損修補。前後副葉。陳序、原序、凡例を存し本文。毎冊二巻。巻八第三十五至三十八、五十三張、巻九第十三至十五張、巻十第四十五至四十六、四十九至五十一張、巻十九第三至四、六張、巻二十第一至七、九至十二、十五至二十四張鈔補。巻八第三十九張補紙。稀に欄上墨補注書入。

〈韓国学中央研究院蔵書閣　A一〇C・九Aのうち〉

存巻一至三　六　二十

巻一至三　二十配清康熙五十五年刊本

巻六を存す（五冊のうち一冊）。後補丁子染卍繫七宝文空押艶出表紙（二五・八×一六・四糎）左肩打付に「韻府羣玉〈六〉」と書し、右肩より韻目を列す。五針眼。

毎張前半欄上墨韻目標注書入。毎冊首に単辺楕円形陽刻「徐晩軒」、方形陰刻「恩／津」、単辺方形陽刻「宋印／近恒」、単辺方形陰刻不明朱印記、単辺方形陽刻「明窗棐几／清晝爐熏」朱印記、同「安春根／臧書記」朱印記を存す。

同　〔明末〕刊　覆明萬暦十八年序刊本　其之二

前記覆刻版と同様に、明万暦十八年（一五九〇）序刊本と同行款の翻版で、版式、字様も底本に酷似。首目同様、陳序末、凡例末の刊記同。巻首匡郭二一・三×一三・六糎。文字の解説で本版と前記二版を区別することは非常に難しいが、巻首題下声目牌記の辺欄は底本と同様に双辺で、この点は前記覆刻版と異なる。本文中、本版には巻二第十七張後半、同第二十張前半、巻十九第六張前半に、底本および前記覆刻版にない墨釘を存する。その他、巻一首、中央横様に板の傷み、第一行「之二」字間、第二行「學」字下方を通って破損（底本でも近い箇所に同様の傷みがあり、第一行「之」、第二行「學」中央破損）。なお底本との相違は僅かな字様の相違に止まるため、本版は往々にして明万暦十八年序王元貞刊本と誤認されている。また後述のように、文枢堂呉桂宇の封面を有するものは、この版の後印本である（図版二―二―九）。

〈上海図書館　長七四二三九二―四三二一〉　四十冊

白棉紙印

後補香色表紙（二九・七×一七・八糎）。本文白棉紙。襯紙改装、虫損修補。前後副一葉。首目完整。毎巻二冊。極早印本で、書入や蔵印等はない。

〈浙江図書館　四二八二〉　十冊

清王修旧蔵

後補香色表紙（二九・六×一八・六糎）、第七至十冊香色表紙、左肩打付に墨囲「韻府羣玉」墨書。首目完整。毎冊二巻。早印本。首に単辺方形陽刻「清看／樓／珍臧」朱印記、巻首に方形陰刻

「長興／王氏詒／莊樓臧」朱印記（王修所用）、単辺方形陽刻「許士／監」「貞／薄」「澂／軒」朱印記を存す。

王氏『詒莊楼書目』巻五に「韻府羣玉二十巻〈明萬歴刊本〉」と録するは該本か。

〈名古屋大学附属図書館　C・XIB・特形〉　十冊

後補香色表紙（二八・六×一七・七糎）。改糸。首冊前見返し他、本文中の四箇所に、剥離した淡青双辺刷り題簽「韻府羣玉」（題下「〈甲（辛・戊・己・丁）〉」墨書、同版）を差夾む。毎冊前副二、後副一葉。首目完整。毎冊二巻。

巻七第四十二、四十三張間に紙箋を差夾み、清人の手跡にて「　中秋夜聞笛聲有感兼和　渭翁先生原韵／寂對蟾光巳半秋頻年蕭舘嘆棲留誰家短笛聲々／徹喚起相思明月楼／　／　懇／賜斧政［　］弟豐玉具」七絶墨書あり。

〈成田山仏教図書館　五五・五七〉　十冊

脇坂安元旧蔵

新補淡渋引漉目表紙（二五・六×一五・九糎）左肩双辺刷り枠題簽を貼布し「韻府群玉（隔三格）幾」と書す。改糸。破損修補。見返し副葉後補。首冊前副葉「垂老旋将尋遂初編籠／鋤圃理□□□年空揆齊／心瑟一飽何□□□蔬自有樵漁／占閑業□□□字借天噓與／来時買巴江舫伴為児童／鋤小魚　郈居三律之一　移山人（□格、蔵書票下）」、同後副葉「　郈居三律之一　移山人／不恨當年移住初家人次第／慣幽居前郈命嫗賒新酒／後圃教児摘晩蔬白首既期安畎／畝朱門何用請吹噓自嘲迂／豁甘陳腐猶犯詩書辨魯魚」律詩草書。見返し屢ゝ墨蘭図。首目完整。毎冊二巻。

朱合竪句点、傍圏、稀に行間補注書入、校改鈔補、稀に欄上墨補注書入。毎冊首に方形陰刻双龍間「八雲軒」、毎冊尾に方形陰刻「脇坂氏／淡路守」、円形陰刻藤花間「藤／亨」、双辺方形陽刻「安／元」朱印記、毎冊首に単辺方形陽刻「教育博／物館印（隷書）」を存す。

〈宮内庁書陵部　二一四・一五六〉　十冊

巻十五至二十配明万暦十八年序刊本

徳山藩毛利家旧蔵

後補渋引卍繋文空押表紙（二七・八×一七・二糎）左肩打付に「韻府〈幾之幾／何聲〉」と書し、右肩より打付に同筆にて韻目を列記す。押し八双あり。虫損修補、改装。首目完整。毎冊二巻。巻四第三十八張欠、補紙。

稀に朱竪句返点、音訓送り仮名、欄上朱墨校注書入。毎冊首に方形陰刻「悳藩／臧書」、巻十九首に双辺方形陽刻有界「明治二十九年改濟／〈徳／山〉・毛利家藏書第／［五百五］番・共［十］冊」朱印記（［　］内墨書）を存す。

〈尊経閣文庫〉　十冊

金沢学校印記

後補香色表紙（二七・三×一六・六糎）右肩より打付に声韻目を書す。首冊のみ左肩に、香色旧表紙に貼附せる双辺「韻府羣玉」刷り題簽を重貼す。首冊前見返し新補。首目完整。毎冊二巻。

稀に欄上墨補注書入。巻十六第十三張紙背「暨書」墨書。陳序首に方形陰刻「知止／堂」朱印記、毎冊前見返しに単辺方形陽刻「金澤學校」朱印記、毎冊首に同「石川縣勧／業博物館／圖書室印」朱印記を存す。

〈上海図書館　六六四一四二―五一〉　十冊

香色表紙（二六・六×一七・〇糎）首冊のみ左肩打付に「韻府群玉〈十冊〉」と書し、冊数左傍に方形陰刻「韋闇」朱印記を存す。首目完整。毎冊二巻。

稀に欄上朱校注、版心墨韻目標注書入。毎奇数巻首に単辺方形陽刻「楊灊呉氏／裕齋珍藏／書籍之印」朱印記、第七冊後表紙に単辺方形梅花図様中陽刻「呉義利號」朱印記を存す。

〈高麗大学校中央図書館薪庵文庫　A一二・B一四〉　十一冊

欠巻十一至十九

後補丁子染蓮華唐草文空押艶出表紙（二五・二×一六・三糎）左肩打付に「韻府群玉」と書し、右肩より同筆にて韻目を列す。裏打改装。首目完整。毎冊一巻。巻二第六十三張（尾）、巻四第七十八張（尾）鈔配。巻五第一至九張、巻六第六十四張（尾）を欠き罫紙を補う。巻九巻第五十八張（尾）欠。

墨字目傍点、藍傍点、平声のみ欄上藍墨韻目標注書入。毎奇数冊首方形陽陰刻「平山／後人」朱印記、毎奇数冊首及び偶数冊尾に単辺方形陽刻「申弼華／啓明章」朱印記を存す。

〈高麗大学校中央図書館景和堂文庫　A一二・B一四〉　十冊

後補丁子染卍繋文空押艶出表紙（二六・四×一六・三糎）左肩打付に「韻府羣玉幾」と書し、右肩より韻目を列す。天地截断。裏打修補。陳序、目録、総目、原序、凡例と綴し、陳序第四張を凡例の後に錯綴す。毎冊二巻。巻五第一張欠。巻十第二十七張鈔補。

毎張前半欄上に墨韻目標注、毎字目傍点（平声朱、上声黄、去声藍、入声茶）書入、別手緑筆にて傍圏書入。巻三末に緑筆にて「韻府羣玉 □詳（花押）（草書）」識語を存す。陳序末、巻首に単辺方形陽刻「得／舉」墨、緑印記を存す。

〈上海図書館 八一三七四〇—九〉 十冊

後補茶色表紙（二七・九×一七・二糎）。書扉、右肩に「韻府羣玉」と書し、次行より低四格にて韻目を列す。陳序、原序、目録、総目を存し、凡例を欠く。毎冊二巻。巻二十第五十張（大尾）鈔補。

欄上墨補注、本文朱字目標圏書入、墨「佩文韻不載者／不圏」識語を存す。

〈延世大学校中央図書館 貴五一九〉 八冊

欠巻一至四

後補丁子染雷文繋蓮華文空押艶出表紙（二六・五×一六・八糎）左肩打付に「韻府羣玉〈巻之幾／之幾〉」と書し、右肩より韻目を列す。表紙裏貼、有印の朝鮮朝公文書。後見返しに「韻府羣玉（草書）」と墨書あり。毎冊二巻。

この本、摺印の先後を定め難く、便宜この位置に掲出する。次掲二本も同じ。

〈延世大学校中央図書館 貴五二〇のうち〉

存巻三至六 巻三至四配新増直音説文〈明末〉刊本

巻五至六を存す（二冊のうち一冊）。後補丁子染雷文繋文空押艶出表紙（二四・六×一六・四糎）左肩打付に「韻玉三」と書し、右肩より韻目列記。破損修補。

毎張前半欄上墨韻目標注書入。首に単辺方形陽刻「金海／世家」朱印記、同不明朱印記を存す。前節参照。

〈Harvard-Yenching Library T9305/7323.12〉 二十冊

香色表紙（二四・二×一五・八糎）。浅葱色包角。天地截断。虫損修補。陳序題目首二字「韻府」欠損。以下は首目完整。毎冊一巻。

毎韻首に清人の手跡にて墨韻目標注書入。一九三二年六月二十八日付当館受入印を認む。

〈台北・故宮博物院楊氏観海堂蔵書〉 合七冊

柴野栗山 徳島藩蜂須賀家旧蔵

後補淡渋引表紙（二五・八×一六・四糎）右上方綫外打付に声目、同下方に冊数を書す。黄檗染包角。首目完整。毎旧冊一巻、現在は平声上下各二冊、仄声毎声一冊。匡郭二一・一×一三・五糎。

稀に朱標圏、標点、墨欄上補注書入。首に単辺円形陽刻小「射」朱印記、巻十七首に単辺方形陽刻「柴氏家／臧圖書」朱印記（柴野栗山所用）、毎冊首尾に双辺方形陽刻「阿波國文庫（楷書）」朱印記（徳島藩蜂須賀家所用）、巻九首に単辺方形陽刻「星吾海／外訪得／秘笈」、方形陰刻「飛青／閣臧／書印」朱印記（以上二顆、楊守敬所用）を存す。

〈愛知大学附属図書館簡斎文庫　二七三〉　十冊

高取藩植村家旧蔵

香色表紙（二六・八×一六・七糎）左肩打付に邦人の筆にて「新増説文韻府羣玉［　］幾幾」と書す。改糸、第十冊後表紙新補、破損修補。陳序、原序、目録、総目の順に綴し凡例を欠く。毎冊二巻。匡郭二一・三×一三・五糎。

間々朱墨校改。紺色不審紙貼附。毎冊首に双辺方形陽刻「高取／植村／文庫」朱印記（高取藩植村家所用）、同「簡齋文庫（楷書）」朱印記を存す。

〈吉林省図書館　子二六・〇〇〇三〉　十冊

香色表紙（二七・四×一六・八糎）。改糸。首冊のみ左肩に双辺刷り題簽「韻府群玉［　］」を貼附、第二冊以下、左肩打付に「韻府群玉」と書し、題下に「〈巻之幾／（低三格）至幾〉」と書す。改糸、破損修補。陳序を欠き、原序、凡例、目録、総目を存し本文。毎冊二巻。巻十八第五十六張欠。

巻首、第四冊首に方形陰刻「簡菴／居士」朱印記を存す。

又　後印

前記伝本の如く陳序題目の首二字「韻府」を欠損したため、はじめは首二張を刷らず、後にはこの二字を補刻した（二字左に偏す）。こうした伝本には、万暦版以来、原序より総目まで一貫していた首目版心の張数（第一至十）を、凡例第一至二、目録第一至三、総目第四とする挖改があった。また本文巻十八第五十三至五十四張を欠き、本文は補わずに、中縫部張数「五十五」「五十六」（尾）を一部刪去して「五十三」「五十□」とし、欠板を隠蔽した(33)。なお巻首匡郭の内径は、この前後の印本でも当初の大きさとほとんど変わらない。

上記の特徴を有する後印本（左掲四本）と後述する文枢堂後印本との区別は、主として封面の有無に拠り、本文においては明確な差がないから、或は封面脱落のために印次の判定を誤る場合があるかも知れない。しかし現在まで著者嘱目の伝本に拠る限り、文枢堂本の印面の情況はさらに一段の後印と観察され、また原装で封面なき伝本もあり、諸事情勘案して別掲とした。

〈上海図書館　五四二二一〇―九〉　十冊

後補淡茶色表紙（二四・九×一六・一糎）。陳序第一至二張欠、陳序、原序、目録、総目、凡例の順に綴し本文。毎冊二巻。巻三第一至三張欠。巻四第六十九至七十張鈔配。欄上墨韻目（毎張版心上前半側）字目標注、補注、本文墨傍圏、朱竪句点、版心韻目標注書入。

〈ソウル大学校奎章閣　中三八四二二〉　十冊

朝鮮侍講院　大韓帝国　朝鮮総督府　京城帝国大学旧蔵

後補丁子染菱花文空押艶出表紙（二四・五×一五・六糎）。左肩打付に「韻府羣玉〈幾之幾〉」と書し、右肩より韻目を列記し、右下方綫外に「共十」と書す。（天地截断）。破損修補。陳序第一至二張欠、以下首目完整。毎冊二巻。毎冊首に単辺方形陽刻「侍講院」朱印記、同「帝室／圖書／之章」（大韓帝国所用）、同「朝鮮総／督府圖／書之印」朱印記、毎冊前見返しに同「京城帝／國大學／圖書章」（大）、毎冊首に同工同文（小）朱印記を存す。

〈大阪大学附属図書館懐徳堂文庫　三・一一〇二〉　二十冊

西村天囚旧蔵

香色表紙（二三・八×一五・四糎）。浅葱色包角。陳序題目首二字補刻（以下の同版本同じ）、首目完整。毎冊一巻。巻十六第一至二十九張欠。
朱竪傍句点、傍圏、校注、鈔補、稀に欄上補注、藍字目標圏、稀に墨校注、補注書入、但し上声以下は稀に朱を存するのみ。
毎冊首に単辺方形陽刻「懐徳堂／圖書記」朱印記（大正五年重建懐徳堂所用）、同「碩園記念文庫」朱印記（西村天囚〈重建懐徳堂理事〉旧蔵書）を存す。

〈韓国学中央研究院蔵書閣　A一〇C・九〉　十冊
後補丁子染菱花文空押艶出表紙（二三・八×一五・三糎）左肩打付に「韻府羣玉〈幾之幾〉」と書し、右肩より声韻目を列す。五針眼。破損修補。首冊前見返しに硬筆安春根（南涯）氏覚書。
首目完整。毎冊二巻。
欄上墨字目標注、別筆補注書入（上声以下は稀）。本文藍字目傍点書入。巻二、四、六、八、十二、十六尾題鈔補（巻六藍筆隷書）。首に方形陰刻「金氏／家藏」、同「藏書／□□」、原序首及び毎奇数巻首に単辺方形陽刻「金印／命根」朱印記、毎冊首に同「安春根／臧書記」朱印記を存す。

又　後印（文樞堂呉桂宇）

上記の他に、同版で文枢堂の封面を冠する伝本がある。封面の様子は、単辺有界「〈陰勁弦／王孟起〉兩先生新増訂正／韻府群玉（楷体大書）／　文樞堂呉桂宇梓」。

文枢堂呉桂宇は、明刻（有万暦丁酉〈二十五年、一五九七〉春師古齋呉勉學刊記）本『性理大全書』を印行して封面に「文樞堂呉桂宇梓」と記し（王重民『中国善本書提要』録）、明万暦十三年呉琯刻本『唐詩紀』を後印し（『中国古籍善本書目』『明代版刻図釈』録）、『老荘郭注会解』を刻したというが（『善本書目』録）、詳細不明。明代金陵の書舗とされるが、(34) 本版や上記著録の如く求板後印を常套とし、本版の実例を勘案すると、その活動時期は少しく降るかと疑われる。

〈神宮文庫　三・三二四二〉　二十冊
豊宮崎文庫旧蔵
香色表紙（二四・五×一五・七糎）左肩打付に「韻府群玉〈幾〉全二十冊」と書し、右肩より別筆にて韻目を列す。第八冊のみ後補渋引刷目表紙を以て覆い、左肩打付に「韻府群玉　八」と書す。封面白紙印。首目完整。毎冊一巻。巻六第三十三至三十四張、同二十三至二十四張を錯綴。
毎冊首に単辺方形陽刻「宮崎／文庫」朱印記（伊勢外宮附属の豊宮崎文庫所用）を存す。

〈韓国学中央研究院蔵書閣　C三・二九七〉　〔二十〕冊
李王家旧蔵
新補淡茶色艶出表紙（二三・一×一五・一糎）左肩打付に「韻府群玉　幾」と書し、右下方綫外に「共二十」と書す。天地截断。封面白紙印。首目完整。〔毎冊一巻〕。毎頁欄上中央墨韻目標注、本文字目紫傍点書入。首及び毎巻首に単辺方形陽刻「崔大／英印」、同「完／山」朱印記、同「李王家／圖書之／章」朱印記を存す。首冊のみにより著録。

右の他、中華人民大学図書館、華東師範大学図書館、内蒙古社会科学院図書館、吉林省社会科学院図書館、西北大学、漢中師範学院、山東省図書館、泰安市図書館、山東師範大学図書館、鎮江市博物館、杭州大学図書館、安徽省図書館、華僑大学図書館、武漢師範大学図書館、湖南省図書館、湘西自治州図書館、中山図書館、華南師範大学図書館、四川省図書館、四川大学図書館、南充師範学校図書館にも、本書の「明刻本」を蔵する模様。但し前掲のどの版に当たるか不明。また韓国李炳麒氏の蔵書・玩樹文庫の目録に「文樞堂呉桂字梓」と著すのは前掲版の後印本であろう。

ここで前記三版の流布について附言したいのであるが、刊地である中国の伝本について調査を尽しておらず、韓国に関してもソウルの七機関[35]で調査したのみであるから十分と言えない現状では、言及し得る範囲も自ずと限られてしまう。そこで本書では、現在までの著録について気付かされる点に限り述べてみたい。前記三版とは即ち、万暦の王元貞校刊の原版と、覆刻版二種を指すが、先ず全体にその流通の広さと、恐らくは時間的な長さにおいて非常な特色があることは言を俟たない。しかしそれらが単純な広がりを示しているかと言えば、必ずしもそうではなく、そこには偏在とも称すべき傾きのあることに気付く。概して言えることは、日本では所在が確認されない、万暦の原版が日本に数多く到来し、韓国にはその覆版之二を多く存する。また覆版之一は、といった傾向が見える。伝本の数を評価することには慎重でなくてはならないが、先ずその総数を示しておくと、原版が三十五本、覆版之一が五本、覆版之二が二十二本、合計六十二本である。これらがどの地域にどれほど流通しているかということであるが、戦争や諸般の理由によって書物の移動の激しくなった近代の情況を勘案し、朝鮮朝における収蔵、江戸期の日本における収蔵の痕跡が確実に見出されるものについて数えてみると、原版が朝鮮に二本、日本に二十五本（東京大学蔵本重複）、覆版之二が朝鮮に七本、日本に七本（神宮文庫本を含む）見出された。単純に数を比較できないことは、先ず母数となる印本の総数が異なっているであろうことからも注意され、例えば覆版之一が日本に発見できないことは、抑も印本の総数が少なかったことに原因があるように見受けられる。しかし原版と覆版之二は、匹敵するとは言えないまでも、後者も盛んに行われたことが窺われる。それにも拘わらず日本には原版が多く流通し、覆版の比較的少数であることは、朝鮮の場合を参考とすれば、偶然とは見られない傾きと言えるのではないであろうか。逆に、中国と日本で盛んに流通した原版が、朝鮮であまり受入れられていないことは、日本の場合を参考とすれば、これまた偶然とは見られないように思われる。

こうした傾きについて、次にはその理由が検討されなければならないであろうが、現在のところ、上手く説明のつく妙案がない。ただ日本に万暦の原版が多く齎された点については、その刊地と流通経路の問題が想起される。つまり、原版の刊地である南京が、江戸期の唐本流入を支えた唐船の貨物の来源として有力であり、特に書物については、ほとんどが南京船と寧波船による舶載であったこと、大庭修氏に言及がある。(36) そうした情況を踏まえれば、一般的に言って、南京の版刻が日本に偏在するという点の説明はつく。しかしこの場合、そう短絡するには問題があり、現在知り得る、長崎入港時の記録に基づく舶載書目や帳面類（とその写し）が、全て元禄六年（一六九三）以降の貨物に関する資料であって、これは王元貞の刊刻からおよそ百年後以降のことであり、或いは後印本や古書としてのそれが含まれたかも知れないが、要するに該版に関しては、舶載書目の類に具体的な例証を欠くということである。また舶載書目類は、残念ながら版種を特定できる場合は稀で、個々の版本について考える際に一般の限界も伴う。結局、本書の王元貞校刊本が日本に偏在したのは、刊地南京と日本の間を結ぶ流通経路の状態に、その理由の一端があった、という程度に考えるのが穏当と言えようか。しかし、もしこの考えが妥当性を含むとすると、そのことは原版の覆刻自体に関しても一定の示唆を与える。明代の版刻について、あまり時を隔てていないと思わしき覆版の存在を、相当多くの場合に指摘できるが、本書の場合、流通経路の問題に関係して日本に南京刊刻の原版を多く存するのに対し、伝本の数は決して少なくないその覆版が、ほとんど見られないとすれば、覆版の方は南京の刊刻でないということを暗示するのではないか。つまり、覆刻の行われる要件として刊地の移動という前提を考えるべきではないか、という考えを促す。一方、朝鮮における覆版之二の優勢に関しても同様の理解を図れば、北京との外交を軸とする唐本将来の機会について、覆版の刊地の変更と、中国における販路の問題も与って、特殊な偏りとして作用したと見られようか。事は恣意に渉るので、可能性の提示に止め、専家の批正を俟ちたいが、伝本の語る事柄は一本の来歴に止まらず、版刻の実情を反映してその意味を構成する、という点を強調したい。

以下、本属のうち清代の翻版を列挙する。基本的には全て明万暦十八年（一五九〇）序刊本と同版式であり、このことは繰返して記さない。字様も一貫して方匠の体を採るが、これはやはり時流に従って変容する。諸版の解説には、万暦十八年序刊本と相違する点のみを記した。また多くは封面や版心下方の刻印によって関与の書舗名を知るが、同版にして印行者を変えている場合があるから（版心の舗名も改刻した例がある）、本来はこれを刊者と定め難い。しかし徒らに煩雑な標記とすることは避けたいので、原則として早印本の関与者を刊者として標記し、後の関与者は後印者として記した。従って刊者と記してあっても実際は蔵版印行者に過ぎず、将来同版早印本の著録によって後印者に降格する可能性がある。さらに、紙本の販売のみ他の書舗に委ねた場合があるので、版木（封面を含む）に名を顕さない者は発兌者と考え、後印者としては掲げず、個々の伝本の項にその旨を記した。これも、版木の移譲がなかったのかどうか、確実に知ることのできない例がある。版の先後関係について、これまた現在のところ正確に判じ難い面がある。版式はほぼ一様であるから、字様、匡高、封面の年記を勘案して録したが、正確を期し得なかった。また版の依拠関係について、もと万暦十八年序刊本か、その覆版に依拠することは間違いないが、多数の版が乱立する状態で、直接の関係を知り難い。この点は、特に徴証があって知り得る場合以外には記さなかった。版種の識別を主眼とした仮の整理であることを諒解願いたい。

同　清康熙五十五年（一七一六）刊（文盛堂　天徳堂）

封面、欄上毎字改行「康熙五十五年新鐫」四周双辺有界「〈陰勁弦／王孟起〉兩先生訂正／韻府群玉（楷体大書）／（低八格）〈文盛／天徳〉堂梓行」。陳序末、凡例末の徐智刊刻記を欠く。原序題目「羣」字「羊」上「八」画。巻首匡郭二一・

一×一三・六糎（図版二—二—十）。

〈北京・中国国家図書館古籍館　一四二六三六〉　二十冊

朝鮮李性源　民国厳霊峰旧蔵

後補淡丁子染蓮華文空押艶出朝鮮表紙（二五・六×一六・二糎）左肩打付に「韻玉幾」と、右肩より声韻目を列す。首冊のみ前副葉、朝鮮紙、後半に封面を貼附、淡青紙印、右下方に単辺方形陽刻「本坊住江南省城書舗／廊進巷状元境内發兌（楷書）」朱印記あり。陳序、原序、凡例（末葉後半刪去）、目録、総目を存し本文。

欄上〔朝鮮〕墨韻目標注書入、別手藍筆字目標圏、傍点、標注、欄上墨補注（「詩醇」「精華録」と互注）書入。巻首並に毎冊首に方形陰刻「延／安」「李／性源」「善／之」朱印記、首、目首に方形陰刻「梅／窩」朱印記、毎冊首に単辺方形陽刻「靈峯／臧書」、首に同「無求／備齋／主人」、巻首に同「無求備／齋臧／書圖記」、第八、二十冊尾に同「連江／嚴氏」朱印記（以上四顆、厳霊峰所用）あり。巻十三第一、二張間に（大日本帝国）大蔵省、日本勧業銀行発行の「支那事變貯蓄債券」広告票を差夾む。

李性源、字は善之、湖隠と号す。黄海道延安の人。朝鮮英祖元年（一七二五）生、同三十年登科。英祖、正祖朝に累進し正祖十四年（一七九〇）歿、諡号文肅公。

〈The Library of Congress　C236/y58.4〉　二十冊

淡紅色艶出表紙（二五・五×一六・一糎）左肩双辺二層「〈新／刻〉・韻府群玉〈巻数／声目〉」刷り題簽を貼附す。題簽上の下辺に韻目墨書。封面白紙印、同前朱印記を存す。前副葉。首目完整。毎冊一巻。

〈南京図書館　三〇〇六五一四〉　十冊

香色表紙（二六・八×一六・八糎）。天地截断。破損虫損修補。封面、陳序首張を欠く。以下首目完整。毎冊二巻。巻五第七至五張錯綴。

墨標圏、校改、欄外補注、毎韻首版心韻目標注書入。毎冊首に単辺方形陽刻「江蘇省立國學／圖書館一九四九／年已來增書」朱印記を存す。巻一第三、四張間に本書新増説文王元貞校別版本巻二十第五十張（大尾）の一葉を差夾む。版種を確定していないが、版式同様、匡高一四・三糎にて、後掲の〔清〕謙益堂刊本かその覆版と思われる。

〈上海図書館　長三一一七六一—七六〉　十六冊

王植善旧蔵

香色表紙（二五・九×一六・六糎）下方綫外「一九〇八」墨書。封面白紙印。首目完整。第一、十三至十四、十六冊に各二巻を収める他は、毎冊一巻

毎冊首に単辺方形陽刻「王培／孫紀／念物」朱印記（王植善〈『上海近代蔵書紀事詩』録〉旧蔵書）を存す。

〈浙江図書館　四二八四〉　十六冊

黄檗染表紙（二五・六×一五・八糎）右肩双辺二層刷り題簽を貼附し、題目下に巻数墨書、同筆にて右肩より打付に韻目墨書。改糸。首目完整。第一至二、九至十冊に各二巻を配する他、毎冊一巻。

巻首に単辺方形陽刻有界「泉唐汪／西泠平／生所集」、「願與天／下人共／珍視之」朱印記、毎冊首に単辺方形陽刻「□看／圖書／□臧」朱印記を存す。

〈延世大学校中央図書館　〇三一・二・二〇〉　十冊

後補丁子染亀甲繋文空押艶出表紙（二五・七×一五・八糎）左肩打付に「韵府羣玉　幾」と書し、右肩より同筆にて韻目を列す。封面白紙印。首副葉、康熙丁卯（二十六年、一六八七）徐可先「韻府群玉增删定本序」及び凡例、同庚申（十九年）謝倬小引鈔補。これらは後掲の清康熙二十六年序刊本増删韻府羣玉定本の首に拠ったと思われる。(37) 首目完整。毎冊二巻。

毎張前半欄上墨韻目標注、毎韻首韻序数標圏、本文朱墨茶傍圏、傍点書入（上声以下は稀）。毎巻首方形陰刻不明朱印記刪去、全南谷城郡栗軒丁日宇氏「黙容室藏」等の鈐印多し。

〈早稲田大学図書館　ホ四・八六四〉　十二冊

敦化堂発兌

後補素表紙（二五・七×一五・九糎）左肩打付に「韻府群玉」と書す。前副一葉、その後半に封面貼附、白紙印、右下方に無辺陽刻「敦化堂發兌」、次葉陳序首題目上に同「對」朱印記を存す。陳序第四張欠、以下首目存。巻三至六を各一冊に収める他は毎冊二巻。巻二第六十三張（尾）、巻二十第五十張（大尾）欠。

首のみ字目等朱囲、稀に朱傍圏書入、校改、墨鈔補。首に方形陰刻「□□／山房」朱印記、毎巻首に単辺方形陽刻「西／園」

朱印記、方形陰刻「師翰／章印」朱印記を存す。

〈東京大学総合図書館　D四〇・八八八〉　十冊

天徳堂発兌　朝鮮伝来

後補香色雲龍文空押艶出表紙（二五・四×一六・〇糎）左肩打付に「韻府羣玉〈甲（至癸）〉」と書し、右肩より声韻目を列す。包角。前後副葉。封面白紙印、中央上方に双辺円形陽刻波濤折桂画朱印記、書舗名上に方形陰刻「天徳／堂／圖書」朱印記を存す。首目完整。毎冊二巻。巻十一第四十三張を三十五、三十六張間に錯綴。

首のみ墨句点、巻十九首のみ藍傍点書入。毎冊首及び原序、凡例、目録、巻首に単辺円形陽刻三層有界「〈完／山〉・李泌淵・〈大／源〉」朱印記を存す。

〈韓国学中央研究院蔵書閣　A一〇C・九A〉　五冊

存巻一至三　六　二十　巻六配〔明末〕刊本之一

天徳堂発兌

後補黄檗染卍繋文空押艶出表紙（二五・八×一五・九糎）左肩打付に「韻府羣玉幾」と書し、右肩より同筆にて声韻目を列し、右下方綫外「共二十」と書す。封面白紙印、画印欠、書舗名上に方形陰刻「天徳／堂／圖書」朱印記を存す。首目完整。毎冊一巻。

茶字目傍点書入。尾冊後見返し「韻府羣玉巻之二十終（行書）」墨識。毎冊首に単辺方形陽刻「金印／釿哲」茶印記を存す。

これらの伝本のうち、早稲田大学図書館に蔵する敦化堂発兌本は、他の伝本に比べて後印とは見られないため、一応版木の譲渡はなかったと考えたい。

右の他、倉敷中央図書館（柳田氏『〈室町時代語資料としての〉抄物の研究』録）に同版本を蔵し、耶馬渓風物館に収蔵の康熙五十五年刊本とは該版のことと思われるが、共に未見。未見本について調査を経なければならないが、現在まで近世期の日本で受容の確証を見出さない。

同　〔清初〕刊（萃華堂）

封面、双辺有界「〈陰勁弦／王孟起〉兩先生訂正／韻府群玉（楷体大書）／〔　　　〕」牌記。陳序末の印影二顆摸刻を末行下に移し一張を減ず。徐智刊記なし。凡例末徐智刻記なし。原序、凡例、目録の張数は毎編別途、但し総目は第「四」。首題下声目、亀甲形墨囲。巻首匡郭二一・二×一三・四糎。版心張数下有界、下辺に「萃華堂」と刻し、前附より全張に及ぶ。

〈大連図書館　経一〇三・六五〉　　二十冊

巻十七配〔明末〕刊本

香色表紙（二四・七×一六・一糎）。破損修補。封面、白紙印。首のみ墨句点、欄上校注書入、破損鈔補。首に単辺方形陽刻「祗許沙／鷗識／素心」「拈紀从／裘累／是詩」朱印記。

欄外並に末行下方を刪去し、宣紙中に綴す。首のみ前副葉。陳序、原序、凡例、目録、総目を存し本文。毎冊一巻。巻十七に配する同系本の、版種を詳かにしない。万暦十八年序刊本とは別種の模様である。

同　清乾隆二十三年（一七五八）刊（芸經堂）

封面、欄上「（毎字改行）乾隆二十三年新鐫」四周双辺有界「〈陰勁弦／王孟起〉兩先生訂正／韻府群玉（楷体大書）／（下辺）芸經堂

梓行」(「芸經堂」三字左傾)。首目単辺、張数一通。陳序末、凡例末の徐智刊刻記を欠く。原序題目「羣」字「羊」上「八」画。巻首題下声目牌記「(上平聲)」。巻十首題目「之十」挖改。本文中はほとんど無界と見え、版心張数下の界線を欠く張子が多い。匡郭単辺、二一・八×一三・七糎。

知見の伝本はいずれも早印と見なし難く、後述の菁華堂印本に比較しても、刷りの様子には大差がない。一応、芸経堂本が先行すると見て刊者に宛てているが、封面の舗名には挖改を疑わせる傾きがあり、芸経堂も求版後印者であった可能性がある(図版二―二―十一)。

〈東京大学総合図書館南葵文庫 D四〇・四二二〉 合四冊

和歌山藩徳川家旧蔵

新補洋装、旧二十冊、香色表紙(二五・八×一六・五糎)左肩銀泥瑞雲文刷り題簽を後補し「韻府羣玉 幾」と書す。封面黄紙印。首目完整。毎旧冊一巻。

毎旧冊首に葵唐草「紀・伊・悳・川(左右天地)」文様中単辺方形陽刻「南葵/文庫」朱印記、単辺方形陽刻「舊和歌山/徳川氏藏(楷書)」朱印記を存す。

〈京都大学文学研究科図書館 中哲文・C・XVIb・七―一〉 十冊

香色表紙(二六・一×一七・〇糎)右肩より打付に冊数及び韻目を書す。改装。封面黄紙印。首目完整。毎冊二巻。巻一第二張、巻十二第三十二至四十五張欠。巻八第六十二張、巻十六第五十五至五十六張清人鈔補。巻三第六十張、巻四第七十三張、巻十一第三十四張、巻十三第三十八張重綴。

毎張版心墨韻目標注、本文稀に朱校注、傍圏書入。毎冊及び目首に単辺楕円形陽刻「心遠斎」朱印記、巻首に単辺円形陽刻「閒田/弃書」、方形陰刻「不嫌門徑/是漁樵」朱印記を存す。

〈清華大学図書館 庚四三九・五九三八〉 十冊

清楊復旧蔵

新補香色表紙(二七・六×一六・七糎)。裏打改装。前副葉新補。封面黄紙印、破損。原序を欠き、陳序、凡例、目録、総目を存し本文。毎冊二巻。

朱筆にて標圏、稀に竪句点書入。版心巻数下韻字墨書。首に単辺方形陽刻「豊華／堂書／庫寶／臧印」朱印記（楊復所用）あり。

〈University of California Berkeley, East Asian Library　5157/7323〉　八冊

存巻一至八　白紙印

又　後印（菁華堂）

封面、芸経堂本同板、但し舗名を「菁華堂」と挖改す。

〈南京図書館　三〇〇六五〇八〉　十冊

香色表紙（二六・二×一六・〇糎）。封面紅紙印。陳序、原序、凡例、目録を存し総目を欠く。毎冊二巻。巻一第二至三張板木中央破断。

首のみ朱欄上補注、本文傍圏、傍線、句点書入。

〈南京図書館　三〇〇六五一一〉　二十冊

新補香色表紙（二六・一×一五・九糎）改糸。藍色包角残存。本文白紙印。封面欠、首目完整。毎冊一巻。巻首匡高二一・八糎。

該本は封面を欠くため、いずれの書舗の印行か断じ得ない。暫時匡高を以て早印に掛ける。

清趙烈文　上海東亜同文書院旧蔵

香色表紙（二五・八×一六・二糎）。破損修補。封面及び陳序欠、以下首目存。毎冊一巻。

首尾欄上朱墨補注書入。首に「按察府君遺存」「二十本一夾」「天放樓記」朱識（趙烈文歟）。毎冊首に単辺方形陽刻「天放／樓」、毎冊尾に同「陽湖趙烈文字恵父號能静僑／於海虞築天放樓收庋文翰之記」朱印記、毎冊首に同「上海東亞／同文書院／

圖書館印」、無辺陽刻「通本」朱印記、毎冊見返しに双辺楕円形陽刻横書「東亞同文書院／圖書館」黒印記を存す。

〈南京大学図書館　五六・四二八六八〉　十六冊

白紙印

香色表紙（二四・八×一五・二糎）。黄紙に印出した牌記左辺のみを残し封面の大半を欠く。本文白紙。首目完整。第一、四至五、九至十二冊に二巻を配する他、毎冊一巻。

首のみ欄上墨韻目標注、稀に句圏、朱句点書入。

なおこの両本は封面を欠き、正確には菁華堂印本と断じ得ない。

〈慶應義塾図書館　一六八・八一〉　二十冊

白紙印

香色表紙（二六・〇×一六・〇糎）、第一、十一冊のみ左肩に題簽を貼布し、「前(後)／函」直下双辺方形陽刻「書業／興記／圖書」と朱印す。縹色包角。改糸。本文白紙。封面黄紙印。首目完整。毎冊一巻。巻十五第一張を欠く。後印本。

巻三第五十八、五十九張間に清人手跡にて「賦得抜十得五得才字／／作詩二首千萬勿誤／　鴻樨王銘」と記した紙箋を差夾む。書帙見返しに当館蔵書票を貼布し昭和十三年小林高四郎氏寄贈の旨墨書。

〈多度津町立明徳会図書館〉　二十冊

白紙印

香色表紙（二五・八×一六・〇糎）左肩打付に「韻府羣玉巻幾」と、右肩より韻目を書し、単辺三日月形陽刻「淑／卿」、方形陰刻「王氏／□□」朱印記を存す。縹色包角。破損修補。菁華堂封面淡紅紙印。本文白紙。首目完整。毎冊一巻。巻首匡高二一・七糎。

稀に鉛筆補注書入。毎冊首に単辺方形陽刻「高橋／圖書」朱印記を存す。毎冊後表紙「寄贈」朱印記下に「木谷経之」墨識、毎帙見返し同趣「多度津町葛原／木谷経之」墨識。

〈吉林省図書館　子二六・九〉　二十冊

巻六配〔明末〕刊本

新補柴色表紙（二五・七×一五・八糎）。改糸。虫損修補。封面淡紅紙印、薄紙中に綴す。首目完整。毎冊一巻。

巻六に配する同系本の、版種を詳かにしない。但し万暦十八年序刊本とは別種か。

〈中央研究院歴史語言研究所傅斯年図書館　043.515〉　十冊

白紙印

当館新補香色表紙（二六・三×一五・八糎）、次で香色表紙、

左肩打付に韻目巻数、右肩に声目を書す。封面竹紙印。本文白紙。首目完整。毎冊一巻。巻首匡高二一・六糎。墨傍句点、句圏、欄上補注書入、校改。

又　道光十一年（一八三一）印（集古堂）

封面、双辺有界「道光辛卯年重鐫／韻府羣玉（楷体大書）／（下辺）集古堂藏板」。巻首匡郭二一・六×一三・七糎。

〈静嘉堂文庫　四八・三五〉　二十冊

中村敬宇旧蔵

新補香色表紙（二四・七×一五・七糎）。康熙綴。本文厚手竹紙、破損修補。封面黄紙印。首目完整。毎冊一巻。字目朱囲、稀に朱竪句点、欄上校注書入、毎韻首張版心上に墨韻目標注書入。第一、十三冊首に単辺方形陽刻「中村氏／圖書記」朱印記（中村敬宇所用）を存す。

右の他、フランス国立図書館の漢籍和書等目録に著す「韻府羣玉（中略）publié par Oang Yuen-tcheng Meng-khi（王元貞孟起）.（中略）préface de Tchhen Oen-tchou（陳文燭）, pour l'édition de 1590（明万暦十八年）. réédition de 1758（清乾隆二十三年）, gravée a la salle tshing-hoa（菁華）」とあるのは本版を指すかと思われる。

同　清乾隆二十四年（一七五九）刊（敦化堂）

封面、欄上毎字改行「乾隆廿四年刊」単辺「〈陰勁弦／王孟起〉兩先生輯註／重鐫韻府群／玉原本（楷体大書）〈敦化堂／蔵板〉」。陳序首題「韻府羣玉叙」、無界、毎行一字を増して十四字、一張を減じて三張、徐智刊記なし。原序より総目まで張数一通、凡例末徐智刻記あり、但し方匠体。版心張数下有界。巻首匡郭二一・六×一三・五糎。諸本巻尾の題目を確認できない（図版二―二―十二）。

封面の文言に「原本」とある点について、乾隆年間までに本書の約編本が行われたことに対応関係があったと思われる。約編本には、徐可先等の成した清康熙十九年序刊『増刪韻府群玉定本』等の増刪本、同本から派生した清乾隆七年序刊『韻府群玉摘要』等の摘要本が挙げられる。後述のように、これらの本は康熙年間以降にある程度行われたと思しいが、例えば増刪本の封面に「按是編、原本韻玉遺珍悉採、冗累咸芟、巻帙雖約而記載彌詳」とあるのに照らすと、本版以下封面に「原本」と記すことには、これらの約編本との相違を強調する意図が看取される。文光堂刊後印本の項参照。なお本版はあくまで新増説文王元貞校本であり、増刪本の依拠本も新増説文本であったが、約編しない本文を「原本」と称するのみで、本書に言う元統版以下の「原本」とは異なる。

〈上海図書館　長六五六二三六―四五〉　十冊

香色表紙（二五・七×一六・四糎）左肩打付に「韻府羣玉〈[東]（壁・圖・書・府・西・園・翰・墨・林）〉」と書し、右肩より声韻目を列記す。裏打改装。封面及び陳序第一張前半欠、以下首目完整。毎冊二巻。

〈国立国会図書館　W七七五・一〉　十六冊

香色表紙（二五・七×一五・八糎）、首冊及び第十二冊は新補灰色表紙。封面黄紙印。首目完整。毎冊二巻。巻二十第四十六至五十張（大尾）欠。版心墨韻目標注、稀に本文句点書入、鈔補。毎冊首に単辺方形陽刻「養拙軒／圖書／之記」朱印記を存す。

これも厳密には敦化堂印本に限らないであろう。

〈北京・中国国家図書館古籍館　一四四五八五〉　二十冊

黄檗染表紙（二五・九×一六・〇糎）左肩打付に「韻府羣玉〈幾〉」と、右辺中段に韻目を書す。康熙綴。封面黄紙印。首目完整。毎冊一巻。

朱字目標圏、標注書入（入声には欠く）。

〈天津図書館　S五四二五〉　合十冊

後補素表紙（二五・九×一五・七糎）左肩より打付に声目、右肩より韻目を書す。次で香色旧表紙、右肩より打付に声韻目を録する冊あり。封面黄紙印。陳序、原序、目録を存し、総目を欠いて本文。毎冊二巻。

〈東洋大学図書館哲学堂文庫　を一中一二〉　二十冊

黄檗染表紙（二五・七×一五・八糎）第一、六、十一、十六冊左肩双辺二層刷り題簽「〈新／刻〉・韻府群玉〈元（至貞）〉」（序字朱印）貼布、題下に方形陰刻「寶寧／堂／藏書」、同「小山／田」朱印記を存し、右肩打付に声韻目を列す。左下方打付に別筆にて「全二十冊ノ内（首のみ）／幾」と書す。一部裏打改装。封面白紙印。首目完整。毎冊一巻。

稀に紅筆にて竪句点書入。毎冊首に題簽同種「小山／田」朱印記、単辺方形陽刻「甫水井／上氏藏書（隷書）」、単辺花卉様陽刻「井上／圓了」、毎冊首尾に単辺楕円形陰陽刻「御大典〈紀念／圖書〉・哲學堂〈甫水／圓了〉」朱印記を存す。

〈University of Chicago, East Asian Library　9304/7365〉　十冊

香色表紙（二五・四×一六・二糎）。改糸。淡青包角。封面黄紙印。首目完整。毎冊二巻。

巻首に方形陰陽刻「宗疇／芝房」朱印記を存す。

右の他、大連図書館に蔵し巻二、八、十七至十九を存する五冊本（経一〇三・六五）は、上記の乾隆中刊本に類同するが、残欠のため版種を定めることができなかった。

同　清乾隆二十七年（一七六二）刊（三畏堂）覆萃華堂刊本

封面、欄上毎字改行「[乾](鈔補)隆二十七年新鐫」双辺有界「〈[陰勁弦](鈔補)／王孟起〉[兩](鈔補)先生訂正／韻府羣玉(楷体大書)／(下辺)三畏堂梓行」。陳序末の一張を減ずること、底本に同じ。徐智刊記なし。原序の第三至四張単辺。凡例末徐智刻記なし。原序、凡例の張数は毎編別途であるのに、目録、総目は一通時の第七至十の形。本文中無界、巻二第七張以下屢ゝ単辺の張子を交え、巻二第四十七至五十八張以下、間ゝ版心下辺に「萃華堂」と刻す。巻首匡郭二一・〇×一三・四糎(38)（図版二—二—十三）。

〈国立公文書館内閣文庫昌平黌蔵書　三六六・二二〉　十冊

香色表紙（二五・二×一六・四糎）左肩打付に「韻府羣玉〈幾幾〉」と書し、右肩に単辺方形陽刻「昌平坂／學問所」墨印記を存す。康熙綴。封面を欠く。首目完整。毎冊二巻。首のみ朱句点書入。毎冊尾に無辺陽刻「文化丙子」朱、表紙同墨印記、毎冊首に双辺方形陽刻「淺草文庫(楷書)」朱印記あり。

〈筑波大学附属図書館　イ二九〇・一二四〉　十八冊

欠巻四　六

新補淡茶色漉目表紙（二五・〇×一五・九糎）首冊のみ左肩に題簽を貼布し「韻府群玉」と書す。毎冊右肩に「高等師範學校」鉛印蔵書票貼附。次で後補香色表紙、左肩に草花文雲母刷り題簽を貼布し「韻府群玉〈声目〉第幾」と、右肩より打付に同筆にて声韻目、張数を墨書す。改糸。封面黄紙印。首目完整。毎冊一巻。

朱筆にて序のみ句点、句圏、行間稀に補注書入あり。毎冊首に単辺方形陽刻「東京師／範學校／圖書印」朱印記を存す。

同　〔清〕刊（文秀堂）覆萃華堂刊本

封面、双辺「〈〔　〕弦／〔　〕起〉兩先生輯註／重鐫韻府群／玉原本（楷体大書）〈文秀堂／梓行〉」。陳序首題「韻府羣玉叙」、無界、毎行十四字、三張、徐智刊記なし。首目張数毎編別途、原序題目「羣」字「羊」上「八」画。凡例末徐智刻記なし。版心下辺に「文秀堂」と刻するが、間ゝ「萃華堂」ともあり、或いは欠く。巻首匡郭二一・二×一三・五糎。

〈北京大学図書館　〇三一・八五九・七八六五〉　十冊　三十五張、巻六第五十二、五十一張、巻十六第五十三、五十二香色表紙（二五・七×一六・一糎）。一部裏打修補。封面黄紙　張錯綴。印。前副一葉。首目完整。毎冊二巻。巻二第四十五張至巻一第

同　〔清〕刊（大文堂）

封面、四周三辺亜字牌「〈陰勁弦／王孟起〉兩先生輯註／重鐫韻府羣／玉原本（楷体大書）〈大文堂／藏板〉」。陳序首題「韻府羣玉叙」、無界、毎行十四字、三張、徐智刊記なし。首目張数各別途、凡例末徐智刻記なし。巻首題目下声目牌記「〔上平聲〕」。版心張数下有界。巻首匡郭二〇・九×一三・四糎。

〈ソウル大学校奎章閣　中三七一五〉　二十冊

大韓帝国　朝鮮総督府　京城帝国大学旧蔵

後補青絹表紙（二六・〇×一五・八糎）左肩同工素絹題簽を貼布して「韻府羣玉」と書し、右肩同絹を貼布し「共二十／巻之幾」以下韻目を列す。紅色包角。封面黄紙印。前副一葉。首目完整。毎冊一巻。毎冊首に単辺方形陽刻「集玉齋」朱印記、同「帝室／圖書／之章」朱印記（大韓帝国所用）、同「朝鮮総／督府圖／書之印」朱印記、同「京城帝／國大學／圖書章」朱印記を存す。

又　後印

封面、左右双辺「〈陰勁弦／王孟起〉兩先生輯註／重鐫韻府羣／玉原本（楷体大書）〈大文堂／蔵板〉」。匡高二〇・八糎。

〈韓国学中央研究院蔵書閣　C三・二九六〉　〔二十〕冊

李王家旧蔵

新補淡茶色艶出表紙（二四・四×一五・三糎）左肩打付に「韻府羣玉　幾」と書し、右下方綫外に「共二十」と書す。裏打改装。首目完整。〔毎冊一巻〕。首に単辺方形陽刻「李王家／圖書之／章」朱印記を存す。

又　後印（崇文堂）

封面、四周双辺「〈陰勁弦／王孟起〉兩先生輯註／重鐫韻府群／玉原本（楷体大書）〈崇文堂／蔵板〉」。匡高二〇・七糎。

〈成均館大学校尊経閣　C一五・四八a〉　二十冊

香色表紙（二五・七×一五・九糎）或いは後補素絹表紙、左肩打付に「韻府羣玉〈幾〉」と書し、右肩より同筆にて韻目を列す。康熙綴。巻一第十六、十七張間に双辺二層刷り題簽「〈崇／文／堂〉・韻府羣玉原本」題下「上函（朱印記）」を差夾む。封面黄紙印。首目完整。毎冊一巻。稀に朱圏書入。前記題簽に方形陰刻「三槐／堂／藏書」朱印記、首に単辺方形陽刻「吟詩學／書讀画／正己生」、方形陰刻「落華□／面文章」、単辺方形陽刻「儋／研齋」、目首に単辺円形陽刻「鳥華／雪月」、単辺方形陽刻「□□／華碩」、方形陰刻「張琴／和古松」、単辺方形陽刻虎図「朴」、巻首に方形陰刻「斎純／私印」、同「夏過未□□□」、同龍図「朴」朱印記を存す。

右の他、忻州市図書館、黒龍江省祖国医薬研究所、雲南省図書館に崇文堂本を存する模様。

同　〔清〕刊（文光堂）

封面、四周三辺亜字牌「〈陰勁弦／王孟起〉兩先生輯註／重鐫韻府羣／玉原本（楷体大書）〈文光堂／藏板〉」。陳序首題「韻府羣玉叙」、無界、毎行十四字、三張、陳氏印影摸刻せず、版心無文、徐智刊記なし。首目張数各別途。原序題目「羣」字「羊」上「八」画。凡例末徐智刻記なし。巻首題目下声目牌記「〔上平聲〕」。匡郭間々単辺、版心張数下有界、下辺刻「文光堂」。巻首匡郭二一・二×一三・五糎。

〈成均館大学校尊経閣　C一五・四八a〉　二十冊　香色表紙（二五・六×一五・九糎）或いは新補淡紅色卍繫草花

文空押艶出表紙、左肩打付に「韻府羣玉〈幾〉」と書し、右肩より同筆にて韻目を列記す。新補表紙には元表紙の題署、韻目部分を刪去貼附す。封面紅紙印。陳序、目録、総目、凡例、原序の順に綴す。毎冊一巻。

〈南京図書館　三〇〇六五一三〉　十冊

香色表紙（二六・一×一五・七糎）破損修補。封面黄紙印。陳序首二張欠、以下原序、目録、総目、凡例の順に綴す。毎冊二巻。

巻五、八に紫筆にて字目標圏書入。目録、凡例、毎巻首に単辺方形陽刻「國立中央圖／書館所藏」朱印記を存し、巻二首に朱印「(毎字改行)澤存書庫藏書」整理票を差夾む。

〈新潟大学附属図書館　子XI・二・一〉　十冊

新補厚手素表紙（二四・八×一五・八糎）。封面黄紙印。陳序首二張欠、以下原序、目録、総目、凡例の順に綴す。毎冊二巻。稀に朱竪句点、墨補注（清人歟）書入。毎冊首に単辺方形陽刻「新潟高／等學校／圖書記」朱印記を存す。

〈延世大学校中央図書館　중〇三二一〉　二十冊

後補淡茶色卍繋文空押艶出表紙（二三・五×一五・一糎）左肩打付に「韻府羣玉　〈幾〉」と書し、右下方に有界鉛印全南谷城郡栗軒丁日宇氏蔵書票「　示　諸　子　孫／吾所居黙容齋所藏萬巻書史自吾／先祖考觀齋諱佑星（中略）以來至于我七世辛勤所儲（中略）歳在癸亥四月十七日朝／(隔三格)病父栗軒口授仲子鳳泰以書」を貼附。封面黄紙印、「錦城丁氏寓居谷城珍弃」墨識。原序、凡例、目録、総目を存し、陳序を欠く。毎冊一巻。毎冊首に単辺方形陽刻「谷城郡／館洞丁／栗軒藏」、同「丁日宇／黙容室藏書印」朱印記を存する他、丁氏の識語、蔵書票、蔵書印が夥しい。

〈ソウル大学校奎章閣　中四八三六〉　二十冊

大韓帝国　朝鮮総督府　京城帝国大学旧蔵

香色表紙（二六・二×一五・七糎）左肩打付に「韻府羣玉〈幾〉」と書し、右下方綫外に「共二十」と書す。封面黄紙印。原序、凡例、目録、総目を存し、陳序を欠く。毎冊一巻。毎冊首に単辺方形陽刻「集玉齋」朱印記、同「帝室／圖書／之章」朱印記（大韓帝国所用）、同「朝鮮総／督府圖／書之印」朱印記、同「京城帝／國大學／圖書章」（小）、毎冊前見返しに同工同文（大）朱印記を存す。

又　後印

封面、四周双辺「〈陰勁弦／王孟起〉兩先生輯註／重鐫韻府羣／玉約編（楷体大書）」。

この封面では、すでに「原本」と称することを止め「約編」と銘する所に、需要の趨勢を窺うことができる。敦化堂刊本の項参照。

〈大連図書館　経一〇三・六六〉　十冊
大谷光瑞旧蔵

香色表紙（二四・九×一五・三糎）首冊のみ左下方に打付に「一」と墨書。封面黄紙印。陳序、原序、目録、総目、凡例の順に綴し本文。毎冊二巻。巻二十第五十張（大尾）を同第八、九張間に錯綴す。

毎冊前表紙に単辺方形陽刻「大谷／光瑞／臧書」朱印記あり。

〈布施美術館　一三三九〉　十六冊

香色表紙（二四・七×一五・三糎）左肩打付に「韻府群玉　幾、幾」と書し、右肩より同筆にて韻目を列す。前副一葉、封面を書扉の位に貼す、黄紙印。陳序、原序、目録、総目、凡例の順に綴す。巻一至二、十一至十二、十五至十六、十七至十八を各一冊に収める他は毎冊一巻。

首尾に双辺楕円形陽刻不明朱印記を存す。

右の他、北京師範大学図書館、西南師範大学図書館、重慶師範学院図書館にも同版本を存する模様。

同 〔清〕刊（聚錦堂） 覆文秀堂刊本

封面、双辺「〈陰勁弦／王孟起〉兩先生輯註／重鐫韻府群／玉原本（楷体大書）〈聚錦堂／梓行〉」。陳序首題「韻府羣玉叙」、無界、毎行十四字、三張、徐智刊記なし。首目張数毎編別途、原序題目「羣」字「羊」上「八」画。凡例末徐智刻記なし。巻首題目下声目牌記「〔上平聲〕」。版心下辺に「聚錦堂」と刻するが、「聚錦」二字挖改の跡あり、間〻舗名を欠き、またほとんど「□□堂」と削られているが「文秀堂」と読み取れる張子がある。巻首匡郭二一・〇×一三・五糎（図版二―二―十四）。

前掲文秀堂刊本とは別版の覆刻本で、封面や首目を始め、様式の細かい点まで一致し、本文上も、墨釘の処遇を含め、対応関係が見られる。本版版心の舗名改刻は、求板によるのではなく、覆刻時の修正と思われる。

〈慶應義塾大学言語文化研究所永島文庫　語二一・七〉　二十冊　後補淡茶色表紙（二五・五×一五・九糎）左肩打付に「韻府羣玉」と書し、中央に巻数と韻目を記す。封面黄紙印。首目完整。毎冊二巻。

香色表紙（二五・二×一五・六糎）右肩に東方文化学院蔵書票貼附。浅葱色包角。封面欠。首目完整。毎冊一巻。早印本。

毎冊首に単辺方形陽刻「東方文／化學院／圖書印」朱印記を存す。(39)

〈上海図書館　長六三九一五六―六五〉　合十冊

〈上海図書館　長三八四三〇三―一八〉　十六冊　首に単辺方形陽刻「樹／之」、同「陳印／道南」、円形陰刻「成」、方形陰刻「龍」印影を摸して朱鈔す。

香色表紙（二五・一×一六・二糎）。封面黄紙印。首目完整。巻十一至十二、十四至十五、十六至十七、十九至二十を各一冊に収める他は毎冊一巻。朱句点書入。

〈南京大学図書館中文系別置　五六・四六八一五〉　合十冊

新補香色或灰色表紙（二五・二×一六・一糎）。大尾に後補淡黄色艶出表紙を存す。小口書韻目、毎冊二段。裏打修補。封面黄色印。首目完整、毎冊二（毎旧冊二）巻。

版心下辺書舗名刪去。間々朱句点、傍圏、毎葉版心巻数下に墨韻目注記書入。

〈大韓民国国立中央図書館　승계古・三三三四・三四〉　十一冊

欠巻二至三　六　十三至十七　二十

香色表紙（二五・四×一六・三糎）左肩打付に「韻□羣玉〈幾元（亨利貞、毎五冊）〉」と書し、右肩より声韻目を列し、右下方綫外に「共二十」と書す。浅葱色包角。封面黄紙印。首目完整。毎冊一巻。

〈慶應義塾図書館　一〇・七〉　合七冊

新補淡渋引表紙（二四・三×一五・五糎）、毎巻前後に香色旧表紙を存す。改糸。封面紅紙印。首目完整。旧毎冊一巻、現在、巻四至五を一冊に収める他は毎冊三巻。巻四第四十二至七十八張（尾）、旧後表紙、旧前表紙、第一至四十一張と錯綴。

極稀に朱校注書入。首に双辺円形陽刻「萬／貳子」朱印記を存す。首及び旧第十冊前見返しに「故田中秀實氏紀念圖書」墨識。

〈天津図書館　S一四六四〉　二十四冊

香色表紙（二五・二×一五・八糎）。旧装康熙綴、改糸。封面黄紙印。首目完整。第四至六冊に巻四至五、第七至九冊に巻六至七、第十四至十六に巻十二至十三、第二十一至二十三冊に巻十八至十九を収める他は、毎冊一巻。

書口附箋。首冊前表紙に単辺方形陽刻「小蘭氏／收藏」朱印記、書帙に方形陰刻「曾在□／［　］頭」朱印記あり。

〈お茶の水図書館成簣堂文庫〉　二十三冊

兼阪止水旧蔵

香色表紙（二四・五×一五・四糎）右肩より打付に韻目を列し、左下方に冊数を書す。元康熙綴、改糸改装。封面黄紙印。首目完整。第三至五冊に巻三至四、第十至十二冊に巻九至十、第二十一至二十三冊に巻十九至二十を収める他は毎冊一巻。巻十四第十二至四十五張（尾）欠。

朱筆にて毎韻首張版心欄上標柱、本文字目標圏（上声以下稀、入声欠）、稀に欄上校注書入。毎冊首に単辺方形陽刻「林清虚／堂文庫」朱印記、同「兼阪／臧書」朱印記（兼阪止水所用）、同毎字有界「德富氏／圖書記(楷書)」朱印記を存す。

兼阪止水、名諄。幕末明治期の漢学者、もと熊本藩校時習館訓導、蘇峰の師。この本「兼阪止水先生舊藏／韵府群玉 二帙」墨識の詩箋、「德富先生／落合為誠」墨識の紙箋が副えられ、上帙に蘇峰筆にて「兼阪止水先生手澤／落合東郭詞宗携／来于銀城客舎／贈焉昭和十三年五月下旬 蘇叟〈七十六〉」と誌してあるので、蘇峰入手の経緯がわかる。

右の他、中国人民大学図書館、忻州市図書館、安慶市図書館、恵安県文化館、四川大学図書館、万県師範専科学校図書館、西南師範大学図書館にも同版本を存する模様。

同 〔清〕刊（元亨堂） 覆聚錦堂刊本

封面、双辺「〈陰勁弦／王孟起〉兩先生輯註／重鐫韻府羣／玉原本(楷体大書)〈元亨堂／藏板〉」。底本に準ずるが、陳序版心下辺に「元亨堂」と刻する。巻首二張、巻一第三十六張等の版心には「聚錦堂」と、巻一第十七至十八張、巻二第三十三張には「文秀堂」ともあるが、前掲の両種刊本とは別版である。巻首匡郭二〇・八×一三・五糎。

〈黒龍江省図書館 C一五二四四―五二〉 九冊

白紙印

表紙欠（二四・七×一七・〇糎）。旧前見返し背面左肩に「韻府羣玉」と、右肩より巻数、声韻目を書す。封面黄紙印。本文粗白紙。陳序、目録、総目、原序、凡例の順に綴し本文。第五、九冊に各三巻を収める他、毎冊二巻。

欄上墨校改、また版心上辺「青雲得路」、左辺外「青石橋文蔚齋」と刻する毎行二十五字の紅印稿紙を附して補注を書す。

右の他、『成都市古籍聯合目録』に「新増説文韻府群玉二十巻〈元陰時夫撰　元陰中夫注／清末元亨堂刻本〉」と録し都江堰市図書館の所蔵と伝え、また『四川省高校図書館古籍善本聯合目録』に「重鐫韻府群玉二十巻〈元陰時夫輯　陰中夫注　明聚錦堂刻清元亨堂印本〉」と録し西南師範大学図書館の所蔵と記している。後者は元亨堂本は聚錦堂刊本の後印本とするが、本版との関係は不明。

同　〔清〕刊（謙益堂）

封面、双辺有界「〈陰勁弦／王孟起〉兩先生輯註／新鐫韻府羣／玉原本（楷体大書）〈謙益堂／藏板〉」。陳序首題「韻府羣玉叙」、陳氏印影摸刻せず、無界、毎行十四字、三張、徐智刊記なし。首目張数毎編別途、凡例末徐智刻記なし。巻首題目下声目牌記「〔上平聲〕」。本文中無界。版心張数下無界。巻首匡郭一四・三×一〇・二糎。これまでほぼ一定の大きさであった版を、本属では初めて縮小した点に特色がある。版式字様は変えていない。

〈南京図書館　三〇〇六五一〇〉　二十冊

清范志熙旧蔵

藍色表紙（二〇・〇×一三・五糎）。封面黄紙印。首目完整。

毎冊一巻。

首に単辺方形陽刻「木樨香館／范氏臧書」朱印記（清范志熙所用）、毎冊首に同「江蘇省立／第一圖書／館藏書」朱印記、同有界「國立中／央圖書／館藏書」朱印記を存す。

范志熙、字は鶴生。湖北武昌の人。咸豊十一年（一八六一）挙人。国子監助教、揚州同知。別集『退思文存』に木樨香館刊本を存する。

〈南京図書館 三〇〇七〇七五〉　二十冊　題目左傍に同筆にて韻目を列記す。破損修補。封面欠。首目完

香色表紙（一八・三×一二・二糎）右肩打付に「韻府羣玉〈幾〉」整。毎冊一巻。

と書し、冊数に重ね単辺方形陽刻「楊／顯範」朱印記を存し、朱字目標圏書入。毎冊首、巻首に表紙同朱印記を存す。

又　後印（英秀堂）

本版にはまた、封面の舗名を「[英秀]堂」と挖改した後印本がある。

〈遼寧省図書館 一二〇〇五〉　二十冊　し同様の墨書、声目下に碑形「〈盛／京〉・文□□［　］／［　］

香色表紙（一八・三×一二・一糎）左肩打付に「巻幾〈声目〉」／書籍發行（楷書）」朱印記を存す。封面黄紙印。首目完整。毎冊

と、右肩より韻目を書す。首、第十一冊のみ左肩に題簽を貼布　一巻。

同　〔清〕刊（資善堂）覆謙益堂刊本

封面、双辺有界「〈陰勁弦／王孟起〉兩先生輯註／新鐫韻府羣／玉原本（楷体大書）〈資善堂／藏板〉」。版本の様子は謙益堂

本と同趣である。巻首匡郭一四・一×一〇・〇糎。

〈成均館大学校尊経閣　C一五・四八b〉　二十冊
香色表紙（一八・一×一二・五糎）或いは新補淡紅色雷文繫花卉文空押艶出表紙、左肩打付に「韻府羣玉幾」と書し、右肩より同筆にて韻目を列記す。新補表紙には元表紙の題署、韻目部分を刪去貼附す。右下方綫外に同筆にて「共十二」と書す。天地截断。封面黄紙印。凡例第二張欠。毎冊一巻。
藍色書帙二套、上面左肩に題簽を貼布し「韻府羣玉」と書し、題簽下方に「前(後)／函」と朱印、双辺方形陽刻二層「〈上／洋〉・埽葉山房／督造古今／書籍發客」朱印記を存す。

同　〔清〕刊（富春堂）

封面、双辺有界「〈陰勁弦／王孟起〉兩先生輯註／新鐫韻府羣／玉原本（楷体大書）〈富春堂／藏板〉」。前掲謙益堂本、資善堂本と同趣。巻首匡郭一四・〇×一〇・二糎。前掲版との関係を測り難いが、王元貞校本を受けた清中期巾箱本の系統で、いずれかの覆版であろう。ただ同趣の版本がどれだけ伏在するものか、研究の及ばないことを遺憾とする。

〈鎮江市図書館　〇〇二八四六〉　十五冊
　欠巻二　九至十一　十五
新補藍色表紙（一八・九×一二・五糎）。改糸。封面黄紙印。首目完整。

〈鎮江市図書館　〇〇八五三八〉　一冊
存巻十
香色表紙（一八・八×一二・五糎）。巻十首匡郭一四・二×一〇・二糎。
同版の知見本は残欠のみにて、版種の異同を確かめ得なかったが、便宜本系統の末に附記する。

以上、現在までに知見した王元貞校本を全て挙げた。清代の刊本は書目に載らない場合が多いし、書目なき文庫や個人蔵書家の有本も相当数に登るであろうと思われるので、版種、伝本流通の全像を論ずるには尚早と言わざるを得ない。この点は今後に期する他ないが、調査を行った責任上、右伝本の範囲で当面の見解を記して置きたい。版種等、餘りに多岐に渉ったので、上記の諸版を改めて表記しておこう。版種ごとの調査伝本の数も附記する。

新増説文韻府群玉二十巻
明万暦十八年序刊（秣陵王元貞）（三十五本）
又 一修
又 二修
又 三修
又 四修（清白堂）
又 五修
同 〔明末〕刊 覆明万暦十八年序刊本（五本）
同 〔明末〕刊 覆明万暦十八年序刊本（二十二本）
又 後印
又 後印（文枢堂呉桂宇）
同 清康熙五十五年刊（文盛堂 天徳堂）（九本）

同　〔清初〕刊　（萃華堂）　（一本）

同　清乾隆二十三年刊（芸経堂）　（十三本）

又　後印　（菁華堂）

又　道光十一年印（集古堂）

同　清乾隆二十四年刊（敦化堂）　（五本）

同　清乾隆二十七年刊（三畏堂）　覆萃華堂刊本（二本）

同　〔清〕刊（文秀堂）　覆萃華堂刊本　（一本）

同　〔清〕刊（大文堂）　（三本）

又　後印

又　後印　（崇文堂）

同　〔清〕刊（文光堂）　（七本）

又　後印

同　〔清〕刊（聚錦堂）　覆文秀堂刊本　（八本）

同　〔清〕刊（元亨堂）　（一本）

同　〔清〕刊（謙益堂）　（三本）

又　後印　（英秀堂）

同　〔清〕刊（資善堂）　覆謙益堂刊本　（一本）

同　〔清〕刊（富春堂）　（二本）

次に本属の展開と流通について総説すべき順序であるが、増删本、摘要本の両属は、本属から同時期に派生して関連が深いため、両属版本の解題を行ってから、併せて総説する次第としたい。

○増删本之属

明万暦十八年（一五九〇）前後に初めて刊行された新増説文王元貞校本は、万暦以降の江南地域の出版情況に後押しされ、非常な勢いを以て普及し、本書流布本の地位を占めた。この王本は直接間接の覆版を生んで、中国のみならず朝鮮や日本にも行われたが、その盛期は概ね明末から清前期の間にあったと思われる。しかし長く行われてきた『韻府群玉』に対し、明代に同工の書である『五車韻瑞』が編まれ、清朝康熙年間に至り、『韻府群玉』と『五車韻瑞』の両書を包含する形で『佩文韻府』が編まれると、長きにわたった『韻府群玉』の影響力も衰えを見せるに至った。この頃、清前期にも王本の覆刻は続いていたが、清刊本の封面を見ると「重鐫韻府群玉原本」「重鐫韻府羣玉約編」等と称するものが現れてくる。これらは本文を正しく説明するものではないが、実は、康熙年間以降に行われたと思しい、本属を含む約編諸本との競合関係から生まれた標題と考えられる。「原本」とは、約編本ではない旨を強調するために題せられたものであるし、後者に至っては、実際には約編されていないにも拘わらず自ら約編を謳っているのである。このような他本への反映にも見られるように、本属を含む約編本は、『韻府群玉』流布の末節、清前期に一定の普及を見た本文である。『四庫提要』の本書の解題中に

康熙中河閒府知府徐可先之妾謝瑛、又取書其重輯之、名增刪韻玉定本。今書肆所刊、皆瑛改本。(40)

と記すのはこの間の事情を証言したもので、謝瑛の增刪韻玉定本とは、後述の本屬清康熙十九年（一六八〇）序刊本の系統に触れたものである。

增刪韻府羣玉定本二十卷

清徐人鳳編　徐可先等校

清康熙十九年（一六八〇）序刊　據新增說文本

封面、双辺有界「景昔堂鑒定／增刪韻府羣玉／定本（隷楷大書）〈按是編原本韻玉遺珍悉採冗累咸芟卷帙／雖約而記載彌詳誠學海之舟航藝林之琬／琰至於較讐之密剞劂之工其餘事也閱者／鑒□〉」／牌記。

先ず徐可先序（三張）、首題「序」、次行より本文「（上略）歲己未予補守滄瀛盛暑∥披襟簿書稍間兒子人鳳手／捧一函曰此母氏于東牟郡署／所密授而諭勿輕示人者（中略）予／曰異哉是予久忘增刪者而母∥顧先我而成之見其裒益皆備／節省得宜補不病繁裁不害簡／丹黃燦若魚豕較然擊節嘆／興呼人鳳而詔之曰（中略）此爲鴻寶秘而不示人者而母／之閫範梓而公于世者予老人／之夙願爰命剞劂氏而授之梓／　旹／康熙歲次庚申孟夏上澣／　晉陵徐可先梅溪氏識」次行下より方形陰刻「良々／千石」、単辺方形陽刻「徐印／可先」印記摸刻（跨行）。毎半張六行、行十二字。

己未は清康熙十八年（一六七九）、山東方面の郡守を務めていた徐可先が、子の人鳳からその母の遺品である本書を示されて版刻を命じた機縁を記し、且つ「裒益皆備、節省得宜。補不病繁、裁不害簡。丹黃燦若、魚豕較然」と增刪の完備を謳った内容である。母の名は謝瑛と、凡例後の識語に見える。

次で原序（六張）、首題「韻府羣玉舊序」、次行より陰竹埜（応夢）序、改張同題後陰幼達序、又改張同題後陰時遇序。毎半張八行、毎行十五字。

次で謝序（二張）、首題「韻玉定本小引」、次行より本文「（上略）徐君未釋褐時也於∥制舉藝之外更為詩古文詞計韻玉一／書所由早正（中略）徐君不欲掩其苦心付梓行世／將見咏雪遺徽不又繼道韞而增一佳／語也哉（中略）∥（以下低一格）旹／（擡頭）康熙庚申夏五之吉謝倬雲章／氏識（行書）」、次行下双辺方形陽刻「東山／之後」、単辺方形陽刻「雲章／倬」印記摸刻。無界、毎半張七行、行十四字。

次で凡例（三張）、首題「增刪韻府羣玉定本／　凡例」、次行より本文。毎条第二行以下低一格、至第十一条。行を接し低二格諱字擡頭「旹／（双擡）順治歲己在亥清和既望偶檢程君房崑崙玄／實試海上金星硯因誌於東牟官署之壽／藤軒／（低六格）蘭陵謝瑛玉英氏譔」、次行下に単辺方形陽刻「謝／瑛」、方形陰刻「道韞／遺徽」印記摸刻。

順治己亥は十六年（一六五九）、謝氏は山東登州府東牟郡の官舎にあって、この凡例を作ったと言う。

次で韻選類従（三張）。首題「韻選類従／　凡例」、次行より本文、毎条第二行以下低一格、句点附刻。第六条の後、低八格「南蘭後學徐人鳳識」と署す。無界。

次で目録（毎声第一或いは第一至二、計八張）、首題「增刪韻府羣玉定本目録」、次行低二格標声目、次行低一格標巻数、次行より低二、十格に標韻目、毎巻改行、毎声改張同題。

毎巻先標「詩韻類従」、次行低二格標「一東〈獨用　古通冬轉江〉」等韻目、次行より「東（墨囲）蝀〈螮ㄧ／虹也〉」以下字目及び双行注を列す。了て改張。

巻首題「增刪韻府羣玉定本巻一（至二十）（隔四格）上平（至入）聲（墨囲亀甲）／（以下低一格）新呉陰竹埜先生定例　男〔時夫勁弦編輯／中夫復春編註〕／古呉徐可先梅溪甫訂正男〔人鳳子威增刪／人鶚子雲較閲〕／（低八格）同里謝　倬雲章氏參定」、次行低二格標「一東〈古（墨囲）二冬通用三江轉用〉」等韻目、次行より本文。字目並に事目墨囲、注小字双行。

巻之一（目三・四二張）上平　一東至　三江
巻之二（目五・七〇張）　四支上至　六魚
巻之三（目五・七三張）　七虞上至　十灰
巻之四（目五・八二張）　十一眞至　十五刪
巻之五（目五・八二張）下平　一先至　五歌
巻之六（目三・六六張）　六麻至　七陽
巻之七（目三・六二張）　八庚至　十蒸
巻之八（目四・六五張）　十一尤至　十五咸
巻之九（目四・六三張）上声　一董至　六語
巻之十（目五・六三張）　七麌至　十四旱
巻之十一（目五・六四張）　十五潸至二十二養
巻之十二（目四・五六張）　二十三梗至二十九豏
巻之十三（目五・七八張）去声　一送至　七遇
巻之十四（目五・五三張）　八霽至　十二震
巻之十五（目六・七三張）　十三問至二十一箇
巻之十六（目六・六七張）　二十二梗至　三十陥
巻之十七（目三・五六張）入声　一屋至　三覺
巻之十八（目六・七〇張）　四質至　九屑
巻之十九（目三・六六張）　十藥至　十一陌
巻之二十（目四・六一張）　十二錫至　十七洽

四周双辺（一二・一×九・三糎）有界、毎半張九行、行十八字、方匠体。版心、白口、上辺題「韻玉定本」、単線黒魚尾下標「巻幾〈韻目〉」、下方張数。
巻尾題「增刪韻府羣玉定本巻幾〈終〉」。

右のうち謝序と凡例については、後掲の内閣文庫蔵本に欠いているが、覆刻本には存し、その内容から原存と認められるので、本版の解題中に掲げた。これらの記事を総合すると、本属本文は徐可先とその妻謝瑛、その子人鳳、人鵠の一族によって編集されたもので、同里の謝倬（瑛の族か）もこれに加わっている。その経緯は、先ず謝瑛が順治十六年（一六五九）に凡例を作って編集を始め、後年、康熙十八年（一六七九）になって子の人鳳が遺稿として発見し、それを示された徐可先が版刻を試みたということになるが、巻首等の題署を見ると、人鳳が詩韻類選を附すなど増刪を加え、徐可先、人鶚、謝倬が校閲に当たり、康熙十九年頃に梓に附したということのようである。その巻立は、本書原編以来、基となる新増説文本の採用した二十巻の組織を、韻目もそのままに保存しており、その本文は増刪と言っても、底本の記事を一方的に節略したまでであって、加えた所は毎韻の首に附した詩韻類選と称する韻字の一覧のみであって、その実態は単なる約編本である。ただ本書版刻史の上では、最も早く現れた約編本であり、却ってその点を重んずる必要があろう。なお本版の韻選類従凡例は、張付の形から見て毎声の首に綴合されるべきものであるかも知れないが、そのような体裁の伝本を見ていない（図版二—二—十五）。

〈国立公文書館内閣文庫昌平黌蔵書　三六六・二七〉　十冊
香色表紙（二二・一×一一・九糎）左肩打付に「増刪韻府群玉定本〈幾幾〉」と書す（両手）。右肩に単辺方形陽刻「昌平坂／學問所」墨印記を存す。康熙綴。版面は料紙内下方に印出される。封面、白紙印。謝序、凡例欠。毎冊二巻。
毎冊尾に表紙同墨印記、無辺陽刻「文化丙子」朱印記、毎冊首に双辺方形陽刻「浅草文庫（楷書）」を存す。

〈吉林省図書館　子二六一・一一〉　十冊
新補香色表紙（一六・三×一一・七糎）、第四至五、七、九至

十冊は香色旧表紙、左肩打付に「丁（至癸）〈声目〉」と、右肩より韻目を書す。改糸。徐序を欠き、原序、謝序、韻選類従を存し本文。毎冊二巻。
毎冊首に宝珠中陽刻「子育」、単辺方形陽刻「張保均」朱印記。
右の他、香港中文大学図書館、韓国成均館大学校中央図書館に同版本を存する模様。また『彰考館図書目録』に「増刪韻府群玉定本〈陰勁弦編輯　康熙甲申　一〇　刊〉」と録する焼失本は、康熙庚申の誤りで本版か。

同　　清康熙二十六年（一六八七）序刊（豫章四友堂）　覆清康熙十九年序刊本

前版の覆刻であるが、封面の末行は「（上略）閲者鑒諸（格隔五）豫章四友堂」とあり、徐序末の「康熙歳次庚申」の年紀を「康熙歳次丁卯（二十六年）」と改変してある。本文中、文字を挖改した痕が目立つ。版式同前、巻首匡郭一一・八×九・四糎。

〈北九州市立中央図書館　経一〇―三・#二〇五〉　二十冊　欠巻一　十五　十八　十九

後補渋引表紙（二二・七×一二・四糎）。縹色包角。改糸。封面、黄紙印。徐序、原序、謝序、凡例、目録を存し本文。毎冊一巻。巻三第十三、三、十四張、第十九、十五、二十張、巻四第三十七、三十六張と錯綴す。稀に朱欄上補注、行間校注、別朱傍圏書入。毎冊後見返しに単辺方形陽刻「毛利／藏書（隷書）」朱印記を存す。

〈韓国学中央研究院蔵書閣　A一〇C・二八〉　十六冊

後補丁子染雷文繋蓮華文空押艶出朝鮮表紙（二二・三×一二・五糎）左肩打付に「韵府羣玉幾何聲之幾」と、右肩より韻目、右下方「共二十」と書す。毎冊一巻。巻三第二十九張鈔補。毎葉前半欄上墨藍韻目標注、間ゝ後半別墨同注、補注書入、本文破損鈔補、字目朱囲、藍熟字傍点書入。

右の他、延世大学校中央図書館に蔵する本も同版か。

○摘要本之属

韻府羣玉二十巻　韻府羣玉輯要一巻

清闕名摘要

清乾隆七年（一七四二）序刊（明善堂）　據増刪本

本属も約編本の一種に当たり、前記増刪本の直接の影響下に成立した本文である。怡親王序（二張）、首題「韻府摘要序」、次行より本文「（上略）〃乾隆七年歳次壬戌孟春和碩／怡親王撰（楷書）」。毎半張六行、行十二字。

輯要（四七張）、首題「韻府羣玉輯要〈声目〉／（低八格）明善堂重梓」、次行低二格標韻目、次行より字目を列す。毎韻改行。

巻首題「韻府羣玉巻一（至二十）／　上平（至入）聲」、次行低二格標「一東〈古（墨囲）一冬通用三江轉用〉」等韻目、次行より本文。字目陰刻、事目引書目墨囲、注小字双行。

巻之一（一四張）上平　一東至　三江
巻之二（一六張）　四支至　六魚
巻之三（三〇張）　七虞至　十灰
巻之四（二六張）　十一眞至　十五刪
巻之五（三三張）下平　一先至　五歌
巻之六（二一張）　六麻至　七陽
巻之七（一六張）　八庚至　十蒸
巻之八（一七張）　十一尤至　十五咸
巻之九（二六張）上声　一董至　六語
巻之十（二一張）　七麌至　十四旱
巻之十一（二五張）　十五潸至二十二養
巻之十二（一九張）　二十三梗至二十九豏

巻之十三（二五張）去声　一送至　七遇　　巻之十七（二三張）入声　一屋至　三覺
巻之十四（一九張）　八霽至　十二震　　巻之十八（二九張）　四質至　九屑
巻之十五（二八張）　十三問至二十一箇　巻之十九（二五張）　十藥至　十一陌
巻之十六（二六張）　二十三禡至　三十陷　巻之二十（二四張）　十二錫至　十七洽

四周双辺（一〇・三×七・四糎）有界、毎半張九行、行十六字、方匠体。版心、白口、上辺題「韻府羣玉」、単線黒魚尾下標「巻幾〈声目　韻目〉」、下辺張数。
巻尾題「韻府羣玉巻幾〈終〉」。

本版に序を記した怡親王は、怡僖親王弘曉。聖祖康熙帝の孫、怡賢親王允祥の第七子で雍正八年（一七三〇）に怡親王を襲い、乾隆四十三年（一七七八）に薨じた。明善堂と称す。「明善堂重梓」とある本版は怡親王府刊本ということになるが、同じ怡府刊本に同年の『集千家註杜工部詩集』が知られる。また本書原本に属する〔明前期〕刊本のうち台北・国家図書館蔵本と、新増直音説文〔明末〕刊本中の吉林省図書館蔵本は、「明善堂珍藏書畫印記」「明善堂覧書画印記」の朱印記を存する怡僖親王弘曉の旧蔵書であった。ただ本版の本文は原本、新増直音本ではなく新増説文本の系統を節略したもので、直接には前記増删本に拠っている。本版に附刻する「韻府羣玉輯要」も、増删本の各巻首に附された「詩韻類従」を集めたものに過ぎない。本版は増删本を受けてさらに約編を進め、それに応じて版面も縮小した形である。

〈上海図書館　五九九三四七—五六〉　十冊　文光堂蔵版

後補焦茶色表紙（一七・九×一二・六糎）。淡青包角。金鑲玉装。封面、双辺無界「／韻府羣玉(大書)／(低二格)文光堂藏板」牌記、黄紙印。第一冊輯要、巻一至三、六至八を各一冊とする他は毎冊二巻。

〈吉林省図書館 子二六一・一〇〉 八冊

後補香色表紙（一四・一×九・八糎）左肩に黄色地単辺書き題簽「韻府羣玉〈巻幾〉（但し冊数）」、右肩に同工の目録題簽を貼附し韻目を書す。次で香色旧表紙あり。改糸。怡親王序、輯要を存し本文。第一冊に首巻と巻一、第四冊に三巻、第七、八冊に各四巻を配する他は、毎冊二巻。

右の他、台湾師範大学国文研図書室蔵趙蔭棠旧蔵書中に同種本を存する由、[41]また佐伯毛利家の善本献上後の蔵書を録した『以呂波分書目』[42]に「明善堂韻府群玉 六本」とあるのは本版を指すかと思われるが、現在は残存しない模様である。

同 清同治十三年（一八七四）刊（天禄閣藏版 京都寳經堂） 覆乾隆七年序刊本

封面、匡郭版心あり、前半有界「古香齋仿本／袖珍韻府群玉(大書)／(下辺)天禄閣藏版(以上隷書)」、後半無界、中央に「同治十三季京／都寳經堂重栞(隷書)」記を存す。怡親王序、輯要、本文同前。巻首匡郭一〇・二×七・四糎。

〈南京図書館 三〇〇六五五三〉 八冊

清丁丙旧蔵

香色表紙（一五・一×九・二糎）。本文白紙。前記の封面を存す。毎冊二乃至三巻。

序首に単辺円形陽刻「銭唐丁／氏正修／堂臧書」朱印記（清丁丙所用）、毎冊首に同「江蘇省立／第一圖書／館藏書」朱印記、毎冊首尾に同有界「國立中／央圖書／館藏書」朱印記を存す。

本属伝本に関してはなお中国に多く存するものと思うが、当面右の三本を著録したに過ぎない。ただ『佩文韻府』の登場によって本書検閲の意義が薄れたにも拘わらず、明代には増補一辺倒であったものが踵を返すように約編本の形を取り、細〻とした版刻ではあるが清末に及んでいることを知ると、本書の宿した生命の強さに驚かされる。なお清代には『韻府約編』と題する書も行われているが、これは『佩文韻府』の約編本であり、本書と直接の関係はない。以上、一先ず版本の解題を終える。

右のように、明清の間に行われた新増説文王元貞校本、増删本、摘要本の諸版は、必ずしも交替して現れたのではなく、次第に雁行したものと思われる。また他の属や同工他書の版刻が、その趨勢に影響を及ぼしたことも予見される。本書の場合、まず元末明初以来の原本と新増説文本が一定量流布しているし、朝鮮と日本では増続会通本が行われている。同工書としては『五車韻瑞』や『佩文韻府』等の流通が関与したと思われる。しかし明末以降清前期まで、また朝鮮朝後期、日本江戸前期以降に限定すると、大きく言って量的には、本書王本之属の流通が中心であった。その王本の版刻情況を見渡すと、〔明末〕刊文枢堂後印本から清康熙五十五年（一七一六）文盛堂天徳堂刊本の所で著しい変化のあったことがわかる。即ち万暦以来、明末清初の交には、王元貞校刊本とその覆版ばかりが行われていたが、清前期以降には多くの版種が乱立し、その際、封面が附され版心に舗名の明記される形が取られた。文枢堂が〔明末〕の覆版を求めて後印したあたりが転換点になっていて、その後は覆刻、求板が目まぐるしく行われた。これは万暦の原版が、一版を修刻して大量に印行されたと思われるのに対し、清前期以降の版刻では、簡単に覆版を成し、ある程度印行した後、すぐ別舗に譲渡するといった調子で、版種は増したのに、一版あたりの伝本の数は減少した。

先に明版三種の流通について、韓国の伝本を鏡として日本の情況を検討した結果、王元貞校刊本の日本に偏在する姿が浮かび上がって来た。しかし本属清版が江戸期の日本で用いられた例は、それに比べて餘りに乏しい。現在は日本に蔵する本であっても多くは近代に将来されたと思しく、江戸期の受容が確実視される伝本は、昌平黌本の覆萃華堂版の他、一、二の例に止まる。これに対し韓国の伝本を見ると、朝鮮朝の後葉には各種の翻版が揃い、中国における流通とある程度一体化していた様子が窺えて、日本の場合とは対照を成す。こうした現象をどのように解すべきか広範な検討が俟たれるが、本書本属の日本における受容についてのみ言えば、恐らくは万暦の王元貞校刊本の十分な流布と補完関係にあって、朝鮮の場合、一版の優勢化する契機がなかったということであろう。この日本での流布情況は、万暦版が清初以降もかなり長期に印行されたことを暗示している。今日、王元貞の子孫の動向やその校刊本の版木の行方については判明しないが、本書の如く、何等かの形で継承する者があったということになろう(43)。さらにはまた、日本の需要者の関心が移り、南北朝以降、本書に託されてきた、漢学の窓口、漢語表現の淵藪としての役割が、江戸中期以降に漸く薄れてきた情況も勘案する必要がある。もはや本書本属の伝本のみに基づいて語るべきことではないが、日本で『韻府群玉』他の漢籍を用いて行われた中世的漢学に一段階を画する時節が、ちょうど江戸中期頃に当たると言う事情も関係があろう(44)。

王元貞の版刻は、万暦前半期の南京の情況を背景に有ち、新たな実態を伴う家刻本として登場した。そして少なくとも本書の場合は、市場の圧倒的な支持をかちえたのだと思われる。そこには、前代の正統的家刻本の形に効率性が加味され、声誉と共に需要を考慮するという実態が備わっていた。この版本が時宜を得て爆発的に行われた様子を見ると、これは本書や王元貞校刊の書についてのみ言えることではなく、この所で中国の書物史が大きな曲がり角に差掛かったのだと思わざるを得ない。王元貞の場合、版刻書の数もそれ程多くはないし、専業者という訳でもないが、万暦の後半から明末に向け、様〻の自覚的版刻者が百出して市民権を得ていくその前段階、先駆けの一人として位置付けられるのではないかとも思われる。ともかくそうした出版に基づく版本情況は、大きな波となって日本に押し寄せたのである。本書の王元貞校刊本の場合、流通経路の問題も与って、量的に突出する結果を招いたのであろうが、やはり源である版刻の発した圧力が、決定的に強かったと見るのが公平であろう。その直接の覆版についても、朝鮮で流布本となるなど、間接的に王本伝播の力強さを顕した。しかし清代になると中国の版刻情況が変質したと見られ、書舗の活動が全面に出て来る分、一版の価値が軽くなって、特色の薄い複製品が流通した。王元貞の版刻が、一版でその力を保持したのに対し、清前期以降は、夥しい翻版の出現と、その目まぐるしい変転という様相になって、その現象を改めた。これも見方を変えれば、本当の意味で書物の行き渡る社会が中国に成立したということであり、そうした情況を、本書の版刻の中にも看て取れるように思われる。ただ乾隆以降の時期には、本書の再編集も約編の方向、小型化の道を辿り、本属についても造本の縮小を来しているが、これは同工増補の他書の成立に影響を受けたのであろうと思われ、その意味では、本書が元明間の坊刻を契機に幾たびかの増補を加え、その都度、新たな翻刻を促して来たのに対し、万暦以降は新校本が興隆し、さらには約編本と趣向を変えていったのは、本書に固有の価値が、市場においては一等を減じつつある情況の反映であったとも言える。本属の盛行は、版本学の上から、一版の力が長く広く到達した姿であると言うことができるけれども、結果として王元貞の校刊が、本書の内在していた価値を残す所なく汲み出してしまった格好であり、その版刻も遂に終焉に向かったのである。

（1） 本節も柳田征司氏「『玉塵』の原典『韻府群玉』について」（山田忠雄氏編『國語史學の爲に』、一九八六、笠間書院、『〈室町時代語資料としての〉抄物の研究』〈一九九八、武蔵野書院〉追補再録）に負う。

（2） 元元統三年（一三三五）刊『広韻』、同後至元四年（一三三八）刊『春秋集伝釈義大成』、同六年刊『伯生詩後〈続編〉』（目録末「時至元後庚辰劉氏日新堂謹識」記）、同年刊『掲曼碩詩集』（目録首「至元庚辰季春日新堂印行」記）、同七年刊『朱文公校昌黎先生文集』、元至正元年（一三四一）刊『朱子成書』、同二年刊『四書輯釈大成』、同年刊『増広事聯詩学大成』、同六年刊『漢唐事箋対策機要』、同七年刊『詩経疑問』（序末署「時至正丁亥蒲節建安書林劉〈錦文〉叔簡」）、同八年刊『春秋胡氏伝纂疏』（自跋後「建安劉叔簡栞于日新書堂」記）、元（一説同九年）刊『太平金鏡策』附『答策秘訣』（巻末「□□□□孟秋建安日新堂謹誌」記、附刻首署「建安劉〈錦文〉叔簡輯」）、同十二年刊『詩集伝通釈』（「詩傳綱領」首題「建安劉氏日新堂校刊」、巻一尾「至正壬辰仲春日新書堂刻梓」記）、同十四年刊『書集伝音釈』、同十五年刊『増修互註礼部韻略』、同十七年刊『明本排字九経直音』、元刊『新編方輿勝覧』等の元末の版刻や、その他若干の刻書伝鈔本（丁丙『善本書室蔵書志』録「春秋金鎖匙一巻〈影元刊本〉（中略）巻末有至正癸丑日新堂刊八字」。至正癸丑は明洪武六年相当とされる〈『書林清話』巻四〉）等の著録にも知られる。但し葉徳輝『書林清話』巻四「元時書坊刻書之盛」では、右のうちの『朱文公校昌黎先生文集』『朱子成書』『増修互註礼部韻略』『明本排字九経直音』の四書を「日新書堂」の下に別掲し、劉氏日新堂とは区別している。

（3） 『国立中央図書館善本解題 Ⅰ』。

（4） この「國／賢」印につき、京都大学附属図書館清家文庫等に収蔵書中にする清原国賢所用朱印記と比較を試みたが、同種のものを得なかった。

（5） 『天理図書館稀書目録 和漢書之部 第三』一八三五。

（6） 阿部隆一氏「〈中華民国国立〉故宮博物院楊氏観海堂善本解題」（『斯道文庫論集』第九輯、一九七一、のち『中国訪書志』〈一九七六、汲古書院、一九八三増訂〉再録）。

（7） 『天理図書館稀書目録 和漢書之部 第四』六一三。

(8)『龍谷大学図書館善本目録』二二〇参照。

(9) 伊藤東慎氏『黄龍遺韻』(一九五七)。

(10) 東洋文庫収蔵(二・B-C・一)日本〔南北朝〕刊原本にも「瓢本」のことが見える。第二章第一節、当該伝本の項並に注(41)参照。この策彦旧蔵本の書影は、かつて『思文閣古書資料目録』一五九(一九九八)の七十番に掲載されている。

(11) 宣徳間(一四二六—三五)刊『書伝大全通釈』(巻三首題下「書林三峯劉氏日新書堂重刊」記)、成化四年(一四六八)刊『新刊宋学士夾漈先生六経奥論』(序後「書林劉氏日新堂刊」牌記)、同年刊『歴代道学統宗淵源問対』、同十一年刊『標題詳注十九史音義明解』(劉氏日新書堂)、同年刊『増修箋注妙選群英草堂詩餘』、弘治間(一四八八—一五〇五)刊『資治通鑑綱目』、弘治十七年刊『新刊通鑑一勺史意』(劉氏日新書堂)、同十八年刊『東漢文鑑』、正徳六年(一五一一)刊『性理群書集覧』(巻十七後「書林劉氏日新堂刊」牌記)、同年刊『太医院経験奇效良方大全』(総目後「正徳辛未孟夏日新書堂重刊」牌記)、同十年刊『続真文忠公文章正宗』、同十五年刊『張東海先生文集』、嘉靖七年(一五二八)刊『新刊太医院外科心法』、同八年刊『新刊医林類証集要』、同四十三年刊『類編傷寒活人書括指掌図論』等が知られる。右のうち首の『書伝大全通釈』は、『中国善本書提要』『北平図書館善本書目』著録、両者とも宣徳間の版刻に擬す。前者に拠れば、目後に「宣徳乙卯歳仲秋日守中書堂鼎新刊行」牌記を存する由、王氏按「劉氏日新堂開設在元、此又題作守中書堂者、疑入明以後、子孫分其業、又各立堂名故也」。

(12) この点、注(1)柳田氏論文に指摘がある。

(13) 該本を著録した王重民氏『美国国会図書館蔵中国善本書目』の「新増説文韻府羣玉二十巻〈十冊 二函〉明弘治七年劉氏安正堂刻本」条には「巻二十有嘉靖甲申劉氏重刊牌記、此牌記持於納福童子手中、式様頗新奇」の語があり、同条にはまた「孫本目錄上平聲下有注、此本無之、不知何故、殆以孫本印刷更在此本後歟」ともあって、目録声目下注記追刻のない別種印本について、巻末の年記が「嘉靖甲申」であることを伝えるが、首は早印本、巻三以下は補配された同版後修本であって、元来これらを同時に満たす本ではない。「孫本」云々とは、孫星衍『平津館鑑蔵書籍記』補遺著録本。但し「新増直音説文韻府羣玉廿巻」に係る。孫記「目錄上平聲下注云、新増一東宗風戎四韻幷新序首八十板、當是重刊人所記」。全文は三三〇頁に掲載した。

(14) 宮内庁書陵部蔵宋刊本『重広分門三蘇文粋』二十八冊(五〇二一・四一二)所用帙同工。

(15) 『図書寮漢籍善本書目』子部類書類参照。

(16) 李国慶氏『明代刊工姓名索引』に拠ると、この陳禮の名は隆慶六年(一五七二)刻本『籌海図編』および万暦三十四年(一六〇六)刻本『八代詩乗』にも存する由であるが、異同を審かにしない。

(17) 該本について、『延世大学校中央図書館古書目録 第二輯』に「新増説文韻府羣玉」と著録するが、これは補配の巻五至六首題と、巻三の首を欠くのと、該版巻四首題に「直音」の二字を欠くためと思われる。

(18) 同様の伝を『同治上江両県志』巻二十四、耆旧録にも載せる。その本文は左の通り。

王元貞、字孟起。上元人。父繼文、字純父、孝友誠信、遠方爭識其面。兄元中、早卒。元貞撫其子玉京、如己子。家有桂園在迴光寺前、曾與張都閫鯨川、王揮使元崑、顧參知體庵、姚太守鳳麓、陳秀才延之、山人張白門、柳陳父、程孺文結詩社於中。有桂園社草。袁尚書洪愈稱、其食餼療疾、掩骼埋胔、有古節俠風。修文廟、欲爲國家得正人君子、以貢京兆魁大廷。其志量遠矣。

(19) 「長干社」は、南京城南、秦淮河に懸かる長干橋に由来する命名と思われる。

(20) 『藝文類聚』の王元貞校刊本については、伝本の調査を尽くしていない。ただ数本を一瞥した限りでも覆刻別版や補刻本を見出すので、万暦十五年の初印本をどれと指摘するのは容易でないと思われる。

(21) 『焦氏類林』焦竑題辞とは、左のようなもの。

余少嗜書、苦家貧不能多致、時從人借本諷之(中略)庚辰讀書、有感葛稚川語、遇會心處、輒以片紙記之。甫二歳、計偕北上因罷去、殘藁委於篋笥。塵埃漫滅、不復省視久矣。李君士龍見之、謂其可以資文字之引用、備遺忘之萬一也。乃手自整理、取世説篇目括之、不盡者括以他目、譬之溝中之斷文。以靑黄則士龍之爲也(中略)書凡若干卷、其大意具編纂一篇、故綴卷首。

萬暦乙酉孟春建業焦竑弱侯題。

(22)『王氏画苑』の原刻と称する明刻本二部を、台北・国家図書館に蔵すると聞くが、未見。『国家図書館善本書誌初稿』に「藏明刻本畫苑二本、一本存六種二十八卷、又一本存七種二十五卷、稱明鄖陽原刊本、左右雙邊十一行二十字白口單魚尾有工名」と録す。また繆荃孫の『藝風藏書續記』巻八に「明刻本畫苑」を録し「存十四種三十六卷、十一行二十字、稱字跡秀勁」と言う。この款式は、毎半張十行二十字の王元貞刊本とは異なっている。

なお王世貞の重刻の刊序は少壮の朱之蕃の揮毫によっている。朱之蕃は万暦二十三年(一五九五)の進士第一、朱衣の嗣子。朱衣は王世貞の鄖陽府在任中に同府下の房県の令であった者(之蕃も同地に生まれている)で、姚汝循と共に本書の校者として名前が見える。

(23)王序中「手澤」の語は、編者呂本の手録を指すか、呂元の所為を指すか明瞭でないが、巻首に「呂元校録」と署する点からすると、呂元手沢の校録本と推される。

(24)本節の記述は井上進氏の指教および論文「書肆、書賈、文人」(荒井健氏編『中華文人の生活』、一九九四、平凡社)、著書『中国出版文化史――書物世界と知の風景――』(二〇〇二、名古屋大学出版会)に負う所が大きい。また明末の出版情況、出版者につき、大木康氏『明末江南の出版文化』(二〇〇四、研文出版)をも参照。

(25)陳文燭の『二酉園文集』以下、現存の別集には本序を収めていない。

(26)この脱句、元至正十六年(一三五六)新増説文本以来の異文であるが、前稿に指摘することができなかった。

(27)「複」を「復」に作る異同は元至正十六年新増説文本の板の損傷に由来する。

(28)これらの脱改増字、注(26)に同じ。

(29)本版に一部弘治版の影響が見出される点について、底本に弘治版の補配があったと考えることも可能であろうが、本文中に散見する墨釘に関しては弘治版に合わず、積極的に弘治版を底本と考える徴証を得ないので、一部の校改と判断した。

(30)柳田氏注(1)論文指摘。

(31)欧州他の伝本については所在を知らないが、中国、韓国、日本、米国の伝存情況を見ると、他地域にも所蔵の少なからざることが思われる。記して後日の補完に俟つ。

（32） 万暦版においても後印本は匡高二一・二糎程度まで収縮しているが、覆版は早印本でこの高さである。両者の判別については印の早晩を前提とし、他の要件をも勘案する必要がある。

（33） これらの変更箇所は、本文の主要な部分に当たらないと考え、後修とは見なさなかった。張付の変更と欠張に関しては、本文の順序や広略に渉ると見て、修とする立場もあろうが、ここは、二張分を欠くための不連続を放置する等、単なる隠蔽の意に出るものと判断し、後印本と処遇した。

（34） 杜信孚、杜同書両氏『全明分省分県刻書考』（二〇〇一、綫装書局）等。なお同書は、本文に挙例した文枢堂関与の書を均しく金陵書林文枢堂呉桂宇刊本と録し、他に同様の書として「韵府群玉三十四巻」「詩餘選四巻〈胡日新輯〉」「水經注四十巻」「萬氏家鈔濟世良方六巻」を挙げるが、所在の確認ができていない。

（35） 調査順に、誠庵古書博物館、延世大学校中央図書館、高麗大学校中央図書館、国立中央図書館、成均館大学校尊経閣、ソウル大学校奎章閣、韓国学中央研究院蔵書閣の七機関で書目掲載の分。

（36） 『江戸時代における唐船持渡書の研究』（一九六七、関西大学東西学術研究所）ほか。

（37） 増删本は初刻の清康熙十九年序刊本に徐可先の序を附して「康熙庚申（十九年）」と記すが、覆刻時にこれを「康熙丁卯（二十六）」と改めた。

（38） この版につき注（1）柳田氏論文追補では萃華堂刊本と認めておられる。しかし本書では、前出別版の〔清初〕刊本（大連図書館蔵）を萃華堂刊行と認める一方、本版のように巻首や巻一に舗名を欠き中間にのみ存する形は、隠蔽もしくは不慮の露顕といった事情が想定されるため、こちらは萃華堂刊本と見ていない。こうした現象を理解するための一の想定は、覆刻時の不手際と言うべきもので、底本の舗名までも覆刻し、校正の上、初印前にこれを删去または改刻した等という場合が考えられる。実は同類の現象が、著者見聞の範囲でも他に二例あった。その一は、巻首は文秀堂名で中間に萃華堂を交えるもの。もう一は、巻首は聚錦堂名で中間に文秀堂を交えるもの。別舗名を残すのは覆刻時の不手際だと見ると、萃華堂刊本は某刊本と文秀堂刊本とを生み、文秀堂刊本は聚錦堂刊本を生んだ、ということになって、比較的単純に説明できる。

a. 萃華堂刊　→d. 某刊

↓b．文秀堂刊　↓c．聚錦堂刊

このうち巻首文秀堂版（b）と巻首聚錦堂版（c）とは、本文の上からも覆刻の関係と確認され、巻首聚錦堂版に、早印の本であっても聚錦堂の名が入っていることは、こうした考えに蓋然性の高いことを示唆している。本書ではなるべく単純な想定を採る考え方に立っているので、一応みな覆刻の都合によるものとして著録した。

(39) 永島文庫については金文京、高橋智両氏による「慶應義塾大学言語文化研究所　所蔵　永島栄一郎氏旧蔵　中国語言学（小学）資料について――解説と目録――」（「慶應義塾大学言語文化研究所紀要」第三十四号、二〇〇二）を参照されたい。

(40) 文淵閣本『総目』に拠る。同「書前提要」は「妾」作「婦」、「改本」作「書」。

(41) 高橋智氏の指教に拠る。

(42) 磯部彰氏編『東北大学所蔵豊後佐伯藩『以呂波分書目』の研究』（二〇〇三年、東北大学東北アジア研究センター）に拠る。

(43) 王元貞校刊本①『藝文類聚』には贋謙堂の封面を冠する後修の〔清〕印本がある。鶴岡市立図書館蔵、類書之部第五函。封面、欄上「重／鐫」双辺有界「秣陵王孟起先生校／藝文類聚（楷体大書）／（低六格）書林贋謙堂藏板」丁子染料紙印（但し「贋」字挖改の跡あり）。

(44) 堀川貴司氏「中世から近世へ――漢詩文、漢籍をめぐって――」（「中世文学」第五十号、二〇〇五、『詩のかたち・詩のこころ――中世日本漢文学研究――』〈二〇〇六、若草書房〉再録）。

第二章　第三節

『韻府群玉』版本考
――増続会通本系統

第二章の最後に、朝鮮と日本に行われた増続会通本類を取上げ、考証を加える。増続会通本とは、後に見るように、『韻府』の新増説文本と、続編とを併せた本文であり、その成立には本書続編の通行が前提となるから、本段では、まず続編之属として『韻府続編』の諸版を解説し、次で増続会通本の成立を説き、その諸本に及ぶ。さらに増続会通本に基づく改編本一種を加えてから、本書版本の展開を総括し、『韻府』の章を結ぶこととしたい(1)。

元明間の『韻府群玉』の版刻は、次〻と覆刊を重ねる一方、新たな便宜を謳い、わずかな増補を繰返して来たが、これらは版刻の都合を第一義とする安易な方法によって行われ、増補と言っても粉飾の域を出ない性質の事柄であった。この場合、本文の管理も杜撰であり、一般的に覆刻の欠点として挙げられる誤写と誤刻とを次第に重ねていった。これに従い、新増説文本、新増直音説文本といった亜種を生みながら、基となる原編の本文自体は劣化の道をたどり、明代中葉までには参考に堪えない箇所を多く抱える結果となっていた。そのような情況の下、万暦十八年（一五九〇）前後に南京の監生王元貞が、款式字様を改め、新たに『新増説文韻府群玉』を校刊した。この版本は時宜を得て広範に流通したため、従来の杜撰な覆刻本を退ける形で、以後はこの王元貞校本が本書の流布本と定まったことは、前節に見た如くである。ただ明代の半ば頃、右の展開とは別に『韻府群玉』の続編が試みられ、増補別編として『類聚古今韻府続編』（以下「韻府続編」と簡称）が刊刻された。

この『韻府続編』を成した包瑜、字希賢は、浙江処州府青田県の出身で、諸方の教官を歴任した人物である。明清の伝記類や方志中に小伝を見るが、その記事は大同小異であり(2)、『栝彙蒼紀』巻十二・往哲紀、青田縣、皇明の項に拠ると、次のように伝える。

包瑜、字希賢、由舉人任教諭、致政歸。淮王幣聘修書、進講便殿、賜坐忘勢。所著通鑒事類一百二十一巻、左傳事類四十巻、王閲之喜甚、遂梓行、仍命工肖瑜像、親讃曰、見道之眞、履道之正、咳唾古今、寤寐賢聖、傳獵經蒐、回瓢點詠、衣冠肅如、後學企敬。居七年告歸投老。選述甚多、見藝文志。

これに拠れば、挙人として教諭に任じ、官を退いた後、淮王の招聘により進講の栄に浴し、王の感ずる所となって、包の著作である『通鑑事類』百二十一巻と『左伝事類』四十巻の刊行が図られ、その他にも著述が多かったと言うのである。また『栝彙蒼紀』巻十三・藝文紀を見ると、通鑑事類一百二十一巻、史書係韻三百巻、綱目事類四十巻、讀書備忘一百巻、春秋講義、周易衍義を挙げ、倶に包瑜の著作と登録してある。ただ実際、このうちの綱目事類に該当すると思わしき伝本を存するが(3)、その他の著作については伝本の所在を聞かない(4)。書目から判断すると、教官の著作らしく経史に取材した編著が多かったと思われる。肝心の『韻府続編』については言及がなく、後の方志もこれを踏襲するが、『万姓統譜』巻三十一・肴韻の章には、包の伝を載せてなお「撰韻府續編一百二十三巻、春秋講義、周易衍義、讀史六事、讀書備忘、稽古齋集諸書、藏于家」と記している。

本書伝本のうち先行のものを見ると、後掲の如く明弘治十二年(一四九九)の張時叙および潘琴の序を存して、編者包瑜についても言及があり、その伝について少しく補うべき点がある。先ず張序に

致政掌教青田包先生瑜、以景泰庚午鄉薦、歴建寧臨淄進賢浮梁四學教諭。自幼好學、至老不倦。常以陰氏韻府所收有未備、故爲續編、以補其畧。

とあり、弘治十二年には致仕していたこと、景泰庚午元年（一四五〇）の郷挙によって官についたこと、福建建寧府、山東青州府臨淄県、江西南昌府進賢県、江西饒州府浮梁県学の教諭を歴任したことがわかる。この序を記した時、張は青田知県の職にあった。また次の福建興化知府を以て致仕していた潘琴の序には

君名瑜、字希賢。心靜而學富。由鄕薦歷儒官四十餘年、只今行年八十、猶能書細字、盡一燭不倦。平生著述甚多、此特其一者耳。

とあり、包が四十年以上にわたり学官を勤め、景泰元年の任官から数えれば、弘治三年（一四九〇）以後に官を辞したこと、また弘治十二年には概そ八十歳で、永楽十八年（一四二〇）以前の出生であったことがわかる。このことからすると、淮王の聘を受けたのは致仕の後の七年間であったから、弘治三年以後、この淮王が正統十三年（一四四八）に封を襲い弘治十五年に薨じた康王朱祁銓に当たるとすれば、同三年から十五年の間であったことになる。[5]これを要するに、包は四十数年の間、地方教官を勤める傍ら、孜々として編著に励み、致仕の後、晩年になって淮王の幣を仰ぎ、またその著作のうちのいくつかは梓に附される機会を得たが、殊に『韻府続編』は、『韻府』の増続会通本に流入し広く流布したのである。

以下にこの『韻府続編』を含む諸版の解題を行うが、本段においても、まず関係の諸版を列挙し、見通しを示して置く。

○続編之属

明正徳十二年（一五一七）刊（劉宗器安正書堂）本

〔明〕刊（日新書堂）本

又　増修

明嘉靖三年（一五二四）刊（劉氏）本

○増続会通本之属

朝鮮刊（乙亥字）本

又〔逓〕修

朝鮮明崇禎再丁酉（一七一七）刊（戊申字　校書館）本

日本寛永二年（一六二五）刊（古活字　京　田中長左衛門）本

日本延宝三年（一六七五）刊（京　八尾勘兵衛）本

○増続会通改編本之属

〔朝鮮中期〕刊（訓錬都監字）本

右の三属八版種を、本段の対象とする。概そ続編は唐本のみ、増続会通本は韓本と和本、同改編本は韓本一種のみである。次に、辛うじて刊刻された『韻府続編』の版本を解題し、本書流通の実情を見て行きたい。本属については、現在までに二版三種の本文を実見することができた。

○続編之属

類聚古今韻府續編四十巻

明包瑜編

明正徳十二年（一五一七）刊（劉宗器安正書堂）

この版本は初刊であろうと思われるものの、実際の伝本に接し得ていない。ただ中国鎮江市博物館蔵本の伝存が著録され、『四庫全書存目叢書』子部一七三至四に影印されている。その本文は四十巻を備え、後出の略本に比較すると、広本と称すべきものである。暫時書影に従い、著録し得る点のみを記す。

先ず張時叙序（二張）、首題「類聚古今韻府續編大全序」、次行より低一格諱字擡頭にて本文（影印本原欠第二張前半、この箇所同行款の重刻本に拠り《 》内に補う）「事理之在天下古今至不一也不有以會之／孰従而得之不有以考之孰従而知之此韻／府羣玉之所以脩而續編之所以緝也致政／掌教青田包先生〈瑜〉以景泰庚午郷薦歴建／寧臨淄進賢浮梁四學教諭自幼好學至老／不倦常以陰氏韻府所收事有未備故為續／編以補其略既克成編而遇者欲作興梓／行而中遭多故弗果遂弘治丁巳之冬予奉∥《（擡頭）命來宰青田知有是編因取徧閲則見其間該／載甚富自経傳子史以及百家衆説罔不畢／集一開巻間瞭然在目異聞未見多所長益／予甚悦之因令人重校繕寫發付書林劉〈宗〉／〈器〉氏刋刻以廣其傳（中略）》（中略）是編為巻凡／四十有四今日一出将與四方識者共之書／成欲有所識故書是語於首用識其所以續／之之意云∥（以下擡頭）弘治十二年歳在己未秋八月吉／賜進士文林郎青田縣知縣渤海張時叙　序」。毎半張九行、行十八字。尾題「韻府續編大全

〈畢〉」。

次で潘琴序（第三至四張）、首題「類聚古今韻府續編大全序」、次行より低一格本文「孔子象易之大畜曰（中略）陰氏韻府羣玉囊／括古今坐閲武庫或者猶病其略予友青田包君／講校之暇日取群玉之編續以所聞於経史傳記／者隨韻增入窮捜廣剔積累既久遂成大帙異聞／隠録既詳且備較之群玉盖所謂青於藍者乃別／其集而自成（中略）曩者僉憲盱江王公華廵土／至邑得是編而閲之甚喜慨然曰成人之美吾職／也亟給紙墨副其本欲咨閩藩舊知梓之書林而行之業以遘疾而寢無乃此志之行與否亦固有／遇不遇時耶君屢貽予書曰吾平生精力殆盡于／此凡十易稿而後定子素知我必得一言以為信／今傳後之徴乎夫君之為學志乎（中略）君名〈瑜〉字希賢心静而學富由郷薦歴儒／官四十餘年只今行年八十猶能書細字盡一燭／不倦平生著述甚多此特其一者耳予知之深故／不辭蕪陋而題其端／（以下擡頭）弘治十二年龍集巳未秋八月望／賜進士中順大夫福建興化府知府致仕鶴山潘琴序」。毎半張十行、行二十字。尾題同前。

右の両序を見ると、本書は包氏の編著であり、当初先ず僉憲の王華が写し取って校正に努め、閩藩の書林から刊行しようとしたが、王の病によって頓挫した。次で明弘治丁巳十年（一四九七）に青田知県として着任した張時叙がこれを重校し、同十二年に、書林劉宗器に発付し刊行する、というのである。

張序第二張、本文末に行を接して双辺有界牌記あり、本文低一格「韻府一書自皇元大徳丁未陰氏所著經今二百／餘年今有青田包先生常觀是書其中收有未備／者故捜求玉海通考事文類聚　皇明一統志等／書續補其畧以得其全名曰韻府續編如正徳丙／子安正堂劉宗器氏得求藁本捐資謄寫刋刻類／有二千餘板今刋一東字起至鄴字匀止序目一／十餘板共四十巻姑且印行以示賢明君子便以／觀看瞭然在目　書成通行印賣以便観覧幸甚／（擡頭）正徳丁丑孟秋之吉書林安正堂劉宗器　謹識」。

右の「大徳丁未」は十一年（一三〇七）、原編『韻府群玉』の陰竹埜（応夢）の序に拠る年紀と思われるが、すでに述べたようにこれは原編完成以前に書かれた文章である（第二章第一節一八五頁、同第二節三〇二頁）。また「正徳丙子」は十一年（一五一六）、丁丑はその翌年。「安正堂劉宗器氏得求藁本、捐資謄寫刊刻」と言うのは、張序に「予甚悦之、因令人重校繕寫、發付書林劉宗器氏刋刻、以廣其傳」と言っていたことに合致する。しかし両序から刊記まで十七年もの隔たりがあり、張序には本書を四十四巻と言っていたのに、結局四十巻とされていることは、安正書堂にとって餘裕のない版刻であったことを窺わせる。編者包瑜の歿年は不明であるが、刊記の正徳十二年には少なくとも百歳前後の高齢という計算になり、自身はその刊行を見ることができなかったかも知れない。

次で凡例（第五張）、首題「類聚古今韻府續編大全凡例」、次行より一つ書下低一格諱字擡頭にて本文、毎条改行して第六条に及ぶ。第三条に洪武正韻に準拠することが謳われる。毎半張十一行、行二十字。尾題「韻府續編大全凡例〈畢〉」。

次で周序（二張）、首題「增廣韻府大全序」、次行より諱字改行にて本文（句圏附刻か）「（上略）自元至大庚戌。以迨／國朝正徳癸酉。上下一百餘年家傳人誦無／可擬議。我郷青田包夫子出。增續是書。總四／十巻。（中略）既有是書。弗傳／於世。不負作者之盛心。抑孤大方之渴仰／甚非不没人之良意。今建陽安正堂劉氏。徴／復校讐。梓行天下。予聞之。喜而不寐。（中略）／正徳昭陽作噩之歳仲秋月哉生魄／（低三格）餘杭後學静軒周禮書于護國山荘」。毎半張十行、行十七字。尾題「序〈畢〉」。

元至大庚戌は三年（一三一〇）、原編に附する姚雲序の年紀。正徳癸酉（昭陽作噩）は八年（一五一三）を指す。この段階では巻数が現状の四十巻となっている。

次で目録（四張）、首題「韻府續編大全目録」、次行花口魚尾圏発下低二格に声目を標し、次行低一格、墨囲陰刻にて巻数を標し、同行下より低五、十一格に韻目を列す。毎巻改行。入声十葉韻に至る。尾題「韻府大全目録〈畢〉」。

巻首題「類聚古今韻府續編巻之一（至四十）（隔三格）平（至去）聲（墨囲陰刻間々欠）／（低七格）後學青田包瑜編輯」、又題「類聚古今韻府大全」、巻二十九以下題「新刋古今韻府續編」等。次行低二格「一東」等韻目（以上大字）、同行直下より低二格にて「東冬〇通〇同童僮瞳」以下直音注（小字双行）。次行より本文、先ず大字にて「東」等と字目を標し（同音字の首は墨囲）直下より注（小字双行）。次で「賦河東」等と中字単行にて熟字を標し、直下より注（小字双行）。注中標目字「｜」符代号、注の末尾に「韓（陰刻）」等（或は墨囲）と出典を附す。毎韻改行。

巻之一（七三張）平声　一東
巻之二（六四張）　二支
巻之三（二五張）　三齊
巻之四（四三張）　四魚
巻之五（三七張）　五模
巻之六（五三張）　六皆至　七灰
巻之七（三八張）　八眞上
巻之八（四七張）　八眞下
巻之九（三六張）　九寒至　十刪
巻之十（四八張）　十一先
巻之十一（二五張）　十二蕭至　十三爻
巻之十二（二八張）　十四歌至　十六遮
巻之十三（四四張）　十七陽
巻之十四（五四張）　十八庚一至三
巻之十五（三二張）　十八庚四
巻之十六（四六張）　十九尤
巻之十七（三八張）　二十侵至二十二塩
巻之十八（五五張）上声　一董至　二紙三
巻之十九（四七張）　二紙四至　三薺下
巻之二十（三二張）　四語
巻之二十一（三九張）　五姥
巻之二十二（四八張）　六解至　十一銑
巻之二十三（四三張）　十二篠至　十四哿
巻之二十四（二八張）　十五馬至　十七養
巻之二十五（三五張）　十八梗至二十二琰
巻之二十六（一一張）去声　一送

巻之二十七（三七張）　二寘三至　三霽下
巻之二十八（五五張）　四御至　七隊
巻之二十九（四三張）　九翰至　十一霰
巻之三十（五九張）　十二嘯至　十七漾下
巻之三十一（四九張）　十八敬上至二十二豔
巻之三十二（五〇張）　入声　一屋
巻之三十三（二八張）　二質一至二
巻之三十四（三四張）　二質王（マヽ）至四
巻之三十五（四六張）　三曷至　五屑下
巻之三十六（四一張）　六藥
巻之三十七（二八張）　七陌一至二
巻之三十八（二五張）　七陌三至四
巻之三十九（三一張）　七陌五至六
巻之四十（五五張）　八緝至　十葉

四周双辺、毎半張十一行、行小二十九字。版心、中黒口（接内周）、上辺題「韻府大全」、双線黒魚尾（不対向）、上尾下標「巻之幾(フ)」、下尾下張数。

巻尾題「類聚(新刊)古今韻府續編巻之幾」、間ゝ同行下声目。大尾題「新刊類聚古今韻府續編巻之四十〈終〉」。

巻四十尾題前に双辺有界「正徳丁丑仲秋／京兆劉氏安正／書堂新増栞行」牌記あり。

本書を刊刻した安正書堂は、明前期から後期にかけて現れた建陽の書肆として知られ、概そ宣徳から万暦の間に活動の痕跡が認められる。謝水順、李珽両氏の『福建古代刻書』（一九九七年、福建人民出版社）に拠ると、歴史最長、数量最多の書肆ということである。本書大尾の刊記に「京兆」の文字を冠するのは貫籍に拠るものであろうか、周序にも「建陽安正堂劉氏」と言っているから、右と別の者とは思われない。安正書堂は、すでに解説した通り（第二章第二節三一七頁）弘治七年（一四九四）に『新増説文韻府群玉』を覆刻した書肆であり、本版の開刻も一連の事業と見なすことができる。

本書は凡例にある通り、洪武韻による整序排列を採用しているが、これは明代学官の編書として当然であろう。ただ右の巻序と編目を見ると、原編の『韻府群玉』に比べ巻立と分韻がよく対応しておらず、一韻の分配も不定であり、その編集に錯雑の部分を残していたことがわかる。また字句の採録を重視するあまり、熟字としては不安定な、五字六字以上に及ぶ字句の採録が多い。本文の扱いという点から見てもやや雑駁で、原文を節略したり原拠を示していなかったりする項目も目に着くが、これは劉宗器の刊語にある通り、本書が先行の編書類書を最大限に利用して成り立っているからであり、劉の言は本文中に標目のある書を挙げたまでであって、むしろその一端を述べたに過ぎない。後に四庫館臣が、本書を「叢脞龐雜、殊無可采」と断じて存目に止めたのも已むを得なかった。

毎巻首尾の題目について、巻二十九以降みな「新刋」の文字を冠することが注意される。これは恐らく後述の別版に二十八巻不全本を存することと関係があり、本版も一時二十八巻の状態で行われる機会があったかと想像される。そう考える理由としてもう一点、本書には巻二十八、二十九間に位置すべき去声八震韻の本文を全く欠いてしまっていることが挙げられ、これは本版の開刻が漸進的に行われたことを物語っているように思われる。張序末の劉宗器の刊記には「類有二千餘板、今刋一東字起至鄰字勻止、序目一十餘板、共四十巻、姑且印行、以示賢明君子」と本文の完備を殊に強調しているし、大尾の刊記に「新増栞行」とあることは、図らずもそうした経緯を反映しているのではなかろうか。その場合、両刊記は四十巻の完成時に附せられたということになるから、正徳十二年とは増修時の年紀である可能性がある。記して後考を俟ちたい。

なお鎮江博物館蔵本は間ゝ本文に墨釘を有し、巻十八などは相当甚しく、あるいは補刻を含んでいるかも知れない。また巻十五第二十七至二十八、巻二十一第二十三至二十四、巻二十三第四十一至四十二、巻三十一第二十一、巻三十二第三十三、巻三十五第四十四至四十五、巻三十八第二十三至二十四（影印本注記せず）、巻三十九第二十七、三十（注記せず）、巻四十第九至十張を欠く。

同 二十八巻 原闕去聲震韻至入聲
〔明〕刊（日新書堂） 據明正德十二年刊本

この版本は、上記明正德十二年刊本と同款式の重刊本であり、字体字様もほぼ一致し、巻首においては覆刊と言うべき版刻である。ただ巻の途中から本文を節略して排字を異にする所があり、毎巻の張数も異なっているから、前本に対して略本と称すべきである。また標記のように、当初は巻二十八までの不全の状態で行われた。次に底本と異なる点のみを解説する。

先ず張序、現存本では第二張後半の紙葉を刪去してあるため、前版の牌記の箇所がどのような版面であるか不明。次で潘序。次で凡例、現存本には周序を欠く。

次で目録（三張）、第三張後半第一行の巻二十八、去声八震韻に至る。第二張までは前版を覆刻したのであるが、第三張は新刻で少しく字様が異なる。これは、前版では巻二十九以下の編目を存するが、該版には要しないからであろう。尾題「目録〈畢〉」。

巻首の題署や本文の体式は底本に同じであるが、該版では毎巻の張数を減じているので次に列挙する。

巻之一（六三張）平声 一東　　巻之四（三四張）　四魚
巻之二（五二張）　二支　　巻之五（第一至「二十四五」至二十八張）五模
巻之三（一九張）　三齊　　巻之六（三九張）　六皆至　七灰

巻之七（二五張）　八眞上
巻之八（三五張）　八眞下
巻之九（二〇張）　九寒至　十刪
巻之十（三七張）　十一先
巻之十一（二一張）　十二蕭至　十三爻
巻之十二（二三張）　十四歌至　十六遮
巻之十三（三四張）　十七陽
巻之十四（三七張）　十八庚一至三
巻之十五（二一張）　十八庚四
巻之十六（三四張）　十九尤上
巻之十七（二七張）　二十侵至二十二塩
巻之十八（三六張）上声　一董至　二紙三
巻之十九（三五張）　二紙四至　三薺下
巻之二十（第一至「二十至二」至二十四張）四語
巻之二十一（二八張）　五姥
巻之二十二（三八張）　六解至　十一銑
巻之二十三（三〇張）　十二篠至　十四哿
巻之二十四（二一張）　十五馬至　十七養
巻之二十五（二六張）　十八梗至二十二琰
巻之二十六（　八張）去声　一送至　二寘二
巻之二十七（二七張）　二寘三至　三霽下
巻之二十八（四四張）　四御至　七隊下

四周双辺（二〇・八×一二・九糎）。
大尾題「新刊類聚古今韻府續編巻之二十八〈終〉」。
本文後、右の尾題前に双辺「日新書堂校正刋」牌記あり（図版二―三―一）。

本版を刊刻した日新書堂は建陽の書肆、元末の至正年間前後に出版を行った劉錦文の末裔とされる。この劉氏は至正十六年（一三五六）に、原本の『韻府群玉』に増編を加えた『新増説文韻府群玉』を世に送り出した者でもある。劉氏には元末以降、出版の事績が数多くあって著名であるが、明代の半ば、弘治正徳の間に最も活発であり、すでに著録したように、明弘治六至七年（一四九三―四）には『新増説文韻府群玉』を覆刻し「説文」の増入を完成している（第二章第二節三二四頁）。この時、日新書堂刊本は、ほぼ同時に安正書堂によって覆刻されているから、両者の間には何等かの相互関係があり、前記『韻府続編』安正書堂版と本版の重刻も、この事業に連続していたと思われる。

本版では、目録も本文も一書を閉じる体裁に作られているが、その本文は去声の末と入声の全てを欠いており、目録の終わる去声八震韻にも至らず、直前の七隊韻下「政事十縣最」の語句を以て終わっている。これは前版の末に述べたように、当初底本の刊行に支障があったためかと思われる。

明正徳十二年（一五一七）安正書堂刊本と、当該日新書堂重刊本の本文を比較すると、毎巻の始めには覆刻関係と見えるのに、重刊本においては巻の途中から本文を節略し、巻の末尾までには本文が追い込まれて、毎巻十張前後の減少を示している。該版における節略には二通りの方法があり、先ず底本にはあった熟字の項目を、附注共〻除くことが行われている。例えば巻一の「通」字においては、底本にある「福與備通」の項目を欠いて約一行を減じ、次の「同」には「偪同」「不異尚同」「姓氏不同」「祇與只同」「情性不同」「祖孫父子賢否不同」の六項を欠いて約五行を減じ、巻尾に向かって次第に節略を増していく。またもう一には、底本と同じ熟字を掲げても附注の文章を略することが行われている。一例を挙げれば、巻一「宗」字の項、正徳刊本には（〈 〉小字、〔 〕陰刻）

（上略）泰山岱宗〈書、歳二月東巡守至岱宗〔舜典〕。〇五經通義曰、泰山、一名岱宗。王者受命易姓、報功告代於岱宗。岱者代也。東方物之始交代之処也〉。魂遊岱宗〈遊岱之魂〉。陰陽之宗〈張衡為丨、郎顗処徵最密〔方術傳叙〕〉。祈穀天宗〈天子以元日祈谷于上帝。季冬天子乃蜡百神於南郊、為來年丨丨於丨丨。注、蜡、臘日祭也。百神、自神農至昆虫也。天宗、日月星辰之属也〔月令〕〉。（下略）

とあるのに対し、重刊本では

（上略）泰山岱宗〈書、歳二月果巡守至岱宗〔舜典〕。魂遊岱宗〈遊岱之魂〉。陰陽之宗〈張衡為丨、郎顗処徵最

密〉。祈穀天宗〈天子以元日祈谷于上帝。季冬天子乃蜡百神於南郊、為來年ーー於ーー（月令）〉。（下略）

とあり、「泰山岱宗」の項で『五経通義』の引文を、「陰陽之宗」で「（後漢書）方術傳叙」の標目を、「祈穀天宗」では「月令」の注を省いている。このような節略が重なった結果、巻一末尾までには底本に対して九張を減じ、他巻においても同様の本文となっている。こうした節略が如何なる規矩を以て行われたか、ほとんど体例を認め難く、恣意的に字数を削減したとしか評し得ないようである。相前後するが、抑もこの重刊本で、底本をどの程度正確に写しているかと言えば、右の引文中「泰山岱宗」の『書経』舜典中に「東」を「果」と誤っている如く、十分に正確とは言い難い。このような例は、覆刻と言うべき巻首にあまり見られないのに対し、節略によって排字が動いた後には、相当頻繁に現れるようになる。総じて節約のために本文を劣化させたということになろう。

この形の版本は次の二本を知るのみである。

〈東京大学東洋文化研究所大木文庫　経部小学類三一〉　十四冊

後補青絹表紙（二六・一×一四・七糎）左肩黄絹題簽を貼布し双辺中「韻府續編　〈五（夜漏聲催曉箭以下、杜甫「奉和賈至舎人早朝大明宮」七絶の字句）〉〈巻幾〉何聲」と書し、右肩より同工の目録題簽を貼布し同筆にて双辺中に声目、巻数、韻目を列記す。裏打改装。張序（第二張後半部刪去、新紙を継いで匡郭界線のみ鈔補）、潘序、凡例、目録の順に綴し本文。巻一、二、十五至十七、二十六至二十八を各一冊とする他は毎冊二巻。巻二十七第五至六張を欠く。首尾に方形陰刻「貴數／巻殘／書」朱印記を存す。

〈中国科学院図書館　子九六〇・〇〇三〉　二十冊

存巻一至十八　清揆叙旧蔵

後補淡香色艶出表紙（二五・九×一六・〇糎）。淡青包角。見返し、前後副葉宣紙。先ず張序（第二張後半刪去）。潘序、凡例、周序を欠き、目録（第二張後半以下欠、その位置に尾題「韻府大全目録〈畢〉」を含む五行を補う）を存し本文。稀に朱標句点書入あり。毎巻尾に単辺方形陽刻「兼牧／堂書／

書記」、方形陰刻「謙牧／堂藏／書記」朱印記、首に同「誤學／書劍」朱印記、首並に第十一冊首に単辺方形陰刻「次／原」朱印記、同陽刻「天多／老人」朱印記、同「賜研齋(隷書)」朱印記、巻首並に第七、十二、十六冊首に方形陰刻「金／兼／之印」、単辺方形陽刻「良／修」朱印記、巻首並に第二以下毎冊首に同「東方文化／事業總／委員會所／臧圖書印」、毎冊尾に方形陰刻同文朱印記を存す。

又　増修　四十巻　巻二十一至四十覆明正徳十二年刊本

上記の版を用いながら不足の本文を増修した後印本である。但し増修は巻二十九以下ではなく、溯って巻二十一の上声五姥韻以下を新刻し、全四十巻とした版本である。増修の部分に関しては明正徳十二年刊本をそのまま覆刻したので、前本と異なり巻二十一至二十八の本文も節略がない。つまり前半の巻一至二十は略本、後半の巻二十一至四十は広本になっているが、これは版木の襲用と覆刻補修の複合した結果である。また底本に従って去声八震韻を欠き、目録を四張に復して、巻四十に至る。また二十八巻本と同様に、現存本はみな周序を存しない(6)（図版二―三―二）。

〈台北・国家図書館　三〇九・〇八〇二九〉　三十六冊

白棉紙印　清翁同龢　民国劉承幹旧蔵

香色表紙（二六・三×一六・六糎）。本文白棉紙、襯紙改装。張序、潘序、凡例を欠き、目録のみを存して本文に入る。巻三至四、七至八、十一至十二、十五至十六、十九至二十、二十六至二十七の各二巻を一冊に収め、巻三十を二冊に分かつ他は毎冊一巻。巻三十第五十七至五十八張を欠き、界線のみを鈔する白紙二葉を補う。巻四十第五十五張（大尾）後半、刊記を存する部分の紙葉も刪去されている。巻首匡郭二〇・七×一二・九糎。

首に方形陰刻「玉人／心鏡」、単辺方形陽刻「問古／草堂」、首尾に方形陰刻「沈浸醲郁／含英咀華／作爲文章／其書滿家」朱印記、巻首に単辺方形陽刻「ホ／平」、方形陰刻「同龢／印」朱印記（二顆翁同龢所用）、単辺楕円形陽刻「半〈潭秋／々（水）／一房山〉」朱印記（李洞「山居喜友人見訪」七絶結句による、丁福保所用か）、毎冊首に単辺方形陽刻「呉興劉氏／嘉業堂／臧書印」朱印記（劉承幹所用）を存す。

〈国立公文書館内閣文庫楓山官庫蔵書　子一二〇・一二〉　十冊

　白棉紙印

後補淡茶色梅花亀甲繫龍文空押艶出表紙（二四・二×一五・七糎）左肩題簽を貼布し「韻府續編大全〈幾之幾〉」と、首冊のみ題簽下打付に同筆にて「共十冊」と書す。押し八双あり。本文白棉紙印、虫損修補。張序、潘序、凡例、目録を存し本文に入る。巻一第六、八、九、七張と、巻十九第五、二十五張を相互に、巻三十二第三十九張を第三十、三十一張間に錯綴。巻二十八第四十五張、巻二十九第二十九至三十張を欠き補紙。巻三十三第二十三、二十五、二十七張を欠き、第二十六張を重綴。巻三十四第二十二張、巻四十第九至十張をも欠く。巻首匡郭二〇・七×一二・九糎。

右の他、孫星衍の『平津館鑑蔵書籍記』に類本を著録して

> 類聚古今韻府續編四十卷、題後學青田包瑜編緝。前有弘治十二年張時敍序、弘治十二年潘琴序、韻府續編凡例、正德癸酉周禮序。張時敍序後有正德丁丑書林安正堂劉宗器題識、末卷後有正德丁丑仲秋京兆劉氏安正書堂新增琹行木長印。此本元陰氏韻府羣玉原編、明包氏改依洪武正韻增添至四十卷、故稱續編。佩文韻府本此而增廣之。黑口板、每葉廿二行行廿九字。收藏。有嘉興呉萬里氏印朱文方印。

と記してある。これは四十巻本であるが、正徳十二年刊広本か、覆版増修広略本か、また別版か不明。(7)

類聚古今韻府續編羣玉三十二巻

明包瑜編　闕名改編

明嘉靖三年（一五二四）刊（劉氏）　巻二至二十八覆〔明〕刊本

この版本は純粋な『韻府続編』ではなく、前記二十八巻本を基に、巻一と巻二十九以降には原編の新増直音説文本を合した本文を有する。中間の巻は前版の覆刻に係る。主として『韻府続編』から派生した点を重んじ本属に収めた。版種としては全張新刻のものである。

先ず目録（二張）、首題「韻府群玉大全目録」、次行花口魚尾圏発下低一字半格に声目を標し、次行低一格に巻数（墨囲陰刻）を標し、同行下より低四、九、十四格に韻目を列す。巻三十二、入声十七洽韻に至る。尾題「新刊韻府群玉大全目録〈畢〉」。

巻首題「類聚古今韻府續編羣玉巻之一　上平聲（墨囲陽刻）／（以下低七字半格）晩學　陰　時夫　勁弦　編輯／新呉　陰　中夫　復春　編註」「類聚古今韻府續編巻之二（隔三格）平聲（墨囲陽刻）」、又題「類聚古今韻府續編大全巻之十三」「類聚古今韻府大全巻之十四／（低十字半格）青田包　瑜　續編」「新刊類聚古今韻府續編巻之十五」「新刊類聚古今故事韻府大全巻之十七」「古今韻會海篇直音韻府羣玉巻之二十九」「増補韻會海篇直音韻府羣玉巻之〈三十〉」等。巻一、題署次行低一字半格に「一東」等と韻目を標し、直下より直音注（小字双行）。次行より本文。体式同前。巻二至二十八の間は二十八巻略本と同排字であるが、前後の接属を明示するために重ねて掲げる。

巻之一（二九張）上平　一東至　三江

巻之二（五二張）平声　二支

巻之三（一九張）　三齊

巻之四（三四張）　四魚

巻之五（第一至「二十四五」至二十八張）五模
巻之六（三九張）　六皆至　七灰
巻之七（二五張）　八眞上
巻之八（三五張）　八眞下
巻之九（二七張）　九寒至　十刪
巻之十　（三七張）　十一先
巻之十一（二一張）　十二蕭至　十三爻
巻之十二（二三張）　十四歌至　十六遮
巻之十三（三四張）　十七陽
巻之十四（三七張）　十八庚一至三
巻之十五（二一張）　十八庚四
巻之十六（三四張）　十九尤
巻之十七（二七張）　二十侵至二十二塩
巻之十八（三六張）上声　一董至　二紙三
巻之十九（三五張）　二紙四至　三薺下
巻之二十（第一至「二十至二」至二十四張）四語上至下
巻之二十一（二八張）　五姥
巻之二十二（三八張）　六解至　十一銑
巻之二十三（三〇張）　十二篠至　十四哿
巻之二十四（二一張）　十五馬至　十七養
巻之二十五（二六張）　十八梗至二十二琰
巻之二十六（八張）　去声　一送至　二寘二
巻之二十七（二七張）　二寘三至　三霽下
巻之二十八（四四張）　四御至　七隊下
巻之二十九（三四張）入声　一屋至　三覺
巻之三十　（四四張）　四質至　九屑
巻之三十一（四一張）　十藥至　十一陌
巻之三十二（四〇張）　十二錫至　十七洽

四周双辺（二〇・六×一二・九糎）有界、毎半張十一行、行小二十九字。版心、粗黒口（接内周）、上辺題「韻府大全（巻三十以降間〻「韻府羣玉」）」、双黒魚尾（不対向）、上尾下標「巻之幾」、下尾下張数。

巻尾題「古今韻會海篇直音韻府羣玉巻之一」「古今韻府大全巻之六〈終〉」「類聚古今韻府續編巻之九〈終〉」「新刊韵府大全巻之十」「類聚古今續編韻府大全巻之十二」「新刊類聚古今韻府大全巻之十三」「類聚古今韻府續編巻之十六終」

「新刊類聚古今故事韻府續編巻之廿一」「新刊類聚古今故事韻府大全巻之廿三〈終〉」「増補海篇直音韻府羣玉巻之廿九終」「増補韻會海篇直音羣玉大全巻之三十一終」「新増説文韻府羣玉巻之三十二終　入聲（墨囲陰刻）」等区々。巻三十二尾題前に宝器瑞雲「福（墨囲）」下、童神捧持双辺「嘉靖甲申劉氏重刊」蓮牌木記あり。甲申は三年（一五二四）。

本版解題の冒頭に記したように、右の巻一と巻二十九至三十二の五巻は原編の新直音増説文本に基づくから（同本の巻一と巻十七至二十の五巻に相当）、声韻目も原編採用の平水韻に拠っている。また『韻府続編』二十八巻本は去声七隊下韻を以て中絶しているが、それ以降、去声末に至るまでの部分は補わなかったので、八震韻に関しては諸本に欠くため已むを得ないが、八震至二十二豔間の本文は不足のまま放置されている。首尾の題目にも定式がなく、如何に杜撰な本文であるかが窺い知れよう(8)（図版二―三―三）。

〈成田山仏教図書館　四三・一三四〉　十冊

後補香色表紙（二三・九×一五・六糎）左肩打付に「説文韻府羣玉（〈大全〉）（隔三格）〈幾〉」と書す。裏打改装。天地截断。目録を欠き〔室町末近世初〕筆にて鈔補、本文に入る。巻十三至十六、巻二十三至二十六を各一冊に収める他は毎冊三巻。巻四第二十一張、巻七第十三張、巻八第二十七張、巻九第二十三至二十七張（尾）、巻十第一張、巻二十九第四張をも欠き目録同筆にて鈔補。

鈔補同朱にて竪傍句点、傍圏、同朱墨にて本文磨滅部等鈔補、欄上標校補注書入。縹色、淡紅色不審紙。毎冊首に単辺方形陽刻不明墨印記、重鈐して単辺円形陽刻不明墨印記を存す。

〈宮内庁書陵部　二一四・一四八〉　二十冊

徳山藩毛利家旧蔵

後補香色表紙（二三・二×一四・〇糎）左肩淡青地題簽を貼布し「韻府續編［　］幾」と書す。押し八双あり。先ず目録を存し本文に入る。巻一、四、九、十四、二十八至三十二を各一冊に収め、巻十五至十七を一冊に収める他は毎冊二巻。巻五第二十三、「二十四五」張間に白紙一葉を挟み、巻十六第三十三張、巻十八第十八張を欠く。巻首匡郭二〇・五×一二・九糎。

毎冊首に方形陰刻「徳藩／藏書」、双辺方形陽刻有界「明治二十九年改濟／〈徳／山〉・毛利家藏書／第　番・共　冊」朱印記を存す。

〈Harvard-Yenching Library　T9305/7323.2〉　八冊

清丁裕　稲田福堂旧蔵

後補白雷文繫文空押艶出表紙（二三・七×一四・一糎）左肩双辺刷り枠題簽を貼布し「韻府續編［　］〈天(至蛇)〉」と書す。天地截断。目録を欠き清人鈔補。本文に入り、巻一至三、四至七、八至十二、十三至十七、十八至二十一、二十二至二十五、二十六至二十九、三十至三十二と分冊す。巻首匡郭二〇・四×一二・九糎。

第六冊尾に「甲午十二月初五日閲此」墨識あり。毎冊首に方形陰刻「石門／山人」「丁第／傳芳」朱印記（丁裕所用）、単辺方形陽刻「稲田／福堂／圖書」朱印記を存す。当館一九五七年受入印あり。

〈上海図書館　T四一六〇八〉　一冊

存巻一

後補藍色金砂子散表紙（二四・五×一四・五糎）。目録を存し本文に入る。

該本については草卒の間に閲覧したのみにて、詳細に渉る暇を得なかった。

右の他、中国雲南大学図書館に「新刊類聚古今故事韻府大全四十巻、明嘉靖四年劉氏日新書堂刻本」を存すると伝え、また楊以増の『海源閣書目』子部類書類に「明翻元本類聚古今韻府大全續編四十巻　二十冊」と見えるものは、題目から本属に当たるものと思われるが、如何なる版本か不明である。

以上の知見に基づき本属本文の展開を整理すると、先ず明弘治十二年（一四九九）頃に、劉宗器安正書堂によって本書の版刻が図られた。しかしその進みは順調でなく、一旦は去声の末と入声を欠く二十八巻本として行われた可能性がある。この版刻は明正徳八年（一五一三）以前に四十巻の形が定まり、同十二年には、ほぼ完具の本文が刊行された。それと相前後して、未完の二十八巻本が日新書堂から重刊されたが、これは節略を伴う本文とされた。この版本はのちに正徳十二年刊本を覆刻する形で増修され、同じく四十巻本とされたが、前半の二十巻は略本のままで行われた。また嘉靖三年（一五二四）、主として二十八巻略本を覆刻し、不足の部分を原編の新増直音説文本によって補うという、混態にして不完全な形の三十二巻本が刊行された。凡そ本属刊行の経緯は複雑で、実際の事業は支障の多い過程であったと想像される。

右の関係を図示すれば、次のようになろう。

（続編）
明正徳十二年刊（二十八至）四十巻広本　（→増続会通本）
→〔明〕刊　二十八巻略本→明嘉靖三年刊三十二巻本
→又　増修　四十巻広略本　（→新増直音説文本）

明代後葉の私家蔵書目を見ると、当該の『韻府続編』と思わしき書目を録することがあり、(9) 実際にある程度本書の流布した様子が窺われる。しかし包瑜の伝にも見た通り、本書が包の著作であったことは次第に忘れられ、『千頃堂書目』を見ると、巻十五、子部類書類に「續韻府羣玉四十巻」と録しながら、すでにその編者の名を佚している。このために、四庫館臣が本書を『提要』の存目に載せて

韻府續編四十巻〈内府／藏本〉

舊本題元靑田包瑜撰。考括蒼彙紀、包瑜、字希賢、靑田人、景泰庚午擧人、官教諭、著有周易衍義。黄虞稷千頃

堂書目載包瑜周易衍義、註曰成化中浮梁知縣、則瑜實明人。觀書中所列部分已用洪武正韻、是其明證。蓋鬻書者以其板似麻沙本故割去原序、僞爲元刻耳。其書補陰氏韻府羣玉之遺、叢脞龐雜、殊無可采。惟間附考證案語、與韻府羣玉體例小有不同。

と、撰者と成立年代の著録に筆を費やしていることは、本書の伝存とその認知が比較的微弱な情況にあったことを反映する。これには、版刻の支障が重大な原因を成したかと見られるが、四庫館臣も本書を存目に止め、その流布を促すことはなかった。諸件相俟ち、本書の伝存は稀であって、原編の『韻府群玉』に比較すると微弱な情況にある。しかし本書の編集は後掲の増続会通本に引継がれ、もとの中国では早くに忘れ去られても、朝鮮と日本に却って広範な受容者を得るという形で、その意義を顕したのである。

○増続会通本之属

本属は巻首に「増続会通韻府群玉」と題し、三稿に解説した新増説文本を基に、上述の続編を合した本文を有するが、いずれの伝本も、その合編がいつどこで何者によって成されたかを明示しない。ただ現存伝本による限り明清の間に版本を見ず、朝鮮と日本にのみ刊行の事実が認められる。また朝鮮と日本に行われた諸本の中では、朝鮮での刊出が先行するため、[10] 朝鮮で編集された可能性がある。合編の行われた時期についてはある程度限定することができ、基となる『韻府続編』の四十巻本が刊行された正徳十二年（一五一七）以降、また後述のように、現存本中に隆慶二年（一五六八）の朝鮮朝の内賜記を有する伝本があり、少なくともそれ以前と見られるから、概そ十六世紀の中頃に成立したものと判ぜられる。この時期に当たる『中宗実録』三十五年（一五四〇）十一月二十八日癸卯の領議政尹殷輔等の啓と、それへの対応を録し

韻府羣玉最要於述詩、合新增、而設局、令能文堂上郎官主之、以大字刊出、七律五律以韻類聚、如雅音會編、亦設局刊出、則切於救時之急也。傳曰、啓意知道。漢吏之科、雖非祖宗之法、關於事大之事、則尙可設也。而況祖宗之舊章乎。韻府群玉、雅音會編印出事、皆依啓。

という記事があって『韻府群玉』等印出のことが見える。もし啓中「合新增」の語を、新輯の『韻府続編』を合する意に解し、啓中「以大字刊出」の語を、後述する乙亥字本刊行の意に解し得れば(11)、この時に初めて増続会通本が編まれたと考えられる。この事業は数年間にわたり、発展継続されたと思しく、同三十九年八月五日辛未条には、大護軍李希輔の上疏を引用し、次の文章を載せている。

（上略）不意黃髮殘年、謬忝撰稡羣玉之任。自受　命以來＊、夙夜憂懼、忘寢廢食、考正其舛謬、删定其重複、詳於彼者畧於此、著於前者刪於續。自去年春、至今年仲秋、未嘗一日休息、竭力盡心。以冀成編、故欲不負國家委任之意。不幸勞瘵内構、百疾外作、加以年踰七十、氣力衰倦、精神昏耗。每撰古人一傳、錄古人一迹、再三伸卷復觀、姓氏旋又忘失。又以韻府續編之書、皆唐本也、字極細微、又多訛僞。雖竭精殫慮、眼生黑花、心昏勞騷、昧昧然一字變爲三四。强而行之、必發狂疾、恐負　聖明委任責成之望。（下略）

＊（原注）韻府羣玉有前集、續集、故删定新增事、癸卯春、大提學成世昌啓請、希輔撰集。

中宗に右の疏を奉った李希輔は、字伯益、安分堂と号す。平壌の人。成宗四年（一四七三）生。燕山君七年（一五〇一）に文科及第しその寵臣となる。中宗朝に学官を歴任し、大護軍僉中枢府事に至る。明宗三年（一五四八）歿。この疏、古の君主の委任責成は臣下の力量を測って処するもの、臣の如き菲才はその任に充分ではないと、冒頭から逃

げ腰で、引用部に、思いがけず老身に『群玉』撰集の命を受け、一年間尽力したものの、体力精神力ともに伴わず眼病を起こし、このままでは狂疾すら発し、大王の期待に背きかねないと訴える。さらにこの後、齢九十の母鄭氏は病の床に着き、明日をも知らない命だと続け、撰集の栄誉を辞するのは一重に学問の停滞を恐れるからだと弁明し、大王の寛容にすがり任務の転嫁を願い出たものである。この儀は大提学への諮問に附する処置となっており、その後の顚末は不明である。大提学とは、右の原注にあるように成世昌のことであるが、成氏は前年に当たる中宗三十八年（一五四三）癸卯の年に、李希輔による撰集を発議した当人であった。

この『韻府群玉』の撰集がどのような作業であったかを考えてみると、李疏に「考正其舛謬、删定其重複、詳於彼者畧於此、著於前者刷於續」とあるのが実情を示しており、単なる校訂ではなく重複を削ると言っているから、別種の本文を照合したのである。その本文とは、原注に言う「前集」と「續集」がこれに当たっていよう。従って原注の「删定新增」とは、「詳於彼者畧於此、著於前者刷於續」と、續集の前集に重なる点を取り除き、新增の本を成すことがその内容と見られる。つまりこの記事は、本段に取上げる『增續会通韻府群玉』の編集過程を説明したものと考えられる。このことは、続集について李疏中に「韻府續編之書、皆唐本」と、即ち明刊本『類聚古今韻府続編』と言明していることによっても確かめられる。また現存の増続会通本に拠ると、続編部分の底本が明正徳十二年（一五一七）刊行で、乙亥字後出本に存する宣賜記の年次が隆慶二年（一五六八）であり、該本の編集はこの間と考えられること、李氏删定の様子が現存の本文に相応しいこと等、後述の乙亥字本の実情に照らしても符節を合している。

李希輔による増続会通本編集の作業は、この後如何にして続行されたのか、『中宗実録』の記事は、李氏が暗主とされる燕山君鍾愛の妓女のために挽歌を作り[12]、「此吾之李太白也」と称えられ恩寵を受けたことや、その他の悪評を取上げて李氏の「謟邪之資」をあげつらい、この度も任務を逃れようとするのを責めるのみであって、その後の消息を記していない。ただ李氏は自らの疏に「況撰集之任、朝家所榮、今又事功已半。若勉不怠、以卒其業、則掛名巻端。自托不朽、其又奚辭」と弁じており、実際の伝本を見ると、巻頭どころか李希輔の名は全く没してしまっているから、李氏の懇願が容れられ、編集事業は他の学官の手に委ねられたのではなかろうか。しかしいずれにせよ、中宗三十八年春から翌年の八月に掛け、主に李氏が『増続会通韻府群玉』の編集に関与していたことは疑えないであろう。

これまでに伝本の調査を行った結果、本属本文に四種の刊本、即ち朝鮮乙亥字刊本、戊申字刊本、日本の古活字刊本、整版本が知られ、乙亥字本には後修本を存する。朝鮮朝にはもう一種、同じ題目の朝鮮訓錬都監字刊本を存するが、これはさらなる改編本に当たるため、本属の後に一項を設けて別に述べたい。

增續會通韻府群玉三十八巻

〔朝鮮李希輔〕等編

朝鮮刊（乙亥字）　據新增説文明弘治刊本　續編明正德十二年刊本

巻首題「增續會通韻府群玉巻之幾」（巻十一「下平聲（陽刻）」、巻二十六至二十九、三十一至三十二「去聲（墨囲陰刻）」、巻三十三至三十八「入聲（同）」首題下標目）、次行低二格「二冬〈與鍾同用〉」等韻目、次行より本文。先ず大字単行にて「（東）」等と字目を標し（同音字の首のみ墨囲）直下より注（小字双行）。先ず反切（同音字の首のみ）、次で字義を例証し（墨囲、説文のみ墨囲陰刻）（引書目前掲）（標出字「｜」格代号）、直下に大字単行にて「道東」等熟字、直下より注（小字双行）（体式同前、但し引書目後掲）（以上、新增説文本）。又大字単行にて「續（陰刻）」と標し、直下に「賦河東」等と熟字を示し、直下より注（小字双行）（体式同前）（以上、續編）。又「活套（墨囲陽刻）」等と特殊語彙の類目を標し注（小字双行）。間ゝ続編の補入あり。異音字間圏発隔、毎韻改行。

毎字の首行欄上に当該の字目を標出注記するも、間〻欠く。

巻之一（五四張）上平　一東
巻之二（四〇張）　二冬至　三江
巻之三（九七張）　四支
巻之四（六一張）　五微至　六魚
巻之五（七七張）　七虞
巻之六（七四張）　八齊至　十灰
巻之七（五〇張）　十一眞
巻之八（六五張）　十二文至　十三元
巻之九（五七張）　十四寒至　十五刪
巻之十（五五張）下平　一先
巻之十一（五五張）　二蕭至　四豪
巻之十二（六〇張）　五歌至　六麻
巻之十三（九五張）　七陽
巻之十四（七〇張）　八庚
巻之十五（三〇張）　九青
巻之十六（二五張）　十蒸
巻之十七（七四張）　十一尤

巻之十八（六〇張）　十二侵至　十五咸
巻之十九（九九張）上声　一董至　四紙
巻之二十（八五張）　五尾至　七麌
巻之二十一（五五張）　八薺至　十三阮
巻之二十二（五九張）　十四旱至　十八巧
巻之二十三（六三張）　十九皓至二十一馬
巻之二十四（四二張）　二十二養至二十四迥
巻之二十五（六四張）　二十五有至二十九豏
巻之二十六（六九張）去声　一送至　四寘
巻之二十七（五一張）　五未至　七遇
巻之二十八（四八張）　八霽至　十卦
巻之二十九（八一張）　十一隊至　十六諫
巻之三十（五九張）　十七霰至　二十號
巻之三十一（七〇張）　二十一箇至二十四敬
巻之三十二（四六張）　二十五徑至　三十陥
巻之三十三（七七張）入声　一屋至　二沃
巻之三十四（六一張）　三覺至　五物

巻之三十五（四〇張）　六月至　八黠　　巻之三十七（六四張）　十一陌至　十二錫
巻之三十六（六八張）　九屑至　十藥　　巻之三十八（七八張）　十三職至　十七洽

四周双辺（二三・五×一六・一糎）有界、毎半張十行、行十八字。乙亥字、稀に木活字を交える。また「續」「活套」等、本書に必要な特殊活字は木製と思われる。版心、白口、双花口魚尾（不対向）間題「群玉幾」、下尾下張数。巻尾題「增續會通韻府群玉巻之幾」（図版二―三―四）。

該本の新増説文本引用の部分に関して、上声七麌韻「堵」字より去声十七霰韻「霰」字の間、巻二十より巻二十九に至る間（底本の巻十至十五）の本文にも「説文」の増入が見られるため、新増説文本の中でも明弘治刊本に拠っていることがわかる。また標目「續」以下の『韻府続編』引用の部分に関しては、入声の末尾まで続補を存することから、全四十巻本に拠っていることがわかる。ただ本属が『韻府続編』の記事全てを継承するかと言うと、そうではなく、例えば巻一の「同」字について『韻府続編』は「和同」以下「祖孫父子賢否不同」に至る五十二項目を挙げているが、このうち当該の乙亥字初刊本に引かれるものは、三乃至四字句の二十三例のみで、二字句と四字句の後半、五字以上の句は省かれており、詩韻の摘索に不向きな長語は採録されなかった。また『韻府続編』の四十巻本には広本と広略折衷本の二種があったけれども、本属がそのいずれに拠るかと言えば、例えば「同」字の項で、略本には省かれていた「不異尚同」等を存し、折衷本はこの箇所略本に当たるから、広本に拠っていることがわかる。さらに、『韻府続編』と本属続編部分を比べると、必ずしも本文の一致しない箇所が見受けられる。一例を挙げれば、巻二「宗」字の項、『韻府続編』の正徳十二年刊本では（〈　〉小字、［　］墨囲陰刻）

（上略）泰山岱宗〈書、歳二月東巡守至岱宗［舜典］。○五經通義曰、泰山一名岱宗。王者受命易姓、報功告代於岱宗。岱者代也。東方物之始交代之処也〉。魂遊岱宗〈遊岱之魂〉。陰陽之宗〈張衡為｜、郎顗処徴最密［方術傳叙」〉。祈穀天宗〈天子以元日祈谷于上帝。季冬天子乃蜡百神於南郊、為來年ーー於ーー。注、蜡、臘日祭也。百神、自神農至昆虫也。天宗、日月星辰之属也［月令］〉（下略）

とあったが、当該の乙亥字刊本では

（上略）泰山岱宗〈（書）東巡狩至岱宗。（五經通義）泰山一名岱宗。岱者代也。東方物之始交代之處也〉。魂遊岱宗〈遊岱之魂〉。陰陽之宗〈張衡事見（後方術傳）〉。祈穀天宗〈季冬天子乃蜡百神於南郊、爲來年ーー於ーー。註、天宗、日月星辰之屬（月令）〉（下略）

とある。このうち先ず「泰山岱宗」の項で『五経通義』を引き、「陰陽之宗」で「方術傳」の標目を存し、「祈穀天宗」で「月令」注の引文を存することから、乙亥字刊本の続編部分も、節略のない広本の系統に属することが確認される（四四一頁引文参照）。一方、両者は全く同一ではなく、傍線部のように元の記事を約した箇所が認められる。これらは、形式的な相違を除けば一方行的な関係であり、別本に拠ると推定し得るような隔たりはないから、その限り四十巻広本に拠り、独自に取捨を加えたものと見ても支障がない。ただ一つ付け加えなければならないことは、現存する『韻府続編』の諸本に欠いていた去声震韻に関して、本属では当該の箇所に「續」の標示以下に本文を存するという点である。これは本属続編部分の底本が現存の形とは異なることを示唆するから、右に述べた熟字の採択や本文の節略に関しても、未知の底本に拠っている可能性がある。ここではそれが、『韻府続編』四十巻広本に属する本文であろうと指摘するに止めたい。

〈尊経閣文庫〉
巻三　十六配同刊〔逓〕修本　金沢学校印記

三十五冊・附一冊　後補黄檗染表紙（三三・〇×二一・二糎）左肩打付に「韻府羣玉〈幾之幾〉」と、右肩より韻目、右下方綫外に「承三十五」と書す。押し八双あり。五針眼、改糸、虫損修補。巻一至二、十一至十二、十五至十六を各一冊に収める他は、毎冊一巻。巻五第二十張を欠き、白紙を夾んで匡郭界線のみ鈔補。巻八第二十二至二十張錯綴。巻二十六第六十九張の紙背に方形陽刻の朱文による朝鮮朝の公朱印記を存す。朱筆にて欄上字目に標点、本文に竪点を施す。稀に欄上に墨補注を加う。附冊あり、素表紙（三二・八×二〇・五糎）左肩黄檗染題簽を貼布し「韻府群玉〈巻五落張一枚之分〉」と書す。袋紙綫綴、本文斐紙。前見返し貼紙「此寫何とそ致了見落張之一枚え書合候様ニ／可被仰付候其段難成候ハ、先其分ニ而被添置同板／之韻府群玉借出落張之分一枚写申様可被遊候以上／（低三格）二月三日」墨識。本文、後半張より本冊と行款を同じくする別本を摹写し、本書巻五、上平声七虞韻中「挿萸」項の途中、次で続編の「賦茱萸」より次張の後半第二行に及び「紫琳腴」項に至る。張付を見ると第十八張の後半より第十九張の後半第二行に至る。その本文には、本冊の巻五第二十張の欠を補って若干の餘りがあり、排字は均しくない。また改張し本文、別本を摹写し、巻六、上平声十灰韻中の続編「明日催」項の途中、次で「青子莫相催」より「二李四崔」項見出しに至る。張付によると第四十六張後半に当たっている。本冊巻六に欠はないが、比較すれば、やはりこれも排字を均しくしない。後見返し貼紙、前見返しと別手にて「増續韻府巻五第二十葉之脱簡校吉村宗信之／本以其別版故渉二葉因而各摹半面又巻六第／四十六葉亦閲宗信之本有言句多少復寫其半面／合為一冊子姑附之家本以俟異日云／　壬寅仲春上旬識于江都寓居」墨識あり。附冊を含む毎冊の首に単辺方形陽刻「金澤學校」朱印記を存す。

該本は旧藩以来の儲蔵と思しく、書入や附冊は近世の所為である。前表紙見返しの識語は、この附冊または別の「同板本」によって、本冊巻五の欠張を鈔補すべく勧めている内容で、その口吻は主君に対する懇請の如くである。後表紙見返しの識語はこれに先立ち、某年壬寅江戸の邸宅において、吉村宗信なる者の蔵本を以て校し、「別版」である故にこれを別添とし、他に気付かれた巻六の異同ある箇所を、さらに附録して一冊を成した由を記してある。附識の主体者、年次を明らかにできないが、これを「家本」に附すと言っており、前田家当主の手跡と思われる。記して後考に俟つ。附冊の分、版式字様は本冊と酷似するのに、排字が合致しないのは、後出の、本文に増删を伴う別本によって比較を試みたために、不整合を生じたのである。摸写本文の性質については、後に考察したい。

〈延世大学校中央図書館　貴五二二〉　三冊

存巻一至三

新補香色表紙（三三・〇×二二・二糎）仮綴、第三冊後補黄檗染卍繋文空押艶出表紙。巻一第一至五張前半、巻三第一至十九、八十五至八十六、八十八至九十七張欠。巻一第五十四張（尾）を第二冊首に綴す。本文墨傍点書入。

〈高麗大学校中央図書館晩松文庫　貴五五C〉　六冊

存巻四　八　十三　十五至十六　三十六至三十七

〈同　貴五五E〉　十三冊

存巻六　十一　十九至二十三　二十六至二十九　三十一至三十二　三十八

丁子染雷文繋蓮華唐草文空押艶出表紙（三一・五×二〇・一糎）左肩打付に「韻府羣玉〈巻之幾〉」と、右肩より声韻目を書す。後筆にて打付に「書」「詩義」「易乾」「礼義」等と題するもあり。表紙紙背「萬暦二年」（一五七四）と記す公印文書。改糸。本文紙背公印文書。首冊見返し書経の編目を列す。前副葉。毎冊一巻。巻六首尾半葉、巻二十一第五十五張後半以下、巻三十八第七十八張後半以下を欠く。この本、毎葉書口を開き後から五経の注書を写してある（中書稿本）。巻四首匡郭二三・七×一六・四糎。朱墨標傍点書入。整理番号貴五五Cの第六冊前後見返しに詩草の他、書込。またこの六冊は毎冊首尾に単辺方形陰刻「□全／氏□□」「□嚴／病□」朱印記、第二冊前見返しに単辺方形陽刻「□□□／□書堂」墨印記を存す。

〈同　貴五五D〉　一冊

存巻三　朝鮮朴檜茂旧蔵

丁子染雷文繋蓮華唐草文空押艶出表紙（三〇・五×二〇・五糎）。後見返しに詩草。巻三首匡郭二三・五×一六・三糎。首に単辺方形陽刻「錦城朴／氏檜茂／書畫寶」朱印記を存す。

朴檜茂、字仲植、号六友堂。潘南の人。朝鮮宣祖三十九年（一六〇六）司馬試に中り、仁祖朝の兵事に関与した。晩年は閉居し、顕宗七年（一六六六）に卒す。

〈同　貴五五A〉　三冊

存巻五　七　十三　朝鮮朴檜茂旧蔵

丁子染雷文繋蓮華唐草文空押艶出表紙（三一・七×二〇・六糎）左肩打付に「韻府羣玉〈巻幾〉」と、右肩より声韻目を書す。首冊のみ左下方打付に「五」と書す。首冊後見返しに詩草。毎冊

一巻。巻五首匡郭二三・五×一六・三糎。朱標傍句点、字目朱囲、別手墨傍点書入、稀に欄上墨補注、字目標注鈔補。毎冊首に鼎形陽刻「六／友／堂」、単辺方形陽刻「朴楡／茂仲／植章」、同「錦城後／裔剛州／世居」朱印記、重鈐して単辺方形陽刻「間／閭」墨印記を存す。

前本（貴五五D）と旧蔵者を同じくするが、装訂や書入、印文の相違を考慮して僚冊とはしなかった。

〈同　　　　　　　　　　　　　貴五五B〉　　　　　　二冊

存巻二十　二十七至二十八　朝鮮権文海旧蔵

丁子染雷文繋蓮華唐草文空押艶出表紙（三二・〇×二〇・四糎）左肩打付に「續韻府羣玉〈幾〉」と、右肩より韻目を、右下方「共三十（七）」と書す。左下方に後筆にて巻数を記す。前後見返し詩草。第一冊に巻二十、第二冊に巻二十七至二十八を収む。巻二十首匡郭二三・七×一六・五糎。

本文墨傍点、朱標号、欄上緑標注書入。毎冊首に単辺方形陽刻「襄陽／權氏」「文海／灝元」朱印記を存す。

権文海、字灝元、号静潤。醴泉の人。朝鮮中宗二十九年（一五三四）生、明宗十五年（一五六〇）文科登第、左副承旨に至る。李滉門生。宣祖二十四年（一五九一）卒。権文海は本書を範として『大東韻府群玉』二十巻を編集しているから[13]、該本の伝存は、残本と雖も重要な意義を有する。

〈ソウル大学校奎章閣　中一六八二のうち〉

欠巻二十三至二十四　巻一至七　十至二十二　二十五至三十八配朝鮮戊申字刊本

朝鮮弘文館　大韓帝国　朝鮮総督府旧蔵

巻八至九を存す（二十六冊のうち二冊）。補配の都合から上辺に補紙を加え、料紙の高さを増してある。

第六冊首に単辺方形陰陽刻不明朱印記を存す。全体に関わる事項は戊申字刊本の節に後掲する。

又　〔逓〕修

前記乙亥字刊本に対し、巻一至十についてのみ、同種活字を用いて再植字した本も伝存する。再植字の部分も基本的に同款式の翻印本であるが、本文を仔細に検討すると異同も認められ、それが蓄積して、巻末までには排字や張数の異同となって現れる。後述のように、その修訂には少なくとも二段階を存することが推定されるため、以下の伝本を〔逓〕修と録する。

右の事情により、巻十までは再刊の様相を呈するので、巻首の排字や張数等を重ねて掲出したい。

巻首題「增續會通韻府群玉巻之一（隔五格）上平聲（墨囲陰刻）／（以下低五格）晩學　陰　時夫　勁弦　編輯　／新呉　陰　中夫　復春　編註　／青田　包瑜　希賢　續編　（第二至四行は首のみ）」、次行低二格「一東〈獨用〉」等韻目、次行より本文。体式は初印本に同じ。但し「續」の標目は墨囲陰刻の齣を用いる。

巻之一（五四張）上平　一東　　　巻之六（六九張）　八齊至　十灰
巻之二（三九張）　二冬至　三江　　　巻之七（四九張）　十一眞
巻之三（九四張）　四支　　　巻之八（六一張）　十二文至　十三元
巻之四（五八張）　五微至　六魚　　　巻之九（五三張）　十四寒至　十五刪
巻之五（七二張）　七虞　　　巻之十（五三張）下平　一先

四周双辺（二三・五×一六・一糎）有界、毎半張十行、行十八字。乙亥字、「續」「活套」等標目の特殊活字は木製であるが、初印本と字様が異なり、新たに製作されたものと思われる。版心、白口、双花口魚尾（不対向）間題「群玉幾」、下尾下張数。
巻尾題「增（增）續會通韻府群玉巻之幾（〈終〉）」（図版二—三—五）。

右に列挙したように、該本も、分巻の様子は初印本と変わりがない。ただ巻十までの張数を比較すると、初印本と異なっていることが指摘される。その相異はいずれも、初印本に比べ〔逓〕修本が数張少ないという関係にある。これら張数の相違は本文の異同に由来する。両本の異同について一例を挙げると、巻二「宗」字の項に、初印本では

（上略）泰山岱宗〈［書］東巡狩至岱宗。［五經通義］泰山一名岱宗。岱者代也。東方物之始交代之處也〉。魂遊岱宗〈遊岱之魂〉。陰陽之宗〈張衡事見［後方術傳］〉。祈穀天宗〈季冬天子乃蜡百神於南郊、爲來年｜｜於｜｜。註、天宗、日月星辰之屬［月令］〉（下略）

とあったのに対し、〔逓〕修本では

（上略）泰山岱宗〈東巡狩至岱宗［書］。｜｜一名｜｜。岱者代也。東方物之始交代之處也［五經通義］〉。祈穀天宗〈季冬天子乃蜡百神於南郊、爲來年｜｜於｜｜。［註］天宗、日月星辰之屬［月令］〉（下略）

とある。この両本には次のような違いがある。先ず「泰山岱宗」の項目について、原典を示す「書」「五經通義」の標目が、初刊印本では引文の前に置かれるのに対し、〔逓〕修本では後に附されている。また初印本では、標出字「泰山」「岱宗」に当たる箇所に本来の文字が残されているのに対し、〔逓〕修本では「｜｜」と代号されている。この二点について考えると、引書標目を後掲し、また標出字を代号する〔逓〕修本の形が、本書通用の表記であり、一貫した形式と言うことができる。これに加え、初印本に存する「魂遊岱宗」「陰陽之宗」の二項を、〔逓〕修本には全く欠いている。この箇所、元の『韻府続編』ではどうかと見れば、四四一頁引用の如く広略両本とも二項を存し、節略を

伴いつつ引用した初印本の方が『韻府続編』に近い。この二項について、元の形によく注意すると、「魂遊岱宗」は、注には「遊岱之魂」とあるばかりで原拠がわからないし、抑も「魂遊岱宗」の例句があるのかどうかも不明である。(14)「陰陽之宗」は、注中の代号「ー」格が標出字のどの文字を指して句を成すのかわからない。(15)つまりこの二項では『韻府続編』の表記自体に問題があり、標出の字句は得られても十分に例証を得ることができない。「泰山岱宗」について、〔遁〕修本では『韻府続編』の形に反し表記の統一が図られていることを勘案すると、〔遁〕修本は本文整理の進んだ形であって、参考に堪えない項目は除いたと考えるのが穏当と言えよう。抑も初刊本と再刊本の先後関係について、自明のこととして述べて来たが、実はこのような本文異同によって、その先後が推定されるのである。

両本の先後について、上述のこととは別に考えるべき材料がある。増続会通本巻三「箕」字の項に関して、初印本では第八十六張後半の第五行から本文が始まるけれども、〔遁〕修本には「箕」以前のいくつかの項目を存しないため本文が二行ほど少なく、「箕」は同第三行から始まっている。こうした異同の情況は上述した巻二の場合と変わらないが、欄上の標字注記「箕」に注意すると、初印本では正しく第五行に掛けられているのに対し、〔遁〕修本では本文開始より二行後、つまり初印本と同じ第五行に置かれている。瑣末な事柄ではあるが、これをもし、一方が『韻府続編』に基づいて補入した結果と考えれば、他方は補入後の開始行に当たる第五行に偶然に誤植していたということになるが、そのような解釈は極めて不自然である。これはやはり、〔遁〕修本が『韻府続編』に由来する不確実な項目を整理删去した結果、本文が圧縮されて二行を減じたが、標注には校正が及ばず、初印本と同じ位置にそのまま残されたと見るべきであろう。

もう一例、巻一上平声一東韻「宮」字項の異同について考えてみると、〔遁〕修本は初印本にあった「閟宮〈ーー有侐〉〈魯頌〉」の項目を削っているが、この項目は「續(陰刻)」の黒牌を冠することからもわかるように、続編部分の先

頭に当たる。ところで本書『増続会通韻府群玉』は、基本的に『新増説文韻府群玉』と『類聚古今韻府続編』を合した内容である。即ち、前者の毎字の後に「續」の符号を置いて、その後に後者の同字項目の記事を割り入れたのである。但し、前者新増説文本で毎字の末尾に附される「活套」「詩篇」「姓氏」等、特殊語彙等の附録部分は、増続会通本でも続編部分の後に置かれた。合編される前の新増説文本の「宮」字項を見ると、熟字として「青宮」より「蜥蜴守宮」に至る二十五項を掲げ、次で「詩篇」「人名」「姓氏」の諸項を附してある。また続編の「宮」字項を見ると、「閟宮」より「陰禮教六宮」に至る七十九項を録している。これを合編された増続会通乙亥字初印本に見ると、新増説文本の二十五項全てを録し、「續」の標示後に、続編のうちの四十三項を掲出して、最後に「詩篇」以下の、新増説文本の附項を置く形である。つまり増続会通本は続編の全てを録するのではなく、原編の冗漫を避けて煩雑未整の項を削る他、「南宮」「東宮」「青宮」等、新増説文本と重なる熟字については、記事諸共にこれを略している。これは合編者李希輔の上疏に述べてあった事柄ともよく合致している。さて、後修時に省かれた「閟宮〈||有侐〉(魯頌)」の項は、新増説文本に挙げられていない項目であるから、当初は増続会通本もこれを除かなかった。しかし本文を仔細に眺めると、新増説文本の附項である「詩篇」中には「閟|頌、僖公能復周公之宇也(魯)」とあって、『毛詩』魯頌、駉之什の「閟宮」篇の名および小序が挙げられており、続編の首に置かれたのは同篇名およびその初句であるから、彼此重複していることになる。恐らく乙亥字本は、新増説文本附録「詩篇」の項が後置されたために、初めはこれに気付かず印出したが、後修時までに重複が判明したため、編集方針を徹底する形で、その項目が続編部分から節略されたのであろう。

右のように、後修本における張数の減少は、さらなる整訂に伴う本文の縮少に連動していたが、さらに次の二点について僅かな異同がある。第一に、巻首題下に加えられる声目の有無に相異する点がある。後修本では巻一、五至六、八に「上平聲（墨囲陰刻）」、巻十一、十三、十八に「下平聲（同）」、巻二十至二十三、二十五に「上聲（同）」、巻二十六至三十二に「去聲（同）」、巻三十三至三十八に「入聲（同）」の声目が標示される。これを要するに、巻一より二十五までは間欠的に、去声の首である巻二十六以降は全巻の首題下に、墨囲陰刻の声目牌記を存する。初印本に比べると、上平声は全く新たに補い、下平声は巻十一に、もと陽刻の標記があったのを陰刻の牌記に変え、さらに巻十三より上声の巻々に及ぼし、去声では前本に欠く巻三十にも標目を加えて全巻に附し、入声では前本の如く、全巻に附した形を継承した。これらの標目について植字の異同を見ると、巻十一を除き初印時と重複するものは、同一の木活字によっている。しかし巻十一、十三、十八、二十一至二十三、二十五、三十については新たに補われたのだから、巻十一以降にも補修の加わっていることが指摘される。第二に、しばしば欄上に注記されている字目について、初印本には間々これを欠き、或いは標出の位置を誤っていたのを、後修本では、全てではないが補正している。但し巻一より十に至る間、本文の縮少に伴って欄上の字目も行を正さなければならない所を放置して、後修本にはかえって行を誤り、また注記を欠く結果となっている例もある。この字目の補正は巻一に集中して見られるが、後の巻、巻十一以降にも数巻に一箇所程度の割合で見られ、一応修正の全巻に渉っていることが看取される。ここでは巻一、巻十一の例に限り、次に表示する。後説の都合上、日本の古活字本の形も附載する。

（巻・声）	（韻目）	（字目）	（乙亥字初印本）	（乙亥字〔逓〕修本）	（古活字本）
第一上平	一東	「同」	第3張後半2行（誤）	第3張前半第10行（正）	同（正）
		「熊」	第22張後半4行（正）	同（誤）	同（誤）
		「楓」	—	第30張前半第3行	—

「豐」―第30張前半第7行―第30張前半第10行
「澧」―第31張前半第3行―
「酆」―第31張前半第4行―
「蘴」―第31張前半第5行―
「渢」―第31張前半第6行―
「充」―第31張前半第7行―
「㤝」―第31張後半第2行―
「珫」―第31張後半第3行―
「隆」―第31張後半第4行―
「癃」―第31張後半第8行―
「⿱鼓隆」―第31張後半第9行―
「霳」―第31張後半第10行―
「空」―第32張前半第1行―
「工」―第38張前半第8行―
「夢」―第41張前半第1行―
「籠」―第41張後半第2行―
「曨」―第43張前半第9行―
「襱」―第43張前半第10行―

「虹」　第45張後半第10行　―　―

第十一下平二蕭「蕭」　―　第1張前半第3行　―

この〔逓〕修本につき、改めて版本学的把握を試みると、本書乙亥字刊初印本の巻十以前について、匡版を改め再植字する形で再刊し、その際にはさらなる本文の整訂が加えられ、毎巻の字数は若干縮少した。一方、巻十一以下はもとの植字をそのまま生かし、前後を継いで印行することになった。またこれとは別に全巻に渉って、不徹底な形ではあるが、巻首題下の声目の整備と、欄上字目の補正が加えられたのである。巻一に関してはさらに、本文中の誤文につき印出の後に料紙を切り貼りし、同種活字によって正文を鈐印する方法で校改を加えているから、巻首にはことに校正が厳密であったことが知られる。右のように考えると、乙亥字刊初印本と同〔逓〕修本間の本文異同は、形式的修整、不明瞭な記事の除去といった、再印時における本文の整理に起因するものであり、これらは大抵、本文の圧縮に結びついているようである。前に張数の微減として捉えられた現象は、この種の本文整訂に依ると認められる。

〈建仁寺両足院　第九十四番函〉　三十七冊

朝鮮明隆慶二年（一五六八）内賜安方慶　閑室元佶旧蔵

後補淡茶色卍繋蓮華唐草文空押艶出表紙（三二・五×二〇・六糎）。天地截断。首冊前見返しに内賜記を存し、低二格諱字双擡にて「隆慶二年十月　日／（双擡）内賜行永興都護府使安方慶増續韻府／羣玉一件／（以下双擡）命除謝／恩／（低六格）左承旨〈臣〉尹（押花）」と書し、巻首に鈐し単辺方形陽刻「宣賜／之記」朱印記あり。巻十五至十六を一冊とする他は毎冊一巻。毎冊本文料紙、間〻印面中に横接し、後世その下半を脱して鈔補を加えた箇所がある。また巻一を中心に、本文中の文字を刪去し紙背より紙片を貼附、同種活字にて印し校改した箇所が見受けられる（後述）。間〻〔江戸初〕朱筆にて竪傍句点、傍圏と校注を加え、稀に同朱墨標補注書入。朱点朱引は釈家の経文に多い。巻首に朱印記刪去の痕跡あり、僅かに家形二層「敬（陰刻）・復／齋（双辺陽刻有界）」印記（閑室元佶所用）を映ず。[16]

安方慶、字は善応、炙背軒と号す。竹山の人。朝鮮中宗八年（一五一三）生、同三十五年に生員より大科及第、明宗朝に累進し、内職では承政院同副承旨工曹参議に至る。晩年出て咸鏡道の永興都護府使に任じ、卒去の前年に当たる宣祖元年（明隆慶二年）に内府より件の書を賜った。この内賜記により、乙亥字刊〔逓〕修本は、宣祖元年をあまり溯らない時点で印出されたと推知される。

〈尊経閣文庫本のうち〉

巻一至二　四至十五　十七至三十八配同刊初印本

朝鮮辛璉旧蔵　金沢学校印記

巻三、十六を存す（三十五冊のうち一冊および半冊）。黄檗染雷文繋蓮華唐草文空押艶出表紙（三三・〇×二〇・八糎）縮折（原高三四・六糎）左肩打付に「韻府群玉巻之三」と、右肩より声韻目、右下方綫外「共三十六」と書す。五針眼、改糸。以上は巻三を収めた一冊に係る。巻十六は初印本巻十五と合冊、新装に没している。毎巻首に双辺鼎形陽刻「直／齋」、単辺方形陽刻「鷲山／世家」、同「辛璉／器之」朱印記を存す。

辛璉、字は器之。慶尚道霊山の人。壽堅男。朝鮮中宗十二年（一五一七）生、同三十五年進士、司果の官より明宗四年（一五四九）文科及第、諸官を経て司僕寺正に至り、宣祖六年（一五七三）歿。『明宗実録』に拠ると、同年九月十七日に羅州牧使に任じている。印文に見える「鷲山」とは、貫籍地霊山の別号であり、同鈐の印文「直齋」とは、辛氏の斎号と思われる。

また巻五第十八張後半至十九張前半、巻六第四十六張後半の本文を摸写した該本附冊の本文は、この〔逓〕修本に拠っている。これは版式行款のみならず本文の字様、排字の細情に至るまで合致しており、古活字本、和刻本ではなく、乙亥字刊〔逓〕修本に拠ったと知られ、間接的ながらこれも日本への伝来を示している。その他、全冊に渉る事柄は初印本の項に前掲した。[17]

存巻十一

〈高麗大学校中央図書館薪庵文庫　貴五五〉　一冊

丁子染雷文繋唐草文空押艶出表紙（三三・七×二〇・九糎）左肩打付に「□□〈巻之幾〉」等と書するも不分明。見返し詩草。本文中印字校改あり。巻十一首匡郭二三・六×一六・三糎。稀に墨傍点、欄上補注。首に単辺円形陽刻不明朱印記を存す。

〈延世大学校中央図書館　〇三一・〇一のうち〉

巻一至二十　二十三至三十八配朝鮮戊申字刊本

朝鮮李時発旧蔵

巻二十一至二十二を存す（二十四冊のうち二冊）。丁子染雷文繋蓮華文空押艶出表紙（三一・四×二〇・四糎）左肩打付に「韻府羣玉〈幾〉」と書し、右肩より細筆にて韻目を列記す。毎冊一巻。全体に関わる事項は戊申字刊本の部に後掲する。

毎冊首に単辺方形陰刻「月城後／人李時／發養久」朱印記を存す。

李時発、字養久、号碧梧。慶州の人（月城は慶州の古名）。朝鮮宣祖二年（一五六九）生、同二十二年文科登第。外職兵事に携わること多く、三南道検察使に終わる。仁祖四年（一六二六）卒、諡号中翼。

乙亥字刊本二種の伝存情況を見ると、何名かの旧蔵者が判明する。初印本では朴檜茂、権文海の名を挙げることができ、特に後者は『大東韻府群玉』の編者でありその意味から注目すべきであるが、権は明宗、宣祖朝の廷臣であり、該本の印出時期を十六世紀の半ばとする推量をも支持しよう。また〔逓〕修本では安方慶、辛璉、李時発の名を得るけれども、安方慶の旧蔵は内賜記によって判明する事柄であり、これによって、該本の印行は宣祖元年（一五六八）以前と知られるが、その五年後に歿した辛璉の経歴を見ても、その年代が追認される。

同　朝鮮明崇禎再丁酉（一七一七）刊（戊申字　校書館）翻乙亥字刊〔逓〕修本

乙亥字刊〔逓〕修本の翻印であり行款排字も同じ、但し巻首題字「増」「羣」、首題下声目擡一格等の小異がある。

巻二十二は五十八張で底本よりも一張を減ずるが、これは別張にあった尾題を本文末行下に追い込んだからである。単辺（二五・二×一七・〇糎）、四鑄甲寅字に当たる戊申字を以て刊行した。版心、双花口魚尾（対向）。末尾に南秀文の旧跋を附印（一張）、首低二格題「韻府羣玉跋」、次行より本文。前出（第二章第一節二三二頁）朝鮮明正統二年跋江陵原州刊本と同文であるが、これには「宣德乙卯秋〈即　世宗／十七年〉」の双行注がある。右の末、改行低一格にて「崇禎紀元後再丁酉八月　日校書館重印」記を存す。「再丁酉」は朝鮮肅宗四十三、清康熙五十六年（一七一七）に該当する。

戊申字本には、どの伝本も同じ箇所に同料同字の貼紙印字校改があり、巻二第七張第六至七行、巻五第十張第一至二行、巻十三第二十八張第三行等はほぼ全行を改めてある（図版二―三―六）。

〈ソウル大学校奎章閣　中一六八二〉　二十六冊

欠巻二十三至二十四　巻八至九配朝鮮乙亥字刊初印本

朝鮮弘文館　大韓帝国　朝鮮総督府旧蔵

後補黄檗染卍繋文空押艶出表紙（三二・四×二一・六糎）左肩打付に「増續會通韻府羣玉〈幾〉」と、右下方綫外「共二十七」と書す。巻一至二、六至七、十至十一、十四至十五、十六至十七、二十一至二十二、二十七至二十八、三十至三十一、三十二至三十三、三十四至三十五を各一冊に収める他は毎冊一巻。毎冊首に単辺方形陽刻「弘文館（楷書）」、同「帝室／圖書／之章」、朱印記（大韓帝国所用）、同「朝鮮総／督府圖／書之印（楷書）」、同「京城帝／國大學／圖書章」（大小二種）朱印記を存す。

〈延世大学校中央図書館　〇三一・〇一〉　二十四冊

欠巻十九　三十五至三十六　巻二十一至二十二配朝鮮乙亥字刊〔逓〕修本　朝鮮李聖肇旧蔵

黄檗染卍繋文空押艶出表紙（三二・一×二一・一糎）左肩打付に「韻府羣玉〈幾〉」と、右下方綫外に「共二十五」と書す。墨標圏標点、首のみ藍字目標圏書入。巻十、十二至十四、二十、二十六、三十一巻首に単辺方形陰陽刻「全義李／氏聖肇／□□印」朱印記を存す。

李聖肇、字時仲。全義の人。朝鮮顕宗三年（一六六二）生、粛宗十九年（一六九三）文科登第、承旨府尹に至る。

〈大韓民国国立中央図書館　일산古三一三四・一八〉　三冊

存巻一至二　二十九　三十八　巻三十八配同刊本

丁子染蓮華文空押艶出表紙（三四・〇×二一・九糎）左肩打付に「韻府羣玉幾」と、右肩より声韻目、右下方綫外に「共二十六」と書す。首冊前見返しに表紙別筆にて「癸酉春自丹邱持来二十六巻／内六巻落在二十巻」墨書。巻一至二を一冊とする他は毎冊一巻。

欄上又別手墨字目標注書入。毎冊首に「□心金／相良□／輔之印」朱印記を存す。配本次掲。

〈大韓民国国立中央図書館　일산古三一三四・一八のうち〉

巻一至二　二十九配同刊本

巻三十八を存す（三冊のうち一冊）。丁子染宝繋文空押艶出表紙（三五・〇×二二・一糎）左肩打付に「韻府羣玉〈幾〉」と、右肩より韻目を書す。紙背官文書。

末尾に「廣原冊」墨識。僅かに墨傍点書入。詳細前掲。

〈韓国学中央研究院蔵書閣　K三・六八五〉　〔二十八〕冊

李王家旧蔵

丁子染亀甲繋文空押艶出表紙（三二・〇×二一・〇糎）左肩打付に「韻府羣玉〈幾〉」と書し、右肩より同筆にて韻目を列記す。改糸。見返し新補。

墨筆にて欄上補注、本文傍点、傍圏書入。首に単辺円形陽刻「呉」、双辺瓢形陽刻不明茶印記、単辺方形陽刻「李王家／圖書之／章」朱印記を存す。

〈延世大学校中央図書館　〇三一・〇一〉　十七冊

欠巻三至四　八　十二　十五　二十　巻十一配同刊本

丁子染水魚鳥花文空押艶出表紙（三二・七×二一・五糎）左肩打付に「韻府羣玉幾」と、右肩より韻目を書す。紙背官文書。破損修補。首冊、剥離した前見返し前半に「存十七巻」墨識、後半に同墨にて陰幼遇並に銭全容の小伝を書す。紙背詩草。毎冊一巻。巻一第一至三十八、四十一、四十三張、巻十七第一張欠。

首に同墨「首三十八板落〈又序文落〉」識語、尾冊見返しに「存十七冊」識語。墨筆にて欄上校注補注、本文標点（藍黄茶筆を交う）書入。配本次掲。

〈延世大学校中央図書館　○三二・○一のうち〉

欠巻三至四　八　十二　十五　二十　巻一至二　五至十十三至十四　十六至十九　二十一至二十三配同刊本

巻十一を存す（十七冊のうち一冊）。新補淡黄色菱花文空押艶出表紙（三二・八×二一・一糎）、次で丁子染雷文繋蓮華文空押艶出表紙。見返し詩草。

首に「散失於回禄中只遺此一巻而此冊七世傳来幸敬而勿毀焉」墨識、尾に「冊主常主覧者為主／誰為冊主我然其主／／（低三格）吟隠書」墨識、鐘形中単辺方形陽刻「□山／後人」、首に鼎形中単辺方形陽刻「守／拙」墨印記を存す。

〈The Library of Congress　C236/Y.58.3〉　三十六冊

後補縹色亀甲文空押艶出表紙（三三・七×二二・○糎）左肩打付に「韻府羣玉幾」と、右下方綫外「共三十六」と書す。紙背「通鑑巻二十一（柱題）」朝鮮整版本。巻一至二、十五至十六を各一冊とする他は毎冊一巻。旧跋欠。

毎張版心上貼紙藍筆韻目標注、欄上墨字目標注書入。毎冊首に単辺方形陽刻「西／原」、方形陰刻「韓氏／百衍」、単辺方形陽刻「孝／家」茶印記、又は同「無盡／臧」、同「詅壼／在喜／氣懽／喜酒」、方形陰刻「聖／氣」朱印記を存す。

〈台北・国家図書館　三○九・○七九四○〉　二十五冊

巻十八配同刊本

黄檗染蓮華唐草文空押艶出表紙（三四・一×二一・四糎）左肩打付に「韻府羣玉幾」と、右肩より韻目、右下方綫外「共廿五」と書す。紙背「大學諺解（柱題）」漢字諺文交り、十行十九字白口双花口魚尾（対向）間題並張数の朝鮮版。同版本附巻と思しき「讀中庸法」「讀大學法」をも認む。巻一至二、四至五、六至七、八至九、十至十一、十四至十五、十六至十七、二十一至二十二、二十三至二十四、二十七至二十八、三十至三十一、三十二至三十三、三十四至三十五を各一冊に収める他は毎冊一巻。

毎張版心上朱韻目標注、本文朱標傍点、傍圏、傍線、校注書入、間〻欄上朱墨字目標注、鈔補、別手にて第二冊前後見返し、本文欄上朱墨補注書入。毎冊首及び第二、十二冊尾に単辺方形陽刻「聽興李／觀喆國／士甫印」朱印記を存す。配本次掲。

〈台北・国家図書館　三○九・○七九四○〉のうち

巻一至十七　十九至三十八配同刊本　朝鮮洪象漢旧蔵

巻十八を存す（二十五冊のうち一冊）。丁子染雷文繋蓮華文空押艶出表紙（三四・○×二一・四糎）左肩打付に「增續韻府羣玉十一」と、右肩より声韻目、右下方綫外「共二十□」と書す。

後表紙背官印官文書、首に単辺方形陽刻「豊山洪／氏象漢／雲章印」朱印記を存す。

洪象漢、字雲章。豊山の人。朝鮮粛宗二十七年（一七〇一）生、英祖十一年（一七三五）文科登第、官吏曹参判都承旨に至る。同四十五年卒、謚号靖忠。

〈Columbia University East Asian Library RAREBOOK Cha 10.10〉　二十八冊

丁子染草花文空押艶出表紙（三三・六×二〇・七糎）左肩打付に「韻府群玉」と、右肩より韻目、右下方「共二十八」と書す。題下打付に後筆にて「角(至軫、二十八宿)」と書す。巻一至二、七至八、九至十、十四至十五、十六至十七、二十一至二十二、二十三至二十四、二十七至二十八、三十一至三十二、三十四至三十五巻を各一冊とする他は毎冊一巻。匡郭二五・二×一七・〇糎。

墨傍点、傍圏書入、首のみ欄上墨補注、本文朱藍傍点書入、極稀に朱校改を施す。首に単辺方形陽刻「匹偆／堂藏」、方形陰刻「李印／最壽」、同「□／堂」茶印記、首尾冊首に単辺方形陽刻不明茶印記、第一、二、十冊尾に単辺方形陽刻（四隅「松・古・齊・□」）中円形陰刻「遠／傳世／程」墨印記を存す。

〈高麗大学校中央図書館晩松文庫　Ａ一一・Ａ八Ｃ〉　三冊

存巻二十二至二十五　二十七至二十八

丁子染蓮華唐草文空押艶出表紙（三三・五×二一・八糎）左肩打付に「韻玉十二(十三、十五)」と、右肩より韻目、右下方綫外に「共廿」と書す。五針眼。第一冊に巻二十二、第二冊に巻二十三至二十五、第三冊に巻二十七至二十八を収める。巻二十二首匡郭二四・八×一七・一糎。墨傍点書入。

〈同　Ａ一一・Ａ八Ｅ〉　一冊

存巻一至二

丁子染蓮華唐草文空押艶出表紙（三五・五×二三・二糎）左肩打付に「増續韻府羣玉一」と、右肩より声韻目、右下方綫外に「共三十五」と書す。五針眼。本文厚手楮紙。前後副葉。巻首匡郭二五・二×一七・〇糎。

以上、本属朝鮮本三種の伝存について、韓国での調査を尽していないが、その限り海外への伝存は稀で、米国・台湾所在の戊申字本も近代の流出と考えられる。それ以前ということになると、日本に伝来した建仁寺両足院、尊経閣文庫蔵乙亥字刊本の三種を見るのみであるが、しかしこの江戸初における本属伝来の僅かな証跡は、次に解説する日本の翻印本およびその覆刻本を見る時、本文の連属を示す傍証として、両朝を結ぶ枢要の位置を占めていることが知られる。

同　日本寛永二年（一六二五）刊（古活字　京　田中長左衛門）翻朝鮮乙亥字刊〔後修〕本

朝鮮朝の戊申字による翻印に先立ち、日本でも乙亥字刊本の翻印が行われた。款式は底本に従うが、首題下の声目牌記を上下平声および上声に欠き、巻首第二至四行の署名が下辺に接する等の小異がある。また巻二十二を五十八張、巻二十八を四十七張とし、それぞれ底本に対して一張を減じているが、これは両者とも、底本では尾題を別張としていたのを、該本では本文末行下に追い込んだ結果である。このために後者の巻二十八尾においては題目が節略され、底本別張に存した欄上「呰」字標注が失われた。微細な事柄ではあるが、刊行主体が移ったことによる変化として注目される。

題簽、双辺「増續韻府〈声目／幾〉（毎冊同版、双行部分のみ活字にて組み換え）」。

四周双辺（二二・〇×一六・三糎）有界。版心、中黒口（接内周）双花口魚尾（対向）。巻二十二第三十五張の張数を「卅二」と誤り、鈔補して「卅五」と改む。

巻尾題「增續會通韻府群玉巻之幾終（大尾）」。
大尾題後隔一行低一格半にて「寛永二年〈乙／丑〉初春吉日／（低四格）洛陽玉屋町田中長左衛門開刊」記あり。

該本の字様について、底本の乙亥字に比べると些か和様を帯び柔弱の印象を与えるものの、基本的には底本を模していることが窺われる。このことから、田中長左衛門は本書の翻印を契機として木活字を製作した可能性がある。

巻一、三十八の尾題について、伝本によって微細の変異が認められる。即ち巻一尾題末に「終」字を植えるものと欠くものがあり、巻三十八尾題後「大尾」二字を下辺より一格擡するものと下辺まで低するものがあって、両件の組合せ四通りの全てに実例がある。例の数も調査の伝本を見る限りでは偏差がなく、強いて挙げれば「終」有って「大尾」を擡する伝本が比較的多い。しかし印出綴合の手順によってどの組合せも可能となるから、これによって先後関係を定めることはできない。この点は、各伝本の項に尾題有（無）「終」擡（低）「大尾」等と略記して参考するに止めたい（図版二―三―八）。

田中長左衛門は、寛永から延宝の間に出版の事跡が認められる京都の書肆で、寛永元年（一六二四）刊『祥刑要覧』、同六年刊『本朝文粋』、同八年刊『新刊多識編』、寛文八年（一六六八）刊『儒仏合編』、延宝三年（一六七五）刊『周張二子書』、刊年不明『国語』の刊記にその名が見える。後掲の伝本中、刊記後に「正／重」朱印記を鈐するものがあり、これは『本朝文粋』の伝本にも同種の朱印記が認められるから、名を正重と称したと思われる。また上記の諸本も、寛永八年と寛文八年の間に三十七年の隔たりがあるから、前後同一人でない可能性がある。このうち『祥刑要覧』『本朝文粋』のみが古活字本で、これらは本書と同種の活字によって印出されている。前者は本書の刊行に先立つものの、乙亥字との関係は知られないし、刊行の規模から言って、やはり字種の多様な本書乙亥字本を基に活字を作り、両書印出の作業は並行して為され、本書は遅れて完成されたのではなかろうか。ともかくも本書の翻印によって木活字印刷の準備が整い、『本朝文粋』の刊行に繋がった。しかしこの頃から日本の営利出版は整版を主体とする方向に傾くこととなり、この活字がさらに印本を生むことはなかった。ただ本書と『祥刑要覧』『本朝文粋』のいずれも整版附訓の覆刻本を生じていることは、[18]古活字本刊行の意義をよく体現している。

該本の本文について、次のような点に注意を要する。該本と乙亥字刊〔逓〕修本の本文を審さに比較した場合、基本的には一致しつつ、特徴的な異同をも存することに気付かされる。それは乙亥字本中、元の料紙を切り抜き紙背から同種活字にて印せる紙片を貼付した箇所、つまり一度印出した後に校改した箇所において、古活字本には必ず異文を存する、というものである。この異同は、古活字本が校改前の本文に拠っていることを容易に想像させるが、乙亥字刊〔逓〕修本の現存本に未校改のものが発見されないために、これを例証することができない。ただ本文の総体においては排字の合致しない乙亥字刊初印本の該当箇所を見ると、ほとんどの場合、古活字本と同文になっている。以下、校改の多い巻一中の数例を挙げる（〔 〕貼紙校改部）。

（張・行）	（乙亥字刊初印本）	（同〔逓〕修本）	（古活字本）
10後10右	孔子病商瞿卜期日中	〔商〕瞿	商瞿
19前3左	八十一御妾一宮	御〔妻〕	御妾
29後8左	豈遇｜｜｜邪	〔打頭風〕邪	｜｜｜邪
36前4左	後世無叛由｜｜	由〔杜公〕	由｜｜

このうち第一の例は『論衡』別通篇の字句であり、商瞿は人の名であって「商」が正文である。第二の例は『周礼』天官冢宰「九嬪」鄭玄注「昏義曰、古者天子后立六宮、三夫人、九嬪、二十七世婦、八十一御妻」を節略した先行類書の記事を引くもので「妻」が正文である。前二例は原拠に照らして乙亥字刊〔逓〕修本が正文と認められ、古活字

本と乙亥字刊初印本は校改前の文字を残していると見られる。また後二例は代号符の使用に関する異同と見られるが、第三の例は標字「怕打頭風」、第四の例は「人稱羊公」にて、乙亥字刊初印本および古活字本の形では本文が正しく復原されないため、乙亥字刊〔遞〕修本の方が整った形と考えられる。古活字本と乙亥字刊初印本は必ずしも同一というわけではないので、その例も挙げておく。

（張・行）	（乙亥字刊初印本）	（同〔遞〕修本）	（古活字本）
41後10左	此ー但是樊龍但ー	〔ーー〕	但ー樊龍
52前5左	食采ー川因氏	〔通〕	川氏川

前例の標字は「官是樊龍」、後例は「通（姓氏）」であり、前例では、標出の四字を代号する方向で考えれば乙亥字刊初印本、古活字本、乙亥字刊〔遞〕修本の順に整えられたと見られ、後例では、初印本の形は必ずしも間違っておらず、古活字本の形を前提として〔遞〕修本の校改が為されたと考えられる。このような例を見ると、乙亥字本の再印時には、印出前と印出後の二段階の校正が加わっており、古活字本はその第一段校正後の本文を反映しているということがわかる。これを要するに、日本の古活字本は、朝鮮乙亥字刊後修未校改本を翻印したものということになる。乙亥字刊〔遞〕修本と古活字本とは、ほぼ同一の本文を有するとは言え、厳密には少しく異なる位相を今日に伝えているのである。なお例証は省するが、前出の戊申字刊本は乙亥字刊〔遞〕修後の本文を反映する。

右に加え、声目字目の補正についてはどうかと見れば、古活字本の声目については、上下平声と上声に標示を全く欠き、去声では巻二十六至二十九、巻三十一至三十二（巻三十を除く全巻）に墨囲陰刻の標目、入声では巻三十三以下の全巻に同様の標目が附されている。これは巻十一の標記を除き、むしろ乙亥字刊初印本の形に合致する。字目については、先に表示しておいたように（四六四頁）、基本的には〔遞〕修本の増補を反映せず、ほぼ初印本の形に等しい。

但し〔逓〕修本の本文整訂と排字変更に伴う字目の処置については、〔逓〕修本の正誤と揆を一にしている。これは字目の補正が、本文整訂に伴う修正とその後の増補と、二つ以上の段階を踏み、古活字本は前者のみを反映することを意味している。

ここで日本の古活字本を踏まえ、乙亥字刊本印出の手順を考え直してみると、古活字本は、その版式行款、本文字様の一致からして、巻十まで再植字後の、乙亥字後修本に拠ることが明らかである。ただすでに指摘したように、貼紙校改までは反映しておらず、それらの箇所では大抵、排字の異なる乙亥字初印本の本文に合致しているから、校改以前の印本を基に翻刊したことがわかる。総じて言えば、乙亥字本には初印の後、まず巻十までの再植字が行われ、この際に若干の字目修正も施され、或いは旧態が放置された。後修本の基礎はこの時に形成され、日本の古活字本はこの段階の印本を基にしている。次で全巻に渉り声目字目の補正が加えられ、さらに修正が進み、該本印出の後に、貼紙校改を重ねて〔逓〕修本の形が成立した、と見るべきである。つまりもし、古活字本の形に等しい乙亥字本を伝存すれば、再度の修印が実証されるはずであり、声目字目の改正が行われた後の印本は、これを逓修本と見なすべきである。以上の経過を図示すれば、次の如くであろう。

朝鮮乙亥字刊
〈尊経閣蔵本等〉
←（本文整訂・字目修正）
又　〔後修〕
↓日本寛永二年古活字刊本
←（声目字目補正）

又〔逓〕修 ←〈貼紙校改〉
〈両足院蔵本等〉

〈陽明文庫　一六三・一〉　三十八冊

丹表紙（三〇・九×二一・七糎）左肩打付に「増續韻府巻之幾〈声目〉」と、右肩より韻目を書す。押し八双あり。毎冊一巻。巻十八第四十二、四十一張錯綴。尾題有「終」擡「大尾」。極稀に朱筆を以て竪句点を加えてある。

該本の料紙は楮打紙にて、その意味では以下の伝本と変わりないが、この本のみは特に精白で平滑化も徹底されている。また明らかに原装ながら表紙に文様の空押しなく、打付書の題目等は他に例を見ない。蓋し献上本の類であろう。

〈神宮文庫　三・二二四四〉　三十七冊

欠巻五　新宮城主水野忠央旧蔵

丹雷文繋菊花文空押艶出表紙（二九・〇×二〇・六糎）左肩題簽を貼布し「増續韻府」と書す。改糸。毎冊一巻。尾題無「終」擡「大尾」。巻一尾題後に刊記を転写し、その次行下に方牌中円形陽刻「正／重」、また大尾刊記後、最末行下に鼎形陽刻「田仲／長左／衛門」墨印記を存す。

朱竪点、朱墨校注書入、欄上墨字目標注鈔補。縹色等不審紙。毎冊首に単辺方形陽刻「新宮城書藏（楷書）」朱印記（水野忠央所用）、双辺方形陽刻「林崎文庫（楷書）」朱印記を存す。

〈京都大学附属図書館谷村文庫　四—八七・イ三〉　三冊

後補淡茶色雷文繋雨龍文空押艶出表紙（二九・六×二〇・九糎）右肩に小簽を貼布し声韻目巻数を書す。押し八双。改糸。虫損修補。巻七至八、九至十、十五至十六、二十四至二十五、二十七至二十八、三十一至三十二、三十四至三十五を各一冊とする他は毎冊一巻。巻六第五十五張鈔補。巻三十六第六十六張天地錯綴。尾題有「終」低「大尾」。巻一、二尾に鼎形陽刻「田仲／長左／衛門」墨印記あり、大尾、前本に同じき「正／重」墨印記あり。

朱合堅傍句点、傍圏、欠字鈔補、稀に墨校注、別朱欄上字目標注書入。淡茶、代赭色不審紙。首、巻十九尾、巻二十首、尾に方形陰刻「全／派」朱印記を存す。

〈国立国会図書館　WA七・八二〉　三十八冊

濃縹色雷文繋雨龍文空押艶出表紙（二九・二×二〇・六糎）左肩刷り題簽貼附。押し八双あり。改糸。虫損修補。見返し間〻新補。毎冊一巻。尾題無「終」低「大尾」。巻一尾に同前「田仲／長左／衛門」朱印記を存す。

毎冊首に単辺方形陽刻「明治九年文部省交付」、双辺円形陽刻「TOKIO LIBRARY／（毎字改行）東京書籍館（下略）」朱印記を存す。

〈京都府立総合資料館　特〇五〇・三二〉　三十八冊

丹雷文繋雨龍文空押艶出表紙（二八・七×二一・三糎）左肩刷り題簽貼布、題目下方に韻目墨書。中央に小簽を貼布し「雲」と書す。毎冊一巻。尾題有「終」低「大尾」。

稀に欄下墨校注、極稀に朱傍点書入。巻三第二十八、二十九張間に表紙別筆にて「雲之箱　／の第卅三号」墨書紙箋、巻六第二十、二十一張間に双辺陰刻「後漢書」題簽を差夾む。毎冊首に双辺円形有界陽刻大「江／南」朱印記を存す。

〈盛岡市立中央公民館郷土資料室　和四三八九〉　三十八冊

盛岡藩主南部家旧蔵　享保十三年（一七二八）識語

丹雷文繋蓮華文空押艶出表紙（二八・八×二〇・九糎）左肩刷り題簽貼附、右肩より打付に韻目を書す。毎冊一巻。尾題無「終」低「大尾」。巻一尾に「田仲／長左／衛門」墨印記を存す。

巻十三首朱句点書入。尾に「右群玉韻府全部三十八巻志春軒之流求之旨享保十三〈申〉初冬吉旦」墨識。毎冊首に雷文辺欄方形陽刻「奥御／藏書」朱印記（南部家所用）を存す。

〈陽明文庫　ソ・六〉　三十八冊

渋引表紙（二八・八×二一・一糎）左肩刷り題簽貼附。右肩より打付に近衛尚嗣の筆にて[19]韻目を列す。押し八双。毎冊一巻。尾題有「終」擡「大尾」。

僅かに細簽を貼附し書入を施した箇所が見出される。首に単辺方形陽刻「近衛藏」朱印記を存す。

〈龍門文庫　七―七・八・五〇八〉　三十八冊

今出川家旧蔵

渋引表紙（二八・九×二一・二糎）左肩刷り題簽貼附。押し八双。毎冊前見返しに韻目張数を書す（間〻欠く）。毎冊一巻。

巻三十第五十三張欠。尾題無「終」低「大尾」。

縹色不審紙。毎冊首に単辺方形陽刻「今出／河／藏書」朱印記を存す。

〈国立公文書館内閣文庫　別二八・二〉　三十八冊
美濃立政寺旧蔵

後補淡茶色表紙（二九・二×二〇・六糎）左肩打付に「增續韻府　幾」と書す。縹色包角。虫損修補。毎冊一巻。巻六第五十五張欠、鈔補。尾題有「終」擡「大尾」。

毎冊首に方形陰刻不明墨印記に重鈐して単辺方形陽刻「亀甲山／立政寺」墨印記、方形陰刻不明朱印記に重鈐して単辺小判形陽刻「立政寺常住」朱印記を存す。

〈早稲田大学図書館　イ一七・五一三〉　三十八冊

渋引表紙（二八・六×二〇・九糎）左肩刷り題簽貼附。右肩より打付に声韻目を書す。押し八双。毎冊一巻。尾題有「終」擡「大尾」。

欄上墨字目標注鈔補、縹色不審紙（共に上声以下欠）。夾紙墨補注書入。

〈北京大学図書館　□二八六六〉　三十八冊
安西雲煙旧蔵

淡茶色艶出表紙（二七・二×一九・〇糎）左肩刷り題簽貼附。毎冊一巻。尾題有「終」低「大尾」。

欄上墨字目標注鈔補、朱筆にて韻目首版心上に標柱書入。第五冊後表紙書口附箋「秋」墨書。縹色不審紙。前見返し中央に単辺方形陽刻不明朱印記に重鈐して単辺方形陽刻二層有界「（毎字改行）子孫永保・雲煙家／藏書記／（楷書）」淡墨印記（下層右行に「共三十八巻」別印重鈐）（安西雲煙所用）、毎冊首書脳に単辺円形陰刻不明朱印記を存す。

〈天理大学附属天理図書館　八二一・イ五五〉　二十一冊

〈家蔵〉　二冊
欠巻三　六　十二　十九　二十二　二十四　二十八　三十
三十三至三十八　〔顕州〕宗密旧蔵

縹色雷文繋蓮華唐草文空押艶出表紙（二八・五×二〇・四糎）左肩刷り題簽貼附。右肩打付に韻目を書す。押し八双あり。前後副葉。巻十五至十六を一冊とする他は毎冊一巻。尾題有「終」。

極稀に〔江戸初〕朱竪句点、同墨欄上補注、欄上後墨補注（広韻、朱子語類、通鑑注、字典、明史、明紀事本末、香祖筆記、唐詩鼓吹、清異録等引証)、下小口貼紙補注(解題および参同契引証)書入。毎冊首尾に単辺円形陽刻「大/通」、毎冊首に蒲団形陽刻「宗/密」朱印記、巻一、三十一至三十二首に方形陰刻「白雲堂/圖書記」、単辺方形陽刻「古家實三/愛藏之書」朱印記、天理分の巻二十三首に方形陰刻「賓/南」、単辺楕円形陽刻「殘花書屋(行書)」、同「戸川氏/藏書記」朱印記(戸川浜男所用)、家蔵分の巻一、三十二前見返しに単辺方形陽刻「鯨舍/臧記」朱印記を存す。(20)

〈鶴岡市立図書館 字書之部第五函〉 三十七冊

荘内藩校致道館旧蔵

栗皮表紙(三〇・四×二一・七糎)左肩刷り題簽貼附。右肩より打付に声韻目を書す。押し八双。改糸、一部虫損修補。巻十五至十六を一冊とする他は毎冊一巻。尾題有「終」擡「大尾」。朱筆にて毎韻首張版心上標柱(上声紫色)並に韻目標注、本文稀に竪句点、句圏、返点、送り仮名(上声以下欠)書入。欄上墨字目標注鈔補。極稀に淡茶色不審紙。首に単辺方形陽刻「芥/舟」朱印記、毎冊首に「致道館/藏書印」朱印記を存す。

〈県立長野図書館 八二一・二一〉 十六冊

後補淡茶色卍繋蓮華唐草文空押艶出表紙(二八・二×一九・四糎)。改糸、虫損修補。見返し新補。前副葉。巻七至九、十至十二、十五至十七、二十六至二十八、三十一至三十三、三十四至三十六を各一冊に収める他は毎冊二巻。巻三第五十二、五十八張鈔補。尾題無「終」擡「大尾」。

毎韻首張版心上朱標柱(不全)、欄上朱墨字目標注鈔補校改、極稀に墨校補注書入。縹色不審紙。毎冊前副葉及び冊首に双辺方形陽刻「岩下/家印」朱印記を存す。

〈東北大学附属図書館狩野文庫 阿一〇―一一・一四五〉三十八冊

武蔵瑞聖寺旧蔵 鉄牛道機手沢

後補渋引漉目表紙(二八・七×二〇・〇糎)左肩打付に「韻府群玉　巻之幾」と書す。前副葉。毎冊一巻。巻十九第一張欠。尾題無「終」低「大尾」。

首のみ欄上墨字目標注鈔補。稀に(江戸初)朱傍圏、竪句点、返点、連合符、送り仮名(上声以下欠)、毎韻首張版心上朱標柱書入。香色不審紙。毎冊前副葉に単辺方形陽刻「了翁上座請大蔵及百家/書置之武州紫雲山/我微笑塔院庖府中永/為學者不敢許出院内/當山二世鐵牛機謹誌(楷書)」(紫雲山瑞聖寺鉄牛道機所用)、毎冊首に方形陰刻「臨濟/三十六世」(同)、単辺方形陽刻「鐵牛／機印」朱印記を存す。巻二十第十二、十三張間に末尾題「□(焦)太史編輯國朝獻徵錄巻之十八〈終〉」明末刊本残葉を差夾む。

〈東北大学附属図書館　八二一・五八　八二一・一一八〉　十六冊

存巻一至五　七至十一　二十三至二十八

後補香色雷文繋蓮華唐草文空押艶出表紙（二八・七×二一・一糎）。改糸。毎冊一巻。尾題有「終」。間ゝ欄上墨字目標注鈔補。巻一尾に寛永二年田中長左衛門開刊記を鈔補、直下に双辺円形陽刻不明小朱印記、毎冊首に単辺方形陽刻「宮城中／學校圖／書之印」朱印記を存す。

〈亀岡市文化資料館　第二十一箱〉　三十八冊

亀山藩校邁訓堂旧蔵

丹雷文繋雨龍文空押艶出表紙（二九・〇×二一・三糎）左肩刷り題簽貼附、右肩より打付に韻目を書す。毎冊一巻。巻六第六十五張欠、延宝三年刊本補配。尾題無「終」擡「大尾」。欄上朱墨字目標注鈔補、毎韻首張版心上朱標柱、朱校注書入。黄檗染附箋。毎冊首に単辺方形陽刻「尊陽求本」朱印記、同「龜山／學校／之記」朱印記を存す。

〈刈谷市中央図書館村上文庫　二一二三五〉　合十六冊

元治元年（一八六四）村上蓬廬修理識語並に外題

後補濃縹色菱花繋文空押表紙（二八・〇×一九・六糎）左肩単辺刷り枠題簽を貼布し村上蓬廬の筆にて「増續會通韻府群玉（隔三格）韻目」と書す。五針眼、改糸、合装。天地截断。毎冊二乃至三巻。巻二十九第二十八張欠、第二十七、六十八、二十九張と錯綴。第六十八張は本来の位置にも重綴。巻三十五第十五張重綴。尾題無「終」擡「大尾」。

（江戸前期）朱墨欄上補注（五車韻瑞に拠る）、別朱竪傍返句点、傍圏、音訓送り仮名（後人胡粉改正）校注校改、極稀に同朱墨欄上補注、別墨欄上補注、字目標注補記、別朱墨欄上補注、別朱墨貼紙補注書入。巻十二第二、三張間に「尾張恩田先生自筆書入全部不殘」墨書紙箋を差夾む。尾に「〈元治元年甲子冬十月十八日修理之〉村上蓬廬藏」墨識。毎巻首に方形陰刻「源〈信／命〉」、単辺方形陽刻「逸山／道高」朱印記、毎冊首に「大正記念／藤井圖書(行書)」朱印記を存す。

〈愛知教育大学附属図書館　名八二一・四・W二〉　三十八冊

名古屋藩校明倫堂旧蔵

丹雷文繋雨龍文空押艶出表紙（二九・三×二〇・七糎）左肩刷

り題簽貼附、右下方打付に「讃」と書す。首冊のみ題簽右傍打付に「真〈共卌八〉」と白書、第二冊以下右肩打付に「六三七六」と墨書。改糸。毎冊一巻。尾題有「終」擡「大尾」。
平声のみ間ゝ欄上墨字目標注鈔補。極稀に同補注、毎韻首張版心上朱標柱書入。毎巻尾に「前永平日損之」「閑損叟」「損々子」「楠氏子閑損日損叟」「洞上末流日損叟」「武陽産日損叟」等墨識、識語中法諱に重鈐して単辺方形陽刻「日損」、単辺三日月形陽刻「閑／損」朱印記を存す。又毎冊首に双辺円形陽刻「悟明」墨印記、方形陰刻「明倫堂圖書」朱印記を存す。

〈愛知教育大学附属図書館　名八二二・四・W一〉　三十七冊
名古屋藩江戸屋敷弘道館旧蔵
縹色表紙（二八・八×二〇・四糎）左肩題簽剥落痕、中央に方簽を貼布し声韻目を書す。第七冊等左肩打付に後筆にて「増續會通韻府群玉」と書す。右肩打付に「六三七八」朱書。改糸。巻十五至十六を一冊とする他、毎冊一巻。尾題有「終」擡「大尾」。
上平声四支五微韻のみ間ゝ朱竪句点、傍圏、欄上並貼紙墨校注書入。縹色不審紙。毎冊首に単辺方形陽刻大「弘道館／圖書印」朱印記を存す。

〈台北・国家図書館　三〇九・〇七九三九〉　二十五冊
後補香色表紙（二九・五×一九・三糎）。改糸、虫損修補。見返し新補、又元の見返しを存す。毎冊一乃至二巻。尾題有「終」擡「大尾」。
僅かに縹色紅色不審紙を貼附。首に単辺方形陰刻「蓮六所／臧書印」朱印記を存す。

〈横浜市・杤尾武氏〉　三十八冊
石川丈山　フランク・ホーレー旧蔵
享保十二年（一七二七）題識
栗皮表紙（二九・一×二〇・四糎）左肩刷り題簽を貼附し、題下に声韻目を墨書す。押し八双あり。改糸。書背に「共卌八」と書す。別本に拠り首目を鈔補。虫損修補。毎冊一巻。尾題有「終」擡「大尾」。
朱竪傍句点、行間校注書入、稀に墨返点、連合符、送り仮名、欄上補注、字目標注、毎韻首版心上標柱書入、首目鈔補同墨貼紙校（用「唐」本）補注書入を存す。毎冊尾に単辺方形陽刻「詩僊／堂印」朱印記（石川丈山所用）あり。首に紙葉を補い「増續韻府羣玉補闕序／増續韻府羣玉書　本朝所板有二／本其一本傍譯國語其一本即此本是／也其二本共無序文凡例也（中略）

以故騰寫(マヽ)原本韻府羣／玉之序目凡例而姑附于茲以爲／補闕他目若有到鄴侯之家而／閲異域正本増續韻府羣玉則〃重修補之時享保十二年歳舍／疆圉協洽孟夏月十八日／(低三格)安田善太郎十四歳書」等墨識、次行下に単辺方形陽刻「安田／氏」、方形陰刻「善／太郎／印」墨印記を存す。新増説文王本に附する陳序、原序、目録、総目、凡例計十四張を鈔補。毎冊首に単辺方形陽刻「寶玲文庫」墨印記を存す。

書、第十五冊首左肩打付に又別筆にて「續韻府　全卅八」墨書、毎冊右下方綫外に「府幾」と書す。毎冊一巻。尾題無「終」低「大尾」。平声のみ稀に朱竪傍句点、標傍圏書入。毎冊首単辺方形陽刻「愚門之印」朱印記、同「揔見文庫」朱印記、同「木堂秘极」朱印記、第二冊首に同「北海／臧書」朱印記、毎冊首に同「蕙園／藏書(楷書)」朱印記を存す。

右の他『弘文荘古活字版目録』三五四に同本の巻首書影を見(21)、大英図書館の書目にも同刊記本の著録がある。

〈横浜市・堀川貴司氏〉　三十八冊

黄蘗染雷文繋蓮華唐草文空押艶出表紙（二九・五×二〇・七糎）。首冊右肩打付に「全卅八本」墨書、左下方に別筆にて「宙」朱

該本の伝存情況を俯瞰すると、まずその伝本の多さに驚かされる（著録二十三本）。これは『韻府』諸版の中でも、前段に解題した明万暦十八年（一五九〇）王元貞校刊本『新増説文韻府群玉』に次ぎ、こちらは活字本であり一時に印出されたであろうことを勘案すると、その多さは際立っている。このことは『韻府』を離れ、古活字本全般の中で考えても同様であり、正確な数字等は持ち合せないが、恐らくは最も伝本の多い部類に含まれるであろう。該本は古活字本といっても坊間の刊行に係るが、規模の大きさや様式の完備という意味でも、慶長以来成熟してきた新たな出版事業の、一の頂点を成す刊行であったと言える(22)。ただそれは、書肆の側が活字印刷の技術を以て事業の拡大を目論んだ結果であって、真に日本の学問を潤したのかどうかという点は、別に問われるべき事柄であろう。今少しく伝本

を渉猟した限りにおいて、敢えてこの点に触れるとすれば、旧蔵や書入の情況が一の材料となる。

南北朝以来、『韻府』の主たる受容者であったのは五山禅僧であるが、古活字本の受容者は必ずしも同じではない。右の伝本中にも禅僧の受容例を見出すけれども、それらは林下の者であり黄檗の系統であり、五山派の受容は確認することができない。これは社会的勢力としての五山派の衰退を背景に、五山禅僧の学問傾向、即ち禅理の他に雅文を弄し、また書記としての社会的機能を分担するための修練が、すでに第一義とはされなくなったことを示している。かつて本書は、正にそうした修練と準備において恰好の教材を提供し、実際、五山僧の所持した版本を見ると、集約的増補を加えるような関与を常套としていたし、遂に本書を本文とする抄物や、本書を基にする新たな編書までも作り出したのであったが、古活字本の受容者には、五山僧の如き本書本文との濃密な関わりは見出されない。蔵書印等から判明する古活字本の受容者は、前代に比べ拡散する傾向にあり、公家や大名、延いては藩校の旧蔵が目に着く。これらの旧蔵者が伝本上に遺している痕跡は比較的微弱であり、韻目字目の標識を加え、折に触れ繙かれた部分に朱墨を点すか附箋を副える程度のことであって、漢学を専業とし、孜々として参考する者の手に渡っていたのではないことがわかる。

ここで本文の由来について想起してみると、朝鮮朝において成された合編校正の結果を、ほぼそのままに翻印したものが本書古活字本の本文であり、元の乙亥字刊〔後修〕本の、印出後、入念に改められた点については、反映することがなかった。該本では字様についても底本に負っており、整版本で言えば覆刻に近い精神で行われた事業というべきである。抑も本文の採択という点で、朝鮮では雅交の他、挙業に資するという観点から本書の増編が試みられたに違いないが、挙業ではなくとも擬似的に漢文製作の修練を自らに課した五山僧の時代が去り、そのような脈絡を失った日本に本文のみを移植した所で、にわかに受容を喚起するような情況にはなかったであろう。伝本の数のみを取上げると、該本は広く流布して盛んに学ばれたように見えるが、これはむしろ事業の拡大を試みた刊行者の意図が顕れたもので、受容の実態としてはやや空疎であったと言わなければならない。元〻古活字本の性格には、古典を取上げ、書物を高級な調度として取扱うような傾向も認められるが、田中長左衛門が一歩を踏み出し、本書の如き類書の翻印を手掛けたことにはすでにある種の矛盾が孕まれており、その印面は本文複製技術としての古活字の盛期を示している一方、伝本に見られる受容の実態は、その時代が終息に向かっていることをも窺わせる。ただ水面上にはそのようなことであっても、複製によって連属する本文の伝流は、なお次の展開を呼び起こした。

同　闕名點

日本延寶三年（一六七五）刊（京　八尾勘兵衛）　覆寛永二年古活字刊本

本版は前記古活字本を覆刻した整版附訓本であり、文字の筆画に至るまで前本を写している。

題簽双辺「増續韻府〈声目／韻目〉幾（行書）」。

四周双辺（二二・四×一六・一糎）無界。但し間〻単辺の張子や、有界の箇所を含む。後者は韻目の行の前後等によく現れるが、これは底本の残映かと思われる。欄上字目有郭。

巻尾題「増續會通韻府群玉巻之一」等、大尾題「増續會通韻府群玉巻之三十八終　大尾　」。

右に行を接し低四格にて「延寶三歳乙卯仲冬日／（以下又低二格）〈京寺町本能寺前〉／八尾勘兵衛板行」記あり。

八尾勘兵衛、名を友久と言い、江戸前期を代表する出版書肆の一人である。漢籍について見ると慶安から延宝にかけて出版の事跡があり、[23]〔江戸前期〕刊慶安五年（一六五二）印『六臣註文選』[24]、慶安五年刊『大明三蔵法数』、明暦二年（一六五六）刊『新刻増補円機活法全書』、万治二年（一六五九）刊『五車韻瑞』、寛文三年（一六六三）刊『釈氏稽古略』、同六年刊『新編古今事文類聚』等が伝存する。仏書の他は大部の漢籍を取上げ、本書を含む類書の刊行に特色がある。ことに『五車韻瑞』には伝本が多く、『韻府群玉』に対して同工後出の書であるから、本版刊行との関係が思われる[25]（図版二―三―九）。

本版の刊行時期について、延宝三年（一六七五）に先立つ寛文六年（一六六六）頃刊行の『〈和漢〉書籍目録』を見ると、字書の項に、員数を示す上欄は空白のままで「増續韻府」の題目が見え、続く寛文十年刊『〈増補〉書籍目録』には上欄に「五十」と刻されている。これを員数と見れば本版の実情に合わないが、別版について著録したものではなく、延宝三年刊『新増書籍目録』になると正しく「卅八」と刻されているから、前者は八尾版の出版予告の意であり、「五十」とは概数を言ったものであろうと思われる。そう考えると、本版の刊行は寛文年間から予定されていたことになる。なお出版書籍目録類では元禄年間のものまで当初の員数が引継がれ、例えば元禄九年（一六九六）刊行の『〈増益〉書籍目録大全』には「〈五十／八尾〉・増續韻符　金弐両」等と登録されている。

本版には一貫して返点、連合符、送り仮名が附され、間ゝ難訓、難音字に振り仮名が加えられている。しかし和刻本漢籍の多くがそうであるように、本版についても点者の名を明らかにすることができない。八尾勘兵衛の他の出版書を見ると、『円機活法全書』『五車韻瑞』『事文類聚』の三書は、菅得庵門下の儒医菊池耕斎の点と判明し、本書も同じ類書であるだけに、耕斎関与の可能性が考えられるけれども、版本自体にそのような徴証はない。本版の訓点を見ると、仄声以降に難訓、難音字の振り仮名がことに増加するが、このような現象は分掌による附訓の可能性を示唆し、複数の点者が関わったということも考えられる。または、増続会通本以前に日本に将来されていた元明版とその覆刻諸本に対する書入の情況を見ると、その多くが実用を踏まえ平声に止まっているから、平声には在来の点本を用い、平仄に点法を異にしたという見方を取り得るかも知れない。記して後考を俟ちたい。

〈尊経閣文庫〉　三十八冊

金沢学校印記

後補淡縹色卍繋文空押艶出表紙（二七・二×一九・二糎）左肩刷り題簽を貼附す。改糸。毎冊一巻。

朱標点、平声のみ欄上字目標注を加う。淡紅色不審紙。毎冊首に単辺円形陽刻「學(隷書)」朱印記（金沢学校所用）あり。毎冊前見返しに蔵書票を貼布し、単辺方形陽刻「明治壬子採／収三宅舊藏」朱印記を存す。

明治壬子は四十五年（一九一二）に当たる。

〈慶應義塾大学附属研究所斯道文庫〇三一・ト四〉　三十八冊

貞享四年（一六八七）感得識語

黄檗染表紙（二八・〇×一九・五糎）刷り題簽貼附。五針眼、改糸、虫損修補。毎冊一巻。

稀に行間欄上朱校補注書入、欄上朱墨字目標注鈔補。極稀に欄上別朱補注書入。毎冊尾「沙門蓮□」「周温蓮□」等の墨識あるも全て墨滅、第一冊尾墨滅右傍に「貞享四龍集丁卯十一月穀旦求之」墨識。毎冊首に単辺方形陽刻「蕙齋／圖書」朱印記、その上に「山﨑」墨書、毎冊尾に単辺方形陽刻「山﨑／臧書」朱印記を存す。

〈遼寧省図書館　普〇〇〇三四四〉　三十七冊

大須賀筠軒旧蔵

後補淡黄檗染漉目艶出表紙（二六・八×一九・五糎）左肩打付に「増續韻府〈声目／韻目〉［　］幾」墨書、書背に「共三十七」と書す。五針眼、改糸。浅葱色包角。首に剝落した刷り題簽を差夾む。首冊のみ前副四葉。第十五冊に二巻を収める他は毎冊一巻。巻十二第五十七張鈔補。

稀に朱筆にて行間校注書入。毎巻首に単辺亜形陽刻「育英舘(楷書)」墨印記[26]、単辺方形陽刻「筠軒臧書(隷書)」朱印記、毎冊首に同「東北圖／書館／臧書印」朱印記を存す。

〈山口大学附属図書館棲息堂文庫 M032, 2/I92/A1-38〉三十八冊

萩藩校明倫館 徳山藩毛利家旧蔵

縹色艶出表紙（二七・七×一九・六糎）左肩に刷り題簽を貼附す。五針眼、改糸。書背「共卌八」、下小口「（毎字改行）続韻府一東」等墨書。一部虫損修補。本文打紙。毎冊一巻。

朱欄上字目標注、鈔補書入、間〻別手朱墨合標竪傍句点、標句圏、同墨返点、欄上補注書入あり。第九、二十九冊首に方形陰刻「縣氏文房／圖籍之印」朱印記、毎冊首に単辺方形陽刻「明倫／舘印」朱印記（萩藩校明倫館所用）、右に重ね同「徳藩／臧書」、また双辺同「明治二十九年改濟／〈徳／山〉・毛利家藏書／第［九百七十三］番・共［三十八］冊」朱印記（［　］内墨書）を存す。毎冊前見返しに毛利就挙寄贈受入朱印記を存す。

〈無窮会図書館真軒先生蔵書〉 三十八冊

後補渋引卍繋菱花唐草文空押艶出表紙（二七・八×一九・八糎）左肩題簽を貼布し「増續韻府幾巻 〈韻目 幾〉」と書す。五針眼、改糸。毎冊一巻。

毎巻首題下朱韻目、巻中墨韻目鈔補。毎韻首張版心上朱標柱、間〻欄上朱墨補注（数筆）、墨字目標注、稀に行間朱竪傍句点、傍圏書入。縹色等不審紙。ほぼ毎冊尾「韻府群玉全部三十八冊之内／（低三格）三（至一）冊寄附／在春桂塾」高山龍之助（ほか二十一名）」墨識、各筆。毎冊首に単辺方形陽刻「石／齋」朱印記、同「眞軒／臧書」朱印記（三宅真軒所用）を存す。

〈天理大学附属天理図書館古義堂文庫 一二〇・一〉 三十八冊

丹波常照寺旧蔵

浅葱色雷文繫蓮華唐草文空押艶出表紙（二七・四×一九・五糎）左肩刷り題簽貼附。首冊のみ剥落、素紙題簽を貼布し「増續韻府〈平一／東〉」と書す。押し八双。五針眼。前副葉。毎冊一巻。

間〻朱傍圏、合傍点、毎韻首張版心上標柱書入、版本圏発朱塡、稀に欄上墨字目標注鈔補、補注書入。縹色不審紙。毎冊首に単辺方形陽刻「衣笠山／□慶□（隷書）」朱印記、重鈐して同「丹波州／大雄山／常照寺（楷書）」墨印記を存し墨滅。(27)

〈国立公文書館内閣文庫林家蔵書 三六六・三三〉 二十五冊

林錦峰手沢 昌平黌旧蔵

首尾冊後補香色表紙（二七・六×一九・六糎）、第二至五冊後補淡縹色卍繫雨龍文空押表紙、第六至十二冊同香色菱繫牡丹花文空押表紙、第十三、十五至十七冊同雷文繫宝文表紙、第十四、十八、二十冊同渋引表紙、第十九、二十一冊同縹色雷文繫蓮華

唐草文空押表紙、第二十二至二十四冊同香色雷文繋文空押表紙、左肩打付に「増續韻府群玉　幾　幾」と書し、右肩より韻目を列す。右肩単辺方形陽刻「昌平坂／學問所」墨印記。毎冊一乃至三巻、区々。巻十三第九十四張欠。

毎冊首に単辺方形陽刻「闒齋圖書」朱印記（林錦峰所用）、同「林氏／藏書」朱印記、毎冊尾に表紙同墨印記、毎冊首に双辺方形陽刻「淺草文庫(楷書)」朱印記を存す。

〈名古屋市蓬左文庫　一五四・一〉　三十八冊

縹色表紙（二七・三×一九・四糎）左肩刷り題簽貼附、首、第十七、三十五、三十七冊は剥落、首、第三十七冊には題簽を後補し「増續韻府　幾」と、第十七、三十五冊には打付に別筆にて「増續韻府〈声目／韻目〉幾」と書す。五針眼。一部改糸。毎冊一巻。

首葉中に「〈御時代不知〉増續韻府　〈和板〉卅八冊」と墨書せる紙箋を差夾む。

〈東京大学総合図書館南葵文庫　D四〇・五八三〉　合十三冊

和歌山藩徳川家旧蔵

新補洋装、旧三十八冊、縹色艶出表紙（二七・二×一九・三糎）左肩刷り題簽貼附、右下方南葵文庫蔵書票貼附。毎旧冊一巻。

欄上朱墨字目標注鈔補、補注（文選による例証多し）、稀に朱傍句点、傍圏、音訓送り仮名鈔補、校改校注、毎韻首張版心上標柱書入。縹色等不審紙。毎冊首に単辺円形陽刻「弎／白」墨印記、単辺方形陽刻「慶氏／黄稱」朱印記、同「山井氏／圖書記」朱印記、無辺陽刻「松秀齋」朱印記、葵唐草「紀・伊・悳・川(左右天地)」文様中単辺方形陽刻「南葵／文庫」朱印記を存し、首尾冊後見返しに明治四十年九月十二日山井良氏寄贈朱印記並に墨書を存す。

〈大阪府立中之島図書館　一三六・一八六〉　三十七冊

欠巻二

淡茶色艶出表紙（二七・六×一九・三糎）左肩刷り題簽貼附。書背「共卅八」等墨書。一部虫損修補。毎冊一巻。

間ゝ朱句点、校注校改、附訓改正、毎韻首版心上標柱書入、同音首字合点、字目朱囲、欄上朱墨字目標注鈔補、破損鈔補（巻四以下は稀）、稀に欄上朱墨補注書入。毎冊首に単辺円形陽刻「抱寂亭臧」朱印記、同「原臧／書證」「黄微原／正修氏／圖書記」朱印記、同「悾ゝ齋／岡郁氏／臧書印」朱印記を存す。

〈台湾大学総図書館　二一一一六／一九三四一〉　三十八冊
新補香色表紙（二七・〇×一九・四糎）、第二十三冊以下香色旧表紙左肩打付に「増續會通韻府群玉　　幾」と書する部分を删出貼附す。裏打改装。天地截断、首冊未截、小口「（毎字改行）増續韻府」墨書。毎冊一巻。巻十八第五張、巻二十九第一張欠。三八年四月一九日付の購入記録小札を差夾む。

又　後印

本版伝本のうちに、末尾刊記部分の年紀を残し書肆名のみを削り取った後印本がある。

〈愛知大学附属図書館簡斎文庫　二三三八〉　三十八冊
秋田藩校明徳館旧蔵
縹色表紙（二五・四×一八・八糎）左肩刷り題簽貼附。右肩打付に「共三十八」と書す。天地截断。改糸改装。毎冊一巻。欄上墨字目標注鈔補、校注書入。極稀に本文朱鈔補。桃色不審紙。毎冊首に方形陰刻「明德／館圖／書章」朱印記、単辺円形陽刻「根本／氏臧（隷書）」朱印記、同有界二層「（毎字改行）〈賣捌所〉・アキタ／岡田物兵衛／クボタ」朱印記を存す。
右の他、出雲大社日隅宮御文庫にも同版本を存する模様であるが、実見を果していない。

本版は古活字本に訓点を附して覆刻した整版本であるから、一応は本書の普及を目指して版に附したと仮定することができる。しかし本版の伝本について指摘しなければならないことは、前出の古活字本に比べてもその数が少ないという点である。伝本数を評価することには慎重でなければならないが、古活字に二十八本を数えるのに対し、それを覆刻した整版が十一本程というのは、普及を図ったはずの版刻が、実際にはそれを成し遂げていないことになる。伝本の印面を見ると磨滅した本がほとんど見られないのも、そのことと揆を一にしている。これは金二両という高値が災いしたためかも知れないが、一つには本書に対する需要がすでに下火となっていたことが顕れたのだろうと思われる。八尾勘兵衛版刻（または求版）書の『五車韻瑞』や『六臣註文選』『事文類聚』などが非常に多く刷られているのに比較しても本書の伝本は乏しく、のちに本書の版木を手放していることが、書肆名を削り取った後印本の存在からわかる。また江戸時代の書林の出版書籍目録類を見渡すと、元禄九年（一六九六）刊、正徳五年（一七一五）修『〈増益〉書籍目録大全』に見える（八尾蔵版の標示あり）のを最後に、その跡を絶ってしまうのである。書肆の側には普及の準備が整った時、すでに受容者の関心は本書から離れつつあったと見るべきであろう。

○増続会通改編本之属

朝鮮朝に、増続会通本の記事をさらに増删改編した本文が認められる。ただ、現在まで首尾完好の伝本を著録し得ていないために正確を期し得ないのであるが、他の属と違って、元〻上声以下仄声の本文を成さなかった可能性がある。

同〔二十一〕巻

朝鮮闕名増刪

〔朝鮮中期〕刊（訓錬都監字）據乙亥字刊〔遞〕修本

この本、前述の乙亥字本を基に増編を施し、上声以下の仄声の諸巻を省略した上、訓錬都監製作の甲寅字体の木活字を以て印出したものである。該本の増編部分は「詩譜」と称し、当該字を脚韻に用いた例句を附録したもので、韻事の実際に即した増補である。この訓監字本は伝存が乏しく、そのほとんどは在韓の伝本である。

巻首題「増續會通韻府羣玉巻之幾（声目欠）／（以下低三格）晩學 陰 時夫 勁弦 編輯／新呉 陰 中夫 復春 編註／青田 包 瑜 希賢 續編」（第二至四行首のみ）、次行低二格標「一東〈獨用〉」等韻目、次行より本文。体式は乙亥字本に同様である。毎韻後改行低一格にて「詩譜（双辺陰刻）〈新増〉」と標し、次行より小字双行二段にて「光升必自東（日）」以下例句、先ず五言句、次で七言句を列挙す。これらは名句を集めたのではなく新案のものであろうが、一見して深刻な措辞は認められない。

巻之一（七五張）上平 一東
巻之二（五〇張）一東二（自楓）
巻之三（六九張）二冬至 三江
巻之四（八一張）四支
巻之五（八〇張）四支二（自尼）
巻之六（七六張）六魚（至蘧）
巻之七（七六張）六魚二至 七虞
巻之八（七四張）七虞二（自雛）
巻之九（六七張）八齊至 九佳
巻之十（六二張）十灰
巻之十一（七八張）十一眞（至困）
巻之十二（六八張）十一眞二至十二文

巻之十三（七四張）	十三元	巻之十八（一〇三張）	五歌至　六麻
巻之十四（九五張）	十四寒至　十五刪	巻之十九（八〇張）	七陽
巻之十五（七八張）	下平　一先（至銓）	巻之二十　（七六張）	七陽二（自常）
巻之十六（七六張）	一先二至　二蕭	巻之二十一（七一張）	八庚（至清）
巻之十七（六二張）	三肴至　四豪		

四周双辺（二四・八×一五・九糎）有界、毎半張九行、行十七字、甲寅字体。版心、白口（接内周）双花口魚尾（対向）問題「羣玉幾」、張数。巻尾題「増續會通韻府羣玉巻之幾」（図版二―三―七）。

著録の伝本に拠る限り、巻二十一・下平声八庚韻の「清」字に至り、上声以下には伝本を見ない。該本の全編を二十一巻と推定する根拠は、伝本十種の全てが一巻に一冊を宛てており、その巻数が二十一に止まり、且つ複数の伝本の原装表紙に全編を二十一冊と標記していることである。伝存本に拠れば本文は下平声の八庚「清」字項に至るが、これは切韻上、中途に止まるのであって、これを末巻とすることは躊躇される。しかし著録の伝本から帰納する限り、「清」字を以て絶えたと考えざるを得なかった。元来未完の編書であったと考えたい。

該本の本文は、増続会通本の部分については乙亥字刊〔逓〕修本に拠ると見て支障がない。九行十七字の款式は他に例がなく、「詩譜」を新増した関係からも、行款は特有の形である。使用の木活字から、概そ十七世紀前期の刊行と推定される。該本についてはなお完本の著録を期したい。

〈高麗大学校中央図書館　A一二・A八〉　十二冊　九　二十一

存巻一　三至四　七　九至十　十二　十五至十七　十　丁子染雷文繋蓮華唐草文空押艶出表紙（三五・七×二一・九糎）

左肩打付に「韻府羣玉〈幾〉」と、右肩より韻目、右下方綫外「二十二」と書す。毎冊一巻。巻十第五十七張欠。

本文字目、熟字墨傍点書入。

〈誠庵古書博物館　三—一〇六一（三四一）五冊のうち〉　三冊

存巻七　十一　十七

黄檗染雷文繋蓮華文空押艶出表紙（三四・三×二二・〇糎）左肩打付に「韻府羣玉」と書す。毎冊一巻。巻十一第一至八、十至十一、七十八張以下欠。

本文墨字目傍点書入、稀に欄上墨字目標注鈔補。首に単辺方形陽刻「□山曹／氏家藏」藍印記を存す。

〈誠庵古書博物館　三—一〇六一（三四一）五冊のうち〉　二冊

存巻七　十七

丁子染艶出表紙（三三・二×二〇・九糎）左肩打付に「韻府羣玉〈幾〉」と書す。紙背官文書。毎冊一巻。

本文墨字目傍点書入。巻十七本文紙背、詩句の鈔写稠密。

〈延世大学校中央図書館　〇三一・二一・二二〉　一冊

存巻八

表紙（三四・二×二一・三糎）表面剥離、右肩に題簽を貼布し「韻會」と書す。

首に鼎形中単辺方形陽刻「守／拙」、尾に鐘形中同「□山／後人」墨印記を存す。

〈韓国学中央研究院蔵書閣　A一〇C・八〉　一冊

存巻十四

後補黄檗染雷文繋蓮華文空押表紙（三六・七×二一・〇糎）。

首に単辺方形陽刻「安東／世家」「權／懷」、方形陰刻「公／潤」朱印記、単辺方形陽刻「安春根／臧書記」朱印記を存す。

〈高麗大学校中央図書館晩松文庫A一二・A八Dのうち〉十八冊

存巻一至六　八至十八　二十

丁子染雷文繋蓮華唐草文空押艶出表紙（三四・七×二一・七糎）左肩打付に「韻府羣玉巻之幾」と、右肩より韻目、右下方綫外「共二十二」と書す。五針眼、改糸。第一、十、十一冊前見返し熟字等注記。毎冊一巻。匡郭二四・八×一五・九糎。毎冊首に方形陰刻「退藏／盧印」朱印記を存す。

〈同　　〉　三冊

存巻五　十　十五
丁子染雷文繋蓮華唐草文空押艶出表紙（三四・六×二一・〇糎）左肩打付に「増續會通韻府羣玉〈巻之幾〉」と、右肩より韻目を書す。五針眼、改糸。毎冊一巻。巻五首匡郭二五・〇×一六・〇糎。毎冊首に鼎中単辺方形陽刻「琴／□」、毎冊尾に鍾中同「洛／浦」、亀甲形双辺陽刻「鳳城／後人」朱印記を存す。欄上墨傍点、本文墨補注書入。

〈同　　　　〉　一冊
存巻八
丁子染雷文繋蓮華唐草文空押艶出表紙（三三・一×二一・〇糎）左肩打付に「韻府羣玉〈□〉」と、右肩より韻目を書す。五針眼。前表紙紙背に有印の公文書あり、「崇禎七年十月初十日行郡主李／［　］上使」記が見える。前後見返しに書込が甚しい。本文墨傍点、傍圏書入。末尾に五言絶句一篇を草書す。巻首右辺外に「冊主金氏(判)」、巻尾左辺外に「冊主［■］(判)」、後見返しに「韻府群玉巻之七冊主豊山金氏家蔵」「豊山金氏家蔵」墨識を存す。

この冊、本文と後表紙見返しに巻の齟齬があって不審を遺すのであるが、これを単純な錯誤か僚冊の表紙の流用と見れば、該本の明崇禎七年（一六三四）以後、恐らくはあまり時を隔てない時期の印出を証する。これは大略訓監字の使用時期と合致している。識語の豊山とは慶尚道、現安東市豊山の地を指す。

〈同　　〉　一冊
存巻十
丁子染雷文繋蓮華唐草文空押艶出表紙（三一・七×二一・〇糎）左肩打付に「新増韻玉〈□〉」と、右肩より韻目を書す。五針眼、改糸。巻十首匡郭二五・〇×一五・九糎。本文墨傍点書入。首に単辺方形陽刻「李浩然／雪川亭」朱印記を存す。

以上四部二十三冊は、標記の如く番号を同じくするが、伝来装訂を異にする別種本の重配である。

〈同　　　　　　華山文庫　A一二・A八〉　二冊
存巻一　十六
後補厚手素表紙（三三・八×二一・一糎）左肩打付に「増續會通韻府羣玉巻之一（十六）」と書す。毎冊一巻。匡郭二四・八×一五・九糎。毎冊首に雷文辺欄円形中方形陰刻不明朱印記、単辺方形陽刻同、単辺方形陰陽陰刻「竹州朴／宗鉉彝／卿夫印」、単辺円形陽刻「朴印／宗鉉(楷書)」朱印記を存す。

〈家蔵〉　一冊　匡郭二四・八×一五・九糎。
存巻九
黄檗染雷文繫蓮華唐草文空押艶出表紙（三四・〇×二一・一糎）　首尾朱印記擦消、単辺方形陽刻「光州／盧氏／用藏」墨印記を
左肩打付に「増續韻府羣玉〈巻之九〉」と書す。五針眼。巻九首　存す。

元代に成立した原編『韻府』に対し、元明の書肆がこれを増補した新増説文本と、明代中葉の学官の編集に係る『韻府続編』とを合した増続会通本は、朝鮮朝において初めて編集され、三十八巻本として流布し複製された。この本文は、先ず本書の増編本として最大の規模を有すること、また中国には及ぶことなく朝鮮と日本においてのみ行われたという点に特色がある。その展開につき年代を逐って整理すると、十六世紀の半ば中宗朝、乙亥字によって印出されたのが初刊であり、その後、さらなる校改を経て、宣祖元年（一五六八）以前に、半ば異植字本とも見るべき乙亥字刊〔逓〕修本が出されている。十七世紀初葉、壬辰丁酉倭乱（文禄慶長の役）により失われた銅活字に代わって、訓錬都監から甲寅字体の木活字本も出されたが、この際には実用を重んじて例句を附した代わりに、仄声については印出されることがなかった。日本ではやや遅れて、寛永二年（一六二五）田中長左衛門の製作した木活字により、新たに将来された乙亥字刊〔後修〕本を基とする本書の翻印が為され、これは字様のレヴェルにおいても元の乙亥字を模したものであって、書肆による古活字本刊行の一典型を成した。この本は、古活字本としては最大級の伝本を擁し、ある程度流布したことも窺われるが、新たに勃興した民間の学者にとっては手の及ぶ所でなかったから、半世紀を経た延宝三年（一六七五）、京の書肆八尾勘兵衛によって覆刻され、整版附訓本として普及が図られた。また朝鮮では粛宗四十三年（一七一七）校書館において、壬辰倭乱を含む一世紀以上の時を経て、戊申字による乙亥字刊〔逓〕修本の

翻印が成されたのである。以上の関係を図示すると、次のようになる。

〔新増説文本〕・〔続編〕
←明弘治刊本・明正徳刊本系統
〔増続会通本〕
　朝鮮乙亥字刊
←〔本文整訂・字目修正〕
又〔後修〕　↓日本寛永二年古活字刊本　↓日本延宝三年刊附訓本
←〔声目字目補正〕
又〔逓〕修　↓〔増続会通改編本〕〔朝鮮中期〕訓錬都監字刊本
↓同　朝鮮戊申字刊本

増続会通本の日本における普及について考えてみると、朝鮮本自体の将来については、朝鮮乙亥字刊本に三例を見るのみであるが、同本が将来された江戸時代の初め、商業出版が勃興して古活字本から整版附訓本へと移行していく時節に際会し、大部の書ではあるがようやく書肆の取上げる所となって、複製拡大され一定の流通を見たのである。先ず古活字本を刊行した田中長左衛門の方法は、翻印でありながら字様においても底本に負い、相当数の印本を供給したという意味では、覆刻の精神に近いものがあり、本文の提供という点でも強く底本に依存している。続く八尾勘兵衛の覆刻は、全編に附訓を施し新たに版に附す努力が払われたものであるから、版本一般から言うと高級な部類に属するであろうが、これも古活字本刊行の上に成り立つ事業であったことは疑えない。そう考えると、本属の展開は、元明坊刻の類書が、朝鮮朝の再編集と校訂を経て、日本近世の学者に供された一の過程を示しており、朝鮮で加えられた本文の整訂は、大王の権威を戴する校官の学力によって成されたものであるだけに、明代に坊刻の繰返しによって劣化していた本来の面目を相当程度回復していたのであり、日本の書肆が本書を翻印、覆刻する時には、工程上の消極的校正を加えさえすれば、さしたる問題もなく整った本文を得ることができたのである。実際、本書の整版本を古義堂に収蔵し、狩谷棭斎が校読の際に本書を繙き、本書によって補注を書入ている様を見ると、[28]版本を通じ学問の潤されたことがよく実感される。江戸中期以降は日本で本書に対する需要がやや低下したかに見えることは、古活字本に書入や受容の痕跡が乏しく、八尾版においては伝本自体がそれ程多くないということからも窺われ、第二章第二節末（四二〇頁）に、明清版の新増説文王元貞校本の受容について述べた所とも揆を一にする。ただ需要において低下の道をたどったとは言え、版本の流通と堆積が日本の学問に一定の影響を与え続けたことは無視できないし、その来源が朝鮮本にあることを考えると、朝鮮朝における本文の流通、取捨、整訂とその刊行について知ることは、近世の日本漢学を研究する上で欠くことのできない要件の一であり、日本書誌学にとっても大きな課題であろうと思われる。

第二章を閉じるに当たり、本書版本の展開につき一望して見ると、元の世に陰時遇、陰幼達の兄弟が、先行の編書に学び、類書を韻書の体裁に仕立てる新案を以て刊行した『韻府群玉』は、科挙再興の時宜に投じ、また建安書肆の働きによって世上に容れられ、元統二年（一三三四）の刊行から五百年以上にも及ぶ版刻の伝流を生み出し、朝鮮や日本にも波及して、稀に見る規模を以て行われた。ことに現存最古版の元統二年刊本は、それ自体長く行われ、中国の他、日本の南北朝に一種、朝鮮朝の前半期に二種の覆刻を生じてその力を顕し、実質的な始発を遂げた。中国における本書版刻の営為は、常に出版書肆の活動によって支えられたが、当初から本書本文の複製については、安易な覆刻または粉飾とも言うべきわずかな増補を伴う重刻という形で行われ、新たな版刻が旧刻の地位を奪うという経緯の連続でもあった。早くも元至正十六年（一三五六）に『新増説文韻府群玉』が現れ、これは原版を利用した表面的な増修であったにも拘わらず、原本の衰退に影響を及ぼし、明代の前半に覆刻を重ねて、原本から新増説文本へと版本の交代を現出した。これと雁行する形でさらに『新増直音説文韻府群玉』等、再増の亜種を生じたが、直音の増入はあまりにも安易な形で行われ、また本文の劣化が災いして、先行の他本と拮抗するには至らなかった。これら一連の覆刻増補とは別に、明代の半ば、地方教官によって本書の続編『類聚古今韻府続編』が作られたことも、本書浸透の意味を知る上で注目され、その版刻と流通は比較的繊弱なものであったが、結果的に海外への波及について独特の意味を有った。

右に触れた明代半ば以前の諸版はみな建安の坊刻本と見られ、例外として明初洪武年間に、原本に基づく南京国子監洪武韻改編本が刊行されているが、これは洪武韻自体の不振とも関係して流布しなかった。しかし万暦十八年（一五九〇）に至り、南京の監生王元貞が、旧刻の不良に鑑み、嘉靖前後から江南に勃興した家刻本に範を取って『新増説文韻府群玉』の新校本を刊出すると、時と場を得て非常な勢いで行われた。この王元貞校本は、増補を止め校刊を標榜した点で本書の版刻史に画期を成したが、版刻の場が江南に、版刻の主体が士人社会周縁の者に移り、清初に掛けて多数の覆版が作られ、より広範囲に普及していったという意味で、中国における版刻一般の転換を体現している し、印本の数と流通の広さ、つまりその規模において前代の版本とは格段の相違があった。続く清初には王本の覆刻が続いていたが、その飽和状態を受けて新たな版刻が促され、『増刪韻府群玉定本』と称する事実上の約編本も考案された。康熙末年に至り、本書版本の消長にとって決定的となる『佩文韻府』の編集が成されたが、同書の弘通に従う広本の衰退に反して約本が存在の意義を増し、増刪本を基に摘要本も刊刻された。清代後半、本書の版刻は終息に向かい、新たな版刻は稀となったが、その営為は実に清末にまで及んでいる。

本書編集の歴史的意義は、類書に摘錦の属を確立して文人の検閲に便宜を加え、明初の『永楽大典』の編集に範型を垂れ、明末の『五車韻瑞』の並存を経て『佩文韻府』に吸収され、大略その生命を終えたかに見える。例えば『四庫提要』が本書の来歴に触れ、『佩文韻府』に引較べて本書の粗漏を指摘した末に

然元代押韻之書、今皆不傳、傳者以此書爲最古。又今韻稱劉淵所併、而淵書亦不傳。世所通行之韻、亦即從此書録出。是韻府、詩韻皆以爲大輅之椎輪。將有其末、必舉其本。此書亦曷可竟斥歟。

と採録の意を述べているのは[29]、詩韻の書一般または『佩文韻府』の祖としてのみ本書伝存の意義が認められるということであり、当時の情況からして已むを得ない側面も認められるが、本文内容を問題とした場合に取られる見識がよく集約されている。しかし書目を頼りとして版本に取材して見ると、諸本の消長に特有の因果関係があり、その展開の中に諸版開刻の意義を見出すことができ、狭義の学術とは別の論理によって一の偏流が形成されていった様子を窺うことができる。本書の場合、編集の当初、類書の列に一の範型を加えたことと同じように、あの手この手と本文の増修を企てた末、新校本を標榜し却って格段の成功を勝ち得た経緯の上にも、その真価が備わっていたと見なければならない。従って、有名無名の旧蔵者が版本を手に取り学んだこと、あるいは手にし得たこと自体もまた、看過し難い内容を含んでいる。そうした版本の流通は、漢籍に対する曝露の比較的散漫な中国の境外においては、より深刻な意味合いを含み、同じ本文が複製されても地域の条件が作用して、版刻の意義は様〻に変容した。

朝鮮朝における本書の刊行はいずれも内府の主導により、二度にわたる原本の覆刻と、四度に及ぶ増続会通本の翻印とに分けて考えることができる。前者については明正統二年即ち世宗十九年（一四三七）の江原道の版刻がその初刊であるが、これは世宗朝における冊板普及事業という脈絡において理解すべきものであり、地方版と言っても内府との連繫によって成された複製である。その覆刻は直接中央で行われ、いずれも校官の関与した点に本文上の特色がある。朝鮮で本書がよく実用に供されたことは、字句検出の準備に怠りない書入の様子が濃かに語っているけれども、これには科業と両班の雅交とが背景としてあろう。その意味で当時本書に対する依存は比較的強く、十六世紀半ばに至り、乙亥字による『増続会通韻府群玉』の刊行が試みられる。これは恐らく将来の明版二種、即ち新増説文弘治刊本と続編の正徳刊本を朝鮮で合編したものと思われ、さらに広い収録を求めることが、銅活字による一定数の印出と頒布という条件の下、中国よりも先鋭な形で現れている。その意図が極めて実用に近しいものであったことは、字目標注が欄上に組み込まれたことや、壬辰倭乱後の荒廃中に増編刊出された際、例句を附して仄声を廃する改編を加えたことによく認められるし、乙亥字本の受容者の手により『大東韻府群玉』が編まれ、並行して朝鮮朝の文章を集めていることも、同じ脈絡中の事柄であろう。この増続会通本も内府の刊行であり、その翻印は十八世紀の前半に及んだ。

日本における『韻府』受容の契機は五山禅僧の活動にあり、夙く中巖円月の「文明軒雜談」上巻に、本書を以て笑隠大訢の詩句を読み解く者があったことを載せ、この記事は排列から見て貞治（一三六二—八）初年頃の事実を伝えているから、南北朝の中頃には本書の参考が広がっていたことを窺わせる。この時にはまだ中国にも元元統二年（一三三四）刊原本と元至正十六年（一三五六）刊新増説文本の二種しか行われていないから、当初は将来の元版を以て行われたに相違なく、入元僧、来朝僧の蔵本が受容の対象であったかと思われる。これは元版の流通を示す記事と見られるが、日本における本書の受容に大きな進捗を齎した版本は、南北朝に行われた原編の覆刊本で、同版は貞治六年（一三六七）に来朝した刻工集団の手に成り、応安三年（一三七〇）から永徳二年（一三八二）の間、同名の刻工が他版に名を顕しているから、本書の開刻もこの時期に為されたと思われる。この版本は複数の元版を校合した点に特色があり、その一方は新刻の至正二十八年（一三六八）刊本と推定されるから(30)、五山における俊捷濃密な元版の流通とそれに伴う需要の勃興が、新刻の条件を成したと言える。以後室町期を通じ、元明の建刊本と本邦南北朝刊本の潤沢な流通を基礎として本書の受容が広がっていき、主に五山禅僧の検閲に便宜を齎した。

日本ではその需要の広がりに反して、自ら刊行した版本は長く南北朝刊本一種のみであったが、その背景には一定量の元明版将来の事実があった。これは来朝僧や入元、入明僧を中心に、受容者や同門の者が海峡を往来し、自ら手に入れる行き方であったから、五山派の中では比較的潤沢な状態が保たれていたのである。本書の版本が劣化して明代の中頃までに不振の状態を引起こすと、その供給も乏しくなったので、本邦においては明中期よりも元末明初の版本に蓄積が厚かったが、そうした閉塞は万暦の王元貞校刊本によって打破され、日本の近世初以降に流入した。近世になって五山の文事が形骸化すると、本書の需要も衰勢に転ずるが、林下の禅僧や儒者文人も、当初、学問の素地においては五山に倣っていたから、暫くは本書を繙く習慣も残存し、江戸前期に至るまでの間、なお相当の受容が認められる。また文禄慶長の役（壬辰丁酉倭乱）を経て多数の朝鮮本が将来されると、いくつかの書目は、同時に学んだ活字印刷の技術を以て複製されるが、本書増続会通本もその中に含まれ、寛永二年（一六二五）に田中長左衛門が朝鮮乙亥字刊〔後修〕本を翻印した。これ以降日本では、在来の元明建刊本とその覆刻の旧刊本、明末江南刊行の新校本、朝鮮朝に由来する広編本の三種が重層して行われる。ただ明末刊本の供給は日中交易の一環として為され、前代とは比較にならない規模で行われたし、古活字本の刊行は出版書肆の勃興する過程において為されたのに対し、その需要においては総じて退潮にあったから、些か供給過剰の気味を帯び、受容の実態が疎略に遷ったことも伝本に顕れている。従って延宝三年（一六七五）に整版附訓本が開刻され、明版に淵源する朝鮮朝由来の本文に、日本南北朝以来の本書解読の経験が結び着き、近世社会に本格的な普及を図る用意が調った時、実際に求められ広く伝播する情況はすでに失われていたのである。ただ表層においてはそうであっても、諸伝本の分厚い堆積が、近代に及ぶまで一定の影響を保ったこともまた伝本に明らかである。これは何も日本に限ったことではないが、本書が広義の学術に与えた影響は底堅い基盤的なものであって、版本を作り出す側と手に取る側と、時〻に双方の意志を映しながら展開し、学術の偏流を規定する力となって働いたのである。

（1）本節も柳田征司氏「『玉塵』の原典『韻府群玉』について」（山田忠雄氏編『國語史學の爲に』〈一九八六、笠間書院〉、『〈室町時代語資料としての〉抄物の研究』〈一九九八、武蔵野書院〉追補再録）に負う。

（2）『万姓統譜』巻三十一、『栝蒼彙紀』巻十二、『尚友録』巻七、『両浙名賢録』巻二、『（康熙）青田県志』巻十、『（雍正）処州府志』人物志、『（雍正）敕修浙江通志』巻百七十七等に伝記を載せる。

（3）南京図書館に「資治通鑑綱目事類一百二十一巻／存四七巻／明刻本」を存する由、未見、淮府刊本であるかどうかも不明。

（4）『千頃堂書目』に「周易衍義」「春秋講義」「通鑑綱目事類一百二十一巻」「讀書備忘一百巻」の四書を包瑜の著作として挙げる。しかし、『経義考』に「周易衍義」と「春秋左傳」（マヽ）四十巻を録するが、いずれも佚書とされている。

（5）康王の次の淮王とすると、弘治十八年（一五〇五）に襲封した定王朱祐棨の時ということになるが、これは包瑜八十六歳以降の七年間に当たる。康王に好文の事績があり（『文翰類選大成』の編刊を督する等）、定王に横暴の事績を伝える（『明史』諸王伝）こと、包の歿年はわからないが、相当の高齢にあることを勘案すると、康王の聘であったように思われる。

（6）この日新書堂刊二十八巻略本と四十巻広略本について、注（1）柳田氏論文追補11に、後掲の三十二巻本を加えた三種の関係が詳しく述べられている。ただ柳田氏は、四十巻広本には触れず四十巻広略本を安正書堂の版刻とされ、また日新書堂刊二十八巻略本と四十巻広略本を別版と見ておられるが、本書では二十八巻略本と四十巻広略本の巻二十以前を同版と見て、前者の方が比較的早印であるという認定から、日新書堂刊二十八巻略本およびその増修四十巻広略本と考えた。

（7）同じ孫星衍の『廉石居蔵書記』巻上、類書の項にも簡略な著録が見える。

（8）本版の韻目が錯雑たるものであること、これが元来不足のある二十八巻本に拠ったためであることについては、すでに注（1）柳田氏論文追補11に指摘がある。

（9）晁瑮『晁氏宝文堂書目』類書に「韻府續編〈十本〉」と、李廷相『濮楊蒲汀李先生家蔵目録』中間朝西、三櫃二層に「韻府續編〈二十本〉」、中間朝東、二櫃三層に「韻府續編〈十五本〉」と、趙用賢『趙丁宇書目』沈浜荘に「續韻府〈十五本〉と、徐𤍠撰『徐氏家蔵書目』子部韻類に「續韻府羣玉四十巻」とある等。

（10）本属本文は活字によって印出したものであるが、その行為につき、本文組成と印出の意を以て「刊」「刊行」等と表記することを諒とされたい。このことは旧時の慣例であるとともに、「印」「印行」と記した際に、既存の版木を重印するのみである場合と、新たに本文を構成し、かつ複製印出する活字本の場合との相違を明確にし難く、文字を借りて「刊」と記した方が実態に近いと判断するからである。

（11）この記事を原本『韻府群玉』の版刻に関わるものとする説がある（金斗鍾氏『韓国古印刷技術史』〈一九七四、探求堂〉官板書目、沈嵎俊氏『日本訪書志』〈一九八八、韓国精神文化研究院〉）。それらの説は『中宗実録』の記事によって、本書に言う〔朝鮮前期〕刊本を、中宗三十五年（一五四〇）の刊刻と見なしている。確かにそのように解すると、記事中「刊出」とあることに整合する。しかし私見によると、件の版本は、伝本の紙背文書や識語から十六世紀末年の刊行と推定されるから（第二章第一節二四九頁）、これは必ずしも当たらないように思われる。また『実録』の記事が原本の版刻を指すのだとすると「合新增」と称している点が腑に落ちないし、「以大字刊出」と言うのは活字を以て印刷する意に解すべきで、中宗の答に「印出」とあるのは、そのことの反映なのではなかろうか。乙亥字には大中小の三つの活字があり、件の『増続会通韻府群玉』に用いられたのは中字と小字であって、その点に不審を抱かれる向きもあろうが、これは他種の活字に比較した表現で、大字と言って乙亥字全体を指したかと思われる。実際、『韻府群玉』と同時に印出されたと考えるべき『雅音会編』について、甲辰字刊本の伝存が確認され（知見韓国国立中央図書館蔵本〈貴五四九〉、なお『実録』中「七律五律以韻類聚」の語は、唐詩を韻目下に排列した内容の『雅音会編』に係る）、この甲辰字は成宗十五年（一四八四）に、従来の活字が大きすぎる点を補うために鑄造された活字であるから（千恵鳳氏『韓国古印刷史〈日本語版〉』〈一九七八、韓国図書館学研究会〉）、これに比べて乙亥字は「大字」と称するに相応しかったのではなかろうか。記して後考に俟ちたい。

(12) 李希輔の作は『中宗実録』によると「九重深鎖月黄昏、十二鍾聲到夜分、何處靑山埋玉骨、秋風落葉不堪聞」というもので、悲嘆に暮れていた燕山君は、その手を執って嘆賞したのだという。

(13) 権文海の『大東韻府群玉』については沈慶昊氏「『大東韻府群玉』의구조」（『국문학연구와문헌학』〈二〇〇二、太学社〉）に詳しい。

(14) 『文苑英華』巻六百等に収める駱賓王「爲齊州父老請陪封禪表」に「儻允微誠、許陪大禮、則夢瓊餘息翫仙閭以相驩、就木殘魂遊岱宗而載躍」の句があり、『白氏六帖』巻十九・死門に「魂遊岱宗〈遊岱之魂〉」とある。

(15) 『後漢書』方術傳の叙には「張衡爲陰陽之宗、郎顗處徵最密」とあって、『韻府続編』では一格を以て四字を代号したのである。

(16) 建仁寺両足院蔵本について、注（1）柳田氏論文追補16に著録がある。ただ該本を明版と、また尾一冊欠とされている点については見解を異にする。該本に残存する家形印記の発見、解読については、藤本幸夫氏の指教を得た。

(17) 該本の巻十六について、この巻では初印本と後修本を比較しても細部に渉るまで異同がなく、ほとんど手が付けられなかったことがわかる。従って改装後の半冊分がどちらに属するか、本来は不明である。ここでは鈐印の情況から巻三の僚冊と考え、後修本として掲出している。

(18) 『祥刑要覧』の寛永四年（一六二七）松岡作左衛門刊本、『本朝文粋』の正保五年（一六四八）跋刊本を念頭に置いている。

(19) 名和修氏の指教に拠る。

(20) 該本は『天理図書館稀書目録　和漢書之部　第四』によると、書帙貼紙に岡田真の朱筆にて昭和十六年に購得、同十七、十九年に巻二十五、三十一を別途購入した意の識語を存するという（未見）。昭和三十年の東京古典会主催、弘文荘受託出品『岡田文庫入札目録』二九七番に「増續韻府〈慶長中古活字本〉三十七冊」とあるのはこれに当たるものか。

(21) 該本は学習院大学の有に帰した由（未見）、注（1）柳田氏論文補注16参照。

(22) 同様の大事業として、三史諸本や那波本『白氏文集』の刊行等も想起されるが、古典としての認知の広さ、本邦における受容の歴史を考えると、成されるべくして成ったとも言え、韻書と類書を相兼ね、工具書として用いられてきた本書の場合、一層広範な利用を目途としていた可能性がある。

(23) 国書では元禄、正徳の頃まで活動の跡があるようである。矢島玄亮氏『徳川時代出版者出版物収覧　続編』（一九七六、万葉堂書店）、井上隆明氏『改訂増補近世書林板元総覧』（一九九八、青裳堂書店）。

(24) この版本は従来慶安五年刊本として知られているものであるが、無刊記本の先行する由。芳村弘道氏「和刻本の『文選』について――版本から見た江戸・明治期の『文選』受容――」（『学林』第三十四号、二〇〇二、『唐代の詩人と文献研究』〈二〇〇七、朋友書店〉再録）に拠る。

(25) 拙稿「和刻本『事文類聚』考――その本文と菊池耕斎の附訓について――」（『和漢比較文学』第四十八号、二〇一二）参照。

(26) この印、或いは相馬中村藩校育英館の所用か。宇野量介氏「大須賀筠軒伝素描」（『続犬棒録』〈一九八七、白萩会〉収録）に拠ると、筠軒は明治十二年より十五年まで陸奥中村県行方中村郡の郡長を務め中村に青年学校を設けており、中村藩と関係があった。

(27) 該本の第三十八冊については未見、刊記部分の書影を拝するのみであるが、田淵正雄氏に指教を得た。

(28) 斯道文庫収蔵の『續日本後紀』に移録された椽斎の補注書入に本書の引用が見られる等。椽斎は自ら編集した『活字板書目』に本書を著録としているから、具体的には寛永二年刊古活字本に拠っているかも知れない。

(29) 「大略之椎輪」は「文選序」に「椎輪爲大輅之始、大輅寧有椎輪之質。增冰爲積水所成、積水曾微增冰之凜、何哉。蓋踵其事而增華、變其本而加厲。物既有之、文亦宜然。隨時變改、難可詳悉」と、五臣注に「向曰、椎輪、古棧車。大輅、玉輅。寧、安。質、樸。增、厚。積、深。曾、則。微、無。凜、冷也。言玉輅因椎輪生、增冰由積水成。然玉輅無質、積水無寒、

何哉。言何故如斯哉。蓋自設疑問、以發後詞」と見え、「將有其末、必舉其本」とは、『春秋穀梁伝』荘公十七年に「春、齊人執鄭詹。（傳）人者衆辭也。以人執與之辭也。鄭詹、鄭之卑者。卑者不志、此其志何也。以其逃來志之也。逃來則何志焉。將有其末、不得不録其本也。鄭詹、鄭佞人也」とある。同年に「秋、鄭詹自齊逃來」の記事あり。『提要』の解義については、二〇〇四年に慶應義塾大学にて開催した「四庫提要輪読会（仮称）」において、著者が担当し、席上、会合の諸氏に指教を得た。

（30）東山秀岩書堂刊本を指す。この版の牌記には干支のみを記すから、同年の明洪武元年刊本と著録する場合がある。いずれにしても一三六八年が、同版を用いた南北朝刊本開版の上限ということになる。第二章第一節二六七頁。

第三章　『氏族大全』版本考

尚古の思想を維持して来た近世以前の漢学者は、先人の事蹟に通ずることを習いとし、典籍に親しみ、史上に伝えられる勝事に深い共感を寄せていたが、そのような知識はいわゆる故事として凝縮され、読書人の間に共有されたことから、これを踏まえて識者の間にのみ通用する表現が生み出され、ややもすると故事に通じていることそのものが問われる事態をも派生した。その結果、経史子集の一次的な著述に取材し、故事を集成して検閲に備えるための編著が成されるようになったが、そうした編集への欲求は、中国で出版事業の成熟した宋末以降、坊刻本という媒体を得て、書林と読者との間に相互に高められ、次第に勢いを増して数多くの編著が刊出された。本稿に取上げる『氏族大全』は、そのような気風の横溢した元の世に、通俗の参考書として坊間に編集された書物である。

後に見るように『氏族大全』の基本構造は、特定の人名に関わる故事を簡潔な章段に纏め、主体となる人名の姓氏によってこれを分類し、姓氏の文字の韻によって排列したもので、毎章その要句を抽出して題目に掲げ、主要の姓名「何某」より本文を書き起こした体裁である。このような編集は既に、南宋欠名氏編集の『錦繡万花谷』続集に収める「類姓」に見られる。さらに細かく見ると、章段を括る姓字の標出に際し、文字の声類と氏族の貫籍、出自に関する細注を伴う他、毎姓本章に続き「女徳婚姻」の節を設け、特に婚姻に纏わる故事を集めている。後者に関しては『四庫提要』巻一百三十六、子部類書類二に、本書を解題し「蓋宋元之閒、婚禮必有四六書啓、故載之獨詳、亦以便於剽掇也」と説明しているように、婚礼の書啓に用いるための参考記事であるらしい。また毎姓の首尾に（版本によって異なる）、その文字を含む熟字を列挙し附記してあるのは、『提要』には「至毎聲末開附韻藻數語、如洪韻龐洪涵洪、翁韻仙翁塞翁之類、既與氏族不相關渉、且掛漏無取、徒滋蛇足」と酷評しているが、このような韻藻を存することは、本書が作文の用に応える書物として編集されたことを示していよう。従来、本書を書目に列し録する際、氏族の来歴と故事を集めた書物と解し、内容に従って史部伝記類に掲げる立場と、数ある作文の参考書の中で人名に纏わる故事のみに特化した編集と判じ、機能に従って子部類書類に掲げる立場との、両様に分かれているが、編者の期待する受容をも考慮に入れると、本書の場合は後者の処置に分があろうかと思われる。

本書の編者の名はすでに佚し、今日では全く伝わらない。その編集の時期については、『四庫提要』に「不著撰人名氏。書中所引事蹟、迄於南宋季年、蓋元人所編次」とある説が定着しており、陸心源の『儀顧堂続跋』巻十一にも本書を録して「癸集末夾谷姓下、注曰大金支裔、其爲元人所撰無疑」と指摘して元人の撰に成ることを指摘、また葉昌熾は、本書の明永楽十七年刊本に題識を附し（後出）、宋代坊刻本の金元翻刻改竄本と推測しているが、本書の記事を見ると、より端的には巻六（己集）の首、上声一董韻の「孔」氏の項に「先聖世系」を説き「孔子名丘（中略）大元加謚大成至聖文宣王」と記して「大元」の文字を含み、元大徳十一年（一三〇七）の序を有する原編『新編事文類聚翰墨全書』后丙集巻七至十の四巻が、ほとんど本書の剽窃であるのを見ると、本書の編集が元の世に成ったことを示して明らかであろう。

この『氏族大全』がこれまでに、どのような書物としてどの程度受け容れられて来たかという点につき、本章では版種と伝本の研究に基づいてこれを明らかにしようというのであるが、予め若干の見通しを述べておくと、中国大陸における版本の伝流という意味から言えば、滔々たる受容の広がりがあったとは言い難い。明代の官庫には『文淵閣書目』巻十二、昃字号第一廚書目「姓氏」条に「氏族大全〈一部二冊闕〉」「氏族大全〈一部四冊闕〉」と見え、すでに不完全の収蔵であり、明末私家の蔵書目にも本書の名を散見するが、(1)必読の書として一般に普及したとは見られない。こうした著録の情況については、元来本書が坊間に出た通俗の書であること、そして実際上、本文に故障の多いことなどにその原因があると思われ、例えば明の葉盛の『水東日記』巻五に

近代雜書著述考據多不精（中略）所謂氏族大全尤甚。湯公讓指揮以博學强記自許。一日劉草窗家偶及趙明誠、湯以爲趙抃之子。予偶記抃之子岏、屼。明誠則宰相挺之子也。湯大以爲不然。徐元玉在座、亦不能決曰、明日當考書、負者作東道耳。湯退旣詳考得實、乃攜氏族大全叫呼而來曰、本子誤我矣。近考廣州十賢、李朝隱一作李尙隱、因訛而爲李商隱、亦出氏族大全云。

とあり、偶〻劉溥（号草窓）の家に集った葉氏と、博学を自認する湯胤勣（字公譲）や徐有貞（字元玉）等が、宋の趙明誠の世系について議論になり、負けた者が客を請う賭けとなったが、『氏族大全』の誤伝がもとで、湯氏が窮地に陥ったという話を載せている。実際本書庚集（巻七）上声二十九篠韻の「琴鶴清風」章を見ると「趙抃、字閲道。氣貌清逸、人不見其喜慍、自號知非子（中略）位至參政、年七十七薨。謚清獻公、二子、岏、屼、明誠」とあって、湯氏弁解の如くであるが、(2)ともかくも『水東日記』の記事は、明代中葉における本書の一定の流布と、必ずしも芳しからざる評価を伝えており、後に『四庫提要』が『水東日記』を引き、さらに例証を加えて

今考、中閒所列朝代先後、多顚倒失次。如王導妾雷氏干預政事、陳之張貴妃、龔孔二嬪、怙寵亡國、而並入之女德、則深爲不倫。又如韋思廉劉奉林諸人、旣別立仙之一目、而張果姜識諸人、亦以仙術顯名、乃仍混入人物之中、無所區別、體例亦殊疎舛。

と、本書の見識や編集上の不備をも非難しながら

特捃摭尙爲廣博、有其人爲史傳志乘所不詳、而獨見於此者、頗足以資旁證。至於王氏有臨沂太原二派、勾氏避宋高宗諱分作數姓、蘭亭會詩名氏諸本之不同、亦閒附考訂。寸有所長、固未嘗無裨於藝苑也。

と、考証に資益する点を拾って「寸有所長」と評価しているのは(3)比較的公平と言えようか。これを要するに、本書は明清の間に、伝本こそ絶たなかったものの、一般に信を得て常に繙かれる書物であったとは見られず、どちらかと言えばその勢力は微弱であったかと思われる(4)。そうであるのに、わざわざ本書を取上げ、その版本につき考証整理しようと試みる所以は、専ら本邦中近世期における頻用に注目するからである。

日本における『氏族大全』の普及については、先ず伝本の如何に拠って見るべきであり、その点は後節に詳述したいが、本書は南北朝以降に受容の跡が見られ、当初は主として五山禅林において学ばれた書物であったと推される。本書の受容について、早く芳賀幸四郎氏の著作中に言及があり、五山僧の作った日録、抄物や文集中に本書の名が上がっている例を拾遺された(5)。またそれ以上に本書の受容が頻繁で細やかであったことを示しているのは、室町期以降流通の様ゝの版本に見える、参考増補のための注記書入の様子であり、屢ゝ「排韻云」と称して本書の引用が甚しい。一例を挙げれば、『韻府群玉』元元統二年（一三三四）刊行の成簣堂文庫蔵本（第二章第一節二〇五頁）、同（南北朝）刊行の熊本県立図書館蔵本（同二二七頁）、『新増説文韻府群玉』元至正十六年（一三五六）刊本の三井高堅旧蔵本（同第二節三〇〇頁）、大谷大学図書館蔵本（同三〇一頁）等、『韻府』の諸本中には、欄上や行間、貼紙の上に、本書の引文補注や校字の結果を附記して互注する伝本を数多く存する。韻事の実践について用途の広かった『韻府』と共に、本書が参照されている実相に鑑みると、本書は五山禅僧の学問の現場において座右に置かれ繙かれていたことがわかる。そのことと揆を一にして、本書には日本独自の複製が三度にも渉って行われており、その本文形成の様子を含め、日本の中近世期に行われた学問がどのような版本情況に拠って成立していたかを、伝本に従い確かめておくことにも一定の必要があろう。

右の問題設定に基づき、本章では、以下の版種を対象に、伝本への取材と整理を行った。まず整理結果の大要を示して置きたい。

〔元〕刊　十六行本
〔元末〕刊〔明修〕　十六行本
又〔明逓〕修
〔明初〕刊　十六行本
〔元末〕刊（玉融書堂）　二十行本
明永楽十七年（一四一九）刊（日新書堂）　十七行本
〔明〕刊　十四行本
〔明末〕刊　十四行本
清康熙九年（一六七〇）刊（明雅堂江昇）　十四行本
明崇禎五年（一六三二）序刊（積善堂陳国旺）　十一行本
日本〔南北朝〕刊　十六行本
又　明徳四年（一三九三）印　又　後修
日本元和五年（一六一九）刊（古活字）　十三行本
日本〔江戸前期〕刊　覆元和五年古活字刊本　十三行本

右は行説の順に、まず中国の諸版、次で日本の諸版を配した。また中国の諸版については、版本の親疎に従い、年代の先後を倒置した箇所がある。なお本書の場合、半張ごとの行数を、本文系統の指標とすることができるので、適宜参考を請う。

新編排韻増廣事類氏族大全十集

元闕名編

〔元〕刊　十六行本

本書の版本は一系統を基礎とし、本版はその根源に最も近い位置を占めているが、後続の版種中、本版の覆刻本が広く流布し、本邦刊出の本はこの部類に属する。また直接間接の翻刻本も数種見出され、諸本の枢要を成している。先ず綱目（一二張）、首題「新編排韻増廣事類氏族大全綱目」、次行線黒魚尾下に一格を低し集目、直下に小字にて声目を附し、次行低三格に韻目を標し（墨囲陰刻）、次行より姓氏を列す。毎行十段、毎韻改行して癸集、覆姓の夾谷氏に至る。十行十六字格、末行下辺花魚尾下題「氏族大全綱目〈畢〉」。巻首題「新編排韻増廣事類氏族大全（隔五格〈或九格〉）甲（至癸）集（墨囲陰刻〈或陽刻〉）」、次行「一東（墨囲陰刻）」等韻目、次行一格を低して「馮（墨囲陰刻）〈宮音　始平〉」等と姓氏及び声類、貫籍を標し、同行下に附注（小字双行）、次行低五格に「能斷」等と章目を標し、次行より「馮簡子」以下本文。記事の末に「〈左襄三十一年〉」等と引書目を附す（間ゝ欠く）。また行を接し、低三格「女徳婚姻（墨囲陰刻）」と標して、さらに章目本文を附す。また同姓の末尾には章目を置かず圏発下に簡略の伝を列す。末行下さらに圏発を打って韻藻を列す。屢ゝ毎姓改張。全編左の如し。なお本書は、姓氏を含まない韻については韻目を掲載しない。

甲集（一至「二十九之三十」至五十七、計五六張）
上平声一東・馮至　十虞・殳
乙集（四八張）　十二齊・齊至二十七刪・環
丙集（四二張）下平声一先・田至　九麻・佘
丁集（五二張）　十陽・陽至　羌
戊集（一至「卅七之三十八」至五十一、計五〇張）
十二庚・程至二十七咸・凡

己集（四二張）上声　一董・孔至　九麌・鄔
庚集（四〇張）　十一薺・禰至五十三豏・湛
辛集（一至「四十至四十一」至五十七、計五六張）
去声　一送・貢至五十四闞・念
壬集（三八張）入声　一屋・陸至三十二洽・郟
癸集（一五張）覆姓　上平・公孫至入声・夾谷

左右双辺（一八・七×一二・〇糎）有界、毎半張十六行、行二十八字。版心、線黒口、双黒魚尾（不対向／或対向）、上尾下集目、間ゝ大小字数を附し（或は下象鼻）、下尾下張数。巻尾題「甲集終」等、大尾題「新編排韻増廣事類氏族大全終（跨行）」。

この版本は、数字による分巻を採らず十干の集目を標する。また姓氏等の附注を除き同一の字格を以て構成され、毎章の区別は改行によって示される。本文中に墨釘や空格を存し、乙集第九張前半第五行（以下「乙九前五」等と略記）に「崔琱子八人琯珙瑠璪璵球■■世以擬漢荀氏八龍」（実際の墨釘は連属、以下同）と、丙四後十三に「邊肅（中略）李奉天／□□□比唐修文館学士好事者號爲二十四氣」と、丙十二前一に「姚鏞（中略）未幾果以□／帥臣被劾」と、丙十二前三に「姚勉字□■号雪坡」と、丙三十九後十四に「過■■仕宋爲秘丞宰剡縣」と、戊六前八に「明山賓（中略）帝命裁成大典（中略）嘉禮則□□又沈約徐勉等參評」と、戊十四後八に「滕宗諒（中略）邵■篆号四絶」と、辛三十一後十二「／■侍」、辛五十一前九「氏■／」等とあるが（辛集の二例は空格が正）、嘱目の版本を見る限り、どの本に拠ってもこれらの箇所に正文を得ない。右の故障が多く姓名称号の所に生じているのを見ると、これらは書承や翻刻の問題ではなく、稿本に不明の文字であった可能性がある（図版三—一）。

〈早稲田大学図書館　ヌ八・二六〇三〉　五冊

後補古縹色表紙（二一・八×一四・三糎）左肩題簽剝落痕、首冊のみ打付に「新編排韻　共五」と書す。毎冊後表紙中央打付に「五冊全」と書す。改糸。天地截断、裏打修補。綱目の後、本文に入る。丙至戊集、辛集を各一冊とする他は毎冊二集（毎声一冊）。

〔室町〕朱標傍圏、竪傍句点、行間校改校注、稀に返点、連合符、音訓送り仮名を加え、別手墨筆にて欄外校注並に本文鈔補を施し（巻首章目の墨囲は鈔補）、又欄上に別筆〔室町〕朱墨補注書入。毎冊首に不明墨印記を存す。[6]

　この本の甲集第二至七張に、前後とは著しく字様の異なる版本を配してある。また料紙も異なるかと見え、別本の補配かと疑われるが、現在まで対査を経ていない。単に補刻である可能性を含め、なお後時の考証に期する。

〈台北・故宮博物院北平図書館蔵書〉　一冊

　存己至庚集　明晋王府旧蔵

二集を存す。新補藍色包背表紙（二三・〇×一五・五糎）、次で後補焦茶色艶出表紙、裏打改装。本文料紙の変色が著しい。前後見返し並に副葉新補。一冊に二集を収む。己集首匡郭一八・九×一二・〇糎。

首に単辺方形陽刻「晉府／書畫／之印」朱印記、尾に同「國立北／平圖書／館所臧」朱印記を存す。

　零本ながら、中国旧伝の元版である。[7]

〈浙江図書館　一三三二〉　一冊

　存甲至丙集　民国〔邵瑞彭〕（次公）題識

後補藍色艶出包背表紙（二六・六×一六・六糎）左肩に題簽を貼布し「元槧事類氏族大全〈存一冊〉」と書す。前後見返し並に前後副葉白紙。綱目を存し本文、一冊に三集を収む。巻首匡郭

一八・五×一二・〇糎、後印本。巻首に単辺方形陽刻有界「次・公（隷書）」朱印記、後副葉後半に「事類氏族大全十集元槧本／汪氏藝芸書目曽箸彔此殘／本僅存三集汴市賤直買之／（低六格）次公記」墨識（邵瑞彭）を存す。後見返し右肩に小簽を貼布し「永樂二年七月二十五日蘇叔敬買／
　到一部三本」細書墨識あり。

邵氏の言う如く、汪士鐘『藝芸書舎宋元本書目』元本、類書の部に「氏族大全　十集」と見える。邵瑞彭、字は次公。浙江淳安の人、民国期の議員にして蔵書家。該本は不完全とは言え、中国で元より現在まで、本書の版本が伝存した、少数の事例に当たる。

同〔元末〕刊〔明修〕覆〔元〕刊十六行本

この版本は前出十六行本の覆刻と認められるが、綱目の款式は底本に異なっている。先ず綱目（六張）、首題「新編排韻増廣事類氏族大全綱目」、次行花口魚尾圏発下に二格を低し「甲集〈上平声〉」等と、又次行に韻目を標し、直下より姓氏を列す。毎韻改行、癸集の覆姓入声夾谷氏に至る。巻首題「新編排韻増廣事類氏族大全（隔五格）甲集（至癸集）（陰刻）」、次行「一東（墨囲陰刻）」等と韻目を標し、次行低一格「馮（墨囲陰刻）〈宮音　始平〉」等と姓氏及び声類貫籍を標し同行下に附注（小字双行）、次行低五格「能斷」等と章目を標し、次行より姓名「馮簡子」以下の本文、末尾に「〈左襄三十　年〉」等と引書目を附す（間〻欠く）。毎章改行。又行を接し、低二格「女徳婚姻（墨囲陰刻）」と標して、さらに章目本文を附す。又同姓の末尾には章目を置かず、圏発下に簡略の伝を列す。

左右双辺（一八・三×一二・一糎）有界、毎半張十六行、行二十八字。版心、小黒口、双黒魚尾（不対向）、上尾下「甲」等集目、下尾下張数。巻尾題「某集終」、大尾題「新編排韻増廣事類氏族大全終（跨行）」。

本版の款式は底本に同じ、左記の伝本に見る限り、本文採用の文字は「為」「漢」等と、簡体に従う度合が高くなっている。ただ現存本には後修の痕跡があり、甲集十三至十六、「廿九之三十」、三十一至三十五、「四四至四十五」至四十六張以下の張子は匡郭四周双辺で磨滅が甚しく、「爲」字には簡体を用いない等、旧版の残存を示す特徴が認められる。この点につき、本来は同版未修本の伝存を前提としなければならないが、現在まで後印二本のみの著録しか得られないために、暫時右の如く明修と推定し標記した。また版式その他、巻首に取材しているが、これも修刻に係るかと推される。参考のために記して置くと、旧版と推される甲集第十三張の匡郭内径は一八・二×一二・一糎である（図版三―二）。

〈台北・国家図書館　二〇五・一四　〇三〇四一〉　十冊

清繆荃孫旧蔵

新補香色表紙（二五・三×一五・七糎）、素絹包角、金鑲玉装。毎冊前後各二葉の宣紙を副える。綱目末尾の半張分は原紙を失い、新たに紙料を加え匡郭と界線のみ鈔補。甲集を二冊に分かち壬至癸集を一冊に収める他は毎冊一巻。

朱筆にて傍句点、傍句圏を加え、又別手の朱筆にて竪句点を、墨筆にて本文校改、行間欄上に補注を施し、欄上に標点を、破損部に鈔補を加う。首に単辺方形陽刻「如／錦」朱印記、巻首に同「古／愚」、単辺楕円形陽刻「冰香樓」朱印記、巻首及び第五、八冊首に方形陰刻「友年所見」朱印記、第一、十冊尾に単辺方形陽刻「海昌／陳琰」「拾遺／補闕」、第三、九冊首に同「海昌／陳琰」（小）、同小判形「立炎」、第七冊首に同方形「陳立炎（隷書）」朱印記、第十冊尾に同「蕓斐軒」朱印記、首尾に同「古書流通處（隷書）」朱印記、首に同「雲輪閣」、巻首に同有界「荃・孫」朱印記（以上二顆清繆荃孫所用）を存す。

該本巻首の書影を『国立中央図書館金元本図録』丙部・図一一に収める（書入や朱印記を抹消）。

又　〔明逓〕修

次の伝本では、前記に比べ、さらに甲集第一至二、十三至十六、十八、「二十九之三十」、三十七至四十、四十三至四十五、四十九至五十張も補刻に係り、同様の張子は乙集以下にも数多く見出される。

〈布施美術館　一三八六〉　九冊　〔室町末近世初〕朱堅傍句点、傍圏、傍線、同朱墨行間欄上校注、校改、補注書入、欠葉鈔補。〔江戸〕墨行間補注書入を存

欠癸集　南禅寺金地院旧蔵

後補古淡渋引表紙（二二・三×一四・〇糎）左肩打付に「氏族排韻〈集目〉」と、右肩より韻目、右下方「共十冊」と書す。裏打修補。綱目を存し（欠第六張）本文に入る。毎冊一集。巻首匡郭一八・三×一二・〇糎。

す。首に単辺方形陽刻「金地院」朱印記を存す。首冊前見返しに紙箋を貼附し「氏族排韻十本缺一本／元至正版金地院舊蔵／明治廿九年一月十日識」墨識あり。

同　〔明初〕刊　覆〔元〕刊十六行本

この版本は知見一例のみで、しかも残本に拠っている。幸いに巻首を存するが、綱目の様子等は底本に合致する。先ず綱目（一一張）、次行線黒魚尾下に一格を低し集目、次行三格を低して韻目を標し、次行より各一格を隔て姓氏を

列す。尾題「氏族大全綱目〈畢〉」
巻首、題下の集目まで九格を隔て、第三行、姓氏下双行注の末より下辺に達し連属する柱状の墨釘を存す。本文の字体は、初編の標目を「能断」に作る等、さらに簡略の度を増す、但し巻首「爲」字は繁体を残す。ごく僅かに文字の増減を認む。
左右双辺（一七・七×一二・一糎）有界、毎半張十六行、行二十八字。版心、中黒口、三黒魚尾（下二尾対向）、上尾下集目、中尾下張数。尾題「甲集終」等。

〈台北・故宮博物院北平図書館蔵書〉　二冊

存甲至乙集

二集を存す。新補藍色包背表紙（二六・三×一六・三糎）。襯紙改装（清代の文書使用）。見返し並に前後副葉新補。綱目を存し（首三張欠）本文に入る。毎冊一集、乙集第二十三至二十四、三十二至三十五、四十張以下を欠く。間〻朱標点を存す。尾に単辺方形陽刻「國立北／平圖書／館所臧」朱印記あり。(7)

ここで本邦覆刻の十六行本について言及すべき順序であるが、行論の都合上、まず元明清の諸版について述べ、次で年代を溯り、あらためて本邦の版刻に及ぶ。

新編排韻增廣事類氏族大全十巻

〔元末〕刊（玉融書堂）　二十行　翻〔元〕刊十六行本

本版の最大の特徴は全編を巻立とすることで、款式の上でも、題目以下編集上の目子を大字に、本文は小字双行の扱いとして、改行を少なく次々と追い込んで行く形を取っていて、これらは宋末から元明にかけて流行した、坊刻の韻書類書や詩学書類と同工の様式であり、版式字様もそれらと共通している。

封面、双辺有界、上層「(毎字改行)玉融書堂」下層「(中央界線上)排　韻(花卉形陰刻)・增廣事類／氏族大全(大書)」牌記。

先ず綱目（一四張）、首題「新編排韻增廣事類氏族大全綱目」、次行線黒花口魚尾圏発下に一格を低し巻数、次行二格を低し声目、次行低三格に韻目を標し、次行より低一格以下に声類(墨囲陰刻)、姓氏、貫籍(小字)を列す。毎行五段。巻十、覆姓の夾谷氏に至る。二十行二十一字、尾題「氏族目録〈畢〉」。

巻首題「新編排韻增廣事類氏族大全巻之一（至十）(大字跨行)」、次行線黒花口魚尾圏発下に一格を低し「一東(大字跨行)」等韻目、次行圏発下低二格「馮(大字跨行)」等と姓氏を標し、同行下に附注(小字)、間々圏発下に韻藻(小字)を附し、次行「能斷(大字跨行)」等と章目を標し、直下より本文(小字)。記事の末に「左襄三十一年(細字)」等と引書目（間々欠く）を附す。毎姓「女德婚姻(墨囲陰刻大字跨行)」と標し記事を加え、末尾にはさらに簡略の諸章を列し、各圏発を以て隔す。毎姓改行。全編を十巻に分かち、左のような組織を有する。

巻之一（三四張）上平声一東・馮至　十虞・殳
巻之二（三〇張）　十二齊・齊至二十七刪・環
巻之三（二六張）下平声一先・田至　九麻・佘
巻之四（三一張）　十陽・陽至　羌
巻之五（三一張）　十二庚・程至二十七咸・凡
巻之六（二五張）上声　一董・孔至　九麌・郈
巻之七（二五張）　十一薺・禰至五十三豏・湛
巻之八（三六張）去声　一送・貢至五十四鬫・念
巻之九（二七張）入声　一屋・陸至三十二洽・郟
巻之十（一二張）覆姓　上平・公孫至入声・夾谷

四周双辺（二〇・三×一二・四糎）有界、毎半張二十行、行小二十七字、柳公権様式。版心、小黒口（接外周）双線黒魚尾（不対向）上尾下題「氏族幾」、下尾下張数。巻尾題「新編排韻増廣事類氏族大全巻之幾（大字）」、大尾題「排韻事類氏族大全十巻終（大字）」（図版三—三）。

本版は前掲十六行本の集目を廃し十巻とするが、実態は十集本の組織と同等で、本文内容はほぼ同じく、増刪も見当たらない。ただ巻一、五支韻中「危」氏条に、十六行本の系統には宋の危稹の小伝を存するが、本版にはこれを廃し、「危」氏に詳注を施して「望族。汝南。得姓姫周、始封洛陽王。後迁光之固始（中略）朝議大夫臨川稹、殿中侍御史樵、昭德、與今 中書参知政事臨川素、皆其裔。至斿五十八世、而洛陽固始武夷祖墓倶無虞、子孫皆有而江閩尤多焉」の長文を存することは独特である。また本版の刊行時期について、右氏注中に、元末明初の大官であった危素につき「中書参知政事」と記すのは、危素の中書参知政事であった至正二十至二十四年（一三六〇—四）間の著述と見られ[8]、本版の刊行はそれ以降と見なされる。

該本所用の字体は、元末坊刻の常として簡略の省画体を混用するものである。しかし他の版本に照らし、「與」「爲」「漢」「遷」「號」「無」等、簡体を常用する文字についても屢〻繁体を用い、巻首においてはことによく維持されている。また本版本文中に存する墨釘は、巻二第六張前半第四行左（以下「二—六前四左」等と略記）「球■■世」、三—三後四右「／■■■比」、三—八前一右「以■／帥」、同「字■■号」、三—二十四後四右「過■■仕」、五—四前七左「則■又」、五—九前六右「邵■篆」等とあり、いずれも前掲十六行本以来の墨釘または空格を引継いだもので、墨釘を増さなかった代わりに、これを補うことも全く為されていない。つまり相補わず妄従する形であるから、両者は消極的継承関係にあると見なされる。十集十六行本と十巻二十行本の先後を考えると、一見して前者が素朴の款式を有し、元来の形を保っているように思われ、標目を強調しつつ本文を追い込み、張数の少ない後者は、商業的により洗練された形であるように思われるが、これと同様に本文校改の労力も省かれたと言えようか。

ところで十集十六行本では、毎姓の字目に附注して姓字の声類と貫籍とを示してあるが、これを十巻二十行本では本文中に欠いており、首の綱目中、姓字の前後に附記し、まとめて示す形が採られていた。これら配置の異同は可逆的と考え得るが、声類を示す文字（宮商角徴羽の音名に仮託して声母の種類を指した附注）[9]は、両者で著しく異なっている。今、上平声の一東、十虞韻の部分について表示し、両者を比較して見る。下段には『通志』七音略と『古今韻会挙要』により、両書における当該字の声母注記を掲げた。[10]

（字目）	（十六行本）	（二十行本）	（通志）	（韻会）
一東				
馮	宮音	宮	羽	次宮濁音
熊	宮音	羽	｜	羽濁音
童	徴音	徴	｜	徴濁音
洪	角音	羽	宮	羽濁音
戎	羽音	商	半商徴	半商徴音
翁	商音	羽	宮	羽清音
种	商音	商	｜	次商濁音
終	徴音	商	商	次商清音
騣	角音	商	｜	商清音
宮	角音	角	｜	角清音

鄷	宮音	宮	｜	次宮次清音
豐	｜	宮	羽	次宮次清音
蒙	｜	宮	羽	宮次清音
東	徵音	徵	徵	徵次清音
通	商音	徵	徵	徵次清音
紅	宮音	羽	｜	羽濁音
公	羽音	角	角	角清音
充	宮音	商	商	次商次清音
融	宮音	羽	半徵商	羽次濁音
弓	羽音	角	角	角清音
風	｜	宮	羽	次宮清音
	十虞			
虞	角音	角	角	角次濁次音
胡	羽音	羽	宮	羽濁音
盧	商音	商	半徵商	半徵商音
朱	角音	角	商	次商清音
蘇	羽音	羽	商	商次清次音
呉	羽音	羽	｜	角次濁音

于	羽音	羽	半徵商	角次濁次音
兪	角音	角	半徵商	羽次濁音
符	宮音	宮	―	次宮濁音
苻	角音	角	―	次宮濁音
蒲	角音	角	羽	徵濁音
烏	羽音	羽	宮	羽清音
塗	―	徵	―	徵濁音
涂	―	徵	―	徵濁音
須	―	角	商	角次清次音
瞿	―	角	―	角濁音
扶	―	宮	羽	次宮濁音
都	―	徵	徵	徵清音
殳	―	商	―	次商次濁次音

右の表を見ると、『韻会』の次宮、次商音を宮、商に含め、半商徵、半徵商音を商、徵と見なせば、まず一東韻において、十六行本は『通志』にも『韻会』にも合わず、二十行本は常に『韻会』と同じ声類を注している。ところが十虞韻においては、十六行本は同様に無原則に注記するのに対し、二十行本は「虞」より「烏」までを十六行本と同じに作り、同本に注記を欠く韻末の七字については『韻会』に従っている。これを要するに、本書元来の声類注記は無軌道に附されていたのを、二十行本刊刻時に本文中より除き、新たに綱目に正しい声類を注したが、改正を怠り十

六行本に従う部分が残されたと見なされる。これを仮に二十行本から十六行本が出たと考えれば、態々誤った注を本文中に移入したことになり、甚だ不都合であって、款式の洗練、張数の縮少等の現象と揆を一にして、十六行本より二十行本が派生したものと考えられる。

なお本版の刊者として標出した玉融書堂の名は、後掲故宮博物院蔵本の封面に見えるのみであり、刊者に該当しない可能性を含んでいるが、この本が比較的早印であるなど、刊者に措定して不審がないため、当面通説に従った。玉融書堂は、該本刊出の他に事蹟を得ず、活動の跡をたどることが難しい。本版の版式字様を見る限り建安周辺の書肆と推測されるが、他に確証を得なかった。

〈台北・故宮博物院楊氏観海堂蔵書〉　六冊

清原家旧蔵　国賢　秀相手沢

後補古渋引表紙（二六・一×一五・七糎）左肩題簽を貼布して「氏族排韻〈第幾／声目〉」と書し、右肩目録題簽を貼布し巻数韻目を列記す。左下方打付に国賢の筆にて「青松」と書す。首冊のみ右下方綫外に「共六」と書す。天地截断、裏打修補。扉の位置に玉融書堂の封面、素紙印。首冊綱目、第二冊の首に楊氏影像を附し、本文に入る。毎冊二巻。(11)朱筆にて竪句点、間々返点、連合符、音訓送り仮名を加え、極稀に欄上に朱墨の補注を施す。但し仄声では疎に遷る。末冊、後副葉に「雲州松江天神橋邊骨董家購之」の墨識あり。目首及び巻首に双辺方形陽刻「清原」「秀／相」朱印記、毎冊首に単辺方形陽刻不明朱印記（朱滅）、単辺圭形陽刻「藍川家藏（楷書）」墨印記、巻首に方形陰刻「楊印／守敬」、単辺方形陽刻「星吾海／外訪得／秘笈」、方形陰刻「宜都／楊氏藏／書記」、毎冊首に同「飛青／閣藏／書印」朱印記（以上四顆、楊守敬所用）を存す。

該本の目首および巻首の書影を楊氏『留真譜』巻六に収める。(12)

〈宮内庁書陵部　五五六・四七〉　四冊

後補古丹表紙（二五・五×一五・三糎）左肩題簽を貼布し「氏

族韻〈声目〉」と書す。首冊のみ右肩打付に別筆にて「律〈共四〉」、右下方綫外に「共四冊」と書す。破損修補。綱目を存し本文に入る、毎声一冊、但し去、入声、覆姓を合す。やや後印。

〔室町〕朱竪傍句点、標圏、〔室町〕墨欄上校注を加う。毎冊首に単辺鼎形陽刻「可／中」朱印記、単辺方形陽刻「御府／圖書」朱印記を存す。

該本全巻の書影を線装の『日本宮内庁書陵部蔵宋元版漢籍影印叢書』中に収めるが、分冊を変え、邦人の書入や朱印記は全て抹消されている。

〈北京大学図書館　八二七八〉　八冊

欠巻一至二

新補藍色表紙（二九・三×一六・八糎）。金鑲玉装、原紙高約二三・九糎、古色を添う。破損修補、天地截断。見返し並に前後副葉白宣紙。本文、首二巻を欠く。毎冊一巻。巻三首匡郭二〇・〇×一三・三糎。

朱竪句点、傍圏、欄上朱墨補注書入、別墨にて毎姓標目上に声類、貫籍細書、欠葉鈔補。同筆にて巻八第十七張後半、員氏標目下に「江鄰幾云白水縣尭山民掘得志石是員半千墓云十八代凝自梁入魏本姓劉氏彭城／人以其雅正似伍員遂賜姓員　嘉靖庚申臘月十三日五川凍筆記」細書。首に単辺方形陽刻「古泉」朱印記を存す。

嘉靖庚申は三十九年（一五六〇）、五川は後述の楊儀の号。当該の引文は、宋江休復（字鄰幾）の筆記『醴泉筆録』巻下に見える[13]（『嘉祐雑誌』同）。

〈台北・故宮博物院北平図書館蔵書〉　二帖

存巻二至七

六巻を存す。後補淡藍色包背板地絹表紙（二四・五×一五・〇糎）左肩題簽を貼布し「氏族大全〈幾〉」と書す。胡蝶装、〔四周截断〕。本文、毎葉背面同士を附着。虫損修補。毎帖三巻。巻二首匡郭二〇・一×一二・四糎。

尾に単辺方形陽刻「國立北／平圖書／館所臧」朱印記あり[14]。

〈南京図書館　一一九四二〉　十冊

繆雲鳳識語　清馬玉堂　范志熙旧蔵

後補藍色金切箔散表紙（二六・五×一五・三糎）、首尾のみ新補藍色表紙。金鑲玉装、原紙高約二三・五糎。包角痕あり。前後副葉。綱目を存し本文。巻一を二冊に分け、第十冊に二巻を収める他、毎冊一巻。巻八第九至十二張旧鈔補。早印。

間々朱標句点、傍線、校改書入、別朱句点、標句圏、行間校改、墨筆にて欄上補注書入あり。巻四尾に「緑樹蔭濃護小亭薫風席上自横經蒲輪指日来相召匹馬榮馳上／玉京（隔六格）戸部郎中卞挙伯題扇」墨書、巻八第十七張後半「員」氏標目下に「江鄰幾云白水縣尭山民掘得志石是員半千墓云十八代凝自梁入魏本姓劉／氏彭城人以其雅正似伍員遂賜姓員　嘉靖庚申臘月十三日五川涑筆記」細書、或いは移録か。首に旧紙を差夾み匡郭中に「氏族大全類書中小有致者先人案頭曽置一／部〈狭行細字／分釘二本〉朝夕點玩朱嘗釋手亦是青氊故／物捐館半載前不知誰竊去先人索之不得大／發恚歎不佞夢想購此書積歳月矣昨道經城／西流覧賣漿家鬻残編見此不禁欲火勃々遽／抽簪抵青蚨易之不啻貧者獲衣間無價寶珠／也携歸檢對至員姓下有儀部楊五川公筆記／一事不覺踴躍大叫急沽酒半升酬賞夫儀部∥博綜今古家有萬巻楼此書得歴其牙籤必非／濫窳之品已因思諺云飲啄皆前定誠哉是言／予往夜夢作佛會與會者各寫一兩字以申／志予書玄晏二字於案醒不觧所以適得此／書始悟有詩云玄晏先生滿架書前夢抑或／得書之讖歟自喜協夢并記之／（以下低二格）庚戌巧月廿四日記／空蘊居士〈命三男開烈録〉」墨識あり、末二行に単辺方形陽刻「繆印／雲鳳」、方形陰刻「蘭陵／氏」、巻首に同「繆／伯子」「雲鳳／一名玄」朱印記を存す。また題後並に巻八第三十六張前半「繆」氏標目下に単辺方形陽刻「祖／季」、方形陰刻「永／明」、巻首に方形陰刻「繆印／祖季」（目首にも）、単辺方形陽刻「永／明」朱印記、目首並に第五、九冊首に単辺方形陽刻「海虞□／陵繆儀／卿圖書」朱印記、巻尾並に巻二首に単辺方形陽刻「馬玉／堂觀」朱印記、目首に同「木樨香館／范氏臧書」朱印記（清范志熙所用）、繆氏題後並に目首、第二以下毎冊首に単辺方形陽刻「江蘇第一／圖書館／善本書／之印記」朱印記あり。

右の五川は、明の楊儀を言う。楊儀、字は夢羽、五川と号す。江蘇常熟の人。嘉靖五年（一五二六）の進士で、蔵書家。書楼を万巻楼と称す。巻八の筆記中、嘉靖庚申は四十四年。ただこの五川氏筆記は、全く同文の墨書が前掲の北京大学図書館蔵本にもあり、筆致は相互に異なる。一方が楊氏真蹟であるとすれば、他方は移録であろうし、或いは両方とも移録に係るかも知れない。当面疑いを存して措く。馬玉堂は清の蔵書家で、字笏斎。浙江海塩の人。清道光元年（一八二一）副貢に中る。范氏については第二章第二節四〇六頁参照。

新編排韻増廣事類氏族大全十集

明永樂十七年（一四一九）刊（日新書堂）　十七行　翻〔元〕刊十六行本

これは前出十六行本の、毎行の字数はそのままに、半張の行数を増して張数の節約を図った版本である。従って積極的な本文の増刪や改修等はなく、十六行本の翻版と言って差支えない。但し綱目には二十行本の体裁を逐う。先ず綱目（一三張）、首題「新編排韻增廣事類氏族大全綱目」、次行線黒魚尾圏発下に一格を低し集目、次行二格を低して声目を附し、次行低三格に韻目を標し、次行より声類（小字、墨囲陰刻）、姓氏、貫籍（小字）を列す。毎行五段。巻十、覆姓夾谷氏に至る。十一行二十字、末行「氏族目録〈畢〉」。

右の綱目尾題前に双辺有界「永樂己亥孟春／日新書堂新栞」牌記を存す。

日新書堂は、元至正年間前後に活動した建安の書舗、劉錦文（字叔聞）日新堂の後裔と思われる。明代の刻書は嘉靖に至り、概そ弘治、正徳の間に活発である。(15)

巻首題「新編排韻増廣事類氏族大全（隔五格）甲（至癸）集（墨囲陰刻）」、次行「一東（墨囲陰刻）」等韻目、次行一格を低して「馮（墨囲陰刻）〈宮音　始平〉」等と姓氏及び声類、貫籍を標し、同行下に附注（小字双行）、次行低五格に「能斷」等と章目を標し、次行より「馮簡子」以下本文、底本に同じ。全編左の如し。

甲集（五〇張）上平声一東・馮至　十虞・殳
乙集（四四張）　十二齊・齊至二十七刪・環
丙集（三八張）下平声一先・田至　九麻・佘
丁集（四八張）　十陽・陽至　羌
戊集（四五張）　十二庚・程至二十七咸・凡
己集（三八張）上声　一董・孔至　九麌・鄖

庚集（三五張）　十一薺・禰至五十三鎌・湛
辛集（五〇張）去声　一送・貢至五十四闞・念
壬集（三五張）入声　一屋・陸至三十二洽・郟
癸集（一四張）覆姓　上平・公孫至入声・夾谷

四周双辺（一八・三×一二・八糎）有界、毎半張十七行、行二十八字。版心、小黒口（接外周）双線黒魚尾（不対向）、上尾下「氏族甲」等、下尾下張数。巻尾題「甲集終」等、大尾題「新編排韻増廣事類氏族大全終（隔三格）癸集（墨囲陰刻）（跨行）」。

本版本文の文字について一言すると、底本の〔元〕刊十六行本を受け、字画の節略をさらに進め、巻首より簡体を頻用している。また〔元〕刊本以来の墨釘について、そのほとんどを補うことなく保存し、底本の丙集第十一張後半第十五行に「姚鏞宋南渡後人号雪坡以功除贛守」の「贛」字の旁が版面の故障で不明瞭であったのを、本版ではすでに墨釘に作る等、新たに増加したものも散見される。但し綱目の款式を独自に変更した上、姓氏の前後に声類、貫籍を注する二十行本の様式を取入れており、その声類注が二十行本のままで、十六行本より引継いだ巻内の声類注と食い違っていることは、本版が両者の折衷により成ったことを証している（図版三―四）。

〈天理大学附属天理図書館　二八二・二一・イ一七〉　五冊

狩谷棭斎　小津桂窓旧蔵

後補渋引表紙（二三・〇×一五・五糎）左肩題簽剥落痕、右肩より打付に〔室町〕の筆にて集韻目、左下方「声目　幾」、右下方「全五策」と書す。また上小口より表紙大の紙箋を貼附、室町末の筆にて「排　声目「　」全五策」と書し、右肩より又別筆の朱墨にて姓氏を列記す。裏打改装。首冊前見返しに小簽を貼布し「月四〈全五〉」墨書、直下に双辺方形陽刻「西荘［文庫］（楷書）」朱印記（小津桂窓所用）を存す。綱目の後、本文に入る。丙至戊集、辛集を各一冊とする他は毎冊二集（毎声一冊）。

〔室町〕の朱筆にて標圏、合竪傍句点、稀に欄上朱墨補注、又別手朱墨補注を存す。毎冊首に双辺亀甲形陽刻「棭齋」朱印記、大尾に双辺楕円形陽刻「桂窻」朱印記を存す。

〈University of California Berkeley, East Asian Library　七冊
欠丙集　9304/0251/1419〉

後補栗皮表紙（二二・五×一五・三糎）。裏打修補、天地截断。己至庚集、壬至癸集を各一冊とする他、毎冊一集。

〔室町〕朱竪傍句点、傍線、傍圏、断爛鈔補。欄上標鈎、校改書入、別手〔室町〕朱墨欄上補注、同墨行間音訓仮名、校改書入、又別手〔室町〕朱墨欄上補注、同墨乙集尾半張鈔補書入あり。首の方形印記刪去、和紙を貼布して単辺方形陽刻「下邨／氏圖／書記」朱印記を存し、毎冊尾方印刪去貼紙。毎冊首に同「淡如雲」、方形陰刻「暗香／齋」朱印記、又首に古書肆の扱い印記を存す。

『柏克萊加州大学東亜図書館中文古籍善本書志』に該本を録し、巻首書影を掲載する。

〈静嘉堂文庫陸氏皕宋楼蔵書　四・七二〉　十冊
甲至乙集配同版本

後補香色表紙（二四・五×一五・五糎）右下方綫外打付に冊数を書す。襯紙改装。虫損修補。前副葉、白宣紙。綱目は配本のうちであるが、これには永楽の牌記を欠く。毎冊一集。

間〻清人と思われる朱筆を以て竪傍点、傍句圏、欄上同朱墨補注を加え、別朱句点、又別墨欄上行間補注、鈔補、藍筆欄上標圏を施す。首に単辺方形陽刻「歸安陸／樹聲藏／書之記」、方形陰刻「歸安陸／樹聲叔／桐父印」朱印記を存す（二顆清陸心源所用）。

『儀顧堂続跋』巻十一に「元槧」として著録、以来元版として扱われてきた版本であるが、実は明永楽十七年刊本の、牌記のみを去ったものである(16)。また装訂の異なる首二冊は補配に係るため、左に別掲した。

〈University of California Berkeley, East Asian Library　五冊
存己至癸集　尾欠　9304/0250〉
清光緒十五年（一八八九）葉昌熾跋　劉承幹旧蔵

新補藍色表紙（二四・七×一五・八糎）。改糸。黄絹包角。次で後補藍色銀砂子散表紙、右肩に単辺方形陰刻「戴經／堂／臧書」朱印記。見返し並に前後副葉宣紙。毎冊一集、癸集第十一張以下欠、界紙を補う。

首冊後副葉に題跋、先ず単辺方形陽刻「葉五（楷書）」朱印記、次で「右書不署撰人名趙字下但云虞伯益之後十三代至造父／周穆王賜以趙城由此為趙氏而於耶律称大遼完／顔称大金葉字下引宋末葉夢鼎与江古心同在相／位則似元初人所為元起朔漠故尊遼金

而黜天／水然書中遇宋諱如匡字嫌名如眶字又皆缺筆／疑不能明意者此時々書宋時坊肆通行流傳至／北金時已有翻刻即加改竄至元復逓有增益乎／毎巻以十干分集今僅存自己至癸五集癸集復∥亡其半然所采宋時士大夫嘉言懿行甚備殘圭斷／璧殊可寶也／光緒己丑正月十二日長洲葉昌熾」墨識、直下に単辺方形陽刻「頑／魯」朱印記、第三冊前副葉後半に同筆「光緒己丑正月初十日長洲葉昌熾觀」墨識並に方形陰刻「頑魯／眼福」朱印記を存す。毎冊前副葉前半に方形陰刻「黄印／彭年」、単辺方形陽刻「子／壽」、毎冊首に方形陰刻「彭年／之印」朱印記、同後半に旧表紙同種印記、毎冊首に単辺方形陽刻「呉興劉氏／嘉業堂臧」朱印記（劉承幹所用）あり。

　葉氏は宋遼金の避諱や尊称を以って本書を、宋代坊刻本を基に金元に翻刻改編した書物と見ているが、現在の所、同名書の宋金刊本及びその著録は見出されない。該本を『嘉業堂善本書影』巻四に収録する。また前出『柏克萊志』録。

〈静嘉堂文庫陸氏皕宋楼蔵書　四・七二のうち〉

　丙至癸集配同版本

存甲至乙集（十冊のうち二冊）。金鑲玉装（但し下辺は補わず、原紙高二二・九糎）。首に綱目を存す。但し末葉の後半を刪去し永楽の牌記を存しない。

首に単辺方形陽刻「金陵／放客」朱印記を存す。その他、全般に渉る事項は前記した。

〈台北・故宮博物院昭仁殿蔵書〉　六冊

　清揆敍旧蔵

新補藍色絹表紙（二三・〇×一六・八糎）左肩黄櫨染絹題簽を貼布し双辺中「元板新編排韻增廣氏族大全」の題目を書す。同絹包角、破損修補、襯紙改裝。毎冊前後宣紙副葉。首に綱目を存す、但し牌記刪去。甲、辛集を各一冊とする他、毎冊二集。丙集第二、二十五張、丁集第二十四張、己集第十四張、辛集第九、二十八張鈔補。

間〻朱竪句点書入、稀に欄上校注を存し、全編に別手朱筆にて標傍圏、傍句点、校改、同墨欄上校注を施す。首及び戊集首に方形陰刻「素軒」「翰林／故家」朱印記、毎冊首（修補紙上）に同「謙牧／堂藏／書記」、毎冊尾に単辺方形陽刻「兼牧／堂書／畫記」朱印記（以上二顆清揆敍所用）、毎冊首に方形陰刻「天祿／繼鑑」、毎冊尾に単辺方形陽刻「天祿／琳琅」、毎冊首尾に単辺紡錘形陽刻「乾隆／御覧／之寶」朱印記、毎冊前後副葉に単辺方形陽刻「五福／五代／堂寶」「八徵／耄念／之寶」

「太上／皇帝／之寶」朱印記を存す。

『天禄琳琅書目後編』巻十録[17]。

〈北京大学図書館　四四五〇〉　五冊

存甲至戊集

五集を存す。新補藍色表紙（二四・七×一五・九糎）。本紙に裏打を加えた上、襯紙改装。改糸。前後副二葉。綱目を存し（末葉後半の刊記部分刪去）本文に入る。毎冊一集。巻首匡郭一七・九×一二・八糎。

本文中、加点刪去痕あり。巻首に方形陰刻「五湖／世家」朱印記、丁、戊集尾題に重ね同「清□齋」朱印記を存す。

〈上海図書館　七八〇〇九〇―九〉　十冊

新補藍色表紙（二四・八×一六・九糎）。金鑲玉装、原紙高約二一・八糎。裏打修補、天地截断。藍色包角。前副新補宣紙一葉、旧補竹紙二葉。綱目を存し（末葉を欠き鈔補、刊記を佚するも、尾題行のみ原紙葉を存す）本文に入る。毎冊一集。庚集第三、二十六張を欠く。巻首匡郭一八・〇×一二・八糎。

朱墨傍句点、傍句圏、校改、欄上標圏、標注等書入。首に単辺方形陽刻「半右蓀／監藏印」朱印記、同「自彊齋／藏書記」、毎巻首に同「自強／齋」朱印記、又首に方形陰刻「百聯堂／覧書／画印記」朱印記、単辺方形陽刻「杜園」朱印記、毎巻首に同「□□／過眼」、首尾に単辺楕円形陽刻「元本」朱印記、大尾に単辺方形陰刻「廣伯」朱印記を存す。首冊旧副第二葉前半に方形陰刻「得此書費／辛苦後止／人其監我」、単辺方形陽刻「（上層毎字改行）仲魚圖象・（下層士人肖像）」朱印記（二顆、陳鱣所用）を存するも、偽装の疑いがある。

〈蘇州図書館　〇三二一・七七〇（複印本）〉　十冊

原本清怡僖親王弘曉旧蔵

新補香色表紙（二四・三×一六・二糎）中に新補藍色表紙。版本の電子複写印本を装訂した冊子[18]。もとの冊子の見開き一張を中央で半折し綫装とす。原紙高約二三・八糎。綱目を存し（末尾の第十三張を欠き鈔補）、本文に入る。甲集に二冊を配し壬・癸集に一冊を配する他は、毎冊一集。巻首匡郭一八・三×一二・八糎。

原本の首に単辺方形陽刻「安樂堂／藏書記」印記（怡僖親王弘曉所用）、同「蘇州市／圖書館／藏書」印記を存す。綱目末の尾題の前に「延祐甲辰／日星堂刋」記を妄補す。

右の他、『中国古籍善本書目』子部類書類に録する本書「元刻本」の一（九六二三）は、同書稿本に拠れば十七行二十八字上下細黒口左右双辺双魚尾の版式であり、当該四部のうち三部は右に著録、残る鎮江市博物館蔵本も、本版もしくは同系の版本に当たる可能性がある。

本版は日本への伝来に加え、元版として清代蔵書家の愛蔵に帰した様子も窺われる。

新刻京本排韻増廣事類氏族大全綱目十集二十八巻

元闕名編　明周尚文増　傅起巖校

〔明〕刊　十四行本

本版は明代の後葉に刊行された坊刻本であり、角書を改めたものの、巻首附編の題目をそのまま本文に冠する等、首題からしてすでにその馬脚を露している。しかし少しく編集を新たにし、記事の増修も認められる。

先ず徐序（三張）、首題「刻氏族大全綱目敘」、次行より一格を低し諱字単擡にて本文「（上略）近因閩省倭寇／為梗坊間舊板焼毀無存書林陳氏崑泉∥子者購求重梓所頼家藏萬巻此帖猶新／不敢自私因售與四方好古者共之（中略）又得後學中洲子者加以∥（単擡）皇明人文逐韻増入可請全書矣同志君子／幸留意焉／（低七格）江右徳興北山徐湯謹序（楷書）」六行十七字。

序者の徐湯は伝を明らかにしないが、これは、倭寇の災禍により閩省に在った本書の旧版が焼失したのを見て、書舗陳崑泉が重刊を企て、家蔵本の提供を求めたというのである。この陳氏は積善堂を称する閩の書舗で、名を孫安と言い、概そ万暦の初年に版刻の事蹟がある。[19] さらにまた、中洲子なる者の編集を加え、韻ごとに「皇明人文」を増入したという。これは言及に正確さを欠くものの、巻首や本文の状態には対応する点がある。また後に見るように、中洲子とは、江右饒安の周尚文のことと知られる。

右の序について、丁丙の『善本書室蔵書志』巻二十に同題の「萬暦刊本」二十八巻を著録し「前有萬暦二年徳興北山徐湯序、後有萬暦三十七年癸酉歳秋月陳氏積善堂奇泉梓木記」と称する。[20] これに従えば、徐序及び陳崑泉重刊の事蹟は万暦二年（一五七四）に、本版は同三十七年の陳奇泉（同属、名孫賢）積善堂の重刊に係ることになるが、知見の伝本にはこれを証することができない。

次で綱目（一四張）、首題「新刻京本排韻増廣事類氏族大全綱目」、次行黒魚尾下低一格に集目、次行低二格に声目、次行低三格に韻目を標し、次行より声類（囲墨）、姓氏、貫籍を列す。毎行五段、癸集、覆姓の夾谷氏に至る。十行二十字。尾題「氏族目録畢」。

巻首題「新刻京木(マヽ)排韻増廣事類氏族大全綱目巻之一（至二十八）（隔五格）甲（至癸）集／（低九格）江右（大字跨行）（饒安　後學　中洲　周尚文　校閲／盱江　庠生　築野　傅起巖　参閲）」、次行三格を低して「〇一東」等と韻目を標し、次行線黒魚尾圏発下低一格に「馮　宮音　始平」と姓氏、声類、貫籍を標し、同行下に附注（小字双行）、次行低三格に「〇能断」等と章目を標し、次行より「馮簡子」以下本文。毎章改行、末尾に「左襄三十一年」等と引書目を附す（間〻欠く）。さらに行を接し、花口魚尾下に「女徳婚姻」と標して次行より章目本文を連ね、後に圏発下に簡略の編を列す。末尾にまた行を接し、花口魚尾下に「皇明人文」と標し、次行より章目本文を増入す。全編左の如し。

甲集　巻之一（一二張）上平一東・馮至　風　　巻之三（二〇張）五支・支至　九魚・諸
　　　巻之二（一二張）二冬・龍至　四江・雙　　巻之四（二八張）十虞・虞至　殳

乙集　巻之五（二八張）　十二齊・齊至　十七眞・郇
巻之六（一五張）二十一文・文至二十二元・宛
巻之七（一九張）二十五寒・寒至二十七刪・環
丙集　巻之八（二三張）下平一先・田至　五爻・茅
巻之九（一五張）　六豪・陶至　勞
巻之十　（一四張）　七歌・羅至　九麻・佘
丁集　巻之十一（二八張）　十陽・陽至　王
巻之十二（一至「九至十」至二十二、計二一張）
黄至　姜
巻之十三（一七張）　粱至　羌
戊集　巻之十四（一七張）　十二庚・程至　十五青・泠
巻之十五（一四張）（十六蒸）　滕至　弘
巻之十六（二四張）（十八尤）　周至二十一侵・尋
巻之十七（一九張）二十二覃・譚至二十七咸・凡
己集　巻之十八（二七張）上声一董・孔至　四紙・綺
巻之十九（一一張）　八語・許至　莒
巻之二十　（一三張）　九麌・杜至　鄔
庚集巻之二十一（二七張）　十一薺・禰至三十五馬・假
巻之二十二（二一張）三十六養・蔣至五十三豏・湛
辛集巻之二十三（二〇張）去声一送・貢至　十遇・遇
巻之二十四（二〇張）　十二霽・衛至三十七號・暴
巻之二十五（二八張）三十八箇・賀至五十四闞・念
壬集巻之二十六（二四張）入声一屋・陸至　十六屑・節
巻之二十七（二四張）　十八藥・藥至三十二洽・郟
癸集巻之二十八（一八張）覆姓上平・公孫至入声・夾谷

単辺（一八・四×一二・一糎）有界、毎半張十四行、行二十八字。版心、白口、単線黒魚尾下題「甲集幾ノ」等、下方張数。下辺間ゝ工名一字を存す（「昇」以下）。

巻尾題「新刊京本排韻増廣事類氏族大全綱目巻之二終」等。

巻首題署に名を標する周尚文は、本編戊集巻十六、周氏「皇明人文」中に録して、次のように伝えている。

周尚文、字載道、號中洲、江西安仁人。早歳穎悟異常、聰明特達、閭里奇之。曁因屢試不達、遂忿志遊閩書市、日以著述爲事。考古索今、比時聲譽益隆、四方同儕者咸曰、嘉惠來學、先生之功大矣。

これを要するに、郷試に達せず書林に活路を求めた編集者の一人であろう。前出の徐序に見え「皇明人文」を作ったとされる中洲子は、この周尚文のことと思われるが、そうすると右の小伝は周氏自らが記したということになる。[21] 本版の最大の特色はこの「皇明人文」を加え明人の伝を補った点にあり、題署に「校閲」と称するものの、周氏は校編を一手に手掛けたものであろう。庠生傅起巖の伝は詳かでない。なお旧編の十集の組織を残しつつ、それぞれ一乃至四巻に分け二十八巻としたのは、本版に端を発することのようである。旧編の部分にはほとんど手をつけておらず、〔元〕刊十六行本の款式に基づいている。ただ実際上どの一版に基づいたかは、これを明らかにすることができなかった。

〈台北・国家図書館　二〇五・一四、〇三〇四四〉　十二冊

清劉文燿旧蔵

新補淡青地淡茶色気泡文漉目表紙（二八・二×一六・八糎）（旧藍色表紙上に貼附）。擬康熙綴、素絹包角。天地截断、金鑲玉装。前副葉、「建業劉氏幼丹甫珍蔵／／明版氏族大全」と書し、「珍」字に重ね方形陰刻「劉印／文燿」朱印記（清劉文燿所用）を存する旧時の補葉を差夾む。徐序、綱目の後、本文に入る。巻七至八、巻二十一至二十二、二十七至二十八を各一冊とする他は、毎冊三巻。巻十第二、一張、巻二十二第二十、十九張錯綴。

欄上行間に墨補注、朱鈔補を施す。

〈中央研究院歴史語言研究所傅斯年図書館　989・576〉　十二冊

新補香色表紙（二五・六×一六・三糎）、次で後補藍色絹表紙。淡青包角。襯紙改装、破損部補紙。前後副葉。徐序、綱目を存し本文に入る。巻七至九、十二至十四、十五至十七、二十二至二十四を各一冊とする他は毎冊二巻。

稀に欄上墨補注書入。巻首及び毎冊首に単辺方形陽刻「東方文

化／事業總／委員會所／臧圖書印」、毎冊尾に方形陰刻同文朱印記を存す。

右の他、『中国社会科学院文学研究所蔵古籍善本書目』伝記類に「（新刻京本排韻増廣事類）氏族大全綱目　二十八巻／（明）周尚文校／明初閩書林陳氏積善堂刊本　十二冊」と録する本（北京人文科学研究所旧蔵か）は同版か。

同〔明末〕刊　十四行本

前版と同系統の版本である。以下版式内容の相異する点を記す。

先ず徐序、但し伝存本には末尾を欠く。

次で綱目（一四張）、首題「新刻京本排韻増廣事類氏族大全綱目」。

巻首題「新刻京本排韻増廣事類氏族大全綱目巻之一（至二十八）（隔五格）甲（至癸）集（墨囲）／（低九格）江右（大字）〔饒安　後學

中洲　周尚文　校閲／盱江　庠生　築野　傅起巖参閲〕」以下本文。

甲集　巻之一（一二張）上平一東・馮至　風

巻之二（一二張）二冬・龍至　四江・雙

巻之三（二〇張）五支・支至　九魚・諸

巻之四（二八張）十虞・虞至　殳

乙集　巻之五（一九張）十二齊・齊至　十七眞・郇

巻之六（一五張）二十文・文至二十二元・宛

巻之七（一九張）二十五寒・寒至二十七刪・環

丙集　巻之八（二三張）下平一先・田至　五爻・茅

巻之九（一五張）　六豪・陶至　勞
巻之十（一四張）　七歌・羅至　九麻・佘
丁集　巻之十一（二八張）　十陽・陽至　王
巻之十二（二三張）　黄至　姜
巻之十三（一七張）　梁至　羌
戊集　巻之十四（一七張）　十二庚・程至　十五青・冷
巻之十五（一四張）（十六蒸）滕至　弘
巻之十六（二四張）（十八尤）周至二十一侵・尋
巻之十七（　九張）　二十二覃・譚至二十七咸・凡
己集　巻之十八（二七張）　上声一董・孔至　四紙・綺
巻之十九（一一張）　八語・許至　莒
巻之二十（一三張）　九麌・杜至　鄔
庚集巻之二十一（二七張）　十一薺・禰至三十五馬・假
巻之二十二（二一張）　三十六養・蔣至五十三豏・湛
辛集巻之二十三（二〇張）　去声一送・貢至　十遇・遇
巻之二十四（二〇張）　十二霽・衛至三十七號・暴
巻之二十五（二八張）　三十八箇・賀至五十四闞・念
壬集巻之二十六（二四張）　入声一屋・陸至　十六屑・節
巻之二十七（二四張）　十八藥・藥至三十二洽・郟
癸集巻之二十八（存一至十七張）　覆姓公孫至夾谷

単辺（一八・三×一一・九糎）有界、毎半張十四行、行二十八字。版心、粗黒口、双線黒魚尾（不対向）、上尾下「甲集幾フ」等、下尾下張数。巻尾題「新刻京本排韻事類氏族大全綱目巻幾」。

本版は前掲した同名同巻数の〔明〕刊本と款式を均しくし、系統を同じくする版種である。本版には今のところ、後掲一本のみの伝存で、該本は序の末尾を欠いているが、存する限りは〔明〕刊本の序と同文であるから、同本に拠ってこれを徐湯の序と推定した。その他、両者はよく相似しているが、版本学的な観察から、いくつかの相違も指摘することができる。次にそれらを列挙してみよう。

先ず綱目について、題目の字を〔明〕刊本に「增」と作る所、本版には「增」に作る。次行集目を〔明〕刊本に黒魚尾下に標する所、本版には線黒魚尾圏発下に標する。第五行の声類を〔明〕刊本に墨囲する所、本版には墨囲しない。次で巻首について、首行下段の集目を〔明〕刊本に墨囲しない所、本版には墨囲する。第五行の姓氏を〔明〕刊本に黒魚尾下に標する所、本版には花口魚尾圏発下に標する。その他、本文中の字体の繁簡や墨釘の存否に相違があるけれども、例証は略する。また版式について、匡郭の寸法はもとより、版心の様式を〔明〕刊本では白口とする所、本版では粗黒口とし、〔明〕刊本では単魚尾とする所、本版では双魚尾とする。

右のように瑣末な事柄について喋々するのは、ただに両者を見分けるためばかりではなく、その関係を考えるためでもある。実は、これまで審さに触れなかったが、本版の字様を見ると、同行款の〔明〕刊本より爛柔で、いくらか後出の版種と見え、匡郭の寸法も本版の方が少し小さく、当初は、既知の〔明〕刊本を覆刻したものが本版であろうと予期された(22)。しかし両者の相違を点検していくと、細かな点で本版の方が懇切な造作を示している所があり、通常、覆刻時には、労を省いてその形式は簡略に赴く傾向があり、〔明〕刊本を覆刻して本版を生じたと見ることは、些か躊躇される。

そこで思い合わされるのは、丁丙『善本書室蔵書志』巻二十に「萬暦二年徳興北山徐湯」序と「萬暦三十七年癸酉歳秋月陳氏積善堂奇泉梓」木記を存する同名同巻数の版本を録することである。この序の作者の名は〔明〕刊本首序と同じであるが、年次を伴う点は異なっている。後掲本に序末を欠くことは遺憾であるが、丁氏録本は末尾に年次を伴っているのであろう、そして同じ本の木記は、徐序中に見え本書を重刊したと伝える「書林陳崑泉子」と同族の後人であるから、丁本は陳崑泉重刻本の後印か、その翻版であろう。この後に、少なくとも同名同巻数の〔明〕刊本と本版との両種が伝存しており、必ずしも三者が一直線に並ぶとは限らない。実見しない丁本を前提として推測を重ねることは慎まなければならないが、少なくとも著者知見の両版本を、直接の覆刻関係と見ることは避けて置きたい。

〈The Library of Congress　V/B920/C48〉　十六冊

新補淡黄檗染表紙（二五・六×一五・六糎）。金鑲玉装、原紙高約二二・五糎。破損修補、天地截断。黄檗染包角。前後副二葉。〔徐〕序（末葉後半を欠く）、綱目を存し、本文に入る。第十三、十五冊に一巻を充てる他は毎冊二巻。増補「皇明人文」の標目を削って「皇宋」と鈔補妄改する箇所あり。清人と思われる淡朱を以て傍句点、行間欄上評補注、別墨にて欄上補注書入、又別墨にて破損部に鈔補を加う。巻八、十六首に単辺方形陽刻「高陽（隷書）」朱印記を存す。

同　清康熙九年（一六七〇）刊（明雅堂江昇）覆〔明〕刊十四行本

この版種も大略〔明〕刊本以下の、十集二十八巻十四行本の系統に属する。ただ本版も後掲二本を見るのみ、しかも両本とも不完全の所がある。

先ず〔徐〕序（首尾欠、三張）、低一格諱字単擡にて本文。款式、内容とも前掲徐湯序に同じ。次で綱目（一四張）、首題「新刻京本排韻增廣事類氏族大全綱目」、〔明〕刊本以下同。巻首題「新（重）刻京木(マヽ)排韻增廣事類氏族大全綱目巻之一（至二十八）（隔五格）甲（至癸）集／（低九格）江右　〔饒安　後學　中洲　周尚文　校閲／盱江　庠生　築野　傅起巖　参閲〕」、次行圏発下低四格に韻目序数、次行線黒魚尾圏発下低一格に姓氏、声類、貫籍を標し附注、次行圏発下低四格に章目を掲げ、次行より本文、首行単擡、低一格。毎章改行。

本文の編成と張数は、前掲〔明〕刊本以下に同じ。ただ同本には、さらに先行の版本が存するらしい徴証があるため、直接前掲版に拠ったかどうか、なお判定しかねるが、一応〔明〕刊本の翻版と見られるようである。
単辺（一八・五×一二・一糎）有界、毎半張十四行、行二十八字。版心、白口、単線黒魚尾下題「某集幾フ」、下方張数、下辺「昇」と刻する張あり。尾題「新刻京本排韻事類氏族大全綱目巻一」等。大尾題前に双辺有界「康熙庚戌年仲秋月梓書林／（小字）謹　依　京　本　梓　行（毎字種子形墨囲陰刻）／明雅堂江君昇號海日繍梓」蓮牌木記を存す。

康熙庚戌は九年（一六七〇）。版式等の部分的特徴を見ると、版心の様子は〔明〕刊本に近いが、却って〔明末〕刊本に符合する点もある。

刊者の明雅堂は江氏、明万暦年間以降に通俗類書等出版の事蹟がある、建陽方面の書肆(23)。江昇の事蹟については未詳である。

〈清華大学図書館　甲三二〇・六八一一〉　八冊

清楊復旧蔵

新補淡茶色艶出表紙（二二・五×一四・一糎）。前後副葉。首冊のみ旧前見返しを存す。〔徐〕序、綱目を存し本文。第一、三至四、六冊に各四巻、その他には各三巻を配す。朱竪句点書入。巻首に単辺方形陽刻「會稽魯氏貴／讀樓臧書印」朱印記、首の旧前見返しに同「豊華／堂書／庫寶／臧印」朱印記（楊復所用）を存す。墨の書込みあり。

〈上海図書館　長五九八二一六〉　一冊

存壬集巻二十六至癸集巻二十八

二集三巻を存す。後補香色表紙（二二・八×一四・二糎）左肩に双辺刷り枠題簽を貼布し「氏族綱目〈壬集／癸集〉〔　〕〈第／八〉」と書す。破損修補。改糸。見返し並に前後副葉白紙。書入や鈐記等は認められなかった。

精刻張翰林重訂京本排韻增廣事類氏族大全二十八巻

明〔周尚文增〕　張溥校

明崇禎五年（一六三二）序刊（積善堂陳國旺）　十一行本

この版本は前記十集二十八巻本を受け、長く行われた十集の組織を廃し、款式字様をも改めた新校本である。ただその本文は大略〔明〕刊十四本と同様であり、前本に附された「皇明人文」を引継いでいるが、この本ではその編者の名を失ない、歴々たる校者の名を押し立てたのである。

封面、単辺有界「太史張天如先生重訂／排韻古今氏族（楷体大書）／〔是集原倣京本。刋行巳久。茲求／（単擡）張太史再參考訂。古今備列。始末週詳。無疑不析。無美不傳。允矣百代之／芳規。長爲千秋之金鏡。是宇宙一大奇觀也。欲譜世系之牒者。寧能巳／于斯乎。余用是重梓以公于世。（隔五格）繼善堂陳玉我梓行（小字）〕」牌記。

張天如（張太史）は張溥、字は天如。太倉の人。崇禎元年（一六二八）貢生として南監に入り、同四年辛未進士、後年復社の主盟となる。継善堂陳玉我は、前出積善堂陳崑泉と同属の後裔、名を国旺と言う。

先ず管序（五張）、首題「重刻官板氏族大全序」、次行より諱字単擡にて本文「（上略）前因閩省倭寇爲梗坊間舊∥板無存書林陳氏捜藏重梓以／公于世亦一片苦心之務矣（中略）／旹／崇禎壬申歳夏月年弟管正傳／撰于繼善堂」、次行より方形陰刻「管印／正傳」単辺方形陽刻「辛未／聯捷」印記摸刻。六行十二字。

管正伝、字元心、徳園と号す。長洲の人。崇禎四年辛未進士。前出の張溥と同年である。この序に拠ると、該本は万暦頃刊行と思われる前掲の〔明〕刊本を継承する。

次で目録（一二張）、首題「精刻張翰林重訂京本排韻增廣事類氏族大全目録」、次行低二格に声目、次行低三格に韻目を標し、次行より毎行六段に姓氏、声類（小字双行）、貫籍を列す。
巻首題「精刻張翰林重訂京本排韻增廣事類氏族大全巻之一（至二十八）／（以下低十六格）太倉　天如　張　溥　訂正／潭陽　玉我　陳國旺　繡梓」、次行低四格に「一東」等と韻目、次行低二格に「馮　宮音　始平」と姓氏、声類、貫籍を標し、同行下に附注（小字双行）、次行低四格に「能斷」等と章目を標し、次行より本文「馮簡子」以下。首行単擡、毎章改行。末尾に「〈左襄三十一年〉」等と引書目を附す（間ゝ欠く）。さらに行を接し、低三格に「女徳婚姻」と標して次行より章目本文を連ね、後に圈発下に簡略の編を列す。末尾にまた行を接し、低三格に「皇明人文」と標し、次行より章目本文を増入す。全編左の如し。

巻之一（一五張）上平声一東・馮至　風
巻之二（一四張）　二冬・龍至　四江・雙
巻之三（二四張）　五支・支至　九魚・諸
巻之四（三五張）　十虞・虞至　殳
巻之五（三五張）　十二齊・齊至　十七眞・郇
巻之六（二八張）　二十一文・文至二十二元・宛
巻之七（二四張）　二十五寒・寒至二十七刪・環
巻之八（二八張）下平声一先・田至　五爻・茅
巻之九（一九張）　六豪・陶至　勞
巻之十（一七張）　七歌・羅至　九麻・佘

巻之十一（三五張）　十陽・陽至　王
巻之十二（二九張）　黄至　姜
巻之十三（二一張）　梁至　羗
巻之十四（二一張）　十二庚・程至　十五青・泠
巻之十五（一八張）（十六蒸）滕至　弘
巻之十六（三一張）（十八尤）周至二十一侵・尋
巻之十七（一一張）　二十二覃・譚至二十七咸・凡
巻之十八（三四張）上声　一董・孔至　四紙・綺
巻之十九（一一張）　八語・許至　莒
巻之二十（一六張）　九麌・杜至　鄔

巻之二十一（三四張）　十一薺・禰至三十五馬・假
巻之二十二（二五張）　三十六養・蔣至五十三豏・湛
巻之二十三（二六張）去声　一送・貢至　十遇・遇
巻之二十四（二六張）　十二霽・衛至三十七號・暴
巻之二十五（三六張）　三十八箇・賀至五十四闞・念
巻之二十六（三〇張）入声　一屋・陸至　十六屑・節
巻之二十七（三〇張）　十八藥・藥至三十二洽・郟
巻之二十八（二二張）覆姓　上平・公孫至入声・夾谷

単辺（二二・五×一三・八糎）有界、毎半張十一行、行二十九字、方匠体。版心、白口、上辺題「官板排韻氏族」、単線黒魚尾下標「幾巻」、下方張数。巻尾題「精刻京本排韻増廣事類氏族大全幾巻終」。本文末尾より一行を隔し低一格に「（上略）今復重幣購求／翰林張太史照依原本再詳捜集／（擡単）當代群書稽考事實逐韻増入訂正無訛誠譜族者之要書也爰是本坊繡／刊廣布天下書旅須認書林積善堂爲記／（低十六格）潭陽陳國旺玉我氏謹白」告文（図版三—五）。

ここでは前本の徐序の文言を用いつつ中洲子の名は出さず、張溥が増訂したように記しているが、もとより実態に合わない。

〈台北・国家図書館　二〇五・一四、〇三〇四五〉　合六冊

清呉引孫旧蔵

後補香色表紙（二六・八×一六・五糎）、首冊のみ香色旧表紙をも存す。改糸、破損修補。前副葉。封面を欠く。管序首題下に「六本一函／三元」墨書、末葉後半欠。次で目録を存し、本文に入る。巻十一至十四、二十五至二十八を各一冊とする他は毎冊五巻。

毎冊首に単辺方形陽刻「眞州呉氏／有福讀／書堂臧書」朱印記（清呉引孫所用）を存す。

〈国立公文書館内閣文庫楓山官庫蔵書　史七四・二〉　八冊

香色表紙（二七・〇×一六・六糎）左肩黄檗染題簽を後補し「排韻氏族大全〈幾之幾〉」と書す。改糸。封面、白紙淡墨印、左方に単辺円形陽刻「陳氏／積善堂／□記」朱印記を存す。管序、目録を存し、本文に入る。巻九至十一、十六至十八、二十三至二十五、二十六至二十八を各一冊とする他は毎冊四巻。毎冊首に単辺方形陽刻「秘閣／圖書／之章」朱印記を存す。

〈名古屋市蓬左文庫　一二〇・三〉　十冊

徳川義直旧蔵

白漉目表紙（二七・五×一六・六糎）左肩打付に「氏族大全［　］幾」、又「氏族／精刻張林訂京本排韻［　］六」等と書す。虫損破損修補。封面、白紙淡墨印、積善堂朱印記を存す。管序、目録を存し、本文に入る。巻四至五、二十一至二十二を各一冊とする他は毎冊三巻。淡縹色不審紙貼附。毎冊首に単辺方形陽刻「御／本」朱印記を存す。

〈愛知教育大学附属図書館　名二八二・W四〉　八冊

名古屋藩校明倫堂旧蔵

香色表紙（二七・八×一六・五糎）左肩打付に「氏族排韻〈幾〉」と書す。右下方打付に別筆にて「念」と書す。改糸。破損修補。封面、白紙淡墨印、積善堂朱印記を存す。管序、目録を存し、本文に入る。巻五至七、十二至十四、二十三至二十五、二十六至二十八を各一冊とする他は毎冊四巻。

朱韻目標圏、稀に姓名合点書入。毎冊首に単辺方形陽刻「翰墨齋」朱印記、方形陰刻「明倫堂圖書」朱印記、単辺方形陽刻「愛知縣第／一師範學／校圖書印」「愛知第一／師範學校／圖書之印」朱印記を存す。

〈上越市立高田図書館修道館文庫　四〇・一七九・八〉　八冊

高田藩主榊原忠次　高田藩校修道館旧蔵

香色表紙（二六・八×一六・二糎）左肩打付に「排韻〈自幾至幾〉」と書し、直下より同朱筆にて声韻目を書す。中央に単辺方形陽刻「脩道／館印」朱印記を存す。封面、白紙印、同前積善堂朱印記を存す。管序、目録を存し、本文に入る。巻五至七、八至十、二十三至二十五、二十六至二十八を各一冊とする他は毎冊四巻。

毎冊尾に双辺方形陽刻「吏部大卿忠次」、単辺円形陽刻「文／庫」朱印記（二顆榊原忠次所用）、毎冊首に単辺方形陽刻双龍間「高田」、表紙同朱印記（高田藩校修道館所用）を存す。

〈柳川古文書館伝習館文庫安東家蔵書　安七一〉　六冊

新補海松色表紙（二五・六×一六・二糎）、改糸。次で後補淡渋引表紙を存し、左辺打付に「氏族大全［　］幾」と書す（第二至六冊題目別手朱書）。管序、目録を存し本文に入る。巻五至九、十四至十八、十九至二十四、二十五至二十八を各一冊とする他は毎冊四巻。

序のみ欄上墨補注、毎巻首張付に朱標点、第六冊のみ韻目朱標圏書入。毎冊首に単辺方形陽刻「傳習館／郷土文／庫之印」朱印記を存す。

〈市立米沢図書館　米澤善本三〇〉　八冊

欠巻二十八

後補栗皮表紙（二六・二×一六・二糎）左肩題簽を貼布し「氏族排韻〈平〉」等と書す。題簽下打付に冊数、中央方簽を貼布し韻目を書す。押し八双あり。五針眼、改糸。小口書「氏族大全金（至木、八音）」。破損修補。封面、白紙印、同前積善堂朱印記を存す。管序、目録（第十一至十二張欠）を存し、本文に入る。巻二十八を欠き、巻一至四、十四至十七、十八至二十一を各一冊とする他は毎冊三巻。

間〻朱章目標圏、竪句点、墨破損部鈔補を施す。毎冊首に単辺方形陽刻「麻谷藏書（楷書）」朱印記を存す。

右の他、『中国古籍善本書目』子部類書類に同趣の版本を録し、華東師範大学図書館、建甌県図書館の収蔵を誌す等、中国各地に伝存するかと推量される。

前記四版の日本への伝播について、前三者が本邦に稀であるのに対し、崇禎刊本は近世の初、日本の大名が書物の蒐集に努め、競って唐本を入手した頃に将来される巡り合せとなり、数多く伝えられる結果となって顕れたと考えられよう。しかし根源の問題として、伝統的な版本の装いを遺す前三者に比し、明末の版刻盛行の時節に、商品としてより洗練された形で再登場した後者とでは、版本としての力量に始めから大きな違いがあったと言えようか。本文自体に大きな違いはないので、かえって示唆的な事例であろうかと思われ、そのために本来の増編者の名が隠れてしまったことは、後世に少なからぬ影響を及ぼした。

新編排韻増廣事類氏族大全十集

日本〔南北朝〕刊　覆〔元〕刊十六行本

明清の諸版に先立つ版刻に、〔元〕刊十六行本を覆した本邦南北朝刊行の版本があり、世上に五山版として流布している。該版の款式字様は、細かな点に至るまで底本のそれを映す。この版については早く川瀬一馬氏『五山版の研究』（一九七〇、日本古書籍商協会）に整理著録され、初印本、明徳四年印本、後印本の三種が知られている。本書では次に解題の上、標記の〔元〕刊十六行本が底本に当たること、三度目の印本は後修に係ることを指摘し補いたい。なお解題については、底本に異なる点のみを記す。

先ず綱目、首第二行の魚尾、第三行の韻目黒牌墨囲せず。

巻首題下集目墨囲せず、姓氏陰刻（間々陽刻）。分巻、張数も底本に同じ。

左右双辺（一八・六×一二・〇糎）。版心、小黒口、上魚尾下題「氏甲」等、大尾題下未刻墨釘。その他、瑣事に渉るが、甲集第二十一張前半第七行（以下「甲二十一前七」等と略記）より三条ほど未刻の行を遺し、集目張数並に木目状の同心円陰刻、乙十二後末尾未刻部に顔相戯刻、丙一至八大黒口、己二十二前十より未刻部、鏡映しに「月雨」と陰刻、同四十二後未刻部同「大」と陰刻、庚四十前六至九並に十四至十五未刻等の特徴を挙げることができる。

この版本でも〔元〕刊十六行本以来改修されない墨釘を、そのままに存するか、或いは空格として処理する上、新たに相当数の墨釘を増している。底本の甲二十五後十六「危稹字逢吉號臞塘宋嘉定中柴與之得謫」の「謫」字が、底本の版面不良のため判読の難しい所、この本では「得■」と墨釘に作り、同様に丙十一後十五「姚鏞宋南渡後人号雪坡以功除贛守」の「贛」字の旁を墨釘に作り、戊四十八前三「閻温」条の引書目「魏志」を「魏■」に作り、己十七後十「我女縦薄命何能嫁」の「薄命」を、挖改して「婆命」と誤刻し、庚二十六後十三「幸灵建昌人」を「幸■」に作る等、底本不良部分の放置または妄改が目立ち、本版本文の性格を露呈している。ただこれらの現象は、款式字体や字様の相似に止まらず、こうした本文の劣化には、〔元〕刊本の版面の故障が直接の原因を成していることから、両者の覆刻の関係が明らかである。

さらに指摘しなければならないことは、本版では字形の相似に由来する初歩的な誤刻を数多く生じている点である。枚挙に暇を得ないが、甲五後十三「熊皎號九華山人工詩早行詩云山前猶見月百上來逢人」の末句は「陌上未逢人」の誤りであり、甲七後四「洪興祖（中略）張周与諸州学宮」は「学官」、甲三十八前一「虞〈角音　陳留　莽有天下曰（下略）〉」は「舜」、甲四十七前十「朱仁軌（中略）終身譲畔不朱一段」は「不失一段」、乙二十九前二「孫臏與龐涓同學（中略）後涓爲魏將我韓齊」は「伐韓齊」、丙十七前七「饒娥（中略）明日黿鼉蛟魚浮死万数」は「蛟魚」、丁十前四「王忳字少林嘗諸京師」は「詣京師」、丁十四後十一「王播字明■微時客楊州木蘭守」は「微時客楊州木蘭寺」、己三十八後一「庾易（中略）長史袁彖欽其風贈以鹿角書格蚌盤蚌研无筆」は「牙筆」、庚一後七「米芾（中略）天留米者庵」は「米老庵」、庚三十六前三「范武字巨卿」は「范式」が正文であって、これらを単純な誤刻と見るのに、さらなる例証は要しないであろう。右の挙例も一斑を示したのみであるが、本文の未校であることを知るのには十分と考える。総じて本文の整わない未熟の版本とする批判を免れない（図版三―六）。

〈国立公文書館内閣文庫林家蔵書　別五〇・三〉　九冊

林述斎手沢

後補香色表紙（二六・一×一五・二糎）左肩打付に「排韻氏族大全〈幾〉」と、右肩より韻目を書す。右肩に単辺方形陽刻「昌平坂／學問所」墨印記を存す。首冊のみ右下方に小簽を貼布し「第一八五号／類書　十二号」と朱書す。第二冊尾に丹表紙剝離痕。改糸、虫損修補。綱目を存し本文に入る。壬至癸集を一冊とする他、毎冊一集。

〔室町〕朱筆にて竪傍句点、傍圏、欄上校改を施し、やや後の朱墨にて欄上校補注、近世の朱筆にて欄上補注を加う。毎巻首に方牌中円形陽刻「學林」朱印記、単辺方形陽刻「述齋衡／新收記」「林氏／藏書」朱印記（以上二顆林述斎所用）、序尾及び毎冊尾に表紙同印記、毎冊首に双辺方形陽刻「淺草文庫（楷書）」朱印記を存す。

〈国立国会図書館　WA六・六六〉　六冊

甲集配同版本　天龍寺旧蔵

後補丹表紙（二六・二×一六・三糎）渋紙に打付に〔室町〕の筆にて「排韻〈甲（乙丙三、四五至九十）〉」と記した旧表紙の題目を删去し、左肩に貼附す。右肩打付に後筆にて韻（声）目を書す。左下方打付に又別筆にて「辰」と書す。五針眼、改糸、裏打改装。見返し後補。甲、辛集を各一冊とする他、毎冊二集。識語同筆の〔室町〕の朱にて竪句点、同朱墨欄上校注を施す。大尾題後に「庚寅夏林鐘初八日於龜山春雨軒下／滴露研朱點之畢焉點者曰管窺蠡測／恐有点寫之誤乞博達為之改悪取善矣」朱識、末字上に鼎形模糊朱印記を存す。第一冊後見返しに「敬直」、第二至五冊後見返しに「稽古堂」、第六冊朱識後に「義直」墨識を存す。第二至五冊首に双辺方形陽刻「心／關」朱印記、毎冊首に単辺方形陽刻「山田／學校」朱印記、同「讀杜／艸堂」朱印記（寺田望南所用）、同「東京／圖書／館臧」及び明治二十九年購求印記を存す。

右の朱識について、室町期の庚寅は応永十七年（一四一〇）、文明二年、享禄三年の三度、「龜山春雨軒」とは、霊亀山天龍寺のいずれかの庵中であろうと思われる。また鈐印のうち「心／關」とは、或いは臨済宗古林派で月林道皎門下の心関清通か。心関は応安八年（一三七五）生、はじめ天龍寺に掛籍、心伝の道号を用い、応永十七年三月から天龍寺に住した大岳周崇の下で焼香侍者を務め、同二十六年備後康徳寺に出世して法を古雲清遇に嗣ぎ、大岳に依って道号を心関に改め、永享十二年（一四四〇）天龍寺に住し（九十九世）、文安六年（一四四九）に示寂した。仮に朱識の点者をこの心関清通とすれば、応永十七年庚寅の夏に天龍寺に在ったことは符を合するが、当時は未だ心関と名乗らない。後年の鈐印であろうか、記して後考に俟ちたい。

〈国立国会図書館　WA六・六六のうち〉

乙至癸集配同版本

甲集を存す（六冊のうち一冊）。原料紙匡郭外を刪去し（櫛歯状に書入部分のみ存す）旧料紙上に貼附し、さらに裏打修補を施す。綱目を欠き本文に入る。

〔室町末近世初〕朱筆にて竪傍句点、傍線、行間校注校改、欄外墨校補注を加う。後見返しに「敬直」墨識。配本前掲。

〈天理大学附属天理図書館　二八二・二・イ二一〉　合四冊

フランク・ホーレー旧蔵

後補香色表紙（二五・八×一五・八糎）左肩双辺刷り枠題簽を貼布し「氏族排韻〈声目〉幾」と書す。小口書、もと九冊。書背「氏族・合巻・共二」、即ち正確には九冊より二冊に合し四冊に分かつ。綱目を存し本文に入る。もと壬至癸集を一冊とする他、毎集一冊。一時甲至丁集、戊至癸集と二冊に合し、現在は丙至戊集、辛至癸集を各一冊とする他は毎冊二集（上平、下平、上声、去入覆姓）。

〔室町〕の墨筆にて欄上行間校改、補注（仄声には稀）、〔室町末〕の朱筆にて竪傍句点、近世期の朱墨にて欄外行間標補注書入。首、戊集首（旧二冊時毎冊首）に単辺円形陰刻「乗／付」、単辺方形陽刻小「乗附文庫（楷書）」、毎冊首に単辺方形陽刻同文大朱印記、単辺方形陽刻「脩道館（隷書）」朱印記、同「寶玲文庫（行書）」朱印記（フランク・ホーレー所用）を存す。

〈大東急記念文庫　二二・三〇・三二〉　五冊

己至癸集配同版明徳四年印本　山本頤菴旧蔵

後補草色漉目艶出表紙（二三・六×一四・七糎）左肩題簽を貼布し「新編排韻増廣事類氏族大全〈甲乙〉　一」等と書す（集目冊数朱書）。草色包角。綱目鈔補。戊集、辛至癸集を各一冊とする他は毎冊二集。

〔室町〕朱傍点、別朱標圏、竪句点、同墨欄外校改、〔室町末近世初〕朱欄上行間校改、鈔補、首冊のみ行間補注を施す。毎冊首に単辺方形陽刻「菩提樹菴／圖書印」朱印記、同「爲可堂／臧書記」朱印記（山本頤菴所用）を存す。配本後掲。

前出の川瀬氏『研究』では、配本の刊記に従い明徳の後印本と録するが、前半は別の伝本で、後出した無刊記墨釘の故宮博物院蔵本に比して早印と認められる。

〈台北・故宮博物院楊氏観海堂蔵書〉

　正長元年（一四二八）加点識語　東福寺南昌院旧蔵　　四冊

後補淡渋引表紙（二三・八×一四・六糎）左肩淡茶色題簽を貼布し「氏族排韻　声目」と書す。下辺に単辺円形陽刻不明朱印記を割り掛けに存す。天地截断、虫損修補。首に楊氏影像、毎冊前副葉。綱目を欠き、本文に入る。丙至戊集、辛至癸集を各一冊とする他は毎冊二集（上平、下平、上声、去入覆姓）。大尾題下に「正長元年十月二日／塗朱了也／　是年應永三十五改元ー」朱識。〔室町〕以下数手の朱筆にて合竪句点、傍圏、傍線、行間校注校改を加え、〔室町末近世初〕朱墨を以て欄外及び夾紙上に補注を施すことが夥しい。縹色不審紙を貼附。毎集首に方形陰刻カ不明朱印記、双辺方形陰刻「中／膽」朱印記、単辺方形陽刻「南昌院（楷書）」朱印記（以上三顆擦滅）、毎冊首に方形陰刻「巣杰」朱印記、同「飛青／閣臧／書印」、首に同「宜都／楊氏臧／書記」、「楊印／守敬」、単辺方形陽刻「星吾海／外訪得／秘笈」朱印記（以上四顆、楊守敬所用）を存す。『日本訪書志』巻十一録[24]。

又　明徳四年（一三九三）印

前記無刊記本に対し、大尾題下の墨釘に刀を入れ「明徳〈癸／酉〉八月開板〈圓／成〉（行跨）」と刻する後印本がある。記文は明徳四年刊刻完成の意に解されるが、これより早印にして無刊記の伝本を少なくとも六点存する上、前本に比して補刻の張子も認められず、刊記の他に挖改の箇所は見出されないため、明徳四年の後印本として標示した。なお匡郭の収縮等は特に認められない（図版三—七）。

〈東洋文庫　二B・e・1〉　九冊　妙心寺退蔵院　稲田福堂旧蔵

新補淡茶色表紙（二四・四×一五・八糎）左肩題簽を貼布し「排韻氏族大全〈五山版〉　幾」と書す。襯紙改装、天地截断。綱目を存し本文に入る。壬至癸集を一冊とする他、毎冊一集。〔室町〕朱竪句点、行間校改を加え、別朱にて傍点、傍圏、傍線、欄上標注を施し、〔室町末〕別朱墨にて欄上補注書入。首に単辺方形陽刻「〈法山〉退藏院(楷書)」朱印記（正法山妙心寺退藏院所用）、第三冊首に同「唐氏／原泉」朱印記、毎冊尾に単辺方形陽刻「雲邨文庫」朱印記（和田維四郎所用）、毎冊首に同「江風山／月荘」朱印記（稲田福堂所用）を存す。

〈お茶の水図書館成簣堂文庫〉　四冊

後補香色菱繋胡蝶文空押艶出表紙（二四・二×一六・八糎）左肩打付に「〈氏族〉／排韻〈声目〉　共四」と書す。右肩方簽を貼布し朱圏中に「收」と墨書、その上に重ねて方簽貼布、朱圏二顆、上圏中に「呂」と墨書す。首冊後補前見返し下に附箋、「一〇八」墨書並に単辺方形陽刻縦横有界「徳富氏／圖書記(楷書)」朱印記等を存す。旧補前副葉に〔室町〕の筆にて字目標注。綱目を存し本文に入る。丙至戊集、辛至癸集を各一冊とする他は毎冊二集（上平、下平、上声、去入覆姓）。〔室町〕朱竪傍句点、校改、鈔補、欄上声目標注、稀に補注を施し、稀に〔室町末〕の墨筆を以て欄外に補注を加う。毎冊首欄上に「(毎字改行)清寥菴公用」墨識、大尾後補見返しに「本智勝所藏之書也／以貲購得之」墨識を存す。毎冊首に単辺小判形陽刻「智勝／書藏」朱印記（墨滅）、単辺方形陽刻不明朱印記（朱滅）、毎冊尾に単辺小判形陽刻「瑞堂新□」朱印記（墨滅）、毎冊首尾に双辺方形陽刻「蘇峰／清賞(楷書)」、毎冊首に単辺円形陽刻「Tokutomi／(陰刻)I」、同方形「天下之公／寶須愛護(楷書)」、同石形「成／簣堂／主」、双辺方形陽刻「徳富／所有(楷書)」、同「成簣堂」、単辺同「經國之大業／不朽之盛事」、毎冊首尾に聯珠方形陰刻「徳富／猪印」単辺方形陽刻「蘇／峯」、第二、三冊尾に双辺方形陽刻「蘇峰學人／徳富氏愛／藏圖書記」、第三冊首に単辺方形陽刻「蘇峰／讀書／記印」、同「徳／富(楷書)」、同尾に方形陰刻「穌峰／清賞」、第四冊尾に「青山／艸堂」朱印記（以上十四顆徳富蘇峰所用）を存す。

この本の巻首及び大尾の書影を『善本影譜』第一期第十輯（昭和七年）に収録する。

〈天理大学附属天理図書館古義堂文庫　古一六六・一〇〉　八冊

後補古丹表紙（二五・〇×一五・三糎）左肩打付に「氏族排韻〈集目声目〉」と書す。改糸。綱目を存し本文に入る。己至庚集、壬至癸集を各一冊とする他は毎集一冊。

〔室町〕朱堅傍句点、校改、同墨欄上校注、稀に同朱墨欄上補注書入。縹色不審紙。癸集第二、三張間に紙箋を夾み「明徳四癸酉与南朝和之翌年也／後円融帝崩御之歳　明大祖／洪武二十六年該当　自大正七年／五百二十七年」墨識。毎冊首に単辺鼎形陽刻「春／外」、同方形「東／榮」朱印記を存す。

〈東京大学総合図書館青洲文庫　A〇〇・五八一八〉　一冊

存乙集

〈陽明文庫　三七七・一二〉　一冊

存壬至癸集

表紙欠（二六・七×一七・〇糎）。前冊前見返し（剝離）前半の右肩に「五山版」と墨書す。

〔室町〕朱堅句点、引書目合点、韻字標圏、行間校改、稀に返点、連合符、傍圏を加え、同墨欄外校改を施す。毎冊首に単辺方形陽刻「近衛藏」朱印記、前冊首に双辺方形陽刻「青洲文庫」朱印記（顚倒、渡辺青洲所用）を存す。

〈書肆某〉　五冊

小津桂窓旧蔵

後補古丹表紙（二五・五×一五・八糎）左肩題簽を貼布し「氏族排韻〈韻目／韻目〉」と書す。左下方打付に後筆にて「共五冊」と書す。首のみ題簽上に又別筆にて集目を書し、右肩小簽を貼布し「月四〈全五〉」墨書、双辺方形陽刻「西荘文庫（楷書）」朱印記（小津桂窓所用）を存す。第三冊前方には書肆新補〔江戸初〕丹表紙。尾冊前表紙下小口に旧安田文庫所用の附箋。一部虫損修補、一部裏打修補。綱目を存し本文に入る。毎冊二集、庚集第一張欠。

〔室町〕朱堅傍句点、傍圏、稀に返点、毎集首張版心上に標柱、欄外朱墨校補注を加う。縹色不審紙。毎冊首に双辺方形陽刻不明朱印記、同単辺「雲／泉」墨印記、重鈴して双辺楕円形陽刻「桂窻」朱印記を存す。

〈大東急記念文庫　一二一・三〇・三二のうち〉

甲至戊集配同版無刊記早印本

己至癸集を存す（五冊のうち二冊）。天地截断。大尾に明徳四年の記を有す。

〔室町〕の朱堅傍句点、欄外行間校改、稀に別手〔室町〕朱墨欄上補注を加う。末冊首に不明朱印記を存す。配本前掲。

〈天理大学附属天理図書館　二八二・二・イ一九〉　分二冊

存丙至丁集　美濃南泉寺　フランク・ホーレー旧蔵

後補黄檗染（縹色）表紙（二二・五×一五・一糎）首冊左肩題簽剝落痕。天地截断、虫損修補、改糸。小口書、もと「排／匀」、現在は上下半に分かつ。毎冊一集。

〔室町〕朱竪傍句点、欄上行間校注校改、同別墨欄上標注、又別墨校改を施す。尾に双辺鼎形陽刻「則／堂」墨印記、前冊前副葉及び後冊後見返しに単辺方形陽刻「濃州南泉／藏書之記（楷書）」墨印記、毎冊首に「寶玲文庫（行書）」朱印記（フランク・ホーレー所用）を存す。

南泉寺は岐阜県山県市高富町に在る臨済宗妙心寺派の瑞応山南泉寺と思われる。開山仁岫宗寿、開基土岐頼純と伝える。この伝本は残存二集であるために、明徳の刊記の有無、補刻の様子等、十分に判ずることができなかった。やむなくこの位置に掲出したが、さらに後印の次掲後修本に並ぶ可能性がある。

〈北京・中国国家図書館　八九八一〉　十冊

丁集鈔配

新補藍色表紙（二六・三×一七・五糎）右肩打付に冊数を朱書す。金鑲玉装、原紙高約二三・〇糎、裏打修補、古色を添加す。天地截断、擬康熙綴。前見返しと、丹紙一葉を夾んで前副二葉白紙、また後副一葉白紙、後見返し丹紙。綱目を存し、本文。甲至乙集を三冊に、壬至癸集を一冊に配する他は、毎冊一集。丙集の第三十二張より末尾までと、丁集の全ては、日本の〔近世初〕の鈔配に係り、罫紙を用いてある。巻首匡郭一八・六×一一・八糎。本文未修。

大尾題行より料紙刪去。その残痕を見ると、墨釘はすでに存しないから、これは明徳四年の刊記が存したものを、後に取り去ったのであろう。本文に〔室町〕の朱筆を以て竪傍句点、首のみ墨筆を以て返点、送り仮名、欄上に朱墨を以て補注書入を加える他、別朱にて校改を施す。巻首及び辛集首に方形陰刻「萬／承紀」、毎集首に同「蕘圃／卅年精／力所聚」、毎冊首に単辺方形陽刻「陳百斯／藏書／印」、首に同「佰斯家／藏本」、同「四明張氏／約園藏書」、方形陰刻「壽／鏞」、単辺方形陽刻「咏／雪」朱印記を存す。

清朝蔵書家の印記を列するが、疑いを存する。近代になってから、本書の五山版を得て、元版の如くに仕立てたものであろう。日中間における本書伝流の多寡の差が、このような偽装を産んだ。以下、他の書目と同様、近代以降に日本から持ち出された伝本も少なくない。

〈天津図書館　S八三五三〉　九冊

甲集〔江戸前期〕鈔補　〔室町〕補注書入

備前〔国清寺〕清泰院　王欣夫旧蔵

後補縹色艶出表紙（二四・九×一五・七糎）左肩に刷り枠題簽を貼布し「排韵氏族大全［　］某集」と、右肩に目録題簽を貼布し集韻目を書す。改糸。裏打修補、天地截断。綱目と甲集は江戸前期と思われる鈔補（有欄、一九・三×一二・七糎）、以下、壬至癸集を一冊に収める他は毎冊一集。乙集首匡郭一九・〇×一二・〇糎。稀に〔室町〕の墨筆にて欄外補注書入、また〔室町末近世初〕の朱句点、墨欄外校改、稀に補注を加う。毎冊首尾に単辺方形陽刻「備前岡山城／清泰院藏書（楷書）」墨印記、第五を除く毎冊首に同「王氏二十八宿研／齋秘笈之印」、第五冊首に同「秀州王氏／弥臧之印」朱印記（以上二顆、王大隆、字欣夫所用）を存す。

該本を『天津図書館蔵日本刻漢籍書目』子部に録し、巻頭に書影を載せる。清泰院は岡山市に在り、藩主池田家菩提所である万才山国清寺（臨済宗妙心寺派）の塔頭である。

又　後修

右の明徳四年印本に対し、大尾下に刻した刊記を削り、無文とした後印本がある。早印本も無刊記であったが、彼に存する墨釘を、此には欠いている。またこれに際し、新たに甲集第十張の板木を改刻した。よって本書ではこれを後修と標記する。なお件の改刻につき、原板に不鮮明であった第十張首「蒙鷔」の「鷔」字を、新版では墨釘に作り劣化の度を進めた（図版三―八）。

〈お茶の水図書館成簣堂文庫〉　九冊

円覚寺黄梅院旧蔵

後補縹色艶出表紙（二二・八×一五・一糎）、第二冊後方栗皮表紙。「排韻事類氏族大全〈集目〉」と墨書の題簽剝離、本文に

差夾む。首冊のみ蘇峰筆にて左肩打付に「五山版／排韻氏族大全」、右肩「中梧和尚遺愛〈共九／全〉」と書す。改糸、襯紙改装、天地截断。扉、左肩に「排韻事類　甲」等と書す。綱目を存し本文。壬至癸集を一冊とする他、毎冊一集。

〔室町〕朱標圏、竪句点、傍線、校注校改、鈔補、稀に欄上補注を加え、稀に同別墨行間欄上補注書入。毎冊尾に「中梧」墨識並に単辺鼎形陽刻不明朱印記を存す。毎冊首に双辺亜形陽刻「黄梅」墨印記、単辺方形陽刻「黄梅院蔵書」朱印記、同「成簣堂／圖書記」、方形陰刻「蘇峯學人／曾經一讀」、双辺円形陽刻「徳富（楷書）」、首に同方形「貴重品（楷書）」、方形陰刻「讀書／懐古」朱印記（以上五顆徳富蘇峰所用）を存す。

この本の大尾の書影を『善本影譜』第一期第十輯に収録する。

〈日光山輪王寺天海蔵　一七三八〉　五冊

後補渋引表紙（二五・六×一六・五糎）左肩打付に随風筆にて「氏族排韻〈甲乙〉」等と書し、右下方に同筆にて「随風」と自署す。首冊のみ題下に双辺方形陽刻不明墨印記を存し、中央下方打付に別筆にて「八十三」と書す。第二冊表紙前後錯。五針眼。第四冊後副六葉。綱目を存し本文に入る。毎冊一集、己集第三十三、三十二張錯綴。辛集第四至五、八至十二張大破、補紙。

〔室町〕朱竪句点、校改、稀に同朱墨補注、〔室町末〕墨欄上標注、稀に補注（第六冊後副葉にも）書入。毎冊首に首冊前表紙同墨印記を存す。

随風は天海の初名に当たる。

右の他、『五山版の研究』に、川瀬氏の称する後印本として三井文庫旧蔵九冊、穂久邇文庫蔵（合）四冊（市野迷庵旧蔵）と録し、また川瀬氏が『大英図書館所蔵和漢書総目録』漢籍編子部類書類に著録する「南北朝刊　五山版　後印」本（合）一冊（アーネスト・サトウ旧蔵）は、いずれも本書に称する後修本と思われるが未見、サトウ旧蔵本のみは『総目録』に該本巻首の書影を掲載しており、最末に記した天海蔵本と同版で、同程度の後印本と確認される。

以上、伝本の調査を尽くしていないが、現時点で仮に本版諸伝本の様相を判ずると、南北朝に将来された粗雑な

〔元〕刊十六行本を底本とし、本文の改修に及ばず安易に覆刻された本書の〔南北朝〕刊本は、室町の初には、京師五山周辺の禅僧に受容されていた。以下、補刻を含んで数次に及ぶ印行と、いわゆる五山版にして十指に餘る伝存数が示すように、本版は長きに渉り弘通したものと考えられる。該本の受容には先ず、手校による改正に相当の労力を費さなければならなかったにも拘わらず、さらに進んで、室町の朱点朱引を伴わない本は皆無と言ってよく、書入の様子もまた版本の消長と揆を一にする。本書の内容は連綿する著述ではなく、氏名に寄せて章節を分断した編著であるのに、本版への書入が屢〻全編を尽しているのは、禅林において本書の常用されたことを強く示唆し、時ならぬ参照の準備として、句読を切り校改を施して、怠りなく名辞や故事を標出していく手順は、誦書における書入と同様の方法であり、読書の対象と言うより、表現を産み出す循環の一部と見るべきである。その意味で、夾紙を加え紙面を拡張し、書入によって機能を強化した故宮博物院蔵本の如きは、伝本自体が本書受容の姿をよく体現している。本版諸伝本の旧蔵者を見ると、そうした受容は当初五山の核心に発していたものが、東国や地方の禅院、林下へと広がり、室町の後葉に向けて、緇素一般の知識人にも広がり、近世に至ったものと見られる(25)。このようにして古活字本の印行が次第に準備された。

同　　日本元和五年(一六一九)刊(古活字)　十三行　翻〔南北朝〕刊本

該本は前掲した本邦〔南北朝〕刊本に基づきつつ、木活字を用い款式を改めた翻印本で、世上にいわゆる古活字本に当たる。古活字本の常例として、元版以来首に附されてきた綱目が失われ、打付に本文を存する形が取られているけれども、本文の組織自体に変更はない。次に解題を加えて伝本の詳細に及ぶ。

巻首題「新編排韻増廣事類氏族大全（隔七格）甲（至癸）集（墨囲陰刻）」、次行「一東」等韻目（墨囲陰刻〈或陽刻〉）、次行一格を低して「馮（墨囲陰刻〈或陽刻〉）〈宮音　始平〉」等と姓氏及び声類、貫籍を標し、同行下に附注（小字双行）、次行低四格に「能斷」等と章目を標し、次行より「馮簡子」以下本文。記事の末に「〈左襄三十一年〉」等と引書目を附す（間〻欠く）。また行を接し、低三格「女徳婚姻（墨囲陰刻）」と標して、さらに章目本文を附す。また同姓の末尾には章目を置かず、圏発下に簡略の伝を列す。末行下さらに圏発を打って韻藻を列す。屡〻毎姓改張。全編左の如し。

甲集（七三張）上平声一東・馮至　十虞・殳
乙集（六七張）　十二齊・齊至二十七刪・環
丙集（五七張）下平声一先・田至　九麻・佘
丁集（七〇張）　十陽・陽至　羌
戊集（六九張）　十二庚・程至二十七咸・凡
己集（五六張）上声　一董・孔至　九麌・鄔
庚集（五二張）　十一薺・禰至五十三豏・湛
辛集（七四張）去声　一送・貢至五十四闞・念
壬集（五二張）入声　一屋・陸至三十二洽・郟
癸集（二一張）覆姓　上平・公孫至入声・夾谷

四周双辺（二一・七×一六・〇糎）有界、毎半張十三行、行二十四字。版心、中黒口（接内周）双花口魚尾（対向）間題「排韻巻幾」、張数。魚尾の花弁に六枚と四枚とがあり、甲集巻首では前者が第三、六、九張等と循環する。巻尾題「甲集終」等、大尾題「新編排韻増廣事類氏族大全終」。

大尾題後二行を隔し二格を低して「元和五〈巳／未〉年九月日」の記あり、本文とは別種の大字（図版三―九）。

　該本の本文はやや複雑な性格を有する。便宜五段に分けて説明したい。一、該本は〔元〕刊十六行本以来の墨釘の箇所を、やはり正文に改め得ず、空格に変じて継承する。二、該本は十三行二十四字の款式であるが、その排字は前出十六行二十八字本の款式を前提とする。例えば甲集十三前六「豊稷宋哲宗朝為殿中侍御大夫司諫首論蔡京之罪罪数上疏言／近習〈之／非〉」と末尾を小字双行としているが、これは二十行本に見られる通り元来「近習非之」の本文であったのを、毎行二十八字の十六行本が次行に及ぶことを避け、第二十七、八字を双行に作ったまでであって、該本ではすでに改行の後であるから同じ処理を要しないのであるが、期せずして元の款式を保存したものである、など。

三、本邦刊刻の先行〔南北朝〕刊本に墨釘を増した箇所について該本を検すると、前者甲二十五後十六「危稹字逢吉號驪塘宋嘉定中柴與之得■」を、後者は甲三十六後一に「得譎」に作り、同様に丙十一後十五「姚鏞宋南渡後人号雪坡以功除■守」を、丙十六後二「贛守」に、戊四十八前三「閻温」条の引書目「魏■」を、戊六十五後一「魏志」に、己十七後十「我女縦[婆命]何能嫁」を、己二十四前十三「薄命」に、庚二十六後十三「幸■建昌人」を、庚三十五前七「幸灵」に作っているのは、みな元来の正文に拠っており、〔南北朝〕刊本以前の本文を用いたかに見える。四、しかし翻って〔南北朝〕刊本が誤刻を犯した箇所につき該本を検すると、前者の甲七後四「洪興祖（中略）張周与諸州学宮」を、後者の甲九後十一にやはり「学宮」に、甲三十八前一「虞〈 角音 陳留 䑞有天下曰（下略）〉」を、甲四十七前八「䑞」に、甲四十七前十「朱仁軌（中略）終身譲畔不朱一段」を、甲五十九前七「不朱一段」に、丙十七前七「饒娥（中略）明日黿鼉蚊魚浮死万数」を、丙二十三後七「蚊魚」に、丁十前四「王忳字少林嘗諸京師」を、丁十三前六「諸京師」に、丁十四後十一「王播字明■徴時客楊州木蘭守」を、丁十九後三「徴時客楊州木蘭守」に、己三十八後一「庾易（中略）長史袁彖欽其風贈以鹿角書格蚌盤蚌研无筆」を、己五十一後十一「无筆」に、庚三十六前三「范武字巨卿」を、庚四十七後二「范武」に作っており、いずれも〔南北朝〕刊本に特有の誤文を継承している。これを前段の墨釘の処遇と併せ考えると、該本では基本的に〔南北朝〕刊本に拠りつつ、他本によって校改できる墨釘を除くことは怠らなかったのであり、誤文のうちでも、〔南北朝〕刊本の甲五後十三「熊皎號九華山人工詩早行詩云山前猶見月百上來逢人」を、該本甲七後五「陌上未逢人」と、乙二十九前二「孫臏與龐涓同學（中略）後涓爲魏將我韓齊」を、乙四十後十「伐韓齊」と、庚一後七「米芾（中略）天留米者庵」を、庚一後十三に「米老庵」と作るのは正文を得ており、一通りの校訂が為された痕跡を見出すことができる。五、ただこれに加え、該本に独自の異同もまた散見され、丁五十一後七「姜詩（中略）一日舎側忽有湧泉味於江水」は、諸本「味如江水」に作り、同十二「姜維（中略）魏破蜀維因」は「維囚」に、己四十四前二「杜預字元覬」は「字元凱」に作る所であって、やはり翻印に伴う劣化を防ぐことができなかった。以上の論説をまとめると、元和五年刊行の古活字本は、十六行本系統の本邦〔南北朝〕刊本を翻印し、墨釘やいくつかの誤文等、底本の不備を一部校改して整えたが、完全には回復せず、一方誤植によって新たな不備をも加えた形の本文を有している。

さらに該本採用の字体を見ると、これまでに掲げた版本に同じく、繁簡取混ぜながら多くは簡略に就く様相を示しているのであるが、本来活字本は底本の字体に規制されず、諸書に共通の字体を用いるが故に、一度の刮板で種々の本文を表現できる道理であるから、翻印と言っても字体のレヴェルでは必ずしも底本に従わない性質のはずであるが、本書古活字本の場合は、簡略に渉る旧版の字体が、屢〻そのままに再現されている。これは偶然の合致ではなく、該本所用活字の製作が、当該の翻印を契機として成されているからであろうと判断される。他書刊行時の同種活字使用について知見を得ないが、当面そのように理解しておくこととしたい。なお字体において一致すると言っても、底本の中でも字体の不定が認められるから、特定の排字において常に底本の字体に等しいわけではなく、例えば該本では「爲」字について略体の「為」を規範としたが、底本の巻首においては特に「爲」を用いるので、その箇所では、彼此の字体は一致していない。ともあれ、元和五年の刊行に木活字を用いたことは、曖昧なまま放置されていた底本の字体を一定の規範に添わせる効果を上げ、意改の危険を冒しつつ、ある程度本来の面目を回復していることは、指摘してよい事柄であろう。

以下個々の伝本について記すが、活字本の常例として、諸本印行の先後関係は明らかではない。以下の配列は恣意に係ることを予め諒とされたい。

〈陽明文庫　八一〉　十冊

丹卍繋唐草文空押艶出表紙（二八・九×二〇・三糎）左肩打付に「排韻〈甲〉」等と書し、右肩より同筆にて韻目を列記す。押し八双あり。改糸。本文楮打紙（諸本同様、以下注記を略す）。毎冊一集。丁集第二十五張に整版本を配す。朱堅傍句点、傍圏、稀に校注校改、極稀に墨校改書入。縹色不審紙を貼附。

〈大阪府立中之島図書館　甲和・一一〉　九冊

寛永間識語　甲斐恵林寺旧蔵

栗皮表紙（二八・六×二〇・四糎）中央下方「調」白書。改糸。前見返しに集韻目並に張数を列記す。壬至癸集を一冊とする他、毎冊一集。

朱堅句点、校改、行間校注を加え、稀に〔江戸初〕墨筆にて返点、連合符、音訓送り仮名書入。大尾に「寛永■■■■八月晦日求之［　］（花押）」墨識（墨滅）。毎冊首に単辺亜形陽刻「恵林什書／門外不出（楷書）」朱印記、毎冊尾に方形陰刻「麟／猫」朱印記、第一、六冊首に不明朱印記を存す。

〈国立国会図書館　WA七・一二二〉　九冊

円光寺開福庵　大徳寺多福庵旧蔵

後補浅葱色艶出表紙（二八・二×一八・九糎）左肩打付に「排韻氏族〈幾〉」と、右肩「騰」と書す。右肩打付に後筆にて声韻目を書す。虫損修補、五針眼、改糸。見返し並に前副葉前半新補。前副葉後半（旧前見返し）に「圓光寺／開福庵蔵」墨識。壬至癸集を一冊とする他、毎冊一集。乙集第六十五張を欠く。

朱堅傍句点、傍圏、傍線、欄上行間校注校改（以上両筆を交う、仄声以降は稀）、稀に行間墨補注書入。縹色不審紙。毎冊首に単辺方形陰刻「多福文庫」朱印記、同陽刻「瑞巖圓光／禪寺藏書（隷書）」朱印記（京円光寺所用）を存す。毎冊首に明治三十九年当館購求受入印を認む。

伏見版で著名な瑞巖山円光寺の旧蔵書であるが、伏見版活字印本とは特に関連が認められない。

〈大東急記念文庫　三五・三二・五七八〉　合四冊

　多湖訥斎　信濃恵光院旧蔵

後補淡茶色表紙（二七・二×一九・五糎）左肩打付に「氏族排韵〈春(至冬)上平(至去入)〉」と書し、直下に同手にて「嚴」と朱書す。破損修補、天地截断。もと壬至癸集を一冊とする他、毎冊一集の九冊、これを合して、甲至丙集、辛至癸集を各一冊とする他は毎冊二集の四冊とす。

首のみ〔江戸初〕朱標傍圏、竪傍句点、傍線、行間校注校改、稀に欄上朱墨補注書入。毎旧冊首に単辺香炉形陰刻「□／叔」朱印記、重鈐して単辺方形陰刻「□／和」朱印記、毎冊首に単辺方形陽刻「湖家／藏書」朱印記（多湖訥斎所用）、毎冊尾に同「松本／慧光／什物(楷書)」藍印記（信濃恵光院所用）あり。

　多湖氏は歴世松本藩崇教館の儒者、円覚山恵光院は信州松本城下、臨済宗妙心寺派、寛永十五年開剏。

〈お茶の水図書館成簣堂文庫〉　九冊

丹漉目表紙（二八・一×二〇・〇糎）右肩打付に「成」と書す。首冊のみ左肩打付に別筆にて「排韻増廣事類」と書し、中央に亀甲形牌中円形陽刻「トク／トミ」朱印記を存す。押し八双。一部改糸。見返し並に前後副葉後補、首冊前見返し下小口附箋、又別筆「排韻増廣事類大全／(低五格)共九」墨書。首冊前見返し前副葉間に又又別筆「排韻事類大全〈活板〉」墨書紙箋を差夾む。壬至癸集を一冊とする他、毎冊一集。

朱竪傍句点、傍圏、同朱墨行間校改書入。縹色不審紙。毎冊首に単辺方形陽刻「東／海」朱印記、第一至九冊首に単辺方形陽刻「天下之公／寶須愛護(楷書)」、同「徳富／文庫」、同「徳／富(楷書)」、同「蘇峯／珍臧」、双辺同「蘇峰／清賞(楷書)」、方形陰刻「穌峰／清賞」、双辺方形陽刻「成簣堂」、単辺石形陽刻「成／簣堂／主」、双辺方形陽刻「徳富／護持(楷書)」、単辺方形陽刻「蘇／峯」、方形陰刻「青山／艸堂」、同「萅印／正敬」、単辺方形陽刻「穌／峰」朱印記（以上十三顆徳富蘇峰所用）を存す。

〈東洋文庫　三A・h・一五〉　九冊

淡茶色表紙（二八・二×二〇・一糎）左肩打付に書入と同筆にて「排韻氏族〈甲集／上平一〉」等と、右肩より韻目、右下方「共九」と書す。首冊、第四冊のみ中央に別筆にて「荒」と書す（又別朱「日」と重書）。改糸。毎冊前見返しに書入と同筆にて声韻氏目を列記す。壬至癸集を一冊とする他、毎冊一集。

〔江戸初〕朱筆にて韻序数、竪傍句点、欄上行間校注、返点、音訓送り仮名、韻首版心標点、同朱墨欄上行間校補注（「匀府」と校すること甚し）書入。上辺附箋。毎冊首に単辺円形陽刻「國清寺」墨印記を存す。

〈慶應義塾図書館　二四・七〉　九冊

栗皮表紙（二八・二×二〇・〇糎）首冊のみ左肩打付に「氏族排韻〈甲集〉」と、右肩より韻目を朱書す。押し八双。改糸。壬至癸集を一冊とする他、毎冊一集。

朱合標竪傍句点、標傍圏、行間校改、欄上標注、欄上墨標注書入（乙集以下は稀）。毎冊首に「佐々木氏／藏書印（隷書）」朱印記、当館「佐々木哲太郎氏／遺書寄贈之印／慶應義塾圖書館」受入印記を存す。

〈市立米沢図書館　米澤善本二九〉　九冊

後補香色漉目艶出表紙（二七・三×一九・三糎）左肩題簽を貼布し「排韻氏族〈幾〉」と書す。首冊のみ右肩より打付に「〈子〉八十二」と朱書す。第三冊前表紙中央に貼紙して「石典籍覧」と書す。改糸。虫損修補。壬至癸集を一冊とする他、毎冊一集。

朱竪傍句点、傍圏、傍線、欄上行間校注校改、稀に墨行間補注書入。丙集後半以降は疎。毎冊首に方形陰刻「忠／辰」朱印記、単辺方形陽刻「興讓館藏書」朱印記を存す。

〈北京・中国国家図書館古籍館　一二八一八七〉　九冊

清楊守敬　民国松坡図書館旧蔵

新補縹色艶出表紙（二七・九×二〇・五糎）。素絹包角、改糸。虫損修補。壬至癸集を一冊に配する他は、毎冊一集。巻首匡郭二一・六×一六・〇糎。

間ゝ朱合竪傍句点、韻圏、行間校改（以上、乙集以下は稀）、稀に墨欄上校改書入。首に方形陰刻「楊印／守敬」、単辺方形陽刻「星吾海／外訪得／秘笈」、方形陰刻「飛青／閣臧／書印」朱印記（以上、楊守敬所用）、同「朱師／轍觀」朱印記、毎冊首に単辺方形陽刻「松坡圖書館臧」朱印記を存す。

〈中国科学院図書館　子九八〇・〇〇五〉　九冊

清田呉炤旧蔵

新補香色漉目表紙（二七・六×二〇・〇糎）。五針眼、改糸。本文楮打紙、天地截断。見返し、前副葉宣紙。壬至癸集を一冊に収める他は毎冊一集。

間ゝ朱竪句点、傍圏書入。甲集第五、六張間に紅欄紙箋を差夾

み「後有元和五〈己／未〉年字在中國為／明萬歴四十七年即丁氏書目所／著録之東瀛翻麻沙本者計書／九冊」墨識あり。首に単辺方形陽刻「伏侯／在東／精力／所聚」「荊州田氏／臧書之印」「有宋荊／州田氏／七萬五千巻堂」、大尾に同「田偉／後裔」「潛叟／秘笈」朱印記（以上五顆、田呉炤所用）、同「審美所／臧中外圖／書印記」朱印記、毎冊首に同「東方文化／事業總／委員會所／臧圖書印」、毎冊尾に方形陰刻同文朱印記を存す。(26)

丁丙『善本書室蔵書志』巻二十、子部十に「新編排韻增廣事類氏族大全十巻補一巻〈東瀛翻麻沙本〉」と録するが、「補一巻」とある上、解題に「明太蒼張溥所增、有崇禎壬申管正傳序曰」等とあるのを見ると、この条は次掲の〈江戸前期〉刊本を指すようである（未見）。ただ該本の源をたどればこの古活字本、また五山版を通じて元代の建本に連なっているから、「翻麻沙本」との認識は強ちに誤りとは言えない。

〈韓国学中央研究院蔵書閣　J三・四六八A〉　〔九〕冊

李王家　稲田福堂旧蔵

後補香色表紙（二七・〇×一八・六糎）左肩双辺刷り枠題簽を貼布し「排韻增廣事類氏族大全　幾」と書す。右下方綫外打付に「共九」と書す。虫損修補。壬至癸集を一冊とする他、毎冊一集。

朱竪傍句点、傍圏、稀に同墨欄上校注書入。毎冊首に単辺方形陽刻「江風山／月荘」、同「稲田／福堂／圖書」朱印記（二顆稲田福堂所用）、同「李王家／圖書之／章」朱印記を存す。

右の他、川瀬一馬氏『古活字版之研究』（一九三七、日本古書籍商協会、一九六七増補）に安田文庫、高木文庫蔵本を録するが、知見を得ない。このうち安田文庫本は同書に大尾図版を掲載し、同種印本と確認される。

該本諸伝本の書入や旧蔵者を見ると、室町以来の遺風を伝え、禅院での使用に特色がある。古活字本の書入も朱点朱引を主として、日用の求めに備える趣である。ただ旧時に比し、その稠密さにおいては後退の傾向も窺われ、仄声以降に疎である場合が目に着き、専ら韻事に限る等の用途の縮小が想定される。また収蔵者の傾向は必ずしも明確ではないけれども、近世の初に興隆した林下や地方禅院への伝播を指摘することができる。

新編排韻增廣事類氏族大全十集　増補一巻

闕名點（增）明〔周尚文〕編

日本〔江戸前期〕刊　覆元和五年古活字刊十三行本

最後に、日本の近世期に刊行された附訓本、いわゆる和刻本について述べたい。本版は標記のように、款式字様もそのままに十三行二十四字の古活字本を覆刊し、直前に述べた明版の影響をも容れて増編の本文を附綴した上、全編に訓点を施したものである。以下古活字本に異なる点のみを挙げて、本版の大要を記す。

題簽、双辺「排韻氏族大全〈幾〉」、同じく集声韻目を列した目録題簽をも存す。

封面、様式も本文も明崇禎五年序刊本に同じ、但し本文左行小字の告文に、元来の圏点に加えて附訓を施した。

先ず管序（四張）、本文様式、毎行の字数は崇禎刊本に同じ。但し毎半張七行に作り一張を減じた。附訓。

次で目録（一一張）、これも本文様式、毎行の字数は崇禎刊本に同じ。但しもと十一行に対し十二行に作り、一張を減じた。

巻首以下本文は古活字本に同じ。但し首行下の集目、第二行の韻目、第三行の姓氏を双辺亀甲形の牌中に標す（韻目は陰刻）。本文に返点、連合符、音訓送り仮名を附す。

四周双辺（二一・三×一五・八糎）無界。字款不斉、一見して活字本の影響が看取される。

本文末尾の刊記は取り去ってある。

次で増補（五二張）、首題「新編排韻増廣事類氏族大全／（低三格）増補皇明人文　（太倉　天如　張　溥　訂正／潭陽玉我　陳國旺　繡梓）」、次行低一格に「一東（墨囲陰刻）」等韻目、次行低二格に「馮（双辺亀甲形牌記）」等と姓氏を標し、次行四格を低し「龍蟠虎踞」等と章目を標して、次行より低一格（首行単擡）に本文「馮國用」以下。本文の末より二行を隔し、改張して陳国旺告文。次で二行を隔し尾題「排韻増補皇明人文〈終〉」（図版三―十）。

この附巻は、周尚文が編集し（明）刊本の毎姓の後に「皇明人文」と標して増補した明人の小伝を、そのままの形で継承翻刻した崇禎刊本から抄出し、一巻に纏め末尾に附したものである。この部分には同款式の底本があるわけではなく、新たに版下を製作したと見え、款式こそ本編また古活字本のそれに同じく十三行二十四字に作るが、本編に認められた字款不斉の活字本の影響が見られず、首尾に張溥や陳国旺の名を顕して、本文低一格で毎章の首に擡頭する体式は、崇禎刊本のそれを引継いでいる。

本版の刊行時期について、版本の内部徴証に従うと、首尾の拠本である明崇禎五年（一六三二）序刊本の版行を前提とし、字様から推して江戸前期、拠本よりさほど下らない頃と推定されるのみである。しかし承応二年（一六五三）刊後修本『陳眉公重訂野客叢書』末尾の広告に「排韻氏族大全〈張天如〉」以下五種を載せ、二行を隔し「承應二癸巳年林鍾吉旦／（以下低四格）京師書坊（隔三格）風月荘左衛門／尾張書坊（隔三格）風月　孫助」とあって、本書には本版の他に類版も知られないことから、これが大略刊行の下限を示しているものと思われる。さらに江戸時代書林刊行の出版書籍目録類を見ると、寛文六年（一六六六）頃刊行の『〈和漢〉書籍目録』外典類にすでに「〈十一／冊〉氏族大全」と、同十年刊『〈増補〉書籍目録』詩集類には「〈十一／冊〉氏族大全〈天如張溥〉」と見え、これまでには刊行されたと見るべきであろう。後年には正徳五年（一七一五）修刻の『〈増益〉書籍目録大全』まで「〈十一／風月〉氏族排韻〈張天如作廿五匁〉」等と見えている。なお先の広告に承応頃風月堂蔵版のことが知られたが、「風月」の名は元禄九年（一六九六）刊『〈増益〉書籍目録大全』以降にも「〈十二／風月清〉排韻大全〈天如張傳〉」等と見える。風月堂のいずれの者が関わったか、また刊刻者か、求板者か不明。再考を期したい。

本版の本文は、古活字本までに重層した本文の劣化と、同本における若干の校改をそのまま承けて、これに附訓した形であるが、以下に見るように、本邦に行われた本書の版本の中では、最も広い伝播を示した。

〈韓国学中央研究院蔵書閣　J三・四六八〉　十一冊
天龍寺鹿王院　鹿島則文　李王家旧蔵

栗皮表紙（二八・二×二〇・〇糎）左肩、中央に刷り題簽、目録題簽を貼附。右肩に小簽を貼布し「辛四十四、十四」と書す。五針眼（以下の伝本も同じ）。封面、見返し別葉の素紙後半に印刷し（以下の伝本も同じ）、同前半中央に方形陰刻「鹿王院」朱印記を存す。管序、目録を存し本文に入る。毎冊一集。朱竪句点、欄上行間校注、稀に朱墨補注書入。目首及び毎冊首にに単辺方形陽刻「鹿王藏書（隷書）」朱印記（天龍寺鹿王院所用）、毎冊首に単辺円形陽刻「櫻山文庫（隷書）」朱印記（鹿島則文所用）、首及び毎冊首に単辺方形陽刻「李王家／圖書之／章」朱印記を存す。

〈尊経閣文庫〉　十一冊

縹色艶出表紙（二七・五×一九・七糎）左肩、中央に刷り題簽、目録題簽を貼附。封面同。管序を欠き、目録を存し、本文に入る。毎冊一集。

〈宮内庁書陵部　二一六・三六〉　十一冊
徳山藩毛利家旧蔵

縹色艶出表紙（二八・〇×一九・五糎）左肩、中央に刷り題簽、目録題簽を貼附。封面同。管序を欠き、目録を存し、本文に入る。毎冊一集。朱墨竪傍点、傍圏、返点補正、稀に欄上墨補注書入。毎冊首に方形陰刻「徳／山」朱印記、双辺方形陽刻有界「明治二十九年改濟／〈徳／山〉・毛利家藏書／第　番・共　冊」朱印記を存す。

〈弘前市立図書館　W二八二・九〉　十一冊

縹色艶出表紙（二七・五×一九・六糎）左肩、中央に刷り題簽、目録題簽を貼附。右肩打付に「漢　全二〇(「二」重書)／第五九号」朱書、重ねて亀甲形の小簽を貼布し「漢　全一〇／第五九号」墨書。封面同。管序を欠き、目録を存し、本文に入る。毎冊一集。

首のみ淡紅色不審紙を貼附。毎冊首に単辺方形陽刻「紀徳一／字吉甫／號天隨」、同「黄／華／園」朱印記を存し、消印。毎冊首に当館「明治［卅九］年［十］月／［工藤日諒君］寄贈」受入印（［　］内墨書）を存す。

〈愛知大学附属図書館簡斎文庫　一三三〉　十一冊

樋口銅牛旧蔵

縹色艶出表紙（二七・二×一九・三糎）左肩、中央に刷り題簽、目録題簽を貼附。封面同。管序、目録を存し、本文に入る。毎冊一集。

毎冊首に双辺方形陽刻「常高寺(楷書)」、尾に単辺方形陽刻同文朱印記、毎冊首に双辺方形陽刻「筑後遊士／得川東涯」朱印記（樋口銅牛所用）を存す。

〈東京都立中央図書館井上文庫　一七八七・一〉　十一冊

縹色艶出表紙（二七・三×一九・三糎）左肩、中央に刷り題簽、目録題簽を貼附。封面同。管序、目録を存し、本文に入る。毎冊一集。

朱合標竪傍句点、標傍点、音訓送り仮名補正、行間補注校改、同墨欄上標補注（仄声以下は稀）、別朱欄上標圏、竪点書入。縹色或いは素不審紙。毎冊首に単辺方形陽刻「井上巽軒／藏書之印(隷書)」朱印記を存す。

〈大阪天満宮御文庫　子一一・一三〉　十一冊

近藤南洲旧蔵

縹色艶出表紙（二七・〇×一九・五糎）左肩、中央に刷り題簽、目録題簽を貼附。首冊のみ左下方打付に「秋」と書す。毎冊右肩蔵書票貼附。封面同。管序、目録を存し、本文に入る。毎冊一集。

極稀に行間墨校改を加う。毎冊首に単辺亜形陽刻「(梵字)山」朱印記、同方形「近藤／氏臧」、同「猶興書／院圖書」朱印記（近藤南洲旧蔵）を存す。

〈静嘉堂文庫　四二・一〇〉　十一冊

中村敬宇旧蔵

縹色漉目艶出表紙（二六・八×一九・一糎）左肩、中央に刷り題簽、目録題簽を貼附。左下方亀甲形小簽を貼布し「太」と書す。改糸。封面同。管序、目録を存し、本文に入る。毎冊一集。

稀に朱竪傍点書入。毎冊首に方形陰刻「度會／忠鼎」朱印記、毎冊首に単辺方形陽刻「中邨敬宇／臧書之記」朱印記を存す。

〈九州大学附属図書館六本松分館　282.2・H一五・一〉合六冊

福岡高等学校旧蔵　享保五年（一七二〇）識語

後補黄檗染表紙（二七・一×一八・八糎）左肩打付に「排韻〈幾之幾〉」と、右肩より韻目を書す。又別手にて左上辺打付に「排韻」と細書す。右肩に亀甲形小簽を貼布し「辰」と書す。封面同。管序、目録を存し、本文に入る。甲集を一冊とする他、毎冊二集。

稀に朱句点。淡茶色或いは淡紅色不審紙。第三冊尾に「享保五子年　龍峯寺」墨識。毎冊尾に方形陰刻不明朱印記（墨滅）、毎冊首に単辺方形陽刻「福岡高／等學校／圖書印」、毎冊尾に単辺円形陽刻二層「（外層）★福岡高等學校・（内層）圖書」紫印記を存す。毎冊首に大正十五年鹿田静七納、受入朱印記を存す。

〈山口大学附属図書館棲息堂文庫　M282, 03/S21/A1-11〉十一冊

徳山藩毛利家旧蔵

縹色漉目艶出表紙（二七・〇×一九・二糎）左肩、中央に刷り題簽、目録題簽を貼附、第二、三冊題簽錯貼。封面同、前見返し位。管序、目録を存し、本文に入る。毎冊一集。

毎冊首に方形陰刻「悳藩／臧書」、「明治二十九年改濟／〈徳山〉・毛利家藏書／第［千八十四］番／共［十一］冊」朱印記（［　］内墨書）を存す。毎冊前見返しに毛利就挙寄贈受入朱印記を存す。

〈住吉大社御文庫　四一・七〉　十一冊

淡渋引表紙（二七・五×一九・一糎）左肩、中央に刷り題簽、目録題簽を貼附、右肩鶴松文刷り「住吉文庫」蔵書票、又朱刷り蔵書票貼附。首冊のみ右肩に方簽を貼布し単辺方形陽刻「津國／住吉／文庫」朱印記を存し、重ねて方簽を貼り「丑十三／共拾壱」と朱書す。押し八双あり。封面同。管序を欠き、目録を存し、本文に入る。毎冊一集。

毎冊首に方形陰刻「住吉／文庫」、双辺方形陽刻「住吉御文庫奉／納書籍不許賣買（楷書）」朱印記を存す。

〈金刀比羅宮図書館　七〇・三〉　合六冊

後補黄檗染表紙（二七・二×一九・一糎）左肩、中央に刷り題簽、目録題簽を貼附（毎冊に旧二冊分を貼す）、右肩打付に「共六」と、中央下方「金光院」と書す。四針眼。封面同。管序、目録を存し、本文に入る。甲集を一冊とする他は毎冊二集。

〈久留米市立中央図書館　漢（和）・史・四七〉　十一冊

新補渋引刷目包背表紙（二七・〇×一八・九糎）左肩打付に「排韻古今氏族　幾」と書す。右肩に三原文庫（三原顕蔵、良太郎原蔵）蔵書票貼附。次で後補淡渋引表紙、左肩、中央に原刷り題簽、目録題簽を貼附（或いは題簽剥落痕に「排韻古今氏族　幾」と書す）、右肩に三原文庫蔵書票貼附。封面同。管序、目録を存し、本文に入る。毎冊一集。

朱筆にて附訓補正を施す。

〈東京都立中央図書館諸橋文庫　九二一MW一五六・九〉十一冊

新補黄色布目小葵文空押艶出表紙（二七・四×一九・九糎）左肩貼附旧題簽、同工同文覆版刷り。中央同目録題簽貼附。浅葱色包角。四針眼、旧五針眼を改装。虫損修補。封面同、前見返し位。管序、目録を存し、本文に入る。毎冊一集。

毎冊首に紅葉形不明朱印記、毎冊首に同「隆源／實空」、毎冊尾に双辺方形陽刻「盧□實空（楷書）」（刪去）朱印記を認む。

〈早稲田大学図書館　ヌ八・四九六一〉　合十冊

縹色艶出表紙（二五・七×一八・七糎）左肩、中央に刷り題簽、目録題簽を貼附。毎冊後表紙中央に「樂天堂　佐藤了翁／（低七格）藏書」墨識。小口書十一冊分。封面同、前見返し位。管序、目録を存し、本文に入る。壬至癸集を一冊とする他は毎冊一集。丙集第二張欠

淡茶色不審紙。首に「（墨滅）■山常住」墨識。毎旧冊首尾に単辺方形陽刻「天眞堂／圖書」朱印記、毎冊首に「生樂舎」朱印記、単辺方形陽刻「日本イス／ラム協會／圖書之印」朱印記を存す。

〈国立国会図書館　一一八・七九〉　合六冊

新補渋引「帝國圖書館藏」打出表紙（二七・一×一九・一糎）左肩に双辺刷り枠題簽を貼布し「排韻氏族大全　幾」と書す。次で後補渋引市松格子文空押布目表紙、左肩、中央に刷り題簽、目録題簽を貼附。また東京図書館蔵書票貼附。小口書「排韻氏族大全何集」十一冊分。封面同。管序、目録を存し、本文に入る。毎旧冊一集、現在は甲集を一冊とする他、毎冊二集。

序題下「品」墨書。首のみ素附箋。毎旧冊首に単辺方形陽刻「宮内省／圖書印」朱印記、双辺円形陽刻「TOKIO LIBRARY・(毎字改行)東京書籍館（下略）」朱印記を存す。

〈無窮会図書館平沼文庫川合槃山蔵書　一四七一〉　十冊

縹色艶出表紙（二七・三×一九・三糎）左肩、中央に刷り題簽、目録題簽を貼附。簽上題下に集目を書し、円形二層「(外層)MASUDA(陰刻)・(内層)(毎字有界)増・田・文・庫(襷掛)」朱印記を存す。虫損修補。封面同。管序、目録を存し、本文に入る。壬至癸集を一冊とする他は毎冊一集。

稀に墨筆にて傍点、欄上墨標補注、破損部鈔補、朱傍点、欄上校改を加う。増補第八、九張間に紙箋を差夾み「愷按（中略）／／(低二格)明治三十一年七月十四日夜録」評注並に識語墨書。毎冊首に表紙同朱印記、単辺方形陽刻「無窮會／神習文庫」朱印記を存す。

〈東京大学東洋文化研究所大木文庫　史部伝記類五七〉　十一冊

安西雲煙旧蔵

縹色艶出表紙（二六・六×一八・八糎）左肩、中央に刷り題簽、目録題簽を貼附。四針眼、改糸。毎冊前見返し中央に単辺方形陽刻二層有界「(毎字改行)子孫永保・共十一巻／雲煙家／藏書記／(楷書)」藍印記（安西雲煙所用）を存し、右辺に「小川清七郎主／十一（拾壱）冊之内」墨識。首冊前見返しに「民国拾二年七月一日／於北京琉璃廠」墨識。封面同。管序、目録を存し、本文に入る。先ず増補、次で甲至癸集。毎冊一集。

稀に朱竪傍句点、句圏書入。毎冊首に方形陰刻「埜／善」朱印記、首尾冊の首尾に方形陰刻「貴數／卷殘／書」朱印記を存す。

〈東北大学附属図書館狩野文庫　狩三・六九五九〉　五冊

渡部邁旧蔵

後補縹色雷文繋桐花唐草文空押艶出表紙（二五・九×一八・三糎）。梨色包角。改糸。天地截断。封面同、扉の位。管序、目録を存し、本文に入る。先ず増補、次で甲至癸集。辛至癸集を一冊とする他は毎冊二集。

間ゝ欄上墨音注書入。下辺附箋。毎冊首に単辺方形陽刻「下埜國／渡部氏／藏書印」朱印記（渡部邁所用）を存す。

〈北京大学図書館　□031.86/1133〉　十一冊

島原藩主松平忠房旧蔵

新補香色表紙（二八・三×二〇・〇糎）左肩に刷り題簽を貼附

し、中央に目録題簽を存す。改糸、虫損修補。封面、管序、目録を存し本文に入る。毎冊一集乃至一巻。巻首匡郭二一・三×一五・八糎。

毎冊尾に双辺方形陽刻「尚舎源忠房」藍印記、単辺方形陰刻「文／庫」朱印記（松平忠房所用）を存す。

〈大連図書館　子一五・五八〉　十一冊

西本願寺　大谷光瑞旧蔵

淡茶色艶出表紙（二七・一×一八・六糎）左肩に淡青紙刷り題簽、中央に目録題簽を貼附す。浅葱色包角。封面、素紙印。序を欠き、目録を存し本文。毎冊一集乃至一巻。

間ゝ朱筆にて竪傍句点、前見返しに墨筆にて標目書入。第三冊題簽上に「□流齋」朱印記（横転）、封面右下方に単辺方形陽刻「冩字臺之臧書」朱印記、毎冊前表紙に同「大谷／光瑞／臧書」朱印記を存す。

〈The Library of Congress　V/B920/C48.1〉　十一冊

濃縹色艶出表紙（二七・〇×一八・四糎）左肩に題簽剥落痕を存し、稀に巻中に刷り題簽を差夾む。改糸。天地截断。封面、目録を存し、管序を欠いて、本文に入る。毎冊一集乃至一巻。丙集第五十七張（尾）を欠く。巻首匡郭二一・三×一五・八糎。

巻中張氏の編、欄上墨補注、本文に見えない張氏の名を列し、章目下に該当する『蒙求』の標題を補記す。さらに増補の巻では、氏名を補記して明末に至る。毎冊首に単辺方形陽刻「象／外」墨印記を存し、毎冊前表紙中央に同印文不明朱印記を存するも、擦り消し。淡紅または縹色不審紙。

〈筑波大学附属図書館　イ二九〇・三七〉　十冊

欠増補一巻

縹色漉目表紙（二七・三×一九・〇糎）左肩に刷り題簽、中央に目録題簽を貼附し、韻序数を墨書す。改糸。書背「共十一」と書す。首冊のみ中央に「高等師範學校」鉛印蔵書票。封面、素紙印。首目完整、毎冊一集。

欄上稀に墨補注書入あり。縹色不審紙。

右の外、『中国館蔵和刻本漢籍書目』子部類書類に録する同名「日本刻本」（南京図書館）、『ハーバード燕京図書館和書目録』漢籍編、子部類書類に録する「寛文ころ刊（2032）」「江戸初期刊（2033）」は、みな十集に増補一巻を附する由であるから、本書に言う〔江戸前期〕刊本である可能性が高い。これまた調査の機を俟ちたい。

最後に上記諸版本の展開について再述すると、元の世に無名の編者によって成された本書『氏族大全』は、始めにやや粗雑の版刻と見なすべき〔元〕刊十集十六行本が行われ、この本を起点として元末明初に十六、二十、十七行の覆刻、翻刻が相次いだ。このうちの二十行本は十巻に纏められ、宋末以来流行していた韻書類書の款式を模し、大小の字を併せ、より洗練された形を採って玉融書堂から刊行された。また明永楽十七年（一四一九）に日新書堂からも翻刻が為されたが、こちらは半張に一行を増すのみ、かえって原刻の様式を残し、後世屢〻元版に偽装された。もとの〔元〕刊本は、日本の南北朝に将来されて本邦独自の翻版を生み、その本文は未校のまま刻され、至る所に不都合を生じていたのであるが、禅林に受容者を迎え稠密な校読を経て、室町末近世初の交に至るまで盛んに流通し、元和五年（一六一九）に及び十三行の古活字本として再生された。元〻本書は通俗的編集に係るため、体例の不備や本文の劣化が災いして中国ではあまり振るわず、明の半ばまでにその流布は減少に転じたと思しいが、かえって同時代の本邦に弘通し、常時作文の用意に供された格好である。ただ明代後葉に至り、編集事業に活路を求めた周尚文と書林陳国旺が手を結び、旧編を二十八巻に装い明人の伝を補った増編本が刊行されると、ようやく需要を回復し、款式字様を改め、崇禎の初にまた一版を生じた。この版本は、本邦の江戸初に当たって数多く舶載され、大名の唐本蒐集にも与って各地に収蔵された。そのような事情から、江戸前期、整版附訓本により漢籍の普及が大規模に拡がった頃、本書には室町の遺風を体する古活字本と、新増の崇禎刊本とが並存していたため、前者を主に後者を折衷した〔江戸前期〕刊本が形成され、これは江戸時代を通じて印行され、附訓の流布本として漢学者の参考に供された。

右の関係を図示すると、以下のように表されよう。

○諸本

十集十六行本
　→十巻二十行本
　→十集十三行本
　→十集十七行本
　→十集二十八巻十四行増編本→二十八巻十一行増編本

○諸版

（十集十六行本）
〔元〕刊本→〔元末〕刊本
　→（十巻二十行本）〔元末〕刊本
　→〔明初〕刊本
　→日本〔南北朝〕刊本
　　→（十集十三行本）日本元和五年刊古活字本→〔江戸前期〕刊本
　→（十集十七行本）明永楽十七年刊本
　→（十集二十八巻十四行増編本）
　　→〔明〕刊本
　　　→（二十八巻十一行増編本）明崇禎五年序刊本
　　　→清康熙九年刊本

↓〔明末〕刊本

以上、知見の伝本に従い『氏族大全』の版本とその受容について記述した。但し現在まで、中国大陸や欧米に伝来の版本について情報を欠いているため、補い正すべき点の生ずる可能性を含んでいる。上記の整理を仮設として、さらなる伝本の著録を加え、後日の増修を期したい。

本書の内容と元明清版の様式、中国での伝来情況から看取される書物の地位について、やや安易で粗雑に堕ちるものと捉えた場合、一方の日本での盛行は、却って特異な現象とも映る。本書が日本でよく用いられた理由は、本書のみを材料として軽々に論ずべきではないが、その契機を作ったのは、南北朝室町時代の禅僧たちの活動であったと思しい。書物の流行には、成立や複製の情況が主な原因を成すから、本書の場合には元代の中国、恐らくは福建方面で本書が版行された際、禅僧による日中間の往来が頻繁で、その最盛期を迎えていたことが、基礎条件となる。また、よく言われるような、禅僧たちの中国文化への憧憬、稀少な唐物に対する尊重の念も加味すべきと思うが、本書の内容に即して言うと、当時の日本漢学の実情が、本書のもつ編纂物としての機能、また書肆によって洗練された版本の実用性に接し、未だ触発されることの多い段階にあったと見られ、学問の内実としては、手にし得る版本の広がりに応じ、書目横断的な知識の統合と、即時に取り出し可能な形での再編成が、関心の中軸にあったと見ることができる。このことは、他の編書類書等の流行や、漢籍の講説、漢文学の展開とも併せ考えてみなければならない問題である。

そして、元明版の受容から五山版としての複製へと、禅林でのさらなる普及が起こり、禅僧の啓発によって、一般の公家や武家が漢籍諸版本の新たな受容者となり、古活字版の流行、書肆の成立という触媒が加わって、明清版の影響を容れながら附訓整版本が作られ、広範な知識の基盤を構成するという、中世後半から近世前半に起きた、学問および書物の相関とその展開が、本書の伝本にもよく顕れている。こうした情況を勘案すると、結局の所『氏族大全』は、日本漢学の啓蒙期、新たに知識を求めた者に、遍く用いられた書物と見ることができる。

（1）明代の私家蔵書目を見ると、『晁氏宝文堂書目』巻下・姓氏に「氏族大全〈四本〉」と、『近古堂書目』巻上・譜牒類に「氏族大全綱目」と、『濮陽蒲汀李先生家蔵目録』東間朝東三櫃二層に「氏族大全〈二本〉」と、同西間朝西二櫃三層に「氏族大全〈四本〉」と、『脈望館書目』列字號・子・類書に「氏族大全十本　又一本〈不全只有聲〉」と、『徐氏家蔵書目』巻二・姓氏に「氏族大全二十八巻」と見える。

（2）『建炎以来繫年要録』巻七、丁巳（紹興七年、一一三七）条に「趙明誠知江寧府兼江東經制副使。明誠、挺之子也」とあるのを見ると、やはり葉氏の説が正しいようである。

（3）『楚辞』巻六「卜居」に「夫尺有所短、寸有所長」と、王逸注に「莊子云、梁麗可以充城而不可以窒穴、尺有所短也。騏驥騹騮一日而馳千里、捕鼠不如貍狌、寸有所長也」とある。

（4）朝鮮朝における『氏族大全』の受容については、中国以上に稀ではなかったかと思われ、唯一正祖時代の購進書を著録した『内閣訪書録』史部に「新編排韻廣事類氏族大全十冊」の著録が見られ「甲至癸集為十集」と記す他はその跡を絶っており、本書の伝存は皆無ではなかろうが、相当に微弱ではなかったかと思われる。また現在諸方面の書目に徴しても、朝鮮における複製の事蹟を見ないため、本書の研究対象とはしなかった。この点についてはなお識者の教示を乞いたい。

（5）芳賀幸四郎氏『東山文化の研究』（一九四五、河出書房）八二頁、また『中世禅林の学問及び文学に関する研究』（一九五六、日本学術振興会）三三〇頁に、『臥雲日件録』『蕉雨夜話』『幻雲文稿』における本書（「排韻」）への言及について紹介がある。

（6）当該の早稲田大学図書館蔵本について、『早稲田大学図書館所蔵漢籍分類目録』史部伝記類（九三頁）に「新編排韻増廣事類氏族大全〈一〇集／明張溥校　五冊　和中〉」と著録するが、後出の明版以降に見える張溥の名は本版と無関係と思われ、また表紙その他、和装ではあるが、中身は唐本と見なしている。

（7）王重民氏『中国善本書提要補編』子部類書類並に阿部隆一氏『中国訪書志』（一九七六、汲古書院、一九八三増訂）三五二頁著録。北平図書館旧蔵書は現在、台北国家図書館の蔵にして故宮博物院文献館の管理下にある。追証のための便宜を考え、故宮博物院収蔵と標記した。

（8）危素の官歴については、宋濂「故翰林侍講學士中順大夫知制誥同脩國史危公新墓碑銘」（『宋学士文集』巻五十九）に「公自至正二年用大臣交薦入經筵（中略）二十年拜通奉大夫中書參知政事同知經筵事提調四方獻言詳定使司、後四年階陞資政大夫、俄除翰林學士承旨榮祿大夫知制誥兼脩國史」とある。

（9）字音の声類を、五音の名を以て呼称する方法は、例えば司馬光の撰と伝える『切韻指掌図』に見え、韻書によって細部の相違はあるものの、宋元の頃にある程度普及していた。

（10）第一章八五頁に触れたように、『韻会』は見かけ上、百七章の平水韻のもとに同音字を集め、内部に遺る『広韻』分章内では声母によって小韻を配列する形を採っていて、同音字の声母は、圏発を冠して示された先頭の字目に附し、反切の後に注記されている。同書は「角徴羽宮商」の五音名の他に「半徴商」「半商徴」を増益した七音を用い、さらに「清」「次清」「濁」「次濁」の四等（実際は「次清次」「次濁次」を増益）と組合せて類別を標記している。七音は次のような音を示すという。

角―牙音
徴―舌音
宮―唇音
商―歯音　半徴商―来母
羽―喉音　半商徴―日母

同書はさらに「中原雅声」に基づいて「音與何同」等の注記を頻用し、旧来の韻目を超えて、音韻の実態を標記したものとされる。以上の理解は花登正宏氏『古今韻会挙要研究――中国近世音韻史の一側面――』（一九九七、汲古書院）に拠る。前掲声類の音価対照等についてはなお同書に拠られたい。また表中では前記の理解に基づき、他の字目下の声類注記を参照して得られた音名を示している場合もあるが、逐一断っていない。

（11）二〇〇四年九月の訪書時、該本は巻五至六を欠く五冊本の形で提供された。しかし『〈国立故宮博物院〉善本旧籍総目』、阿部隆一氏『中国訪書志』の著録や、マイクロフィルムによる該本の影像を見る限り、元来は共六冊の完本と思われる。本書の著録は、私に儲けた書誌の他に、右の資料を参考とした。

（12）注（7）阿部氏著書一一六頁。

（13）『醴泉筆録』本は「十八代」下に「祖」字あり、『嘉祐雑誌』も同じ。

（14）該本について『国立北平図書館善本書目』子部類書類に「新編排韻増廣事類氏族大全二十二巻〈元刻本〉／存六巻〈二至七〉」と著録するが、同版本は全十巻から成り、巻数を二十二とするのは誤りと思われる。これは全二十二巻に分かつ『四庫全書』本を参照したためであろうが、現在までそのような版本の伝存を確認していない。『四庫全書』本は書前提要に録する通り二十二巻で（文淵閣本『欽定四庫全書総目』は「浙江巡撫採進本」「例以十干分集、毎一集爲二巻」等と録して「二十巻」に作る）、書前提要中に「相其板式、亦建陽麻沙所刊、乃當時書肆本也」としていて、二十二巻本の刊行を記しており、また『嘉業堂蔵書志』巻二・史部伝記類に「氏族大全二十二巻〈舊鈔本〉」を録して「元人建陽書鋪本」と記しているが（繆荃孫稿）、少なくともこの北平図書館本の分巻は『四庫全書』とは異なり、同版の完本によって十巻と判明する。また注（7）阿部氏著書。

（15）日新書堂について録する既成の『明代版刻総録』、『福建古代刻書』等には当該版本の著録を欠く。本版牌記の年代は明初永楽年間であり、元末から明宣徳の間に断絶していた日新書堂開版書の、空白を埋める意味でも貴重である。また第二章第二・二七六、二九四頁及び注（11）。

（16）前出『柏克萊加州大学東亜図書館中文古籍善本書志』子部類書類（四五〇番）に、『静嘉堂文庫宋元版図録』輯録の元刻本がこの永楽版と同版であること、既に指摘がある。

(17) 故宮博物院蔵本について、注（7）阿部氏著書に静嘉堂文庫蔵本と同版である由、既に記述がある。

(18) 館側の説明によると、原本は蘇州近傍の蔵書家の寄託を受けていたものであるが、既に返納し、その際に複写本を置いたとする。『中国古籍善本書目』録。後掲の寸法は複印本を計測したもので、実寸に遠くないと推されるが、複写機の性能等により、相応に拡縮のあるものと思われる。

(19) 謝水順、李珽両氏『福建古代刻書』（一九九七年、福建人民出版社）。

(20) 王重民氏『中国善本書提要』に米国議会図書館収蔵の同種本を録してこの丁氏の説を引き、さらに「此本徐序闕後半、且無木記、蓋爲書賈抽去、以僞稱元本」と言っており、これにもやはり牌記等を欠くことを述べている。

(21) この点、すでに注（20）王氏提要に「偶繹此本人文内、有周尙文小傳、再檢積善堂本亦有之、繹其語氣似是自傳。茲迻錄於後、爲讀者知人者尋覽焉」として引用があり、さらに考証を進めて次のように記す。

攷同治『上饒縣志・選舉表』、有周尙文、稱「正德閒貢成均、官貴州通判」、時代相值、疑卽其人。然『義行傳』引『高洲周氏族譜』云「尙文別號雙溪、少穎敏、以明經舉進士、官國子監祭酒」、則與『自傳』「屢試不達」之言不合。觀選舉表不著其舉進士之年、恐『族譜』有溢美。然遊食書林之後、稍獲聲譽、得儕下僚、如『縣志』所稱官貴州通判之類、則非不可能之事也。

(22) 拙稿「米国議会図書館蔵日本伝来漢籍目録長編」（『斯道文庫論集』第四十一輯、二〇〇六）には、後掲の伝本を録して「覆〔明〕刊本」と記したが、暫時保留としたい。

(23) 『紀效新書』『新鍥赤心子彙編四民利觀翰府錦囊』等の版刻が知られる。『明代版刻綜録』等、著録。

(24) 川瀬氏『研究』未収、但し書帙に同氏審定の識語を附す。また注（7）阿部氏著書。

(25) 本版の室町期における受容について、『蔭凉軒日録』延徳四年（一四九二）七月二十一日条に「春英和尙來面之。賀桂公轉位。以排韻和本謝之」と記し、相国寺の亀泉集証から春英寿芳に贈られた「排韻和本」とは本版を指すものと思われ、その流通の一齣を止めている。

(26) 田呉炤については高橋智氏『書誌学のすすめ』（二〇一〇、東方書店）参照。

総説　中世日本漢学における韻類書の受容

第一至三章において『韻会』『韻府』『排韻』の版本研究を行い、各書目の版本系統と日本における受容の範囲、また諸伝本に見られる受容の推移や、受容者とその本文への働きかけにつき縷述してきたが、最後に日本の中世における韻類書版本受容の様相を纏め、総説としたい。

平安末鎌倉初に『玉篇』『広韻』や「礼部韻略」類の宋版本が齎された際、その最初の影響は、博士家証本への傍記や邦人編成類書への語彙収録という形で顕れた。これらは唐鈔本を基盤とする前代以来の学問中に配置されたもので、学問の枠組みを揺るがすような結果とはならなかった。しかし鎌倉末に至り、虎関師錬の『聚分韻略』が作られ、伝統的な意義分類を含みつつも、宋代の韻書が再成、普及される等、日本にも韻目を便りとして漢語の世界に分け入る習慣が広がっていく。折しも延祐元年（一三一四）元朝に科挙が復興され、挙業書を核として出版界が活況を呈した時節、建安の書坊を中心に、機能を重視した韻書、類書が夥しく発刊されるが、これらは、元寇や倭寇の争乱に伴う断絶を経つつも、南北朝の最盛期に向かった日元間の通交に従い、往来の僧侶や商賈の手により、いち早く日本に波及することとなった。こうした脈絡の下、元代後期刊行の韻類書が著しく流行する。

中世における『韻会』版本の受容は、(1)〔元〕刊〔後修〕本、日本応永五年（一三九八）刊本の二種に認められ、その他、〔明前期〕刊本、朝鮮明宣徳九年（一四三四）跋刊本、明嘉靖十五年（一五三六）序刊本には、年代から見てその可能性を存するが、実際の伝本にはその証跡を見出すことができない。ただ応永刊本の対校本と〔明前期〕刊本の底本は同根であり、それは恐らく〔元〕刊未修本に当たっているが、これと同〔後修〕本には、字種と注記に僅かな増減がある。これらの版本受容の範囲は、〔元〕刊本に建仁寺大統院嘉隠軒の鈐記や、相国寺住僧の識語が見出され、室町以前の五山禅林の収蔵が認められる。また応永刊本を見ると、室町末近世初に林下の禅院や、高野山や西本願寺等、禅林以外の寺院にも広がっていたことが知られる。その受容の証跡である朱墨書入に注目すると、欠葉と磨滅部に鈔補を加え、平声に限っては、欄上に韻目字目の標注を施し、校注校改と朱点朱引を以て、本文理解の跡を止めている本が多く、機に臨んで散発的に繙く以前、すでに知識の涵養と即時の参照のために、準備を整えておく習慣であったことがわかる。これらは室町期以前、『韻会』を礎の一とした漢学が行われたことを伝えている。

同じく『韻府』版本の受容は、原本系統では、元元統二年（一三三四）刊本、元至正二十八年（明洪武元、一三六八）刊本、日本〔南北朝〕刊本の三種に認められる。〔明洪武八年（一三七五）序〕刊本、朝鮮明正統二年（一四三七）刊本、明嘉靖三十一年（一五五二）序刊本にはその可能性を存し、〔洪武〕刊本は文献上にその伝播を録するが（第二章第一節二五四頁）、みな伝本は欠いている。また新増説文本系統では、元至正十六年（一三五六）刊本、〔明正統二年〕刊本、天順六年（一四六二）刊本、弘治六至七年（一四九三—四）刊本、同七年刊本の五種に認められる。〔明前期〕刊本、新増直音説文〔明初〕刊本、〔明〕刊本辺りまでは可能性を存するが、こちらは伝本を欠く。続篇之属では、四版種全てに可能性があるのに、嘉靖三年（一五二四）刊本にその最末期の跡を止めるのみ。増続会通本と、新増説文王元貞校本には、十六世紀の後半に淵源して、ほとんどその餘地がなかった。

『韻府』版本受容の範囲は、原本では元統刊本に、建仁寺の住僧で入明した権中中巽の鈐記、応永十三年（一四〇六）の天龍寺住僧の識語が見出され、やはり五山禅林早期の収蔵が明らかである。また〔南北朝〕刊本では、元版に同じく禅林での収蔵を告げる一方、確かな時期は特定し難いが、地方への波及の様相をも呈している。例えば熊本県立図書館蔵本は、京建仁寺と越前弘祥寺を往来し、近江国蒲生郡を拠地とした曹洞宗宏智派の〔雲巣〕洞仙の収蔵を伝える。但し本書の〔南北朝〕刊行の五山版は、『韻会』の場合に比べ、妙覚寺日典蔵書の他、室町以前に禅林の外への伝播を見出しにくく、より専門性の高い書目であったことが予見される。また新増説文本では、至正十六年刊本には、やはり禅僧と思わしき〔室町末近世初〕の書入を多く見出すが、〔明正統二年〕刊本に、天龍寺に住した室町後期の入明僧策彦周良の識語鈐記本を存し、弘治六至七年刊本には、天正十三年（一五八五）の識語を遺しているから、その受容は、やはり室町の後葉に重心があったと見られる。

『韻府』版本への書入の様相は、基本的に『韻会』に見られた如き、基礎工具書としての用意に準ずるが、間ゝ仄声を含めた全編に及ぶなど、周到の度を深めている。これを象徴する現象として、本書への書入については、朱点朱引に加え、訓点を施した伝本が非常に多いという特色が挙げられ、例えば、元至正二十八年刊本の楊氏観海堂蔵書は、完備した訓点本の典型であり（第二章第一節二一一頁）、検索に先立つ本文検討の過程を踏むことが、禅林の常套であったことを教える。これは例えば、元統刊本の市立米沢図書館蔵本に、いわゆるソ式の仮名注を雑えた補注を施してあることや、本書とは別に、『玉塵』と呼ばれる本書の仮名抄が、十六世紀前半、室町中期の相国寺の学僧惟高妙安によって作られていること等を勘合すれば、思い半ばに過ぎよう[2]。こうした準備は、難字、難語に逢着した場合の散発的な参考というよりも、さらに頻度の高い要請、禅僧としての作文の職掌に関わったと見られる。

これを徴すべき伝本は、第二章第一節にも詳述したが、先に掲げた〔南北朝〕刊行原本の〔雲巣〕洞仙旧蔵書が、『増韻』『韻会』『排韻』等の韻類書や、『蒙求』『東坡先生詩』等の常見の漢籍を以て引証互注し、本書がその集約の核となっていること（二二七頁）、また元統刊〔四〕修本の仙台東昌寺旧蔵が、抑も巻八に至る平声のみを存し、原紙葉を大判の台紙に貼附し、或いは白紙を夾綴、紙面を拡大してから、『排韻』や雲巣洞仙の師功甫洞丹が編集した『釈門排韻』等、韻類書の記事を割入して、一種の「略韻」を形成していることは（二〇五頁）、共ゝに〔室町末近世初〕前後における、本書受容の方向性を示していよう。(3)

さて、右にも屢ゝ言及したが、中世における『排韻』版本の受容は、〔元〕刊本、〔元末〕刊〔明逓〕修十六行本、〔元末〕刊二十行本、明永楽十七年刊（一四一九）本、日本〔南北朝〕刊本の五種に及ぶ。〔明初〕刊十六行本は、伝本そのものが非常に乏しいが、中世以前に同版本を将来した可能性はある。本書では、中世以前の旧蔵者の名がわかる伝本が少なく、〔元末〕刊十六行本に南禅寺金地院旧蔵書、同二十行本に清原国賢旧蔵書があって、新旧の学府に元版を擁したが、〔近世初〕以前には別の収蔵であった可能性もある。これに対し、〔南北朝〕刊本は、早印本のうちに東福寺南昌院、天龍寺といった五山の旧儲も見出され、前者には正長元年（一四二八）の加点識語も認められる。さらに明徳四年（一三九三）以降の後印本では、林下妙心寺や同派の美濃南泉寺、鎌倉の円覚寺等にも伝播した。これは『韻会』の場合と併せ、五山版による漢籍普及の様を示していよう。本書に対する朱墨書入は、室町期に施された朱点朱引と、校注校改の添加を常套とする。上記の東福寺南昌院旧蔵書の如く、夾紙を雑えた夥しい補注を加え、五山の学風を明らかにする伝本もあり（第三章五五二頁）、故事を踏まえる機縁語を多用した五山文学の措辞と関わるであろう。(4) しかし『韻府』に比べると、その書入は淡々とした点校に終始した場合も多く、禅林を中心に静かに広がっていた観がある。

本書に取上げた韻類書三者それぞれの受容の相を比べると、『韻府』は禅林の学問の核心部分に組み込まれ、その分韻を鍵として、元代版刻の韻類書を通じ、古典の表層に幅広く接する底の、少しく陰影に乏しい事文の集約について枢軸とされた。『排韻』は、『韻府』を起点に知識を広げる際の、その最も有力な外延部として、屢ゝ連繫の図られたことは上記の通りである。また『韻会』への連絡が図られたことも伝本に見えるが、ただその受容が最も広かったことは、単字のみを扱う韻書に汎用性があったためと思われる。そこで次節には、『韻会』を中心とする韻類書の受容を文献に徴し、その使用の跡をたどってみたい。

本邦中世の諸記録、注釈書類に見える『韻会』の関連記事については、すでに芳賀幸四郎氏によっていくつかの例が収拾されているが、(5)本書でも若干の例を加えて、諸伝本の行われた背景を考える端緒としたい。現在知られている『韻会』受容の最も早い事例は、鎌倉末南北朝初に成立した「法華三大部」の注釈、『台宗三大部外典要勘鈔』(以下「外勘鈔」と簡称)中の引証であろう。(6)『外勘鈔』は、牧野和夫氏によって鎌倉在住の南家の儒者藤原仲範の撰と推定され、従義の『法華三大部補註』、有厳の『摩訶止観輔行助覧』『法華経玄籤備撿』『法華経文句記箋難』等先行の釈義をも参照しつつ、新たに外典を以て証し、且つ釈するものである。該書は単字義につき『玉篇』『広韻』を以て先行の音義を証する一方、両書とは照合のできない音注については『韻会』を以て証し、また従来の韻書の及ばない豊富な義注、広範な例証を利して多様な注釈を実現しており、『韻会』が新たな注釈の契機を成した実態を看取すべきであろう。牧野氏は、仲範が本書の浩瀚な注釈を成し得た学問的な背景について、種々実例を掲げて、当時の鎌倉における舶載書の蓄積に重心のあることを指摘されているが、(7)『韻会』の場合も広い意味ではこれに含まれるであろう。但し『韻会』の成立、刊刻は元代に下り、仲範が常に参照した宋刊本の類とは時代相を異にし、後代の禅林における本書の盛行を思う時、中巌円月との贈答詩の存在に象徴される、(8)鎌倉在住の禅僧との接触を通じた受容であった可能性を否定できない。禅林においては『韻会』によって裨益される所、益〻大きかったからである。

禅林における『韻会』受容の早い例は、古林清茂に法を嗣ぎ、来朝して指導的な役割を果した楞伽和尚竺仙梵僊の著作中に求められる。即ち岐陽方秀の『碧巌録不二抄』（以下「不二抄」と簡称）に引かれる『楞伽碧岩録抄』（『不二抄』中の引書名。以下「楞伽抄」と簡称）には既に『韻会』の引文が見える。(9) 一例を挙げれば、『碧巌録』第二十七則の頌の評唱に「凡出言吐気、須是如鉗如鋏、有鉤有鏁」とある「鉗」「鋏」字につき、『不二抄』は『楞伽抄』を引いて

> 楞伽云、鉗、其淹切。説文、以鐵有所卻束也。蒼頡篇、鉆持也。通作鉆鍼鈐。〇鋏、吉協切。説文、可以持冶器鑄鎔者也。一曰若今挾持。徐曰、今鐵夾、持鑄鍋者。凡打鐵幷打金銀等物者有之。其鐵等物既煆於紅爐、不可以赤手取。須用鉗鉗之、用鋏鋏之也。

と注するが、これは『韻会』巻十・下平声十二侵韻「鉗」注に

> 説文、以鐵有所劫束也。从金甘聲（中略）集韻或作鉆。後陳寵傳、絶鉆鑽諸參酷之科。倉頡篇、鉆持也。通作鍼鈐。

と、同巻三十入声十六葉韻「鋏」注に

> 説文、可以持冶器鑄鎔者也。从金夾聲。一曰若今挾持。徐曰、今鐵夾、持鑄鍋者。一曰劍也。莊子、説劍韓魏爲鋏。音義云、把也。一云鐔。从楞向背鋏、从楞向刀。

とあるのに拠ったと見られ、「鉤」「鏁」字の釈語も同様である。『楞伽抄』の成立年次は明らかでなく、竺仙の示寂した貞和四年（一三四八）以前の例となり、元代禅林乃至士大夫間における本書の流布を推知することができる。また『楞伽抄』の説を十分に汲んで『碧巌録』を注釈し、応永年間迄に成立した岐陽の『不二抄』や、同人による『中峰和尚広録鈔』に於いては『韻会』が字義注釈の拠り所として中心的な役割を果たすに至っている。(10) 竺仙が来朝し鎌倉に赴いたのは元徳二年（一三三〇）で『外勘鈔』止観分の成立した正慶二年（一三三三）を溯ること三年に過ぎず、必ずしも竺仙を『韻会』の紹介者と見ることはできないが、竺仙に先立つ来朝僧、或いは中巌の如き入元僧によって

鎌倉末までに齎されたことが想像される。『碧巖録』以下の諸語録等唐宋以降の禅籍の解釈、或いは唐宋音による儀制文の宣読朗唱について、竺仙等を招いて宋元の様式を学んだ当該時期の本邦禅林に於いては『韻会』に寄せる要望が強くあったものであろう。これ以降、南北朝には禅林以外の釈家や俗家にも本書の使用が広がった。(12)

中世の注釈書における『韻会』受容の在り方を見ると、『韻会』の、網羅的な字義注釈が、時に多義的であることを許容しながらも、より周到な解釈を求め、さらなる補証を図った注釈者にとって、恰好の引証材料を提供し、個々の本文に応じた釈語を選び出すことにも非常な便宜を与える字書として、大いにその要求に投じたことが看取される。殊に唐宋以降の漢語を学問の対象とする禅林の学僧にとっては、経史に止まらず、韓文、杜詩を始め、宋代の詩文にも及ぶ用例を載録した新渡の舶載書が、如何にその渇仰を癒すものであったかを思うべきであろう。本書盛行の背後にはこうした学問史的な脈絡を想定して措くことが必要となる。そして禅林の場合には注釈の局面ばかりでなく、翻って詩文制作の素地を成したものと見られることにも注意を要する。

南北朝の禅林を代表する学僧義堂周信も、早く『韻会』を用いた一人になる。義堂の『空華日用工夫集』康暦二年（一三八〇）九月十日条に

作崑山說。々曰、余聞、西域有山、其名曰崑、而美玉產焉。故世之言玉者、必以崑爲口實。其山高萬餘里、而三角、北名閬風、西稱玄圃、東乃崑崙宮、學仙氏之流居焉。（中略）余既作說、書曰、火炎崑岡、玉石俱焚。未詳崑山端在何處。書注不的定指何處。或曰、崑山則崑崙山也。檢今刊行注千字文者、則曰、崑山荊州山名也。仍引尙書及晉書昆山片玉字。韻會亦多集註、未知其正。山海經云、崑崙之丘、其下弱水之川環之。

とあったことが『略集』に見え、その末尾に「韻会」の参考を示す記事を含んでいる。義堂は自ら説を為した「崑山」につき、その所在地に関する記述を『韻会』に求めている。しかしそればかりか、この義堂の説は、より多くを同書

に取っていた。「崑」字について『韻会』巻十三・上平声十三元韻「崑」字注には

> 崑崙、山名。爾雅、丘三成曰崑崙。水經、山在西北。去嵩高五萬里之中也。高萬一千里。河水出其東北陬、屈従其東南、流入于渤海。（中略）渤海十州記曰、山有三角。其一角正于北辰、名閬風巓。其一正西、玄圃臺。其一正東、名崑崙宮、有五城十二樓（下略）。

と見え、説の中略前の部分も『韻会』の注を要約した形かと思われる。[13] なお「崑山説」は『空華集』巻十五にも見え、本文に小異を存するが、当該箇所について異同はない。『空華集』巻十五は、禅僧の道号に因んで為した諸説を集めた巻であるから、本説も「崑山」なる道号を有つ僧に与えられたものと見られるが、道号「崑山」に関わる義堂の文飾の一部は『韻会』への取材を前提とし、『渤海十州記』に記された漢土の地誌に関わる知識を、韻書を媒介として受容した例と見なすことができる。同様の例として中巌円月の「鯤鵬論」を挙げて置く。中巌の『東海一漚集』巻三に収める「鯤鵬論」中に

> 曰、北冥有魚、其名爲鯤、鯤之大不知其幾千里也、化爲鳥、其名爲鵬、鵬之背不知其幾千里也。原夫鯤本魚卵。卵之讀爲昆。內則、有魚卵醬。國語、禁鯤鮞。卵鯤字同。鵬本爲朋。與鳳字同。説者曰、鳳飛時則羣鳥相從以萬數。故爲鵬。朋衆多相偶之稱也。司馬相如賦、焦朋已翔乎寥廓。説者曰、南方之鳥似鳳。又云、捷鵷雛揜焦朋。説者曰、以焦朋亦爲朋也。

とある。『荘子』冒頭の語を掲げて「鯤」「鵬」字を説くものであるが、文中『礼記』内則篇、『国語』、『漢書』司馬相如伝等に見える「難蜀父老」「上林賦」等を用いて「鯤鵬」の語の解を進める。このうち「内則」「國語」等の引証は『増韻』上平声二十三魂韻「鯤」注に見える

> 大魚。又魚子。國語、禁鯤鮞。亦作卵。內則、濡魚卵醬。注、讀爲鯤。魚子。

の注に、また「鳳飛時」云々とは、同下平声十七登韻「朋」注に見える

薄登切。同門曰朋（中略）説文、古鳳字。鳳飛羣鳥従以萬數。故借以爲朋黨字（中略）又焦朋、鳥名。見司馬相如傳。

の注に拠るものと思われる(14)。これ等の受容例では、字義注釈の爲だけではなく、典拠となる記事、用例を求めることにその重点がある。換言すれば、こうした例は実際のところ類書としての活用に異ならない。本邦中世における韻書の受容は、注釈時における字義の点検に止まらず、散文を含む詩文の案出に伴う典拠の索引時に於いてもなお類書としての効用を有するものであった。先述の如く『韻会』は、早く本邦に将来された韻書中でも注釈記事の豊富な点では随一のもので、すでに明嘉靖刊本の首に冠する張星の「重刊古今韻會引」に、本書を評して「信亦類書之奇也」とする指摘が為されているが、本書受容の契機はかかる点にも求められ、『韻府』の新増説文本の刊者牌記に「瑞陽陰君所編韻府羣玉、以事繫韻、以韻摘事、乃韻書而兼類書也」と、同様の辞句を有することは、要するに両者が同じ発想から産み出された編著であって、本邦ではこの点を特に拡大受容したことになろう。

以上のような要求に支えられて、本邦中世における『韻会』の盛行が実現された。南北朝以降、本書の受容例は少なからず見出される。亀泉集証の記した『蔭凉軒日録』文明十八年（一四八六）三月廿八日条には

齋罷謁東府。東求堂御書院被置二重小棚、宜見置之書、可擇之之命有之。乃於御對面所西六間擇書。東坡文集廿冊、方輿勝覧十五冊、韻會十冊、李白詩七冊、大廣益會玉篇五冊、以上五部奉置之。

と見え、『韻会』は室町中期までに、将軍足利義政の東求堂の書院を飾る書物として選ばれるまでに至る(15)。このことは恐らく本書が当代の漢学を支えた代表的な典籍の一つに数えられたことを象徴するものとして把握することができる。

ところで『増韻』を用いて「鯤鵬論」を綴った中巖円月は、「文明軒雑談」上巻に、次のような文章を載せている（『東海一漚集』巻四）[16]。

蒲室詩、題佛智歸仰山、其詩首句云、早發扶輿拜。或問扶輿二字所由。予云、佛智師八十餘歳之老、冒曉出行、笑隱早起、扶掖令坐輿中而拜別也。或者乃持韻府云、扶輿猗靡、相如賦注云、佳氣貌、又韓文送廖道士序、中州淑氣、蜿蟺扶輿、豈不取焉哉。予不答。

この条は、中巖の周辺に『韻府』を所持して司馬相如「子虚賦」と韓愈「送廖道士序」を参照し、笑隱大訢の詩句[17]を読み解く者があったことを録する。当該の記事は、本書の排列から見て貞治（一三六二―八）初年頃の事実を伝え、前述のように（第二章第三節五〇二頁）南北朝の中頃には本書の参考が広がっていたことを窺わせ、この時にはまだ中国にも元元統二年（一三三四）刊本と元至正十六年（一三五六）刊本の二種しか行われていないから、当初は将来の元版を以て行われたに相違なく、入元僧、来朝僧の蔵本が受容の対象であったかと思われる。今一つ、本邦では始めから字句の引証に本書が用いられ、習学のための工具書として迎えられた様を顕している点で、その後の受容を理解する上からも象徴的な記事と言える。

さて、例証に対し答えることを拒んだ中巖は、後日再び来室し顔師古の『漢書注』を参考として例証を重ね、「扶輿」を「佳氣貌」の畳字と見る説を繰返し「蓋以聲韻相比、故爲疊連之文耳」と述べた「或者」に対し、「書以成紋者文也（中略）所稱呼者爲字（中略）文以眼見之、字以口言之也」という独自の文字観を記した上、次のように反駁した。

中正子曰、人心感物、故喜怒哀樂之情動於中、而聲出從唇舌牙齒、由是五音分矣。五音各以清濁重輕半商半徵之差、故成三十六音、所謂字母也。詩家以對偶論之者、雙聲疊韻、不可參差。如曰嬋娟、必以卓犖爲對、曰淅瀝、必以蕭條爲對之類。以其聲相同、爲的對爾。今以猗靡爲疊字、是也。扶輿亦爲疊字、非矣。扶持乘輿之義不据焉、而引韓文蜿蟺扶輿爲證、吾莫奈之何而已。

結局の所、中巌は、「扶輿」は畳字とはならず、輿を扶持する意を正当とし、語の音声を重んじて義を得べきという説で、彼の言を入元帰国者の矜恃と見たくなる。この「扶」「輿」両字の中古韻母はそれぞれ虞、魚韻で、近接はするものの平水韻に至っても両者合用の制度はない。また当時の実際の語音となると微妙ではあるが、漢語の近世音を示したとされる『韻会』の字母韻を見ると、「扶」は孤、「輿」は居字母音に当たり、中古音とは交錯するが両者を同韻とは見られない(18)。従って中巌の立場からすれば、日本における「或者」の如き『韻府』の使用は、濫用の誇りを免れず、彼として一家言を抱き、この章を成したのに違いない。

しかし考えてみると、「或者」が拠った顔師古の説は、何故に「扶持乘輿」と見る説を退け「所扶輿而猗靡耳」と見、韓愈もそれに従うのかということになるが(19)、元〻中古音でも、北方の一部では魚、虞韻を区別しないことが、陸法言の「切韻序」に「梁益則平聲似去、又支脂魚虞共爲一韻（下略）」と見え、顔之推『顔氏家訓』音辞篇に「北人以庶爲戍、以如爲儒」等とあると言い(20)、『経典釈文』に引く呂静『韻集』は魚虞一韻であり(21)、唐代にも李賢等『後漢書』注、何超『晋書音義』、敦煌出土『礼記音』等には両韻の混同が見られるというから(22)、漢代の表現について畳韻と解することは、それほど荒唐無稽というわけではない。顔師古の『漢書注』は両韻を混同しないのではあるが、規範とは別に同用を容認したということになろう。また近世の音韻でも『中原音韻』や『洪武正韻』では、両韻を合併しており、実は『韻会』でも魚虞両韻は居字母韻に合流したが、虞韻唇音字等、一部は直音化して孤字母音とされ、当該「扶」字はこれに含まれていた。

こう見てくると、両者の韻の相異は僅かなもので、これを峻別する態度は相応に厳しいものということになる。従って、中巖が畳韻説を容れなかったのは、笑隠の詩の解義として不自然である点には触れない以上、宋代以来根強く残った、分韻制度に準拠する姿勢を堅持していたからで、必ずしも元人発話の聴覚印象から判定しているわけではないのだと思われてくる。つまり中巖が駁したのは、宋元版の韻書に現れている分韻制度の濫用についてであり、「或者」の器量もその点において問われることになるのであろう。それだからこそ、入元した中巖でさえ、身に付けた言語感覚で綴るよりも、韻類書を用いた粉飾に固執し、科挙対策を標準とする韻類書の適正な運用という局面に学識を発揮した。[23]そして大方の者は彼の「或者」のように、韻類書に著しい断章取義の弊害に惑わされ、遠近感を失ったかのような、知識の集約に耽る大勢へと向かう。

さて早期の『韻府』の受容について、年紀の確かな例を挙げると、中巖よりもやや後輩の義堂周信が、応安二年（一三六九）に「韻府注」を検したことが『空華日用工夫略集』の追抄に見え、ここでも熟字を解するために例証を検出する目的で本書が繙かれている。義堂の態度も『韻会』の場合に見た如くであり、やはり前例と同様の受容かと理解される。以後禅僧の日乗や抄物中にはしばしばそうした事跡を得ることができ、総じて日本では、漢語を読む上での例証を得るために本書の用いられた傾きが強く、事態は中巖の危惧する方向に流れていった。

韻類書を用いた五山僧の漢学は、室町期に至ると、文献上に明徴を顕すようになる。その一はいわゆる抄物を中心とする古典の注釈中における韻類書の引証である。先に岐陽方秀の『碧巖録不二抄』や『中峰和尚広録鈔』における『韻会』参考の例に触れたが、漢籍注釈の中心が仮名交りの抄物に移っても、韻類書の引証は跡を絶たず、むしろこれを用いない注はなく、挙例に暇ないほど著しく盛行する。その背後には韻類書を用いた読書の広がりが想定され、現に中世に溯る日本伝来の漢籍を見れば、その巻中欄外の移録には、一書を成さなかった無数の注解が遺され、そこには韻類書の有った絶大な影響力が示されている。参考の中心は次第に『韻府』へと遷ったようであり、ついに『韻府』自体を一覧解読する習慣を生じて、抄物『玉塵』を成したことは著名である。

また序説二（七〇頁）や第二章第一節（二〇五頁）にも触れたように、成簣堂文庫に蔵する『韻府』原本の元統刊四修十冊本は、存巻一至八の平声のみを存する残欠本であるが、この本は欠本というより、仄声の巻を棄て一種の「略韻」と変化せしめた改編本であり、平声韻字の語彙と例句とを集めた「略韻」と本書との親和性を示している。禅林の類書、特に『聚分韻略』を基礎とする「略韻」を見ると、その記事の来源の第一を『韻府』に仰いでおり、『韻会』『排韻』の参考を常套としたことが明らかである。これも例えば、室町中後期の国会図書館蔵本『略韻』や『海蔵略韻』、室町末の英甫永雄の『略韻』や、古澗慈稽の『古澗略韻』等、みな一様であり、全韻を備えた彭叔守仙の『増禅林集句韻』も同工であった。これらの書はいずれも、禅林の外文、偈頌や詩、聯句製作の錦嚢とされたものであり、韻類書の使用が五山僧の撰文の、具体的な背景を成した情況も認められる(24)

こうした事態は、友社の雅交や一山の禅儀に加え、能文の書記として公私の文事に参与し、その職掌を広げていった五山僧の活動と関係があろうけれども、本書や他の工具書に極端に依存し、字句の彫啄に腐心する傾向が広がって形骸化に陥り、近世の到来と共に、宋代の古風を標榜する林下の禅門や新興の儒者に、高下の信服が移された時、新たに学問を振い興こすだけの実態は失われていたのである。

以上、『韻会』を中心に『韻府』の例を加えて、その受容例を概観してきた。本説前半に記した伝本受容の実相と併せ考えてみると、中世日本漢学における韻類書受容の意義は、漢語をめぐる規矩の獲得と、古典世界への接触、また自らの手によるその再成の可能性を、版本の行間に探る試みが、鎌倉末南北朝には五山禅林の中枢において、また後には外層の学者をも加えながら、大規模に遂行された点にあり、室町期に至って「略韻」や大規模な語彙集、精緻な四六駢儷文や、詳密な抄物といった副産物を打出した。

しかし元代後半の社会情況を反映し、必ずしも学術精神に貫かれているとは言えない刊版と、その翻刻本の使用を基礎条件とし、繕写校讎や増補修訂、そして弛まぬ繙読という日常的な努力によって、その短所をある程度は克服したが、近世を迎えては、知識の過重と不整合という矛盾を内側に抱え、学問の世界における枠組みの転換を受け容れていくこととなった。ただその経験から後世に贈られた遺産は、伝世の版本のみではなく、版本を流布させ知識を扶植する近世社会の言語文化を、五山禅林の周辺を超えて、様〻に導くものであった。

最後にその点を、漢籍史の問題に絞って述べると、日本の近世初期に押し寄せた、明末江南を発信源とする、中国出版界の大きな圧力や、朝鮮半島から齎された書物の刺激が、唐鈔本、旧鈔本と、宋元版、五山版の重層してきた中世的伝統と融合し、古活字版という坩堝を通って、和刻本漢籍の作る学術世界を展開していったのであるが、そうした過程を、本書で扱った韻類書の版本も、それぞれに担っていたことを確認して、総説の結びとしたい。

（1） ここでの一応の下限は、天正二十年（一五九二）を目安とする。その理由は、日本漢籍史上、続く文禄年間以降の朝鮮版の将来と古活字版の登場が、著しい画期を成したと目されるからである。

（2） 柳田征司氏「『玉塵』の原典『韻府群玉』について」（山田忠雄氏編『國語史學の爲に』〈一九八六、笠間書院〉、『〈室町時代語資料としての〉抄物の研究』〈一九九八、武蔵野書院〉追補再録）。

（3） 木村晟氏『中世辞書の基礎的研究』（二〇〇二、汲古書院）。

（4） 玉村竹二氏「禅の典籍」（『禅』第五巻、一九四一、雄山閣、『日本禅宗史論集下之二』〈一九七九、思文閣出版〉再録）。

（5） 芳賀幸四郎氏『中世禅林における学問及び文学の研究』（一九五六、日本学術振興会）。

（6） 牧野和夫氏「『孔子論』一巻附『台宗三大部外勘鈔』――『類雑集』という窓から（1）――」（「東横国文学」第十八号、

一九八六)、同「中世漢文学の一隅――「南家ノ儒者刑部少輔仲範」を例にして――」(『中世文学と漢文学Ⅱ〈和漢比較文学叢書第六巻〉』〈一九八七、汲古書院〉)(両篇共『中世の説話と学問』〈一九九一、和泉書院〉再録)、野本覚成氏『続天台宗全書　顕教3』解題(一九八九、天台宗宗典編纂所)指摘。牧野氏「落ち穂拾い二題」(「能楽タイムズ」第四百五十四号、一九九〇)、「『三国伝記』の周辺」(「実践国文学」第三十七号、一九八九)に拠れば、鎌倉を中心に活動した南家の儒者藤原仲範の撰に係り、叡山文庫(真如蔵)に蔵し(室町末)の書写に係る巻上之一の奥書、内部徴証によって鎌倉末の元弘二年(一三三二)以降二、三年の間に成立したものと知られる。熊忠の自序に署する大徳元年から三十六、七年後のことである。

(7)　注(6)牧野氏八七年論文指摘。

(8)　『東海一漚集』巻二「寄藤刑部〈忠範〉」「和東白韻寄藤刑部并序」「又酬刑部〈二首〉」「答藤刑部書告病」等、納富常天氏「東国仏教における外典の研究と受容」(「金沢文庫研究」第二百三十九号、一九七六、のち『金沢文庫資料の研究』〈一九八二、法蔵館〉再録)。

(9)　『楞伽抄』『不二抄』については末木文美士氏「『碧巌録』の注釈書について」(『〈財団法人〉松ヶ岡文庫研究年報』第七号、一九九三)、拙稿「不二和尚岐陽方秀の学績――儒道二教に於ける――」(「書陵部紀要」第四十七号、一九九六)。

(10)　注(9)拙稿。

(11)　東寺観智院に蔵し、杲宝の講述、賢宝の聞書并びに増注に係る『大日経疏演奥抄』にも『韻会』の引文を見出すことができる。該書は賢宝自筆、延文元年(一三五六)から応永五年(一三九八)に渉る『大日経疏』の杲宝の講述を、弟子の賢宝が聞書、増注した書と知られる。本書増注の特色の一つは字書、韻書の引文を多く含むことにあり、『一切経音義』『新訳大方広仏華厳経音義』等釈家の音義を始め『東宮切韻』『三宝字類抄』等本邦の古字書をも引証し、漢土俗家のものでは『広韻』『玉篇』等を用いるが、就中『増韻』の頻用は注目に値する。これらの字書に比べて『韻会』の引文は一例を数えるに過ぎないが、この年代の事例としてはなお稀少である。当軸は延文元年(一三五六)の講述、明徳四年(一三九三)増注と知られ、南北朝末には真言宗小野流の学問圏に於いても既に『韻会』の受容が認められ、字義の穿鑿に重きを置く学問注釈の場に於いては『韻会』の受容が早くからあり、南北朝期には、すでに禅林の外にも波及していたことを証する。京都府立総合資料館編『東寺観智院金剛蔵聖教の概要』（一九八六）「善本解題」中「大日経疏演奥抄」の項（築島裕氏執筆）指摘。

(12) 応安二年（一三六九）近衛道嗣が三聖寺（東福寺末）檀渓心涼より『韻会』を得ている由（『後深心院関白記』同年十月条）、小川剛生氏「『韻鏡』の悪戯――受容史の一断面」（「アジア遊学」第百二十二号「日本と《宋元》の邂逅――中世に押し寄せた新潮流」、二〇〇九、勉成出版）指摘。

(13) 『韻府』「崑崙」条にもほぼ同文の注を得るから断定はできないが、ここでは『工夫集』中に書名の言及を有する『韻会』の受容例と見たい。

(14) 『韻会』同字注にも同様の注語を存するが、ここは『増韻』の方が一致度が高い。

(15) この条について、近年言及が相継いだ。救仁郷秀明氏「書斎考」（正木美術館編『水墨画・墨蹟の魅力』、二〇〇八、吉川弘文館）、小川剛生氏「禁裏における名所歌集編纂とその意義――後陽成天皇撰『方輿勝覧集』を中心に――」（吉岡眞之、小川剛生両氏編『禁裏本と古典学』、二〇〇九、塙書房）。

(16) 玉村竹二氏編『五山文学新集』第四巻収録の、東京大学史料編纂所蔵本翻印に拠る。

(17) 『蒲室集』巻四に収め「佛智師歸仰山」と題する五絶「早發扶輿拜、鐙明愛白頭、故郷元自好、游子獨淹留、壯業眞何用、孤懐未忍休、始終存衆望、不敢畏離憂」の首句。『韻府』には巻二・上平声六魚韻「扶輿」に「｜｜猗靡「相如付」、佳氣貌。○中州清淑之氣、蜿蟺｜｜「韓送廖道士」」とある（新増説文本同）。

(18) 但し花登正宏氏『古今韻会挙要研究――中国近世音韻史の一側面――』（二〇〇七、汲古書院）の推定音価によると、孤は -u、居は -ɪu で、両者の差は介音の有無に過ぎず、中巖がこれを使い分け、聞き分けたのかどうかは、明らかでない。

(19) 『漢書注』司馬相如伝に「張揖曰、扶持楚王車輿相隨也。師古曰、張說非也。此自言、鄭女曼姬爲侍從者、所扶輿而猗靡耳。非謂扶持楚王車輿也」と言う。

(20) 有坂秀世氏「隋代の支那方言」（「方言」第六巻第一号、一九三六、『国語音韻史の研究』〈一九四四、明世堂書店、一九六一、三省堂新訂増補〉に再録）、河野六郎氏「玉篇に現れたる反切の音韻的研究」（『河野六郎著作集』第二巻、一九七九、平凡社）。

(21) 坂井健一氏『南北朝字音研究』（一九七五、汲古書院）。

(22) 大島正二氏『唐代字音の研究』（一九八一、汲古書院）。

(23) 中巖が元朝の科挙に関心を抱いたであろうこと、金文京氏「中巖円月の中国体験」（「文学　隔月刊」第十二巻第五号、二〇一一）に指摘がある。

(24) 拙稿「韻類書の効用――禅林類書試論――」（「室町時代研究」第三号、二〇一二刊行予定）参照。

図版

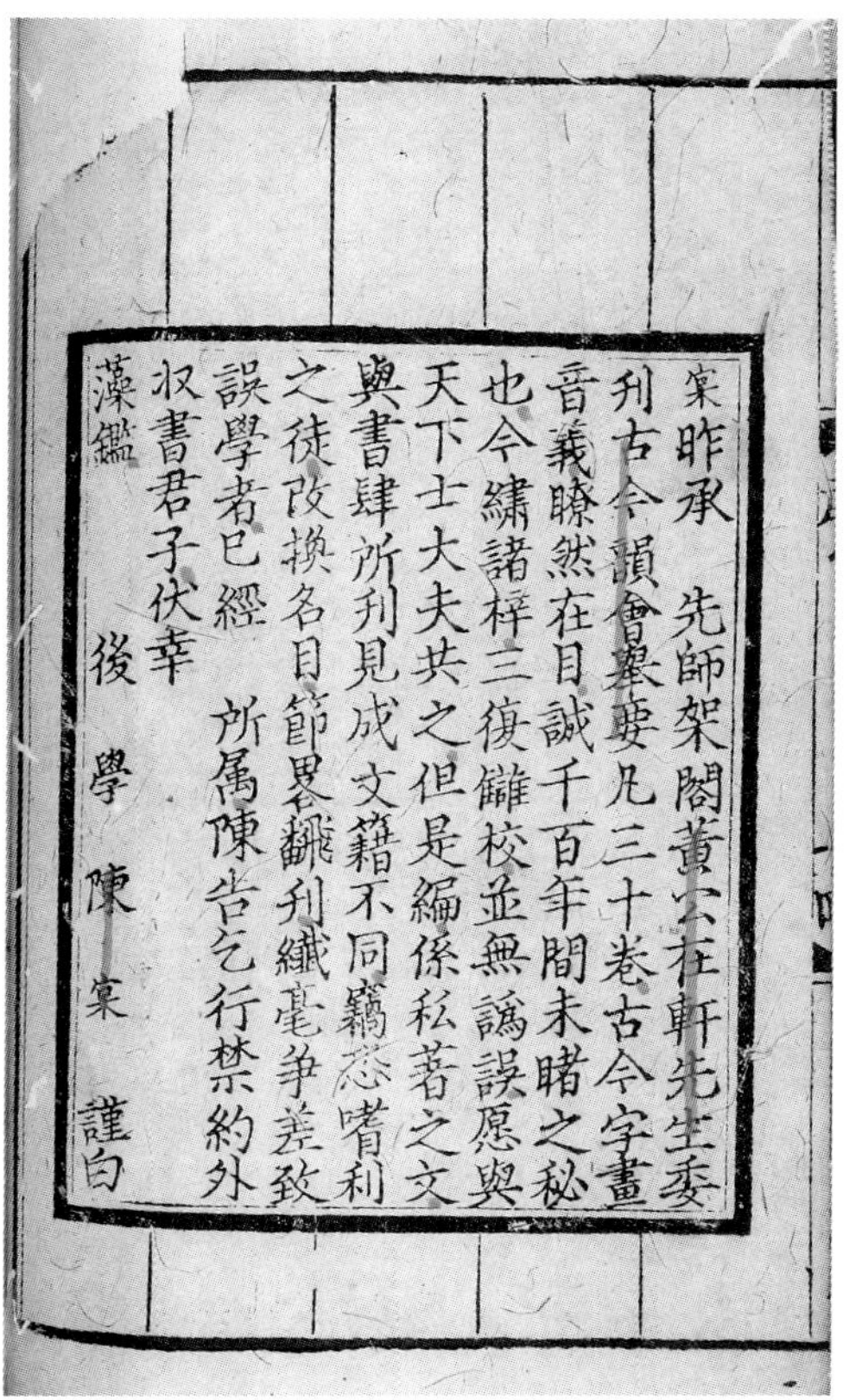

寀昨承　先師架閣黄公在軒先生委
刊古今韻會舉要凡三十卷古今字畫
音義瞭然在目誠千百年間未睹之秘
也今繡諸梓三復讎校並無譌誤願與
天下士大夫共之但是編係私著之文
與書肆所刊見成文籍不同竊恐嗜利
之徒改換名目節畧翻刊纖毫争差致
誤學者巳經
所屬陳告乞行禁約外
收書君子伏幸
藻鑑　後學陳寀謹白

一一a　『古今韻会挙要』〔元〕刊〔後修〕本　熊序末牌記　国立公文書館蔵

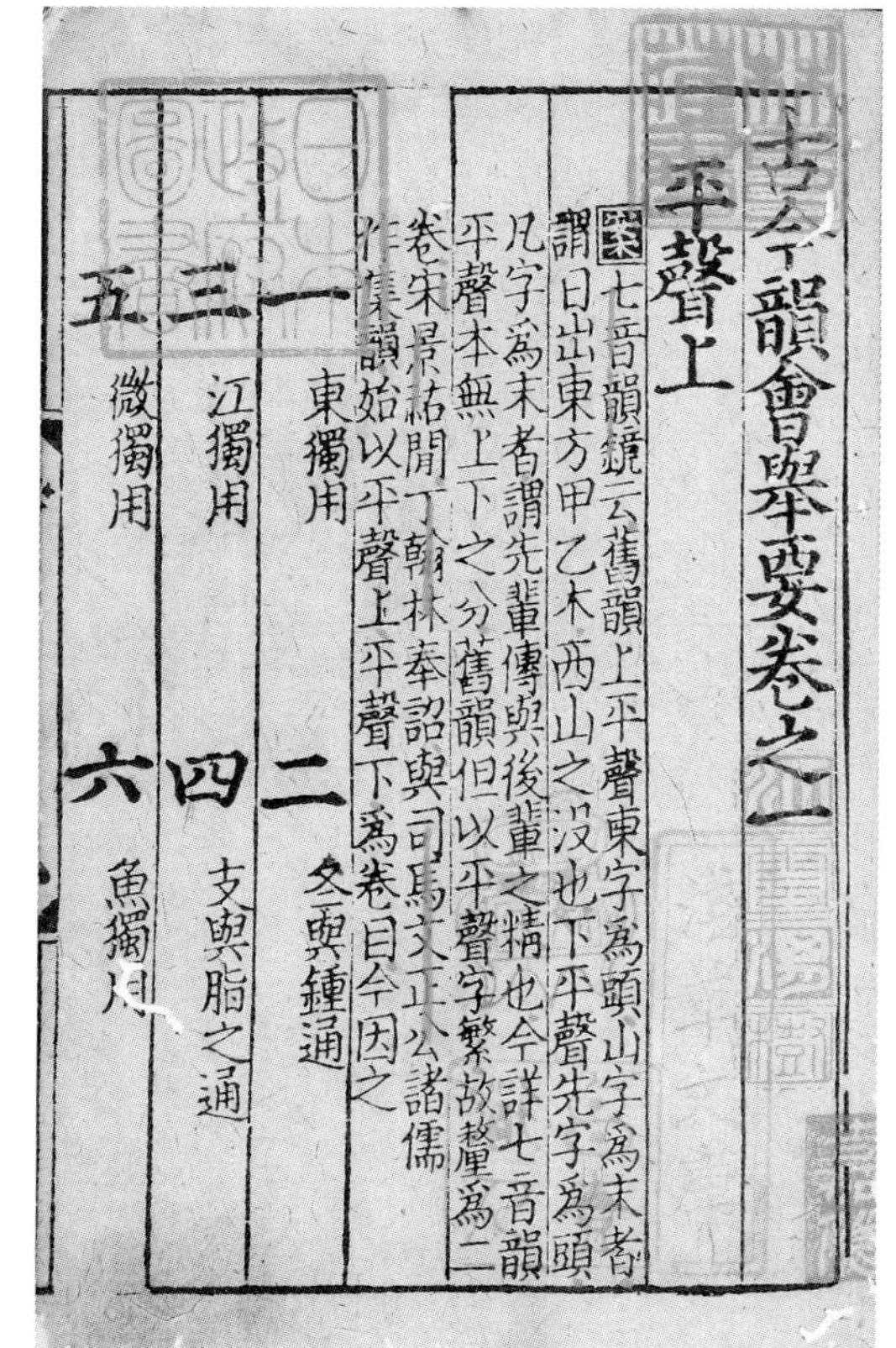

古今韻會舉要卷之一

平聲上

[案]七音韻鏡云舊韻上平聲東字爲頭山字爲末者
謂日出東方甲乙木西山之没也下平聲先字爲頭
凡字爲末者謂先輩傳與後輩之精也今詳七音韻
平聲本無上下之分舊韻但以平聲字繁故釐爲二
卷宋景祐間丁翰林奉詔與司馬文正公諸儒
作集韻始以平聲上平聲下爲卷目今因之

一　東獨用　　二　冬與鍾通
三　江獨用　　四　支與脂之通
五　微獨用　　六　魚獨用

一一b　同　巻首　同

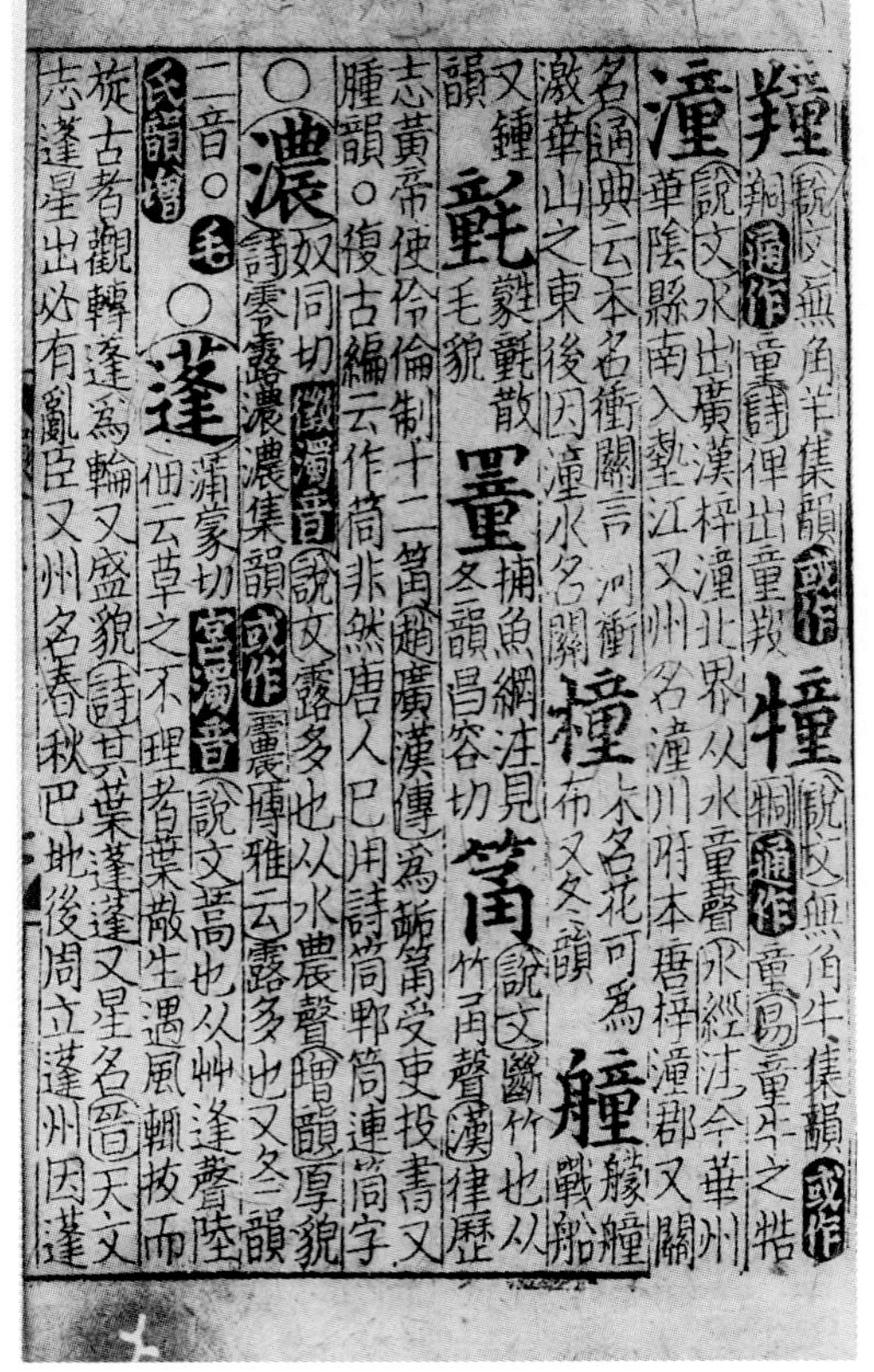

一一c　同　巻一第七張前半　同

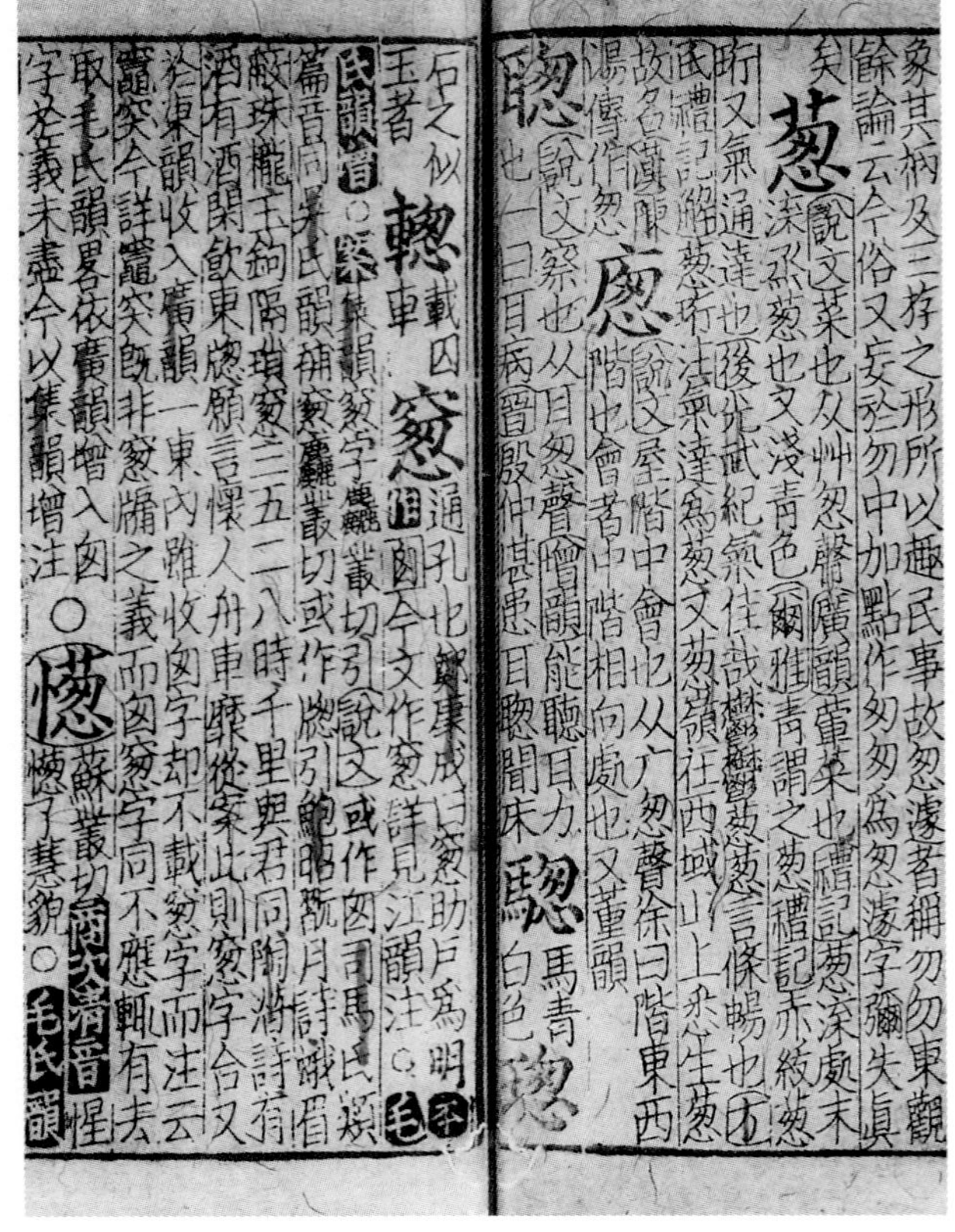

一一d　同　巻一第十一張後半至第十二張前半　同

一―二a　又〔四〕修本　孛朮魯序首　宮内庁書陵部蔵

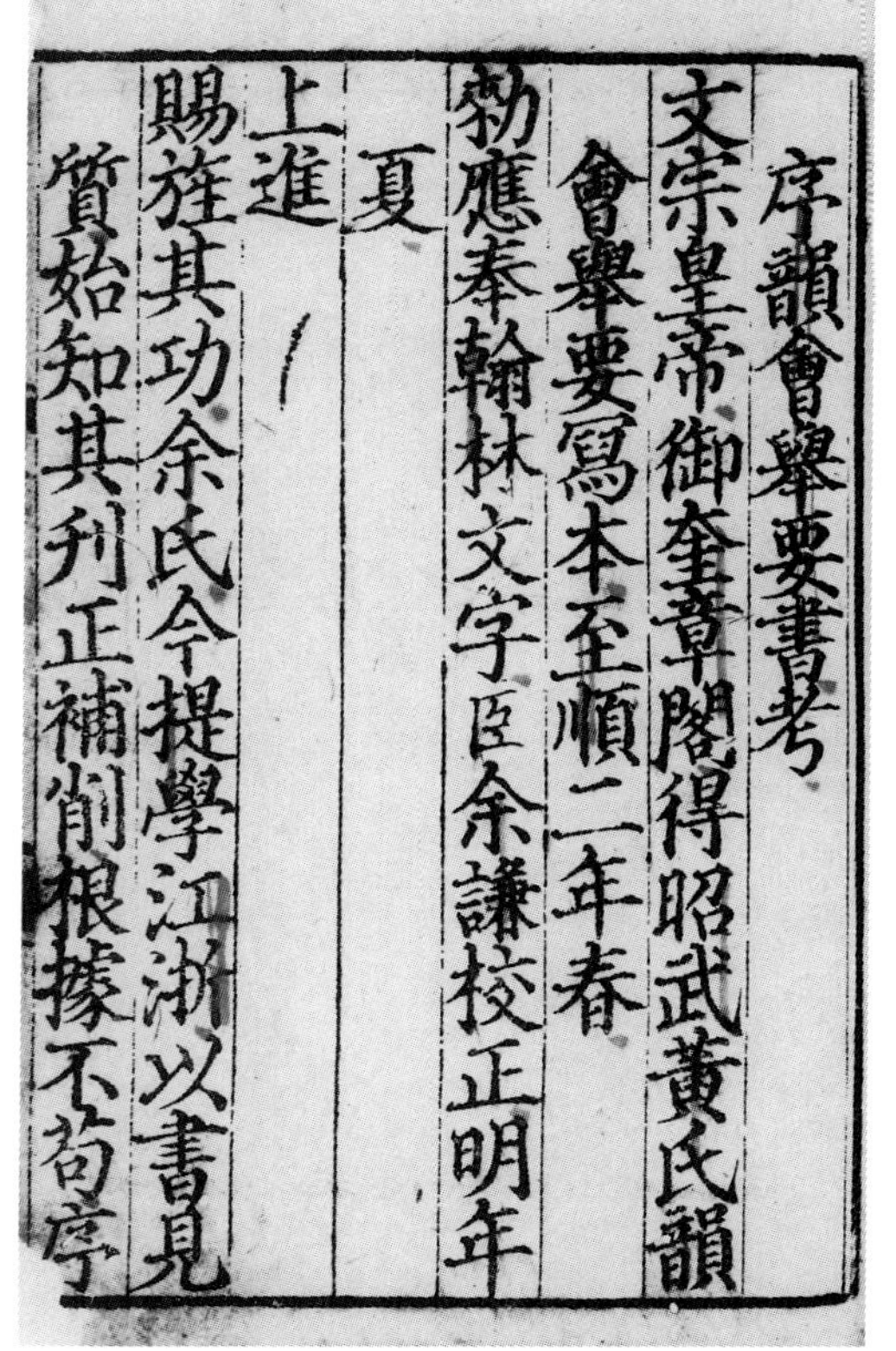

序韻會舉要書考
文宗皇帝御奎章閣得昭武黄氏韻
會舉要寫本至順二年春
勑應奉翰林文字臣余謙校正明年
夏
上進
賜旌其功余氏今提學江浙以書見
貿始知其刊正補削根據不苟序

一―二b　同　巻首　同

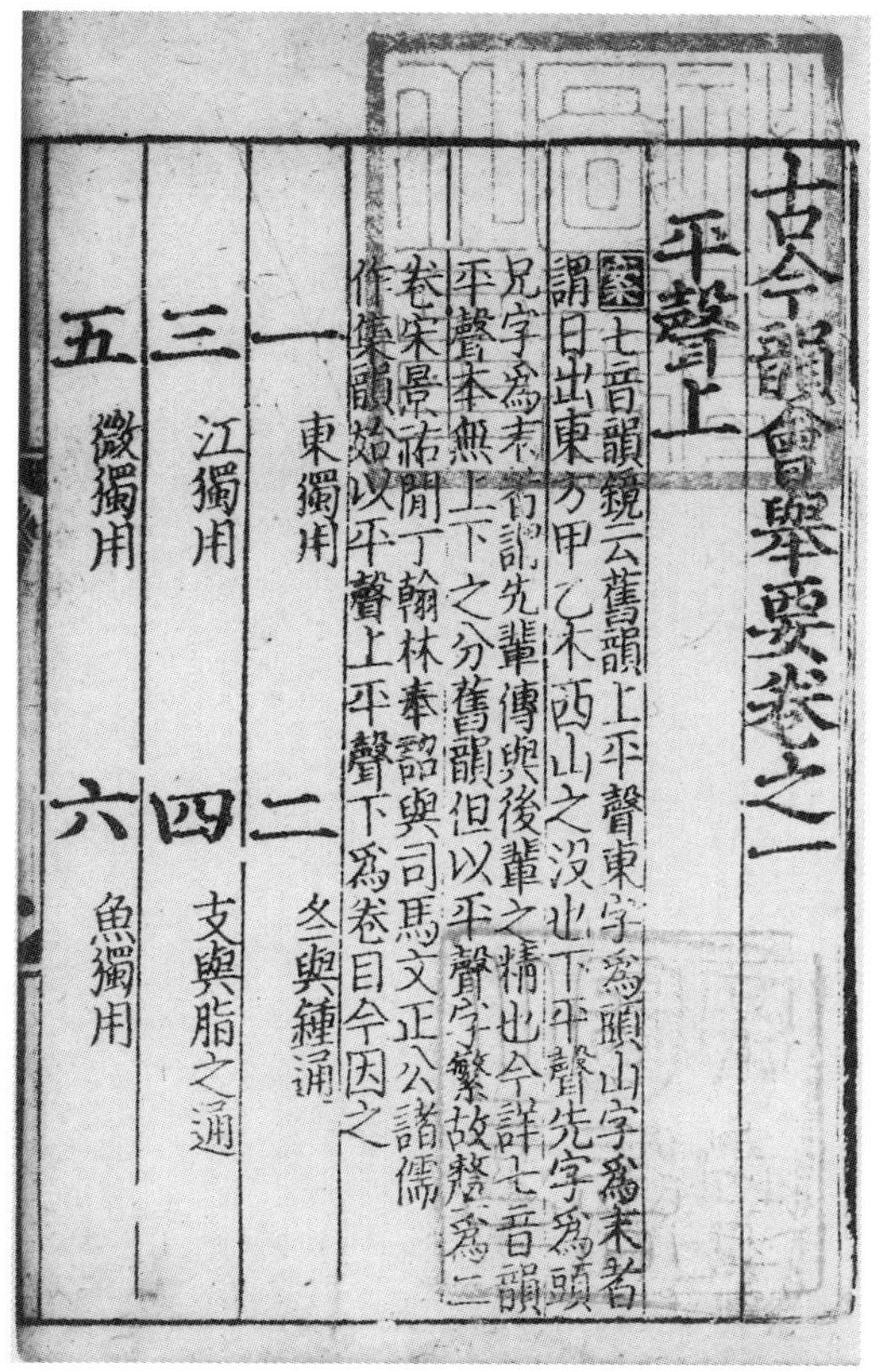

古今韻會舉要卷之一
平聲上
案七音韻鏡云舊韻上平聲東字爲頭山字爲末者
謂日出東方甲乙木西山之沒也下平聲先字爲頭
兄字爲末尚訛先輩傳與後輩之精也今詳七音韻
平聲本無上下之分舊韻但以平聲字繁故釐爲二
卷宋景祐間丁翰林奉詔與司馬文正公諸儒
作集韻始以平聲上平聲下爲卷目今因之
一　東獨用
二　冬與鍾通
三　江獨用
四　支與脂之通
五　微獨用
六　魚獨用

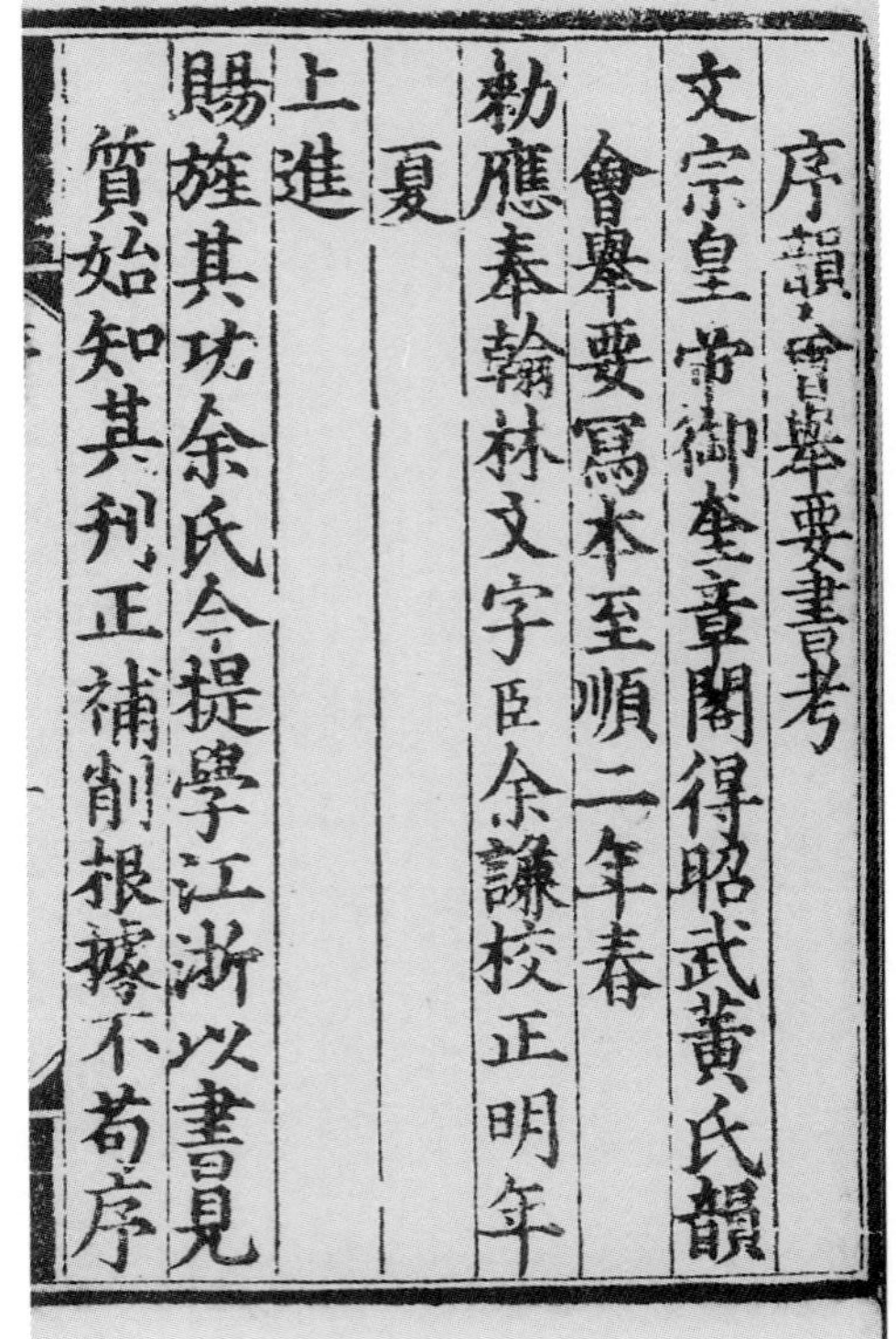

序韻會舉要書考
文宗皇帝御奎章閣得昭武黄氏韻
會舉要寫本至順二年春
勅應奉翰林文字臣余謙校正明年
夏
上進
賜旌其功余氏今提學江浙以書見
質始知其刊正補削根據不苟序

一一三a　同〔明前期〕刊〔後修〕本　李𢘍魯序首　静嘉堂文庫蔵

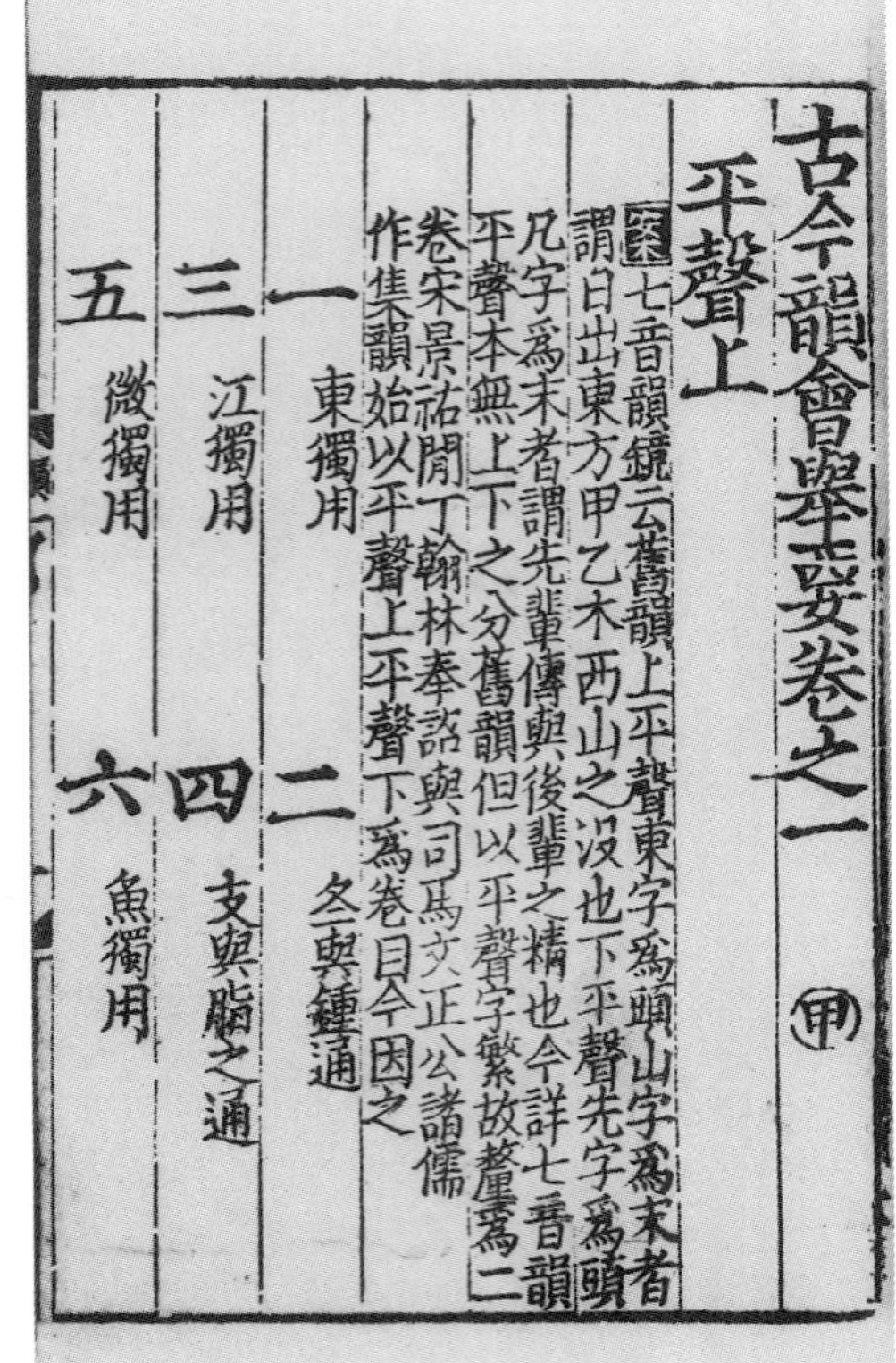

古今韻會舉要卷之一　（甲）
平聲上
案七音韻鏡云舊韻上平聲東字爲頭山字爲末者謂日出東方甲乙木西山之没也下平聲先字爲頭凡字爲末者謂先輩傳與後輩之精也今詳七音韻平聲本無上下之分舊韻但以平聲字繁故釐爲二卷宋景祐間丁翰林奉詔與司馬文正公諸儒作集韻始以平聲上平聲下爲卷目今因之
一　東獨用　　二　冬與鍾通
三　江獨用　　四　支與脂之通
五　微獨用　　六　魚獨用

一一三b　同　巻首　同

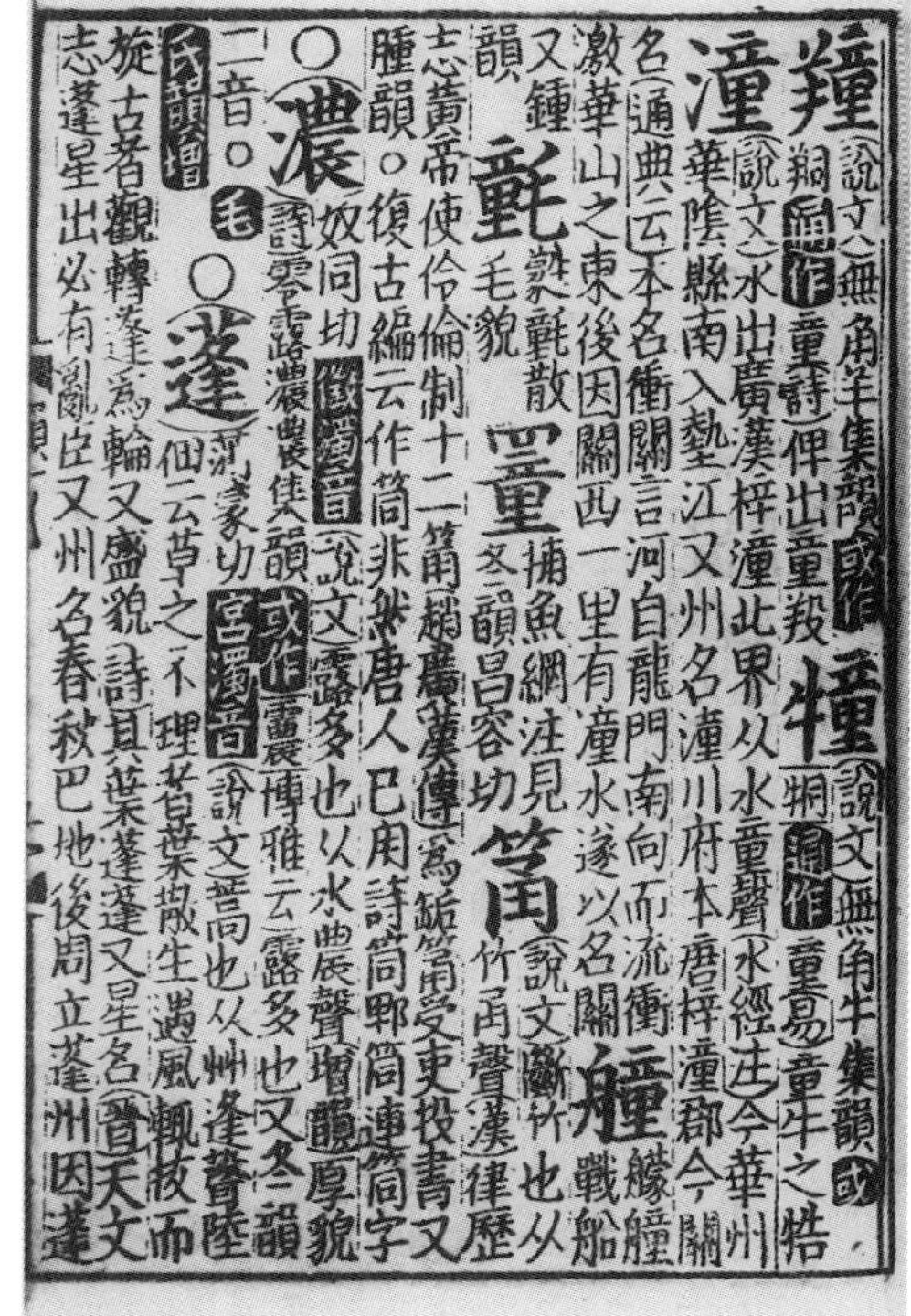

一―三c　同　巻一第七張前半　同

一―三d　同　巻一第十一張後半至第十二張前半　同

一一四a　同　日本応永五年刊本　巻首　東洋文庫蔵

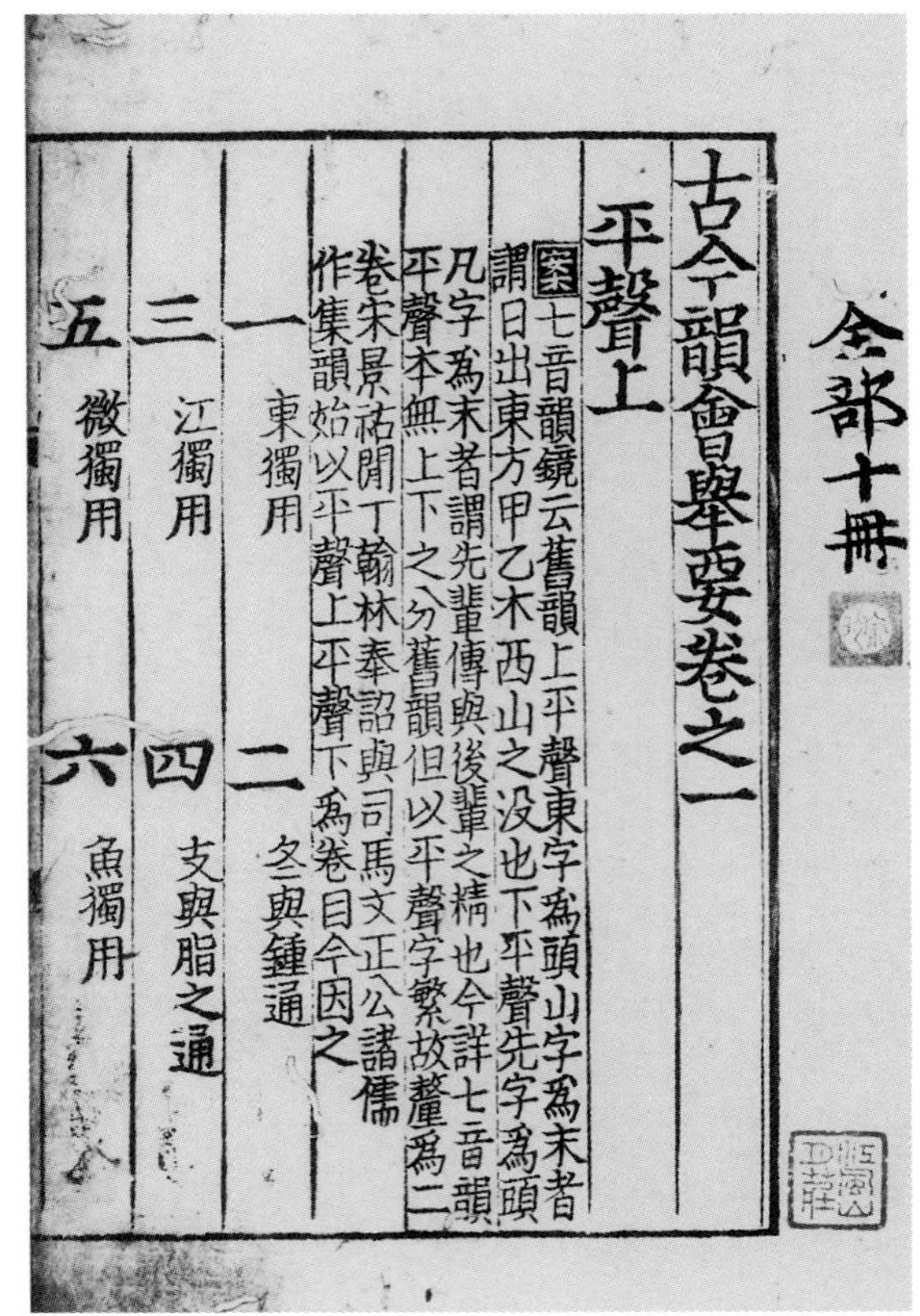

全部十冊

古今韻會擧要卷之一

平聲上

案七音韻鏡云舊韻上平聲東字爲頭山字爲末者謂日出東方甲乙木西山之没也下平聲先字爲頭凡字爲末者謂先輩傳與後輩之精也今詳七音韻平聲本無上下之分舊韻但以平聲字繁故釐爲二卷宋景祐閒丁翰林奉詔與司馬文正公諸儒作集韻始以平聲上平聲下爲卷目今因之

一　東獨用　二　冬與鍾通

三　江獨用　四　支與脂之通

五　微獨用　六　魚獨用

一一四b　同　巻一第七張前半　市立米沢図書館蔵

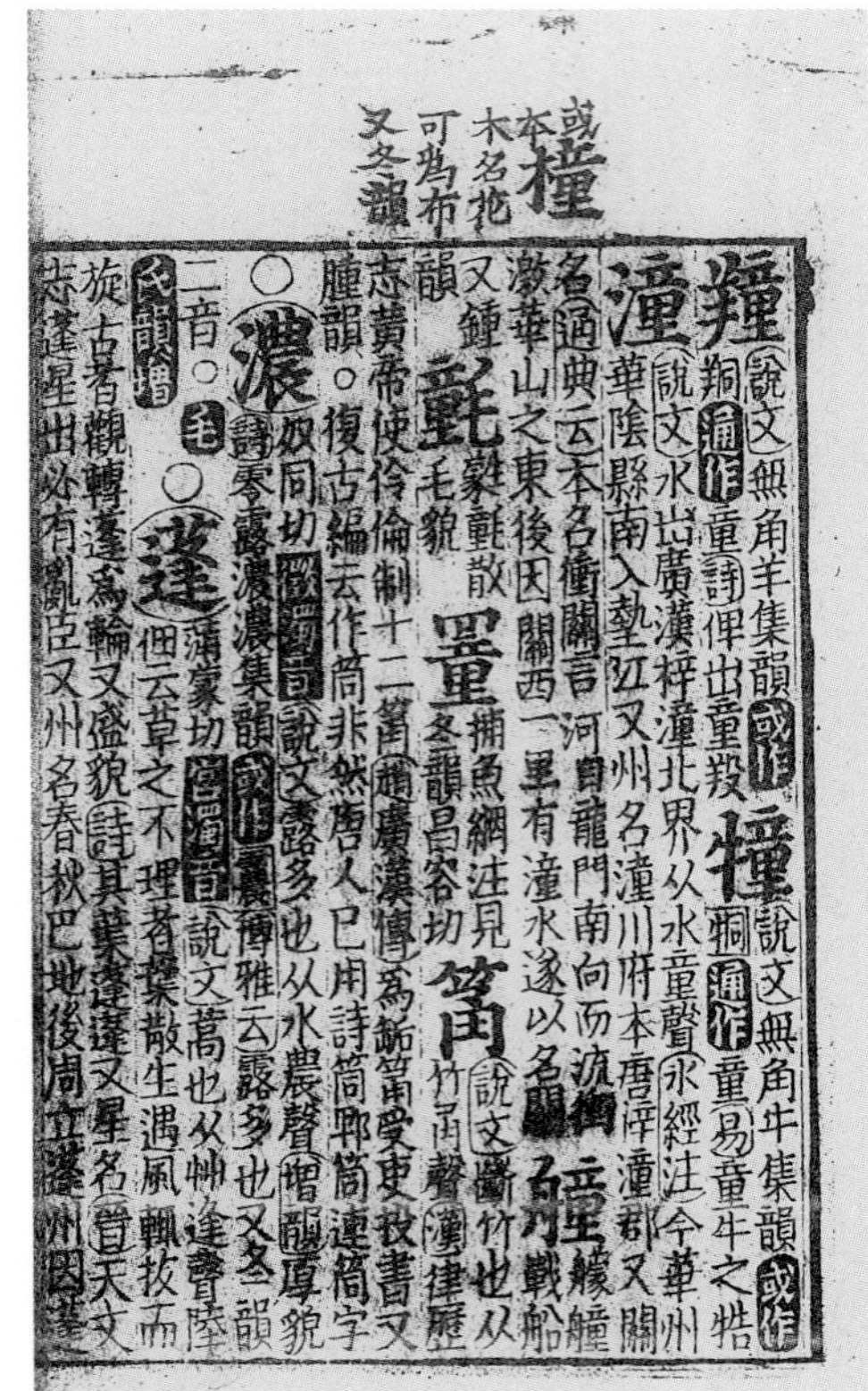

潼 說文水出廣漢梓潼北界从水童聲水經注今華州華陰縣南入埶江又州名潼川府本唐梓潼郡又關名通典云本名衝關言河自龍門南向而流衝激華山之東後因關西一里有潼水遂以名關又鍾韻

一—四c　同　巻一第十一張後半至第十二張前半　東洋文庫蔵

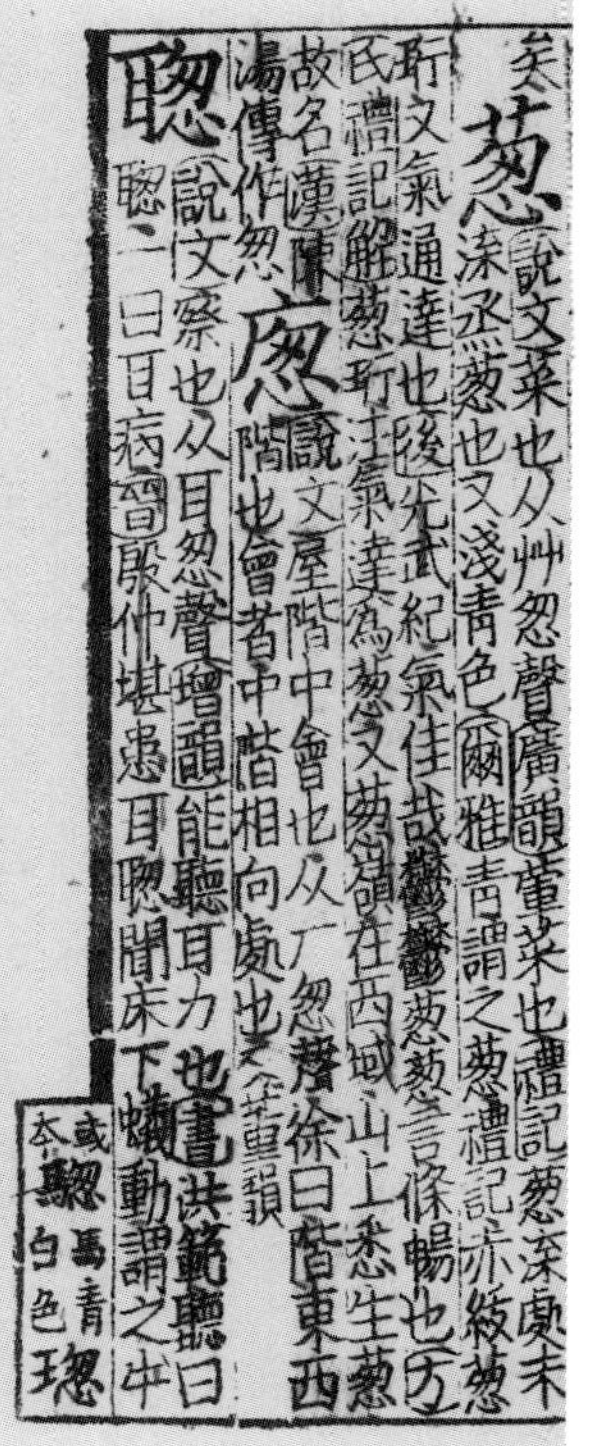

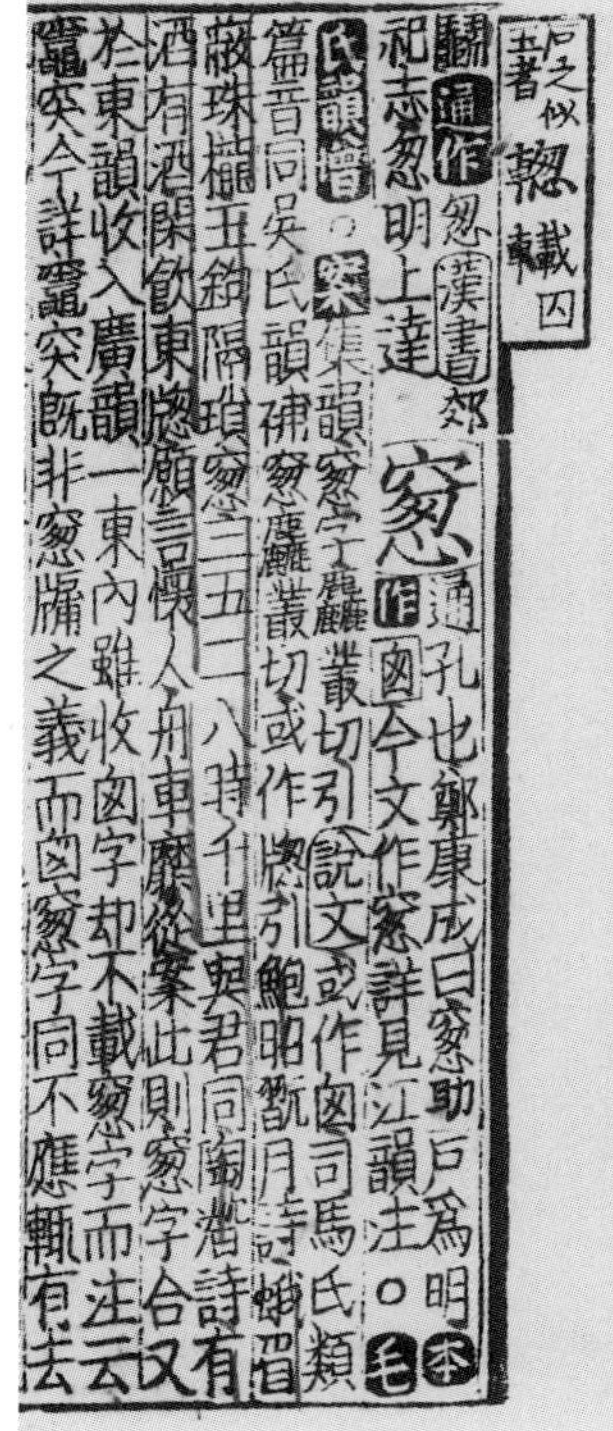

一—四d　同　巻尾刊記　市立米沢図書館蔵

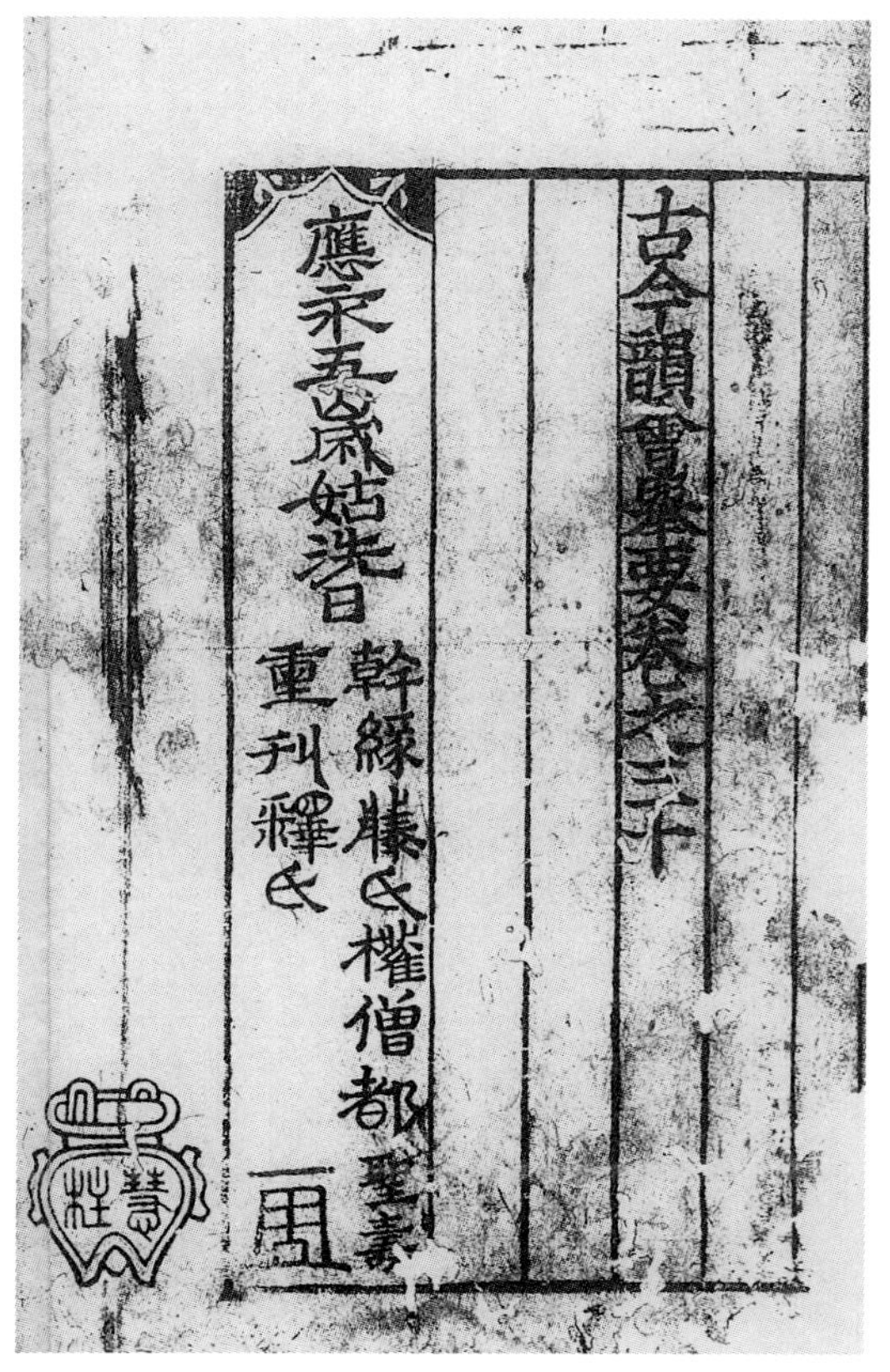

古今韻會舉要卷之三十

應永五季戊寅姑洗日　幹緣比丘權僧都聖壽　重刊釋氏

一周

古今韻會舉要卷之一

平聲上

[illegible]

一東獨用　二冬與鍾通

三江獨用　四支與脂之通

五微獨用　六魚獨用

一―五a　同　朝鮮明宣徳九年跋刊本　巻首　西尾市岩瀬文庫蔵

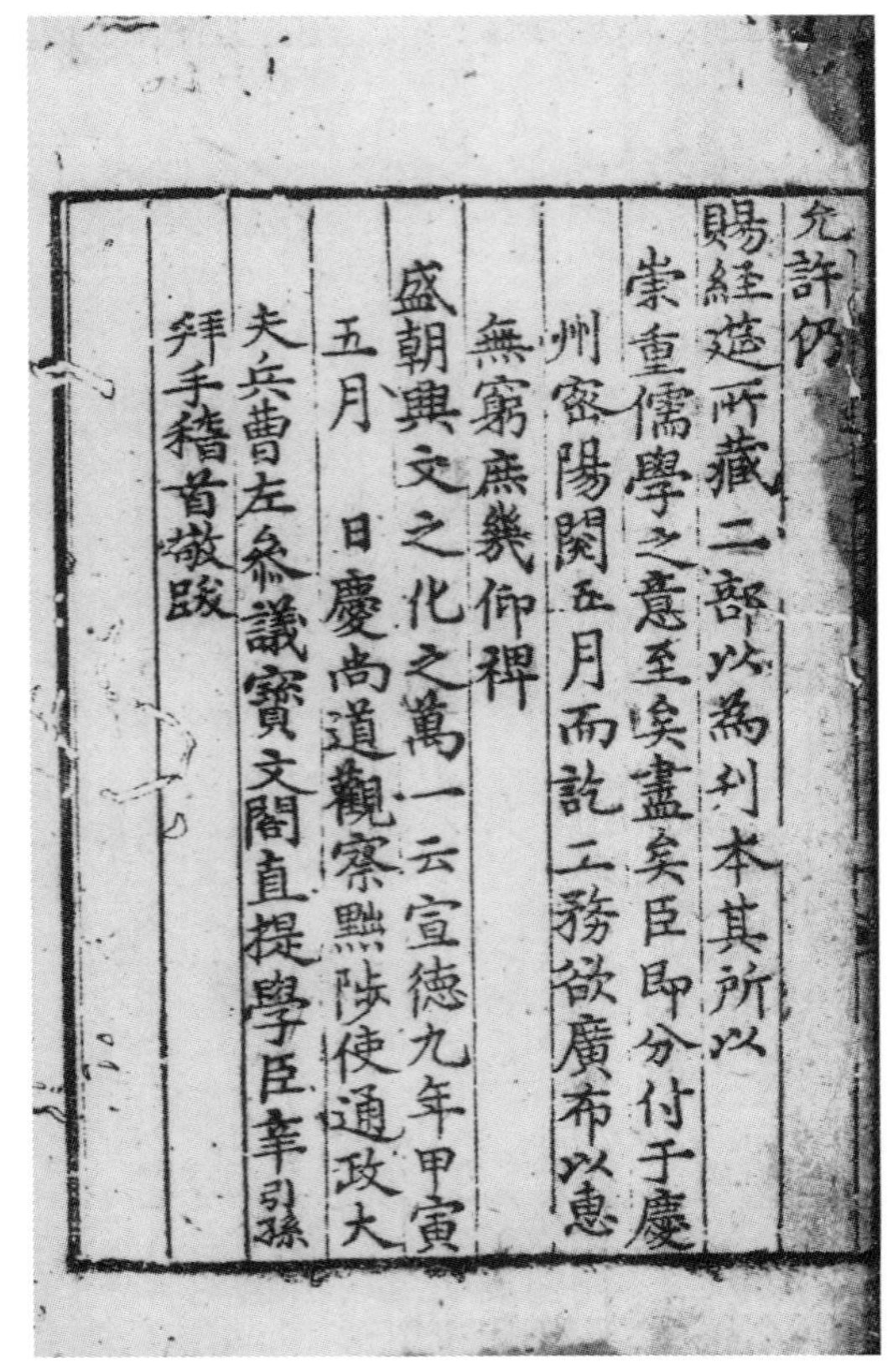

允許仍
賜經筵所藏二部以為刊本其所以
崇重儒學之意至矣盡矣臣即分付于慶
州密陽閱五月而訖工務欲廣布以惠
無窮庶幾仰裨
盛朝興文之化之萬一云宣德九年甲寅
五月　日慶尚道觀察黜陟使通政大
夫兵曹左叅議寶文閣直提學臣辛引孫
拜手稽首敬跋

一―五b　同　辛跋　同

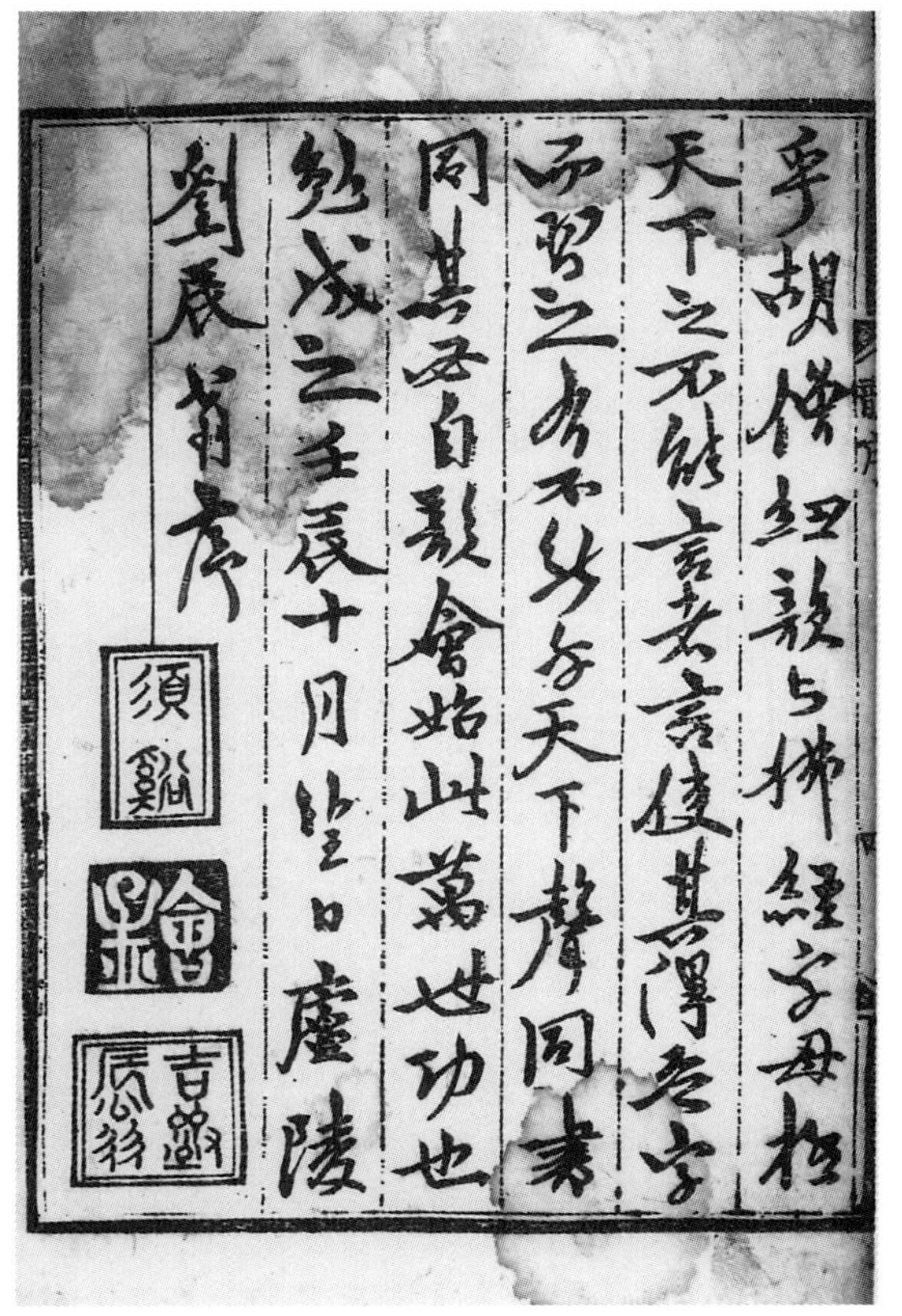
乎胡僧紐數与佛經字母相
天下之不能言者言使其得名字
而習之者不外乎天下聲同者
同其所自歟會始此萬世功也
然戊之壬辰十月望日廬陵
劉辰翁序

一―六a　同〔朝鮮中期〕刊本　劉序末　東洋文庫藏

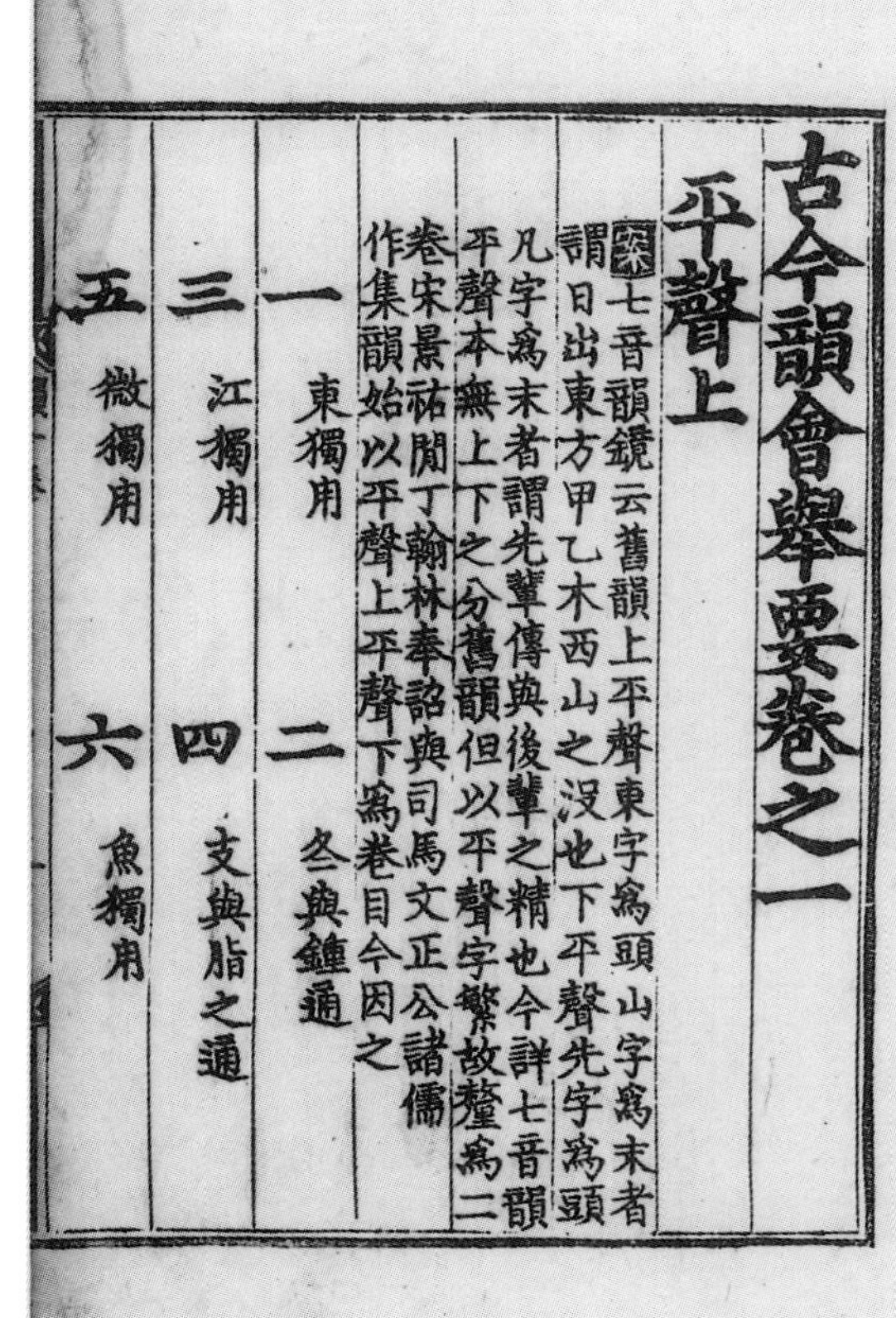
古今韻會舉要卷之一
平聲上
案七音韻鏡云舊韻上平聲東字爲頭山字爲末者謂日出東方甲乙木西山之沒也下平聲先字爲頭凡字爲末者謂先輩傳與後輩之精也今詳七音韻平聲本無上下之分舊韻但以平聲字繁故釐爲二卷宋景祐閒丁翰林奉詔與司馬文正公諸儒作集韻始以平聲上平聲下爲卷目今因之
一　東獨用　　二　冬與鍾通
三　江獨用　　四　支與脂之通
五　微獨用　　六　魚獨用

一―六b　同　巻首　同

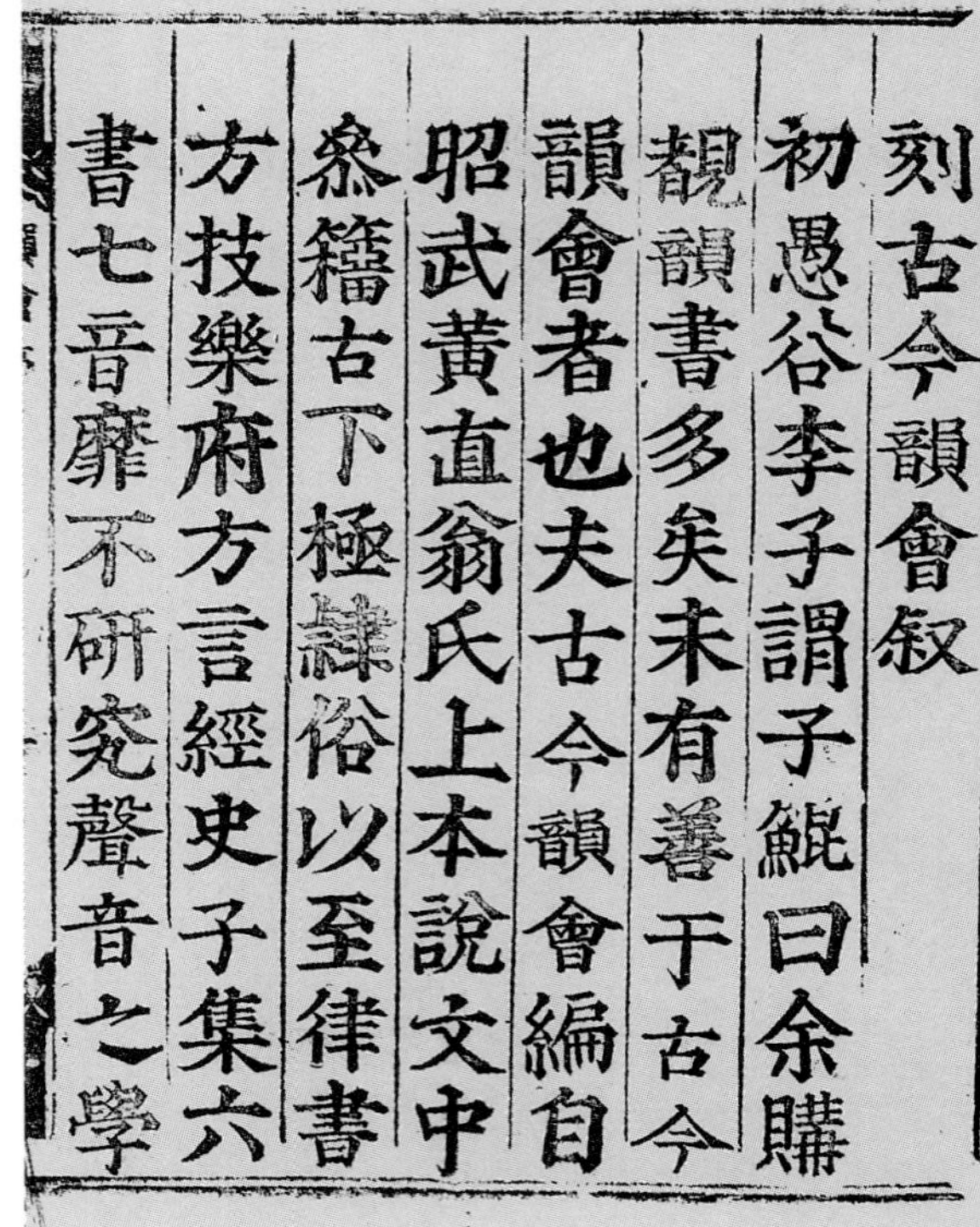

刻古今韻會叙
初愚谷李子謂子絖曰余購
靚韻書多矣未有善于古今
韻會者也夫古今韻會編自
昭武黄直翁氏上本説文中
叅籀古下極隷俗以至律書
方技樂府方言經史子集六
書七音靡不研究聲音之學

一―七a　同　日本〔近世初〕刊（古活字）甲種本　首　名古屋市蓬左文庫蔵

古今韻會舉要巻之一
平聲上
案七音韻鏡云舊韻上平聲東字爲頭山字爲末者
謂日出東方甲乙木西山之没也下平聲先字爲頭
凡字爲末者謂先輩傳與後輩之精也今詳七音韻
平聲本無上下之分舊韻但以平聲字繁故釐爲二
巻宋景祐閒丁翰林奉詔與司馬文正公諸儒
作集韻始以平聲上平聲下爲巻目今因之
一　東獨用　　二　冬與鍾通
三　江獨用　　四　支與脂之通
五　微獨用　　六　魚獨用

一―七b　同　巻首　同

一一八a 同 日本〔近世初〕刊〔古活字〕乙種本 首 慶應義塾大学斯道文庫蔵

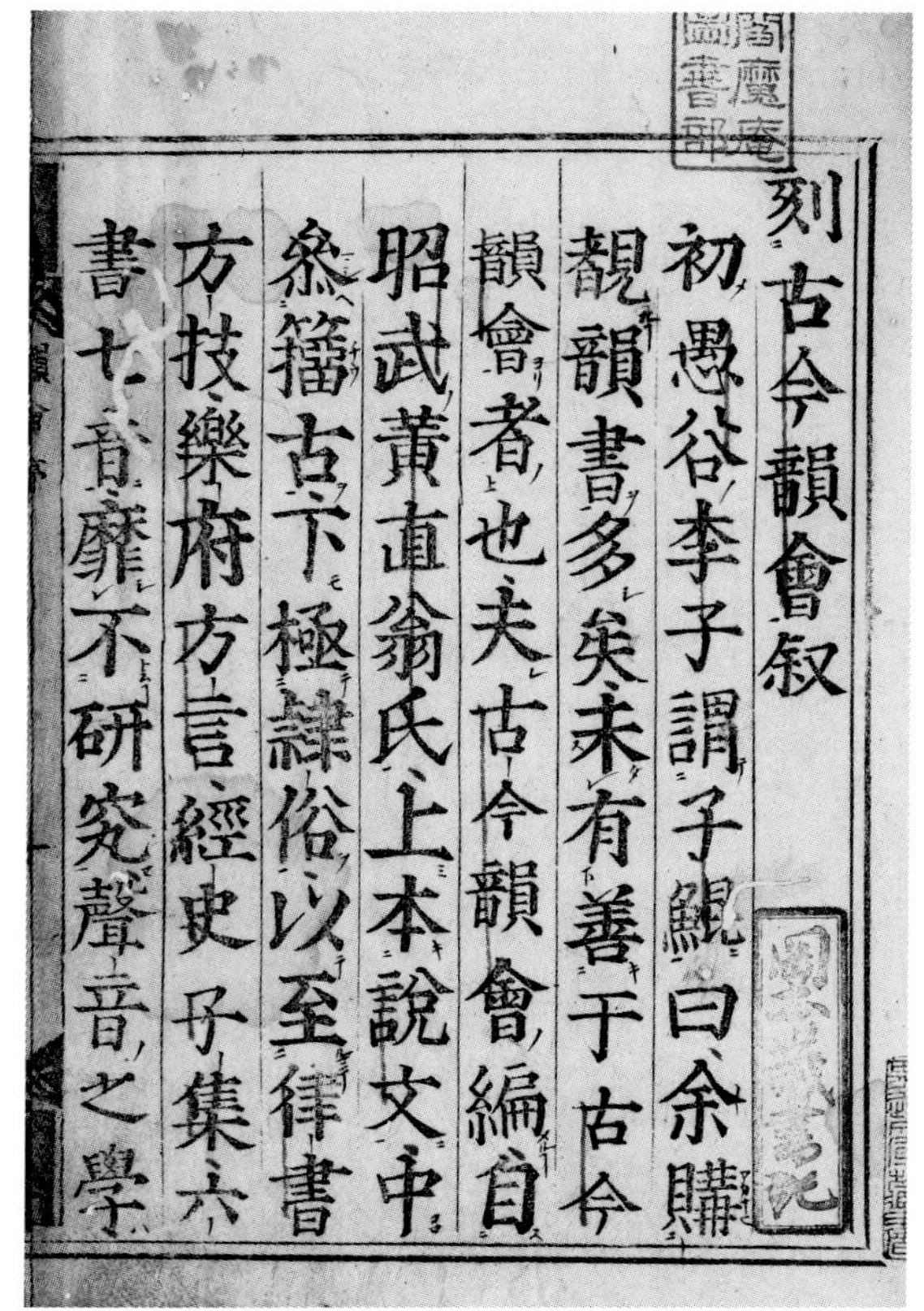

刻古今韻會叙
初愚谷李子謂子䚶曰余購
覩韻書多矣未有善于古今
韻會者也夫古今韻會編自
昭武黄直翁氏上本說文中
叅籀古下極隷俗以至律書
方技樂府方言經史子集六
書七音靡不研究聲音之學

一一八b 同 巻首 同

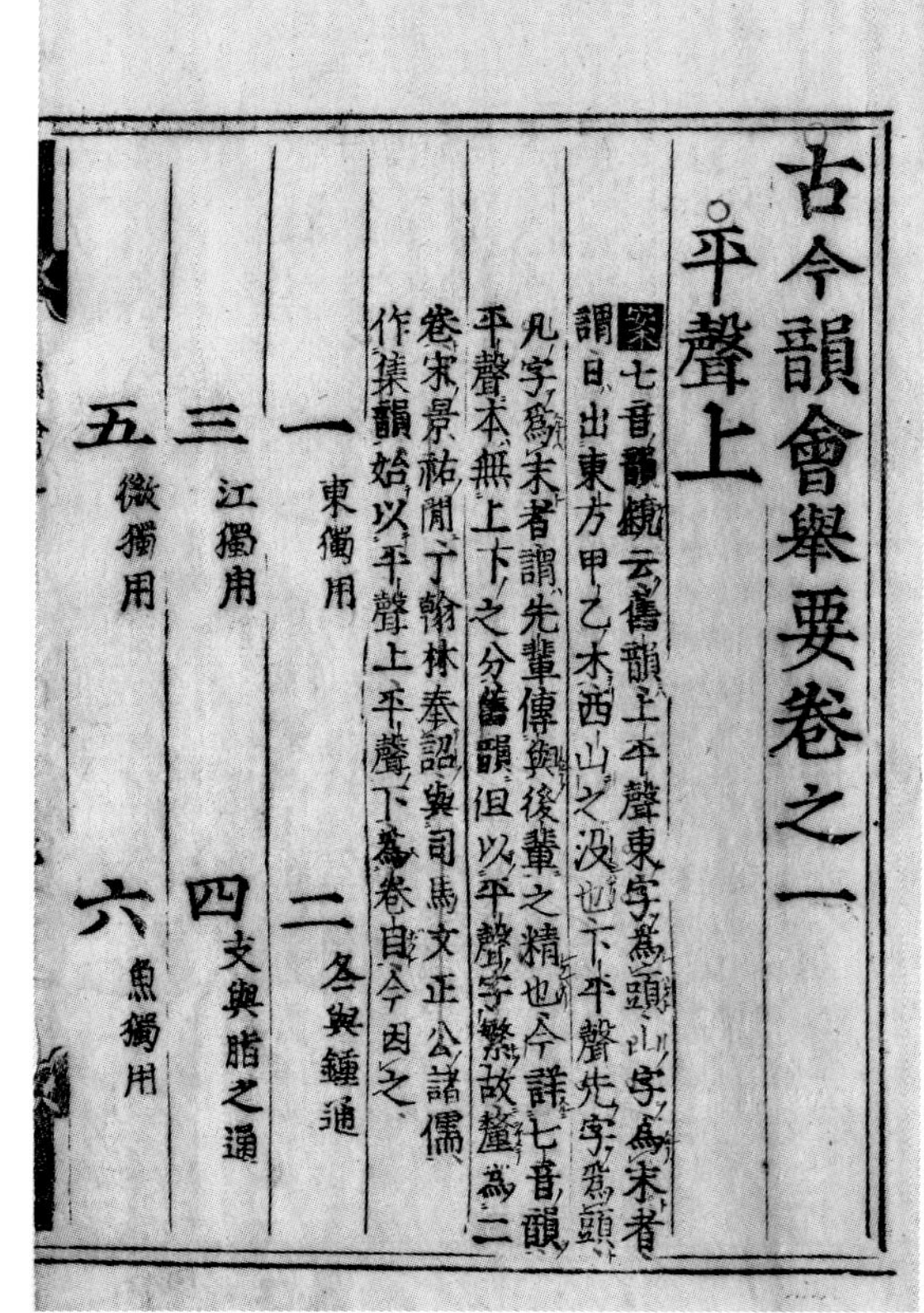

古今韻會舉要卷之一
平聲上
案七音韻云舊韻上平聲東字爲頭山字爲末者
謂日出東方甲乙木西山之沒也下平聲先字爲頭
凡字爲末者謂先輩傳與後輩之精也今詳七音韻
平聲本無上下之分舊韻但以平聲字繁故釐爲二
卷宋景祐間丁翰林奉詔與司馬文正公諸儒
作集韻始以平聲上平聲下爲卷目今因之
一 東獨用　二 冬與鍾通
三 江獨用　四 支與脂之通
五 微獨用　六 魚獨用

刻古今韻會叙
初𢡟谷李子謂子鯤曰余購
覯韻書多矣未有善于古今
韻會者也夫古今韻會編自
昭武黄直翁氏上本說文中
參籀古下極隷俗以至律書
方技樂府方言經史子集六
書七音靡不研究聲音之學

一—九a　同　日本〔江戸初〕刊（古活字）丙種本　首　東京大学総合図書館蔵

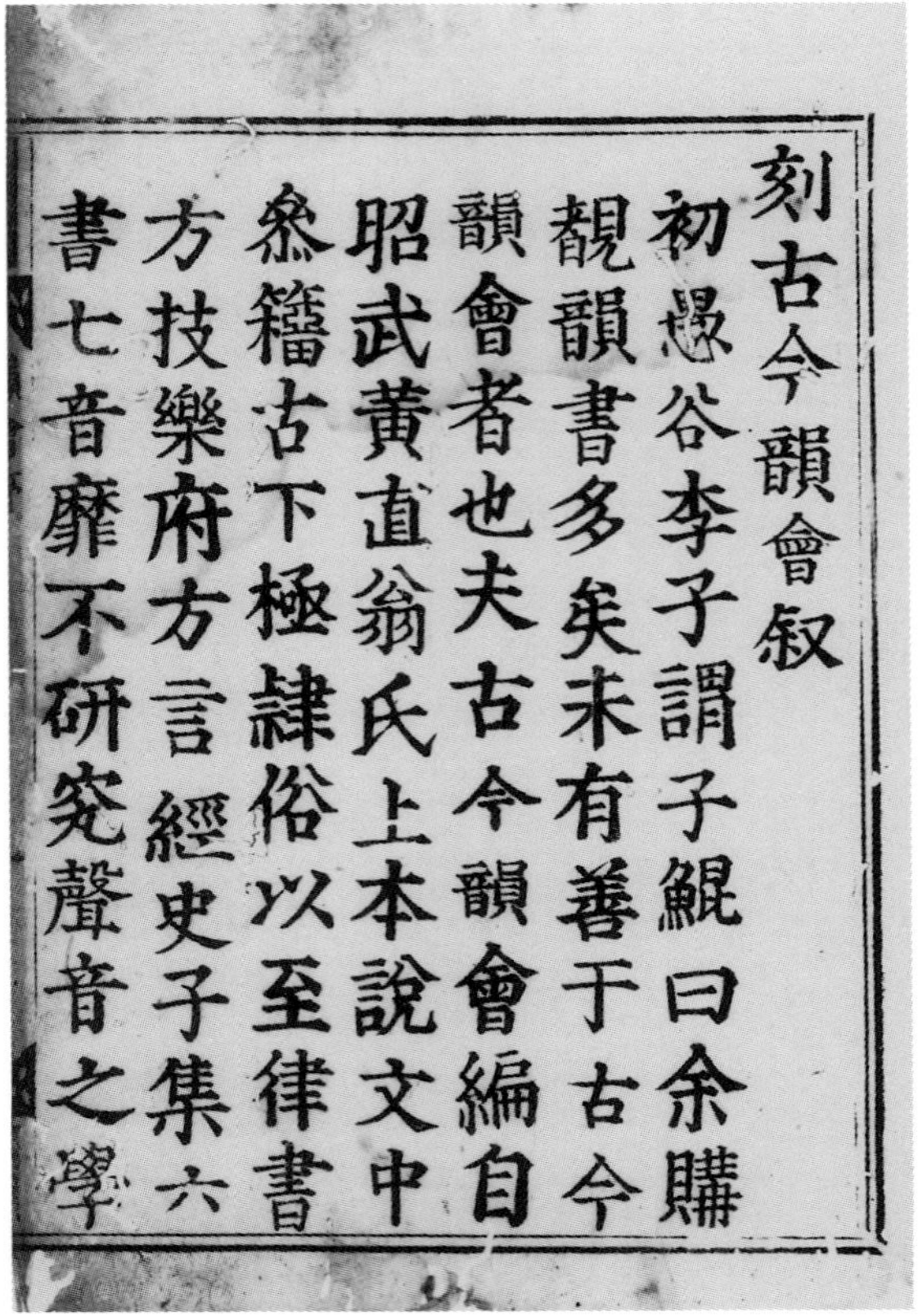

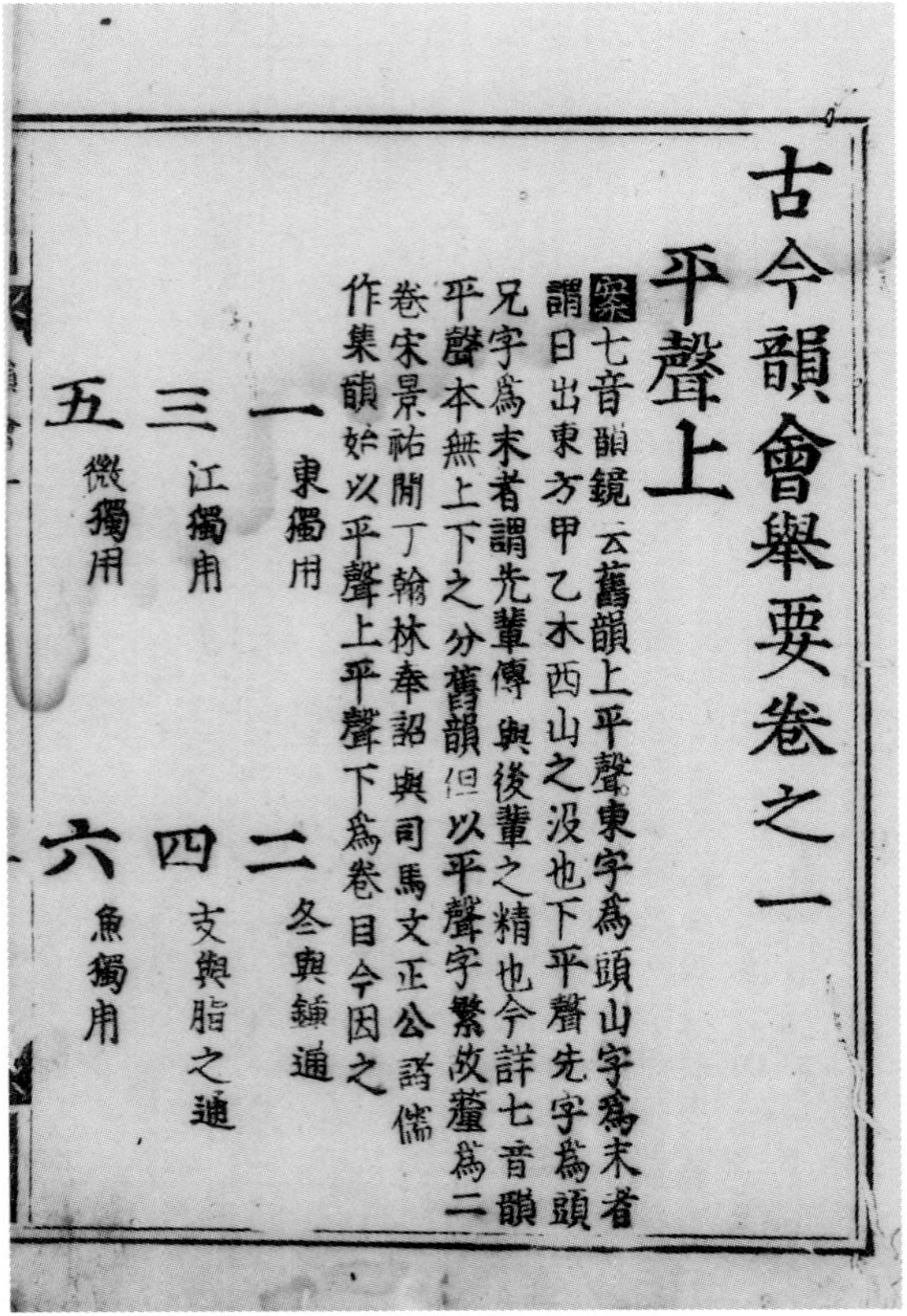

古今韻會舉要卷之一
平聲上
案七音韻鏡云舊韻上平聲東字爲頭山字爲末者
謂日出東方甲乙木西山之沒也下平聲先字爲頭
兄字爲末者謂先輩傳與後輩之精也今詳七音韻
平聲本無上下之分舊韻但以平聲字繁故釐爲二
卷宋景祐間丁翰林奉詔與司馬文正公諸儒
作集韻始以平聲上平聲下爲卷目今因之
一東獨用　二冬與鍾通
三江獨用　四支與脂之通
五微獨用　六魚獨用

一—九b　同　巻首　同

一―十a　同　日本〔江戸前期〕刊本　首　慶應義塾大学斯道文庫蔵

刻古今韻會叙
初愚谷李子謂子䋲曰余購
覩韻書多矣未有善于古今
韻會者也夫古今韻會編自
昭武黄直翁氏上本説文中
參籀古下極隷俗以至律書
方技樂府方言經史子集六
書七音靡不研究聲音之學

一―十b　同　巻首　同

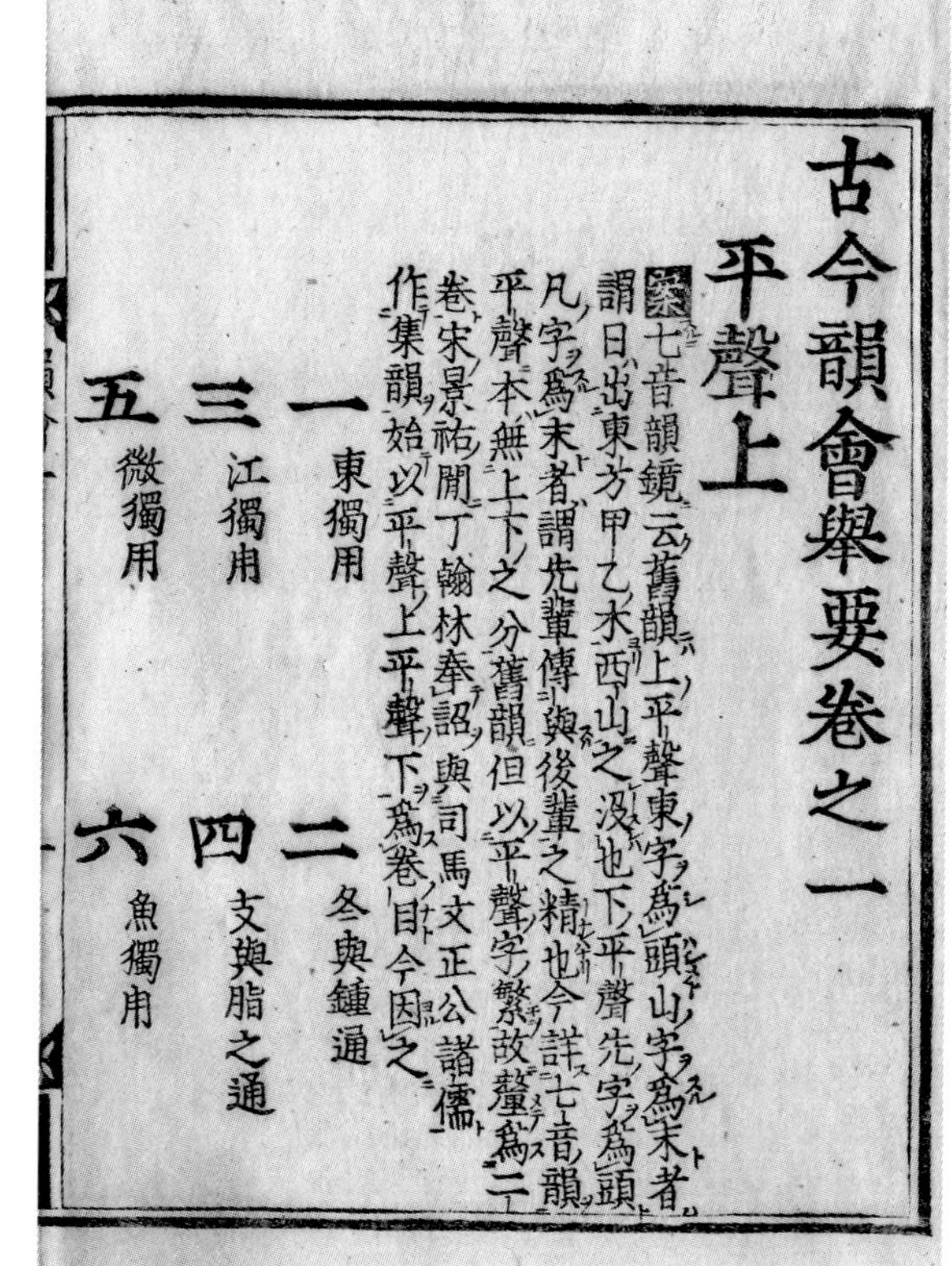
古今韻會舉要卷之一
平聲上
案七音韻鏡云舊韻上平聲東字爲頭山字爲末者
謂日出東方甲乙木西山之沒也下平聲先字爲頭
凡字爲末者謂先輩傳與後輩之精也今詳七音韻
平聲本無上下之分舊韻但以平聲字繁故釐爲二
卷宋景祐開丁翰林奉詔與司馬文正公諸儒
作集韻始以平聲上平聲下爲卷目今因之
一 東獨用　二 冬與鍾通
三 江獨用　四 支與脂之通
五 微獨用　六 魚獨用

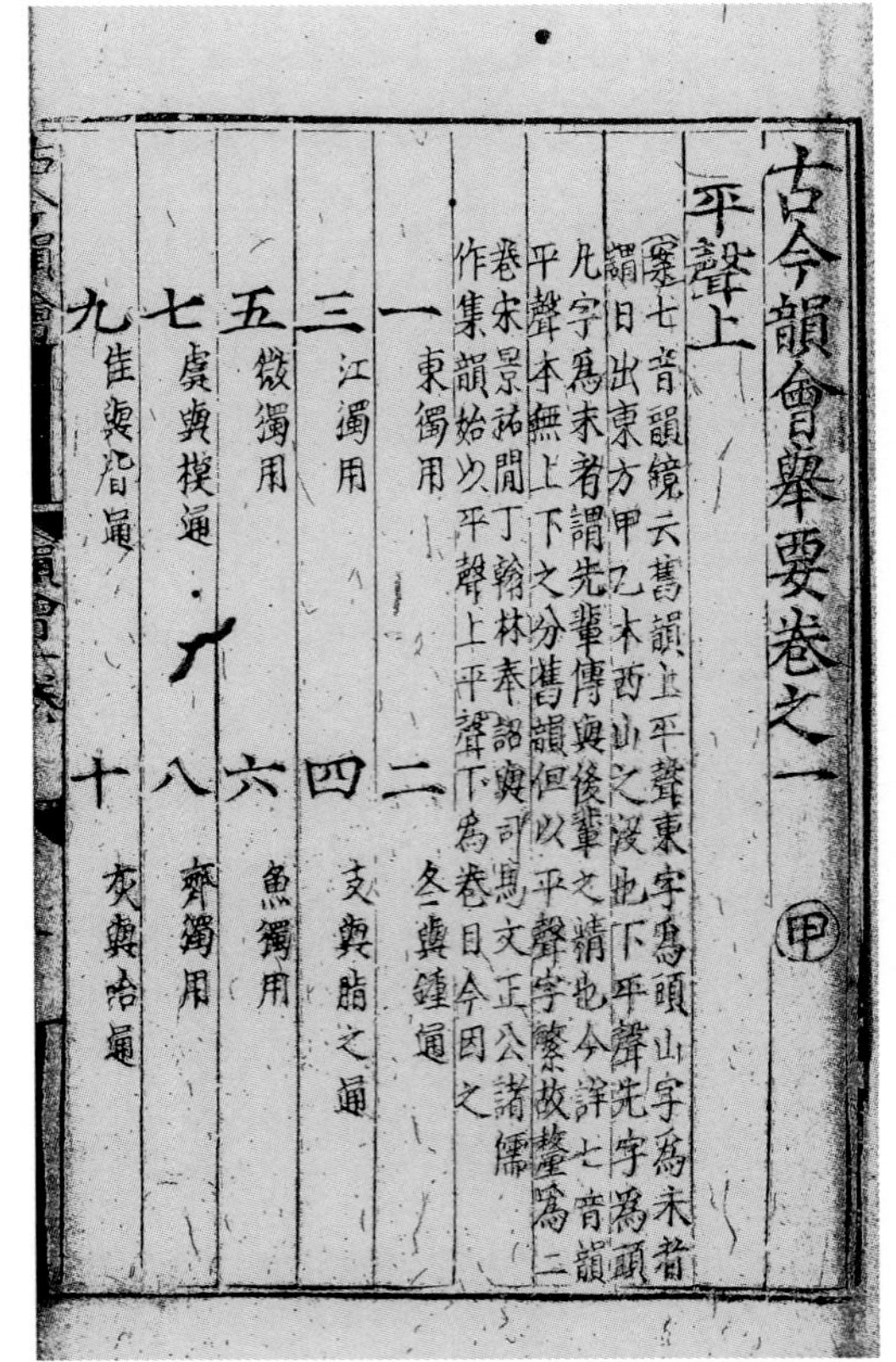

古今韻會舉要卷之一

平聲上

一 東獨用　二 冬與鍾通

三 江獨用　四 支與脂之通

五 微獨用　六 魚獨用

七 虞與模通　八 齊獨用

九 佳與皆通　十 灰與咍通

二十一a　同　明嘉靖六年刊本　巻首　名古屋大学附属図書館蔵

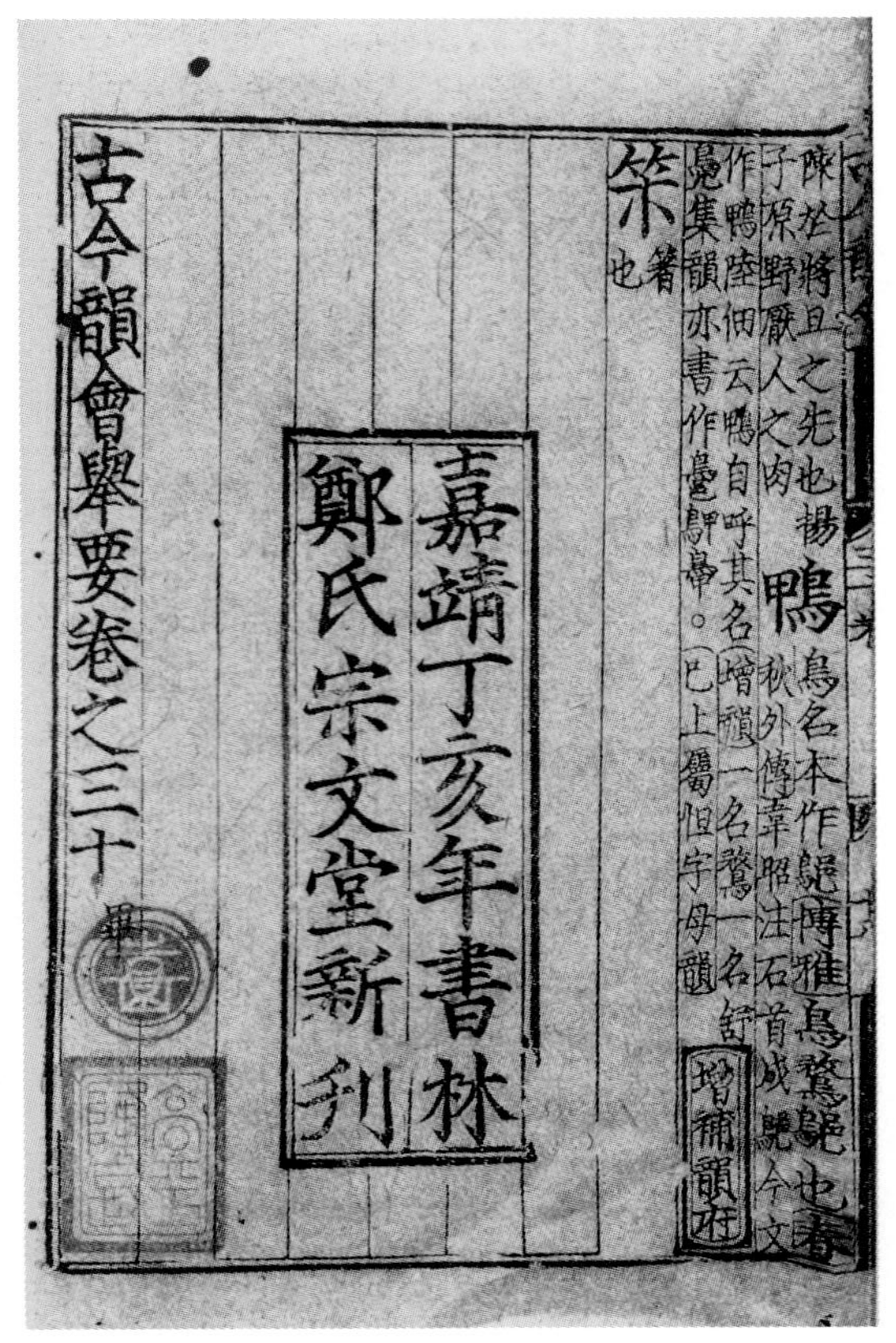

古今韻會舉要卷之三十

嘉靖丁亥年書林
鄭氏宗文堂新刊

二十一b　同　巻尾刊記　同

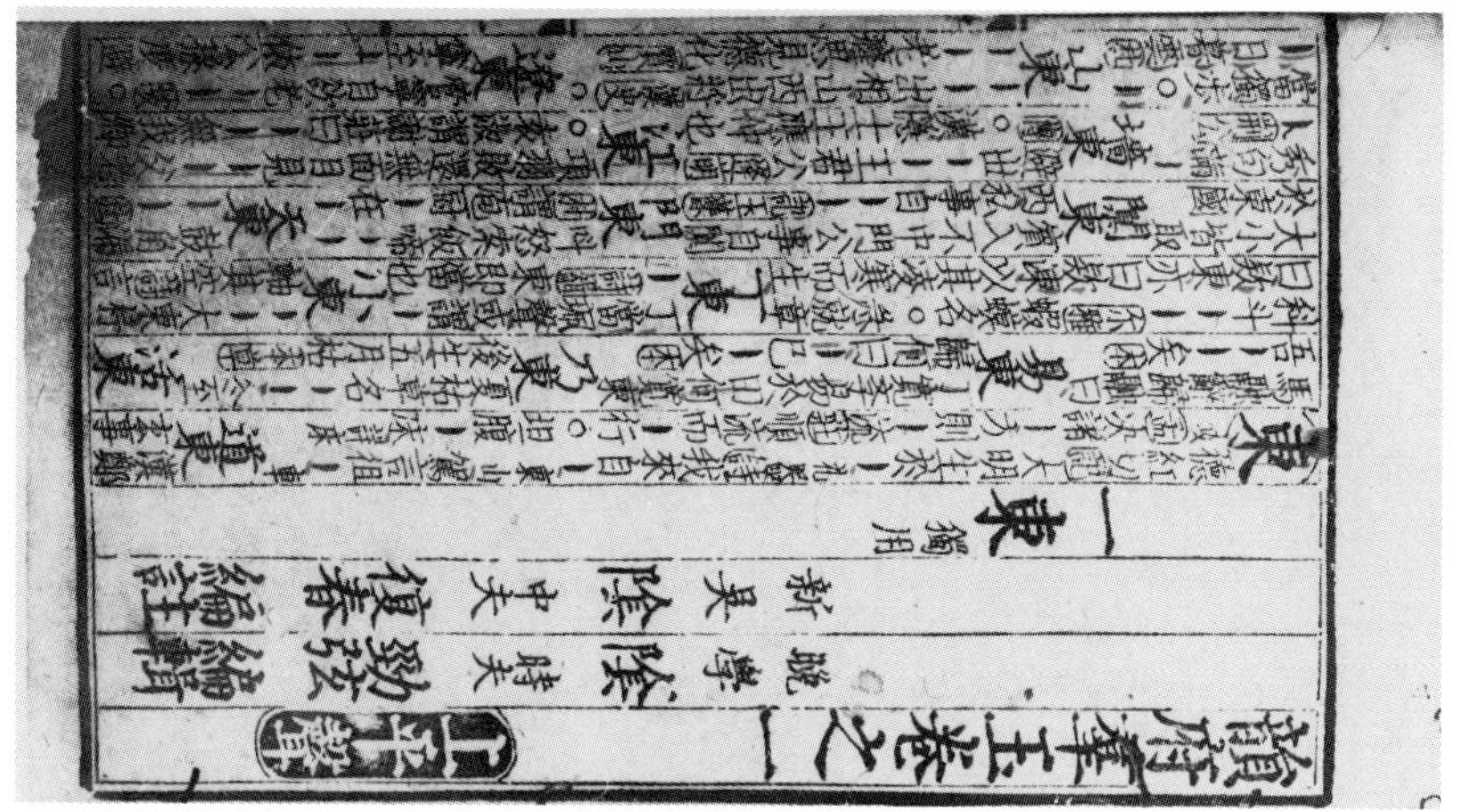

二一一b　同　巻首　同

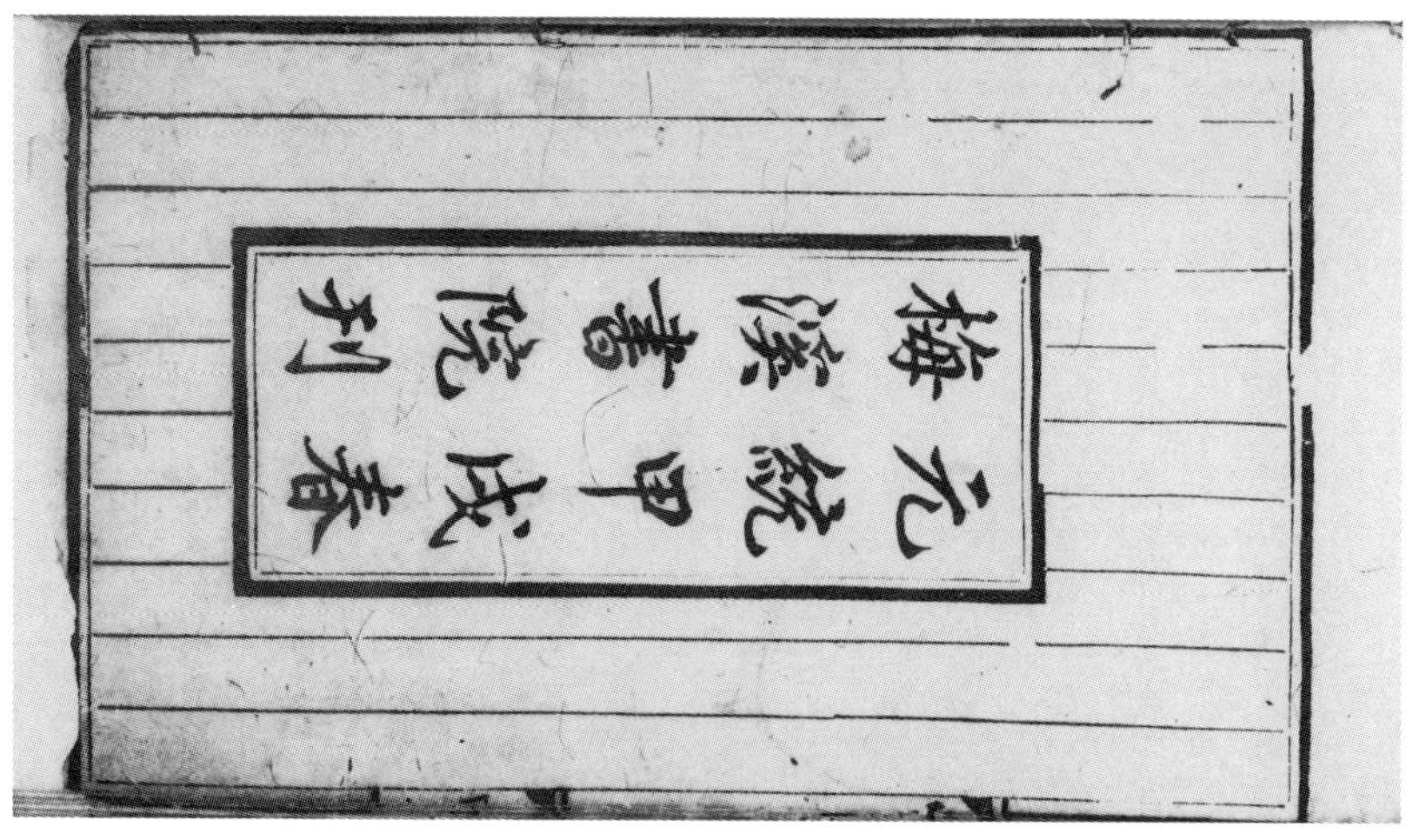

二一一a　『韻府群玉』元統二年刊本　目録末尾牌記　東北大学附属図書館蔵

二一一 c　同　巻一第四張前半　同

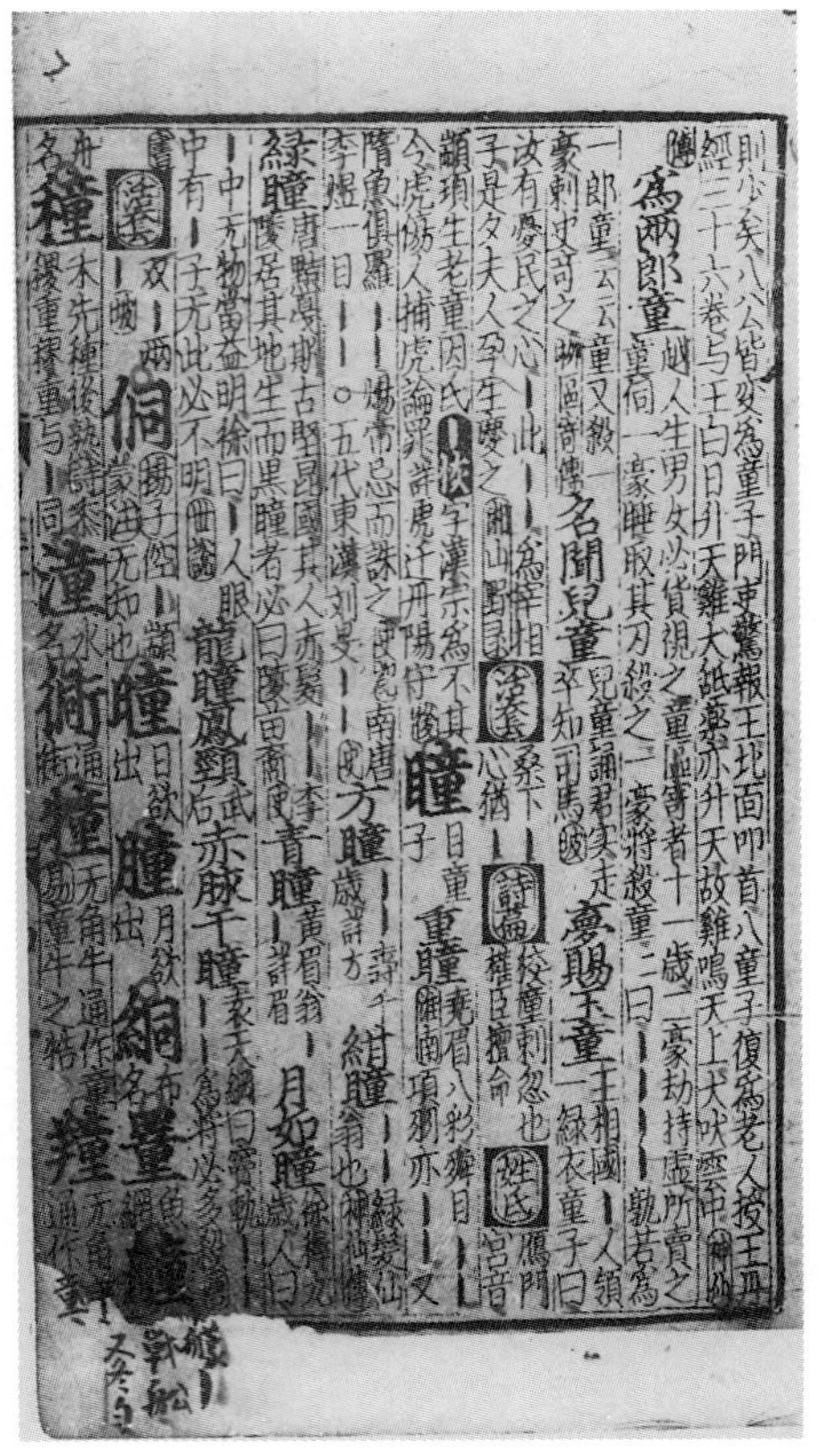

二一一 d　同　巻十第十四張後半至第十五張前半　同

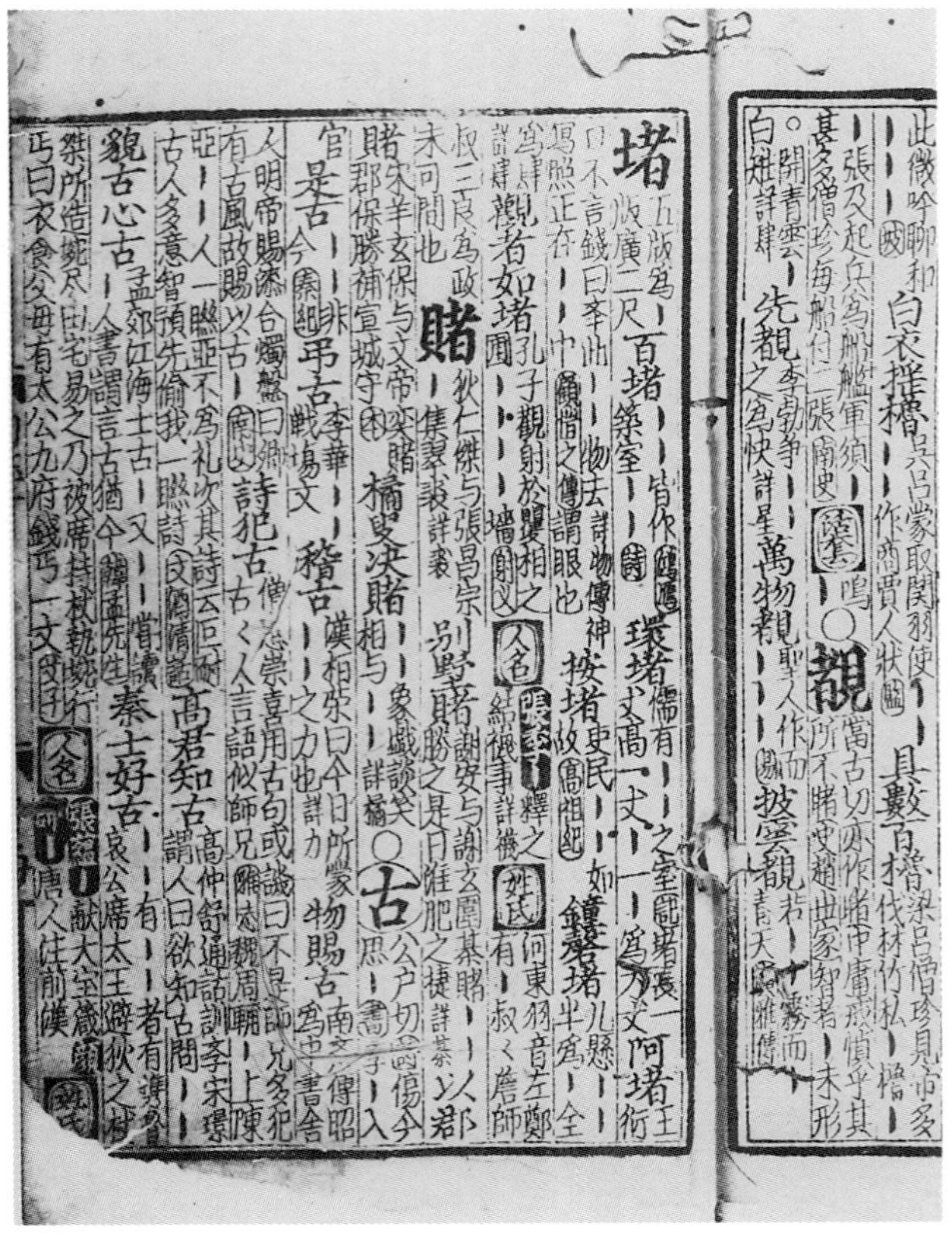

二一一 e　同　巻十一第十張後半至第十一張前半　同

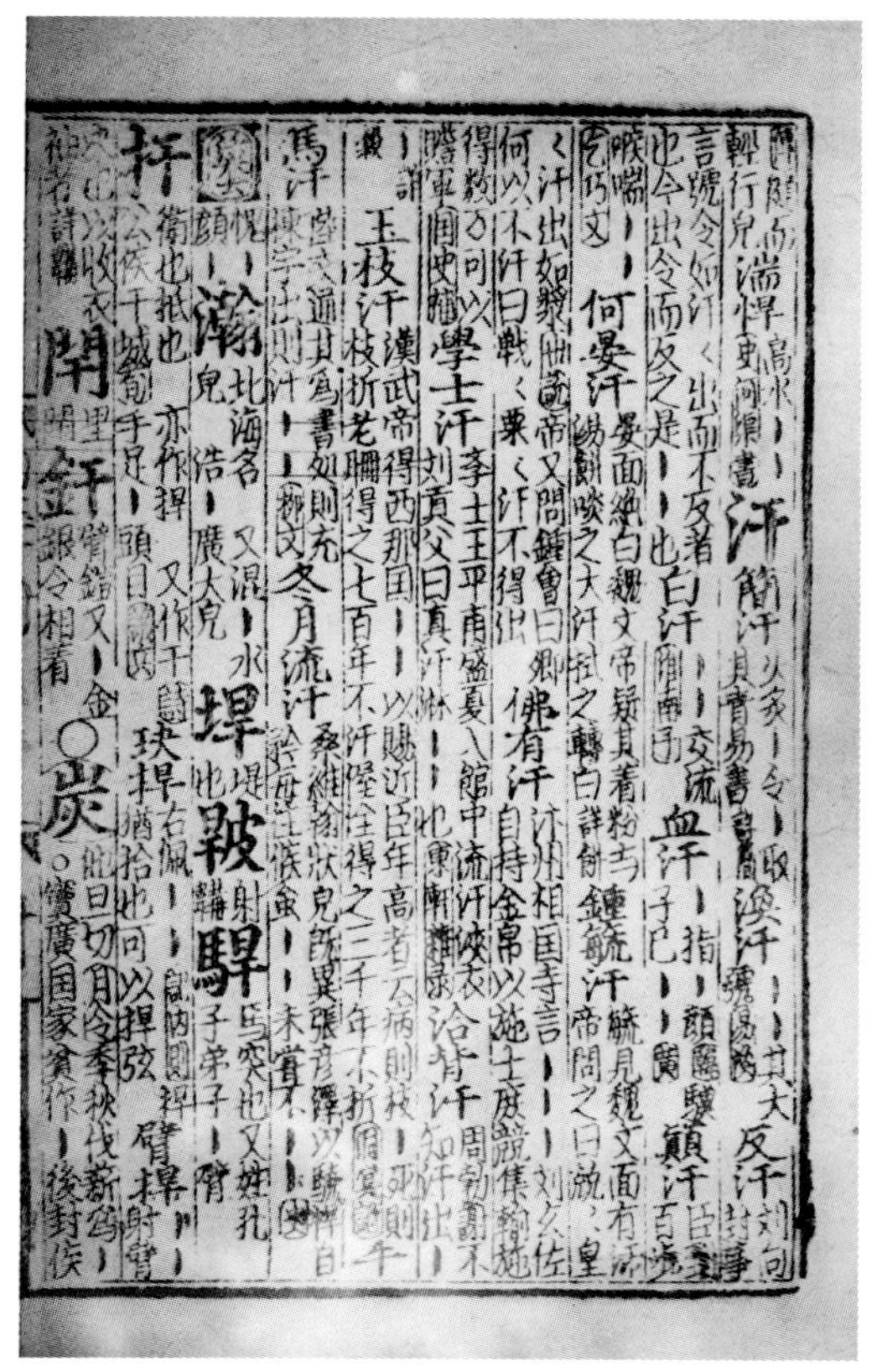

二一一 f　同　巻十五第十張前半　市立米沢図書館蔵

元統甲戌春
梅溪書院刊

二—一—二a　又〔二〕修本　目録末尾牌記　國學院大學図書館藏

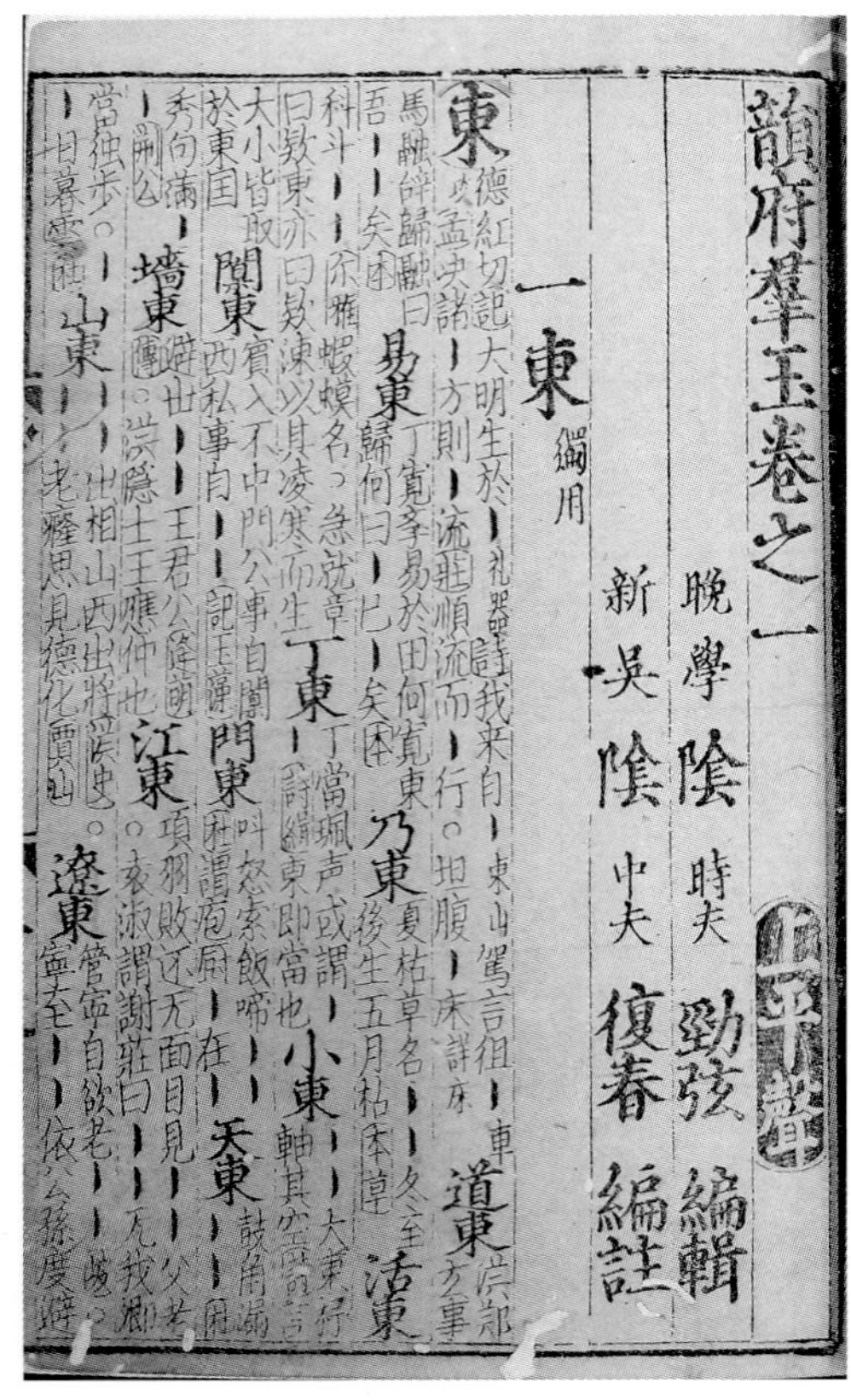
韻府羣玉卷之一
晩學　陰　時夫　勁弦　編輯
新吳　陰　中夫　復春　編註
一東　獨用

二—一—二b　同　巻首　同

二一一二c　又〔二〕修本　巻十一第十張後半至第十一張前半　同

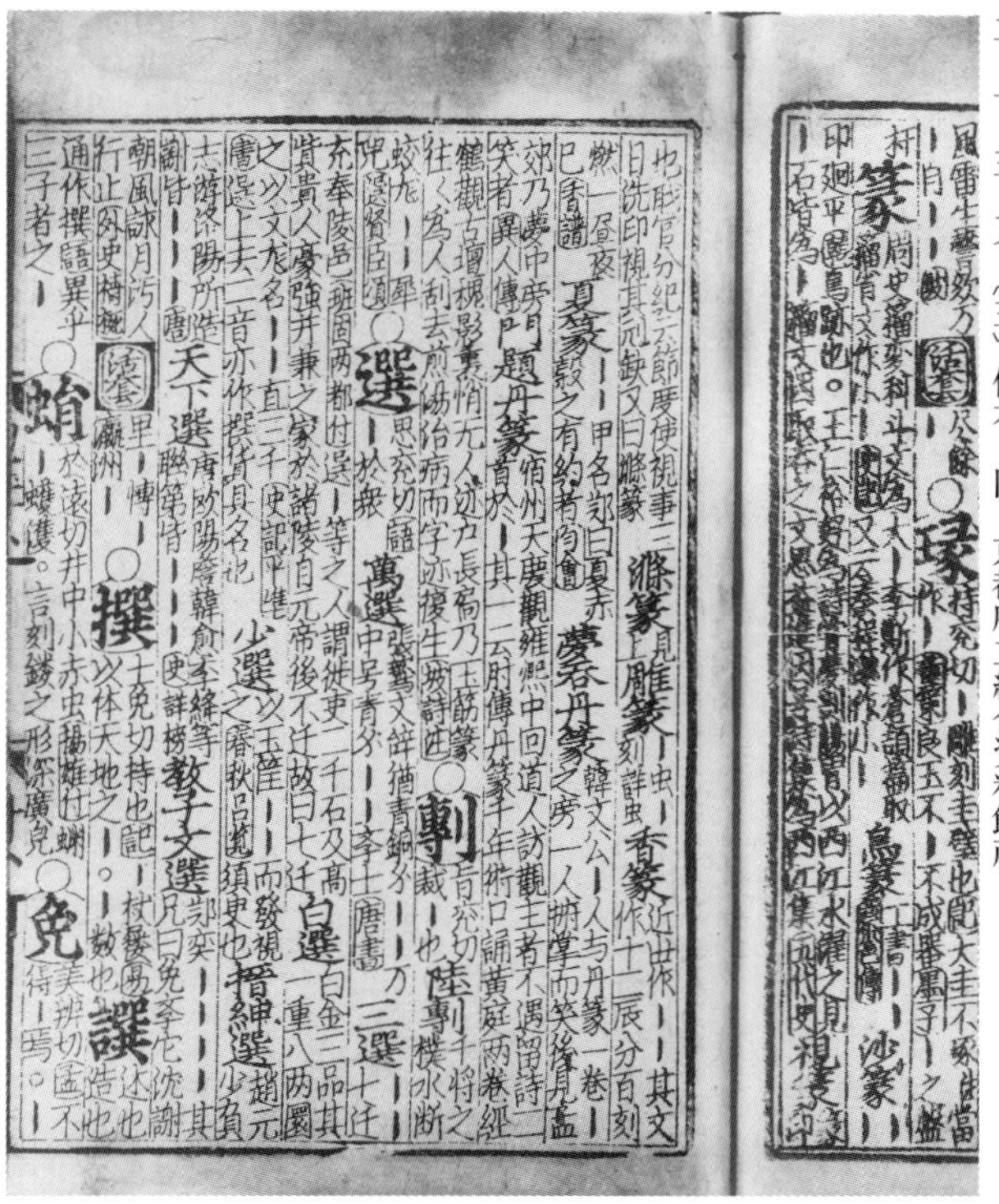

二一一三　又〔三〕修本　同　京都府立総合資料館蔵

戊申春東山

秀岩書堂刊

二—一—四a 同 元至正二十八年刊本 目録末尾牌記 京都大学人文科学研究所蔵

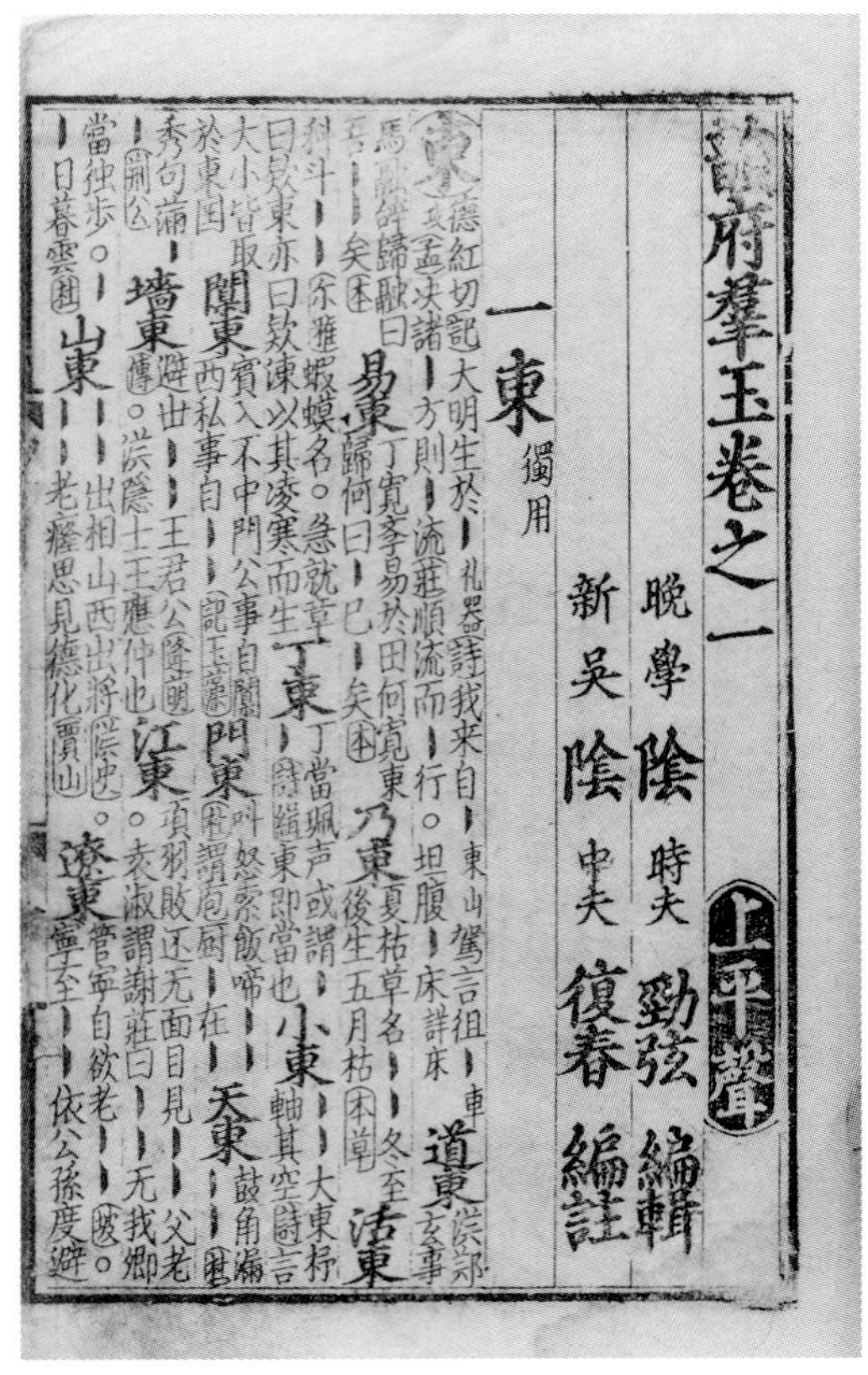
韻府羣玉卷之一

晚學 陰時夫 勁弦 編輯

新吳 陰中夫 復春 編註

一東 獨用

二—一—四b 同 巻首 同

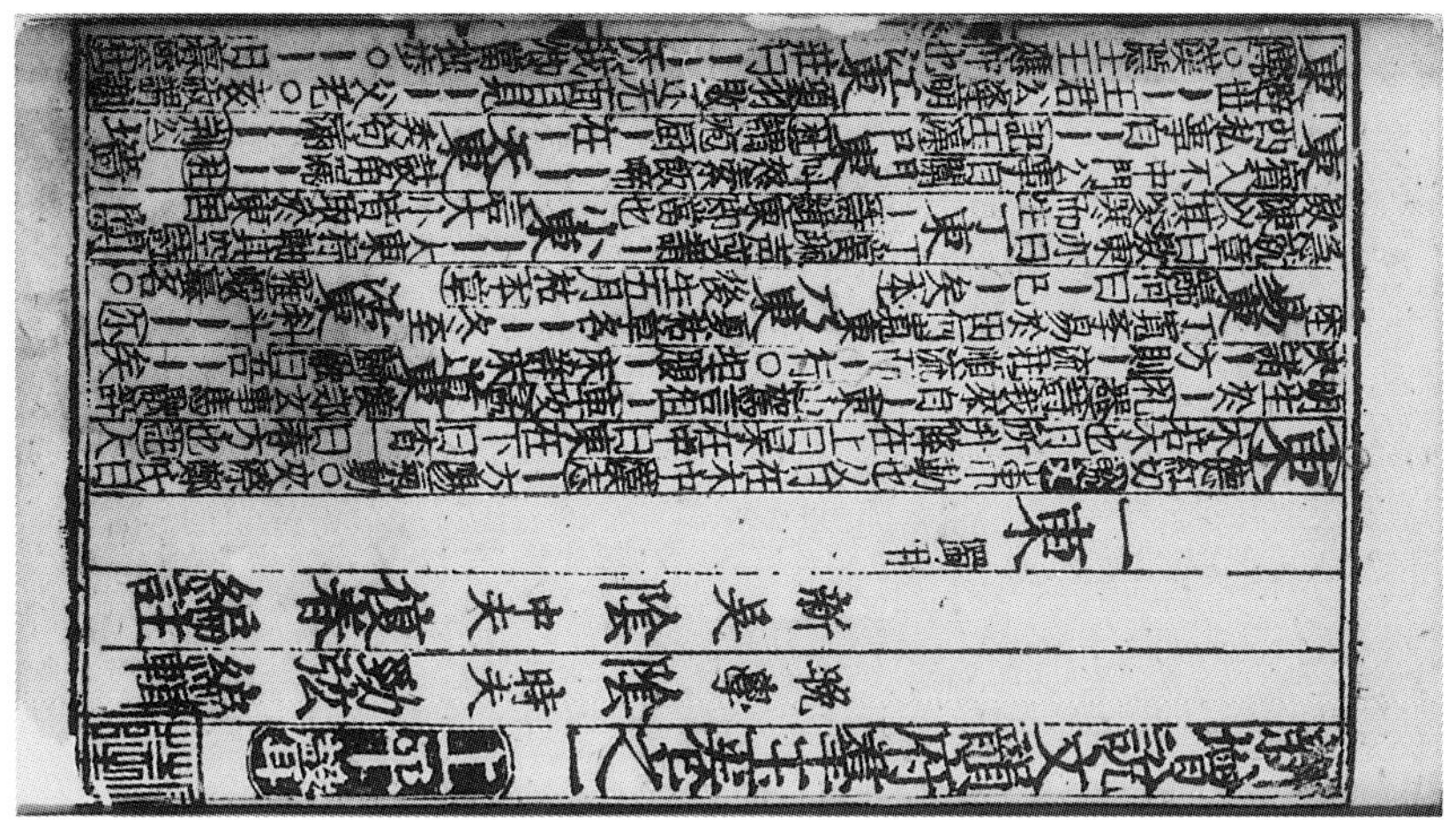

二二—五b　同　巻首　同

二二—五a　又〔明〕修本　封面　静嘉堂文庫蔵

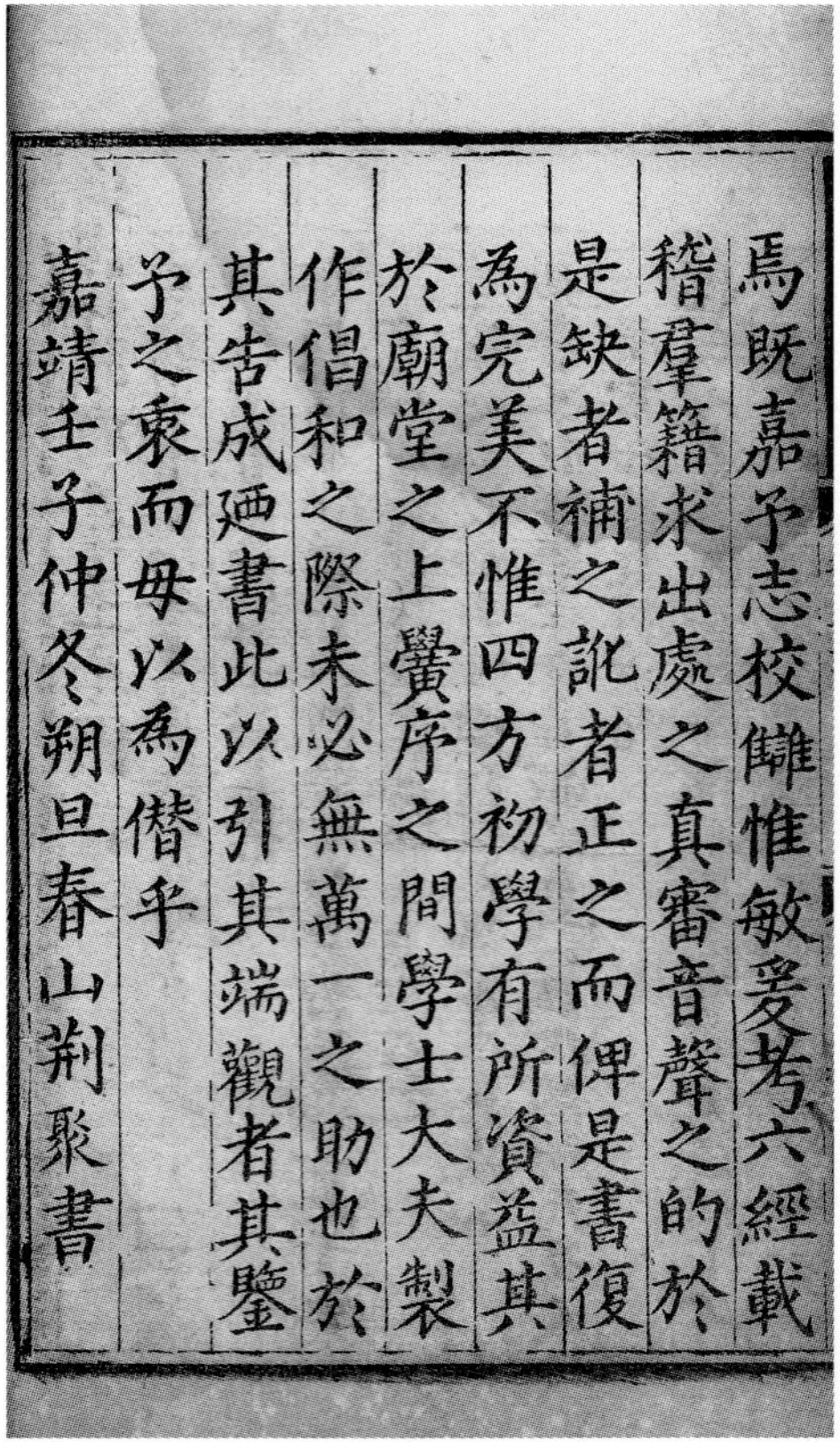
馬既嘉予志校讎惟敏爰考六經載
稽羣籍求出處之真審音聲之的於
是缺者補之訛者正之而俾是書復
為完美不惟四方初學有所資益其
於廟堂之上黌序之間學士大夫製
作倡和之際未必無萬一之助也於
其告成廼書此以引其端觀者其鑒
予之衷而毋以為僭乎
嘉靖壬子仲冬朔旦春山荊聚書

二一—一六a　同　明嘉靖三十一年序刊本　荊序末　北京大学図書館蔵

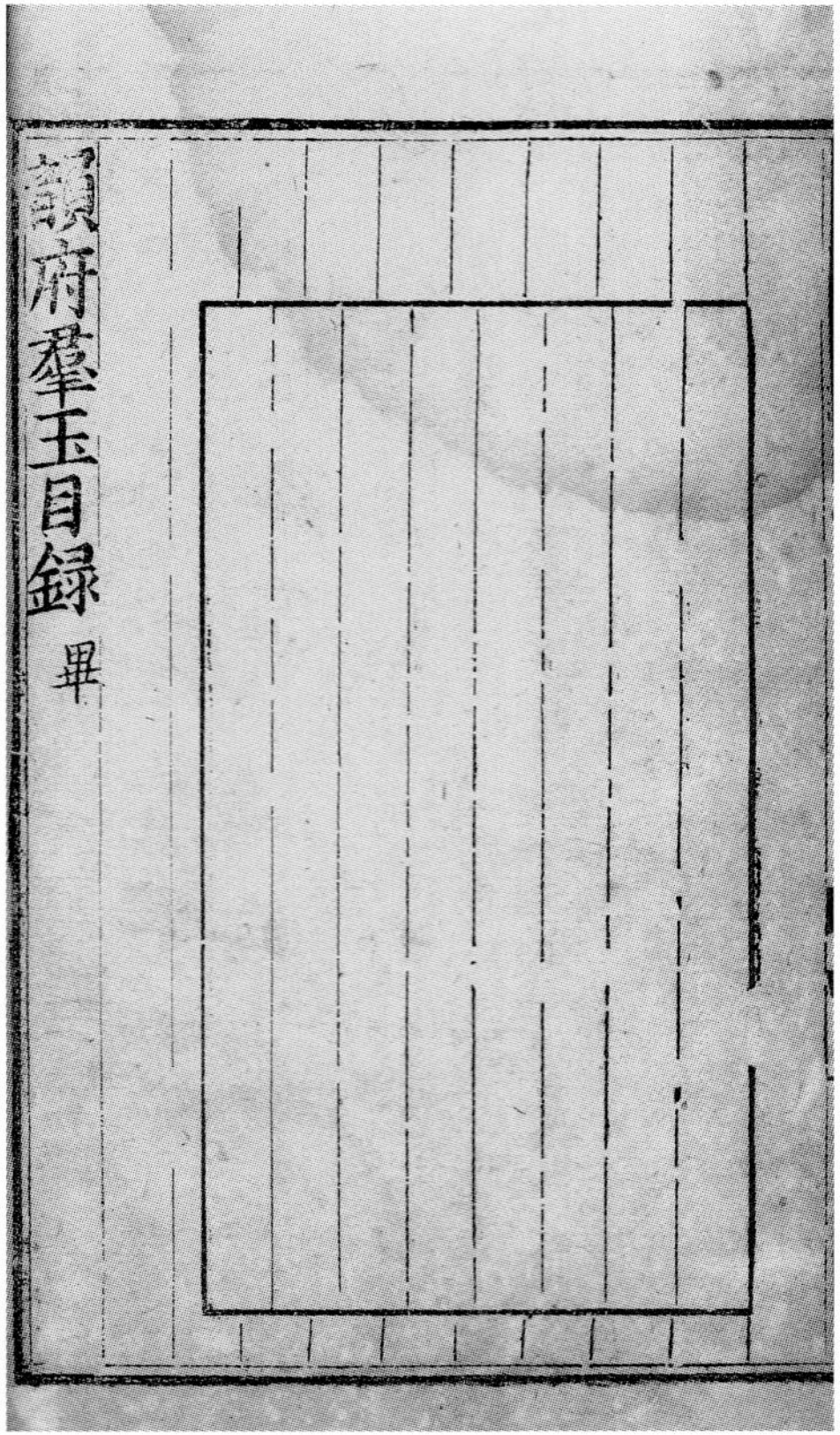
韻府羣玉目録　畢

二一—一六b　同　目録末尾牌　同

二一一六c　同　巻首　同

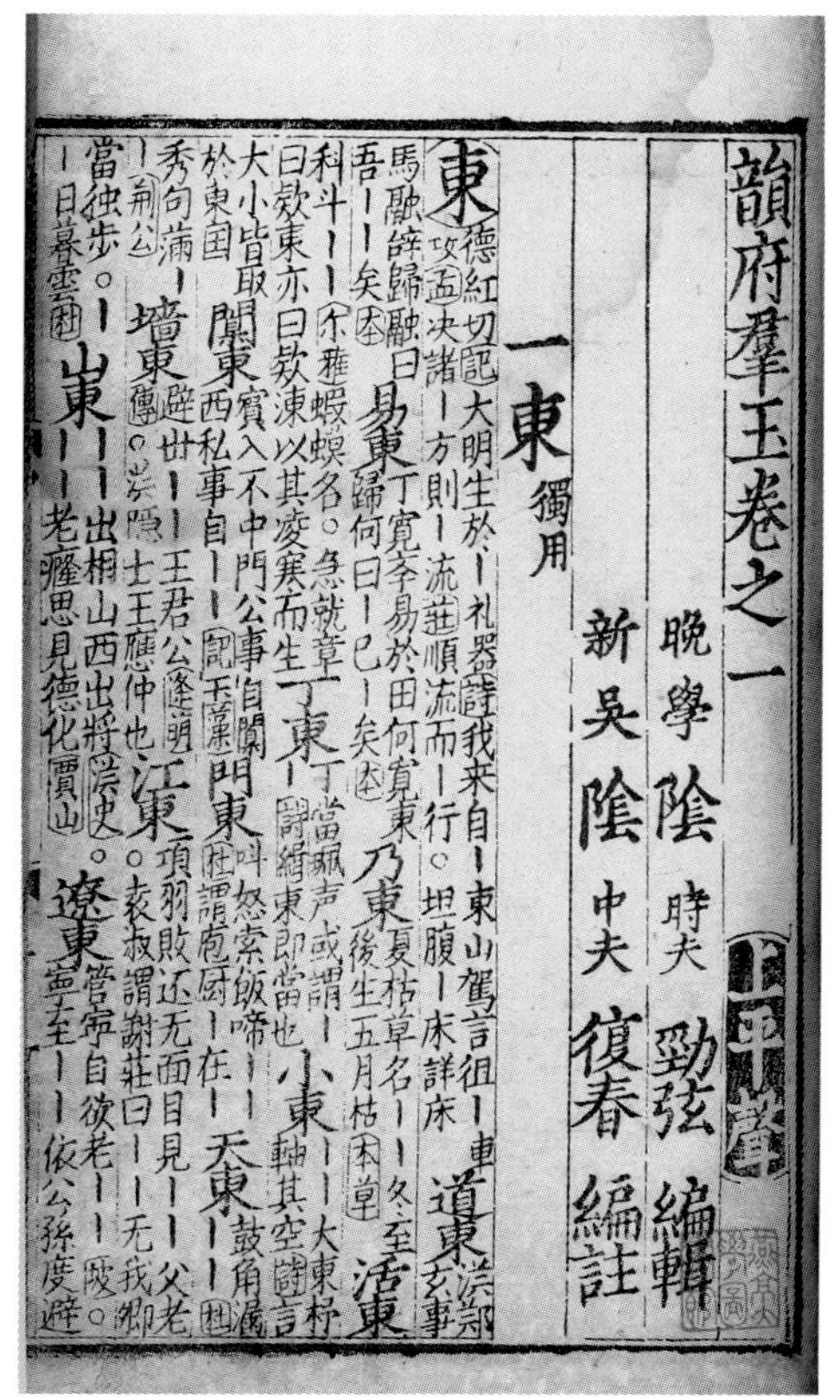
韻府羣玉卷之一

晩學　陰時夫　勁弦　編輯

新吳　陰中夫　復春　編註

一東　獨用

二一一六d　同　巻一末尾牌記　同

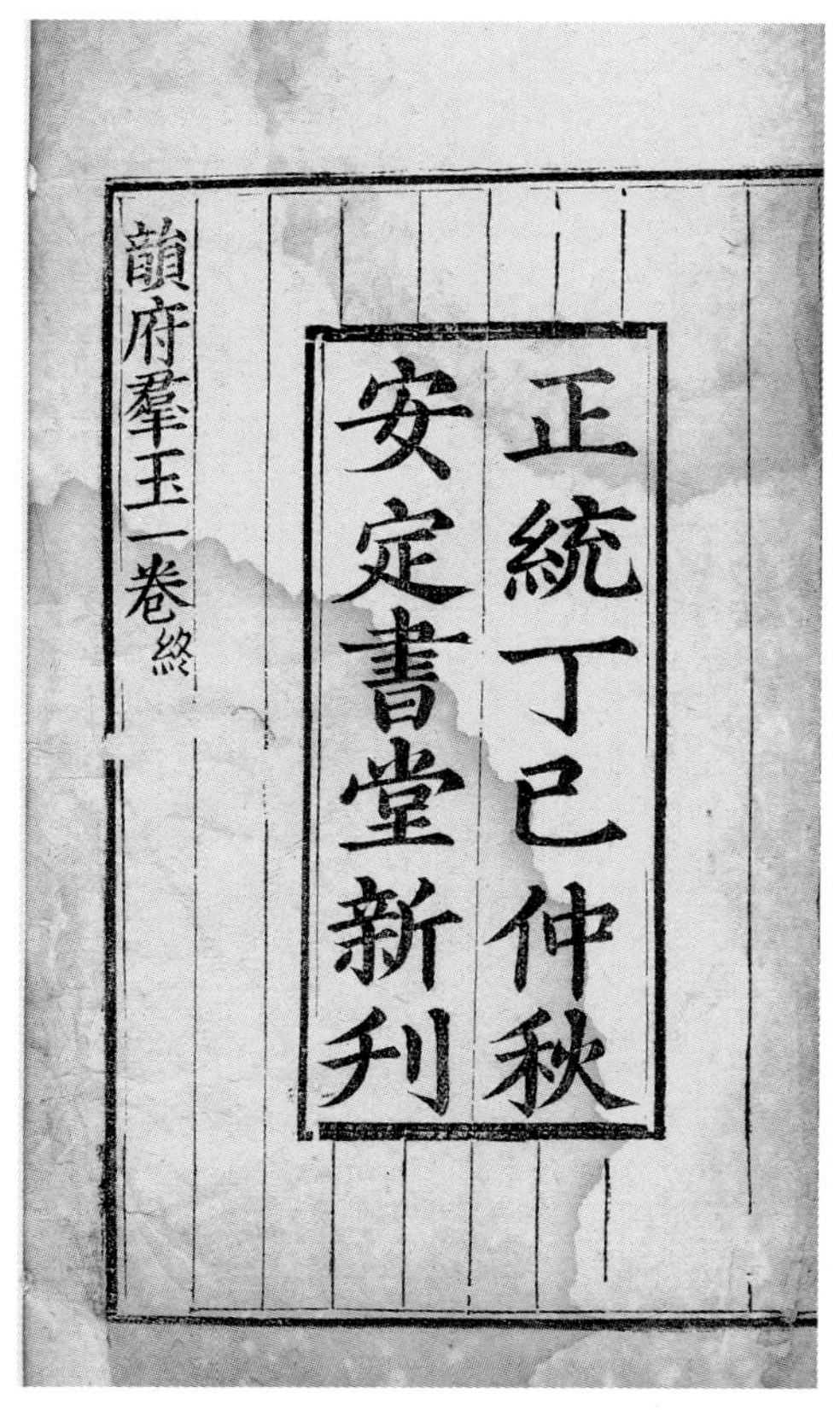
韻府羣玉一卷終

正統丁巳仲秋
安定書堂新刊

韻府羣玉目錄 畢

二一—七a　同　〔明〕刊本　目録末尾　東京大学総合図書館蔵

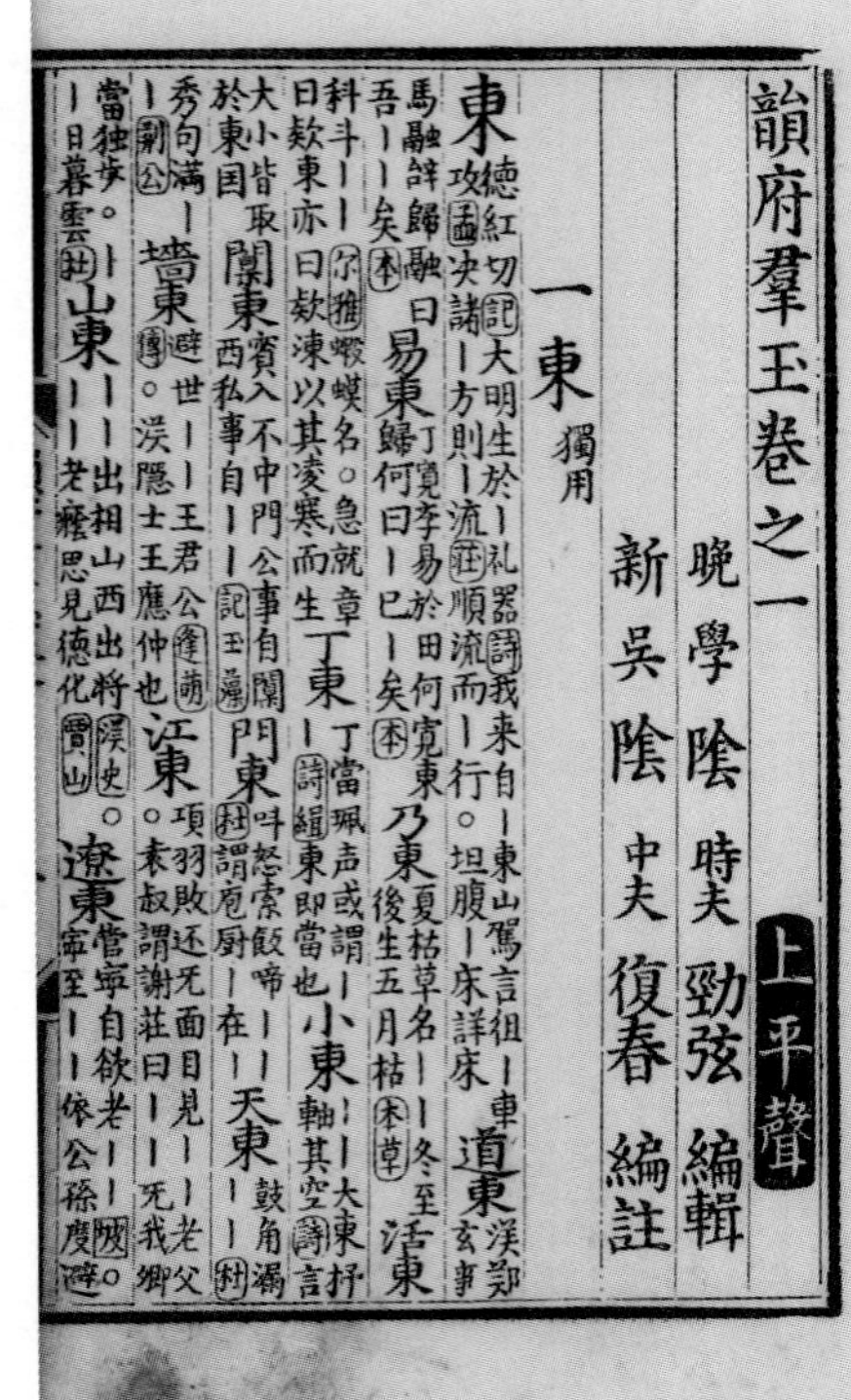

韻府羣玉卷之一　上平聲

晩學陰 時夫 勁弦 編輯

新呉陰 中夫 復春 編註

一東 獨用

二一—七b　同　巻首　同

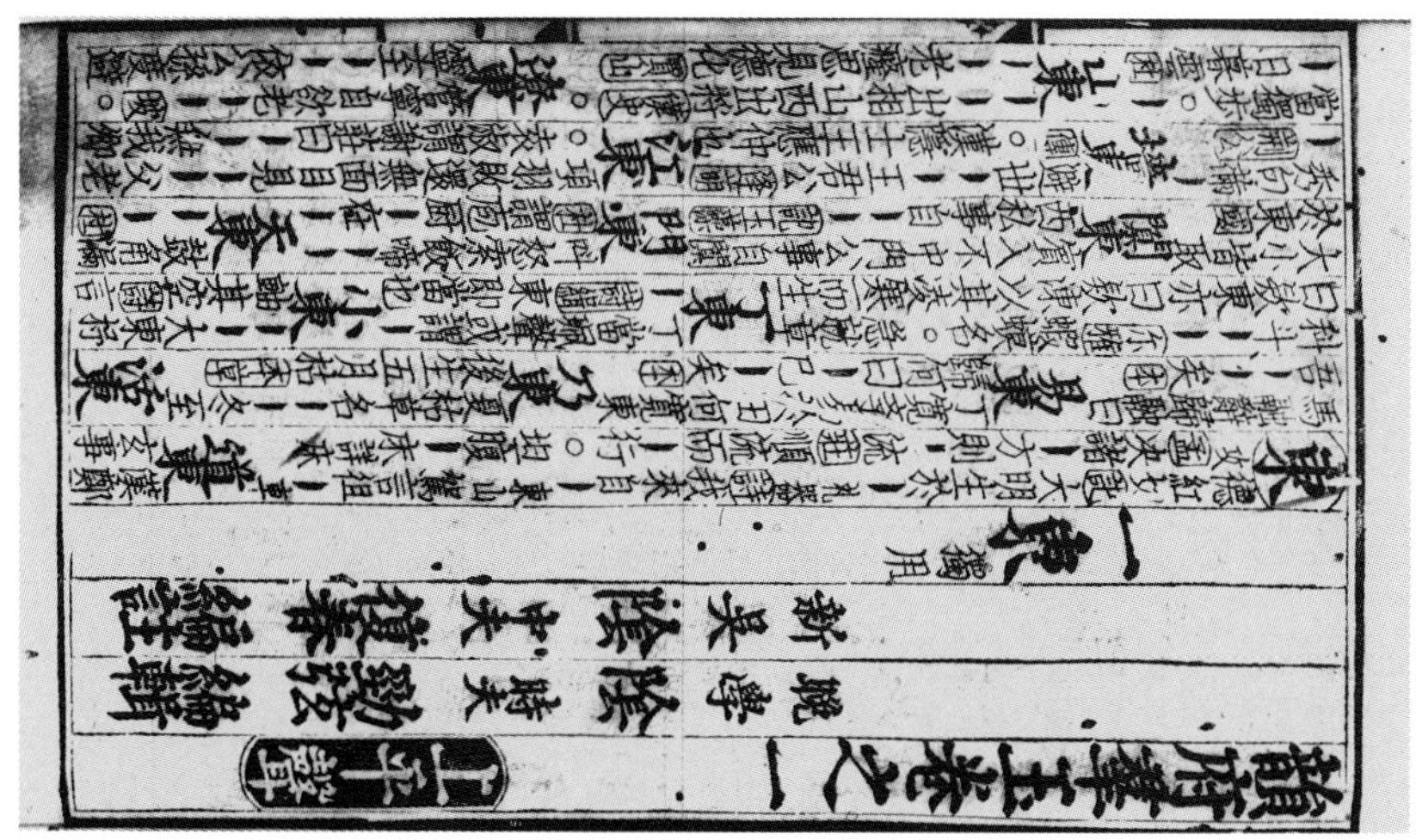
韻府羣玉巻之一

晩學 陰時夫 勁弦 編輯

新呉 陰中夫 復春 編注

上平聲

一東 獨用

二一八b 同 巻首 同

元統甲戌春

梅溪書院刊

二一八a 同 日本〔南北朝〕刊本 目録末尾牌記 東北大学附属図書館蔵

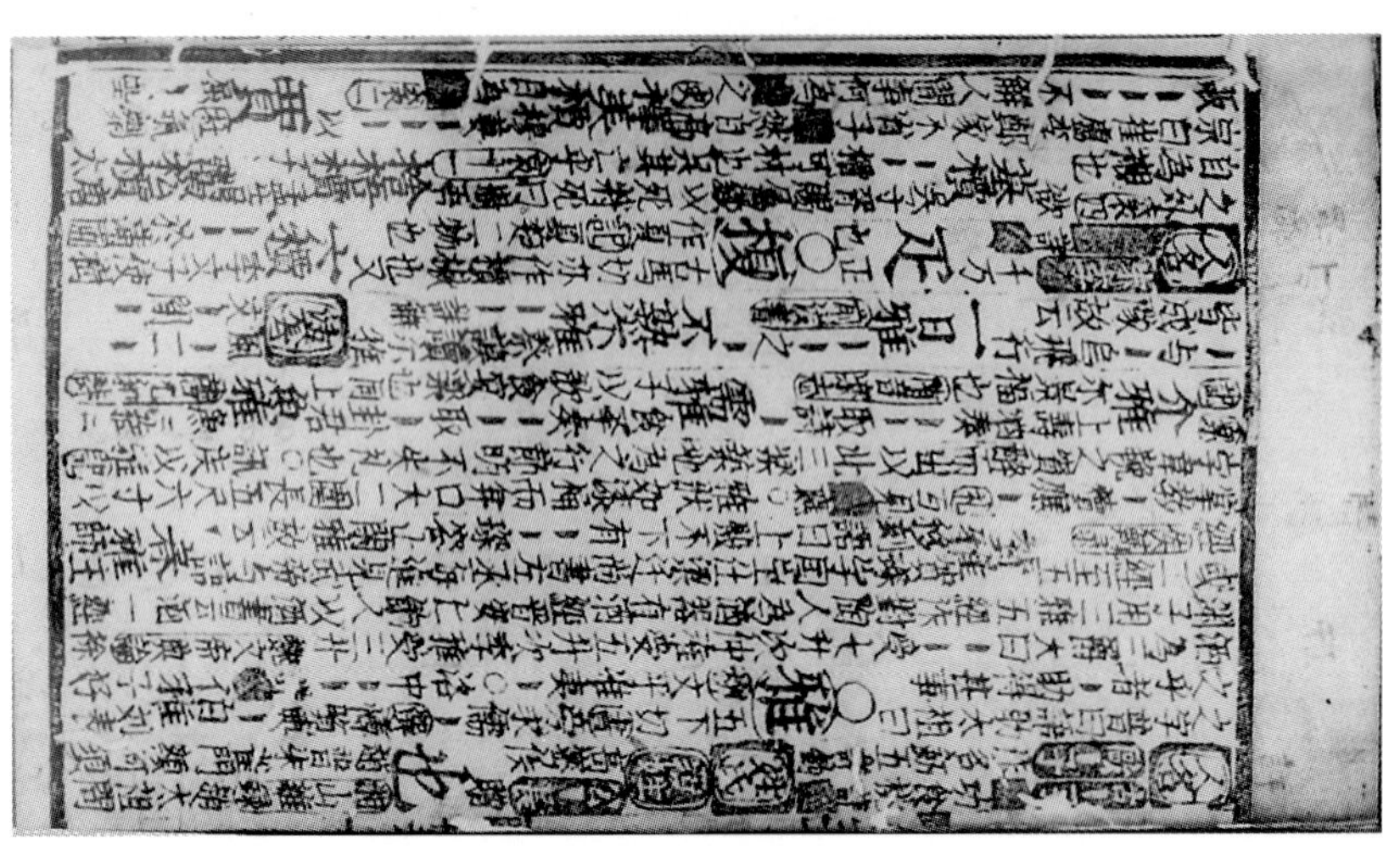

二一八d　同　巻十一第三十五張後半　大東急記念文庫蔵

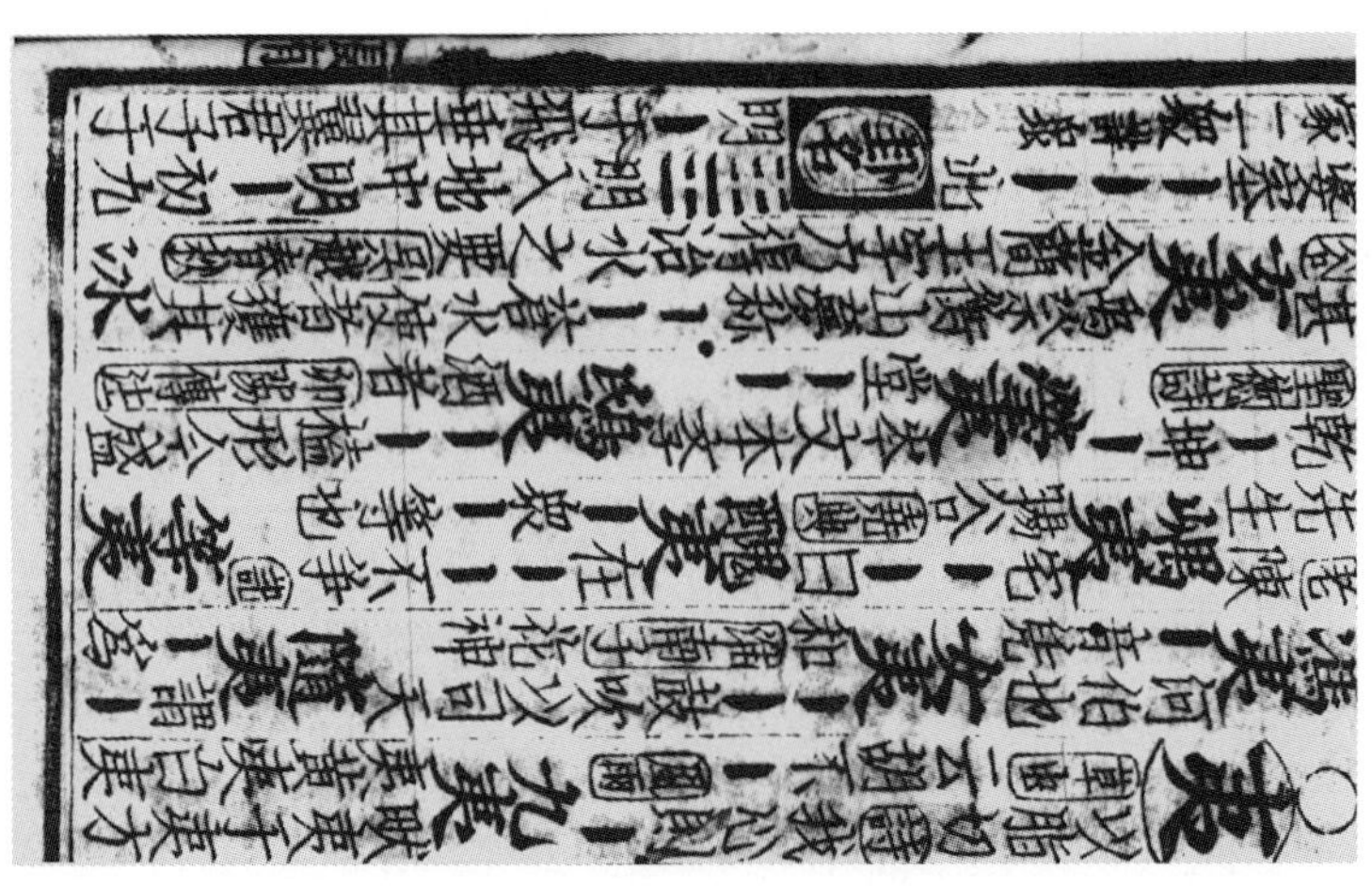

二一八c　同　巻三第十三張後半　同

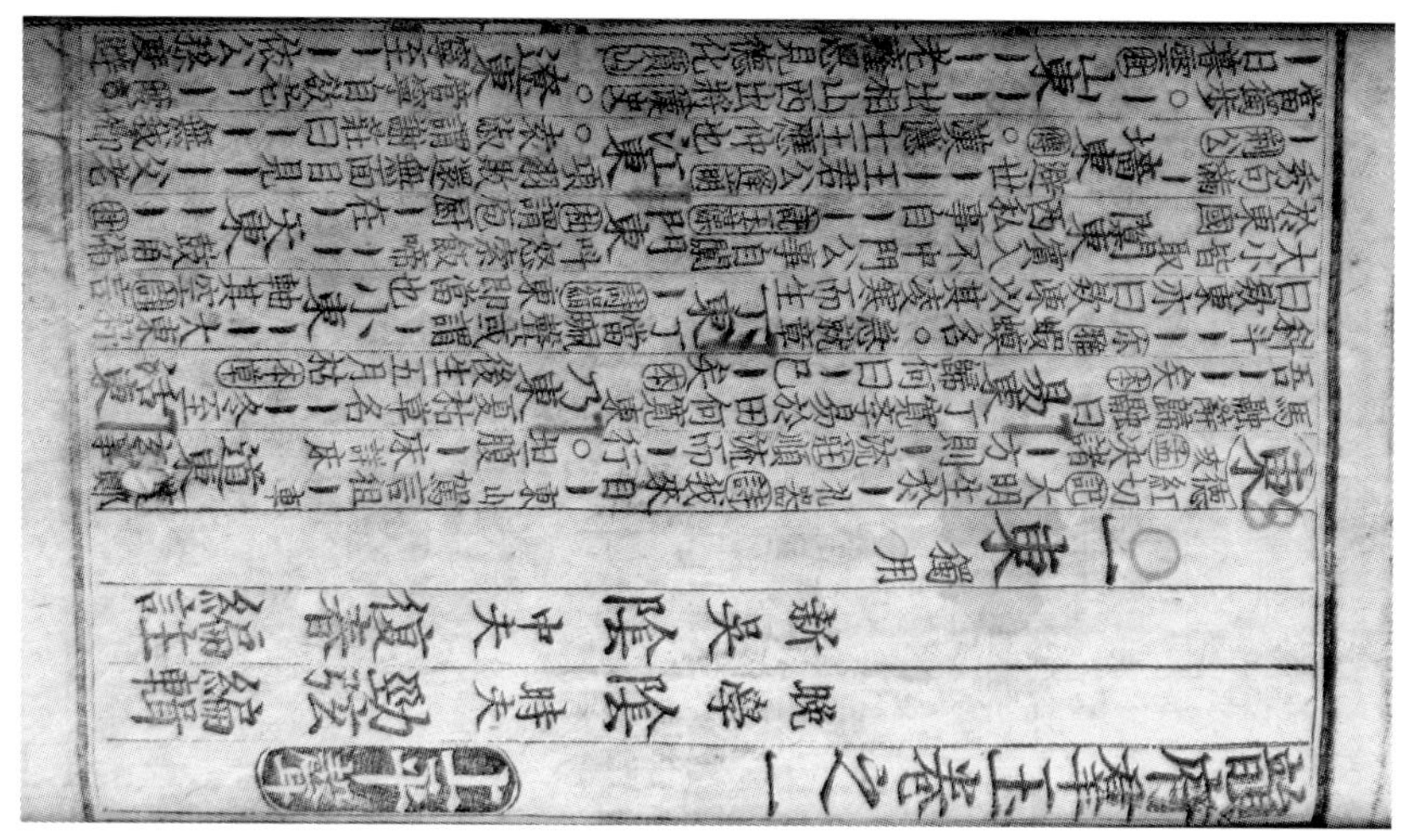

二一九b　同　巻首
同

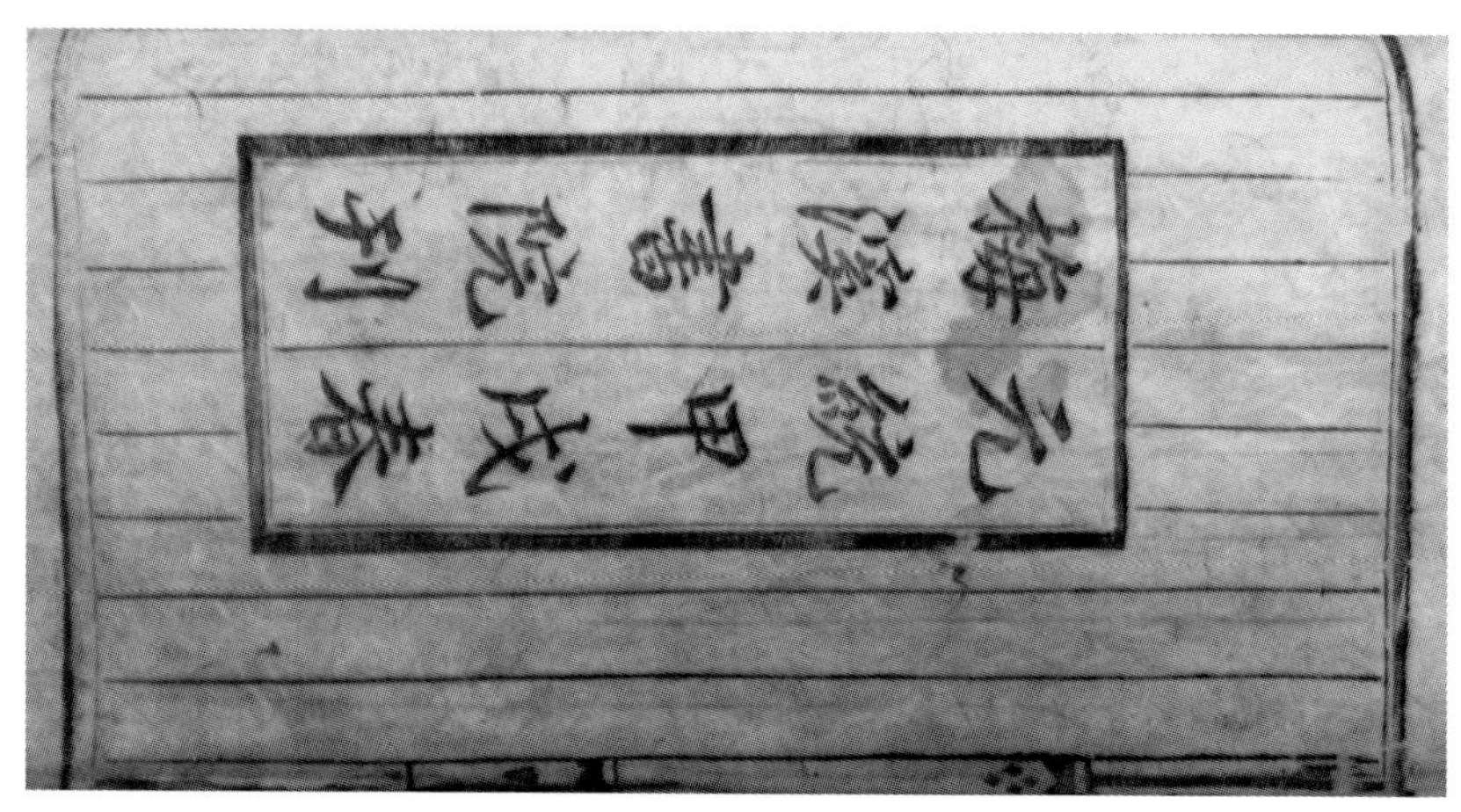

二一九a　同
朝鮮明正統二年跋刊本
目録末尾牌記
近畿大学中央図書館蔵

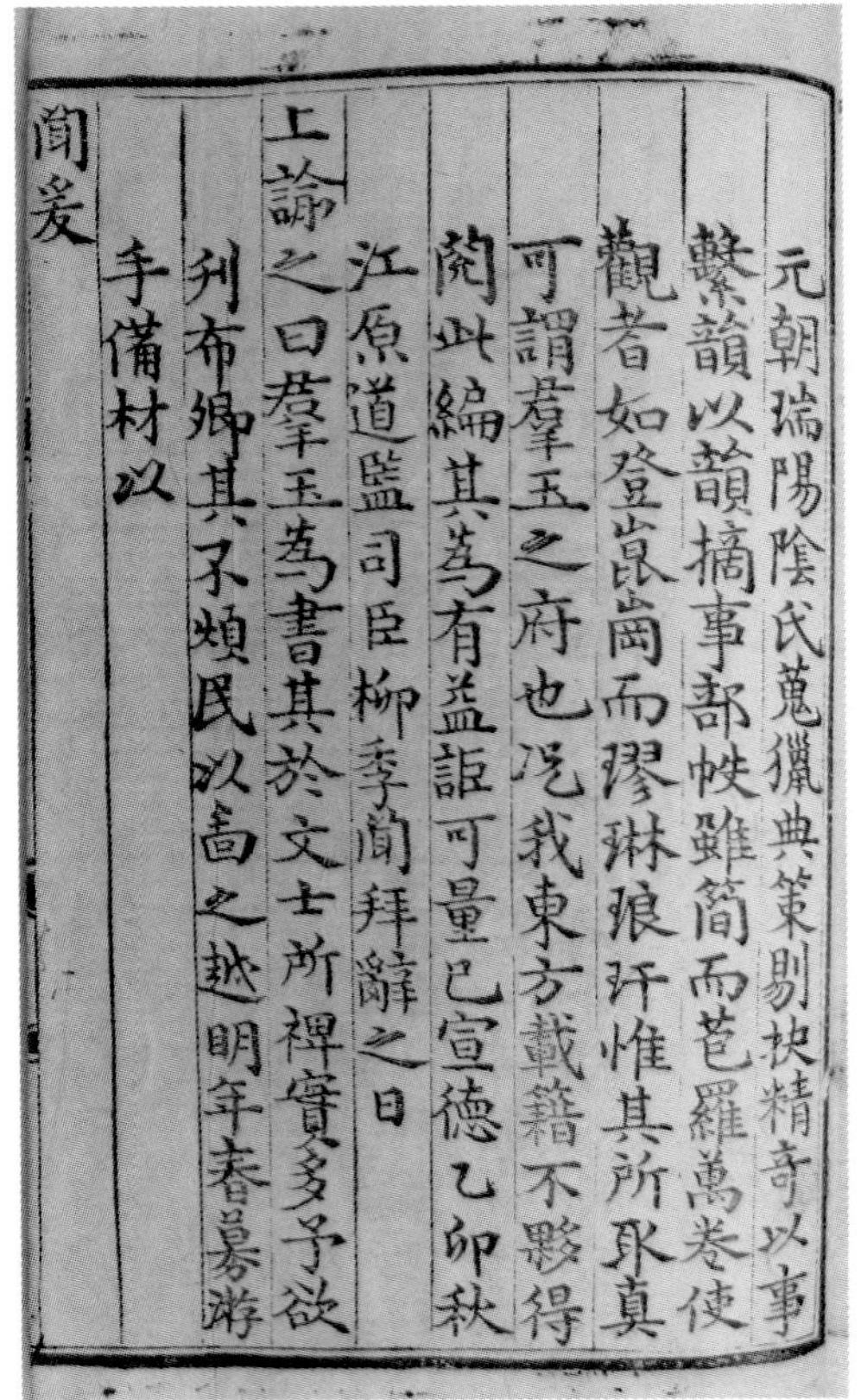

元朝瑞陽陰氏蒐獵典策剔抉精奇以事
繫韻以韻摘事部帙雖簡而苞羅萬卷使
觀者如登崑崙而璆琳琅玕惟其所取真
可謂羣玉之府也况我東方載籍不影得
閱此編其為有益詎可量已宣德乙卯秋
江原道監司臣柳季聞拜辭之日
上諭之曰羣玉為書其於文士所裨實多予欲
刊布卿其不煩民以圖之越明年春暮游
手備材以
聞爰

二一一九c　同　南跋前半　同

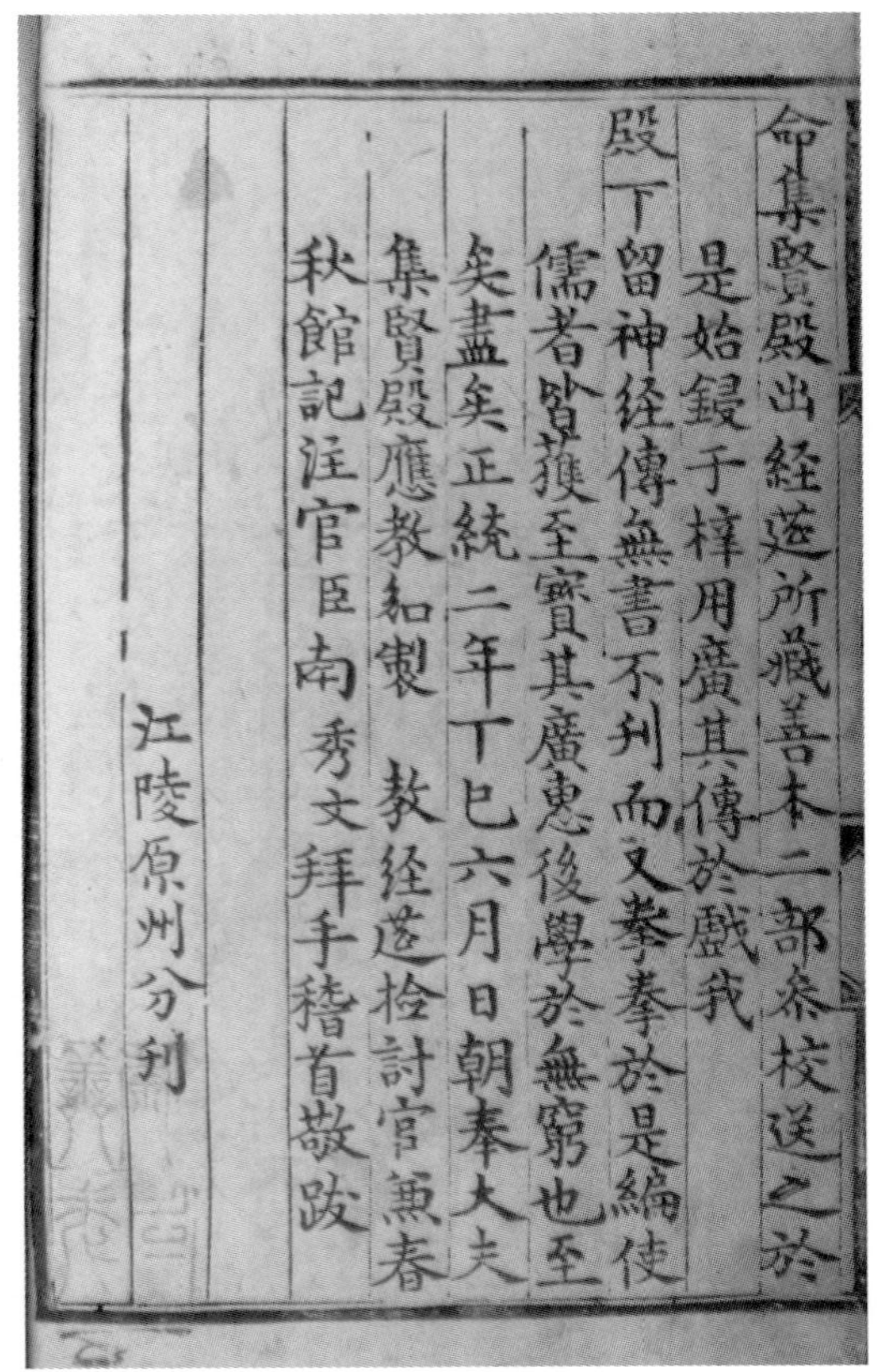

命集賢殿出經筵所藏善本二部參校送之於
是始鋟于梓用廣其傳於戲我
殿下留神經傳無書不刊而又拳拳於是編使
儒者皆獲至寶其廣惠後學於無窮也至
矣盡矣正統二年丁巳六月日朝奉大夫
集賢殿應教知製　教經筵檢討官兼春
秋館記注官臣南秀文拜手稽首敬跋
江陵原州分刊

二一一九d　同　南跋後半　同

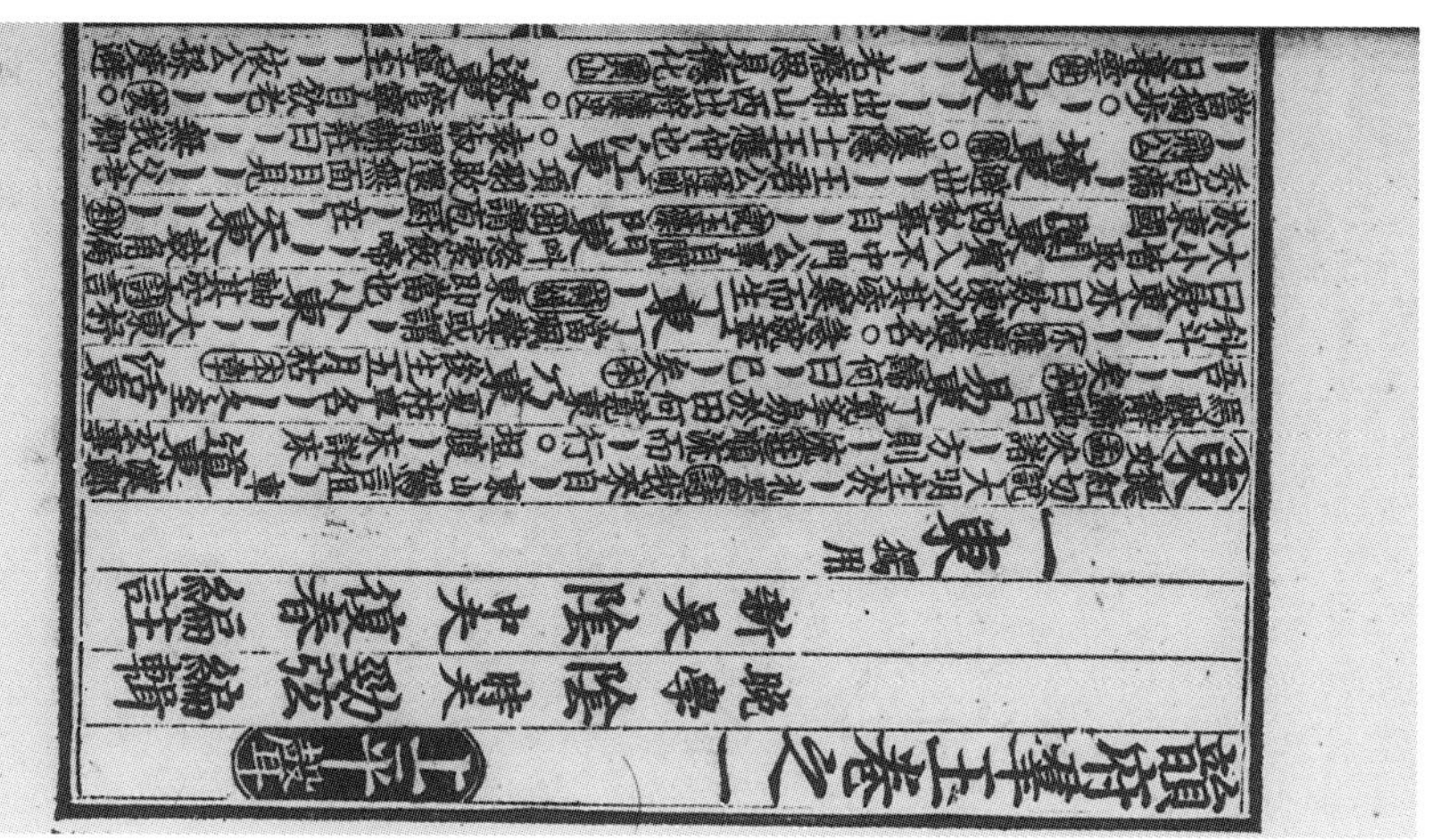

二一—十b　同　巻首　同

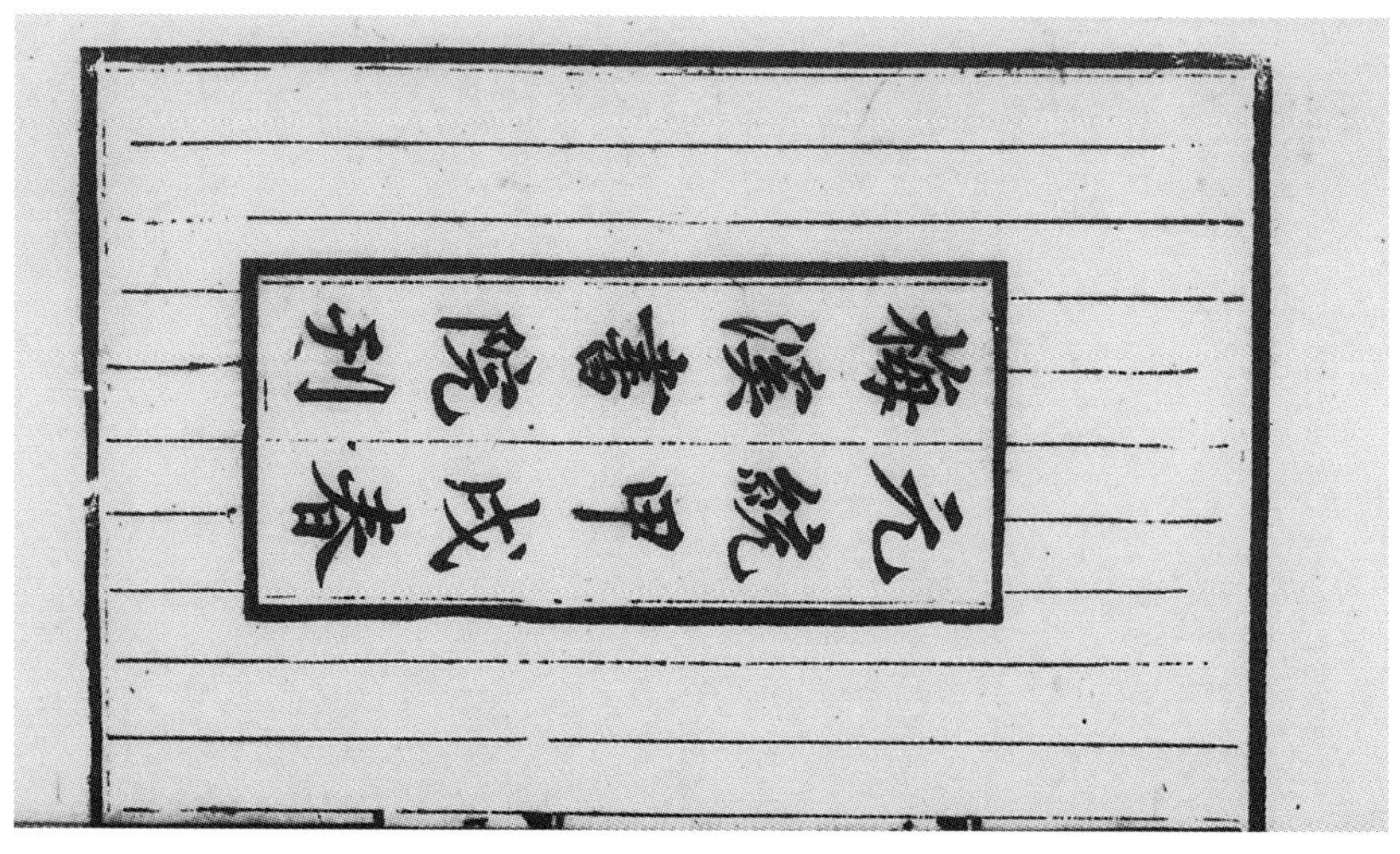

二一—十a　同〔朝鮮前期〕刊本　目録末尾牌記　陽明文庫蔵

二―一―十一a　同　〔明洪武八年序〕刊本　巻二首　布施美術館蔵

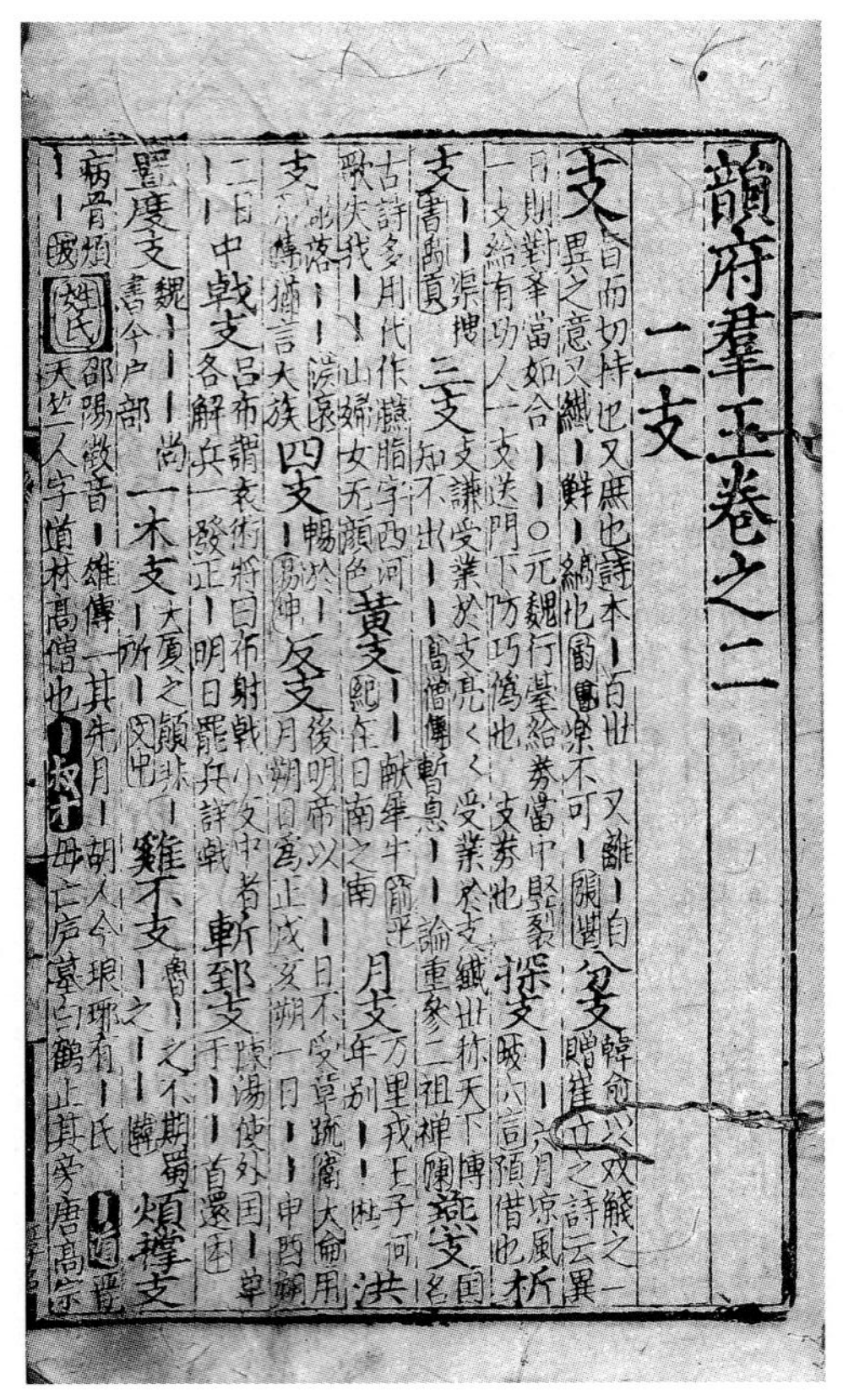

二―一―十一b　同　巻十五第二張　東北大学附属図書館蔵

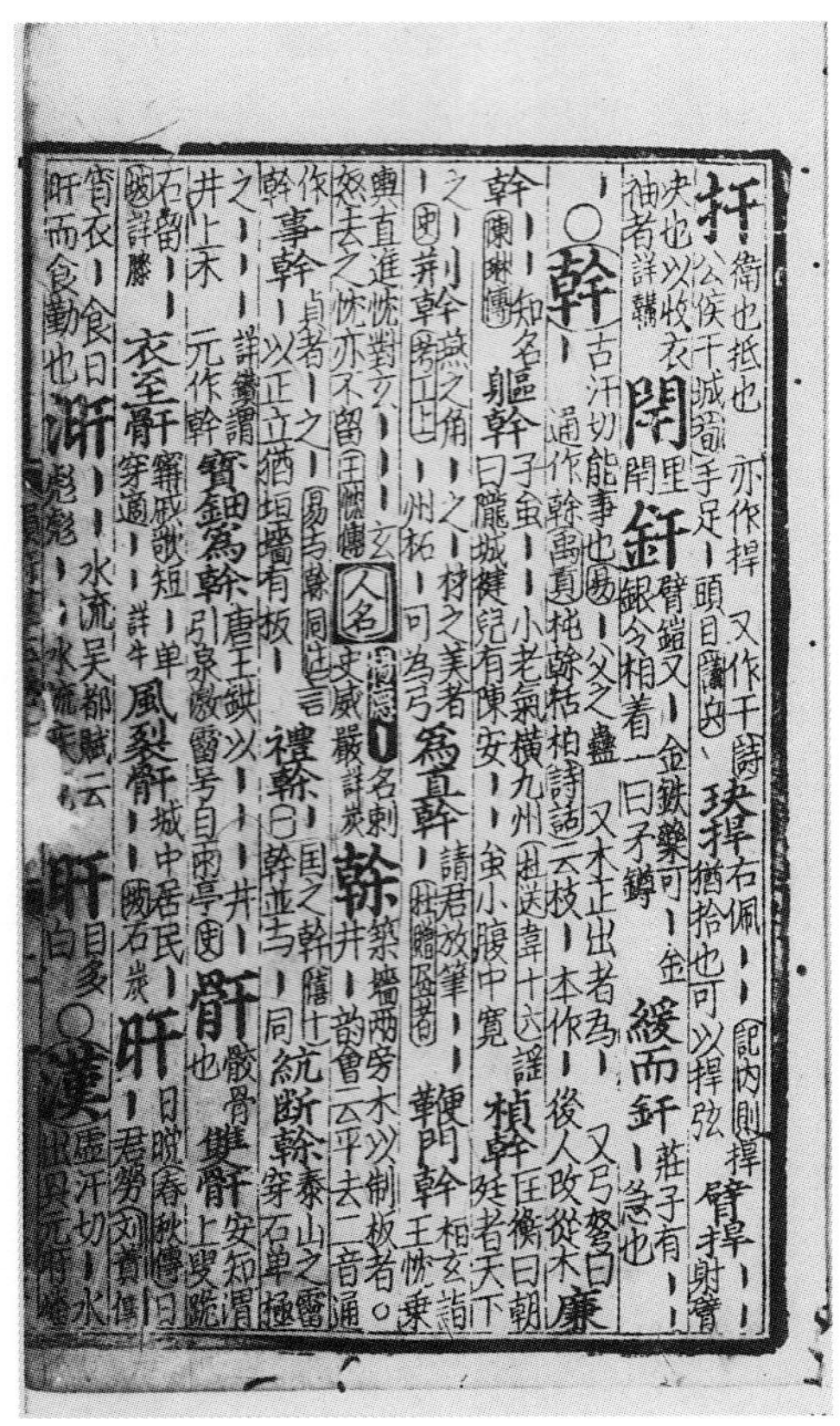

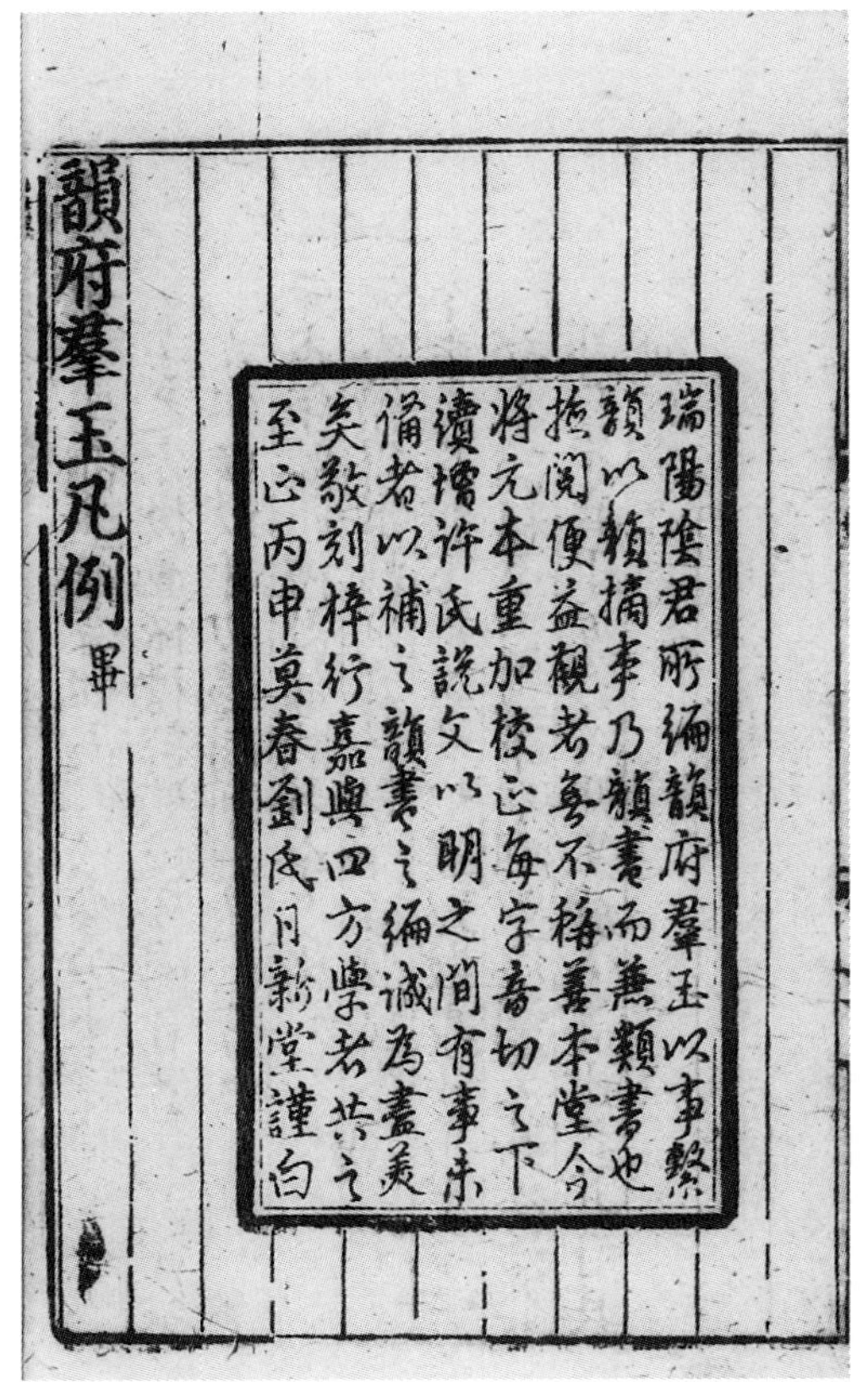

韻府羣玉凡例

畢

瑞陽陰君所編韻府羣玉以事繫
韻以韻摘事乃韻書而兼類書也
檢閲便益觀者無不稱善本堂今
將元本重加校正每字音切之下
續增許氏說文以明之間有事未
備者以補之韻書之編誠爲盡美
矣敬刻梓行嘉與四方學者共之
至正丙申莫春劉氏日新堂謹白

二二一a　『新増説文韻府群玉』元至正十六年刊本　凡例末尾牌記
京都大学附属図書館蔵

新增說文韻府羣玉卷之一

晩學　陰時夫　勁弦　編輯
新呉　陰中夫　復春　編註

一東　獨用

二二一b　同　巻首
同

二一一c　同　巻一第四張前半　同

二一一d　同　巻十第十四張後半至第十五張前半　同

二二一e　同　巻十一第一張　同

韻府羣玉卷之十一

十五潸　與產同用

二二一f　同　巻十一第十張後半至第十一張前半　同

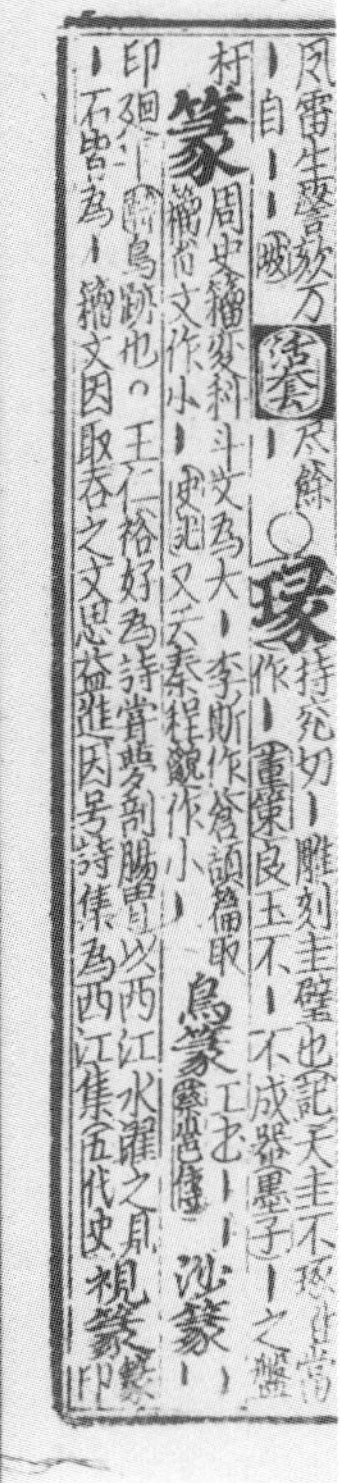

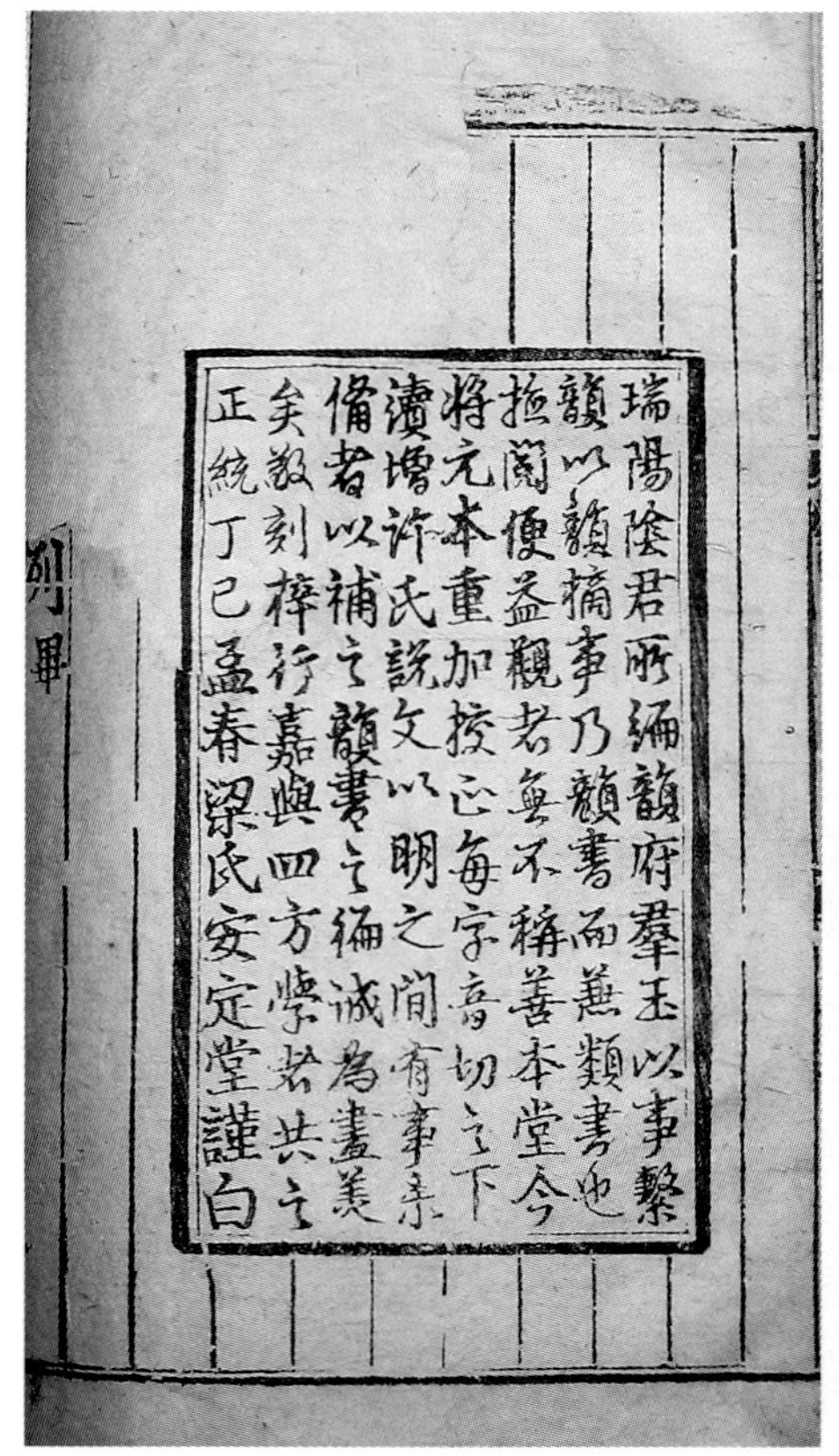

瑞陽陰君所編韻府羣玉以事繫
韻以韻摘事乃韻書而兼類書也
握閲便益觀者無不稱善本堂今
將元本重加校正每字音切之下
續增許氏說文以明之間有事未
備者以補之韻書之編誠爲盡美
矣敬刻梓行嘉與四方學者共之
正統丁巳孟春梁氏安定堂謹白

二―二―二a　同　〔明正統二年〕刊本　凡例末尾牌記
特種製紙株式会社寄託　大倉集古館蔵

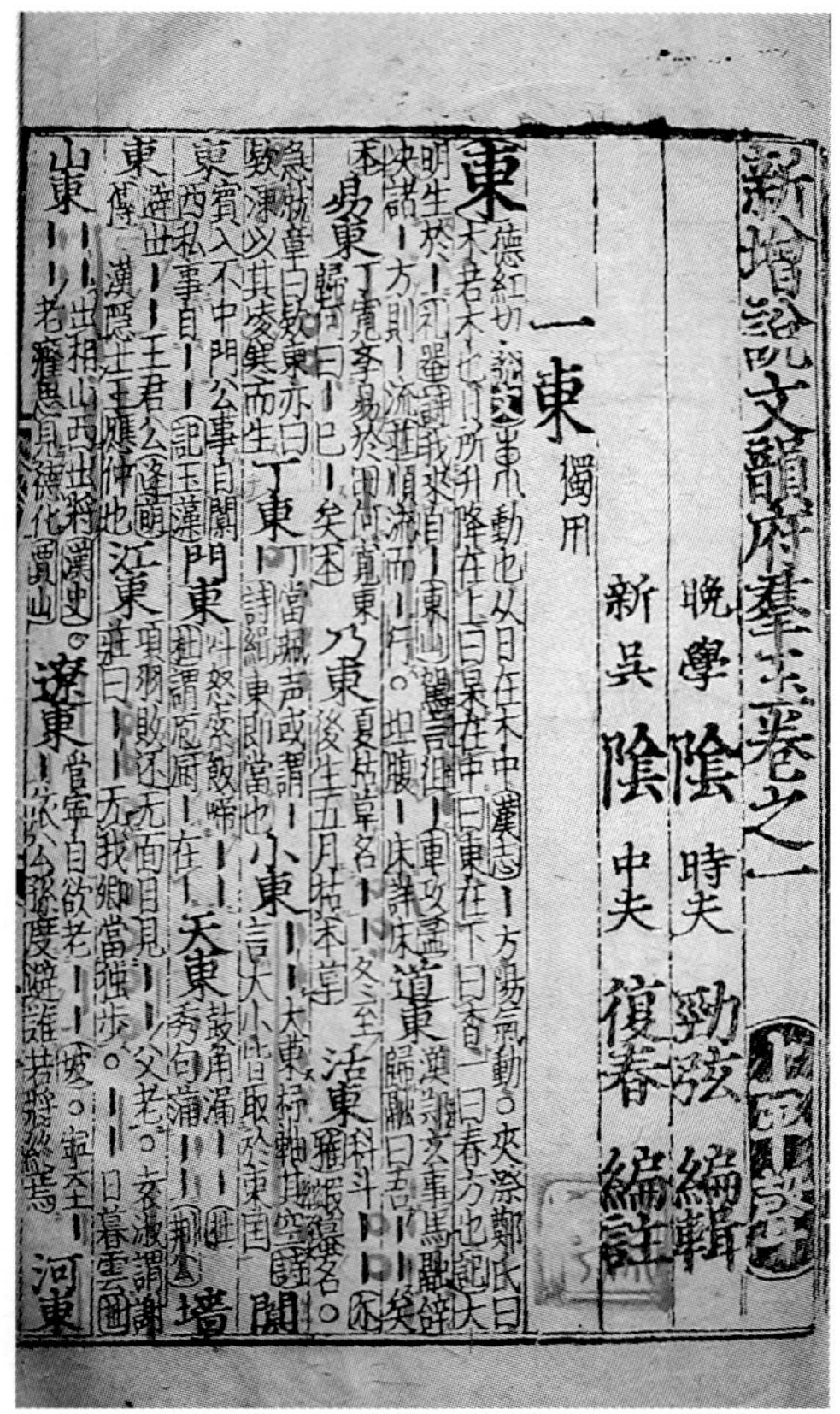

新增說文韻府羣玉卷之一
晚學　陰時夫　勁弦　編輯
新呉　陰中夫　復春　編註
一東　獨用

二―二―二b　同　巻首　同

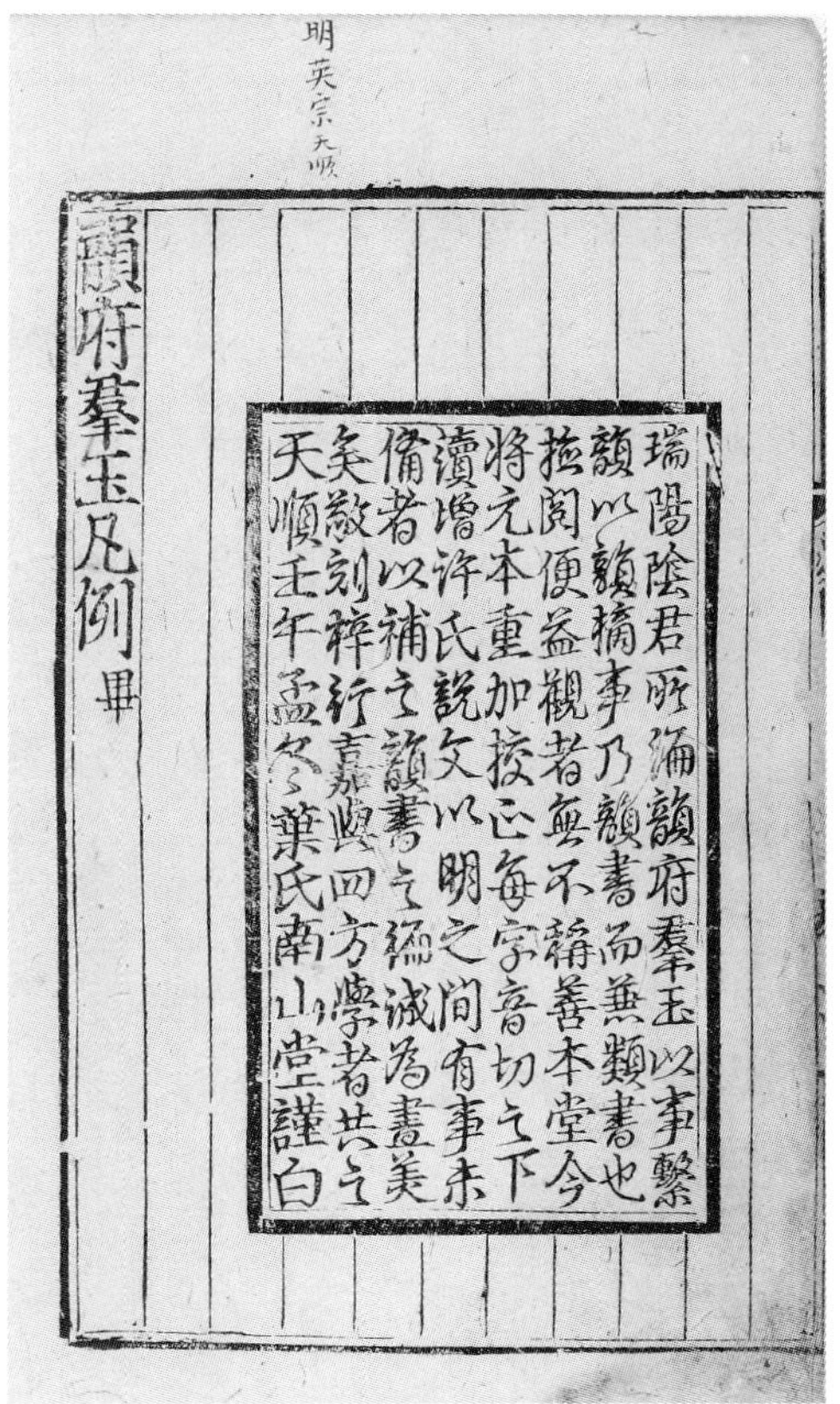

明英宗天順

韻府羣玉凡例　畢

瑞陽陰君所編韻府羣玉以事繫
韻以韻摘事乃韻書而兼類書也
披閲便益觀者無不稱善本堂今
将元本重加校正毎字音切之下
續増許氏説文以明之間有事未
備者以補之韻書之編誠為盡美
矣敬刻梓行嘉惠四方學者共之
天順壬午孟冬之葉氏南山堂謹白

二一二三a　同　明天順六年刊本　凡例末尾牌記　天理大学附属天理図書館蔵

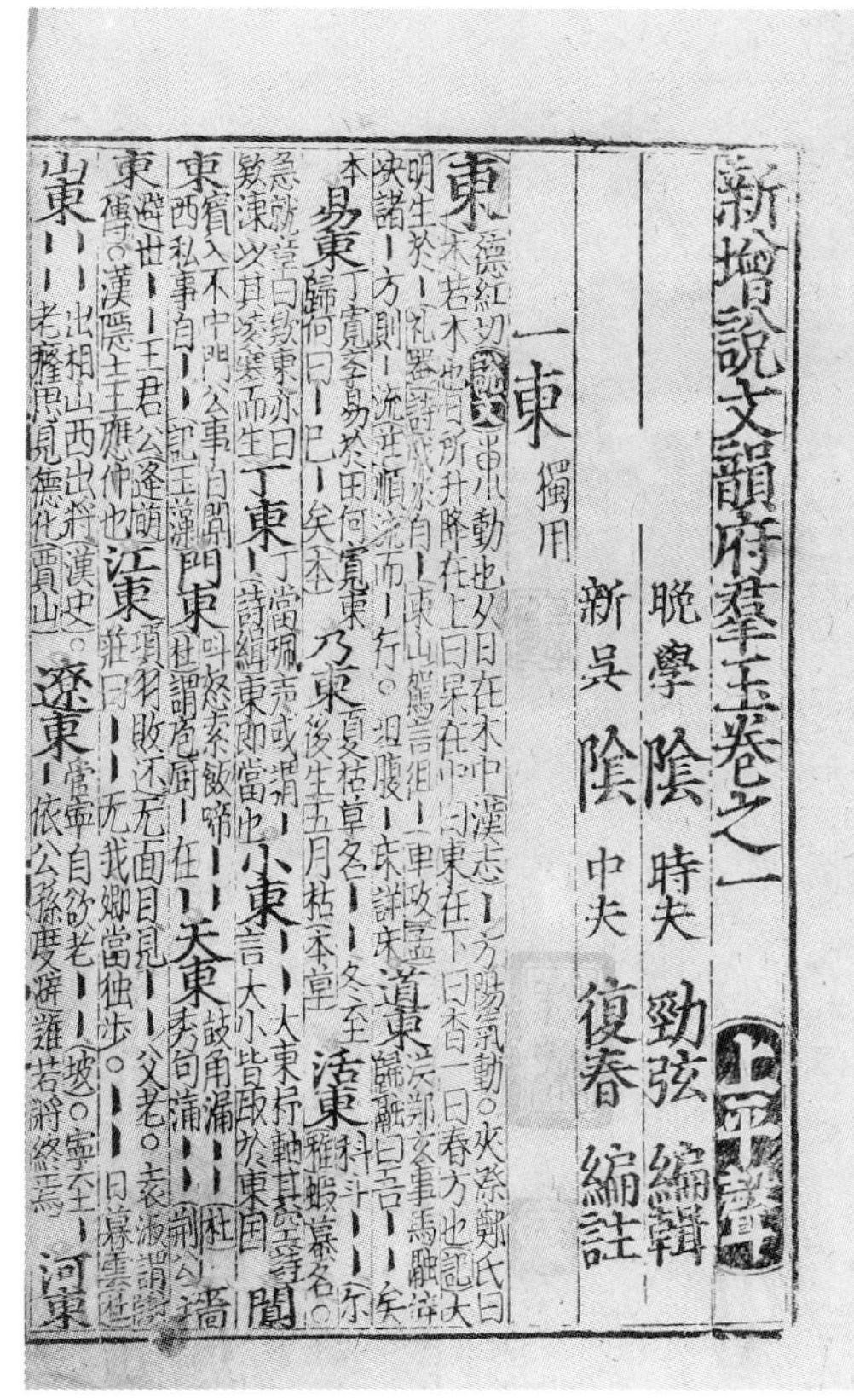

新増説文韻府羣玉巻之一　上平聲

晩學　陰　時夫　勁弦　編輯

新呉　陰　中夫　復春　編註

一東　獨用

二一二三b　同　巻首　同

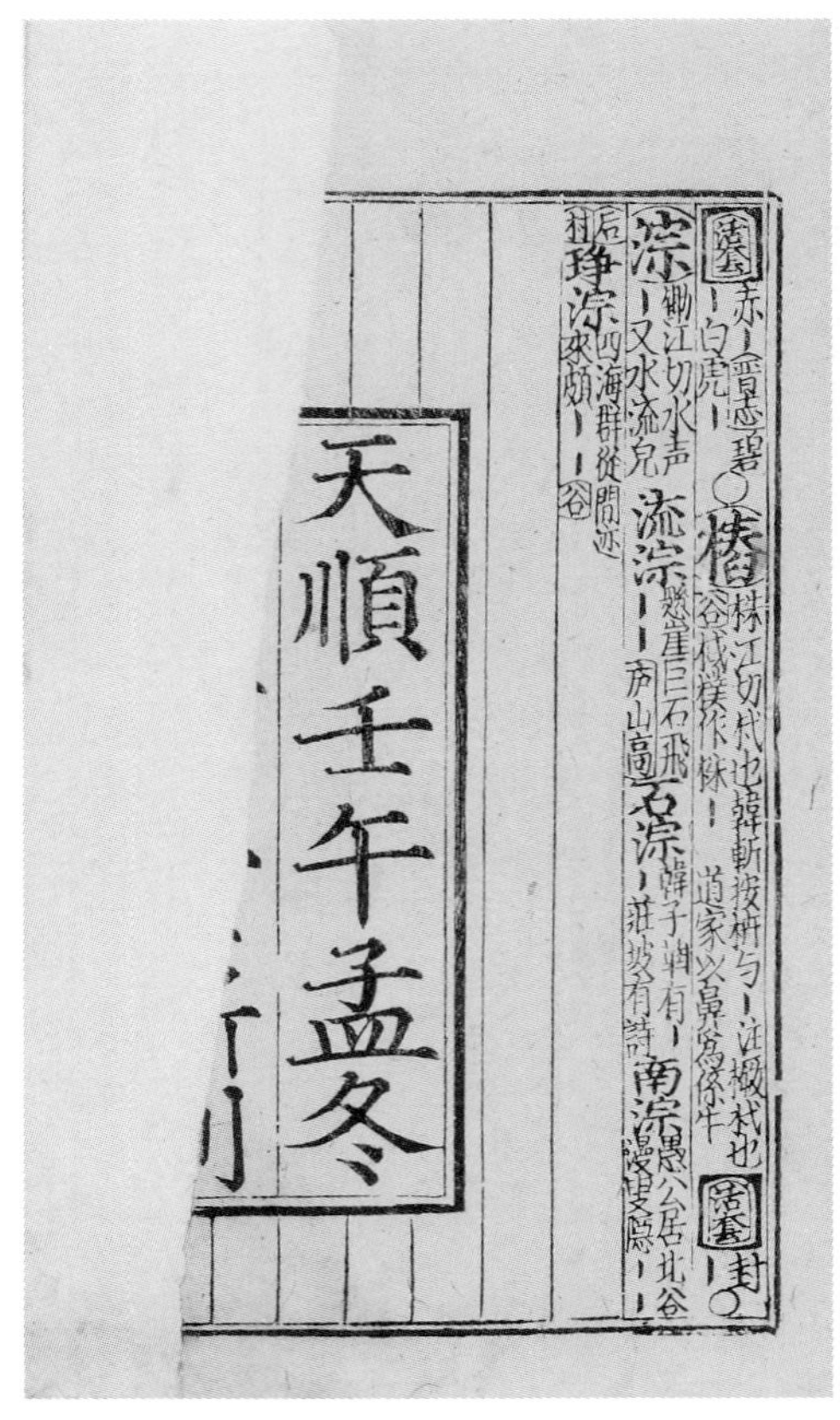

二―一二―三c　同　巻一末尾牌記　同

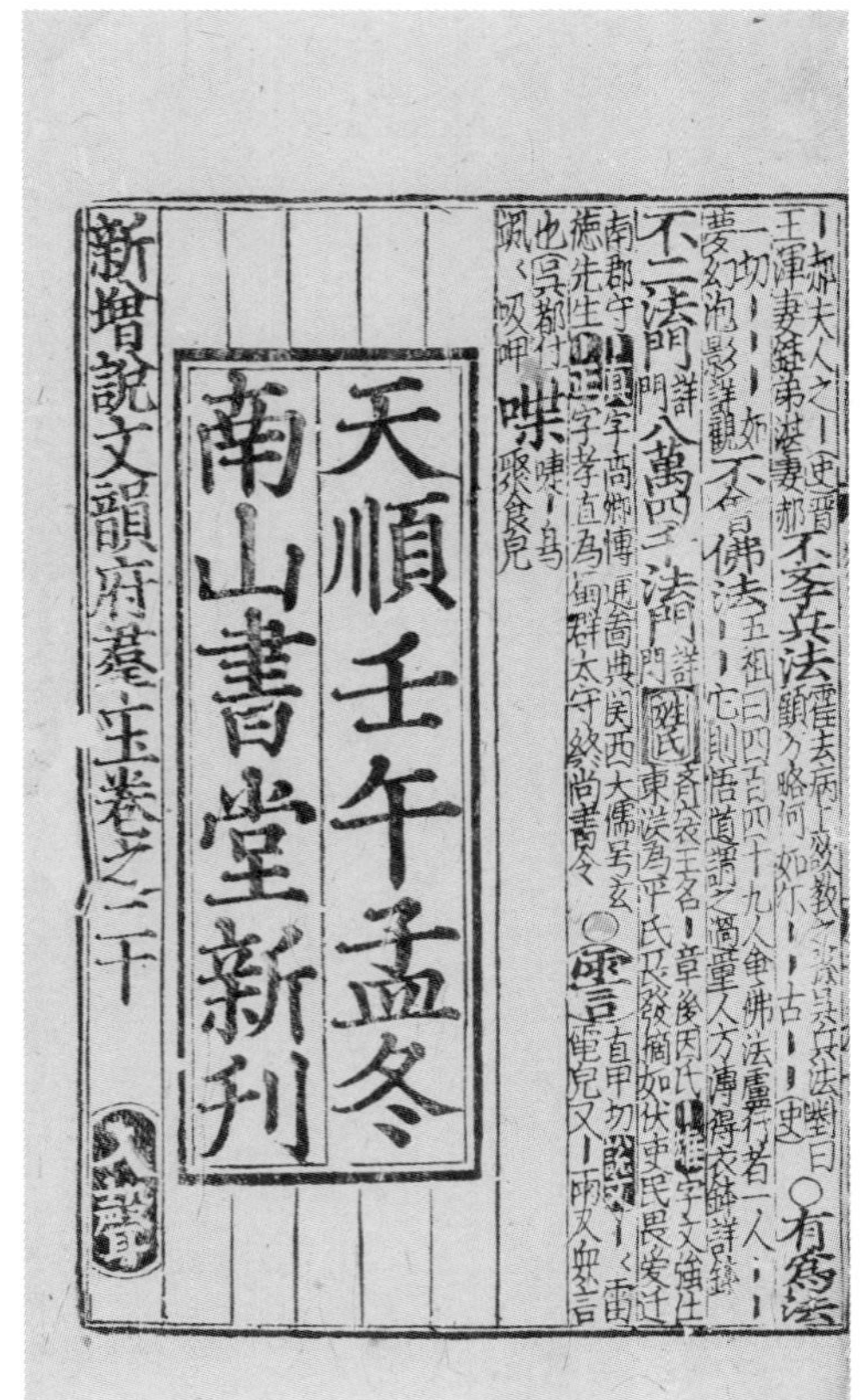

二―一二―三d　同　巻尾牌記　同

二二四a 同

明弘治六至七年刊本

凡例末尾牌記

京都大学附属図書館蔵

韻府羣玉凡例畢

是書元大德丁未端陽陰先生所編板
行久矣至於
皇明正統間梁氏安定堂重刊於各字下
續增許氏說文雖加詳明然中間未免
[illegible]用者觀者不能無憾本堂三復加
校考[illegible]七韻內諸字韻起至去
聲十七霰[illegible]二千三百有奇並
附說文今悉增入幸[illegible]收書君子
但將原書對校瞭然悉備總彙於斯不
煩考之他韻發梓以行嘉與四方共之
弘治甲寅孟夏劉氏日新書堂 謹識

二二四b 同

巻首

同

新增說文韻府羣玉卷之一

晚學 陰時夫 勁弦 編輯

新吳 陰中夫 復春 編註

上平聲

一東 獨用

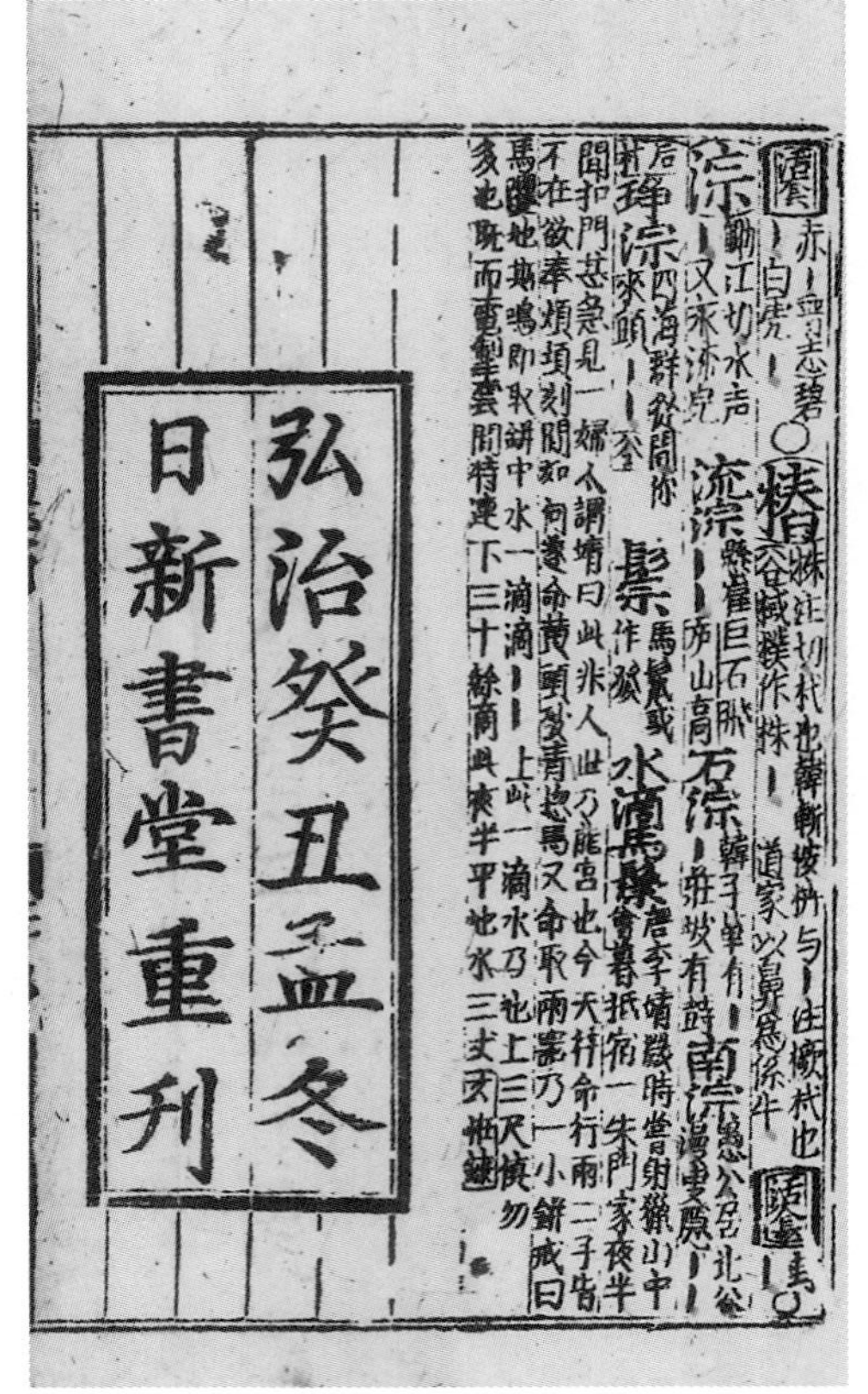

二一二四c　同　巻一末尾牌記　同

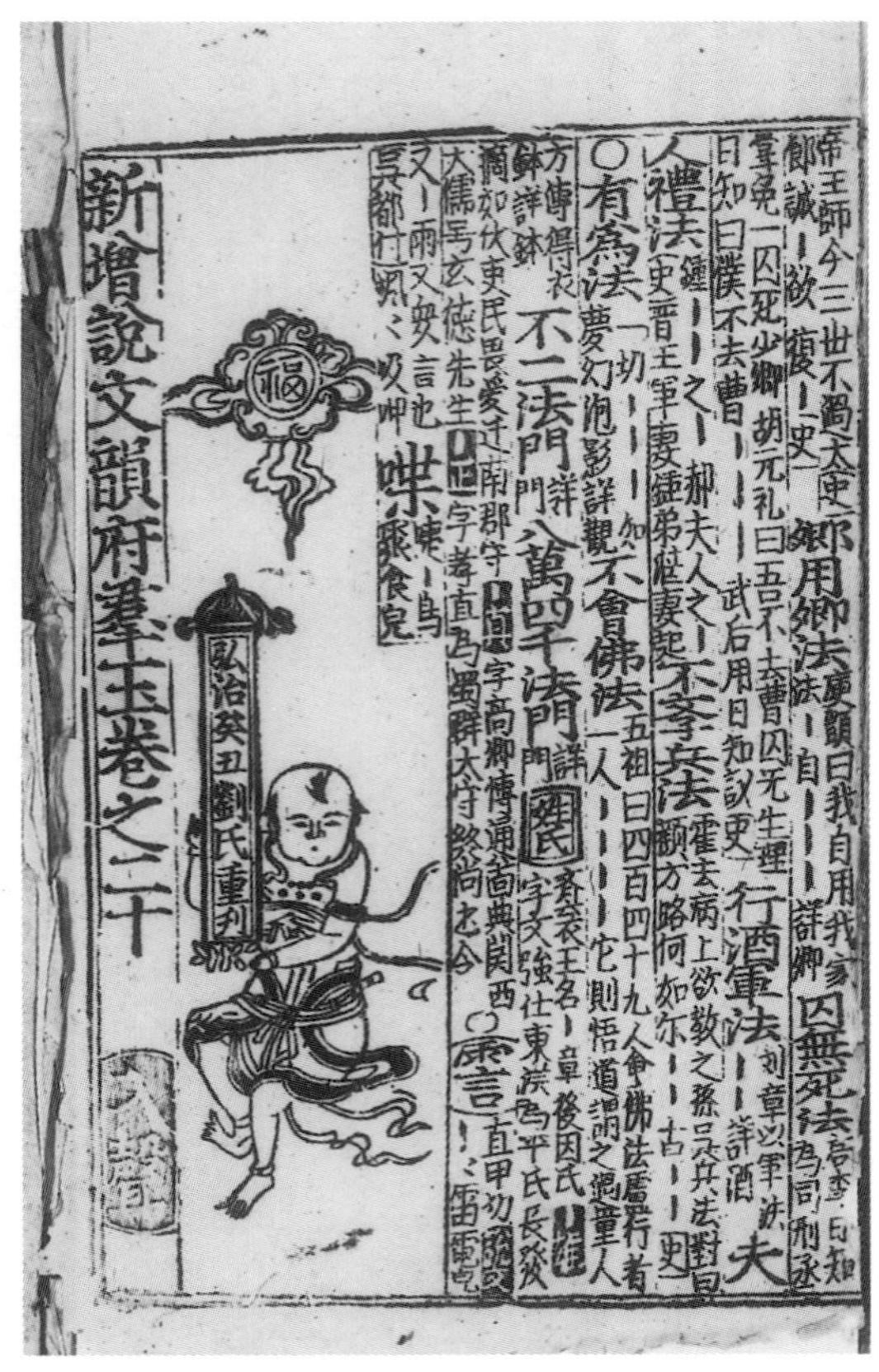

新增說文韻府羣玉卷之二十
弘治癸丑劉氏重刊

二一二四d　同　巻尾牌記　同

韻府羣玉凡例　畢

是書元大德丁未瑞陽陰先生所編板
行久矣至於
皇明正統間梁氏安定堂重刊於各字下
續增許氏說文雖加詳明然中間未免
差舛闕畧觀者不能無憾本堂三復加
校考至上聲七麌韻內堵字韻起至去
聲十七霰字韻止凡二千三百有奇並
闕說文今悉增入幸得其全收書君子
但將原書對校瞭然悉備撼龜於斯不
煩考之他韻敬梓以行嘉與四方共之
弘治甲寅孟夏劉氏安正書堂　謹識

二―二―五a　同　明弘治七年刊本　凡例末尾牌記　天理大学附属天理図書館蔵

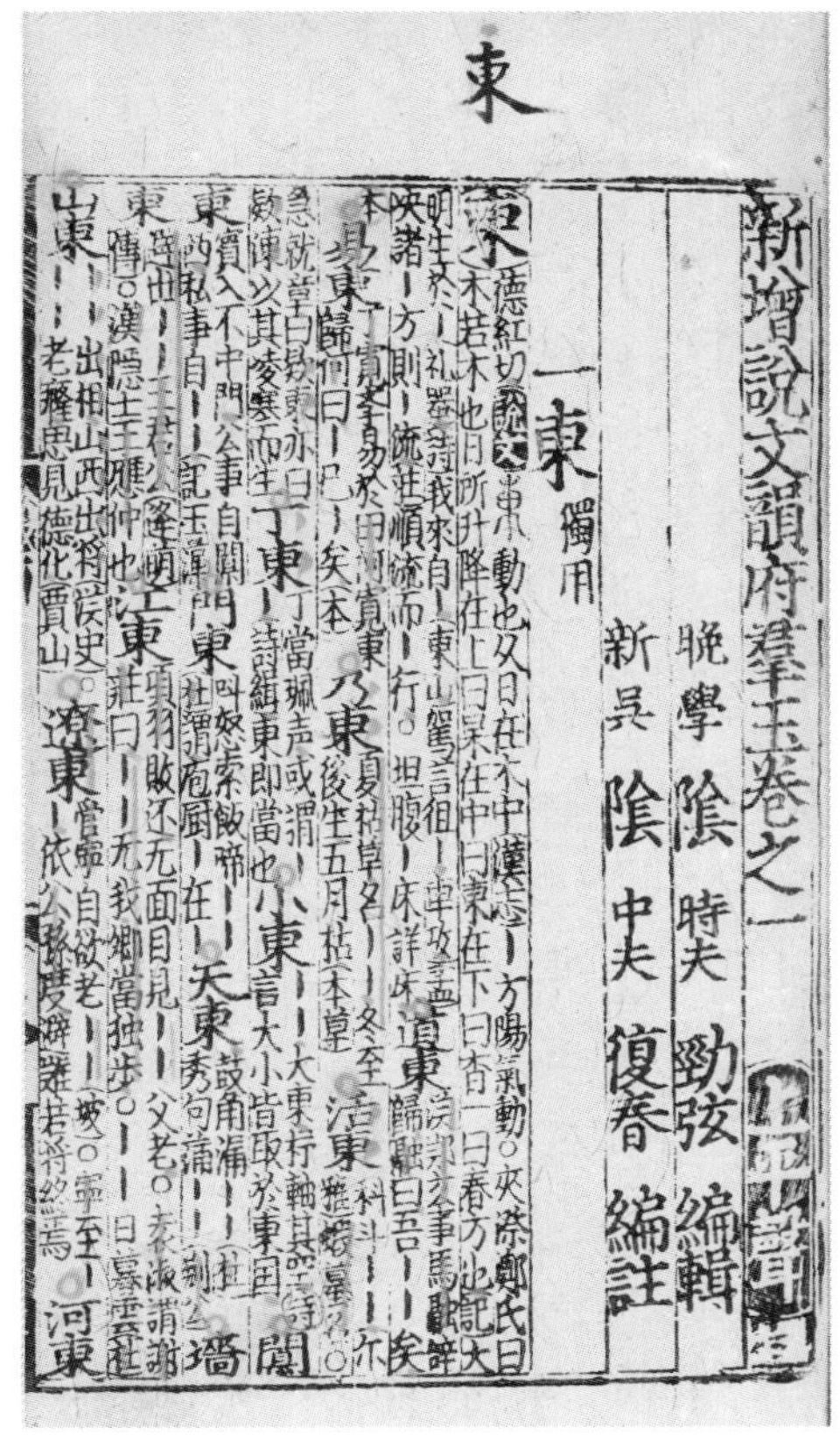
東

新增說文韻府羣玉卷之一

晩學　陰時夫　勁弦　編輯
新吳　陰中夫　復春　編註

一東　獨用

二―二―五b　同　巻首　同

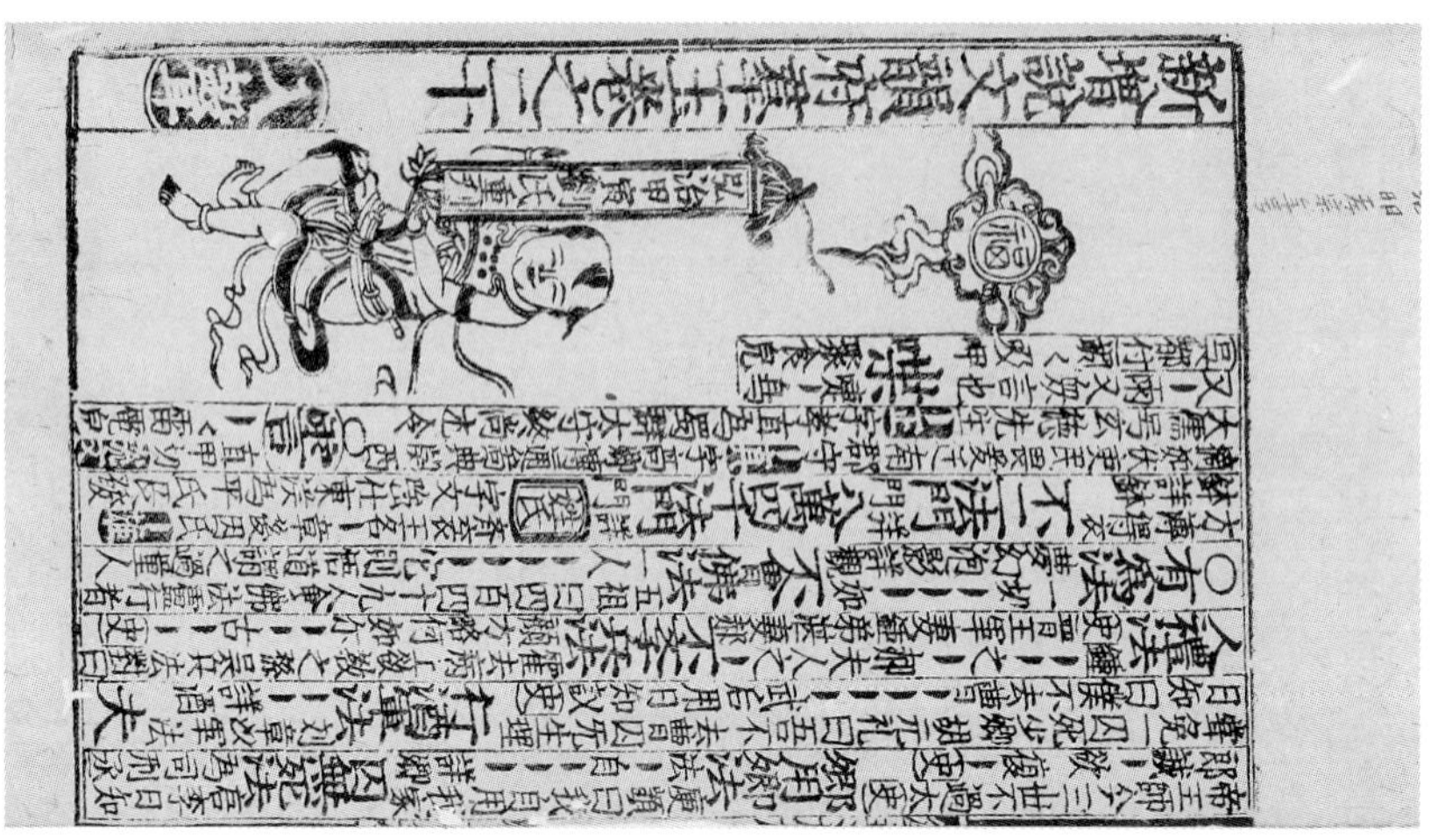

二一二五d　同　巻尾牌記　同

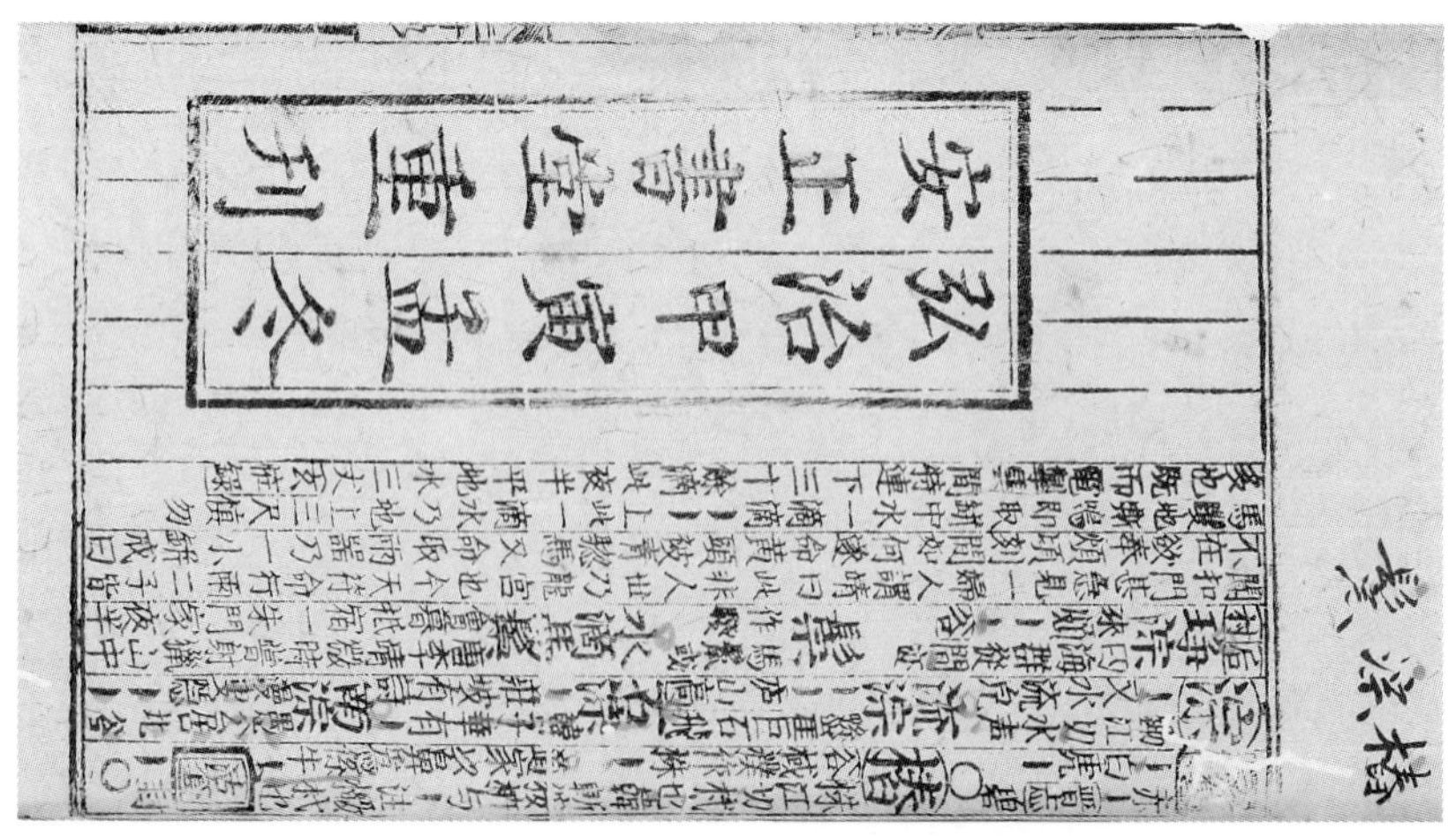

二一二五c　同　巻二末尾牌記　同

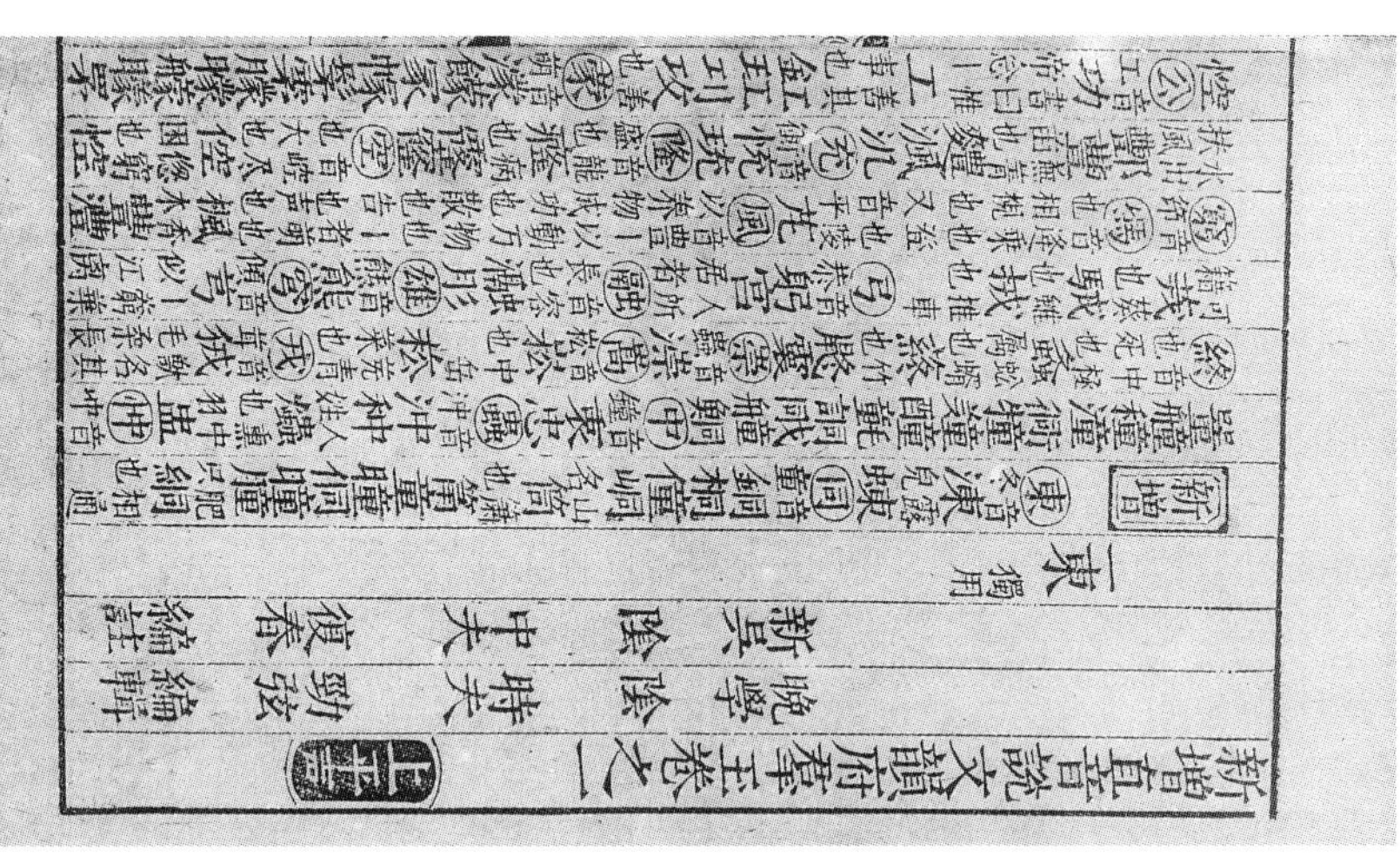

新増直音説文韻府群玉巻之一

上平聲

晩學 陰時夫 勁弦 編輯

新呉 陰中夫 復春 編註

一東 獨用

二二七　同
〔明末〕刊本
巻首
京都大学文学研究科図書館蔵

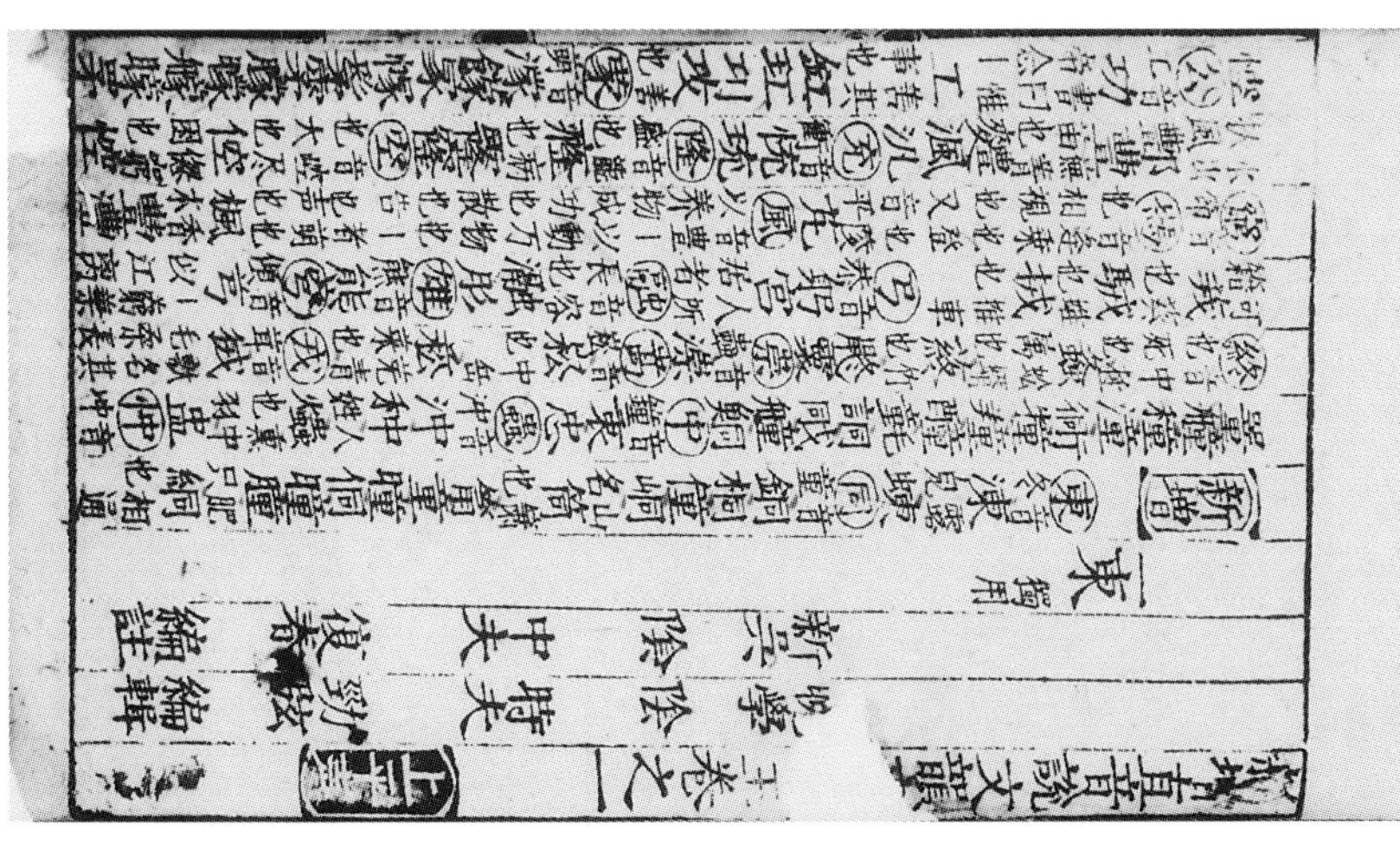

新増直音説文韻府群玉巻之一

上平聲

晩學 陰時夫 勁弦 編輯

新呉 陰中夫 復春 編註

一東 獨用

二二六『新増直音説文韻府群玉』
〔明〕刊黒口本
巻首
宮内庁書陵部蔵

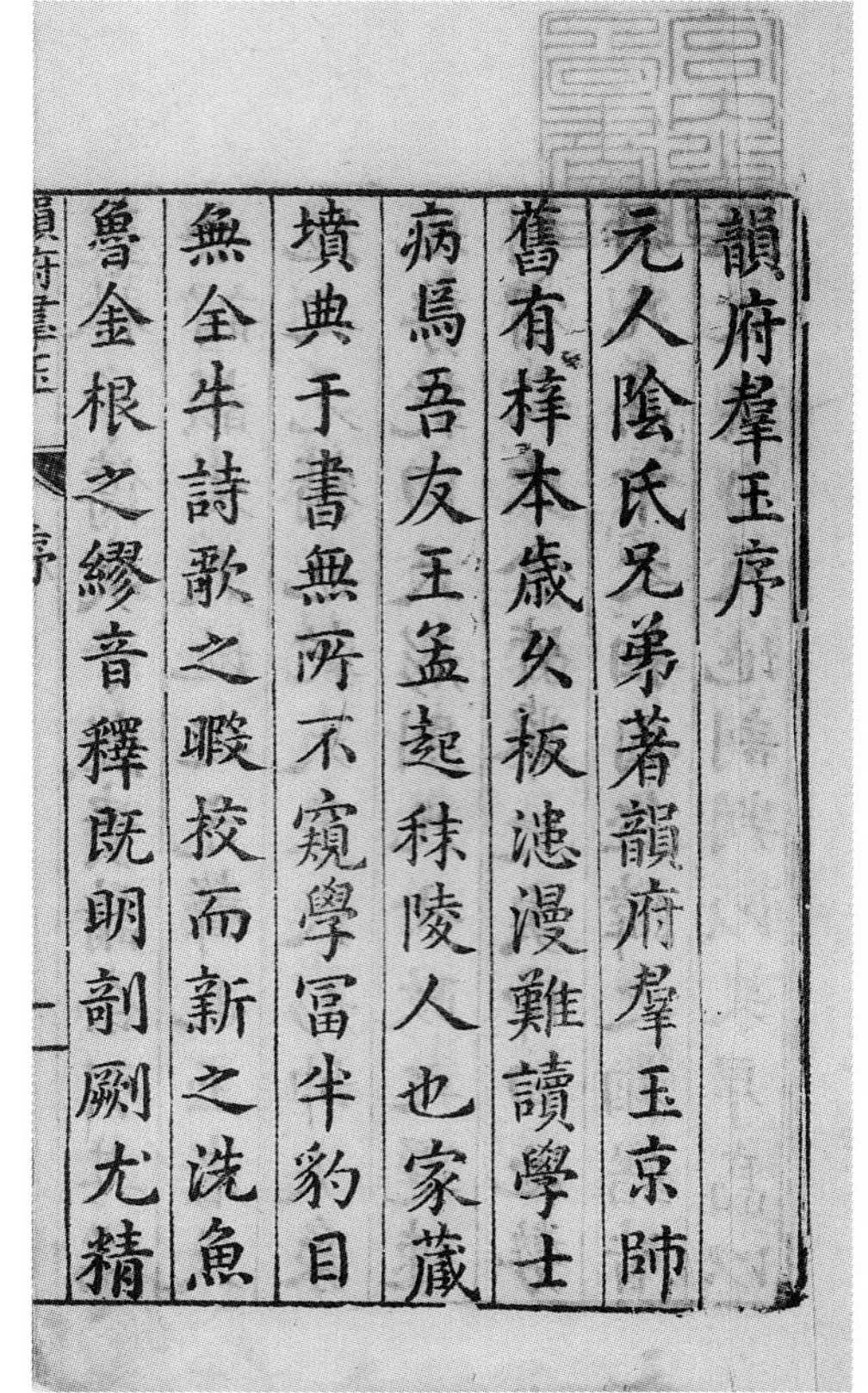

韻府羣玉序

元人陰氏兄弟著韻府羣玉京師

舊有梓本歳久板漶漫難讀學士

病焉吾友王孟起秣陵人也家藏

墳典于書無所不窺學富半豹目

無全牛詩歌之暇校而新之洗魚

魯金根之繆音釋既明剞劂尤精

二—二—八a 『新増説文韻府群玉』 明万暦十八年序刊本 陳序首 宮内庁書陵部蔵

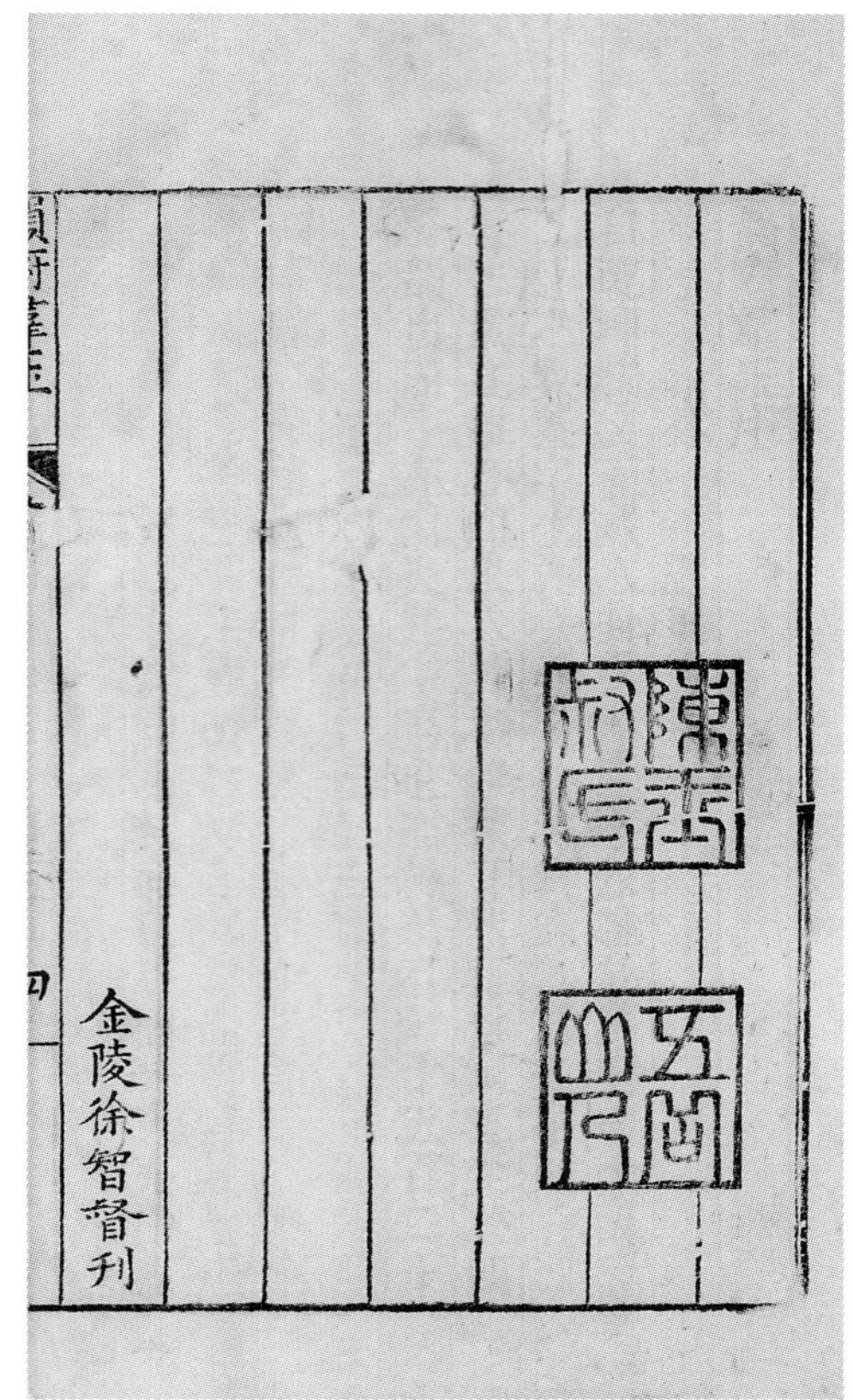

金陵徐智督刊

二—二—八b 同 陳序末刊記 同

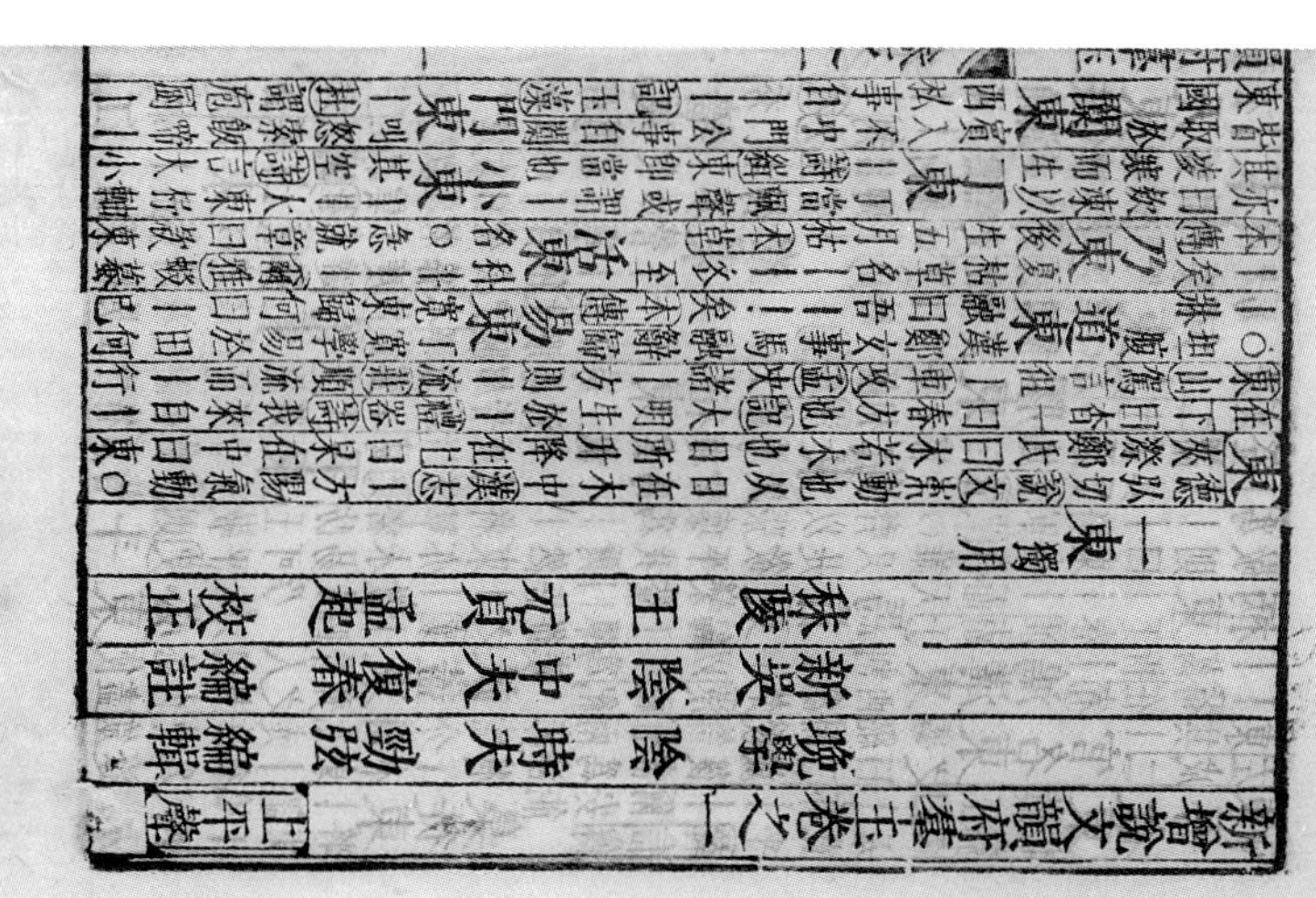

二二八d　同　巻首

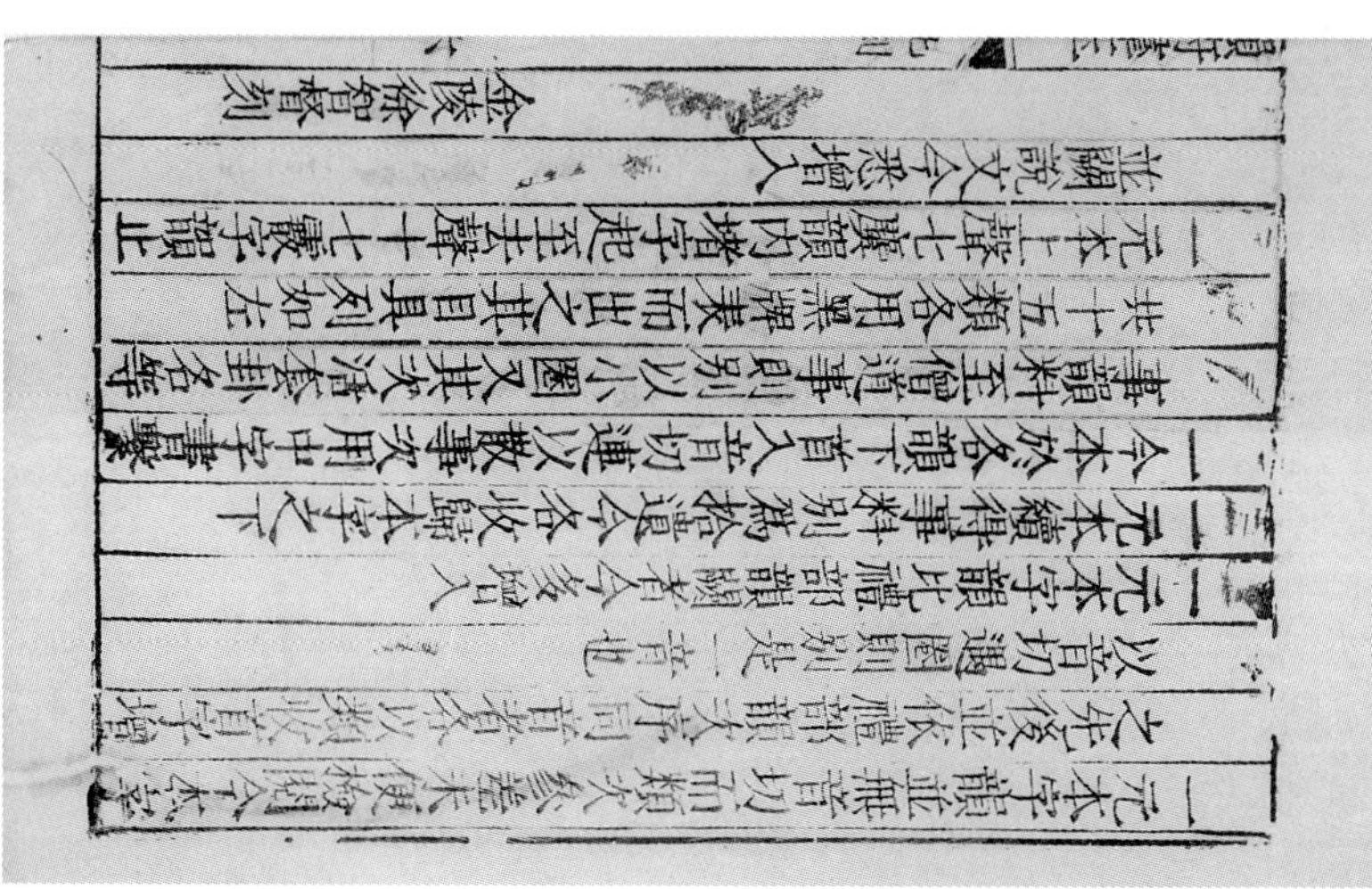

二二八c　同　凡例末刊記

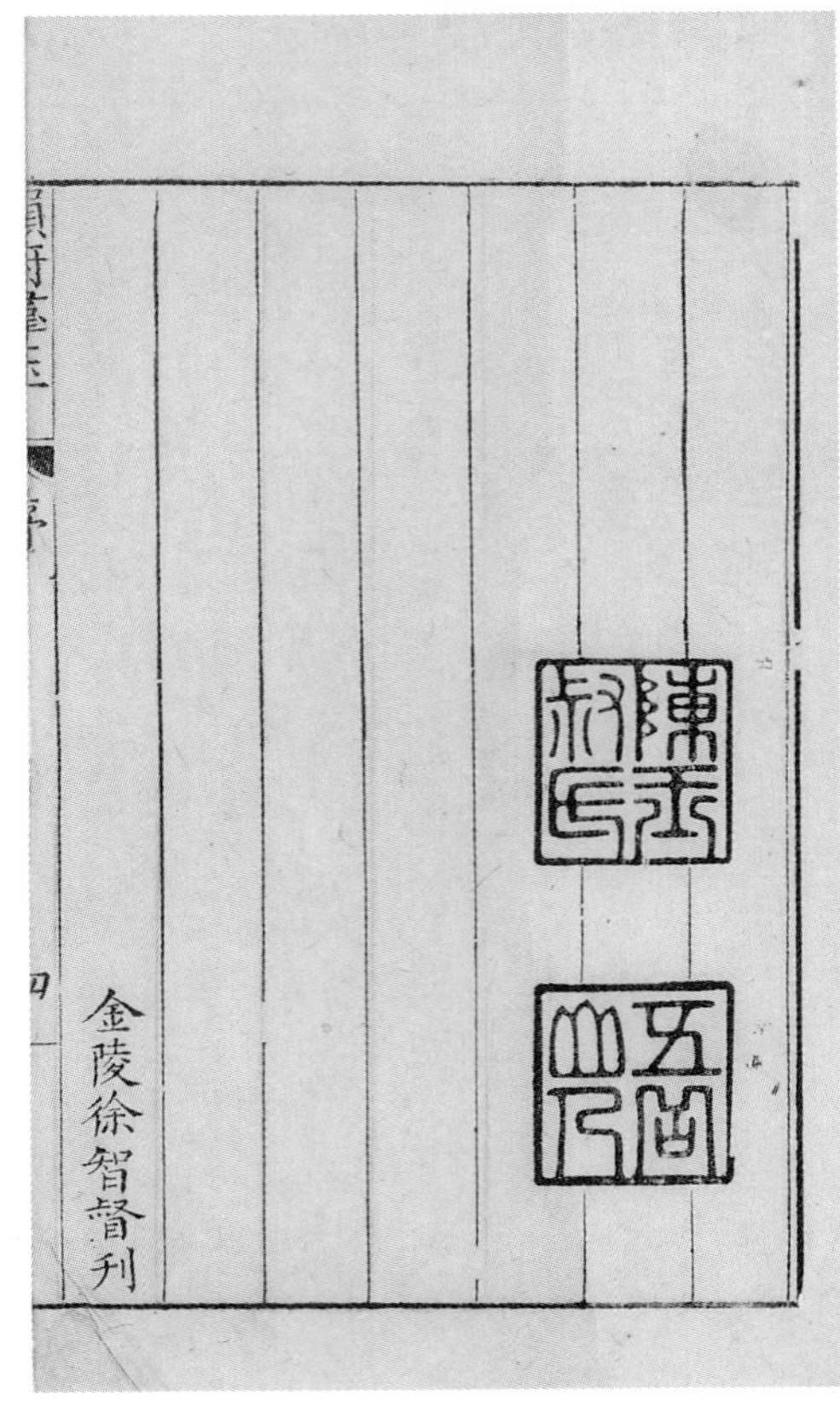
金陵徐智督刊

二―二―九a　同〔明末〕刊本　陳序末刊記　宮内庁書陵部蔵

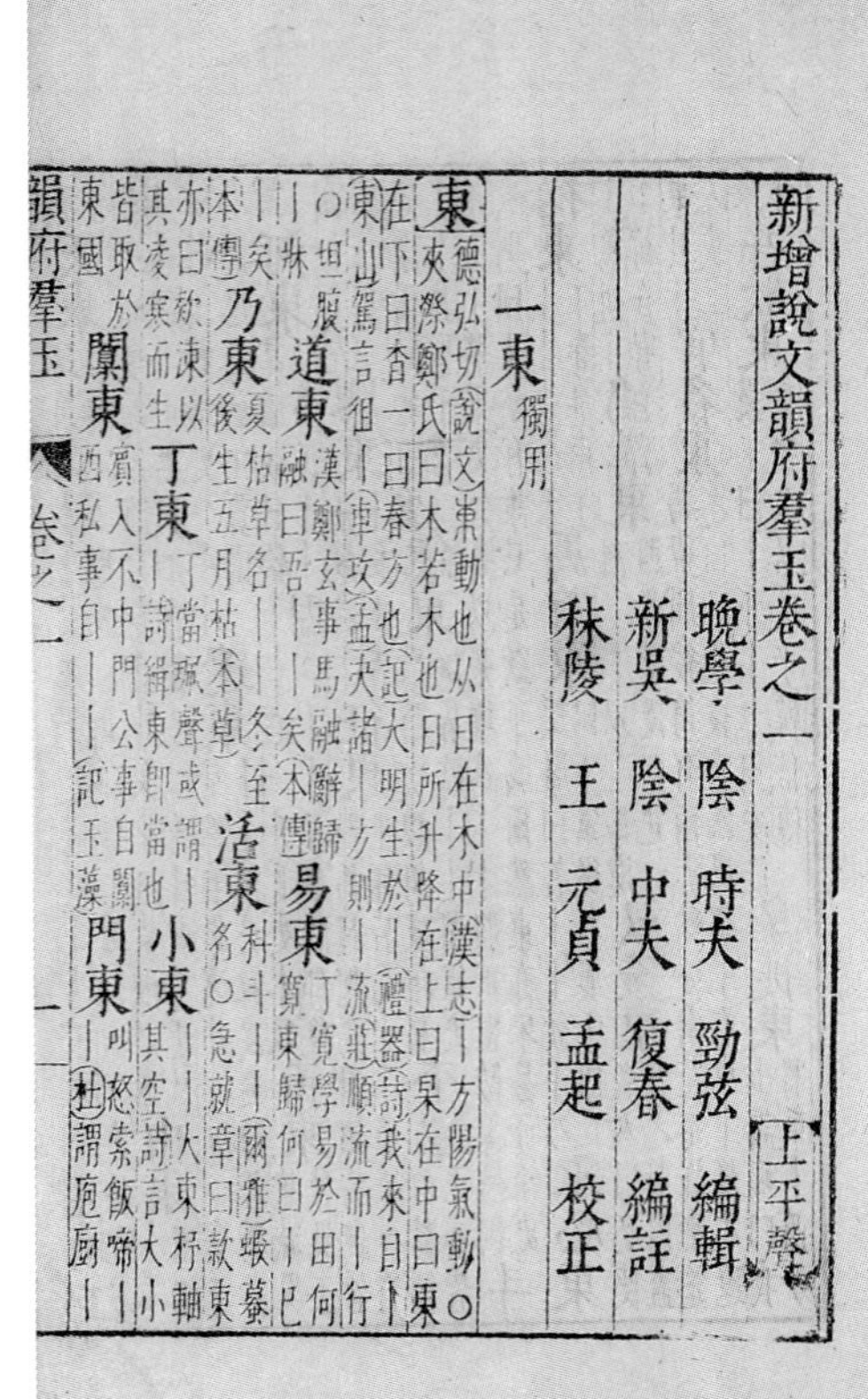
新增說文韻府羣玉卷之一　上平聲

晚學　陰　時夫　勁弦　編輯

新吳　陰　中夫　復春　編註

秣陵　王　元貞　孟起　校正

一東　獨用

東 德弘切說文東動也从日在木中漢志｜方陽氣動○夾漈鄭氏曰木若木也日所升降在上曰杲在中曰東在下曰杳一曰春方也記大明生於｜禮器詩我來自｜東山篤言徂｜車攻孟夾諸｜方則｜流莊順流而｜行

○坦腹｜｜牀 道東 漢鄭玄事馬融辭歸融曰吾｜｜矣本傳 易東 丁寬學易於田何寬東歸何曰｜已｜｜矣本傳 乃東 夏枯草名｜｜冬至後生五月枯本草 活東 科斗｜｜爾雅蝦蟇名○急就章曰款東亦曰欵凍以其凌寒而生 丁東 丁當珮聲或謂｜｜詩緝東即當也 小東 ｜｜大東杼軸其空詩言大小 皆取於東國 闑東 賓入不中門公事自闑西私事自｜｜記玉藻 門東 叫怒索飯啼｜｜杜謂庖廚｜｜

韻府羣玉　卷之一　一

二―二―九b　同　巻首　同

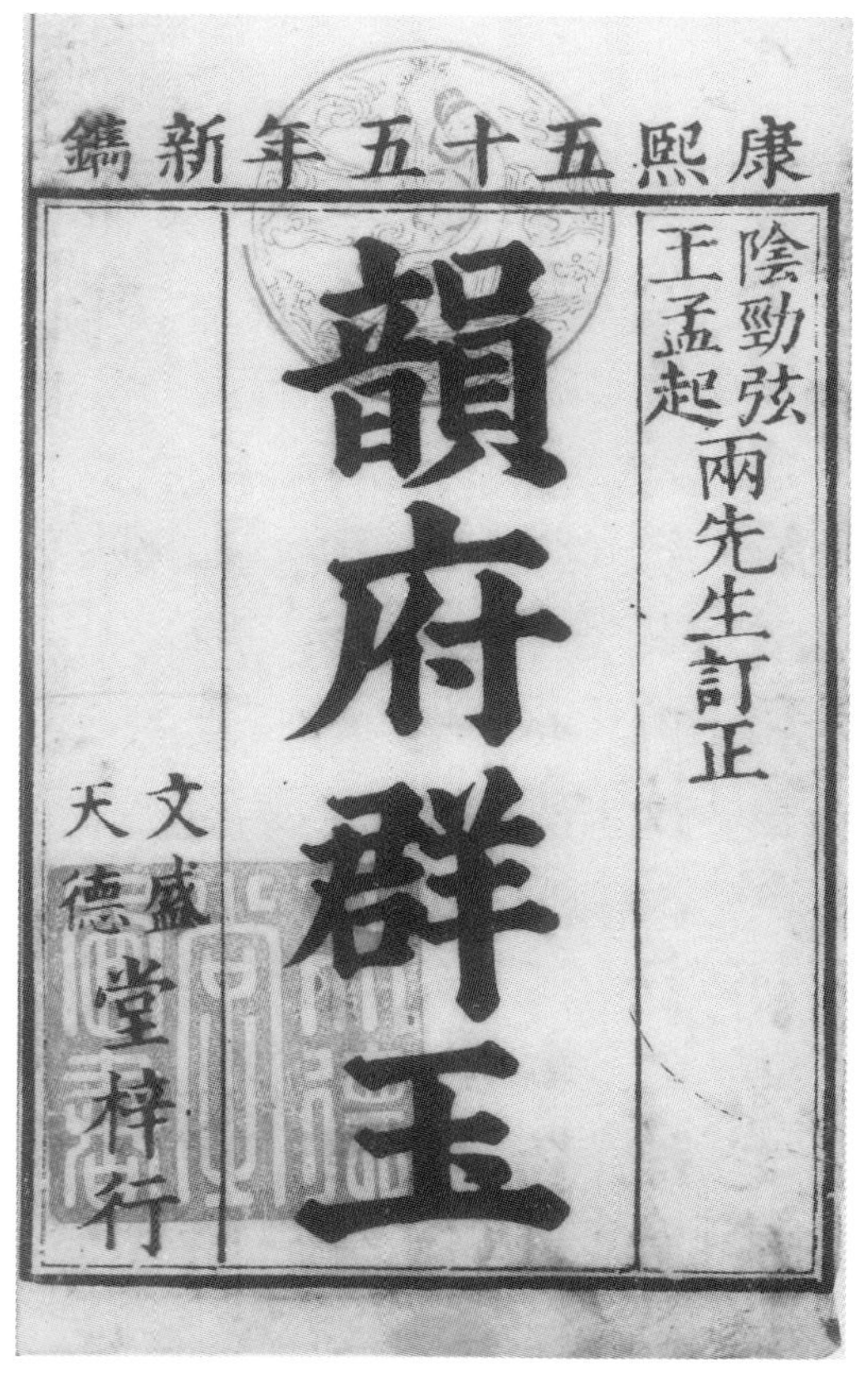

康熙五十五年新鐫

陰勁弦
王孟起 兩先生訂正

韻府群玉

文盛
天德堂梓行

二―二―十a　同　清康熙五十五年刊本　封面　東京大学総合図書館蔵

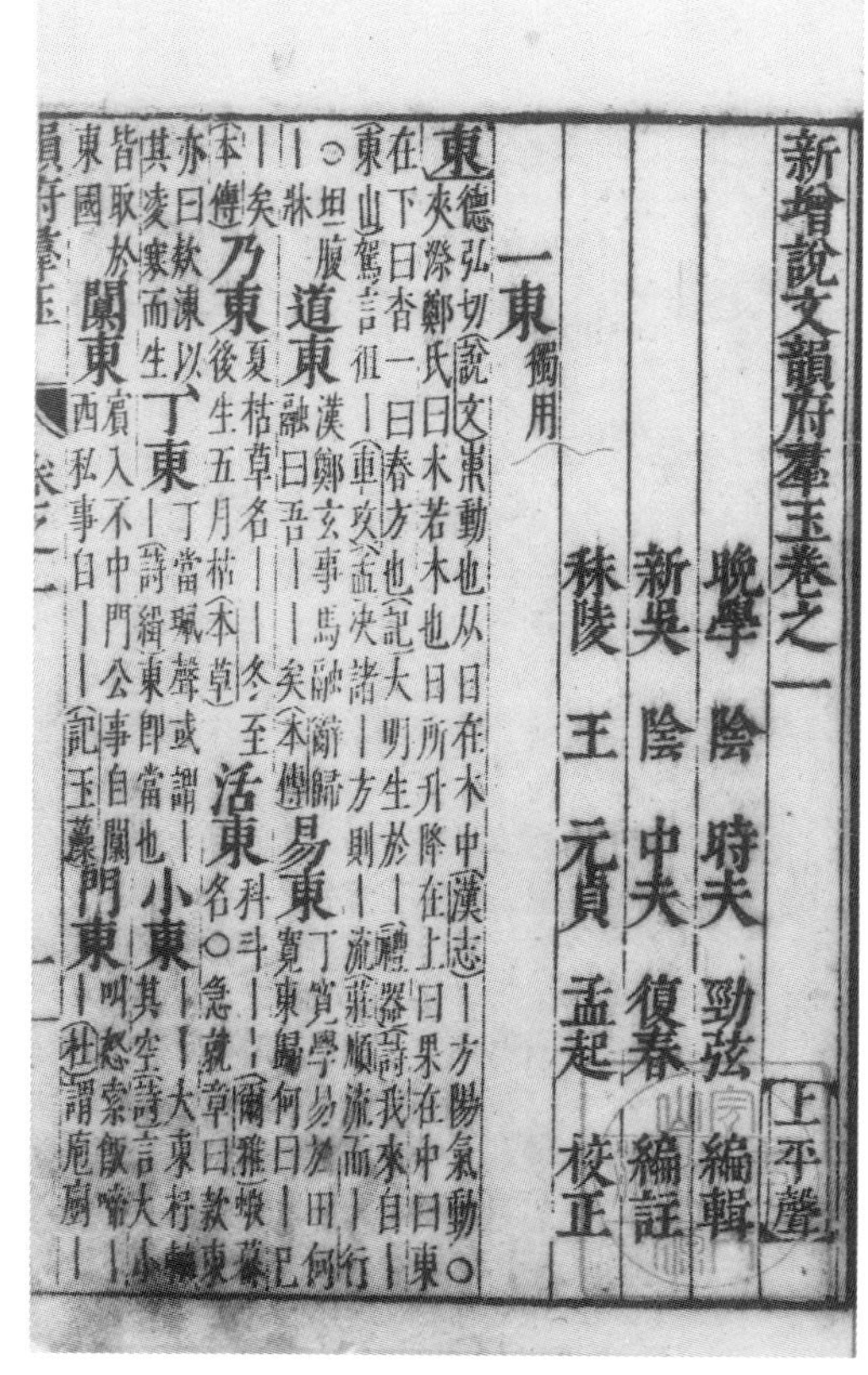

新增說文韻府羣玉卷之一　上平聲

晚學　陰　時夫　勁弦　編輯

新吳　陰　中夫　復春　編註

秣陵　王　元貞　孟起　校正

一東　獨用

二―二―十b　同　巻首　同

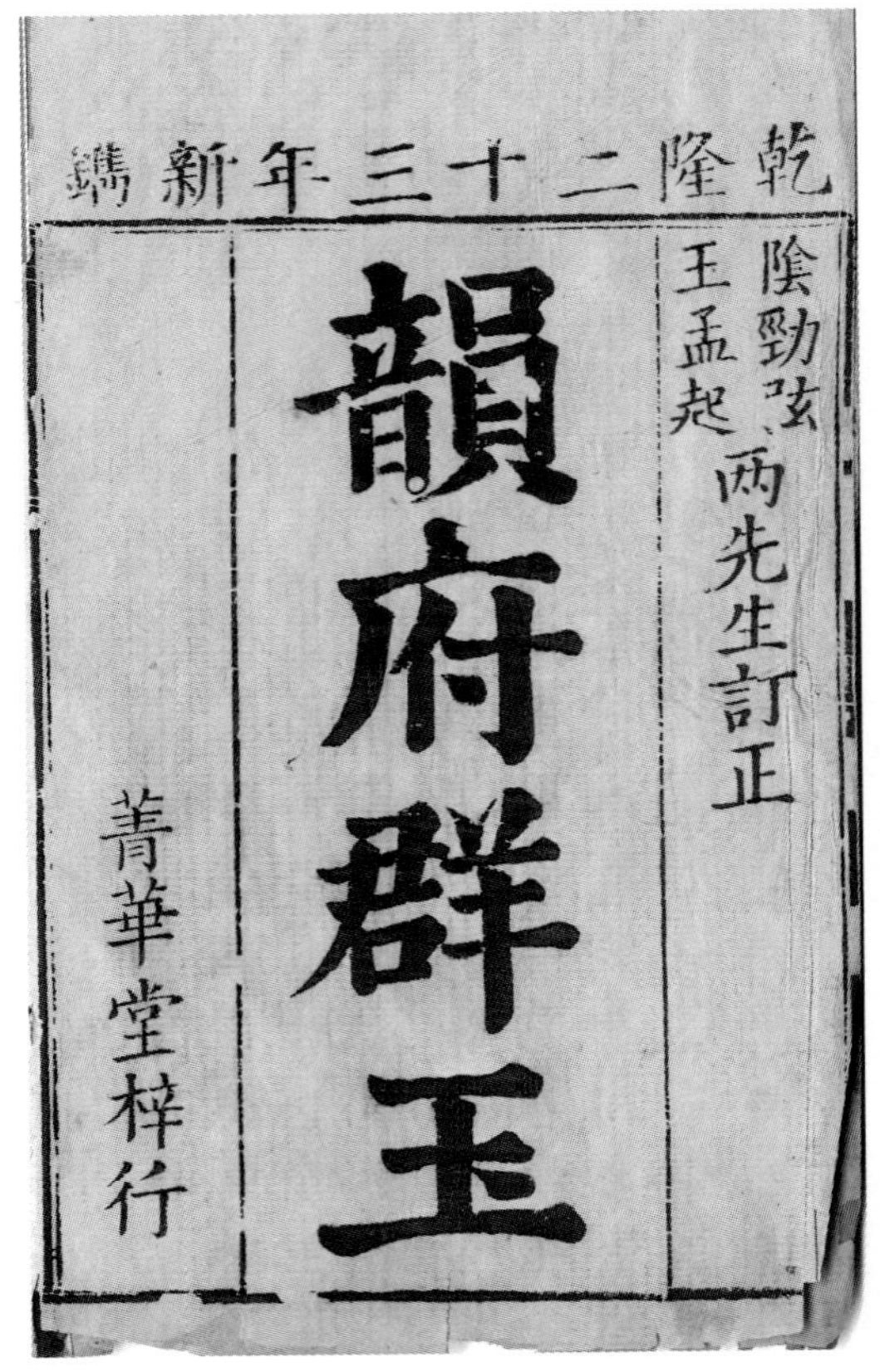
乾隆二十三年新鐫
陰勁弦
王孟起　兩先生訂正
韻府群玉
菁華堂梓行

二―二―十一a　同　清乾隆二十三年刊本　封面　慶應義塾図書館蔵

新增說文韻府羣玉卷之一　上平聲
晩學　陰　時夫　勁弦　編輯
新吳　陰　中夫　復春　編註
秣陵　王　元貞　孟起　校正
一東　獨用

二―二―十一b　同　巻首　同

乾隆廿四

徐勃弦
王孟起　兩先生輯註

重鐫韻府群玉

原本

敦化堂藏板

二二―二十二a　同　清乾隆二十四年刊本　封面　国立国会図書館蔵

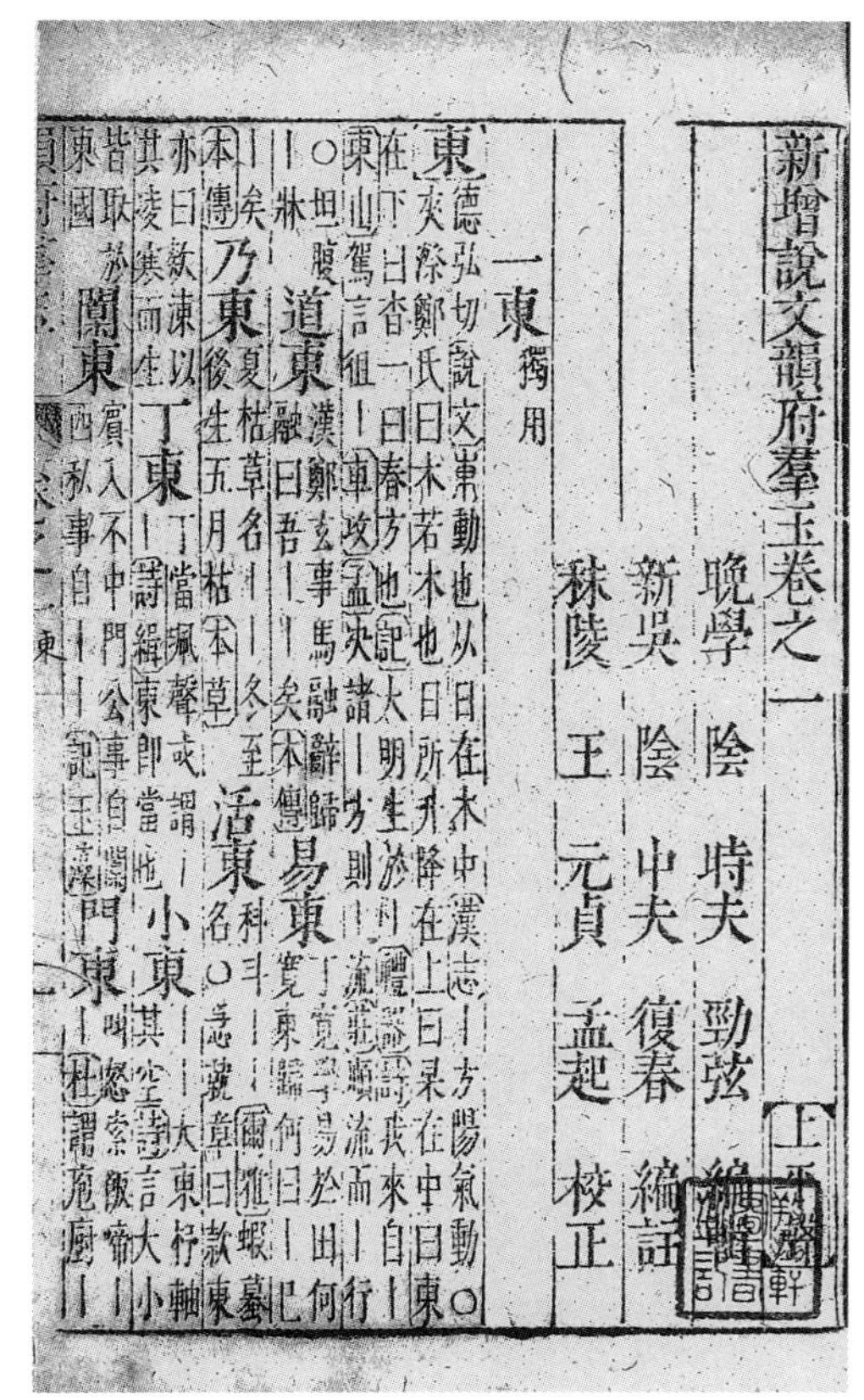

新增說文韻府羣玉卷之一

晩學　陰　時夫　勁弦

新吳　陰　中夫　復春　編註

秣陵　王　元貞　孟起　校正

一東

二二―二十二b　同　巻首　同

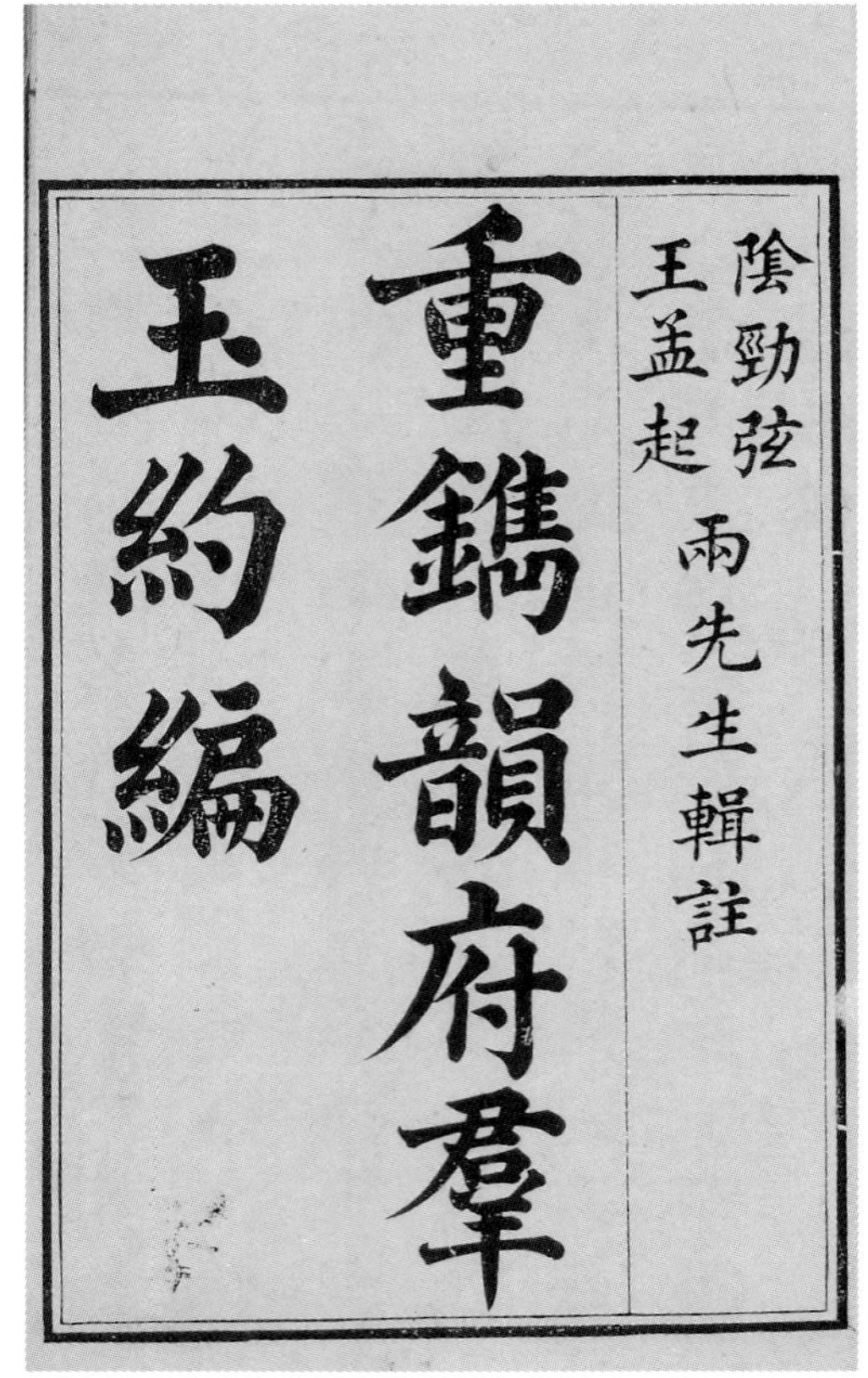

陰勁弦
王孟起　兩先生輯註

重鐫韻府羣
玉約編

二―二―十三a　同　〔清〕刊（文光堂）本　封面　布施美術館蔵

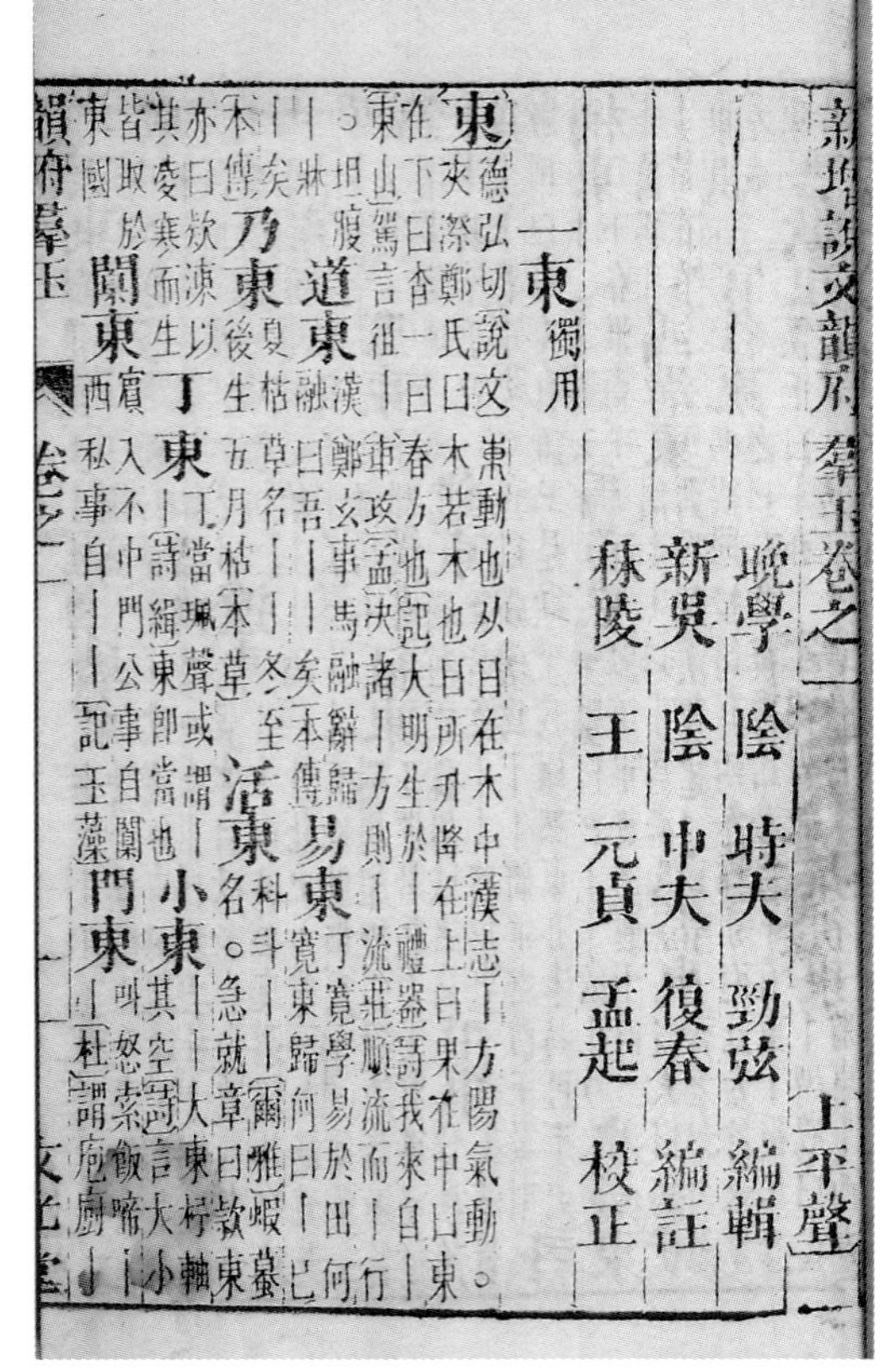

新增詩文韻府羣玉卷之一　上平聲

曉學　陰時夫　勁弦　編輯
新呉　陰中夫　復春　編註
秣陵　王元貞　孟起　校正

一東　獨用

二―二―十三b　同　巻首　同

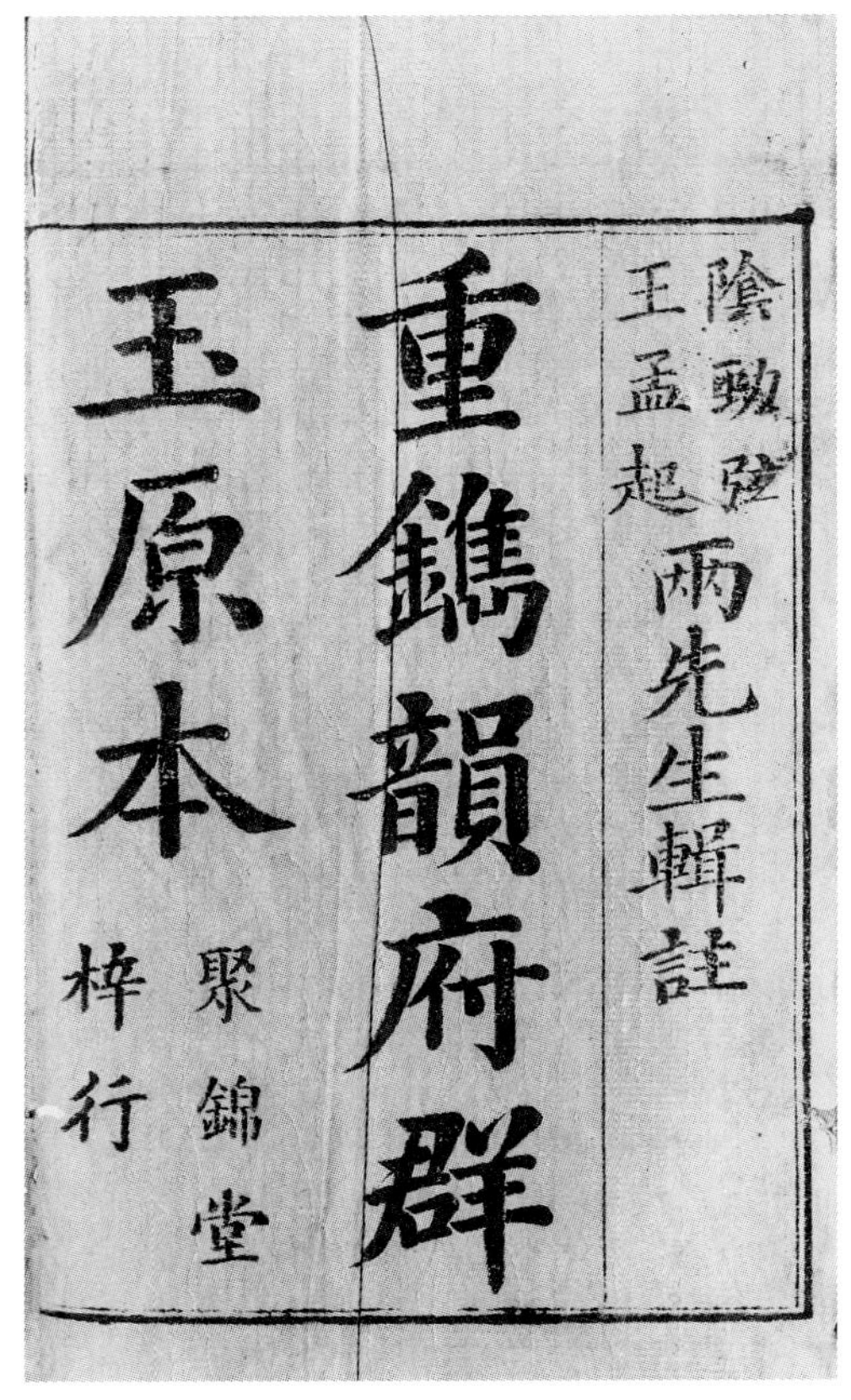

陰勁弦
王孟起　兩先生輯註

重鐫韻府群玉原本

聚錦堂梓行

二—二—十四a　同〔清〕刊（聚錦堂）本　封面　慶應義塾図書館蔵

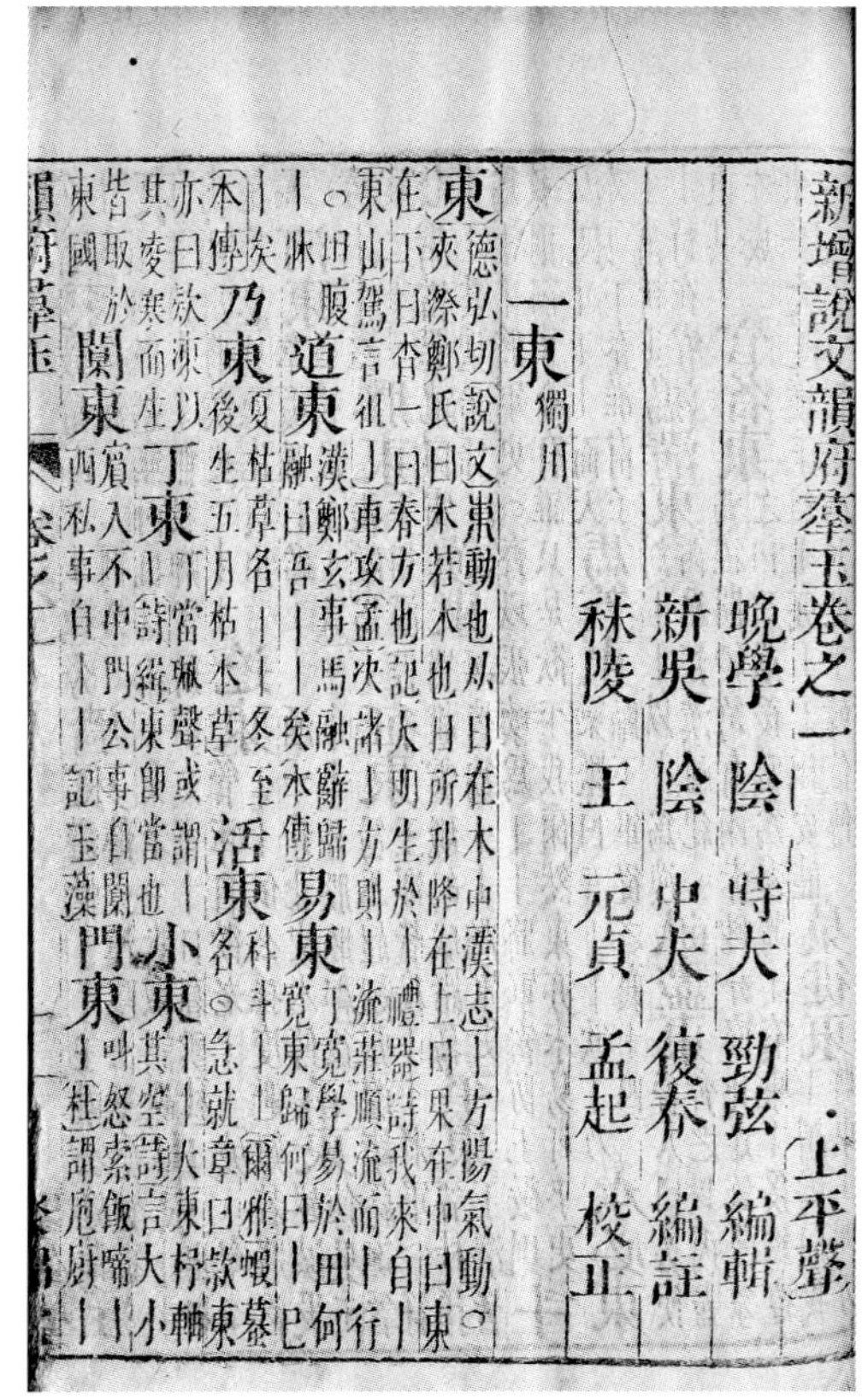

新增說文韻府羣玉卷之一　上平聲

晚學　陰　時夫　勁弦　編輯
新吳　陰　中夫　復春　編註
秣陵　王　元貞　孟起　校正

一東　獨用

二—二—十四b　同　巻首　同

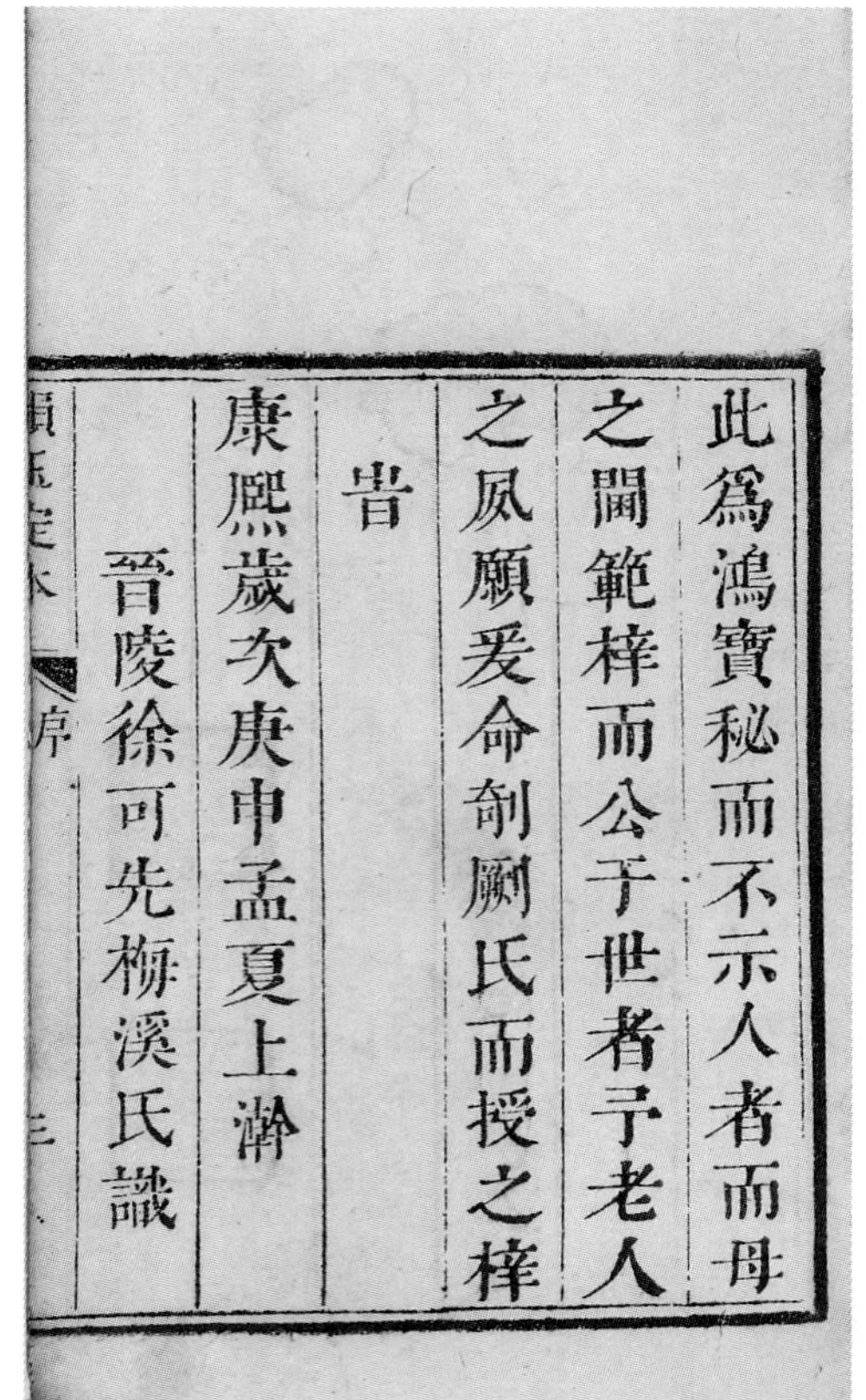

此爲鴻寶秘而不示人者而毋
之闓範梓而公于世者亍老人
之夙願爰命剞劂氏而授之梓
旹
康熙歲次庚申孟夏上澣
晉陵徐可先梅溪氏識

韻玉定本 序 三

二—二—十五a 『增删韻府群玉定本』清康熙十九年序刊本 徐序末 国立公文書館蔵

增删韻府羣玉定本卷一 上平聲
新吳陰竹埜先生定例 男 時夫勁弦編輯 中夫復春編註
古吳徐可先梅溪甫訂正 男 人鳳子威增删 人鶚子雲較閱
同里謝 偉雲章氏叅定
一東 古 二冬通用 三江轉用
東 動也｜方陽氣動也 木若木也日所升降 在正日杲在中日｜在下日杳 又春方也記 大明生於｜ 詩我道東 漢鄭玄事馬融辭歸 來自｜ 爲言徂｜ 融曰吾｜｜矣本傳 易

韻玉定本 卷一 一東 一

二—二—十五b 同 卷首 同

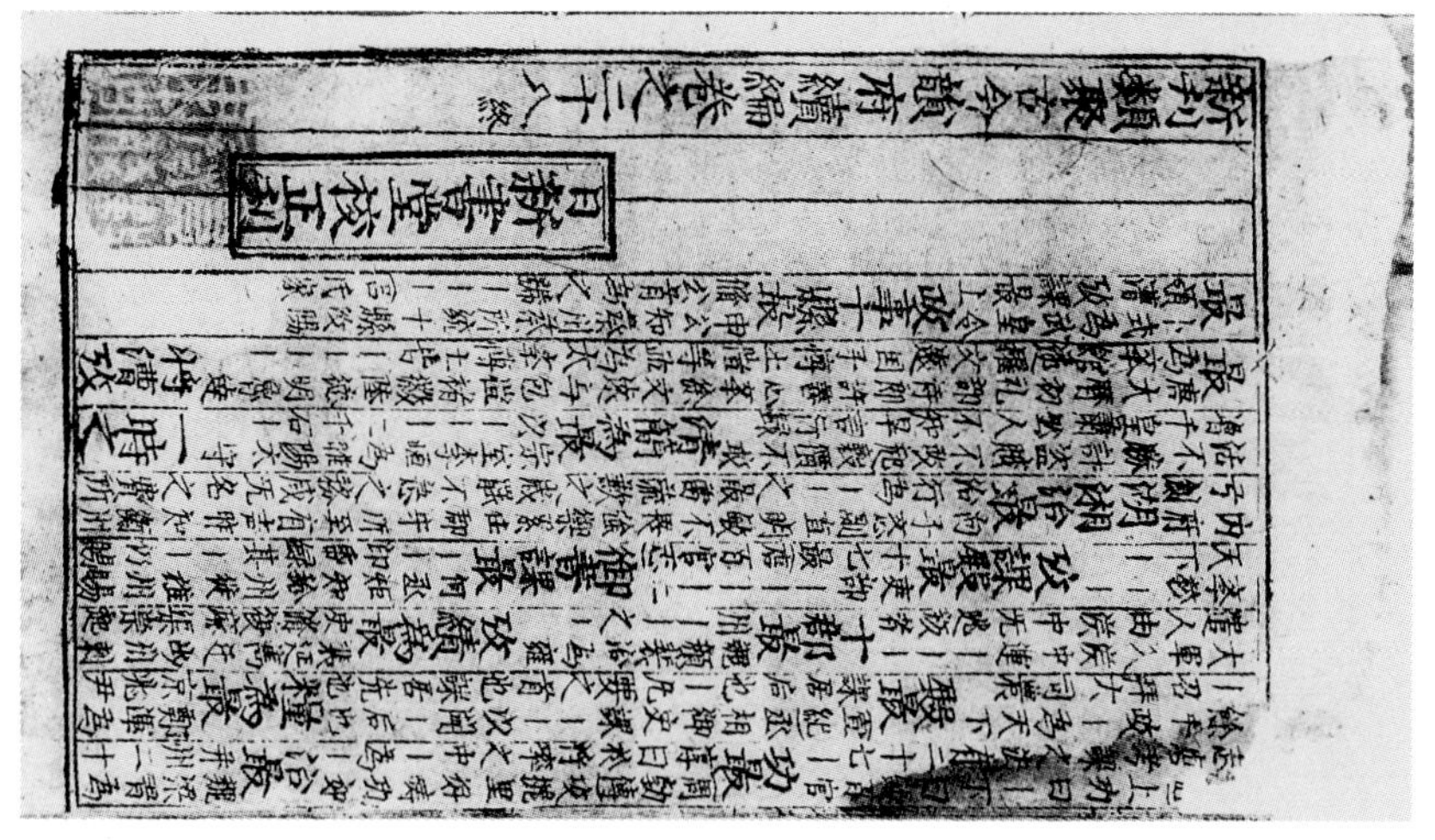
新刊類聚古今韻府續編卷之二十八終

日新書堂校正刊

二二一b　同　巻二十八末尾牌記　同

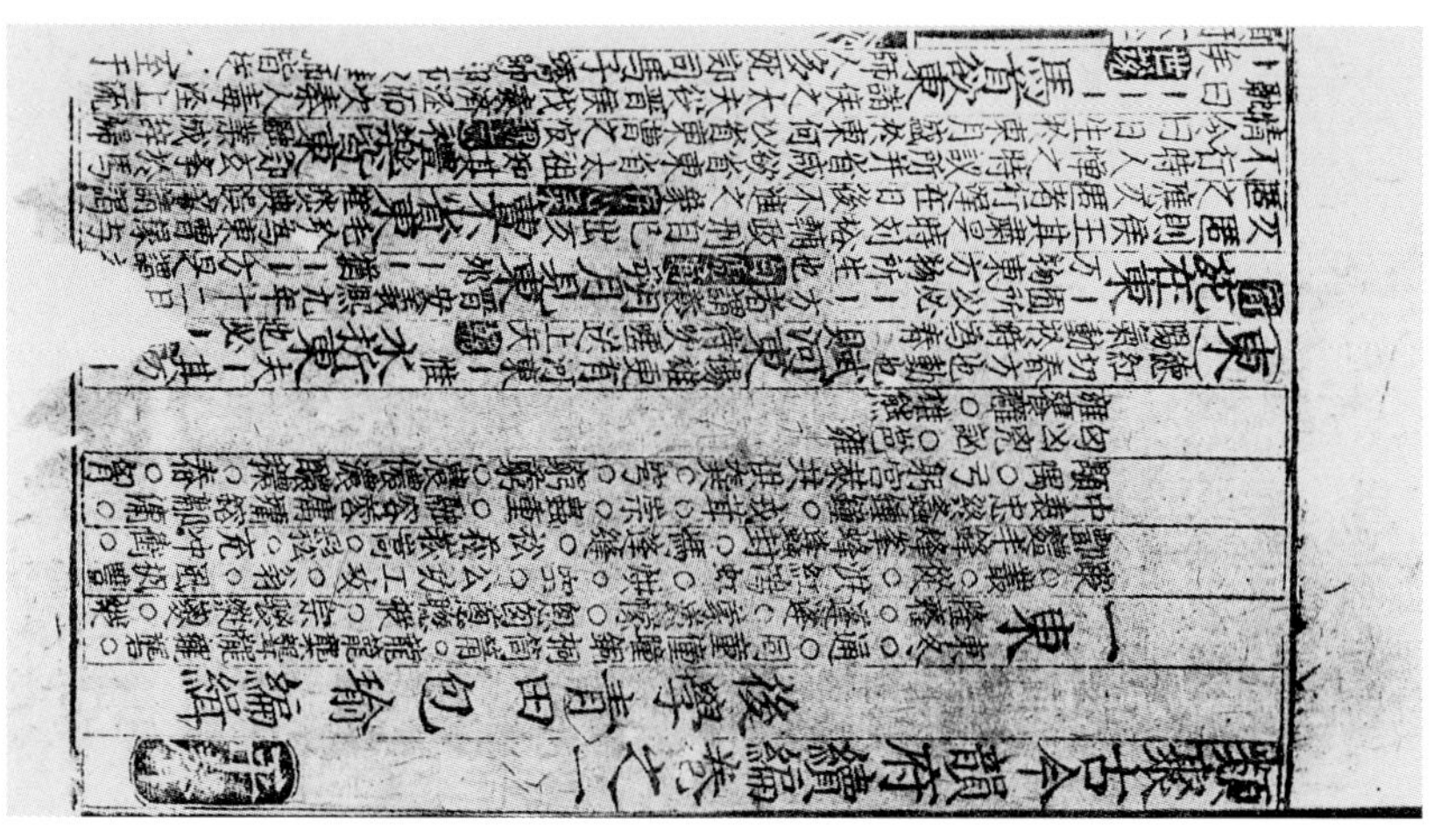
類聚古今韻府續編卷之一

後學　包　瑜　編輯

一東

二二一a　『類聚古今韻府続編』〔明〕刊本　巻首　東京大学東洋文化研究所蔵

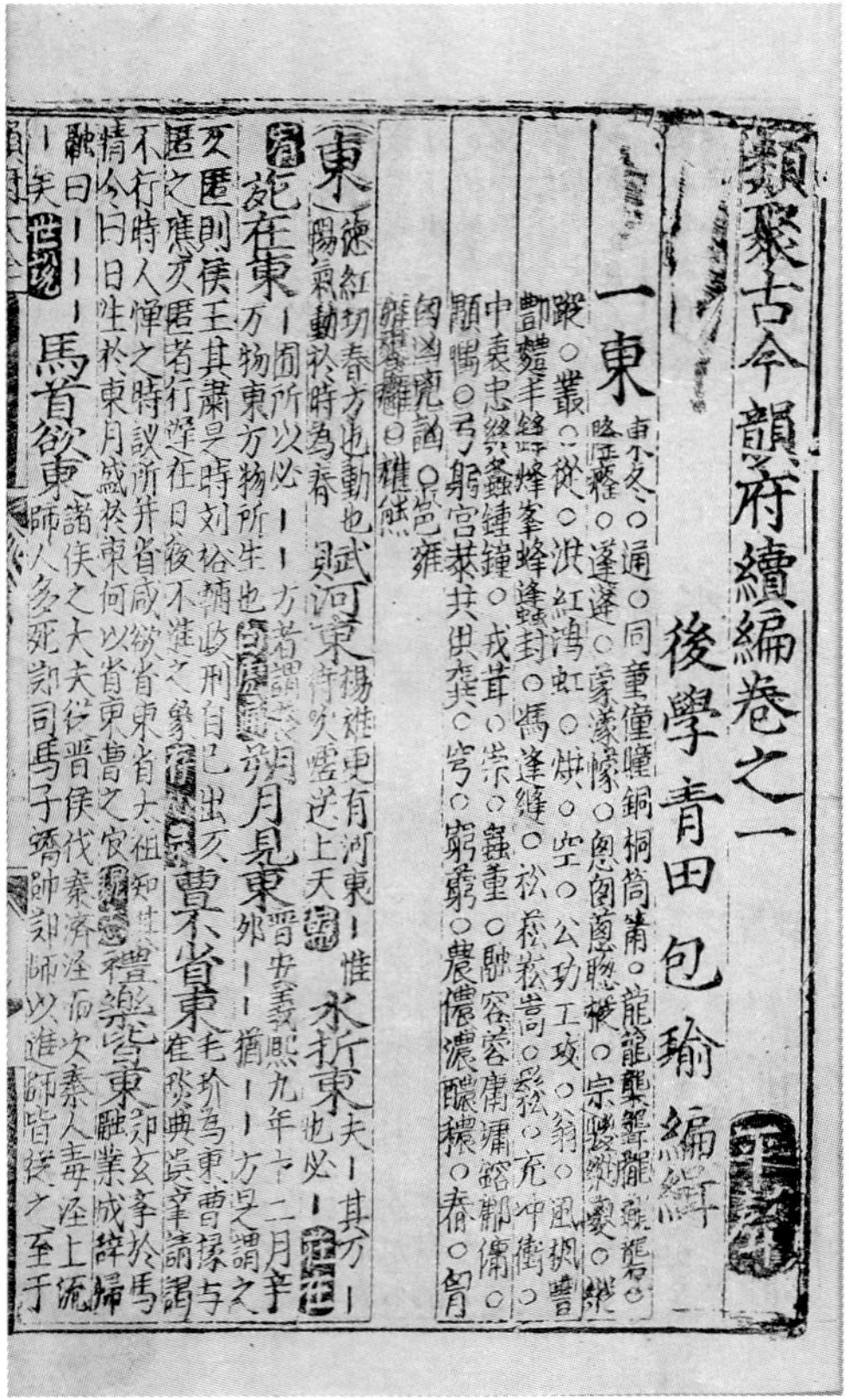
類聚古今韻府續編卷之一
後學青田包瑜編
一東

二三二a　又　増修本　巻首　国立公文書館蔵

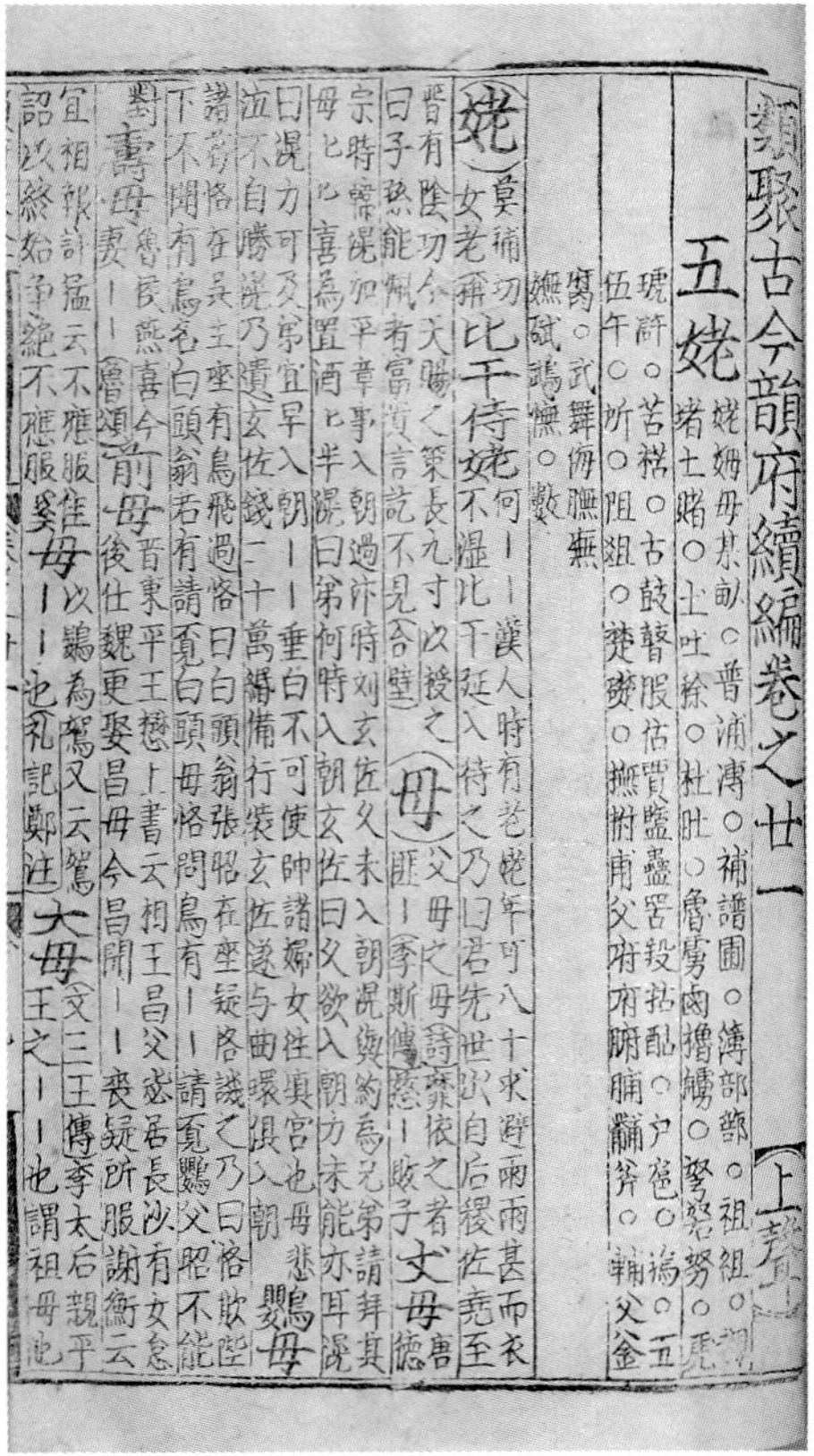
類聚古今韻府續編卷之廿一
五姥

二三二b　同　巻二十一首　同

二一三a　『類聚古今韻府続編群玉』　明嘉靖三年刊本　巻首　宮内庁書陵部蔵

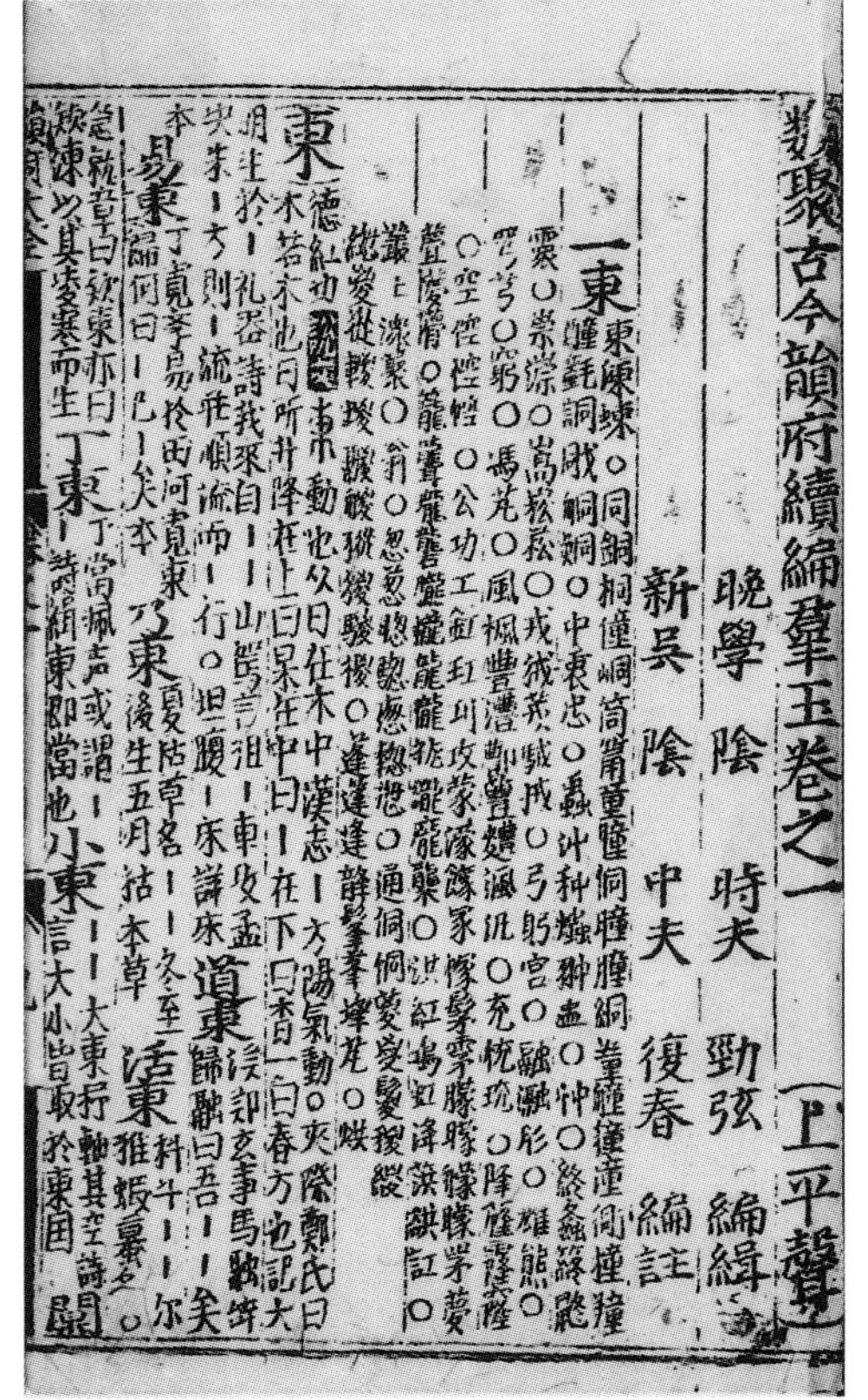

類聚古今韻府續編羣玉卷之一　（上平聲）

晩學　陰　時夫　勁弦　編緝

新吳　陰　中夫　復春　編註

一東

二一三b　同　巻尾　同

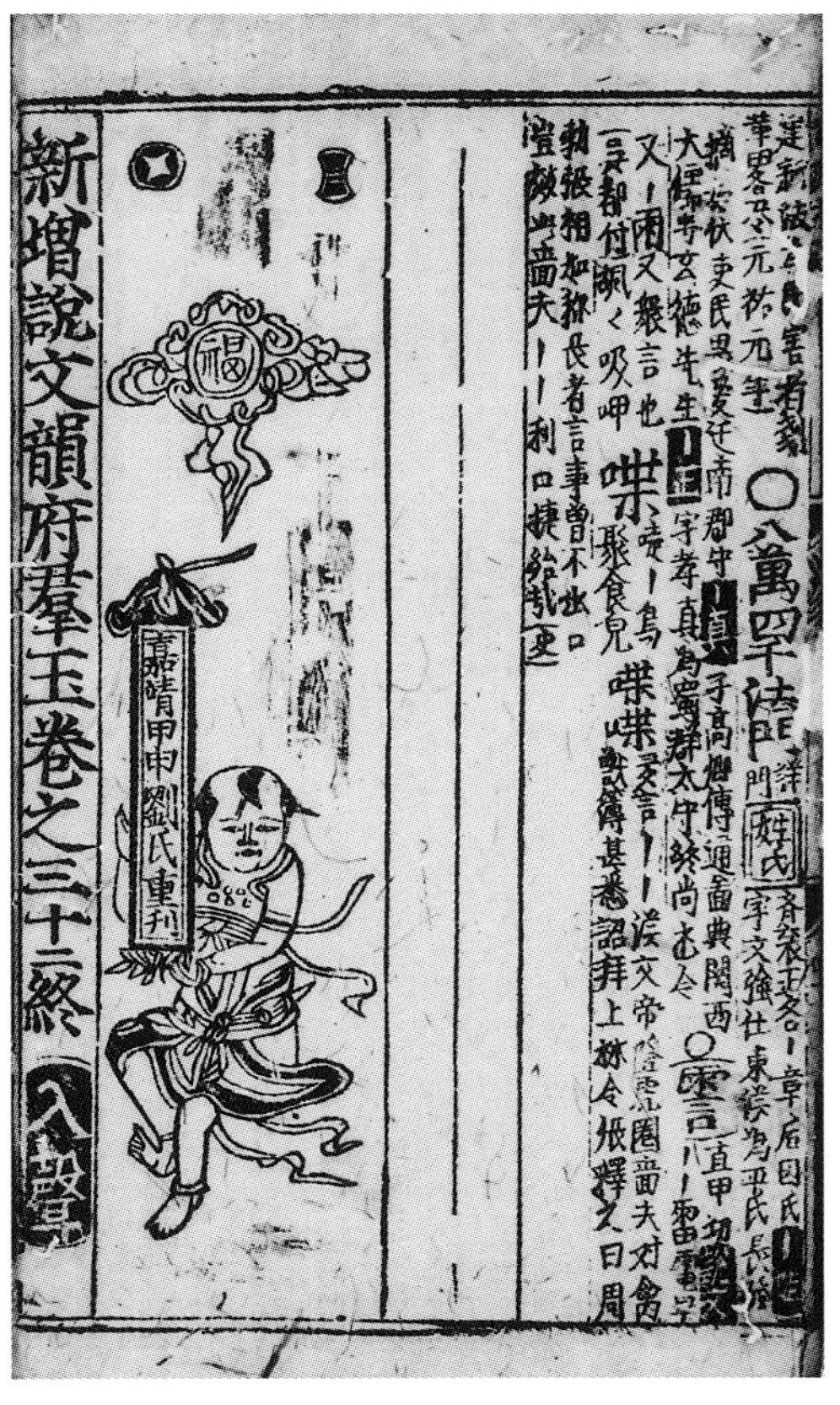

新增說文韻府羣玉卷之三十二終　（入聲）

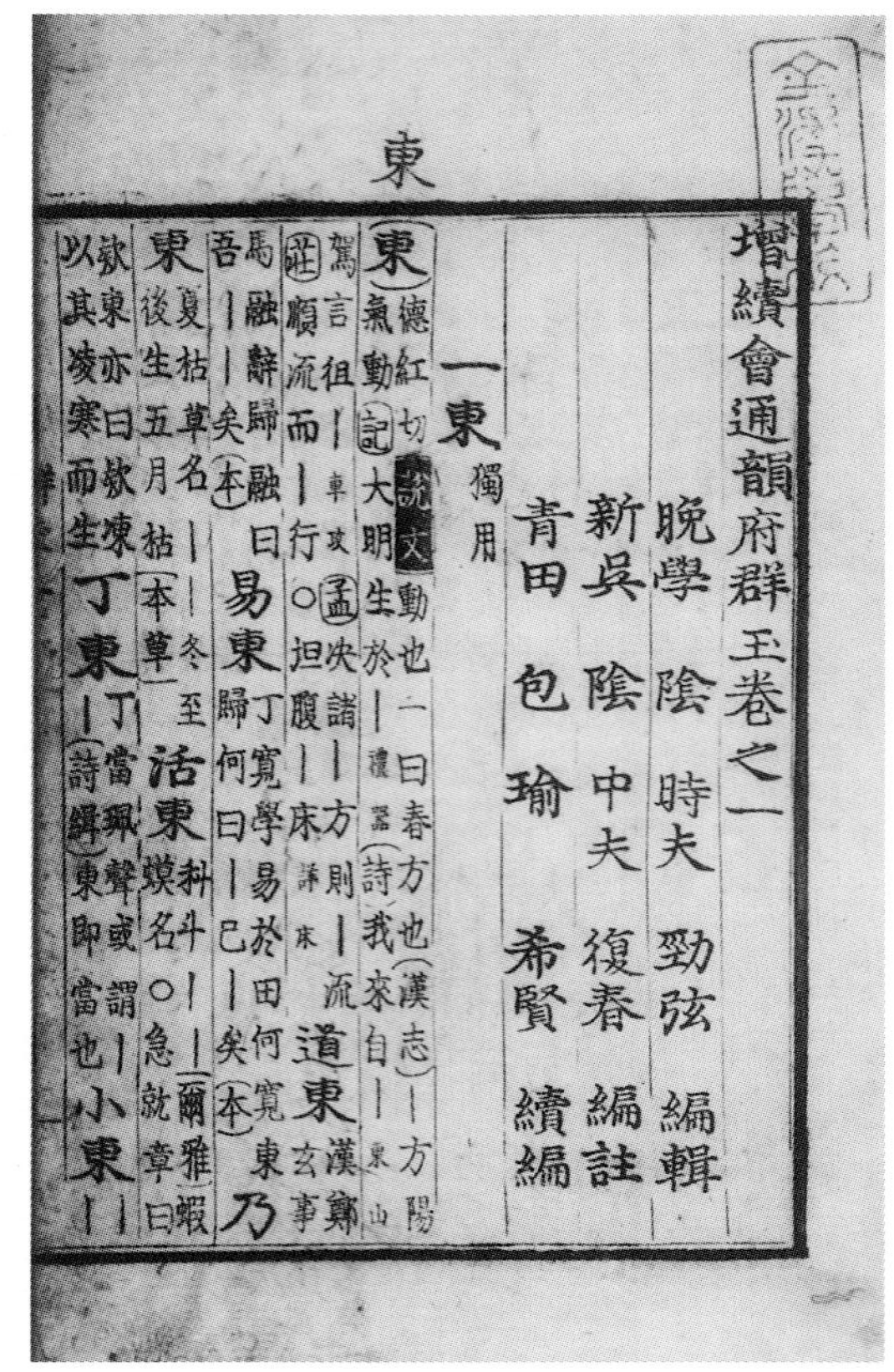

東

增續會通韻府群玉卷之一

晩學　陰時夫　勁弦　編輯

新呉　陰中夫　復春　編註

青田　包瑜　希賢　續編

一東　獨用

二—三—四 a　『増続会通韻府群玉』朝鮮刊（乙亥字）本　巻首　尊経閣文庫蔵

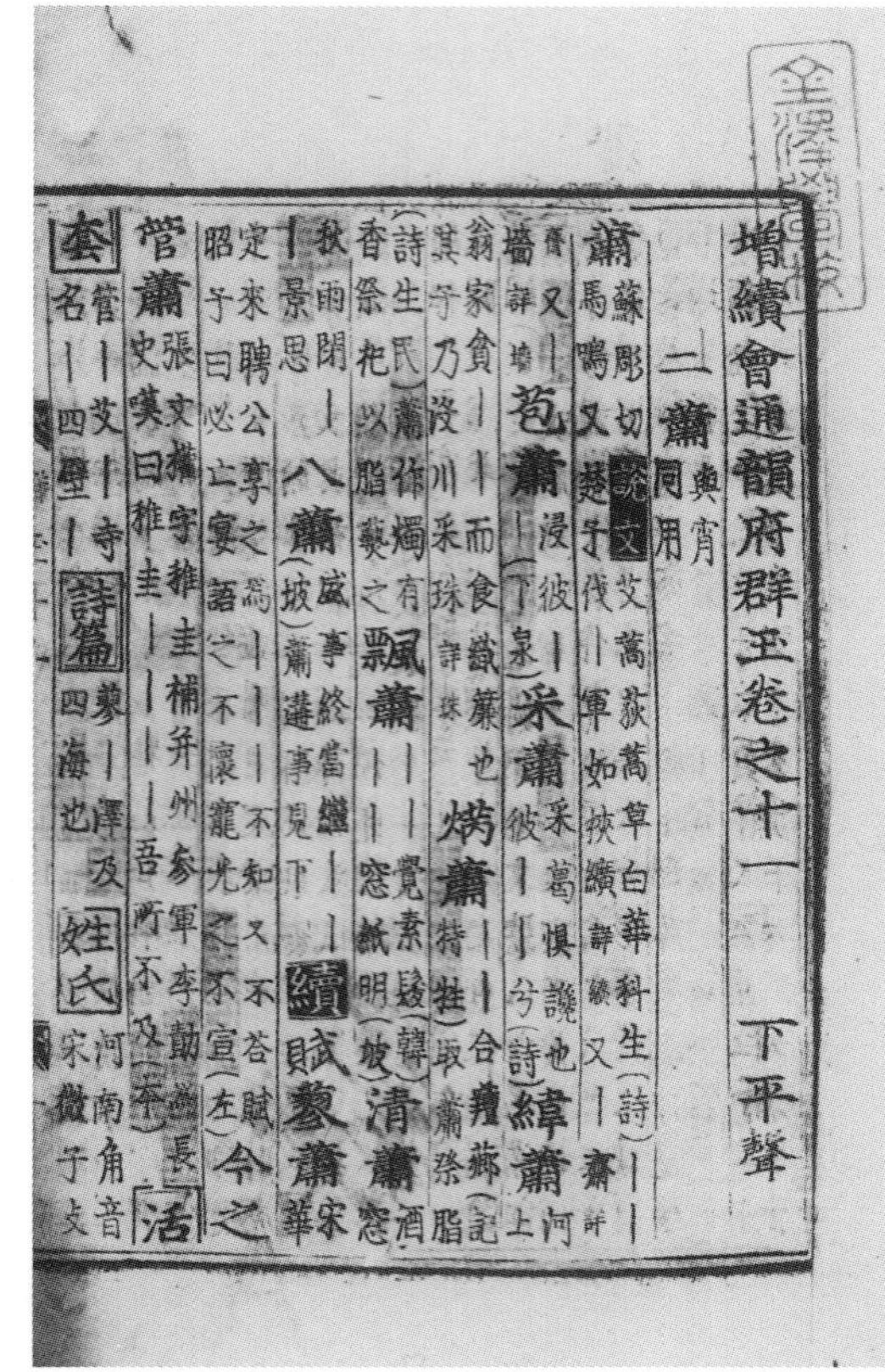

增續會通韻府群玉卷之十一

下平聲

二蕭　與宵同用

二—三—四 b　同　巻十一首　同

二二三五a　同　朝鮮刊（乙亥字）〔逓〕修本　巻首　建仁寺両足院蔵

增續會通韻府群玉卷之一
上平聲

二二三五b　同　巻十一首　同

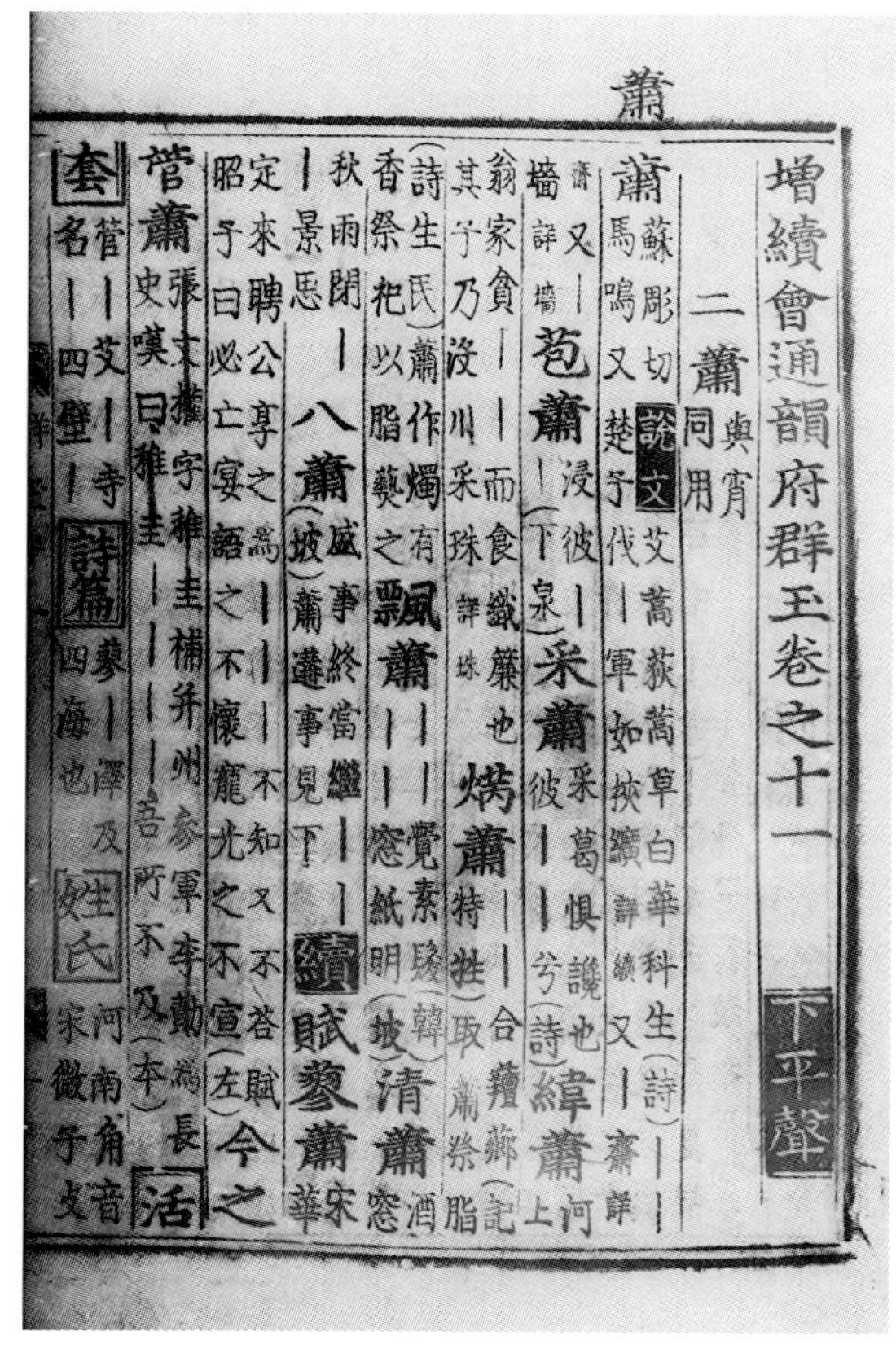
增續會通韻府群玉卷之十一
下平聲

二一三一六　同　朝鮮明崇禎再丁酉刊（戊申字）本　巻首　ソウル大学校奎章閣蔵

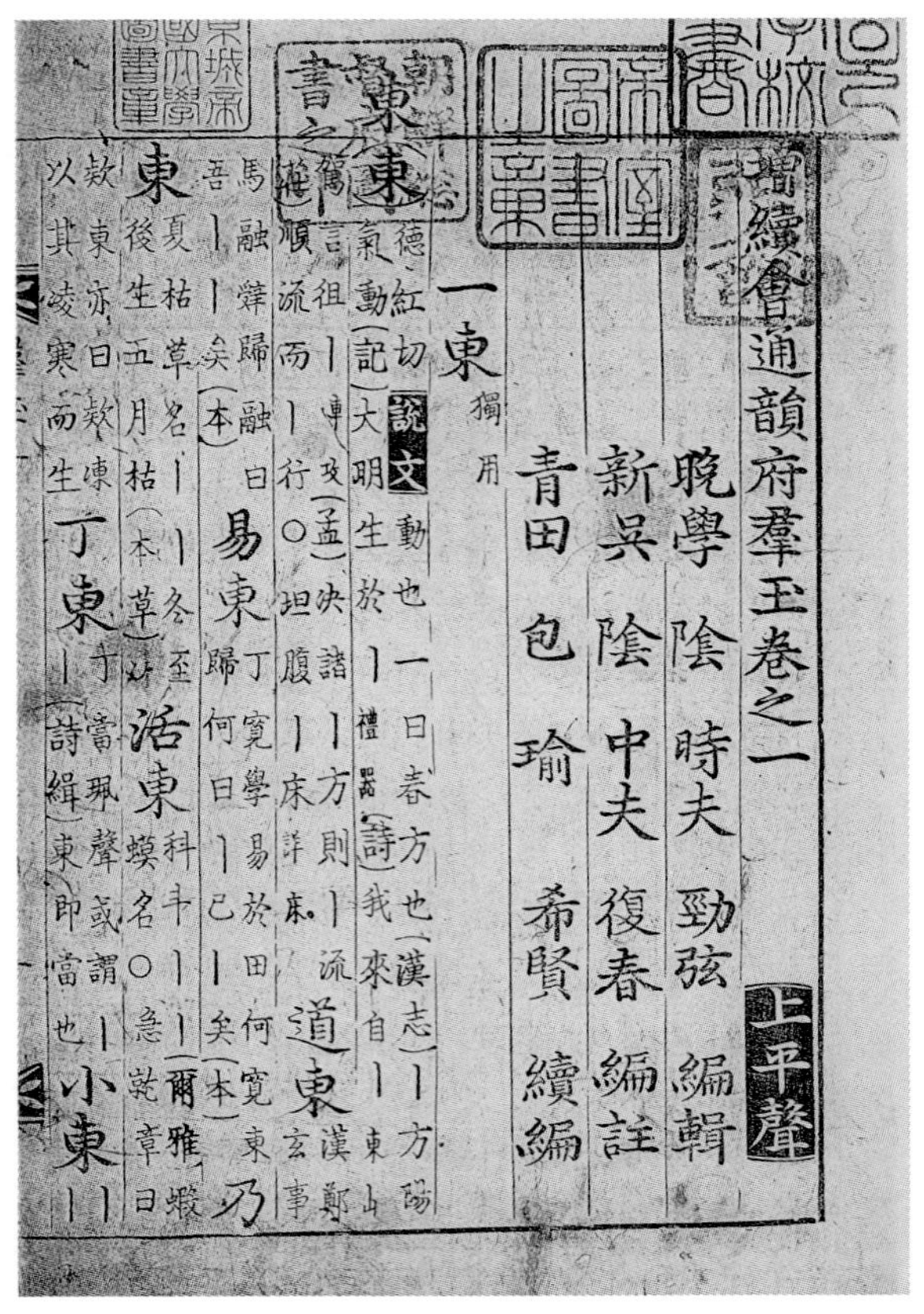

二一三一七　同　〔朝鮮中期〕刊（訓錬都監字）本　巻九首　家蔵

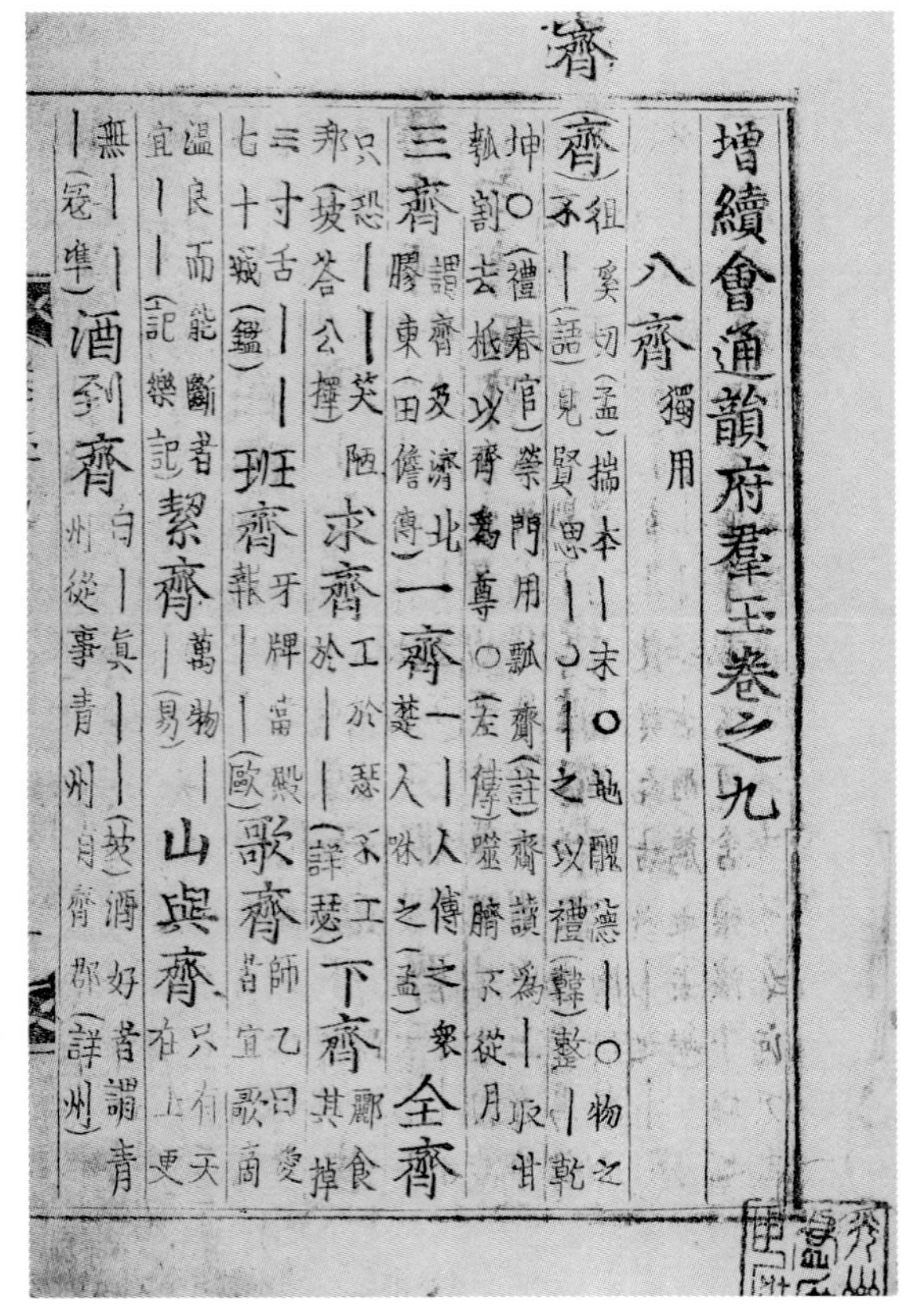

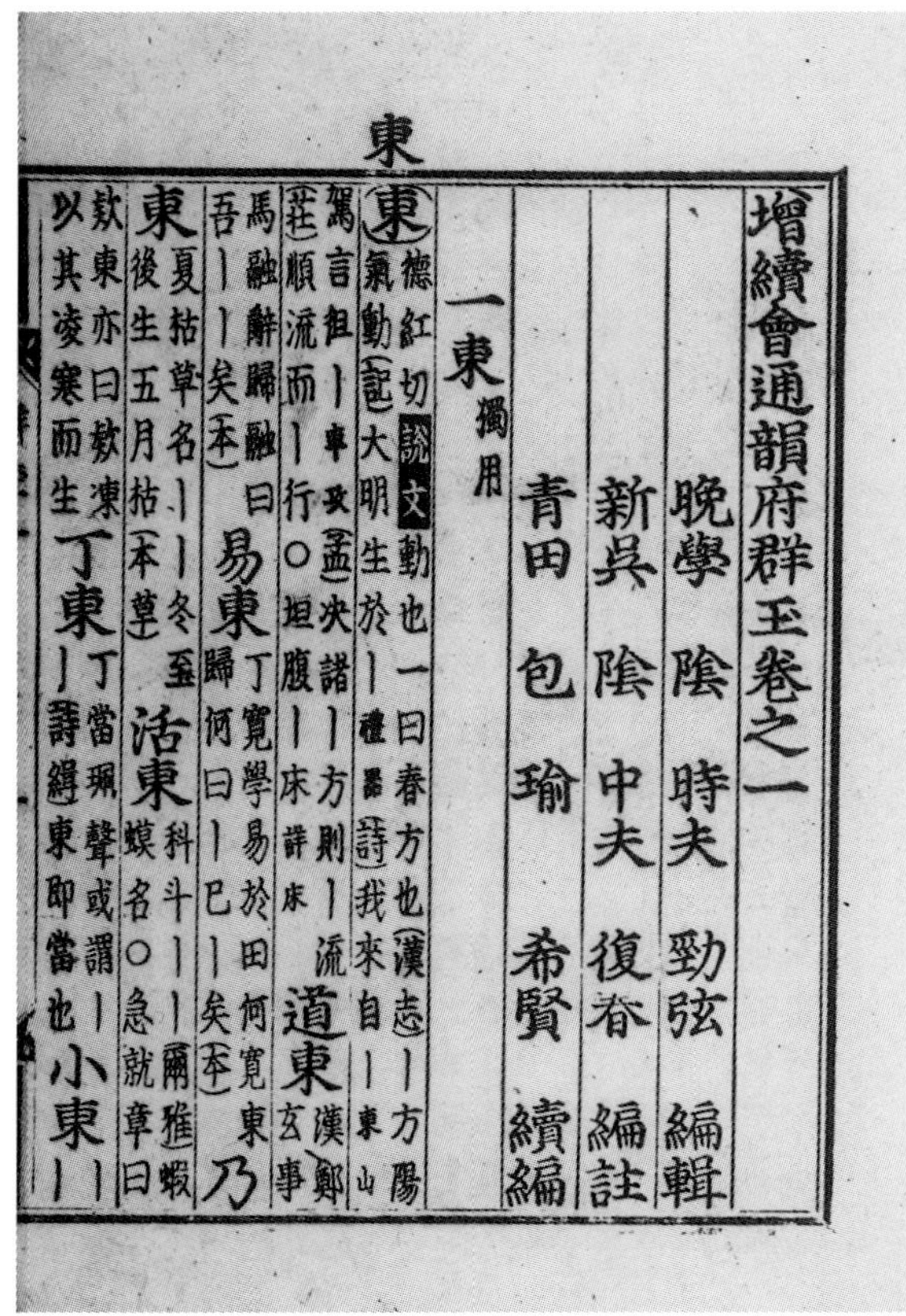
増續會通韻府群玉巻之一

晩學　陰　時夫　勁弦　編輯

新呉　陰　中夫　復春　編註

青田　包　瑜　希賢　續編

一東　獨用

東

二三八a　同　日本寛永二年刊（古活字）本　巻首　陽明文庫蔵

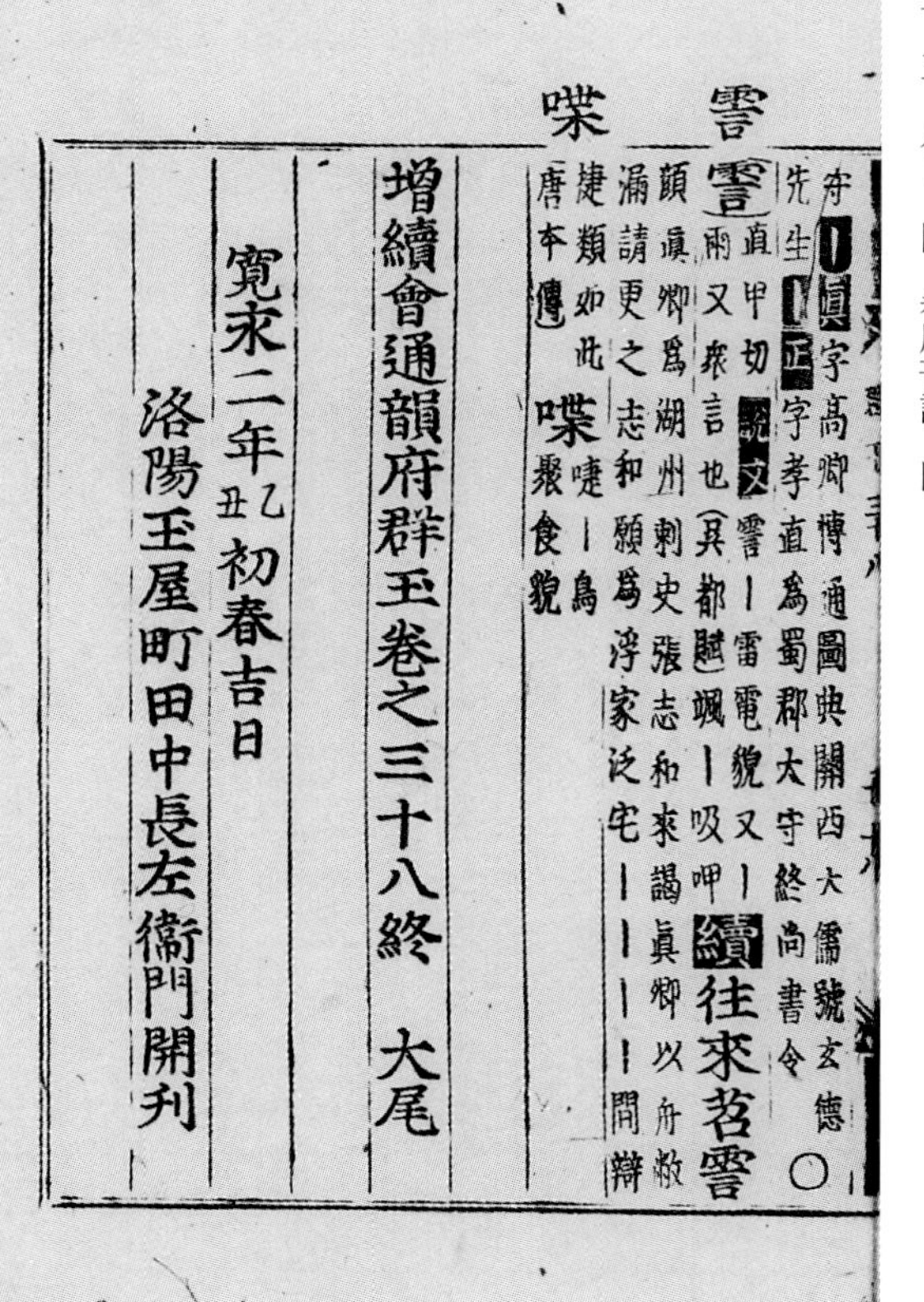
霅　喋

増續會通韻府群玉巻之三十八終　大尾

寛永二年乙丑初春吉日

洛陽玉屋町田中長左衛門開刊

二三八b　同　巻尾刊記　同

二―三―九a　同　日本延宝三年刊本　巻首　慶應義塾大学斯道文庫蔵

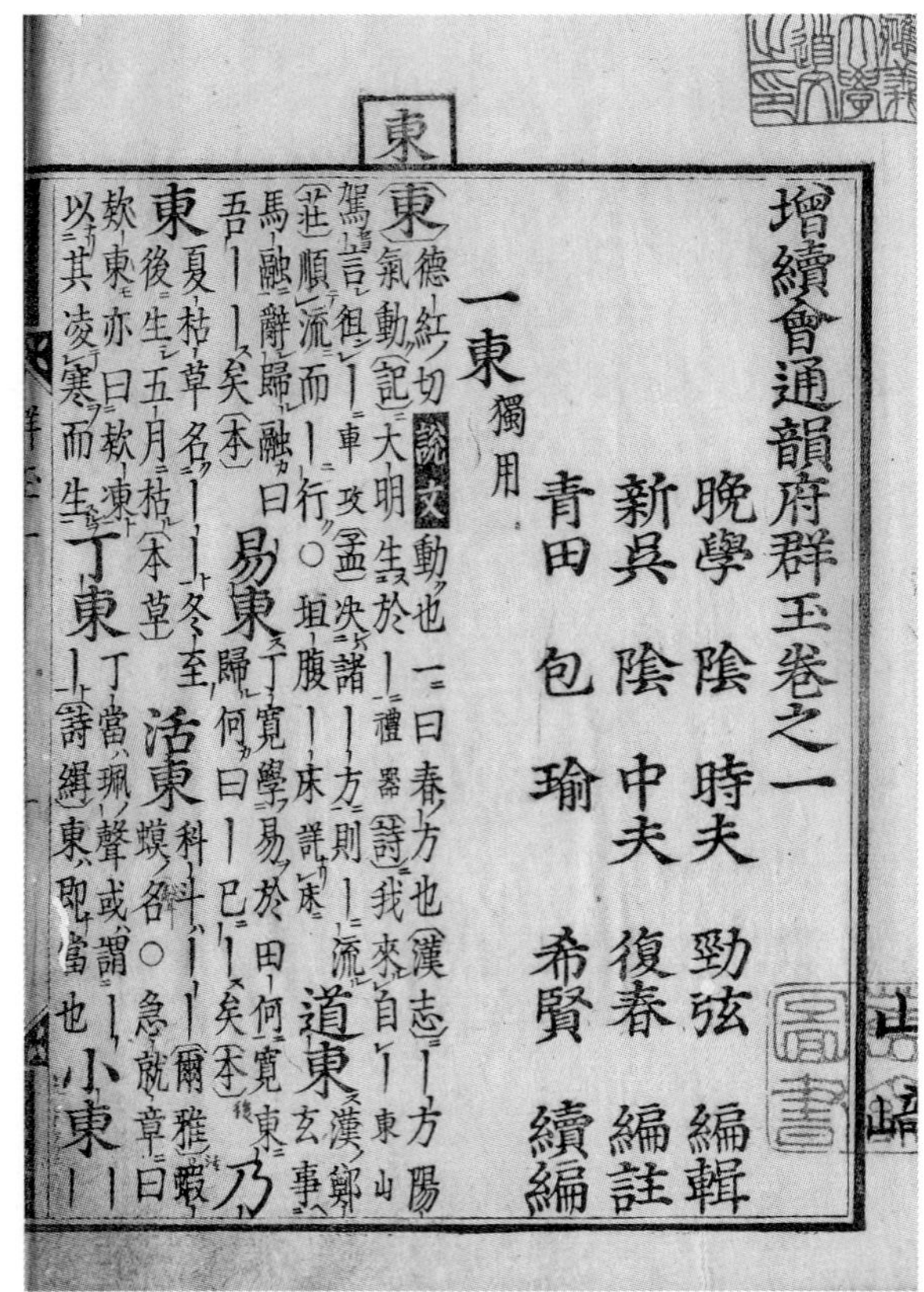

增續會通韻府群玉卷之一

晩學　陰時夫　勁弦　編輯

新呉　陰中夫　復春　編註

青田　包瑜　希賢　續編

一東　獨用

二―三―九b　同　巻尾刊記　同

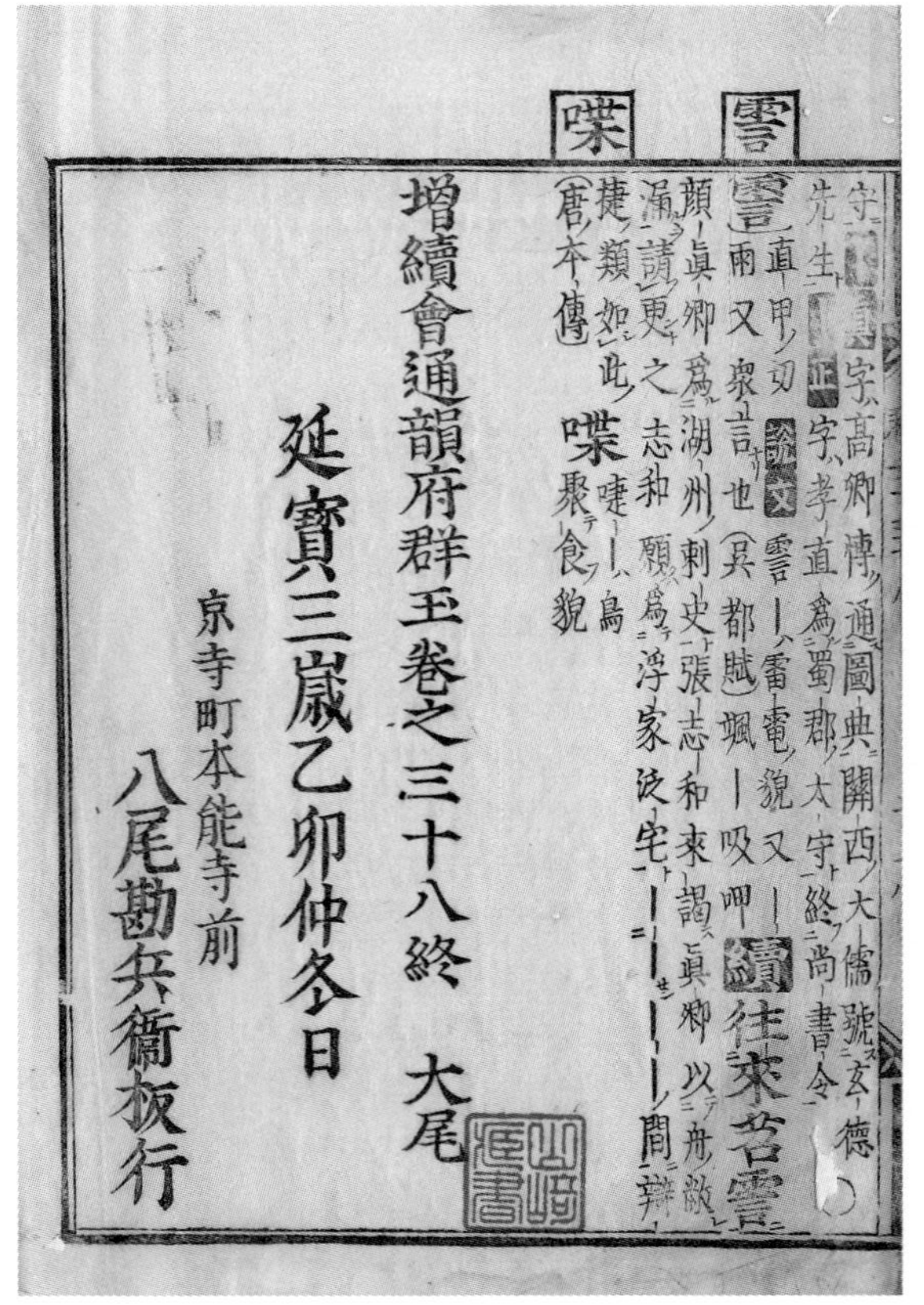

增續會通韻府群玉卷之三十八終　大尾

延寶三歳乙卯仲冬日

京寺町本能寺前

八尾勘兵衛板行

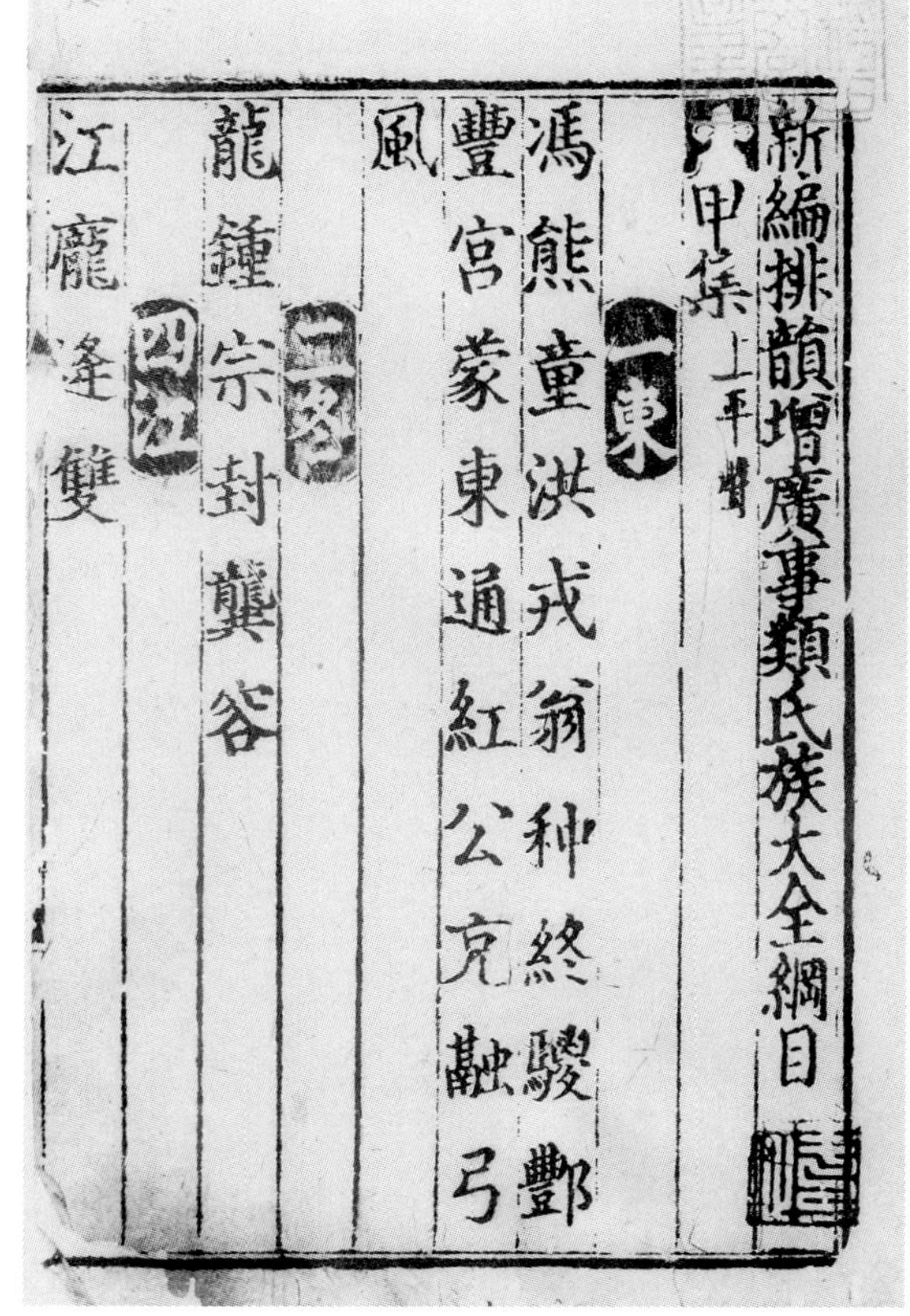

新編排韻增廣事類氏族大全綱目

甲集 上平聲

一東

馮 熊 童 洪 戎 翁 种 終 駿 酆

豐 宮 蒙 東 通 紅 公 充 猷 弓

風

二冬

龍 鍾 宗 封 龔 谷

四江

江 龐 逢 雙

三一a『新編排韻増広事類氏族大全』〔元〕刊本　首　早稲田大学図書館蔵

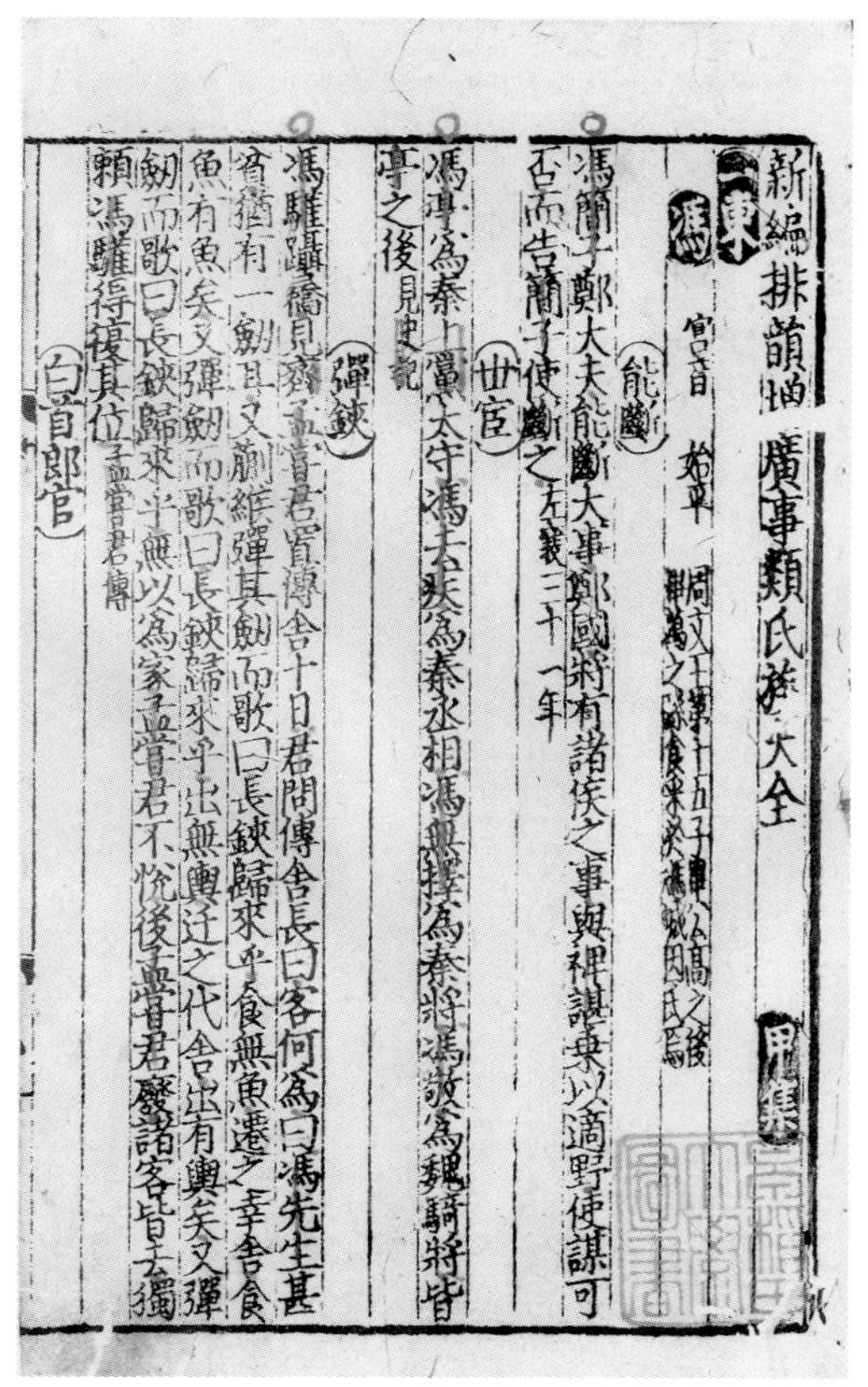

新編排韻增廣事類氏族大全　甲集

一東　馮　宮音　姓平　周文王第十五子畢公高之後畢萬之後食采於馮城因氏焉

能斷　馮簡子鄭大夫能斷大事鄭國將有諸侯之事與裨諶乘以適野使謀可否而告簡子使斷之左襄三十一年

世官　馮亭爲秦上黨太守馮去疾爲秦丞相馮無擇爲秦將馮敬爲魏騎將皆亭之後見史記

彈鋏　馮驩躡蹻見孟嘗君置傳舍十日君問傳舍長曰客何爲曰馮先生甚貧猶有一劍耳又蒯緱彈其劍而歌曰長鋏歸來乎食無魚遷之幸舍食魚有魚矣又彈劍而歌曰長鋏歸來乎出無輿遷之代舍出有輿矣又彈劍而歌曰長鋏歸來乎無以爲家孟嘗君不悅後孟嘗君廢諸客皆去獨馮驩得復其位孟嘗君傳

白首郎官

三一b　同　巻首　同

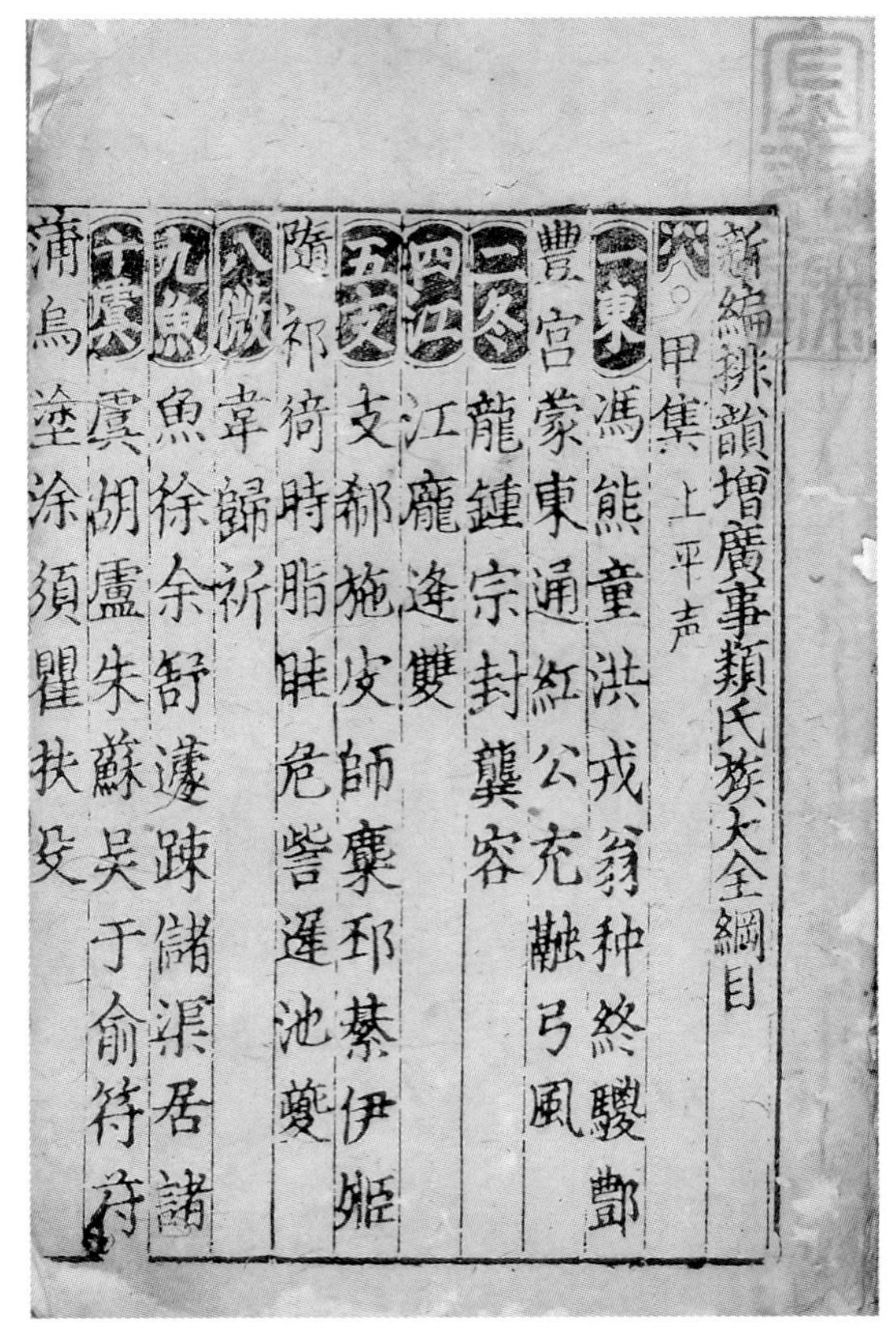

三一a　同〔元末〕刊〔明遞修〕十六行本　首　布施美術館藏

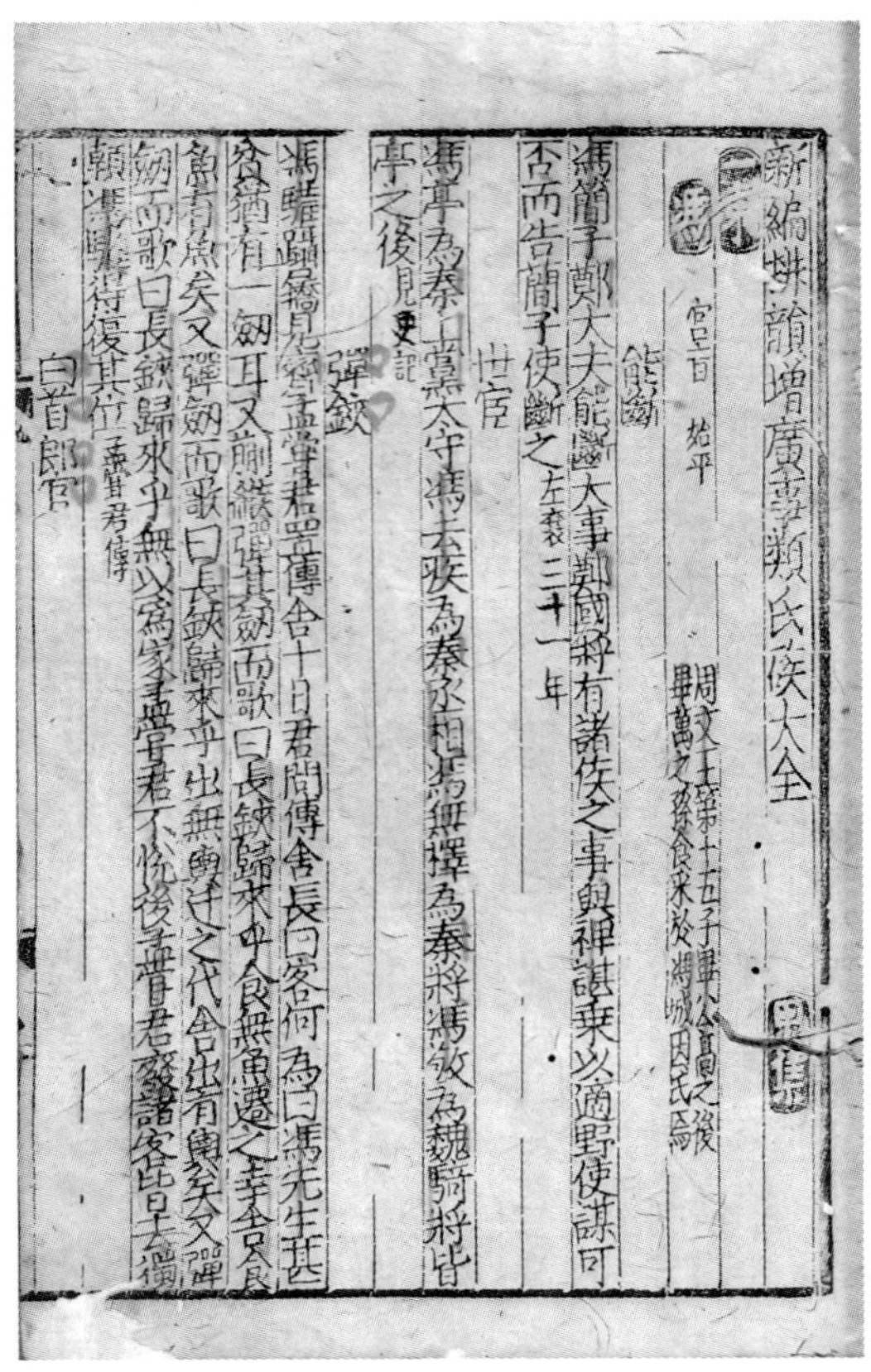

三一b　同　卷首　同

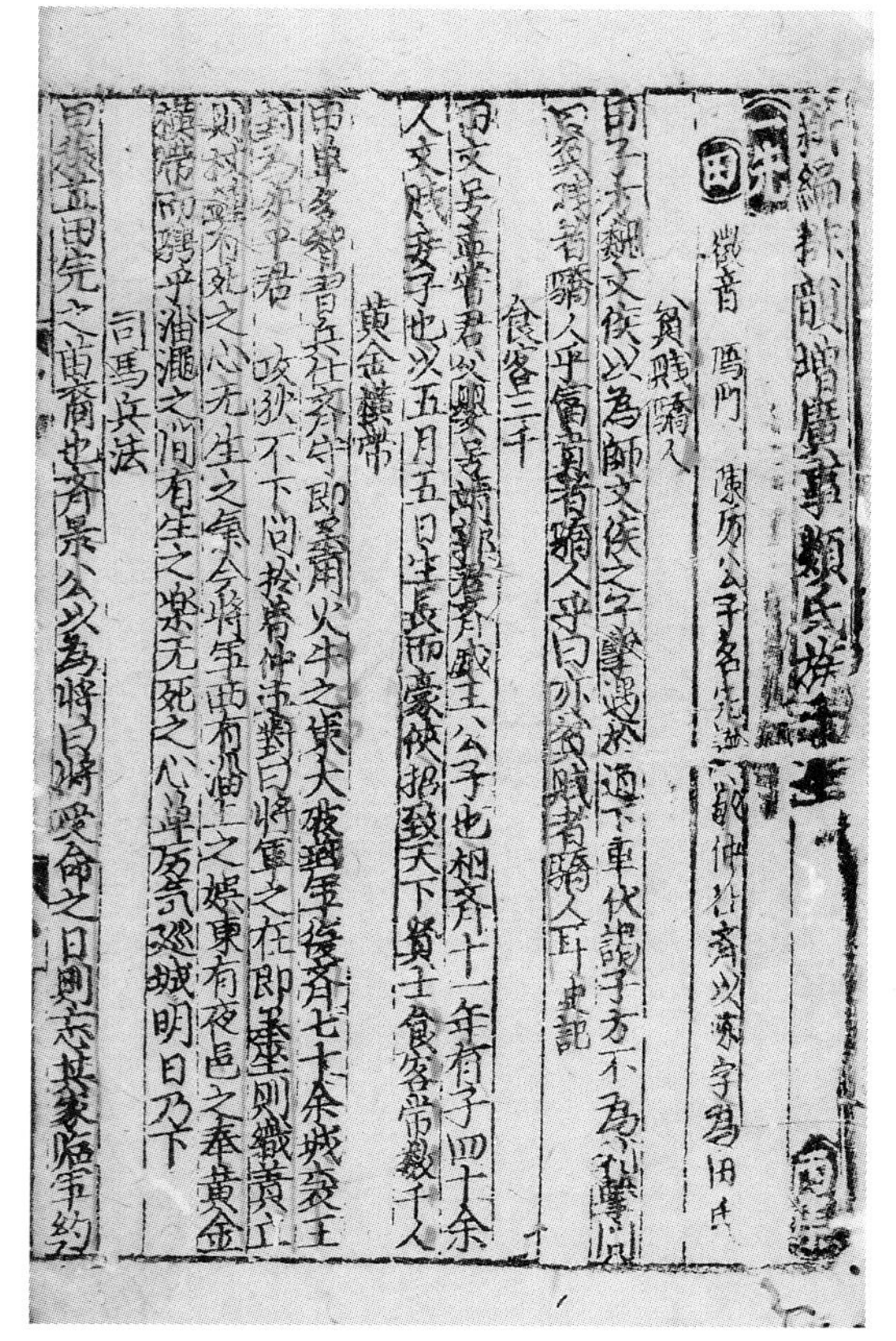

新編排韻增廣事類氏族大全

三一二c　同　丙集首　同

玉融書堂

增廣事類　氏族大全

三一三a　同〔元末〕刊　二十行本　封面　台北・故宮博物院蔵

三—三b　同　首　同

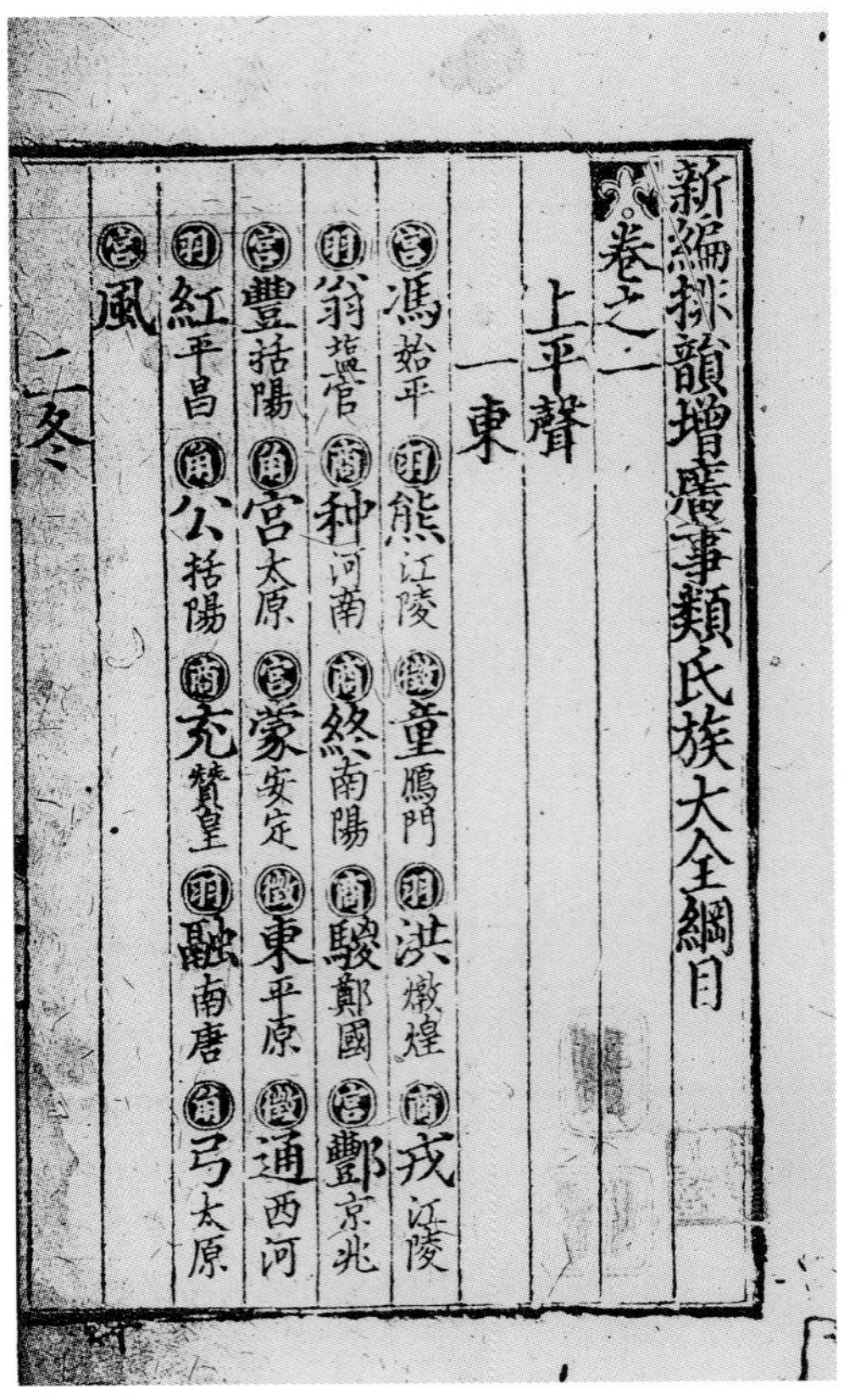

新編排韻增廣事類氏族大全綱目

巻之一

上平聲

一東

宮 馮 始平	羽 熊 江陵	徵 童 鴈門	羽 洪 燉煌	商 戎 江陵
羽 翁 蓮菅	商 种 河南	商 終 南陽	商 駿 鄭國	宮 酆 京兆
宮 豐 括陽	角 宮 太原	宮 蒙 安定	徵 東 平原	徵 通 西河
羽 紅 平昌	角 公 括陽	商 充 贊皇	羽 融 南唐	角 弓 太原
宮 風				

二冬

三—三c　同　巻首　同

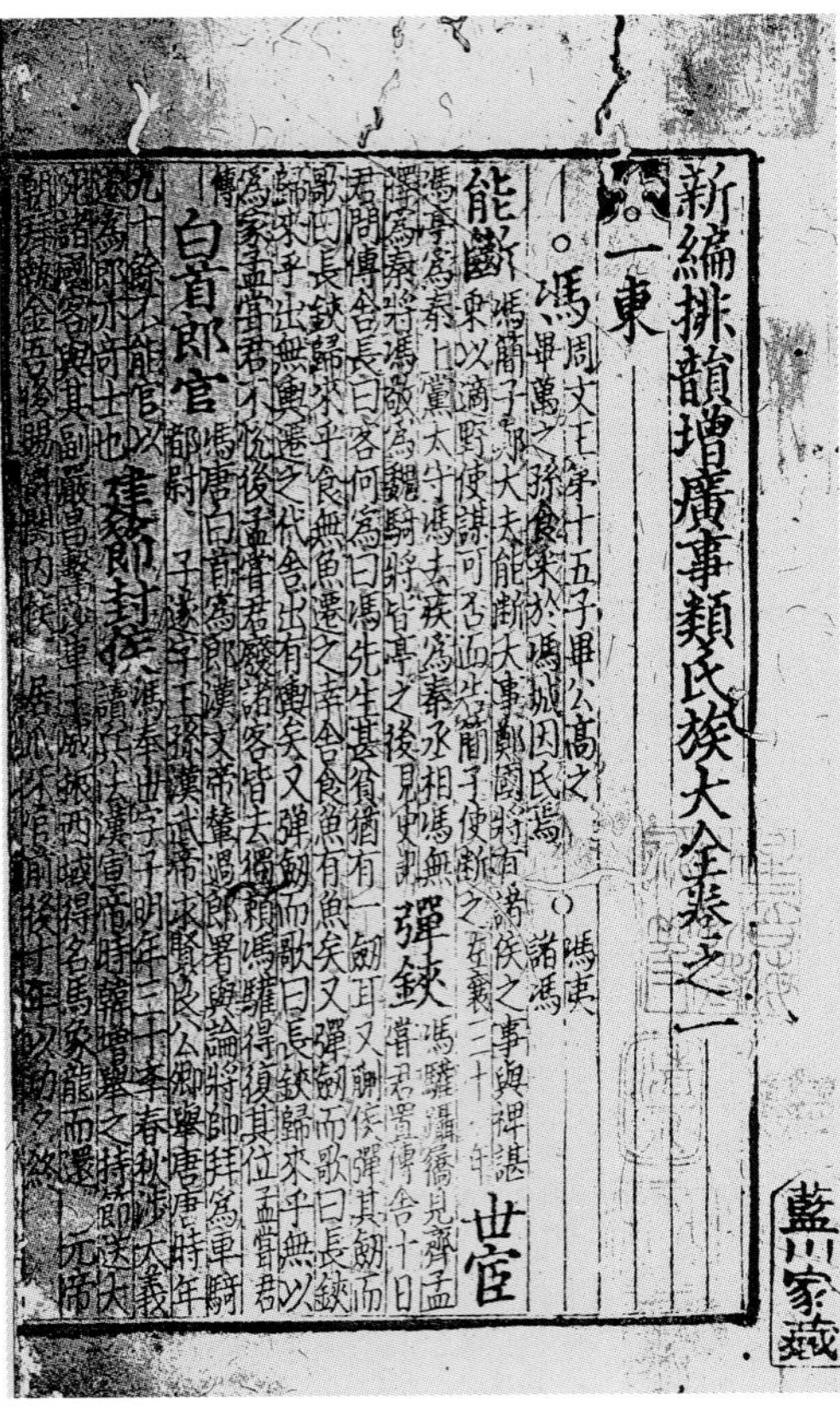

新編排韻增廣事類氏族大全巻之一

一東

○馮

能斷

彈鋏

世官

白首郎官

建節封侯

三一四a　同　明永楽十七年刊本　目録末尾牌記　天理大学附属天理図書館蔵

永樂己亥孟春
日新書堂新栞

氏族目録畢

三一四b　同　巻首　同

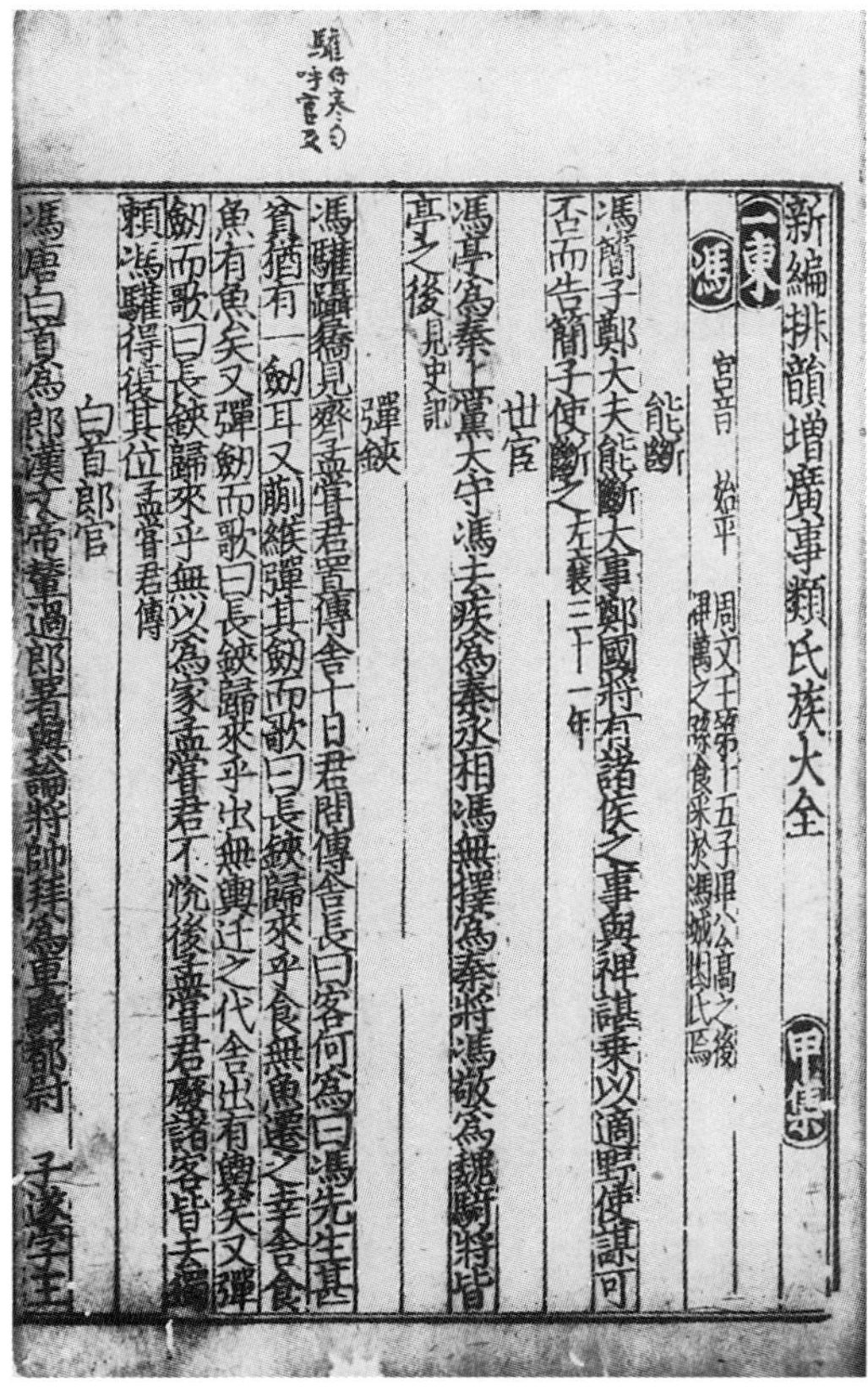

新編排韻增廣事類氏族大全　甲集

三二五b　同　管序末
同

三二五a　『精刻張翰林重訂京本排韻増広事類氏族大全』
明崇禎五年序刊本　封面
国立公文書館蔵

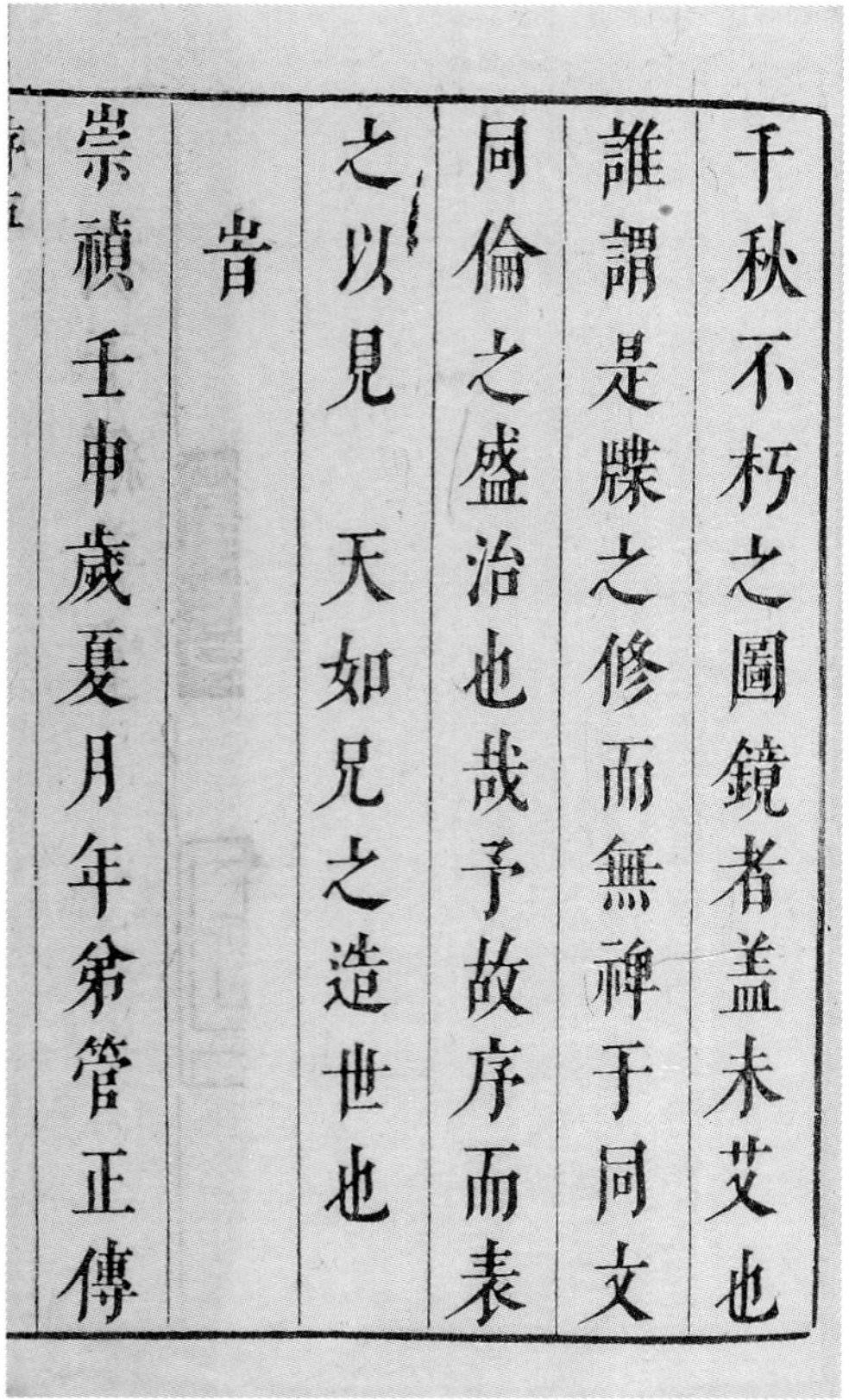

三—五c　同　巻首　同

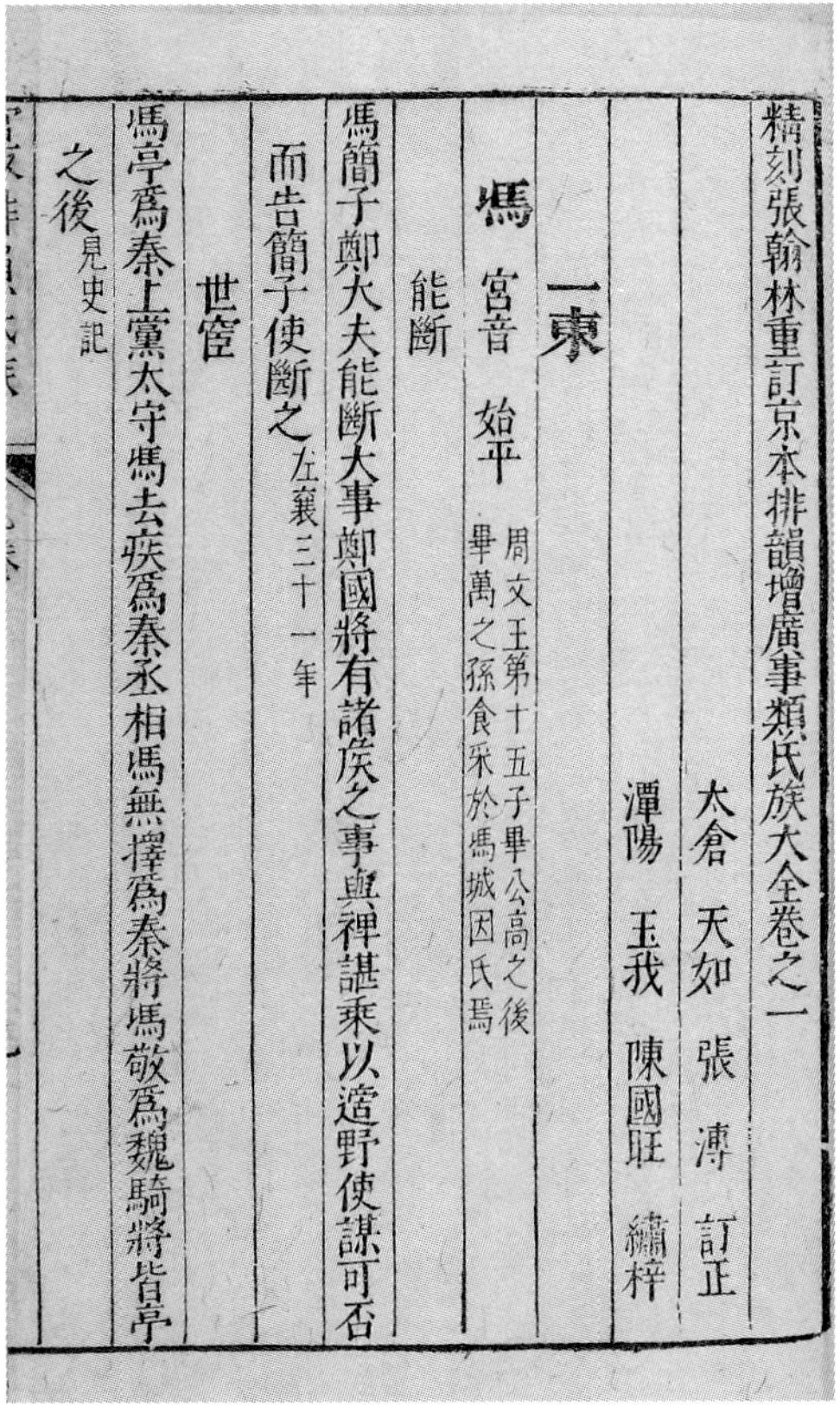

精刻張翰林重訂京本排韻增廣事類氏族大全卷之一

太倉　天如　張　溥　訂正

潭陽　玉我　陳國旺　繡梓

一東

馮　宮音　始平　周文王第十五子畢公高之後畢萬之孫食采於馮城因氏焉

能斷

馮簡子鄭大夫能斷大事鄭國將有諸侯之事與裨諶乘以適野使謀可否而告簡子使斷之左襄三十一年

世官

馮亭爲秦上黨太守馮去疾爲秦丞相馮無擇爲秦將馮敬爲魏騎將皆亭之後見史記

三—五d　同　巻尾　同

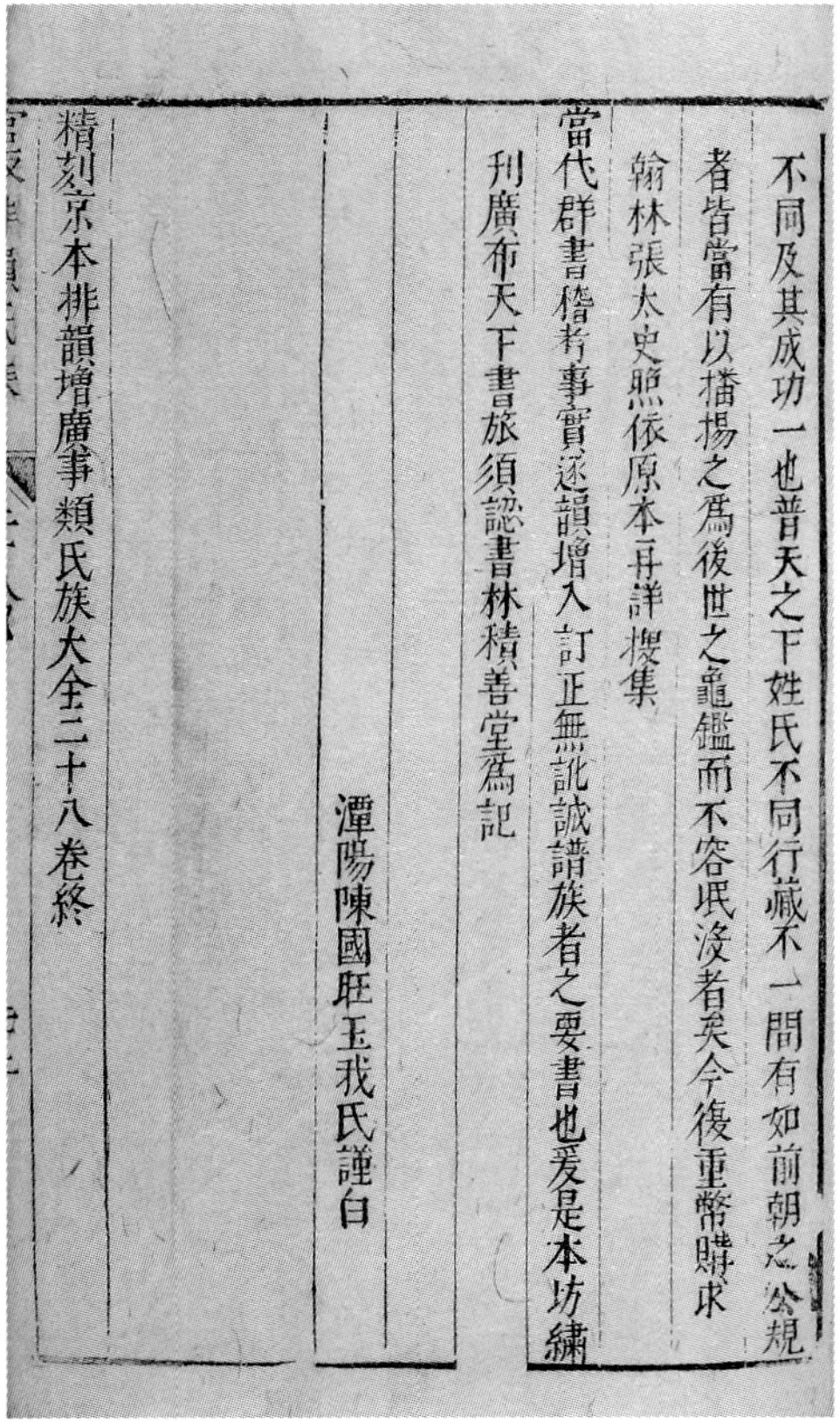

不同及其成功一也普天之下姓氏不同行藏不一間有如前朝之公規者皆當有以播揚之爲後世之龜鑑而不容泯沒者矣今後重幣購求

翰林張太史照依原本再詳搜集

當代群書稽考事實逐韻增入訂正無訛誠譜族者之要書也爰是本坊繡刊廣布天下書旅須認書林積善堂爲記

潭陽陳國旺玉我氏謹白

精刻京本排韻增廣事類氏族大全二十八卷終

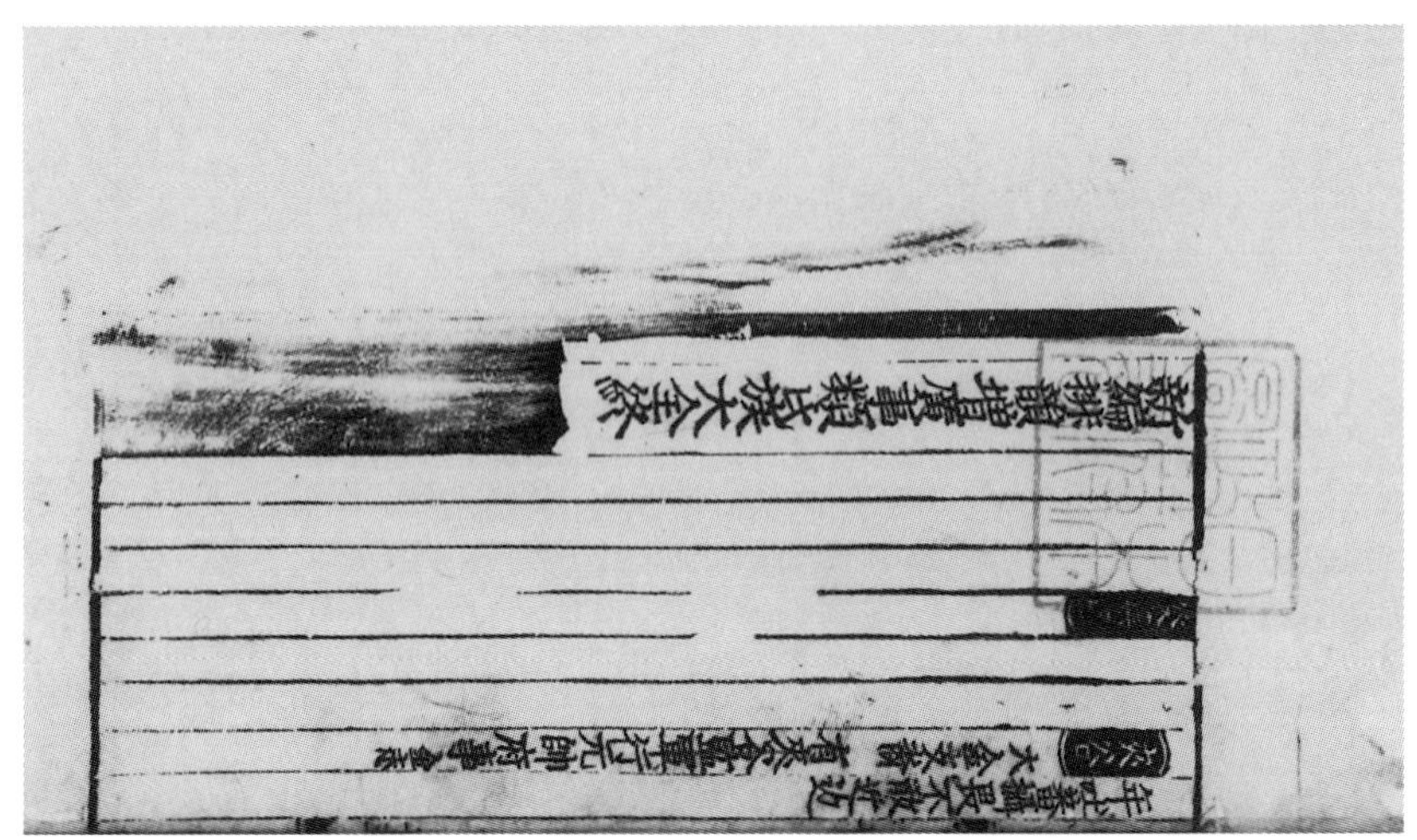

三一六b　同　巻尾　同

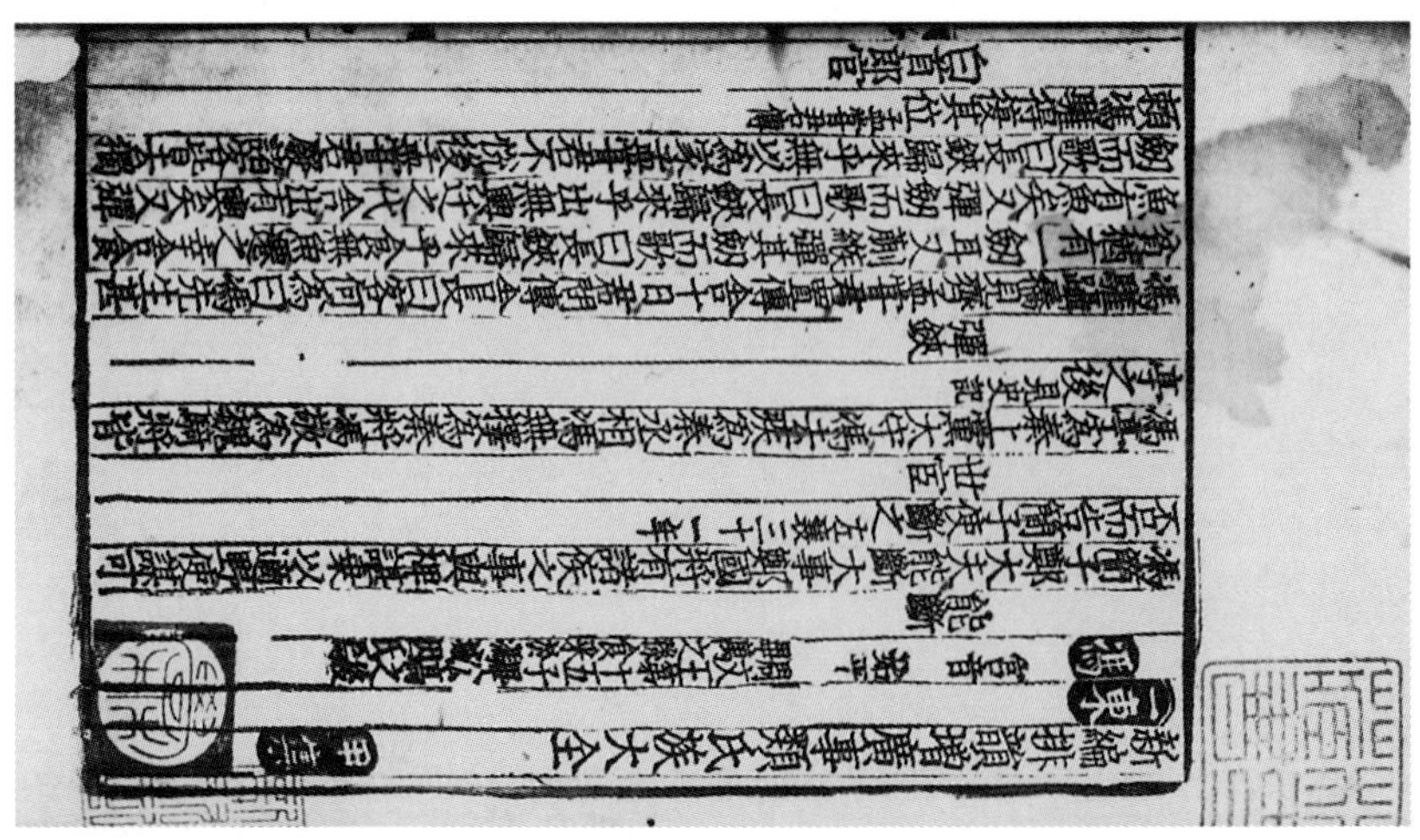

三一六a　『新編排韻増広事類氏族大全』　日本〔南北朝〕刊本　巻首　国立公文書館蔵

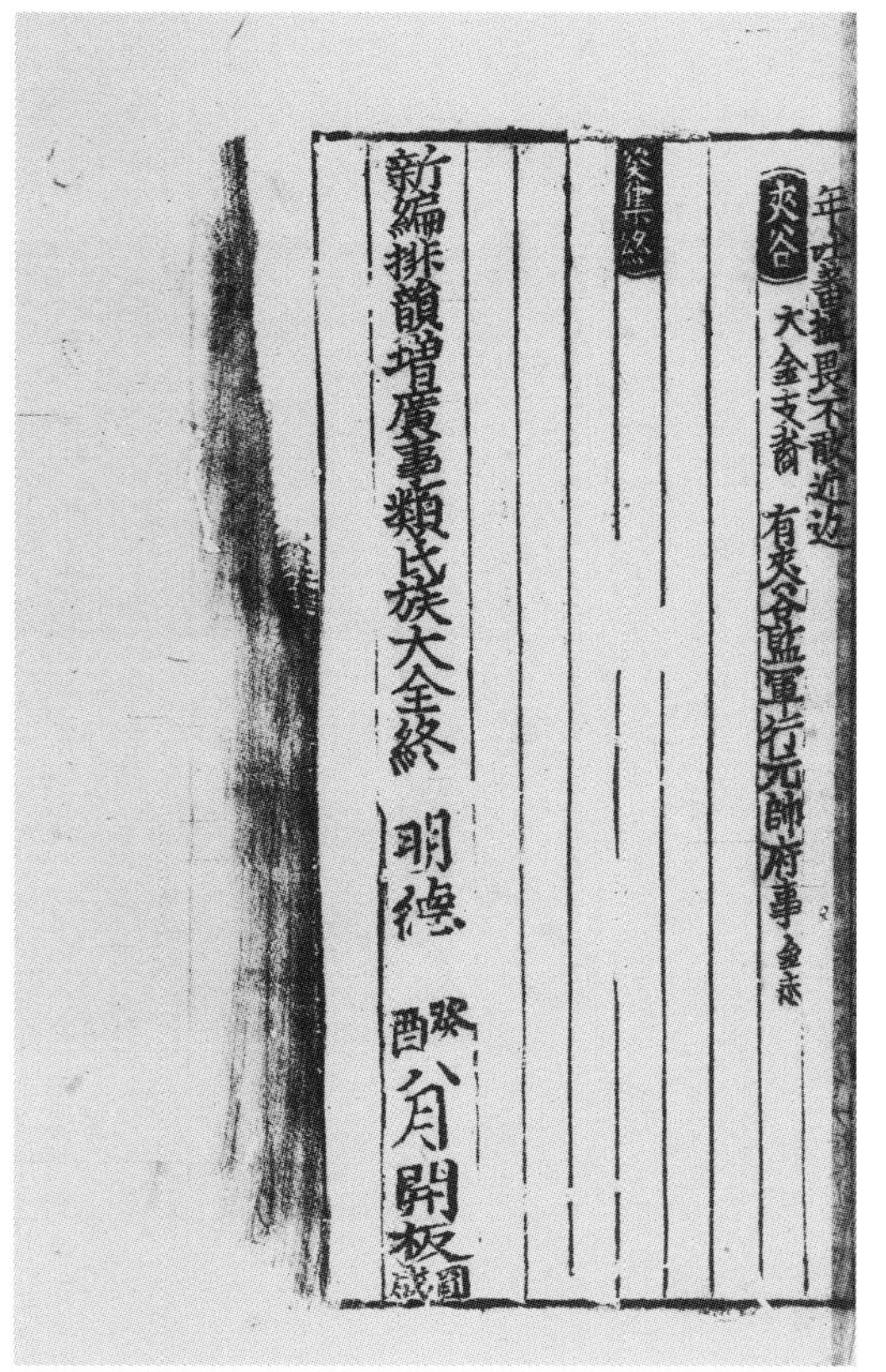

三一七　又　明徳四年印本　巻尾刊記　陽明文庫蔵

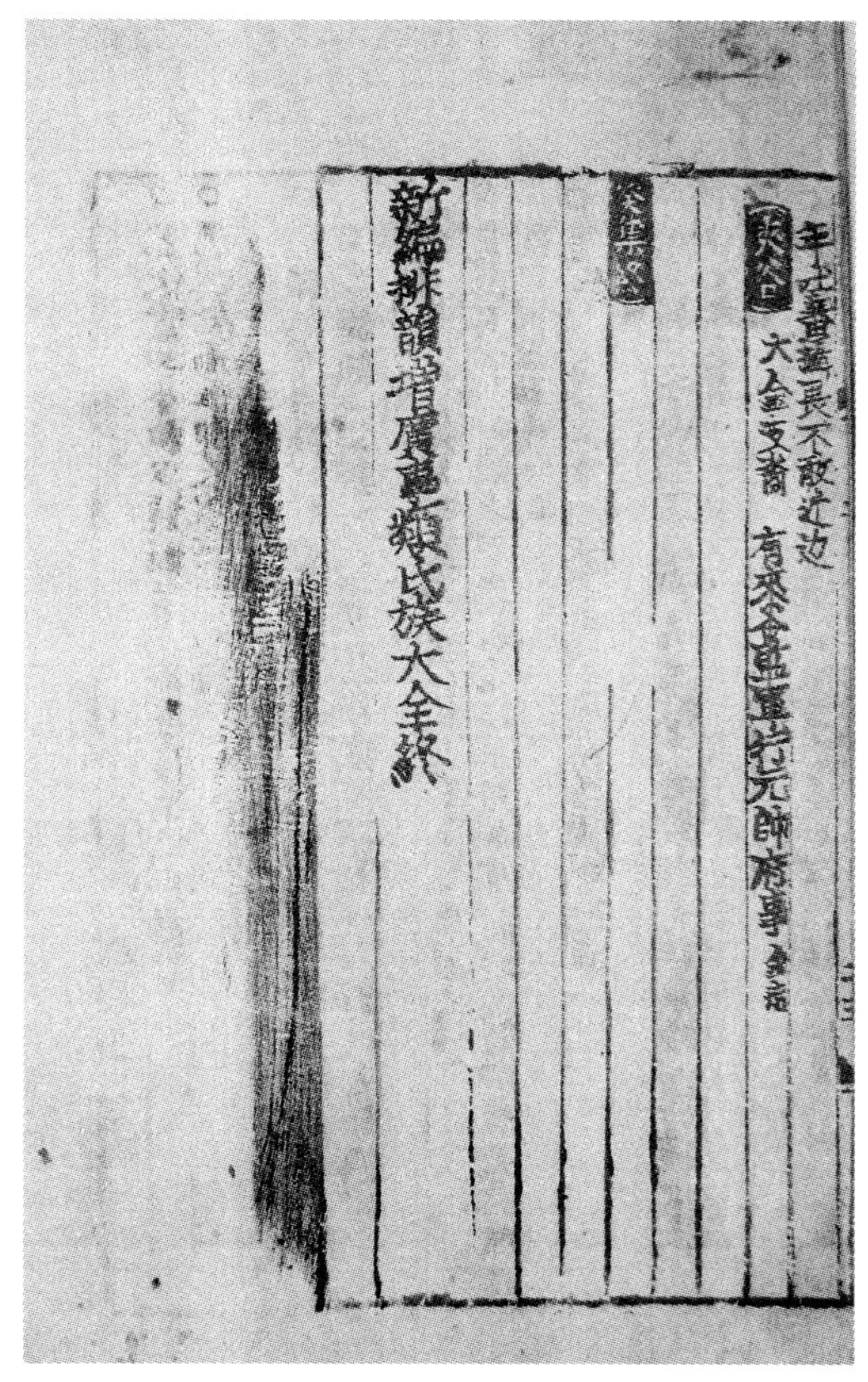

三一八　又　後修本　巻尾　日光山輪王寺天海蔵

三―九 a　同　日本元和五年刊（古活字）本　巻首　陽明文庫蔵

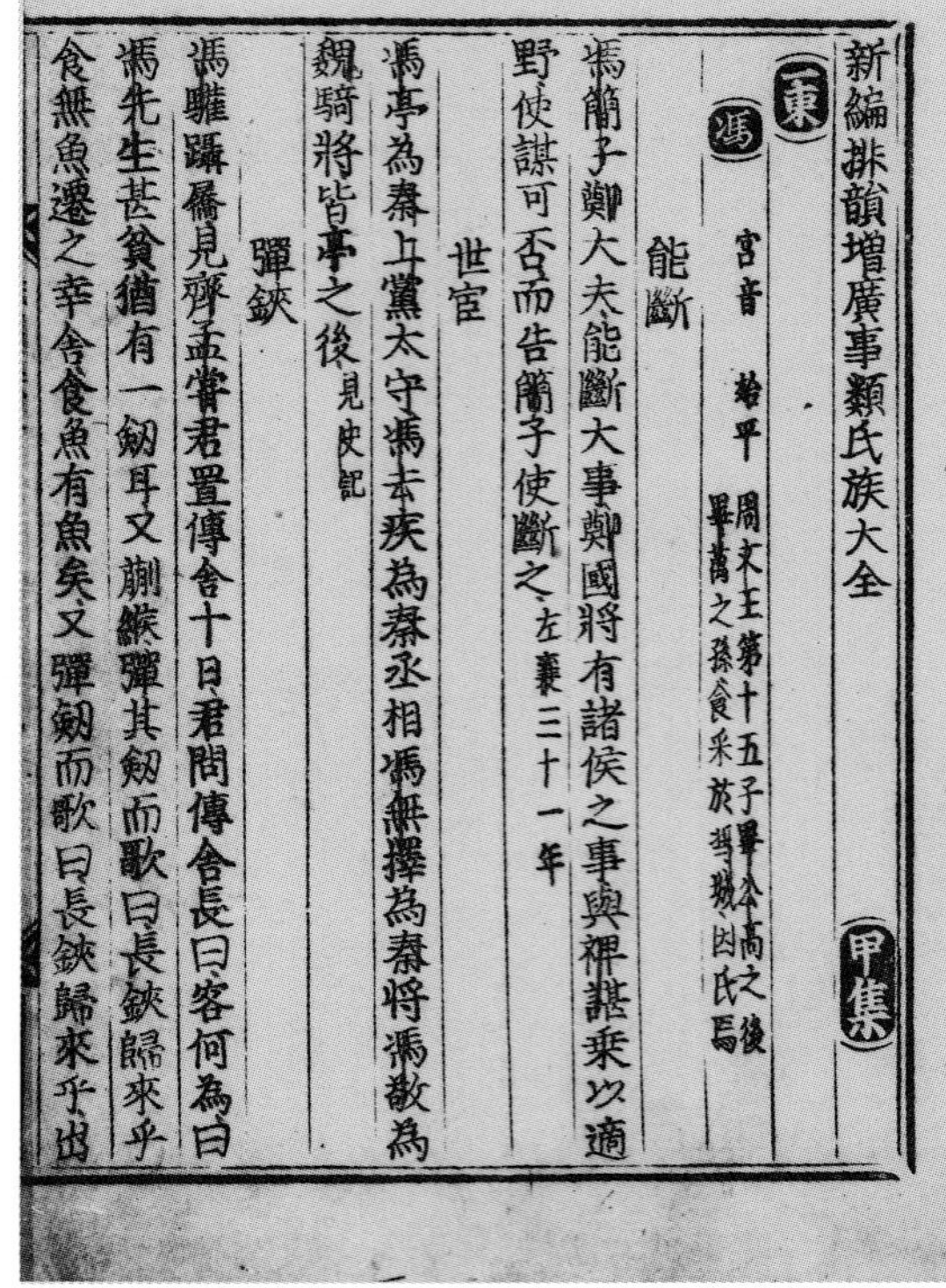
新編排韻増廣事類氏族大全　甲集
一東
馮　宮音　始平　周文王第十五子畢公高之後畢萬之孫食采於馮城因氏焉
能斷
馮簡子鄭大夫能斷大事鄭國將有諸侯之事與裨諶乘以適
野使謀可否而告馮簡子使斷之左襄三十一年
世官
馮亭為秦上黨太守馮去疾為秦丞相馮無擇為秦將馮敬為
魏騎將皆亭之後見史記
彈鋏
馮驩躡屩見孟嘗君置傳舍十日君問傳舍長曰客何為曰
馮先生甚貧猶有一劍耳又蒯緱彈其劍而歌曰長鋏歸來乎
食無魚遷之幸舍食魚有魚矣又彈劍而歌曰長鋏歸來乎出

三―九 b　同　巻尾刊記　同

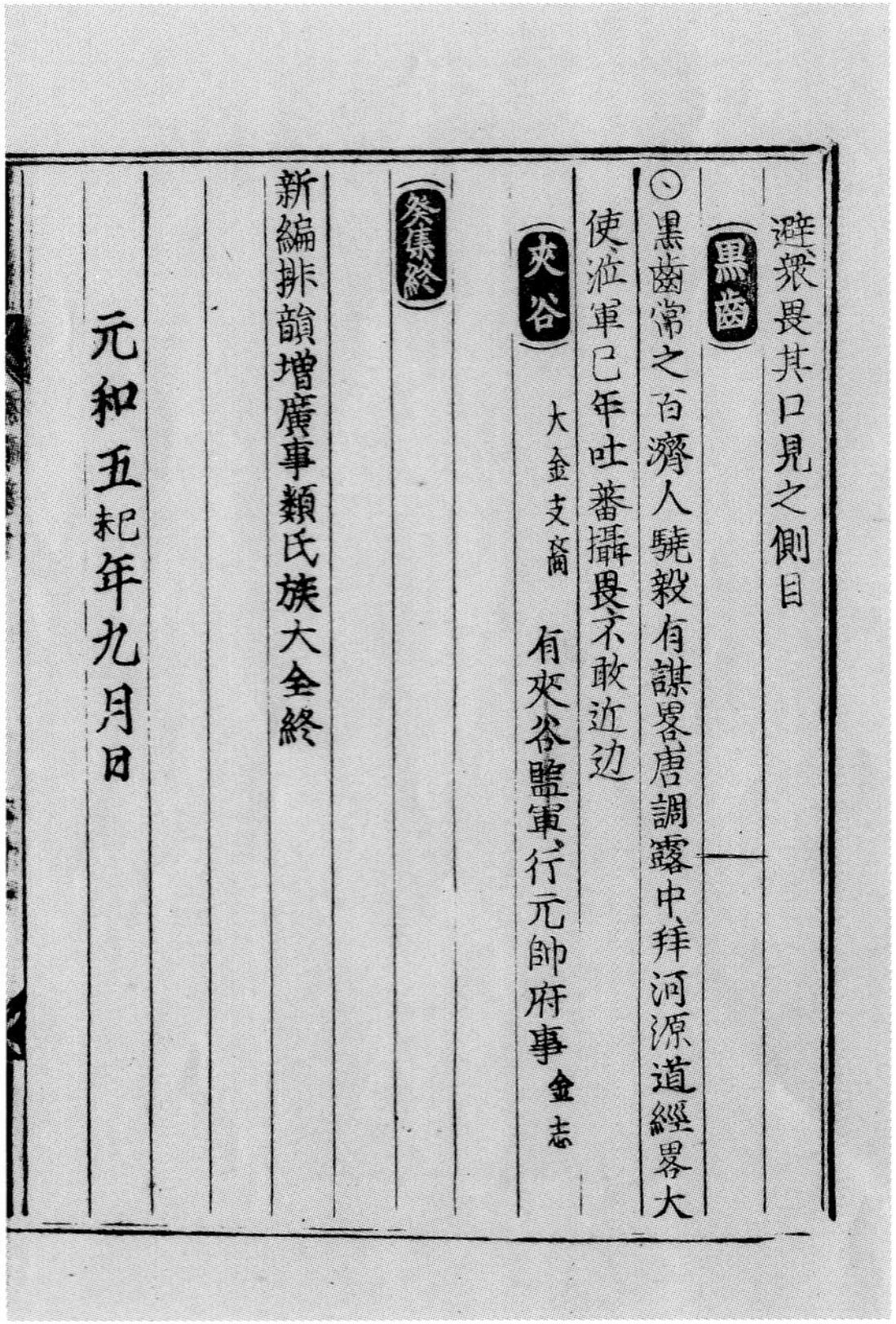

避衆畏其口見之側目
黒齒
○黒齒常之百濟人驍毅有謀畧唐調露中拜河源道經畧大
使沆軍已年吐蕃懾畏不敢近边
夾谷　大金支裔
有夾谷監軍行元帥府事金志
癸集終
新編排韻増廣事類氏族大全終
元和五紀年九月日

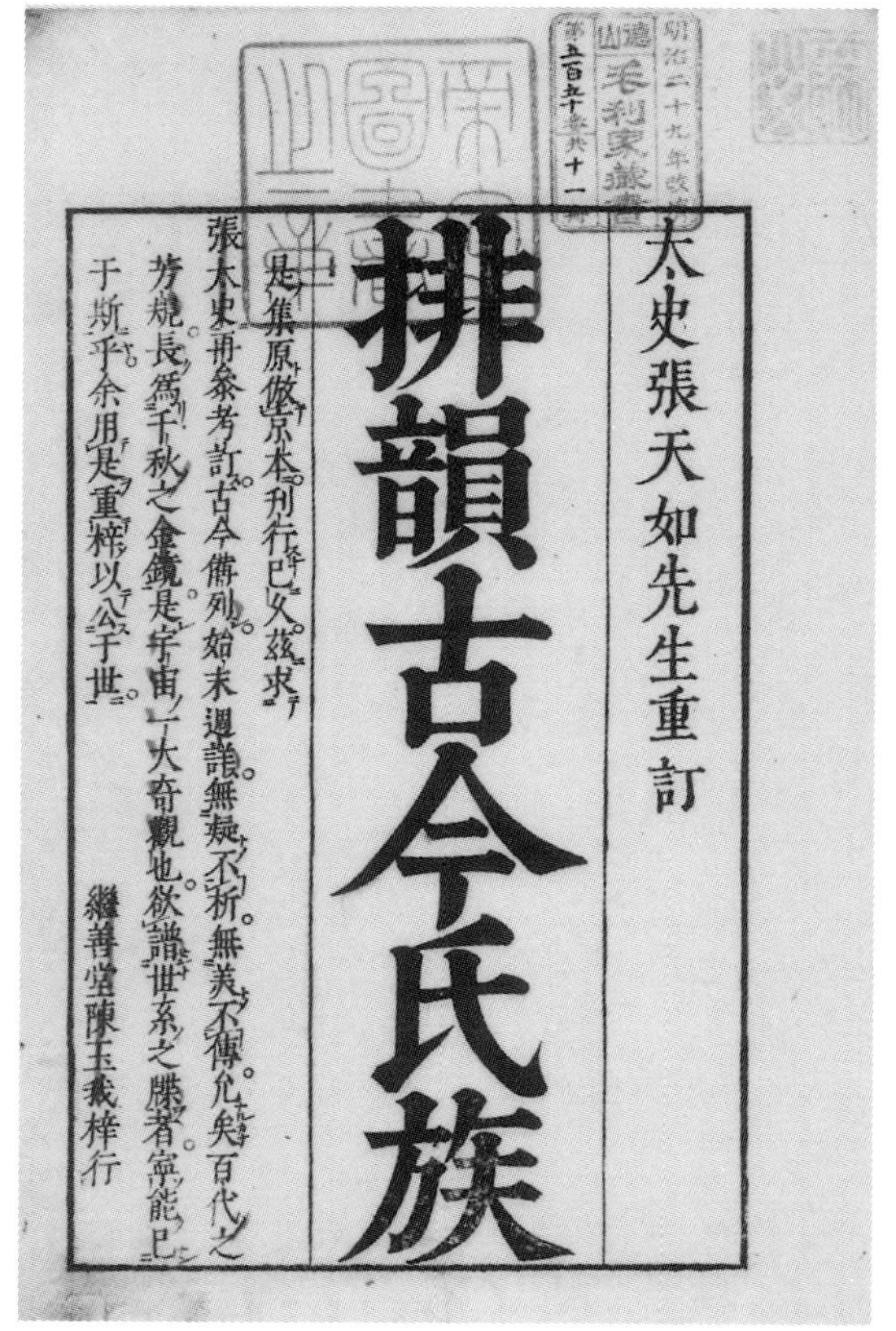

太史張天如先生重訂

排韻古今氏族

是集原倣京本刊行已久茲求
張太史冊条考訂古今備列始末週詳無疑不祈無美不傳允矣百代之
芳規長為千秋之金鏡是宇宙一大奇觀也欲譜世系之牒者寧能已
于斯乎余用是重梓以公于世

繼善堂陳玉栽梓行

三―十a　同　日本〔江戸前期〕刊本　封面　宮内庁書陵部蔵

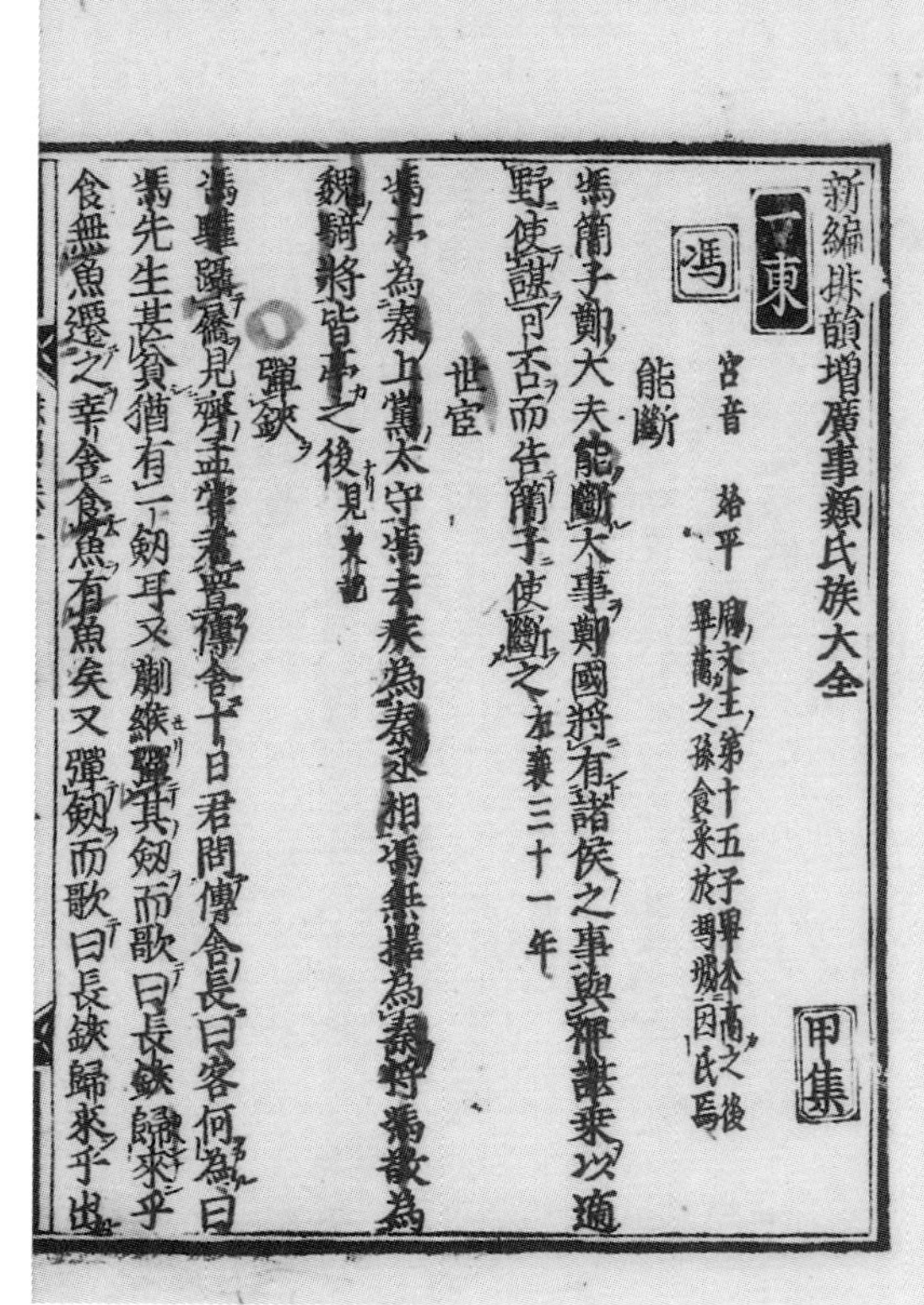

新編排韻增廣事類氏族大全　甲集

一東

馮　宮音　拾平　周文王第十五子畢公高之後畢萬之孫食采於馮城因氏焉

能斷　馮簡子鄭大夫能斷大事鄭國將有諸侯之事與裨諶乘以適野使謀可否而告馮簡子使斷之左襄三十一年

世官　馮奉世為郡上黨太守馮唐素為郡丞相馮無擇為郡將馮敬為魏騎將皆奉世之後見東觀記

彈鋏　馮驩躡屩見孟嘗君孟嘗君傳舍十日君問傳舍長曰客何為曰馮先生甚貧猶有一劍耳又蒯緱彈其劍而歌曰長鋏歸來乎食無魚遷之幸舍食有魚矣又彈劍而歌曰長鋏歸來乎出

三―十b　同　巻首　同

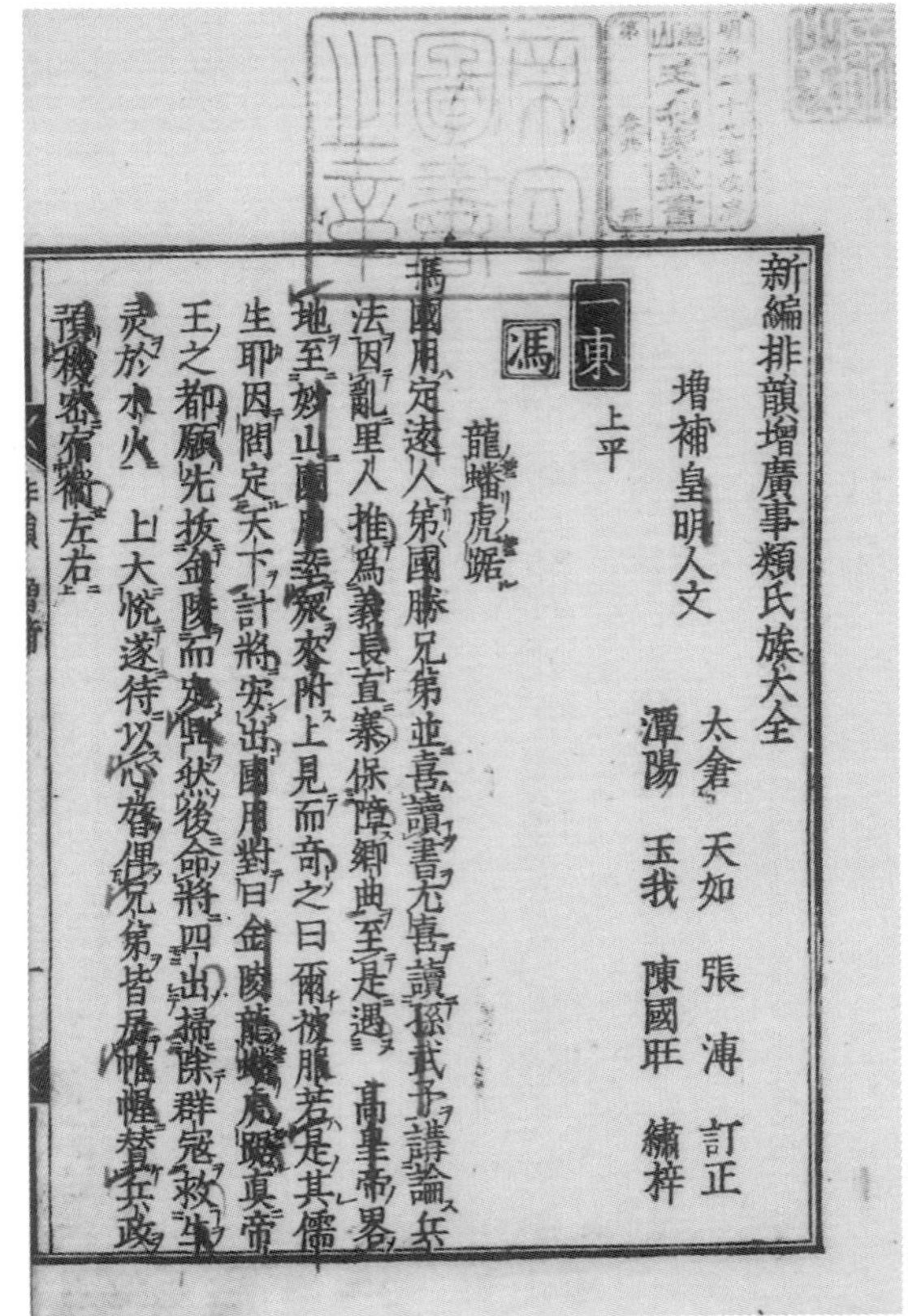

三十c　同　附巻首　同

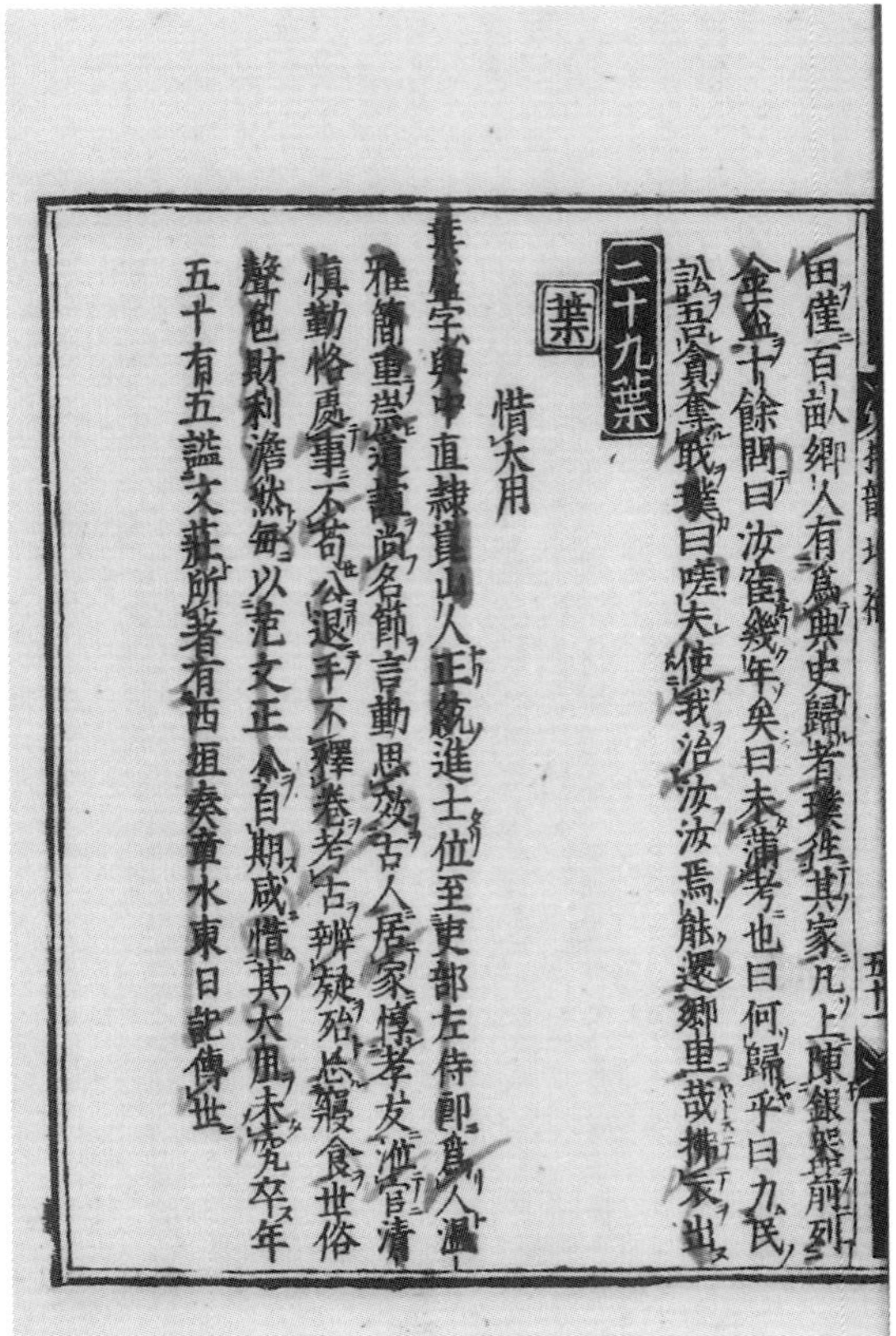

三十d　同　大尾　同

跋

思い起こせば、日本漢学の研究を専攻しようと決めた大学院入学の前後、本書に記したいくつかの試みに向け、覚束ない歩みを始めたようである。本書の終わりに、第一章を記すまでの顚末を書き留め、謝辞と致したい。

抑〻慶應義塾大学文学部に入学し、金文京先生の「李娃伝」の講読を聴いた折、テキストとされた和刻本の影印を目にして、新鮮な印象を有った。この時は「群」と「羣」が同字と気付かないほど無学であったが、初めて日本伝来の漢籍に関心を抱いた。

国文学専攻では岩松研吉郎先生に、大学院ではさらに関場武先生に指導を得て、古典研究の手ほどきをして頂いた。この頃以来、多くの師友に恵まれたことは、本書を記すための支えとなっている。

学部では、中央大学から出講されていた大曾根章介先生と、大曾根先生の高弟でもある佐藤道生先生の講義を聴くうち、漢文学への興味が増し、大学院では、両先生の指導する「日本漢文学」の講座等を通じ、日本における漢語文化の一斑を学んだ。

佐藤先生は、専門家どうしの研究会にも誘って下さったが、そうした会合で堀川貴司氏に出会い、爾來先達として示唆を得ることが多かった。後学の無軌道な質問に応え、五山僧の用いた辞書の版本を調べるよう勧めて下さったことは、本書の出発点となっている。

また大学院の時から、岩松先生の勧めもあり、大学附属研究所斯道文庫の「斯道文庫講座」に出席した。平澤五郎先生と大沼晴暉先生の講座に列したものの、門前の小僧にも及ばない有り様であった。文庫の研究嘱託であった石神秀美氏は、私が写本の扱いに戸惑うのを見かね、書誌の取り方を示し教えて下さった。文庫助手の髙橋智氏も、様ゝに研究の便宜を図って下さった。

大沼先生の講義は、文庫の書物と、夕方六時から集まってくる専門家の方々を前に、ご自分の為事振りを腹蔵なく呈し、書誌学者の覚悟を示して下さる内容であった。調査研究の成果を一条の著録に収めてしまう先生の学風を真似ることは、とてもできないが、この時に学んだ研究の方法は、本書の柱となっている。

修士課程の終わり頃、大曾根先生に、宮内庁書陵部に勤めることを勧められ、一九九三年の春、俄かに職に就くこととなった。この前後、先生から親身の教訓を賜ることが、何度かあった。就職後の初夏、どうしても直接にお礼をと言う父に伴われ、先生の国府津のお住まいに伺ったが、その折を最後に、この年の八月、先生は道山に赴かれてしまった。

書陵部では図書課図書調査室に在籍した。それまで考えることもなかった職責に戸惑いながら、広く日本伝来の漢籍に関心を広げたが、研究を計画的に進めるような餘裕はなく、書物に学び、その面目を伝える作業に没頭した。書陵部では、同僚の先輩や後輩に指導を頂き、書物の保全と、古典文化の全般に理解が深まった。

研究の方面では、早くに大曾根先生の指導を失ってしまったが、師なきこの上は、自分の立てた課題と方法に忠実であろうと考え、書物に取材し、書物の周辺に起こった学問の動向を尋ねる作業を始めることにした。印可も何も得ないままの出発であった。

中世の漢学を考えるためには、五山を視野に入れ、五山僧の用いた漢籍を把握することが基礎になると見て、汎用性の高い辞書や類書からその緒につこうと、『古今韻会挙要』の版本研究に着手した。職務の合間に図書館回りを始めたが、その実は、かつて大沼先生が、書誌の取り方は自分なりに工夫せよと仰っていたのを鵜呑みにした、自己流の書誌学であった。

最も困惑したのは、『韻会』の元版には改訂の跡が明らかであるのに、原形の伝本を探り得ないことだった。このことを髙橋智氏に告げ、中国の図書館に蔵する伝本の調査ができないかと相談すると、すぐ上海図書館の陳先行氏に連絡を取り、調査に赴かせて下さった。

当時の上海図書館は、競馬場の施設を利用した旧館の時代で、訪ねてみると、新館への引っ越しを控え、書物をすっかり梱包してしまった後だった。それでも陳氏は、自ら荷を解き『韻会』と『韻府』の元版数種を見せて下さった。『韻会』の元版二部は、原形ではなかったが、一本は明の沈周、一本は清の銭大昕の旧蔵で、書香とともに、文人の愛着が籠められているように思えた。

この訪書は、単に版本間の関係を追究しようとしていた私に、書物の伝来と、伝来の間に与え続ける薫習の深さを教えた。また、この機会を与えて下さった陳氏や髙橋氏は、後学への親切心のみからではなく、書物文化の継承者として、責務を果されているのだと朧に了解された。

結局の所、現存の元版はみな改訂本と判断されたので、目にし得た伝本の整理解題にも、一定の意義があろうと考え、元版に発する『韻会』の伝本研究をまとめることにした。このことを佐藤先生に話すと、先生は、自ら研究雑誌「日本漢学研究」を創刊し、研究論文を載せて下さることになった。

その内容を問うため、一九九七年夏の和漢比較文学会東部例会で、研究発表を行うことにしたが、ちょうど漢語音韻学の立場から『韻会』の研究を進めてこられた花登正宏先生が、学会会場の東北大学に勤務されていたため、この機会にご意見を頂こうと申し入れ、研究室に伺うことを許された。

発表当日の午前、花登先生の研究室に伺うと、先生は机上の校正ゲラを私に示し、大作『古今韻会挙要研究――中国近世音韻史の一側面――』の完成が間近であることを告げられた。その序章を見ると、『韻会』の版本についても考証を尽し、私説とは異なる枠組みを呈示しておられた。

そこで恐る恐るその由を述べ、自身の推量を申し添えると、自説は変えないと前提された上で、私説の成り立ち得る可能性と、実証上の弱点とを指摘された。また先生は午後の学会にもお出で下さり、若輩の私に、実直な疑問を投げかけて下さった。何とかこれにお応えしようと、その後さらに伝本の渉猟を進めた。

そうして「日本漢学研究」誌に、本書第一章の素稿となる論文を載せるにあたっては、元版の改訂に解釈を施し、伝本には見えない事柄を推定して、そこから演繹を加えたが、斯道文庫の書誌学から出発しながら、そこから外れるのではないか、という自覚が、私にはあった。しかし、大沼先生や当時の文庫員に論文を見て頂くと、お叱りは受けず、それも書誌学たり得ると教えられた。

その後、私自身が斯道文庫員となり、書誌学を宗として研究を行う巡り合わせとなった。書陵部でも斯道文庫でも、先輩や同僚によく導かれ、私の方はと言えば、諸賢の良識に甘え迷惑をかけるばかりであるが、何とか恩義に応え、書物の面目や書誌学の役割を示したいと、『韻府』や『排韻』の版本研究を進めてきたのが、その後の経過である。

上記のような事情で、本書の基となった『韻会』の研究は、書誌学の標準をどう意識したかという点で、その後の『韻府』『排韻』の研究とは少しく異なる点がある。形式的な齟齬はなるべく補訂したが、方法のずれは如何ともし難かった。

また通常は避けるべき細情の著録、識語や印記の翻印に至っては、疎漏や訛誤を免れないであろうこと、校正を経た今も深く怖れている。このような仕儀はもちろん、著者の不明、不注意に原因する。

爾来十餘年、乏しい成果を纏めたのが本書という次第であるが、もちろんこの間にも、日常の業務や調査、学会や研究会、私的な交流を通じ、多くの方々に指教と励ましを頂いた。ここにお一方ずつ芳名を挙げることはできないが、心より感謝を申し上げたい。

もとより本書は、諸伝本収蔵機関の関係各位の厚誼なくしては、全く成り立ち得なかった。すべての調査先と各位の御名をここに挙げることはできないが、附録の伝本表により、機関名を列挙させて頂いた。書物の文化を伝える各位の献身に、心より敬服し、私自身、その末流に列なる者でありたいと願っている。一部機関には、写真撮影や図版掲載のお願いなど、最後までご迷惑をおかけした。併せて深く御礼申し上げる。

以下に本書編集の素稿となった論文を列記する。

序説一　日本漢学史における五山版　（「中国――社会と文化」第二十四号、二〇〇九）

序説二　初編

第一章　〔元〕刊本系『古今韻会挙要』伝本解題――本邦中世期漢学研究のための――
（「日本漢学研究」第一号、一九九七）

古活字本『古今韻会挙要』考　（「斯道文庫論集」第四十四号、二〇〇九）

第二章　『韻府群玉』版本考（一）（「斯道文庫論集」第三十五輯、二〇〇一）

『韻府群玉』版本考（二）（「斯道文庫論集」第三十六輯、二〇〇二）

『韻府群玉』版本考（三）（「斯道文庫論集」第三十七輯、二〇〇三）

『韻府群玉』版本考（四）（「斯道文庫論集」第三十八輯、二〇〇四）

『韻府群玉』版本考（五）（「斯道文庫論集」第三十九輯、二〇〇五）

朝鮮本『増続会通韻府群玉』四種──『韻府群玉』版本考　補正──

（「藝文研究」第九十一─一号、二〇〇七）

第三章　『氏族大全』版本考（「斯道文庫論集」第四十輯、二〇〇六）

『氏族大全』版本考　補正（「藝文研究」第九十五号、二〇〇八）

総説　初編

『韻会』『韻府』『排韻』の三種につき、一通りの補訂を終えた二〇〇九年、これらの内容を基に学位請求論文「中世日本漢学の基礎研究──韻類書を中心とする──」を纏め、慶應義塾大学に提出した。主査は、大曾根先生亡き後、長く導いて下さっている佐藤道生先生にお願いし、副査には花登正宏先生と、大木康先生、中島圭一先生にお願いした。お引き受け下さった諸先生の、厳しくも暖かい指導を得たことは、本当に幸いであった。必ずしも十分ではないが、ご示教に従い補正を加えた点がある。また二〇一〇年十月の学位授与に至るまで、佐藤先生には審査の全般に心を砕いて頂いた。

髙橋智氏の仲介と、株式会社汲古書院石坂叡志社長の深いご理解によって、本書を同院の出版書に加えて頂くこととなった。二〇一一年度日本学術振興会科学研究費の研究成果公開促進費の補助を得て、ここに刊行の運びとなった次第である。

途中、私の不徳の致す所、前年度の出版助成に敢えなく落選、石坂社長の督励により、さらなる改正の期間を待って、今年度の発行となった。この間、北京大学古文献研究所の劉玉才氏の計らいで、北京市周辺と東北三省の調査を加えることができ、内容を補った点がある。

本書の款式には、大曾根先生著作集の形を借り、伝本解題の部分は阿部隆一氏『中国訪書志』の組み方を真似た。また本書の題目は、池田利夫先生の大作『日中比較文学の基礎研究』に学んだものである。

本書の編集については、三年にわたり、汲古書院編集部の飯塚美和子氏をお煩わせした。飯塚氏には大曾根先生著作集校刊の折にもお世話になったが、この度も氏の懇切な支援がなければ、一書の完成を見ることはなかったであろう。

そして、学問上の恩義とは異なるが、師友に出会うまで養育し見守ってくれた父母兄と、日々の調査や編集に扶助を尽してくれた妻令子に、やはり本書の初刷り一本を呈したいと思う。

二〇一二年一月

土瓜山房にて　住吉朋彦記す

検　字　表

凡　　例

著録伝本表の所蔵者名と、３種索引中の項目の首字を、日本漢字音の慣用音により五十音順に排列し、伝本表および索引中の頁数を示した。国字は、仮に訓読みを字音と見なした。

伝本表の頁数を空白の前に、索引の頁数を空白の後に示した。標示の数が７～30に当たるものは伝本表、31～43は印文索引、44～55は人名索引、56～64は書名索引中の頁数である。また各索引中に該当首字のない場合は、－符を以って表示した。

著録伝本表

凡　　例

本書に著録する『古今韻会挙要』『韻府群玉』『氏族大全』の伝本を、所蔵者ごとに掲げた。

伝本の所在地を、中華人民共和国、中華民国（台湾）、大韓民国、日本国、アメリカ合衆国の５地域に分け、それぞれ常用字体で表記した場合の、所蔵者名首字の部首画数順に排列した。首字が仮名で表記される所蔵者は、漢字の後に置く。また合衆国の所蔵機関はアルファベット表記とした。

表中に掲げる書目、版種と員数は、本書中における認定に従い、各機関の著録とは合わない点がある。また員数を（　）内に掲げた伝本は、他の伝本に含まれる配本を意味し、整理番号等により、その帰属を示した。

同名の書目は「同」と、同版の場合の書目と版種は、「又」と略記した。

員数の右方に、各機関における伝本の整理番号、本書における出現頁数と、図版を載せる場合は、その後に「図」と記した。

【中華人民共和国】

上海図書館

古今韻會舉要30巻	〔元〕刊	20冊	善777678-706	92
又		23冊	善800744-67	95
同	〔明前期〕刊	16冊	善773647-62	113
同	日本〔江戸前期〕刊	15冊	長677970-84	159
韻府羣玉20巻	元元統2年刊	20冊	773247-66	202
同	元至正28年刊	22冊	814697-718	209
同	明嘉靖31年序刊	40冊	842163-202	219
同 18巻	〔明洪武8年序〕刊	3冊	長59841-3	255
新增說文韻府羣玉20巻	元至正16年刊	20冊	765772-91	301
同	〔明正統2年〕刊	(1冊)	765772-91のうち	308
同	明天順6年刊	20冊	772918-37	310
同	明弘治6至7年刊	(4冊)	814697-718のうち	316
同	明弘治7年刊	1冊	長61359	320
新增直音說文韻府羣玉	〔明〕刊 白口本	20冊	25649-68	331

20巻				
新増説文韻府羣玉20巻	明萬暦18年序刊	20冊	T286527-46	360
又		10冊	573485-94	368
同	〔明末〕刊本之一	32冊	853719-51	374
又		8冊	017775-82	375
同	〔明末〕刊本之二	40冊	長742392-431	376
又		10冊	664142-51	378
又		10冊	813740-9	379
又		10冊	542210-9	381
同	清康熙55年刊	16冊	長311761-76	388
同	清乾隆24年刊	10冊	長656236-45	395
同	〔清〕聚錦堂刊	10冊	長639156-65	403
又		16冊	長384303-18	403
韻府羣玉20巻　韻府羣玉輯要1巻	清乾隆7年序刊	10冊	599347-56	418
類聚古今韻府續編羣玉32巻	明嘉靖3年刊	1冊	T41608	448
新編排韻増廣事類氏族大全10集	明永樂17年刊	10冊	780090-9	533
新刻京本排韻増廣事類氏族大全綱目28巻	清康熙9年刊	1冊	長59826	542

中国国家図書館

古今韻會舉要30巻	〔元〕刊	31冊	863(MF)	100
同	〔明前期〕刊	20冊	3295	110
同	朝鮮明宣德9年跋刊	24冊	7339	134
又		(2冊)	7339のうち	136
同	日本〔江戸初〕古活字刊丙種	15冊	3083	149
韻府羣玉20巻	元元統2年刊		7894(MF)	198
又		(1冊)	18635(MF)のうち	198
同	明嘉靖31年序刊	20冊	3211	218
同	〔朝鮮前期〕刊	20冊	10147	243
新増説文韻府羣玉20巻	元至正16年刊	2冊	18635(MF)	299
同	〔明正統2年〕刊	(5冊)	18408(MF)のうち	308

同	明弘治7年刊	20冊	12399	319
又		20冊	18408(MF)	320
新増直音説文韻府羣玉20巻	〔明〕刊 黒口本	10冊	05223	329
新増説文韻府羣玉20巻	清康熙55年刊	20冊	142636	387
同	清乾隆24年刊	20冊	144585	396
新編排韻増廣事類氏族大全10集	日本〔南北朝〕刊 明徳4年印	10冊	8981	555
同	日本元和5年古活字刊	9冊	128187	564
中国科学院図書館				
古今韻會舉要30巻	明嘉靖15年序刊	20冊	経933・317	117
又		(1冊)	経933・317のうち	116
韻府羣玉20巻	〔明〕刊	10冊	子960・7865	221
同	朝鮮明正統2年跋刊	1冊	子960・010	241
新増説文韻府羣玉20巻	明萬曆18年序刊	10冊	290357-66	363
類聚古今韻府續編28巻	〔明〕刊	20冊	子960・003	442
新編排韻増廣事類氏族大全10集	日本元和5年古活字刊	9冊	子980・005	564
北京大学図書館				
古今韻會舉要30巻	〔元〕刊	9冊	□4356	92
同	〔明前期〕刊	10冊	NC5150.5/4882	112
同	日本應永5年刊	15冊	D5053	129
同	日本〔近世初〕古活字刊 甲種	9冊	□4717	144
同	明嘉靖6年刊	6冊	□414.16・4482	165
韻府羣玉20巻	明嘉靖31年序刊	20冊	NC9298・7323.47	218 図
新増説文韻府羣玉20巻	〔清〕文秀堂刊	10冊	031.859・7865	398
増續會通韻府群玉38巻	日本寛永2年古活字刊	38冊	□2866	480
新編排韻増廣事類氏族大全10巻	〔元末〕刊 20行本	8冊	8278	527
同 10集	明永樂17年刊	5冊	4450	533
同 10集増補1巻	日本〔江戸前期〕刊	11冊	□031.86/1133	572
南京図書館				
韻府羣玉20巻	元至正28年刊	(8冊)	K5034(MF)のうち	208

新增説文韻府羣玉20巻	明天順6年刊	20冊	K 3/0・1056	311
同	〔明前期〕刊	20冊	K 5034(MF)	313
同	明萬曆18年序刊	10冊	113261	361
同	〔明末〕刊本之一	10冊	119170	375
同	清康熙55年刊	10冊	3006514	387
同	清乾隆23年刊	10冊	3006508	392
又		20冊	3006511	392
同	〔清〕文光堂刊	10冊	3006513	401
同	〔清〕謙益堂刊	20冊	3006510	406
又		20冊	3007075	407
韻府羣玉20巻　韻府羣玉輯要1巻	清同治13年刊	8冊	3006553	419
新編排韻增廣事類氏族大全10巻	〔元末〕刊　20行本	10冊	11942	527

南京大学図書館

新增説文韻府羣玉20巻	清乾隆23年刊	16冊	56・42868	393
同	〔清〕聚錦堂刊	10冊	56・46815	404

吉林省図書館

韻府羣玉20巻	明嘉靖31年序刊	(2冊)	子26・0071　12冊のうち	220
新增説文韻府羣玉20巻	明天順6年刊	12冊	子26・0071	311
新增直音説文韻府羣玉20巻	〔明末〕刊	40冊	子26・0071	332
新增説文韻府羣玉20巻	〔明末〕刊本之二	10冊	子26・0003	380
同	清乾隆23年刊	20冊	子26・9	393
增刪韻府羣玉定本20巻	清康熙19年序刊	10冊	子261・11	415
韻府羣玉20巻　韻府羣玉輯要1巻	清乾隆7年序刊	8冊	子261・10	419

大連図書館

古今韻會舉要30巻	〔朝鮮中期〕刊	12冊	経10・2(善本甲)	141
新增説文韻府羣玉20巻	〔清初〕萃華堂刊	20冊	経103・65	390
同	〔清〕文光堂刊	10冊	経103・66	402
新編排韻增廣事類氏族大全10集增補1巻	日本〔江戸前期〕刊	11冊	子15・58	573

天津図書館

古今韻會舉要30巻	明嘉靖15年序刊	16冊	S 0632	116
又		10冊	S 0630	117
新增説文韻府羣玉20巻	清乾隆24年刊	10冊	S 5425	396
同	〔清〕聚錦堂刊	24冊	S 1464	404
新編排韻增廣事類氏族大全10集	日本〔南北朝〕刊 明德4年印	9冊	S 8353	556
復旦大学図書館				
古今韻會舉要30巻	〔明前期〕刊	2冊	762	114
新增説文韻府羣玉20巻	明萬暦18年序刊	10冊	612592	369
浙江図書館				
古今韻會舉要30巻	〔明前期〕刊	16冊	886	113
又		10冊	885	113
同	明嘉靖15年序刊	12冊	887	116
又		9冊	888	117
新增説文韻府羣玉20巻	〔明末〕刊本之一	10冊	548	375
同	〔明末〕刊本之二	10冊	4282	376
同	清康熙55年刊	16冊	4284	388
新編排韻增廣事類氏族大全10集	〔元〕刊	1冊	232	516
清華大学図書館				
新增説文韻府羣玉20巻	清乾隆23年刊	10冊	庚439・5938	391
新刻京本排韻增廣事類氏族大全綱目28巻	清康熙9年刊	8冊	甲310・6811	542
蘇州図書館				
韻府羣玉20巻	明嘉靖31年序刊	20冊	090.3・450	218
新編排韻增廣事類氏族大全10集	明永樂17年刊	10冊	032・770(複印本)	533
遼寧省図書館				
古今韻會舉要30巻	明嘉靖15年序刊	10冊	経部小学類	117
新增説文韻府羣玉20巻	元至正16年刊	5冊	01003	299
同	〔清〕謙益堂刊	20冊	12005	407
增續會通韻府群玉38巻	日本延寳3年刊	37冊	普000344	488
鎮江市図書館				
新增説文韻府羣玉20巻	〔清〕富春堂刊	15冊	002846	408

又		1冊	008538	408

黒龍江省図書館

韻府羣玉20巻	元元統2年刊	20冊	C18950-69	202
新增説文韻府羣玉20巻	明萬暦18年序刊	20冊	C09415-34	372
同	〔清〕元亨堂刊	9冊	C15244-52	405

【中華民国(台湾)】

中央研究院歴史語言研究所傅斯年図書館

古今韻會舉要30巻	〔明前期〕刊	16冊	425.5/461.1	113
韻府羣玉20巻	明嘉靖31年序刊	10冊	043.441	220
新增説文韻府羣玉20巻	清乾隆23年刊	10冊	043.515	394
新刻京本排韻增廣事類氏族大全綱目28巻	〔明〕刊	12冊	989·576	537

台湾大学総図書館

增續會通韻府群玉38巻	日本延寶3年刊	38冊	2-1-6/19341	491

国家図書館

韻府羣玉20巻	元至正28年刊 増修	(2冊)	309·07936のうち	215
同	明嘉靖31年序刊	42冊	309·07938	219
又		(2冊)	309·07938のうち	220
新增説文韻府羣玉20巻	元至正16年刊	(4冊)	309·07936のうち	304
同	明天順6年刊	20冊	309·07936	310
又		5冊	309·07937	311
類聚古今韻府續編40巻	〔明〕刊 増修	36冊	309·08029	443
增續會通韻府群玉38巻	朝鮮明崇禎再丁酉年戊申字刊	25冊	309·07940	471
又		(1冊)	309·07940のうち	471
同	日本寛永2年古活字刊	25冊	309·07939	483
新編排韻增廣事類氏族大全10集	〔元末〕刊 16行本	10冊	205·14、03041	518
新刻京本排韻增廣事類氏族大全綱目28巻	〔明〕刊	12冊	205·14、03044	537
精刻張翰林重訂京本排韻增廣事類氏族大全	明崇禎5年序刊	6冊	205·14、03045	545

28卷

故宮博物院

書名	版本	冊数	備考	番号	
古今韻會舉要30卷	〔元〕刊	31冊		101	
韻府羣玉20卷	元至正28年刊	10冊		211	
又		10冊		212	
同	日本〔南北朝〕刊	(1冊)	前本のうち	228	
新增説文韻府羣玉20卷	元至正16年刊	10冊		304	
新增直音説文韻府羣玉20卷	〔明初〕刊	8冊		326	
新增説文韻府羣玉20卷	〔明末〕刊本之二	7冊		379	
新編排韻增廣事類氏族大全10集	〔元〕刊	1冊		516	
同	〔明初〕刊本	2冊		520	
同 10卷	〔元末〕刊 20行本	6冊		526	図
又		2帖		527	
同 10集	明永樂17年刊	6冊		532	
同	日本〔南北朝〕刊	4冊		552	

【大韓民国】

大韓民国国立中央図書館

書名	版本	冊数	備考	番号
古今韻會舉要30卷	朝鮮明宣德9年跋刊	9冊	貴142/朝古41·111	136
同	日本〔江戸初〕古活字刊丙種	15冊	貴309/古5·15·50	149
韻府羣玉20卷	朝鮮明正統2年跋刊	2冊	貴580	239
同	〔朝鮮前期〕刊	10冊	貴134/朝41-107	243
又		(1冊)	貴134/朝41-107のうち	247
又		(1冊)	貴580のうち	247
新增説文韻府羣玉20卷	元至正16年刊	10冊	貴333	302
同	〔清〕聚錦堂刊	11冊	승계古·3234·34	404
增續會通韻府群玉38卷	朝鮮明崇禎再丁酉年戊申字刊	3冊	일산古3234·18	470
又		(1冊)	일산古3234·18のうち	470

延世大学校中央図書館

韻府羣玉20巻	朝鮮明正統2年跋刊	9冊	貴515	235
又		(1冊)	貴516のうち	239
又		2冊	貴516	239
同	〔朝鮮前期〕刊	1冊	貴518	246
又		1冊	貴517	246
又		20冊	貴-1-1/3	246
新増直音説文韻府羣玉20巻	〔明末〕刊	2冊	貴520	333
新増説文韻府羣玉20巻	〔明末〕刊本之二	8冊	貴519	379
又		(1冊)	貴520のうち	379
同	清康熙55年刊	10冊	031.2·20	388
同	〔清〕文光堂刊	20冊	중·031	401
增續會通韻府群玉38巻	朝鮮乙亥字刊	3冊	貴522	458
又		(2冊)	031.01 24冊のうち	468
同	朝鮮明崇禎再丁酉年戊申字刊	24冊	031.01	469
又		17冊	031.01	470
又		(1冊)	031.01 17冊のうち	471
同 21巻	〔朝鮮中期〕訓監字刊	1冊	031.2·22	495
成均館大学校尊経閣				
新増説文韻府羣玉20巻	明萬暦18年序刊	10冊	C15·48	361
同	〔清〕大文堂刊	20冊	C15·48a	400
同	〔清〕文光堂刊	20冊	C15·48a	400
同	〔清〕資善堂刊	20冊	C15·48b	408
誠庵古書博物館				
古今韻會舉要30巻	朝鮮明宣德9年跋刊	2冊	1-309(953)	135
又		1冊	1-310(952)	135
又		1冊	1-311(2078)	135
又		3冊	1-312(951)	135
同	〔朝鮮中期〕刊	1冊	1-313(1198)	141
韻府羣玉20巻	朝鮮明正統2年跋刊	(1冊)	3-1039(1965)のうち	235
又		5冊	3-1040(1962)	237
又		4冊	3-1042(1964)	237
又		1冊	3-1051(2574)	237

又		6冊	3-1044(961)	238
又		7冊	3-1041(1966)	238
又		1冊	3-1045(950)	239
同	〔朝鮮前期〕刊	3冊	3-1039(1965)	245
增續會通韻府群玉21巻	〔朝鮮中期〕訓監字刊	3冊	3-1061(341)のうち	495
又		2冊	3-1061(341)のうち	495
韓国学中央研究院蔵書閣				
韻府羣玉20巻	元元統2年刊	11冊	C3・311	200
同	元至正28年刊	(1冊)	C3・311のうち	210
同	朝鮮明正統2年跋刊	1冊	A10C・9	240
又		4冊	A10C・13	240
同	〔朝鮮前期〕刊	1冊	A10C・13A5	244
又		1冊	A10C・13A7	244
新增説文韻府羣玉20巻	元至正16年刊	(1冊)	C3・311のうち	301
新増直音説文韻府羣玉20巻	〔明末〕刊	9冊	A10C・7	333
新增説文韻府羣玉20巻	〔明末〕刊本之一	(1冊)	A10C・9Aのうち	375
同	〔明末〕刊本之二	10冊	A10C・9	382
又	文樞堂印	20冊	C3・297	383
同	清康熙55年刊	5冊	A10C・9A	389
同	〔清〕大文堂刊	20冊	C3・296	399
增刪韻府羣玉定本20巻	清康熙26年序刊	16冊	A10C・28	416
增續會通韻府群玉38巻	朝鮮明崇禎再丁酉年戊申字刊	28冊	K3・685	470
同 21巻	〔朝鮮中期〕訓監字刊	1冊	A10C・8	495
新編排韻増廣事類氏族大全10集	日本元和5年古活字刊	9冊	J3・468A	565
同 10集増補1巻	日本〔江戸前期〕刊	11冊	J3・468	568
高麗大学校中央図書館				
韻府羣玉20巻	明嘉靖31年序刊	16冊	石洲 貴中16	219
同	朝鮮明正統2年跋刊	(1冊)	薪庵 貴20Aのうち	237
又		(1冊)	薪庵 貴20Aのうち	238
又		(1冊)	薪庵 貴20Aのうち	239
又		4冊	薪庵 貴20A	240

又		7冊	薪庵 貴20A	242	
同	〔朝鮮前期〕刊	2冊	石洲 貴20	246	
又		(1冊)	石洲 貴20のうち	247	
新増直音説文韻府羣玉 20巻	〔明末〕刊	10冊	A12·B10	332	
新増説文韻府羣玉20巻	〔明末〕刊本之二	11冊	薪庵 A12·B14	378	
又		10冊	景和堂 A12·B14	378	
増續會通韻府群玉38巻	朝鮮乙亥字刊	6冊	晩松 貴55C	458	
又		13冊	晩松 貴55E	458	
又		1冊	晩松 貴55D	458	
又		3冊	晩松 貴55A	458	
又		2冊	晩松 貴55B	459	
又		1冊	薪庵 貴55	467	
同	朝鮮明崇禎再丁酉年 戊申字刊	3冊	晩松 A12·A8C	472	
又		1冊	晩松 A12·A8E	472	
同 21巻	〔朝鮮中期〕訓監字刊	12冊	A12·A8	494	
又		18冊	晩松 A12·A8Dのうち	495	
又		3冊	晩松 A12·A8Dのうち	495	
又		1冊	晩松 A12·A8Dのうち	496	
又		1冊	晩松 A12·A8Dのうち	496	
又		2冊	華山 A12·A8	496	
ソウル大学校奎章閣					
古今韻會舉要30巻	〔朝鮮中期〕刊	13冊	中1614	140	
又		1冊	中1810	140	
又		12冊	中1874	141	
新増説文韻府羣玉20巻	〔明末〕刊本之二	10冊	中3842	381	
同	〔清〕大文堂刊	20冊	中3715	399	
同	〔清〕文光堂刊	20冊	中4836	401	
増續會通韻府群玉38巻	朝鮮乙亥字刊	(2冊)	中1682のうち	459	
同	朝鮮明崇禎再丁酉年 戊申字刊	26冊	中1682	469	図

【日本国】

上越市立高田図書館修道館文庫

新増説文韻府羣玉20巻	明萬暦18年序刊	10冊	30・4・10	367	
精刻張翰林重訂京本排韻增廣事類氏族大全28巻	明崇禎5年序刊	8冊	40・179・8	546	

久留米市立中央図書館

新増説文韻府羣玉20巻	明萬暦18年序刊	16冊	漢・子・24	370	
新編排韻増廣事類氏族大全10集増補1巻	日本〔江戸前期〕刊	11冊	漢(和)・史・47	571	

九州大学附属図書館六本松分館

新編排韻増廣事類氏族大全10集増補1巻	日本〔江戸前期〕刊	6冊	282.2・H15・1	570	

亀岡市文化資料館

増續會通韻府群玉38巻	日本寛永2年古活字刊	38冊	第21箱	482	

京都大学人文科学研究所

韻府羣玉20巻	元至正28年刊	20冊	子XI2・1	207	図
同	日本〔南北朝〕刊	(1冊)	子・XI2・1のうち	229	

京都大学文学研究科図書館

新増直音説文韻府羣玉20巻	〔明末〕刊	20冊	中哲文C・XVIb・7-1	332	図
新増説文韻府羣玉20巻	清乾隆23年刊	10冊	中哲文C・XVIb・7-1	391	

京都大学附属図書館

韻府羣玉20巻	日本〔南北朝〕刊	(半冊)	10-01・イ3のうち	229	
新増説文韻府羣玉20巻	元至正16年刊	20冊	4-87・イ2	298	図
又		(1冊)	4-87・イ2のうち	305	
同	明弘治6至7年刊	10冊	4-06・イ3	316	図
同	明萬暦18年序刊	10冊	4-06・イ5	368	
又		10冊	10-01・イ3	368	
増續會通韻府群玉38巻	日本寛永2年古活字刊	3冊	4-87・イ3	478	

京都府立総合図書館

古今韻會舉要30巻	日本〔近世初〕古活字刊	10冊	特050・32	146	

	乙種				
韻府羣玉20巻	元元統2年刊	(5冊)	特050・19のうち	204	図
同	元至正28年刊	20冊	特050・19	210	
增續會通韻府群玉38巻	日本寛永2年古活字刊	38冊	特050・31	479	
住吉大社御文庫					
新編排韻増廣事類氏族大全10集増補1巻	日本〔江戸前期〕刊	11冊	42・7	570	
(家蔵)					
增續會通韻府群玉38巻	日本寛永2年古活字刊	2冊		480	
同 21巻	〔朝鮮中期〕訓監字刊	1冊		497	図
佐賀大学附属図書館小城鍋島文庫					
新増説文韻府羣玉20巻	明弘治7年刊	6冊	OKSH・25	320	
刈谷市中央図書館村上文庫					
增續會通韻府群玉38巻	日本寛永2年古活字刊	16冊	2235	482	
北九州市立中央図書館					
增删韻府羣玉定本20巻	清康熙26年序刊	20冊	経10-3・#205	416	
千葉県立佐倉高等学校鹿山文庫					
新増説文韻府羣玉20巻	明萬暦18年序刊	10冊		365	
名古屋大学附属図書館					
古今韻會舉要30巻	明嘉靖6年刊	14冊	A・X-D・7	165	図
韻府羣玉20巻	元至正28年刊 増修	20冊	821.1・I	214	
新増説文韻府羣玉20巻	〔明末〕刊本之二	10冊	C・XIB・特形	377	
名古屋市立鶴舞中央図書館					
古今韻會舉要30巻	朝鮮明宣德9年跋刊	12冊	河コ・3	134	
新増説文韻府羣玉20巻	明萬暦18年序刊	10冊	河イ・3	367	
名古屋市蓬左文庫					
古今韻會舉要30巻	日本〔近世初〕古活字刊	15冊	101・43	143	図
	甲種				
又		15冊	110・27	143	
同	日本〔江戸前期〕刊	15冊	中・150	158	
又		15冊	35・3	160	
韻府羣玉20巻	日本〔南北朝〕刊	10冊	101・46	226	
增續會通韻府群玉38巻	日本延寶3年刊	38冊	154・1	490	
精刻張翰林重訂京本排	明崇禎5年序刊	10冊	120・3	546	

書名	刊本	冊数	請求番号	番号	図
韻增廣事類氏族大全 28卷					
国立公文書館内閣文庫					
古今韻會舉要30卷	〔元〕刊	20冊	別49·8	93	図
同	〔明前期〕刊	10冊	経44·17	110	
韻府羣玉20卷	〔朝鮮前期〕刊	10冊	336·31	248	
新增直音説文韻府羣玉 20卷	〔明末〕刊	20冊	366·23	333	
新增説文韻府羣玉20卷	明萬暦18年序刊	20冊	366·26	360	
又		20冊	366·21	364	
又		20冊	子120·1	365	
同	清乾隆27年刊	10冊	366·22	397	
增刪韻府羣玉定本20卷	清康熙19年序刊	10冊	366·27	415	図
類聚古今韻府續編40卷	〔明〕刊 增修	10冊	子120·2	444	図
增續會通韻府群玉38卷	日本寛永2年古活字刊	38冊	別28·2	480	
同	日本延寶3年刊	25冊	366·33	489	
精刻張翰林重訂京本排韻增廣事類氏族大全 28卷	明崇禎5年序刊	8冊	史74·2	546	図
新編排韻增廣事類氏族大全10集	日本〔南北朝〕刊	9冊	別50·3	550	図
国立国会図書館					
韻府羣玉20卷	元元統2年刊	(3冊)	WA35·25のうち	206	
同	元至正28年刊	(半冊)	WA35·25のうち	211	
新增説文韻府羣玉20卷	元至正16年刊	10冊	WA35·25	298	
同	明萬暦18年序刊	5冊	別5·8·1·5	361	
同	清乾隆24年刊	16冊	W775·1	395	図
增續會通韻府群玉38卷	日本寛永2年古活字刊	38冊	WA7·82	479	
新編排韻增廣事類氏族大全10集	日本〔南北朝〕刊	6冊	WA6·66	550	
又		(1冊)	WA6·66のうち	551	
同	日本元和5年古活字刊	9冊	WA7·122	562	
同 10集增補1卷	日本〔江戸前期〕刊	6冊	118·79	571	
國學院大學図書館					

韻府羣玉20巻	元元統2年刊	10冊	貴·848·857	200	図
堀川貴司氏					
増續會通韻府群玉38巻	日本寛永2年古活字刊	38冊		484	
堺市立中央図書館					
韻府羣玉20巻	日本〔南北朝〕刊	10冊	0361·1	224	
又		(1冊)	0361·1のうち	229	
新増説文韻府羣玉20巻	明萬暦18年序刊	10冊	0381·18	366	
多度津町立明徳会図書館					
新増説文韻府羣玉20巻	清乾隆23年刊	20冊		393	
大倉集古館 特種製紙株式会社寄託書					
新増説文韻府羣玉20巻	〔明正統2年〕刊	20冊		307	図
大垣市立図書館					
新増説文韻府羣玉20巻	明萬暦18年序刊	10冊		362	
大東急記念文庫					
古今韻會擧要30巻	〔元〕刊	15冊	22·12·13	98	
又		(2冊)	12·7·2159のうち	99	
同	日本應永5年刊	24冊	22·上·65	128	
同	朝鮮明宣德9年跋刊	10冊	12·6·2157	133	
又		12冊	12·7·2159	137	
同	日本〔近世初〕古活字刊甲種	15冊	35·9·15	144	
韻府羣玉20巻	元元統2年刊	20冊	22·22·19	204	図
同	日本〔南北朝〕刊	10冊	22·29·31	224	
同	〔朝鮮前期〕刊	11冊	12·12·2157	245	
新編排韻増廣事類氏族大全10集	日本〔南北朝〕刊	5冊	22·30·32	551	
又	明德4年印	(2冊)	22·30·32のうち	554	
同	日本元和5年古活字刊	4冊	5·32·578	563	
大谷大学図書館悠然楼文庫					
新増説文韻府羣玉20巻	元至正16年刊	10冊	外丙·82	301	
大阪大学附属図書館懐徳堂文庫					
新増説文韻府羣玉20巻	〔明末〕刊本之二	20冊	3·1102	381	
大阪天満宮御文庫					
新増説文韻府羣玉20巻	明萬暦18年序刊	12冊	子12	368	

新編排韻増廣事類氏族大全10集増補1卷	日本〔江戸前期〕刊	11冊	子12・13	569	
大阪府立中之島図書館					
増續會通韻府群玉38卷	日本延寶3年刊	37冊	236・186	490	
新編排韻増廣事類氏族大全10集	日本元和5年古活字刊	9冊	甲和・11	562	
大阪府立大学図書館					
新増説文韻府羣玉20卷	〔明正統2年〕刊	19冊	821・I 3	308	
天理大学附属天理図書館					
古今韻會舉要30卷	日本應永5年刊	1冊	821・イ33	130	
韻府羣玉20卷	元至正28年刊	20冊	921.07・イ1	211	
同	日本〔南北朝〕刊	10冊	821・イ31・1	230	
又		1冊	821・イ45	230	
新増説文韻府羣玉20卷	元至正16年刊	2冊	821・イ47	303	
又		2冊	821・イ91	304	
同	明天順6年刊	10冊	821・イ43	312	
又		10冊	821・イ23	312	図
同	明弘治6至7年刊	(2冊)	821・イ23のうち	317	
同	明弘治7年刊	10冊	921.07・イ15	320	図
増續會通韻府群玉38卷	日本寛永2年古活字刊	21冊	821・イ55	480	
同	日本延寶3年刊	38冊	古120・1	489	
新編排韻増廣事類氏族大全10集	明永樂17年刊	5冊	282.2・イ17	530	図
同	日本〔南北朝〕刊	4冊	282.2・イ21	551	
又	明德4年印	8冊	古166・10	553	
又	明德4年印	2冊	282.2・イ19	555	
宮内庁書陵部					
古今韻會舉要30卷	〔元〕刊	20冊	401・34	98	図
同	日本〔近世初〕古活字刊乙種	15冊	556・9	146	
韻府羣玉20卷	朝鮮明正統2年跋刊	(1冊)	556・15のうち	240	
同	〔朝鮮前期〕刊	10冊	556・15	248	
新増直音説文韻府羣玉20卷	〔明〕刊 黒口本	10冊	556・10	329	図

新増説文韻府羣玉20巻	明萬暦18年序刊	(3冊)	214･156のうち	364	
又		12冊	117･90	365	図
同	〔明末〕刊本之二	10冊	214･156	377	図
類聚古今韻府續編羣玉32巻	明嘉靖3年刊	20冊	214･148	447	図
新編排韻増廣事類氏族大全10巻	〔元末〕刊 20行本	4冊	556･47	526	
同 10集増補1巻	日本〔江戸前期〕刊	11冊	216･36	568	図
宮城県図書館					
古今韻會舉要30巻	日本應永5年刊	16冊	10363	130	
韻府羣玉20巻	日本〔南北朝〕刊	20冊	30456	226	
尊経閣文庫					
古今韻會舉要30巻	日本〔近世初〕古活字刊甲種	15冊		144	
韻府羣玉20巻	朝鮮明正統2年跋刊	6冊		236	
同	〔朝鮮前期〕刊	(2冊)	6冊のうち	249	
新増説文韻府羣玉20巻	〔明末〕刊	10冊		378	
増續會通韻府群玉38巻	朝鮮乙亥字刊	35冊		456	図
又	〔逓〕修	(1冊半)	35冊本のうち	467	
同	日本延寶3年刊	38冊		488	
新編排韻増廣事類氏族大全10集増補1巻	日本〔江戸前期〕刊	11冊		568	
山口大学附属図書館棲息堂文庫					
増續會通韻府群玉38巻	日本延寶3年刊	38冊	M032,2/I92/A1-38	489	
新編排韻増廣事類氏族大全10集増補1巻	日本〔江戸前期〕刊	11冊	M282,03/S21/A1-11	570	
市立米沢図書館					
古今韻會舉要30巻	日本應永5年刊	11冊	米澤善本16	128	図
韻府羣玉20巻	元元統2年刊	10冊	米澤善本63	198	図
精刻張翰林重訂京本排韻増廣事類氏族大全28巻	明崇禎5年序刊	8冊	米澤善本30	547	
新編排韻増廣事類氏族大全10集	日本元和5年古活字刊	9冊	米澤善本29	564	

布施美術館

韻府羣玉20巻	元元統2年刊	(1冊)	1338、C050・18のうち	204	
同	朝鮮明正統2年跋刊	10冊	1143	236	
又		1冊	1121	240	
同	〔朝鮮前期〕刊	(1冊)	1143のうち	247	
又		(1冊)	1143のうち	249	
同 18巻	〔明洪武8年序〕刊	9冊	1338、C050・18	254	図
新増説文韻府羣玉20巻	元至正16年刊	1冊	1123	301	
同	〔清〕文光堂刊	16冊	1339	402	図
新編排韻増廣事類氏族大全10集	〔元末〕刊 16行本	9冊	1386	519	図

広島市立中央図書館浅野文庫

古今韻會舉要30巻	日本應永5年刊	10冊	45	130	

建仁寺両足院

增續會通韻府群玉38巻	朝鮮乙亥字刊	37冊	第94番函	466	図

弘前市立図書館

新編排韻増廣事類氏族大全10集増補1巻	日本〔江戸前期〕刊	11冊	W282・9	569	

愛知大学附属図書館簡斎文庫

新増説文韻府羣玉20巻	〔明末〕刊本之二	10冊	273	380	
增續會通韻府群玉38巻	日本延寶3年刊	38冊	238	491	
新編排韻増廣事類氏族大全10集増補1巻	日本〔江戸前期〕刊	11冊	133	569	

愛知教育大学附属図書館

增續會通韻府群玉38巻	日本寛永2年古活字刊	38冊	名821.4・W2	482	
又		37冊	名821.4・W1	483	
精刻張翰林重訂京本排韻増廣事類氏族大全28巻	明崇禎5年序刊	8冊	名282・W4	546	

慶應義塾図書館

古今韻會舉要30巻	日本〔江戸前期〕刊	15冊	174・32・1	160	
新増説文韻府羣玉20巻	明萬暦18年序刊	10冊	28・43	370	
同	清乾隆23年刊	20冊	168・81	393	図
同	〔清〕聚錦堂刊	7冊	10・7	404	図

新編排韻増廣事類氏族大全10集	日本元和5年古活字刊	9冊	24·7	564	
慶應義塾大学言語文化研究所永島文庫					
新増説文韻府羣玉20巻	〔清〕聚錦堂刊	20冊	語2·7	403	
慶應義塾大学附属研究所斯道文庫					
古今韻會舉要30巻	日本〔近世初〕古活字刊 乙種	9冊	091ト·313	147	図
同	日本〔江戸前期〕刊	8冊	823ト·6	159	図
新増説文韻府羣玉20巻	明萬暦18年序刊	10冊	032ト·16	363	
増續會通韻府群玉38巻	日本延寶3年刊	38冊	032ト·4	488	図
成田山仏教図書館					
新増説文韻府羣玉20巻	〔明末〕刊本之二	10冊	55·57	377	
類聚古今韻府續編羣玉32巻	明嘉靖3年刊	10冊	43·134	447	
新潟大学附属図書館					
新増説文韻府羣玉20巻	〔清〕文光堂刊	10冊	子XI·2·1	401	
日光山輪王寺天海蔵					
古今韻會舉要30巻	朝鮮明宣徳9年跋刊	12冊	1723	138	
韻府羣玉20巻	元至正28年刊	20冊	1736	208	
新編排韻増廣事類氏族大全10集	日本〔南北朝〕刊 後修	5冊	1738	557	図
早稲田大学図書館					
古今韻會舉要30巻	〔元〕刊	16冊	ホ4·35	100	
同	〔明前期〕刊	(2冊)	ホ4·35のうち	112	
同	朝鮮明宣徳9年跋刊	10冊	ホ4·1497	138	
新増説文韻府羣玉20巻	明弘治7年刊	5冊	ホ4·1932	319	
同	清康熙55年刊	12冊	ホ4·864	388	
増續會通韻府群玉38巻	日本寛永2年古活字刊	38冊	イ17·513	480	
新編排韻増廣事類氏族大全10集	〔元〕刊	5冊	ヌ8·2603	516	図
同 10集増補1巻	日本〔江戸前期〕刊	10冊	ヌ8·4961	571	
書肆某					
韻府羣玉20巻	日本〔南北朝〕刊	10冊		228	
新増説文韻府羣玉20巻	元至正16年刊	10冊		300	

新編排韻増廣事類氏族大全10集	日本〔南北朝〕刊明德4年印	5冊		554	
杤尾武氏					
增續會通韻府群玉38卷	日本寛永2年古活字刊	38冊		483	
東京大学史料編纂所					
新增説文韻府羣玉20卷	元至正16年刊	20冊	0139･4	303	
東京大学東洋文化研究所					
古今韻會舉要30卷	清光緒9年刊	10冊	経部小学類･韻書7	120	
又		10冊	経部小学類36	121	
又		10冊	10545	121	
韻府羣玉20卷	朝鮮明正統2年跋刊	10冊	別置･甲35	236	
又		(1冊)	別置･甲35のうち	241	
同	〔朝鮮前期〕刊	(1冊)	別置･甲35のうち	248	
新增説文韻府羣玉20卷	元至正16年刊	1冊	経部小学類29	301	
類聚古今韻府續編28卷	〔明〕刊	14冊	経部小学類31	442	図
新編排韻増廣事類氏族大全10集増補1卷	日本〔江戸前期〕刊	11冊	史部伝記類57	572	
東京大学総合図書館					
古今韻會舉要30卷	日本〔江戸初〕古活字刊丙種	5冊	A00･6305	150	図
同	日本〔江戸前期〕刊	3冊	D40･430	159	
韻府羣玉20卷	〔明〕刊	10冊	D40･674	221	図
新增説文韻府羣玉20卷	元至正16年刊	9冊	A00･5836	303	
同	明萬暦18年序刊	3冊	D40･68	363	
又		5冊	D40･58	366	
又		(1冊)	A00･5836のうち	370	
同	清康熙55年刊	10冊	D40･888	389	図
同	清乾隆23年刊	4冊	D40･422	391	
增續會通韻府群玉38卷	日本延寶3年刊	13冊	D40･583	490	
新編排韻増廣事類氏族大全10集	日本〔南北朝〕刊明德4年印	1冊	A00･5818	554	
東京都立中央図書館					
古今韻會舉要30卷	〔明前期〕刊	11冊	823･MW･21	112	
同	清光緒9年刊	10冊	821･ＩW･30	121	

新増説文韻府羣玉20巻	明萬暦18年序刊	10冊	和·184·1	362	
新編排韻増廣事類氏族大全10集増補1巻	日本〔江戸前期〕刊	11冊	1787·1	569	
又		11冊	921·MW156·9	571	
東北大学附属図書館					
古今韻會舉要30巻	日本〔江戸初〕古活字刊丙種	5冊	第4門·9943	149	
韻府羣玉20巻	元元統2年刊	20冊	阿7·62	196	図
同	日本〔南北朝〕刊	10冊	阿15·96	226	図
同 18巻	〔明洪武8年序〕刊	(1冊)	阿7·62のうち	254	図
新増説文韻府羣玉20巻	明萬暦18年序刊	10冊	漱·Ⅶ·1484	363	
増續會通韻府群玉38巻	日本寛永2年古活字刊	38冊	阿10-11·145	481	
又		16冊	821·58 821·118	482	
新編排韻増廣事類氏族大全10集増補1巻	日本〔江戸前期〕刊	5冊	狩3·6959	572	
東洋大学図書館哲学堂文庫					
新増説文韻府羣玉20巻	清乾隆24年刊	20冊	を1中12	396	
東洋文庫					
古今韻會舉要30巻	日本應永5年刊	10冊	2·B-C·3	128	図
同	朝鮮明宣德9年跋刊	12冊	Ⅶ·1·29	137	
同	日本〔近世初〕古活字刊乙種	10冊	3·A-C·2	146	
韻府羣玉20巻	日本〔南北朝〕刊	20冊	2·B-C·2	223	
又		20冊	2·B-C·1	228	
新増説文韻府羣玉20巻	明萬暦18年序刊	(1冊)	2·B-C·1のうち	370	
新編排韻増廣事類氏族大全10集	日本〔南北朝〕刊明德4年印	9冊	2B·e·1	552	
同	日本元和5年古活字刊	9冊	3A·h·15	563	
杵築市立図書館梅園文庫					
韻府羣玉20巻	元至正28年刊	(半冊)	B·483、484のうち	208	
又		(半冊)	B·483、484のうち	213	
同	日本〔南北朝〕刊	5冊	B·483、484	226	
柳川古文書館伝習館文庫					
精刻張翰林重訂京本排	明崇禎5年序刊	6冊	安71	547	

韻増廣事類氏族大全28巻				
無窮会図書館				
增續會通韻府群玉38巻	日本延寶3年刊	38冊		489
新編排韻増廣事類氏族大全10集増補1巻	日本〔江戸前期〕刊	10冊	1471	572
熊本県立図書館				
韻府羣玉20巻	日本〔南北朝〕刊	15冊	821.1・イ	227
盛岡市立中央公民館郷土資料室				
增續會通韻府群玉38巻	日本寛永2年古活字刊	38冊	和4389	479
県立長野図書館				
增續會通韻府群玉38巻	日本寛永2年古活字刊	16冊	821・21	481
神宮文庫				
古今韻會舉要30巻	日本〔江戸初〕古活字刊丙種	10冊	4・531	148
韻府羣玉20巻	日本〔南北朝〕刊	10冊	3・2243	225
新增説文韻府羣玉20巻	〔明末〕刊　文樞堂印	20冊	3・3242	383
增續會通韻府群玉38巻	日本寛永2年古活字刊	37冊	3・2244	478
秋田県立図書館				
韻府羣玉20巻	日本〔南北朝〕刊	20冊	19・1	225
筑波大学附属図書館				
新增説文韻府羣玉20巻	乾隆27年刊	18冊	イ290・124	397
新編排韻増廣事類氏族大全10集増補1巻	日本〔江戸前期〕刊	10冊	イ290・37	573
西尾市岩瀬文庫				
古今韻會舉要30巻	朝鮮明宣德9年跋刊	9冊	68・87	134 図
韻府羣玉20巻	日本〔南北朝〕刊	20冊	91・238	229
諫早市立諫早図書館				
古今韻會舉要30巻	日本〔江戸初〕古活字刊丙種	14冊	経106	148
新增説文韻府羣玉20巻	明萬曆18年序刊	5冊	子66	362
近畿大学中央図書館				
古今韻會舉要30巻	日本應永5年刊	1冊	02231	129
韻府羣玉20巻	日本〔南北朝〕刊	10冊		223

同	朝鮮明正統2年跋刊	20冊		235	図
金刀比羅宮図書館					
新編排韻増廣事類氏族大全10集増補1巻	日本〔江戸前期〕刊	6冊	70･3	571	
金沢市立玉川図書館大島文庫					
韻府羣玉20巻	元至正28年刊	13冊	特108･10	210	
鎌倉敬三氏					
古今韻會舉要30巻	〔元〕刊	2冊		96	
陽明文庫					
韻府羣玉20巻	〔朝鮮前期〕刊	10冊	イ30	244	図
増續會通韻府群玉38巻	日本寛永2年古活字刊	38冊	163･1	478	図
又		38冊	ソ･6	479	
新編排韻増廣事類氏族大全10集	日本〔南北朝〕刊 明徳4年印	1冊	377･11	554	図
同	日本元和5年古活字刊	10冊	ハ1	562	図
静嘉堂文庫					
古今韻會舉要30巻	〔元〕刊	16冊	101･32	94	
同	〔明前期〕刊	24冊	1･54	111	図
同	日本〔近世初〕古活字刊 乙種	15冊	20･40	146	
韻府羣玉20巻	元至正28年刊	10冊	29･54	212	
又	増修	10冊	102･17	214	図
新増説文韻府羣玉20巻	清乾隆23年刊	20冊	48･35	394	
新編排韻増廣事類氏族大全10集	明永樂17年刊	10冊	4･72	531	
又		(2冊)	4･72のうち	532	
同 10集増補1巻	日本〔江戸前期〕刊	11冊	42･10	569	
香川大学附属図書館神原文庫					
古今韻會舉要30巻	日本〔江戸初〕古活字刊 丙種	15冊	821.1	148	
高野山宝寿院					
古今韻會舉要30巻	日本應永5年刊	11冊	外典部第26函	131	
鶴岡市立図書館					
増續會通韻府群玉38巻	日本寛永2年古活字刊	37冊	字書之部第5函	481	

龍谷大学大宮図書館

古今韻會舉要30卷	日本應永5年刊	16冊	021·38·16	130
韻府羣玉20卷	元至正28年刊	(2冊)	021·42·20のうち	211
新增説文韻府羣玉20卷	元至正16年刊	20冊	021·42·20	305

龍門文庫

增續會通韻府群玉38卷	日本寛永2年古活字刊	38冊	7-7.8·508	479

お茶の水図書館成簣堂文庫

古今韻會舉要30卷	日本〔近世初〕古活字刊 甲種	15冊		144
同	日本〔近世初〕古活字刊 乙種	9冊		147
又		(1冊)	9冊本のうち	145
韻府羣玉20卷	元元統2年刊	10冊		197
又		10冊		205
同	日本〔南北朝〕刊	20冊		224
同	朝鮮明正統2年跋刊	20冊		234
同	〔朝鮮前期〕刊	(2冊)	前本のうち	245
新增説文韻府羣玉20卷	元至正16年刊	10冊		300
同	〔清〕聚錦堂刊	23冊		404
新編排韻增廣事類氏族大全10集	日本〔南北朝〕刊 明德4年印	4冊		553
又	後修	9冊		556
同	日本元和5年古活字刊	9冊		563

【アメリカ合衆国】

Columbia University, East Asian Library

增續會通韻府群玉38卷	朝鮮明崇禎再丁酉年戊申字刊	28冊	RAREBOOK Cha 10.10	472

Harvard-Yenching Library

韻府羣玉20卷	元至正28年刊	6冊	T9305/7323b(MF)	213
新增説文韻府羣玉20卷	明弘治7年刊	20冊	T9305/7323	318
同	明萬曆18年序刊	10冊	T9305/7323.1	364
同	〔明末〕刊本之二	20冊	T9305/7323.12	379

類聚古今韻府續編羣玉32巻	明嘉靖3年刊	8冊	T9305/7323.2	448

The Library of Congress

韻府羣玉20巻	朝鮮明正統2年跋刊	10冊	C236/Y58.1	241
新増説文韻府羣玉20巻	明弘治7年刊	10冊	V/C236/Y58.2	321
又		(1冊)	V/C236/Y58.2のうち	319
同	明萬暦18年序刊	5冊	C236/Y58	371
同	清康熙55年刊	20冊	C236/Y58.4	387
増續會通韻府群玉38巻	朝鮮明崇禎再丁酉年戊申字刊	36冊	C236/Y.58.3	471
新刻京本排韻増廣事類氏族大全綱目28巻	〔明末〕刊	16冊	V/B920/C48	541
新編排韻増廣事類氏族大全10集増補1巻	日本〔江戸前期〕刊	11冊	V/B920/C48.1	573

Princeton University, East Asian Library, Gest Collection

新増説文韻府羣玉20巻	明萬暦18年序刊	10冊	T9304/7365	369

University of California Berkeley, East Asian Library

新増説文韻府羣玉20巻	清乾隆23年刊	8冊	5157/7323	392
新編排韻増廣事類氏族大全10集	明永樂17年刊	5冊	9304/0250	531
又		7冊	9304/0251/1419	531

University of Chicago, East Asian Library

古今韻會舉要30巻	明嘉靖15年序刊	10冊	T5126/2353	117
新増説文韻府羣玉20巻	清乾隆24年刊	10冊	9304/7365	396

Yale University, Beinecke Memorial Library

古今韻會舉要30巻	日本應永5年刊	1冊	YAJ/11a3	129

Yale University, Sterling Library

新増説文韻府羣玉20巻	明萬暦18年序刊	10冊	Fv5115・+7373	362

印文索引

凡　例

本索引は、本書に著録の伝本中より誌し得た、印記の文字を対象とする。収録の印文には、蔵書印記の他、蔵書票、書舗による発兌印、紙舗印、流通過程での鈐記も含まれる。

採録の字体は原文に準拠し、UNICODE（UTF8）中の近似体を以って宛てたが、適切な文字を欠く場合は、同字の正体を採用した。

印文は右肩より縦書きの毎行に翻字し、「・」符を以て層、局を区別した。改行や印面の意匠については、本文に拠られたい。

印文の排列は、部首画数順とし、漢字の後に仮名、欧文、不明の字格を置いた。第二字以下も首字に準ずる。

同じ印文の鈐記は、印種や使用者が異なる場合でも、同じ項目の下に掲出した。但し上記の条件に従い字体の区別される場合は、項目を別にした。

【一画】

【二画】

【五画】

【六画】

人名索引

凡　　例

本索引は、本文中に言及した人名、版本の刊者、伝本の旧蔵者名を対象とする。但し引用文中の人名は原則として採録しない。また著録した版本中に見える人名の採録については、個々の伝本に及ぼさず、伝本解題中の旧蔵者名については、その初出のみを採った。

項目の文字は常用字体の使用を原則とし、常用漢字表にない文字については、正字体に拠った。

項目の排列は首字の部首画数順とし、漢字の後に仮名、欧文、不明の字格を置いた。第二字以下の取扱いも首字に準ずる。

年代標記のための王朝君主名は採録しない。また仏僧に釈氏号を冠せず、禅僧には道号を冠した。

数代に渉る刊者の名は、氏と舗名の標記を原則とし、個人名は別に立項して重出させた。

収蔵者の名称等が変わっても、旧蔵の状態がほぼ保たれている場合には、著録伝本表に譲って、旧蔵者名を採録しなかった。

【一画】

【二画】

【五画】

書名索引

凡　　例

本索引は、本文中に言及した書名を対象とする。但し引用文中の書名は原則として採録しなかった。また著録の版本内部に示される書目については、同一版本中の初出のみを対象とし、個々の伝本には及ぼさなかった。

本書に研究を加えた『古今韻会挙要』『韻府群玉』（『新増説文韻府群玉』『増続会通韻府群玉』）『氏族大全』については、該当の章節の全頁を標示した。

その他、採録の字体や排列については、人名索引に準ずる。

【三画】

【五画】

【六画】

著者略歴

住吉　朋彦（すみよし　ともひこ）

慶應義塾大学文学部卒業、慶應義塾大学大学院文学研究科修士課程修了。宮内庁書陵部図書課第一図書調査室員を経て、現在、慶應義塾大学附属研究所斯道文庫准教授。編著に東亜文明研究書目叢刊２『台湾大学図書館蔵珍本東亜文献目録──日本漢籍篇』（張宝三氏主編　2008年国立台湾大学出版中心）がある。

中世日本漢学の基礎研究　韻類編

平成二十四年二月二十八日　発行

著　者　住　吉　朋　彦

発行者　石　坂　叡　志

整版印刷　富　士　リ　プ　ロ　㈱

発行所　汲　古　書　院

〒102-0072　東京都千代田区飯田橋二-五-四

電　話　〇三（三二六五）九七六四

FAX　〇三（三二二二）一八四五

ISBN978-4-7629-3604-3　C3090